本书由首都师范大学文学院211项目资助出版

首都师范大学文艺学与美学中心
《文艺争鸣》编辑部

中文文艺论文年度文摘

ZhongWen WenYi LunWen NianDu WenZhai

2010年度（上）

陶东风 张未民 / 主编
孙士聪 / 编辑部主任

社会科学文献出版社
SOCIAL SCIENCES ACADEMIC PRESS (CHINA)

编辑说明

一、首都师范大学文艺学与美学中心与文艺争鸣杂志社联合编辑的《中文文艺论文年度文摘》已经连续出版了 2007、2008 和 2009 三个年度。该文摘 80 余万字，涵盖文学理论、文学史、文学批评、艺术学等各个学科，信息全面丰富，受到文学研究和艺术学研究各界同行的高度评价和积极肯定。为保证编选程序的权威性和公正性，文选采取了在每个相关领域聘请“编选咨询专家”推荐的形式。应该说，这是国内首创的年选性和文摘性相结合的大型连续出版物，能够帮助文学艺术领域的专家和业余爱好者了解一个年度的学术研究精华。

二、为更好地推进文学艺术研究领域的学术积累，丰富思想文化，首都师范大学文艺学与美学中心决定继续联合文艺争鸣杂志社，推出《中文文艺论文年度文摘》(2010 年度)，并改由中国社会科学院下属的社会科学文献出版社出版发行。我们希望通过长期的努力，使本文摘成为高质量的、富有学术影响力的品牌出版物。

三、《中文文艺论文年度文摘》(2010 年度) 延续往年惯例，为大型年选性和文摘性结合的出版社，编选对象为本年度公开发表的文学艺术和美学研究论文，其内容框架为：

1. 文艺学论文

精选 2010 年度文艺学学术论文全文 10 篇，观点摘要 20 篇，主要论文索引 100 篇。

2. 文学史论文（古代、近代）

精选中国古代、近代文学史论文 10 篇，观点摘要 20 篇，主要论文索引 100 篇。

3. 文学史论文（现代、当代）

精选中国现代、当代文学史论文 10 篇，观点摘要 20 篇，主要论文索引 100 篇。

4. 当代文学批评论文

精选中国当代文学批评论文10篇，观点摘要20篇，主要论文索引100篇。

5. 艺术学论文

精选当代艺术理论、艺术史研究论文13篇，观点摘要20篇，主要论文索引100篇。

四、《中文文艺论文年度文摘》为资料汇编性质，为了保持资料的原貌，我们原则上不对选文进行修改。但原文有明显文字、表达错误，或原文及注释中存在明显疏漏的地方，酌情做了修正订正。另外，考虑到全书书写、表达方面的规范要求，我们也对数字表达方式等进行了统一。

五、本年度文摘聘请的编选专家为：

1. 文艺学论文编选专家：陶东风，孟繁华

2. 文学史论文（古代、近代）编选专家：左东岭，栾梅健

3. 文学史论文（现代、当代）编选专家：程光炜，王光明

4. 当代文学批评论文编选专家：贺绍俊，张志忠

5. 艺术学论文编选专家：王一川，陈旭光

六、《中文文艺论文年度文摘》编辑部同人向所有参与编选工作的专家、编辑，以及所有对《中文文艺论文年度文摘》编选工作给予大力支持的作者表示衷心的感谢。

首都师范大学文艺学与美学中心
文艺争鸣杂志社
2011年4月20日

目　　录

C o n t e n t s

·上·

文艺学论文

文 学 史 论 文（古代、近代）

·中·

文学史论文（现代、当代）

·下·

文学批评论文

艺术学论文

文 艺 学 论 文

编 选 咨 询 专 家

陶东风：首都师范大学文学院教授

孟繁华：沈阳师范大学中国文化与文学研究所教授

意义生产、符号秩序与文学的突围

·南　帆·

一

形形色色的表意符号系统陆续进驻这个世界。一个句子、一段乐曲、一幅绘画、一幢建筑物、一副惊愕的表情或者一声不屑的冷笑，这些符号无不表述了某种意义。意义全面分布在世界的每一个局部组织和每一个关节，控制各种复杂的社会运作。世界的完整表象来自意义的组织。如果所有的意义共同消失，一切均丧失了存在的理由，那么，万物解体，世界急速地后退为史前的荒漠，人们只能感到"荒谬"和"恶心"——如同存在主义者曾经形容的那样。很大程度上可以说，意义提供了广大社会成员汇聚、交往的文化空间。斯图尔特·霍尔即是从这个意义上考虑何谓"文化"。在他看来，"文化涉及的是'共享的意义'"；"文化首先涉及一个社会或集团的成员间的意义生产和交换，即'意义的给予和获得'。"意义的表述——霍尔使用的词汇是"表征"（representation）——和彼此交换意味了以相近的方式解释庞大的世界和表达自己。概念、形象、观念、文化代码，这一切形成的表意符号系统并非某种坚固的物质安装在社会生活之中，但是，它们的作用远远超过了后者——"它们组织和规范社会实践，影响我们的行为，从而产生真实的、实际的后果。"①

现在，这种观点逐渐遭到了抛弃：意义是一种固定的超验存在，意义只能在某一个神圣的时刻降临世间，赐予人们各种深刻的思想观念。许多人的观点恰恰相反——意义是人为地生产出来的。"事物'自身'几乎从不会有一个单一的、固定的、不可改变的意义"，正如霍尔指出的那样，"我们凭我

① 〔英〕斯图尔特·霍尔编《表征——文化表象与意指实践》，徐亮等译，商务印书馆，2003，第1~3页。

们带给它们的解释框架给各种人、物及事以意义”。如何表征各种事物——使用何种语词，根据何种叙述秩序，讲述何种故事，制造何种形象，如何为之分类并且依附于特殊的概念，这一切均是意义生产的方式。[①] 例如，种种相异的表述可以使“水”显示出不同的意义：一个水分子由两个氢原子和一个氧原子组成；人类的生存离不开水；水可以载舟，也可以覆舟；问君能有几多愁，恰似一江春水向东流；如此等等。从清晰的科学陈述转入文学性修辞，相同物质的意义变幻不定。科学陈述尽量摒除叙述主体的痕迹：石头即是石头，树木即是树木，风吹雨打或者水流花谢无非是物质和能量的转换。换言之，客观以及中性约束了科学陈述的意义扩展。然而，纷杂多变的文学叙述打开了单向的意义限制，意义生产进入了一个极其活跃的区域。

相对于人们熟悉的物质生产，意义生产是一个陌生的命题。添砖加瓦，车水马龙，“稻花香里说丰年”，物质生产维持了这个世界的延续；然而，意义生产多半是无形的。道德信念、法律制度、各种传统和风俗、宗教、美学、时尚，种种规训无时不刻地制造出种种意义。意义空间是这个世界的组成部分。人们既生活在物质空间，也生活在意义空间，尽管多数人对于后者常常熟视无睹。增添一幢房子或者一辆汽车多少改变了这个世界，增添一种意义又何尝不是？日常生活范围内，各种意义决定了社会成员的辨识、理解、好恶、价值评估、关注区域以及喜怒哀乐。霍尔解释说：“社会生活的不同领域似乎被划分为各个话语领地，等级分明地组合进主导的或选中的意义。”如果种种前所未有的事件破坏了既定的视野和知识框架，那么，“这些事件必须首先安排进各自话语的领地才可以说‘具有意义’。‘绘制’这张事件的图表的最普通的方式就是把新事件安排进现存的‘问题重重的社会现实图表’的某个领地”。[②] 如果没有种种意义的编辑，一个刻板干枯的世界乏善可陈。现代社会，意义生产的速度绝不亚于物质生产。物质生产完成之后，丰富的意义接踵而来。许多时候可以说，意义生产是物质生产的后续。众多物体不仅填充了人们周围的物理空间，充当各种生产和生活资料，而且造就了一套又一套派生的观念：土地意味着依靠和归宿，黑暗意味着危险和恐怖，房屋意味着温暖、团聚和母亲的牵挂，旗帜意味着召唤、集合和激动人心的指引……即使某些陌生之物还未敲上各种意义的烙印，人们仍然可以察觉冷漠、拒绝、

① 〔英〕斯图尔特·霍尔编《表征——文化表象与意指实践》，徐亮等译，商务印书馆，2003，第 3 页。

② 〔英〕斯图亚特·霍尔：《编码，解码》，王广州译，《文化研究读本》，中国社会科学出版社，2000，第 353 页。

不知所云，如此等等。所以，罗兰·巴特曾经津津有味地设想所谓的“物体语义学”。在他看来，一个物体常常是多义的，“没有什么东西能够逃脱意义。”除了各种具体的使用价值，始终存有某种“超出物体用途的意义”。例如，没有什么物体比电话更有用，可是，一部电话的外表往往具有另外的意义：“一部白色的电话永远传递着有关某种奢华性或女性的概念。”物体的“语义”必须纳入象征的坐标体系。一个物体如何从使用价值转换为一个符号，这是“一种重要的意识形态现象”。巴特指出了意识形态如何不动声色地将各种意义植入“自然”：

> 意义永远是一种文化现象，一种文化产物。但是，在我们社会中，这种文化现象不断地被自然化，被言语恢复为自然，言语使我们相信物体的一种纯及物的情境。我们以为自己处于一种由物体、功能、物体的完全控制等等现象所共同组成的实用世界中，但在现实里我们也通过物体处于一种由意义、理由、借口所组成的世界中：功能产生了记号，但是这个记号又恢复为一种功能的戏剧化表现。我相信，正是向伪自然的这种转换，定义了我们社会的意识形态。①

现代社会不仅来自物质的堆积；而且，激增的物质时常摆脱了使用范畴而造成了符号的激增。符号的日渐繁复、精密，各种表意符号系统层出不穷，这带来了意义的惊人繁殖。由于符号的大面积覆盖，纯粹的自然逐渐退缩，远离人们的视阈甚至销声匿迹。愈来愈多的时候，人们被安置于人造的物质环境，安置于居伊·德波所命名的“景观社会”。视觉消费是“景观社会”的重要活动，意义的占有是消费的主要内容。那些顽强地驻留于“景观社会”的自然景象——例如，众多的名山大川——毋宁是接受了各种“叙述”的自然，亦即巴特所说的“伪自然”。物质生产从来不会停留于物质。从春花秋月、小桥流水到狼烟烽火、金戈铁马，从游轮、飞机、名牌真皮挎包到电视机、牛仔裤、移动电话，许多物体始于使用价值，继而在象征领域功成名就——这意味着意义表述的逐渐明朗、定型。例如，眼镜不仅矫正视力，同时还暗示了渊博的学识；雕花门楼不仅表明了一个出入通道，而且还表明了家族的世袭荣耀；香奈儿香水不仅提供某种愉悦的嗅觉，更重要的是隐喻了品位和优雅的气质。许多时候，意义迫使物体脱离初始性质，卷入另一个符

---

① 罗兰·巴特：《物体语义学》，李幼蒸译，《符号学历险》，中国人民大学出版社，2008，第190页、第191页、第196页。

号体系，服从另一种编码秩序。日常生活之中，各种物体的双重性内涵并不均衡。通常，一尊雕塑的使用价值远逊于一桌菜肴；一本书派生出的意义极大地超过了一辆自行车。对于一个物体说来，使用价值与意义的分歧时常隐藏了某种张力，二者甚至大相径庭。谈论货币哲学的时候，西美尔提到了物体背后的双重秩序。冷漠的自然秩序之外，物体还要接受文化的定位——二者的交汇点多半是一种偶然。[①] 的确，再也没有什么比货币更奇怪的了。作为一种物体，现今的货币无非是一些纸片，可是，货币的巨大意义甚至可以拥有整个世界。当初肯定没有人料想得到，轻飘飘的纸片居然承担了如此奇特的使命。正如人们常见的那样，物体的使用价值和意义共同编织在社会内部，形成了复杂的层次。意义不仅带来了各种隐蔽的场域，而且，这些场域正在愈来愈有力地控制了生活。

现今，人们对于马克思这一句名言耳熟能详："批判的武器当然不能代替武器的批判，物质力量只能用物质力量来摧毁。"[②] 许多场合，物质与意义无法互换。口干舌燥的时候，望梅止渴仅仅是短暂的慰藉。如果认为意义生产的革命可以一举扭转世界，只能是阿 Q 式的自欺。鲁迅曾经极为清醒地告诫人们，革命时代的文学效力有限："一首诗吓不走孙传芳，一炮就把孙传芳轰走了。"[③] 尽管如此，诗以及各种著作——例如，马克思的《资本论》或者《鲁迅全集》——仍然具有大炮不可企及的价值。由于大众传媒的交叉覆盖，意义生产愈来愈明显地组织了人们的生活。现今，一个意味深长的现象是，许多人耗费大量的时间游荡在互联网的虚拟空间，乐而忘返。从聊天室里的辩论交锋到以一个虚拟的身份社交，从共同参与的网络游戏到未曾谋面的恋爱或者纪念祭奠活动，互联网上的一切故事犹如抛弃物质的意义生活。尽管这种状况可能被视为技术带来的新幻象主义，[④] 然而，奇特的是，物质的幻象形式意外地成为更为纯粹的意义符号。这种气氛之中，让·鲍德里亚的观点必然成为一种时髦。至少可以认为，鲍德里亚对于物体意义以及符号秩序的兴趣远远超过了物体的使用价值。他在《符号政治经济学批判》之中指出：

---

① 参见〔德〕西美尔《货币哲学》，陈戎女等译，华夏出版社，2002，第 4 ~ 5 页。

② 〔德〕马克思：《〈黑格尔法哲学批判〉导言》，《马克思恩格斯选集》第一卷，人民出版社，1995，第 9 页。

③ 鲁迅：《而已集·革命时代的文学》，《鲁迅全集》第三卷，人民文学出版社，2005，第 422 页。

④ 参见〔荷〕约斯·德·穆尔《赛伯空间的奥德赛》第八章、第九章，麦永雄译，广西师范大学出版社，2007。

"物远不仅是一种实用的东西，它具有一种符号的社会价值，正是这种符号的交换价值才是更为根本的——使用价值常常只不过是一种对物的操持的保证（或者甚至是纯粹的和简单的合理化）。"交换的意义上，鲍德里亚甚至觉得，商品即是符号，犹如符号即是商品。物体不再充当一种生活工具，物体的形式、质料、色彩、耐用性、空间位置无不纳入编码系统，表述某种意义。通常，物体表意的句法、修辞必须在一定的阶级语境之中解读，每一个人或者群体可以借助这些物体自我定位。龙袍象征帝王，劳力士手表显示尊贵，奢华的宴席标明了宾客的身份。总之，这时的御寒、计时或者口腹之乐不再重要，重要的是解读出物体在另一个编码体系之中的寓意。许多领域，符号和意义的秩序、结构已经征服了物体的使用价值而成为主宰，甚至成为社会生活的组织轴心。所以，鲍德里亚对于物体与符号之间的神奇转换发出了如此的感叹："消费物的定义完全不依赖于物自身，而是一种意指逻辑的功能"；"作为一种消费物，它最终被解放为一种符号，从而落入到时尚模式的逻辑，亦即差异性逻辑的掌控之中"。①

现在，人们可以将目光集聚到某种特殊的表意符号系统——文学话语。

二

不论文学话语在何种意义上引起巨大的好奇，人们的考察通常绕不开两个如此醒目的特征：第一，栩栩如生的形象；第二，虚构——而且，文学的虚构由于栩栩如生的形象而更加意味深长。对于文学话语的意义生产，上述两个特征意味了什么？

几乎所有的人都曾经惊叹文学对于各种形象的逼真再现。一个人物肖像、一阵微妙的内心悸动、一条繁闹的街道、一场奇特的聚会，如此等等。这时常被视为一个作家不可思议的魔力：他怎么能如此精确而生动地复制世间万象，以至于文学常常被誉为现实的一面"镜子"？许多时候，作家的出众天才无比耀眼，以至于放逐了一个初始的问题：人们已经如此熟悉社会生活，文学的再现是不是多余的蛇足？

"模仿"是亚里士多德对于文学再现的命名。在他的解释之中，模仿"是人的天性"，人们从模仿之中获得快感。当然，这不是一个完整的解释，

① 参见〔法〕让·鲍德里亚《符号政治经济学批判》，夏莹译，南京大学出版社，2009，第2页、第143页、第12页、第13页、第49页。

即使亚里士多德也曾经做出间接的补充。他在《诗学》之中同时指出，诗比历史更具普遍意义，因为前者描述可能发生的事而后者描述已经发生的事；“诗所描述的事带有普遍性，历史则叙述个别的事”。[①] 这多少表明，所谓的“模仿”并非亦步亦趋地爬行于现实之后，被动地临摹各种景象。模仿包含了对于现实的分析和精心重组。事实上，更多的思想家和作家力图在“模仿”背后追加一些什么。柏拉图对于模仿没有好感。在他看来，一个画家只能模仿木匠制造的床，而木匠的根据是床的理式。从画布到床的理式，艺术的模仿与真理隔了两层。[②] 柯勒律治坦率地说，单纯地模仿自然十分乏味。他主张“艺术家必须模仿事物内在的东西，即通过形式、形象以及象征向我们言说的东西，那就是自然精神”。[③] 卢卡奇的心目中，模仿提供的现实图画必须解决“表象与现实、特殊与一般、直观与概念之间的矛盾”，“使得矛盾双方在作品所产生的直接印象中得到趋同，从而给人一种不可分割的整体感”。[④] 总之，文学的模仿不仅意味了原型的模拟，同时还意味了原型的突破——后者似乎愈来愈多地占据了文学话语开拓的空间。

如此熟悉的社会生活，文学为什么竟然再现了如此奇异的内容？许多时候，“模仿”可能成为一个过于狭窄的术语。相形之下，“想象”一词出现的频率愈来愈高。“精骛八极，心游万仞”也罢，“寂然凝虑，思接千载；悄焉动容，视通万里”也罢，想象开始跨越现实原型的边界而进入虚构的空间。一条街道、一片山川田野、一批人物的音容笑貌，与其询问这一切是否曾经存在，不如询问这一切具有什么意义。虚构首先意味的是，文学的叙述无非镜花水月。降落到实在世界，文学舞台上的幻象纯属子虚乌有。考证李白吟咏的太姥山坐落于何处，比附苏东坡诗文与《三国演义》之中的赤壁，猜测《金瓶梅》影射哪些权贵，查访鲁迅讥讽的阿 Q 是不是确有其人——这些检索多少有刻舟求剑之嫌。《红楼梦》已经成为文学史上的一部奇书。形形色色的文本解读之外，人物原型、历史渊源的查证盛行一时。某些地方甚至根据《红楼梦》的描述修建大观园，力图物质地再现文学景观。显然，这不是构造一个通常的建筑物。“大观园”是一个稳定的文学意象，《红楼梦》赋予的意

① 亚理士多德：《诗学》，第九章，罗念生译，人民文学出版社，1962。

② 参见柏拉图《理想国（卷十）》，朱光潜译，人民文学出版社，1963，第 66 ~ 75 页。

③ 塞缪尔·泰勒·柯勒律治：《论韵文或艺术》，选自〔英〕拉曼·塞尔登编《文学批评理论——从柏拉图到现在》，刘象愚等译，第 22 页。

④ 卢卡奇：《艺术与客观真理》，见〔英〕拉曼·塞尔登编《文学批判理论——从柏拉图到现在》，刘象愚等译，北京大学出版社，2003，第 53 页。

义改变了建筑物的功能。这一片“花柳繁华地”与其说提供一个居住的家园，毋宁说造就一个寄寓情怀的所在。通常，没有理由期待文本的印刷符号变出实物。文学虚构不是以语言再造一个长安或者巴黎；诸葛亮、关云长、堂·吉诃德或者玛丝洛娃这些文学人物从未在哪一个国家拥有证明身份的护照。他们既不能为这个世界生产面包，也不消耗水分或者氧气——文学人物神圣使命仅仅是增添这个世界的意义。文学积极加入各种意义生产的时候，没有必要刻意地谋求衔接实在世界：文学不是过往历史事件的周详记述，亦非当下情况的如实报道。虚构带来的各种故事、描述无法介入实在世界的空间，哪怕移动一张纸片。所以，王国维的《人间词话》宁可借助“境界”谈论古典诗词。从“疏影横斜水清浅，暗香浮动月黄昏”到“野凫眠岸有闲意，老树着花无丑枝”，从“细数落花因坐久，缓寻芳草归得迟”到“落木千山天远大，澄江一道月分明”，无论是将这些诗句认定为王国维所说的“写境”、“造境”还是“有我之境”、“无我之境”，“境界”的精髓不是惟妙惟肖的再现，不是无微不至的精雕细刻；神似、韵味和含不尽之意于言外是“境界”的特殊意味。对于古代诗人说来，明月清风、山川草木并非原始的自然风景，潮湿、污浊、腐臭或者寒冷仿佛消失了。这些意象奇妙地会聚在一起，组成了内心栖居的处所。朝廷昏聩，怀才不遇，不愿意为五斗米折腰，看破滚滚红尘之中的功名利禄，宁可充当散淡的村夫野老——这时，巍峨的宫廷大殿之外，一派悠然的山光水色愿意收容另一种不同的人生。许多时候，古代知识分子的目的不是模山范水；“拔地青苍五千仞，劳渠蟠屈小诗中”——诗的意义在于解除这些山水的自然地理位置，使之构筑为自己的意义空间。因此，模仿意义上的真实与否远非那么重要；对于文学说来，“真实”的效果并不是显示临摹的完美，而是制造完整的意义象征。

抛开拘谨的模仿与现实原型的约束，虚构为什么仍然可以完成一段曲折的故事情节，或者一段完整的内心波澜？作家的强大想象仿佛表明，他们的天才冥冥地洞悉了再造世界的基本逻辑。然而，至少在20世纪之后，表意符号系统的格式塔整合与调控作用赢得了愈来愈多的注视。对于文学话语来说，文学形式成为头号主角。许多人倾向于认为，文学形式的内在结构主宰了作家的想象。悲欢离合，如痴如醉；抒情言志，扼腕击节；作家的天才更像文学形式一手导演出来的。文学形式不是一个干枯、抽象的框架，文学形式内部各种因素的特殊配置无不涉及意义的改变。由于长短句式的灵活组合，兴盛于宋代的词比格律整齐的诗擅长婉转婉约的心曲；由于叙述模式保存的连续性情节，严谨的因果之链隐蔽地决定了一个作家如何构思历史的联结方式。

是不是可以说，城堡、鼹鼠、甲虫这些意象包含的象征意义造就了卡夫卡？否则，卡夫卡莫名的惊惧只能无助地封存于孤寂的内心。当玩世不恭的口吻成为一种文学修辞的时候，许多现代主义作家如获至宝——这种口吻隐含的不信任与敌意教会了他们如何面对那个荒漠一般的外部世界。总之，文学形式隐蔽地控制和协助意义的最终完成。即使在俄国形式主义者那里，文学形式也没有和意义中断联系。他们放弃的仅仅是内容决定形式的传统观点，继而把形式视为表述各种意义的真正秘诀。

表意符号系统如何管辖意义的生产？这个问题的提出涉及一个巨大的背景——“语言转向”。古往今来，语言从来没有让人如此操心过。“情动于衷而形于言”，语言不就是描述和表情达意的驯服工具吗？什么时候开始出现了颠倒——语言结构控制了叙述主体？“不是人说话，而是话说人”，这种古怪的命题成为这个颠倒的通俗诠释。作家被视为文学形式的仆从，叙述主体的位置来自话语的构造，这种观点显然是对于“语言转向”的及时响应。相当长的时间内，经验主义的语言观念统治了人们的想象。一个词拥有相对确定的意义，因而代表了若干对象；一个完整的句子组织反映了事物的基本秩序。某些前所未有的事物诞生之后，人们必须铸造新的词汇给予命名。这一切可以由儿童的语言习得证明。“桌子”、“杯子”、“狗”、“汽车”……儿童的语言习得通常是从一个个名词开始，最终扩展到了整个世界。因此，多数人对于经验主义的语言观念深信不疑：世界业已独立存在，不以人们的意志为转移；语言是后续的符号追踪和描摹，所有的符号体系无不以再现世界为己任。当然，这个“世界”包含了内在的宇宙。表白内心的思想观念乃至转述隐于深渊的无意识无不纳入语言的辖区。这时，意义决定表述形式。经验到什么，察觉到什么，想象到什么，这一切决定作家如何挑选词汇、修辞、文类给予恰如其分的表述。这难道不是众所周知的事实吗？

许多人意想不到的是，这个事实竟然被形容为“幼稚的现实主义”。① 如果说，老子的“无名，天地之始，有名，万物之母”、“信言不美，美言不信”或者佛家“言语道断”的观念业已意识到语言的坚固框架以及不可避免的遮蔽，那么，“语言转向”明确地对经验主义的语言观念提出了异议。语言并非现实的简单映像，语言符号是一个自成一体的系统；语言是否精确地复

① 参见〔德〕恩斯特·卡西尔《语言与神话》，于晓等译，三联书店，1988，原文中译为“幼稚的实在论”，此处译文参考拉曼·塞尔登编《文学批评理论——从柏拉图到现在》一书的译文，第 34 页。

制外部世界并不重要，重要的是，语言造就了一个精神家园，语言提供的各种表意形式对于人们的经验进行了有效的定型和组织。从维特根斯坦、恩斯特·卡西尔到索绪尔、罗兰·巴特、雅克·德里达，这些著名的思想家均可列入异议者的名单。按照他们的观点，符号秩序并不是自然秩序的翻版；相反，只有符号秩序编辑之后的自然秩序才可能得到解读。儿童的语言习得同时包含符号秩序的习得，只不过人们很少意识到这一点。例如，“桌子”一词不仅指谓某一个单独的实物，它同时还镶嵌在“椅子”、“床铺”、“柜子”、“书架”……这一套“家具”符号秩序之中，接受一个指定的位置。符号秩序意味了众多的系统及其根系，意味着系统内部包含的结构性限定。所以，卡西尔在《语言与神话》之中阐述，知识的内容、意义和真理不必视为外在事物的复制，鉴定真理和内在意义的度量和标准存在于知识形式之中：

> 我们不应该把心智诸形式看作是其他某种东西的单纯摹本；相反，我们必须在每一种心智形式的自身内部发现一种自发的生成规律，找到一种原初的表达方式和趋向；而这种方式和趋向绝非只是单纯地记录那从一开始便以实存的固定范畴所给定的某种事物。从这样一种观点看来，神话、艺术、语言和科学都是作为符号（Bsymbols）而存在的，这并不是说，它们都只是一些凭借暗示和寓意手法来指称某种给定实在的修辞格，而是说，它们每一个都是能创造并设定一个它自己的世界之力量。在这些它自己创造并设定的世界中，精神按照内在规定的辩证法则展现自身；并且，唯有通过这种内在规定的辩证法则，才能有任何实在，才能有任何确定的、组织起来的“存在”。因此，这些特定的符号形式并不是些模仿之物，而是实在的器官；因为唯有通过它们的媒介作用，实在的事物才得以转变为心灵知性的对象，其本身才能变得可以为我们所见。①

按照这种观点，人们已经不可能遭遇原生的、赤裸的、未经任何人工修饰的外部世界；从感知、命名到按部就班地深入世界的每一个局部，人们经验到的一切均是各种表意符号系统业已整理和组织的一切。接触人们的视觉或者听觉之际，自然和社会必须得到各种语言的编码和叙述，显现于众多传播媒介提供的平面之上。这时的世界不再如同婴儿一般纯洁，强大的符号秩序锁定了世界的每一个模块。众多表意符号系统的交叉网络之中，万事万物

① 〔德〕恩斯特·卡西尔：《语言与神话》，于晓等译，三联书店，1988，第35~36页。

包含了种种或显或隐的意义。文学到语言为止，这种激进的奇谈怪论显然是上述观念的分支。许多人习惯地认为，作家无情地甩下了那个红尘滚滚的外部世界，悠然地在字斟句酌之间自得其乐——这种形式主义者时常被赋予一幅愚蠢的肖像。无论是洪水滔天的苦难还是不屈的呐喊和反抗，偌大世界的重量怎么可能吊在了几个单薄的文学修辞之上？诸如此类的误解为时已久，以至于人们遗忘了一个事实：文学从未退出这个世界的意义生产。文学话语并未剥离出这个世界；文学话语的价值在于，阻断常识对于世界的例行解释，赋予众多事物别一种意义。从押韵、格律，到隐喻、象征以及各种叙述模式，文学将世界从庸常的意义之中拯救出来了。许多时候，这种观点更适合解释俄国形式主义的“陌生化”。

然而，任意地启用各种意义肢解或者重组这个世界，会不会构成一种不敬、一种冒渎或者自以为是？的确，某种文学曾经梦想退出表意符号系统形成的机制，拒绝人为意义的骚扰——例如罗伯·葛利叶的“纯物主义”。在他看来，未来小说“必须制造出一个更实体、更直观的世界，以代替现有的这种充满心理的、社会的、功能的意义的世界。让物件和姿态首先以它们的存在去发生作用，让它们的存在继续为人们感觉到，而不顾任何企图把它们归入什么体系的说明性理论，不管是心理学、社会学、弗洛伊德主义，还是形而上学体系”。[①] 可以发现，“纯物主义”力图抛弃的是古老的“深度”神话。如果说，诸多强加于世界的意义垄断了所有的解释，那么，驱除这些意义的重重叠叠的烙印，还原一个本真的澄明之境，这如同一种文化突围。罗伯·葛利叶的企图显然隐藏了对于现代文化的强烈反感。他仿佛期待某种坚硬、冷漠的物质碾碎种种意义设置的方阵。然而，至少在今天，本真的澄明之境并非一个单纯的存在——返璞归真至少表露了不屑于当前的意愿。对话语境一旦开启，沉默仍然包含了意味深长的表述；许多时候，注销各种意义不如说表示了另一种意义。一种意义问世之后不可能重新归零，必要时只能启动另一种意义给予覆盖。这带来了意义的繁衍和增殖，也带来了意义的矛盾、转换和搏斗。无论如何，这一切均构成了意义的再生产。

三

文学话语的意义再生产拥有一个特殊的形式——文学批评。

---

① 罗伯·葛利叶：《未来小说的道路》，朱虹译，伍蠡甫主编《现代西方文论选》，上海译文出版社，1983，第 314 页。

迄今为止，没有多少人将文学批评视为文学话语的接续。高鹗对于曹雪芹《红楼梦》的续写众所周知，可是，谁愿意承认罗兰·巴特的《恋人絮语》是歌德《少年维特之烦恼》的续篇？续篇通常被界定为人物及其故事的延长，意义的延长似乎算不上文学家族内部的血脉嫡传。相当多的人未曾意识到，文学著作的续写寥寥无几，大多数作品的寿命显现为不竭的意义重播与反复接受。这时，文学批评提供了意义再生产的重要形式。围绕文学批评的种种阅读、谈论、阐释、争议维持了作品的持久影响，作品的意义在诸多理论空间一轮又一轮地滚动、传诵和分化重组。意义再生产效果之一是，文学话语在意义层面上不断地传递。许多杰作的标志即是，隐藏了无尽的意义。“说不尽的莎士比亚”表明，文学经典的意义形成了独特的场域，一个具有强大吸附力的漩涡，某种内在的动力持续地制造意义的裂变。无论如何，人物以及故事终将结束，然而，意义的延长并未预设终点线。曹操、贾宝玉或者堂·吉诃德、哈姆雷特仅仅活在一本书里，他们的意义可能赢得了文学批评的千百次阐述。所以，罗兰·巴特喜欢将批评家与作家相提并论。[①] 在他心目中，批评的阐释显然与文学写作等量齐观。

文学批评史表明，意义再生产更多的是理论时代的产物。文学批评曾经产生多种功能：鉴别、判断、分析、阐释，如此等等。如果说，印象、感想、激情一度是批评家鉴别和判断的主要依据，那么，这种“印象主义”的文学批评业已没落。尽管文学批评始终与公式、图表、定量的科学分析保持距离，但是，严谨、精确、强大的理论模式和技术主义风格还是形成了普遍遵从的风气。文学批评不再是一个强大心灵的自由联想，浪漫主义崇尚的天才人物丧失了昔日的威望，批评家的工作毋宁说根据种种理论模式条分缕析地解读。由于解读的分量不断增加，种种独特的、甚至奇特的阐释纷至沓来，至于鉴别或者判断不过是一个附带的节目。批评家不再利用鉴定作品的等级表示权威，而是以丰富的思想阐释影响作家：

> 对于20世纪的批评话语说来，鉴别和判断的主题得到了形形色色的理论声援。许多时候，人们仅仅看到理论语言对于作品的严密阐释。不少批评家的心目中，阐释的分量已经远远超过了鉴别的结论。阐释意味着从话语生产进入意义生产——意味着文学话语之中的故事和形象锁入一定的代码，获得注解，成为社会所能接受的文化片断。这个过程，价

① 参见巴特《批评与真理》，温晋仪译，上海人民出版社，1999，第45页。

值鉴别的权威削弱了；或许人们可以发现，这种鉴别更多地汇入了阐释所从事的意义生产。这样，批评话语的督察功能更多地托付给一种隐蔽循环：意义生产无形地诱导文学话语的再生产；这就是说，成功的意义生产无形地为文学话语的再生产立法。①

显然，所谓“理论的时代”拥有一批风格独具的批评家。“新批评”、俄国形式主义、精神分析学、结构主义和解构主义、女权主义和后殖民理论——这些批评学派纵横驰骋，各擅胜场。它们分别拥有自己繁杂的概念系统和分析技术，深奥的语言学、心理学和历史学充当了强大的理论后援。这些文学批评具有很强的“专业”意味，通常依托学院开展规范的训练。“学院派”批评应声而起，领衔演出。各种闻所未闻的理论故事流传于学院内部，成为各个批评学派奉行的经典。许多人觉得，这些批评学派的多种阐释远远超出了日常经验的范畴。尽管那些理论故事貌似天方夜谭，事实上，这些学派提供并支配了意义再生产的阐释代码。由于精神分析学派的训练，人们从曲折的故事背后读出了恋母情结的症候、遭受压抑的欲望以及作家从未觉察的无意识；女权主义批评或者后殖民理论赋予的锐利眼光启动之后，各种熟悉的情节突然暴露出性别压迫的诡计或者隐蔽的种族歧视。这些意义再生产不啻于敞开世界的另一些维度和场域。总之，人们居住的物理空间没有多少变动，但是，意义生产的持续积累不断地扩展或者重新配置各种文化空间。文学话语惊扰了陈陈相因的日常经验之后意犹未尽，文学批评的积极阐释接力式地传递这些意义，使之如同波纹似的四面扩大。从文学的等级评判到意义的阐释，文学批评的转折终于汇入了这个时代极其旺盛的意义生产。

这显然可以视为后现代主义的文化表征之一。大部分作家对于文学批评的空前活跃表情暧昧，态度矛盾。毫无疑问，文学批评的反复阐释可以有效地提高作品的声誉，文学史所铭记的作品通常是赢得了批评家关注的作品。尽管如此，许多作家对于批评家的阐释深感不适。如果说，批评家的自以为是令人失笑，那么，恋母、厌女以及同性恋这些论断包含的耻辱意味则是令人愤慨。少数作家不惮于出面否认批评家的阐释，他们讥笑批评家没有猜中谜底；多数作家宁可迂回地表述某种不满：徜徉于醉人的文学作品，还有什么必要转身领教批评家的乏味说教？所以，苏珊·桑塔格的名篇即是题为《反对阐释》。在她看来，阐释即是对于公开之物的不信任和敌意。文学作品

① 南帆：《隐蔽的成规》，福建教育出版社，1999，第 167～168 页。

的表面内容被推到了一边，批评家力图挖掘表象之下的潜在意义。“阐释行为大体上是反动的和僵化的。像汽车和重工业的废气污染城市空气一样，艺术阐释的散发物也在毒害我们的感受力。”阐释堆砌的大量概念严重地破坏了精微的感觉，这是智力对于艺术和世界的报复。阐释“就是去使世界贫瘠，使世界枯竭——为的是另建一个‘意义’的影子世界”。这意味着一种转换——“文学批评家们一直在把诗歌、戏剧、小说或故事成分转换成别的什么东西，视之为己任”。[①] 尽管诸如此类的尖刻言辞比比皆是，然而，批评对于阐释的热衷并没有得到有效遏制。相反，这种观念正在遭受愈来愈多的质疑，为什么阐释导致了世界的贫瘠和枯竭？为什么意义无法构成世界本身？而是被轻蔑地贬斥为不真实的影子。

正如苏珊·桑塔格意识到的那样，“对那些将被阐释的作品而言，艺术家本人的意图无关紧要”。[②] 文学批评对于作家的不敬引起了很大的反感。作家与批评家分裂为两大文化集团之后，作家时常趾高气扬地出现在公众面前。他们心目中，批评家多半是一些依赖他们的残羹剩饭为生的庸才。如今，借助几个陌生的概念术语掩护，这些批评家开始大言不惭地指点江山，他们对于作家的景仰和虔诚迅速地消失殆尽。遭受抛弃引起了作家的长吁短叹；更为严重的是，这些批评家竟然放肆地剥夺了作家的作品之父身份。即使是解释自己的作品，作家已然大权旁落。他们无法垄断作品的主题，发表各种指点迷津的见解，审核以及批准批评家提出的各种结论。许多时候，作家的意图仅仅被视为一个不太重要的参考，某些批评家甚至乐于从作家的意图开刀：解构主义批评的拿手好戏即是分析作品与意图之间的紧张、脱节乃至矛盾。显然，不能简单地将批评家的自我解放视为意气用事或者象征资本的争夺。作家的权威被形容为一个意识形态幻觉，这种观念源自浪漫主义之后一次又一次的理论转折。“新批评”论证了“意图谬误”——诗被视为一个自足的文本，作家的意图毋宁说是一个有待于解除的枷锁；罗兰·巴特宣称“作者已死”，在他看来，一个文本来自多种写作，错杂的互文性决定了文本组织的众多源头，文本的命运取决于读者如何解读——占据了轴心位置的作者仅仅是一个假象。事实上，“作者”的概念来自中世纪之后“个人”的浮现，知识产权从属于“个人”的权利。福柯具有相近的认识。在《什么是作者?》一文之中，福柯认为，日常生活之中那个写作者具有什么事迹并不重要，重

---

① 苏珊·桑塔格：《反对阐释》，程巍译，上海译文出版社，2003，第9页、第10页。

② 苏珊·桑塔格：《反对阐释》，程巍译，上海译文出版社，2003，第11页。

要的是“作者”所承担的文化功能。这种文化功能是在“人类思想、知识、文学哲学和科学史上个人化的特殊阶段”出现的。不同的历史时期或者不同的文明类型之中，作者对于话语的影响迥不相同；作者的位置是一系列法律和机构制度运作的结果，这种位置并非简单地指代一个真正的个人。福柯犀利地指出，“作者”的文化功能之一即是防止意义的危险膨胀。如果文本被视为作者的私有财产，那么，作者有权力否决任何不合心意的结论。① 总之，否弃作者犹如打开了一副沉重的枷锁，批评家的解放意味的是，意义再生产终于获得了恣意驰骋的巨大空间。

所以，这是一个迟早暴露的事实：作家的威信陨落之日，即是读者的权力急剧扩张之时。尽管作家是文本的生产者，但是，读者最终实现了文本的意义。读者并不是循规蹈矩地再现作家的初始意图；如何获取文本的意义，读者的解码拥有了更大的自主权。现代阐释学曾经为读者的自主权进行了有力的辩护。海德格尔以来的阐释学认为，解读并非发生于文化真空的一个孤立事件。读者的历史存在决定了阐释的历史坐标具体地说读者的文化传统、生活观念、知识的水平无不作为先在的“前结构”顽强地嵌入文本的理解。“前结构”不仅提出了种种理解的预设和问题域，同时还解释了读者对于某些意义的特殊嗅觉。阐释学重心转移的标志是，允许读者破门而出，相当程度地摆脱作家设定的紧箍咒，自由地进入多元的意义空间。接受美学无疑是文学批评倾心于读者之后的产物。

尽管意义再生产的全面开放带来了阐释的无政府主义——尽管“过度阐释”的非议无法遏制众声喧哗的狂欢，然而，这个命题从来没有得到承认：一个文本的意义可以任意增添，而且多多益善。意义的数量竞赛毫无意义。各种文本意义的诞生以及彼此之间的矛盾、分歧、竞争，占据了主流或者放逐到边缘，一切无不涉及历史的选择。一个文本的问世亦即投身于历史的洪流，文本赢得了哪一种阐释必定包含了意味深长的历史信息。历代批评家对于一部经典的再三阐释，毋宁说是各个历史段落之间复杂的接洽、对话、谈判以及相互理解。换言之，这些阐释犹如批评家栖身的那个时代企图衔接并且延续文化传统设置的种种意义。所以，阐释即存在这种观念表明，各种意义均是历史的产儿，同时又是历史的持续——人们不再设想，意义之外另有

① 参见威廉·K·维姆萨特和蒙罗·C. 比尔兹利《意图谬见》，见《“新批评”文集》，中国社会科学出版社，1988；罗兰·巴特：《作者的死亡》，《罗兰·巴特随笔选》，百花文艺出版社，1995；福柯：《什么是作者?》，《后现代主义文化与美学》，北京大学出版社，1992。

某种悬空的历史运行在遥远的天际。无论是哪一个历史段落，历史的多元以及不可逾越的历史边界既提供了意义再生产的内在动力，也形成了强大的制约。时至如今，批评家可以从文学之中收集阶级压迫的证据或者神话原型的母题，也可以搜索恋母情结的异常征兆或者文化殖民者隐蔽的叵测居心。然而，尽管历史已经为意义再生产敞开了众多的方向，某些阐释仍然得不到足够的支持——例如，将一部戏剧的生动情节形容为感冒病毒的效应，或者断定没有登过泰山的人绝对写不出精彩的诗。当然，现今的历史边界重新勘定之后，某些传统的阐释代码可能遭受废弃或者限制。至少在今天，“思无邪”或者“发乎情，止乎礼义”的适用范围已经相当有限；同时，用阶级的天平度量文学人物的一切言行，带来的问题可能比解决的问题还要多。这时似乎可以说，意义再生产毋宁是历史借助各种阐释顽强地表述自己。

批评的职能时常被想象为，增添文本的文化附加值。

然而，当“历史”这个大词的重量分摊到各种阐释的时候，各种文本意义的竞争意味了各个集团对于历史的争夺。调集以及配置哪些符号秩序给历史戴上合适的笼头，批评的阐释时常肩负的重大使命。所以，在霍尔看来，解读不是一门普通的功课，“解读内镌刻着制度/政治/意识形态的秩序，并使解读自身制度化”。换言之，解读实践始终隐含了精心的文化规训，解读的交锋可能成为意识形态的交锋。批评对于同一部作品的再三阐释表明，意义的解读从未关闭。如果说，表意符号系统制定的编码方式时常成为意识形态维护机制的组成部分，那么，开放的解码往往隐含了瓦解的效能。尽管编码者通常占据了主动控制的有利位置，并且根据自己的预期、盘算试图将受众塞入某种现成的阐释框架，但是，这是一个无法否认的传播学事实：一种编码方式可以承受多种解码方式的破译。话语的意义来自编码与解码之间的复杂博弈。根据霍尔的考察，某些对抗性的解码甚至提出截然相反的阐释。例如，一个工人收看电视之中限制工资的辩论，他会理所当然地将所谓的“国家利益”解读为资产阶级的“阶级利益”。卷入话语领域的斗争，“意义的政治策略”决定了解码的策略。① 当然，一种解码可能遭受另一种解码的强烈抵抗，争夺的内容包括了阐释代码的设置、解释权的认可以及葛兰西所关注的文化领导权。这时，成功的解码将突破一个历史段落的意识形态封锁，意义再生产可能带动众多观念的重组和建构。

---

① 〔英〕斯图亚特·霍尔：《编码，解码》，王广州译，《文化研究读本》，中国社会科学出版社，2000，第353页、第358页。

四

从文学话语到文学批评的阐释，这是一个意义生产的微型循环。当然，文学从来不是一个以孤独的话语类型在默默地生长、发育和衰败；文学的意义展示形式通常由某一个时期的历史文化整体给予核准。文学始终跻身于宗教、历史、艺术、哲学，跻身于政治、经济、法律、科学——众多话语类型分别为文学意义的生产、消费以及接受带来举足轻重的影响。换一句话说，文学的活动区域即是来自符号秩序的总体规定。无论是“诗言志”，诗可以“兴”、“观”、“群”、“怨”，还是“残丛小语”、“街谈巷议”；无论是“经国之大业，不朽之盛事”还是“雕虫篆刻”、“壮夫不为”、“作文害道”、玩物丧志；古代思想家的种种文学描述无不隐蔽地从属于巨大的文化观念体系来运作。柏拉图将诗人逐出理想国，亚里士多德宣称诗比历史更富于哲学意味，浪漫主义把文学视为内心火山的喷发，现实主义把文学形容为生活的镜子，总之，人们只能栖身于某一个历史空间解读和评判文学的意义。返回这个如此躁动的时代，文学表述了什么？

多少有些意外的是，许多作家对于这个问题感到了普遍的焦虑。他们清晰地意识到，文学正在边缘化。现今几乎是各种争论最为激烈的时期，观念的冲突与利益角逐此起彼伏。历史的争夺正在以前所未有的形式出现，可是，文学逐渐喑哑无声，甚至退出了公共领域：

> 抚今追昔，20 世纪 80 年代的文学曾经如火如荼。文学是种种启蒙观念的策源地，是我们描述和阐释历史的重要依据；至于 20 世纪之初的五四新文化运动，文学甚至开创了历史本身。然而，如今的文学仿佛已经退休。文学没有资格继续充当社会文化的主角，活跃在大众视野的中心。无论是报纸、电视节目还是互联网上，文学的份额越来越小，甚至消失——许多文学杂志已经到了举步维艰的地步。我们的印象中，公共空间的主角是另一些学科，例如经济学、政治学、社会学、法学，如此等等。这个年度的国民生产总值以及目前股票市场的趋势如何，明天的民主政治将以何种形式出现，数以亿计的农民涌入城市带来哪些问题，哪些企业职工的合法权益遭到了侵犯——这些问题哪一个不比平平仄仄的文字游戏或者虚构的悬念更重要？某些作家或者诗人还在那里孤芳自赏，强作欢颜，自诩文学乃是皇冠上的明珠；然而，这些观点无助于改变一

个事实：老态龙钟的文学退出了公共空间，呆在路边的椅子上打瞌睡去了。①

尤尔根·哈贝马斯曾经追溯过商业经济如何催生了资产阶级公共领域，如何形成了公共舆论并且执行批判功能："资产阶级公共领域连同与国家相分离的社会都是历史的产物。生命的再生产一方面具有个人形式，另一方面作为整个私人领域，又具有公共意义；从这个意义上讲，'社会'可以作为一个独立的领域建构起来。"② 然而，这种公共领域并未如期抵达20世纪中国的文化版图。尤其是20世纪50年代之后，民族国家的主题如此重大，以至于众多阿尔都塞形容的"意识形态国家机器"协同运转，同声相应。这时，商业经济销声匿迹，种种琐碎或者另类的个人经验贴上了"小资产阶级"的标签一律封存。表面上，文学仍然保存了众多个体的独特命运，但是，绝大多数故事领取到的意义大同小异。"典型"这个概念之所以能够顺利地推广为文学批评的阐释代码，个别之所以顺利地代表了一般，同质化的意义是一个重要原因。

20世纪80年代之后，这种同质化的意义开始破裂。这是一个命名为"新启蒙"的时期，个人、个性、主体、人道主义络绎登场。神圣的民族国家叙事逐渐松弛，个人的面容、表情、思想观念浮上水面。某些时候，二者之间无法通约——个人的意义无法完整地融入民族国家叙事，甚至南辕北辙。文学显然充当了"新启蒙"的拥戴者，人的解放是文学从古老的启蒙运动之中继承的重大主题。历史证明，文学时常对这个主题表现出非凡的兴趣。如果说，性格、形象是文学集聚目光的焦点，那么，文学仍然怀有远大的梦想：理想的社会来自理想的个体组成。从梁启超的《少年中国说》、鲁迅的"改造国民性"到马尔库塞的"新感性"，诸多思想家不谋而合。没有理由援引政治经济学完全否定"新感性"。如果政治、经济以及社会结构始终与"新感性"格格不入，很难说归咎于哪一方。神圣的民族国家叙事久久无法着陆，无法赢得感性或者日常经验的认可，堂皇的口号和概念肯定走不远。因为世俗的欲求而修正口号、概念和宏大叙事，这种事情在历史上屡屡发生。

所谓的"新启蒙"逐渐收缩到市场经济，这似乎是一个必然。1980年代的激烈争辩终于水落石出——经济终于荣幸地充当了带动历史的强劲马达，市

---

① 南帆：《文学与公共空间》，《关系与结构》，吉林出版集团，2009，第24~25页。

② 〔德〕尤尔根·哈贝马斯：《资产阶级公共领域：观念与意识形态》，曹卫东译，《哈贝马斯精粹》，南京大学出版社，2009，第93页。

场竞争将每一个体的能量充分地调动起来了。这时，围绕个人、主体或者人道主义的一套又一套文化观念犹如繁琐哲学，利益与个人的关系成为简化种种思辨的“奥姆卡剃刀”。尽管哈贝马斯对于公共领域的描述仍然是一个遥远的影像，但是，公共舆论终于转向了经济主题。这时，经济学理所当然地成为显学。国民生产总值、财政、金融、利润以及股票、房地产这些概念开始全面进驻人们的视野，利益的攫取和角逐带来了各种新型的矛盾。作为后续的协调机制，法学和社会学及时跟进，中国文化版图的公共领域初具雏形。有趣的是，国家权力时常扮演这个公共领域的主角，而不是遭受质询和监督的对象。这显然是一个传统的延续：国家仍然有力地控制着意识形态领导权；另一方面，20世纪下半叶的市场经济即是来自国家权力的倡导。至少在观念上，市场并没有因为维护个人利益而成为国家权力的某种抗衡。换一句话说，经济意义上“个人”的诞生并没有经历多少分娩的阵痛。从人的权利、自由、平等到私有财产的保护——各种激烈的、涉及众多思想脉络的意识形态搏斗尚未发生，市场经济已经到位。这时，启蒙观念积蓄的种种思想冲击仿佛扑了个空，市场经济的不期而至意外地将许多周边的理论问题抛出了考虑的范围。当然，这种公共领域很容易演变为经济问题的独角戏。拥有了经济学、法学和社会学话语，描述人们栖身的这一段历史似乎已经足够。从贫穷、致富到相对稳定的财富分配机制——如果历史能够完成三次阶梯式的递进，多数人理应额手称庆。然而，无论是经济的跨越式发展还是种种制度设计，这种知识框架之中的文学话语乏善可陈。这时，作家似乎成了公共领域之中多余的人。文学正在接受市场的格式化，印数、版税、稿费、哪一个作家荣登富豪排行榜，如此等等。美学风格、个性、某种主题的探索或者形式实验，这些命题再度遭受压抑。“革命大众”的喜闻乐见一度是否决这些命题的主要理由，现在的主语是“消费者”。“顾客即上帝”这个口号完成了“革命大众”与“消费者”之间无声的置换，尽管前者曾经以摧毁资本主义市场体系和商品关系为己任。不论文学话语表述了何种意义，一切终将交付经济意义予以表决。经济话语做出了总结陈词之后，文学的启蒙故事可以落幕了。始于文化，终于经济，观念归结为实惠和收益，这是许多人习惯的历史想象公式。

然而，许许多多的历史想象公式总是很快地演变为一厢情愿的幻觉——某些剩余的意义总是及时而且不知趣地浮现，破坏了刚刚完成的意识形态缝合。斯拉沃热·齐泽克指出：“命名的强烈偶然性，暗示出实在界与实在界的符号化模式之间存在着不可化约的缺口；某一历史构象（constellation）可以以完全不同的方式予以符号化；实在界没有包含任何必然的对自身进行符号化的模式。”[①] 齐泽克引用了拉康的观点解释说，现实永远不是“自身”，“它只能通过其不完全失败的象征展示自己”。人们无法体验所谓的“事物本身”，“它永远已经被象征机制象征化、构成和结构——而问题就在于这么一个事实，象征最终永远失败，它永远也不能成功地完全‘覆盖’真实，永远包括一部分未处理的、尚未实现的象征债务”。简言之，历史始终存在现成的符号秩序无法表述的未知数，这表明了历史的持续生长，也表明了历史的活力所在。齐泽克十分赞赏德里达用“幽灵”形容历史的这一部分。“幽灵”始终遭受符号秩序的压抑，同时又因为摆脱了符号秩序的控制而捉摸不定。“现实的圆周只有通过不可思议的幽灵的补充才能够形成整体。”[②] 齐泽克借助“幽灵”指出，历史不是一个业已完成的封闭整体，相反，历史始终存在某种符号秩序以及意识形态无法修补的空隙。无论在哪一种意义上，“历史的终结”都是一个错觉。从卢卡奇的“总体论”到苏联的“社会主义现实主义”，许多人坚信无产阶级胜券在握——文学所要做的仅仅是形象地填充革命导师绘就的蓝图。事实证明，这种乐观严重地低估了历史的复杂性，文学话语懵然地沦落为廉价的颂歌。然而，即使革命导师绘就的蓝图部分地失效，福山及其理论同僚没有充足的理由宣布历史已经由另一种意识形态盖棺论定。我宁愿相信，历史进入了一个奇特的场域，多种可能正在相互交织，某些新型的经验正在逐步地清晰、明朗。许多传统的观念曾经因为相异的意识形态脉络而产生激烈的交锋；如今，这些观念似乎已经对不准焦点。这或许可以解释为一种耐人寻味的征兆：现成的符号秩序发生了某种断裂，齐泽克所形容的“空隙”出现了。“幽灵”恰恰表示了人们的模糊期待：某种新的、不可名状的内容有望给历史制造另一些机遇，打开另一些拓展的空间。

这无疑是一个意义深远的重大命题。许多思想家严肃地注视着这个“空隙”，期待“幽灵”的现身。某种程度上，这意味着历史命运的再想象。作家没有理由神情迟钝地游离于历史之外，杜撰几出轻浮的节目搪塞苦恼的读者，例如帝王与佳人的风流韵事，豪门之中珠光宝气的恩怨，或者某些“无厘头”的闹剧。重要的历史时期来临之后，总有一批不甘平庸的作家目光踞

---

① 斯拉沃热·齐泽克：《意识形态的崇高客体》，季广茂译，中央编译出版社，2002，第135页。

② 斯拉沃热·齐泽克：《意识形态的幽灵》，斯拉沃热·齐泽克等《图绘意识形态》，方杰译，南京大学出版社，2002。德里达的“幽灵”主要来自他的《马克思的幽灵》一书，第27页。

守在思想的制高点，紧张地分析未来的各种可能。我曾经将一部分文学称之为“完成式”的——这一部分文学的主题通常已经由意识形态完成，或者说，文学即是意识形态的有机组成和协助、配合。相对地说，另一部分文学可以称之为“挑战式”的文学：“另一部分的文学游移于意识形态圈子的边缘，散漫，纷乱，甚至古怪而激进，但是不可化约。意识形态无法轻松地解决或者消化它们提出的那些倔强的主题。”“如果时机成熟，如果这一部分文学集聚到相当的程度，强烈的挑战可能导致意识形态的销蚀、失灵、瓦解乃至崩溃。于是，大变革的时刻就会来临。历史的另一回合开始了。的确，这也是一种使命：‘挑战式’的文学时常在意识形态转换之际充当骁勇的先锋——那个刚刚完成的时代交接即是如此”。[①] 所以，即使出示一个似曾相识的故事，“挑战式”文学的企图仍然不是兢兢业业地模仿或者再现，而是主动的历史建构——借助虚构的形式演示各种意识形态突围的路线图。

如何想象“幽灵”的谱系？如何赋予“幽灵”一个现身的形式？许多思想家无不援引自己熟悉的理论资源预订“幽灵”的形象。从神话、各种宗教的教义、道、气、绝对精神到马克思主义、精神分析学、自由市场、后现代主义的嬉戏甚至天外来物，这一切均可能撕开历史的“空隙”，带来各种备受压抑的或者前所未有的意义。处理历史的时候，文学的资源是什么？文学通常不屑于扮演某种形而上学的拥趸，不屑于把历史归纳为形而上学观念的感性显现。文学宁可盯住众多忙忙碌碌的个体，考察他们的激情、欲望或者伤心无奈，考察他们惊天动地的伟业或者卑微的命运——世事洞明，人情练达，文学似乎更多地徜徉在日常生活之中，放低姿态推敲一个又一个具体的人生。宏大历史的每一个部分仿佛各司其职，意识形态提供的种种解释已经部署就绪，这时，哪些个体还可能制造出不驯的意义？日常生活隐藏了哪些撼动历史的能量？文学话语负责这些问题——不仅负责种种富于冲击力的形象，而且负责形象组织的表意符号系统。

（原载《文艺理论研究》2010 年第 3 期）

---

① 南帆：《后革命的转移》，北京大学出版社，2005，第 250 页。

文学理论：为何与何为

·陶东风·

曾几何时，似乎只有“文学死了”、“文学理论死了”这样的石破天惊之语才能使沉闷的文学理论界兴奋起来，在一部分人狂喜莫名的同时，另一部分人愤怒不已。叫嚣了一阵之后，此类曾经惊心动魄的口号本身也已经疲软和衰竭了，好像“死了”也已经死了。

“死了”已经死了，但思考却没有死。相反，在“死了”已经死了的语境中，真正的思考才刚开始。

一　理论、文学理论、文化研究

20世纪是一个理论的世纪。这个世纪（特别是从60年代到80年代这段时间）出现了一大批理论大师，诸如索绪尔、列维—斯特劳斯、雷蒙·威廉斯、阿尔都塞、福柯、拉康、罗兰·巴特、布迪厄、德里达、哈贝马斯等。这些人及其研究根本无法划归到传统的学科中去：哲学（家）、历史学（家）、文学理论（家）、社会理论（家）……都是，也都不是。如果一定要说出他们的共同点的话，那就是：这些人都是从事理论研究的，都是地地道道的理论家，都意识到并深入探究了人类认识活动、实践活动、审美活动乃至人类存在本身、现实世界本身、人性本身的建构性质，以及语言在这种建构过程中的核心作用，都具有突出的反思精神。理论的时代是怎么诞生的？乔纳森·卡勒在其《理论的文学性》一文中，对此作了回顾。卡勒写道：在20世纪60年代，“理论”这一术语的含义和当时的语言论转向以及结构主义的兴起紧密相关，当时所谓“理论”就是“结构主义语言学模式的普遍化运用，这种模式据称将适用于一切，适用于全部文化领域”，它“将阐明各种各样的材料，是理解语言、社会行为、文学、大众文化、有文字书写的社会和无文字书写的社会以及人类心理结构的关键”。[①] 卡勒非常准确地把握住了20世纪理论运动的主旨，即把语言学模式引入各学科的研究中，并借此反思各学科存在的问题，特别是形而上学认识论存在的问题，它使我们强烈地意识到语言在社会文化和个人经验建构过程中的核心作用，使我们告别本质主义，走向建构主义，并具有了比以前更加强烈、自觉的反思意识。因此，语言问题成为所有理论家、所有人文社会科学“学科”都绕不开的核心议题，也就是题中应有之义了。

由于文学是所谓“语言的艺术”，文学最能够体现语言的特性（比如隐喻性、虚构性、想象性），理论家们因而对文学情有独钟，他们纷纷通过理解文学而理解语言，通过探索文学性来把握语言学模式，通过理解语言来理解经验、认识、无意识、人性以及社会现实。卡勒写道：

> 尽管理论具有广泛的跨学科抱负，但在它的高潮时期，文学问题仍处于其规划的核心：对于俄国形式主义、布拉格结构主义以及法国结构主义——尤其是对罗曼·雅各布森（他将列维—斯特劳斯引入音位模式，而音位模式对结构主义的发展具有决定性的作用）而言——文学的文学性问题是富有启发性的问题。理论试图将文化的对象与事件当作形形色色的“语言”要素来处理，因此，它们首先关注的是语言的性质，而当文学表现为最深思熟虑、最反常、最自由、最能表现语言自身的语言时，它就是语言之所是。文学是语言结构与功能最为明显地得到突出并显露出来的场所。如果你想了解语言的一些根本性的方面，你就必须思考文学。[②]

是啊，文学是语言的操练场，文学研究的方法渗透（跨入）到其他学科，当然也就毫不奇怪。关注、拥抱、青睐文学与“文学性”成为20世纪理论运动中一个引人注目的现象。与此同时，理论家们发现了无所不在的“文学性”：哲学与哲学研究的文学性，历史与历史学研究的文学性，等等。换句话说，文学性不再被看做“文学”的专有属性，而是人文—社会科学各学科的普遍属性，也是理论自身的属性。

---

① Jonathan Culler, “*The Litery of Theory*”, in Judith Batler, John Gillory & Kendall Thomas (eds.), *What's Left of Theory*? New York on the Politics of Literary Theory, New York & London: Routledge, 2000, p. 273.

② Jonathan Culler, “*The Litery of Theory*”, in Judith Batler, John Gillory & Kendall Thomas (eds.), *What's Left of Theory*? New York on the Politics of Literary Theory, New York & London: Routledge, 2000, p. 274.

这样一来，所谓文学理论——其核心是如何运用语言学模式分析解读一个文本——也就成为一种普遍的理论，是一种在别的学科领域广泛运用的研究模式。一方面，作为专门之艺术门类的文学（作品），特别是经典文学（作品），不再是一个拥有特权地位的研究对象，即使在文学理论研究内部也是这样，因为“文学性”无所不在，理论家们（比如叙述学家）正以同样的热情研究巴尔扎克小说与广告语言的叙述结构；另一方面，文学理论正在“四处出击”，占领原先不属于自己的领地。卡勒观察到，“在相当重要的意义上说，文学作为富有特权的研究对象的特殊地位受到了损害，不过，这种研究的结果（这也很重要）将‘文学性’置入了各种形式的文化对象，从而保留了文学性的某种中心地位”。[①] 一个令人感兴趣的现象是：关于“文学”、“文学性”，学术界迄今为止都没能做出令人满意的界定，而在别的文化现象——从历史叙述、精神分析病例记录到广告语——中却发现了越来越多的文学性。文学研究不仅对于文学工作者，而且对于研究其他社会文化现象的学者，都是非常重要的训练。哲学如此，史学亦然，甚至自然科学也难以摆脱这种审美性、文学性或虚构性。

当然，“文学性”概念和以结构分析、叙事分析为核心的文学理论，还是经历了从内到外的扩张。众所周知，“文学性”这个概念是俄国形式主义者发明的，并在 1980 年代进入我国文论界且产生了重大影响。但在俄国形式主义那里，“文学性”只是一个形式美学概念，它特指文学作品中具有某种特殊审美效果（如“陌生化”）的语言结构和形式技巧，并把它确立为文学研究的特殊对象，以便使之变得更加“纯粹”。这种褊狭的理解使得“文学性”概念的丰富潜力难以得到发掘。

文学研究的所谓“内在”方法的外扩很典型地体现在文化研究中。文化研究在很大程度上借鉴了文学研究中的“内部研究”方法。从知识谱系上看，文化研究产生于西方 20 世纪中期以后，其思想与学理的资源除了马克思主义以外，还包括 20 世纪各种文学与其他人文科学的成果，如现代语言学、符号学、结构主义、叙述学、精神分析、文化人类学等等。由索绪尔的《普通语言学教程》为标志的语言论转向的成果——最大的成果或许就是产生了上述所谓的“理论”——充分反映在包括形式主义、结构主义、后结构主义、新

---

① Jonathan Culler, "The Litery of Theory", in Judith Batler, John Gillory& Kendall Thomas (eds.), *What's Left of Theory? New York on the Politics of Literary Theory*, New York& London: Routledge, 2000, p. 275.

批评、符号学、叙事学等领域及其分析工具中，而文化研究恰恰极大地得益于这些分析工具。事实上，许多文化批评家都是文学批评家出身，他们通晓20世纪发展出来的文本分析方法。罗兰·巴特用符号学的方法对广告的分析就是这方面的经典之作。对此可以从两个角度理解。

首先，文化研究中一直存在一种以文本—形式分析为基础的分支，它对语言学、符号学等多有借重。约翰生把文化研究分为“基于生产的研究”和“基于文本的研究”等三种。在谈及“基于文本的研究”时，他指出：“主要的人文科学，尤其是语言学和文学研究，已经发展出了文化分析所不可或缺的形式描述手法。”① 约翰生还沿用斯图亚特·霍尔的《文化研究：两种范式》一文中关于文化研究中“文化主义”与“结构主义”两种范式的区分，指出后者“极具形式主义特色，揭开语言、叙事或其他符号系统生产意义的机制”，如果说文化主义范式根植于社会学、人类学或社会—历史，那么，结构主义范式则“大多派生于文学批评，尤其是文学现代主义和语言学形式主义传统”。② 这些都是文学理论渗透到文化研究的明显例子。

其次，也是更加重要的，语言学与结构主义等对文化研究的重要性还不只是体现在影响了其中的一个分支，而是把建构主义的视野引入了对主体性的理解。约翰生把“形式”列为文化研究的三个关键词之一（另外两个分别是“意识”与“主体性”），并认为：正是结构主义强调了“我们主观地栖居于其中的那些形式的被建构的性质。这些形式包括：语言、符号、意识形态、话语和神话”。③ 这表明文化研究已经把“形式”与“结构”等概念应用到对于社会生活与主体经验的内在建构性的理解，从而把形式与文化、“内部研究”与“外部研究”有机结合起来。形式分析使我们得以把叙事性视作组织与建构主体性的基本形式。以故事形式为例。产生于故事形式分析的方法在文化研究中大有可为，因为“故事显然不纯粹是以书本或虚构的形式出现，它也存在于日常生活谈话中，存在于通过记忆和历史建构的个人和集体的身

---

① 理查德·约翰生：《究竟什么是文化研究?》，罗钢等主编《文化研究读本》，中国社会科学出版社，2000，第29页。

② 理查德·约翰生：《究竟什么是文化研究?》，罗钢等主编《文化研究读本》，中国社会科学出版社，2000，第19页。

③ 理查德·约翰生：《究竟什么是文化研究?》，罗钢等主编《文化研究读本》，中国社会科学出版社，2000，第13页。

份中”。[①] 人的主体性以及整个文化与社会生活都是被建构的，而不是自然的、现成给予的。这个建构主义的洞见可以说是文化研究的哲学基础。

但只看到文化研究对形式主义或文学理论的借鉴而忽视其发展，依然是非常不够的。约翰生在肯定了文化研究对语言学、结构主义、符号学等的借重以后，颇有深意地指出：文学批评虽然为文化研究发展出了强有力的分析工具，但是在这些工具的应用上却“缺少雄心大志”。比如语言学。对文化分析来说，语言学似乎是无可置疑的“百宝箱”，但它却被埋藏在“高度技术化的神话和学术专业之中”。文本分析在文化研究中只是手段，文化研究的最终目的不是文本，更不是对文本进行审美评价。文化批评并不是、或主要不是把文本当做一个自给自足的客体，从“审美”或“艺术”的角度解读文本，其目的也不是揭示文本的“审美特质”或“文学性”，不是做出审美判断。文化研究从它的起源开始就有强烈的政治旨趣，这从威廉斯、霍加特等创始人的著作中可以看得非常清楚。文化批评是一种“文本的政治学”，旨在揭示文本的意识形态，以及文本所隐藏的文化—权力关系，它基本上是伊格尔顿所说的“政治批评”。

二 认识论审美化与美学的重构

卡勒等后现代文学理论家对文学性的扩散与文学研究模式的普遍化应用的观察，和德国美学家韦尔施对认识论审美化及美学研究转型的观察可谓不谋而合。韦尔施在其《重构美学》一书中分辨了审美化的四个层次：“首先，锦上添花的日常生活表层的审美化；其次，更深一层的技术和传媒对我们物质和社会现实的审美化；其三，同样深入的我们生活实践态度和道德方面的审美化；最后，彼此相关联的认识论的审美化。”[②] 虽然审美化的表现大大小小无所不在无远弗届，但是从本体论的角度看最重要的是，我们的社会现实已经审美化了，而从认识论角度看最具有革命性的则是，所有的人文科学、社会科学乃至自然科学知识，尽管使用的方法各异、手段有别，本质上都是一种审美建构。

韦尔施指出：“现代思想自康德以降，久已认可此一见解，即我们称之为

---

① 理查德·约翰生：《究竟什么是文化研究?》，罗钢等主编《文化研究读本》，中国社会科学出版社，2000，第31页。

② 韦尔施：《重构美学》，陆扬、张岩冰译，上海译文出版社，2002，第40页。

现实的基础条件的性质是审美的。现实一次又一次证明，其构成不是‘现实的’，而是‘审美的’。”① 既然连现实都是审美的建构，那么合乎逻辑的是，研究审美活动的美学就不应该是一门只研究艺术的学科，它必须成为研究现实世界审美化之方方面面的超美学，从物质世界的审美化，到精神世界的审美化以及认识论的审美化。“美学丧失了它作为一门特殊学科、专同艺术结盟的特征，而成为理解现实的一个更广泛、也更普遍的媒介。这导致审美思维在今天变得举足轻重起来，美学这门学科的结构便也亟待改变，以使它成为一门超越传统美学的美学。将‘美学’的方方面面全部囊括进来，诸如日常生活、科学、政治、艺术、伦理学等等”。② 建构这样一门超越传统美学的美学，就是《重构美学》一书的基本宗旨。

韦尔施重点论述了认识论的审美化，认为它“是今天我们关心的一切审美化中最为根本的一种”，因为“它构成了当前审美化过程的实际基础，解释了这些过程为何被人们广泛接受”。③ 所谓“认识论的审美化”是指：诸如科学、真理等认识论的基本范畴，现在都被理解为审美范畴。他广泛援引美学思想史的文献，指出传统哲学和美学一直把审美模式视为某种与特定现实领域或知识领域相关的次等的东西，从属于“真实存在的基础”（比如柏拉图的“理念”或马克思的“现实”），而在后现代条件下，出现了审美“原理化”、“普遍化”的趋势，审美范畴被当做理解现实的基本范畴或一般范畴。“存在”、“现实”、“持久性”、“现实性”这些古典的本体论范畴，其地位如今正被“外观”、“流动性”、“无根性”、“悬念”这类审美范畴所替代。前几个世纪，“审美”等一系列所谓的“次等范畴”是在“现实”等“初级范畴”的阴影之中得到发展的，它只涉及人类构造物的“次等现实”，“但是一旦现实本身唯心主义地、浪漫主义地和历史地揭示了自己总体上亦是一种构造物之后，这些次等范畴证明同样也可以用来理解初级的和普遍的现实”。④

在整个古典和现代时期，在感性和理性、审美和科学之间旷日持久的较量中，理性和科学一直高居于感性和审美之上，而后现代的知识转向（这个转向可以追溯到尼采）则意味着感性和审美的“僭越”，以致科学和真理很大程度上“变成了一个美学范畴”。韦尔施认为这是“最激动人心、也最深刻的审美化”。理性本身的审美化使得所谓反对审美化的那些“理性”辩护

---

① 韦尔施：《重构美学》，陆扬、张岩冰译，上海译文出版社，2002，第1页。
② 韦尔施：《重构美学》，陆扬、张岩冰译，上海译文出版社，2002，第1页。
③ 韦尔施：《重构美学》，陆扬、张岩冰译，上海译文出版社，2002，第39页。
④ 韦尔施：《重构美学》，陆扬、张岩冰译，上海译文出版社，2002，第53页。

全部失却了根基，变得具有反讽性：如果理性、科学、真理本身已经审美化，我们怎么能够站在理性、真理和科学的立场来批判审美化呢？

韦尔施认为，这个认识论审美化的历史，起始于康德，中经尼采的发展，到20世纪成为蔚为大观的审美化思潮。康德第一个表明我们的知识在构成意义上是“审美的”，因为一个客体之成为经验对象的可能性条件，是必须被植入时空直觉形式。唯有在时空直觉形式中，客体才会被呈现在我们面前。这些直觉形式扩展到哪里，我们的认知就延伸到哪里。这就是说，现实之能够成为我们的认知对象，已包含了基本的审美成分，因为植入时空感就是一种审美建构。在韦尔施看来，正是从康德开始，美学成了认识论的基础。“自此以还，谈论知识、真理和科学，鲜有不将审美成分考虑在内的。传统形而上学的根本错误，恰恰在于没有认识到我们的认知对于审美的依赖性。从此以下这条规律流行不衰：认知的话语若不意识到它的审美基础成分，无一能够成功；对美学与认知的能力的掌握一起得到扩展；没有美学，就没有认知”。①

康德之后，尼采在认识论审美化过程中的作用尤为关键，在他之后，“虽然还有人可能会质疑认知的审美建构问题，却很少有什么可提出来反对这一建构了”。②“尼采表明，我们对现实的表述不仅包含了基本的审美因素，而且几乎整个儿就是审美性质的。现实是我们产生的一种建构，就像艺术家通过直觉、投射、想象和图像等形式予以实现的虚构手段。认知基本上是一种隐喻性的活动。人类是一种‘会建构的动物’”。③知识活动作为我们把握现实的实践，在三重意义上属于审美的形式：它们是诗意般地产生的；它们是以虚构的手段建构而成的；它们的整个存在模式具有流动和脆弱的性质。“因此，在尼采看来，我们对现实的描绘不仅包含了根本的审美因素，而且整个儿就是按照审美的意义被构成的：它们是形构生成的。用虚构的手段作支架，其整个存在模式是悬搁的、脆弱的。而这类性质我们传统上只用来证明审美现象，认为惟有在审美现象中方有可能。尼采使得现实和真理总体上具有了审美的性质”。④韦尔施由此热情洋溢地称：“尼采可能是最杰出的审美思想家。”⑤

---

① 韦尔施：《重构美学》，陆扬、张岩冰译，上海译文出版社，2002，第56页。
② 韦尔施：《重构美学》，陆扬、张岩冰译，上海译文出版社，2002，第34页。
③ 韦尔施：《重构美学》，陆扬、张岩冰译，上海译文出版社，2002，第34页。
④ 韦尔施：《重构美学》，陆扬、张岩冰译，上海译文出版社，2002，第62页。
⑤ 韦尔施：《重构美学》，陆扬、张岩冰译，上海译文出版社，2002，第60页。

尼采的这个思想在20世纪基本上成为知识界的共识，即使在科学哲学领域也是如此（所谓科学哲学变成了“尼采哲学”），也就是说：“现实的审美构成不仅仅是少数美学家的观点，而是这个世纪所有反思现实和科学的理论家的看法。”① 在这样的思想氛围下，无论是分析哲学家、科学哲学家，还是直接从事科学研究的科学家，统统成为尼采的信徒，没有人再相信“自在的现实”，大家普遍同意“只存在特定描述之下的现实”。② 在罗蒂看来，这是一种“诗性化的文化”：

> 对于认知和现实的基本审美性质的认识，正在渗入当今所有的学术领域。不论是符号学还是系统论，不论是社会学、生物学还是微观物理学，我们处处可以看到，没有原初的或终极的基本原理，相反恰恰是在“基本原理”的范域之中，我们陷入了某种审美的建构。故而符号学学者告诉我们，能指链（chains of signfiers）总是指向其他能指链，而不是指向某种原初的所指。系统论教导我们，我们“无以求诸最终的实体”，相反只是观察诸多的观察物，描述诸多的描述物。微观物理学则发现，凡是在它试图复归基本事物的地方，它遇到的不是基本元素，而总是新的复合体。③

韦尔施很欣赏罗蒂将此类认识论审美化思潮概括为“诗性化的文化”，“这样一种文化知道，我们的‘基本原理’都是经过审美构成的，因此整个儿就是‘文化制品’，只能够比照其他文化制品来做审度，永远不可能比照现实本身”。④“诗性化的文化”不会徒劳无功地坚持要知道“油漆过的墙”后面到底有没有“真正的墙”。

认识论的审美化强烈地动摇了传统的形而上学，因为它表明现实不是一个不变的、独立于认识的给定量，相反是某种建构物。如果说传统的基础主义或本质主义认识论以为审美只是对象的次级属性，那么，今天我们正在认识到它是事物的基本属性。不光是艺术，而且包括我们的其他行为形式、我们的认知，都展示了一种建构的性质。像可操纵性、歧义性、无根基性等原属审美的范畴，都变成了现实的基本范畴。韦尔施认为，“这一认识论审美化

① 韦尔施：《重构美学》，陆扬、张岩冰译，上海译文出版社，2002，第36页。
② 韦尔施：《重构美学》，陆扬、张岩冰译，上海译文出版社，2002，第36页。
③ 韦尔施：《重构美学》，陆扬、张岩冰译，上海译文出版社，2002，第38页。
④ 韦尔施：《重构美学》，陆扬、张岩冰译，上海译文出版社，2002，第37页。

是现代性的遗产……因为在现代性中，真理已经表明自身就是一个审美范畴”。①

正是在这样的理论认识之下，韦尔施谈到了美学学科的重建及其“跨学科”或“超学科”设计：在一个所谓“全球审美化”时代，审美化不仅表现着美学的扩张，同时改变着美学的构造。韦尔施认为，必须扩展美学，使之包括传统美学（以艺术问题为核心）之外的问题，由此来重构美学。重建后的美学进入了与建构性、审美性相关的所有人类知识领域，它不仅是跨学科的或者学科际的，而且是超学科的：“美学本身应该是跨学科、或者说是超学科的，而不是只有在与其他学科交会时才展示其跨学科性。”②

我以为韦尔施的“超学科”概念值得我们充分重视，而且要与原先的“跨学科”概念加以区别，予以新的理解。这点不仅适合于美学，也适合于文学理论。我们原先理解的“跨学科”，其真实含义实际上是学科际或学科间（inter－discipline），是不同学科的合作。而“跨学科”的真正含义应该是超学科（trans－discipline）而不是学科际，真正的跨学科研究应该是超学科研究（“trans－disciplinary studies”中的“trans”本来就是“超越”的意思），而不是学科际研究（inter－disciplinary studies）或多学科研究（multi－disciplinary studies）。这就如同“跨国”不等于“国际”一样。“国际”的基本单位仍然是国（民族—国家），类似多国合作；而“跨国”则意味着跨越、超越了国家这个分析单位的有效性。同样，学科际/学科间/多学科的基本单位仍然是学科，是多个学科（之间）的合作；而跨学科则跨越了学科，它不仅跨越了学科边界，而且体现出对学科性质的全新认识。美学、文艺学的真正的跨学科研究，不是不同学科、多个学科之间的简单综合、借鉴、合作（比如用经济学、社会学、心理学、统计学的方法、范畴等研究文艺问题），而是建立在对于所有人类知识活动的共通性，即文学性、审美性、建构性的洞察上，它认识到，无论是文学艺术活动，还是哲学、历史学、社会学以及其他人文社会科学的研究，说到底都是一种审美建构。比如历史学和文学的区别曾经建立在这样的二元对立思维上：历史学是通过事实揭示真理或真相，而文学艺术是通过虚构、想象表现情感。认识论的审美化则使得这个区别不再成立，因此学科划分除了管理上的方便以外，再也没有学理上的依据。

---

① 韦尔施：《重构美学》，陆扬、张岩冰译，上海译文出版社，2002，第39～40页。

② 韦尔施：《重构美学》，陆扬、张岩冰译，上海译文出版社，2002，第106页。

三　文学理论的反思性

在语言论转向以及结构主义思潮影响下出现的理论，包括文学理论，其突出特点是反思性——对人的认识活动、实践活动、审美活动乃至人的存在、现实世界、人性之建构性、建构过程、建构机制等等的高度自觉的反思。伊格尔顿曾说，理论乃是“批判性的自我反思”，理论出现在“我们被迫要对自己的所作所为发展出一种崭新的自我意识时”，理论“是我们不再可以把现行各种实务视为理所当然的事实时所会出现的征兆。事实上，这些实务现在必须成为自身探究的对象”。① 理论的核心是反思，反思就是对思想—知识活动本身的前提和可能性的提问和思考。

理论的时代必然是反思的时代。反思是当代理论（当然也包括当代文学理论）的必然品格。在西方，尼采即已开始对人类知识活动的建构性、审美性进行了深入的反思，而在结构主义语言学出现之后，这种思考被大大推进和深化了，原因是它发现了语言在这种建构中的核心作用，并创造了一套语言分析方法。

理论的反思性和理论的审美性、建构性密切相关。如果像传统形而上学一样坚信存在一个非建构的、与认知主体无关的、自在的“实体”（本质）——无论它是“理念”、“上帝”，还是“绝对精神”、“现实”、“历史法则”——那么，这个实体就只能是一个“理所当然”的存在，一种只能接受、反映的存在，在此，反思没有意义，也无用武之地。一个信徒当然不能反思“上帝”，因为“上帝”对他而言不是建构物而是自在物。一个人如果能够反思“上帝”，那是因为他把“上帝”当做了人的建构、人的想象和创造，这里面必然加入了人自身的欲望、权力、想象、情感等等，不再是自然而然或理所当然的了。

就文学理论而言，我国最近兴起了文学理论的学科反思热潮，“反思”成为这几年文艺学论文和会议中出现频率最高的术语之一。这种反思本身就是在后现代主义、结构主义与后结构主义、文化研究等思潮的影响下兴起的，这些思潮使得我们更加自觉地意识到了文学理论知识的建构性。比如，很多有关文学理论反思的文章都不约而同地引用了卡勒那本具有浓厚后现代主义色彩的《当代学术入门：文学理论》，该书辟专章讨论了“文学是什么”的

---

① 伊格尔顿：《理论之后》，李尚远译，香港城邦出版集团，2005，第42页。

问题。似乎反讽的是，他认为“文学是什么”这个被许多人视为文学理论的“中心”问题事实上并没有太大的重要性。因为，一方面，文学文本与非文学文本之间的区别从来无法得到一致认同、一劳永逸的解决，人们已经在大量的所谓“非文学现象”中找到了“文学性”；另一方面，虽然人们通常总是希望知道是什么使文学区别于非文学，想知道如何判断哪些文本属于“文学作品”、哪些不是，但各种被称为“文学”的文本并不具有共同的特征，而且其中很多作品似乎与通常被认为不属于“文学”的作品却存在更多的相同之处。卡勒历史地概述了“literature”（文学）这个词的不同含义，结论是我们根本无法找到一个稳定的、普遍的文学定义，“……于是我们不想再去推敲这个问题了，干脆下结论说：文学就是一个特定的社会认为是文学的任何作品，也就是由文化来裁决，认为可以算作文学作品的任何文本”。[①] 换言之，文学就是特定时期被建构为文学的东西。

依据布迪厄，反思就是对理论、知识自身的自反性思考，是反过来思考言说者自己、言说思考者自己。在布迪厄看来，反思是一种特殊的思维方式，它意味着分析者“将他的分析工具转而针对自身”，把自己作为反思的对象。布迪厄说：“想要实现反思性，就要让观察者的位置同样面对批判性分析，尽管这些批判性分析原本是针对手头被建构的对象的。”[②] 这就是说，社会科学——当然也包括文学理论——中的反思性方法意味着对社会科学知识生产者本身的研究，这是一种类似“自我清理”的工作，它把分析的矛头指向社会科学知识生产者自己，特别是他/她在学术场域与社会空间中的位置。任何知识的生产者在生产一定的知识时，必然受到其在学术场域与社会空间中所处位置（position - taking，即所谓“占位”）的有意或无意的牵制。因此，反思意味着文学理论的自觉。如果说传统的、本质主义的文学理论是非反思的，它认为文学的本质是一个实体存在，无关研究者的建构行为，只有一种对于这个实体的“正确”或“不正确”的反映，那么，建构主义的文学理论从来不假设有一个神秘的、自在的、实体性的“文学”，它感兴趣的是人们是如何建构“文学”的。

文学理论的这种自反性言说方式充分表明，今天的文学理论研究已经获得了空前的自觉性。如果没有反思性，文学研究就是不自觉的：它在不断地

---

① 乔纳森·卡勒：《当代学术入门：文学理论》，李平译，辽宁教育出版社，1998，第29页。

② 布迪厄：《实践与反思——反思社会学导引》，华康德译，中央编译出版社，1998，第44页。

从事建构活动，却不知道自己如何在建构、哪些因素在制约和牵制自己的建构行为，它不知道作为话语建构的文学活动的机制是什么、其限度和可能性是什么。它还以为自己是一个不受制约的超越主体，因此也就不可能最终把这种制约缩减到最低程度。

在具有反思精神的文学理论看来，既然文学不是实体而是建构，各种关于文学与文学本质的建构当然也就没有什么传统知识论意义上的、绝对的标准——因为这个“标准”本身也是建构，而且只能是建构，它自己同样深陷在历史、社会、文化、权力等脉络中。

从本质主义到建构主义的转变，不仅是理论立场的转变，也是研究范式或提问方式的转变。在建构主义的立场上，我们不会去问：到底哪种文学理论、文学的“本质”观是真理，是对于文学的自在、客观“本质”的正确揭示？哪些是谬误，是对于这种“本质”的歪曲或遮蔽？我们要问的是：什么人在什么情况下、出于什么需要和目的、通过什么手段、建构了什么样的“文学”理论？又是在什么情况下、何种关于文学的理论为什么取得了支配或统治地位，被封为“真理”甚至“绝对真理”？何种文学理论被排斥到边缘地位或者干脆被消灭？原因是什么？这个中心化—边缘化、包含—排除的过程是否表现为一个平等、理性的协商对话过程？

这样，建构主义必然走向对话主义。对话主义同样是本质主义的反面，对话的必要性来自这样的认识：不存在关于文学的绝对的、唯一的“真理”，只存在对于文学的各种言说，各种言说谁也不能认为自己是绝对真理，任何关于“真理”的建构都是有局限的，否则就不需要对话。但是对话的另一个含义是：建构主义不等于孤立主义和虚无主义，各种文学言说虽然都不能自诩为绝对真理，但也不是绝对无法对话或绝对无法达成“共识”；它只是意味着：这个在特定历史时期、特定的社会文化语境中达成的“共识”，仍然不是绝对的，而是相对的，仍然是建构而不是实体，因为对话本身也受到历史的限制，同时，新的关于文学的言说还在源源不断产生，进入对话行列。或者说，我们需要对话，是因为我们无法找到实体化的文学本质，否则我们就可以像举着石头一样举起文学的本质，说：“看吧，我找到文学的本质了，你们还争论什么！”如果每个人都举起自己手中的石头，结果只能是暴力冲突而不是理性的对话。在文学观念多元化的当下中国，文学理论工作者能够做的和应该做的，是制定诸多文学理论之间的对话规则，努力在如何对话这个问题上达成一致，而不是选择一种文学理论作为“绝对真理”。关于文学理论的这种对话规则实际上就是民主的文化商谈原则，它要警惕的是某些文学理论挟持一些非学术因素不通过对话就宣告自己是“绝对真理”，别的全部是谬误，剥夺别的文学理论的发言权。达成这样的共识我以为是相对容易的，比大家一致同意哪种文学理论是绝对真理要容易得多。如果对话的结果是大家高度一致地同意某种文学理论，而且完全是出于自己的自由意志和理性思考，那么，这种文学理论不妨在此时此刻被称为“真理”，但是这个“真理”是共识意义上的“真理”，而不是实体意义上的“真理”，是对话出来的，而不是上帝或别的什么权威塞给我们的，是以后还可以持续质疑的，而不是从此以后就不再可以质疑的。

结语：文学理论死了吗？

让我们回到关于“死了”的话题。

窃以为我们无法抽象地说“文学”或者“文学理论”死了还是没死、垂死挣扎还是生机勃勃。用我经常使用的术语表达“死了”依然是一种本质主义的说法，好像只有一种文学理论，它要么死了，要么活着。

就像我们不能抽象地说“文学死了”或“文学万岁”，只能说什么样的文学死了、什么样的文学万岁一样，更加有意思的提法毋宁是：什么样的文学理论死了，什么样的文学理论万岁？我们不能说文学本身死了或者万岁，也不能说（至少是不能有意义地说）文学理论本身死了或者万岁。因为世界上不存在这样的“文学本身”或者“文学理论本身”。所有“文学本身”、“文学理论本身”之类的话语都是欺世盗名的冒牌货而已。阿伦特在谈到“上帝死了”这种说法的时候指出：“不是说‘上帝’死了——不论从哪个方面来看，此言显然荒谬——而是数千年来谈论上帝的方法不再有说服力：不是地球自有人类以来就同时出现的古老问题变得‘无意义’，而是问题被提出与回答的方式不再言之成理。”①

再打一个比方，我们无法说“人本身”死了，而只能说某种理论表述中的人或者某种话语方式中的人死了（比如福柯说的“人死了”其真实意义是说人文主义话语表述系统中的那个“人”死了），而不能说“人本身”死了。世界上不存在“人本身”。J. 希利斯·米勒关于“文学终结”的说法其实也是这样的意思——不是抽象意义上的“文学”终结了或即将终结，而是特定

---

① 汉娜·鄂兰（阿伦特）：《责任与判断》，蔡佩君译，（台湾）左岸文化出版社，2008，第221页。

语言表述系统中的那个“文学”终结了或即将终结。米勒从来没有抽象地说过“文学终结了”。重复一遍：世界上不存在“文学本身”或“文学理论本身”这种东西；只存在特定语境中的人、文学或者文学理论，特定话语表述系统中的人、文学或者文学理论。

这样看来，什么样的文学理论死了呢？我以为是本质主义的自我封闭的、画地为牢的文学理论死了，失去了自我反思能力和自我更新能力的文学理论死了。这样说的时候，我们表达的意思其实是：某种话语表述系统中的文学理论死了，而另一种话语表述系统中的文学理论方生。

“文学死了”、“文学理论死了”的另一个含义是，在一个全球审美化、图像化、视觉化的时代，作为艺术一个特殊门类的文学及其理论边缘化了。这是一个事实，一个无可奈何的事实。作为特殊艺术门类的文学的黄金时代是和纸质媒体的统治性捆绑在一起的。人们阅读文字的时间减少了，即使继续阅读，也是在网上阅读。但是，这也并不意味着我们可以抽象地说文学死了或者文学理论死了。如果我们把文学性——想象性、虚构性、隐喻性等——视为文学的基本属性，那么，我们会发现文学（性）到处都是；如果我们把运用结构分析、叙事分析、文本分析等视作文学研究的基本方法，那么，我们会发现文学研究在哲学、历史学、社会学、政治学、文化研究乃至自然科学研究中四处开花，被普遍运用。

许多人所谓的“文学死了”、“文学理论死了”，其真实意义不过是文学和文学理论的转型而已。

（原载《文艺研究》2010年第9期）

视觉文化时代文学理论何为

·赵　勇·

"当代文化正在变成一种视觉文化，而不是一种印刷文化，这是千真万确的事实。"① 这是丹尼尔·贝尔在1978年做出的判断。时隔30多年，我们这里也应验了他的这一判断。可以毫不夸张地说，我们已经大踏步地进入一个视觉文化时代：几乎所有的文化产品都围绕着视像化展开，视觉美学、眼球经济业已成为文化生产的内在逻辑。而在此过程中，文学的生产与消费也成为视觉文化的一部分。既如此，这个视觉文化究竟是什么文化？视觉文化与文学的关系如何？文学生产在视觉文化时代已然发生了怎样的变化？文学理论该如何应对这种变化，又该如何做出调整？这些问题是需要我们面对的。

一

虽然关于视觉文化的论说已有许多，但为了更好地分析视觉文化与文学之间的关系，对视觉文化做出相关的梳理与界定依然是必要的。

从一般的意义上看，视觉文化对应于印刷文化，是当代文化发展到一个新阶段之后所形成的文化形式。在哲学界和美学界，与视觉文化来临相关的另一表述是"图像转向"（pictorialturn），以此对应于当年的"语言学转向"（linguistic turn）。② 而结合西方学者关于视觉文化问题的相关思考，视觉文化又可在如下层面上加以确认。

首先，视觉文化是一种后现代文化。米尔佐夫（Nicholas Mirzoeff）认为："印刷文化当然不会消亡，但是对于视觉及其效果的迷恋（它已成为现代主

---

① 丹尼尔·贝尔：《资本主义文化矛盾》，赵一凡等译，三联书店，1989，第156页。

② 参见W. J. T. 米歇尔《图像理论》，陈永国等译，北京大学出版社，2006，第2~3页。

义的标记）却孕生了一种后现代文化，越是视觉性的文化就越是后现代的。”又说：“后现代主义标志着一个时代，在这个时代里，视觉图像以及那些并不必然具有视觉性的事物的视觉化在戏剧性地加速发展，以致图像的全球流通已经达到了其自身的极致，通过互联网在高速运转。”① 无独有偶，艾尔雅维茨（Ales Erjavec）在论述视觉文化时也指出了它与后现代主义的关联：“后现代主义最突出的特点是从视觉出发。它是一种图像和图画不仅相互纠缠、而且可以互换的视觉文化。”“在后现代主义中，文学迅速游移至后台，而中心舞台则被视觉文化的靓丽辉光所普照”。②

如果从文学的角度出发，以上两位论者的思考似可延伸出如下理解：在视觉文化时代，文学从总体上看已经处于一个边缘的位置，这不仅是因为文学的可视性差或者简直就不存在什么可视性（所谓的“文学形象”其实不过是我们借助于自己以往的视觉经验并通过想象在头脑中形成的一种幻象，所以才有“一千个读者有一千个哈姆莱特”之说），而且也因为视觉文化的传播载体（如电影、电视和互联网等）要比印刷媒介更直观、迅捷、方便，从而形成了一种媒体霸权，并对印刷媒介构成了一种压制和排挤。在这个意义上，视觉文化的后现代性其实意味着文学的没落，它逼出了文学的前现代性或古典性。一个显而易见的事实是，曾经扮演过“第一小提琴手”的作家与文学在视觉文化时代已经易位。

另一方面，我们也可以在现代主义/后现代主义的文化格局中思考文学所发生的种种变化。一般而言，模糊人物性格、淡化故事情节、注重描摹人物的精神世界、努力挖掘人物的潜意识心理等等，是现代主义文学的基本特征。对此，法国新小说作家兼理论家萨洛特（Nathalie Sarraute）甚至指出：“现在看来，重要的不是继续不断地增加文学作品的典型人物，而是表现矛盾的感情的同时存在，并且尽可能刻画出心理活动的丰富性和复杂性。”③ 如果转换到视觉文化的语境中来加以思考，我们可以说现代主义的文学策略努力淡化的是小说的可视性，增强的则是小说的可思性。从某种意义上说，这种文学策略是与视觉文化背道而驰的，而因此写就的小说也给视觉文本的转换带来了极大的难度。例证之一是，从《永别了，武器》到《老人与海》，海明威的全部小说几乎都改编成了电影，但据茂莱（Edward Murray）分析，这些改

---

① 尼古拉斯·米尔佐夫：《视觉文化导论》，倪伟译，江苏人民出版社，2006，第3、9页。
② 阿莱斯·艾尔雅维茨：《图像时代》，胡菊兰等译，吉林人民出版社，2003，第35、34页。
③ 纳塔丽·萨洛特：《怀疑的时代》，《法国作家论文学》，王忠琪等译，三联书店，1984，第389页。

编基本上都是失败之作。[①] 而在我看来，失败的原因之一便在于海明威小说的可视性差而可思性强。

但是，后现代主义的文本策略除了大量使用戏仿、反讽、拼贴、征引等多种技巧外，还在某种程度上接通了传统小说的写法，把故事性强、情节紧张有趣等等放在文学写作的重要位置，从而让小说具有了更多的可视性而非可思性。这种小说的后现代性或许可被看做是对视觉文化的一种有意无意的迎合。当我们说后现代主义小说变得更"好看"或"可读性"强时，这自然是对现代主义的反动，因为它降低了理解的难度，去除了某种深度模式，进而完成了从"思"到"视"的转移。

其次，视觉文化也是一种消费文化。可以从多个角度进入到有关消费文化的理解之中，若从视觉文化的角度考虑，视觉文化与消费文化的连接点有二：其一是视觉形象；其二是视觉消费。

为了让所有的一切具有可消费性，消费社会采取的基本手段是让其产品统统经历了一个物化、商品化、形象化的过程。在这里，商品物化仅仅使其产品具有了消费的可能，而要刺激人的购买欲与占有欲，则必须让其产品形象化。这样，制造视觉形象便成为消费文化生产的内在逻辑。杰姆逊曾经论述到语言文字在广告产品中的"Logo"化倾向，[②] 这既是对文字的物化处理，也是把字词转化成一种视觉形象的过程。惟其如此，才会出现弗洛姆所描绘的那种情景："一瓶可乐在手，我们喝的是漂亮的少男少女在广告上畅饮的那幅景象，我们喝的是瓶上那条'令你精神百倍'的标语。"[③] 在这里，商品的视觉形象虽然造成了能指与所指的彻底断裂，但这也恰恰是消费文化生产的秘密。

如果说视觉形象涉及的是生产环节，视觉消费则直接与消费者有关。韦里斯（Susan Willis）指出："在发达的消费社会中，消费行为并不需要涉及到经济上的交换。我们是用自己的眼睛来消费，每当我们推着购物小车在超市过道里上上下下时，或每当我们看电视，或驾车开过广告林立的高速公路时，就是在接触商品了。"[④] 这里把视觉消费界定为仅动用眼睛而不动用钱袋的消

---

① 参见爱德华·茂莱《电影化的想象——作家与电影》第 16 章，邵牧君译，中国电影出版社，1989。

② 参见杰姆逊《后现代主义与文化理论》，唐小兵译，北京大学出版社，1997，第 224 页。

③ 陈学明等编《痛苦中的安乐——马尔库塞、弗洛姆论消费主义》，云南人民出版社，1998，第 128 页。

④ 转引自周宪《视觉文化的转向》，北京大学出版社，2008，第 108 页。

费行为，固然也可算作一种重要的消费文化现象。但在我看来，视觉消费的真正要义在于它不过是生产—消费活动中的一个中间环节，其最终目的还是要把那种通过眼睛的象征性消费转化为一种通过行动的实体性消费。卡尔维诺的短篇小说《马科瓦尔多逛超级市场》就很能说明这一问题。受广告视觉形象的召唤，马科瓦尔多一家人进入了超市，而他们目迷五色的过程便可看做视觉消费的过程。但他们终于没能止于视觉消费，而是把货架上的许多商品装满了自己的手推车，从而把过眼瘾的视觉消费转化成了实实在在的购买行动。只是当他们意识到自己囊中羞涩无钱购物时，他们才从那种迷醉状态中惊醒，然后选择了仓皇出逃。[①] 这篇小说可以看成视觉消费转化为实际消费的经典案例，其中隐含的视觉消费的逻辑走向不能不让人深长思之。

第三，视觉文化还是一种大众文化。根据笔者的梳理，在西方世界，大众文化经历了从近代通俗文化（popular culture）到现代大众文化（mass culture）的演变过程。[②] 这里我想进一步强调的是，在通俗文化时代，由于媒介载体主要是印刷媒介，所以通俗文化虽然已经出现了洛文塔尔所描绘的情景——犯罪、暴力与感伤成为结构小说情节的重要元素，作家甚至“像好莱坞影片中所表现的那样”，“纤毫毕现地细致描绘攻击、暴力、恐怖的场景”[③] ——但与现代大众文化相比，通俗文化毕竟还只能算作小巫见大巫。而近代通俗文化之所以能演变成现代大众文化，除了其他原因之外，电子媒介的介入以及对相关产品的再生产与再加工起了决定性的作用。波兹曼（Neil Postman）之所以会把美国19世纪以前的年代称为“阐释年代”，而把后来的年代称为“娱乐业时代”，关键在于“从17世纪到19世纪末，印刷品几乎是人们生活中惟一的消遣。那时没有电影可看，没有广播可听，没有图片可参观，也没有唱片可放。那时更没有电视。公众事务是通过印刷品来组织和表达的，并且这种形式日益成为所有话语的模式、象征和衡量标准”。[④] 转换到传播媒介的层面思考这一问题，“阐释年代”向“娱乐业时代”的转变其实就是印刷媒介霸权向电子媒介霸权的转变。而在此转变中，娱乐成了电子媒介产品的重要内容。

---

① 参见卡尔维诺《马科瓦尔多逛超级市场》，刘儒庭译，《卡尔维诺文集》，译林出版社，2001，第247～252页。

② 参见赵勇《透视大众文化》，中国文史出版社，2004，第2～7页。

③ Leo Lowenthal, *Literature, Popular Culture, and Society*, Englewood Cliffs, NJ: Prentice - Hall, 1961, p. 55, p. 81.

④ 尼尔·波兹曼:《娱乐至死》，章艳译，广西师范大学出版社，2004，第54页。

供人娱乐也正是现代大众文化的主要特征。而电子媒介与娱乐内容的结合，则让大众文化充分视像化了。换句话说，在今天，越来越多的大众文化内容恰恰是通过视觉文化的形式体现出来的。而视觉文化对大众文化的包装与制作除了让大众文化变得更加“好看”之外，还降低了进入大众文化的门槛，也进一步让大众文化变成了一种轻浅之物。在印刷文化时代，一个人即使要去接触赵树理的通俗小说，他也必须具备起码的识文断字的能力。但在视觉文化时代，诉诸视听感官的大众文化却已不需要阅读训练。波兹曼说：“看电视不仅不需要任何技能，而且也不开发任何技能。”① 梅罗维茨（Joshua Meyrowitz）指出：“一个人没有必要在看‘复杂节目’前，一定要先看‘简单的’节目。一位只看了几个月电视的成年人与看了几年电视的成年人对电视的理解可能相差无几。”② 他们说的便是这个道理。

另一方面，大众文化本来就不是厚重之作，而经过视觉文化的生产之后则又变得更加轻浅单薄了。事实上，无论是精英文化还是大众文化，它们一旦被视像化，都必然会经历一个从深刻到肤浅、从复杂到简单的叙事转换。之所以如此，是因为“电影不是让人思索的，它是让人看的”③；“电视之所以是电视，最关键的一点是要能看，这就是为什么它的名字叫‘电视’的原因所在。人们看的以及想要看的是有动感的画面——成千上万的图片，稍纵即逝然而斑斓夺目。正是电视本身的这种性质决定了它必须舍弃思想，来迎合人们对视觉快感的需求，来适应娱乐业的发展”。④ 例证之一是央视《百家讲坛》的节目虽然在一段时间内做得非常成功，但几乎所有的主讲人都遵循着“把传统文化通俗化、历史人物故事化、故事情节传奇化”的叙述套路，而最终所形成的结果也无非是“把深刻的思想肤浅化，把复杂的问题简单化”。⑤ 出现这种局面，显然与迎合视觉文化的生产特点有关。

以上，笔者分别从后现代文化、消费文化、大众文化的层面释放了视觉文化的内涵。

那么，做出如此分析有什么意义呢？大体而言，我想由此说明如下问题：

---

① 尼尔·波兹曼：《童年的消逝》，吴燕莛译，广西师范大学出版社，2004，第113~114页。

② 约书亚·梅罗维茨：《消失的地域：电子媒介对社会行为的影响》，肖志军译，清华大学出版社，2002，第70、78页。

③ 乔治·布鲁斯东：《从小说到电影》，高骏千译，中国电影出版社，1982，第51页。

④ 尼尔·波兹曼：《娱乐至死》，章艳译，广西师范大学出版社，2004，第120页。

⑤ 参见赵勇《大众媒介与文化变迁——中国当代媒介文化的散点透视》，北京大学出版社，2010，第344、50页。

第一，视觉文化并非仅仅就是与视觉相关的文化，在其背后还隐藏着许多常常被人忽略的意识形态内容。所以，视觉文化表面上是眼睛美学，实际上是生产方式的革命；表面上是生产方式的革命，实际上又是生产者与消费者价值观的潜移默化。第二，由于后现代文化、消费文化与大众文化的基本对应项分别是现代主义文化、审美文化和精英文化，那么视觉文化的来临一方面意味着现代主义文化、审美文化和精英文化的衰落；另一方面也意味着这些文化要想继续生存，不得不或者借助于视觉文化为其张目，或者寄生于视觉文化为其整容。文化生产因此呈现出更加迷乱的格局。第三，视觉文化最重要的对应项是印刷文化，而文学恰恰是印刷文化的产物。当视觉文化来势汹汹甚嚣尘上时，文学不可能不受到冲击与影响。那么，在视觉文化时代，文学究竟发生了怎样的变化呢？当然主要是文学的视像化。而配合着文学视像化的进程，叙事文学（主要是小说）又出现了写作逆向化（先剧本后小说）、技法剧本化（丰富的小说技法简化成了主写人物对话）、故事通俗化和思想肤浅化等等症候。于是作家的写作观念、小说的美学精神在视觉文化时代已经位移，视觉思维与影视逻辑也已进驻小说，改变着小说的生产方式、叙事方式和语言表达方式。小说内部构成的变化也必然会延伸到其外部交往中，从而带来接受方式、消费模式等方面的一系列变化。这种变化不仅仅是一种美学现象，而更应该把它看做一种大众文化和消费文化现象。既如此，文学理论该如何应对这种变化，又该怎样做出相应的调整呢？

二

从最本来的意义上考虑，任何一个时代的文学理论都是对当时文学实践活动的概括和总结。中国古代的文学理论之所以是诗话词话，是因为诗词歌赋是文学的主要形式。后来兴起了小说评点理论，又是因为叙事文学开始登上历史舞台进而逐渐兴旺发达。20 世纪后半段，文学理论先后被政治观念（50～70 年代）和审美观念（80 年代）主宰，也可看做文学理论与当时文学现实的一种互动与交往。那么，文学理论发展到今天，它又如何与文学交往，如何回应了现实问题呢？

答案很可能比较悲观。在我们的文学研究中，许多学者使用的依然是“纯文学”的理论评判尺度，而并没有意识到今天的文学已变得严重“不纯”。在我们的文学理论教科书中，“文学是审美意识形态”的核心命题依然盛行，而实际的情况很可能是文学已无“美”可“审”。在这里，我丝毫没有责怪“纯文学”评判尺度和“文学是审美意识形态”核心命题的意思，而只是想指出如下事实：当我们的文学现状已经发生了重大变化时，我们的文学理论却反应迟钝，没有做出应有的及时回应，因此显得滞后，变成了一种“不及物”的理论。如此一来，理论也就失去了阐释文学现实的能力。

这时候，重温拉尔夫·科恩在《文学理论的未来》（1989）序言中的如下文字便显得非常重要：“人们正处于文学理论实践的急剧变化的过程中，人们需要了解为什么形式主义、文学史、文学语言、读者、作者以及文学标准公认的观点开始受到了质疑、得到了修正或被取而代之。因为，人们需要检验理论写作为什么得到修正以及如何在经历着修正。因为，人们要认识到原有理论中哪些部分仍在持续、哪些业已废弃，就需要检验文学转变的过程本身。”[①] 实际上，我们现在首先需要检点的也正是今天的文学已发展到何种地步，文学已经发生了怎样的变化并且还将发生怎样的变化，然后才能对文学理论本身做出清理——哪些文学观念已经落伍，哪些思维方式已经陈旧，哪些批评方法已经滞后，哪些理论话语已经错位。只有做出这种清理并调整其应对策略之后，文学理论才可能被重新激活，进而焕发出生机和活力。

那么，如何才能激活文学理论呢？鉴于已经发生变化的文学事实，我在这里谨慎地提出一种应对方案：文学理论的视觉文化转向。而由于视觉文化其实就是后现代文化、消费文化与大众文化，所以文学理论的视觉文化转向实际上也是文学理论的后现代文化转向、消费文化转向和大众文化转向。

这里需要略做解释。自从J. 希利斯·米勒发表《全球化时代文学研究还会继续存在吗?》[②] 的长文之后，“文学终结论”便成为国内文学理论界讨论的一个重要话题。米勒认为，文学的消亡起因于印刷时代正在走向终结。印刷文学曾经对民族国家公民的理想、意识形态、行为方式、判断方式进行过塑造，但如今文学的这些功能却由新媒体取而代之。于是，“技术变革以及随之而来的新媒体的发展，正使现代意义上的文学逐渐死亡。我们都知道这些新媒体是什么：广播、电影、电视、录像以及互联网，很快还要有普遍的无线录像”。他甚至举证说：“如今最受尊敬、最有影响的中国作家，显然是其小说或故事被改编成各种电视剧的作家。”“人们看书是因为他们先看了电视改编”。[③] 与此同时，享有“中国先锋文学之父”称号的马原也宣布“小说已

① 拉尔夫·科恩主编《文学理论的未来·序言》，程锡麟等译，中国社会科学出版社，1993，第1页。

② 载《文学评论》2001年第1期。

③ 希利斯·米勒：《文学死了吗》，秦立彦译，广西师范大学出版社，2007，第16～17页。

进入了漫长的死亡期”,[①] 因为小说家在今天这个时代只有三条路可走，第一条是走向影视；第二条是走向媚俗，写畅销书；第三条路是走进博物馆。[②] 无论是米勒还是马原，他们都认为文学或小说将是终结之物，而既然文学终结、新媒体活跃，文学理论的视觉文化转向莫非是转向电影电视等等新媒体那里?

其实这并非我要表达的意思。关于“视觉文化转向”（或曰“文化转向”、“图像转向”），国内早有学者提及并做过相关思考，但是他们的思路似乎是主要去关注承载视觉文化的媒介形式和媒介内容。在这个意义上，研究视觉文化其实就是做“文化研究”，而与文学理论几无关系。也正是由此，才导致了“文学理论边界问题”的相关讨论。我所谓的文学理论的“视觉文化转向”与上述思路并不相同。其基本意思可以表述为：文学理论更应该去关注文学与新媒体的中间地带，这个地带或许可以称之为文学与新媒体的“结合部”。而之所以如此考虑，又是基于如下理由：如果我们承认“文学终结论”有一些道理，那么这种“终结”并非“猝死”，而是会经历一个漫长的过程（谁也无法预测这个过程会延续多长时间）。在这个将死不死、似死非死或者死而不僵、回光返照的过程中，文学将会寄身于种种新媒体，从而与新媒体形成诸多复杂暧昧的关系，由此也会催生出许多文学的新品种，如电影小说或影视小说、电视散文、摄影文学、网络文学、手机短信文学等等。与传统文学相比，这些文学新品种或许只能称之为“亚文学”，其文学性和审美价值自然乏善可陈，但正如“城乡结合部”的混乱、无序、驳杂、丰富会蕴藏着许多值得书写的故事一样（路遥的《平凡的世界》便是对“城乡结合部”的聚焦），文学与新媒体的结合部也蕴涵着许多值得思考的问题。文学理论聚焦于这一场域，或许也可以像路遥那样大有作为。

既然如此，文学理论就必须做出调整。而在文学理论的视觉文化转向中，笔者以为文学理论的研究视角可进一步调整到印刷文化与视觉文化之间、精英文学与大众文学之间、美学分析与意识形态批判之间。

（1）在印刷文化与视觉文化之间。如今常常被人忽略的一个问题是，现代意义上的文学其实是印刷文化的产物，而由此形成的文学研究也大都依托于印刷文化语境。即便像“诗中有画，画中有诗”之类的命题，也是“前印刷文化”语境中的思考之物。它能够解释古典文学中的诗歌意象，却无法解

① 参见陈熙涵关于“读图时代的文学出路”研讨会的报道《今天我们还读小说吗?》，载 2006 年 6 月 28 日《文汇报》。

② 参见马原《小说和我们的时代》，载《长城》2002 年第 4 期。

释当今视觉文化时代的文学现象。

视觉文化时代，文学的存在方式一方面依然是印刷媒介，但另一方面，电子媒介与数字媒介也成为文学的寄身之所。媒介的载体发生了变化，文学的性质就会发生变化，文学研究的问题意识、分析框架、理论资源等等也必须随之改变。比如，在比较纯粹的印刷文化时代，文学往往会以严肃的面孔出现（“严肃文学”的说法或许来自于此），深度模式还是文学追求的目标。但是在视觉文化时代，是否“好看”并吸引眼球却成了文学的制胜法宝。网络文学往往以戏仿、戏说、反讽、搞笑等等作为其修辞策略，想要达到的就是“好看”的效果。这其实是新媒介带来的一种视觉思维。而这种思维也早已波及作家的写作观念与文学期刊的办刊理念那里，让他们做出了迅速的调整。例如，1999 年，刘震云曾经说过：“至于那种强调‘故事性’的看法更是十分落后。如果要读故事的话，看看电视、电影足够了。现代传媒的发达对文学来说是一件好事，它使文学变得更为纯粹。那种讲故事的东西只是白天喧闹的交往，而文学则更应成为夜晚在心灵深处与好朋友的交流。”说这番话时，刘震云是在为他的《故乡：面和花朵》辩护。因为此小说可读性差，记者在阅读时甚至一度打起了瞌睡。① 但是几年之后当刘震云推出《手机》、《我叫刘跃进》、《一句顶一万句》时，他已在追求小说的“好看”，而故事性、可读性、无巧不成书也成为这几部小说的共同特点。又如，《北京文学》在 1998 年推出了“好看小说”的概念并设计相关栏目。2003 年，《北京文学》又创办选刊版《北京文学·中篇小说月报》，其办刊宗旨则是“好看、权威、典藏”，“好看”被放到了首要位置。② 既然无论是网络文学还是传统文学，“好看”甚至已内化为某种艺术法则，文学理论便需要面对这个问题。

而类似这样的问题还有许多，像图文关系问题、语词钝化问题、由于轻巧而导致的文学失重问题、由于孤独的写作不复存在而形成的集体生产问题，等等。这些问题仅仅借助于印刷文化背景下的文学理论并不能获得有效的解决，而动用视觉文化的研究视角、理论与方法或许才能看到问题的真相。正是在这个意义上，文学理论才需要在印刷文化与视觉文化的交会处用力使劲。

（2）在精英文学与大众文学之间。也可以把这种研究视角表述为在高雅文学与通俗文化之间、在审美文化与消费文化之间、在先锋与媚俗之间，等

---

① 沈浩波：《刘震云访谈》，载《东方艺术》1999 年第 2 期。

② 参见《畅销未必好看　小说出版警惕泡沫化》，http：//book. sina. com. cn/c/2004 – 11 – 03/3/124180. shtml。

等。之所以要做出这种调整，是因为以往的文学理论大都是在精英文学、先锋文学、雅文学、美文学、纯文学基础之上的概括和总结。这种文学理论关注的是作品的思想价值与艺术价值，分析的是文本的叙事模式、修辞方式和语言特色。鲁迅说："文艺是国民精神所发的火光，同时也是引导国民精神的前途的灯火。"① 托尔斯泰说："真正的艺术不需要装饰，好比一位被丈夫钟爱的妻子不需要打扮一样。伪造的艺术好比是一个妓女，她必须经常浓妆艳抹。"② 昆德拉说："小说的精神是复杂性。"③ 汪曾祺说："写小说就是写语言。"④ 阿多诺说："艺术只有具备抵抗社会的力量时才会得以生存。除非艺术将自己物化，它才会变成一种商品。"⑤ 韦勒克说：文学的有用性体现在文学作品可以给人带来一种"高级的快感"，"可以把那种给人快感的严肃性称为审美严肃性"。⑥ 这些论说虽角度不同，侧重点不一，但因此形成的文学理论其实都是对精英文学或高雅文学的要求、认识、阐释与呵护。

然而，在视觉文化时代，精英与大众、高雅与通俗、审美与消费、先锋与媚俗之间的分野已基本抹平，由此带来的是精英文学与大众文学的混沌不分。于是，文学当然还可以是灯火，但更可能是引导国民娱乐精神的灯火；文学当然也可以不需要装饰，但这样做的后果很可能是无疾而终；文学已与社会握手言和，但它们却也生存得如鱼得水，因为它们已然物化而变成了商品；文学还在给人提供快感，但这种快感已远离审美，而变成了一种"养眼"式的消费快感。与此同时，小说已在追求简单，它把"写语言"简化成了"写对话"。面对这样一种文学，我们不得不借助通俗文学、大众文化和消费文化的理论面对之，分析之。如果动用的还是精英文学基础上生长出来的文学理论，很可能会形成某种错位。

兹举一例略做分析。余华的《兄弟》面世后，有评论家便指出其成功的秘诀在于"好看"。邵燕君认为，"好看"的原因"不仅在于《兄弟》写了很

---

① 鲁迅：《论睁了眼看》，见《鲁迅全集》第 1 卷，人民文学出版社，1981，第 240 页。

② 《列夫·托尔斯泰文集》第 14 卷，陈燊、丰陈宝等译，人民文学出版社，1992，第 306 页。

③ 米兰·昆德拉：《小说的艺术》，董强译，上海译文出版社，2004，第 24 页。

④ 汪曾祺：《中国文学的语言问题》，见《汪曾祺文集》第 4 卷，北京师范大学出版社，1998，第 217 页。

⑤ Theodor W. Adorno, *Aesthetic Theory*, trans. Robert Hullot - Kentor, London: The Athlone Press, 1997, p. 226.

⑥ 韦勒克、沃伦：《文学理论》，刘象愚、邢培明、陈圣生、李哲明译，三联书店，1984，第 21 页。

多性，很多暴力，写得很煽情很刺激，而更在于《兄弟》扣准了大众心中隐藏的密码，顺应了大众内心的情感趋向和阅读习惯”。而《兄弟》的语言基本上是“段子”式的，如此处理，这部作品就变得好读不累。[①] 梁鸿也指出：“阅读《兄弟》是轻松的。伴随着情节的发展，你的精神会越来越放松，越来越没有担待，到最后，你完全松懈而且畅快了，因为余华与你灵魂的世俗要求完全吻合，与这个时代的大众文化内核完全一致，换言之，时代大众精神在余华这里没有遭遇到丝毫抵抗，反而被赋予逻辑严密的合情性与合理性。”[②] 而在我看来，《兄弟》的“好看”不仅意味着余华已参透了视觉文化时代的高级机密（《兄弟》一开篇即写李光头在公共厕所看女人屁股，这里不但有对公共厕所的详细描绘，也有对所看到的五个屁股之形状的仔细交代。实际上这种写法正是视觉思维的产物：作者通过逼真的场景展示，制造出一种视觉奇观，而最终则把丰富的文学叙事变成了一种平面的欲望化叙事），而且意味着曾经先锋的余华与转向媚俗的余华之间并不存在本质上的利害冲突，而更应该是一种流畅的换位与熟练的对接。因为卡林内斯库早已说过，先锋派（Avant - Garde）与媚俗艺术（Kitsch）并非彼此对立、水火不容，而是眉来眼去、秋波频送。[③] 而这样一来，《兄弟》也就打通了精英文学与大众文化的疆界。

但是，对于这样一部充满着视觉文化时代诸多文学症候的作品，一些学者却用巴赫金的狂欢化理论做出了非常隆重的解读，并认为这是一部有望进入学院、进入文学史的好作品。[④] 在我看来，这种分析使用的便是精英文学理论的阐释框架，而并没有意识到《兄弟》已是审美文化与消费文化的杂交之物。于是，这种文学理论的阐释力度越大，其错位的幅度也就会变得越大，从而引起价值评判的混乱。

（3）在美学分析与意识形态批判之间。既然以往的文学理论建立在对精英文学研究的基础之上，那么面对文学作品，文学理论和批评所做的主要工作就是美学分析：依据自己阅读鉴赏过程中获得的审美经验，再依据相关的

---

① 邵燕君：《“先锋余华”的顺势之作——由〈兄弟〉反思“纯文学”的“先天不足”》，载《当代文坛》2007 年第 1 期。

② 梁鸿：《恢复对“中国”的爱——论当代文学的批判主义历史观》，载《当代文坛》2007 年第 6 期。

③ 参见马泰·卡林内斯库《现代性的五副面孔》，顾爱斌、李瑞华译，商务印书馆，2002，第 274 ~ 275 页。

④ 参见陈思和《我对〈兄弟〉的解读》，载《文艺争鸣》2007 年第 2 期。

文学理论知识和文学批评标准，然后对作品进行解读、阐释、分析、评判，进而做出审美价值的定位和审美意义的确认。尤斯（G. E. Yoos）指出：“文艺批评、合理的艺术判断产生于对一特定的艺术品的欣赏之后。批评所评价的是对欣赏的经验的回忆。”[①] 汤普金斯（Jane P. Tompkins）在梳理了多种文学批评流派后认为：“批评家的任务首先是阐释，然后才是评判。”“当代批评家面对文本的姿态就是注释家的姿态，正如柏拉图假设的那样，文本不再是可以立即澄清自己的意图，因此，批评家的任务多少就总是与阐释联系在一起。这种对文本的姿态为一切当代文艺批评流派所共有”。[②] 以上两种说法的关键词一是欣赏，二是阐释，它们确实在很大程度上代表着以往文学理论与批评的通常做法。

但这种做法首先来自于如下假定：许多文学作品像托尔斯泰的《复活》或曹雪芹的《红楼梦》一样，其生成非外力所为，而是作者生命体验的结果；作品面世后又在较长的时间段里得到了读者的认可与批评家的检阅，它们的思想品位与艺术价值已达到了相当的水准。于是面对这样的作品，后来者除了欣赏便只剩下阐释的工作了。但问题是，当下的许多作家既不是托尔斯泰也不是曹雪芹，他们受“意象形态”召唤，被视觉文化引领，他们的作品也就有了太多的非文学因素和非审美因素，他们已失去了写出《复活》与《红楼梦》的现实土壤。当越来越多的文学作品渗透着视觉文化逻辑，散发着商业文化气息时，对它们进行美学分析将显得奢侈或多余。这时候，批评家唯一可以做的工作很可能就是意识形态批判。甚至我们可以借用马克思的经典说法做出如下表达：这种文学“虽然低于历史水平，低于任何批判，但依然是批判的对象”。[③]

追溯一下，意识形态批判其实是马克思主义文艺批评的传统之一。西方马克思主义者当中的许多人都把这种批判理论与方法发展到了一个崭新的高度，运用到了炉火纯青的程度。如阿多诺与马尔库塞对大众文化的解读与批判，阿尔都塞对“症候阅读法”的发明与使用等等。而根据杰姆逊的解释，意识形态批判之所以大有可为，正是在于现象与本质之间存在着距离，而造

① G. E. 尤斯：《自立标准的艺术品》，M. 李普曼编《当代美学》，邓鹏译，光明日报出版社，1986，第 485 页。

② 简·汤普金斯：《读者在历史上：文学反应的演变》，刘峰译，《读者反应批评》，文化艺术出版社，1989，第 261 页。

③ 马克思：《〈黑格尔法哲学批判〉导言》，《马克思恩格斯选集》第一卷，人民出版社，1995，第 4 页。

成这种距离的正好是意识形态本身。[1] 由此来思考中国的当下文学，我们便会发现文学除了依然承受着政治意识形态或隐或显的规约外，还接受着商业意识形态、消费意识形态乃至视觉意识形态、大众文化的意识形态等等的支配。文学本来是审美意识形态的产物，但由于今天的文学已被其他越来越多的意识形态进驻着、占领着、相互纠缠着、进退失据着，审美意识形态也就被裹胁、被绑架乃至被出走或被自杀，而几无藏身之处或活动空间。如此一来，文学的价值观、文学作品的呈现方式、文学生产的流程、文学的消费方式等等也就比以往更显得迷乱和诡异，由此造成了现象与本质之间更远的距离。在这种情况下，文学正需要我们加大意识形态批判的力度。

如果说美学分析是对文学的阐释，意识形态批判就是对文学的揭示；如果说美学分析是对文学的附魅（enchantment），意识形态批判就是对文学的祛魅（disenchantment）。从阐释到揭示，从附魅到祛魅，既可以看做面对当下文学研究姿态的调整，也可以看做文学理论的批评范式转换。而只有做出如此调整和转换，我们的文学理论或许才能有所作为。

（原载《文艺研究》2010 年第 9 期）

---

① 参见程巍《中产阶级的孩子们：60 年代与文化领导权》，三联书店，2006，第 244 页。

当代中国传媒文化的景观变迁

·周　宪·

中国经济的飞速发展，推动了各个领域的深刻变迁。2008 年中国国内生产总值（GDP）超过 30 万亿元，居世界第三位。有专家分析预测，中国的 GDP 在 2010 年将超过日本位居世界第二位。显然，经济改革作为火车头带动中国社会文化从传统向现代的转型，基础的变革必然导致上层建筑的改变。生活在中国这片沸腾大地上，我们深切地感受到社会文化领域翻天覆地的变化。传媒作为一种文化，是我们生活世界里每天照面的文化现实，从电视到广播，从报纸到书籍，从网络到手机短信，当人们说"人生在世"时，某种程度上是说"人在传媒中"。晚近传媒文化领域中所发生的变迁实乃我们亲身亲历，这些变化也引起了国内外学术界对中国当代传媒文化景观的强烈兴趣，成为中国研究的一个新的热点。① 近些年来，这方面的研究可谓汗牛充栋，争论也异常激烈，众说纷纭。

本文的焦点是分析 20 世纪 90 年代以来中国传媒文化景观的几个变迁趋势，探究背后所蕴涵的中国当代社会和文化复杂的矛盾及其内涵。

一　传媒体制的张力

自 1978 年改革开放以来，经济体制从计划经济转向市场经济，建构了一个富有中国特色的社会主义市场经济体系。就像"社会主义市场经济"这一独特表述所揭示的那样，政治上的社会主义体制与经济上的市场经济体制同时并存，这就向经典的经济学和政治学理论提出了挑战。在这样的背景下，中国传媒文化也经历了复杂的演变过程，其体制也逐渐发展出一种独特的

① Cf. Chengju Huang, "*From Control to Negotiation: Chinese Media in the 2000s*", The International Communication Gazette, Vol. 69, No. 5 (2007): 402 - 412.

"社会主义市场经济"形态，尤其突出地呈现为二元传媒文化体制特征。我们知道，传媒在中国现代社会文化中具有特殊的重要性，自新民主主义革命以来，一切文艺和传媒都是党的宣传手段，都是动员民众和进行教育的工具。"寓教于乐"成为传媒的基本指向。改革开放以前，一切传媒均是党组织的宣传喉舌，行政的宣传文化体制直接控制着传媒的生产和传播。然而，改革开放以来，经济体制改革的成功，不断给传媒文化带来新的压力和机遇，市场化或产业化的诱惑不断从外部改变着传媒文化的格局。文化体制改革就是要把这一外在压力转化为内在的动力，从体制上解决传媒发展的现实问题。

概要说来，中国当代传媒文化的二元体制的形成源自多方面的原因。

其一，西方发达国家文化产业化的成功实践，为中国传媒文化的转型提供了有益的参照。从美国的好莱坞或迪斯尼到日本的动漫产业，高度的市场化和产业化显然是一条可资借鉴的路径。随着中国国力的强盛，文化软实力的建设迫在眉睫，中国不但要成为经济的强国，亦要成为文化的强国。因此，作为最具影响力的文化载体，传媒文化的产业化势在必行。

其二，面对中国经济改革成功的新局面，文化体制改革也提上了议事日程。经济改革极大地改变了中国的文化版图和内在结构，特别是消费文化的崛起和大众娱乐的巨大需求，囿于传统政治宣传的喉舌模式的传媒文化已难以适应。因此，如何建构一个既有政治宣传功能又有大众娱乐功能的新型传媒文化，并在两者之间保持必要的平衡，已成为传媒文化发展所面临的新课题。

其三，传统的行政型文化体制导致了政府负担过重，一些文艺和传媒机构面临着严峻的生存危机。因此，如何减轻政府的负担，从体制上激发文化机构的内在活力，形成富有创新性和自我更新能力的文化产业，是必须考虑的问题。所以，文化体制改革在所难免。

自 1992 年始，党中央陆续提出了推进文化体制改革的思路①；到了 1996 年，明确提出文化体制改革的任务，其关键是要"发挥市场机制的积极作用"。② 从时间上看，如果我们把 1990 年代初看做是文化体制改革的前奏的话，那么，真正的转折点出现在 2000 年，这一年召开了中共中央十五届五中全会，再次明确地提出了文化体制改革的目标、手段和进程。会议指出，要

① 江泽民：《在中国共产党第十四次全国代表大会上的报告》，见 http：//cpc. people. com. cn/GB/64162/64168/64567/65446/4526308. htm。

② 《中国共产党第十四届中央委员会第六次全体会议公报》，见 http：//cpc. people. com. cn/GB/64162/64168/64567/65398/4441784. html。

完善文化产业政策，加强文化市场建设和管理，推动有关文化产业发展。①

传媒文化体制的市场化改革显然是一个复杂的系统工程。改革的第一步是改变预算体制，采用预算包干的办法，这就一改传统的行政体制的预算。据统计，实行这一改革后，中央电视台的收入从1990年的1.2亿元增加到2000年的57.5亿元；电视节目从1991年的3套增加到2000年的9套；节目播出时间由1991年的平均每天31小时增加到2000年的156小时。中央电视台还累计投入资金12亿元，用于电视节目全球覆盖工作，电视节目信号在2000年已覆盖全世界98%的国家和地区。②

改革的第二步是，面对中国加入WTO之后的国际竞争，实施文化产业集团化的整合战略。从2001开始，中国的新闻、出版、广播、影视和演艺业开始了集团化组建工作，以便提高文化企业的竞争力。到2002年，共组建了72家集团，其中报业集团38家、出版集团10家、发行集团5家、广电集团12家、电影集团5家。到2008年，总计13家文化产业的企业上市，实行融资运作。最重要的转变是，大众传媒过去只是单一的宣传喉舌，如今被纳入国家发展“软实力”的战略任务之中。国务委员刘延东强调，必须发展与经济实力相匹配的先进文化，使之成为现代化强国的力量源泉，并成为屹立于世界民族之林的精神支撑。③ 面对全球经济危机，2009年国务院出台了《文化产业振兴规划》，强调坚持把社会效益放在首位，努力实现社会效益和经济效益的统一，具体的目标是完成经营性文化单位转企改制。④

毫无疑问，文化体制的转轨，相当程度上改变了中国传媒文化的格局。产业化和市场化进入传媒领域，到底给传媒文化带来了什么变化？有的学者认为，中国传媒的商业化和市场化将彻底改变现有的传媒文化版图，并向现实提出新的挑战；另一些学者则相信，传媒文化市场化和产业化，不过是体制形式上的变化，并不会导致传媒文化什么实质性的转型。⑤ 其实，这两种看似对立的观点都流于表面化。

---

① 《中共中央关于制定国民经济和社会发展第十个五年规划的建议》，见 www.gov.cn/gongbao/content/2000/content_ 60538.htm。

② 韩永进：《我国文化体制的改革与新进展》，载《出版参考》2005年第10期。

③ 刘延东：《培育强大的文化软实力为建设富强民主文明和谐的现代化国家提供强大支撑》，见 http://www.mcprc.gov.cn/xxfb/xwzx/whxw/200911/t20091125_ 75064.html。

④ 《文化产业振兴规划》，见 http://news.xinhuanet.com/politics/2009 - 09/26/content_ 12114302.htm。

⑤ Cf. Chengju Huang, "*From Control to Negotiation: Chinese Media in the 2000s*", The International Communication Gazette, Vol. 69, No. 5 (2007): 402 - 412.

假如说文化体制改革之前，传媒文化保持着体制上的单一性，那么，在市场化引入传媒文化之后，随即产生了传媒文化内在的体制性的张力。一方面，传媒文化仍带有现存主导文化政治宣传工具的功能，有赖于严格的行政体制性约束；另一方面，来自市场经济的压力和大众娱乐的需求，特别是发达国家成功的文化产业化实践，不断地作用于现有的传媒文化建构。于是，在原有的行政体制约束和新的市场体制竞争之间出现了张力，因为两者在传媒导向、内容生产、目标诉求和传播过程上并非完全一致，矛盾、抵牾、摩擦难以避免。这种体制上的复杂的张力，便转向了结构性的要求，通过结构性的调整来缓解，经过一系列复杂的博弈过程达到平衡。从传媒文化的结构—功能角度看，这一张力所导致的显著后果之一，便是传媒的娱乐性话语和政治性话语的结构区分和功能分化。

二　传媒话语的分殊

中国传媒文化现有的行政和市场二元体制，其内部张力必然驱使人们去寻求缓解紧张的路径。换言之，传媒市场化的诉求和主导的政治宣传喉舌的要求，不可避免地存在某种紧张关系。前者是单纯的市场导向，以娱乐化产业为方向；后者则以意识形态为导向，突出党和政府的政治宣传宗旨。那么，如何解决这一张力关系呢？

只要对当下中国传媒文化的版图结构稍加观察就会注意到，解决这一张力简单有效的办法，就是依据内容生产和传播方式的差异，在其结构—功能上加以区隔，将政治宣传空间与娱乐消费空间加以区分，并保持各自的相对独立运作。比如，在报纸、广播、电视、出版等主要传媒形式中，通常会有一些功能相对单一的政治宣传性栏目和节目。诸如中央电视台的新闻、专题等时政类节目，或是中央党报和地方党报报纸的头版重要栏目等。传媒市场化和娱乐化的扩张是不能挤占这个独立空间的，其功能单一化是确保实现传媒市场化时代主导文化宣传导向的策略。在此之外的在其他空间里，则充斥着大量丰富多彩的娱乐信息，其功能完全是面向市场和大众的娱乐消遣。娱乐话语不但形式花样极富变化，而且内容方面无所不包，从名人逸事到八卦新闻，从域外奇谈到文化体育消息，可以说无所不有、无奇不有。两种话语的差异有点像古人所说的“文”、“笔”之分，娱乐话语永远在追求辞章华丽的感性愉悦，政治话语则更重视意思传达的“辞达而已矣”。尽管政治话语从来就有追求“寓教于乐”的效果，但由于传媒结构功能上的区分，实际上

“教”与“乐”已在相当程度上分离了。

从内容分析角度看，这两种截然不同的话语类型各有各的规则和指向。政治话语有其固定的表述和特有的修辞，也有严格的内容规范和传播规范。但在政治话语之外，各种传媒上娱乐性的话语则自有一套游戏规则，它们占据了大量的空间和时间，成为高度市场化和竞争性的产业活动。在各级电视台、各类报纸（尤其是各种地方性的晚报和小报）以及广播电台等，娱乐节目或栏目成为主流。从传媒信息生产的量的方面来考量，政治话语的信息生产相对较小，但是相对集中；而娱乐话语的信息生产量则有铺天盖地之势，构成了当下传媒文化的绝大部分。从质的方面来看，政治话语信息观点、价值、导向明确；而娱乐话语信息则相对暧昧和含混，容纳了诸多差异性的观念、价值和意识形态。

传媒结构上区分和话语功能分化，相应地形成了话语生产截然不同的两种游戏规则。显而易见，商业化和产业化必然要求传媒的运作按市场法则来进行，其中一个必须遵守的游戏规则就是市场竞争。传媒的市场竞争说到底就是市场份额的竞争、受众资源的争夺，就是用什么样的新手段和新形式来吸引受众眼球的问题。因此，在那些高度娱乐化的传媒空间里，始终存在一种压力要求传播内容生产和形式技术上不断革新，只有通过创新，通过提供给受众有吸引力和充满快感的产品，才可能从市场中得到高额的商业性回报。进一步看，这种高度竞争性的压力是自下而上的，其娱乐节目和栏目的生产也必须考虑到作为最终目标的受众需求、趣味和接受能力。与此相反，在政治话语的宣传领域，信息的传播流程通常是自上而下的，信息通过各种的规范而保持畅通和准确明白，不允许走样。如此差异导致了当下中国传媒文化的一个非常独特的景观：充满竞争和创新变化的话语生产与传播通常呈现在娱乐性传媒中，其中争夺受众和收视率的搏杀异常残酷和激烈，达到你死我活的地步，这就造成了创新和模仿的循环。一种新节目类型和一种新的栏目类型的出现，必然会有更多的模仿者相互追逐，直至它失去魅力和受众而死去，或被更新的节目和栏目所取代。而在政治（宣传）性的话语的生产与传播领域，既不存在什么实际上的竞争，也不存在不断创新的压力，虽然政治话语有时也从娱乐话语中汲取一些有效的方法和技术，暗中不断地改变着自身的形态，但从总体上说，它绝无娱乐话语争夺受众那样的殊死搏斗。

这里我们不妨比较一下中国和西方的当代传媒文化的差异性。晚近西方传媒文化的发展出现了一个所谓的“信娱”（infotainment）趋向，这个英文新词各取了“information”和“entertainment”一半合成一个词，意思就是

“信息 + 娱乐”。依照一些学者的界定，所谓“信娱”就是以大众娱乐的方式来实现信息传播的目标。[①] 具体说来，也就是将严肃的新闻和政治信息的传播，与高度娱乐化的节目或形式混合起来。这就出现了一种耐人寻味的独特传媒景观。当信息与娱乐不加区分时，一方面改变了新闻或政治信息本身的严肃性、真实性和可信度；另一方面也混淆了娱乐节目纯粹找乐、不足为信的消遣特性。这一奇特的混合旨在吸引受众，增加收视率或市场占有率。“信娱”现象在电视节目中尤为显著，在各种平面印刷媒体中也相当突出。

假如说西方传媒的政治话语和娱乐话语带有“信娱”的混杂性特征，那么，在中国当下传媒文化中似乎存在着两相分离的趋势。政治话语和娱乐话语信息各异，传播方式全然不同，目标受众也不尽一致。从技术上说，政治话语和娱乐话语的分离或许是确保政治宣传话语合法化和严肃性的一个必然选择，同时也为传媒文化产业化提供了一个相对独立的发展空间。

值得注意的是，尽管政治宣传与娱乐消遣是两个截然不同的领域，但实际上两者又以种种方式实现了互惠合作。其一，两相分离和平安相处确保了各自的相对独立发展空间，尽管娱乐话语时有越界事件发生，但是总体上看，结构的区分是保证功能实现的必要手段。两种话语在议程设置、内容生产、传播形式和受众目标上的分殊，使得彼此通过独立运作来实现互相支持。另一方面，游戏性的娱乐话语自我约束，区隔于严肃的政治话语，这也是确保其发展扩张的合法性的条件，通过不越界来证明自己的存在是合理的。正是这种各居一隅的格局使得互相支持成为可能。其二，娱乐话语的市场机制最终还是要受到宣传文化部门行政规约的控制，因此，宣传性的行政体制对传媒内容生产的把关和约束，就实现了市场之外的行政规约对娱乐话语的最终掌控，这是中国当代传媒文化二元体制的独特性所在。反过来，政治宣传的某些观念和方法也受惠于娱乐信息生产的方法和策略，一定程度上改变了传统政治宣传的刻板模式。其三，娱乐传媒的高度膨胀和急速发展，在创造出一个巨大的传媒消费市场的同时，也在建构一个庞大的娱乐受众群体及其消费需求。在今天这一“后革命”的消费主义时代，以消费性的娱乐话语来稀

---

① 有关“信娱”的讨论最近很是热闹，出现了许多相关的专题论著，如 Bonnie Anderson, *News Flash: Journalism, Infotainment, and the Button – line Business of Broadcast News*, San Francisco: Jossey – Bass, 2004; Bala A. Musa & Cindy J. Price, *Emerging Issues in Contemporary Journalism: Infotainment, Internet, Libel, Censorship*, Lewiston: Edwin Mellen, 2006; Daya Kishan Thussu, *News as Entertainment: the Rise of Global Infotainment*, London: Sage, 2007。

释公众政治关怀和冲动是有效的。“娱乐至死”的价值取向在青少年中的蔓延，遮蔽了他们的政治关切和社会参与，放纵型的传媒娱乐性消遣也会导致受众的政治冷漠症和娱乐偏执狂。

三　传媒受众的效果

从另一个角度看，两种话语的截然分立也带来一系列复杂的文化政治问题。

一个问题是受众接近传媒的冷热两极分化。

传媒在当代社会是一个广阔的公共领域，正像哈贝马斯所指出的那样，公共领域应该是一个培育公民理性论争和参与的场所。[①] 但是，当中国传媒文化产业的政治话语和娱乐话语结构区分和功能分离后，一方面政治话语仍保持原有的严肃性和正统性，另一方面传媒的娱乐化又为公众打开了另一扇追求快感的大门。尤其是娱乐话语的多样化和丰富性，相当程度上转移或缓解了社会公众政治冲动和关注，为他们提供了另类心理宣泄和满足的渠道。由于官方传媒的政治话语的信息传递具有自上而下的单向性，公民自下而上的自由参与显然不可能，这就在某种程度上使公众产生政治疏离感和淡漠感。反之，高度的娱乐化的传媒却为公众提供了另类满足和表达的空间，特别是当收视率成为基本的游戏规则时，一定程度的公众参与和互动（哪怕是表面性的）激发了公众的热情和兴趣。这与政治话语领域的公众参与形成鲜明反差，看来娱乐话语实际上带有某种转移缓解的功能。所以说，在政治和娱乐两个不同的话语领域，一冷一热的冷热不均现象在所难免。

由此产生的第二个相关问题是，长期的冷淡与短暂的激情暴发的交替。

当代传媒的发展具有越来越明显的娱乐化特征，在消费社会快感主义的诉求不断提升的同时，便在不断地培育出习惯于或沉溺于快感体验的受众。当代传媒文化在提供充足乃至过度快感消费时，它会钝化受众的其他关切吗？长期的或常态的政治淡漠的后果是可怕的，因为它有可能积蓄了相当的心理能量而借机暴发出来。这就是所谓间歇性的政治冲动“歇斯底里”现象。虽然娱乐话语的常规形态在一定程度上满足了传媒受众的文化需求，但是公众平时所积累的政治冲动能量仍然存在。一旦碰到某个重大突发事件，这种冲动便会以瞬时暴发的形式凸显出来。特别值得注意的是，这类政治冲动“歇

---

① 参见哈贝马斯《公共领域的结构转型》，曹卫东等译，学林出版社，1999。

斯底里”的瞬时暴发有两个特征。其一，它是高度情绪化的，往往缺乏冷静的理性分析，尤其是在触及民族主义一类问题时。晚近经常出现的一些“网络暴力”现象就是明证，在这些爆炸性网络事件中，由于缺乏必要的政治参与经验和理性讨论训练，通常会呈现出高度情绪化和突破伦理底线的现象。更有甚者，一些人将娱乐话语参与经验直接移植到政治话语领域中来，将严肃的政治问题或社会问题转化为娱乐性的嬉戏，这也是很成问题的。其二，之所以说这种现象带有瞬时暴发的“歇斯底里”特点，是因为它在短时激发出空前的政治参与冲动和热情，一旦时过境迁，便很快烟消云散了，重又陷入长期的或常态的冷淡状态之中，等待着下一次突发事件来临。这种理性匮乏和高度情绪化冷热转化，是一种值得注意的公民文化政治心理状态。

四　草根传媒的崛起

以上讨论的问题还只限于通常的官方传媒范围内，如果把目光投向更加广阔的中国当代传媒文化空间，就会发现一个新的发展趋向，那就是草根传媒的崛起。所谓“草根传媒”，有一系列截然不同于官方传媒的新特点，正因为如此，当下中国传媒文化的格局出现了一些引人瞩目的变化。

草根传媒又被学界称为“私传媒”或“自传媒”，即自愿在视频或论坛网站上提供信息的个人或组织。它们不同于官方传媒，带有显而易见的民间性。从生产角度说，这些传媒主要分散在民间的不同地域和空间里，以网络或手机为主要的联系通道。草根传媒是网络和信息时代的民间文化。

据中国工业和信息化部发布的报告称，手机用户在中国已高达 7.03 亿户。① 在如此庞大的手机用户群体中，手机短信既经济又快捷，成为信息交流的重要通道。一些重大事件的发生，目击者可以通过手机短信迅速地传给亲朋好友，信息会像滚雪球一样，传至整个社会。另一个更为便捷的传播通道是网络。网络不但改变了人们传播方式，甚至改变了生活方式和观念方式。据中国互联网络信息中心（CNNIC）统计，截至 2009 年 6 月 30 日，中国网民规模达到 3.38 亿人，普及率达到 25.5%。② 如此庞大的网络用户，既是一个巨大的信息生产群体，又是一个巨大的信息交流和受众群体。CNNIC 的

---

① 《全球最多：中国手机用户超 7 亿户》，见 http：//forum.home.news.cn/detail/70089952/1.html。

② 《第 24 次中国互联网络发展状况调查统计报告》（2009），见 http：//research.cnnic.cn/html/1247710466d1051.html。

《社会大事件与网络传媒影响力研究报告》明确指出，网络传媒在社会危机事件中的作用非常显著。2008 年 5 月 12 日在四川汶川发生的大地震，消息最初就是通过网络传播的。CNNIC 的调查统计显示，2008 年“512”汶川地震时，有 87.4% 的网民选择通过上网来看相关的新闻报道，在汶川地震的新闻获取中网民对网络传媒的使用超过了电视。互联网的开放性使其成为民众获取危机事件信息的重要渠道。该报告还显示，2008 年使用互联网关注社会事件的用户中，有 52.1% 的用户表示目前获取新闻信息时最喜欢使用互联网。网民每天浏览网上新闻平均时长为 55.9 分钟，使用行为日趋多元化。①

草根传媒有别于官方传媒，比较而言，它更多地反映了民众的意愿和看法。在某种程度上，草根传媒一改官方传媒自上而下的宣传灌输特性，形成了公众之间协商性的讨论和对话。从网络讨论和博客，到播客、手机短信和电子邮件，草根传媒的形式多样，且参与者极其庞大，互动也相当频繁。目前人气很旺的草根网站有很多，诸如“天涯社区”、“优酷网”、“土豆网”、“博客中国”、“反波”等等。中国互联网络信息中心的《中国网民社交网络应用研究报告》（2009）显示，社交网站的用户规模已经接近国内网民总数的三分之一，以大专以上的中高学历人群为主。报告指出，社交网站正在成为包括博客、电子邮件等各种互联网应用在内的聚合平台。数据显示，好友留言成为常用功能，占使用率的 51.2%，图片/相册的使用率为 48.6%，博客/日志功能使用率达到 41.5%。越来越多的交互和信息是通过社交网站来完成的。对新闻/资讯、音视频的转贴传播和评论非常活跃。② 可以看出，这样的民间草根传媒实际上是一个兼具信息、娱乐、交往等多重功能的没有边界的公共空间。

显然，草根传媒的兴起和传播技术的发展有很大关系，一些观察家注意到，传播技术的进步对于中国草根传媒的出现具有相当重要的作用。特别是“web2.0”的广泛运用，为各种草根传媒的发展提供了技术上的可能性。③ 正像数码相机、手机照相等新技术彻底消解了摄影的精英性和高成本一样，“web2.0”技术的广泛运用也改变了传媒生产、传播和接受的格局，使得绝

① 《社会大事件与网络传媒影响力研究报告》（2009），见 http://research.cnnic.cn/html/1261558815d1700.html。

② 《中国网民社交网络应用研究报告》（2009），见 http://research.cnnic.cn/html/1257998660d1530.html。

③ 周荣庭、沈智伟：《web2.0 时代草根媒体公共领域的形成》，载《新闻世界》2009 年第 9 期。

大多数网民可以自由地进入传媒领域而相互交往。当然，技术是一把双刃剑，它既可以给传播的多元化带来新的生机，也可以被用来更加有效地加强信息控制。

从草根传媒的生产角度看，传播技术的进步的确带来更多的公众参与可能性。草根传媒实现了“一人一传媒”和“所有人向所有人传播”的局面。在中国，存在着大量能够熟练使用各种网络传媒技术的青年人，他们具有较高的教育水平和较好的经济收入，热衷于利用草根传媒来交流情况，探讨问题，游戏娱乐，这就构成了广阔无边的传媒社区，一个个人信息的发布、流传和接受所形成的虚拟社区，一个安德森意义上的“想象的共同体”。① 草根传媒有助于逐渐发展出一个公共领域雏形，也有助于形成某种程度的公民社会交往话语的规则。以“天涯社区”网站为例，该网站创建于 1999 年 3 月，引起了网友的高度关注和参与，次年与《天涯》杂志合作，开始强调人文精神，因而成为中国颇具标志性的公共网站。一系列重大事件和话题在网站上热烈讨论，形成了一种理性论辩的虚拟公共领域。社区站务管理委员会、网站的运作、版主的出任和权限、发帖的审查、讨论的议程和协商等等，都具有某些公共领域的初步特征。这在一定程度上体现了中国公民的社会关怀和政治参与，对培育中国公民的理性论辩习惯和规则程序具有积极作用，为中国社会的政治民主发展提供了一些有益经验。

正如巴赫金在分析民间文化与官方文化的差异时所指出的那样，两种文化之间有一系列对比性的差别。与官方传媒不同，草根传媒的内容更多样化，是一个值得具体分析的层面。通过内容分析，我们可以揭示出草根传媒在中国当下传媒文化系统中不可或缺的重要性和独特性。

这里，我们简要地概括一下草根传媒的内容形态，通过草根传媒信息的议程设置（agendasetting）来看这类传播的意义所在。虽然草根传媒的信息可谓无所不包，但我们可以概括出 4 项比较重要的信息类型。一、公共事件的报道，包括地震、火灾等以及社会公共事件，特别是一些声援弱势群体的报道，诸如“史上最牛钉子户”或山西“黑砖窑”事件等。在这些事件的信息生产、传播和接受过程中，草根传媒扮演了极其重要的角色，最终捍卫了弱势群体的利益。二、推动反腐倡廉，通过对一些贪官污吏腐败行为的追踪、报道和讨论，揭露他们的丑行。特别是一些网民自发地利用所谓的“人肉搜

---

① Cf. Benedict Anderson, *Imagined Communities: Reflection on the Origin and Spread of Nationalism*, London: Verso, 1983.

索”，广泛传播，具有一定程度的社会动员性质。在众多网民的共同参与下，最终将贪官诉诸法律。在这方面，抽“天价烟”的南京市江宁区房产局局长“周久耕事件”最富戏剧性。三、有关社会文化问题的讨论，诸如环境问题和国际事务等。四、中央和地方政府有关政策的讨论和建议，广泛涉及经济、金融、教育、医疗改革、网络绿坝、房地产、高速铁路、地方官员的政绩工程等。在这方面，一些讨论反映了民意和民情，引起了政府有关部门的注意，并在政府决策过程中起到一定的作用。

从草根传媒政治传播的议程设置来看，大多数都与官方传媒的议程不同，因而带有某种民意或公众舆论的功能，它属于官方宣传之外的另类信息的生产和交流。这类信息反过来对政府及其决策产生一些影响，同时也对公众产生作用，同时还对官方传媒产生了影响，推动官方传媒改变自己的信息策略，采取更加亲民的路线。

关于草根传媒的传播功能和效果，一些学者认为，它已形成了某种社会舆论的压力，并具有某种组织和动员功能。还有人认为草根传媒形成了中国特有的传媒公共领域。而一些海外学者关心的是，是否由此形成了公民传媒或公民新闻。不管怎么说，草根传媒在目前的中国传媒文化中的出现无疑具有积极意义。它丰富了传媒的资源和格局，形成了一个不同来源的多元传媒文化结构。此外，草根传媒为公众表达意愿提供了一个渠道。通过这种表达，使各级政府更多地关注民生和民众呼声，并出台或修改相关的政策。最后，草根传媒与官方传媒的张力关系，形成了比较有趣的发展趋向，那就是官方传媒不断地从民间草根传媒学到一些东西，进而改进自己的策略和方法。总之，在当代中国，草根传媒是不可或缺的，其积极影响也显而易见。当然，草根传媒的问题也不容忽视，最重要的问题是如何培育网民理性论辩的传统，如何形成公共领域讨论的理性批判原则，以及如何防止将公共领域的自由讨论转变为越出道德底线的人身攻击。

结　语

10 多年来，中国传播文化的景观不断发生变化。从以上分析来看，可以得出三个结论。一、传媒文化的二元体制产生了内在的张力，通过政治话语和娱乐话语的二元区隔暂时缓解了这一张力，但长期来看，张力仍然存在并决定了传媒文化的未来走向。二、政治话语和娱乐话语的二元区隔保持了两种传媒话语的各自特性，但带来的问题也不容小觑，尤其是公众沉溺于娱乐消遣而表现出的政治冷漠。因此，如何在两种话语之间寻找一个相关联的通道，保持公众的政治关注和娱乐消遣的平衡，更重要的是建构一个公共参与的开放性平台，让公众广泛参与。三、草根传媒的兴起改变了传媒文化的版图，其积极作用毋庸置疑。但民间草根传媒如何发展出理性论辩的规则，如何避免非理性的传媒暴力，将是决定草根传媒命运的关键问题。总之，中国当代传媒文化已经摆脱了传统的格局，进入一个全新的发展阶段，它不断地向文化研究提出新的问题和挑战。

（原载《文艺研究》2010 年第 7 期）

理论是普通平常的

·陆　扬·

一　理论的变迁

理论如日中天的大好时光是在20世纪80年代。这一点，乔纳森·卡勒1982年出版的《论解构》开篇就说得很明白。《论解构》的副标题是“结构主义之后的理论与批评”，理论与批评并提，而且居先，而这本书的框架是明白无误的文学批评。这或可说明，当时理论就是批评，而且是比批评更重要的批评。作者开篇就为理论张目，指出传统认为文学理论是仆人的仆人：其目的在于给批评家提供工具，而批评家的使命，则是游刃有余地使用理论工具，阐释经典、服务文学。要之，理论就成了批评的批评。对此卡勒针锋相对提出，近年已有与日俱增的证据显示，文学理论应作别论。原委是当今文学理论中许多引人入胜的著作并不直接讨论文学，而在“理论”的大纛之下，紧密联系着许多其他学科。所以一点不奇怪，这个领域不是“文学理论”。它也不是时下意义上的“哲学”，因为它不但谈黑格尔、尼采和伽达默尔，同样也谈索绪尔、马克思、弗洛伊德和拉康。它或者可以被称为“文本理论”，假如认可德里达“文本之外一无所有”这个解构主义命题的话。不过：

> 最方便的做法，还不如直呼其为“理论”。这个术语引出的那些文字，并不意在孜孜于改进阐释，它们是一盘叫人目迷五色的大杂烩。理查·罗蒂说：“自打歌德、麦考莱、卡莱尔和爱默生的时代起，有一种文字成长起来，它既非文学生产优劣高下的评估，亦非理智的历史、亦非道德哲学、亦非认识论、亦非社会的预言，但所有这一切，拼合成了一个新的文类。”①

① 乔纳森·卡勒：《论解构》，陆扬译，中国社会科学出版社，1998，第2页。

这个新的文类，就是卡勒此时此刻鼎力推崇的理论。卡勒注意到，在“理论”大旗之下的许多著作，都是偏离了自己学科的母体在被人研读。如学生读弗洛伊德，却不顾后来的精神分析同他分道扬镳；读德里达，却对哲学传统一无所知；读马克思，却不同时深入政治和经济状态的研究。但是这并不妨碍卡勒给予“理论”高度评价，用他自己的话说，“理论”麾下的那些著作，都有本事化陌生为熟悉，洞烛幽微，让读者用新方式来思考自己的思想和行为惯例。应该说卡勒所言不虚，他自己这本高扬“理论”的《论解构》，在中国就成功扮演了解构主义批评的示范角色。

但是短短15年之后，卡勒在他出版的一本小册子《文学理论入门》中，已经注意到理论的过剩了。同样是在开场白中，作者指出，有人告诉我们“理论”极大改变了文学研究的性质，可是这里说的“理论”，其实不是文学理论，即系统叙述文学性质和研究方法的学问。理论的确在无边泛滥，可是这些理论，大都同文学了无干系：

> 他们耿耿于怀的，恰恰是周围太多非文学问题的讨论，太多同文学鲜有干系的泛泛之论的争辩，太多晦涩艰深的精神分析、政治和这些文本的阅读。理论是一大堆名字（大都是外国人）。比如，它意味着雅克·德里达、米歇尔·福柯、露丝·依利格瑞、雅克·拉康、朱迪斯·巴特勒、路易·阿尔都塞、盖娅特里·斯皮沃克。①

可见15年之后，卡勒心目中的“理论”同样是浩瀚无边，同样是游离在文学之外。所以说明理论是什么，我们读到的同样还是《论解构》中的解结构、解中心模式。包括上面理查·罗蒂那段1976年发表在《佐治亚评论》上的引文，原封不动地又给他照搬过来，在《文学理论入门》中再引了一遍。虽然时过境迁，但理论在走下坡路的无奈心态，已是跃然纸上了。

理论之路的这个转变自然不是无中生有。20世纪80年代末叶，美国《批评探索》的主编W. J. T. 米切尔访华时高谈阔论说，20世纪文学最大的成就便是理论，具体说是以马克思主义、解构主义和女权主义三大主潮为代表的新近批评理论。诚然，它们曲高和寡，聚集在发达国家的中心高校里面，可是即便如此，它们也当仁不让地代表了20世纪文学的最大成就，反之，只有在殖民地和第三世界，小说和诗歌才津津有味被人品尝。这个无视乔伊斯、

---

① Jonathan Culler, *Literary Theory: A Very Short Introduction*, New York: Oxford University Press, 1997, pp. 1 - 2.

普鲁斯特、T. S. 艾略特等等无数 20 世纪大家，偏偏把解构主义、女权主义一路视为文学至高成果的宏论，当时就叫人大吃一惊。同样也是 10 多年前，2006 年在清华大学希利斯·米勒和 W. J. T. 米切尔等诸多名家到场的一次比较文学和文化会议上，本文作者私下里问依然担纲《批评探索》这家大牌杂志主编的米切尔：还记得当初断言 20 世纪文学的最高成就是新潮批评、只有殖民地才津津乐道小说诗歌的豪言壮语吗？是不是还坚持这个立场？米切尔哑然失笑说，那都是信口开河，不算数的。就在这次会议上，希利斯·米勒的主题发言是《全球化和新电子技术时代文学研究辩》，他为之辩护的恰恰是曾经被米切尔判定为老掉牙的纸质文本的传统文学。可见物是人非，此一时固非彼一时也。

比较来看，如果说卡勒 1980 年代初的《论解构》是为德里达解构主义这一当时最高端的新潮理论做普及示范，那么到 1990 年代末的《文学理论入门》，理论的示范显然是从高深路线转向了通俗路线。例证之一，便是该书题为“文学与文化研究”的第三章的有关论述。卡勒以文化研究为 90 年代人文学科中最显著的事件，而且指出它同文学有着最直接的关系：一些文学教授可能抛弃了弥尔顿，转向麦当娜，抛弃莎士比亚，转向肥皂剧，总而言之整个儿抛弃了文学钻研，改事文化研究。这一切，同文学理论又有什么关系？

二　理论与文化

“理论”一语的希腊词源是“theoria”，意为沉思冥想、精神感知。这样来看，它的反义词是实践。雷蒙·威廉斯的《关键词》里对此有所交代：“17 世纪，理论和实践普遍被区分开来，如培根 1626 年出版的《新亚特兰蒂斯》；此外如‘哲学……分为两个部分，即冥思者与实践者’（1657）；‘理论给人愉悦，实践则不然’（1664）；‘理论脱离实践鲜有所为’（1692）。”① 要之，文学理论该是关于文学的沉思冥想和精神思辨，假如它超越了文学自身，那又有什么关系？卡勒的解释是，理论诚然极大地丰富了文学研究，使得它充满活力，但“理论”并不仅仅是文学理论，它可以高屋建瓴地指导文学研究，也可以指导文化研究。而且，有鉴于文化研究同理论一样，内涵外延错综复杂、汗漫无边，理论同文化研究的关系，说起来比同文学

---

① Raymond Williams, *Keywords: A Vocabulary of Culture and Society*, New York: Oxford University Press, Reviewed Edition, 1983, p. 316.

研究还更要亲近一点：

> 如果你一定要问，这个理论究竟是什么“理论”，那么回答就是诸如“表达实践”、经验的生产与表征，以及人类主体的建构之类——简言之，某种程度上就像最广义的文化。令人惊讶的是，诚如文化研究的发展所示，它错综复杂的跨学科性质、它之难于界说清楚，一如“理论”自身。①

可见，“理论”和“文化研究”就其极尽多元化的发展态势而言，在当今重归“审美”的文学本位立场来看，基本上就是难兄难弟。但即便是难兄难弟，也不等于没有分别。这分别在于“理论”是理论，文化研究是实践。所以据卡勒的定义，文化研究便是我们简言之称作“理论”的东西诉诸实践的过程。

由此我们可以来看文化研究的是是非非。文学是不是一种文化现象，一如文化曾经自豪地将文学定义为它的第一载体？如今当文化研究同理论一样变得无所不包之时，究竟是文学研究可望从文化研究之中汲取新的灵感，还是面临深重危机、有可能被文化研究取而代之？这些疑问困扰中国文艺学界已经有年。论者援引相关的西方理论资源，大体也是各取所需。例如耿耿于怀文化研究是邪门歪道的，可以引证哈罗德·布鲁姆早在 1994 年就撰成、然而迟至 10 年之后才有中译本面世的《西方正典》。这本大作号召文学重归审美传统，将文化研究的早期主流文化唯物主义同福柯的新历史主义、女权主义以及非洲裔和西班牙裔作家等一并发落为“憎恨学派”，判定它们刻骨仇恨“死去的欧洲白人男性”文学。或者不屑文化研究、认为它同样已是明日黄花的，可以引证特里·伊格尔顿 2003 年出版、2009 年在中国面世的《理论之后》。这本书的作者把“文化”和“理论”并提为“文化理论”，在开门见山表明“文化理论”的黄金时期已经远去后，条分缕析来逐一剖析它的不是。遗憾的是，伊格尔顿的这本《理论之后》，也还是同文学鲜有干系，倒不如被读作文化研究的一种政治反思。所以，它本身也还是“理论之后”的一种理论。

理论应该是普通平常的。这个命题可以由伯明翰文化研究第一代理论“文化主义”的纲领“文化是普通平常的”来加旁证。雷蒙·威廉斯 1958 年

---

① Jonathan Culler, *Literary Theory*: *A Very Short Introduction*, New York: Oxford University Press, 1997, p. 42.

发表的同名文章中，反复强调的主题便是，文化不仅仅是图书馆和博物馆里的高头讲章，而是日常生活本身。它是街头上《六点零五分特别节目》和动画片《格列佛游记》的海报，是公交车上的司机和女售票员，是城外的小桥、果园和青青草地，以及登高放眼望去，灰蒙蒙的诺曼底古堡和延绵不绝山脉上的莽莽森林。这是雷蒙·威廉斯自小熟悉的威尔士故乡景色。作者告诉我们，就在这一带，他的祖父一生务农，直到50多岁走出农舍，当了一名养路工。他的父亲在15岁离开农田，先是在铁路上当脚夫，后来做了信号工，在山谷里铁道边上的小木屋里，工作毕生直到去世。至于他本人，先是上一块布帘隔开两个班级的乡村小学，11岁读本地的中学，后来如众所周知，去了剑桥。

这一切意味着什么？它意味着文化是普通平常的。威廉斯说，生活在这一块乡野，这样一个家庭里，他看到了文化的形态，看到了它的模式变换，同样也看到了心灵的成长：学习新的技能、适应新的关系，以及见证不同的语言和观念逐步出现。威廉斯讲到他的祖父在教区聚会上说起如何被迫离开农舍，泣不成声、义愤填膺。可是他的父亲，就在谢世前不久，说起他如何组建了工会分会，以及在村里创建劳工党支部，语调是平静且快乐的。而他自己，虽然说的是另一种方言，但是思想和他的祖辈们一脉相承。故此：

> 文化是普通平常的：这是首要的事实。每一个人类社会有它自己的形态、自己的目的、自己的意义。每一个社会在制度习俗、艺术和知识里表达了这些内容。社会的形成，即在于发现共同的意义和方向，其发展则是在经验、接触和发现压力下的一种能动的论辩和修正，同时将自身书写在土地之中。社会是在发展，可是它也是由每一个个人的心灵造就和再造就的。①

由此我们接触到文化的两种阐述路径：一方面它是指某一种生活方式的全部，那是普通意义；另一方面它又是指艺术和求知，是开拓和创造的过程，那是特殊意义。我们可以发现，威廉斯这里所说的文化的两种理解路径，和他《关键词》一书中分辨的文化的三个层面是异曲同工的，即一方面是文化的第一个层面心灵的培育，以及第三个层面此一过程的物化结晶即知识和艺术；另一方面则是第二个源自人类学的定义层面：文化是一种特定生活方式

① Raymond Williams, "Culture is Ordinary", Ann Gray (ed.), *Studying Culture: An Introductory Reader*, London: Arnold, 2002, p. 6.

的总和。威廉斯强调有人对文化的这两种理解是非此即彼的，但是他本人愿意坚持两者兼顾。故对于每一个社会、每一个个别心灵而言，文化都是普通平常的。

威廉斯任教的剑桥大学是利维斯主义的大本营。F. R. 利维斯秉承马修·阿诺德的传统，以文化为少数知识精英的专利，坚持一个民族的最优秀文化传承在经典文学里面。同样是在《文化是普通平常的》这篇文章中，威廉斯指出，利维斯为英国文化开药方，认定有一个古老的农业社会英国，其传统文化充满了伟大价值，不幸它被寡廉鲜耻的现代工业社会取而代之，致使平庸的趣味畅行其道，文学和艺术苟延残喘、日薄西山。所以唯有推广文学、推广高雅的趣味，这样至少可以在少数人当中，把最优秀的价值保留传承下来。但是在威廉斯看来，利维斯对当时大众文化随着美国文化入侵、大有泛滥成灾之势的担忧，是基于劣币驱逐良币的格雷欣法则（Gresham's Law），即劣质文化在驱逐优质文化。威廉斯认为这不是事实，理由是今天的优质文化也比过去繁荣得多：

> 优质文学的出版远较过去丰富，优秀音乐的听众也远多于过去，欣赏优秀视觉艺术的人数之众，为前所未有。如果根据格雷欣法则，劣币驱除良币，那么，就算计上人口增长的因素，何以《泰晤士报》比较它1850年实际上是垄断报业的那些时日，今日的发行量增长了几乎三倍?①

半个世纪之后，我们对今天的高雅文学和文化，还能有当年威廉斯的那一种自信吗？今天我们的优秀文学、优秀音乐和其他优秀艺术，比较半个世纪之前的那个饥饿中国，又是怎样一种光景？我们什么时候有过一个充满人文关怀的黄金时代？在新媒体发展突飞猛进、文学自身流通形式发生戏剧性变化的读图时代，我们又能在多大程度上为文学的生产和消费张目？要之，理论攀缘后现代的各路思潮，极尽晦涩艰深，什么都谈偏偏不谈文学，或者最多是蜻蜓点水、浅尝辄止，思想起来，或许该是情有可原。因为文学本身在今天的文化与社会中，已经被无可奈何地边缘化了。乃至随着原创性的大师们相继辞世，理论终而被视为与文化一途，回到走大众路线的文化研究上面，又何尝不是一种幸事呢？

---

① Raymond Williams, "Culture is Ordinary", Ann Gray (ed.), *Studying Culture: An Introductory Reader*, London: Arnold, 2002, p. 13.

三　普通平常的理论

这说明理论是普通平常的。我们还可以来看米歇尔·德塞都《日常生活实践》一书中阐发的抵制理论。诚如人所周知，它是文化研究的支柱理论之一。理论之难于定位于一端，或许在德塞都的身份上，竟也能够见出端倪。德塞都的著述涉及史学、哲学、心理分析和社会科学，他的头衔细究起来，或许只能冠以“法国学者”——指称模糊一如理论本身。但是我们可以发现，德塞都同样将表明，理论是普通平常的。

《日常生活实践》的主题是如何运用日常生活的平凡对象，来破解霸权意识形态的规训。作者开篇就指出，社会科学热衷于研究传统、语言、符号、艺术和文化，却不去审度人们如何在日常生活中就对象“做”了什么，而正是后者，使得普通人得以颠覆制度强加给他们的各种表征仪式。譬如，分析电视播出的图像以及看电视的行为，就必然也要同时研究文化消费者在此期间对这些图像“做”了什么。“做”也就是一种生产，它可以上溯到古希腊与诗歌同源的“poiēsis”一词。但这是一种隐蔽的生产，因为它分散到不同“生产”系统占领的领域，如电视、都市发展、商业等等，而且这些系统愈演愈烈地大肆扩张，也使得留给消费者对产品自主选择的空间日益狭小。但是说到底，消费也是一种生产，它迂回曲折、分散不成体统，但是悄无声息地渗透到每一个角落。它不是通过自己的产品，而是通过使用产品的方式，最终将有可能颠覆某个占据支配地位的经济秩序。

由此我们可以来看阅读的策略。也许它是德塞都抵制理论中与文学关系最为密切的一种。德塞都把此一分析的起点设定在当代文化及其消费的阅读上面。他指出，从电视到报纸，从广告到形形色色的商业招贴，我们的社会里图像恶性膨胀，一切事物的衡量标准都是看它能不能登台表演，转化为视觉形象。我们看和读的冲动，已经渗入到了无意识之中。经济本身也转化为一种“症状记录”，让人心平气和地来阅读。如此，生产和消费这一对矛盾，摇身一变成为写和读的两元对立。不仅如此，阅读图像也好，阅读文本也好，都被认为是最大程度上满足了消费者的偷窥欲望，仿佛整个社会变成了一个演艺社会，消费者也一个个变成了这个演艺世界中的偷窥狂。

德塞都指出，现实中的阅读行为恰恰相反，表现为一种沉默的生产：读者的眼光扫过页面，文本的形态匆匆而过，意义突然从字里行间蹦将出来，转瞬即逝，犹如在文字的空隙之间跳舞。但是除非读者记录下来，否则他在阅读的时间流程中其实是少有作为的，当时或者偶有心得，过后大多忘个精光。所以他不得不买下图书，而后者不过是阅读过程中“失落”记忆的一个替代品。读者由此在他人的文本中迂回地找到了快乐。诚如罗兰·巴特《文本的快乐》所言，语词变成了沉默历史的出口：巴特在司汤达的文本里读普鲁斯特；读者在晚间新闻里读他的童年景观。作者和读者的空间，由此意味深长地彼此交叠起来：

> 这一转变使文本成为居所，就像一家出租的公寓。它转瞬之间将另一个人的财产转移到一个租来的空间之中。房客凭借他们的行为和记忆，使公寓的装饰风格发生相应变化。这又像说话人所为，在使用的语言中，既嵌入了他们的母语信息，又通过他们的口音和“措辞”等等，嵌入了他们自己的历史。①

可见，读者作为房客，可以悄无声息改写、重写作者房东的文本空间。由此阅读不复是种被动的消费行为，反而是读者消费过程中即兴的装饰行为，是充满了批评家偏偏视而不见的生产性和创造性。在德塞都看来，这一生产性和创造性，有似中世纪行吟诗人的艺术理论，它肯定不是被动的理论。创造性渗透到文本，甚至传统之中，而使当代消费的程序构成一种微妙的“房客”策略，心照不宣地将匿名读者的无数差异，写入君临天下的规训文本。很显然，如果说德塞都的这类理论，还多少相似罗兰·巴特可读的、可写的两种文本的转换，那么此种理论举譬日常生活中最平凡对象的阐释路径，足可以再一次显示，理论不仅仅是华丽艰深的高头讲章，它同样见诸普通平常的日常生活。事实上，由日常生活实践来颠覆资产阶级主导意识形态的戒律和规训，这是德塞都抵制理论的基本策略，也是文化研究政治理论的基础所在。

再来看特里·伊格尔顿的《理论之后》。作者开篇就说，文化理论的黄金时代早已过去，称拉康、列维—斯特劳斯、阿尔都塞、罗兰·巴特和福柯已经是数十年之前的故事，就是雷蒙·威廉斯、露丝·依利格瑞，以及布尔迪厄、克里斯蒂娃、德里达、西克苏、哈贝马斯、詹姆逊和赛义德这一班大师们筚路蓝缕的早期著作，也都早已成为明日黄花。伊格尔顿认为打那之后，少有著述可以比肩这些开创性人物的雄心壮志和独创新见。这或许是当下流

---

① Michel de Certeau, *The Practice of Everyday Life*, trans. Steven Rendall, Berkeley: University of California Press, 1984, p. xxi.

行的“理论死了”说法的由来，因为上面这些理论的父亲和母亲们，大都也已谢世而去了。真可谓沧海桑田、情随事迁，让人感慨系之。

值得注意的是，伊格尔顿列数的以上这些理论大师们，除了哈贝马斯，大都跟文学有着这样那样的缘分；伊格尔顿本人为中国读者最为熟悉的作品，也还是那本后现代理论的启蒙读物《文学理论导论》。耐人寻味的是，伊格尔顿闭口不谈文学，统而论之将上述人等的著述一并称为“文化理论”。这就好像当初先是将拉康、福柯、德里达推崇为后结构主义的三驾马车，然后供奉为后现代理论的宗师，及至理论衰落，终而拉过文化，变成了文化理论的领军人物。由是观之，与其说是“理论死了”，不如说是知识范式的流变。伊格尔顿也意识到我们已经没有可能回到索绪尔之前那个所谓“前理论”的天真时代。《理论之后》一书中的最后一段话应该是意味深长的。伊格尔顿指出，没有理论，便没有人类的精神生活，故我们永远不可能生活在一个“理论之后”的时代。后现代主义的思想方式可能已是强弩之末，但是：

> 说到底，正是理论使我们确信，宏大叙事已是明日黄花。也许回过头来，我们能够将理论本身视为它曾经十分痴迷的琐小叙事之一。而在这一点上，是以一种新的挑战姿态展示了文化理论。如果它意在阐述一个雄心勃勃的世界历史，那么它也肯定有着自己相应的资源，这些资源的深度和广度，一如它所面临的局势。它耗不起再来老生常谈阶级、种族、性别的同样叙事，即便它们是不可或缺的话题。它需要冒一冒有备之险，冲破使人窒息的正统教义，探究新的话题，特别是那些迄今它一直在莫名回避的话题。①

可见，理论改弦易辙，走普通平常的日常生活路线，是势所必然。琐小叙事、一如真实世界的深度广度、莫名回避的新话题，这一切都指向理论从文学、哲学走向文化研究的或许是无可奈何的必然之路。不过，伊格尔顿洋洋洒洒的理论自信，其实也足以见出一种被他判定为消逝远去的后现代宏大叙事作风。后理论时代中理论之无所不在，一如后现代时代现代性之无所不在。

今天文学被边缘化已经是不争的事实。这个事实在制度层面上普及现代性，话语层面上跟风后现代性的当代中国，或许竟已是姗姗来迟。韩寒和郭敬明挤走了刘心武们的小说市场，梨花体从被人嗤之以鼻到渐入佳境登上大

---

① Terry Eagleton, *After Theory*, London: Penguin Books, 2003, pp. 221 - 222.

雅之堂，女作家自揭伤疤招贴卖点，直揭到亲姐妹共侍一夫。这一切多少类似美国已故批评家莱斯利·费德勒早在1982年出版的《文学是什么》一书上、下篇的两个标题："颠覆标准"、"开放经典"。我们的标准言人人殊，一路颠覆下来，时至今日可以说基本上已经没有可以被人普遍接受的文学标准。我们的经典已经在接纳韩寒和郭敬明，是不是也可以一样接纳如今流行的以《诛仙》为代表的玄幻小说、以《鬼吹灯》为代表的盗墓小说以及《梦回大清》一类穿越小说？这好像也并非天方夜谭。

文学曾经是什么？我们今天还有文学吗？这是费德勒《文学是什么》（What was Literature，注意这里的"是"是过去时）的标题给予我们的启示。费德勒说："对于文学而言，这个过程早在罗兰·巴特和德里达之前两千多年就已经开始了。亚里士多德抱着我们今天看来肯定是最认真的动机，针对他的老师柏拉图，就他那个时代的大众戏剧展开了辩护。"① 这是将今日的大众社会文学现象，上溯到了亚里士多德时代。当今天的文学现象渐行渐远疏离经典路线，我们的理论又能在多大程度上阐释当下的变迁时代？它有没有必要盲目跟风？或者令铺天盖地的批评家，眼巴巴守住屈指可数的若干高端作家？本文的结论是，理论作为实践的指导和阐释，理应具有它自己的尊严，它有权利也有可能守住它这一份不盲从时尚的尊严。在急功近利的全球化商品大潮中，对于文学自身价值的迷失，理论是无力回天的。因此它从曲高和寡的后现代话语过渡到文化研究，自有一种必然性。而诚如威廉斯反复强调的文化理念，理论无论对于每一个社会还是个人，都将是普通平常的。

（原载《文艺研究》2010年第9期）

① Leslie Fiedler, *What Was Literature*: *Class Culture and Mass Society*, New York: Simon and Schuster, 1982, p. 38.

文化生态与生态文化

——兼谈消费文化、城市文化与美学的生活化转向

·鲁枢元·

新世纪10年以来，中国的文艺理论界先是掀起“文化”热，后来又渐渐冒出“生态”热，两股热潮尚未消退，谈论“文化生态”似乎又成了一个热门话题，想一想，倒也顺理成章。

哲学界有人认为，人类文化与地球生态始终是一对无法和解的矛盾。对此，我半信半疑，站在地球生态的立场上想一想，人类有史以来的文化的确存在不少问题，哪怕是那些曾经威武雄壮、灿烂辉煌的文化，都曾对地球生态带来不同程度的威胁与损害。于是，我对于文艺理论界一些学者努力倡导的那些文化学说，就总是满腹疑虑。在那场波及全国的日常生活审美化讨论中，我写过两篇文章，作为“反方”的角色便被定格下来。

目前，日常生活审美化不但被认作新的美学原则，而且又被上升为美学的时代性的转向，即美学生活化、“生活美学”的兴起已经成为时代的潮流。其根据是感性主义的美学正在取代理性主义的美学，功利性的美学正在取代非功利性的美学，大众美学正在取代精英美学，过日子的美学正在取代书斋里的美学等等。还有人认为，这一切都意味着美学在走向进步，走向光明的未来。

我一再声明自己不曾从事专门的美学研究，对于国内一些美学家倡导的这种美学转向或新的美学原则也缺乏深入的探讨，仍处于学习领会的阶段，但我决不轻视美学在营造理想社会形态时肩负的重大责任，只是问题要复杂得多，不能把西方的某些美学理论套用到中国的现实生活中来。因为在我看来，目前的中国社会真的是一个史无前例、举世无双、负荷沉重而又发展迅猛的社会，它有自己独特的文化累积、历史路径、社会构架、时代错位以及蓄意的或无奈的选择。就美学领域而言，中国的审美文化传统与西方不同，不但不是理性主义的，其主流反而是感性的、感悟的、唯情的、会心的，即

使到了现代，宗白华、朱光潜们也都没有全盘照纳康德的理性主义美学。中国的这种“感性的”传统审美文化，在许多情况下却又是非功利的、超功利的，如在中国美学史上影响巨大的老庄美学，则又和康德的审美无目的、非功利遥相呼应，却又比康德早了两千年。从中国的文化历史看，少有西方那样的美学专家及美学专著，但在中国人的日常生活中却从来不乏审美的实际应用，从苏州那些达官贵人的华美园林到北京平民百姓的素朴四合院，从宋代市井那些下里巴人的瓦子、勾栏，到明代那些被当代美学家赞不绝口的桌椅板凳，日常生活中无不透递出审美的意趣。至于平民化与大众化，在中国文化史上的确存在着与贵族化、精英化之间的鸿沟，但在当代中国社会文化生活中，“深入生活”、“表现生活”、“为人民大众服务”、“上山下乡”、“走与工农兵结合的道路”却一直是最高领导人和决策者的良苦用心，遗憾的是经过全民大规模的“科学实验”，并未催生出多少可以向人夸示的当代文化，反而表露出许多反常与怪异来。所以，面对中国这样的历史和现状，运用任何一种西方美学的理论框架，恐怕都难以做出透彻的解析，确切的结论更不易得出。

有一点我认为是可以肯定的，那就是中国眼下的确出现了与以往大不相同的审美景象，在民众的日常生活中似乎从来没有出现过这么多被粘贴上美的标签的事物，中国的国民似乎还从来没有像现在这么热衷于美化自己的身体、美化自己的居所，稍不留神，我们就会一脚踏进审美的汪洋大海中：从拔地而起的高楼大厦到日新月异的汽车造型，从国家精心组织的规模浩大的会展、会演到中小学生们没完没了的生日派对，从无孔不入的商业广告到擦肩而过的时装女郎，从光怪陆离的游乐场所到包装精美的糕点饮料。“装修”与“整容”分别属于美化环境与美化身体，如今都成了最赚钱的文化产业。在这样的情况下，当代一些博学的美学家开始走出书斋，转向对于日常生活审美现象的观察与研究，表现出与20世纪五六十年代围绕美学基本原理展开的“书斋式”研讨的不同姿态，说是美学生活化、美学研究出现了时代转向亦无不可。问题仍在于如何看待这一时代的转向，学理上的分歧，往往还是价值观念上的差异、学术立场的错位。有两种极端的选择：是与时俱进、推波助澜、张开双臂欢呼这种审美新事物；还是瞻前顾后、裹足不前、对新出现的审美转向充满怀疑与恐惧？反视我自己，我无法否认我只能属于后者。

最近，一些学者开始将“美学范式的生活论转向”推展到“文化生态”的视野之下，希望从地域差异、传承演变、群落认同和文化空间等各种因素的联系中考察当代中国文化的特殊性问题，我认为这是一个有益的建议。①一个时代的审美活动以及与其相关的美学研究毕竟不能脱离这个时代的文化生态。

在我看来，如果说现代中国人置身其中的自然生态欠债累累、危机重重，文化生态其实也远不理想。

近百年来，“五四”新文化运动曾一度扫荡中国传统“旧文化”、引进西方“先进文化”，只是旧文化尚未细加甄别，新文化尚未扎下根来，连绵的战火便在中国大地燃烧了近半个世纪，在国、共两党长时期对峙的过程中，文化格局也不能不显得断裂破碎。在国统区的大城市里，中国的传统文化在苟延残喘、西方的现代文明在缓慢渗透，一群清苦执著的学者、教授尚在勉力维系着一丝文化脉息；在共产党占领的农村革命根据地，一种富于中国特色的革命政治文化在陕北的山沟沟里诞生，并显示出强劲的生命活力。随着政权的更替，新中国民众的文化认同遂一边倒向这一革命政治文化，一些思想头脑仍然留在“旧社会”的文化人，或被历次政治运动剥夺了继续从事文化研究的职能；或被彻底改造为适应这一革命政治文化需要的“新人”。应当说，这一革命政治文化对于共产党团结大众、打击敌人、夺取政权、巩固政权是发挥了巨大作用的，但日后也就显露出它的局限性。一是它要求文化绝对地服从政治、服务于政治；再就是它过于苛求文化的政治纯洁度，高度警惕异己文化的侵入，因而表现出强烈的排他性。从根本上讲，正是这些固有的局限性渐渐酿成持续10年、为害惨烈的“无产阶级文化大革命”，其结果正如大家公认的：“文化大革命”革了中国文化的命。其中被彻底革掉的是这样两种文化：传统文化与精英文化，而这两种文化的精神内蕴则是我们民族的道德底线与生存良知。

20世纪80年代以来，在“拨乱反正”的旗帜下，这种以阶级斗争为纲、为现实政治服务的文化路线被纠正，代之而起的硬道理是发展经济、市场竞争，包括文学艺术在内的文化事业由为政治服务转而为发展经济服务。有一个在各级地方政府普遍倡导的口号：“文化搭台，经济唱戏”，很能说明中国新时期文化遭逢的境遇。于是，电影电视、音乐舞蹈、文学戏剧、美术雕塑一概进入市场竞争，教育、体育、医疗、卫生等文化事业单位更成了上演经济大戏的舞台，甚至传承千载的佛教圣地、禅宗古刹也忙着要集股上市了！凡是与市场营销直接挂钩、容易产生经济效益、容易展现官员政绩的“文

---

① 高小康：《生活论美学与文化生态学美学》，《文艺争鸣》2010年11月号（上半月）。

化”，都会迅速崛起；否则，不是被排斥，便是被忽略。在当前中国，并不存在丹尼尔·贝尔在其《资本主义文化矛盾》一书中所描述的文化与经济、文化与政治之间的冲突与抵触，文化事业的运作始终被高度集中的政治管理、高速提升的经济效益严密纳入同一轨道。加之当代中国文化久已丧失传统文化与精英文化的根基，所以，政策一旦开放，文化的功利化、娱乐化、市场化便如开闸放水，一泻千里，几乎没有受到任何阻力，似乎也用不着美学家们再去费心开导。

如果说在世纪转换的当口，中国人的审美意向同时发生了重大转变，或许那也只是从一种革命政治的审美文化转向市场经济的审美文化。相对于当年的阶级斗争、路线斗争文化，也可以说这一转变更贴近了人民大众的日常生活，审美日常生活化了。那么何谓美好生活？在当下国人的心目中，美好生活就是城市生活、高消费生活，于是消费文化、城市文化便成了时代文化潮流的主导、先进文化的典范，这两种相互强化的文化力量，实际上就是日常生活审美化的起跑线与助推器。但问题并不止于此，在日常生活审美化或美学生活化的后面，总有一只操纵着社会经济生产与消费的无形之手，那就是在中国日益做大的资本市场，这只手并不总是善良美好，反而常常把世间美好的事物包括审美文化以及那些一相情愿的美学家、一心要让政绩漂亮的政府官员玩弄于自己的股掌之间。而消费文化、城市文化正是资本市场上下其手的最佳竞技场。

健全的文化生态应是由各种文化因素有机生成的文化网络，其中必然要包容那些相克相生的不同文化“物种”：物质文化、精神文化、科技文化、宗教文化、大众文化、精英文化、功利文化、超功利文化、消费文化、非消费文化、都市文化、田园文化……任何一种文化的缺失，都将带来文化网络的破损、文化生态的失衡，甚至酿成文化生态灾难。如今的文化生态危机，在我看来，恰恰是物质文化、科技文化、消费文化、城市文化的唯我独尊、急剧膨胀造成的。

费瑟斯通（Mike Featherstone）的《消费文化与后现代主义》一书，曾被我们国内倡导日常生活审美化的学者视为经典。我读此书的第一感觉是：费瑟斯通集中论述的“消费文化”仍然是在“资本主义的生产与市场”这一框架中展开的，只不过他在“物质产品”消费、“社会身份”消费的层面之上，更突显了“身体刺激”、“情感快乐”方面的消费，即所谓“审美快感的消费”。①

---

① 〔英〕M. 费瑟斯通：《消费文化与后现代主义》，译林出版社，2000，第18页。

将感觉与心绪制作成商品消费，该是一种更彻底的消费主义。在资本主义社会机制相当成熟、完善的欧洲，尤其是英国，费瑟斯通关于消费文化的论述充满了自信与乐观；然而，从全球范围看，尤其是从中国的文化生成空间看，这个问题却显得非常复杂，而且不能不让人忧虑重重。像中国这样一个历来以清贫、节俭为美德的国度，如今一跃而成为地球上首位“奢侈消费的新型帝国”，北京、上海在城市消费成本上均名列世界前茅，这无论如何并非吉兆，更不能看做正常现象。如果从地球生态的角度看，地球人类如果全都以此等消费为最美好的文化取向，那么地球生态系统的全盘崩溃势必将提前降临。

2006年秋天，在河南大学召集的“中英开封论坛”的研讨会上，我曾对费瑟斯通先生所倡导的消费文化提出质疑。我们不能不正视：就在消费意识与消费文化迅速向全球普及的同时，另一些“东西”也在迅速地覆盖全球，那就是大气污染、水体污染、资源枯竭、物种锐减、气候反常、怪病蔓延以及随之而来的民族冲突的升级、贫富差距的扩大、道德底线的失落、精神气质的沉沦、社会动荡的加剧。当然，我并不认为这全是费瑟斯通的消费理论带来的结果，我只是说，在探讨当下人类消费问题时，也应当同时关注到地球的生态状况。遗憾的是，在国内、国外的消费文化理论著述中，这样的关注并不多。因此我建议在《消费文化与后现代主义》这本杰出的著作之后，还应当有一部《生态文化与后现代主义》的书。像消费可以成为文化、文化也可以用来日常消费一样，生态也可以成为文化，文化也可以为地球的生态的养护作出贡献（参见本文附录）。

关于城市文化，我也存在着类似的疑虑。

就在这个暑假期间，美国长岛大学荣誉哲学教授、前任国际美学学会主席阿诺德·伯林特先生（Arnold Berleant，1932～）在北京世界美学大会闭幕之后，应我的邀请到苏州来。他是享有世界盛誉的环境美学家，尤其在人造环境领域有许多专门的、精湛的研究。在苏州的几天时间里，我除了陪同他考察了苏州园林、苏州旧城传统民居，还特意谈到城市文化、城市环境的审美化。

据统计，100年前，人类的90%生活在农村的田野上，100年后可能会有90%以上的人生活在城市中。城市化是人类的现实状况，也是人类社会现代化的象征，还被确立为人类继续发展进步的目标。近30年来，中国在城市化道路上跑步前进，由20世纪80年代的23%，到90年代的35%，计划在10年内达到50%，2050年达到70%以上。到21世纪末，或许就将实现全球城市化。人们要过好日子，似乎非城市化莫属。但城市生活无疑又是地球物质与能源高度、快速损耗的人造机构，全球城市化也是全球生态足迹化，必将透支地球能够提供的生态资源。就中国目前的情况看，城市化不但已经给生态带来不少负面影响，同时还引发诸多社会不安定的因素，土地买卖、房屋拆迁、房价居高不下成了官员腐败、民众怨恨、社会动荡的根源。社会的进步是否注定人类要抛弃整个农业文明，抛弃曾经那么美好的田园文化？

伯林特先生也认为“多数情况下，城市化并非明智选择的结果”，而是被诸多不良因素驱使的，如资本争夺、贸易扩张、国家的霸权主义、民众的享乐主义等。但他仍然认为全球城市化与全球市场化、全球资本化是同步的，因此，“城市化”是人类社会不可逆转的大趋势，人们别无选择。他自己所从事的工作，是改善人与自然的关系，尽量促使“现代城市”这个“工业机器模式”的大怪物，向着“生态系统模式化城市”转换，让城市更人性化，更符合生态观念，像苏州古代园林就是在城市生活中保存自然价值的良好方式。对于我的田园情结，伯林特冠之以“诗歌浪漫主义”，他说他自己年轻时也曾浪漫过。我私下判断，伯林特毕竟是一个美国人，一个务实的、乐观的美国人。

伯林特的环境美学趋向于实用研究，他坚定地认为：艺术与审美将在超越“工业机器模式的城市化”、建设“生态系统城市模式化”的进程中发挥巨大作用。甚至，通过审美设计，纷乱的城市交通也可以变成“人类的现代芭蕾舞蹈”。作为一个从事审美与艺术教育工作的教师，我从理论上当然乐于认同这一观点。但面对城市化的现实，我不能不感到悲观。在强大的政治、经济、军事面前，艺术与审美永远处于弱势。目前我所看到的城市环境审美领域天天发生的事实，更多的不是艺术与审美在改变城市，反而是那种极度物质主义的、极度消费主义的东西在改造艺术家与一般民众的审美感知、审美体验、审美鉴赏力。这样的例子多不胜举。比如在苏州，也还存在着一些朱自清散文中描绘的“荷塘月色”，但此类审美文化已经很难吸引城市人的眼球；而金鸡湖畔那座规模宏伟、耗资巨大的电子激光五彩音乐喷泉（不但喷水，还喷火，同时燃放焰火），每到双休日的夜晚，火光、烟雾笼罩姑苏城外半边天，观者如堵如潮，遂成为苏州工业开发园区一道耀眼的景观。就审美体验来说，前者更精致，后者更粗俗；就生态养护而言，前者生态损耗极少，后者生态支付巨大。然而，在苏州，后者已经赢得千万人的审美认同，尤其是已经完全俘获年青一代的审美注意，而这绝非一个“孤证”。我担心，最终的结果可能是：审美艺术不但没有整治好城市，反而在现代城市经济、政治功能干预下被改造得失去本真的意义，失去生态的、人性的内涵，被同化到日益物化的现代都市文化之中，在城市日常生活中制造大量的“艺术垃圾”，进一步污染人们的视觉与听觉。像“荷塘月色”那样的自然风光，虽然更容易与人的审美感知相融和，而且生态足迹也会大大缩小，但由于与现代城市承担的政治经济、消费盈利功能相冲突，也不符合市场经济的会计原理，因此就会被那只“无形的手”轻易抹去——除非你把荷塘里的星光月色也当做商品纳入资本运行的轨道，那样的话又必然掉进商业化的陷阱。

对此，伯林特的解释是，审美不仅仅是对艺术的欣赏理论，而是关于感知能力的理论（aesthetics as the theory of sensibility）。现代社会的一些做法错误地利用了人类的知觉。他说这是对感觉能力的强行征用（co - optation of sensibility）。比如在许多城市广告中往往强行征用了人们的精神与情感、道德与尊严，以满足其商业意图，同时也就贬低了这些内涵。他说：“我觉得现在所发生的一切就是‘对感觉能力的强行征用’，感知美的能力被利用来做广告，或利用来制定对人的控制策略，将人转变成消费者，使得任何东西都必须服从一种消费逻辑。”（潘华琴博士据谈话录音整理）伯林特还曾指出：“事实上，在市场主导的社会里，没有人民和市民的概念，而只有消费者。这种机制在市场经济下运行，不是根据需要而是源于欲望。这种机制擅用文化时尚和社会运动，并将它们转换成社会控制的工具。政治集团运用这一机制来获得并操控政治权力，经济利益集团运用它来影响消费行为和增加利润。”[①] 显然，伯林特对于资本介入审美，也是不乏警惕之心的。比起伯林特，我仍是一个悲观主义者。在我看来伯林特的环境美学在改良城市环境的某些具体问题上的确可以发挥建设性的作用，但如果希望审美能够在城市中最终战胜强大的资本市场，那就有些类似于堂·吉诃德与风车之间的较量了，起码当前如此。

最近时常看到著名历史学家许倬云先生对当前中国文化生态发表看法，殷切的语气抑制不住内心的悲凉。他指出，中国文化的危机就在于“文化利用大量的资源，在表面上形成一个花团锦簇的世界”，“中国文化到了今天已经是只剩皮毛，不见血肉，当然也没有灵魂”。“许多学究以繁琐来文饰浅薄，以表面的口号文饰没有内涵。从改革开放到今天，中国没有在这一部分精神的境界、文化的境界上放下力气”。[②] 谈到国民面临的生态状况，他说：“中

---

① 摘自 N. 伯林特寄赠本文作者的《The Aesthetic Politics of Environment》文章，梅雨恬译。

② 《许倬云谈话录》，广西师范大学出版社，2010，第 127 页、第 130 页。

国最大的危机是很快就要变成不能过日子的地方了，大多数河流都被污染，土地因为使用不当出现沙土化或者水土流失，我们很快就要面临生态的困难。可能到了某个时候，我们无可住之处，无可喝之水，甚至无干净空气，这个危机是极为严重的，政府必须要面对和处理它，我们老百姓也不能以歌颂盛世来麻醉自己。”此类生态困窘当然不是中国独有，但中国的问题尤其严重，“我们最好的产粮区土地现在变成了水泥覆盖的市区、道路和建筑物，江南一带本来是粮产丰富的粮仓，现在几乎不产什么粮食，要靠别处，甚至外国，运粮供应了”。至于一般民众内在的精神生态，同样令人心情沉重，“那就是大家都拼命赚钱，精神生活上相当空虚，不知道为什么活，也不知道大家应该共同遵守的标准和尺度在哪里。……过去一百年里，中国不断地丢失自己固有的价值观念，在吸收外面传进来不同价值观念时却又往往不能真正理解。我们现在的价值观念是个真空”。① 许倬云先生的这些谈话其实也已经涉及本文标题所列“文化生态”与“生态文化”两个方面，话说得不怎么好听，但“忠言逆耳”，应引起我们的警醒。

最后，我只想再重复一句：我们的文化生态已经严重失衡，如今若是谈论文化生态的健全发展，就再也不能忽视生态文化的存在了！

附：鲁枢元在“挑战全球知识——2006年中英开封论坛综述”上的发言要点

鲁枢元的发言重点则是从两个方面向消费文化提出挑战：

第一，消费社会不能为生态解困。以往那种工业生产型的现代社会已经造成了严重的、全球性的生态危机，那么，以消费尤其是以消费文化为轴心的后现代社会，是否有可能减缓、挽回地球生态的进一步恶化呢？为了减缓地球对于人类社会的负荷，我们能否设想一种“低物质能量的高品位生活模式”，以文化的、诗意的、艺术的、审美的生活旨趣取代现代人对于物质生活的过度的依赖？如果后现代的人们真的实现了以数码、符号、信息、图像的消费取代了对于地球有限的物质资源的消费，那么，人类面临的生态困境是否就可以迎刃而解了？

从中国当下的情况看，在我们这样一个仍然没有摆脱贫困的国家里，所

---

① 《著名历史学家许倬云谈“2020，中国新十年”》，凤凰网、正义网联合访谈，2009年12月16日。

谓“后现代”的消费已经来势汹汹，从移动电话、网络游戏、大型超市，到私家汽车、豪华别墅、洗浴中心、高尔夫球场、出国旅游……这些“炫耀性、挥霍性的消费文化”正沿着凡勃伦（Veblen）指出的“炫耀消费向下渗透模式”，迅速扩展到大众的日常生活中。可惜的是，这些含有丰富文化性的消费，并不仅仅是一些数码、符号、信息、图像，最终都还是要凭借地球的宝贵资源来结账的。

第二，消费文化不能涵纳有意义的文化。炫耀文化以及消费文化对资本与市场具有高度的依赖性，而那些纯属个人的情绪、意向、憧憬、梦幻却很难像货币一样在市场流通，而这些属于个人潜意识的、心灵深处的东西，对于一个民族文化的生成与积淀却具有重大意义。从另一方面讲，那些在文化市场上红极一时、备受大众欢迎、给企业带来丰厚利润的产品，从文化的意义上讲并不一定具备优良的品质，甚至还可能是伪劣产品。资本与市场的运营可以及时生产出成功的消费文化、炫耀文化产品，而有意义的文化的生成并不全都能够纳入资本与市场的运营之中。

（摘自周敏《挑战全球知识——2006 年中英开封论坛综述》，载《哲学动态》2007 年第 6 期；《河南大学学报》2007 年第 4 期。）

[原载《文艺争鸣》2010 年 11 月号（上半月）]

共和国60年文学理论的理想诉求

·姚文放·

共和国60年文学理论可以分为三个阶段，即新中国成立后十七年以及十年“文革”；新时期；20世纪90年代初到新世纪，划分这三个阶段的依据在于它们各自形成了一定的理想诉求并受其主导。总的说来，十七年以及十年“文革”文学理论为政治诉求所主导，新时期文学理论为审美诉求所主导，20世纪90年代初到新世纪文学理论为文化诉求所主导。这三个理想诉求的嬗变，勾勒出共和国60年文学理论清晰的发展轨迹。

一　政治诉求

新中国成立之初，在文学理论的指导思想上采用了苏联的“社会主义现实主义”的理念。“社会主义现实主义”的概念最早是1932年由苏联当时的最高领导人斯大林提出，后经苏共中央政治局最终确认的，于1934年9月1日第一次全苏作家代表大会通过的《苏联作家协会章程》中正式提出。这一概念早在1933年就被介绍到中国，是中国进步文艺界并不陌生的概念。在1951年11月到1952年7月历时大半年的整风学习中，苏联有关文艺思想和文艺政策的文件是指定的学习文献。随着整风学习的深入，“社会主义现实主义”的概念在中国文艺界人士那里已经深入人心。1953年9月第二次全国文代会的决议中，明确了“社会主义现实主义”作为我国文艺创作和批评最高准则的至上地位。

“社会主义现实主义”这一口号在苏联人那里原本就带有浓厚的浪漫精神和革命幻想的色彩。日丹诺夫在第一次全苏作家代表大会上所作的讲演中就提出：“苏联文学应当善于表现出我们的英雄，应当善于展望到我们的明天。这并不是乌托邦，因为我们的明天已经在今天被有计划的自觉的工作准备好了。”[①] 翌年时任苏联作家协会主席的高尔基在一次会议的讲话中说，我们不仅要知道两种现实，即过去的现实和现在的现实，而且还必须知道“第三种现实——未来的现实”；“如果没有它，我们就不会理解社会主义现实主义方法是什么”。[②] 这种理想主义倾向不能不影响到当时的中国的文学理论。周扬 1953 年在第二次全国文代会上所作的报告中对此作了具体说明：“我们的现实主义者必须同时是革命的理想主义者”，认为在具体创作中，作家为了突出表现英雄人物的光辉品质，有意识地忽略他的一些不重要的缺点，使他在作品中成为群众所向往的理想人物，“这是可以的而且必要的”。[③] 可见，“社会主义现实主义”创作方法强烈的理想主义倾向早已在我国建国之初的文学理论中留下了伏脉。

由于中国政治状况的特殊性，也由于中苏之间存在的芥蒂，中国在意识形态包括文艺政策方面一直致力寻找适合自己实际情况的路径和方法，“革命现实主义和革命浪漫主义相结合”的创作方法就是在这一政治背景下提出的。“两结合”的出台是在 1958 年。1958 年 5 月，在中共八大二次会议上周扬作了《新民歌开拓了诗歌的新道路》的发言，[④] 首次公开了毛泽东关于“两结合”创作方法的讲话精神。“两结合”是民族化、本土化的东西，对于文学理论中国经验具有总结意义，同时也带有鲜明的政治色彩。

基于 1958 年前后特定的国际、国内形势，“两结合”的提出，更多对于“革命浪漫主义”的重视，中苏之间的龃龉日益公开化，国内“大跃进”运动的轰轰烈烈，其间涌动的种种政治激情为这一文艺创作方法的构想抹上了一层浓厚的理想主义色彩，表达的是一种建立在理想化“峰顶”之上的政治诉求。早年高擎浪漫主义大旗的郭沫若此时兴奋地说：“多少年来浪漫主义不大吃香，经过毛主席这么一提，浪漫主义的身价才不同了。我觉得浪漫主义实际上就是理想主义。”[⑤] 这种政治化、理想化的诉求在文学艺术领域盛炽一时，当时不仅工农业要“放卫星”，而且文艺也要“放卫星”，《红旗歌谣》

---

① 日丹诺夫：《在第一次全苏作家代表大会上的讲演》，《苏联文学艺术问题》，曹靖华等译，人民文学出版社，1953，第 27 页。

② 高尔基：《我国文学是世界上影响最大的文学》，《高尔基论文学》（续集），冰夷等译，人民文学出版社，1979，第 508 页。

③ 周扬：《为创造更多的优秀的文学艺术作品而奋斗》，《周扬文集》第 2 卷，人民文学出版社，1985，第 252 页。

④ 后刊于 1958 年 6 月 1 日出版的《红旗》创刊号。

⑤ 见周扬《谈革命现实主义和革命浪漫主义的结合问题》，《周扬文集》第 3 卷，人民文学出版社，1990，第 61 页。

就是典型样本。在1960年7月召开的中国文学艺术工作者第三次代表大会上，“两结合”的创作方法作为当时文艺工作的指导思想得到正式确认。它体现了中国决策层决意摆脱苏联意识形态影响，独树一帜构造文艺工作指导思想和基本原则的意图。此时虽然还提“社会主义现实主义”的说法，但实质上其原先拥有的主导地位已经为“两结合”所取代，后来随着中苏政治斗争的公开化，“两结合”确立了在中国文学理论中的正统地位，而“社会主义现实主义”的概念终于遭到了废弃。

由于政治氛围的日趋严紧，“两结合”所内涵的强烈的政治诉求成为此后文学艺术领域的“路线斗争”之源。由于对于革命浪漫主义的过度倾重，“浮夸风”也刮进了文艺创作之中，出现了一些脱离生活、想入非非之作，为了纠偏，时任中国作协党组书记、副主席的邵荃麟1962年8月在“农村题材短篇小说创作座谈会”上提出了“现实主义深化”的主张，反对浮夸的浪漫主义，主张“现实主义深化，在这个基础上产生强大的革命浪漫主义，从这里去寻求两结合的道路”。[①] 其实邵荃麟的意见也是有秉承的,[②] 在政治上和理论上并无不当之处。但在1964年文联整风时却遭到了严厉的批判，被指责为曲解了“两结合”这个“最好的创作方法”，用“现实主义深化”来取代“两结合”，不要革命浪漫主义了，成为“抽掉了共产主义的革命理想的现实主义”，继而被扣上了一大堆政治帽子。此后不久在林彪、江青炮制的《纪要》中将邵荃麟的“现实主义深化”和“中间人物”论连同此前就曾遭到批判的何直（秦兆阳）的“现实主义广阔的道路”论、周勃等人的“写真实”论等列入文艺战线的“黑八论”，予以严厉的批判和无情的打击。

从“两结合”创作方法的形成及其实践这一个案可以见出这样三点。一、“两结合”创作方法的提出与中苏意识形态斗争有关，虽然其中不乏对于历来文艺经验的总结，但这主要是为意识形态斗争服务的。二、“两结合”对于浪漫主义、理想主义的倾重也有其特殊的理论背景，苏联“社会主义现实主义”创作方法的影响无疑是背景之一，尽管后来它被搁置被取代，但其理想主义倾向作为一种心理定式依然不散。因此有学者指出：“当时在理论界关于‘两结合’的观点和当时苏联讲的‘社会主义现实主义’理论并没有什么质

---

① 邵荃麟：《在大连“农村题材短篇小说创作座谈会”上的讲话》，《邵荃麟评论选集》上册，人民文学出版社，1981，第399页。

② 周恩来在1959年5月《关于文化艺术工作两条腿走路的问题》的讲话和1960年召开的第三次文代会上的讲话中都提出正确把握革命现实主义和革命浪漫主义的辩证关系的问题。

的区别。”[①] 而后来苏联的“社会主义现实主义”创作方法被搁置被取代，已如上述，乃是另有原因。三，“两结合”创作方法也是在1958年“大跃进”运动中应运而生的产物，当其在实践中被庸俗化时，很容易将在小农经济土壤上滋生的夹杂着狂热、空想和浮夸的乌托邦幻想当做政治理想来追求，也当做文艺创作的理想境界来加以崇尚。“两结合”创作方法凸显“革命浪漫主义”成分，带有强烈的政治诉求也就是顺理成章的事了。而这种政治诉求对于其间文艺理论的起起落落的深层操控作用便有迹可寻，而当时其实是值得肯定的现实主义的倡导者们恰恰遭受残酷的政治批判和组织处理，其原委也就不难理解了。

二 审美诉求

粉碎“四人帮”以后，文艺创作开始复苏，文学理论也开始摆脱以往的精神桎梏，寻求拨乱反正的取向和路径。

人们对将文学创作仅仅当成政治传声筒和阶级斗争工具的做法持鲜明的否定态度，力求以审美取向为核心来重新建构和整合文学理论，他们充分施展学术创造力和理论建构力，将“审美”概念的涵盖性、黏结性发挥得淋漓尽致。钱中文提出“审美反映”的概念，认为“审美反映”连接着“心理层面，感性的认识层面，语言、符号、形式层面和实践功能层面，它们形成了主体的审美反映结构”。[②] 童庆炳提出“审美把握”的概念，认为“既然文学所反映的对象、内容是现实的审美价值属性，作家的把握现实的方式又是审美的方式，文学就是对现实生活审美价值属性的审美把握的结果，那么，其特质就不能不是审美”。[③] 杜书瀛主张“审美活动”说，他认为，文学艺术“是审美活动的专有领地”。[④] 王元骧则力主“审美中介”说，他说：“在我看来，把艺术的性质界定为是审美的这应该是确定无疑的，这是艺术自身目的之所在。”[⑤] 如此等等，一时间以“审美”为徽号的新概念、新学说已然呈现

① 包忠文主编《当代中国文艺理论史》，江苏教育出版社，1998，第93页。

② 钱中文：《最具体的和最主观的是最丰富的——论审美反映的创造性本质》，《文艺理论研究》1986年第4期。

③ 童庆炳：《文学与审美——关于文学的本质问题的一点浅见》，见《文学审美特征论》，华中师范大学出版社，2000，第43~44页。

④ 杜书瀛：《文学创作与审美活动》，见《艺术的哲学思考》，辽宁人民出版社、辽海出版社，2001，第183页。

⑤ 王元骧：《艺术的认识性与审美性》，见《探寻综合创造之路》，陕西师范大学出版社，2000，第33页。

井喷之状，除此之外还有“审美特征”、“审美价值”、“审美意识形态”、“审美实践”、“审美创造”、“审美体验”、“审美超越”、“审美感悟”、“审美幻象”、“审美结构”等。凡此种种，成为中国学术界的奇特一景。这里对于文学的本质界定基本上采用“审美 + X”的表述模式，力求用“审美”概念对林林总总的文学理论概念加以限定和构成。这就蔚然成了一种新的风尚、新的追求，形成了一种新的理想诉求。

正是在这种审美诉求的引领之下，文学理论迎来了最为辉煌的一段，即20世纪80年代中期到90年代，由于知识生产的后效应，有的成果还延续到了新世纪。这是文学理论体系建构最为卓著的时期，从以往重重思想禁锢中解脱出来，那种“大批判”式的政治讨伐已遭到厌弃，没有市场。人们致力于文学理论知识体系的建设，在学术观念、研究方法、理论范式、逻辑框架、范畴系统、问题意识等诸多方面都多有创见、多有开拓，这是一个思想、激情、灵感和创造力勃发的岁月！钱中文先生曾著文对于改革开放20年来文学理论的成果作出回顾，认为在这一时段文学理论面对新的文学实践提出了许多新的问题，围绕这类问题所进行的讨论取得了重要的突破并成为近20年来文学理论的主流。① 文章列数其间涌现的优秀论著便有不下百种！如此显赫的学术建树，乃是破除教条主义、“工具论”、“写中心”等庸俗社会学迷障取得的成果，具体地说，一是通过思维方式的提升带动文学理论的跃迁，如从直线式的因果思维走向互动式的中介思维，从重对立的二分思维走向重和谐的中和思维，从非此即彼的排他思维走向亦此亦彼的兼容思维等，都在文学理论的重建中起到灵魂的作用。二是在学科交叉中寻求文学理论新的生长点，许多新的学科方向、专业理论和学术假说往往是在人文学科之间、人文学科与社会科学之间、人文社会科学与自然科学之间的交叉地带像雨后春笋般涌现出来。三是形成了文学理论自身的问题意识，如文艺美学、文学的人文精神、文学的新理性精神、文学理论的现代性等问题，并不是由外部政治需要乃至政策需要预先设定的，也不是由急风暴雨式的政治运动所发动的，而是由文学理论根据自身发展和自我更新的规律提上议事日程的。

上述理论对于“审美”概念内涵的界定，主要涉及心理、情感、感性、意识、语言、符号、形式等，而这恰恰也就成为后来文学理论“向内转”的不同取向之所本。总的说来，20世纪八九十年代国内文学理论“向内转”共有三个取向，即心理学取向、形式论取向和人类学取向。心理学取向吸收心

---

① 钱中文：《文学理论反思与“前苏联体系”问题》，《文学评论》2005年第1期。

理学的成果探讨文学艺术活动的心理内涵，打开了文学理论观察文学艺术的一扇心灵窗口。形式论取向主要受到 20 世纪西方文学理论形式论倾向的影响，引进了俄国形式主义文论、英美新批评、结构主义文论、符号学美学、解构主义批评、文学现象学、文学阐释学等的形式论文学观念，也形成了一些系统性理论，相关著作所做的工作主要在于译介、阐释和综述，而其理念更多体现在批评实践特别是当代文学批评之中。人类学取向则主张到人类的深层集体无意识中去寻找文学艺术产生的根源。心理学取向、形式论取向和人类学取向一是向人的内在心理“转”，一是向文本的内在形式“转”，一是向人的深层集体无意识“转”。然而这三者都可以归于“审美”的旗下。心理、情感、感性、潜意识、语言、符号、形式等方面作为审美要素具有某种同一性，就如刘小枫所说：“审美性是一种可称之为心理主义、主体主义或内在性的心性品质，审美主义、心理主义或主体感性论是同一个东西。”①

前一阶段文学理论在破除种种思想禁锢、寻求审美诉求的途径时，普遍采用的一个策略就是强调文学不同于其他意识形态的特殊性、个别性，此时被发挥得最充分的就是文学之为文学的自律性，而审美特征、艺术规律被视为文学命定的身份证明和行业执照。人们致力以文学艺术自身的审美特征“为文艺正名”，以改变文艺作为政治实践的简单工具的劣质化处境，这一审美自律论在后来的 10 余年间一直成为文学理论确认自身的存在和效用的充足理由。这一思想策略的积极意义自不待言，它呼应了当时的思想解放运动，也为文学理论争得较为宽松的生存环境和发展空间。

按说本质主义研究是必要的，人们认识事物总是从把握事物的本质开始，否则便无法认识和理解事物。但是对于事物本质的把握必须是具体的、变化的、与时俱进的，一旦将这种把握变成绝对的、僵固的、一成不变的，那就不能正确认识和理解事物，相反地只能导致偏差和失误。在审美诉求的支配下，文学理论逐渐暴露出机械本质主义的苗头，往往将审美特征和艺术规律预设为文学艺术超历史、超现实的绝对本质，赋予它并不因时而异、因地而异、因事而异、因人而异的普遍价值，而忽视了其中可能存在的种种差异性和偶然性。譬如说历史上大量事实说明，文学艺术也可能是非审美的，而非审美的东西也可以是文学艺术；又譬如说无论人们对于文学艺术的审美特征和艺术规律作出何种界定，在逻辑上都是不完备、不周延的，都难以避免反证和例外。而这种种偶然性、特例性在审美自律论中往往没有得到足够重视，

---

① 刘小枫：《现代性社会理论绪论》，上海三联书店，1998，第 302 页。

这就使得文学理论对于文学的审美特征和艺术规律的把握逐渐丧失了灵活性、变通性，日益趋于僵硬和刻板。再有，为了从“工具论”的境地中解脱出来，文学理论往往力求返回自身，转向内部，但这种“向内转”的华丽转身恰恰导致了文学理论的封闭和孤立，从而对于实际生活中发生的变动缺少灵活的应变能力和良好的自我修复能力，而对于社会、历史、现实的规避和疏离又使其思想价值和社会功能渐趋萎缩和疲弱。

到了20世纪90年代商品经济、市场体制逐步确立以后，以往唤起中国学者多少憧憬、多少激情的审美乌托邦其炫目的光彩逐渐黯淡下来，“美学热”开始降温，文学滑向边缘，科技理性入主，人文理性告退，经济冲动强劲，价值取向逆转，在如此重大变局中，文学理论显然不在状态、应对乏术。如果从文学理论本身找原因，那么其审美自律论的机械本质主义无疑是一个主因。如今仅凭传统美学的玄思已无法解释新的历史条件下出现的种种社会现象，美学与生俱来的非功利、非实用的品性已经不能满足人们在商品社会日益增长的感性需求和物质欲望，在电子传媒创造出来的视听奇迹面前，原有的美学理论变得何等的苍白无力，而美学固有的精英主义路线在大众时代又显得何等的不合时宜！曾经引领文学理论收获丰硕成果的审美诉求终于到了被新的理想诉求取代的时候。

三　文化诉求

在20世纪90年代以来中国的社会情势发生变化、经济体制发生转换之际，在文学研究中最惹人瞩目的是这样一些鲜明的对比：80年代的文学理论时兴“向内转”，而今文学理论则时兴“向外转”了；80年代是厌弃“外部研究”而趋赴“内部研究”，而今则是搁置“内部研究”而热衷“外部研究”了；80年代人们是言必称“美学”，而今人们则是言必称“文化”了。在经历了以往两个阶段的嬗变以后，人们的研究兴趣又转向了新历史主义、后现代主义、文化帝国主义、女性主义、传播媒介、文化身份、大众文化、生态美学等与社会历史、现实政治、人类生存状况攸关的文化现象了。虽然此际仍不乏标目“审美”的美学研究和文学研究，而且还着实掀起了一股热潮，但其焦点已经转移到所谓“日常生活的审美化”或“审美的日常生活化”了。就其实质而言，在很大程度上已经属于文化研究了。这时所说的“审美”，也不复是自律的，而是介入了当下活泼泼的实际生活进程，人们从带有明显科学化倾向、实证性特点从而已经显得沉闷的心理学、形式论、人类学研究中一下子接触到在日常生活中欢笑与歌哭的男人和女人，从在审美自律性的狭小天地中讨生活转而重新思量人性、命运、幸福、价值、责任、信仰等人类生活的大节目，顿时感到豁然开朗、眼前一亮，真有一种“山重水复疑无路，柳暗花明又一村”的感觉，体验到更多的心灵抚慰和人文关怀，更多世俗化的快乐和人间感动，人们在历史的拐角处发现了新的精神家园——文化研究。

这一情况与西方某个文化阶段极其相似，由于中国的文化研究的后发性，这种相似性不妨看做文化规律在起作用。J. 希利斯·米勒曾指出，自 1979 年以来，西方文学研究的兴趣中心已发生大规模的转移，从对文学作修辞学式的“内部研究”转向确认文学在社会历史背景中的位置的“外部研究”，文学研究的兴趣已由解读语言本身转移到阐释语言与上帝、自然、社会、历史等的关系之上。他说：“仿佛普天下都发出一大声慰藉性的叹息：‘解构批评’的时代完结了。它已度过了自己的黄金时代，而今我们可以问心无愧地回到更富于同情心和人情味的工作中来，论述权力、历史、意识形态、文学研究的‘惯例’，阶级斗争，妇女受压迫的问题，男人女人在社会上的真实生活情况及其在文学中的‘反映’。我们还可以重新问关于文学在人生中和社会里的用途这类实用主义问题。”①

J. 希利斯·米勒讲述的是西方学术界的状况，但他因文化研究兴起而感发的兴奋之情在我国学者这里也能见到。不少学者大声疾呼在新的时代背景和语境下文学理论有必要进行深刻的学科反思和范式转型。其中有代表性的是陶东风、金元浦、周宪、陈晓明等的论文，这些文章表达了一个共识：对于审美自律性的固守已使文学理论面临深刻的危机，文化研究的兴起对此起到振衰救弊的作用，它拓展了文学理论的狭隘空间，为文学理论注入了生机和活力，同时也预示着文学理论向文化研究转型的趋势。其中比较激进的意见更是主张文学理论到文化研究中去取得“真经”，肯定文化研究给文学理论带来解放的希望。② 正是这一信念确立了文学理论新的理想诉求，审美诉

---

① J. 希利斯·米勒：《文学理论在今天的功能》，拉尔夫·科恩主编《文学理论的未来》，程锡麟等译，中国社会科学出版社，1993，第 122 页。

② 见陶东风《日常生活的审美化与文化研究的兴起——兼论文艺学的学科反思》，《浙江社会科学》2002 年第 1 期；金元浦：《重构一种陈述——关于当下文艺学的学科检讨》，《文艺研究》2005 年第 7 期；周宪：《文化研究：学科抑或策略?》，《文艺研究》2002 年第 4 期；陈晓明：《历史断裂与接轨之后：对当代文艺学的反思》，《文艺研究》2004 年第 1 期等。

求终于被文化诉求取而代之。

这一理想诉求的转换体现了迥然不同的理论旨趣。与文化研究相比，以往文学理论是显得太过学术化、经院化了。当今文化研究表现出显著的实践性、政治性和意识形态性，最终可以归结到一点，那就是对于社会现实表示关注、进行干预。试看如今炙手可热的后现代主义研究、女权主义研究、大众文化研究、传媒研究、文化帝国主义研究、后殖民研究、生态研究等，哪一个不带有强烈的实践冲动、鲜明的政治倾向和浓厚的意识形态色彩？哪一个不是对于当今社会状况和历史变动的一种即时反应、公开表态和直接干预？文化研究使得人们对于社会、历史、现实从规避到介入、从疏离到切近，打破了审美自律性的障壁，直指社会现实、时代生活的重大主题。华勒斯坦的一段论述对此可谓一语中的："从事文学研究的学者，对他们来说，文化研究使对于社会和政治舞台的关注具有了合法性"。①

文学理论的逻辑进程走到这里，似乎拐了一个弯，事情又倒转回去了。原先在政治诉求转向审美诉求的十字路口拱手揖别的政治，如今在审美诉求转向文化诉求的拐点上又与人们不期而遇。这也许是在文学理论"向内转"又"向外转"的轮回中难以逃避的宿命。但历史不会重演，此"政治"非彼"政治"，尽管二者之间有着非常密切的关联性。按照特里·伊格尔顿的说法，如果说以往更多关注的是"阶级政治"的话，那么现在更多垂顾的则是"后阶级政治"。② "阶级政治"关心的主要是阶级、革命、斗争、政权、党派、制度、战争、解放、胜利等问题，而"后阶级政治"则主要关心民族、地缘、人种、族裔、身份、性别、年龄等问题。二者相通的是权力甚至霸权问题，不同的是前者涉及阶级、阶层、集团、政党之间的权力关系，属于相对限定的社会权力；后者关乎人类群体与群体之间（东方与西方、南方与北方、白人与黑人、富人与穷人、男人与女人、老辈与青年、侨民与土著）的权力关系，属于相对宽泛的文化权力。因此前者是一种"社会政治"，后者是一种"文化政治"。

总的说来，"文化政治"具有以下若干特点，从中可见出文化研究的旨趣所在。第一，"文化政治"无所不在，渗透在人类生活的每一个方面，每一个角落。因为政治事关权力以及对于权力的支配、约束和限制，任何事情只要

---

① 华勒斯坦等：《开放社会科学》，刘锋译，三联书店，1997，第69页。

② 特里·伊格尔顿：《审美意识形态》，王杰等译，广西师范大学出版社，1997，《导言》第8页、第369页。

与权力沾边，便有可能上升到政治层面。阿雷恩·鲍尔德温指出："文化政治学"的一个基本观念就是，任何事物都是政治的，因为权力无所不在。"权力被用来理解阶级关系、种族关系、性别关系和年龄关系；用来阐释身体及对人和地点的表征；用来弄清我们对时间和空间的理解。"[①] 这种"文化政治"的无所不在，又导致了文化诉求的无所不在。

第二，"文化政治"与人们日常生活息息相关，是世俗化、人间化的，吃穿住行、饮食男女，但凡与权力相关，便都具有了"政治"意味，于是有"身份政治"、"性别政治"、"审美政治"、"形式政治"、"娱乐政治"、"消费政治"、"身体政治"、"肉体政治"之类说法。这并不是将政治庸俗化，它揭晓了一个事实，权力的作用存在于日常生活的方方面面，因此政治也无处不在。就说"身体政治"，按通常理解，身体是自然的、低级的甚至令人羞耻的，何以够得上成为一种"政治"？福柯认为，人的身体并不是一种生理现象，而是一种文化现象，因为它受到权力的严格限制，受到政治的强力干预，它是被权力和政治形塑出来的，这种形塑可以称为肉体的"政治解剖学"。[②] 一个农民变成士兵，一个孩童变成学生，一个学徒变成技术工人，他的体魄、姿态和动作无一不是被权力和政治的规训塑造出来的。

第三，"文化政治"往往能够填补社会转型期留下的巨大精神空白，对于原有的社会价值体系发挥替代功能，在重建精神家园的过程中起到补偏救弊的作用。譬如现代主义的起来，在很大程度上出于对现代商品社会的抗拒，而它作出的种种反抗又不被环境见容，从而被压抑为一种"政治无意识"。弗雷德里克·詹姆逊指出，在现代主义高潮来临之际，"在现代主义主流文本中正如在资产阶级日常生活的表象世界上一样不再明晰可见，并被累积的物化无情地赶入地下的政治，最终变成了一种真正的无意识"。[③] 这种"政治无意识"的艺术表现便是退缩到审美自律性的壁垒中去，将价值诉求转向自身，从而导致了极端的贵族主义和象牙塔主义，用荒诞不经、晦涩难通的形式来抵制商品社会的秩序和准则，对这个出了问题的世界尽一份责任心和道义感，例如尤奈斯库的《阿美戴》、《责任的牺牲者》、《新房客》、《椅子》等，借助形形色色荒诞不经的情节，对于现代商品社会"物压倒了人"的现状表示忧心。这种"政治无意识"成为西方现代社会在宗教伦理消解以后心存忧患、

① 阿雷恩·鲍尔德温等：《文化研究导论》，陶东风等译，高等教育出版社，2004，第 97 页。
② 福柯：《规训与惩罚》，刘北成等译，三联书店，2003，第 27 页。
③ 弗雷德里克·詹姆逊：《政治无意识》，王逢振等译，中国社会科学出版社，1998，第 267 页。

勇于担当的深度模式。这里完全用得上这一说法："审美的自律性成为一种否定性政治。"① 这种"审美政治"，在如今盛行搞笑、反讽与戏仿的后现代写作中简直比比皆是。

第四，"文化政治"将权力的支配与反支配、制约与反制约之争从神圣化引向泛化和世俗化，对现实政治起到了柔软化、弹性化、宽松化的作用。"社会政治"关乎阶级、阶层、集团、政党之间的权力之争，往往诉诸武力乃至暴力，采取激烈的、极端的形式，这是一种强制性的、刚性的政治；"文化政治"则通过泛化和世俗化的方式将权力问题与消费、娱乐、享受、欲望和性结合起来，将阶级的、政党的政治去魅，同时又通过对处于纵横交错的群体关系交叉点上的活生生的人的命运遭际的关心为人的政治返魅，这是一种宽容的、柔性的政治。这种宽容的、柔性的人的政治，作为社会结构中缓解紧张、释放能量的缓冲带，是任何时代任何社会都需要的，但是归根结底，"文化政治"终究能对"社会政治"的改良和完善起到平衡和牵制的作用。

第五，回到讨论的本题，"文化政治"一维的加入，对于如今面临全新语境的文学理论具有激活的作用。它揭示了一个以往习焉不察的事实：审美自律性在逻辑上并不周延，文学艺术并不仅仅关乎审美形式，它更关乎与人类命运攸关的真善美、信念、信仰、理想、责任、义务、正义、同情、爱、自由、解放等终极价值。而这些对于人类具有普遍意义的终极价值经历了全球化浪潮的冲击，市场强权的控制，消费主义的围困和工具理性的压抑，已经沉积、凝结为深沉浩荡的"政治无意识"。只要条件具备，这种"政治无意识"便会从民族、人种、族裔、地域、身份、性别、年龄等不同的角度和路径浮出水面，诉诸文学行动，进而对现实生活发挥实际作用。正如詹姆逊所说："一切文学，不管多么虚弱，都必定渗透着我们称之为的政治无意识，一切文学都可以解作对群体命运的象征性沉思。"② 譬如目前族裔文学在西方发达国家异军突起，生态文学在发达工业社会成为显学，我国以"80后写作"为代表的青年文学骄人的市场效益，都说明这种"政治无意识"的力量不可低估！同理，文学理论也体现着"政治无意识"的作用。詹姆逊认为，"政治无意识"的激荡促成了对于文学文本的一种新的分析视角——政治阐释的形成，这一视角具有不可比拟的优越性，因为它能够做到"尊重过去的社会

① 特里·伊格尔顿：《审美意识形态》，王杰等译，广西师范大学出版社，1997，《导言》第8页、第369页。

② 弗雷德里克·詹姆逊：《政治无意识》，王逢振等译，中国社会科学出版社，1998，第59页。

和文化特性和根本差异，同时又揭示出它的论争和热情，它的形式、结构、经验和斗争，都与今天的社会和文化休戚相关”。① 因此政治阐释不是其他阐释方法的补充和辅助，而是对于文学文本的一切阅读和一切阐释的绝对视阈。他正是在这里洞察到建构一种“新阐释学”的可能性。② 詹姆逊所说的“新阐释学”小而言之相当于“文化政治学”，大而言之那就是文化研究。而他在其中寄寓的文化乌托邦理想，他在关注政治、介入行动、干预现实方面所怀抱的巨大热情，已如上述也正是倡导文化研究的中国学者大力标举发扬、为之鼓与呼的。

然而如今盛行的文化诉求是否就是文学理论理想诉求的巅峰状态、终极境界呢？回答显然是否定的。文化诉求也有可能导致它衰落的命门，它要达到完善境界仍有很长的路要走。

首先，文化研究的理论范式是从文学理论起步但最终抛弃了文学理论，因而它的形成建立在对于文学理论的漠视和排斥之上。文学理论有其特定的论阈，有其采用的方法，有其特殊的研究对象、专业特性和话语系统，有其自身的传统、规范和惯例，这是必须得到尊重和保证的，文化研究不能完全脱离文学理论的这些基本规定性而具有积极意义。合理而可行的途径在于文化研究和文学研究各自的特点得到充分的尊重和保证，二者之间构成必要的张力，从而达成相互补益、相互交融。

其次，文学理论的文化诉求是一种超越性、前瞻性的诉求，尽管它带有很强的目的性和预设性，但它并不是九天落花，也不是向壁虚构的产物，说到底它还是从文学的创作实践和作品实际中结晶、升华出来的。它不是目的论的，而是经验论与目的论的结合；它采用的不是演绎法，而是归纳法与演绎法的结合。它必须得到文学经验的支撑并反过来接受文学经验的检验，而不是主题先行，从既定的理念出发去俯视文学、审判文学。如果仅仅流于幻想、空想甚至妄想，那么文学理论的理想诉求就势将落空。在这一问题上存在的偏差势必造成全局性、长期性的不良后果，以往文学理论的政治诉求的失误其原因在于此，后来审美诉求衰微的原因也在于此。至今势头不减的文化诉求的追梦之旅也应以此为戒。

再次，随着“文化政治”的泛化和世俗化，文化研究渐渐露出了转向

① 弗雷德里克·詹姆逊：《政治无意识》，王逢振等译，中国社会科学出版社，1998，第9页。

② 弗雷德里克·詹姆逊：《政治无意识》，王逢振等译，中国社会科学出版社，1998，第12页。

"后理论"的征兆，开始从"大理论"变成了"小理论"，就像人体的血液循环系统从大动脉转移到了毛细血管。所谓"大理论"，就是指原先的文化研究，它是大写的、单一的，偏重总体性、全局性的宏大叙事；"小理论"则已转移到具体、个别的社会现象和生活琐事之中，它是小写的、复多的，偏重分支性、局部性的微细叙事。从"大理论"到"小理论"的转变，说明在后现代语境中文化研究逐渐失去了对于重大而又迫切的生活主题的关心，转而对日常生活中那些边缘化、极端化的灰色地带表示热衷。正如伊格尔顿所说："对于文学中有关乳胶或脐环描写的政治意味研究，完全印证了一句古老而机智的箴言的字面意义——学习是充满乐趣的。就像你可以选择'全麦威士忌的口味比较'或'卧床终日的现象学'作为硕士论文的选题。于是，求知生涯与日常生活之间不再有任何区别。不用离开电视机便能写出你的博士论文是有很多好处的。摇滚乐在过去是一种让你从研究中解脱的娱乐，不过它现在很可能就是你所研究的对象。求知的工作不再局限于象牙塔内，而是在媒体与购物商场、卧房与妓院之中。"① "文化政治"将理论的触角伸向人们的日常生活，体察普通大众、寻常百姓的喜怒哀乐、悲欢离合，使得文化研究流布着温情朴实的人间气、人情味和草根性，对于这一点，无论怎样肯定都不为过分。但其作为微细叙事也可能陷于卑微琐屑之地而无力自拔，甚至流于官能化、欲望化、肉身化，在平庸、低俗、无聊之中承受生命中不可承受之轻。这就有可能卸载了对于日常生活进行批判的责任，也使文化研究自身等而下之，大大地降低了品位和档次。

（原载《文学评论》2010年第1期）

① Terry Eagleton: *After Theory*, Basic Books, 2003, pp. 3.

“生活美学”的兴起与康德美学的黄昏

·刘悦笛·

“生活美学”这种崭新的美学观念,[①] 无疑是顺应新的历史语境而产生出来的，它试图来阐释（当代文化的）“生活审美化”与（当代艺术的）“审美生活化”这两种逆向的运动，从而在理论方面试图对西方美学的两种基本观念——“审美非功利”（Aesthetic disinterestness）和“艺术自律”（the Autonomy of Art）——进行“解构”，而进行这种解构的最大敌手就是康德美学（在中国“后实践美学”虽借海德格尔来反对“实践美学”，但它的基本理论预设仍是康德式的，这与以李泽厚先生领衔的实践美学实际上如出一辙），这就要先从“日常生活审美化”（the aestheticization of everyday life）谈起。

一 “日常生活审美化”的结构性描述

简单说来，所谓“日常生活审美化”,[②] 就是直接将“审美的态度”引进现实生活，大众的日常生活被越来越多的“艺术的品质”所充满。但是，“日常生活审美化”的内在结构却是相当复杂的。“日常生活审美化”起码可以做出这样的区分，一种是“表层的审美化”，这是大众身体与日常物性生活的“表面美化”（后来还有文化工业来推波助澜）。如果单就“物性”的一面而言，在后现代文化的视野里，审美消费可以实现在任何时空中，任何东西都可能成为审美消费物。从时装、首饰的“身体包装”到工业设计、工艺品和装饰品的“外在成品”，从室内装璜、城市建筑、都市规划的“空间结构”

---

① 参见刘悦笛《生活美学：现代性批判与重构审美精神》，安徽教育出版社，2005；刘悦笛：《生活美学与艺术经验：审美即生活，艺术即经验》，南京出版社，2007；刘悦笛：《生活中的美学》，清华大学出版社即出。

② Mike Featherstone, *Consumer Culture and Postmodernism*, London: Sage Publications, 1991, pp. 65 –72.

到包装、陈列和编辑图像的"视觉表象",都体现出一种对日常生活的审美关怀。同时,不仅普通大众的日常生活及其周遭环境都得到了根本改观,而且,就连人自身,只能属于每个自己的"身体",也难逃大众化审美设计的捕捉。在当代社会里面,从美发、美容、美甲再到美体,皆为直接面对身体的审美改造。这样,"消费文化中对身体的维护保养和外表的重视提出了两个基本范畴:内在的身体与外在的身体"。[①] 当设计的对象转向主体的时候,就不只包括对人的外观的物性设计,而且还包括对"灵魂、心智的时尚设计"。这也便是沃尔夫冈·韦尔施(Wolfgang Welsch)所描述的人们不只在美容院和健身房"追求身体的审美完善",而且,还在冥思课程和托斯康尼讲习班中"追求灵魂的审美精神化"。[②] 这两方面都指向了一种所谓的"美学人"(homo aestheticus)的存在。

但还有另外一种"深度的审美化",这种审美化应该是深入到了人的内心生活世界,因为,外在的文化变迁总是在慢慢地塑造和改变着大众的意识、精神、思想乃至本能,"深度的审美化"由此不可避免地要出现。"深度的审美化"的实现,是具有明显的大众与精英之间的"文化区隔"的,或者说是在雅俗分化的不同社会群体中得以实现的。比照之下,如果说,"表层的审美化"更多是要跨越精英文化与大众文化的边界,那么,"深度的审美化"则显然又可分为两种:一种是囿于精英层面的"深度的审美化";另一种则是仍归属于大众的"深度的审美化"。在精英文化的层面上,"深度的审美化"特别显现为少数哲学家们所寻求的独特的"审美的生活"。其中,包括将古希腊伦理直接视为"生存美学"的福柯,主张"审美化的私人完善伦理"的理查·罗蒂(Richard Rorty),等等。[③] 在大众文化层面上,这种"深度的审美化"更与"拟像"(Simulacrum)文化的兴起息息相关,大众也在通过视觉接受这种文化对自身的"塑造"乃至"改造"。让·鲍德里亚(Jean Baudrillard)创建的"拟像理论"非常适合于描述后现代社会出现的这种"图像转向"(the pictorial turn)或"视觉文化转向"。换言之,日常生活"深度审美化"的最突出呈现,就是仿真式"拟像"在当代文化内部的爆炸,这种诉诸视觉化的文化由"眼"而入直接塑造着人"心"。如此一来,"拟像"与真实之间的界限得以"内爆",一切都笼罩在"审美的灵光圈"之下,当代文化

---

① 〔英〕迈克·费德斯通:《消费文化中的身体》,见汪民安、陈永国编《后身体文化、权力和生命政治学》,吉林人民出版社,2003,第 324 页。

② Wolfgang Welsch, *Undoing Aesthetics*, London: Sage Publications, 1997.

③ C. F. Richard Shusterman, *Pragmatist Aesthetics*, New York: Rowman & Littlefield, 2000.

现实从而成为“超现实”的，[①] 不仅真实本身在“超现实”中得以陷落，而且，真实与想象之间的矛盾亦被消解了。这种由审美泛化而来的文化状态，被鲍德里亚形容为“超美学”（Trans aesthetics），也就说艺术的形式已经渗透到一切对象之中，所有的事物都变成了“审美符号”。[②] 当无孔不入的“拟像”进入到文化生产与再生产环节的时候，即使是最为日常和平凡的现实，都可能被投入到“审美符号”之中而成为审美的。

按照这种区分，“表层的审美化”主要就是一种“物质的审美化”，对应而言，“深度的审美化”则主要是一种“非物质的审美化”。当然，这两方面的审美化之间还存在一个“过渡”的广阔地带，如冰山般的露出海面的部分往往属于“深度的审美化”，“深度的审美化”亦是以“表层的审美化”作为根基的。如是观之，“日常生活审美化”的整个历史进程的内在结构，便可以图示如下：

<table>
<tr><td rowspan="5">日常生活审美化</td><td rowspan="3">表层审美化（物质审美化）</td><td colspan="2">大众物性生活的表面美化</td></tr>
<tr><td colspan="2">大众自己身体的表面美化</td></tr>
<tr><td colspan="2">文化工业兴起后所推动的表面美化</td></tr>
<tr><td rowspan="2">深度审美化（非物质审美化）</td><td>大众审美化</td><td>凸现为鲍德里亚意义上仿真式“拟像文化”的兴起</td></tr>
<tr><td>精英审美化</td><td>福柯、维特根斯坦、罗蒂等哲学家所求的“审美的生活”</td></tr>
</table>

与这种“日常生活审美化”的历史趋势的“朝晖”相颉颃的，正是曾一度占据主宰的欧洲康德美学的“黄昏”。这相伴而生的一“朝”与一“夕”，与当下欧美文化研究领域对日常生活的“深描”和美学界对康德美学的“省思”之取向是一致的，[③] 尽管运思的路数彼此各异，但这两方面在我们看来

---

① Jean Baudrillard, *Symbolic Exchangeand Death*, London: Sage Publications, 1993, pp. 70 – 76.

② Jean Baudrillard, *Transparency of Evil*, London: Verso, 1993.

③ 当代欧美美学界对康德美学“审美非功利”等传统观念的置疑，参见 Arnold Berleant, *Rethinking Aesthetics: Rogue Essays On Aesthetics And The Arts*, Hampshire: Ashgate Publishing limited, 2004, chapter Ⅰ。2004 年 5 月，美国长岛大学教授、国际美学协会前主席、美国学者阿诺德·伯林特曾来到我们中国社会科学院进行访问，他当时演讲的主题就是对康德的“审美非功利”思想发难，这同笔者近年的思考不谋而合，这些新的观念收录在他在那一年末最新出版的文集《重思美学》当中。

却如此紧密地被勾连在一起。

二　反康德美学之一：“生活实用的审美化”对“审美非功利性”

在“日常生活审美化”的语境里，在康德之“第三批判”亦即《判断力批判》（Kritik der Urteilskraft，1790）中得以最终定性的“审美非功利性”观念，首当其冲受到了质疑。由此出现的问题便是：在康德那里，作为审美判断力“第一契机”的“非功利”诉求，还适用于审美活动吗？美学还能以此为基石吗？这是当代文化动向与传统美学思想的第一种交锋。

众所周知，“审美非功利”或“审美无利害”（aesthetic disinterestedness）观念，本发源于18世纪英国经验主义美学，后来康德将之作为审美原则而最终确立后，才逐渐发展成为一种全球化的主导观念，至今的影响仍很深远。以“非功利”为内核的这类美学形态，被当代欧美学者称之为“综合美学”（Aesthetic Synthesis）。[①] 殊不知，所谓“无利害”（Disinterestedness）在当时的英国原本是意为“实践的”伦理学概念，夏夫兹博里（Shaftesbury）在伦理意义上使用了“无利害的热情”[②] 这样的话语。同时，“无利害”也较早在夏夫兹博里那里获得审美观照的内涵，因为他认定所谓的“内感觉”（inner sense）的直觉事实上实现的是无利害的审美，后来这才发展为不涉及实践和伦理考虑的“审美知觉方式”。[③] 显然，该观念是“趣味”得到纯化之后的理论层面的总结，它反倒以无关乎伦理和实践为其基本定性，这真的是非常有趣的历史嬗变。

这样，“审美非功利”就是指主体以一种放弃功利的知觉方式对对象的表象之观赏。其中，最重要的一点，就是主体放弃同对象的利害关系，也就是对所观照对象的质料方面失去兴趣，而更为关注审美对象的纯形式方面。当康德将这一点纳入“审美鉴赏”的首要契机时，他说：“审美趣味是一种

---

① Allen Carlson, *The Aesthetics of Landscape*, London: Belhaven Press, 1991, chapter 1. 有趣的是，“环境美学与自然美学”（environmental aestheticsor natural aesthetics）却被认为是走向了这种所谓“综合美学”的方面，所以，许多当代欧美学者试图经由“环境美学”的道路在改造对美学的基本理解。

② Anthony Earl of Shaftesbury, The Moralists, Characteristics of Men, Manners, Opinions, Times, etc, edited by John M. Robertson (London, 1900), vol II, p. 55.

③ Jerome Stolnitz, *On the Origins of "Aesthtic Disinterestedness"*, AESTHTIC – a critical anthology, Geroge Diekie and Richard J. Sclafani, New York: ST. Martin's Press, 1977, pp. 611 – 612.

不凭任何利害计较的愉悦或不愉悦对一个对象或一个表象方式做判断的能力”,[①] 这几乎是奠定了欧洲近现代美学的一块基石。这是由于，康德的纯粹主观的审美界阈，是建立在所谓“自然”与“自由”世界的先在断裂的基础上的，在美学史上他也最终圈定了审美活动隔离于理性认识和道德实践。在审美契机的“主观的非功利性”、“无目的的合目的”之规定当中，审美从而成为独立自存的“自为存在”而把真理和道德排除在外，更与关乎利害的目的根本绝缘。同时，艺术之所以获得“自律”（autonomy）的规定，也是由于审美获得了“无利害”的特性，所以，当“美”的特质附加在“艺术”之前时，艺术才能最终脱离技艺活动而独立存在。

然而，这种观念的滋生和蔓延，显然是同“高级—低俗”的社会趣味分化的历史境遇相关。这是由于，康德美学始终持一种“贵族式的精英趣味”立场，这使得他采取了一种对低级趣味加以压制的路线，试图走出一条超绝平庸生活的贵族之路，从而将其美学建基于“文化分隔”与“趣味批判”的基础之上。

的确，在康德所处的“文化神圣化”的时代，建构起以“非功利”为首要契机的审美判断力体系自有其合法性。但是，“雅俗分赏”的传统等级社会，使得艺术为少数人所垄断而不可能得到散播，所造成的后果是，艺术不再与日常生活发生直接的关联。而在当代商业社会，不仅波普艺术这样的先锋艺术在照搬大众商业广告，而且，众多古典主义艺术形象也通过文化工业的“机械复制”出现在大众用品上。大众可以随时随地地消费艺术及其复制品，任何形态的艺术都能被大众实用性地“拿来”。如此看来，康德传统意义上的“美学理论把超脱（detachment）与非功利（disintersetedness）看做是识别艺术作品之为艺术——如自律性——的唯一途径，与此相反，‘大众审美观’忽视或拒绝‘轻率’（facile）介入及‘庸俗’（vulgar）愉悦的排斥，这种排斥是偏爱形式经验的基础。……大众审美判断源于这样一种‘审美观’［实际上，是一种精神气质（ethos）］：它恰好是康德审美观的对立面”。[②] 这意味着，大众审美观与康德美学刚好相反是“对峙”而出的。

同时，这种大众的实用性取向，更显现在实用生活本身直接的审美化上，这种趋向可以称之为“生活艺术化”：“尽管艺术明显地给审美倾向提供了最

---

① Immanuel Kant, *Critique of Judgment*, Indianapolis: Hackett Publishing Company, 1987, p. 53.

② 〔法〕皮埃尔·布尔迪厄：《区分：鉴赏判断的社会批判》，黄伟等译，见《国外社会学》1994 年第 5 期，译文有改动，参见 Pierre Bourdieu, *Distinction: a social critique of the judgement of taste*, translated by Richard Nice, London: Routledge & Kegan Paul, 1984。

广阔的空间，但是，没有一个实践领域不贯穿着将基本需要与原始冲动加以净化、优雅化以及理想化的宗旨，没有一个领域不存在生活风格化（stylization），即形式压倒功能，方式压倒内容，产生同样的效果。没有什么比这样的能力更独特或更为卓越的了：即把审美特性授予原本平庸甚至‘粗俗’的客观事物（因为这些事物是由‘粗俗’的人们自己造出的，特别是出于审美目的），或者将‘纯粹的’审美原则应用于日常生活中的日常事物，比如烹饪、服装或装饰，彻底改变将美学附属于伦理学的大众倾向”。[①] 可见，在大众日常生活的“衣”、“食”、“住”、“行”、“用”之中，“美的幽灵”无所不在，无不显示出当代审美的泛化力量。

因而，审美的“独立存在”、“自满自足性”便同大众文化和生活的“实用性”相互对立，前者也就被后者相应地消解了。这意味着，“生活实用的审美化”造成的后果是，康德意义上“审美非功利”观念必然面临着理论上的窘境。正如布尔迪厄在《差别》（Distinction，1984）中所认为的那样（这本书的副标题就是“对趣味判断的社会批判”），大众对文化作品的批判源于一种和康德美学截然相反的“美学”（实际上就是一种大众感知方式），大众美学是一种“自在的美学”。这种“自在的美学”以其功利性的诉求，显然是在逐渐侵蚀着非功利的“自为的美学”的领域，这种“自为的美学”最重要的奠基者无疑就是康德。

三　反康德美学之二：“有目的的无目的性”对“无目的的合目的性”

在“审美非功利性”的基础上，康德独创性地赋予审美判断的“第三契机”便是：“美是一个对象的合目的性的形式，只要这形式是并不凭一个目的的表象而在对象上被感知的。”[②] 所谓的“无目的的合目的性”（purposiveness without a purpose），[③] 正是康德对审美判断的另一重要规定，这一规定在“日

---

① 〔法〕皮埃尔·布尔迪厄：《区分：鉴赏判断的社会批判》，见《国外社会学》1994年第5期，译文有改动，参见 Pierre Bourdieu，*Distinction：a social critique of the judgement of taste*，translated by Richard Nice，London：Routledge & Kegan Paul，1984。

② Immanuel Kant，*Critique of Judgment*，Indianapolis：Hackett Publishing Company，1987，p. 84.

③ Immanuel Kant，*Critique of Judgment*，Indianapolis：Hackett Publishing Company，1987，p. 73.

常生活审美化”那里亦遭到了侦疑。

这里便涉及“合目的性”的问题，这种“目的观”往往由“善”的观念而来。“合目的性”，简言之，就是事物形式（结果）与概念（原因）相一致对主体所显示出的状态，这显然先在设定了“合目的性”仍是客观对主观的符合，在主客两分基础上的符合。这种合目的性又可分为“主观的合目的性”与“客观的合目的性”，而审美判断则显而易见属于“主观的形式的合目的性”。这种“主观合目的性”又被康德称之为“无目的的合目的性”。审美判断摒除了实用的利害感，因而并不带有主观的意图和要求；同时，审美判断又没有客观目的，也就是没有同“客观的目的表象”相连。相反，鉴赏判断要想成为审美判断必须“基于主观的根据，它的规定根据不可能是概念，因此也不可能是一定的目的概念。……审美判断只把一个对象的表象连系于主体，并且不让我们注意到对象的性质，而只让我们注意到那决定与对象有关的表象诸种能力的合目的的形式”。①

但是，这种涉及“善”的合目的性，在康德的美学反思的审美判断力却是同实践理性彼此隔绝的。据康德的基本哲学观念，审美判断与道德判断的结构差异特别明显，此种划定是建立在如下的潜在区分之上的：“为了把握审美判断的特性，康德力求将令人愉悦的东西与令人满足的东西区别开来，并且更一般地将非功利性——静观（contemplation）的特殊审美属性的唯一保证，与界定善（the good）的理性的利害感区别开来。”② 但事实并非如此，从理论上讲，美的活动并不能成为踢开理性的纯感性物，亦不能成为联通感性与理性的中介形式，而却是一种外披着感性表象的“准理性结构”，或暗伏着理性的感性结构。更何况，就现实来说，“大众却期待着每一形象都明显地发挥出一种功能——只需符号具有的功能就行，而且他们的判断常常明显地涉及道德规范或完美一致（agreeableness）。无论拒绝或赞赏，他们的欣赏总有着一种道德基础”。③

然而，康德的“无目的的合目的性”和“审美非功利”虽在表面上摒弃

---

① Immanuel Kant, *Critique of Judgment*, Indianapolis: Hackett Publishing Company, 1987, p. 75. 译文参见〔德〕康德《判断力批判》（上），宗白华译，商务印书馆，1964，第 66 页。

② 〔法〕皮埃尔·布尔迪厄：《区分：鉴赏判断的社会批判》，见《国外社会学》1994 年第 5 期。

③ 〔法〕皮埃尔·布尔迪厄：《区分：鉴赏判断的社会批判》，见《国外社会学》1994 年第 5 期，译文有改动，参见 Pierre Bourdieu, *Distinction: a social critique of the judgement of taste*, translated by Richard Nice, London: Routledge & Kegan Paul, 1984。

了任何道德的诉求，但究其实质，仍是建基于深层的伦理关怀的基础上的。换言之，“纯粹的审美观于一种道德观，于一种与社会及自然界的必然性保持一种可选择距离的精神气质”。[①] 尽管“无目的性”看似是同任何实用目的绝缘的，但是这种“无目的性”却只是在特定的范围内适用的，大众的“自在美学”却拥有一种直接功利性的“合目的性”。

特别是，“日常生活审美化”这种当代文化景观的形成，除了有赖于“大众文化”的兴起之外，随着历史发展，还要依赖于当代“文化工业”（cultural industry）的“再生产”。“文化工业”这种用法，最早出现在霍克海默和阿多诺合写于1944年的《文化工业：欺骗公众的启蒙精神》一文，后来在二人联名出版的专著《启蒙辩证法》（Dialektik der Aufkl rung，1944/1945）中它成为替代“大众文化”一词的专用术语，以求凸显出大众文化的工业化与商业化之特质。阿多诺晚年所写的《文化工业再思考》（1975）一文中，就此认为“大众并不是衡量文化工业的尺度，而是文化工业的意识形态”。[②] 尽管这两位法兰克福学派的主将出于绝对的精英立场，对大众文化采取一种强烈的批判否定态度，但“文化工业”的基本性质确实在他们那里被勘定了。

在他们精到但却有失辩证的分析中，“文化工业”一反康德的“无目的的合目的性”的命题，从而成为“市场所宣告的有目的的无目的性。最终，为了达到消遣和轻松的目的，无目的性的王国也就被耗尽了。通过要求艺术作品要完全具有效益，也就开始宣布了文化商品已涉及了内在的经济联系”。[③] 在此，他们洞见出文化工业的实质——“有目的的合目的性”——同康德意义上“非功利的”的纯审美活动是迥然不同的，这一点颇有见地。所谓“无目的的合目的性”虽明确地无关利害关系和认知判断，但却又同时具有某种目的性，从而成为纯然的消遣之本性。然而，“文化工业”却以其商业的实用目的，用市场的交换价值取代了文化的使用价值，从而也就收买了无目的性的领域。在这种社会状况下，文化产品是“按照工业生产的目的，由工业生产所控制，符合工业生产的一类商品，是可以进行买卖的，是具有效益的”。[④] 然而，这种目的性又是带着消遣娱乐的面具出现的，因此看似具有

① 〔法〕皮埃尔·布尔迪厄：《区分：鉴赏判断的社会批判》，见《国外社会学》1994年第5期。

② T. W. Adorno, *Culture Industry Reconsidered*, in New German Critique, 6, Fall 1975, pp. 12－19.

③ 霍克海默、阿多诺：《启蒙辩证法》，重庆出版社，1990，第148～149页。

④ 霍克海默、阿多诺：《启蒙辩证法》，第149页。

某种无目的性，而实际上“文化工业”仍依据商业效益原则行事，文化已同市场经济发生了有机联系而成为一体。

如此看来，“文化工业”就将——文化的无目的性与市场的目的性——两种原本相反的形式合而为一。一方面文化工业是以纯然消遣形式出现的个体接受，另一方面却又是以实用消费形式出现的市场经营，二者在“文化工业”那里得到了有机的结合。在这种大众的日常生活的表面审美化当中，随着文化与经济的相互接合，文化工业还有文化产业（亦即创意产业、内容产业）都在其中产生了重要的推动作用。[①] 当“大众文化被纳入‘文化工业’模式”之后，大众文化就加速并加剧了“‘日常生活的审美化’（the aestheticization of everyday life）的现实趋势……这种趋势就总体而言，主要就是大众审美文化的泛化……从而形成了一种艺术化的现实生活来说的”。[②] 在这种经济动力的要素的注入后，显然会进一步推动“大众对自身与周遭生活越来越趋于美化的装扮”。于是，文化工业就利用其“有目的的无目的性”驱逐了康德美学的“无目的的合目的性”，这便是当代文化动向与传统美学思想的第二种交锋。

四　反康德美学之三：“日常生活经验的连续体”对“审美经验的孤立主义”

从审美活动的角度观之，康德主要持一种“审美经验的孤立主义”的立场。在所谓“孤立主义”（isolationism）的立场看来，审美是孤立绝缘的，主要是超越于日常生活的一种存在，它完全依据自身的话语且不依赖于（诸如在传统内的位置、被设定的社会环境、主体的生活或意图）外部因素的参照而得以成立。

这种“审美经验的孤立主义”的基本特质，“要求当参与者相信或者发现一种经验为着自身的目的从而有价值时，这种经验才是审美经验”，[③] 具体表现在三个方面。其一，在这种视野中的审美经验，强调的是它来自一种“非功利”的主观愉悦，这种愉悦是同实践的、伦理的、财富的、政治的实用

① 参见李怀亮、刘悦笛主编《文化巨无霸：当代美国文化产业研究》，广东人民出版社，2005。

② 王南湜、刘悦笛：《复调文化时代的来临》，河北人民出版社，2002，第240页。

③ Noel Carroll, *Beyond Aesthetics: Philosophical Essays*, Cambridge: Cambridge University Press, 2001, p. 49.

相互隔绝的独立价值。其二，这种视野中的审美经验，恰恰是在与传统的"艺术自律论"相互匹配的。相应的审美经验论，正是强调了这种"自律性"，强调了对一件艺术品的审美经验是为了作品自身的目的而有价值的。其三，如此看来，古典视野中的审美经验论的缺失也就呈现了出来，其内在机制是"信仰"经验为了自身的目的而有价值，笃信观赏一件艺术品的纯审美能力，但却忽视了审美经验中功利价值的参与。况且，在这种"信仰"基础上，该视野中的审美经验的特征，较少地涉及了经验的内容，而替之以独立的审美经验，很容易导向一种纯形式主义的审美心理学。

然而，这种审美超越日常生活的观念，或者说，传统美学的"超越性"，也被大众的世俗性、生活化所消解——"将审美消费置于日常消费领域的不规范的重新整合，取消了自康德以来一直是高深美学基础的对立：即'感官鉴赏'（taste of sense）与反思鉴赏（taste of reflection）的对立，以及轻易获得的愉悦——化约为感官愉悦的愉悦，与纯粹的愉悦——被清除了快乐的愉悦（pleasure purified of pleasure）对立：纯粹的愉悦天生容易成为道德完善的象征和衡量升华能力的标准，后来界定真正合乎人性的人。源自这种审美区分的文化是神圣的。文化神圣化（culture consecration）的确赋予它触及到的物体、人物和环境一种近似于化体（transubstantiation）的本体论意义上的提升"。[①] 传统美学的趣味分层，造成了雅俗分圈亦即高雅文化与通俗文化、高级文化与日常文化、精英文化与大众文化的绝对分殊。同时，艺术和审美"不再与我们的日常生活和整体的直接利益具有任何直接的关系"，[②] 这显然忽视了艺术与生活的本然关联。

"日常生活审美化"则要求从日常生活经验到审美经验、从审美经验到日常生活经验形成了一种"连续体"。照此看来，"艺术是日常生活不可分割的组成部分，这不仅仅断言，审美思维方式的前提条件和原初模型，是内在于日常思维的异质复合体之中，它同时断言，审美体验也总是以某种形式出现于这一复合体之中"。[③] 其实，审美化"消费生活"的真正焦点和融入生活"审美愉悦"的需要，与日常大众消费的发展、对新趣味和情感的追求、明晰生活风格的形成休戚相关，它们已成为"文化消费"与"消费文化"的核心。从审美的角度看，"'大众审美'（此处的引号表示这是一种'自在'

---

① 〔法〕皮埃尔·布尔迪厄：《区分：鉴赏判断的社会批判》，见《国外社会学》1994 年第 5 期。

② 〔匈〕A. 赫勒：《日常生活》，衣俊卿译，重庆出版社，1990，第 107 页。

③ 〔匈〕A. 赫勒：《日常生活》，第 115 页。

而非‘自为’的审美观）是以肯定艺术与生活之间的连续性为基础的，后者意味着形式服从功能。……大众趣味（taste）将适于日常生活环境的各种精神气质图示用于正统艺术作品，因而进行了对艺术事物向生活事物的系统化约”，[①] 从而以日常生活经验与审美经验的连续性，来积极地推动了“日常生活审美化”的历史进程。这便是当代文化动向与传统美学思想的第三种交锋。

其实，这种“连续体”的观念与杜威的实用主义美学极为接近。因为，在杜威那里，审美经验并没有与其他类型经验类型形成断裂，审美经验恰恰是日常生活经验的一种完满状态。“当物质的经验将其过程转化为完满的时候，我们就拥有一种经验。那么，只有这样，它才被整合在经验的一般河流之中，并与其他经验划出了界限。……这种经验是整体的，保持了其自身的个体性的质与自我充足。这就是一种经验。”[②] 经验的流动，就是从一种经验流向另一种经验，经验与经验之间不存在决然的裂痕。在“单一的质”的引导下，一种经验达到了完满，这样，内在阶段运动的和谐就使得经验从背景中凸现出来，而并非断裂开来。在杜威看来，属于这种经验的完满的，不仅包括（如纯粹的艺术创造和审美接受这种）审美经验，还包括其他一系列的泛审美化的生活经验。如此看来，对“日常生活审美化”中审美活动的基本理解，理应倒向一种实用主义的思虑，因为前者的实践与后者的理论的凝聚点，就在于日常经验的连续性。

总而言之，作为当代文化的最新动向，“日常生活审美化”无疑对康德的传统美学思想提出了巨大的“挑战”，这就需要“后康德美学”对此进行积极的“应战”。在这挑战与应战的张力之间，有两个问题现在难以给出最终答案：一个是这种最新文化动向与传统美学思想孰“优”孰“劣”，这种价值判断很难给出统一的解答；另一个则是“日常生活审美化”究竟要走向何方，这也需要历史来做出答案。但无论怎样，“日常生活审美化”这种历史趋势更多是一种“将来完成时”，或许，我们刚刚进入这种历史趋势的方兴未艾的“进行时”阶段；与此同时，美学观念在新的历史境遇下需要提出新的问题并给出新的回答，当代美学要重新调整方位来加以重建，这是毫无疑义的。

---

① 〔法〕皮埃尔·布尔迪厄：《区分：鉴赏判断的社会批判》，见《国外社会学》1994 年第 5 期，译文有改动。

② John Dewey, "Have an Experience", in *A Modern of Aesthetics*, edited by Melvin Rader, New York: Holt Rhinehart and Winson, 1966, p. 172.

五 建构"生活美学"本体论

实际上，真正值得反思的地方，不仅在于康德古典美学的缺失，更在于美与生活的"接缝"处。当代艺术不仅抛弃了审美传统经验而且扰乱了艺术自律性的领域，同时，也在努力恢复审美与其所处的社会和文化环境的本然联系。由此，一种"生活美学"（Performing Live Aesthetics）便逐渐浮出了地平线，这种美学重构的合法性，可以从三个方面呈现出来。

首先，在马克思本人的哲学思路中，存在着回归生活世界的取向。所谓"思辨终止的地方，即在现实生活面前，正是描述人们的实践活动和实际发展过程的真实实证的科学开始的地方"。马克思的哲学就是一种"生活实践"的哲学，是回到生活实践的哲学。所以，现实生活就被视为"人们的实践活动和实际发展过程"，它最终指向"人的全面发展"的审美精神，这就为生活美学的建构夯实了地基。马克思提出"感性活动"的观念，为美的难题的解决开辟了道路——以现实生活的"感性活动"为基础来看待美的活动。如此观之，当代中国的实践美学要在"本体论"上继续拓展，可能的方向之一，就是回归现实生活世界来加以重构。这样，传统美学思维那种主体与客体、感性与理性的割裂，才能在现实生活中得到真正的融合。

其次，海德格尔、维特根斯坦、杜威这些现代哲学家，皆反对传统欧洲美学的思维范式，分别提出了艺术作为"存在真理"、"生活形式"、"完满经验"的思想，在美学沉思中都走向了生活。不仅如此，当代美学家们也都注意到了这一美学的新的生长点。沃尔夫冈·韦尔施（Wolfgang Welsch）的《重构美学》、[①] 迈克·费德斯通（Mike Featherstone）正在编的论文集《审美泛化》[②] 和阿诺德·柏林特的《审美介入》,[③] 都聚焦在审美与生活的之间界限的日渐模糊。由此出发，柏林特在《重思美学》里还直接对康德的审美非功利原则提出批评。[④] 还有理查德·舒斯特曼千禧年的新著《活生活的生活》,[⑤] 也试

---

① Wolfgang Welsch, *Undoing Aesthetics*, London: Sage Publications, 1997.

② 迈克·费德斯通正在编辑这本论文集，其中集中了这位当代英国著名的社会学家对于"日常生活审美化"的思考，本文集经过商定将定名为《审美泛化》抑或《日常生活审美化》。

③ Arnold Berleant, *Art and Engagement*, Philadelphia: Temple University Press, 1991.

④ Arnold Berleant, *Re - thinking Aesthetics*, Hampshire: Ashgate Publishinglimited, 2004, chapter Ⅰ.

⑤ Richard Shusterman, *Performing Live: Aesthetic Alternatives for the Ends of Art*, New York: Cornell University Press, 2000.

图在杜威思想基础上来重建一种生活化的美学。只不过，当代欧美美学所面临的历史境遇，同当代中国美学所直面的问题并不相同，它要力图摆脱的是占据主流的分析美学传统，特别还要面对艺术终结后的美学境遇。

最后，中国本土的思想传统中，历来就有“生活美学化”与“美学生活化”的传统。在中国古典文化看来，美学与艺术、艺术与生活、美与生活、创造与欣赏、欣赏与批评，都是内在融通的，从而构成了一种没有隔膜的亲密关系。在一定意义上说，中国古典美学就是一种“活生生”的“生活美学”，中国古典美学家的人生就是一种“有情的人生”，他们往往能体悟到生活本身的美感，并能在适当地方上升到美学的高度。从庄子的“美的哲思”再到明清的小说批评，那种生活见识与审美之思的融合，皆浸渍着中国传统原生的美学智慧。

所谓“日常”的生活，顾名思义，就是日复一日的、普普通通的、个体享有的“平日生活”。每个人都必定有每个人的日常生活，它是人们得以生存和消费的根本基础。马克思把“生产物质生活本身”作为“第一个历史活动”,[①] 正是此意。但是，日常生活不仅包括这些基础的方面，而且，还包括在个体消费、家庭生活、私人空间内进行的主体间性的人际活动，还包括日常的从无意识到有意识的各种精神活动。日常生活的世界就是这样，从消极的角度看，它是一个自明的、熟知的、惯常的世界，具有私人化、反复性、封闭性的特点。“在平日中，活动与生活方式都变为本能的、下意识的、无意识的和不假思索的机械过程。物、人、运动、工作、环境、世界等等的创造性和可靠性是不曾被人感知的。它们未经考查、未被发现，但是却简捷地存在着，并被看做囊中之物，看做已知世界的组成部分。”[②] 但如果从积极的角度看，它又是一种活生活的、基本经验的世界，具有混糅性、原发性、奠基性的特点。

在日常生活之中，现实的个人总以各种形式将自身对象化，他们一方面通过塑造他们生活的世界来塑造自身；另一方面，日常生活的世界反过来也对人加以限定与规定。前者指的日常生活世界是人们活动的对象，后者指的日常生活世界则是人们生活的背景，它们是交互规定着的关系。这意味着，“日常生活是基于一个特殊层面上的对象化是在‘既成的世界’的层面上，

① 《马克思恩格斯选集》第 1 卷，人民出版社，1972，第 32 页。

② 〔捷克〕卡莱尔·科西克：《具体的辩证法》，傅小平译，社会科学文献出版社，1989，第 53 页。

即是说，这是人出生于其中，他必须在其中学会演习，学会对之加以操纵的环境”。[①] 但值得注意的是，在此意义上的“日常生活”并不只是作为与公共生活相对待的私人生活，尽管日常生活要根植于私域空间，但是日常生活世界并不就等于私人生活领域，日常生活也有可能在一定的公共空间内实现。同时，它也不是与高雅生活对峙的通俗生活，整个世代的人们（无论如何划分阶层）其实都将日常生活世界视作“自然氛围”一般，从而曾经地、正在地而且即将地生活在其中，除非他们遭遇个体的死亡。

无可否认，在日常生活世界的边界之外，还存在有另外一个世界，它与日常生活恰恰成为相对物。这便是“非日常生活”世界。如果说，日常生活状态大致相当于马丁·海德格尔（Martin Heidegger）所谓的“当下的”、“上到手头的”的“上手”（Zuhanden）状态的话，那么，非日常生活则保持着一种“现成的”、“摆在手头的”的“在手”（Vorhanden）状态。“上手的东西的日常存在曾是十分自明的，甚至我们对它都不曾注意一下”，[②] 人们在日常生活中并不曾在意“为何上手”或“何以上手”的问题，从而保持着一种“无意”的自在状态。这样，上手的东西的“合世界性”[③] 也就显现出来。一旦人们“有意地”打断这种熟知的生活，那么，“上手东西的异世界化便同时发生。结果在它身上就映射出‘仅仅在手的存在’”，[④] 这也就是日常生活过程的中断与非日常生活的凸现。而且，日常生活只有在这种非日常生活出现之时才成其为“问题”，才能显露出自身的存在，在手的东西就是“可以加以专题把握的东西”。[⑤] 道理很简单，日常生活中的人们由于其“无意”性并不能返观自身，而只有在其时间被阻断后才能“有意”观之，从而尽显其平日性和日常性。日常生活与非日常生活的相互分化，正是在这种撞击中划分出边际的，“无意”要由“有意”来区隔和显现。

从历史的嬗变来看，非日常生活是从日常生活之中逐渐脱胎而滋生出来的；从理论的逻辑来看，日常生活对非日常生活亦具有必然的“奠基性”，每个人都要过日常生活，但并不必都要时时过非日常生活，但二者却共同构成人类现实活动及其世界。可以说，日常生活就是非日常生活的泛化而坚实的

① 〔匈〕A. 赫勒：《日常生活》，衣俊卿译，重庆出版社，1990，第52页。
② 〔德〕海德格尔：《存在与时间》，陈嘉映、王庆节译，三联出版社，1987，第92~94页。
③ 〔德〕海德格尔：《存在与时间》，陈嘉映、王庆节译，三联出版社，1987，第92~94页。
④ 〔德〕海德格尔：《存在与时间》，陈嘉映、王庆节译，三联出版社，1987，第92~94页。
⑤ 〔德〕海德格尔：《存在与时间》，陈嘉映、王庆节译，三联出版社，1987，第92~94页。

基础，甚至“日常生活是历史潮流的基础”。[①] 非日常生活从日常生活的独立，实际上是较早人类历史阶段的产物，原始社会的祭祀活动其实就是一种脱离日常生活的非日常生活形式。随着物质劳动和精神劳动分离的真正分工的开始，“不仅使物质活动和精神活动、享受和劳动、生产和消费由各种不同的人来分担这种情况成为可能，而且成为现实”，[②] 这样，非日常生活的“制度化”的形成便得以可能。这是由于，只有在原始社会末期社会再生产真正成型之后，特别是随着生产资料的私有化，社会的组织化和体制化（如阶级和国家）才能得以形成，人类的精神和知识的生产才能稳固和传承下来。这样，作为维持社会再生产的活动，政治、经济、文化的公共生活，科学、哲学、宗教的社会化精神生产最终获得了形成的条件。这些赫勒所谓非日常生活的“制度化”方面，其实，还是非日常生活历史发展的产物。

质言之，日常生活就是一种“无意为之”的“自在”生活，比较而言，非日常生活则是一种“有意为之”的“自觉”生活。这两种生活的情状区分类似于海德格尔所说的“上手状态”与“在手状态”的差异，前者是“合世界性”的，后者则使前者“异世界化”。

总而言之，作为一种特殊的生活，美的活动虽然属于日常生活，但却是与非日常生活最为切近的日常生活；它虽然是一种非日常生活，但却在非日常生活中与日常生活离得最切近、最亲密。美的活动，正是位于日常生活与非日常生活之间的特殊领域，毋宁说，美的活动介于日常生活与非日常生活之间，并在二者之间形成了一种必要的张力。

为什么这样说呢？实际上，从日常生活的无意识的、非理性的精神活动，再到科学、宗教、哲学这些非日常生活的精神生产领域，具有一种本然的延续性。美的活动，就是介乎这两种生活之间的特殊类型的生活。胡塞尔就曾指出，就连科学这样的非日常生活，或者说“客观—科学世界的知识也是‘奠基’于生活世界的自我明见性之上的……只要我们不在陷于我们的科学思维，只要我们能够察觉到我们的科学家也是人，并且是生活世界的一个组成部分；那么整个科学和我们一起进入这个……生活世界”。[③] 虽然我们并不能同意胡塞尔对生活世界的理解，但是，他带来的启示却是：非日常生活的确是奠基于日常生活之上的。只不过，非日常生活的不同部分与日常生活的

---

① 〔匈〕A. 赫勒：《日常生活》，第 51 页。

② 《马克思恩格斯选集》第 1 卷，第 36 页。

③ Edmund Husserl, *The Crisis of European Sciences and Transcendental Phenomenology*, Evanston: Northwestern University Press, 1970, pp. 130 – 131.

之间的关联有亲疏程度的差异。与科学的量化世界、哲学的概念世界、宗教的超升世界不同，美的活动与日常生活是最具亲密关系的。试想，无论是用冷冰冰的科学范畴去“区分”和“计量”世界，还是用思辨概念去“抽象”世界、用宗教体验去与神明“交流”，都不如美的活动那样“活生生”地把握现实世界。

由此，我们可以来建构一种活生生的“生活美学”，与此同时，这种建构是在本体论意义上的建构。众所周知，当代英美美学仍以“分析美学”（Analytic Aesthetics）为主流传统，这种传统的狭隘之处就在于只关注于艺术，仅以艺术为中心，从而使得其他可以被审美的文化内容难以被纳入到美学视野之内。然而，就连艺术本身也面临着“艺术终结”（the end of art）的难题，[①] 美学需要找寻自己新的学科方向。

目前，作为“艺术哲学”（art philosophy）的美学，“环境美学与自然美学”（environmental aestheticsor natural aesthetics），“日常生活的美学”（the aesthetics of everyday life），已经成为全球美学的三大主流，这是当代国际美学的“大势所趋”。2006 年 6 月，国际美学协会（IAA）的各国诸位理事来到中国举办理事会，在同时举办的“美学与多元文化对话”国际学术研讨会上，笔者遇到了当今国际美学协会的主席海因斯·佩茨沃德（Heinz Paetzold）先生，在与之的交流当中，他就持这种观感，认为在当下区分出——“艺术哲学”意义上的美学、“自然美学”意义上的美学（亦即英美术语中的“环境美学”）和作为日常生活的“审美化”的理论的美学——这三种“主要美学形态”，是十分必要的。这也显现出当代全球美学的三个主要发展方向，由此可见，“生活美学”的建构亦具有了一定的“全球性”的价值。

［原载《文艺争鸣》2010 年 3 月号（上半月）］

---

① 参见刘悦笛《艺术终结之后——艺术绵延的美学之思》，南京出版社，2006。

回归感性意义

——日常生活美学论纲之一

·王德胜·

一

进入新世纪以来，对于各种关乎当代人日常生活及其现实境遇的问题，美学界的理论兴趣越来越浓厚。讨论此起彼伏，众声喧哗、莫衷一是。然而，不管相互争执的观点如何各异其趣，有两个问题却是人们在争论中不能不关注或者说是共同关心的。

其一，当代人的日常生活究竟为何？如果说，一个时代美学趣味的发生，不能不直接源于人的基本生活行动和生活动机，那么“日常生活”的当代改变及其现实情状，便必定成为我们时代美学趣味的当下发生机制，从而也直接规定了我们在理论上对于这种当下趣味的判断。从已有讨论中，我们其实已经可以清楚地看到，对于当代“日常生活”的各种观察与理解，不仅间接地呈现出不同声音本身的生活利益和生活满足，同时也直接决定着不同声音各自不同的价值理想。① 从这个意义上说，理论上对于当代日常生活及其现实境遇的美学判断，其实也是一种有关“生活”的现实选择。

其二，最关键的是，“日常生活”的当代改变及其现实情状，无可回避地把原先处在“二元”（理性/感性）本体中的“感性”再次凸现出来。“感性”为何？“感性意义”究竟为何？这个问题已然成为人们无法回避的重大理论对象。对于这个问题的具体把握，既是我们获取日常生活经验的出发点，

① 关于这一点，可参见《视像与快感——我们时代日常生活的美学现实》（《文艺争鸣》2003 年第 6 期）、《评所谓“新的美学原则”的崛起——“审美日常生活化”的价值取向析疑》（《文艺争鸣》2004 年第 3 期）、《谁的“日常生活审美化”？怎样做“文化研究”》（《河北学刊》2004 年第 9 期）、《知识论与价值论上的“日常生活审美化”——也评“新的美学原则”》（《文学评论》2005 年第 5 期）等文章。

是我们讨论各种当代日常生活问题的基本前提，它事实上也是纠缠在各种当下美学趣味批评之中的核心。如果说，在各种不同价值取向的当代日常生活的美学判断中，感性的正负两面性都被极度放大了，那么，正是这种“被放大”的感性存在，以其对当代日常生活现实的意义，挑战了各种生活中的趣味选择和理论上的价值阐释。也因此，当前人们对于当代日常生活及其现实境遇问题的理论兴趣，最终还是归结到“感性意义”的具体理解之上，并由此展开美学的另一种当代之途即“日常生活美学”。即如已有各种关于“日常生活审美化”的讨论，尽管在它们中间总是存在各种不同的理论声音，但无论怎样，这种讨论的存在本身就确已表明了“美学走向日常生活”的现实性，以及“日常生活美学”成为一种现实美学话语的可能性。

当然，重要的是，不仅“日常生活”和“感性意义”两个问题直接联系在一起，凸显为近来美学存在的理论现实，而且，正是在这一直接的联系中，曾经被我们的美学“理性处理”的“感性”问题，再度从当代生活的价值阐释中获得了存在具体性。这一点显然是非常重要的——在日常生活的当代维度上，美学上的理性一元主导论传统遭遇了挑战，进而使人们有可能重新思考生活意义的日常满足及其美学价值这一很长时间以来已被忽视了的问题。

可以认为，感性问题重新获得高度重视，既表明了“日常生活”作为一个当代问题的理论阐释前景，同时它也十分具体地呈现为美学发生当代转向的理论契机。在这一过程中，充分体现“日常生活美学”之为一种当代理论转向的，不仅在于“感性”重新回归人的日常生活语境，而且在回归日常生活之际，“感性”在理论上被理解为当代日常生活中人的现实情感、生活动机以及具体生活满足的自主实现，亦即人的日常生活行动本身。由此，通过回归“日常生活”，“感性”既在美学问题领域生成了自身的现实性，又在理论上确立了“日常生活美学”的阐释取向——在这一阐释取向上，“感性”必然超越其在传统美学系统中的认识本体位置；理性一元主导论的美学认识论中的那个“卑下”的人的“感性”不复存在；“感性”以一种自然存在方式作用于、并且呈现为人的日常生活形象，它通过人的行动而直接现实地呈现为日常生活的“意义形象”。

感性问题有了新的美学意涵。它既为我们提供了挣脱传统理性一元主导论的美学认识论的可能性，同样也为我们展示了美学朝着人的日常生活开放自身阐释能力的现实性。正是这一“日常生活美学”的转向，有可能积极地标举一种“新感性价值本体”——感性意义成就日常生活的美学维度。

二

作为“日常生活美学”的理论核心，“新感性价值本体”不是知识论意义上的认识范畴，而是一个在人的当代生存现实中反抗理性一元主导论的美学范畴，是一个在指向现实的阐释中不断获得自身确立的当代生活存在范畴。其基本点，就在于明确主张：在当代，人的日常生活系于生活行动本身的实际发生和满足，而日常生活的美学趣味则决定于这种发生和满足之于人的实际生活的感性意义。对人而言，正是在感性意义的领域，日常生活才有其充分的美学阐释价值——日常生活审美化正是这一美学阐释价值的具体呈现。

具体来讲，作为“日常生活美学”的核心范畴，首先，“新感性价值本体”的提出，旨在充分表明，日常生活现实中的人的感性的生活情感、生活利益与生活满足，不仅在形式上是自足的，同时在内在性上自然合法。质言之，在存在意义上，“感性”自然性是人的实际存在的现实维度，也是一个不可取替的存在根基。它是人之所来，也提供了人的日常生活之所向；它呈现为日常生活的存在形象，同时向人的生活行动提供存在的希望。日常生活的存在合法性正是建立在这样一种感性合法性的基础之上，而日常生活的意义呈现就是在人的感性存在的现实展开中获得的。换句话说，离开感性，任何有关生活意义的阐释都将变得虚伪和无意义。

显然，对于这种源自人的日常生活行动的感性存在的自足性与合法性的肯定，一定是具有挑战性的。因为这一肯定尽管没有直接颠覆理性一元主导论在有关生活认识关系上的知识绝对性——在有关生活的认识传统上，由于普遍知识话语高度强化了理性权力的特性，人对自身生活的认识普遍满足于理性一元的控制——但是，从另一个方面来看，理性在知识话语系统中极度夸张的普遍性，现在却有可能被阻止在生活存在的日常现实之外。在指向现实阐释的过程中，“新感性价值本体”的提出和确立，使得理性在人的认识系统中的权力已不能自动延伸为日常生活的必然性干预力量。也就是说，作为一种非知识论的阐释话语，在“日常生活美学”中，感性与理性之间可以是一种非对抗性的关系——二元对立的紧张性和非此即彼性，被二元分立的疏远性所取代。这一点，恰恰成为“日常生活美学”的基本特点之一，同时也是为什么传统美学认识论往往无力面对当代日常生活现实的主要原因。

其次，在“日常生活美学”的阐释指向上，“新感性价值本体”现实地揭示了当代日常生活与感性之间的同质化关系。应该说，这是问题的一个关键点。这种“同质化关系”的具体呈现就是：一方面，人的各种日常生活动机、生活利益的实现需要，直接呈现为当下具体的生活行动，动机的发生与改变同人的日常生活行动的实际展开相互一体；另一方面，日常生活意义的实现不仅十分具体生动，同时也直接取决于它所获得的感性呈现方式及其实现的感性满足；人的日常生活动机、利益及其实现，在生活行动的感性存在形象上得到有意识的价值确认。这也就是吉登斯等学者所指出的，“日常生活的美学化过程可能是这个变化的世界的一个重要部分，因为它在使人感觉麻木的同时也能激起感觉，它还改善了物质环境”。①

肯定感性，就是肯定生活；肯定人的日常生活的正当性，就是肯定感性意义呈现的合法性。由此，人的日常生活与感性的同质化，便在当代现实中最大程度地“直观化”了人的感性实践要求与利益满足，感性意义的生成则有可能在提供（或者重建）日常生活的美学维度方面变得十分具体。对于“日常生活美学”而言，正是这种相对于人的日常生活的当下直接性特征，具体表达了日常生活本身的巨大感性实践功能，也非常生动地再现了当下生活与感性的同质化——生活即感性呈现，感性对自身的价值肯定亦即生活的自我实现。

再次，在日常生活的现实的美学阐释上，“新感性价值本体”突出了人的生活行动的感受实在性。当我们把一切意义的生成联系到人的行动的可能性与普遍性之上，实际上，我们就已经可以认为，所有对于意义的确认都不可能离开人在生活中对自身行动过程及其结果的直接感受。同样，感受生活行动本身以及对生活行动的直接感受，是生活意义的呈现过程。在这一过程中，感受本身就是一次生活行动，同时也是一种鲜活意义的感受。因而，在日常生活中，感受生活行动和生活行动的感受必定具有鲜明的实在性。这种实在性既引导了人从日常生活实际发生中所获得的情感，也满足着人在日常生活行动中的利益需要。对于人和人的日常生活来说，感受的实在性既是生活行动的出发点，也是生活行动的归结点。日常生活意义的美学阐释，就开始于对这种感受实在性的确认。可以说，“日常生活美学”的阐释指向，正是通过这样一种“确认”而直接确认着日常生活意义的美学转向。很明显，这种对于人的生活行动的感受实在性的肯定，在美学认识论的知识体系内部是十分危险的，因为在人的感受生活行动和生活行动的感受中，由日常生活行动的实在性所带来的人的感受力，现实地超越了理性的控制力。然而，如果我们

① 参见西莉亚·卢瑞《消费文化》，南京大学出版社，2003，第240~241页。

能够意识到，“日常生活美学”的阐释指向其实是非知识论的，那么，日常生活行动的感受实在性便可以不再让我们可怕。

或许，对于受制于理性一元主导论的传统美学认识论来说，“用普遍性确认知识，把理论当做信息的真正支撑物，并试图以一种标准化的或‘逻辑的’方式推理”，“想在普遍法则的规定之下产生知识”这样一种理论传统，现在已经面临着“如果一个很有前途的知识理论失去与实际的接触，则它的规则不但不会被科学家使用，而有可能在所有场合都不可能被使用”的局面。①就当代美学需要重建自己的现实阐释能力这一点来说，放弃原有那种在价值信仰、知识体系上对于认识理性的执著，把对人的日常生活的美学阐释从作为认识本体的“感性意义”方面，现实地转向作为日常生活呈现方式与满足结果的感性生存实践，并且从人的生活感性出发来阐释日常生活行动的价值功能，体会人的日常生活满足的意义形象，不仅可以在理论的阐释指向上突破以往一以贯之的知识论维度，也将能够真正体现出美学在当下语境中对人的生活价值体系的重建力量。这，就是美学的日常生活转向的生动前景。

三

在人的日常生活层面上，积极地承认感性问题所具有的新的美学意涵，并在此基础上提出“新感性价值本体”的确立要求，从根本上明确了当代美学走向日常生活的理论新景。这就是：通过超脱理性一元主导论的美学认识论的知识体系，“感性”一方面独立为人的日常生活领域的当代性话语；另一方面则实际地削弱着传统知识体系在生活的美学趣味上对于理性权力的执守。由此，在“日常生活美学”的阐释指向上，我们所要面对的真实问题，不再是继续从捍卫一元主导的理性权力立场出发，强调美学认识体系如何从知识论上构筑了对抗日常生活感性入侵的生活意义系统，而是美学如何能够直接面对当代文化的阐释要求，具体进入到日常生活的现实之境，在日常生活的感性呈现和人的日常生活满足中寻求意义的有效传达——既从日常生活的感性丰富性中发现人作为感性本体的存在合法性，又从人的感性实现的多样性中发现日常生活作为生存实践的价值前景。而人的生活价值体系的重建，正是美学在当今时代所负有的现实文化责任。

毫无疑问，这样做不仅相当困难，而且也充满了挑战。困难在于，在美

---

① 保罗·费耶阿本德：《告别理性》，江苏人民出版社，2002，第 132 页、第 317 页。

学的普遍性知识话语中，“感性”一直处在一个被严加防范的生存入侵者位置。“纯洁知识”的美学建构意图不仅将“感性意义”的赋予权交给了“全知全能”的理性，而且始终提防着日常生活领域活跃的感性实践向意义领域的渗透。“现有理论的问题在于它们开始于一种现成的分区化的状况，或从一种出于与具体的经验对象联系而使之‘精神化’的艺术观念出发”。[①] 因而，在已经构成为传统的美学知识中，“感性”仅仅是一个以认识论方式获得承认的因素，而从来不构成人的生存本体。

事实上，由于至上理性的一元主导逻辑，美学不仅在理论上必然偏于认识论，体现出十分明确的“现实超越”的知识构造意图，而且在美学认识的内部，现实感性的混乱性质也常常被放大为威胁美学知识体系构建的“病毒”，注定要被认识理性所抑制。这样，由于美学对于生活趣味的价值判断，通常转移为依赖“理性价值”而进行的审美认识，因而在通过认识论方式所构造的美学知识体系中，人的日常生活的感性存在、人的生活满足的感性性质始终是被怀疑的。对此，康德已经说得再清楚不过了：“如果对一给定对象的愉快先行出现，却还要承认对一对象的表象的鉴赏判断中愉快的普遍可传达性，这样的程序就自相矛盾了。因为这样一来那愉快就只能是感官感觉中的单纯的舒适快乐，因此按其本性来说只能具有个体的有效性。”在康德那里，“除了知识和属于知识的表象之外，不可能有什么可被普遍传达的东西。因为只有在认识的范围内，表象才是客观的，并且因此才有一个普遍的联结点，由于这个联结点，所有人的表象能力才必然会彼此协调一致”。[②] 显然，正因为在认识论上现实感性不是自足的，所以人作为日常生活的感性主体身份也同样被美学认识所拒绝。这种建立在感性与理性对立性关系上的美学传统，其强烈的认识论指向不仅先行预设了理性与感性的主从性，而且还先行预设了它们之间的层级性差别，从而也将美学知识体系引向了认识论意义上的层级化架构。至上理性的一元主导性在规定人们对待感性的价值态度之际，也确立了美学对待自身的立场——对一切感性话语保持高度的理性警觉。

挑战也由此而生。当日常生活的感性存在、感性利益及其满足作为一种新的价值话语，在“日常生活美学”的阐释指向上用于把握人在日常生活行动层面所面临的各种美学问题，不难想象它对于我们熟悉的那种理性一元主导的理论传统、美学知识所产生的冲击。对于日常生活感性的新的美学意涵

---

① 杜威：《艺术即经验》，商务印书馆，2005，第10页，第9页。

② 《康德美学文集》，北京师范大学出版社，2003，第464页、第465页。

的阐释，对于“新感性价值本体”的美学肯定，将会（并且正在）引导我们从确立一种新的美学维度这一点上，重新审查理性一元主导论美学知识话语在当代日常生活面前的现实局限性，意识到通过认识层面的理性制度性权威来继续持守美学的知识论构造，在日常生活的意义阐释上是有问题的。因为有一点很明显：对于人的日常生活来说，感性问题并不局限于认识论范畴；在更大意义上，日常生活的感性存在、感性利益及其感性满足是一个生存论的意义问题。尤其是，对于日常生活美学趣味的价值判断而言，人的日常生活的感性权利之于人的现实生存需要和行动，更具有一种生存论的特性——人的感性、感性活动不仅与人的理性权利一样具有自主自足的价值，而且往往更加生动、更加具体。因此，在“日常生活美学”的阐释指向上，对人的日常生活行动的感性意义的充分阐释和积极肯定，一方面已经把美学从认识论的知识体系直接引向了生存现实的意义维度——知识构造的绝对性转向意义阐释的开放性，美学由此产生出新的、现实的理论力量；另一方面，它也通过质疑美学认识论，通过质疑美学认识论的理性权力绝对化，在美学内部进一步产生出日常生活感性话语反抗理性一元主导性权力的新前景。在这样一种新的理论前景上，体现当代美学话语权力重新配置要求的“日常生活美学”不仅具有挑战性，同时也成为现实的美学方向。在这一方向上，直面人的感性生存——感性生活动机与欲求、感性生活表达与满足感性生活实现与享受的“日常生活美学”，其阐释指向既是回归性的——理性一元主导回归感性多样的生存现实，也是开放性的——在阐释中，美学从传统理性的知识体系走向人的鲜活生活，直接感受处在开放变化中的日常现实，并在开放变化的日常行动过程中不断形成和发挥自身的阐释能力。

开放性的阐释指向不是对意义的知识循环论证，而是日常生活美学意义的现实生成过程，同时也直接联系着当代文化的消费性生产活动及其对人的现实价值意识的改变。“日常生活美学”的现实功能，由此进一步凸显为一种介入文化建设的当代力量。

四

在“日常生活美学”的阐释指向上，美学话语社会化的当代前景得到进一步体现。

第一，在理性一元主导论的传统美学话语体系中，人的日常生活感性由于是一种限制性的存在，所以就如杜威在分析艺术时所揭示的，“将艺术与对它们的欣赏放进自身的王国之中，使之孤立，与其他类型的经验分离开来的各种理论，并非是它们所研究的对象所决定的，而是由一些可列举的外在条件所决定的"，"理论家们假定这些条件嵌入到物体的本性之中。但是，这些状况的影响并不局限于理论"，"这深深地影响着生活实践，驱除作为幸福的必然组成部分的审美知觉，或者将它们降低到对短暂的快乐刺激的补偿的层次"。[①] 然而，现在的问题是：在当代人的日常生活中，理性权力被过度使用之后，它却又从另一个方面进一步激化着现实中人作为感性存在本体的反抗性。这种"反抗"不仅出现在当代日常生活行动的具体方式上，诸如"超女"、"快男"文化的集体性娱乐，而且"反抗"还延续到了作为反抗之"物品"的人的身体，"在经历了一千年的清教传统之后，对它作为身体和性解放符号的'重新发现'，它在广告、时尚、大众文化中的完全出场……今天的一切都证明身体变成了救赎物品。在这一心理和意识形态功能中它彻底取代了灵魂"。[②] 感性作为人的日常生活行动中的现实利益，常常以一种变本加厉的实现方式显现着自己的存在。

尤其是，在当代消费性文化生产关系中，随着人的感性的日常生活趣味和满足不断成为一种独立而鲜明的美学话语，那种仅仅将感性当作美学认识论附属品的理论传统也正在被日益打破。因此，一方面，在当代语境中，人的实际生活的生产与消费的一体性，使得美学对于人的日常生活的各种阐释，总体上呈现为一种生活叙事而不再是一套有关"人生终极"的价值话语；作为独立的日常生活美学话语的"感性"是陈述性的，而非判断性的——"感性陈述"的现实表明，以人的日常生活行动作为具体表达内容的美学话语，源自于人的日常生活真实性对理性一元主导的终极价值的抵制，它在"叙事化"人的各种日常生活感受和满足的过程中，力图还原人在日常生活行动中所实现的现实快乐，在日常现实的快乐中赋予人的生活以直接享受的意义。而在另一方面，感性本身作为人的日常生活意义表象又具有一种"反构造性"，它直接与人的身体感觉相对应并且不断激化人的身体感受的敏锐性，从而进一步瓦解了人对意义构造的持久期待，也消解了人在日常生活中对实现深刻性判断的耐心和信心。在"日常生活美学"的阐释指向上，取消意义构造的艰苦努力、不断趋于事实本身而非深度理性，最终使得美学本身对于人的日常生活的各种感性陈述也变得流畅起来。作为"感性陈述"的美学话语

---

① 杜威：《艺术即经验》，商务印书馆，2005，第10页，第9页。

② 让·波德里亚：《消费社会》，南京大学出版社，2001，第139页。

在人的生活行动层面产生了从未有过的现实魅力，开始活跃地描述着人对日常生活的丰富经验。它不再仅仅作为人的存在的精神符号，而是现实地成为日常生活的经验形象、事实呈现。

第二，在理性一元主导论的美学认识论体系中，美学权力主要体现为通过预防和矫正感性功能而精神性地引领、确定人的存在价值。这就是当年鲍姆嘉滕意味深长地指出的："低级认识能力即感性""需要稳妥地引导"，"必须把它引上一条健康的道路，从而使它不致由于不当的使用而进一步受到损毁，也避免在防止滥用堂皇的托词下合法地使上帝赋予我们的才能受到压制"。[①] 美学在理论上维持着对人的存在的精神想象能力，却没有能够真实有力地介入人的日常生活，无法现实具体地证明日常生活的价值。这正是美学话语"非社会化"之所在，也是以往美学知识在当代人日常生活面前的限度所在。而"新感性价值本体"的提出及其确认，则使得"日常生活美学"在"感性陈述"人的日常生活过程中，最大程度地打破了那种满足于作为超越性精神话语的理性一元主导论的限制。当"日常生活美学"的阐释指向直指具体丰富，同时也更加复杂的人的日常生活现实，它其实也就获得了在更大范围的现实领域重新定义自身的基本前提：用杜威的话说，就是"恢复审美经验与生活的正常过程间的连续性"，"回到对普通或平常的东西的经验，发现这些经验中所拥有的审美性质"。[②]

"恢复"或者"回到"，应该说，这就已经很好地提醒了我们，美学话语社会化的当代前景将首先来自于一种自觉态度、一种有意识的理论努力，即对于那种阻断"审美经验与生活的正常过程间的连续性"、遮蔽我们"对普通或平常的东西的经验"的美学知识话语进行必要的反省。同时，它也提示了一种可能的结果，即美学反身进入人的日常生活，重新建立起与人的日常生活正当性的内在关系，通过重新肯定感性的日常生活的美学意义而恢复美学的社会功能。因此，从超越性的精神目标向回归性的生活感受的转换，既是"日常生活美学"实现自身话语社会化的理论方式，也是美学话语社会化的有效过程。20世纪90年代以来持续展开的"当代审美文化研究"，便是这一转换的具体事例。在这一重要转换中，美学成为日常生活"感性陈述"的日益普遍化和具体化，是一个不可或缺的动力，也迅速强化了美学的现实文化批评功能。这种现实文化批评功能的张扬，体现了美学阐释指向的改变，

---

① 鲍姆嘉腾：《美学》，文化艺术出版社，1987，第16~17页。

② 杜威：《艺术即经验》，商务印书馆，2005，第10页，第9页。

也实现了美学话语社会化效力的现实提升。在超越以“审美研究”为中心的知识建构的同时，它直接改变了美学的存在形态，即美学在更加宽泛的层面上直接以人的日常生活为对象，在日常生活的意义阐释中进一步实现美学问题由抽象领域向具体领域的转移，为更加有效地确立美学与人的日常生活的关系提供了新的方向——在肯定的意义上阐释我们生活的美学价值。

第三，美学话语社会化体现了一种对人的日常生活的实际介入，也在理论功能上具体体现了人的日常生活对美学的现实要求。因而，对于“日常生活美学”而言，美学不仅是理论的，也是批评的——“日常生活美学”并没有绝对否定知识话语的存在，而只是在人的日常生活层面对其理论效力进行了必要的限定，更加突出了日常生活感性的阐释价值；美学不仅是精神设计性的，也是大众生活的描述——“日常生活美学”的出现，为美学提供了从理论上理性规划人的生存意义之外的又一种方式，亦即通过人的生活并且在人的生活现实中，美学重新构造生活的现实意义。

［原载《文艺争鸣》2010 年 3 月号（上半月）］

回家的路　生活的心

——新世纪中国文艺学美学的“生活论转向”

·张未民·

一　引言：是生活不是日常生活

2004年底，《文艺争鸣》杂志在第6期上推出了一个名为“新世纪文艺理论的生活论话题”的讨论栏目，发表了8篇文章，围绕着“日常生活审美化”的主题展开学术讨论。转年《文艺研究》杂志在第1期上也发表了几篇有关“日常生活审美化”的讨论文章。由此，一场新世纪以来中国文艺学美学的大辩论迅速蔓延开来，全国有十余家报刊介入进来，累计发表论文百余篇。应该说，这个讨论是“及物”的，切合了新世纪以来中国社会在现代化进程中所呈现的审美增量的生活趋势，也形成了力图解释“日常生活审美化”现象的文艺美学思潮，以及由此而形成的文艺美学论战。同时，由于触及了“生活”这个主题，也使那种以为文艺理论和美学理论可以自足地无涉当代生活的想法得到某种程度的改变，从而引发了文艺理论的学科边界重整、文艺学何为、文化研究的可能性等一系列讨论。“日常生活审美化”首先是一种客观存在的当代生活现象，而不是一种无缘无故的文艺学美学主张。因此这场讨论的真正价值在于触及了当代生活的审美增量现象，使我们固有的局限于文学艺术作品文本的理论话语开始面对生活、面对实用性的生活领域，并产生了巨大的困惑和纷扰。“日常生活审美化”的表述因其“化”的语感似乎令人迷惑，有一种主观化的理论主张色彩，这可以讨论，但其实质是指证了这个时代的生活现象以及引发了文艺学美学意欲何为的思考，对此我们不能不强调地指出来。

30年来，中国当代生活伴随现代化过程的“审美增量”是客观存在，不能忽视的，“审美”在生活中的丰富和生动，结合着生活的实用性和物质性，显得生机勃勃而富有力量，单纯的文本性和精神性解释已不足以解释，即便是所谓的更专门的“审美”解释也显得力不从心，看来生活之事还是应以“生活”的观点来解释，把所有的艺术和审美都放到“生活”中来解释，也许不失为好的方法之一。因此，重要的是“生活”，而不是容易引起纷扰的“审美化”；“审美化”也不见得是有多少新意的美学主张，而是在说明一个并不神秘的现代生活事实或现象，即生活的审美增量。进一步，我们注意到，“日常生活”这个概念的西化色彩太浓，在中国语境里，尤其对传统中国文化表述中，采用“日常生活”这样的说法，有时可能会将表述处理得更加细致和明确，但总体上还是蹩脚的，因为以这样的西方化的二元对立式的区分并不能有效地切入中国文艺观、美学观的核心，不能领会中国文艺观、美学观的要领与精髓，中国传统或中国特色的文艺观、美学观并不习惯于区分非日常生活与日常生活，而是以“生活”的整体性观照见长的，当然这个整体性的生活也是可分析，但这个分析并不是一个二元观念就可完全解释的，中国思维传统或许更看重一个多元的分析方法，“整体与多元”的生活构成是人们把握生活的实用理性维度。因此，我们愿意使用“生活”，而不是“日常生活”。基于这样的认识，《文艺争鸣》又从2010年第3期起，新推出了一个栏目《新世纪中国文艺学美学范式的生活论转向》。发表了王德胜的《回归感性意义——日常生活美学论纲之一》和刘悦笛的《“生活美学”的兴起与康德美学的黄昏》两篇文章，我为此栏目写了一个导语《想起一些与“生活”有关的短语和诗句》。随后，在第5期我们用60多页的篇幅编发了一组“外国文艺学美学的生活论转向讨论专辑”，共11篇文章，主要围绕当代世界美学走向以及美国实用主义美学的代表人物杜威和舒斯特曼作了综合的介绍与讨论。在第7期，我们编发了一组讨论中国自身文艺学美学生活论转向的文章，共6篇，并意在将这个“转向”定位在回归中国本土美学传统、回归中国生活，提出将“生活论美学”思想定义为中国两千多年来一直延续至今的一个整体性的主流思想，以期加以弘扬。在今后的规划中，我们还将立足生活论的视野，整合与重申文化研究、生态理论、空间理论、视像理论、现代性研究、实践哲学，各以专辑推出。同时，我们也期待就“生活论转向”展开不同观点的争鸣与交锋。

我们相信“生活论转向”的讨论具有很大的现实意义。反思百年西学东渐，我曾在去年的一篇谈文学的小文中说：“我们走出了庸俗社会学文学观，走进了特别特定的纯文学观，在新世纪难道不应该回归一种生活的文学观吗？什么是文学的平常心？而文学也不应总作异常想。我们是否应将文学放到生活的意义上来理解，文学史即或是所谓的精神史、心灵史，也是社会生活史的一部分。我们并不相信所谓 G2，所谓‘中美国’等说辞，但作为大国的美国的实用美学，和几千年来不断地崛起着的大国中国的实用理性和生活美学，不是更能给予我们适应需要的启示吗？而一个老欧洲的美学，康德美学的思辨性、学理逻辑性不是越来越显示出极大的局限性，束缚着我们的手脚吗？老欧洲的美学是单民族国家千万人口规模的国家的美学思维传统，在全球化时代，在中国化的广大时空中，其有效性难道不值得反思吗？"① 讲这个话主要是针对 20 世纪 80 年代末 90 年代以来占据文坛的主导性的“纯文学观”和“审美至上”文学观的。有所针对，才谈得上“转向”，才不无的放矢。

如果试图再细致一些地谈“新世纪中国文艺学美学的生活论转向”，我想用生活转型、生活的心、回家的路这样三个词组来说明，以下分述之。

二 生活转型

我们这里的所谓“生活论转向”，是借用近年来文艺学美学界常常说的“语言论转向”、“视觉转向”、“文化研究转向”等说法，借俗用俗，其真意也不是想说我们的文艺学美学“转”了什么“风向”，而是意在表明这样一种“生活论”之于新世纪中国文艺学美学的重要性，生活的观点尤其需要得到强调，需要在新世纪中国社会文化语境下重新加以强调。如果说，那些所谓的“语言论转向”、“视觉转向”、“文化研究转向”尚是一种单纯地跟在西方文艺学美学潮流的后面，因“西方转向”而“转向”，那么我们新世纪的中国文艺学美学的“生活论转向”，就不应仅仅是顺应和借鉴世界文艺学美学的“生活论”的“转向”，而更主要的是因为中国生活的新的“转型”，是因为 30 年来的中国发展，使“生活”重新又以新的整体方式进入了我们的视野，进驻了我们的“心”。

生活转型塑造了我们的“生活心”。尤其新世纪以来，这种中国发展得到了更加明显的生活呈现，形成了可以大致看得出轮廓的大不同于 30 年前的新的生活状态和形态。置身于这样的新的生活情境之中，以“年/月”为时间刻度的生活进程正在被尽可能地物质化、量化，从各级各地的年度 GDP 指标，到每个人的月计年计的收入期许与奋斗目标，物质内容全面地覆盖了人生领域，似乎已经不存在完全脱离物质因素的精神领域了，或者，已经没有了可以将精神与物质界垒分明地区别开来的绝对边界。“以人为本”的物质和民

---

① 张未民：《当代文学的若干问号》，《文学报》，2009 年 10 月 29 日。

生指数似乎总在上涨也总是明确的，也越来越成为“精神”无法逃脱的生活依傍。人性及其尊严总是体现在物质基础之上。20 世纪 80 年代及其以前岁月的革命、启蒙、政治和生产、建设，曾经是人们所理解的“火热的生活”、“真正的生活”，它们曾是生活的全部。这种在特定历史语境下被简化了的“生活”今天已不能涵盖生活的全部，物质因素、身体因素、欲望因素、技术因素等凸显于生活中，大大扩容、鼓胀了生活的体积。尤其在精神性和物质性之间，那些经济机制、网络媒介、城市空间、生态背景等，都以一种中介性的，似乎更倾向于物质基础的有力方式，重组二者之间的密切关系。可以说，30 年来，中国社会和人民创造了自己的新生活，根本改变了此前的以启蒙、革命、政治、精神为主导的生活。在这个新生活之中，启蒙、革命、政治、精神的价值仍以各种形式作为传统遗产和现实性而存在，但以现代性这一合法性共识伦理面目出现的以物质生活建设为基础面向的综合力量使过去单纯的生活全面改观，导致了一种生活转型。

30 年前我们理解的“生活”是革命、政治、精神、启蒙和在此精神照耀下的火热的战斗与生产，它不包括凡庸的日常性的吃喝睡觉等基本生活，更不包括人的身体，而今天我们说的生活主要是什么呢？有各种表述，比如说以经济建设为中心、欲望时代、消费社会、日常性生活、物质生活、经济生活、身体生活、审美生活等等。这些表述都有其合理性，这些方面也正是这 30 年来得以真正猛进地改变生活面貌的主要因素。尤其当这些因素以一种现代化或现代性的生活合法性的名义大行其道，我们会觉得，现代化或现代性的一个基本的实质性维度即在于它的物质性，而且是生活的物质性，没有这个生活的物质性，就没有现代化或现代性，也没有现代的生活性。正是在这个背景下，人们乐于引用波德里亚的说法：“我们生活在物的时代：我是说，我们根据它们的节奏和不断替代的现实而生活着。”① 也乐于引用费瑟斯通有关消费文化或消费社会的论述：“存在着这样一种‘消费的逻辑’，它表明有一种社会性的结构方式，也即当人们消费商品的时候，社会关系也就露了出来。”② 同时，我们根据中国社会主义市场经济体制的确立和展开，而有“市场社会”之称；由“日常生活”的凸显和受到关注而开始征引列菲弗尔和赫勒等西方学者的观点，摈弃“超真实性”的社会观念，遂有“日常社会”之

---

① 〔法〕让·波德里亚：《消费社会》，刘成富、全志刚译，南京大学出版社，2001，第 2 页。

② 〔英〕迈克·费瑟斯通：《消费文化与后现代主义》，刘精明译，译林出版社，2000，第 22 ~ 23 页。

称；因生活中的追求利润、利益的最大化倾向不可一世以及经济理性的权威影响而有经济社会、经济生活之称；因生活中的欲望因素的大行其道而有欲望化时代、欲望社会之称；我们甚至乐于引用沃尔夫冈·韦尔施的话："由于生活方式在今天为审美伪装所主宰，所以美学事实上不再仅仅是载体，而成了本质所在，"① 从而将当代生活表述为一种"审美化"生活，所谓"日常生活审美化"等等。所有这些都表明，30年来中国社会和生活的变化如此之大，它所昭示的生活转型如此触目惊心，仅仅看看这些错综复杂的表述，就足以让人炫惑不已了。面对这些，我们可以说的只能是：的确，我们进入了一个复合性社会、复杂性社会，正是这个复合性社会与复杂性的社会，给了我们一个新的生活。面对这个已然转型的新生活，如果说从前我们将生活仅仅定义在革命、战斗、启蒙、精神、政治上面，是一种历史和现实的"简化"的话，那么我们现在仅仅使用市场社会、物质社会、欲望社会、消费社会、媒介社会、日常社会、审美社会等等，同样是一种对社会的"简化"；因为原来只讲革命、战斗、启蒙、精神、政治，现在便针锋相对地以物质、欲望、日常、媒介、经济来颠覆和消解，以为如此就是把握了今日社会的本质特征，而孤立地将我们的认识建立在有选择性的和有局限性的区别或差异性思维之上，从而不是将这种区别或差异建立在一种整体性和客观性之上，依然局限于二元对立的思维路向，对社会生活作了某个方向的简化。诚如英国社会学家菲利普·梅勒所言："尽管它们几乎都对当代社会的'复杂性'维度作了某方面的阐述，但它们也倾向于选择不同形式的简化论，通过对社会和历史进程的简单化，使得关于当代世界激进的社会文化与技术转型的宏大的、也许是含糊不清的叙述成为可能。"②

那么我们应该怎样描述当代社会和当代生活的转型？

我想应该说两句话，第一句是这个时代的社会和生活已完全不同于30年前的中国生活，它突显了物质、经济、技术、欲望与日常日用的基础性和首要性，加深了精神对物质的依附性和一体性，因此在承继过往高扬主体精神的传统的同时，以更大的精力和客观的态度去研究过去被我们曾经极大地在人文社会科学领域加以忽略的诸如物质、日常生活、媒介、身体欲望等，是十分重要的。第二句话是，我们还是要使这些维度建立起与社会整体性、生

① 〔德〕沃尔夫冈·韦尔施：《重构美学》，陆扬、张岩冰译，上海世纪出版集团，2006，第7页。

② 〔英〕菲利普·梅勒：《理解社会》，赵亮员等译，北京大学出版社，2009，第50页。

活整体性之间的联系。既然精神、政治、革命、启蒙等并不能覆盖全部生活，它们应该建立起与社会、生活整体性的联系；那么物质、身体、经济、媒介、日常生活等就也应建立起与社会、生活整体性的联系。说得明白点，在这种整体性的视野下，我们的生活转型，不是单纯的物质、身体、媒介、日常生活、经济转型，而是整体的生活转型；不是生活转向了物质、身体、媒介、日常生活、经济，而是生活的平衡被打破并趋向于新的平衡。我们已经回不到前现代的仅将生活简化为与精神相对立的“日常生活”欲求与生存生计的水平上，也回不到20世纪中国仅将生活简化为精神、革命、政治、启蒙的水平上来评价当下的生活，同样我们也不能仅仅站在物质、身体、媒介、经济与日常生活的水平上来评价当下的生活，我们眼下的转型，是这些的全部，是生活整体性的全部。一方面是生活的转型，一方面是我们的认识生活方式的转型；我们认识生活的方式，正在从一种简化的有选择的激进的认识方式，转向一种复合的、复杂性的认识生活的方式。正是在这个意义上，中国语境的“生活”概念，以及不流行将生活分解为日常生活和非日常生活的语用习惯，展现了自身的优势和魅力，展示了实用理性的整体性和灵活性。

因此我们只能说，这的的确确是一种生活转型，一种趋向整体性生活的转型，而不是以生活的名义进行的某一维度某一方面的转型。向复杂社会的复杂生活的转型使我们只能说：生活，除了生活，还是生活。套用提倡复杂思想的埃德加·莫兰的话说：生活（原文词汇是“复杂”，在此替用一下——引者注）的东西不能被概括为一个主导词，不能被归结为一条定律，不能被化归为一个简单的观念。……生活性（原文是“复杂性”——引者注）是一个提出问题的词语，而不是给出解决问题的词语。①

三 生活的心

对这个时代的生活，我们在考察了其转型的状况之后，因其更多复合性和复杂性而将其命名为“生活”。不过这“生活”与古典生活、20世纪生活不能同日而语。中国古典“生活”一般是在生计生存意义上的理解，20世纪“生活”则在革命、生产、社会的意义上显义，而今，它趋向于一种新的整体性的生活理解，这种生活“转型”构成了新世纪中国文艺学美学的“生活论

① 〔法〕埃德加·莫兰：《复杂性思想导论》，陈一壮译，华东师范大学出版社，2008，第1~2页。

转向”的现实基础。

那么我们应该采取什么样的态度或立场来对待这个转型后的“生活”，新世纪中国文艺学美学的“生活论转向”又应该以什么样的态度或立场来表述自己的哲学？在这个意义上说，我觉得“生活论转向”的哲学智慧可以用“生活的心”来表述。生活转向使我们有了一颗“生活心”，那么我们将如何安妥这颗“生活的心”？

心是中国概念。它的语用边界远远超过西方式的生理科学的定义，不仅指心脏，如果仅指心脏，那么在人之外，任何动物也都同样有心脏。在中国思想和哲学传统中，心位于人身体的中央，除了统领全身的血脉跳动、表征生命的“活”之外，它还是人思维的中枢，孟子讲“心之官则思”。可见心是由心脏—大脑一体化而结构成的身体中枢。不仅如此，除了生命基础的“活”与思维机制的“思”，它还是人的情感、意气、体验的中枢，是性情本体的在所，所谓“心情”、“心性”这样的词汇便表明情、性都源于心、驻在心（张载和朱熹讲“心统性情”）。所以“心”是表征人的核心特征的一个复合性、复杂性的概念，是表征人的核心价值的整体性概念，它复合了物性、肉体、生理、情感、意志、性格、体验、思维、精神、活气等诸多因素，是个决定人的本质（如果有本质的话），包容仪态万象的绝妙所在：“夫心者，人之神明”。①

正由于“心”这种作为人的中枢性的核心特征的复合性、复杂性定位，它才真正配得上与同样作为一种复合性复杂性的整体性概念的“生活”相对应，才可以有“生活的心”这样的智慧追求的一致方向。“生活”，在“心”的智慧方式观照下，就是本体性的生生不息，就是哲学意义的存在、生存，是“人活着”，是人与万物相连构成的连续性、整体性的生活。

“生活的心”是使人真正地成为“生活”本身，使“人心”与“生活”融为一体的价值体现。为生活“立心”，为心而“生活”，这应该是新世纪中国文艺学美学生活论转向的价值意义所在。

古代思想家张载曾经说过一句传诵于古今知识分子间的具有中国“士人”精神的座右铭：“为天地立心，为生民立命，为往圣继绝学，为万世开太平。”但这里的“立心”与我们今天所说的“生活的心”还不一样。在中国古代传统中，生活概念仅指一般在生计或基本生存欲求的层面上的“生活”，这虽不能说是被极力地压抑着，但总归是被忽略或忽视的所在。那时的所谓

---

① （清）雍正编《悦心集》序，《悦心集》，中国华侨出版社，2010，第5页。

"立心"，是在中国传统的天地人系统中，在与人相对应的天地自然万物中寻理立法，使自然万物和天地达成与人的一致。在这里，低级的"生活"往往是被忽略的，这也显示出中国传统文化精神终归是趋于一种超越性尤其是生活的超越性精神传统。"心"在这里，自然地获得了与自然相对应的位置。陆九渊说："宇宙便是吾心，吾心即是宇宙，人皆有是心，心皆具是理。"（《年谱》，《陆象山全集》卷三十六）可见他是越过了脚底眼下的"生活"而直接体悟宇宙和天地万物了，心被"理"玄学化了。虽然中国思想传统在联结人心与天地境界的超越性与整体性时，也为贯通与日常的生计性和欲求性的"生活"留下了栈道，从庄子到陆王心学传统，都有道在蝼蚁、在稊稗、在瓦壁、在屎溺、在日用式的表述；中国思想传统中，也将"心"作为一种具有器官物质性、情感性、感受经验性的人之中枢，认为其"劳之则苦，扰之则烦，蔽之则昏，窒之则滞，故圣贤有存心、洗心之明训，佛祖有明心、寂心之微言，无非涵养一心之冲虚灵妙，使无所累，"① 并以此表明了对"心"的生活式的作为活生生存在物的理解。但所有这些，不仅有将心从实际生活中通过洗、明、寂、存等方式孤立出来的意向，而且即便是将心放任于生活状态之中，则不是自我刻意选择山林归隐，就是自暴自弃陷于一种游戏。在这之中，生活的日常性和向下的"低"姿态有了被展示的可能，而迷恋于人们伦常日用的生活景色则获得人性表达，这在古代文学中也便成为一个引人瞩目的生活化的实存。但即便如此，古人的生活心和我们今天所讲的"生活之心"也是大不同的，首先是古人的生活心是通过苦其心的方式寻求超越，总是将人伦日用的生活心局限在极小意义上并与终极关怀相距万里，因而并不被重视，因此，无论儒、道、释，若提出一种将超越性的精神之心与低层的欲求的生活心统一起来的整体性的生活视界是很难的，它基本上是处在自身的沉默的实存状态。其次，我们还应看到，古人的生活概念一方面将其局限在日常生计欲求上，另一方面，对"心"的超越性要领则更多地作了抽象的、玄妙的解说，而我们今天的"生活的心"，其内涵具有现代理性的实在和整体观，不仅包括知、情、意诸方面，而且还要明确地指出它的器官物质性、肉体性和感性特质；所谓"为生活立心"，自然地也将传统的天地自然理解为"生活"的一部，因为天地自然经过近百年来现代化的改变，已经成为中国人的"人化的自然"、成为人们生活的一部分了，而且今天的理解恐怕更为实在，比如我们在现代理性的教育之下，已很少笼统地用天地、自然这样的古

① （清）雍正编《悦心集》序，《悦心集》，中国华侨出版社，2010，第5页。

典概念，在感觉中，似乎不如直接地用“地球”、“太空”、“大气层”这样的词汇更为具体实在。杜维明在谈到古典哲学大都主张超越和突破，主张离开现在这个世界，追求更重要的终极关怀之后提出，今天的核心问题是人的存活问题，而人的存活问题最重要的参照就是地球，有人甚至说21世纪的先知就是地球，因为地球可以告诉我们能做什么不能做什么。① 我们正是在这样的意义提出了“生活的心”的说法。“为生活立心”继承和容纳了“为天地立心”的精神，而又更加具有了现实化的实践精神。如果说，古典文明更多地是一种单纯的精神文明的话，那么现代性文明则是通过现代化的物质进程更多地建立在物质化基础之上的生活文明，这个生活文明当然要弘扬人类源远流长的精神性遗产，并使之与现代化的物质生活融汇起来，建设新的生活文明。

顺便还应指出一点，在过去的20世纪一百年里，中国生活发生了面向现代化的生活转型，但那是一种特定历史背景下的具有特殊性和过渡性的生活转型。它的最初的现代化动机，当然是以国富民强、以人民生活尤其物质生活即基本民生状况的富裕与幸福为目标的，但它在实际的历史进程中，却因为20世纪中国历史条件的作用，而走上了一条以精神为先导，以启蒙、革命、救亡、政治为优先解决的路子，生活现代性的大趋势虽然不屈不挠，却也不时受到误解、曲解与压抑，甚至它导致了对生活的较之古典时代的更为激进的否定与批判，宣布了日常生活的渺小，乃至造成某种令人窒息的非人化的异化状况，试图把人从物质的现代化、民生指标的低俗中超拔出来，最终造成了精神乌托邦的时代溃败，人的正常生活受到“非人化”的指控而以精神或重铸灵魂的幻影使人们真实地受到一次规模巨大影响深重的非人化、非生活化的压迫。这是一段不能不在“生活的心”的话题中需要提到的一笔，而且应该指出，这段不堪与荣光相映成辉的历史，其原因固然有从程朱理学之后中国人依赖心性修养改造“新人”的因素，更多的则是片面地过度阐释了西方的主客之分和启蒙理性的原故。即便是谈到“生活世界”，西方哲学也要区分出一个日常生活和非日常生活的对立，而这样的区分从根本上是不符合中国人的思维习惯与逻辑的。因此，有鉴于此，我们所说的“生活的心”是整体的生活的“心”，没有一个对生活的整体性观照，就谈不到生活的心，那只能是一个破碎的心。

---

① 参见《新世纪文化中国面临的挑战，访“新儒学”代表人物杜维明》，2010年7月29日第31版《文学报》。

因此，应该指出我以为的“生活的心”的几种智慧途径。是我们为“生活”所立之“心”，也是我们自己把握“生活”所应具备的“心”，我们应该以这样的心来生活。

首先，生活之心是整体之心、大包容之心。中国人看待世界的方式是整体性的、看待运动和历史是具有普遍联系性的性质的。这并不是说西方思维中没有整体性的观念，没有联系起来看问题的方式，而是说，西方思维在分析问题时往往追求界分和定义，并不将整体性作为首要的前提，也并不将连续性贯彻始终，甚至还追求突破和新奇的效果。而之所以说中国思维方式以整体性为特点，则在于它在解决问题时往往将整体性作为前提，处理事物往往使之与整体性联系起来，并且为了整体性的利益而牺牲其他，在所不惜。在新世纪，生活转型后的整体性视野应在新的水平上展开。比如我们说物质文明和精神文明两个方面都重要，但在实质处理过程中往往不是用物质要求精神，就是用精神去限制、批判物质，依然处于二元对立状态，而没有从精神的物质性或物质的精神性、从物质和精神的互渗相融和解之间生成一片整体性的论域。我们依然沿袭传统哲学思维精神性过度阐释的强盛的惯性，而对现代化的最主要的文明特征和最主要的成果即物质性缺乏阐释，没有形成有关物质的具有平衡性的文明话语，依然走在用精神或人文精神简单的反物化的老路。极端的偏执的物化当然必须反对，但一个文明的生活和文明人在根本上是不能够反物化的，物质是生活之基，正如人们说精神是人类的家园，但没有物质家园，精神家园将无所凭依。我读到过一句令我印象极为深刻的话：“一个没有物恋的人是一个无家可归的人。”① 人不可能真正地全面地批判物。李泽厚先生近年来的重大美学进展之一就是提出了有关“情本体”的极为精彩的论述。② 但情为何物？情自心出，其出却要感于物，没有物的凭依，情将不能自发生出，因此情与物关系应该被论述到。如果在此我们大胆地说一句的话，情为本体，为什么物就不能为“本体”，情本体与物本体联系起来的整体视野，应是当代理论的生活之心。生活之心不仅包容精神或所谓的“灵魂”，也包容了对日用、欲求、自家性命等的同情和理解，包容了所有的生存、生命、“活”下去的自然的和可然的全部情理。整体性、大包容，是当代生活之心的本义，是以生活之心来把握生活的要义。

---

① 威廉·皮埃兹《物恋问题》，见孟悦、罗钢主编《物质文化读本》，北京大学出版社，2008，第69页。

② 参见李泽厚《实用理性与乐感文化》，三联书店，2008，第54～113页。

其次，生活之心是一种“可以之心”。在整体性背景下，生活是多样多维多元的，可以这样，也可以那样，只因角度、条件、目的、背景不同。以前我们过多地强调一分为二、强调二元变换和颠覆，强调正、反、合的递进变迁，其实事物更为普遍的模式是一和多的形式，一本万殊之下，二分的方式不过是一多模式的一种简化的、特殊的形式。而在把握一多模式上，在将整体性作为前提下，应该为事物的多样性留出应有的空间。我们之所以主张采用生活的整体性观念，正因为它主要是复合性的、复杂性的。但是你“可以”去谈精神主题，也可以去谈物质主题，只不过要求你在论述时一定要使其与生活整体性联系起来，而避免单独的、单一的简化式命名。在这个前提下，一种“可以”的方式，“可”的方式或“以”的方式都可以成为智慧的生活之心。《前赤壁赋》中说：“盖将自其变者而观之，则天地不能以一瞬；自其不变者而观之，则物与我皆无尽也。”孔子评诗，说“可以兴，可以怨，可以群，可以观。”在这里，“可”与“以”，都是介词，它引入主体、引入动作，即是对生活的肯定态度，又留有余地，表明对多样性的尊重。在中国语境中，“可”、“以”，其他如“自”、“为”等介词，在中国人的表意行为中具有极为重要的价值，体现了汉语的生活智慧。其实当你能够考虑各种“以”的情况，你也就是展开了整体性，言说了多样性，界定了不可以性，不是非此即彼，而是通情达理，情理相协。从“以阶级斗争为纲”到“以经济建设为中心”到“以人为本”，这其间的生活转型，就是靠“以……为……”的方式来表述的，一个介词“以”的方式和隐喻化、历史化了的“本质”，乃是“生活”的出场和戏剧本身。“以”、“可”的方式是一种面对万物的“生活的”方式，是谦逊方式、智慧方式、实用理性的灵活方式，其实质是“宜”思维的体现，从“以”到“宜”，“以”适宜的方式求得适宜的目标和生存状态，在“以”和“宜”以外并不存在绝对的目的性和生存。

最后，生活的心是实用理性之心，是“度”之心，中道之心，中道的实质是实用理性的，《中庸》说：“喜怒哀乐之未发，谓之中；发而皆中节，谓之和。中也者，天下之大本也；和也者，天下之达道也。至中和，天地位焉。”人的情感，可以喜，可以怒，可以哀，可以乐，只要“中节”就好，就是中和，而这样的效果，是我们在“经验合理性”的基础上形成实用理性，并进而在实践操作中较好地把握了“度”。实用理性和度是李泽厚提出的重要思想概念，他甚至将“度”作为一种维护生存的中国范畴，提高到实践本体的高度来认识，是最具中国特色的范畴。他用“度”来代替“存在”、“本质”、“实体”以及物质或精神来作为本体性的第一范畴：“度作为第一范畴，将认识和存在都建立在人类实践活动基础之上。度以其实践性格在感情操作层构建思维规则。度以其成功经验在理性思维层生产辩证智慧。"在谈到实用理性时，他认为这种理性"主要不在如何叙说、解释客观事物或世界，而更在如何处理、调节人群社会、生活活动及个体身心，以维持和连续生活、生命和生存"。"重在主动地引导人们的实际生活和生存"。[①] 李泽厚一般不用中国传统观念的"中道"概念，而创造性地用更加理论化的"实用理性"、"度"来阐述，其实质是一种生活的心得，其目标在有实利、有实用于"生活"，在于促进一种"天行健，君子以自强不息"的实践奋力精神，应该说，他超越了对生活的简单化、偏执的理解，而发挥了中国思想，使生活概念走出了古典时期的被忽略的自身境况，在一定程度上也走出了过去百年来"生活"被简化理解的命运，走进了理论自觉的现代生活哲学、生活论美学，并有了范畴化的理论体系的表述。

为生活立心，除了哲学智慧层面外，进一步，还要从立心处立美。立心"立"到生活的美学层面，也就是从生活的立美处回返去立心了。在生活的立美处着眼立心，我以为大约可讲以下这样几层。

首先，要立"美活"之心。"生活"的要义在于一个"活"字，正如"生命"的要义在于"命"，"生存"的要义在于"存"。生命和生存当然也以"活"为前提，生命富于活力，生存必需活动，内里都是把"活"看得很重的。但生活概念尤其强调"活"。"生活"的观念里，不仅把"活"作为最基本的层面，突出了人的身体生命性和生存性的义涵，而且能够整体性地呈现"活"的丰富性，在人的基本生存之外表达更为深广的生活内容，乃至将"活"本身作为一种价值，包容充满矛盾的互相悖反、蓬勃不已的丰富绚丽的整体圆融境界，体现人生的"活泼泼"的存在意义。这乃是一种美学意义的"活"，可谓"美活"。诚如车尔尼雪夫斯基说过的那样："任何事物，我们在那里面看得见依照我们的理解应当如此的生活，那就是美的；任何东西，凡是显示出生活或使我们想起生活的，那就是美的。"[②] 此时的生活，我们身处其中，成为我们感同身受的与"心"同在的同一物，是心在生活，也是生活的心。这个生活心，乃是"美活"之心，具有美的境界的生活心。而这样的"美活"的生活心，应是一颗有情心、缘情心，《郭店楚简》说"性自命出，

---

① 参见李泽厚《实用理性与乐感文化》，三联书店，2008，第 27 页、第 29 页。

② 引自《西方美学家论美和美感》，北京大学哲学系美学教研室编，商务印书馆，1980，第 242 页。

情生于性。”朱熹《朱子语类》卷五说：“心统性情。”“性是未动，情是已动，心包已动未动”。所谓情是“已动”，就是感而生情。因何而感？“感时花溅泪，恨别鸟惊心”。因此这样的“美活”的生活心，又是一颗敏感心，既是体己之心，又是体物之心。张载《正蒙·大心》说：“大其心，则能体天下之物，物有未体，则心为有外。”我们的心时刻都在感应着万事万物，而物有未体，你的心便在生活之外；当你将生活整体地纳入体验感应的范畴，你便拥有了一颗“生活心”。缘情与体物，是生活之心的两种主要获取途径，合为一“美活”境界。

其次，要立时空之心。所谓时空之心，也就是要有历史心和现实心，或者叫史心与世心。在生活的意义来理解历史，任何历史在其整体性上都是一绵延不已的生命、生存和生活的历史，因此我们的“缘情”和“体物”，也不能不是缘于历史之情，体悟历史之物的。用生活之心来重整历史，历史就是人类生命共同体的生活史，在漫长的历史中，我们的生活心得以继往开来，成为一种生活性质的大包容的史心。没有整体性的生活史心，就没有叙事。而生活又总是现世的，生活也是现实的，生活之心立于、跳动于现世现实，具有世俗性和实用性，活着、实践着的生活心的现实维度，包含着所有的庸常和奇迹、无奈与梦想，生活心是感时忧世、感物怀人、饮食男女、浮沉有时的现实感生成的现实心。

最后，要立忧乐之心。生于忧患，活于安乐，先忧而后乐，不断解忧而趋乐。忧心与乐心连通生活，造成了中国生活的忧乐文化。忧乐是生活的忧患和安乐，大到家国情怀，小到个人日常和生死，同样显示了生活性的整体视野，同样是缘情与体物的生活性的体验和言志，由抒发忧患悲怨之情，言写生活安乐之志而力图达到“美活”的至高境界。然而“忧乐以理”，“释忧以即乐也，无凝滞之情”，中国古代思想智慧，主张忧患和乐感的前提是“情”，也是“理”，这个“理”就是人的理性，是由“情”熔铸的理性，一种李泽厚所称道的中国实用理性或实践理性。正是基于这个前提，中国文艺美学的生活论阐释，其忧乐之心的基础，是在历史心和现实心的情理把握之上，建立理性的知性心和批判心。我们讲“美活”之心，其实就是敬畏生活之心，敬畏体现于忧乐，孔子讲：“君子有三畏，畏天命，畏天人，畏圣人之言。”儒家是讲敬畏的，敬畏是一种基本的生活情感性态度，也是一种理智性的自律和自我约束，是一种面对博大生活对象的谦卑与尊重。我们讲生活的整体性和多样性及丰富性，讲“以”的方式等这样一些中国人对待生活的介词表述方式，其实都表达了一种对生活的敬畏态度。从敬畏天、敬畏圣人到敬畏生活，这是现代中国人“心”的进展。但被敬畏并不等于说不要启蒙理性和批判，而且恰恰相反，我们基于忧乐，还要加强和申张启蒙理性的批判维度，要促进一种在生活混沌性的整体中的趋于健康的积极的生活，主张向上的生活理想，但我们也应清醒，这种批判的实质，也是一种生活批判，是一种从“心”出发的批判，是在“生活”中的批判，批判的自身也是“生活性”的，甚至是有局限的，脱离不了历史和现实语境，脱离不了具体时空中的感性和理性的处境，脱离不了主观理想和实践行为的要求。我们只能争取知性心和批判心的有益、强化与不断完善，从而尽力实现庞朴所倡言的“忧乐圆融”的生活境界。

四　回家的路

从立心、立美，其实我们就已经踏上了一条中国文艺学美学的“回家”之路。新世纪中国文艺学美学的“生活论转向”就是这样一条回家的路，回到生活，回到中国生活。

我们可以从中国生活传统的诗学美学理解中找寻回家的路。中国文艺学美学观念，在经历了近百年来的西化学术洗礼之后，在新世纪，我们发现中国人、中国生活中（而不限于那些被西化术语笼罩的文艺学美学的学院话语中），文学艺术观念的基本面仍然很少改变，甚至没有改变。站在今天的语境中，虽然我们知道中国传统中“生活”一词的使用范围很有限，也并不曾用“生活”来表述中国诗学和美学的信念，但深入细致地体悟，我们仍然要认为，两千多年来，从《诗经》的“赋、比、兴”传统开始至今，中国文学艺术一直是以生活论为基本特色的，起码是主要特色之一。王一川教授在考察了近百年来的中国文艺学美学的“典型论”、“意境论”的现代兴起之后，面对这些过于西化或精英化的观念已很难适应新世纪的文艺学美学的时代表述，他转而力倡“感兴论”，应该说是富有勇气和眼识的。① 应该说，从诗言志到诗缘情，感兴论的“兴者，有感之辞也”（《文章流别论》）、“睹物兴情，情以物兴”（《文心雕龙》），可堪中国诗学的第一原理。而细思量，我们发觉，所谓“感兴”其实并不神秘，这个诗学原理可能是被历代文人诗说精英化、神秘化了，而真正的“感兴”无非就是在生活中的“感兴”，“感兴”在人心

---

① 参见王一川《中国现代文论中的若隐传统——以“感兴”论为个案》，《文艺争鸣》2010年第3期。

之感于物而兴，就是我们在日常生活中所见所观事物而心有所感、情有所动，发而为诗为文为言为声。基于这一原理，中国古代诗歌的观念也是从来都可看做具有生活化的平凡意义之物，识文断字者，乡绅读书人仕官之人皆可为之，如此才成就了泱泱中华的诗国之盛。如果说感兴论是中国诗学的第一原理，那么其背后的生活论底色就是其第一块奠基石。除了感兴论，其他如“文以载道”观念应该体现中国人道德生活的社会化审美诉求，不过是感时忧国的生活情怀与忧患美刺的介入生活意愿的诗性表达，因此也具有生活性的普遍意义。而被今日文论界论述得非常玄妙和学院化的“文学性”理论，不过就是古已有之，现今也仍然“活”在社会生活中的中国固有的“文采”概念的“现代”变体，并不神秘和玄妙。《文心雕龙》曾使用文采等概念 100 多次，“文采”是中国人日常生活中普通人所理解的“文学性”概念，至今仍活在我们的生活语言中。同理，山水写意和意象玩味也是构建中国古代文人的“游于艺”的生活化的游戏境界，同样不难被视作生活性的审美观念与审美生活行为。感兴论、文采论、载道论、体物论和咏物论、意象论、游戏论，这些中国传统文艺观念，至今仍然在西风严重的学术话语之外而潜隐地作为中国人理解文艺理解审美的生活化观念而存在着、富有生命力地“活着”。我们只要展开生活世界，面向广阔社会和各阶层人民语言去探寻他们对艺术和审美的理解，生活论述就一定不可避免。

我们还可以从新世纪中国的生活现实中找寻回家的路。30 多年来，中国现代化的巨大进展使中国生活发生了“新现代性”转型，而这个转型的要义则在于生活现代性的兴起，物质生活、物质性成为解读社会现象、精神现象的基础，它使现代生活中的审美感兴得到了解放。新的物质方式、媒体网络写作构成了一种不断增量的审美化生活，“感兴”的生活局面前所未有，“感兴”从“神韵”走向“日常”，当代感兴在生活中、在网络上普遍地存在和兴发，是生活物质化的结果，当代物质生活构成了当代感兴的基础，它将文艺的审美感兴从精英手中解放出来，成为普遍的大众化的生活审美趋势。同样，当代生活中“文采”的大众化勃发，“旧时王谢堂前燕，飞入寻常百姓家”，对文艺和审美的生活认知成为社会进步的一个引人关注的现象，“80 后”的丛书腰封广告语所称的“80 以后，遍地才华”，可能透露了这一文采新局面的一些信息。一个大文学时代、大艺术时代、大写作时代的到来也许并不可怕，我们的高端的审美和艺术理应在这个基础上给予更好的解释，无论这个高端的审美和艺术在这个大众化、生活化的潮流之上，是得以锦上添花，或者是黯然失色，都不能不让人看到正是生活论的观念正引领我们走上回家的路，回到现实的中国生活。除此，我们更可以在百年来的西方文论和西方美学的学习借鉴中找寻回家的路，比如我们是否可以从杜威的“一个经验”而回溯中国传统，说出“一个感兴”这样的中国生活言说，感兴的情物互动双启作为一个完整的审美经验过程，乃是我们可以望见的中西生活智慧的共通互启的前景。

[原载《文艺争鸣》2010 年 11 月号（上半月）]

论文观点摘要

1. 走向自觉反思的文学理论

陶东风《文艺争鸣》2010 年 1 月号（上半月）

最近兴起了文艺学的学科反思热潮，这种反思和自觉，既有来自文学知识生产内部的推动力，也有来自社会文化环境的冲击力；既包括对中国现代和当代文论历史的反思，也有对西方文论特别是西方文论与中国文论之关系的反思。在文艺学的学科反思中，不同的人发表了不同的见解，既有焦虑悲观的，也有乐观自信的。在这个问题上，本文的观点是某种话语表述系统中的文学理论死了，而另一种话语表述系统中的文学理论方生。从这个角度看，应该说什么样的文学理论面临危机，哪种文学理论正在生机勃勃地出现。文艺学一方面面临危机，另一方面则面临机遇和转型。在讨论文学理论的死与生的问题的时候，应该首先廓清“文学理论”的概念，认识到文学理论是文学学科的元理论，而反思性的文学理论言说方式充分表明文学研究的自觉性。文学的本质是建构的，因此，就无法在知识论层面上找到公认的标准来判定这种建构的真伪，所以，调整研究范式和提问方式，以一种建构主义的思路和对话的方式，来面对文学理论的历史演变与未来的发展。

2. 析“文艺理论的危机”

王元骧《社会科学战线》2010 年第 8 期

由于受实证主义和实用主义的影响，中国学界有些学者把文艺理论视为一种工具，以说明和解释现状为文艺理论的任务；却忽视了文艺理论具有反思、批判的品格，其任务应在于：通过探究学科真理，特别是正确的文艺观念，为正确看待文艺问题确立一种立场、视野和思维方式，以此使学界在面对消费社会语境中复杂的文艺现象时不至于迷失方向。鉴于当今学界流传着这样的观点：随着消费社会的到来，文艺也随之被纳入消费的领域，而不再有精神上的承担，因而传统意义上的文艺理论正日益丧失其对文艺的阐释能力而面临严重的“危机”；以至于有人提出了要“告别理论”，向“文化批评”转移，视文化批评为“文艺理论发展的当代形态”。由此，基于目前中国文艺创作和批评中价值观念的混乱，特别需要加强文艺理论的研究，所谓文艺理论的危机，乃是一个伪命题。

3. 现代派文学中的“群众”想象

徐贲《文艺研究》2010 年第 3 期

在欧洲现代派文学中，许多的群众想象都是建立在文化精英和文化庸众的区别之上的。从现代派文学的发展来看，精英作家的一个共同特征就是对“群众”的鄙视、怀疑，甚至恐惧。许多所谓的现代派艺术和审美特征其实并非是纯文艺性质的，而是包含着一些有意识的社会等级区分需要和动机。而且学院式教育（制度）生产的也正是一种与精英偏见相一致的“惯习”。在当今中国文化界持续进行“雅俗”之争的时候，回顾 19、20 世纪交替时早期现代派作家对“群众”的偏见，可以反观当代中国知识界面对大众文化的各种立场，从中可以发现，真正对大众文化有理解和同情的文化立场，应该具有明确而公开的社会和政治理念，应该真正关心那些与政治民主和社会公正相一致的文化民主和大众参与。

4. 朱光潜美学是主客统一论吗?

黄应全《文艺研究》2010 年第 11 期

朱光潜美学是主客统一论，是中国美学界的一个基本共识。美学界之所以毫不怀疑朱光潜美学是主客统一论，最根本的原因是朱光潜先生自己反复强调自己主张的是主客统一论的美学。本文作者通过相关的分析和论证认为这一看法是成问题的。朱光潜主客统一论的关键在于：主客统一首先不是指“美”而是指“形象”，美只是“形象”所具有的一种特质。可以说，朱光潜后期所谓“主客统一”首先并非美是主客双方的统一，而是说美的“形象”是主客双方的统一。朱光潜的“形象”指心灵以主观因素和客观因素为材料创造出来的不同于现实事物的全新事物。由于他所说的主观因素和客观因素都是指材料，因此形象的真正来源只有一个，即心灵，并且形象实际上只能存在于心灵之中。于是，无论从美的对象还是美自身来说，朱光潜学说都是主观论而非主客统一论。

5. 中国、人民、革命

——20 世纪思想文化的三种现代性焦虑

冯黎明《华文文学》2010 年第 2 期

20 世纪是中国追寻并实施现代性的世纪。现代性本来是西方理性主义文化“全球化”的运动。在这场运动中西方的“地方性”文明获得了“文化领导权”，其民族国家意志在由他们建构的国际秩序中成为“世界意志”。对于曾经在历史上占据过文化领导权的民族来说，全盘接受西方现代性文明会伴随巨大的痛苦和焦虑，因为泱泱大国的那种深重的历史记忆会一直萦绕在国民的心头；同时这样的民族也会表现出过于强烈的现代性焦虑。在中国的现代性历史中我们看到了三种现代性的焦虑：在传统的天下观与现代民族国家观之间、在人的先验类属性与公民的社会规定性之间、在摧毁总体性历史范式与建构总体范式之间，呈现出悖论性的两难选择。本文通过辨析中国、人民、革命这三个词汇的指涉意义，从中可以清晰地看到这三种现代性焦虑及其在文化实践中的表征。

6. 文化阶层是如何被想象的？

杜骏飞《电影艺术》2010 年第 4 期

在大众文化的环境中，“文化名人”无论是以平民代言人出现，还是以精英教化者的姿态登场，他们都可以是文化的创造者与主导者；并且，通过大众传媒，他们实现着对文化的控制和对社会秩序的维持。因此，“文化名人”的文化传播现象式的研究，对于理解知识分子的社会化作用，具有强烈的启示性意义。本文试图通过对“文化名人”公众想象的比较分析，梳理当下社会大众对于文化阶层的记忆与认同的不同传播机理。文化作为传播的记忆和认同给知识分子带来了双重的挑战：通俗文化力量挟媒体之威向固守象牙塔的知识分子炫耀他们在市场上的成功；草根文化力量向代表着权威的知识分子宣告他们对传统的反叛。面对这一双重的挑战，知识分子不可能不发出回应，而回应的唯一有效路径，或许正是其一贯的文化品质和批判精神。

7. 茶馆、劝业会和公园

——中国近代生活美学之一

王确《文艺争鸣》2010 年 7 月号（上半月）

鸦片战争后的一百年，中国人的审美形式和途径发生了量的扩张和质的重构。就量而言，表现为中西娱乐形式的汇流，人们的娱乐样式大幅度增量。就质而言，表现为传统审美活动的现代性重构和外来审美样式的本土化改造。中国社会及其文化经历了交叉而相继的两条线索的转型：一是通常的西方现代性在本土的逐步展开；二是被本土文化特殊认同的马克思主义现代性及其最终实现。现代性仍然是中国近现代史的基本主题。近代国人的生活方式、娱乐活动和审美观念都在受到现代性的冲击和重构。中国近代美学的生活主题，既丰富地呈现在当时的茶馆、劝业会和公园等开放而又有约束的娱乐时空和人们的日常生活里，也汇集在中国美学思想文本的字里行间，还蕴涵在启蒙文化所倡导的崇高美学的归宿点——底层和大众生活之中。

8. 论白居易的诗、酒与琴及其美学意蕴

李昌舒《文艺理论研究》2010 年第 4 期

白居易在被贬江州之后奉行独善其身的人生方式，即疏远现实政治。他的“独善”主要是追求个人生活的舒适，实现“适”的途径很多，而诗、酒与琴是其中的三个重要途径。综观白居易后期的人生旅程，通过写诗、饮酒、弹琴，他实现了日常生活的审美化。这“三友”已经不是一般意义上的欣赏对象，而是日常生活不可或缺的主要内容：就其主要倾向而言，写诗不是为了要批判现实，也不是为了倾吐心声，而是纯粹的愉悦自己；与诗一样，在白居易“独善”生活中，酒最重要的功能也是在于“销愁若沃雪，破闷如剖瓜”，现实中太多拘束、太多焦虑，所以诗人要借酒来超越束缚，借琴以消解焦虑。对白居易而言，写诗、饮酒与弹琴已经不是外在的点缀品，而是一种内在的生活方式。这一点对于中国美学在中唐之后的发展具有深远影响。

9. 论中国式当代文学性观念

吴炫《文学评论》2010 年第 1 期

中国文艺理论创新是应对西方本质和反本质主义文论的重要课题之一，是建立中国自己的当代文学性观念。中国当代文艺理论以西方的“文学是什么”作为文艺理论的认识论提问方式，以“文学区别非文学”的“特性”作为文艺理论建构的方向，并且希望通过对“文学本质”的追问来突破文学工具化的格局。但迄今没有任何一种文学观，是能够把“文学”与“非文学”清晰地区别开来的。反思这个问题不是因为以伊格尔顿为代表的“反本质主义”思潮在中国成为近年的思想时尚，而是因为雅各布森的“文学之所以为文学”的“文学性”的思维方式和伊格尔顿的“没有确定的文学性”的思维方式，均不是在中国文学的“文学性程度”上展开思考的。中国式的当代文学艺术理论必须设置从一般的、生动的、个性化的“意象”、“意境”、“意绪”到“独象”、“独境”、“独绪”的“程度”，并以后者作为文学和艺术批评褒奖的最高准绳。

10. 全球化语境中文艺学建构的西论中化

高楠《文艺理论研究》2010 年第 1 期

新时期 30 年来的文艺学建构，与其他学科的理论建构一样，在全球化进程的背景下发生。受这一语境的影响，其特征不可避免地体现为西论中化。全球化语境和与之相关的文艺学的西论中化，不仅是中国文艺学学科建构无法逃脱的时代背景，更是文艺学理论建构的过程本身以及文艺学的理论形态本身。全球化语境中的文艺学的西论中化富于理论性的意义，主要表现在：（1）全球化对文艺学的作用表现为双重影响，即全球化不仅提供了全球性理论建构的视野及理论资源，同时也形成了对主体性的压抑；（2）在全球化中，传统成为民族的自我身份根据；（3）问题式研究是 30 年来文艺学主体性建构的身份标志；（4）文艺学理论建构在全球化中体现出边缘化倾向；（5）文艺学理论的建构，在全球化语境的西论中化中形成了复合性话语表述。

11. 抵抗的力量决非来自话语层面

——对霍尔编码/解码模式的一个批评

金惠敏《文艺理论研究》2010 年第 2 期

在对待大众媒介或大众文化的态度上，能够与法兰克福学派文化工业论相抗礼的，是英国文化研究的积极受众论。霍尔的论文《电视话语中的编码与解码》是积极受众论的纲领性文件，它揭示了电视文本的多义性本质，同时将解码的方式界定为受控性的、协商性的和对立性的三种，由此电视传播作为意识形态的一种控制形式，就被置于一种复杂性和动态的不确定性之中。众所周知，霍尔为英国文化研究开创了一个积极受众论的时代；但很少有人知道的是，霍尔不仅是未能验证其编码/ 解码模式，而且在理论构设上并未完成它。这是因为霍尔始终行走在话语的层面，而从未深入到受众的日常生活中；但是受众的日常生活才构成对于电视文本最终有效的不同解读或抵抗。本文将重点放在对霍尔的理论缺失和历史局限的精细解剖上，指出应当将抵抗的源泉一直追溯到受众的日常生活中。

12. 新中国文学理论六十年（上、下）

钱中文、吴子林《社会科学战线》2010 年第 3、4 期

新中国 60 年的文艺理论可分为既有联系又各不相同的两个时期。前 30 年的文学理论可分为 17 年和“文革十年”以及以后的几年两个阶段。以阶级斗争为纲的政治思想路线，以及文艺方针上极“左”思想的贯彻，使文艺理论问题变成政治问题遭到批判。政策调整时期出现了短暂的文学理论问题讨论的进展，而此后立即被更“左”的政策所替代，甚至把文学理论当成反党、反社会主义的文艺黑线，进入长达十几年的“文革”大批判时期。后 30 年文艺理论可分为三个阶段。第一阶段从 1979 年到 1980 年代末，是解放思想深入反思，文学观念发生了重大变化的时期，随着国家工作重心的调整，文艺生产力基本获得解放。第二阶段从 1990 年到 20 世纪末，文学理论获得了前所未有的深入综合发展，特别是马克思主义文艺学的建构取得重大成绩。第三阶段从新世纪至今，所取得的成就主要表现在文学理论形态的多样化和对文学理论中国特色的追求，中国文学理论逐步走向世界。

13. “文以载道”观的批判与新文学观念的确立

王本朝《文学评论》2010 年第 1 期

新文学为确立新的文学观念、摆脱文学的封建束缚，对影响深远的“文以载道”观念进行了反思与批判。与此同时，新文学也批判“文以自娱”的游戏消遣论，对文学社会性的诉求以及新文学自身的价值确定并没有完全从“文以载道”的思想中解放出来，而是延续和复活了“文以载道”的传统，新文学内部对此进行了质疑和再批判。“文以载道”观念在批判与再批判中被重新建构，获得了一段在现代社会的知识演化和重新建构的历史。新文学追求审美的独立又终被社会价值所规范，批判传统观念却使传统观念得以传承和发扬，传统观念和新价值的相反相承，确立了新文学观念的矛盾与丰富。

14.《周易》的诗体结构形式与诗性智慧

傅道彬《文学评论》2010 年第 2 期

《周易》奠定了中国古典文学理论的精神基石，体现出中国文化诗与思同源的诗性哲学特点。其诗性智慧不仅体现在表现方法上，而且其结构本身就是诗体的，貌似散体的《周易》爻辞背后潜藏着诗体的结构特色。本文通过对《乾》、《坤》、《屯》三卦本意的考证，论述了天空之诗与《周易》的诗性智慧，大地之诗与《周易》爻辞的诗体结构形式及春天之诗与《周易》象征体系的建立。《周易》反映出中国古代文化的诗性文化特征，在强调《周易》的哲学性的同时，不能忽略其诗体结构、诗性表现所构成的诗性品格。

15. 回顾与反思：渴望重生的启蒙

许明、方卫《文学评论》2010 年第 2 期

20 世纪 80 年代发生的启蒙作为中国思想史上一个重要阶段已经被飞快到来的物质时代及消费文化所覆盖，随着知识分子身上启蒙激情的消退，务实需求的出现，使得人们不再关注启蒙，80 年代的这场思潮被封存于博物馆式的记忆之中。80 年代启蒙的虚弱与缺血体现了中国在接受现代性过程中命定的悖论，证明了在东方超稳定社会结构生存的现代性的苍白与无根。在距“现代性”依然遥远的今天，对启蒙的重新审视，对于精神虚弱不已的时代的

反思仍是急迫且重要的。这种启蒙不是“五四”与80年代的历史重演，而是一种新的理性的再出发，20世纪的冲击式的“植入的启蒙”应当被重生的启蒙所取代。

16. 文学和图像关系研究中的若干问题

赵宪章《江海学刊》2010年第1期

文学遭遇“图像时代”的问题是当下学界十分关切的问题，特别是在文化研究的语境中已经引起了广泛的关注。这个问题说到底是文学和图像的关系问题。文学虽然是语言的艺术，但是语言并非文学的全部，这一观念使文学和图像的关系研究成为可能，语—图关系则是这项研究中的主要对象。语—图关系具有三大历史体态：一体、分体与合体。与之相应，图言说、语图互仿和语图互文分别是这三个形态的特点，其中包含许多非常有价值的学术命题，特别是语象和图像的关系，作为语图之间的统觉共享，当是文学和图像关系研究的平台。只有对这些关系进行深入的学理分析，而不只是停留在情绪的表达和表态，文学遭遇图像时代的困惑才有可能得到解释。

17. 文化研究的三道难题

——以上海大学文化研究系为例

王晓明《上海大学学报》（社会科学版）2010年第1期

在中国大陆，文化研究作为一种成规模的学术和思想运动，开展于1990年代末和2000年代初；到2004年，形成了一股“文化研究热”并持续至今。在学术/学院体制运转的需要和社会现实的刺激之下，2001年开始，以上海大学中国当代文化研究中心为开端的一批文化研究机构相继建立。但是，中国大陆的文化研究始终面临着一些问题：首先，文化研究本身是反体制的，但是中国现有的体制又无法改变。中国大陆文化研究的方法论是“双线”的：它既是“批判性分析”，也是“促进性介入”；既是“破”，也是“立”，二者互为条件，相伴共生。其次，在不排除关注城市文化的同时，文化研究如何将关注的目光转向农村，从而解决文化研究教学与社会改良之间的关系。最后是中国大陆文化研究的本土特质得以保持的关键一点，是直面当代中国人的日常生活经验，并汲取历史的丰富资源。

18. 美学与艺术向日常生活的回归

——兼论杜威与“日常生活审美化”的理论渊源

高建平《文艺争鸣》2010年5月号（上半月）

本文对近来出现的日常生活审美化的争论中所出现的理论预设表述不清、理论意义的误读等问题进行了分析与梳理，并对有关历史和现状作了提要性表述。追溯“美学”概念的起源与现代艺术概念的形成，艺术与日常生活的关系以及日常生活审美化的渊源。从理论发展、社会历史、当下国情三方面指出在重建美学与日常生活关系过程中中国与西方的差异。日常生活审美化并不意味着艺术的终结，新的社会条件应该给艺术带来新的生存环境，也使艺术具有新的可能性。艺术会走出象牙之塔，走出孤岛与鸽笼，走向大众。只有在此意义上，日常生活审美化才成为历史的必然。

19. 儒道生活美学

——中国古典美学的原色与底色

刘悦笛《文艺争鸣》2010年7月号（上半月）

中国古典美学从根本上就具有“生活化”的取向。一方面，所谓“原”是指“生活美学”构成了中国古典美学的“根本生成范式”。儒，道，释三种美学共同构成了中国美学的“三原色”。另一方面，中国美学自孔子和老子开始，中国古典美学就走上了生活美学的道路，所以谓之“底”。本文“从崇礼之美”、“情深而文明”两方面阐释了儒家美学的生活化，并通过对“道”的本土误读的纠正，强调儒道两家美学既“同体互补”又“同体相生”。在这种视野当中的儒道美学，超越了旧有的“依于‘仁’与志于‘道’”的老路，这恰恰是回归“生活美学”的必然结果。

20. 英国文化研究中的亚文化研究谱系

李政亮《文艺研究》2010年第7期

英国的亚文化研究的兴起与战后英国经济重新发展，消费社会的形成密切相关。面对这样的社会现实，英国文化研究在结构主义，西方马克思主义乃至符号学攫取理论资源，并将意识形态和阶级带入了文化研究领域，《仪式抵抗：战后英国青年亚文化》与《亚文化：风格的意义》两部亚文化研究经典作品就是对这种研究取向的典型展现。本文一方面梳理了英国文化研究中的理论范式的变化；另一方面讨论了这些文化对于亚文化研究的影响及亚文化研究的内涵。英国文化研究在将亚文化作为一个重要的文化现象的同时，更将之放置在宏观与微观的社会脉络之中，社会功能论和个案研究并存，为当今中国亚文化研究提供了参考与多元的视角。

主要论文索引

1. 陶东风：《作为媒介化公共事件的文学》，《文艺争鸣》2010年1月号（上半月）。
2. 马季：《网络文学：与传统逐渐融合，生产消费机制成型——2009年中国网络文学概述》，《文艺争鸣》2010年1月号（上半月）。
3. 洪治纲：《文学：记忆的邀约与重构》，《文艺争鸣》2010年1月号（上半月）。
4. 陈向春、赵强：《重建中国诗学：朱湘价值的再发现》，《文艺争鸣》2010年1月号（上半月）。
5. 徐翔、邝明艳：《接受与效果研究中的“潜文本”——文学理论与传播研究的交叉视角》，《文艺理论研究》2010年第1期。
6. 季进、余夏云：《写在主流之外——论周蕾理论批评的边缘论述》，《文艺理论研究》2010年第2期。
7. 何辉斌：《新中国文艺研究中的西方主义》，《文艺理论研究》2010年第3期。
8. 周宪：《重心迁移：从作者到读者——20世纪文学理论范式的转型》，《文艺研究》2010年第1期。
9. 杨建刚：《文本与意识形态——马克思主义与形式主义对话中的一个关键问题》，《文艺研究》2010年第1期。
10. 赵毅衡：《诚信与谎言之外：符号表意的“接受原则”》，《文艺研究》2010年第1期。
11. 傅修海：《文艺“欧化”：一个世纪性的心结》，《文艺评论》2010年第2期。
12. 余杰：《论当代文学批评的原创性焦虑》，《文艺评论》2010年第2期。
13. 李玉平：《文学选集与文学经典的生成》，《文艺评论》2010年第3期。
14. 张大为：《未完成的历史主体性表述——当下中国“文艺心理学”的“元理论”反思》，《文艺评论》2010年第3期。
15. 张永清：《改革开放30年作家身份的社会学透视》，《文学评论》2010年第1期。
16. 谢纳：《现代空间重构与文化空间想象》，《文学评论》2010年第1期。
17. 林树明：《论特里·伊格尔顿的“性别视角”》，《文学评论》2010年第2期。
18. 董希文：《解构主义、“西方马克思主义”文学文本观之异同》，《文学评论》2010

年第 3 期。

19. 王宁：《“后理论时代”中国文论的国际化走向和理论建构》，《北京大学学报》（哲学社会科学版）2010 年第 2 期。
20. 方汉文：《中国古代文论中的“德言”说》，《广东社会科学》2010 年第 3 期。
21. 王文生：《“诗言志”文学思想纲领产生的时代考》，《文艺理论研究》2010 年第 2 期。
22. 时胜勋：《思想视域下的中国文艺美学》，《文艺评论》2010 年第 4 期。
23. 连秀丽：《西方形式主义与〈文心雕龙〉的形式美学观》，《文艺评论》2010 年第 4 期。
24. 闫月珍：《郭绍虞与西方文学思潮——〈中国文学批评史〉研究范例论析》，《文学评论》2010 年第 1 期。
25. 朱首献：《科学主义与草创期中国文学史观建构》，《文学评论》2010 年第 3 期。
26. 易闻晓：《自然与工力：中国诗学的体用之思》，《文学评论》2010 年第 3 期。
27. 王一川：《论公众的艺术辨识力——艺术公赏力系列研究》，《文艺争鸣》2010 年 3 月号（上半月）。
28. 张晶：《审美感情·自然感情·道德感情》，《文艺理论研究》2010 年第 3 期。
29. 陈伯海：《艺术与审美——论审美传达》，《文艺理论研究》2010 年第 2 期。
30. 颜翔林：《论审美空间》，《文艺理论研究》2010 年第 2 期。
31. 陈世雄：《男芭蕾、男旦、“女形”的性别与美学问题》，《文艺研究》2010 年第 2 期。
32. 黎萌：《审美感情与认知主义立场——当代分析美学中的情感问题》，《文艺研究》2010 年第 4 期。
33. 袁鼎生：《生态批评的规范》，《文学评论》2010 年第 2 期。
34. 曾繁仁：《生态美学视域中的迟子建小说》，《文学评论》2010 年第 2 期。
35. 周均平：《审美乌托邦研究刍论》，《文学评论》2010 年第 3 期。
36. 杨位俭：《“十七年”乡村叙事的“神话”症候——以〈三里湾〉、〈创业史（第一部）〉、〈艳阳天〉为线索的考察》，《文艺争鸣》2010 年 5 月号（上半月）。
37. 贺桂梅：《打开六十年的“原点”：重返八十年代文学》，《文艺研究》2010 年第 2 期。
38. 黄轶：《论世纪之交乡土小说的“城市化”批判》，《文艺研究》2010 年第 4 期。
39. 谢冕：《说不清的“现实”》，《文艺争鸣》2010 年 3 月号（上半月）。
40. 赵勇：《“好看”的秘密——〈明朝那些事儿〉的文本分析》，《文艺争鸣》2010 年 3 月号（上半月）。
41. 陶东风：《“七十年代”的碎片化、审美化与去政治化——评北岛、李陀主编的〈七十年代〉》，《文艺研究》2010 年第 4 期。

42. 董丽敏：《身体、历史与想象的政治——作为文学事件的“50年代妓女改造”》，《文学评论》2010年第1期。
43. 许子东：《当代文学中的“遗产”和“债务”》，《华东师范大学学报》（哲学社会科学版）2010年第2期。
44. 路文彬：《自由的禁忌与失范——关于中国当代小说60年的回眸与沉思》，《文艺评论》2010年第3期。
45. 张鸿声：《“十七年”与“文革”时期文学中上海的城市空间叙述》，《文学评论》2010年第2期。
46. 许江：《本土的拆迁与重建——“全球—本土”机制中的主体文化更新》，《文艺研究》2010年第2期。
47. 朱大可：《文化价值及其民族样态》，《文艺争鸣》2010年1月号（上半月）。
48. 陶东风：《祛魅时代的文化图景》，《文学与文化》2010年第1期。
49. 金花子：《大众文化语境与韩剧传播的叙事学分析》，《文艺研究》2010年第3期。
50. 彭锋：《日常生活的审美变容》，《文艺争鸣》2010年5月号（上半月）。
51. 胡良贵：《社会责任·理论思维·文学使命》，《理论与创作》2010年第2期。
52. 王贵禄：《为谁写作：论西部作家的底层意识》，《理论与创作》2010年第3期。
53. 吴炫：《什么是真正的理论?》，《文艺理论研究》2010年第4期。
54. 陆扬：《文化是一种生活方式》，《文艺争鸣》2010年9月号（上半月）。
55. 欧阳友权：《网络文学：从“草根庶出”到主流认可》，《学习与探索》2010年第2期。
56. 徐贲：《扮装政治、弱者抵抗和“敢曝（Camp）美学”》，《文艺理论研究》2010年第5期。
57. 南帆、刘小新、王伟：《二十世纪中国文学理论述评》，《文艺理论研究》2010年第5期。
58. 徐亮：《文论焦虑与文论地平线的移动》，《文艺研究》2010年第9期。
59. 刘康：《寻找新的文化认同：今日中国软实力和传媒文化》，《文艺研究》2010年第7期。
60. 张永清、张鸿声：《从“西马”文论看当代马克思主义文论话语形态的建构》，《文学评论》2010年第5期。
61. 蒋磊：《新世纪中国生态批评与生态美学的发展及其问题域》，《文艺争鸣》2010年11月号（上半月）。
62. 朱立元：《关于全面准确理解马克思主义哲学、美学的若干问题——与董学文等先生商榷之四》，《文艺理论研究》2010年第5期。
63. 王一川：《感兴传统面对生活—文化的物化——当代美学的一个课题》，《文艺争鸣》2010年7月号（上半月）。

64. 张俊：《观照理论：巴尔塔萨的神学审美学》，《文艺理论研究》2010年第4期。
65. 冯毓云：《审美复兴的文化间性立场——舒斯特曼新实用主义美学建构之路径》，《文学评论》2010年第4期。
66. 徐翔：《政治认同的审美性——兼重审文学在“再政治化”中的本体论建构》，《文艺理论研究》2010年第4期。
67. 王宏超：《中国现代辞书中的“美学”——“美学”术语的译介与传播》，《学术月刊》2010年第7期。
68. 耿波：《巴赫金美学中的“聚置”诗学模式》，《中国政法大学学报》2010年第1期。
69. 朱国华：《另一种理论旅行的故事——本雅明机械复制艺术理论的中国生产》，《文艺研究》2010年第11期。
70. 钱翰：《回顾结构主义与中国文论的相遇》，《法国研究》2010年第2期。
71. 顾明栋：《汉学主义：中国知识生产中的认识论意识形态》，《文学评论》2010年第4期。
72. 龙迪勇：《试论作为空间叙事的主题——并置叙事》，《江西社会科学》2010年第7期。
73. 郭冰茹：《女性解放话语建构中的悖论——关于现代女性写作的一种考察》，《文艺理论研究》2010年第5期。
74. 陆兴华：《如何在景观社会原创出政治与艺术——从德波尔·阿甘本的景观批判出发》，《文艺研究》2010年第11期。
75. 李笑男：《从现代到当代——西方现代艺术的“艺术客体”观念转化》，《文艺研究》2010年第7期。
76. 徐兰君：《“哀伤”的意义：五十年代的梁祝热及越剧的流行》，《文学评论》2010年第6期。
77. 曹建国：《谶纬叙事论略》，《文艺研究》2010年第11期。
78. 《对待立意与中国文论话语形态的建构》，《文学评论》2010年第6期。
79. 汪涌豪：《“声色”范畴的意义内涵与逻辑定位》，《北京大学学报》（哲学社会科学版）2010年第3期。
80. 李洲良：《诗之兴：从政教之兴到诗学之兴的美学嬗变》，《文学评论》2010年第6期。
81. 夏中义：《释陶渊明：从陈寅恪到朱光潜——兼及朱光潜在民国时期的人格角色变奏》，《文艺理论研究》2010年第5期。
82. 朱玲：《叙述长度和语义——中国古代短篇小说的一个修辞诗学问题》，《文艺争鸣》2010年9月号（上半月）。
83. 柳春蕊：《熔铸唐宋：姚鼐诗学理论及其实践》，《文艺理论研究》2010年第5期。

84. 刘石：《中国古代诗画优劣论》，《文学评论》2010年第5期。
85. 钟仕伦：《论〈乐记〉的“和乐”美学思想》，《文学评论》2010年第6期。
86. 张宝贵：《对文学语言表现功能的探索——〈文心雕龙·隐秀〉主旨浅议》，《文艺理论研究》2010年第4期。
87. 寇鹏程：《意境研究存在的问题与意境的真正内涵》，《文艺理论研究》2010年第4期。
88. 饶龙隼：《中国文学制度论》，《文学评论》2010年第4期。
89. 陆贵山：《本质主义解析与文学理论建构》，《文艺评论》2010年第5期。
90. 李雷：《消费文化语境下的身体美学》，《文艺争鸣》2010年9月号（上半月）。
91. 杨玲：《当代文学的产业化趋势与文学研究的未来》，《文艺争鸣》2010年9月号（上半月）。
92. 赵勇：《BBS、博客、粉丝与书商》，《文艺争鸣》2010年7月号（上半月）。
93. 曾军：《上海世博的中国元素与中国国家形象的建构》，《学术界》2010年第7期。
94. 徐世甫：《网络文化：技术与文化的后现代联姻》，《上海大学学报》（社会科学版）2010年第4期。
95. 王岳川：《后东方主义与中国文化身份》，《理论与创作》2010年第3期。
96. 邱江宇：《消费文化与文学文体研究》，《文学评论》2010年第4期。
97. 欧阳友权、吴英文：《微博客：网络传播的“软文学”》，《文艺理论研究》2010年第4期。
98. 俞吾金：《启蒙的缺失与重建——对当代中国文化发展的思考》，《上海师范大学学报》2010年第4期。
99. 陶东风：《革命的祛魅：后革命时期的革命书写》，《文艺研究》2010年第9期。
100. 程相占：《身体美学与日常生活中的审美活动》，《文艺争鸣》2010年5月号（上半月）。

文 学 史 论 文

（古代、近代）

编　选　咨　询　专　家

左东岭：首都师范大学文学院教授

栾梅健：复旦大学中文系教授

诗的源起及其早期发展变化

——兼论中国古代巫术与宗教有关问题

·江林昌·

研究诗的起源是我们了解远古信仰及艺术起源的重要途径。到目前为止，学术界就诗的起源已提出了种种说法，例如，“心灵表现说”、“游戏冲动说”、“模仿自然说”、“巫术交感说”、“劳动需要说”，等等。[①] 过去，由于受时代的局限，我国学界往往采用“劳动需要说”。如游国恩先生等主编的全国高校通用教材《中国文学史》说：“原始人在劳动中发出的有节奏的呼声……实际上就是诗歌的起源。”[②] 其实，诗歌起源于劳动说是一个很宽泛的概念，它不能解释诗产生的直接动因。中国古诗起源之后，又经历了一段漫长的早期发展阶段。在此阶段，诗因为与宗教、政治的结合而显示了其特殊性。这种特殊性到了春秋战国社会大变革之际，又出现了新变化。诗的早期发展与变化，与文明史、思想史、学术史、文化史等都有深刻的关系，值得我们作综合讨论。

一　原始巫术与诗的起源：巫诗

人类文化发展史上，先有巫术，后有宗教。诗的起源与巫术有关，诗的早期发展则与宗教相联。有关中国巫术的早期情况，古人给我们留下的文字资料太少，但现代考古发现则为我们提供了许多信息。在北京周口店发现的距今两万多年前的山顶洞人的头骨旁，撒有赤铁矿粉末。学者分析，这“可能是一种巫术”，“这种做法的目的在于希望死者复生”。[③] 在距今六

① 朱狄：《艺术的起源》第 3 章《关于艺术起源的各种理论》，中国青年出版社，1999，第 91 ~ 150 页。

② 游国恩：《中国文学史》，人民文学出版社，1982，第 15 页。

③ 朱狄：《信仰时代的文明》，中国青年出版社，1999，第 137 页。

千多年前的西安半坡仰韶文化遗址出土的彩陶上，绘有许多精美的“人面鱼纹”图案。在陕西临潼姜寨村、宝鸡北首岭、汉中西乡何家湾等地的仰韶文化半坡类型遗址出土的彩陶上，也绘有相同的“人面鱼纹”图案。李泽厚认为半坡彩陶的人面鱼纹形象，“明显具有巫术礼仪的图腾性质”。[①] 1982 年，考古工作者在甘肃秦安大地湾仰韶文化第四期，距今约五千年的一处房址里，发现了一幅四个人面对一个长方形框作舞蹈状的地画。长方形框内，有两个头向左的前后相连的青蛙状的人骨架。张光直认为这是“巫师舞蹈作法”，而且蛙形骨骼“在民族学上是代表巫术宇宙观的一种特征性的表现方式”，对“巫师而言，将人体缩减为骨架常是向神圣世界转入的一个步骤”。[②]

相关的考古材料还有很多，但仅就上列可知，中国的巫术至少可以上溯到两万多年前的山顶洞人，而到了距今 5000～7000 年的仰韶时期，已是相当盛行了。巫术时代的初民相信，自然界的一切事物，都是按照一定的秩序演进的，而巫术则是控制这种演进的方式。因此，他们天真地认为，只要能使用巫术仪式，就能控制自然。马林诺夫斯基指出：“巫术根据人的自信力，只要知道方法，便能直接控制自然。”[③] 弗雷泽也认为：巫术的“整个体系的基础是一种隐含的，但却真实而坚定的信仰，它确信自然现象严整有序和前后一致。巫师从不怀疑同样的起因会导致同样的结果，也从不怀疑在完成正常的巫术仪式并伴之以适当的法术之后必将获得预想的效果。”[④]

巫术的目的是为了控制自然及其神灵，因此巫师在施巫作法时，口中念有巫术咒语。据弗雷泽介绍：位于太平洋上的拉拉通加岛上，一个幼儿的牙齿被拔掉后，通常背诵的是如下祷文：

> 大耗子！小耗子！
> 这儿是我的旧牙齿，
> 求你给我一只新牙齿。

---

① 李泽厚：《美的历程》，中国社会科学出版社，1989，第 15 页。

② 张光直：《仰韶文化的巫觋资料》，《中国考古学论文选》，三联书店，1999，第 141 页。

③ 马林诺夫斯基：《巫术科学宗教与神话》，李安宅译，中国民间文艺出版社，1986，第 9～10 页。

④ 弗雷泽：《金枝》，徐育新等译，中国民间文艺出版社，1987，第 75 页、第 79 页。

他们这样做是因为“知道老鼠牙齿是最强有力的”。[1] 在印度中部，为了求雨，原始部落人将一只青蛙绑在一根棍子上，然后走家串户唱着巫术咒语：“啊，青蛙，快送来珍珠般的雨水，让田里的小麦和玉蜀黍成熟吧!”[2] 学者相信，这些巫术咒语，便是人类历史上最早出现的诗歌。

据西安半坡等地仰韶文化彩陶上的“人面鱼纹图”和秦安大地湾地画中的“蛙形骨骼图”推测，远古巫师在乐舞状态下施巫作法时，也是口中念有巫术咒语的。只可惜由于时代久远，我们只能见到当时的巫师作法图，而不能听其巫术咒语诗了。所幸的是，周秦文献中为我们保存了一些反映五帝时代早期的巫术咒语。《礼记·郊特牲》记载了伊耆氏在蜡祭施巫时唱道：

> 土，反（返）其宅；水，归其壑；
> 昆虫，毋作；草木，归其泽！

大水泛滥，土地被淹，害虫四起，草木荒芜，严重影响了农业生产。于是原始人在巫术观念支配下，试图通过吟唱巫术咒语，以控制自然，命令土神、水神、昆虫、草木各归其所。《山海经·大荒北经》记载：“黄帝乃下天女曰魃……魃不得复上，所居不雨……所欲逐之者，令曰：‘神，北行!’先除水道，决通沟渎。”这是先民遇到干旱时所施行的巫术咒语。先命令旱神“北行”。当旱神北行后，自然会下雨，所以要“除水道”，“通沟渎”。《吕氏春秋·古乐》则记载了一首葛天氏初民操牛尾舞蹈而祈求农牧丰收的咒语诗：

> 昔葛天氏之乐，三人操牛尾，投足以歌八阕：一曰《载民》，二曰《玄鸟》，三曰《遂草木》，四曰《奋五谷》，五曰《敬天常》，六曰《达帝功》，七曰《依地德》，八曰《总禽兽之极》。

“遂草木”，希望草木发育繁茂；“奋五谷”，使农作物蓬勃奋作。这一切都是用巫术咒语的形式表达原始初民控制自然现象的美好愿望。《吴越春秋》卷九也记载了一首原始狩猎巫术咒语歌：“断竹，续竹，飞土，逐肉。”原始人先砍竹，接竹，制成狩猎工具，然后用弹丸追捕野兽。这首名为《弹歌》的巫术咒语诗，表达了原始初民希望获得更多猎物的强烈愿望。

---

① 弗雷泽：《金枝》，第60页。
② 弗雷泽：《金枝》，第111页。

我们再来考察这四则巫术咒语诗的时代。《礼记·郊特牲》孔颖达疏认为，唱“土，返其宅”咒语的伊耆氏为神农炎帝时代。《大荒北经》所载“神，北行”咒语则说明是在黄帝时代。《吕氏春秋》所载“操牛尾”祷词的葛天氏，高诱注以为亦是“古帝名”。《吴越春秋》所载《弹歌》则言“神农、黄帝弦木为弧”。总之，以上巫术咒语诗都是五帝时代早期的产物。这在中国文化史上是一个特别值得关注的时段。郑玄《诗谱序》云：“诗之兴也……大庭、轩辕，逮于高辛，其时有亡，载籍亦莫云焉。”大庭即炎帝，轩辕即黄帝。汉代郑玄的论断与我们上述的举例分析相一致。

下面，再从诗学角度讨论巫术咒语。

其一，巫术咒语的反复吟唱，是诗的最初形态。原始人相信语言具有魔力，这是巫术咒语产生的信仰基础。李安宅指出：巫术仪式中的“一些表示欲望的辞句，一经说出，便算达到目的”。[①] 原始人相信巫术施行时，反复吟诵咒语，便能达到控制自然的目的，祷雨即雨至，咒风则风来。美国语言学家富兰克林·福尔索姆指出：“几乎所有美国人都熟悉一首民歌的前几个词：快成熟，大麦燕麦，大豆豌豆……当时人认为，这样反复吟唱就会带来丰收。”[②] 我国五帝时代早期伊耆氏初民在唱“土，返其宅”咒语时，一定是相信水土、草木都能各归其所的；黄帝氏初民在唱“神，北行”咒语时，也一定相信旱神北去，甘雨将至。

这些原始巫术咒语的反复吟唱，就成了诗歌采用重章叠唱形式的最初源头。人类历史上最早的诗也就由此产生。因此，我们可以认为，诗源于巫术咒语。日本学者白川静说：“短歌的形式可以说是神圣咒语采取文学形式加以表现的最初形式。因而初期短歌的本质便是咒歌。”[③] 尼采指出：在远古时期，“人一动作，便有了唱歌的缘由——每种行为都有神灵的合谋：巫歌和符咒看来是诗的原始形态。”[④] 五帝时代初期的“土返宅歌”、“神北行歌”、“操牛尾歌”、“弹歌”，也是反复吟唱的。这些巫术咒语，便是我们今天所能考见的中国最早的诗歌。

最早的巫术咒语诗都是伴有乐舞的。为了强化巫术咒语的魔力，原始初民在巫术仪式上反复吟诵咒语，自然产生了乐舞。《吕氏春秋·古乐》：“投足以歌八阕。”这里的“投足”便是舞蹈，“以歌”则为乐曲，而“八阕”便

---

① 李安宅等编译《巫术与语言》，商务印书馆，1936，第 13 页。

② 富兰克林·福尔索姆：《语言的故事》，叶瑞安译，山东大学出版社，1985，第 27 页。

③ 白川静：《中国古代民俗》，何乃英译，陕西人民出版社，1988，第 37 页。

④ 尼采：《悲剧的诞生》，三联书店，1987，第 236 页。

是咒语诗，是诗、乐、舞三位一体。

其二，巫术时代人人为巫，巫术咒语反映人与自然的关系。在巫术盛行的时代，人人施行巫术。弗雷泽《金枝》称这种现象为“个体巫术”。“在那些我们已掌握有准确资料的最原始的野蛮人中间，巫术是普遍流行的”。“在澳大利亚，所有人都是巫师”。[①] 弗雷泽所说的这种人人为巫现象，在我国五帝时代早期也普遍存在。《国语·楚语下》载：“及少昊之衰也，九黎乱德，民神杂糅，不可方物。夫人作享，家为巫史，无有要质。民匮于祀，而不知其福。烝享无度，民神同位。”说少昊氏时代，初民们经常处于巫术活动中，以至于人神不分，即所谓“民神杂糅”、“民神同位”。由于初民们坚信巫术可以控制自然，所以人人施巫，家家有巫，即所谓“夫人作享，家为巫史”。韦昭注：“夫人，人人也”，“言人人自为之”。

《楚语下》所说的少昊氏是五帝时代早期的东夷民族首领，与炎帝、黄帝等氏族经常发生交往。《楚语下》又说“人人为巫”的情况发生在南方，所谓“九黎乱德”。《楚语》的作者之所以把“衰落”、“乱德”的现象安在东方夷族与南方九黎族头上，是因为其受后来中原文化中心论的影响，而有意只写边缘民族，所谓“夷夏之辨”。实际上，在五帝时代早期，这种现象在中国应该是中原与周边各民族共同存在的普遍现象。所以“九黎”民族的“人人为巫”、“民神杂糅”的“个体巫术”现象，与前论炎帝族的“土返宅歌”、黄帝族的“神北行歌”、葛天氏的“操牛尾歌”所反映的情形完全一致。

综上所述，中国古代的巫术起源很早，考古学提供的材料表明，至少可以追溯到两万多年前的山顶洞人，其盛行则在距今六七千年前后的仰韶时代。而文献记载所提供的巫术信息则可追溯到五帝时代早期。这些有限的巫术信息，是我们研究中国古代诗歌起源的宝贵资料。

在原始氏族社会，初民们认为万物有灵，万物运行有规律，只要通过一定的巫术仪式便可沟通神灵，控制自然。又由于当时的生产力低下，尚不足以产生多余的产品，因而氏族成员人人平等，人人都可以施巫作法。初民们在施巫作法时，反复吟诵咒语。这咒语便是诗歌的最初形式。我们可以认为：诗源于咒。从诗学角度，我们称这些巫术咒语为巫诗。巫诗所反映的内容主要是人与自然的关系，其表现形式则是诗、乐、舞的三位一体。

---

① 弗雷泽：《金枝》，第 84 页。

二 巫政合一与诗的早期发展：史诗

五帝时代早期，文明因素开始在野蛮社会中萌芽；到了五帝时代中后期，文明化进程加快；至夏商西周，早期国家形态终于出现。原始巫术和巫诗也随着时代的变化而出现新的发展。这就是原始巫术活动中通天神的仪式与巫诗，开始被少数氏族贵族阶层垄断并成为治理氏族集团的政治工具，从而发展出宗教与史诗。反映原始氏族社会的巫术与巫诗时代结束了，反映文明起源及其早期发展阶段的宗教与史诗时代开始了。新出现的并被氏族贵族所掌握的宗教与史诗成为时代的主流文化。当然，在宗教与史诗时代，原始巫术中沟通山水植物等低级自然小神的仪式与巫诗仍然在底层社会流传，但已不是时代的主流。在这里，我们主要讨论宗教与史诗问题。

（一）史诗的形成背景

考古发掘提供的材料表明，社会发展到五帝时代早期，生产力已得到快速发展，反映文明起源的物质诸要素如青铜器、城市等均已出现。但当时的社会结构仍然属于原始社会状态。这是一个野蛮与文明交替的时期。物质经济先行，意识形态随后。到五帝时代中后期，原来人人平等的氏族集团内开始出现了阶层分化。出现分化的根本原因是生产力的发展带来了剩余产品。氏族集团中的一些管理人员，如酋长之类，为了占有剩余产品，开始改革巫术，在原始巫术时代“个体巫术”基础上发展出“公众巫术”，并以“公众巫术”的名义占有剩余产品。对此，弗雷泽《金枝》有很好的阐释：

> 在野蛮社会中，还有另一类常见的可称之为“公众巫术”的事例，即一些为了整个部落里的共同利益而施行的巫术。不论在什么地方，只要见到这类为了公共利益而举行的仪式，即可明显地看出巫师已不再是一个“个体巫术”的执行者，而在某种程度上成了一个公务人员。这种管理阶层的形成在人类社会政治与宗教发展史上具有重大意义。当部落的福利被认为是有赖于这些巫术仪式的履行时，巫师就上升到一种更有影响和声望的地位，而且可能很容易地取得一个首领或国王的身份和权势。因而，这种职业就会使部落里一些最能干的最有野心的人们进入显贵地位。因为这种职业可提供给他们以获得尊荣、财富

和权力的可能性。①

弗雷泽所说的这种现象，在我国古代也发生了。其具体时间是在五帝时代早期至中期的过渡阶段，详细情况见于《国语・楚语下》所记载的颛顼改革巫术的故事：

昭王问于观射父曰："《周书》所谓重、黎实使天地不通者，何也？若无然，民将能登天乎？"

对曰："非此之谓也……少昊之衰也，九黎乱德，民神杂糅，不可方物。夫人作享，家为巫史，无有要质。民匮于祀，而不知其福。烝享无度，民神同位。民渎齐盟，无有严威……颛顼受之，乃命南正重司天以属神，命火正黎司地以属民，使复旧常，无相侵渎，是谓绝地天通。"

相同的记载还见于《山海经・大荒西经》："颛顼生老童，老童生重及黎，帝令重献上天，令黎邛下地。"又《尚书・吕刑》：颛顼"乃命重、黎，绝地天之通，罔有降格。"说明"绝地天通"故事在中国古代确曾发生，而且是重大的历史变革，所以多书记载。

在颛顼改革巫术之前，人人为巫，"民神杂糅"，是一个"个体巫术"时代。现在颛顼改革巫术，命大巫"黎"任"火正"之职，负责将民间的个体巫术愿望收集起来，上报给大巫"重"，然后再由"重"上报给天神。这样，原始巫术活动中沟通天神这一原本普通的仪式，在颛顼的引导下，开始被"重"和"黎"等少数人垄断而成为特权了，这就是"绝地天通"的真实含义。韦昭注："绝地民与天神相通之道。""颛顼"及"重"、"黎"是以代表全体氏族集团利益的名义来垄断沟通天神这一巫术仪式的。这种代表氏族集团利益的巫术便是"公共巫术"。而施行"公众巫术"的"颛顼"及"重"、"黎"便成了"公务人员"，也就是祭司。弗雷泽说："祭司……自称是上帝和人之间的正当媒介。"这些少数被称为"公务人员"的祭司就成了弗雷泽所说的在部落里"进入显贵地位"的人，从而"获得尊荣、财富和权力"。

从社会史角度看，颛顼改革巫术，标志着中国文明的起源。当颛顼"绝地天通"后，颛顼、重、黎等少数主持"公众巫术"并以"公务人员"身份出现的祭司们成了氏族贵族阶层，而广大氏族成员则成了下层平民。社会就这样被划分成不同的阶层。以"公众巫术"为特征的管理机构形成了。五帝

① 弗雷泽：《金枝》，第70页。

时代早期因生产力发展而在经济基础方面业已表现出来的文明因素，这时已反映在上层建筑当中。

从思想史角度看，颛顼改革巫术，标志着宗教与史诗时代的开始。在巫术与巫诗时代，由于尚未出现阶层，人人平等，因而万神亦平等，且人神亦平等。这就是《国语·楚语》所说的“民神杂糅，不可方物”。然而，到了颛顼改革巫术之后，氏族贵族阶层开始将原来平等的自然神分成不同的等级，其中日、月、星、辰等天体自然神被奉为最高等的神灵，所谓天神；而且规定只有氏族贵族阶层才有权力沟通天神，普通氏族成员则只限于沟通身边的草木水土等自然神而不能再像巫术时代那样随时通天神了。总之，颛顼“绝地天通”的本质在于通过将巫术时代原来平等的神灵分成不同等级，规定族民通神对象的不同，从而规定族民不同的社会地位与经济地位。巫术开始与政治相结合，形成了“巫政合一”的新现象，中国的阶级社会就这样拉开了序幕。

当巫术活动中通天神的仪式被氏族贵族阶层垄断之后，天神开始离普通族民越来越远，越来越神秘，于是在巫术基础上出现了以崇拜天神为主要内容的宗教。而氏族贵族阶层正是利用这种宗教的神秘性来麻痹族民，进而统治族民。正如美国学者基庭所指出的：“宗教可视为一种启动剂或催化剂，它提供了控制群众的一种途径，从而奠定了控制重要生产资源的基石。”①

宗教相信有一种超人的力量存在，即神灵。这神灵最初指天体自然神。恩格斯指出：“最初的宗教表现是反映自然过程、季节更替等等的庆祝活动。一个部落或民族生活于其中的特定自然条件和自然产物，都转变为它的宗教。”② 在宗教时代，族民们相信只有天体神灵能控制自然，并赐福或降祸于人间。这在甲骨卜辞里已有大量记录，如“帝令雨足年？帝令雨弗其足年？”（《卜辞通纂》363片）“帝其降堇（馑）？”（《卜辞通纂》371片）正因为如此，族民们就开始乞求天体神灵、献媚天体神灵，希望求得天体神灵的帮助，其方式就是祭祀。弗雷泽指出：“宗教所包含的，首先是对统治世界的神灵的信仰，其次是要取悦于它们的企图。”人类要达到控制自然的目的，就得向人格神献祭讨好，并“通过一定数量的典仪、祭品、祷词和赞歌等等”，因为

---

① Richard W. Keatinge, *The Nature and Role of Religious Diffusion in the Early Stages of State Formation: An Example from Peruvian Prehistory*, in Grant D. Jones and Robert R. Kautzed, eds., *The Transition to Statehood in the New World*, Cambridge: Cambridge University Press, 1981, p. 173.

② 《马克思恩格斯全集》第47卷，人民出版社，2004，第416页。

“神自己也启示过，只有这样对待他，才能使他去做那些要求他做的事。”①甲骨卜辞里也有大量献祭天神的记录，如“癸未贞，甲申出入日，岁三牛”（《屯南》890片），“贞，燎于东母三犬”（《合集》14340片），以“三牛”、“三犬”为祭品贡献天神。

颛顼改革巫术的结果便是在原始巫术的基础上发展出以崇拜天体神灵为内容的宗教，在巫师的基础上产生了以主持祭祀活动为职责的祭司。从此以后，族民们在氏族酋长与祭司们的主持带领下，向天体神灵献祭食物与歌舞。在巫术时代，巫师通过吟诵咒语来责令控制天体神，这咒语便是巫诗。而到了宗教时代，则是祭司通过献祭歌舞以赞颂天体神灵的伟大，并祈祷天体神灵的帮助，这赞颂祈祷的文辞便是初期的史诗。因此，宗教时代的开始，也就是史诗时代的开始。

以上关于宗教与史诗的理论分析，我们还可以选择颛顼改革巫术之后的两则典型材料作具体说明。先看《山海经·大荒南经》所载夏启献美女给天神的故事：“有人珥两青蛇，乘两龙，名曰夏后开（启）。开（启）上三嫔于天，得《九辩》与《九歌》以下。此天穆之野，高二千仞，开（启）焉得始歌《九招》。”这里的“夏后开”之“开”即“启”，因避汉景帝刘启讳而改。“开上三嫔于天”，郭璞注：“嫔，妇也。言献美女于天帝”。“得《九辩》与《九歌》以下”，郭璞注：“皆天帝乐名也。开登天而窃以下用之也。”这段文字至少给我们提供了五方面的信息。其一，夏启献美女给天帝，说明相信天帝神灵的存在，并祭祀献媚于天帝神灵。其二，夏启得到天帝神灵的恩赐，获得了《九辩》、《九歌》神曲，以此代表天帝神灵来治理天下。其三，巫术通天神的权力已被夏族统治阶层夏启之类所独占，夏启是君王兼祭司于一身。其四，夏启通天神时所使用的仍然是原始巫术的基本法术：借助神奇动物，如“珥两青蛇”、“乘两龙”；又借助神山高地，如“高二千仞”的“天穆之野”。其五，夏启所得的《九辩》、《九歌》，就是宗教时代的史诗，早期史诗的内容是有关天体神灵的。

再看《吕氏春秋·顺民》篇所载商汤向天神求雨的故事：

> 昔者汤克夏而正天下，天大旱，五年不收。汤乃以身祷于桑林曰：“余一人有罪，无及万夫。万夫有罪，在余一人……”于是……以身为牺牲，用祈福于上帝，民乃甚说（悦），雨乃大至。则汤达乎鬼神之化、人

① 弗雷泽：《金枝》，第77页、第81页、第83页。

事之传也。

这则故事首先说明，商汤时期，人们已认为人类不能用原始巫术直接求雨，而只有求助于上帝天神的帮助，因此，汤举行祭祀活动，“以身为牺牲”。其次，商汤是代表广大族众而施行“公众巫术”，所谓“万夫有罪，在余一人”。当商汤“祈福于上帝”且“雨乃大至”时，“民乃甚说（悦）”。第三，商汤实际上也是君王兼祭司于一身，垄断了巫术通天神的权力，所谓“汤达乎鬼神之化、人事之传也”。其四，“桑林”是商汤向天帝神祈福求雨的祭祀圣地。在祭祀过程中是伴随着乐舞歌辞的，所以“桑林”又成了史诗乐舞的名称。《庄子·养生主》“合于《桑林》之舞”，司马彪注为“《桑林》，汤乐名”。

我们将这两则故事所透露的信息合在一起考虑，便惊奇地发现，它们完全符合上引弗雷泽等人关于宗教本质原理的分析。有关夏启的故事还见于《山海经·海外西经》、《归藏·启筮》、《离骚》、《天问》、《墨子·非乐上》，有关商汤的故事又见于《论语·尧曰》、《墨子·兼爱下》、《国语·周语上》以及《荀子》、《尸子》、《淮南子》、《说苑》诸书。由此，我们可以比较肯定地认为，中国自颛项改革巫术之后，确实已进入了一个宗教与史诗的时代。

夏启献美女给天帝后所得的史诗乐舞《九辩》、《九歌》，与商汤向天帝祈福求雨时的史诗乐舞《桑林》，都是以歌颂天体自然神为其主要内容，而其吟唱主持者又往往为酋长君王。这大概是早期史诗的主要特征。《吕氏春秋·古乐》为我们保存的一组五帝时代中后期的史诗，可进一步证明这一推论：

帝颛项好其音，乃令飞龙作效八风之音，命之曰《承云》，以祭上帝。

帝喾命咸黑作为声歌：《九招》、《六列》、《六英》。

帝尧立，乃命质为乐……命之曰《大章》，以祭上帝。

以上《承云》、《大章》等早期史诗乐舞，都是歌颂天体自然神，所谓“以祭上帝”。吟唱这些史诗乐舞的主体已不是普通的族民，而是颛项、帝喾、帝尧等酋长和飞龙、咸黑、质等氏族贵族祭司。

大约在天体神崇拜的同时或稍后，我国初民已有祖先神的概念了。考古学上相当于五帝时代的龙山文化遗址中，我们已发现了有关祖先崇拜的资料。通常情况下，在神灵崇拜过程中，当生产力尚处于比较低下的时期，天体崇拜强烈；而随着生产力的发展，人们对自我有了进一步的认识，祖先崇拜便开始加强了。在五帝时代，神灵崇拜的内容基本上是以天体神为主，祖先神为辅；而到了夏商西周三代，对祖先神的崇拜已相当具体和热烈了，开始慢慢超过对天体神的崇拜。二里头夏文化遗址已有专供祭祀祖先的宗庙。商代甲骨卜辞有祭祀先公先王先妣先母的周祭制度。周代既设社稷以祭天地自然神，又设宗庙以祀祖先神，所谓“左庙右社”。[1] 这种现象在史诗乐舞的内容中有具体反映。我们在上引有关五帝时代早期史诗乐舞的内容中，以天体神崇拜为主，还没有祖先神的出现；而到了夏商西周时期的史诗乐舞中，已在歌颂天体神的基础上增加了歌颂氏族祖先神的内容，而且有关祖先神的内容多于天体神。

（二）史诗的存续时间

颛顼改革巫术，将通天神的巫术权力集中给氏族贵族专用，标志着中国古代社会出现了阶层的分化与文明的起源。值得特别注意的是，这些占有祭祀通天特权，进而占有剩余产品的氏族贵族阶层，与被他们统治的氏族平民阶层，属于同一血缘。也就是说，原始氏族社会的血缘纽带，到了文明社会之后依然存在。中国古代文明是在血缘内部形成的，而不是像古希腊、古罗马那样，破坏血缘纽带，从血缘外部通过地缘关系建立新的管理机制。中国文明起源过程中所继承的氏族社会的血缘管理模式，到了夏商西周早期文明时期，依然延续发展。因此，以血缘管理为基础的宗教与史诗也从五帝时代中期开始一直持续到西周末年。《国语·楚语下》的一段文字支持了这一判断：

> 颛顼受之，乃命南正重司天以属神，命火正黎司地以属民，使复旧常，无相侵渎，是谓绝地天通。其后，三苗复九黎之德。尧复育重、黎之后，不亡旧者，使复典之，以至于夏、商。故重、黎氏世叙天地，而别其分主者也。其在周，程伯休父其后也。当宣王时，失其官守，而为司马氏。宠神其祖，以取威于民，曰：“重实上天，黎实下地。”遭世之乱，而莫之能御也。

这段话表明，颛顼之后，直到夏商，断绝地民与天神沟通的局面一直继续着，而重和黎的后代则继续为中介联系天神与地民，这就是所谓“重、黎氏世叙天地，而别其分主者也”。这种现象到了西周末年的周宣王时期开始动

---

[1] 《礼记·祭义》：“建国之神位，右社稷而左宗庙。”郑玄注：“周尚左也。”

摇，所谓“当宣王时，失其官守”。但“绝地天通”的影响仍在，民仍能知道“重实上天，黎实下地”。最后到了周幽王、周平王时，“绝地天通”局面才彻底结束，所谓“遭世之乱，而莫之能御也”。

《墨子·非攻下》也有相关记载：“禹既已克三苗，焉磨（分别）为山川，别物上下……而神民不违，天下乃静。”说禹“别物上下”、“神民不违”，正是颛顼“绝地天通”的延续。此外，《左传》昭公十七年郯子的一段寻根问祖的话，也可以与《国语·楚语下》所反映的“绝地天通”历史结合起来理解：

> 秋，郯子来朝，公与之宴。昭子问焉，曰：“少昊氏鸟名官，何故也?”郯子曰：“吾祖也，吾知之。昔者黄帝氏以云纪，故为云师而云名。炎帝氏以火纪，故为火师而火名。共工氏以水纪，故为水师而水名……我高祖少昊挚之立也，凤鸟适至，故纪于鸟，为鸟师而鸟名。凤鸟氏，历正也。玄鸟氏，司分者也。伯赵（案：即伯劳鸟）氏，司至者也……自颛顼以来，不能纪远，乃纪于近。为民师而命以民事，则不能故也。”
>
> 仲尼闻之，见于郯子而学之。既而告人曰：“吾闻之，天子失官，学在四夷，犹信。”

在这段话里，“我高祖少昊挚之立也”，与《国语·楚语下》“及少昊之衰也”合起来正好概括了五帝时代早期的整个少昊氏时代。这是一个巫诗时代，反映的是人与自然的关系，所以说“纪于鸟，为鸟师而鸟名”。接下来所说的“凤鸟氏”、“玄鸟氏”、“伯赵氏”等等，都是东夷初民以鸟为图腾的反映。值得注意的是，与少昊氏时代同时的中原地区，有“黄帝氏以云纪”、“炎帝氏以火纪”，反映的也是人与自然的关系，“云”、“火”都是与初民生活息息相关的自然现象。这说明五帝时代早期确是一个人人为巫的“个体巫术”时代，可佐证我们上文的有关推断。

郯子叙完少昊氏时代的情况之后，接叙“自颛顼以来”的情况，其事可与《国语·楚语下》“颛顼受之”一段相对照。因为颛顼改革巫术后，在众多原始巫诗中，通天神与祖先神的那些巫诗，经改造后开始与王权政治相结合，成了以赞美歌颂天神与祖先神为主题的史诗。史诗是氏族贵族用来统治氏族下层成员的。故郯子说“为民师而命以民事”。这正好与少昊氏巫诗时代的“为鸟师而鸟名”相对照。所谓“为民师而命以民事”，意思是说祭司们成了氏族平民的官师而以治理民事为其职责，这自然是少数祭司“为了整个部落里的共同利益而施行的”“公众巫术”的最好概括，又与《国语·楚语下》所叙颛顼改革巫术后“命火正黎司地以属民”相一致。

总之，《左传》昭公十七年郯子所回顾的颛顼之前的“个体巫术”现象，颛顼之后神权与政权相结合的“公众巫术”现象，与《国语·楚语下》所述完全一致。自五帝时代中期到夏商西周近两千年的历史跨度中，各代氏族贵族阶层都是在血缘管理的框架内，以沟通天神为手段而治理氏族平民。而宗教与史诗是以血缘管理为社会基础，以巫术通神为思想基础的神权与政权相结合的产物。因此中国的宗教与史诗也在这近两千年历史长河中盛行不衰。可以说，中国文明起源到早期文明阶段，是一个宗教与史诗时代。

行文至此，我们有必要对本文所界定的史诗概念与史诗时代作些必要的说明。因为这与20世纪我国大多数学者借用的西方史诗理论有些不同。众所周知，史诗的形成一般要经过从口头承传到文本的过程。这个过程往往经历了上千年的变化发展，从而形成“史诗传统”。最后留下的“某部史诗作品”，只是整个“史诗传统”中的一个定点而已。中国五帝三代的“史诗传统”，是与宗族血缘管理紧密结合在一起的。到了春秋战国时期，由于宗族血缘管理机构的瓦解，“史诗传统”也就终结了。因此，有关史诗的文本，正如鲁迅先生所说，不但“不能集古传而成大文”，反而“又有散亡”。[①] 春秋末孔子编集的《诗经》和战国时代以屈原作品为主的《楚辞》中所遗存的史诗，只是五帝三代流传的众多史诗中的极小部分的片断文本而已。

在20世纪，部分学者以西方《荷马史诗》文本为理论框架依据，来观照中国“众多史诗中的极小部分的片断文本”，并进而得出中国史诗不发达的结论。[②] 这显然是一种误解，不符合五帝三代两千多年“史诗传统”的现实。这种误解经最近十余年来学者们的进一步研究得到了纠正。以中国社会科学院民族文学研究所为代表的我国一批中青年学者，从理论和方法上对中国史诗进行了深入研究，取得了突破性进展，实现了中国史诗研究由西方史诗理论的“消费者”到中国本土史诗理论的“生产者”的重大转变。朝戈金曾将这种变化概括为如下几个方面：（1）以何谓“口头性”和“文本性”的问题意识为导向，突破了以书面文本为参照框架的文学研究模式；（2）以“史诗传统”而非“一部史诗作品”为口头叙事研究的基本立场，突破了苏联民间文艺学影响下的历史研究模式；（3）以口头诗学和程式句法分析为阐释框架，突破了西方史诗学者在中国史诗文本解析中一直偏爱的故事学结构或功能研

---

① 《鲁迅全集》第9卷，人民出版社，1981，第21～22页。

② 林岗：《二十世纪汉语“史诗问题”探论》，《中国社会科学》2007年第1期。

究；（4）在文类界定上，摆脱了西方史诗理论的概念框架，从“英雄史诗”拓展出“创世史诗”和“迁徙史诗”，丰富了世界史诗宝库。朝戈金指出，正是这些突破性的进展，“不仅驳正了黑格尔关于中国没有史诗的著名论断，也回答了五四以后中国学界曾经出现过的‘恼人的问题’，那就是‘我们原来是否也有史诗?’”①

中国古代各民族不仅有史诗，而且还很丰富发达。据朝戈金研究，中国古代各民族流传的史诗，最保守的统计也在千种以上。在南方民族流传的史诗中，即有“创世史诗”、“迁徙史诗”和“英雄史诗”等不同内容。至于藏族的《格萨尔王》、蒙古族的《江格尔》和柯尔克孜族的《玛纳斯》，早已成为闻名世界的“中国三大英雄史诗”。本文正是在以上认识的基础上，认为从五帝中晚期到夏商西周两千年历史长河中，汉民族也有着丰富发达的早期口传史诗与到商周以后出现的“雅”、“颂”类文本史诗，从而形成了“史诗传统”。这个“史诗传统”有自己的内涵特点，这就是开始阶段主要表现为以自然神为歌颂对象的“创世史诗”，后来又增加了以祖先神为歌颂对象的“英雄史诗”以及“迁徙史诗”。这个“史诗传统”自始至终与神权政权结合在一起，并往往在全族人员参加的宗教典礼上演述，而其主持者则为代表氏族贵族阶层利益的神职祭司人员，因而这个“史诗传统”成为全社会的上层主流文化。

需要说明的是，在宗教与史诗时代，以沟通山水草木等低级自然小神为内容的原始巫术与巫诗已下降为社会的次要文化而仍在民间流传。例如，据《天问》记载，夏代初年，伯益曾对夏启施行过射革巫术，结果没有成功，所谓“皆归射鞠，而无害厥躬；何后益作革，而禹播降?”商代甲骨卜辞除了有关沟通天神与祖神的记载外，还有关于占卜生老病死等原始普通巫术的大量记录。周代，民间巫术仍然盛行，《周礼·春官》将“男巫”、“女巫”侧列于“大祝”、“大史”、“大卜”、“都宗人”等祭司阶层之下。最近几十年来，一批属于战国时代的出土文献为我们了解周代民间巫术提供了宝贵资料。如湖北荆州周家台出土的秦墓竹简中有关于提请墙垣神灵帮助治理牙疾的巫术活动，“操两瓦，之东西垣日出所烛，先埋一瓦垣址下，复环禹步三步，祝曰：‘呼，垣址，敬令某齲已（停止），予若菽子而缴（求）之齲已。’”之所以提请墙垣神，是因为人的牙齿排列似墙垣，这就是弗雷泽所说的交感巫术

① 朝戈金：《从荷马到冉皮勒：反思国际史诗学术的范式转换》，《中国社会科学院文学研究所学刊》2008 年卷，中国社会科学出版社，2008，第 29 页、第 31 页、第 36 页。

活动中的“相似律”。所谓“埋瓦”、“禹步”都是巫术活动。而“祝辞”则是直接命令墙垣神说：“我给你菽子，你帮我把牙病治好”。类似的例子，在战国简帛中颇多。罗新慧曾有专门讨论，并总结指出：在民间施巫请求的“多为小神，如城垣、辅支、验鼓、武夷神等”，而贵族祭司阶层所主持的宗教典礼中的“天、帝等高级神灵，还没有……进入民众的祷告领域之内”。①

在夏商西周以宗教史诗为主流文化的时代，原始巫术巫诗终究不被统治阶层所重视。以周代为例，《汉书·郊祀志》记载，西周初年，周公制礼作乐，宗教诸神“各有典礼”，而民间巫术“淫祀有禁”。巫师的地位因此低下，有时甚至连生命也不保。《左传》僖公二十一年，“公欲焚巫尪”；成公十年，晋侯“召桑田巫，示而杀之”。凡施行巫术活动，一般都伴有咒语巫诗，在甲骨卜辞、《周易》卦繇辞、《左传》、《国语》和先秦两汉文献里，都保存了不少巫术咒语诗。

（三）史诗的内涵发展

以上关于巫术与宗教的区别，只是在理论上的一个概括总结。实际的情况是，从巫术到宗教有一个从量变到质变的漫长过程。弗雷泽指出：“从巫术到宗教的伟大转变”，“可能是十分缓慢的，它的最终完成需要漫长的世纪”。② 在宗教开始出现的时候，原始巫术依然存在，此后相当长的一段时间内，两者并存甚至杂合。

颛顼实行“绝地天通”的巫术改革只是一个质变的标志，而其量变的过程大概经历了整个五帝三代。只不过在颛顼之前，原始巫术占主导方面，而宗教则处于萌芽状态。在颛顼之后，宗教进一步发展，成为主要方面，而原始巫术成为次要方面。因为到了宗教与史诗时代，沟通天神、祖神的那部分原始巫术与巫诗已发展融合到宗教与史诗中，另一部分以沟通山水草木等自然小神为内容的原始巫术与巫诗则已下降到社会低层流传。因此，考察中国古代从巫术到宗教、从巫师到祭司、从巫诗到史诗的转变，需分析其在社会结构中的升降变化状况。我们可以将五帝时代中期的颛顼改革巫术作为一个界标，但在具体分析时，应该留出一个宽泛的时间跨度。概括起来看，中国宗教的发展可以商代为界：五帝到夏代，由弱变强，商代达到高峰，西周出现新的变化。这是与中国古代生产力的逐步发展、人文理性精神的逐步自觉

---

① 罗新慧：《禳灾与祈福：周代祷辞与信仰观念研究》，《历史研究》2008 年第 5 期。

② 弗雷泽：《金枝》，第 80 ~ 89 页。

相一致的。

仅据殷墟甲骨卜辞中的祭祀卜辞即可知晓，商代统治者十分敬畏神灵，且频繁祭祀神灵。商代以前的夏代还没有达到这个程度，商代以后的周代则有了改革发展。这在《礼记·表记》中有记载：

> 夏道尊命，事鬼敬神而远之……
>
> 殷人尊神，率民以事神，先鬼而后礼……
>
> 周人尊礼尚施，事鬼敬神而远之……

夏代“尊天命”与商代“尊鬼神”，两者在崇尚神灵世界方面是一致的。当然，夏人虽然“事鬼敬神”，但与鬼神的亲密程度比起商代来还有一定距离，所以说“远之”。商代则“率民以事神，先鬼而后礼”，已完全沉浸在神灵世界里了。

到了周代，人文理性精神开始觉醒。周人在继承“事鬼敬神”观念的同时，发展出德治与民本思想，所谓“敬德保民”。《左传》僖公五年：“鬼神非人实亲，惟德是依。故《周书》曰‘皇天无亲，惟德是辅’。”《左传》桓公六年：“夫民，神之主也。是以圣王先成民而后致力于神。”周人敬重神灵，但已能理性地对待神灵，要求神灵明德慎罚、保佑社会。同时，周人强调人的主动性，要求君臣上下都能修德养心。也就是说，在周代，族民与鬼神之间，已有理性的“德”来进行规范，而不像商代那样盲目迷信鬼神了。在神权与政权关系上，周人是借神权进一步发挥政权作用，即通过祭祀活动，强化社会管理，具体表现便是礼乐制度，这就是《表记》所说的“周人尊礼尚施”。这自然是一种社会进步。

五帝三代的宗教发展，经历了由弱到强再到转型的历程，中国史诗的发展也经历了逐渐丰富且有变化的过程。五帝中期以来各氏族的史诗起初是由氏族贵族阶层如祭司之类口耳相传，并逐代丰富的。到了文字发明之后，氏族贵族阶层便将一些重要的史诗刻于甲骨，书于竹帛，镂于金石，以示重视，以便承传。《墨子·明鬼下》指出：

> 古者圣王必以鬼神为（有），其务鬼神厚矣。又恐后世子孙不能知也，故书之竹帛，传遗后世子孙。咸恐其腐蠹绝灭，后世子孙不得而记，故琢之盘盂，镂之金石，以重之。又（犹）恐后世子孙不能敬著以取羊（祥），故先王之书、圣人之言，一尺之帛，一篇之书，语数鬼神之有也，重有重之。

这里明确指出，“古者圣王”是相信“鬼神为有”，所以要隆重祭祀，“其务鬼神厚矣”。这就是弗雷泽所说的所谓宗教就是“相信神的存在”并“取悦于神”。把这鬼神的有关情况记录下来，传遗后世，目的是为了子孙后代记住民族所崇拜的神灵及民族的历史。史诗是民族的圣典，具有相当的权威性与神秘性，所以要“书之竹帛”、“镂之金石”。

夏商西周三代的史诗，一般都以“雅”、“颂”的形式流传下来。《墨子·明鬼下》载：

> 今执“无鬼”者之言曰：“先王之书，慎无一尺之帛，一篇之书，语数鬼神之有，重有重之，亦何书之有哉?”子墨子曰：“《周书·大雅》有之。”《大雅》曰：“……文王陟降，在帝左右……”若鬼神无有，则文王既死，彼岂能在帝之左右哉? 此吾所以知《周书》之鬼也。
>
> 且《周书》独鬼而《商书》不鬼，则未足以为法也。然则姑尝上观乎《商书》……察山川鬼神之所以莫敢不宁者，以佐谋禹也。此吾所以知《商书》之鬼也。
>
> 且《商书》独鬼，而《夏书》不鬼，则未足以为法也。然则姑尝上观乎《夏书》……此吾所以知《夏书》之鬼也。
>
> 故尚者《夏书》，其次商周之《书》，语数鬼神之有也，重有重之。此其故何也? 则圣王务之。以若书之说观之，则鬼神之有，岂可疑哉!

这里所引的《周书·大雅》之文，见于今本《诗经·大雅》的《文王》篇。由此可见，所谓的《周书》实即《周诗》。下引的《商书》、《夏书》亦当为《商诗》、《夏诗》。孙诒让《墨子间诂》指出：“古‘诗’、‘书’多互称。”

《墨子·明鬼下》的这条材料说明夏商西周三代都有“雅”、“颂”类史诗的存在。所谓“语数鬼神之有”，说明史诗是信神、颂神的。此鬼神自然包括自然神，如“帝神”、“山川鬼神”和祖先神，如“文王既死”却能“在帝左右”。所谓“先王之书”、“圣王之书”，说明史诗乃是统治阶层所拥有。所谓“语数鬼神之有，重又重之”，说明史诗是祭司在宗教典礼上与神灵沟通时反复吟唱的。

五帝三代是农耕时代，中国又处于北半球。因此，史诗中所赞美的天体神中，最多的是日月神。尤其是太阳神，东升西落，分开天地昼夜，普照万物生长。这在初民看来，是十分神奇伟大的，就自然而然地崇奉太阳神为开辟宇宙之神。《天问》开头写“遂古之初”，“冥昭瞢暗”，混沌一片；接着写太阳神东升西落，“出自汤谷，次于蒙汜”，而有了天地之分，昼夜之变，人类因此而化生。在出土文献如长沙马王堆帛书、长沙子弹库楚帛书、荆门郭店楚简，以及传世文献如《老子》、《庄子》、《吕氏春秋》、《淮南子》中，都有关于宇宙生成论的详细记录。

史诗中的祖先神，均降生不凡。如《天问》写夏族始祖大禹的诞生：“禹之力献功，降省下土四方。”《商颂》写商族始祖契的诞生：“天命玄鸟，降而生商。”《大雅》写周族始祖后稷的诞生：“时维姜嫄”，“履帝武敏歆”，“载生载育，时维后稷”。史诗写始祖从天而降，图腾而生，是为了借助宗教中祭司沟通天神的观念，神化始祖的非凡身份，强调始祖代表天神治理民事的合法性。当然，史诗中有关祖先神的赞颂描述，更多篇幅是按照世系详叙列祖列宗率民族迁徙奋斗的历史。《天问》与《诗经·商颂》所存商族先公先王世系，《诗经》雅、颂所叙周族先公先王世系，是今存先秦文献中有关商周族最完整的世系。

总起来看，中国汉族史诗的内容大致包括叙述宇宙生成以沟通天神，追溯氏族图腾诞生以沟通祖先神，构建先公先王世系以明血缘历史，歌颂氏族祖先率族迁徙发展以增强民族奋斗精神。中国古代汉族史诗是“创世史诗”、“英雄史诗”、“迁徙史诗”的综合，值得特别总结。

（四）史诗的社会功能

从五帝时代中期到三代，氏族贵族与氏族平民虽然处于不同的社会阶层，但他们仍属于具有共同利益的血缘团体。这个团体一方面需要团结一致，凝聚力量；另一方面又需要维护等级层次，区分长幼差别。为了达到这两个目的，最好的办法便是举行全氏族成员的祭祀大典。全氏族成员通过祭祀典礼，共同追忆同血缘的天神与祖神，从而强化同根同宗的血缘集体观念；又通过祭祀中所体现出来的从天神到祖神，再到现世族长国王、氏族贵族祭司，乃至普通氏族成员之间的不同身份与地位，从而为社会等级次序的划分找到神圣的宗教依据。《墨子·天志》：“故昔三代圣王禹汤文武，欲以天之为政于天子，明说天下之百姓，故莫不犓牛羊，豢犬彘，洁为粢盛酒醴，以祭祀上帝鬼神而求祈福于天。”《礼记·礼运》也说，“故圣人参于天地，并于鬼神以治政也”。而有关这方面的语言表达直至后来的文字记录，便是史诗。

史诗最显著的社会功能就在于通过追忆歌颂宇宙天神的开天辟地、民族始祖神的创造氏族、列祖列宗的发展壮大，从而凝聚血缘族团力量，维护社会秩序，为现实的社会分层，尤其是为氏族贵族集团占有社会财富找到最合理的宗教依据。《礼记·礼运》说:"故先王秉蓍龟,列祭祀,瘗缯,宣祝嘏辞说,设制度,故国有礼,官有御,事有职,礼有序。"这里的"秉蓍龟,列祭祀",便是祭祀典礼时所举行的占卜通神、奉献祭品等活动。而"宣祝嘏辞说"即宣读告神和祈福的文辞,便是史诗的内容。这一切活动都是在以"先王"为代表的氏族贵族祭司阶层主持下进行的。其最终目的便是要构建"国有礼,官有御,事有职,礼有序"这一既有社会分层又和谐团结的社会环境。这里所说的礼,便是指在宗教祭祀中,通过史诗、乐舞、祭器等形式所展示出来的等级关系。《礼记·祭统》:

> 夫祭有十伦焉:见事鬼神之道焉,见君臣之义焉,见父子之伦焉,见贵贱之等焉,见亲疏之杀焉,见爵赏之施焉,见夫妇之别焉,见政事之均焉,见长幼之序焉,见上下之际焉。

李泽厚说:"正是'祭'造成了'伦'(伦理纲常)。"[①] 而这样做的最终目的是为了整个社会的团结和谐。《礼记·礼运》说:

> 夫礼之初,始诸饮食……陈其牺牲,备其鼎俎,列其琴瑟、管磬、钟鼓,修其祝嘏,以降上神与其先祖,以正君臣,以笃父子,以睦兄弟,以齐上下,夫妇有所,是谓承天之祜。

又《荀子·乐论》:

> 先王恶其乱也,故制《雅》、《颂》之声以道之……故乐在宗庙之中,君臣上下同听之,则莫不和敬……乡里族长之中,长少同听之,则莫不和顺。故乐者审一以定和者也……故听其《雅》、《颂》之声,而志意得广焉。

在宗庙祭祀神灵的活动中,君臣上下同听"雅"、"颂"之声,便"莫不和敬",乡里长少同听之,便"莫不和顺"。史诗在协调社会等级次序、维护血缘族团群体安定团结方面所发挥的巨大作用,由此可见。

夏商西周三代在宗教祭祀方面已逐步形成了系统而复杂的等级体系。商代的情况,我们可以据甲骨文资料来分析。以对祖先神的崇拜与祭祀为例,甲骨卜辞中有严格遵守的轮番祭祀的周祭制度,其目的是为了增强血缘族团

---

① 李泽厚:《历史本体论·己卯五说》,三联书店,2006,第383页。

的集体力量与明确族内等级制度的合理性。正如王妍所指出："通过祭祀仪式的隆重程度，体现人间的等级有差的秩序"，"将血缘关系作为社会秩序的基础，对血缘亲情赋予新义，把祖灵崇拜与王权结合，将血缘亲情转化为宗法秩序的国家意识的雏形。"①

到了周代，通过对神权的崇拜，进一步强化政权的意义。周公制礼作乐，细分神灵的等级，并规定不同社会等级的人，祭祀不同等级的神灵，从而强化等级有差的政治秩序。《汉书·郊祀志》载："周公相成王，王道大洽，制礼作乐……天子祭天下名山大川……而诸侯祭其疆内名山大川……各有典礼。"不仅祭祀对象有等级规格，而且在祭器、乐舞等方面都有等级区别。例如，祭器，天子用九鼎八簋，诸侯七鼎六簋，大夫五鼎四簋；乐舞，天子用八佾，诸侯用六佾，大夫用四佾，等等。整个西周社会正是通过这些等级有差的礼乐制度，达到了政治管理的目的。《论语·子路》载孔子之言说："礼乐不兴，则刑罚不中；刑罚不中，则民无所错（措）手足。"

以上列举的商周二代通过神权以强化政权的情况，都是通过祭祀典礼实施的，即《左传》成公十三年所谓的"国之大事，在祀与戎"。而史诗正是祭祀典礼中的语言演述。因此，从五帝到三代，或口传或文字记录的以"雅"、"颂"形式所表达的史诗，都是政治，是各氏族贵族阶层用以沟通天神与祖神，从而区分社会上下等级礼仪，凝聚族团力量，协调社会各阶层与各部门的重要手段。借用李泽厚先生的话，我们可以将史诗的功能概括为"宗教、伦理、政治的三合一"。②

（五）史诗的精神原则

宗教祭祀典礼上，要求用心敬神。敬神的观念藏在心里时称为"志"，用语言表达出来时称为"诗"。《毛诗序》谓"在心为志，发言为诗"。"诗"的源头在"志"，即《毛诗序》所谓"诗者，志之所之也"。先秦文献反复表述这一关系，如《尚书·舜典》："诗言志"；《左传》襄公二十七年："诗以言志"，等等。

在宗教史诗时代，初民们坚信神灵是公正不偏，能够扬善惩恶的。《墨子·明鬼》："古圣王必以鬼神为赏贤而罚暴。""鬼神之所赏，无小必赏之；鬼神之所罚，无大必罚之。"《楚辞·离骚》："皇天无私阿兮，览民德焉错

---

① 王妍：《经学以前的〈诗经〉》，东方出版社，2007，第 27 页。

② 李泽厚：《历史本体论·己卯五说》，第 385 页。

（措）辅”。虽然墨子生活在战国之初，屈原生活在战国中期，但墨子《明鬼》篇与屈原《离骚》中的这两则材料，却都反映五帝三代宗教史诗的情况。又，《尚书》中的“《盘庚》三篇是无可怀疑的商朝佚文”，[①] 其记载商王盘庚之言曰：

> 予告汝于难，若射之有志。
> 汝分猷念以相从，各设中于乃心。

这里，将“志”、“心”与“中”、“射”相统一。“射”必有“靶心”，“中”乃氏族图腾旗，均有中心公正之义。“射之有志”是指把“志”作为射箭之“靶心”，而“设中于乃心”则是以“中”为原则来要求“心”。这就要求从“中”的本义谈起。饶宗颐《诗言志再辨》谓“‘中’是旗帜，设旗帜于心，作行为之指导”。姜亮夫《文字朴识》有《释中》篇，指出“中”字在甲骨文和金文里作：

（《簠室》5）　　（《颂鼎》）

“中”字的上端作飘游状者为氏族图腾旗帜，中间作圆者为太阳（甲骨文契刻不便，故作方形），而下端作飘游状者则为旗帜之投影。[②] 每当正午时刻，太阳正中照下，旗帜正投影于旗杆下，是为不偏不倚之中正，最为公正之时。因此，人间的一切行为要以天神“日中”为依据，即《左传》成公十三年所谓“民受天地之‘中’以生，所谓（天）命也。”这种观念在宗教史诗时代是很普遍的，以至周秦汉初文献里仍有大量记载。如，《周易·系辞下》：“日中为市，致天下之民，聚天下之货，交易而退，各得其所。”《国语·周语》：“道之以中德。”《国语·鲁语》有“日中考政”之说，《诗》毛传有“教国子以日中为期”之谓。饶宗颐也主此说：“旗帜渊源甚古。《世本》云：‘黄帝作旃’，殷卜辞屡见‘立中亡风’之占，‘立中’可读为‘位中’，‘设中于心’便是‘志’。”[③] 由此可见，“志”字的本义除了有宗教祭

① 范文澜：《中国通史简编》修订本，人民出版社，1949，第114页。

② 姜亮夫：《释中》，《姜亮夫全集》第18卷《文字朴识》，云南人民出版社，2002，第352～355页。

③ 饶宗颐：《诗言志再辨——以郭店楚简资料为中心》，《饶宗颐新出土文献论证》，上海古籍出版社，2005，第143～151页。

祀这一义项外，还有中正公平、行为准的之义；而这两个义项正取义于太阳神的中午正直普照。

“诗”字从言从寺，而“寺”字也有法度准的、中正公平之义。《说文》：“寺，廷也，有法度者也。”《国语·越语下》：“有持盈。”韦昭注：“持，守也。”《荀子·正名》：“犹引绳墨以持曲直。”这里的“引绳墨以持曲直”与《盘庚》篇“射之有志”、“设中于乃心”完全一致。所谓“持曲直”正是把握公平正直之意。

总之，原始初民普遍崇拜太阳光明神，并取太阳正午直照无偏的“正中公平”为血缘族团普遍遵循的法度准则。初民们相信，所有的自然神、祖先神都像“日中立旗”一样，具有神圣的公正法度原则。于是酋长祭司等上层贵族阶层在祭祀所有神灵时，都必须持有公正无偏之心。只有这样，才能与神灵沟通，获得庇佑大吉。在祭祀神灵过程中产生的诗与志，自然便具有了公正法度的含义。

五帝三代的史诗具有强烈的道德评判力量，它是代表神灵而辨明是非、扬善惩恶。史诗的这一重要特征构成了中华民族最基本、最重要的道德精神原则。这一精神原则经春秋战国学者的进一步阐发弘扬而对以后两千多年的史学、文学、思想产生了深广的影响，并逐步塑造成中国知识分子的优良传统品格，是我们中华民族的一份宝贵遗产。

三　史诗文体的终结与史诗精神的转承

史诗在五帝三代是民族的圣典，是王官之学的主体。然而，史诗的这种独尊地位到了西周末年开始动摇，再经春秋战国时代而发生了变化。这变化的具体表现是史诗作为一种宗教典礼上的特殊文体不再存有，但史诗的公正评判精神却通过其他形式而得以承续光大。

（一）“诗亡然后春秋作”试解

春秋时代史诗出现变化的基本特征是韵文的“史诗”不再担任“史”的职能，“史”的职能交由散文体“春秋”之类来承担。《孟子·离娄下》曰：“王者之迹熄而诗亡，诗亡然后春秋作。晋之《乘》，楚之《梼杌》，鲁之《春秋》，一也。其事则齐桓、晋文，其文则史。孔子曰：‘其义则丘窃取之矣。’”关于孟子的这段话，过去学界有许多不同解释。大多注本将“诗亡然后春秋作”中的“诗”与“春秋”加上书名号，读成“《诗》亡然后《春秋》作”。这样就特指《诗经》与《春秋》两部专书了；又将“王者”指定为周天子。这是误解。“诗亡然后春秋作”的正确含义应该是指，由韵文的“史诗”来记载历史、承传历史的时代结束了，而改由散文的“春秋”来记载历史、承传历史了。在这里，诗不是专指《诗经》，而是自颛顼改革巫术以来，直至夏商西周两千年的历史长河中各民族在宗教祭祀场合用于沟通天神祖神的史诗，即雅、颂之诗；春秋也不是专指鲁国的《春秋》，而是各诸侯国散文体史书的通称。《墨子·明鬼下》有某事“著于周之《春秋》”，某事“著于燕之《春秋》”，某事“著于宋之《春秋》”等记录，说明当时各国史书都称“春秋”。孟子所说的“诗亡然后春秋作”之“春秋”是史书之通名，而“鲁之《春秋》”则为史书之专名。这专名还可以有别的名称，如“晋之《乘》，楚之《梼杌》”。它们皆为散文编年体史书，所以孟子又说“其文则史”。因为在散文编年体“春秋”出现之前，历史是由韵文体“史诗”承担的，那时是“其诗则史”。

史诗作为神灵喻示与公正评判的记录，作为民族起源与发展的历史载体，作为团结族民、治理社会的政治工具，始终是与“王者之迹”联系在一起的。《孟子》赵岐注：“王者，谓圣王也。太平道衰，王迹止熄，颂声不作，故诗亡。”这个“王”是泛指血缘氏族社会贵族阶层的最高统治者，其在不同的历史阶段，有不同的具体称呼。

如前所述，中国古代文明的起源与早期发展，依然延续着氏族社会的血缘管理。在血缘管理体制下，民族史诗都在本族内承传，而不传他族。而且为了保障本族史诗承传的连续性，三代的史官、巫官、祝官、乐师等祭司阶层，也都世代相传。《左传》昭公二十九年：“夫物物有其官，官修其方，朝夕思之。一日失职，则死及之。失官不食。官宿其业，其物乃至。”这里的“物”指民族图腾祖先神，即《左传》宣公三年“远方图物”、“铸鼎象物”之“物”。“物”有鬼神义，其原义指图腾祖先神。[①]“官修其方”的“方”，杜预注为“法术”。“不食”杜预注为“不食禄”。“官宿其业”的“宿”字，杜预注为“犹安也”。这段话的意思是：每个民族都有专职的祭司神职人员负责对其图腾祖先神举行祭祀活动，掌握宗庙祭祀之法术，而且世代相传；一旦有所失职，便不食其禄，甚至以死谢罪；只有这些神职人员世代忠诚其职业，他们的民族图腾祖先神才能降临宗庙，保佑其民族。这些宗庙祭祀活动

---

① 江林昌：《图与书：先秦两汉时期有关山川神怪类文献的分析》，《文学遗产》2008 年第 6 期。

中的祭司类神职人员所修之“方”与所宿之“业”，自然包括吟诵传授民族史诗，且伴有歌舞升降等仪式的。《荀子·荣辱》一则材料反映的情况大致相同：“循法则、度量、刑辟、图籍，不知其义，谨守其数，慎不敢损益也。父子相传，以持王公。”这里明确指出，对于民族的“法则、度量、刑辟、图籍”之类，都由“父子相传”，所谓“世不失职”。王先谦《荀子集解》释“以持王公”一句谓：“世传法则，所以保持王公言，王公赖之以为治者也。”这里以“保持王公言”为目的的“法则、度量、刑辟、图籍”之类，合称之则为王官之学，其中包括史诗。

然而，“王官之学”到了春秋时代，终因周王朝及各诸侯国的血缘管理纽带的逐渐被解构而出现了变化。既然“王官之学”赖以生存的血缘纽带已被解构，那么原来在朝廷王宫里负责传诗吟诗的史官、承担占卜问筮的巫官、掌理乐舞礼仪的乐官、主持祭祀盛典的祝官等祭司阶层，也就流散各地了。《史记·历书》载：“幽厉之后，周室微，陪臣执政，史不记时，君不告朔，故畴人子弟分散，或在诸夏，或在夷狄。”其具体的分散情况则有《左传》昭公二十六年：“王子朝及召氏之族、毛伯得、尹氏固、南宫嚚，奉周之典籍以奔楚。”《论语·微子》：“大师挚适齐，亚饭干适楚，三饭缭适蔡，四饭缺适秦，鼓方叔入于河，播鼗武入于汉，少师阳、击磬襄入于海。”《史记·老子韩非列传》：“（老子）周守藏室之史也……居周久之，见周之衰，乃遂去。”既然“以持王公”的史官、乐官、祝官、宗官等祭司都四散各地了，那么原来由他们掌管的“雅”、“颂”等史诗类的文化典籍也就不再有人整理与承传。故《史记·孔子世家》谓“孔子之时，周室微而礼乐废，《诗》、《书》缺”，也就是《孟子·滕文公》所说的“王者之迹熄而诗亡”。

王官之学下移的同时，私学、私人著作开始从下层兴起。据《孟子》记载，最早私人著述史书的是春秋末期的孔子，其《滕文公下》说：

> 世衰道微，邪说暴行有作，臣弑其君者有之，子弑其父者有之。孔子惧，作《春秋》。《春秋》，天子之事也，是故孔子曰：“知我者其惟《春秋》乎？罪我者其惟《春秋》乎？”
>
> 圣王不作，诸侯放恣，处士横议……孔子成《春秋》而乱臣贼子惧。

司马迁也认为，孔子作有《春秋》，其《孔子世家》云：

> （孔子）乃因史记作《春秋》……约其文辞而指博。故吴楚之君自

称王，而《春秋》贬之曰“子”；践土之会实召周天子，而《春秋》讳之曰“天王狩于河阳”：推此类以绳当世。贬损之义，后有王者举而开之。《春秋》之义行，则天下乱臣贼子惧焉。

以上《孟子》、《史记》的几段话，为我们提供了如下信息：

（1）孔子编述《春秋》,[①] 是由于当时“世衰道微”、“圣王不作，诸侯放恣，处士横议”、“邪说暴行有作”的社会背景下不得已而为之的。如果世事昌盛，圣王有为，孔子就不必作《春秋》了。

（2）《春秋》是记载历史的，而在血缘社会里，记载历史是圣王史官的工作，而且是由“雅”、“颂”之类史诗来承担的。所以孟子说：“《春秋》，天子之事也。”杨伯峻《孟子译注》释此句谓：“著作历史，（有所赞扬和指谪），这本来是天子的职权，（孔子不得已而做了）。”

（3）在血缘社会里，记载承传历史的“雅”、“颂”之类史诗，具有传达神灵喻示，公正记录，扬善惩恶，引导社会积极向上的功能。孔子编述《春秋》正是为了继承这一传统，所谓“约其文辞”、“以绳当世”。正因为孔子继承了史诗的公正评判、扬善惩恶传统，所以“《春秋》之义行，则天下乱臣贼子惧”。孔子自己也感叹说：“知我者其惟《春秋》乎？罪我者其惟《春秋》乎？”

以上第一点是说明背景，而第二、三点正说明了《春秋》与血缘社会里的王官史诗之间的内在联系。两者在表达形式上虽有韵文与散文的区别，而其精神实质则是一致的。

基于以上认识，我们再来读《孟子·离娄下》这段文字，便能豁然明了。所谓“王者之迹熄而诗亡”，即“世衰道微”，“圣王不作”，“周室微而礼乐废”。血缘制度瓦解了，因而“《诗》、《书》缺”矣。随之而起的是私人著述的散文体史书出现了。这就是孟子所说的“诗亡然后春秋作”。孔子编述《春秋》继承了王官之学史诗评判曲直、扬善惩恶、“以绳当世”的优良传统。所以孟子在“诗亡然后春秋作”一句后，补充说：“孔子曰：‘其义则丘窃取之矣。’”孔子所取的“义”，正是史诗的公正评判精神，孔丘是以史诗的优良传统编述《春秋》的。

孔子通过编述《春秋》，继承弘扬了史诗的公正评判、扬善惩恶之精神，对中国史学产生了深广的影响。前文讨论史诗精神时指出：诗即志，志即旗，

---

① 孔子是“作”《春秋》还是“述”《春秋》，学界有争议，本文采用“编述”说。

即中。而“史”字正与“中”有关。《说文·史部》：“史，记事者也。从又持中。中，正也。”从又即从右手。中即旗帜。可见右手持旗，即为史。前文指出，“中”字取义于神灵监视、日影正中不偏、刚直公平之义。而把持这刚直公平之“中”者即为“史”。史诗产生于宗教祭祀，“志”字要“设中乃心”，表公平记录。颛顼改革巫术以来，史诗即历史。而“史”正是从“诗”、“志”的原始义引发而来。《春秋》经传中的“秉笔直书”、“书法不隐”、“为法受恶”、“微言大义”等原则，都是公正记录、扬善惩恶等史诗精神的具体化。而这一原则正如一条红线，贯穿于此后两千多年来的史书编纂之中，并形成一种强大的精神力量，引导着社会的道德发展。

（二）由《庄子·天下》篇看史诗精神在春秋战国时期的承传

孔子不仅在编述《春秋》时继承了王官之学的史诗精神，而且在他整理的《诗》、《书》、《礼》、《易》、《乐》中也同样继承了史诗精神。不独是孔子，春秋战国时期的其他学者也都继承了王官之学、史诗精神。《庄子·天下》篇对此有很好的概括：

> 古之人其备乎！配神明，醇天地，育万物，和天下，泽及百姓，明于本数，系于末度，六通四辟，小大精粗，其运无乎不在。其明而在数度者，旧法世传之，史尚多有之；其在于《诗》、《书》、《礼》、《乐》者，邹鲁之士，缙绅先生多能明之……其数散于天下而设于中国者，百家之学时或称而道之。

庄子将五帝以来的学术分为三个阶段。第一阶段为王官之学。“古之人”即指五帝三代酋长君王及其贵族祭司阶层。他们代表氏族成员上通天神，所谓“配神明，醇天地”；又代表神灵下治社会，所谓“和天下，泽及百姓”。这些“古之人”在祭祀典礼上所举行的沟通神灵、治理社会等活动中形成的仪式规矩，便成了整个社会遵守的礼数法度，而当时吟唱的文辞便是“雅”、“颂”类史诗。这些活动内容都是世代相传的，所以《天下》篇说“其明而在数度者，旧法世传之，史尚多有之”。这里的“其”即指“古之人”所从事的王官之学，下文“其在于《诗》、《书》”与“其数散于天下”两句中的“其”，所指同此。

第二阶段为春秋时期的缙绅之学。五帝三代的王官之学，到了春秋时代，已具体细化为六经。《庄子·天运》载孔子与老子对话。老子说：“夫六经，先王之陈迹也。”所谓“先王陈迹”即王官之学。孔子说：“丘治《诗》、

《书》、《礼》、《乐》、《易》、《春秋》六经，自以为久矣，孰（熟）知其故（事）矣。”说明孔子对王官之学很熟悉，并通过学习整理六经来继承王官之学、史诗精神。不仅如此，生活于孔子稍前的老子和稍后的墨子，也是熟知王官之学并通过“六经”来继承史诗精神的。《庄子·天道》说：“周之征藏史有老聃者。”则老子本来就是从事王官之学的巫史类神职祭司人员，所以孔子也要向他问礼。又《淮南子·要略》说：“墨者学儒者之业，受孔子之术。”《淮南子·主术训》说：“孔丘、墨翟，修先圣之术，通六艺之论，口道其言，身行其志，慕义从风。”

春秋时期，作为王官之学的史诗虽已不能在朝廷贵族阶层中存续，但其精神内容却通过六经而在士阶层中得到了转承。《天下》篇说“其在于《诗》、《书》、《礼》、《乐》者，邹鲁之士，缙绅先生多能明之”。所谓“其在于《诗》、《书》、《礼》、《乐》者”即指王官之学的内容散见于六经，而孔子、老子、墨子等“缙绅先生多能明之”。

第三阶段则为战国时期的百家之学。这时，王官之学已进一步散移到诸子百家之中，所以说“其数散于天下”。后世因此而有“诸子出于王官论”。①诸子百家之学虽然对王官之学“时或称而道之”，但已是不全面不完整的了，即所谓“不该不遍”。而恰是这一点才体现了战国时代文人学者的个性化发展趋势，从而促成了百家争鸣、百花齐放的学术繁荣局面。

《庄子·天下》篇说明，五帝三代以史诗为主要特征的王官之学，到春秋时代下移到缙绅先生所传述的六经之中，再到战国时代则进一步散见于诸子百家之中。在这样的背景下再来看《孟子》所说的“王者之迹熄而诗亡，诗亡然后春秋作”，可进一步明白，作为王官之学的“雅”、“颂”史诗的终结，是经过缙绅之学再到百家之学而逐渐演变完成的。然而，必须指出的是，终结的只是史诗的韵文形式，史诗的公正评判精神却通过缙绅之学与百家之学而获得承续并光大。

四　大小传统的融合与史诗、巫诗在《诗经》、《楚辞》中的遗存

五帝以前盛行的巫诗，至五帝中期经颛顼改革之后，开始分两支发展，

---

① 《汉书·艺文志》“诸子略”，中华书局，1962，第 1724～1746 页；章太炎：《诸子学略说》，《章太炎学术史论集》，中国社会科学出版社，1997，第 170～186 页。

并一直延续到夏商西周，达两千余年之久。一支在上层，这就是通天神与祖神的那部分巫诗融入到宗教中并与神权、政权相结合而发展成为新的形式——史诗。史诗在氏族上层贵族阶层中流传，成为时代的文化主流。另一支则在下层，这就是仍有大量以沟通身边山水草木等自然小神为内容的原始巫诗继续在氏族下层平民中流传，虽然不为上层贵族所重视，但终因其广泛的民间基础而得以发展。

这上下同步发展的两支文化，恰好可以用人类学家罗伯特·雷德斐的文化大传统与小传统理论来解释。① 大传统文化流传于社会上层的贵族知识分子阶层，往往经过宗教家、思想家的深思提炼而形成集体意识，标志着整个民族的文化水平和文化品格，可以称之为精英文化或高雅文化。而小传统则是指在地方民间流行的文化，通俗易懂，普及面广，可以称之为民俗文化或大众文化。从文化结构看，大传统与小传统虽有高下精粗之分，但又是相互影响、互为补充的。小传统受大传统指导而紧跟时代步伐，而大传统又不断从小传统中吸取新鲜营养而保持长久活力。我国五帝三代的宗教史诗为王官之学，乃贵族祭祀阶层所承担，自然属于大传统，为精英文化。而巫术巫诗自然属于小传统，为民间大众文化。大传统宗教史诗本来就起源于小传统巫术巫诗，并在其发展过程中因始终保持巫术通神原理而包含了小传统巫诗的某些成分。

在大小文化传统之间，虽有相互影响的辩证关系，但在我国五帝三代宗教史诗时代，其上下界限、雅俗之分，终究是十分明显的。《荀子·乐论》追述王官时期的“雅”、“俗”传统时说：“故先王贵礼乐而贱邪音。其在序官也，曰：‘修宪命，审诗章’（‘章’原作‘商’，从王引之校改），禁淫声，以时顺修，使夷俗邪音不敢乱雅，太师之事也。”这段话又见于《荀子·王制》。这里的所谓“诗章”即雅颂类史诗乐章，而“淫声”即夷俗类巫诗邪音。太师的职责就是使“雅”、“俗”大小传统不相混乱。

然而，这界限分明的大小传统，在上下同步发展了两千余年之后，到了春秋战国时代，终因王官之学的下移和士阶层的兴起而相互融合。这种融合的趋势恰好在春秋末期的文化伟人孔子所整理的《诗经》和战国后期的文化伟人屈原整理并加工创作的“楚辞”里得到全面体现。②

---

① Robert Redfield, *Peasant Society and Culture*, Chicago: University of Chicago Press, 1956.

② “楚辞”是汉代人称战国时以屈原为主，包括宋玉、唐勒等人所作的具有楚地人文特色的诗歌总名。为行文方便，本文直接称屈原作品为“楚辞”。

（一）大小文化传统在《诗经》中的融合

今存《诗经》三百零五篇，按风、雅、颂分为三类。新公布的《上海博物馆藏战国楚竹书》中的《诗说》篇，记载孔子论诗，以颂、雅、风为序，而且“颂”作“讼”，“雅”作“夏”，“风”作“邦风”。“讼”、“夏”乃先秦古义，而“邦风”之“邦”不避刘邦讳，也是先秦的称呼。因此，“颂”、“雅”、“风”或许才应该是先秦《诗》总集的编排次序。

讨论之一：从《诗经》编辑的综合性看大小文化传统的融合

“颂”、“雅”、“风”最初是音乐的分类。宋代郑樵《通志·昆虫草木略》谓：“朝廷之音曰雅，宗庙之音曰颂。”而“风”原指乐曲。《山海经·大荒西经》：“太子长琴，始作乐风。”郭璞注：“风，曲也。”则所谓“邦风”即指诸侯邦国之乐。雅、颂诗是宗庙祭祀所传唱，自然属于文化大传统，属于精英文化。邦风相对于雅、颂而言，是地方文化，自然是小传统。这两个传统，本来是上下流传，界限分明的。到了春秋末期，孔子却将他们综合在一起，编入《诗》中，正反映了西周末期以来，因社会结构变化而引起的大小文化传统融合的趋势。

不仅如此，“国风”虽然相对于“雅”、“颂”而言是小传统，但实际上在诸侯国内部，也因有上层贵族与下层平民之区别而在文化上有大小传统之分。以前关于国风全为民歌的认识，显然是一种误解。今存“国风”160篇，有一半以上是诸侯贵族诗，属于邦国内的文化大传统系列。朱东润早年曾对80余首风诗进行考证分析，最后“知其确为统治阶级之诗，皆有明证”。[①]

当然，“国风”中仍有近一半的诗篇乃氏族下层平民所唱。如《郑风·萚兮》写民间男女集体歌舞；《齐风·还》写猎人在山路上相遇对唱，等等。这些民间诗歌反映了氏族平民的劳动生活与爱情生活，朴素自然，清新活泼，属于诸侯国中的文化小传统系列。春秋以来这种不受礼制约束的民间“新声”在郑卫之间、桑间濮上蔚然成风，并得到诸侯贵族们的欣赏喜爱。《礼记·乐记》载，稍后于孔子的魏文侯说：“吾端冕而听古乐，则唯恐卧；听郑卫之音，则不知倦。”《孟子·梁惠王下》也记载孔子之后的梁惠王说：“寡人非能好先王之乐也，直好世俗之乐耳。”这“古乐”、“先王之乐”即三代王官雅颂之乐，属于大传统，而“郑卫之音”、“世俗之乐”是流行于民间的通俗文化，属于小传统。魏文侯、梁惠王这些诸侯贵族，不喜欢大传统文化，

---

① 朱东润：《国风出自民间论质疑》，《诗三百篇探故》，云南人民出版社，2007，第30页。

反痴迷于小传统文化。说明当时大传统趋于衰落，而小传统则蓬勃发展。

然而，孔子是维护王官之学的缙绅之士，对新出现的世俗新声持批评态度，“恶郑声之乱雅乐”（《论语·阳货》），主张“放郑声”（《论语·卫灵公》）。孔子整理编辑《诗经》，自然以王官礼乐为标准。《论语·子罕》孔子曰：“吾自卫返鲁，然后乐正，雅颂各得其所。”凡不合王官礼乐者，孔子皆删去。司马迁《史记·孔子世家》：“古者诗三千余篇，及至孔子，去其重，取可施于礼仪……三百五篇，孔子皆弦歌之，以求合《韶》、《武》雅颂之音。”这被删去的几千首古诗中，大部分应该是小传统民间诗歌。

历史的潮流终究不可阻挡。虽然孔子拿着王官礼乐的尺子去选择诗歌，但当时毕竟已是大小文化传统大融合的时代了，孔子也不能脱离他生活的时代，所以他编辑的《诗经》还是大致体现了这种融合的趋势：

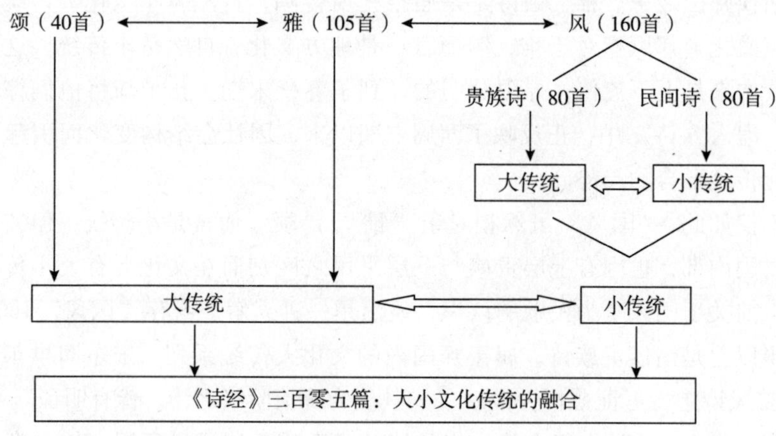

讨论之二：远古巫诗在《诗经》中的遗存

今存《诗经·国风》中近 80 首小传统民间歌谣，一部分是春秋时期或稍前新出的作品，已如上述；还有一部分实际是原始巫歌的遗存，再经春秋时人加工润色而成。这部分诗歌应当引起注意。前文指出，五帝时代初期有原始狩猎巫诗《弹歌》。而《诗经·召南》中的《驺虞》也描写狩猎，应该就是原始狩猎巫诗的遗存：

（一）	（二）
彼茁者葭（密密一片芦苇丛），	彼茁者蓬（密密一片蓬蒿草），
壹发五豝（一群母猪被射中），	壹发五豵（一群小猪被射倒），
于嗟乎驺虞（这位猎手真神勇）！	于嗟乎驺虞（这位猎手本领高）！

“驺虞”原是狩猎人的泛称。“壹发”的“壹”为发语词，“发”指箭矢，诗中作动词用。“豝”指母猪，“豵”指小猪，“五”为虚词，表多数。多只母猪小猪先后被射中。这在今天看来是夸张的说法，但在原始时代是一种巫术咒语，反映了原始人渴望狩猎时多获野兽的强烈心情。《诗经·周南》中的《芣苢》，则是祈求生殖的巫术咒语诗：

采采芣苢，薄言采之。采采芣苢，薄言有之。
采采芣苢，薄言掇之。采采芣苢，薄言捋之。
采采芣苢，薄言袺之。采采芣苢，薄言襭之。

此诗之所以反复吟唱采摘芣苢，是因为芣苢是一种中药，又名车前子，吃了能帮助怀孕生子。闻一多先生分析说，“‘芣苢’的本意就是‘胚胎’，其字本只作‘不目’，后来用为植物名变为‘芣苢’，用在人身上变为‘胚胎’，乃是文字孳乳分化的结果。”① 由此可知，《芣苢》原是巫术咒语诗，是希望女子通过采摘芣苢这一巫术仪式，以达到怀孕生子的目的。此外，《国风·召南》还有《采蘩》、《采》诗，《王风》有《采葛》诗，《鄘风》有《桑中》诗，都以采摘植物花草而事涉性爱多子，都是原始巫术咒语诗的遗存。就此我们可以感觉到五帝三代正当宗教史诗盛行于上层社会之际，原始巫术巫诗仍在民间流传歌唱的大致状况。

讨论之三：商周史诗在《诗经》中的遗存

如前所述，史诗作为圣王贵族在宗教祭祀典礼上所吟唱的韵文形式，到了春秋时代因王纲解纽、学术下移而逐步退出历史舞台。但孔子整理的《诗经》，却为我们保留了一部分商周时期的王族宗教史诗。

据《史记·孔子世家》，孔子整理《诗》时，“取可施于礼仪，上采契、后稷，中述殷周之盛，至幽厉之缺……礼乐自此可得而述，以备王道。”又载孔子语：“吾自卫返鲁，然后《乐》正，《雅》、《颂》各得其所。”今存《诗经》中，正有《商颂》、《周颂》及《大雅》。史诗是王者之事，所以司马迁说孔子整理殷周“雅”、“颂”之诗“以备王道”。

今存《诗经》中的《商颂》虽是春秋时宋国的殷商后裔正考父整理的本子，但其祖本内核应该是商代就已形成并逐代承传的商族史诗。② 其中有追忆商族先祖的图腾诞生，如《玄鸟》“天命玄鸟，降而生商”，《长发》“有娀

① 闻一多：《诗经通义·芣苢》，《闻一多全集》第2卷，三联书店，1982，第121页。
② 江林昌：《〈商颂〉的作者、作期及其性质》，《文献》2000年第1期。

方将，帝立子生商”。有叙述商族先公先王率部族奋斗发展的历史，如《长发》篇写商汤灭夏建国的过程很详细，而《殷武》篇则详写武丁南伐荆楚事。

《大雅》中的《生民》、《公刘》、《绵》、《皇矣》、《大明》是一组保留比较完整的周族史诗，应当是西周初年及其之前周族宗庙祭祀典礼上歌舞吟唱的文辞。《生民》写姜嫄履大人足迹而孕生后稷，后稷出生后历经诸难考验，发明农业，定居邰地。《公刘》叙周人在其酋长公刘带领下来到豳地，开荒耕地，发展农业，放牧养兵，使周族初步跨入文明门槛。《绵》写古公亶父率周人又从豳地迁到岐山之南的周原，与渭水流域的姜姓族联姻，进一步发展农业，初步设立国家机构，使周族真正进入早期文明阶段，等等。

商周史诗是典型的王官之学大传统文化，而孔子将它们保留下来，“以备王道”；同时又将它们与十五国风编在一起，反映了当时大小文化融合的时代特征。

讨论之四：史诗精神在《诗经》中的继承：“变雅”、“变风”再认识

前文指出，史诗作为一种韵文形式，到了春秋时期已开始逐步退出历史舞台；但史诗之评判是非、扬善惩恶的精神，却在春秋时代的缙绅之学与战国时代的百家之学中得以继承。孔子作《春秋》而继承了史诗精神，是最典型的事例。这里要特别指出的是，孔子整理的《诗经》中，有大量称为“变雅”、“变风”的诗，实际上也是在新的时代条件下对史诗精神的继承与发展。“变雅”、“变风”最早是由《毛诗序》提出来的：

> 至于王道衰，礼义废，政教失，国异政，家殊俗，而变风、变雅作矣。国史明乎得失之迹，伤人论之废，哀刑政之苛，吟咏情性，以风其上，达于事变而怀其旧俗者也。

“变风”、“变雅”是在“王道衰，礼义废，政教失”的背景下产生的，郑玄《诗谱序》则具体指出是在厉王、幽王之后。这正是“王者之迹熄而诗亡”的时候。“史诗”文体的衰落与“变风”、“变雅”文体的产生正是同一背景下的前后衔接。其作者都是“国史”，也就是贵族祭司阶层。“国史”原是史诗的承传者，但从西周末开始，经春秋时代，作为王权象征的史诗已遭破坏，于是“国史”们只有以公正评判、扬善惩恶之史诗精神来讽谏统治者，表达赏罚之意，希望能够挽回昔日之王道秩序，这就是所谓的“明乎得失之迹，伤人论之废”，“以风其上，达于事变而怀其旧俗者也”。具体而论，作“变雅”者为周王室的“国史”，作“变风”者为诸侯国的“国史”。由于他们职业同类，背景相同，因此所作“变雅”、“变风”的主题也一致，即以史诗精神来“怨刺”、“讽谏”。至于“变雅”、“变风”与史诗的区别，主要在于：史诗以歌颂为主，“变雅”、“变风”以批评为主；史诗以叙事为主，“变雅”、“变风”以抒情为主；史诗是集体吟唱，“变雅”、“变风”大多为个人述志。

“变雅”诗主要见于《大雅》中的《民劳》、《板》、《荡》、《抑》等，《小雅》中的《节南山》、《正月》、《十月之交》、《雨无正》、《小旻》、《小宛》、《小弁》、《巧言》、《巷伯》等。“变风”主要见于《邶风·新台》、《陈风·株林》、《齐风·南山》、《鄘风·相鼠》、《秦风·黄鸟》等。这些诗对当政者或箴诫规谏，或讽刺批评。“变雅”、“变风”的怨刺讽谏特点，一方面继承了史诗的公正评判精神，“怀其旧俗”；另一方面又反映了时代的变化，“达于事变”；第三方面仍能合乎礼仪传统，“发乎情，止乎礼义”。孔子不仅收录了大量“变雅”、“变风”诗，而且还从理论上加以总结，指出诗“可以群，可以怨，迩之事父，远之事君”（《论语·阳货》）。司马迁则进一步将这种“怨”概括为“《小雅》怨悱而不乱”。这“怨悱而不乱”，就是孔子所说的“温柔敦厚”。从此以后，“温柔敦厚”、“怨而不乱”成了儒家诗学原则。这一原则又经屈原作品的发扬光大而对中国文学产生了深广的影响。

（二）大小文化传统在《楚辞》中的融合

屈原生活在战国后半期，此时周室王权几乎已是名存实亡，而各诸侯国的兼并战争更为频繁。这种政治社会现象反映在文化上，不仅是周王室大文化传统与各诸侯国小文化传统的进一步融合，而且各诸侯国固有的大小文化传统也开始广泛地交叉融合。这种融合趋势，在屈原整理或创作的《楚辞》里得到了最具体的反映。

先说《天问》。《天问》先叙宇宙生成，再叙山川神怪，然后叙虞、夏、商、周、吴、秦、楚等族的起源与发展历史，可以说是现今所见先秦时期一部仅有的综合性的中华民族史诗。其中商周两族史诗与《诗经》之《商颂》、《大雅》所传相一致，而虞、夏及吴、秦、楚史诗则为《天问》所独有，弥足珍贵。

前文讨论史诗时曾指出，五帝三代宗教王官时代，各民族史诗只叙其本民族的历史，且严格限定在本族内世代相传。而《天问》所叙，除在篇末叙楚本族历史外，主体部分则以大量篇幅叙虞、夏、商、周及吴、秦历史，这在文化史上是一种新现象。这一新现象在楚国出现，在屈原笔下出现，决不是偶然的。

首先是时代的原因。战国时代，王官史诗赖以生存的血缘管理结构早已散体，原来主持宗教祭祀并吟唱史诗的周王室祭司及各诸侯国祭司都开始离开其本族国而四处奔命，各族史诗也就失去了其原有的神圣性而流散各地，从而出现了各族国精英文化广泛交流与融合的新局面。

其次是历史的原因。楚民族在起源发展的过程中，曾与虞、夏、商、周族有过密切的交往联系。①

最后是屈原本身的文化条件。屈原本是一个巫史合流的人物，其所任“三闾大夫”与“左徒”两职，均与巫史类祭司神职有关，对楚国的历史文化以及与楚族起源发展相关的虞、夏、商、周文化有相当的了解。② 这样，时代条件、历史渊源、作者修养三方面的结合，成就了《天问》能够综合虞、夏、商、周、吴、秦、楚等族史诗而融为一体，从而使《天问》成为中国文化史上的千古奇篇。

《天问》作为史诗的最大特点在于它的综合性。而正是这一综合性，表明了《天问》已不具备王官时代在宗教祭祀典礼上本氏族成员在祭司主持下集体吟唱的宗教礼仪性条件。因此，《天问》不是楚国王官史诗，而只是五帝三代部分族国的王官史诗的综合保存。当然，王官史诗之代神喻示、公正评判、扬善惩恶的精神传统，在《天问》里还是得到了很好的继承。考察《天问》叙史，往往从正反两面立论，列举尧、舜、禹、汤、文、武等明君，因敬神修德，重贤才，爱百姓，而国运昌盛；又列举夏桀、商纣等昏君，因乱政而丧国，可谓是正反两判，是非分明。

其二，说《九歌》。屈原《九歌》是在中原宗教祭歌与楚地民间巫歌的基础上经润色加工而成，是典型的大小文化传统的融合与创造。前文引《山海经》材料时已指出，“九歌”原是中原夏民族在宗教祭祀活动中用于祭献天神的乐曲，而屈原《九歌》正保存有祭太阳神的《东皇太一》、《东君》及祭云雨神的《云中君》等，这些篇章是五帝三代史诗时代的宗教祭神乐曲的遗存，属于中原王官史诗范畴，是文化大传统。

屈原《九歌》中又有楚地民间巫歌的成分。王逸《楚辞章句》：“昔楚国南郢之邑，沅湘之间，其俗信鬼而好祠。其祠必作歌乐鼓舞以乐诸神。屈原放逐，窜伏其域……出见俗人祭祀之礼、歌舞之乐，其词鄙陋，因作《九歌》

---

① 江林昌：《楚辞与上古历史文化研究》，齐鲁书社，1998，“绪论”，第8～12页。
② 江林昌：《楚辞与上古历史文化研究》，齐鲁书社，1998，“绪论”，第12～14页。

之曲。”朱熹《楚辞集注》认为，屈原对这些民间巫歌还作了修饰加工，“颇为更定其词，去其泰甚”。今存《湘君》、《湘夫人》、《山鬼》三篇，原是楚地巫歌，属于文化小传统系列；但经屈原加工修饰之后，可能进入楚国贵族阶层的祀典，因此又可能是楚国的文化大传统。

《九歌》中还有北方诸侯国祀典。“河伯”原是黄河之神，殷周以来被列入北方沿河两岸各族国的祀典。楚国在南方，本不祭河伯，《左传》哀公六年有相关记载。大小“司命神”原是太阳神的次生神，已见于《周礼·大宗伯》、《礼记·祭法》，开始当为中原五帝酋长与三代君王所祭，春秋战国时代中原诸侯亦祭。于省吾引金文《齐侯壶》“辞誓于大司命”，证明“齐人已祀大司命”。[①] 屈原《九歌》中却保存了原不属于楚国礼典的《河伯》、《大司命》、《少司命》，说明当时中原文化大传统王官之学已下移而融入地方小传统文化，而且南北大小文化传统亦已打破界限而完全融合了。

屈原还在此基础上，对《九歌》原有各篇从内容到艺术都作了个性化的润色、改造，其中最显著的特点便是在《九歌》各篇中表达了公正评判、忠君爱国的史诗精神和哀怨愤懑、规劝讽谏的变雅情怀。如，《云中君》说“浴兰汤兮沐芳，华采衣兮若英”，乃是以香花美草比喻屈原的高洁直正人格；《湘君》说“望夫君兮未来，吹参差兮谁思”，乃是以男女情爱，比喻君臣关系，表达屈原的忠君爱国情怀；《湘夫人》说“鸟何萃兮苹中，罾何为兮木上”，乃是以鱼鸟的错乱其位，比喻是非不分、颠倒黑白的楚国政治社会，体现了屈原强烈的批判精神。

其三，说《离骚》。《离骚》开首交待自己与楚王同姓共祖，表明屈原帮助楚王振兴楚国是宗族血缘之使命，又叙自己于庚寅日从天而降，是神巫祭司身份，再叙自己餐清露，服香草，申述自己内美外修的品德特征。这一切实际是要交待诗中的主人公将以史诗代神喻示、公正评判的面目出现。下文对“三后纯粹”、“尧舜耿介”、“禹、汤、文、武举贤授能”的赞扬和对“启、羿自纵”、“桀、纣猖披”的批评，都是史诗精神的体现。王逸《楚辞章句》指出：

> 昔者孔子睿圣明哲，天生不群，定经术，删《诗》、《书》，正《礼》、《乐》，制作《春秋》，以为后王法……
>
> 其后周室衰微，战国并争，道德陵迟，谲诈萌生……屈原履忠被谮，

---

① 于省吾：《泽螺居楚辞新证》“大司命”条，中华书局，2003，第171页。

忧悲愁思，独依诗人之义，而作《离骚》。

春秋时代的孔子依史诗精神而修《春秋》，以褒贬之义“以绳当世”。战国时代的屈原继孔子之后依然沿着史诗精神往前走，“依诗人之义而作《离骚》”。这“诗人”自然是指王官之学中主持传授史诗的祭司之属，而《离骚》代神喻示、公正评判、扬善惩恶，犹如孔子之《春秋》，其精神实质是一致的。这是大传统精英文化。

《离骚》中的史诗精神更多地表现为“变雅”的怨刺讽谏。既伤“哲王不寤”、“灵修数化”，又叹“众芳芜秽”、“时俗工巧”。尽管如此，诗人坚守史诗精神，永不改悔：“虽九死其犹未悔”、“虽体解吾犹未变”。这仍然是大传统精英文化。

《离骚》中还大量借用了巫术驱使自然的习俗与宗教通神的原理，实际上也是大小文化传统的创造性综合运用。《离骚》在向重华陈述忠情后，便开始飞腾天国，“驷玉虬以桀鹥兮，溘埃风余上征”。可是“帝阍”守门不开，“春宫”美女变节，说明楚国的黑暗现实确已“不足为美政”了。于是有了飞离楚国的设想，而飞离的过程依然是借助巫风，先求灵氛占卜，再请巫咸降神，然后“驾飞龙”，“指西海”，浩浩荡荡之际，“忽临睨夫旧乡”。最终演出了以身殉国的千古悲剧。总之，诗人在两次神游中，驾飞龙、令羲和、使望舒、命飞廉、驱凤鸟，等等，都是通过巫术咒语，驱使喝令使之为主人公所用。这是原始巫术的灵活运用，是小传统文化。而相信天庭与春宫等神界有神灵的存在，因而奔告求助，则又是宗教史诗基本原理的巧用，是大传统文化。屈原创造性地将两者结合在一起，以服务于自己的心路历程，构成了《离骚》独有的波澜起伏的浪漫情节，充分表现了诗人忠君爱国、公正评判、矢志不渝的史诗精神。鲁迅因此称《离骚》为“逸响伟辞，卓绝一世”。

其四，说《九章》。《九章》是《离骚》怨刺精神的进一步具体化，可以说是战国时代楚国的“变雅”组诗，是大传统文化。《九章》第一篇为《惜诵》。“惜”为痛切之义，“诵”则进谏之义。前引《国语》之《周语》、《楚语》指出，王官时代周王朝及楚王庭里，都曾有巫史献书，瞽矇进谏，以供君王执政时参考的传统，而《九章》之“惜诵”即其意也。《惜诵》开篇言：“惜诵以致愍兮，发愤以抒情。所非忠而言之兮，指苍天以为正。令五帝以折中兮，戒六神与向服。俾山川以备御兮，命咎繇使听直。”以王官祭司的身份自拟，表明自己将代表神灵主持公正评判。这既是《惜诵》的开场白，也可视作整组《九章》的序言。然而悲哀的是，“竭忠诚以事君兮”，却是“愿陈志而无路”。在这样的处境下，自然是“心郁邑余侘傺兮”。《九章》其他各篇所述大致与此相同。

现在，我们可以将上述所论屈原作品里所体现的大小传统关系列表如下：

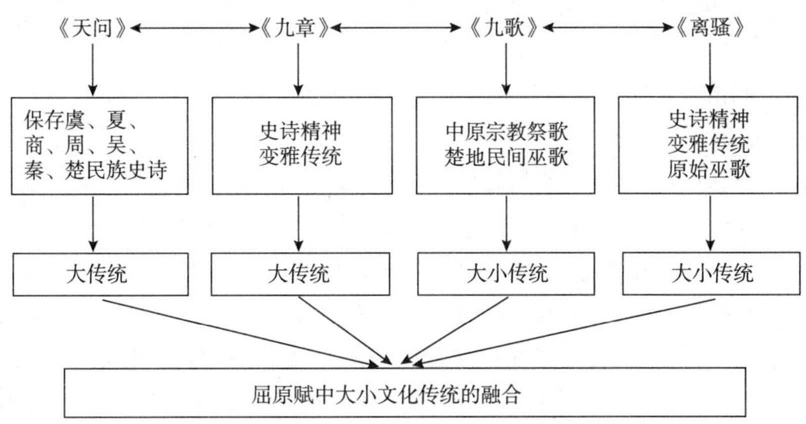

春秋末年，孔子编《诗》时，是以王官礼乐为标准，将各国大小文化传统的诗合编在一起，凡不入乐者则删除。孔子做的只是“正乐”的工作，所谓“述而不作”。而战国时代屈原的《天问》、《九歌》、《离骚》、《九章》各篇，不仅将各大小文化传统的史诗巫诗合编在一起，而且还做了统一的艺术加工与内容创造，是“既述且作”。孔子和屈原都继承了史诗精神。但孔子的史诗精神是通过他将“雅”、“颂”诗与“变风”、“变雅”诗都编入《诗经》而体现的，而屈原的史诗精神则通过在他的《九歌》、《天问》、《离骚》、《九章》中个性化的创作而体现。这种不同正体现了时代的发展。

五　史诗通神观念的突破与中国轴心文明的诞生

前面我们举例讨论了春秋战国时期史诗文体的逐步终结与史诗精神的广泛承传，而这种终结与承传，恰好体现在五帝三代大小文化传统到了春秋战国时代出现了融合的过程之中。五帝三代王官之学、宗教史诗中的通神观念在春秋战国时代的变化，概括地说，没有随着史诗文体的终结而消失；相反，通神观念如同史诗精神一样，在春秋战国时代得以继承并有新的发展。这就是通神观念随着王官之学的下移而普及于下层士民阶层，而这一点又恰好与五帝三代大小文化传统的融合相一致。

在五帝三代，沟通天神的特权均为王室贵族阶层独占；“天人合一”的理想境界只能在王室贵族阶层内部实现；其通神过程则由祭司集团主持。到了春秋战国时代，一方面是王权旁落，贵族世袭制的瓦解；另一方面则是士阶层的崛起，人类理性精神的全面觉醒。在社会急剧变化的背景下，出现了人类文明发展史上的新突破。德国哲学家雅斯贝尔斯称之为“轴心时期”。纵观世界文明史，这种“轴心时期”的文明突破发生在公元前 800 年到公元前 200 年之间的古代中国、古印度、古希腊和波斯—以色列。轴心文明的最大特点是人类精神思想上的“突破”，而“突破”的核心便是对原初的超越。雅斯贝尔斯指出，这种原初超越的终极意义在于，确立了一个新的文明形态和性质，进而对以后的人类社会发展产生了持久永恒的影响力。①

中国轴心文明的精神超越，很重要的方面是体现在沟通神灵的适用范围与对天人合一观念的突破上。正如余英时所指出：“在人们普遍相信‘绝地天通’神话的时代，只有帝王在巫觋帮助下能直接与天沟通。因此，‘天人合一’也成了帝王的禁脔。帝王受命于天，是地上所有人的唯一代表。中国轴心突破是作为一种精神革命而展开的，它反对王室与天的联系。”② 具体地说，在春秋战国时期，“天人合一”观念的变化体现在由上层贵族普及到下层士民、由集体意识转化为个人意识。这其中最典型的例子见于《庄子·人间世》中庄子借孔子弟子颜回说出的一段话：“然则我内直而外曲，成而上比。内直者，与天为徒；与天为徒者，知天子之与己皆天之所子。”在夏商西周史诗时代，只有君王才能配称是天神之子，所谓“天子”；而战国时代的庄子心目中，他自己与君王都可称为“天之所子”，“只要保持内心诚直，则人人都能成为天子，从而也就能与天直接沟通。”③

孔子在庄子之前就已有这种认识了。在《论语》一书里，孔子在多处场合表明他与天神是经常沟通的。他说他“五十而知天命”（《为政》），说“天生德于予”（《述而》），又说“知我者其天乎？”（《宪问》）刘殿爵教授在他的《英译〈论语〉导论》中因此而总结说：“到孔子之时，关于天命的唯一拓展就是不再局限于君主。每个人都受命于天以修其德，践天命就是他的职责。”④

孟子进一步发扬孔子的天命观，提倡加强个人的内心修养，培育浩然之

---

① Karl Jaspers, *The Origin and Goal of History*, trans., Michael Bullock, chapter 1, The Axial Period, New Haven: Yale University Press, 1953, pp. 1 – 21.

② 余英时：《人文与理性的中国》，上海古籍出版社，2007，第 8 页。

③ 余英时：《人文与理性的中国》，上海古籍出版社，2007，第 9 ~ 10 页。

④ 刘殿爵：《采掇英华——刘殿爵教授论著中译集》，香港中文大学出版社，2004，第 13 页。

气，然后就可以与天沟通。其《尽心上》指出：

> 尽其心者，知其性也。知其性，则知天矣。
> 存其心，养其性，所以事天也。
> 君子所过者化，所存者神，上下与天地同流。

过去，沟通天神需要史诗圣典、歌舞礼仪、钟鼎礼器等巫术祭祀活动，现在到了孟子观念里，只需要有内心的浩然之气就可以通神了。也就是说“将天与人交通的媒介由‘巫’改为‘心’，以及用精神修养来取代礼乐仪式。”①

在孟子看来，天神依然是存在的，人还是需要与天神沟通的，只不过沟通天神的主体与手段变了。即过去只有王室贵族祭司阶层可以通神，现在人人都可以通神了；过去只有通过史诗歌舞等巫术祭祀手段才可通神，现在只要培养内心正直就可直接通神了。这正是轴心时期理性精神觉醒的体现。

屈原进一步强化了沟通神灵过程中的内心精神力量。在《离骚》中，屈原反复强调自己的内心耿直忠诚与外表高洁纯美。他“朝饮木兰之坠露”，“夕餐秋菊之落英”，而且“制芰荷以为衣”，“集芙蓉以为裳”。在内修外美方面，屈原自以为超越了常人，“余独好修以为常”，所以他最有资格与天神沟通。《离骚》说他可以“指九天以为正”，“依前圣以节中”，《惜诵》又说“令五帝以折中”，“命咎繇使听直”。屈原以内心之“正”、“中”、“直”而沟通“九天”、“五帝”、“咎繇”等神灵。而这“正”、“中”、“直”也正是前文讨论的史诗精神的要义所在。

在春秋战国时代，诸子百家论天人关系，几乎都把沟通天神的根源建立在人的内心深处，从而会聚成了人类精神的新突破。余英时称这种突破的特点是个人化、内向性的转化：“中国由前轴心时期迈入轴心时期，天人关系发生了决定性的新转向。这种转向既是个人化的，又是内向性的。在前轴心礼乐传统与哲学突破之间，中国的精神思想出现了质的飞跃。因为超越了礼制传统，中国的思想无论在概念上还是表达上都提升到了一个新的层次。”② 前引《庄子·天下》篇称诸子百家之学在继承王官史诗之学方面，已有很大的破坏性，说是“天下之人各为其所欲焉以自为方”，“百家往而不返”，“道术将为天下裂”。虽然这是用了批评的语气，实际恰好道破了当时诸子百家在精

① 余英时：《人文与理性的中国》，上海古籍出版社，2007，第14页。
② 余英时：《人文与理性的中国》，上海古籍出版社，2007，第11页。

神世界方面的超越性与突破性。

必须强调的是，春秋战国时代在沟通神灵方面的突破虽然已表现为由外在的集体性礼乐史诗，转化为内在的个人化心灵，但王官时代史诗的公平正直之精神仍然是个人内心通神的重要原则。所以庄子强调“内直”，余英时译为“内心诚直”；孟子要“尽其心”，杨伯峻《孟子译注》解为“充分扩张善良的本心”；屈原要“中”、“正”、“直”。这是中国轴心文明表现为“突破”的最闪亮之处，也是中国古代人文精神的崇高所在，更是中国知识分子优秀品格的根本基础。

分析至此，我们对史诗时代如何发展到轴心时代的大致轮廓已然明白。作为本文的结束，尚有两点相关的问题需要简单说明。

其一，从思想史角度看，要区分从巫诗时代到史诗时代再到轴心时代有关通神内涵、范围与手段的发展变化。在巫诗时代，人人为巫、人人通神、处处通神。通神的手段是外在的咒语巫诗等法术。人在神面前是盲目的。在史诗时代，通神的手段为特定的宗教典礼与史诗乐舞，通天神与祖神的主持者为代表“公众巫术”的少数氏族贵族祭司阶层。人在神灵面前是被动的。而普通族民只有在民间继续采用原始巫术直接沟通身边层次低级的自然神。也就是说，在史诗时代，通神的对象与手段都已出现了不同的范围与层次。到了春秋战国时期的轴心文明阶段，通天神的范围层次已由贵族阶层下延扩大到普通士民。但也并非人人都可以通天神，而是只有道德高尚的人才可以。于是通神的手段也开始由外在的宗教典礼、史诗乐舞等形式而转化为内在的精神道德修炼。人在天神面前是主动的、理性的。这种高贵的人文精神，虽从西周初年的周公强调德治时已开其端，而其普及广大，成为时代主流，则是在春秋战国轴心文明时期。正是轴心文明时期的内心超越，才构成了此后两千年中国文化生生不息的精神资源。

其二，从文明史角度看，从巫诗时代到史诗时代再到轴心时期，虽然出现了两次突破，但沟通神灵，“天人合一”观念并没有被完全割断与抛弃，反而在新的范围内，在新的方式中，获得了升华。尤其是五帝三代一直贯穿于血缘社会中的公正评判、劝善惩恶的史诗精神，到了轴心时期发展内化为人的精神品德要求，以作为通神的基础。这些都体现出了中华文明起源与发展的连续性特点。正如余英时所指出，春秋战国之际，天人合一观念由王室贵族上层向社会下层个人化的转向，“一方面使得天人之间的直接交通得以重开，另一方面，又使得个人得到精神上的觉醒和解放”。“这种不完全与前轴心传统决裂的态度，似乎对以下事实有重要意义……中国轴心突破所导致的超越世界，并没有明显地与现实世界对立起来。但在这种情况下，传统与突破之间的持续性已经隐然可见”。①

总之，由五帝时代早期及其之前的人人为巫通神的巫诗时代，到五帝中晚期及三代王室贵族阶层通神的史诗时代，再到春秋战国人人内心通神的轴心时代，是中国文化发展史上的三个里程碑。这三个时代都有通神观念，都有天人合一观念，而且后两个时代都贯穿着公平诚直的精神要求，从而体现了中国文明起源与早期发展的连续性特点。但这三个时代不是简单的重复，而是螺旋式的上升，是三次质的飞跃。每一次飞跃，都进一步奠定了有别于世界其他古代文明的中国古文明基础。

（原载《中国社会科学》2010 年第 4 期）

---

① 余英时：《人文与理性的中国》，第 10 ~ 11 页。

论七言诗的起源及其在汉代的发展

·赵敏俐·

在中国诗歌史上，七言诗占有重要的地位。严格来讲，七言诗在汉代尚不成熟，现存可以确证为汉代完整的七言诗很少，优秀的作品更少，它没有取得五言诗那样的成就，因而在一般的文学史中很少论及。① 当然这并不意味着学者们对七言诗的问题关注不够，而是因为相对于五言诗来讲，七言诗的起源问题更为复杂，各家说法之间的争议更大。不过有一点可以肯定，汉代是七言诗发展的早期时代。现存文献中不仅保存了大量的七言歌谣、韵语、铜镜铭文、刻石，而且也保存了一些文人的七言诗篇，并呈现出异常复杂的状况，这增加了我们描述与研究的难度。本文的目的有三：一、评析有关七言诗起源的研究状况；二、分析现存汉代的各类七言句及七言诗存世情况；三、讨论七言诗的文体特征，七言诗与其他诗体的关系，分析七言诗在汉代所以不成熟的原因。

一 关于七言诗起源问题的讨论

关于七言诗起源问题，古今有多种说法。李立信曾搜罗各种文学史、诗歌史、期刊论文、历史典籍所见近七十家观点。② 秦立根据前人六十余家观点进行总结，概括为 16 种主要的说法。③ 主要有源于《诗经》说，源于楚辞说，源于民间歌谣说，源于字书说，源于镜铭说，此外还有源于《成相篇》说，源于《柏梁台诗》说，源于《四愁诗》说，源于《琴思楚歌》说，源于

---

① 对此李立信曾经提出批评，他曾经列举出当代 32 种有关文学史和诗歌史的著作，都没有提到七言诗的起源问题。见李立信著《七言诗之起源与发展》，台北：新文丰出版公司，2001，第 2～4 页。

② 李立信：《七言诗之起源与发展》，第 5～29 页。

③ 秦立：《先秦两汉七言诗研究》，首都师范大学硕士学位论文，2009。

《燕歌行》说，源于道教《太平经》干吉诗说，源于《吴越春秋》之《穷劫曲》说等等。仔细分析这些说法，源于《诗经》说最早见于挚虞的《文章流别论》，他说："古诗率以四言为体，而时有一句二句，杂于四言之间……，七言者，'交交黄鸟止于桑'之属是也，于俳谐倡乐多用之。"① 然而以挚虞所举的这一例证，本可以写作"交交黄鸟，止于桑"，乃是一句四言，一句三言，并不是严格意义上的七言句，后人在《诗经》中所找到的所谓七言诗句多类于此。实际上在《诗经》中真正可以看作"七言"的句子很少。而所谓源于字书说、源于镜铭说以至于源于《成相篇》等某一首诗的看法，则明显地具有简单化倾向，不可能完美解释像七言诗起源与演变这样一种十分复杂的文学史现象。相比较而言，以源于楚辞说和源于民间歌谣说最有影响，值得我们仔细讨论。

最早论到七言诗与楚辞的关系的，当为《世说新语·排调》："王子猷诣谢公，谢曰：'云何七言诗？'子猷承问，答曰：'昂昂若千里之驹，泛泛若水中之凫。'"这两句诗原文见于《楚辞·卜居》："宁昂昂若千里之驹乎？将泛泛若水中之凫乎？"《世说新语》的作者刘义庆本为刘宋时人，这里提到的王子猷与谢公（谢安）是东晋时人。王子猷这里所说的"七言诗"，虽然是取自《楚辞》中的两句，但是却把每句诗原文前后的两个字都去掉了。可见在这个时候，人们对七言诗这一文体的特点及源头尚不清楚。其后刘勰在《文心雕龙·章句》篇云："六言七言，杂出《诗》、《骚》。"可见，刘勰只是模糊地提到七言诗与《诗》、《骚》有关的问题，也没有具体论证。明人胡应麟《诗薮》内编卷三曰："七言古诗，概曰歌行。余漫考之，歌之名义，由来远矣。《南风》、《击壤》，兴于三代之前；《易水》、《越人》，作于七雄之世；而篇什之盛，无如骚之《九歌》，皆七言古所自始也。"② 在这里，胡应麟把《南风》、《击壤》等传说中的上古歌谣以及战国时的《易水》、《越人》歌当作七言诗之始，同时他又认为楚辞《九歌》最有代表性。顾炎武《日知录》卷二十一"七言之始"条亦曰："昔人谓《招魂》、《大招》，去其'些'、'只'，即是七言诗。余考七言之兴，自汉以前，固多有之。如《灵枢经·刺节真邪篇》：'凡刺小邪日以大，补其不足乃无害，视其所在迎之界。凡刺寒邪日以温，徐往徐来致其神，门户已闭气不分，虚实得调其气存。'宋

---

① 虞挚：《文章流别论》，严可均校辑《全上古三代秦汉三国六朝文》（2），中华书局，1958，第1905页。

② 胡应麟：《诗薮》，中华书局，1958，第41页。

玉《神女赋》：‘罗纨绮缋盛文章，极服妙彩照万方。’此皆七言之祖。”[①] 由此看来，古代学者虽然有人论及七言诗与楚辞的关系，但都是零散的只言片语，而且各家对七言诗的认识也不尽相同。如《世说新语》与《日知录》里面所指的七言，都是不包括中间有“兮”字的句子，只有胡应麟才把《九歌》体里面的七字句当作七言诗来看待。[②] 这说明，古代学者认可七言源于楚辞的人并不多。只是现当代学者中，持此论者才逐渐增多且影响日盛。其中影响较大者首推罗根泽，他在《七言诗起源及其成熟》一文中，首先指出了楚辞体蜕化而成七言诗的观点，并指出了两种蜕化的方式。他说：“由骚体所变成的七言，不是由将语助词置于两句之间者所蜕化，也不是由将语助词置于句中之短句者所蜕化，乃是由将语助词置于第二句句尾者，及置于句中之长句者所蜕化。”罗根泽在这里所说的第一种情况，如《招魂》：“魂兮归来，入修门些；工祝招君，背先行些；秦篝齐缕，郑绵络些；招具该备，永啸呼些。”去掉两句中的“些”字合成一句，就变成了“魂兮归来入修门，工祝招君背先行。秦篝齐缕郑绵络，招具该备永啸呼。”第二种情况如《九辩》：“悲忧穷戚兮独处廓，有美一人兮心不怿。去乡离家兮来远客，超逍遥兮今焉薄？”省掉中间的虚词，就变成了“悲忧穷戚独处廓，有美一人心不怿。去乡离家来远客，超逍遥，今焉薄？”由此罗根泽又说：“就此上例证视之，由骚体诗变为七言诗，不费吹灰之力，摇身一变而可成。……由骚体变成七言，是异，是蜕化，所以必在骚体诗全盛期以后。”[③] 持同样观点的还有萧涤非先生，他将楚辞变为七言诗的“方法途径”概括为四种：“其一，代句中‘兮’字以实字者。如变‘被薜荔兮带女萝’、‘思公子兮徒离忧’而为‘被服薜荔带女萝’、‘思念公子徒离忧’之类是也。其二，省去句中羡出之‘兮’字者。如变‘东风飘飘兮神灵雨’而为‘东风飘摇神灵雨’之类是也。（均见上引《今有人》）其三，省去句尾剩余之‘兮‘字者。如《离骚》‘朝饮木兰之坠露兮，夕餐秋菊之落英’，若将‘兮’字删去，亦即成七言，所异者惟非每句押韵，而为隔句押韵耳。……而其捷径，则仍在第四种，即省去《大招》、《招魂》篇中句尾之‘些’、‘只’等虚字是也。”[④] 萧涤非先生的论述，基本上概括了楚辞体变为七言诗的诸种可能，比罗根泽的论述更为

① 顾炎武：《日知录》，岳麓书社，1994，第 743 页。

② 按胡应麟在《诗薮》同卷中又说：“少卿五言，为百代鼻祖，然七言亦自矫矫，如‘径万里兮度沙漠’，悲壮激烈，浑朴真致，非后世所能伪。”中华书局，1958，第 42 页。

③ 罗根泽：《罗根泽古典文学论文集》，上海古籍出版社，1985，第 178 ~ 179 页。

④ 萧涤非：《汉魏六朝乐府文学史》，人民文学出版社，1984，第 40 页。

全面。李嘉言的观点与二人也基本相同。[①] 逯钦立先生在这方面也有独到的看法，认为“正格七言之源于楚歌”。他说：“考句句用韵此本楚歌之特格；又楚歌之乱，虽含兮字为八言，而其体裁音节，又与正格之七言实无异。则七言者，楚《乱》之变体歌诗也。”逯先生以《楚辞·招魂·乱》与《九章·抽思·乱》与张衡《思玄赋》、马融《长笛赋》篇末“系”、“辞”为例进行比较，认为：“《思玄》之《系》,《笛赋》之《辞》，均在篇末为结音，其即《楚辞》之《乱》，自不待言。又张、马两赋，其本辞，仍以含兮之旧体出之，独于此《乱》，去其兮字而变为七言，是此《乱》必有可去兮字之先例或习惯，使之如此。”[②] 此外，持七言诗源于楚辞之说的，还有陈钟凡、容肇祖、王忠林、顾实、嵇哲诸人。[③] 可以说，经过以上诸家学人的论证，七言诗源于楚辞说，逐渐成为在这一问题讨论中最有影响力的观点之一。

但是对七言诗起源于楚辞的这种观点，余冠英先生却提出了不同的看法。他首先对七言诗由楚辞蜕变说提出质疑，认为楚辞的基本句法与七言诗不同，其中只有《山鬼》、《国殇》与之相近，但是去掉“兮”字之后，只能变成两个三言，而无法念成七言的“□□—□□—□□□”节奏。他同时指出，楚辞体在汉代用于庙堂文学，“是早已受人尊敬的了。假如七言诗是从楚辞系蜕化出来的，那么七言在唐以前被歧视的缘故，便不可解释了”。[④] 同时，余先生还从先秦两汉文献典籍中找出了大量的七言谣谚、字书、镜铭中的七言句和采用民歌体的文人之作，如荀子的《成相篇》。他说：“就现存的谣谚来看，西汉时七言还很少，在成帝以前只能确信有七言的谚语，而七言的歌谣有无尚难断言。不过从谣谚以外的材料观察，武帝时七言在歌谣中必已甚普遍，完全七言的歌谣在这时必已流行”。他因此提出了两点最主要的证据。第一是西汉时的两本字书、司马相如的《凡将篇》和史游的《急就章》，里面用了大量的七言句，是口诀式文体。编口诀的目的是便于让人记诵，他们不大可能独创一种世人所不熟悉的文体，所采用的必是“街陌谣讴”中流行的形式。第二是《汉书·东方朔传》里载有一首东方朔的《射覆》，是四句七

---

① 李嘉言：《与余冠英先生论七言诗起源书》，见余冠英《汉魏六朝诗论丛》，中华书局，1962，第163～173页。

② 逯钦立：《汉诗别录》，逯钦立著、吴云整理《汉魏六朝文学论集》，陕西人民出版社，1984，第77页、第74页、第76页。

③ 参见李立信《七言诗之起源与发展》，第5～29页。

④ 余冠英：《七言诗起源新论》，《汉魏六朝诗论丛》，中华书局，1962，第132页、第142页。

言韵语，这也一定不是他的首创之格，而是当时“街陌”流行之体，由此才能脱口而出并能逗笑取乐。最终他认为：“事实上七言诗体的来源是民间歌谣（和四言五言同例）。七言是从歌谣直接升到文人笔下而成为诗体的，所以七言诗体制上的一切特点都可在七言歌谣里找到根源。所以，血统上和七言诗比较相近的上古诗歌，是《成相辞》而非《楚辞》。”① “七言诗的渊源只有一个，就是谣谚。主七言句出于楚辞之说者恐系为一种错觉所蔽，由错觉而生成见”。② 此后余冠英先生的观点也得到许多人的响应，如褚斌杰说：“强调七言诗是从楚辞体蜕变而成的人，往往根据张衡《四愁诗》首句‘我所思兮在太山’句，以及汉初高祖刘邦的《大风歌》、武帝《秋风辞》等作品去掉‘兮’字即为七言的现象，认为正可说明七言由楚辞发展而来。实际上这抹杀了自西汉以至更早些的战国末年以来，七言的民歌俗曲已经产生和流行的事实。首先是七言歌谣的流传，给文人以启发和影响，才使也熟悉楚辞体的某些文人作家，把楚辞体逐渐往大致整齐的七言形式上发展，因此，文坛上早期出现的某些文人七言体，往往也带有楚辞体句法的痕迹，这是可以理解的。”③

我们倾向于赞同余冠英和褚斌杰的观点，因为他们指出了一个基本事实，即早在战国后期，大量的七言句式已经与楚辞句式并存，它们并不是从楚辞中转化而来的。早在战国时代已经产生了整齐的七言诗，如《战国策·秦策三》范雎引《诗》曰：“木实繁者披其枝，披其枝者伤其心，大其都者危其国，尊其臣者卑其主。”从这首诗中，看不出它从楚辞中“蜕化”或“变化”的痕迹。另外，如人们普遍关注的荀子《成相辞》当中所出现的大量的七言句，也不是从楚辞中转化而来，而应该是当时流行的民间歌谣体。无独有偶，近年来出土的《睡虎地秦简》里有《为吏之道》，④ 其诗体结构与《成相辞》基本一致。这里面存在大量的七言诗句，同样也不是从楚辞中蜕变出来的。另外，从现存大量的汉代七言镜铭，司马相如的《凡将篇》和史游《急就章》里的大量七言口诀，传为汉武帝时代的《柏梁诗》，⑤ 以及《吴越春秋》

---

① 余冠英：《七言诗起源新论》，《汉魏六朝诗论丛》，第 145 页、第 157 页。

② 余冠英：《关于七言诗起源问题的讨论——答李嘉言先生论七言诗起源书》，《汉魏六朝诗论丛》，中华书局，1962，第 158 页。

③ 褚斌杰：《中国古代文体概论》，北京大学出版社，1992，第 137 页。

④ 睡虎地秦墓竹简整理小组编《睡虎地秦墓竹简》，文物出版社，2001。

⑤ 关于《柏梁诗》的真伪问题，学术界一直有争论。我们认为迄今为止的所有怀疑还不足以推翻汉武帝时代说，在这种情况下，仍然应该维持魏晋以来的旧说。

所载《河梁歌》、《穷劫曲》等等,[①] 足可以证明七言这一诗体产生之早并与楚辞无关。持楚辞生成论者忽略了这一历史事实，只看到张衡的《四愁诗》等东汉文人七言诗中杂有个别的楚辞式句子，就误以为七言诗是从楚辞中演化而来，这正如余冠英先生所说“恐系为一种错觉所蔽，由错觉而生成见”。这正像上引褚斌杰所说的那样：“首先是七言歌谣的流传，给文人以启发和影响，才使也熟悉楚辞体的某些文人作家，把楚辞体逐渐往大致整齐的七言形式上发展，因此，文坛上早期出现的某些文人七言体，往往也带有楚辞体句法的痕迹。”但是这二者的关系是不能颠倒的。

然而，关于七言诗起源的争论并没有到此终结，近年又有人提出新的观点。如郭建勋认为：“讨论七言诗的起源，首先必须明确这里所说的七言诗，指的是那种抒情写志、语言凝练的正格的文学作品，而不是那种应用型的七言韵语或缺乏诗意的口号；同时我们还必须明确，从先在的文献中找出几个七言的句子，或者将能搜罗到的七言句排列起来，就断言找到了七言诗的源头，这不是一种科学的态度。任何新的文学形式的产生，都是先在的所有相关文体要素共同整合的结果，然而在这所有要素中，也必然有一种文体在其形成过程中起着至关重要的、核心的作用。”[②] 正是根据这一原则，郭建勋详细讨论了楚骚中“兮”字句的几种类型，最后得出结论：“总之，战国末年屈原、宋玉在楚地民间歌谣的继承上创造的楚骚体，因其大量而集中地出现以及汉人的仿作，给后世七言诗的从中孕育准备了足够的资源；楚骚句式与七言句式在形式上的同构性提供了这种孕育七言诗句的基因；楚骚中的‘兮’字或为表音无义的泛声，或既表音而同时兼有某种语法功能，这种特性造成汉代以来文人有意无意的删省或实义化，从而使七言诗在汉魏南朝文人的探索与实践中得以衍生并逐渐成熟起来。”[③] 郭建勋的观点有两个要点，第一是主张把探讨七言诗起源的问题限定在所谓“抒情写志、语言凝练的正格的文学作品”之内，从而排斥了那些“应用型的七言韵语或缺乏诗意的口号”，凸显楚辞在其中所起的“至关重要的、核心的作用”。第二是强调楚辞与七言诗二者“句式在形式上的同构性”。而我们认为这两点都是站不住脚的。首先我们知道，一种文体从最初的低水平逐渐发展成熟，应该是自然而

---

① 按《吴越春秋》的作者赵晔为东汉人，张觉在《〈吴越春秋〉考》（《中国图书馆学报》1994 年第 1 期）中指出，其生年大概是在公元 40 年左右，即东汉光武帝建武年间，比张衡的生年（公元 78 年）要早。

② 郭建勋：《先唐辞赋研究》，人民出版社，2004，第 142 页。

③ 郭建勋：《先唐辞赋研究》，第 152 页。

然的现象。无论是四言诗、五言诗还是七言诗都是如此，为了证明自己的“核心”理论而不顾及七言诗句早在战国就已存在的事实，否定西汉以来大量的民间歌谣、铜镜铭文及至部分文人七言诗的文学价值，恐怕于理难通。其次我们要质疑郭建勋的同构理论。从语言学的角度来讲，所谓同构，应该指的是一种诗体与另一种诗体在语言节奏、句法结构等方面的相同性，是一种客观存在。而郭建勋所说的二者“句式在形式上的同构性”，是他自己通过对楚辞中虚词的置换、句式的合并，词语的增加或者位置的变换等方式而变化出来的，已经改变了原来的结构，这恰恰从反面证明了二者之间的不同构。①

对此，我们可以从对《宋书·乐志》所录《今有人》与《九歌·山鬼》两首诗的具体文本为例进行剖析：从表面上看，《今有人》一诗是从《山鬼》改编而来，只是去掉了原诗中的“兮”字，就由原来的骚体变成了三七言交错的诗体，因而这一例证常常被人们视为七言诗源于楚辞体的典型例证。仔细分析这两首诗，我们会发现楚辞体与七言诗之间的巨大差异，从音乐上讲，《山鬼》是楚歌，《今有人》则属于相和歌；从节奏上讲，楚辞体是二分节奏的诗歌，七言诗是三分节奏的诗歌；从句式结构上讲，楚辞体的主要句式结构是“○○○兮○○”，“○○○▲○○”，而七言诗的典型句式结构则为“○○/○○/○○○”；从语言组合角度来说，句首三字组在楚辞体中占有重要位置，七言诗句首则由两个双音词或者二字组组成。这说明，从本质上讲，楚辞体与七言诗是两种不同的诗体，根本就不存在同构的问题，后者不可能

---

① 在近年的七言诗研究中，台湾学者李立信也同样坚持七言诗源于楚辞的观点。他根据汉人有时把骚体句式也称为七言的例证指出：“其实汉代固有纯七言之作，如柏梁联句、刘向七言等，亦有骚体七言，如项羽《垓下歌》、东方朔《七言》等，同时还有介于二者之间者，即一篇之中，既有纯七言之句，亦有骚体句，如《琴操》中之《获麟歌》、《水仙操》、《伯姬引》。张衡之《四愁诗》，则其中之佼佼者也。”他由此认为：“绝大部分的诗歌史、文学史及讨论七言诗起源的学者，都认定七个字全都实字，才可称为七言，否则，都称为骚体，或者视为过渡时期作品，而不愿意把它们当作七言诗看待，这是十分没有道理的。”据此，他提出了自己的看法，认为“七言为《楚辞》中之一体”，《九歌·国殇》就是“通篇为骚体七言，而且是每句都押韵的”。而后世“纯七言系由骚体七言八言发展出来的”。“汉人歌诗，凡与楚人《楚辞》或篇章较短之楚歌有关者，每以七言出之”，如王逸《琴思楚歌》。汉代“辞赋家之所以会有七言诗之作，主要是因为受到《楚辞》的影响”。按照李立信的说法，问题倒是简单化了，因为“七言为《楚辞》中之一体”，它自然也就是七言诗的起源，所以关于七言诗起源的问题也没有了讨论的意义。但是李立信并没有讲清楚那些原本带有“兮”字的七言是怎么变成了没有“兮”字的七言的。而学术界所关心、在汉魏以后所普遍流行的，恰恰是这一类没有“兮”字的七言诗的起源问题。因此，李立信的努力只是提醒人们，在汉代曾经把某些带有“兮”字的楚歌也称之为七言，实际上对学术界所讨论的那些没有“兮”字的七言诗起源问题没有带来任何帮助。以上可见李立信：《七言诗之起源与发展》。

是从前者演变而成。楚辞体在汉代沿着两条路线发展，一种是以楚歌的形式和骚体赋的形式继续存在，一种是变为散体赋中的六言句式。而七言诗句早在战国时代就已经存在，它的产生自有其独立的过程，我们在下文中将对此详细论述。

在七言诗起源问题的研究中，葛晓音近年的讨论引人注目。她有感于各家论点往往聚焦在寻找五七言脱胎的母体，力求确认该种诗体成熟的标志，辩论哪一篇诗的句式和篇制完全符合该种体式的规范这一模式的局限。“转换思路，从七言的节奏提炼和体式形成过程去考察其产生的路径和原理，并进而探讨汉魏七言诗的发展滞后于五言的原因”，提出了一系列富有创新意义的精彩见解。例如，她在分析了战国后期楚辞体句法和《成相篇》的结构以及其他一些相关实例后指出：“四兮三节奏和四三兮节奏句的增多，乃至四三节奏实字七言句的产生，都说明到战国末期，无论是楚辞还是民间歌谣，都出现了在语法关系上相对独立的四言词组和三言词组以不同方式连缀成句的现象。《成相篇》、《为吏之道》等虽然加工成为一种规则的杂言体七言，但也是四言和三言的各种连缀方式的一种。骚体句中在第五字（或五六）用虚字句腰的某些句式之所以被吸纳到这类谣辞中，也是因为按其意义可以读成四三节奏。”这也就从实证上弥合了七言诗源出于楚辞与源出于民间歌谣两说的矛盾，指出二者在七言诗的产生过程中有着共同的推进作用。再如她在分析了汉代七言诗体的基本特征之后指出：“早期七言篇章由单行散句构成、意脉不能连属的体式特性，使七言只能长期适用于需要罗列名物和堆砌字词的应用韵文，而不适宜需要意脉连贯、节奏流畅的叙述和抒情。而中国的韵文体式倘若不便于抒情，是不可能得到发展的。”这也就解释了汉代的七言为什么多出现在一些应用性的文体当中，而文人中间少有佳作的原因，既解释了为什么晋人傅玄称七言“体小而俗”的原因，也回答了今人如郭建勋何以强调所谓七言“正格”的问题。① 葛晓音的探讨不仅在结论上是新颖的，在研究方法上更是富有启发意义的。无独有偶，当代语言学家在探讨中国古代语言发展变化的过程中，也开始注意诗歌体式与时代语言发展变化的关系。冯胜利认为：“上古韵律系统的改变不仅导致了汉语的变化，同时也导致了她的文学形式的转型。当然，文学的发展不只是语言的原因，但是，离开语言，那么诗歌的形式和文体的不同，又将从何谈起呢?”“前人说，一代有一代的文

① 葛晓音：《早期七言的体式特征和生成原理——兼论汉魏七言诗发展滞后的原因》，《中国社会科学》2007 年第 3 期。

学。殊不知，一代有一代的语言。舍语言而言文学，犹如舍工具而论事功，岂止隔鞋搔痒，也致前因后果湮没无闻也矣！"[①] 由此来看，无论是今人关于七言诗起源于楚辞说还是起源于民间歌谣说等，其问题都在于过于胶着于二者之间形式上的相似，而对于其背后深刻的语言差异以及其形成演变原因的探寻不够。这提示我们，关于七言诗起源以及其发展的问题很复杂，它既与先秦的民间歌谣有关，也可能受楚辞体的影响。但更为重要的是，它的产生与发展，与秦汉以来的语言变化有着更为深刻的关系。由此可见，关于七言诗起源问题的探讨已经越来越深入，这为我们以后的研究奠定了良好的基础。不过，我们的目的不仅仅在于探讨一种诗体的起因，更重要的任务是对这种文体的实际存在过程进行历史的描述，这反过来也可能对我们认识七言诗的起源问题有新的帮助。

二　现存两汉七言诗句传世情况分析

虽然台湾学者李立信坚持骚体七言句也是七言诗之一体，但是从整个中国诗歌发展史的角度来讲，无论是古代还是现当代，人们心目中的七言诗还是以那些没有"兮"字的为主。所以，我们下面所作的统计和整理，也以一般常态的七言诗句为准。另外，虽然郭建勋强调早期的七音韵语、口号与具有抒情意味的"正格"七言诗的不同，但是从诗体发展的角度来讲，却不能否定前者在其中所起的重要作用。因此，我们对两汉传世七言诗句的整理与描述，也自然将二者包括在内。下面，我们按一般的体类分别进行描述。

（一）两汉歌谣谚语中的七言

现存两汉歌谣谚语中有很多是七言，这是十分值得注意的现象。逯钦立《汉诗别录》中曾收录45首，占现存汉代歌谣谚语总数的四分之一。[②] 这是一个不小的数字。这些七言，有的被称之为"谚"，如《汉书·路温舒传》载路温舒上宣帝书引俗谚："画地为狱议不入，刻木为吏期不对。"有的称之

① 冯胜利：《论三音节音步的历史来源与秦汉诗歌的同步发展》，《语言学论丛》第三十七辑，商务印书馆，2008，第33页、第41页。

② 逯钦立著、吴云整理《汉魏六朝文学论集》，第78～82页。这些诗篇后来都编入逯钦立《先秦汉魏晋南北朝诗》，据此书统计，汉代的歌谣谚语现存共267首，七言占其中四分之一强。

为“语”，如《汉书》卷七十七《刘辅传》引俚语：“腐木不可以为柱，卑人不可以为主。”《孔丛子》引《时人为孔氏兄弟语》：“鲁国孔氏好读经，兄弟讲诵皆可听，学士来者有声名，不过孔氏哪得成。”有的被称之为“谣”，如《后汉书》卷六十七《党锢列传序》记桓帝时汝南、南阳二郡民谣：“汝南太守范孟博，南阳宗资主画诺。南阳太守岑公孝，弘农成瑨但坐啸。”《后汉书·党锢列传》所记《乡人谣》：“天下规矩房伯武，因师获印周仲进。”《桓帝初天下童谣》：“小麦青青大麦枯，谁当获者妇与姑，丈夫何在西击胡。吏买马，君具车，请为诸君鼓咙胡。”有的则被称之为“歌”，如《初学记》卷四载《苍梧人为陈临歌》：“苍梧陈君恩广大，令死罪囚有后代，德参古贤天报施。”等等。这说明，七言在汉代社会的歌谣谚语中占有重要的地位。这些歌谣谚语，虽然大部分仅以韵语的形式出现，缺少艺术性，难以称得上是“诗”，但是其中也不乏一些较好的作品。如上引《桓帝初天下童谣》，以生动的语言，描述了汉桓帝元嘉年间凉州百姓常受羌人骚扰，朝廷出战多次失败，男人几乎全被征兵，田里庄稼多遭破坏，只有妇女在家收获，老百姓敢怒而不敢言的事实。①

相比较而言，在汉代这些民间的七言歌谣谚语当中，最好的还是那些以“歌”名传世的作品，它们的艺术水平显然要高于那些“谣”、“谚”、“语”。②如《上郡吏民为冯氏兄弟歌》：“大冯君，小冯君，兄弟继踵相因循。聪明贤知惠吏民，政如鲁卫德化均，周公康叔犹二君。”此歌见于《汉书·冯野王传》，其中“大冯君”指的是冯野王，“小冯君”指的是他的弟弟冯立，二人先后任上郡太守，二人“居职公廉”，善于教化百姓，受到百姓的爱戴。这首诗虽然还不是完整的七言，但是已初具七言规模，语言简洁而流畅，也富有感情。冯野王兄弟为西汉成帝时人，这说明，在西汉后期的民间歌谣当中，已经有了比较成熟的七言，这在七言诗发展史上是值得注意的一首作品。再如宁戚的《饭牛歌》：“南山矸，白石烂，生不遭尧与舜禅。短布单衣适至骭，从昏饭牛薄夜半，长夜曼曼何时旦！”宁戚本为春秋初年齐桓公时人，传

---

① 《后汉书·五行志一》：“桓帝之初，天下童谣曰：‘小麦青青大麦枯，谁当获者妇与姑。丈人何在西击胡，吏买马，君具车，请为诸君鼓咙胡。’按元嘉中凉州诸羌一时俱反，南入蜀、汉，东抄三辅，延及并、冀，大为民害。命将出众，每战常负，中国益发甲卒，麦多委弃，但有妇女获刈之也。‘吏买马，君具车’者，言调发重及有秩者也。‘请为诸君鼓咙胡’者，不敢公言，私咽语。”

② 按“歌”、“谣”、“谚”、“语”四者，虽然互有关联，但是还有很大的区别。大体来讲，“谚”与“语”只能诵读而不能歌唱，而“歌”与“谣”是可唱的。其中，“谣”是徒歌，而“歌”可配乐。

说他曾经饭牛车下，叩角而商歌，齐桓公闻之，举以为相，此事在《吕氏春秋》、《淮南子》里均有记载，但是并没有辑录他的这首歌。后世出现了许多《饭牛歌》，显然出于后人附会，不会是宁戚所作，歌句也互有异文。现存最早的版本，当为《史记·鲁仲连邹阳列传》裴骃集解引东汉应劭语，后来这首歌又被收入《琴操补遗》，可见其流传之广。这首歌之所以值得我们重视，正是因为它在汉代的广泛流传。从各篇歌辞的大同小异看，可知七言这种形式，在汉代的民间歌谣当中已经比较普遍。诗歌假托宁戚之口，表达了一位志向高远的士人渴望遇见尧舜式明君的急切心情。前两句三言与一句七言，用生动的比喻写出了宁戚盛世难遇的感慨，后三句则写了他内心的渴望。语言简洁而流畅。特别是后三句，把自己身穿破衣、夜半饭牛、盼望天明的遭遇、处境与渴望遇见圣君的心情有机地结合起来，有情有景，韵味悠长，具有很强的艺术感染力，不失为一篇佳作。此外，《鸡鸣歌》也是一首特别值得关注的作品："东方欲明星烂烂，汝南晨鸡登坛唤。曲终漏尽严具陈，月没星稀天下旦。千门万户递鱼钥，宫中城上飞乌鹊。"这首歌产生的具体时代不明，《乐府诗集》："《乐府广题》曰：'汉有鸡鸣卫士，主鸡唱。宫外旧仪，宫中与台并不得畜鸡。昼漏尽，夜漏起，中黄门持五夜，甲夜毕传乙，乙夜毕传丙，丙夜毕传丁，丁夜毕传戊，戊夜，是为五更。未明三刻鸡鸣，卫士起唱。'《汉书》曰：'高祖围项羽垓下，羽是夜闻汉军四面皆楚歌。'应劭曰：'楚歌者，《鸡鸣歌》也。'《晋太康地记》曰：'后汉固始、鲖阳、公安、细阳四县卫士习此曲，于阙下歌之，今《鸡鸣歌》是也。然则此歌盖汉歌也。'"① 据此，我们知道《鸡鸣歌》的历史久远，早在汉初就有此歌名，现存的这首《鸡鸣歌》最晚也是东汉之作。此歌全为七言，生动地描写了拂晓黎明时分汉代城市景象。启明星已经灿烂地升起，雄鸡在坛上引吭高歌，夜曲已经停奏，东方的天空渐渐亮了。卫兵们做好戒严的准备，皇帝和文武百官即将上朝。千家万户都打开了房门，乌鸦喜鹊等各种鸟儿也开始在宫中城上飞来飞去。多么幸福祥和的生活图景啊！诗中没有任何议论说理，也没有直白的抒情，纯用一种白描的手法写来，却传达了不尽的生活情味，真是别开生面。

从文体形式上讲，这些歌谣谚语有些不纯是七言，中间有的杂有三言诗句，而且基本上都是句句押韵，与战国时代的七言谣谚一脉相承，然而在艺术表现力上却有了长足的发展。特别是以上三首诗，各有特色。虽然这样优

① 郭茂倩编《乐府诗集》第四册，中华书局，1979，第 1173 页。

秀的作品在两汉歌谣谚语中不多，但是仅此几首，也值得我们大书特书了。它们的存在说明，汉代七言诗并不是从楚辞中流变而来的，这些歌谣谚语也并不是“应用型的七言韵语或缺乏诗意的口号”，研究两汉时代七言诗的起源与发展，把这些诗篇排除在外，显然是有违历史事实的。

在汉代的七言歌谣谚语中，《吴越春秋》里的三首诗也特别值得关注。如《河梁歌》：

> 渡河梁兮渡河梁，举兵所伐攻秦王。孟冬十月多雪霜，隆寒道路诚难当。阵兵未济秦师降，诸侯怖惧皆恐惶。声传海内威远邦，称霸穆桓齐楚庄。天下安宁寿考长，悲去归兮河无梁。①

《吴越春秋》的作者赵晔，在《后汉书·儒林列传》有记载：

> 赵晔字长君，会稽山阴人也。少尝为县吏，奉檄迎督邮，晔耻于厮役，遂弃车马去。到犍为资中，诣杜抚受《韩诗》，究竟其术。积二十年，绝问不还，家为发丧制服。抚卒乃归。州召补从事，不就。举有道。卒于家。晔著《吴越春秋》、《诗细历神渊》。蔡邕至会稽，读《诗细》而叹息，以为长于《论衡》。邕还京师，传之，学者咸诵习焉。②

由此可知他为会稽山阴人，曾向杜抚学习《韩诗》。考《后汉书·儒林列传》，知杜抚“受业于薛汉，定《韩诗章句》，后归乡里教授。沉静乐道，举动必以礼，弟子千余人。后为骠骑将军东平王苍所辟”。据《后汉书·百官志一》：“明帝初即位，以弟东平王苍有贤才，以为骠骑将军。”明帝即位在永平元年，即公元58年，杜抚在乡里教授《韩诗》则在此之前。据上文所引，赵晔从杜抚学《韩诗》的年龄当在20岁以上，以此考订，赵晔生年当在光武帝建武中，即公元35年左右。③ 赵晔一直跟随杜抚，杜抚建初中去世（公元80年左右）之后，赵晔才回到老家，据此可知，《吴越春秋》应该是赵晔回到老家之后所写。时间当在公元80年以后，为东汉的

---

① 吴庆峰点校《吴越春秋》，《二十五别史》第六册，齐鲁书社，2000，第104页。

② 范晔：《后汉书》，中华书局，1965，第2575页。

③ 按：苗麓在《吴越春秋》“前言”中认为赵晔是“东汉建武年间人”，张觉认为赵晔的生年大概是在公元40年左右。参见张觉《〈吴越春秋〉考》，《中国图书馆学报》1994年第1期。

中早期。

我们之所以关注《吴越春秋》中的这几首七言歌曲，首先是因为这几首诗篇幅较长，其中《穷劫曲》18 句，《采葛妇歌》14 句，《河梁歌》10 句。其次是这几首歌曲同时出现在一部著作里。其三是这几首七言歌曲产生的时间较早，为东汉中早期的作品。比较起来，这几首歌曲的艺术水平虽然不及《饭牛歌》、《鸡鸣歌》等，但是它们的七言诗形式很完整，具有很强的叙事功能，也有很强的抒情表现力，特别是第三首，语言直白流畅，读来朗朗上口，很能见出七言诗句法的特长。由此可见，至迟在东汉初年，七言诗体的形式已经在歌谣谚语里得到广泛的应用。

（二）汉代镜铭中的七言

汉代镜铭中有大量七言存在，这是早已被学者们关注的重要语言现象和文学史现象。据有人统计，现存汉代七言镜铭至少有 398 首。这里少的只有 1 句，最多的有 11 句，其分布情况是：一句 2 首，二句 17 首，三句 60 首，四句 118 首，五句 121 首，六句 55 首，七句 10 首，八句 9 首，九句 2 首，十一句 4 首。其中以四句、五句者为最多，三句、六句者其次，四者占了其中的大部分。[①] 如：

尚方作竟真大好，上有仙人不知老，渴饮玉泉饥食枣，□游天下敖四海，寿敝金石之国宝。[②]

汉有善铜出丹阳，卒以银锡清而明。刻治六博中兼方，左龙右虎游四彭，朱爵玄武顺阴阳，八子九孙居中央。常葆父母利弟兄，应随四时合五行，浩如天地日月光，照神明镜相侯王，众真美好如玉英。[③]

汉代七言镜铭最早出现于西汉，盛行于东汉。铜镜是汉代的一种常用的生活用具，它是由以铜为主的金属铸造打磨而成的，分前后两面，前面是镜子，用来照人，背面铸上铭文，记录铜镜的制造者，使用者，并且附上一些祈福辟邪的词语，如孝父母、保子孙、祈长寿、升官发财、上天成仙、四夷宾服、国家安定等等。它的文辞虽然有限，内容却十分丰富，从中可以看到汉人的生活习俗，也折射出汉人的思想意识观念，表达出他们对于生活的态

① 秦立：《先秦两汉七言诗研究》，首都师范大学硕士学位论文，2009。

② 《宣和博古图》卷二十八，四库全书本。

③ 《江苏东海县尹湾汉墓群出土铜镜》，《文物》1996 年第 8 期。

度，展现出他们的审美理想。这些镜铭有基本固定的写作格式和常用的套语。虽然缺少诗的韵味，但是其章法结构却很有讲究，特别是一些五句以上的铭文，往往有很清晰的表达层次，而且特别注意押韵，读起来朗朗上口。如上面所引的最后一首，头两句先说铜镜的出处和品质，接下来四句描写铜镜后面的图案，最后五句则说明使用此铜镜给人带来的幸福。在这里，铜镜不仅仅是一件日常生活的用品，而且也是汉人心目中十分珍贵的艺术品，铭文与图案相得益彰，它们都是经过汉代艺术家精雕细琢的产物，体现了他们的艺术追求和自觉的创作意识。从传世的大量铜镜看，其中许多铭文中明确标有“七言”字样，如“七言之纪从镜始”，“七言之始自有纪”等等，这说明，“七言”已经是一种被普遍使用的语言形式，汉人在铜镜中创作七言铭文，已经成为那个时代的社会习俗。

（三）汉代字书、碑刻及其他文献中的七言

七言在汉代存在的形式非常广泛，另一类特别引人注目的是汉代字书中的七言。早在西汉武帝时期由司马相如编写的字书《凡将篇》，就有不少七言的句子，此书虽已亡佚，但是仍然保留下来一些残句，如“淮南宋蔡舞嗙喻”、“黄润纤美宜禅制”、“钟磬竽笙筑坎侯”。西汉元帝时黄门令史游《急就章》中，更有大量的七言句子。全书以七言开篇：“急就奇觚与众异，罗列诸物名姓字，分别部居不杂厕，用日约少诚快意，勉力务之必有喜。”接下来言姓名部分用三言，全书主体的“言物”部分和“五官”部分都是七言，如：

> 官学讽诗孝经论，春秋尚书律令文。治礼掌故砥砺身，智能通达多见闻。名显绝殊异等伦，抽擢推举白黑分。迹行上究为贵人，丞相御史郎中君……

其内容虽然以罗列名物以供人识字为目的，但是每行都尽量构成一个相对完整的句子，从而具有了一定的诗意的成分。作为在西汉时代供人们普遍使用的识字课本，这种七言的句式在当时所产生的社会文化影响是不可估量的，我们有理由认为，汉代七言诗的产生与发展，与字书中使用大量的七言当有重要的关系。

汉代的碑刻当中，也有七言的出现。早在东汉初年的《孟孝琚碑》中，就有七言的“乱辞”：

□□□□凤失雏，颜路哭回孔尼鱼。澹台忿怒投流河，世所不闵如□□。①

另有《张公神碑歌》中也有七言。张公神碑见于洪迈的隶释。曰：“惟和平元年五月，黎阳营谒者李君，敬畏公灵悃愊殷勤，作歌九章达李君□。颂公德芳。”其中前三章基本上为七言。如第一章：

綦水汤汤扬清波，东流□折□于河，□□□□□朝歌。县以絜静无秽瑕，公□守相驾蜚鱼。往来悠忽遂熹娱，佑此兆民宁厥居。②

“和平”为东汉桓帝年号，碑刻中自称这九首为“歌”，可见当时“七言”在诗歌中已广泛使用。以上两首诗歌艺术水平虽然不高，但是它在碑刻中的存在却值得我们重视。

道教经典《太平经》中也有几首七言。其中《师策文》一首七言 13 句，另有一首以“子欲得道思书文”开头的一段七言竟有 23 句之长。虽然有很强的说教布道意味，但是能写出这样长的七言之作亦实属不易。其中还有几首较短的七言之作则颇有一些诗意。如：

无明君教不行，不肯为道反好兵。户有恶子家丧亡，持兵要人居路傍。伺人空闲夺其装，县官不安盗贼行。

《太平经》的作者干（一作“于”）吉是东汉时人，其生年略早于张衡。作为一部传道布道之书，里面有这些七言诗句的出现，从另一个角度也说明了七言在当时社会上已经是被人们非常熟悉和喜欢的形式。

另外，1977 年在河南省巩义市石窟寺的土窑洞崖壁上发现了一方阴刻七言摩崖题记，上面亦有一首七言诗：

诗说七言甚无忘，多负官钱石上作，掾史高迁二千石。掾史为吏甚有宽，兰台令史于常侍。明月之珠玉玑珥，子孙万代尽作吏。

此摩崖石刻的年代不详，但是从诗歌的文词句法与诗中所记的名物来看，与汉代铜镜铭文和《太平经》中的七言都很相似，所以有人考证是汉代之作，亦可供我们参考。

---

① 叶程义：《汉魏石刻文学考释》，新文丰出版公司，1997，第 848 页。

② 逯钦立辑校《先秦汉魏晋南北朝诗》，中华书局，1983，第 327 页。

此外，如上引顾炎武文曾提到，在汉代的医学著作《灵枢经·刺节真邪篇》中亦有七言，在《列女传》等汉代典籍中也有一些七言诗句，可见七言在汉代流传与运用之广。

（四）汉代文人七言诗

从现有材料看，汉代文人对七言很早就有关注，前引司马相如《凡将篇》残句可为证明。《汉书·东方朔传》记载东方朔的著作里有“七言上下”。李善在《文选》魏文帝《芙蓉池作》注也曾引用东方朔《七言》：“折羽翼兮摩苍天”。《文选》李善注中曾前后六次引用刘向和刘歆的《七言》。如《西京赋》注：“刘向《七言》曰：博学多识与凡殊。”《雪赋》注：“刘向《七言》曰：时将昏暮白日午。”《思玄赋》注：“刘向《七言》曰：时将昏暮白日午。”嵇康《赠秀才入军诗》注：“刘向《七言》曰：山鸟群鸣我心怀。”诸葛亮《出师表》注：“刘歆《七言诗》曰：结构野草起室庐。”[①] 谢玄晖《拜中军记室辞随王笺》注：“刘向《七言》曰：宴处从容观诗书。”此外，李善在《文选》孔稚珪《北山移文》注中亦记载：“《董仲舒集》，七言琴歌二首。”另外，在汉《郊祀歌》十九章《惟太元》、《景星》、《天门》、《景星》诸首中，都有一些七言诗句的出现。如《景星》一首的大半部分，全为七言：

> 空桑琴瑟结信成，四兴递代八风生，殷殷钟石羽籥鸣。河龙供鲤醇牺牲，百末旨酒布兰生，泰尊柘浆析朝酲。微感心攸通修名，周流常羊思所并。穰穰复正直往宁，冯蠵切和疏写平。上天布施后土成，穰穰丰年四时荣。

据《史记·乐书》：“至今上即位，作十九章，令侍中李延年次序其声，拜为协律都尉。通一经之士不能独知其辞，皆集会五经家，相与共讲习读之，乃能通知其意，多尔雅之文。”以此而言，《郊祀歌》十九章当为汉武帝所作。又《汉书·礼乐志》曰：“以李延年为协律都尉，多举司马相如等数十人造为诗赋，略论律吕，以合八音之调，作十九章之歌。”以此而言，则《郊祀歌》十九章的歌辞为司马相如之类文人合作。无论如何，从上述材料可知，早在西汉武帝时期，七言已经为当时的帝王与文人们所接受，应是不争的事实。正因为如此，传为汉武帝时代的《柏梁诗》，在七言发展史上就具有了特

---

① 逯钦立：《先秦汉魏晋南北朝诗》认为“是亦向作，选注误作刘歆耳”，可供参考。见《先秦汉魏晋南北朝诗》，第115页。

殊的地位。

《柏梁诗》采取君臣联句的方式，每人一句，共二十六人，咏二十六句。它对后世的影响，一为联句诗，一为七言体，所以曾受到古人的普遍重视，如刘宋颜延之《庭诰》，梁刘勰《文心雕龙·明诗》、任昉《文章缘起》，唐吴兢《乐府古题要解》，宋严羽《沧浪诗话》，明徐师曾《诗体明辨》等著作，都有论及，可见其影响之广。然而关于此诗的真实性问题，却由清人顾炎武提出了质疑。他说："汉武帝《柏梁诗》，本出《三秦记》，云是'元封三年作'，而考之于史，则多不符。"其主要观点是：梁孝王早已在柏梁台建造之前去世，史书中所记梁孝王来朝也不在元封年间；郎中令、典客、治粟内史、中尉、内史、主爵中尉等六官皆是太初以后官名，而不应该预书于元封之时，事实上汉武帝是在柏梁台被烧半年之后始改官名。因此顾炎武得出结论说："反复考证，无一合者，盖是后人拟作，剽取武帝以来官名，及《梁孝王世家》乘舆驷马之事以合之，而不悟时代之乖舛也。"[①] 顾炎武的考证，对近现代文学史的研究产生了极大的影响，如梁启超、陈钟凡、刘大杰等人都采用了顾炎武的说法，认为《柏梁诗》不可信，是后人伪作，致使很多人论七言之起源不敢再提这首诗，包括游国恩等人主编的《中国文学史》。顾炎武的说法表面上看起来于史有据，但是仔细分析却存在很多问题。首先是这首诗的最早出处，据逯钦立考证，并不是晋人所作的《三秦记》，而是西汉后期的《东方朔别传》，这为此诗的可信性提供了坚实的文献证据。并进而指出："检柏梁列韵，辞句朴拙，亦不似后人拟作。"[②] 方祖燊则在逯钦立的基础之上，详细考证了《柏梁诗》的来源出处、文本流传等问题，并就顾炎武提出的几点质疑进行了细致的剖析与辩正，他根据相关文献指出，元封三年汉武帝作柏梁诗之时，正当梁孝王之世，顾炎武并不能证明他当年没有来朝；诗中所记载的官名，本来不是诗的本文，而是后人对作者的追记，而史书上用后来的官名追记前代之事也是常有之事，班固的《汉书》中就多有这类例证。特别重要的是他对《柏梁诗》的诸多文本进行了细致的比较，以探求其原貌。他最后得出的结论是："（1）这诗句子上只标作者官位，没有注作者姓名；而这些官位，是编《东方朔传》作者追注上的，其中采用太初后官名，有'光禄勋、大鸿卢、大司农、执金吾、左冯翊、右扶风、京兆尹'七个。

① 顾炎武：《日知录》卷二十一，第 747 页。

② 逯钦立：《汉诗别录·柏梁台诗》，逯钦立著、吴云整理《汉魏六朝文学论集》，第 39 ~ 54 页。

(2) 内容方面：武帝和群臣所作句多就自己的职分而咏的，也有些寄规警之意，东方朔则出于诙谐之语。(3) 韵式方面，是每句押韵，一韵到底；全诗二十六句，而重韵占十四句；所用的韵，是'支之咍灰'韵，这种通韵，正合古韵的标准。(4) 在全篇一百八十二字中，重字有五十六字。由以上研究，可以看出当日众人勉强杂凑成篇的情况，以及其质朴的面目。"[①] 逯钦立、方祖燊的考证有理有据，具有很强的说服力，参照上引诸多汉代七言诗的情况，我们认定《柏梁诗》当为汉武帝时代的作品，它体现了西汉七言的典型形态，主要用来罗列名物，进行简单的叙事与说理。它的产生，从另一个方面也代表了那个时代的文人对待七言的态度，把它看做一种便于应用的语言形式，甚至把它当成文字游戏来对待，用于君臣间的唱和。正因为如此，在当时的文人眼中，它并不是诗，而是另一种特殊的文体——"七言"。

文人自西汉以来就关注七言，时有应用，但是并不普遍，留下来的作品很少，艺术水平也不高，据《后汉书》，东汉时东平王刘苍、崔瑗、崔寔、崔琦、张衡、马融、杜笃皆有"七言"传世，在他们的著作里单列一体，[②] 此外后代著作中也曾提到东汉文人如崔骃、李尤等人曾有七言诗，[③] 这与我们上引《汉书》、《文选》注以及铜镜铭文所提及"七言"一致，说明"七言"乃是当时一种比较特殊的文体。可惜这些作品后来大都佚失，只留下个别残句。张衡的《思玄赋》系辞，可看做是现存最早形式最完整的文人七言诗：

> 天长地久岁不留，俟河之清祇怀忧。愿得远渡以自娱，上下无常穷六区。超逾腾跃绝世俗，飘遥神举逞所欲。天不可阶仙夫希，柏舟悄悄吝不飞。松乔高跱孰能离？结精远游使心携。回志朅来从玄谋，获我所求夫何思！

此诗以"系辞"的形式出现，可见张衡并不把它当成是"诗"，只不过用七言韵语的方式进行议论和说理而已，里面虽然有一定的抒情成分，但是由于缺少形象生动的描写，其艺术水平并不高，仍然保持着汉代七言诗的基本风貌。其后，马融的《长笛赋》系辞仍是如此。

在汉代文人七言诗发展史上，倒是张衡的另一首《四愁诗》更引起人们的关注。这首诗从文体上看还不能算作典型的七言诗，因为这首诗每段的第

---

① 方祖燊：《汉诗研究》，台北：正中书局，1969，第86~128页。

② 以上俱见《后汉书》诸人本传。

③ 见《太平御览》卷九一六；《北堂书钞》卷一四九。

一句用的是楚辞《九歌》体的句式，全诗共四段，句法相同。如第一段：

> 一思曰：我所思兮在太山，欲往从之梁父艰，侧身东望涕沾翰。美人赠我金错刀，何以报之英琼瑶。路远莫致倚逍遥，何为怀忧心烦劳。

《四愁诗》最早见于《文选》，前面有序文称："张衡不乐久处机密，阳嘉中，出为河间相。时国王骄奢，不遵法度，又多豪右并兼之家。衡下车，治威严，能内察属县。奸猾行巧劫，皆密知名。下吏收捕，尽服擒。诸豪侠游客，悉惶惧逃出境。郡中大治，争讼息，狱无系囚。时天下渐弊，郁郁不得志，为《四愁诗》。效屈原以美人为君子，以珍宝为仁义，以水深雪雰为小人，思以道术相报，贻于时君，而惧谗邪不得以通。"值得注意的是，《文选》除了录有本辞之外，另外录有陆机《拟四愁诗》一首，而李善《文选》注中有五处引用过其中的诗句，皆作"四愁诗"，这与李善所引刘向等人的"七言"体例颇不一样，而《后汉书》张衡本传中说他著有"诗、赋、铭、七言"等，把"诗"与"七言"并提，可见张衡的这首《四愁诗》虽然采用的是七言体，却不属于当时所说的"七言"。同样，张衡的《思玄赋》系辞与马融的《长笛赋》系辞采用的也是七言体，它们也没有称之为"七言"。这种情况似乎说明，到了东汉中后期以后，文人们才逐渐突破了"七言"这一文体的限制，将其更加广泛地运用于抒情写志当中。从这一角度来说，张衡的《四愁诗》在文人七言诗发展史上可能具有标志性意义。尽管此前文人们已经广泛关注"七言"这种体式，并在抒情写志方面进行有益的探讨，如杜笃的《京师上巳篇》、李尤的《九曲歌》残句中都有较为生动的描写，但是只有到了张衡的《四愁诗》，才真正突破了"七言"这一文体罗列名物的局限，用七言这一文体进行香草美人等形象的艺术描写，并赋予其丰富的比兴之义，从此开启了七言诗发展的新道路。可惜的是，像张衡《四愁诗》这样的七言诗新作太少了，它在当时似乎并没有引起很大的反响，张衡之后，马融的《长笛赋》系辞有模仿张衡《思玄赋》系辞之意味，艺术表现并不出众。较有韵味的文人七言诗只有汉灵帝的《招商歌》，再一步的发展，则要等待魏文帝曹丕《燕歌行》的出现了。

另外，东汉戴良的七言《失父零丁》一首，也值得我们注意：

> 敬白诸君行路者，敢告重罪自为祸，积恶致灾天困我，今月七日失阿爹。念此酷毒可痛伤，当以重币用相偿，请为诸君说事状。我父躯体与众异，脊背佝偻卷如戟。唇吻参差不相值，此其庶形何能备？请复重

陈其面目，鸱头鹄颈獦狗啄，眼泪鼻涕相追逐。吻中含纳无齿牙，食不能嚼左右磋，□似西域□骆驼。请复重陈其形骸，为人虽长甚细材，面目苍苍如死灰，眼眶深陷如羹杯。

戴良为东汉人，生卒年不详，《后汉书·逸民列传》只说他的曾祖父在西汉末平帝时曾为侍御史。戴良“少诞节，母憙驴鸣，良常学之，以娱乐焉”。“才既高达，而论议尚奇，多骇流俗”。“举孝廉，不就。再辟司空府，弥年不到，州郡迫之，乃遁辞诣府，悉将妻子，既行在道，因逃入江夏山中。优游不仕，以寿终”。以《后汉书》中与之有过交往的黄宪和同时代人陈蕃等人的生年推算，可见戴良约略与张衡同时或者略晚。此文见载《太平御览》卷五九八。这是一篇颇为诙谐的文字，全用七言，而且押韵，颇像是一首游戏打油之作，异于常俗，但是却很符合戴良“论议尚奇，多骇流俗”的个性，同时也说明那个时期人们对待七言诗的态度。

由以上描述可见，七言在西汉早期就已经存在，汉武帝时期有了较大的发展，除了《柏梁台联句》全为七言之外，《郊祀歌》十九章里有七言诗句，司马相如的《凡将篇》里有七言韵语，董仲舒、东方朔等都有七言之作。其大量产生则主要在西汉后期和东汉，成为一种常见的语言形式，特别是在字书、镜铭和民间歌谣谚语中的广泛使用，极大地推进了它的普及与发展。可以毫不夸张地说，七言在汉代语言的实际应用当中足以占有一席与四言、五言和骚体同等重要的位置，并且与它们一起平行发展。同时我们也看到，七言在汉代的应用虽然广泛，但是它的主要功能并不是用来抒情，而是用来罗列名物，如字书；是用来议论与说理，如品评人物的谣谚和道教经典中的说教文；是祈愿祝福的表达，如镜铭。这其中，虽然也产生了一些较好的诗歌，如《饭牛歌》、《鸡鸣歌》等；个别诗句也富有一定的文采，如《郊祀歌》十九章里的七言诗句；在东汉后期也出现了个别优秀的作品，如张衡的《四愁诗》。但是总体而言，汉代七言诗语言通俗，直白浅露，缺少艺术性，与那些优秀的汉代四言、五言、骚体、杂言歌诗不可相提并论。这说明，七言在汉代是以韵语韵文的方式而独立存在的。它与汉代的四言诗、五言诗、骚体诗走着不同的发展之路，也承担着不同的社会功能。它形成了以通俗浅白为主的文体特征，缺少足够的艺术审美价值，这也正是它在汉代诗歌史上往往被人忽略的原因。但是它以其特殊的文体方式记录了汉代的社会生活，从一个侧面表达了汉人的文化习俗、道德观念、生活理想，特别是汉代的铜镜铭文和七言歌谣谚语，具有非常丰富的文化内容和很强的历史认识价值。同时，虽然汉代七言诗的艺术水平不高，但是四百多年的创作实践，却为后代七言诗的发展奠定了坚实的基础。可以说，没有汉代七言诗的存在，就不会有六朝以后七言诗的迅猛发展。因此，在汉代诗歌史上，理应有七言诗的一席之地。

三　七言诗的语言结构与诗体特征

七言诗之所以在汉代成为一种与四言、五言、骚体、杂言相并列的文体并且在社会上广泛流传，显然与它独特的诗体特征与语言结构有关。关于这一问题，当代学人已经作了深入的探讨，也取得了令人瞩目的成果，这其中，尤以葛晓音的成果最系统，也最有说服力。之所以如此，是因为葛晓音在对七言诗形成问题的探讨上，紧紧把握了诗歌的音乐节奏特点来展开，我们赞同她的方法和观点。不过，葛晓音认为七言诗的基本节奏是“四三”式的，即由一个四言和一个三言组成。而我们认为更准确的说法应该是“二二三”式的。当然，葛晓音在对四言进行具体分析的时候，也把它看成是一个“二二”节奏。从这一点来说，我们提出的七言的“二二三”节奏似乎与她的“四三”节奏没有区别，实际上却有很大的不同。“四三”式的分析法止于把七言诗的节奏两分，以后相关的探讨都建立在两分节奏的基础之上；而“二二三”式的分析法则把七言诗的节奏三分，以后相关的探讨都建立在三分的基础之上。之所以如此，是因为我们在对七言的音乐节奏进行切分的时候，同时注意到诗歌语言结构与它的对应关系，这也正是当下汉语韵律构词学的重要基础。所以，我们的探讨，可以看成是在葛晓音等人探讨基础上的继续深入。

（一）七言诗的节奏韵律特征

就文体特征而言，诗是有节奏有韵律的语言的加强形式。因此，每一种诗体的形成，都要有其特殊的节奏和韵律，而支持其节奏韵律发生变化的因素，则包括音乐和语言两大方面。一种成熟的诗体，它的节奏韵律总是与它的语言结构之间有着高度的统一性。所以，诗歌节奏的分割，同时也要与语言词汇的分析相统一。让我们先从汉代典型的七言，即字书、民谣与镜铭开始说起：

急就/奇觚/与众异，罗列/诸物/名姓字。

天下/规矩/房伯武，因师/获印/周仲进。
尚方/作竟/真大好，上有/仙人/不知老。

以上这些七言，都有一个明显的特征，无论从音乐节奏还是语言结构来讲，都可以分成三大部分。从音乐节奏的角度来讲，它由两个双音节的短节奏和一个三音节的长节奏组成。从词汇的角度来看，它可以分成两个双音词（词组）和一个三音词（词组）。之所以会出现这种统一，是因为它符合汉语韵律构词的规律。按汉语韵律构词学的理论，双音节的短节奏，又可以称之为“汉语最小的、最基本的‘标准音步’”，三音节的长节奏又可以称之为“超音步”。① 音步决定了汉语韵律词的产生并与之同构，而“韵律词是从韵律学的角度来定义最小的能够自由运用的语言单位”，② 标准韵律词至少要有两个音节，超韵律词不能大于三个音节。“因此大于三音节的组合，譬如四音节的形式，必然是两个音步（因此是两个标准韵律词）的组合；大于四音节的组合则是标准韵律词与超韵律词的组合。”③ 以此而言，七言诗的标准韵律就是二二三节奏，它由两个标准音步和一个超音步组成；从韵律词的角度来看，它就是由两个标准韵律词与一个超韵律词构成。

汉语韵律构词学的理论，为我们分析七言诗的诗体形成提供了非常有用的工具。由此我们就可以解释，典型的七言诗句形式为什么是二二三节奏，其句法形式为什么也自然地分成二二三结构。这首先是因为汉语的诗体形式必须由标准音步和超音步组成，标准音步是二音节，超音步是三音节。一个句子如果由标准音步与超音步组成，最佳组合方式一定是标准音步在前，超音步在后，这就是标准音步优先的原则。七言诗由两个标准音步与一个超音步组成，其最佳方式必然是“二二三”的三分节奏，如果破坏了这种组合方式，读起来就极为拗口，就不会形成汉语诗歌特殊的节奏韵律之美，所以在汉语七言诗的节奏组合当中，只有“二二三”这种形式常用，而很少出现“二三二”或者“三二二”的节奏。同时，因为在诗的语言当中，节奏韵律总是与它的语言结构之间有着高度的统一性，所以，典型的七言诗总是由两个标准韵律词和一个超韵律词组合而成，其组合方式同样是“二二三”式，而很少有“二三二”或者“三二二”的方式。另外，由于“韵律词是由音步决定的，不满一个音步的单音词或者单音语素要成为韵律词，就得再加上一

① 冯胜利：《汉语的韵律、词法与句法》，北京大学出版社，1997，第3页。
② 冯胜利：《汉语的韵律、词法与句法》，第1页。
③ 冯胜利：《汉语的韵律、词法与句法》，第4页。

个音节”。变单为双就成为汉语标准韵律的基本组成方式。由此方式组成的韵律词和超韵律词，可以是一个单纯词，也可以是一个复合词。但是在以一字一义一音占主导地位的情况下，汉语的韵律词很少是单纯词，基本上是复合词，还有一大部分可能是词组或者短语结构，它们在诗歌形式组成的过程中，也是以一个韵律词的方式而被使用的，由此来保证音步与韵律词两者在诗歌形式上的统一。如上引七言“天下/规矩/房伯武”就是由三个韵律词构成，这三个韵律词都是复合词。“尚方/作竟（镜）/真大好”则由一个复合词“尚方”和两个短语“作竟（镜）”、“真大好”组成。因此我们得出结论：“二二三”式不仅是七言诗的基本音乐节奏形态，也是其基本的语言结构形态。这既是七言诗的诗体特征，也是其生成和区别于其他诗体的标准。

（二）七言诗与《诗经》和四言体的关系

由此我们再来讨论七言诗与其他诗体的关系问题，会有助于我们更好地认识它的文体发生机制以及其在汉代的存在状况。我们先在《诗经》中找几个纯粹七言的句子：

一之日凿冰冲冲（《豳风·七月》）
仪式刑文王之典（《周颂·我将》）

依照汉语韵律构词学的理论，这两句诗的韵律词分别是“一之日”、“凿冰”、“冲冲”和“仪式”、“刑”、“文王之典”，它的音步若与之相配，则自然形成了“三二二”和“二一四”这种节奏形式，因而它不符合七言诗“二二三”音步的一般形态，读起来也不够流畅；如果我们用“二二三”这种音步节奏来分割其语言结构，则第一句就变成了“一之/日凿/冰冲冲”，三个节奏中没有一个完整的韵律词，第二句变成了“仪式/刑文/王之典”，只有前两个字可以构成一个韵律词，后面五个字照样不可能构成相应的韵律词。因此，《诗经》中的这种七言的自然形态，还构不成七言诗的基本形态和句法，自然我们也不能把它看成是七言诗的源头。

不过，由于七言诗的前四字是两个基本音步构成，这使它与四言诗的音步基本相同，给人的感觉，好像七言诗是由一个四言诗句与一个三言诗句构成，所以从古代挚虞和今人罗根泽等人都有相似的观点。如挚虞认为《诗经》中的“交交黄鸟，止于桑”就是最早的七言诗，罗根泽、萧涤非等认为楚辞《招魂》、《大招》、《橘颂》体中去掉两句四言中最后一个虚词“些”、“只”、“兮”就是七言诗。因为它们满足了七言诗的四三式节奏形态，这的确有一定的道理。因为早期的七言诗最基本的特征是句句押韵，有时候还常常出现一句中四、七两字押韵的现象，这在东汉品评人物的谣谚中表现得最为明显，如“关东觥觥郭子横”、“解经不穷戴侍中”、“五经纷纶井大春”均是如此。① 这说明，早期的七言诗的确有从四言诗两句转化为七言一句的可能，如《诗经 · 郑风 · 野有蔓草》：“野有蔓草，零露漙兮。有女一人，清扬婉兮。邂逅相遇，适我愿兮。”这首诗两句一韵，由于第二句的末尾是一个虚字“兮”，韵脚押在第三字上，因此，把“兮”字去掉，两句合并成一句，就变成早期典型的七言诗形态：

野有蔓草零露漙，
有女一人清扬婉，
邂逅相遇适我愿。

同样道理，《楚辞》中的《招魂》、《大招》里的部分段落、《橘颂》一诗，如果去掉其中的“些”、“只”、“兮”等虚字，也就会变成相应的七言诗句。如“二八侍宿，射递代些。九侯淑女，多迅众些”，去掉“些”字，可以变成“二八侍宿射递代，九侯淑女多迅众”。“后皇嘉树，桔来服兮。独立不迁，生南国兮”，去掉“兮”字，就变成了“后皇嘉树桔来服，独立不迁生南国”。特别值得注意的是，王逸在为《楚辞》作注的时候，也常常用这种四言体。两句一组，后一句末尾是一个虚词。如他在《九辩》中为“靓杪秋之遥夜兮，心缭悷而有哀”、“事亹亹而觊进兮，蹇淹留而踌躇”等诗句所作注文，其体式为：“盛阴修夜，何难晓也。”“思念纠戾，肠折摧也。”“思想君命，幸复位也。”“久处无成，卒放弃也。”这一段文字，在后人所辑的《王师叔集》中竟变成了这样一首七言诗，并题名为《琴思楚歌》：

盛阴修夜何难晓，思念纠戾肠摧绕，时节晚莫年齿老。冬夏更运去若颓，寒来暑往难逐追，形容减少颜色亏。时忽晻晻若鹜驰，意中私喜施用为。内无所恃失本义，志愿不得心肝沸，忧怀感结重欲噫。岁月已尽去奄忽，亡官失禄去家室。思想君命幸复位，久处无成卒放弃。

此诗在汉魏六朝唐宋以来文献中都不曾出现，初见于明人张溥所辑《汉魏六朝百三名家集》，未注明出处，经比较可知此诗乃是后人从王逸《楚辞章

① 以上并见《后汉书》之《方术列传 · 郭宪传》、《儒林列传 · 戴凭传》、《逸民列传 · 井丹传》。

句》中摘录文句的拼凑伪托之作，并非王逸所作七言诗，《琴思楚歌》也是后人附会的标题。但是这首诗的出现却说明了四言诗与七言诗之间有着比较紧密的关系，如果四言诗两句当中的第二句末尾有一虚字可以省略，那么这两句四言就可以变成一句七言；换言之，一句七言诗大致可以相当于两句四言诗的容量。同时也可以说明为什么早期的七言诗会句句押韵，并且往往会出现一句七言当中四、七两字相协的现象。之所以会出现如此结果，如果用汉语韵律构词学的理论就可以很好地解释，因为四言诗的常态是用两个标准音步、亦即两个标准韵律词构成，如果其中有一句可以通过省略末尾的虚字而变成一个三音节的超音步、亦即可以组成一个超韵律词，那么自然就会成为典型的七言形态。正因为如此，余冠英先生在批评七言诗起源于楚辞说的时候指出："若是将这些散见的七言和近于七言的句子指为七言诗之源，那就不如上溯到《诗经》了。"①

但我们并不能由此认为七言诗就是由四言诗转变而来。因为四言诗的基本形态就是由两个标准音步亦即两个标准韵律词组成，而且往往两句一组，它由此而形成一种非常整齐、平衡的节奏韵律，不可合并。我们上举那些可以组合成七言的四言诗，并不是四言诗的标准体式，只是它的变体。这种变体从整体上表现为向基本形态亦即正体靠拢，以此来保证四言诗体式的稳定。如上引"野有蔓草，零露漙兮。有女一人，清扬婉兮。邂逅相遇，适我愿兮"。诗中句末的"兮"字虽然没有字面实义，但是它却起着构成音步的作用，这使它的节奏形态达到标准化的效果："野有/蔓草，零露/漙兮。有女/一人，清扬/婉兮。邂逅/相遇，适我/愿兮。"如果去掉了这个"兮"字，就破坏了四言诗的节奏平衡，就不再称之为标准的四言诗，就失去了四言诗本身的节奏韵律之美。所以，"野有蔓草零露漙"这样的七言句式，在当时是不可能产生的，它的章法结构与审美韵味与四言诗也是大不相同的。

（三）七言诗和楚辞体的关系

用韵律构词学的理论来考察楚辞体与七言的关系，我们会发现二者之间有更大的差距。楚辞体是一种十分特殊的诗体，其典型形态是单音节起调，即每句诗的前三个字构成一个超音步，也就是一个超韵律词，接下来加上一个"兮"字（《九歌》体）或者一个虚词（《离骚》体）与后面的一个标准音步（标准韵律词）相联，从而构成一种十分明显的二分节奏诗体。其典型

① 余冠英：《七言诗起源新论》，《汉魏六朝诗论丛》，第132页。

句式如：

> 合百草兮实庭，建芳馨兮庑门。（《湘夫人》）
> 伏清白以死直兮，固前圣之所厚。（《离骚》）

前者为《九歌》体的典型句式，它基本上是由一个超韵律词加“兮”再加标准韵律词构成，我们可以表述为“三兮二”式，后者则是由一个超韵律词加一个虚词再加一个标准韵律词构成，可以表述为“三×二”式。所不同的是，由于《离骚》体中的“×”表现为一个虚词，它远没有《九歌》体中的“兮”字那么强的音乐表现功能，读起来也没有《九歌》体句式那么婉转流畅，有散文化倾向，所以《离骚》体两句一组，在每一组第一句的末尾再加一个“兮”字。但由此我们会发现，二者在韵律词的组合方式上是相同的。据廖序东统计，这类句子组合形式，在《九歌》全部256句中占了130句，在《离骚》总句数372句中占278句。此外，在《九歌》中还存在两个超韵律词中间加一个“兮”字的句法，如“操吴戈兮被犀甲，车错毂兮短兵接”，可以表述为“三兮三”，在《九歌》全部256句中占有70句，仅次于第一种形式。《离骚》体中也有这种“三×三”句式，如“历吉日乎吾将行”，共有50句，也是在《离骚》中第二多的句式。① 由此，我们把《九歌》体与《离骚》体的基本句式概括为“三兮（×）二”和“三兮（×）三”两种，它们各自占了《九歌》体的78%和《离骚》体的88%。因此我们说，这两种句式是楚辞的标准句式。

由此可见，标准的楚辞体句式最大的特征是由两个音步，亦即两个韵律词组成，其中第一个音步是超音步、相对应的韵律词亦是超韵律词，这与七言诗由三个音步亦即三个韵律词组成，而且第一音步亦即第一韵律词是标准韵律词有着根本的不同。从这个角度来讲，楚辞体与七言诗是两种完全不同的诗歌形式，楚辞体自然也不会成为七言诗的源头。不过，由于楚辞体中“三兮（×）三”的形式中后面的韵律词是三音节亦即超音步的超韵律词，与七言诗后三个字也是一个超音步亦即超韵律词相同，所以，当“三兮（×）三”式的楚辞体中的前半部分超韵律词的组合形式为2+1的时候，紧随其后的“兮（×）”就有可能与前面的一个字组成一个标准音步，从而使其变为“二二三”的节奏形式，读起来有像七言诗一样的节奏韵律感，如“洞庭/波兮/木叶下”，“终然/殀乎/羽之野”。此外，楚辞体中还有一种变

---

① 廖序东：《楚辞语法研究》，语文出版社，1995，第39页、第68页。

化，即在它的标准形式“三兮（×）二”中，前面的超韵律词变成两个标准韵律词的时候，后面的“兮（×）”字会自动地与后面的标准韵律词组合成一个超音步，读起来也会形成与七言同样的节奏，如：“朝饮/木兰/之坠露（兮），夕餐/秋菊/之落英。”这也可以理解，为什么有的人认为楚辞体是七言诗的起源，就因为在楚辞体的这些变体中，由于前面的超韵律词结构发生了暂时的变化，使它具有了两个音步的可能，所以就有了与七言诗相同的节奏形式。

但是，我们并不能因此而认为七言诗源于楚辞。原因很简单，因为这一类变体不仅在楚辞体中数量极少，而且因为它们句中有“兮（×）”存在，其语言结构形式始终是两个韵律词的组合，而且第一个韵律词仍然是一个超韵律词。同时，从这里我们可以看出，在楚辞体中，由于其基本形态是超韵律词在前，所以句中的“兮（×）”就起着强大的诗体功能作用，它强化了楚辞体的二分节奏特点，并由此而形成了楚辞体特殊的婉转悠扬之美。如果去掉了这个“兮（×）”字，由于不符合汉语句法组合中标准韵律词优先的常态，五言的楚辞体读起来就会非常急促，如“君不行兮夷犹，蹇谁留兮中洲”两句，去掉“兮”字就会变成“君不行/夷犹，蹇谁留/中洲”，听起来极不和谐。而六言的楚辞体则会自然地分成两句三言诗，如“若有人兮山之阿，被薜荔兮带女萝”，去掉“兮”字，只能变成“若有人，山之阿，被薜荔，带女萝”这样的三言诗。这一点，在汉代同类的楚歌中可以得到很好的证明。如《史记·乐书》中所记的《天马歌》：“太一贡兮天马下，霑赤汗兮沫流赭。骋容与兮跇万里，今安匹兮龙为友。”在《汉书·礼乐志》中则变成了：“太一况，天马下，沾赤汗，沫流赭。志俶傥，精权奇，籋浮云，晻上驰。体容与，迣万里，今安匹，龙为友。”这一现象，更充分地证明了楚辞体二分节奏的韵律特点。另外我们知道，楚歌体作为汉代最重要的诗歌体式之一，从西汉初刘邦的《大风歌》到东汉末少帝刘辩的《悲歌》，纵使随着汉语中双音词的大量增加，使这类楚歌起调中的超韵律词由单音节起调向着双音节起调的方向发展，但是作为这一诗体的标志性词语“兮”仍然保留，其二分节奏的歌诗特点四百年来也没有发生任何改变，它们与汉代字书、镜铭、谣谚中的七言诗并行发展却绝少影响。要而言之，楚辞体与七言诗，无论从韵律节奏还是语言结构上看都是不同性质的诗体，也体现出大不相同的美学特征。这也可以充分证明七言诗的生成与楚辞没有直接关系。

（四）七言诗与民歌谣谚诸文体的关系

下面，我们再来考察先秦两汉民歌谣谚诸文体与七言诗的关系。从现有材料来看，从节奏韵律的角度可以分割成“二二三”体式的七言诗的确见于那些散见于《诗经》、楚辞之外的诗歌谣谚之中。比较具有典型性的是《战国策·秦策三》范雎所引一首诗歌：“木实/繁者/披其枝，披其/枝者/伤其心。大其/都者/危其国，尊其/臣者/卑其主。”虽然此诗前四个字是一个短语词汇，但是并不妨碍把它按“二二三”的三分节奏来诵读。但是非常遗憾的是，在先秦的民歌谣谚当中，真正符合“二二三”的七言节奏的并不多。荀子的《成相篇》中虽然有大量的七言句子，但是它的诗体语言按字数来说乃是“三三七四七”式的结构，七言并没有完全独立出来。仅有这几个例子，便认为七言诗起源于民间歌谣的说服力是不够的。因为在更早的文献中，我们还能发现一些整齐的七言句子，如《逸周书·周祝解》：

> 凡彼济者必不怠，观彼圣人必趣时。石有玉而伤其山，万民之患在口言。时之行也勤以徙，不知道者福为祸；时之徙也勤以行，不知道者以福亡。
>
> 叶之美也解其柯，柯之美也离其枝，枝之美也拔其本。
>
> 天为盖，地为轸，善用道者终无尽；地为轸，天为盖，善用道者终无害。天地之间有沧热，善用道者终不竭。陈彼五行必有胜，天之所覆尽可称。①

《逸周书》记录了周文王到春秋后期周灵王之间约六百年的事情，有的篇章，如《世俘解》等可能作于西周初年，有些篇章可能经过战国时人的加工润色。《周祝解》一篇，大概属于后者。但无论如何，在一篇文章中出现如此多整齐的七言韵语，这一现象值得我们高度关注。再如《韩非子·安危》：“奔车之上无仲尼，覆舟之下无伯夷。”《韩非子·内储说左下》：“狡兔尽则良犬烹，敌国灭则谋臣亡。”宋玉《神女赋》：“罗纨绮缋盛文章，极服妙彩照万方。”这说明七言在战国时期已经产生，而且已经在文人的著作中经常出现，因此我们还不能说七言这种句式一定起源于民间谣谚。在现存汉代比较可靠的材料中，司马相如《凡将篇》中的七言句，《汉书·东方朔传》所引东方朔射覆语，汉武帝《柏梁台联句》、《郊祀歌》十九章中的七言诗句，产生的年代都是比较早的。刘向所存的七言诗残句、史游《急就章》中的大量七言韵语都产生于西汉后期。汉代镜铭虽然大都是东汉时代的产物，其中也

---

① 黄怀信：《逸周书校补注译》，西北大学出版社，1996，第416页、第419页、第421页。关于《逸周书》的产生年代虽有争议，要之不会晚于战国时期。

不排除有西汉之作。而我们所知道的比较可靠的汉代民歌民谣中的七言，如《上郡吏民为冯氏兄弟歌》，最早不过产生于西汉成帝时代。至于那些品评人物的歌谣谚语，则大都产生于东汉后期。由此可见，一些人认为七言诗起源于民歌谣谚，并不完全符合历史的事实。准确地讲，我们应该把七言诗看做战国以来一种新兴的语言体式，它既见于民间谣谚，也见于其他历史文献当中，而从汉代的整体情况来看，它更多地运用于字书、镜铭等当中，成为与四言、骚体、五言等相并而行的独立发展的一类以世俗生活为主的新文体。

（五）中国诗歌体式的基本形态与七言诗在其中的位置

从韵律构词学的角度来看中国的诗体，我们不仅会发现四言诗、楚辞体与七言诗的区别，也会发现中国古代诗歌体式的基本形态。我们说：就文体特征而言，诗是有节奏有韵律的语言加强形式，节奏韵律是构成各类汉语诗体的先决条件，它的基本要素是音步，与之相对应的是韵律词，二者的同步协调并且按照一定的有规律的形式组合，就成为汉语诗歌的基本形式。中国诗歌最早的形式是二言诗，它由一个音步构成，其基本句法结构也只有一个标准韵律词；三言诗由一个超音步构成，其基本句法结构也只有一个超韵律词。四言诗由两个标准音步构成，其基本句法结构也由两个标准韵律词构成。五言诗由一个标准音步加一个超音步构成，其句法结构也由一个标准韵律词和一个超韵律词构成。七言诗由两个标准音步加一个超音步构成，其基本句法结构也由两个标准韵律词与一个超韵律词构成。到此为止，中国诗歌的韵律结构基本完成，以“二二三”为节奏的七言成为最高的韵律形式，以后没有再发展。之所以如此，是因为汉语的诗歌节奏与词汇的音步构成相一致。如同汉语词汇的一个音步最多不能超过三个音节一样，四个音节就会变成两个音步。汉语诗歌的节奏形式最多也不会超过三个音步，如果是四个音步就会自动分解为各有两个音步的两句诗，故八言诗可以分解为两句四言诗，九言诗可以分解为一句四言一句五言，十言诗可以分解为两句五言诗，以此类推，所以，中国诗歌中很少有八言以上的诗体。中国诗歌中也没有由两个单纯的超音步组成的六言诗，因为它可以分解为两个超音步的三言诗。同样道理，如果一句诗由三个标准音步组成，那么这句诗的音乐节奏就会变得单调冗长而缺乏音乐节奏，这也就是在汉语体系中六言诗很少的原因。而楚辞体由一个超音步与一个标准音步构成，其基本句法也由一个超韵律词和一个标准韵律词构成，但是因为它的构成是超音步在前，不符合汉语语言自身的节奏规律，所以在两个韵律词之间加上一个“兮”字或者一个虚词，从而成为汉语诗歌中一类极为特殊的诗体形式。在这种诗歌体式中，“兮”字起着特殊的作用。没有了它在中间起协调作用，它就会变成散体化的句式，如《离骚》体句式会变成汉代散体大赋中的六言句。而《山鬼》式的句子去掉“兮”字之后则只能变成两句三言诗。

我们知道，中国早期诗歌与音乐是不可分割的，各种诗歌形式的产生，总是与那个时代的歌唱联系在一起。二言诗、三言诗、四言诗、五言诗乃至楚辞体诗歌的产生莫不如此。值得我们注意的是，七言诗的产生，与歌唱的关系似乎并不那么紧密。对此，余冠英已经有所认识，他指出：“七言歌谣在汉时不曾有一首被采入乐府。”① 的确如此，在现存的先秦两汉七言诗当中，与音乐相关联的只是少数（如《郊祀歌》十九章中的部分七言诗句，如《汉书》中所记载的《上郡吏民歌》），大部分的七言都不是歌，都不是用来歌唱的。如《急就章》本是字书，镜铭本是铭文，《太平经》本是道家理论著作，出现于张衡、马融赋作当中的七言系辞也不能歌唱，那是“不歌而诵”的作品。广为后人称诵的汉武帝柏梁台七言联句，本来就带有游戏文字的性质，就连汉代那些品评人物的民间谣谚同样是没有乐曲相配的徒诗。而汉代最主要的歌诗三大系统，楚歌、鼓吹铙歌与相和歌当中都没有一首完整的七言诗作，也很少有七言诗句。这说明，七言诗在汉代基本没有进入歌的系统，而更广泛地用于诵读，是更适宜于当时人诵读的一种语言形式。

通过以上总结分析，我们可以得出两点认识：第一，七言的节奏韵律是中国诗歌节奏韵律的最高组合形式；第二，七言是中国诗歌中最富有音乐感的语言体式。因为它是中国诗歌节奏韵律的最高组合形式，它的产生，必然建立在其他基本体式的基础之上。其中二言诗和三言诗是组成七言诗的两个基本单元，四言诗本来就是由两句二言诗组成，所以由一句四言诗和一句三言诗合在一起，就成为早期七言诗产生的重要方式之一。因为七言是中国诗歌中最富有音乐感的诗歌体式，不需要外在音乐相配照样读起来朗朗上口，所以这种体式一旦被发现，马上就显示出巨大的优势。由此我们就可以解释，为什么七言在汉代会成为字书、镜铭和民间品评人物谣谚的主要语言形式，因为这种最富有音乐感的形式易于吟诵、记忆和传播。

（六）七言诗在汉代不发达的原因

以上，我们分析了七言诗的诗体特征及其与《诗经》、楚辞的关系，分析

---

① 余冠英：《七言诗起源新论》，《汉魏六朝诗论丛》，第141页。

了中国诗歌体式的基本形态和七言诗在其中的位置，下面我们再来讨论另一个问题，为什么七言式的句子在汉代早就存在，可是优秀的七言诗却极少。关于这一点，已经受到当代学者的关注，并且有过一些很好的解释。如余冠英就说：“从‘七言不名诗’这一层看来，知道当时人对于七言韵语视为俗体。从傅玄《拟四愁诗》序看来（引者按：傅玄《拟四愁诗序》：“昔张平子作四愁诗。体小而俗，七言类也”），知道晋人观念亦尚如此。从歌诀、零丁都用七言这一事实看来，可以知道七言韵语确为当时流行的俗体。”① 余冠英的说法很有道理，的确，汉人把七言诗视为俗体，是它在汉代所以不发达的重要原因之一。但是，何以七言诗在汉代就被人们视为俗体了呢？余冠英并没有进一步的解释。我们认为，之所以如此，与七言诗体在汉代没有进入歌的系统有着直接的关系。考察汉代诗歌体式的发展变化我们认为，歌诗与诵诗的分流是汉代诗歌发展的重要特色。这其中，又以歌诗作为汉代诗歌发展的主流方向，形成了郊庙雅乐与新声俗乐两大部分。其中郊庙雅乐主要指汉初的《安世房中歌》与汉武帝时代的《郊祀歌》十九章。它们继承了先秦雅乐的传统，在诗体上虽然略有变化，但总的来说是以四言体和楚辞体为主。而汉代的世俗新声则分成三大流派，分别为楚歌、鼓吹铙歌和相和歌，它们所采用的主要诗歌体式分别为楚歌体、杂言体和五言体，并且各自形成了独特风格，也有着各自的传承关系。由于雅乐本身具有很强的保守性，七言很难纳入其中。汉武帝时代的《郊祀歌》十九章运用新声变曲进行新的创造，所以吸收了部分七言诗句，但是汉哀帝罢乐府之后，雅乐在诗体上再没有新的变化，四言诗成为以后中国历代朝廷雅乐的主要形式，七言诗在雅乐中很难得到发展。而在汉代的世俗新声当中，楚歌来自先秦楚声，鼓吹来自异域音乐，本身都不是七言体式；汉代新兴的相和歌辞，则以五言诗作为主体，七言照样没有发展的空间。没有相应的音乐传播手段作为支撑，七言在汉代的歌诗系统中始终找不到它的容身之地。而汉代虽然出现了“不歌而诵”的赋体，它从歌诗中演变出来而蔚为大观，成为汉代文学的主导样式，但是它照样继承了先秦的诗骚传统。散体大赋的主要句式是四六言，骚体赋的主体句式是楚辞体，七言在其中照样很少有用武之地。这使七言在汉代处于一种非常尴尬的境地，它只能存身于那些主流的诗歌传统之外。这种状况，到了魏晋时代其实也没有太大的改观，虽然出现了如《燕歌行》那样的优秀七言诗作，但是在魏晋诗歌当中这样的诗作还是少之又少，那是一个五言诗独领

① 余冠英：《关于七言诗起源问题的讨论》，《汉魏六朝诗论丛》，第 160～161 页。

风骚的时代，也是一个清商三调歌诗兴盛的时代，并不是七言诗的时代。七言诗的真正发展只能等到刘宋以后，等待鲍照的出来。所以我们回过头来再看汉代张衡的《四愁诗》，会发现它是那样的孤单和另类，它既不能纳入汉人歌诗的系统，也不能纳入汉人诵诗的系统。它是张衡的创调，展现了他的个人才华，也展现了七言诗发展的美好前景，但是它在汉魏时代还属于“生不逢时”，所以才被人视为“体小而俗”。真正要光大其体并化俗为雅，除了富有天才的优秀诗人的努力之外，还要等待历史的机遇。

七言诗在汉代没有兴盛起来的另一个原因，则是这种诗体本身的写作难度。从产生时间来讲，七言诗与五言诗几乎相同，但是五言诗在汉代却很快发展起来。何以如此？葛晓音指出，“当五言还在少量歌谣的阶段，就已经找到了通过词组、句行之间的呼应达至句意连贯的方式。有此基础，节奏流畅的五言体雏形首先在排比、对偶句式的重复连缀中出现。然后汉代文人又探索了五言句连贯叙述的节奏规律，逐渐摆脱对修辞重叠的依赖，从而使五言的句式节奏组合显示了丰富的变化，展现了五言发展的极大潜力。而七言以单行散句连缀的篇制，从一开始就只注意单句之内的自相呼应，却没有找到句与行之间的呼应方式。因此在诗歌最重要的叙述和抒情两大功能方面，相比五言都处于劣势”。① 葛晓音的文章分析细致，甚有说服力。我们在此基础上可以再向前追问，七言本来比五言还要多两个字，按道理说它在语言的表现能力方面比五言更强，它怎么会产生这种状况呢？难道这真是“早期七言与生俱来的这种弱点”吗？我们以为并不完全如此，更重要的一个原因是七言诗比五言诗难以把握。从汉语的韵律结构分析，五言是由一个标准音步和一个超音步构成，其韵律节奏为“二三”式，而七言则由两个标准音步和一个超音步构成，其韵律节奏为“二二三”式。相应的语言结构，五言是由一个标准韵律词和一个超韵律词构成，而七言则是由两个标准韵律词和一个超韵律词构成。从中国诗歌的结构形式来讲，七言是最高也是最复杂的终极形式，它的语言表现功能和抒情功能最强，自然也最难以把握。特别是两句相对，偶句押韵的七言诗歌形式更难把握，所以，早期的七言诗往往以单句押韵的方式出现，很少有双句押韵的七言诗体，这正好说明七言诗体难以把握。一句单行押韵的七言诗固然也可以体现出它的“二二三”的节奏韵律之美，但是它的表现功能只能相当于一句四言和一句三言，最多相当于两句四言，

---

① 葛晓音：《早期七言的体式特征和生成原理——兼论汉魏七言诗发展滞后的原因》，《中国社会科学》2007 年第 3 期。

却远远比不上两句五言。而这正是单句七言诗与双句五言诗相比所处的劣势。从表面上看，一句七言似乎可以当成一句四言和一句三言的组合，但是由于它不再是两个句子而成为一个句子，它的语言结构就会发生很大的变化，它的写作远不如先写一句四言再写一句三言那么容易，如果两句七言合成互相关联的对句就更难。中国早期的七言诗之所以单句为韵，之所以看似一句四言与一句三言的叠加，之所以多用它来罗列名物，正说明当时的人们还不能熟练地掌握七言诗的写作规律。被后人视为文坛佳话的汉武帝柏梁台联句，把“能为七言者”当做“乃得上坐”的条件，说明在当时能作七言者并不容易。事实上，把一句七言当做是一句四言与一句三言的叠加，并没有充分显现这种诗体的语言表达优势，相反，由于这种组合中间失去了固有的语言停顿，读起来反倒更加急促，远没有两句四言诗那样舒缓，更没有两句五言诗那样摇曳多姿，给人的感觉是流畅有余而韵味不足。所以，成熟的七言诗并不是“四三式”的二分节奏，而是“二二三”式的三分节奏，是诗人充分运用两个标准韵律词和一个超韵律词来组合成一个生动的诗句，用两个这样的诗句构成七言对句，这样才真正实现了七言诗用来叙事和抒情的优势，真正成熟的七言诗才会产生。从这一角度来看，七言诗在汉代远没有成熟，它还处于诗体的探索阶段。魏晋时人傅玄之所以把张衡的《四愁诗》称为“体小而俗”，也从另一个角度说明七言诗体的不成熟，远没有展现出它的诗体魅力。

以上，我们对七言诗的起源问题、七言诗在汉代的流传情况以及其诗体特征等作了初步的描述，是想说明，七言诗作为一种独特的文体，在汉代广泛存在于字书、镜铭、民间谣谚、道教经典、医书、刻石、墓碑以及其他文章当中，在汉代是一种以应用为主的韵文体式。从这一角度讲，它与四言诗、骚体诗、五言诗、杂言诗等并存，有着独立的发展之路，并以其反映世俗生活的方方面面而显示出其独特的社会认识价值，有与其他诗体同等重要的文化地位。但是，作为一种诗歌体式，它在汉代还远不成熟。从汉语韵律学的角度来看，七言诗属于中国诗歌体式中最为复杂的一种，也是最难把握的一种。它没有进入汉代诗歌的主流之内，在汉魏时代还属于“体小而俗”的诗体，它的成熟有待于魏晋以后。汉代的七言诗属于七言诗发展的早期阶段，它为后世七言诗的发展奠定了坚实的基础。对汉代七言诗，我们应作如是观。

（原载《文史哲》2010 年第 3 期）

南朝五言诗体调的“古”“近”之变

·葛晓音·

历代诗论评述南朝五言诗，往往强调这是一个“由古入律”的过渡阶段，并以“古意渐漓”概括齐梁诗，“古调绝矣”概括陈隋诗。这种感觉大体是不错的。但是南朝五言诗的古意和近调之间的交替经历了怎样的渐变过程？有什么具体的创作特征？却罕见古今学者的明确阐发。当然“古”和“近”都是中国诗论中的模糊概念，而且不同历史时段有不同的标准，很难做出确切的界定。不过南朝五言诗的“古”、“近”之变毕竟是文学史上一大转关，还是有必要进行深入一步的研究。综观前人有关论述，所谓“古”、“近”的区别，主要反映在三个方面：一是声律；二是体式；三是格调。关于声律的古近之辨，历来是研究南朝诗的焦点和热点，本文不拟赘论，仅以体式和格调为主，探讨南朝五言诗体调“古”、“近”之变的具体特征及其创作成因。

“体式”一词，在《文心雕龙·体性》篇里指文章的体裁风格，后人用此概念大致没有争议。“格”与“调”也早见于盛唐殷璠《河岳英灵集》中“格高调逸”、“词秀调雅”这类诗评。至明代高启、李东阳及前后七子，论诗强调识别“格”、“调”必先辨体，认为不同时代有不同的“体”和“调”，遂将体式与格调进一步结合起来。许学夷《诗源辩体·自序》说：“诗有源流，体有正变”，“夫体制声调，诗之矩也”。[1] 其论周汉至元明之诗歌变迁，也以“体”和“调”为主线贯穿其中。虽然各家所谓“格”和“调”在不同语境中有时意指不同，又因诗学观的差异而有不尽一致的解说，有的甚至因过分推崇汉魏五言的“高格”和“古调古法”而导致拟古的流弊，被讥为仅以皮相求诗，但格分高卑、调有远近的看法大体是一致的。“体格声调”的表述一直沿用至清代而不衰，更形成了文学批评史上所称的“格调说”，可见仍是一个无可替代的论诗角度。本文之意不在辨析历代诗论中各

---

① 许学夷：《诗源辩体》，人民文学出版社，1987，第1页。

家格调说的义界及其是非，而是希望从具体的创作实践出发，看看古人的这些含混概念想要说明的究竟是什么样的诗歌创作现象。因此借用明代格调派以“体”和“调”紧密联系的说法，从五言诗的结构特征、表现方式去考察“体”的变化，由此说明从唐人到明清人所说的“古调”和“近调”在风貌、声情、标格等方面形成差异的原理。

从前人对南朝五言诗的许多具体评论中我们可以看出，究竟如何判断一首作品“尚存古意”还是“浸淫近调”，见仁见智，不无分歧。不过皎然的一段话大致可以概括古诗的特征：“古诗以讽兴为宗，直而不俗，丽而不朽，格高而词温，语近而意远。情浮于语，偶象则发，不以力制，故皆合于语，而生自然。”① 对照许多论者对于“无复古人之风”的批评：“益巧益密”②、“渐多俪句”③、“语尽绮靡”④、“专工琢句”⑤、“徇俗太甚，太工太巧”⑥ 等，可知论者大抵认同古调要有讽喻兴寄、直抒情感、格调高雅、词意温厚、不求工巧、合于自然。而近调则追求工巧、格调浅俗、语言绮靡等。那么南朝究竟有无古近之分呢？前人有两种意见，一种认为沈谢之后，由古入律，全为齐梁格，至陈子昂才分出古近，此说以冯班为代表，冯班《钝吟杂录》卷五载：“自永明至唐初，皆齐梁体也。至沈佺期、宋之问变为新体，声律益严，谓之律诗。陈子昂学阮公为古诗，后代文人始为古体诗。唐诗有古律二体，始变齐梁之格矣！”⑦ 还有一种认为南朝古诗尚有一脉相承。如吴乔、王夫之、施补华、沈德潜等，都认为江淹、梁武帝诗是太康元嘉旧体，谢朓、沈约、何逊等能略存古体，其他诗人的作品中也有一些能得古意者。正如陈祚明所说：“时各有体，体各有妙，况六朝介于古、近体之间，风格相承，神

① 遍照金刚著、周维德校点《文镜秘府论》，人民文学出版社，1980，第141~142页。

② 朱熹《答巩仲至》：“至律诗出，而后诗之与法始皆大变。以至今日，益巧益密，而无复古人之风矣！”（朱熹：《晦庵先生朱文公文集》，大化书局据和刻本汉籍丛刊思想初编影印，1985，第1174页）

③ 徐师曾：“梁陈诸家，渐多俪句，虽名古诗，实堕律体。”（徐师曾：《文体明辨序说》，人民文学出版社，1962，第107页）

④ 许学夷：“至梁简文及庾肩吾之属，则风气益衰，其习愈卑，故其声尽入律，语尽绮靡而古声尽亡矣。”（许学夷：《诗源辩体》，第128页）

⑤ 沈德潜：“诗至于陈，专工琢句，古诗一线绝矣！”（沈德潜：《古诗源》，中华书局，1978，第330页）

⑥ 方回《文选颜鲍谢诗评》：“齐永明体自沈约立为声韵之说，诗渐以卑。而玄晖诗徇俗太甚，太工太巧。阴何徐庾继作，遂成唐人律诗。”（方回选评、李庆甲集评校点：《瀛奎律髓汇评》，上海古籍出版社，1986，第1902页）

⑦ 冯班：《钝吟杂录　论学三说》丛书集成初编本，商务印书馆，1937，第68页。

爽变换中有至理。”[①] 那么，南朝五言古诗究竟有何体调特征？与太康、元嘉旧体的关系如何？新体诗除了四声八病以外还有哪些创作原理使之形成人们所批评的近调？辨明这些问题，或许就能初步把握古、近体风神变换中的“至理”。

一 晋宋“古调”的结构特征

五言诗从汉魏到晋宋，虽然体式结构经历过若干阶段的演变，句式诗行也逐渐由散趋俪，但是历代论者大抵认为古调“汪洋于汉魏，汗漫于晋宋”，[②] 即宋诗仍然保留古意，到齐梁才发生大变。这样看来，“渐多俪句”还不是由古趋近的主要特征，那么晋宋五言诗的“古调”体现在哪些方面？笔者以为还是要从太康、元嘉旧体的结构特征和表现方式去看。

笔者曾经提出：汉魏五言“古意”的内涵主要是对于人情和世态常理的认识。其结构主要是用单行散句连缀。为了保持句意间的连贯和呼应，一般是在一个较短的段落中连续写一个场景或事件片段，其间还需有排偶和重叠的配合，才能形成全篇流畅的节奏感，这就形成汉魏古诗场景表现的单一性和叙述的连贯性，同时借用比兴的跳跃性达到与场景的互补以及相互转化，以增加五言的表现力。魏诗基本上延续了汉诗的结构和表现方式，但是由于铺陈的增多，抒情内涵和角度开始转向个人性和特殊性，开启了西晋诗歌的变化。西晋五言在继承汉魏五言的基本表现方式的同时发展了自己的特色，其最显著的特征是篇制层次的多样和丰富，以及因诗行构句追求内容的对称性而形成的“俳偶渐开”的语言风格。这种结构使诗歌的叙述和抒情突破了汉魏诗单一场景的时空限制，能够更为自由地组织不同时空的场景，完整地展现事件发展的过程，细致地描写景物和人物心理，因而大大拓展了五古的容量。这也就是所谓“太康体”的基本特征。[③]

汉魏和西晋是五言古诗发展中的两个重要阶段，但由于早期五言诗天然情韵的不可重复性，加上诗歌题材、审美观念和个人才性等多方面的原因，

---

① 陈祚明：《采菽堂古诗选》，《续修四库全书》第1591册，上海古籍出版社，2002，第372页。

② 徐师曾：《文体明辨序说》，第105页。

③ 葛晓音：《论汉魏五言的“古意”》，《北京大学学报》2009年第2期；葛晓音：《西晋五古的结构特征和表现方式——兼论“魏制”与“晋造”的同异》，《中华文史论丛》2009年第2期。

后人学汉魏至多只能从语调、句法、比兴、意象等方面效仿，而很难得其神理。西晋的五言结构遂成为晋宋齐梁五言主要的体式。东晋诗以玄理为主，由于词汇多用老庄之言，运用西晋多层次的结构模式更觉典雅呆板。唯有行旅和游览诗稍有变化，能上承陆机，下启谢灵运。前人认为，陆机与谢灵运的主要区别在于前者“体俳语不俳”，后者“体语俱俳”，① 其实这也大致可以概括太康体和元嘉体的差异。以颜、鲍、谢为代表的元嘉体对于五言诗的结构和表现各有其贡献。但是与太康体仍然一脉相承，这一基本特征对于考察齐梁五言的变化是重要的参照。

谢灵运的诗以行旅游览和咏怀为主，在承袭西晋的多层次结构中，突出了抒情重点和山水景物的描写。前人往往讥大谢“有句无篇”，主要是因为只见其篇中凸现的清新佳句，其实这正是其经营全篇的结果。典型的大谢体结构，一般是先交代登览或出游的背景，或简要概括一天游览过程，然后着重描写眼前景物，最后联系玄理抒发感想。由于前因后果的烘托，篇中写景的名句特别醒目。如《登江中孤屿》先写江南江北游览已经尽兴，然后在横流直趋孤屿时突出了“云日相辉映，空水共澄鲜”这一对名句，最后由赞美景色的灵异归结到养生之理。这类结构在谢灵运诗中数量较多，② 既运用了太康体追求前因后果首尾完整的结构原理，同时也打破了西晋诗写景的平均罗列方式，从而产生了不少名篇。

谢灵运五言的结构创新，突出地表现在过程和情景关系的处理。他的诗题均点明具体的路径，结构也重在过程，所以不少诗能够省略背景交代，直接切入主题，以行踪作为主线贯串全篇，从头到尾采用移步换形的写景勾勒全程，如《从斤竹涧越岭溪行》、《于南山往北山经湖中瞻眺》等都是典型例子。这类诗将游人跋涉的动作与景物描写分层交替，借行踪的变化展开长距离路程中的所见所感，也使原来分层过于清晰的景物和情理两大部分得以自然结合。情与景的“截分两橛”，固然是大谢遭后人诟病之处，但是细观其每首诗抒情所用的典故和涉及的玄理，其实都有所侧重，而其取景也往往与情理相配合。如《登石门最高顶》强调高馆的与世隔绝；《富春渚》重在山水之险阻和履险之心情；《石门新营所住四面高山回溪石濑茂林修竹》则重在山中幽居的孤独和光阴流逝的感叹，“崖倾光难留，林深响易奔”正是借景突出了这种感触。这就使情与景达成内在的一致。而且他处理情与景的关系也

① 胡应麟：《诗薮》，上海古籍出版社，1979，第29页。

② 关于大谢体的典型结构，当代研究谢灵运山水诗的论著多已论及，本文不一一引述。

富有变化，有的是借抒情或说理作为牵引以转换重点场景，如《入华子岗是麻源第三谷》、《入彭蠡湖口》、《庐陵王墓下作》等。有的是静观式，一般前半首直接写景，后半首抒情，如《晚出西射堂》、《游南亭》、《过白岸亭》等，这类结构对后来小谢诗有直接的启示。

前人称谢灵运诗“体语俱俳”，因其诗绝大多数使用对偶句，仅穿插少量散句和半对句，加上结构讲究首尾照应和丰富多样的层次变化，自然比西晋诗更进一步骈俪化。但体语俱俳其实是刘宋诗的普遍形态。颜延之的佳作如《北使洛》作于东晋义熙年间，也体现了晋宋诗善用对偶概括行程的特点，第一层用“振楫”、“秣马”、“途出”、“道由”等不同的动词和“吴洲”、“楚山”、“梁宋郊”、“周郑间”等地名相对，加上“前登阳城路，日夕望三川”的散句配合，便大跨度地概括了从吴楚到周洛的行程。《始安郡还都与张湘州登巴陵城楼作》前半首几乎全是用对句将远距离的地名和地形组合在一起，这正是西晋二陆用对偶直线叙事的一种表现方式。他还有不少典雅的应诏诗，都是全对偶。其余赠答应酬类诗亦大多如此，唯典重程度视赠诗对象而定。其余刘宋诗人如范晔、刘铄、刘骏、刘义恭、谢庄的应诏诗，也莫不是全篇对偶，典雅凝重，这种体式后来为齐梁文人所沿用，成为宫廷应诏诗的固定传统。但刘宋诗的对偶有不少生造语词和句式，语调涩重甚至不可卒读。这是与太康体的明显差异。

鲍照的一些“应命”之作，大抵也和当时体相同，多用典实涩炼的雅词夸张堆砌，结构板实而少变化，徒以造句奇险取胜。有些唱和诗也都用全对偶，虽较应命诗稍为朴素，仍不免“句重字涩”之感。但是感怀类的五言乐府和古诗，则多能从魏晋五言中汲取适合自己的结构方式和表现方式，加以发挥或创变。

一种是简化层次，同时突出层次间的对比和反衬关系，如《代挽歌》用两重“忆昔”将平生的傲岸与死后变为骷髅加以对比；《代放歌行》以小人的龌龊和壮士的旷达作一层对比，又以洛城的繁华、明主的爱才与壮士的迟回不进再作一层对比；《代边居行》以世人争锥刀之利、富贵相忘的常态与田园自得其乐的生活作对比等。他还将这种对比拓展到离别诗，如《与伍侍郎别》、《和傅大农与僚故别》、《送盛侍郎饯候亭》、《与荀中书别》等都是通过自己与对方处境或心情的对比来抒写离情；在日常生活的感怀中，也多用此类对比，如《行药至城东桥》由行至城东门所见飞扬的尘土，引起对市井中游宦子扰扰营营追名逐利的批评，然后以孤贱隐沦之辈与之对照，兴起失志之叹；《观园人艺植》以善贾巧宦之人远涉关市海陆求利的忙碌与园人艺植的淳朴生活对比，都颇新鲜。这类对比其实是继承了左思和阮籍咏怀诗的结构特点，而扩大了应用的题材范围。

还有一种是用比兴引起感怀，甚至全篇用比，数量较多，如《代东门行》、《代放歌行》、《代棹歌行》、《代别鹤操》等。还有不少离别诗也多用比兴开头。这两类诗继承了魏晋古诗尤其是阮籍和左思的表现方式，最能体现古诗以讽兴为宗的重要传统。

鲍照的行旅诗与谢灵运一样，通常也有较多的层次，往往以情或事为主线，串起行旅途中之所见所感，但省略了大谢式的前因后果的结构，而是扣住主要感受选择章法和取景。如《还都道中》其二全篇选择避风泊船湾浦时所见萧瑟秋景，以烘托心境的凄凉。其三则前半围绕川广路险的意思取景，后半抒发茫然四顾之旅愁。这类行旅诗中也常含比兴，如《还都道中》其一途中所见江景、孤兽、离鸿均含比兴之意，《行京口至竹里》从景物中取松树引出君子小人之清浊对比等等。在行旅诗中借景比兴，也是魏诗的传统，鲍照只是在构思和章法上变化较多而已。由此可见，鲍照五言不仅继承了太康体，而且能上溯魏诗，这是他的古诗能够保留较多古调的重要原因。

元嘉体除了在太康体结构的基础上求新求变并转为"体语俱俳"以外，还表现出追寻古诗传统的另一种倾向，即拟古的风气很盛，尤其是乐府诗和一些题为效古、学古、拟古、绍古的古诗，表现方式多采用汉魏乐府古诗中常见的情景模式，例如驾车行游、登高望京、与客对话、侠客赴边等。还有不少是单纯模拟汉魏乐府意象和传统主题，而鲍照在这方面尤有突出的创新。这种倾向也是古调能够"汗漫于晋宋"的原因。

总之，晋宋诗虽然与魏晋诗风有较大的差异，特别是行旅、游览、离别一类题材显示出结构多变的新动向，但是总体上仍然保持了太康体追求结构完整对称、层次清晰丰富的体式，以及表达直白、不嫌重复的抒情方式和铺陈罗列、不厌繁复的写景格局。一些作品甚至能够继续运用汉魏诗歌常见的比兴、对比来言志感怀。这些都构成了元嘉体"古调"的基本特征。

二 齐梁古诗的体调变化

五言诗从元嘉旧体发展到齐梁新体，转折的关键自然是讲究四声八病的永明体的出现。但是否因为永明声律说一旦流行，五言诗就都变成了半古半律的齐梁格诗呢？如果逐首细读所有作品，不难发现：声律的发展与五言诗体调的变化并不完全同步。正如元嘉的颜谢古诗虽然已开后世排律之先，如高棅所论：“排律之作其源自颜谢诸人。古诗之变，首尾排句联对精密。梁陈以还，俪句尤切。”[①] 但颜谢古诗也只是为排律提供了“体语俱俳”的体式，并没有声律的自觉。同样，齐梁五言即使是在永明体的提倡者沈约、谢朓手里，也还保留着古体。对于研究者来说，如果不能辨明齐梁五言古体的体式特征，终究难以透彻了解齐梁古、近体变换的原理所在。

前代论者多称道江淹能存太康、元嘉旧体，这是因为江淹的诗歌大多数作于宋末齐初，[②] 当时永明体尚未流行。他的诗延续了元嘉体“体语俱俳”的特征，而且几乎全是四句一层、多层组合的整齐结构。不但《侍始安王石头城》、《从冠军行建平王登庐山香炉峰》、《从征虏始安王道中》、《从建平王游纪南城》这类奉酬之作全为四层以上的全对偶体，就是平时与朋友唱和或感怀之作，也大都是这种体式，如《还故国》、《秋至怀归》、《步桐台》、《惜晚春应刘秘书》、《贻袁常侍》等。这类诗除了忧念时局以外，还常用比兴述志，如《冬尽难离和丘长史》写汀皋之杜蘅、石兰，《惜晚春应刘秘书》写蘅杜和露蕙之幽心，都隐含以芳草自喻高洁之意；《步桐台》以霜雪隐喻时势之严峻；《贻袁常侍》以珠贝兰玉喻明润坚贞之性情。《郊外望秋答殷博士》以云精水碧比喻对方的才华品质，以纫蕙、折麻比喻互相存问的友情等；这些诗都具有魏晋古诗反复重叠、多用讽兴的基本特点。江淹保持古调与他有意识地学习古诗有关：《学魏文帝诗》、《效阮公体》十五首、《杂体》三十首从汉古诗一直仿效到元嘉诗，具有“学其文体”、“品藻渊流”的明确意图，因而对于前代古诗的不同体式能够了然于心。《杂体》三十首从仿颜谢开始，全对偶体四句一层的格局逐渐明晰，这说明他自己的古诗格局正是依据他所理解的元嘉体。

从永明体出现到梁中叶，齐梁五言诗仍有相当一部分延续江淹古诗的这种结构，特别是沈约、谢朓、何逊这些擅长新体诗的作家，这说明他们具有摸索五言诗不同体式的自觉意识。沈约的古乐府诗绝大部分已经变成四句一层的以对偶为主的整齐结构，除了主题的继承性和代言体的抒情角度等乐府固有的特征以外，与古诗没有明显区别。这些乐府诗的基本主题还是传统乐府中的光阴苦短、功名难成、人生离合、世俗势利、盛衰之感、思乡之情等常见内容，意象、场景也多从传统乐府中汲取。他的古诗中应诏、应制、奉

① 高棅：《唐诗品汇》，上海古籍出版社，1981，第618页；冒春荣《葚原诗说》卷3有相同意见。

② 江淹著，俞绍初、张亚新校注《江淹集校注》，中州古籍出版社，1994，第3页，“前言”。

和类诗全为四句一层的全对偶体。此外像《登高望春》等抒发私人感情的少量诗篇也采用了元嘉体。谢朓的一些应酬类诗也有采用此体的，《鼓吹曲》十首中的大多数，《始出尚书省》、《游山》、《赛敬亭山庙喜雨》、《赋贫民田》、《和王长史卧病》、《和伏武昌登孙权故城》等结构都非常厚重规整，而像《直石头》、《和萧中庶直石头》、《和王著作融八公山》更接近太康体的登览诗，这类丰度凝远、体质端重的五言诗显然是直承颜谢而来。何逊的乐府《拟轻薄篇》、古诗《九日侍宴乐游苑》、《登石头城》、《仰赠从兄兴宁寘南》、《赠江长史别》等也都与江淹古诗的结构相同。此外，刘孝绰、王僧孺等也有同类体式的古诗。

元嘉体保留在上述应酬诗和部分乐府诗中，是齐梁部分诗人延续古调的表征之一。在沈约"三易"说的影响下，齐梁诗更重要的变化在于突破元嘉体的板滞凝重，追求流畅自由的声情，在不同于元嘉体的结构中形成新的体调。其突出表现之一，就是重新处理散句和对偶句的关系，寻求新的抒情脉络和叙述节奏。

齐梁永明以后，诗歌语言逐渐转为浅易，诗人们自觉地运用当代口语，同时从汉魏诗歌中吸取平易浅显的语汇和句式，将元嘉体涩重的全对偶变成散句和对句的自由交替，使多层的铺陈罗列转化为线性的连贯节奏。沈约的不少古诗转为散偶相间，也打破了四句一层的固定结构，如《登玄畅楼》以"上有"、"中有"的汉魏叙述句式分别领起六句写景；《赤松涧》散句和偶句规则交替；《送别友人》、《古意》、《梦见美人》、《学省愁卧》、《和左丞庾杲之移病》、《织女赠牵牛》等几乎全为散句；这些诗有的流畅如行云，也有的刻意追求句法变化而反致拙涩，但都显示出破偶为散的努力。还有些诗虽以对偶为主，却追求上下连贯的散叙意脉。如《游沈道士馆》中"宁为心好道，直由意无穷"，"所累非外物，为念在玄空"，"都令人径绝，唯使云路通"[①] 等，都是句意连串之对，并使用了许多虚词，诸如介词和副词作为句首，或在句中承接。有的还使用声情流畅的双拟对，如《酬谢宣城朓》中"从宦非宦侣，避世不避喧"等，[②] 这就破除了晋宋诗体语俱俳导致的板滞之感。

元嘉体的写景对偶工整，意象密实，沈约则努力使意象化密为疏，如《宿东园》"槿篱疏复密，荆扉新且故"，"野径既盘纡，荒阡亦交互"，《行

① 沈约著、陈庆元校笺《沈约集校笺》，浙江古籍出版社，1995，第359页。

② 沈约著、陈庆元校笺《沈约集校笺》，第349页。

园》“寒瓜方卧垄，秋菰亦满陂”，“高梨有繁实，何减万年枝；荒渠集野雁，安用昆明池。”① 这些对偶有的二句一意，有的隔句相对，自然就使诗行变得疏朗。

同样，谢朓也有很多骈散相间的作品，如《观朝雨》四句对句和四句散句规则交替；《直中书省》前八句对偶，后八句以散为主；《落日怅望》、《游敬亭山》、《将游湘水寻句溪》、《忝役湘州与宣城吏民别》、《休沐重还丹阳道中》等也都是不同方式的骈散交替，有的更是全篇以散句为主，如《怀古人》、《在郡卧病呈沈尚书》等都仅是两句工对，其余均为散句，故能一洗板重之气。与小谢唱和的徐勉《昧旦出新亭渚》，江孝嗣的《北戍琅琊城》等也是中间两句对，前后四句散。此外，小谢的许多对偶虽然工整，却看似散叙，如《和刘绘入琵琶峡望积布矶》：“江山信为美，此地最为神。以兹峰石丽，重在芳树春”，“却瞻了非向，前观复已新”② 等，和沈约一样，用虚词等在句首或句中造成上下句意的连贯或递进。

何逊处于新体诗已经普及的时代，但他的不少五言诗也有多种多样的散偶相间的尝试，而且善于在模仿汉魏句调中创新，如《与苏九德别》直接用古诗“宿昔梦颜色”句意，抒写与友人的聚短离长之感，其中“青草似青袍，秋月如团扇，三五出重云，当知我忆君”③ 四句既是魏晋式句调，措意又很新颖。又如《学古赠丘永嘉征还诗》全为散句，巧用汉魏诗中侠少出征返乡以及思妇织布机下的两种常见情景合而为一，表现征人返家与妻子团圆的喜悦，既活用了汉诗场景描写单一性的原理，又合成了一个新鲜的场景。《拟青青河边草转韵体为人作其人识节工歌诗》显然是为歌筵演唱而作，全诗仅两句对偶，其余全散，前八句逐句押韵，二句一转韵，将七言的押韵法移入五言。类似这样学古又力图变化的例子很多，如《聊作一诗》、《和萧咨议岑离闺怨诗》、《塘边见古冢》等。

此外，柳恽的《赠吴均诗》三首、《杂诗》、《咏蔷薇》；吴均的《与柳恽相赠答》六首、《答萧新浦》、《赠杜容成》、《酬别江主簿屯骑》、《采药大布山》、《闺怨》、《古意》等也在散偶相间的结构中穿插了不少模仿汉魏的句式。同时代的刘峻、徐悱、任昉、陆倕、张率、萧统等，尤其是王僧孺、刘孝绰都有不少将散句和偶句任意组合转换，甚至是以散句为主的五言诗，而

① 沈约著、陈庆元校笺《沈约集校笺》，第369～370页。
② 谢朓著、曹融南校注《谢宣城集校注》，上海古籍出版社，1991，第327页。
③ 何逊：《何逊集》，中华书局，1980，第18页。

且熟练地掌握了汉魏诗的顶针、重复用字等使句意连贯的修辞手法。

最典型的是刘孝绰以诗代书的长篇《酬陆长史倕》，全诗内容庞杂，脉络曲折，每层都达八至十句以上，将五言散偶交替的叙述功能发挥到了极致，偶句可以自如地写景、抒情和议论，散句则多用于层意转折和首尾，使大段偶句形成散句的意脉。加上多处使用顶针、递进、重复用字，使全篇声情句调十分流畅。这首长诗虽然不是当时的最佳作品，却可以反映齐梁诗人在处理散偶关系方面的全部特征和自觉努力。

齐梁古诗体调转变的另一个重要特征，是改变了元嘉体讲究首尾完整、层次整齐的规则结构，转向根据抒情或者叙述的逻辑确定灵活多变的结构方式。这种结构本来在陶渊明、鲍照诗里已经出现，但齐梁诗贯穿结构的主线更多了构思立意的因素。

谢朓的行旅诗和山水诗最重要的变化是将元嘉体简化成写景加抒情两层，一般是前半首写景，中间两句兼带情景作为过渡，转到后半首抒情，以情作为贯穿前后两部分的主线，从而形成其典型的十二句体。但除此之外，他也有不少变化，如名作《暂使下都夜发新林至京邑赠西府同僚》以大江秋河为主线连接京邑和荆州两地，实写眼前的金陵宫室，虚写忆念中的昭丘秋景，“徒念关山近，终知返路长”成为一篇纲领，照应两地景色，突出了诗人踌躇两端的矛盾心情。《和刘绘入琵琶峡望积布矶》以水势的奔腾变化为主线，串连对偶，写出惊涛骇浪逐渐转为明净开阔的过程。《和宋记室省中》开头“落日飞鸟远”一句，为王夫之激赏，因全诗情景都由这一句展开。

何逊也有一部分山水行旅诗继承了典型的小谢体，不过他的感怀诗和离别诗结构变化更多。这类诗往往用长篇，以感情逻辑为主线贯穿太康体的复杂层次，曲折尽意，从容自如。如《送韦司马别》详细地叙述了从目送行帆到归馆后深夜不眠的全过程，按时间段大致可以分出五层，每层六句，以顶针转换，但是贯穿全诗的是连绵不绝的声情，结尾则用汉诗“弃置勿重陈，重陈长叹息”的套语，所以几乎分不出层次和断续处。又如《日夕望江山赠鱼司马》两大层次中的情、景、事又分成若干小层次，贯穿于其间的则是昼夜难抑的乡思。又如《与崔录事别兼叙携手》的结构是按照两人的先别后聚，以及聚后再离的复杂经过和原因，以确切地数叨时节的方式一层层写出，转折很多，但两人聚散无常的立意十分清晰。由于结构随构思的主线变化，同样的情景就能写出许多姿态。

齐梁五言结构的新变虽与元嘉体迥异，但是仍然有相当一部分保持了古诗直言其情、不厌反复，层次较多、结构自由的特点，特别是破骈为散的努力，使不少齐梁诗学到了汉魏式的叙述句调，以及场景、比兴的表现方式，所以尚能存有古调。与此同时，也有不少诗歌虽用汉魏式的散叙句调，却失去了古诗的厚重和天然，格调转为清新浅易。

其原因首先是题材内容更趋向于日常生活、身边琐事，如何逊的《早朝车中有望》、《临行公车》、《夜梦故人》、《刘博士江丞朱从事同顾不值作诗云尔》，刘孝威的《行还值雨又为清道所驻》、《郗县遇见人织率尔寄妇》等，虽然题材很新鲜，但都是由日常生活中偶遇的场景或一点小事引起的一时一地的感触，缺乏古诗讽兴通常所有的较深内涵。小谢诗也因为写景更注重细微的动态和角度的变化，被讥为“渐入纤靡”，至于其他齐梁诗人就更不在话下了。

其次是齐梁古诗中多见巧思，不像元嘉体之前的古诗那么平直。如谢朓的《怀古人》，除了“清风动帘夜，孤月照窗时”外，全为平易流畅的散句，句意颇似汉魏，却别有一种清绮流逸之气，不如汉魏朴厚，陈祚明认为就坏在这一对偶句，因其思致颇巧，句法也像近体。

最后是齐梁五言追求散句意脉，是出于人为，而非天然。王夫之曾评谢朓《新治北窗和何从事》中“自来弥弦望，及君临箕颍”两句说：“汉魏作者唯以神行，不藉句端著语助为经纬。陶谢以降，神有未至，颇事虚引为运动，顾其行止合离，断不与文字为缘。如此作‘及君’二字，用法活远，正复令浅人迷其所谓。”① 王夫之的意思是汉魏语调的自然连贯依靠其内在的意脉，不靠句子开头的语助词来牵引。陶谢以后的作者做不到这一点，只能靠句端词虚引连接。小谢的“及君”二字，在对句中运用，将前段写景自然地转到对何从事的赞美，有“蝉联暗换之妙”，比较灵活，能远承陶谢以前古诗的散句转折，但是一般作者做不到这一点。齐梁诗中散偶交替的处理，很多是依靠句端虚词，诸如介词、连接词的牵引，这也是齐梁诗纵然声情流畅，终究缺乏汉魏诗天然神韵的原因。

梁大同年以后，五言诗再度变化，虽有一些作者仍然沿袭齐梁，但是从萧纲、萧绎及其周围的文人到陈代的沈炯、张正见、陈叔宝等，又重新在乐府和古诗中恢复了全对偶的体式。由于诗歌取材进一步宫廷化，导致内容的绮碎、趣味的低俗、语词的华丽、篇幅的缩短，除了雅重的应诏体以外，体调大都转为轻靡浅媚，即使效仿古诗意象，也无复古意。这种转化可能与萧

① 王夫之评选、张国星校点《古诗评选》，文化艺术出版社，1997，第249页。

氏兄弟“非对不文”的理论有关，[①] 加上此时近体诗声律和格调的进一步发展，并渗透到各类诗体，五言诗古近不分也自在必然了。

三　齐梁“近调”表现方式的新变

从声律来看，永明新体是近体的开始。但是五言诗的古近之别，不完全取决于声律，体制和表现方式也是重要因素。永明新体中使用最多的四句体、六句体、八句体和十句体，不但在刘宋时江、鲍的诗歌中已出现篇制的雏形，而且从南朝乐府民歌中汲取了表现方式的一些基本特质。

南朝乐府民歌以五言四句体为主，与篇制的短小相应，艺术表现与古诗的抒情方式有极大的差异：首先是情思集结于简单的一点，而非古诗直白反复的陈述。这一点可以是因节物变化而产生的小感悟：“秋风入窗里，罗帐起飘飏。仰头看明月，寄情千里光。”（《子夜秋歌》）“适闻梅作花，花落已成子。杜鹃绕林啼，思从心下起。”（《孟珠》）可以是一个心理活动的瞬间：“想闻散唤声，虚应空中诺。”（《子夜歌》）“风吹窗帘动，言是所欢来。”（《华山畿》）或是一个小细节：“画眉忘注口，游步散春情。”（《子夜春歌》）“罗裳易飘飏，小开骂春风。”（《子夜歌》）一个小动作：“一坐复一起，黄昏人定后，许时不来已。”（《华山畿》）“逍遥待晓分，转侧听更鼓。”（《读曲歌》）一个定格画面：“清露凝如玉，凉风中夜发。情人不还卧，冶游步明月。”“凉风开窗寝，斜月垂光照。中宵无人语，罗幌有双笑。”（《子夜秋歌》）一种情态：“行步动微尘，罗裙随风起。”（《上声歌》）“逆浪故相邀，菱舟不怕摇。”（《长干曲》）即使是双关、比兴，也是借眼前所见的一个物像，如“莲”、“匹”、“丝”等，简单地点出情思所结，没有往复重叠的絮语。

其次是南朝乐府民歌还善于以短句作大幅度的对比概括，最常见的如朝暮、春夏、今昔的对比：“朝发襄阳城，暮至大堤宿。”（《襄阳乐》）“春别犹春恋，夏还情更久。”“昔别春风起，今还夏云浮。”（《子夜夏歌》）“昔别雁集渚，今还燕巢梁。”（《子夜春歌》）初时和其后对比：“初时非不密，其后日不如。”“感欢初殷勤，叹子后遼落。”（《子夜歌》）人与我对比：“人各既畴匹，我志独乖违。”（《子夜歌》）“人传欢负情，我自未尝见。”（《子夜变

---

① 《文镜秘府论》：“故梁朝湘东王《诗评》云：作诗不对，本是吼文，不名为诗。”（遍照金刚著、周维德校点《文镜秘府论》，第140页）

歌》）等。[①] 上述两种基本表现方式的原理在南朝文人模拟的乐府诗中被广泛掌握，对新体诗的艺术表现具有直接的影响。

新体诗形成的另一个前提是上文所论齐梁五言诗破骈为散、散偶相间的变革。这一变革不仅导致“古调”的变化，同时也对新体产生了深远的影响。新体诗声律要求的语言基础是沈约提倡的“易读诵，易识字”，必然摒弃晋宋涩重的语言，多用浅易清新的当代口语，这就要探寻新的诗语节奏。前人多认为声律和对偶是新体诗的两大重要特征，其实在齐梁新体诗中，全对偶所占比重不大，更多的是对偶和散句相间，或半首散句和半首对句结合，甚至全散句的结构。像沈约的《别范安成》八句纯为散句，采用口语的自然节奏，语浅情深，流畅自然。齐梁八句体中常见的形式是：六句散，两句对；或者两个对句和两个散句规则交替；或前四个散句做一串，或后四个散句作一串；或首尾四句为散，中间四句为对，甚至有中间四句散，两头用对句的。这说明齐梁诗人正在散偶交替的各种变化中摸索新体式的节奏感。直到梁大同年之后，长篇五言几乎全对偶，新体诗也基本形成不黏的格诗，八句体中全对偶以及中间对、两头散的形式逐渐增多，但还是有相当多的作品仍然延续齐梁新体诗处理散偶关系的方式，以追求浅近流畅的句调。

南朝新体诗首先在咏物、离别、闺情这三大类题材中发展起来，此外还有少量山水、赠答诗。梁中叶后侍宴、应令类增多，大抵也不出吟咏宫苑景物或美人之类的范围。取材的浅狭单调决定了“近调”的浅俗、工巧和绮靡的特点。而造成这些特征的原因，除了南朝新体诗作者的生活环境和审美趣味，以及力求新变的文学观念以外，新体诗的体式和表现方式最适宜于这些题材也是不可忽略的重要因素。由于这些题材主题雷同单一，便于将情思集中于一点，寻找新颖的构思，在同样的主题内容中发现许多不同的表现角度，很适宜十句之内的短篇，所以最为齐梁诗人所乐用。

鲍照诗中已经出现一些以咏物为题的五言，这些诗具备了专意咏物的特征，只是篇幅还比较长，多在十句以上，寄托深浅不一。齐梁咏物诗绝大多数没有深意和真情，只要写出一点小巧的思致即可。这类诗颇能锻炼新体诗讲求侧写、虚写的暗示手法，一个题目能翻出不少新意。如谢朓的《咏烛》将华宴上烛光摇曳之中人影朣朦、金饰闪烁的视觉感受表现得极其细腻，以反衬“妾”已被欢醉的“君”所抛弃。《咏灯》则以多个神仙典故比喻灯光之辉煌，然后转到在飞蛾绕焰的孤灯下独自缝制舞衣的女子，暗示被冷落的

---

① 以上引文均见郭茂倩编《乐府诗集》，中华书局，1979，第639～704页。

舞女昔日如受宠之仙眷。二者构思不同，但都含蓄巧妙。又如同是《咏席》，柳恽从郊外游春席地欢宴的角度写，谢朓则从编席的蒲丝出自幽渚汀州，愿君采编用于玉座的角度想。同是《咏竹火笼》，沈约从竹能经霜、可以制扇带来清凉的角度，反问其怎能用来薰香取暖；小谢则以冰雪天气反衬竹火笼带来的温暖，然后才形容笼之织文虽然斜密，却体透性直，感叹其阳春即为人弃置不用的命运。所以齐梁的咏物诗题目雷同的极多，人们却不厌其烦地反复吟咏，以思致求新为胜。

梁陈时期，咏物诗的范围不但扩大到所有日常生活用品以及园林里的虫鸟花草，还逐渐趋向于捕捉一些细微的动态，题目往往就是该诗的立意。如纪少瑜的《月中飞萤》写一个萤火虫在窗帷之间飞止的动态，及其映照在月下池塘里的影子，为深闺月夜的画面增加了动感。刘孝威的《望隔墙花》、《和帘里烛》，萧纲的《咏烟》、《系马》、《登板桥咏洲中独鹤》，庾肩吾的《同萧左丞咏摘梅花》、《赋得转歌扇》，费昶的《咏入幌风》，张正见的《赋得白云临酒》等，都不是一般地刻画物的性质和外形，而是要求贴住题目将对象瞬间的动态特征描绘出来，写作难度也相对增大。所以这些新体诗正是利用咏物诗主题单一的特点，发展了南朝乐府民歌情思集结于一点的创作原理。在充分挖掘各种小巧构思的过程中，提高咏物的技巧和水平。后来初唐李峤“百咏”为初学五言律诗者示范，全用咏物诗，正是因为咏物是最适宜近体诗表现的一种题材。

新体离别诗的情思单纯，而且送别一般都是多人同作，所以参与写作者也需要别出心裁。如永明时期与谢朓同用八句体写《离夜》的有七人，谢朓的“离堂华烛尽，别幌清琴哀”，江孝嗣的“情遽晓云发，心在夕河终”，沈约的“一望沮漳水，宁思江海会”，王融的“翻情结远旆，洒泪与烟波”，萧琛的“执手无还顾，别渚有西东”，刘绘的“春潭无与窥，秋台共谁陟”等，① 各自都从情景关系找到一个不同的着眼点。又如何逊的《从镇江州与游故别》取送别宴会将要结束时“夜雨滴空阶，晓灯黯离室”来暗示离别者的黯然无言；吴均的《酬闻人侍郎别》中间两联以朝发暮宿和君住我行的不同地点与景色构成两层对比，最后以“相思自有处，春风明月楼”结尾，构思新颖，又别有一种优美的情韵。但随着梁陈以后咏物、侍宴、应令类诗大增，尚有真情实感的离别诗在新体诗中迅速减少。

闺情适宜于新体，也是因为内容不外乎思妇独眠或美人思春，无法从情

---

① 诸人《离夜》之引文均见谢朓著、曹融南校注《谢宣城集校注》，第 302 ~ 311 页。

感上开掘，只能从各种角度烘托。谢朓的《玉阶怨》展现出冷殿长夜宫女缝衣的一角，《和王主簿有所思》在月光下勾勒出徘徊陌上的思妇剪影，都将古诗中反复倾诉的怨情凝聚到无言的画面中。沈约的两首《夜夜曲》，八句体前四句写星空之明，以反衬后半首孤灯下织布到鸡鸣的思妇。四句体则更是压缩到一个镜头：仍取北斗阑干为背景，但只有月光照着灯光半隐的一张空床。后来萧纲拟沈约此诗，又抓住思妇夜半不断起来添加灯膏和薰香的动作，以暗示思妇通宵不眠。梁陈时期，闺情诗趋向于以美人动态为题，构思也越发纤巧多样。如刘孝威的《奉和湘东王应令冬晓》写晨起写信却砚水被冻，赶不上出发的汉使，用一个小小的细节表现思妇捎书不成的悲哀；萧纲的《寒闺》将绿叶朝朝黄和红颜日日异相比；《愁闺照镜》写思妇憔悴得令旁人惊怪，只有镜子相识。这类新异的构思角度，正体现了萧纲对“新致英奇”的理解。①

此外，齐梁近体诗有时用来写一些生活中偶见的事情或感触，取意也多很新颖，如小谢《落日同何仪曹煦》写黄昏殿中所感，以一种纷杂的主导感觉贯穿全篇，首联写参差重叠的宫殿暗影和绮罗交杂的氛氲气息，次联写风吹池中芰荷摇晃不定的动感，次三联写雀鸟喧嚷、树荫纷沓的声响，从而烘托出薄暮时分宫中逐渐归于平静，但人在其中却不得安宁的纷乱心绪。何逊《车中见新林分别甚盛》取隔林远望的角度，从车中旁观他人在新林送别，只见冠盖宾从之盛，但闻官骑鸣珂之声，与后半首春野清和之景以及自己车下穷巷之寂寞对照，用意含蓄。丘迟的《赠何郎》以秋风卷起尘埃犹如野马，兴起疑为故人来访的错觉，再点出檐际阶前的空寂无人，构思也新。这些诗中的感想都没有明言直道，需要读者从情景的组合和对照之中去体会，这正是近体思致含蓄的特征。

由于以上几类诗都是围绕某一个主题或某种感觉展开，最后落到一点立意或巧思上，不是全面铺陈，因而适宜于短篇。首起尾结、二句一层、四层四转势的八句体结构也由此形成。如吴均的《赠王桂阳》是一首咏松诗，全诗立意在幼松虽弱而必能成材。首联写其初生时为野草所掩；次二联以笼云心、负霜骨对偶，暗示其心志；次三联写纤干弱茎，暗示易被轻忽，最后预言其当长成千尺。四层转折，但结构紧凑，重心突出。一般的咏物诗，没有什么寄托，也常借助典故玩弄一点小思致。八句体分四层转势的结构最方便分写其形貌、体性、用途，再加典故的咏物模式。

① 萧纲：《答新渝侯和诗书》，参见葛晓音《八代诗史》，中华书局，2007，第191页。

离别诗表现离情的主题都是一样的，构思点只在于离别前后、离别双方、行止去向、眼前和途中景物的差异等。八句体的四层句意连贯又便于分层对照的结构可以与离别本身所包含的对照性相得益彰。如谢朓的《和别沈右率诸君》构思点在想象别后情景，却将眼前到荆台的漫长旅程和两地相思乃至途中的离悲都串联起来，情语皆似流水。但与古诗的直抒相思不同，不是重重叠叠地诉说，而是惜字如金，借助二句一层四转势的跳跃性，概括长距离、长时间的情感历程。可见八句体的这种结构有利于大跨度的浓缩概括。又如范云的《送沈记室夜别》首写桂水楚山夜色晓景以点题，中二联分两层，一层说本来两人共享的秋风秋月将分为两处，一层说分别后各自所见的寒枝霜猿不能共有。最后以扪萝折桂强调二人一沉一飞的不同去向。像这样将二人分合的情景加以对照的构思，更适宜于八句体分层对称的结构，所以也常为时人所乐用。又如何逊的《与胡兴安夜别》每层分写居人和客子之转车系舟、一筵笑分为两地愁，客子所见"月映清淮流"和居人所见"露湿寒塘草"，最后以新愁故园的对比作结，更巧妙地利用了八句体分层概括双方离情的优势。庾肩吾的《新林送刘之遴》也是从送者和别者的向背着眼："旆转黄山路，舟缅白马津。送轮时合幰，分骖各背尘。常山喜临代，陇头悲望秦。"① 送别宴会、舟车、风景、加地名去向是送别诗最常见的结构，所以只需要在四联之内调配变化，很容易形成固定格式。

虽然齐梁诗人对于八句体中四联关系的组合、声调的关系、散偶句的处理一直在摸索之中，但到了梁陈时期，一般诗人都熟练地掌握了八句体分层概括的结构模式，② 以及使全诗构思集中于一点的创作方式，因而八句体成为新体诗中数量最多的一体。

四　联句、赋得和古题乐府的近体化

新体诗形成上述基本特征，与集体创作的环境有关。永明时期，谢朓、沈约的许多咏物诗和送别诗，都是多人同作。由于同咏一题一事，容易促使各人挖空心思，自出机杼。齐梁陈三代作者的咏物诗题目相同的数量极多，亦出自同样的原因。在齐梁时兴起的联句和在梁中叶后兴盛起来的"赋得"

① 欧阳询编、汪绍楹标点《艺文类聚》，上海古籍出版社，1999，第 524 ~ 525 页。

② 关于齐梁新体诗八句体的形成问题，吴小平论之甚详，参见吴小平著《中古五言诗研究》，江苏古籍出版社，1998，第 250 ~ 271 页。

体，也是在这种创作环境中产生的表现原理相同的新体诗类。

前贤早已指出绝句的产生与联句有关。[①] 一般认为，绝句起初既称为断句，联句原称连句，那么与联句就是可切可连的关系。这里只想探讨齐梁联句为什么容易分割成绝句，或者说绝句是否来自联句。后世的联句，要求各人所联之句没有重复，但上下相承，意脉贯通，合成一首层次分明、主题明晰的完整诗篇。而齐梁联句则不同，细观其结构，正如陈祚明所说：“尔时联句，每各作发端之兴，不取章法相承。”[②] 如谢朓与江革、王融、王僧孺、谢昊、谢缓、[③] 沈约等人的《阻雪》，每人四句，各选一发兴之景，都是两句景加两句情，结果各人所取之景不少是类同的，如小谢、江革、王僧孺都写寒风山池，王融、谢昊都取檐下冰箸，沈约、谢缓都写山树，联结成篇以后，便导致写景重复，没有互相照应；再加上景和情反复交替，缺乏抒情逻辑和层次。又如何逊与范云、刘孝绰的《拟古三首》联句一个取青山，一个取明镜，一个取雅琴，但都用顶针和重复用字。三人内容各不相关，只是自寻一物，同用一种诗格。《范广州宅联句》中范云以昔去和今来的对比、雪与花的颠倒互喻成对，何逊以叠字形容暮色朦胧，又以“非君”、“宁我”相对，两人写法相近，意思却不连。何逊、江革、刘孺的《赋咏联句》也是每人二首，各说各的。何叹枯索，刘自谦滥官，江则议论果腹须有余资。刘孝胜、何澄、刘绮、何逊的《增新曲相对联句》虽然都写美人弹曲和相思之意，但有的写日落对客，有的写日照当头，有的写月昏时分无人听曲，若连成一章，时间地点和内容自相矛盾。这些都是在同一题目下各找一个着眼点，并不顾及相承关系。可见所谓联句实际是各自独立的四句诗的拼凑；绝句也并非由联句切下来的断句，本来就可独立成章。即使能够上下相连，也纯属偶然。如何逊等人的《相送联句》，韦黯、何逊两首可以连接，王江乘和何逊的两首更像是对答。何逊自己的两首加起来倒可以构成一首八句体。《往晋陵联句》中，何逊的两首可合成一首八句体，高爽的两首相同，这更说明各人只顾自己的构思角度。与此相反，何逊诗集中的少数联句能够相连成章的，倒都是没有

① 关于绝句起源问题，明清以来有很多争论，近现代中日学者也有不少论说。李嘉言《绝句起源于联句说》影响较大。对于这一观点，笔者曾在论文注释中提出怀疑，但未细辨。参见葛晓音《论初盛唐绝句的发展——兼论绝句的起源和形成》，《文学评论》1999 年第 1 期。

② 陈祚明：《采菽堂古诗选》，《续修四库全书》第 1591 册，第 204 页。

③ 冯惟讷《诗纪》、万历汪士贤校刻本、康熙丁亥郭威钊序本等版本作“刘中书绘”，本文从曹融南校注本“谢缓”之说，参见谢朓著、曹融南校注《谢宣城集校注》，第 409 页。

结尾，给下家留有连接余地的四句体，如《正钗联句》、《摇扇联句》，如从这一方向发展，便可以形成后世意义上的联句。可见齐梁“绝句”之称谓或与“联句”有关，但四句体作为早期联句的成分各有其独立性和不相承性，这就很难说绝句源自联句。而联句却是在多人同作同题的四句体新体小诗的环境中产生的。这一事实也进一步证明：绝句形成的关键不在于和联句可连可断的关系，而在于其构思集中于一点的基本表现方式决定了四句可独立成篇的体式。

赋得体也是一种多人同作的命题诗。在南朝罕见古调，几乎全为新体。因为赋得之题大体是两类，一类是咏物，如《赋得翠石应令》、《赋得帘尘》、《赋得桥》、《赋乐器名得箜篌》、《赋得蔷薇》等；一类是赋前人甚至同时代人的诗句。

前者与咏物没有差异，只是有时限韵。后者则是对新体诗构思集中于一点的创作特征的进一步发挥，要求以题目为全诗立意，这类赋得体因为多用现成诗句为题，所咏的对象就不是简单的一个人或一样物体，而是一个诗境或一种情景。当时被用为赋得题的诗句有“携手上河梁”、“涉江采芙蓉”、“荡子行未归”、“长笛吐清气”、“谒帝承明庐”、“起坐弹鸣琴”、“名都一何绮”、“三五明月满”、“蒲生我池中”、“落第穷巷士”、“白云抱幽石”、“垂柳映斜溪”、“岸花临水发”、“风生翠竹里”、“鱼跃水花生”、“寒树晚蝉疏”、“往往孤山映”、“为我弹鸣琴”、“处处春云生”，等等，从汉魏到齐梁的诗句都有。这类赋得诗主要见于由梁入陈的诗人，以张正见为最多，他的《秋河曙耿耿》、《薄帷鉴明月》、《浦狭村烟度》等诗题虽然没有“赋得”两字，但也显然是同类的赋得体。

与此同时，赋得体还出现了一些情景题，如“梅林轻雨”、“兰生野径”、“山中翠竹”、“威凤栖梧”、“雪映夜舟”、“白云临酒”、“莲下游鱼”等，富有诗意、类似用诗句的赋得题。这类诗作要求紧扣题目，难度也比一般的咏物诗大一些。如《秋河曙耿耿》赋谢朓诗句，诗里星转月落、织女惊秋、仙槎不见、德星未暗等内容，都是为了点明曙色初现时银河尚明的这一特定时刻。《浦狭村烟度》是赋萧纲诗句，先扣住“狭”和“燎”点题：村长浦狭，日暗烟浮，然后再分叙渔船火明和樵子燃柴，说明村烟来自野燎。《赋得雪映夜舟》则扣住雪花飘落夜船的动态来形容，以分沙、照鹤喻积雪之白，以樯风吹影、缆锦浮花形容雪花纷飞，末以似照秋月的比喻做结，便将雪与夜舟相映的题意突显出来了。这些赋得题所取之境大都是一个动态的镜头或一个景色的片段。如《赋得垂柳映斜溪》只取柳叶和溪水相映的一角；《赋得风生翠竹里》只取竹水相映，风起时枝叶飘寒飏水的一时动态；至于“鱼跃水花生”、“寒树晚蝉疏”、“白云抱幽石”、“岸花临水发”、“薄帷鉴明月”等题目也莫不如此，这就将新体诗情思和立意集中于一点的创作原理发挥到极致。从这个意义上说，赋得体正是新体诗体调愈趋纤巧的必然产物。

与赋得体性质类似的是古题乐府的咏物化和近体化。从永明时期开始，汉乐府古题中的一部分如《芳树》、《有所思》、《临高台》、《巫山高》等，在谢朓、沈约、范云、刘绘、王融等手里就已经不再遵循古题乐府的题材和主题，改成用八句体发挥题面之意。而且与咏物诗一样，也是多人同作，各自寻找构思的不同角度。至吴均进一步将《战城南》、《从军行》等都改成八句体，但仍用古题的主题。同时代的其他诗人又陆续增加了《陇西行》、《入塞》、《日出东南隅行》、《将进酒》、《上林》、《班婕妤怨》、《相逢狭路间》、《折杨柳》、《胡无人行》、《明君辞》、《洛阳道》、《长安道》、《采桑》、《艳歌行》等古题或从古题乐府中衍生出来的题目，以及一些清商乐府和梁鼓角横吹曲中的题目，如《陇头水》、《采莲曲》、《刘生》等，大多采用八句为主的新体。至陈代，张正见、陈叔宝、江总把《朱鹭》、《上之回》、《战城南》、《君马黄》、《雉子斑》、《临高台》、《关山月》、《陇头水》、《折杨柳》、《梅花落》、《紫骝马》、《公无渡河》、《长安有狭斜行》、《煌煌京洛行》、《妇病行》等传统的古乐府题全部变成八句体的咏物诗或咏题诗。李爽甚至有《赋得芳树》的题目，可见梁陈诗人是将这些古乐府题当做赋得题来写的。

值得注意的是：这些古题乐府中，咏物诗和赋得体的表现方式与近体诗的声律已经自然合而为一，不仅在章法上形成了中间两联对偶，首联或对或散，尾联散结的八句体固定格式，而且有一部分已经初步具备五言律诗的声调。典型例子如张正见的《朱鹭》首尾以“金堤”和“翻潮处”烘托朱鹭所在环境，中间两联用“雅曲”、“奇声”形容其鸣声之高雅，“赤雁”、“彩鸾”描绘其绚丽之色彩，纯为咏鹭。八句均为工整的五律对句，六、七两句已经可粘。而此题原为古奥难解的西汉铙歌十八曲之一。《战城南》描写城南战场上的阵云、剑光、旗帜及角声，原来也是铙歌之一，却变成一首标准的赋得体诗，仅四五句失粘，其余全合五律粘对规则。《芳树》分四联咏奇树之芬芳，以佳气、彩云烘托其花光和香气，结尾“欲识扬雄赋，金玉满甘泉”，明白点出这其实是“赋得芳树”，但原来也是铙歌之一。诗仅第四句首二字失对，其余均合粘对规则。陈后主《饮马长城窟行》以夜光月色、山花秋声为背景，衬托征马在塞外长城迎风嘶鸣的雄姿，刻意勾勒了一幅剪影般的画面，也是赋题，诗有四五、六七两处失粘，其余合律。江总的《雉子斑》聚焦于麦垄中色彩斑斓的雉子依花拂草的镜头，基本合律，仅中间折腰。《妇病行》刻画病妇自照啼妆、羞开翠帐、懒对美酒的娇态，使原来朴质的汉乐府叙事诗变成了绮艳的咏美人诗。四联皆押仄声韵，首尾虽有失对处，但中间四句为合格律句。徐陵的《中妇织流黄》咏中妇在暮春季节独对织机晨昏劳作的情景，是十二句体，唯首联失对，而且六联均粘，可以视为五言排律。

以上例证中的对仗不但文字对偶工整，而且大都是平平平仄仄、仄仄仄平平、仄仄平平仄、平平仄仄平的工对，这是五言律诗最基本的四个对句。五律的换头术理论虽然由初唐元兢提出，其时才有对五律相粘规则的自觉认识。但梁陈诗人用汉乐府古题写的这些新体诗，却大都符合粘对规则，律化程度已经相当高。由以上例证可见汉乐府古题在梁陈由传统的古调变成标准的近调，是表现方式的咏物化和赋题化所促成的。此后初唐的部分五言律诗也是在以上所举的一些古题乐府中形成，从卢照邻的《关山月》、《上之回》、《紫骝马》、《战城南》、《巫山高》、《芳树》、《昭君怨》、《折杨柳》等，到沈佺期的《芳树》、《长安道》、《有所思》（或作宋之问）、《临高台》等，五律渐趋规整，正是这一创作倾向的发展。因此，古题乐府的近体化，也是南朝五言诗古近之变的一个重要现象。

综上所论，南朝五言诗结构层次、创作方式、表现功能的变化，是促使体调由古趋近的重要因素。这种变化与声律的发展在宋齐梁时期并不完全同步，至梁中叶以后才自然趋向融合。大体说来，南朝五言的古体结构容量较大、层次变化较多，便于自由直白地叙述、抒情和铺陈，格调凝重沉厚，因此多用于感怀、赠答、奉酬、行旅、山水等内容较为复杂的题材。而近调则结构简单，篇制趋向二句一转势的八句体和四句体，便于大幅度的浓缩概括而缺乏叙述功能；立意聚于一点、避免尽情直陈的创作方式，发展了思致含蓄、求新求巧的表现倾向，易导致格调的浅俗轻靡，多用于咏物、闺情、离别等主题雷同、内容单薄的题材。但二者在发展过程中相互影响，体调差别容易混淆。尤其在梁中叶以后，确实形成了多数作品古近难分的局面。这正是历代诗论以“古意漓薄”笼统批评南朝五言诗的原因。

（原载《中国社会科学》2010 年第 3 期）

论苏轼赤壁的豪杰风流之梦

· 孙绍振 ·

大江东去，浪淘尽、千古风流人物。故垒西边，人道是、三国周郎赤壁。乱石崩云，惊涛裂岸，卷起千堆雪。江山如画，一时多少豪杰。

遥想公瑾当年，小乔初嫁了，雄姿英发。羽扇纶巾，谈笑间、樯橹灰飞烟灭。故国神游，多情应笑我，早生华发。人生如梦，一樽还酹江月。(《念奴娇·赤壁怀古》)

这首词被历来的词评家们称誉为“真千古绝唱”[①]、“乐府绝唱”[②]，被奉为词艺的最高峰，千百年来几乎没有任何争议。但是，其艺术上究竟如何“绝”，则很少得到深切的阐明。历代词评家们论述的水准，与东坡达到的水准极不相称。就连20世纪词学权威唐圭璋的解读也很不到位。唐先生在《唐宋词选释》中这样说：“上片即景写实，下片因景生情。”[③] 由于唐先生的权威，这种说法遮蔽性甚大。在一般读者中造成成见，好像是上片只写实，不抒情，下片则只抒情，不写景。这在理论上是讲不通的。首先，“即景写实”，与抒情完全游离，不要说是在诗词中，就是在散文中也很难成立。王国维在

---

① 胡仔：《苕溪渔隐丛话》前集，人民文学出版社，1962，第411页。

② 元好问：《题闲闲书“赤壁赋”后》，姚奠中、李正民主编《元好问全集》增订本下，山西古籍出版社，2004，第843页。

③ 吴熊和主编《唐宋词汇评》两宋卷第一册，浙江教育出版社，2004，第426页。这个说法影响很大，至今一线教师仍然奉为圭臬。网上一篇赏析文章，一开头就是这样的论调：“《念奴娇·赤壁怀古》上阕集中写景。开头一句‘大江东去’写出了长江水浩浩荡荡，滔滔不绝，东奔大海。场面宏大，气势奔放。接着集中写赤壁古战场之景。先写乱石，突兀参差，陡峭奇拔，气势飞动，高耸入云——仰视所见；次写惊涛，水势激荡，撞击江岸，声若惊雷，势若奔马——俯视所睹；再写浪花，由远而近，层层叠叠，如玉似雪，奔涌而来——极目远眺。作者大笔似椽，浓墨似泼，观景摹物，气势宏大，境界壮阔，飞动豪迈，雄奇壮丽，尽显豪放派的风格。为下文英雄人物周瑜的出场作了铺垫，起了极好的渲染衬托作用。”

《人间词话》中早就指出："昔人论诗词，有景语情语之别，不知一切景语，皆情语也。"① 当然，论者完全有权拒绝这样的共识，然而，吾人对必要的论证的期待却落了空。其次，这样的论断与事实不符。苏东坡于黄州游赤壁曾四为诗文，第一次，见《东坡志林》卷四《赤壁洞穴》，其文曰：

> 黄州守居之数百步为赤壁，或言即周瑜破曹公处，不知果是否。断崖壁立，江水深碧，二鹘巢其上，有二蛇或见之。遇风浪静，辄乘小艇其下，舍舟登岸，入徐公洞，非有洞穴也，但山崦深邃耳。②

什么叫做"即景写实"，这就是"即景写实"。而《赤壁怀古》一开头"大江东去，浪淘尽、千古风流人物"，与其说是实写，不如说是虚写。第一，在古典诗歌话语中，大江不等于长江。把"大江东去"，当做即景写实，从字面上理解成"长江滚滚向东流去"，就不但遮蔽了视觉高度，而且抹杀了话语的深长意味。这种东望大江，隐含着登高望远，长江一览无余的雄姿。李白诗曰："登高壮观天地间，大江茫茫去不还。"只有身处天地之间的高大，才有大江茫茫不还的视野。而《东坡志林·赤壁洞穴》所记"断崖壁立，江水深碧，二鹘巢其上，有二蛇或见之"，则是由平视转仰视的景观。至于"遇风浪静，辄乘小艇其下，舍舟登岸，入徐公洞，非有洞穴也，但山崦深邃耳"，则从平视到探身寻视。按《赤壁洞穴》所记，苏轼并没有上到"断崖壁立"的顶峰。"大江东去"，一望无余的眼界，显然是心界，是虚拟性的想象，主观精神性的，抒情性的。这种艺术想象把《东坡志林·赤壁洞穴》中写实的自我，提升到精神制高点上去。第二，光从生理性的视觉去看，不管如何也不可能看到"千古风流人物"。台湾诗人喜欢把审美想象视角叫做"灵视"，其艺术奥秘就在于超越了即景写实，把空间的遥远转化为时间的无限。第三，把无数的英雄尽收眼底，使之纷纷消逝于脚下，就是为了反衬出抒情主人公的精神高度。正是因为这样，"大江东去"为后世反复借用，先后出现在张孝祥（平楚南来，大江东去，处处风波恶）、文天祥（大江东去日夜白）、刘辰翁（看取大江东去，把酒凄然北望）、黄升（大江东去日西坠）、张可久（懒唱大江东去），甚至出现在青年周恩来的诗作中（大江歌罢掉头东）。以空间之高向时间之远自然拓展，使之成为精神宏大的载体，这从盛唐以来，就是诗家想象的重要法门。陈子昂登上幽州台，看到的如果只是遥远的空间，那

---

① 王国维：《人间词话》，上海古籍出版社，1998，第 34 页。

② 曾枣庄、舒大刚主编《三苏全书》第五册，语文出版社，2001，第 149 页。

就没有“前不见古人，后不见来者”那样视隐千载的悲了。恰恰是因为看不到时间的渺远，才激发出“念天地之悠悠”，情怀深沉就在无限的时间之中。不可忽略的是，悲哀不仅仅是因为看不见燕昭王的黄金台，而且是“后不见来者”，悲来自时间无限与生命渺小的反差。“故垒西边，人道是、三国周郎赤壁”，更不是写实。苏东坡在志林中明明说“或言即周瑜破曹公处，不知果是否”，因而后人也证明黄州赤壁乃当地“赤鼻”之误。[①]“乱石崩云，惊涛裂岸，卷起千堆雪”，也是想象之词。前《赤壁赋》具记游性质，有接近于写实的描述：

> 苏子与客泛舟，游于赤壁之下。清风徐来，水波不兴……白露横江，水光接天。

根本就没有一点“乱石崩云，惊涛裂岸，卷起千堆雪”的影子。更为关键的是，苏轼所说“风流”人物，聚焦于周瑜。时人对周瑜的形象概括完全是一个雄武勇毅的将军：“衔命出征，身当矢石，尽节用命，视死如归。”[②] 而苏轼用“风流”来概括这个将军，不但是话语的创新，而且是理解的独特。

“风流”，本来有稳定而且丰富的内涵：或指文采风流（词采华茂，婉丽风流），或指艺术效果（不着一字，尽得风流），或指才智超凡，品格卓尔不群（魏晋风流），或指高雅正派，风格温文（风流儒雅，风流蕴藉），或与潇洒对称（风流谢安石，潇洒陶渊明），实际是互文见义，合二而一。所指虽然丰富，但是，大体是指称才华出众，不拘礼法，我行我素，放诞不羁，当然也包括在与异性情感方面不受世俗约束，可以用“是真名士自风流”来概括。风流总是和名士，也就是落拓不羁的文化精英互为表里。“风流”作为一个范畴，是古代中国精英知识分子特有的理想精神范畴。西方美学的崇高与优美两个方面都可以纳入其中，但又不同，那就是把深邃和从容，艰巨和轻松，高雅和放任结合在一起。在西方只有骑士精神可能与之相对称，但骑士献身国王和美女，缺乏智性的深邃，更无名士的高雅。这个范畴本来就相当复杂，而到了苏轼这里，又对固定的内涵进行了突围。主要是风流从根本上说，是在野的风格，而《赤壁怀古》所怀的却是在朝的建功立业。

“赤壁怀古”，怀的并不是没有任何社会责任的名士，而是当权的、创造

---

① 张侃：《张氏拙轩集》卷五，影印文渊阁四库全书；第1181册，第429页。

② 陈寿：《三国志》下，中华书局，2005，第937页。

历史的豪杰，是叱咤风云的英雄。苏东坡把“风流”用之于“豪杰”，其妙处不但在使这个已经有点僵化的词语焕发了新的生命，而且在于用在野的向往去同化了周瑜，一开头的“千古风流人物”就为后半片周瑜的儒雅化埋下了伏笔。这个词语的内涵更新的如此成功，以致近千年后，毛泽东在《沁园春·雪》中禁不住用“风流人物”来概括他理想的革命英雄。

“风流人物”的内涵这样大幅度地更新，层次是十分细致的。在开头还是一种暗示，一种在联想上潜隐性的准备。

在苏轼的心中，有两个赤壁，两种“风流”：一个是《念奴娇·赤壁怀古》中的壮丽的、豪杰的赤壁，一个是前《赤壁赋》中，“清风徐来，水波不兴”、“白露横江，水光接天”婉约优雅的、智者的赤壁。两种境界都可以用“风流”来概括，然而是两种不同的“风流”，这种不同并不完全由自然景观决定，而且是诗人不同心态所选择。时在元丰五年（1082），苏轼先作了《赤壁赋》，又作《赤壁怀古》，① 显然是表现了一种风流，意犹未尽，要让自己灵魂深处豪杰“风流”得到正面的表现。不再采用赋体，而用词这种形式，无非是因为它更具超越写实的、想象的自由。

在前《赤壁赋》中，写到曹操，是“一世之雄”，但是，诗人借一个朋友（客）之口提出了一个否定性的质疑：

> 客曰：“月明星稀，乌鹊南飞。”此非曹孟德之诗乎？西望夏口，东望武昌。山川相缪，郁乎苍苍，此非孟德之困于周郎者乎？方其破荆州，下江陵，顺流而东也，酾酒临江，横槊赋诗，固一世之雄也，而今安在哉？

“舳舻千里，旌旗蔽空”的霸气，“酾酒临江，横槊赋诗”的豪情，固然豪迈，但是，只能是“一世之雄”，在智者眼目中，终究逃不脱生命的大限，这个生命苦短的母题，早在古诗十九首中就形成了。曹操在《短歌行》中把古诗十九首的及时行乐提升到政治上、道德上的“天下归心”的理想境界。但是，这个母题在苏东坡这里，还有质疑的余地。也就是不够“风流”的。他借朋友②之口提出来，随即在自答中，把这个母题提升到哲学上：

---

① 按：关于《赤壁怀古》作于《赤壁赋》之后的考证，见孔凡礼《苏轼年谱》，中华书局，1998，第 545 页。

② 按：这个“客”实有其人，是一个道士，叫杨世昌，苏轼的朋友，曾经在苏轼黄州府上住过一年（见孔凡礼《苏轼年谱》，第 543 页、第 545 页）。

苏子曰："客亦知夫水与月乎？逝者如斯，而未尝往也。盈虚者如彼，而卒莫消长也。盖将自其变者而观之，则天地曾不能以一瞬；自其不变者而观之，则物与我皆无尽也，而又何羡乎？且夫天地之间，物各有主。苟非吾之所有，虽一毫而莫取。惟江上之清风，与山间之明月。耳得之而为声，目遇之而成色。取之无禁，用之不竭，是造物者之无尽藏也，而吾与子之所共适。"

这里有庄子的相对论，宇宙可以是一瞬的事，生命也可以是无穷的，其间的转化条件，是思辨方法是否灵活到从绝对矛盾中看到其间的转化和统一。自其变者而观之，则生命是暂短的，自其不变者而观之，则生命与物质世界皆是不朽的。这里还有佛家的哲学，七情六欲随缘生色："耳得之而为声，目遇之而成色。取之无禁，用之不竭。"宇宙空间和时间的无限，就变成生命的无限，这就是苏轼此时向往的通脱豁达的自由境界。在苏轼那里，这个境界是可以列入"风流"（潇洒）范畴的。

这种随缘自得哲学之所以被青睐，和他当时的生存状态有关。在乌台诗案中，他遭到的迫害是严酷的，这个不乏少年狂气的壮年人，不但受到政治的打击，而且受到精神的摧残，在被拘之初，曾经和妻子诀别，安排后事，"自期必死"，[①] 心情是很绝望的。在牢狱中，死亡的恐惧又折磨了他好几个月。而亲朋远避，更使他感到世态炎凉，人情浇薄。贬到黄州以后，物质生活向来优裕的诗人，遭遇贫困，有时竟弄到饿肚子的程度。他在《晚香堂书帖》中，借书写陶渊明的诗述及自己的窘境："流寓黄州二年，适值艰岁，往往乏食，无田可耕，盖欲为陶彭泽而不可得者。"[②] 这一切使这个生性豪放，激情和温情俱富的诗人受到严重的精神创伤。在如此严酷的逆境中，以诗获罪的诗人，不得不寻求自我保护，表现出对贬谪无怨无尤，随遇而安的样子，但是他又岂能满足于庸庸碌碌苟且偷生？因而，在生活态度上，创造出一种超越礼法，对人生世事的豁达淡定，放浪形骸的姿态。《东坡乐府》卷上《西江月》自序说："春夜行蕲州水中，过酒家，饮酒醉，乘月到一溪桥上，解鞍，曲肱醉卧少休，及觉已晓，乱山攒拥，流水铿然，疑非尘世也，书此语桥柱上。"[③] 这样的姿态，和他的朋友柳永的"今宵酒醒何处？杨柳岸，晓

① 《杭州召还乞郡状》，孔凡礼点校《苏轼文集》（中华书局，1986）卷三二；孔凡礼：《苏轼年谱》上，中华书局，1998，第451页。

② 孔凡礼：《苏轼年谱》中，第537页。

③ 孔凡礼：《苏轼年谱》中，第537页。

风残月”，有一脉相通之处。醉卧溪桥的自由浪迹，从容豁达，就成为此时期的词作中名士“风流”的主题

这个主题，从根本上来说，是一种出世的想象。这种出世的想象，并不完全是僧侣式的苦行，从正面说，就是从大自然中寻求安慰，从反面说，就是对自己精英身份的漫不经心。宛委山堂《说郛》言苏轼初谪黄州“布衣芒履，出入阡陌，多挟弹击江水，与客为娱乐。每数日必一泛舟江上，听其所往，乘兴入旁郡界，经宿不返”。[①] 贬官的第三年，在《定风波》前言中这样自叙：“沙湖道中遇雨。雨具先去，同行皆狼狈，余独不觉。已而遂晴，故作此。”他把这种姿态诗化为一种平民的潇洒：“竹杖芒鞋轻胜马，谁怕？一蓑烟雨任平生。料峭春风吹酒醒，微冷，山头斜照却相迎。”

但是，这种不拘礼法，这种放浪，毕竟和柳永有所不同，其一，这里有他的哲学和美学基础，因而，他的风流不仅仅是名士之风流，而且是智者的风流。正是因为这样，在前《赤壁赋》中，不但诗化了江山之美，而且将之纳入宇宙无限和生命有涯的矛盾之中，把立意提升到生命和伟业的矛盾的高度。其二，正是因为是智者，他的不拘礼法，是很自然、很平静、很通脱的。因而，长江在他笔下，宁静而且清净：“清风徐来，水波不兴”，“白露横江，水光接天”，正是他坦然脱俗的心境。在这种心境的感性境界中，融入了形而上的思索，就成了《赤壁赋》中苏轼的心灵图景。

如果这一切就是苏东坡内心的全部，那他就没有必要接着又要写《念奴娇·赤壁怀古》了。张侃《拙轩词话》说：“苏文忠‘赤壁赋’不尽语，裁成‘大江东去’词。”[②] 不尽语，是什么语呢？《赤壁赋》中心灵图景虽然深邃，然而，毕竟是以智者的通脱宁静为基调，而苏东坡并不仅仅是个智者，在他内心还有一股英气豪情，他不能不探寻另一种风流。

正是因为这样，在《念奴娇·赤壁怀古》中，读者看到的是另一个赤壁，《赤壁赋》中天光水色纤尘不染的长江，到了《念奴娇·赤壁怀古》中变成了波澜壮阔、撼山动岳、激情不可羁勒的怒潮，这当然不仅仅是自然景观的特点，其间涌动着苏东坡压抑不住的豪情。但是，光有豪情，还算不上风流，《赤壁怀古》的任务，就是要把豪情和风流结合起来。

“江山如画，一时多少豪杰！”“如画”，这是上半片的结语。但是，这“画”，不仅是长江的自然景观而且是“千古风流”的人文景观，有“一时多

---

① 孔凡礼：《苏轼年谱》上，第496页。

② 张侃：《张氏拙轩集》卷五，影印文渊阁四库全书，第1181册，第429页。

少豪杰”为之作注。自然景观的雄奇的伟迹，正是他内心深处的政治和人格的理想的意象。作为上片和下片之间的意脉的纽结，这里是一个极其精致的转折，“千古风流”，转换成“一时豪杰”。意脉的密合就在从英雄的多数，凝聚到唯一的英雄周瑜身上。

此句承上启下，功力非凡，以致近千年后的毛泽东在《沁园春·雪》中，从上片转向下片，从咏自然景观的雪转向咏无数历代英雄人物，几乎是用了同样的句法：“江山如此多娇，引无数英雄竞折腰。”

前《赤壁赋》中主角是曹操，而《赤壁怀古》中则是周瑜。曹操从“一世之雄”变成了“灰飞烟灭”很显然，为了衬托周瑜。在成败生灭的矛盾中，周瑜成为颂歌的最强音。当然，这并不完全是歌颂周瑜，同时也有苏东坡的自我期许在内，元好问说：“东坡赤壁词，殆戏以周郎自况也。”①

其实，苏东坡在词的下半片，对历史上的周瑜作了升华。表面上，越是把周瑜理想化，就越是远离苏轼，按照自己的气质重塑周郎；越是理想化，就越是接近苏轼灵魂，越是带上苏东坡的情志色彩。

首先是把以弱搏强的、充满了凶险的、血腥的赤壁之战，诗化为周瑜“谈笑间”便使“樯橹灰飞烟灭”。“谈笑间”，应该是从李白《永王东巡歌》“但用东山谢安石，与君谈笑净胡沙”中脱胎而来，表现取胜之自如而轻松。这种指挥若定、决胜千里、轻松潇洒的形象，正是从苏轼一开头的“千古风流”的基调中演绎出来的。

其次，这种理想化的“风流”还蕴涵在“雄姿英发”的命意之中。苏轼对曹操的想象是“一世之雄”，定位在一个“雄”字上。而对于周瑜，如果要在“雄”字上做文章，笔墨驰骋的余地是很大的。那个“破荆州，下江陵”，“酾酒临江，横槊赋诗”的曹操就是被周瑜打得“灰飞烟灭”的。但是，如果一味在“雄”的方面发挥才思，那就可能远离“风流”了，苏轼的思路陡然一转，向“英发”的方面驰骋笔力。让周瑜在豪气中渗透着秀气。“羽扇纶巾”，完全是苏东坡自我期许的同化。把一个“衔命出征，身当矢石，尽节用命，视死如归”② 的英雄变成手摇羽毛扇的军师，头戴纶巾的儒生智者。从诗意的营造上看，光是斩将搴旗的武夫，是谈不上“风流”的，带上儒生智者的从容，甚至漫不经心，才具备“风流”的属性。从中不但可

---

① 元好问：《题闲闲书“赤壁赋”后》，姚奠中、李正民主编《元好问全集》增订本下，第843页。

② 陈寿：《三国志》下，第937页。

以看出苏东坡的政治理想，而且可以感受苏东坡的人生美学。一方面，在正史传记中，谋士的价值，是远远高于猛士的。汉灭项羽后，论功行赏。萧何位列第一，而曹参虽然攻城夺寨，论武功第一，但是位列萧何之后。刘邦这样解释："夫猎，追杀兽兔者狗也，而发踪指示兽处者人也。今诸君徒能得走兽耳，功狗也。至如萧何，发踪指示，功人也。"① 故张良的军功被司马迁总结为"运筹策帏帐之中，决胜于千里之外"。另一方面，苏东坡不是范仲淹，他没有亲率铁骑克敌制胜的实践，他理想中的英雄，只能是充满谋士、军师气质的英才。故黄苏《蓼园词评》说："题是怀古，意谓自己消磨壮心殆尽也。总而言之，题是赤壁，心实为己而发。周郎是宾，自己是主。借宾定主，寓主于宾，是主是宾，离奇变幻。"② 不可忽略的是，苏东坡举重若轻，笔走龙蛇，仅仅用了四五个意象（羽扇、纶巾、谈笑、灰飞烟灭），把豪杰风流和智者风流统一了起来。

当然，也有论者提出这里的"羽扇纶巾"，不是周瑜，而是诸葛亮。俞陛云《唐五代两宋词选释》说："题为'赤壁怀古'，故下阕追怀瑜亮英姿，笑谈摧敌。"③ 刘永济在《唐五代两宋词简析》中说："后半阕更从'多少豪杰'中，独提出最典型之周瑜及诸葛亮二人，而以强虏包括曹操。"④ 此说，似无根据。从历史事实来看，赤壁之战的主力是孙吴，刘备只是配角而已。因而，在唐诗中，赤壁只与周郎联系在一起。李白《赤壁歌送别》中云："二龙争战决雌雄，赤壁楼船扫地空。烈火张天照云海，周瑜于此破曹公。"杜牧《赤壁》："东风不与周郎便，铜雀春深锁二乔。"唐人胡曾《咏史诗·赤壁》："烈火西焚魏帝旗，周郎开国虎争时。交兵不假挥长剑，已挫英雄百万师。"杜甫《八阵图》："功盖三分国，名成八阵图。"述诸葛亮的功绩不及赤壁。洪迈在《容斋随笔》中说《赤壁怀古》有苏东坡的朋友黄鲁直（庭坚）的手写稿，并不是"周郎赤壁"，而是"孙吴赤壁"。⑤ 就是"人道是、三国周郎赤壁"也有人指出"三国"，后来的版本中，苏东坡已经改成了"当日"。⑥ 更说明，在苏轼同时代人心目中，赤壁主战场和诸葛亮几乎没有关系。把赤壁之战和诸葛亮的主导作用固定下来的应该是《三国演义》。罗贯

① 《史记·萧相国世家》，中华书局，1982，2015 页。

② 黄苏：《蓼园词评》，《词话丛编》第四册，中华书局，1986，第 3077 页。

③ 俞陛云：《唐五代两宋词选释》，上海古籍出版社，1985，第 196 页。

④ 刘永济：《唐五代两宋词简析》，上海古籍出版社，1981，第 48 页。

⑤ 洪迈：《容斋随笔·续笔·诗词改字》，昆仑出版社，2001，第 513 页。

⑥ 曾寄狸：《艇斋诗话》，吴熊和主编《唐宋词汇评》两宋卷第一册，第 424 页。

中把理想化的周瑜“羽扇纶巾”的风流造型转化为诸葛亮的形象，完全是出于刘家王朝正统观念。①

再次，周瑜形象的理想化，还带上了苏东坡式的“风流”。在一开头，苏轼把“千古”英雄人物，用“风流”来概括，渐渐演化为“豪杰风流”和“智者风流”结合起来，但是，苏轼意犹未尽，进一步按自己的生命理想去同化周瑜。在这位毫不掩饰对异性爱好的坦荡诗人感觉中（甚至敢于带着妓女去见和尚），光有政治上的雄才大略，兴致还不够淋漓，还要加上红袖添香才过瘾。正是因为这样，“小乔初嫁”，才被他推迟了十年，放在赤壁之战的前夕。其实，这个小乔初嫁，从历史上来说，并没有多少浪漫色彩。孙策指挥周瑜攻下了皖城，大乔小乔都不过是战利品，孙策和周瑜平分，一人一个。《三国志·吴书》这样说：“策欲取荆州，以瑜为中护军，领江夏太守，从攻皖，拔之，时得乔公两女，皆国色也。策自纳大乔，瑜纳小乔。《江表传》曰：‘策从容戏瑜曰：乔公二女虽流离，得吾二人作婿亦足为欢。’”② 苏东坡把身处“流离”的小乔，转化为周瑜的红颜知己，英雄灭敌，红袖添香。在豪杰风流、智者风流之中，再渗入一点名士风流的意味，就把严峻政治军事智慧诗情和人生的幸福结合起来。从这里，读者不难看到苏轼与柳永的相通之处，而且可以看到苏轼比柳永高贵之处。这不仅是个人的相通，而且是宋词豪放与婉约的交叉。

这种交叉的深刻性在于，苏东坡的赤壁诗赋中，不但出现了两个赤壁，而且出现了两个苏东坡。一个是出世的智者，在逆境中放浪山水，作宇宙人生哲学思考，享受生命的欢乐；一个是入世的英才，明知生命暂短，仍然珍惜着建功立业的豪情。两个苏东坡，在他内心轮流值班，似乎相安无事，但又不无矛盾。就是把这两个灵魂分别安置在两篇作品中，矛盾仍然不能回避。

英才的业绩是如此轻松地建立，阵前的残敌和帐后的佳人都是成功的陪衬，在“故国神游”之际，英雄气概迅速达到高潮，所有的矛盾，似乎杳然隐退，但是，有一点无法回避，那就是暂短的生命。“早生华发”，周瑜三十四岁，就建功立业了，而自己四十八岁却滞留贬所，远离中央王朝。这就引发了“多情应笑我”。这是生命对理想的嘲弄，英雄伟业不管多么精彩，自己

---

① 按：《三国演义》中，这种理想化的艺术掉包现象很多，例如，把孙权在须濡口视察曹操军营，船一侧被射倾歪，乃命以另一侧迎之而脱险的故事，也改头换面转移到诸葛亮的草船借箭中去。

② 按：周瑜娶小乔是建安三年攻取皖城胜利之时，十年后，才有赤壁之战（见陈寿《三国志》下，第932页）。

也是遥不可及。这是很难达到潇洒“风流”的境界的。不管苏轼多么豁达，也不能不发出“哀吾生之须臾，羡长江之无穷”的喟叹。但是，苏轼的魅力在于，就是在这种局限中，也能进入潇洒“风流”的境界。

关键在“一樽还酹江月”。

虽然自己是年华虚度，但是古人的英雄业绩还是值得赞美，值得神往的。不能和周瑜一样谈笑灭敌，但却可以和曹操一样“酾酒临江”，这也是一种“风流”，但是，达不到智者的最高层次。从结构上讲，“一樽还酹江月”，酾酒奠古，和题目“赤壁怀古”是首尾呼应。但如果仅仅是这样，只是散文式的呼应。从诗的意脉来说，这里还潜藏着更为深邃丰富的联系。诗眼在“江月”，特别是“江”字，在结构上，是意脉的深邃的纽结。

第一，开头是“大江东去”，结尾回到“江”字上来。不但是意象的呼应，而且是字眼的密合。第二，所要祭奠的古人，开头已经表明，不管是曹操还是周瑜，都被大江的浪花“淘尽”了，看不见了，看得见的只有月亮。但是，光是月亮，没有时间感。一定要是江中的月亮，大江是时间的“江”，把英雄淘尽的浪花是历史的浪花，“江”是在不断消逝的，可是月亮，“江”中的“月”，却是不变的，当年的“月”超越了时间，今天仍然可见。“江”之变与“月”之不变，是消逝与永恒的统一。在这里，苏东坡是有意为之的。《赤壁赋》有言：“客亦知夫水与月乎？逝者如斯，而未尝往也。盈虚者如彼，而卒莫消长也。”时间不可见，流水可见，逝者已逝，月亮未逝。所以才有“挟飞仙以遨游，抱明月而长终”。明月是“长终”——不朽的象征。但是，这一切，并不能解决“哀吾生之须臾，羡长江之无穷”的矛盾。水中的月亮，虽然是可见的，不变的，但是，毕竟不同于直接可琢磨的实体。就是照佛家六根随缘生灭说，江上的明月，山间的清风虽然是无穷的，但仍然要有耳和目去得它。但是，耳和目却不是永恒的，如果耳和目不存在了，这个无穷就变成有限了。所以人生局限一如耳目之短暂。这就仍然不能不产生“人生如梦”（一作“如寄”）的感叹。如果一味悲叹，就“风流”潇洒不起来了。但是苏东坡的“梦”并不悲哀。他是一个入世的人，他的“梦”不是佛家所说梦幻泡影，妄执无明。他说“人生如梦”，不过是强调，人生是短暂的，但并不如佛家那样要求六根清净，相反，他倒是强调五官开放，尽情享受大自然的和历史文化的美好，艺术的美好。这种美好的信念使得苏轼得到了如此之慰藉，主人与客人乃率性享乐。“洗盏更酌。肴核既尽，杯盘狼藉。相与枕藉乎舟中，不知东方之既白。”

就是在人生如梦的阴影下，也还是可以潇洒风流起来的。

就算是“梦”吧，在世俗生活中，并不一定是美好的，乌台诗案就是一场噩梦，但是，尽管如此，噩梦毕竟过去了，就是在厄运中，人生之“梦”还是美好的。究竟美到何种程度，至少在《念奴娇·赤壁怀古》中还是比较抽象的。也许这样复杂的思想，这样自由的境界，短小的词章，实在容纳不了。于是就在几个月以后的《后赤壁赋》中出现正面描写的美梦：

> 时夜将半，四顾寂寥。适有孤鹤，横江东来。翅如车轮，玄裳缟衣，戛然长鸣，掠予舟而西也。须臾客去，予亦就睡。梦一道士，羽衣蹁跹，过临皋之下，揖予而言曰：“赤壁之游乐乎?”问其姓名，俯而不答。“呜呼！噫嘻！我知之矣。畴昔之夜，飞鸣而过我者，非子也邪?”道士顾笑，予亦惊寤。开户视之，不见其处。

这个“梦”比之现实要美好得多了。为什么美好？因为自由得多了，也就是“风流”潇洒得多了。这里是出世的境界，诗的境界，是神秘的境界，是孤鹤、道士的世界，究竟是孤鹤化为道士，还是道士化为孤鹤，类似的命题，连庄子都没有细究，不管如何，同样美妙。贬谪的现实的严酷是不能改变的，忘却却能显示精神超越的魅力，只有美好地忘却，才有超越现实的自由；只有风流潇洒的名士，才能享受到这样的似真似幻的“梦”。

这里出现了第三个苏东坡，把豪杰风流的豪放和名士风流与智者风流的婉约结合起来的苏东坡。

传统词评对于词风常常作豪放婉约机械的划分，知其区分而忘却其联系，唯具体分析能破除此弊。

俞文豹《吹剑录》说：“东坡在玉堂，有幕士善讴，因问：‘我词比柳七何如?’对曰：‘柳郎中词只合十七八女孩儿执红牙板歌‘杨柳岸，晓风残月’，学士词须关西大汉，执铁板唱‘大江东去’。”[①] 这个说法，由于把豪放和婉约两派的风格，说得很感性，很生动，因而影响很大，由此而生的遮蔽也很大。本来，豪放和婉约都是相对的。任何区分都不可能绝对，划分的界限是问题的一个方面，而相互之间的联系和转化，则是另一个方面。从词人的全部作品来说，豪放和婉约的交叉和错位，则更是常见。《赤壁怀古》中的“大江东去”，以妙龄女郎吟哦，不能曲尽其妙。东坡词中的自由浪迹，醉卧溪桥，由关西大汉来吟唱，可能不伦不类。这一点之所以值得一提，是因为苏氏词赋中的旷世杰作，还有既难以列入豪放，亦难以划归婉约的风格，赤

---

① 曾枣庄：《苏词汇评》，四川文艺出版社，2000，第43页。

壁二赋，似乎既不适合关西大汉慷慨高歌，又不适合妙龄女郎执红牙板婉唱。诗人为之设计的是，清风徐来，水波不兴，白露横江，水光接天。扁舟一叶，顺流而下，纵一苇之所如，凌万顷之茫然，洞箫婉转，如泣如诉，如慕如怨，与客作宇宙无限生命有限之答问。这个洞箫遗响无穷中的“梦”，正是从赤壁怀古中衍生而来的。可以说，是对赤壁怀古“人生如梦”的准确的演绎。这个“梦”正是苏轼的人生之“梦”，是诗人的哲学之“梦”，也是智者的诗性之“梦”。在这个“梦”中融化了豪放的英气、婉约的柔情和智者的深邃，英才的、情人的、智者的风范在这里得到高度的统一。这个“梦”不是虚无的，而是理想化的、艺术化的，是值得尽情地、率性地、放浪形骸地享受的。也许在苏轼看来，能够进入这个境界的，才是最深邃的潇洒，最高层次的“风流”。

（原载《文学评论》2010年第5期）

读《沧溟先生集》手记

·罗宗强·

明代嘉靖后期再度兴起的文学复古思潮，应作何种之评价，学界一直存在不同看法。此一思潮再起之原因，它的价值取向、思想实质，它在文学和文学思想发展过程中具有何种之价值，学者们都作了广泛而深入的研究，提出了种种的看法。这些研究成果使我获益匪浅。最近几个月，我重读了这一思潮的主要人物李攀龙的《沧溟先生集》。李攀龙的文字“聱牙戟口”、思路展开曲折隐约、表述晦涩，要理解他的真实想法，需要反复地思索。因之，这《沧溟先生集》也就读得很慢，读得兴味索然，每每不能终篇。常常是读了一半就放下，过一阵又硬着头皮重读。读这样的著作，实在是一个并不愉快的经历。这部不大的别集，虽然读了几个月，我仍然无法把它所涉及的问题都弄清楚。我只是就其涉及文学思想的问题，作了一点零碎札记，以就正于研究李攀龙卓有成就的方家。

一

关于第二次文学复古思潮的首揭者与起因问题。

《沧溟先生集》卷一六有一篇《送王元美序》。这篇序涉及两个问题：一是文学复古思潮之再起谁是首倡者与领袖人物；一是复古思潮再起之原因。

关于第一个问题，《序》有如下一段话：

> 先是濮阳李先芳亟为元美道余。及元美见余时，则稠人广座之中而已心知其为余。稍益近之，即曰：“文章经国大业，不朽盛事。今之作者，论不与李献吉辈者，知其无能为已。且余结发而属辞比事，今乃得一当生。仆愿居前先揭旗鼓，必得所欲，与左氏、司马千载而比肩。生岂有意哉?”盖五年于此，少年多时时言余。元美不问也，曰：“世贞奈

何乃从诸贤大夫知李生乎！”自是之后，少年乃顾愈益知余。齐鲁之间，其于文学虽天性，然秦汉以来，素业散失。即关洛诸世家，亦皆渐由培植，俟诸王者。故五百年一名世出，犹为多也。①

攀龙此《序》作于嘉靖三十一年。这年七月，王世贞以刑部员外郎奉使决狱庐、扬等四州，攀龙为序送行。这段文字在逻辑上有点混乱。《序》先是回顾与世贞结识之因由，说两人结识是由于李先芳的推荐。接着说初见面时即神遇而心许。接下引出“即曰”一段话。这几句话是谁说的呢？是攀龙自己，还是世贞？前文既言“及元美见余时”，“稍益近之，即曰”，自行文之逻辑言，应是世贞的话。但是，说话者其实是攀龙自己。是他在这送行序中回忆两人初识时即向世贞表明自己将要充当复古旗手的意向。这可以从世贞后来的回忆里得到证明。王世贞在《王氏金虎集序》中，也记此事：“而是时有濮阳李先芳者雅善余，然又善济南李攀龙也。因见攀龙于余。余二人者，相得甚欢。间来约曰：‘夫文章者，天地之精，而不朽之盛举也。……诗书，吾窃有志焉，而未之逮也。诗变而屈氏之《骚》出，靡丽乎长卿，圣矣。乐府，三《诗》之余也。五言古，苏、李其风乎！而法极黄初矣。七言畅于燕歌乎，而法极杜、李矣。律畅于唐乎，而法极大历矣。书变而左氏、战国乎，而法极司马《史》矣。生亦有意乎哉？’于是吾二人者益日切劘为古文辞。”②“间来约曰”，明确说这是攀龙来相约提倡复古。“生亦有意乎哉”，与攀龙《序》中的“生岂有意哉”都是攀龙对世贞说话的口气。自行文之逻辑言是世贞的话，而说话者其实是攀龙自己。攀龙文章常常夹缠着说。

攀龙与世贞相约为古文辞，并且自称要当揭旗者与鼓吹者。究竟谁是文学复古的首倡者与领袖？此一问题说简单也简单，说复杂也复杂。说简单，是其时与后世，都承认攀龙为此次文学复古之领袖人物。说复杂，是细辨起来，似有一些问题须加说明。

诗宗盛唐，此时再被提起，是否起自攀龙，有待证明。谢榛《诗家直说》有如下一段记载：

予客京时，李于鳞、王元美、徐子与、梁公实、宗子相诸君招予结

---

① 包敬第标校《沧溟先生集》卷一六，上海古籍出版社，1992，第395页。《沧溟先生集》三十卷，初刻于隆庆六年。本文引文据包敬第标校《沧溟先生集》，标点时有不同，个别文字据隆庆刊本改。

② 《弇州四部稿》卷七一，文渊阁四库全书本。

> 社赋诗。一日，谈初唐、盛唐十二家诗集，并李、杜二家，孰可专为楷范。或云沈、宋，或云李、杜，或云王、孟。予默然久之，曰："历观十四家所作，咸可为法。当选其诸集中之最佳者，录成一帙，熟读之以夺神气，歌咏之以求声调，玩味之以裒精华。得此三要，则造乎浑沦，不必塑谪仙而画少陵也。……"诸君笑而然之。①

我们知道，其时有诗学初唐一派。从谢榛这段记载中，他们六人对于应学初唐还是盛唐并未有明确之认识。谢榛并取初、盛，且得到诸人认同。同书还记载嘉靖二十八年谢榛与攀龙、世贞赏月谈诗的事。谢榛侃侃而谈，攀龙暗示他不要再谈下去，说："子何太泄天机?"所谓"太泄天机"，是说不要把关键的问题说透。这次谈的究竟是什么问题，未有明确地说出，但其中已谈及盛唐，则是无疑的。这两则材料，或可说明京师谈诗，最初可能谢榛是主角。梁有誉作《五子诗》，是把谢榛排在第一位的。这当然与谢榛年长有关，但也可以理解为其时六子论诗谢为首。李庆立先生在笺注上一段记载时，引钱谦益、陈伯玑、吴乔诸人评谢榛此一则论述，都公正指出攀龙对唐诗的理解，实自谢榛发之。② 钱谦益认为其时执牛耳者乃是谢榛。吴乔更明确说谢榛的论述"成七才子一路"。或者由于谢榛的布衣身份，或者由于谢榛论诗而未及文，未涉及文学复古之整体问题，或者更由于谢榛没有王、李辈之大肆张扬，故旗手的称号没有落在他身上，让攀龙得以称自己才是揭旗鼓者。

至于复古思潮展开之后，谁是领袖的问题，似亦尚有细说处。王世贞在《书与李于鳞论诗事》中记嘉靖三十八年两人的一次对话，颇可窥测两人在此一问题上之心态。攀龙说：

> 吾起山东农家，独好为文章，自恨不得一当古作者。既幸与足下相下上，当中原并驱，时一扫万古，是宁独人间世哉！奈何不更评所至，而令百岁后傅耳者执柔翰而雌黄其语也。……其不以吾二人更标帜者几希，请为世人实之。

这是说，两人并驱文坛，可一扫万古。但两人上下之论定，不应由后来

① 李庆立：《谢榛全集校笺》，江苏古籍出版社，2003，第1209页。

② 钱谦益曰："当七子结社之始，尚论有唐诸家，茫无适从。谢榛曰：'……'诸人心师其言。厥后虽争摈茂秦，具称诗之指要，实自茂秦发之。"朱彝尊引陈伯玑曰："近人多以王、李为口实，并谢集亦束之高阁，不复寓目。"吴乔曰："于鳞成进士后，有意于诗，与其友请教于茂秦。……于鳞从之，再起何、李之死灰，成七才子一路。"

人雌黄其间；也不应由当世之人评说。“请为世人实之”，“实”，事实，应该由我们两人根据事实来论定。在攀龙这话里，已经含有与世贞争谁为旗帜的一种心态。以下是攀龙论自己与世贞之间各体诗文之优劣：

吾于骚赋未及为耳，为当不让足下。足下卢枏俦也。吾拟古乐府少不合者，足下时一离之。离者，离而合也，实不能胜足下。吾五言古不能多足下，多乃不胜我。歌行其有间乎，吾以句，若以篇耳。诸近体靡不敌者。谓绝句不如我，妄。七言律遂过足下一等。足下无神境，吾无凡境耳。

这是说，在诗的各体中，只有拟古乐府与绝句不如世贞，其余均比世贞好。更重要的是说世贞之作品属凡境，而自己之作品已进入神境。在攀龙心中，就诗而言，他在世贞之上。世贞回答说：

吾于足下，即小进，固雁行也。岂敢以秦齐之赋而匹盟主。吾之为歌行也，句权而字衡之，不如子远矣。虽然，子有待也，吾无待也。兹其所以埒欤。子兮雪之月也；吾风之行水也。更子而千篇乎，无极我之变。加吾十年，吾不能长有子境矣。①

世贞表面谦称自己不如攀龙，若小有进步，或可与其雁行。但其实是说我比你强。用《庄子》有待无待之说，以拟自己与攀龙之不同。有待是有所凭依，无待是与道为一，入于化境；说自己的诗是风行水上，行于所当行而止于不可不止；又说攀龙的诗极少变化；若再加十年，则我不会停留在目前你所达到的境界上。表面谦逊中其实是说自己的诗在攀龙之上。接着论文。世贞又把攀龙吹捧了一番，但仍然是面服心不服。“又一日，于鳞因酒，踞谓余曰：‘夫天地偶而物无孤美者，人亦然。孔氏之世，乃不有左丘乎。’”把自己比为孔子，而以世贞为左丘明。对于此一比喻，世贞非常的不高兴：“余瞪目直视之，不答。”② 世贞的内心其实对攀龙在他之上并不许可。攀龙也称世贞为“一代辞宗”。③ 在攀龙于隆庆四年（1570）逝世之前，或者由于其时

① 《弇州四部稿》卷七七。“离”，谓拟古乐府未能毕肖乐府古题；“离而合”，谓貌离而神合。世贞在给吴国伦的信中，也谈到这一点：“刻成古乐府，独以元美、于鳞耳，乃又得足下而三。然不佞伤离，于鳞伤合，足下亦不胜其合矣。夫离者病独览，合者病双阅，此在连城不无微也。”（《弇州四部稿》卷一二一）

② 《弇州四部稿》卷七七。此事也记于《艺苑卮言》卷七。“余瞪目直视之，不答”，作“余不答，第目摄之”。

③ 《送河南按察副使王公元美自大名之任浙江左参政序》，《沧溟先生集》卷一六，第397页。

攀龙名声甚大，世贞一直尊攀龙为领袖。反复言说，类于吹捧，但又不忘将自己与攀龙并列。《喜于鳞视关中学，因寄二首》之二称于鳞为人中龙："人龙自起中原卧，天马争从西极来。"[①]《于鳞有重寄余兄弟作，再答》："客有将归金错刀，暮云寒色动江皋。故人知未驯龙性，小弟凭谁与凤毛。"[②] 以攀龙为龙，己为凤。《与宗子相书》说："早夜韦弦之佩，以嘉承君之大贶，抑世贞有言，向者吾与足下僇力矫志，实左右济南，以启不朽。龙凤之喻，中心藏之。"[③] 对于以己与攀龙为龙凤的说法，心许而且不忘。《于鳞自浙藩迁长汴臬时，予实为代有赠》："盛世词坛牛耳在，中原宦迹凤毛多。"[④] 承认攀龙执文坛之牛耳，而自己为凤。《过德州不及访于鳞，有寄》："我自可无衰凤叹，君今仍作卧龙看。"[⑤] 婉转地把自己比之于孔子，而把攀龙拟之于诸葛亮。《秋思》："天涯岁月终衰凤，海内文章有似龙。"[⑥] 他一会儿比攀龙于李白，一会儿比攀龙于屈原，一会儿又说自己与攀龙"即古所著屈宋、苏李、扬马、甫白之俦"。[⑦] 他们之间，互相激赏，亦互相标榜。世贞在给吴国伦的信中说："于鳞再发关中书，大赏仆诗，以为秦汉来二三千年，仅见此物耳。知言哉！"[⑧]"知言"，知音，意谓自己的诗作是二三千年来所仅见。世贞也吹捧攀龙，说他的《太华山记》为"千古第一记"。[⑨] 这些诗和记，我们今日冷静读之，衡之于其前或于其当代，"二三千年所仅见"与"千古第一"之赞誉，也就让人一笑了之而已。以攀龙为领袖，为其时之一种普遍言说，尤其在攀龙的追随者中。徐中行《重刻李沧溟先生集序》说："自汉而下千五百余年，擅不朽之业以明当日之盛，孰如于鳞者？所成不既多乎哉！"[⑩]《滇南闻于鳞讣，哭之》四首之二："燕台绝迹惊图骏，鲁国遗书叹获麟。"[⑪] 也是把攀龙比为孔子。攀龙死，世贞有《哭李于鳞一百二十韵》，其中提到："念

---

① 《弇州四部稿》卷三五。

② 《弇州四部稿》卷三七。攀龙《沧溟先生集》卷四《送元美》二首之一，比世贞为凤："有凤衔灵文，栖栖北海湄。临流理羽毛，五采以自奇。"

③ 《弇州四部稿》卷一一九。

④ 《弇州四部稿》卷四〇。

⑤ 《弇州四部稿》卷三八。

⑥ 《弇州四部稿》卷三四。

⑦ 《李于鳞》，《弇州四部稿》卷一一七。

⑧ 《报吴明卿》，《弇州四部稿》卷一二一。

⑨ 《李于鳞》，《弇州四部稿》卷一一七。

⑩ 《天目先生集》卷一三。

⑪ 《天目先生集》卷八。

尔千夫俊，生操万古权。”“春秋获麟日，庚子鹏来年。”[①] 庚子，嘉靖十九年，攀龙举于乡，比攀龙为鲲鹏，为孔子。他们两人，都视对方为唯一知己。在世贞《四部稿》的四千五百五十首诗中，写给攀龙的就有一百六十九首，在他有诗往来的数百人中，是最多的。[②] 有意思的是，攀龙死后，领袖问题有了变化。世贞开始指出攀龙作品的缺点。他开始吹捧汪道昆，要与道昆共同主盟文坛。《别汪仲淹序》：“仲淹念以李于鳞没，独吾与伯玉不废操觚业，而两家兄弟为之左持右挈，以狎主齐盟，夫亦能不视我伯也。”[③] 仲淹，汪道贯，道昆之弟。汪道昆在攀龙生前给攀龙的信中，也说过“足下主盟当代”的话。[④] 后来在为世贞的《四部稿》作序时，把攀龙与世贞，比为汉代两司马，又比为春秋五霸中的齐桓公与晋文公：“于时济南则李于鳞，江左则王元美，画地而衡南北，递为桓、文。”[⑤] 攀龙与世贞，就成了文坛两领袖了。攀龙死后，世贞要以己与道昆并为文坛领袖。若就嘉靖末至万历初之文坛状况言，则两人地位甚高，似合事实。而吹捧太过，则亦言语俱在。攀龙自其才气，狂傲不可一世，别人称其狂生，他就说，我而不狂，谁为狂者。世贞后来以文坛霸主自居，仿佛登坛命将，点出五子、后五子、广五子、续五子、四十子等等。这些人中，不少人创作倾向与他并不一致，也不能拢入复古思潮之内。此一种之行为，不能不说带有炒作之成分。

攀龙作《送王元美序》之嘉靖三十一年，“主吴中风雅三十余年”、地位甚高之文徵明，博学多才地位同样甚高之杨慎都还在世。当此之时，攀龙暗示自己为五百年一出之人才，自称将要与世贞为左、马，为文坛之揭旗鼓者。此一种之言说，故可视为自信，或亦与再次复古之动因有关。上面不惮辞费，引述他们互相标榜之种种言说，意亦在于提出一个问题：明代第二次文学复古思潮之原初动力除了再次提出诗必汉魏、盛唐，文必秦、汉的主张之外，是否在于为自己在文坛争地位，是否存在炒作的问题。前辈学者多次指出此时互相标榜之风气，并非毫无道理。或者注意到这一点，我们对于明代第二次文学复古思潮之评价，或有另一种看法。

《送王元美序》涉及的第二个问题，是引发此次复古思潮之起因。

---

① 《天目先生集》卷三二。

② 以下次数最多的依次为徐中行八十首，吴国伦六十五首，宗臣四十三首，张九一三十六首，谢榛三十首，吴峻伯二十五首，许邦才二十首，梁有誉、张佳胤各十六首。

③ 《弇州四部稿》卷五六。

④ 《李于鳞》，胡益民、余国庆点校，予致力审订《太函集》，黄山书社，2004，第1980页。

⑤ 《弇州山人四部稿序》，《太函集》，第478页。

《序》曰：

> 今之文章，如晋江、毗陵二三君子，岂不亦家传户诵？而持论太过，动伤气格，惮于修辞，理胜相掩。彼岂以左丘明所载为皆侏离之语，而司马迁叙事不近人情乎？……后生学士，乃唯众耳是寄，至不能自发一识，浮沉艺苑，真伪相舍，遂令古之作者谓千载无知己。
>
> ……吴越鲜兵火，诗书藏于阛阓，即后生学士无不操染；滥竽不可区别，超乘而上，是为难耳。

这段话，明白地表现出对于其时两种文风的不满，一是以王慎中、唐顺之为代表的宗宋文风，一是江南文风。为反对这两种文风，应是再次提出文学复古之一重要口实。

起于对王、唐所倡导的文学宗尚的不满，而思有以改变之。这我们可以从他们的一些言论中得到说明。王世贞《赠俞山人允文》曰：

> 长沙、新建，据高收广，挟声起听，号为霸儒。逮迩晋江、毗陵起创立，耳观之辈，蝇袭若狂。五鹿岳岳，畴能折角哉！仆每心语，未尝不扼腕发噫也。①

长沙，李东阳；新建，王阳明。世贞把他们称为“霸儒”。一是台阁重臣，一是心学领袖。他们都门人众多。世贞在这里没有明确提及他们的文学。对他们之不满，大概就其以声势左右舆论而言。对王慎中、唐顺之的不满，则明显就其宗宋文风之巨大影响言。《赠李于鳞序》说李攀龙所肯定的是李梦阳、何景明、徐祯卿，“而其微词多讥切某郡某郡二君子。二君子固蠖伏林野，其声方握柄，所褒诛足浮沉天下士。而其徒某某诸贵人，日相与尊明其道”②。“某郡某郡”，指毗陵、晋江二郡；“二君子”指王慎中、唐顺之。攀龙所讥切的就是其时影响巨大、从之者众的王、唐二人。世贞在给王文禄的信中，提到明文五变：

> 国初诸公，承元习一变也，其才雄，其学博，其失冗而易。东里再变之，稍有则矣，旨则浅，质则薄。献吉三变之，复古矣，其流弊蹈而使人厌。勉之诸公四变而六朝，其情辞丽矣，其失靡而浮。晋江诸公又

① 《弇州四部稿》卷一三。

② 《弇州四部稿》卷五七。

变之为欧、曾，近实矣，其失衍而卑。故国初之业，潜溪为冠，乌伤称辅。台阁之体，东里辟源，长沙导流。先秦之则，北地反正，历下造玄。理学之逃，新建造基，晋江、毗陵。藻六朝之华，昌谷示委，勉之泝澜，如是而已。①

在这里他提及明文发展的五次变化，及其代表人物宋濂、王祎、杨士奇、李东阳、李梦阳、边贡、黄省曾、王慎中、唐顺之。还提到王阳明，认为他是王慎中、唐顺之文学主张的思想基础。说明他对于明文的发展是经过认真思考的。他对于这五次变化得失的看法，正是他主张再次复古的原因。从这五次变化的发展脉络看，他理出了一条线：五次的变化都有弱点，明初是冗而易（冗，平庸；易，浅显）。杨士奇、李东阳，是浅薄。李梦阳复古，回到先秦的准则，他当然给予肯定；但是梦阳辈跟随者摹拟的流弊使人厌恶。江南的追求靡丽自徐祯卿始，黄省曾发扬之。王慎中与唐顺之，学宋人欧、曾，失之于衍与卑（衍，繁杂；卑，卑俗）。李东阳以前文风之弊端，已成过去。他要面对的是江南文风的靡丽，王慎中、唐顺之学宋文风的繁杂与卑俗，前七子复古所产生的摹拟的流弊。世贞与攀龙们要矫正的就是这三种文风。

对明诗的发展，世贞也有论述。他认为，明初可为代表的诗家，就是高启和刘基："才情之美，无过季迪；声气之雄，次及伯温。"成化、弘治之际，"颇有俊民，稍见一斑，号为巨擘。然趣不及古"。于是李梦阳他们起而提倡复古。"敦古仿自建安，掞华止于三谢，长歌取裁李、杜，近体定轨开元，一扫叔季之风，遂窥正始之途。"但是复古思潮起来之后，摹拟剽窃之风盛行，于是又有起而反对者，诗风又一变："以故嘉靖之季，尚辞者酝风云而成月露，存理者扶感遇而夺咏怀，喜华者敷藻于景龙，畏深者信情于元和，亦自斐然，不妨名世。第感遇无文，月露无质，景龙之境既狭，元和之蹊太广，浸淫诸派，涸为下流。"他认为诗风又到了该改革的时候。李攀龙出来，提倡复古，"中兴之功，则济南为大矣"②。和文风的发展同步，诗风的发展同样面临三个问题，一是李梦阳他们复古所造成的摹拟之流弊；一是诗学六潮的"尚辞者"；一是王慎中、唐顺之们的"存理者"。他们要反对的就是这三者。

世贞对其时文风之不满，如在给汪道昆的信中说："以为世人方蝇袭庐陵、南丰之遗；不则亦江、庾家残渖耳。公独厌去不顾。顾为东、西京言。

① 《答王贡士文禄》，《弇州四部稿》卷一二七。此则文字又见于《艺苑卮言》卷五，文字略有不同。

② 《艺苑卮言》卷五，周维德集校《全明诗话》，齐鲁书社，2005，第 1933～1934 页。

自仆业操觚，睹世所构撰，入班氏室者唯公，而于鳞与不佞，亦窃幸同所嗜。"[①] 他的反感明确地针对学宋和学六朝之风。在给攀龙的信中，他贬抑吴中文人，说："吴下诸蒙，政若八百人俱迷阴陵道者。然一俞允文能熟建安以上诗，便许仆天下士，知否。"这是说，吴中文士，都不懂得建安以上诗的好处，只有俞允文一人懂得，因之他是世贞的知音。又说："吴下诸生，则人人好褒扬其前辈。燥发所见，此等便足衣食志满矣，亡与语汉以上者。其人与晋江、毗陵固殊趣。然均之能大骂献吉云：'献吉何能为太史公、少陵氏？为渠剽掠尽一盗侠耳。'仆恚甚，乃又笑之，不与辨。"[②] 在《玄峰先生诗集序》中，他借对章道华的诗的赞美，贬吴中诗风："吴中诸能诗者，雅好靡丽，争傅色；而君独尚气。肤立；而君独尚骨。务谐好；而君独尚裁。吴中诗即高者剽齐、梁，而下者不免长庆以后；而君独称开元、大历。"[③]《李氏山藏集序》说："某吴人也，少尝从吴中人论诗，既而厌之。夫其巧倩妖睇，倚闾而望欢者，自视宁下南威夷光哉！然亦亡奈乎客之浣其质而睨之也。"[④]

他们之所以再次出来提倡复古，就是对其时之文风不满，要改变其时之文风。也可以说，这也是明代中期第二次文学复古思潮出现之主要原因。关于第二次复古思潮出现之原因，研究者有种种之分析。或归之于其时之政局，将前后两次复古并论，谓其时政局安定，因而出现复古思潮。其实两次复古所面对之政治局面，并不相同。嘉靖后期之腐败已萌后来祸乱之机。此说之不确自不待言。或以为此一次之复古，与反严嵩有关。此说亦颇可商榷。后七子京师聚会论诗，在嘉靖二十六年至三十四年；攀龙《送王元美序》中提出复古，在嘉靖三十一年。严嵩杀杨继盛，王世贞与吴国伦、宗臣为正义感所激扬，酹酒为奠，经纪继盛丧事，因之触怒严嵩，在嘉靖三十四年十月之后。提出复古在前，触怒严嵩在后，怎么能将文学复古的提出，归之于反严嵩呢？他们以后的仕途踪迹，是否全归于严嵩，亦大可怀疑。世贞嘉靖三十四年十二月，察狱北直隶，三十五年十月升山东按察司副使，是升不是降。李攀龙出守顺德是三十二年春，也在"触怒严嵩"之前。被贬的只有吴国伦，而两位文学复古的主要人物尚看不到他们的外任与反严嵩有关之证据。他们中有的人也说过自己仕途坎坷与严嵩有关，但要归之于文学复古的提出，连他们自己也未曾有如此之认识。也有研究者认为，此时之所以出现文学复古

---

① 《答汪伯玉》，《弇州四部稿》卷一一八。

② 《弇州四部稿》卷一一七。

③ 《弇州四部稿》卷六六。

④ 《弇州四部稿》卷六四。

思潮，与整个思想领域的复古倾向有关。此一种之看法，似亦大可讨论。我们知道，弘、正以后，随着商业的发展，思想多元化的局面已经出现，程朱理学、阳明心学、神仙道教、佛教在不同的士人群落间不同地存在着，甚或同一士人而多种思想并存。把此一时期之社会思潮归之于复古，是不确的。又有研究者认为，此时之文学复古与阳明心学有关。此说似亦缺乏实证。世贞有一首《谒阳明先生天真书院》，虽说阳明致良知“三字抉灵机，万古意忽新”；但接着又说“重恐鱼目多，冥然骄自珍”。他在《读书后》中有两则论及阳明。论其文，则贬意多而褒意少：“余十四岁从大人所得王文成公集读之，而昼夜不释卷，至忘寝食，其爱之出于三苏之上。稍长，读秦以下古文辞，遂于王氏无所入，不复顾其书。”他对阳明的诗文，评价并不高：“王氏之为诗，少年时亦求所谓工者，而为才所使，不能深造而衷于法。晚节尽举而归之道，而尚为少年意所累，不能浑融而出于自然。其文则少不必道而往往有精思，晚不得法而匆匆无深味。其自负若两得，而几所谓两堕者也。”① 论阳明之“致良知”，则是肯定的，说阳明致良知之说，“诵之使人跃然而自醒，人皆可以为尧舜，要不外此”。② 但是，我们都知道，世贞醉心的是神仙道教。他之那样真诚崇拜昙阳，拜其为师，就是最好的说明。从攀龙与世贞的言说中，我们无法找到他们奉行“致良知”学说之证明。其时以阳明思想为基础的，是王慎中与唐顺之们的文学思想，而不是攀龙和世贞他们。

以上我是要说明，明代第二次文学复古思潮之动因是为了反对前面提到的其时之三种文风，是文风问题。此一次之复古思潮，与唐代文以明道的复古思潮不同，也不像李梦阳们复古主张中含有重道的成分。它的目标，是文风问题；而且如前述，在反对其时之文风时，带着张扬、互相标榜、争名位的浓重色彩。

二

关于李攀龙“文必秦、汉”的言说，及其在创作实际中的践履。

《沧溟先生集》卷一八《许母张太孺人序》，攀龙回忆弱冠读书时与许殿卿交往的情景，说：

---

① 《书王文成集后一》，《弇州四部稿·读书后》卷四。

② 《书王文成集后二》，《弇州四部稿·读书后》卷四。

余弱冠时，吾党士盖多从殿卿游矣。……余与殿卿读书负郭穷巷，不能视家生产，落落羁身乡校内占毕业，为之俊杰相命，以好古多所博外家之语，慕左氏、司马子长文辞，与世枘凿不相入。日月省试有司，伎不能称。①

这说明他与许殿卿入仕之前已有文崇秦、汉的思想，虽然还没有加以提倡。殷士儋在为攀龙撰的墓志铭中也提及他的文学复古之观念：

乙巳以疾告归。归则益发愤励志，陈百家言，附而读之，务钩其微、抉其精，取恒人所置不解者，拾之以积学。盖文自西汉以下，诗自天宝以下，若为其毫素污者，辄不忍为也。②

《沧溟先生集》卷二八《答冯通府》曰：

文，大业也；校文，大役也。秦、汉以后无文矣。今目古今文十卷有之乎？明兴，一二君子天启其衷，辄窥此契。然而一经传诵，动骇耳目，未尝不以为不近人情者。不知千有余岁，精气旋复，遂跨迁、固，势必至尔。滔滔者天下皆是也，而谁以易之哉！③

此信作于隆庆三年，这一年闰六月，攀龙母死，丁忧回原籍。信中说“不佞忧居”指此。冯通府指冯惟敏，他于隆庆三年为保定府通判。“秦、汉以后无文”，是他文必秦、汉的又一次明确表述。“一二君子”、“动骇耳目”、“遂跨迁、固，势必至尔”，指的其实就是他与世贞辈。这是说他们之学秦、汉古文，遭到批评，但他们自信将跨越司马迁和班固。

《报刘子威》曰：

重玩佳集，则足下以才自雄……然体裁各率所自至，而风尚不可不一。谕盖曰：“汉魏以逮六朝，皆不可废，惟唐中叶不堪复入耳。”见诚是也，于不佞奚疑哉？佳集取材班、马，气骨卓然。古乐府等书，兴寄不浅；固谊一洒凡近，动盈尺牍，乃旁及章纂灵异，自赏不能辄止。④

---

① 《沧溟先生集》卷一八，第443页。
② 《沧溟先生集》附录二，第717～718页。
③ 《沧溟先生集》卷二八，第647页。
④ 《沧溟先生集》卷二六，第599页。

此一段论及诗文。关于诗的部分，我们留在后面谈。论及文，仍然是重汉，以班、马为楷模。前引《送王元美序》提到左氏与司马迁；《送王元美》二首之二提到“夙昔二三子，慷慨扬奇声。文章凌先秦，词赋无西京”[①]；《送徐汝思郎中入蜀》提到“司马长卿《子虚赋》，其文可以凌太苍”[②]；《答元美问余近事》二首之二提到“赋罢凌云气不降，《长杨》《羽猎》妙无双”。[③] 除了左氏、司马迁之外，这些地方又提到司马相如。攀龙无系统论文语，言及文学复古，文宗秦、汉，亦止于如是之只言片语。王世贞在《李于鳞先生传》中引攀龙论文语：“以为纪述之文厄于东京，班氏姑其狡狡者耳。不以规矩，不能方圆，拟议成变，日新富有。今夫《尚书》、《庄》、《左氏》、《檀弓》、《考工》、司马，其成言班如也，法则森如也。吾摭其华而裁其衷，琢字成辞，属辞成篇，以求当于古之作者而已。”[④] 在这里他提到“拟议成变”、“日新富有”的问题，说明他学古也要求新变；又提到“法”的问题，但这个“法”指什么，他只说“琢字成辞，属辞成篇”，如何“琢”和如何“属”，并没有说。在《王氏存笥稿跋》中，他也提到“法”：“余观大宗伯孙公所称：祭酒文章法司马子长氏。其然哉！今之不能子长文章者，曰：‘法自己立矣，安在引于绳墨？’即所用心，非不濯濯，唯新是图。不知其言终日，卒未尝一语不出于古人，而诚无他自异也。……且三十年为文章，其用心宁属辞比事未成，而不敢不引于绳墨，原夫法有所必至，天且弗违者乎！”[⑤] 借着对于王维桢《存笥稿》的评论，批评其时主张法自己立，反对学习古法的人。提出属辞比事，必引于绳墨，“绳墨”显然指的是秦、汉古文之绳墨。他认为，此一种之绳墨，乃是自然存在的，“天且弗违”。但这个“法”的具体内容是什么，他也仍然没有说。自理论主张言，文必秦、汉之理想目标，并未超越前七子之所追求。前七子在创作实践中，逐步提出复古的一些具体要求，如重道、求质朴、重抒情、讲格调。之后，至嘉靖初，王九思才明确表述为：“今之论者，文必曰先秦、两汉，诗必曰汉魏、盛唐，斯固然矣。”[⑥] 王九思所说的“今之论者”“必曰”，是指其时在创作中逐步提出复古的具体要求之后，形成的一种共识。“文必秦、汉”的明确表述，是王九思嘉靖初才

① 《沧溟先生集》卷四，第94页。
② 《沧溟先生集》卷五，第107页。
③ 《沧溟先生集》卷一四，第357页。
④ 王世贞：《李于鳞先生传》，《沧溟先生集》附录二，第721页。
⑤ 《沧溟先生集》卷二五，第584页。
⑥ 王九思：《刻太微后集序》，《美陂续集》卷下，四库全书存目丛书本。

完成的。攀龙追求的目标，其实与前七子相同。目标相同，都是文必秦、汉，虽然他说过，不能和梦阳一样，要有新变："能为献吉辈者，乃能不为献吉辈者乎！"这是说，真学梦阳，不应该像梦阳。关于"法"的问题，其实他也没有超出前七子的范围。李梦阳与何景明，不就有过"尺寸古人"与"学古而不泥其法"的争论吗？

在文必秦、汉与学习古法的理论表述上，攀龙既然没有超越前七子之主张，那么，他是如何将此一种之理论，付之于创作实践的呢？我们来从作品分析开始。《沧溟先生集》卷二五《戏为绝谢茂秦书》曰：

> 昔逮尔在赵王邸中，王帷妇人而笑之，尔犹能涉漳河也。则之长安，在大长公主家，又不负一蒯缑剑。令主家王先亟断席，与尔别坐。家监乃置恶马尔邸中，辄怒马使于庭，践溺沃尔冠。无何，又迁尔于传舍，使与骑奴同食。传舍长三投尔屦于户外，岂其爱士而结袜？足以游。居期年，传舍长迁尔于僦舍，舍人责尔偿僦也。若使尔在，我之他境，我何知焉？告者曰："有君子眇而躁，视事左右必得志。然吾惮其为人也。"则尔既已谒我门下三日矣。我躬授尔简，坐尔上客，宠灵尔以荐绅先生，出尔否心，荡尔秽疾。元美偃蹇，我实属尔。时尔实有豕心，不询于我，非其族类，未同而言，延颈贵人，倾盖为故，自言多显者交，平生足矣。二三兄弟将疏间之，我用恐惧，贻尔卢生，游尔义问，不以所恶废乡，绥静二三兄弟。尔乃克还无害，是我有大造于尔也。不佞守臣，以敝邑在尔之宇下，不治执讯。尔为不吊，跋屦敝邑，不入见；长者我先匹夫尔，实要我，辱我台人，殄置我不腆之币于涂，张脉偾兴，訾翳俱裂，曰："昔在长安邸中，殊厌贵人，曾尔一守臣也！"尔何乃去赵王邸中？既已释憾于我，我以二三兄弟之故，犹愿不忘旧勋于尔。尔且以敝邑之顽民，行而即长安贵人谋我。天诱其衷，元美弗二，尔是以不克逞志于我。①

繁引这一大段文字，是要说明攀龙复古，用的是什么样的方法。在这段文字中，"实有豕心"、"不询于我"、"非其族类"、"不以所恶废乡"、"克还无害"、"张脉偾兴"、"天诱其衷"、"不克逞志于我"，均一字不差出自《左传》。②"未同而言"，则出自《孟子·滕文公下》。"绥静"、"宠灵"等词，

---

① 《沧溟先生集》卷二五，第574～575页。

② 杨伯峻：《春秋左传注》，中华书局，1981，依次为第1493、862、487、1647、862、355、469、863页。

也均出自《左传》。其中“宠灵”一词，原用之于国家、朝廷、帝王对臣下之宠幸赐福，一般用于公文中。在李攀龙、王世贞之前，极少有人用之于平辈。攀龙用此词于平辈。[①] 对平辈如何能自称宠幸赐福于友朋呢？从上述这段引文中，我们可以看到李攀龙“文必秦、汉”，以秦、汉为法，“不敢不引于绳墨，原于法有所必至”在创作中的表现，其实不过是生吞秦、汉古文的话语，有的是整句话搬来，有的是用其词汇，其中的一些词，后代已基本不用。这样的学古，实在是食古不化。这类例子，还可举出不少，如《送济南郡丞陈公上绩序》：“郡州县三十，即游徼吏更十数辈，终岁不能遍陌落，何以令皆如其身家至焉者，盗起必觉，捕必得乎？渠展之田，濒于东北，煮沸无穷，时必以，市无所积之贩者。豪岁以一二群辈，非必主名逋逃，泛为引逮，乃旁规赂免。不则以为捕者辈课，捕者辈以其课自赎为之赎，寻受记出，而贩者相庆矣。”[②] “陌落”，伯落，汉代有伯落长，一种察奸小吏。此处似借用以称各地。“渠展”，《禹贡锥指》引《管子》称：“齐有渠展之盐。”注称：“渠展，今不知所在。”[③] 或以为海隅之别名。后来极少有人以此一词语指盐池。“煮沸”，出自《管子》卷二三《地数》：“伐菹薪煮沸水为盐。”“煮沸”一词后来也极少用。语言是发展的，引用秦、汉文章成句，用秦、汉词语，以表现千余年后之现实，不唯有隔阂之感，且亦奥涩难解。当时有人批评攀龙的文风，说他学《史记》，一点也不像《史记》。《史记》明白晓畅，而攀龙的文章则诘曲聱牙。对此，王世贞为其辩护，说：“李于鳞文，无一语作汉以后，无一字不出汉以前。……世之君子，乃爰浅摘而痛訾之，是訾古人也。”[④] 攀龙死后，世贞为其编文集，请汪道昆为序。在给道昆的信中，再一次为攀龙辩解，说：“而世眼龊龊，谓此子文多诘曲聱牙语。即一二稍习太史氏者：‘我太史氏无是也。’不知于鳞法多自左丘、子长、韩非、吕览。渠固未尽习也。”[⑤] 这样的辩解当然是无力的。评攀龙并非评古人，怎么会是“訾古人”呢？批评攀龙学《史记》学得不好，怎么能拉扯到批评者的知识面呢？实在是强词夺理。

其实，世贞虽然为攀龙辩护，他心里是明白泥古之不可为的。他有一段论述，涉及此一问题：

---

① 如《沧溟先生集》卷二八《报朱用晦》、卷三〇《与徐子与》等。

② 《沧溟先生集》卷一七，第 413 页。

③ 清胡渭：《禹贡锥指》卷四，文渊阁四库全书本。

④ 《艺苑卮言》卷七，第 1963 页。

⑤ 《汪道昆》，《弇州四部稿》卷一一九。

> 呜呼！子长不绝也，其书绝矣。千古而有子长也，亦不能成《史记》，何也？西京以还，封建、宫殿、官师、郡邑，其名不雅驯，不称书矣，一也。其诏令、辞命、奏书、赋颂鲜古文，不称书矣，二也。其人有籍、信、荆、聂、原、尝、无忌之流，足模写者呼？三也。其词有《尚书》、《毛诗》、左氏、《战国策》、韩非、吕不韦之书，足苍蘖者乎？四也。呜呼！岂惟子长，即尼父亦然，《六经》无可着手矣。①

这是说，《史记》是根据当时的官制、名物、人和事写出来的，后世不可能再写出《史记》那样的作品。不唯《史记》，其他典籍也一样不可能重复出现。世贞的这段论述中，也包含着对于引用古代文章的名物、词语不可为的认识。王世贞的朋友徐学谟有大量反对复古的言论，姑引数则，以见其时之不同观点。学谟在给屠隆的信中说：

> 方今学士大夫，诗宗唐，文宗两汉，称斌斌矣，而卒不能造其域、齐其献，何哉？古之人皆有其事而言之，今之人无其事而亦言之，如婴儿学语，初不当于名实，暂听之可喜，久则厌之矣。矧齿发既壮，而犹哓哓然学语不置，不亦重自惭乎！②

他又举例说："昌黎大家，其文不模《史》、《汉》而自得其精神。皮相者为诮。"③ 学谟还有不少对诗宗盛唐的批评。屠隆也是世贞的朋友，话说得较徐学谟客气一些。他没有点名，但批评的是攀龙"琢字成辞，琢辞成句"的主张："愚意作者必取材于经史，而融意于心神，借声于周、汉，而命辞于今日，不必字字而琢之，句句而拟之……今文章家独有周、汉之句法耳，而其浑博之体未备也，变化之机未熟也，超妙之理未臻也。"④ 屠隆说复古者模拟的是秦、汉句法，实在是说到了要害上。攀龙模拟的正是秦、汉句法。而他的失败，也正在这一点上。罔顾语言发展之事实，将话语拉回到秦、汉去，既不可能贴合现实，亦不易为时人所接受，这是很自然的事。庄元臣对攀龙的批评更为激烈："今世之士，负才自喜，采难字，集涩句，以诘曲聱牙为高，以谬悠难解为玄，自谓欲凌秦、汉而上，而不知反让唐、宋而下也。"⑤

---

① 《艺苑卮言》卷三，第 1905 页。

② 《复屠青浦》，《归有园稿》卷一六，四库全书存目丛书本。

③ 《麈谐》，《归有园稿》卷一一。

④ 屠隆：《由拳集·文论》，王水照编《历代文话》第 3 册，第 2301 页。

⑤ 庄元臣：《论学须知·论苏文当熟》，王水照编《历代文话》第 3 册，第 2211 页。

当然，张扬新说，耸人视听，往往亦群附影从。由于攀龙在其时影响甚大，学他的人也不少，以至形成一时风气。其影响之坏，从李乐《闻见杂记》的一则记载中可知其大略：万历间“二十余年来，士子作文变怪不必言矣。凡公府告示，余一日偶出城得见之，词古意深，仓卒不能句解。若令细民仰读，何以洞见官长心胸？余不知其何意！”① 文章写到让人看不懂的地步，实在不能算是好文章。有研究者举出攀龙少数写得还算明白的文章而加以肯定。这是对其创作倾向的一种误解。即使是这部分较为明白的文章，衡之其时归有光们的作品，实在也不能称为优秀之作。

同是文学复古思潮主要人物后七子中的其他人，对于“文”的复古，无论是理论上还是创作实践上，与李攀龙其实有着不同程度的差别。首先是王世贞。他在复古理论上较比攀龙有更为全面的展开。他论文虽也推重汉以前，但说得较为细致。《重刻尺牍清裁小序》曰：

> 先秦两汉质不累藻，华不掩情，盖最称笃古矣。东京宛尔具体……齐、梁而下，大好缠绵，或涉俳偶。②

《艺苑卮言》曰：

> 《檀弓》、《考工记》、《孟子》、左氏、《战国策》、司马迁，圣于文者乎！其叙事则化工之肖物。班氏，贤于文者乎！人巧极，天工错。《庄子》、《列子》、《楞严》、《维摩诘》，鬼神于文者乎！其达见，峡决而河溃也，窈冥变幻而莫知其端倪也。
>
> 西京之文质，东京之文弱，犹未离实也。六朝之文浮，离实矣。唐之文庸，犹未离浮也。宋之文陋，离浮矣，愈下矣。元无文。
>
> 韩、柳氏振唐者也，其文实。欧、苏氏振宋者也，其文虚。临川氏法而狭。南丰氏而衍。
>
> 《檀弓》简，《考工记》烦；《檀弓》明，《考工记》奥，各极其妙。虽非圣笔，未是汉武以后人语。
>
> 孟轲氏，理之辨而经者；庄周氏，理之辨而不经者。
>
> 《吕氏春秋》文有绝佳者，有绝不佳者，似非出一手故耳。《淮南鸿烈》虽似错杂，而气法如一，当由刘安手裁。……《韩非子》文甚奇。

---

① 李乐：《闻见杂记》卷八。

② 《弇州四部稿》卷六四。

西京之流而东也，其王褒为之导乎！……东京之衰也，其始自敬通乎！蔡中郎之文弱，力不副见，差去浮耳。王充野人也，其识琐而鄙，其辞散而冗，其旨乖而稚。①

从上引言说中，我们可以看到四点：一、文必秦、汉，所学对象不止儒家一家，道家、法家、杂家都在学习的范围之内。二、在秦、汉诸家中，他分出了圣于文、贤于文与鬼神于文之不同。不同，是指写作所达到的成就，非指其思想内容。化工、人巧，窈冥变幻、不知端倪等等，说的都是写作技巧的特点与所达到的境界。三、秦、汉之文文质相兼。四、秦、汉之文也有不同之风格，而且其中也有不佳者。这就提出了一个如何学与学谁的问题。从世贞的创作实践中，我们可以看到他与攀龙的差别，特别是他的后期。他的前期文章，有攀龙文章的毛病；后期文风有所改变。前期受到归有光的批评。有光说他是“妄庸巨子”。② 后期世贞心服有光，在《归震川先生像赞》中说：“千载有公，继韩、欧阳，余岂异趋，久而始伤。”③“久而始伤”说明他后期思想转变之后的一种反思心态。世贞还提出了其他的一些问题，如情、格调、法等等，这些问题涉及文学思想传统与其时其他思潮之牵缠，较为复杂，此处暂不论议。

三

关于李攀龙“诗必汉魏、盛唐”的主张，及其在创作中的践履。

攀龙复古的主要努力在诗。他论诗，最著名的有两处，一是他的《古乐府序》，一是他的《选唐诗序》。此两处论述，都引起种种的解读，种种的争论。

《古乐府序》曰：

胡宽营新丰，“士女老幼相携路首，各知其室；放犬羊鸡鹜于通途，亦竞识其家。”此善用其拟者也。至伯乐论天下之马，则若灭若没，若亡若失，观天机也；得其精而忘其粗，在其内而忘其外，色物牝牡，一弗敢知，斯又当其无有拟之用矣。古之为乐府者，无虑数百家，各与之争

① 《艺苑卮言》卷三，第1905页。

② 《明史》卷二八七《归有光传》，中华书局，1974，第7383页。

③ 《弇州四部稿·续稿》卷一五〇。

> 片语之间，使虽复起，各厌其意。是故必有以当其无有拟之用。有以当其无有拟之用，则虽奇而有所不用也。《易》曰："拟议以成其变化"；"日新之谓盛德"。不可与言诗乎哉！①

此《序》颇费解。胡宽事引自《西京杂记》，② 以此事说明拟古乐府之作与古辞题旨完全相似是"善用其拟"。他对此一种之拟作，显然加以肯定。接着又说"当其无有拟之用"，引伯乐相马为喻：舍其形而取其神，并且引《易》以为理据，求变化与日新。一是称形似者"善用其拟"，一是求神似。对二者都加以肯定，这在逻辑上实有所扞格。他推崇的究竟是何种方法，我们或者可以从他的创作实际中得到说明。

攀龙乐府，当时影响甚大。后来遭非议最多的，也是他的乐府。钱谦益对他的拟古乐府有极尖锐之批评："其拟古乐府也，谓当如胡宽之营新丰，鸡犬皆识其家。……《易》云'拟议以成其变化'，不云拟议以成其臭腐也。易五字而为《翁离》，易数句而为《东门行》、《战城南》；盗《思悲翁》之句而云'乌子五，乌母六'；《陌上桑》窃《孔雀东南飞》之诗而云'西邻焦仲卿，兰芝对道隅'。影响剽贼，文义违反，拟议乎？变化乎？"评他的《古诗后十九首》："今也句摭字捃，行数墨寻，兴会索然，神明不属，被断菑以衣绣，刻凡铜为追蠡，目曰《后十九》，欲上掩平原之十四，不亦愚乎！"③ 朱彝尊说："于鳞乐府，止规字句，而遗其神明。……惟相和短章，稍有足录者。"④ 现代研究者甚至有以为攀龙古乐府句句模仿者，称其拟古诗如《古乐府》、《录别》、《古诗后十九首》等，几乎是句句模拟，篇篇模拟，毫无艺术性可言。这些评论自攀龙乐府艺术之平庸言，自有其道理。但称攀龙之古乐府句句模拟，篇篇模拟，则并非事实。其古乐府艺术上之平庸，另有原因。我们从作品的具体情况分析，即可了解此一点。

《沧溟先生集》卷一、卷二乐府共二百一十七首。其中题旨与古题相同的一百五十八首，题旨相近的十九首，题旨相异的三十首，从同题古辞某一句或其本事引出题旨的五首，不明古题词义、臆度猜测的有《石流》一首，找不到乐府旧题的有《瑶池谣》、《林歌》、《五凤曲》、《安期生》四首。对于这些不同的部分可以作具体的分析。

---

① 《沧溟先生集》卷一，第1页。

② 《西京杂记》卷二，文渊阁四库全书本。

③ 钱谦益：《列朝诗集》，许逸民等点校，中华书局，2007，第4406页。

④ 朱彝尊：《静志居诗话》，黄君坦点校，人民文学出版社，1998，第381页。

关于古乐府的写作，元稹说："在音声者，因声以度词，审调以节唱，句度短长之数，声韵平上之差，莫不由之准度，而又别其在琴瑟者为操、引，采民氓者为讴、谣，备曲度者总得谓之歌、曲、词、调，斯皆由乐以定词，非选调以配乐也。"还说："由操而下八名，皆起于郊祭、军宾、吉凶、苦乐之际。"又说："沿袭古题，唱和重复，于文或有短长，于义咸为赘剩。尚不如寓意古题，刺美现事，犹有诗人引古以讽之义焉。"① 他在这里谈了四个问题，一是乐府古题原题之产生，各有其因由、目的与功用；二是合乐者皆备曲度，依曲填词，当然也就必然有一定的体制；三是沿袭古题，重复其原有之题旨，毫无意义；四是他提倡借古题以写现事。汉、魏以后，乐府之作，有一个合乐与否的问题；有一个是否依古题原旨的问题。在明代，这两个问题依然存在。少数的乐府诗还合乐，如《朱鹭》。杨慎《十二月朔旦南郊扈从省牲》："天仗云门外，宵衣晓漏前。苍龙旂影动，《朱鹭》鼓声传。"② 宋濂叙宋太祖功业之盛，作《宋铙歌鼓吹曲》，《序》称："古乐久已亡失，至汉有《朱鹭》等十二曲列于鼓吹，谓之铙歌，今尚可考见。……臣虽不佞，自幼以文字为职，辄取法汉唐，穷思毕精，作为歌辞，以侑戎乐。"③ 他说是拟《朱鹭》十二曲以合戎乐。鼓吹自唐代已杂用胡乐，《朱鹭》在明代演奏，如宋濂所说，当亦并非汉曲。又如盛行于江南、用于祭神的《神弦歌》，元明仍可见演奏的记载。元柳贯《浦阳十咏》记白石郎庙："白石灵山望赞皇，湫潭此复见苍苍。……传芭奏罢《神弦曲》，松盖成阴泽气凉。"④ 明黎遂球《素馨赋》："复有三五之夕，月出朦胧，巫坛礼斗，《神弦》舞风。"⑤ 可知《神弦曲》在明代亦合乐。但是否仍用汉曲，亦难确定。《神弦歌》祀吴楚民间信仰之鬼神。但祭祀对象似时有不同。尹耕《关壮缪侯祠》："荡寇襄樊日，长涛淹魏军。……鬼马腾空皂，灵旗掣乱云。《神弦》朝暮曲，长向岭头闻。"⑥《神弦歌》古辞所祀鬼神中并无关云长。这或者也可解释唐以后《神弦歌》描写之鬼神对象不同的原因。

但是在明代，更多的古题乐府是不合乐的。这些已失其乐曲的古题，拟作时失去乐曲之约束，就只能从古辞或其本事推知其本义。略早于攀龙的朱

① 《乐府古题序》，冀勤点校《元稹集》卷二十三，中华书局，1982，第254～255页。
② 王文才、万光治主编《杨升庵丛书》第3册，天地出版社，2002，第352页。
③ 《宋濂全集》，浙江古籍出版社，1999，第1869～1870页。
④ 《浙江通志》卷二七六，文渊阁四库全书本。
⑤ 《御定佩文斋广群芳谱》卷四三，文渊阁四库全书本。
⑥ 《明诗综》卷四一，中华书局，2007，第2033页。

承爵说："古乐府命题，俱有主意。后之作者，直当因其事用其题始得。往往借名，不求其原，则失之矣。……彼知《铙歌》二十二曲中有《朱鹭曲》，由汉有朱鹭之祥，因而为诗，作者必因纪祥瑞，始可用《朱鹭》之曲。《相和歌》三十曲中有《东门行》，乃士有贫行，不安于居，拔剑将去，妻子牵衣留之，愿同餔糜，不求富贵。作者必因士负节气未伸者，始可代妇人语，作《东门行》沮之。余不尽述，各以类推之可也。"① 这种依古题题旨拟作的思想，为明代中期乐府创作之主要倾向。攀龙一百五十八首题旨与古辞相同之作，就是此一倾向之产物。这一百五十八首中，有的文字明显模仿，如《琅邪王歌》"单衫绣两裆"、"挈手逐阴凉"、"琅邪大道王，新买五尺刀，摩挲不离手"诸句，均直接引自古辞。《地驱乐歌》"萧萧条条，风雨飘摇，饿杀鵰鹩，撑杀鸱鸮"，仿自古辞"青青黄黄，雀石颓唐，槌杀野牛，押杀野羊"。《李夫人歌》汉武帝辞："是邪？非邪？立而望之，偏何姗姗其来迟！"② 攀龙辞："去邪？来邪？就而视之，纷何被被其徘徊！寤邪？梦邪？就而视之，包红颜其弗明！步傩傩者谁邪？就而视之，风何萧萧其蔽帷！"③ 文字从古辞引申，题旨完全相同而烦琐失却韵味。个别虽文字有很大不同，而题旨与古辞完全相同，如《团扇郎》、《满歌行》。一百五十八首题旨与古辞相同之作，表现特点大抵如此。这可以看作他在《序》中说的"胡宽营新丰"式的写法。题旨与古辞相近的，如《君马黄》，古辞叹无罪见逐；攀龙辞则写怀才不遇。此题题旨相近，是说二者皆出于不平。题旨与古辞相异的，如《精列》魏武之作，叹人生短促而希求长生，攀龙写怀才不遇。《东光》古辞为征人怨，攀龙则写抗倭。《对酒》魏武歌太平，攀龙则写怀才不遇。《东门行》二首之一，古辞叙离别，言无求富贵，但愿贫贱相守；攀龙则写少年任侠，等等。这三十首题旨与古辞相异的作品，或者如他所说，是"有以当其无有拟之用"，即用其神的。《石流》一首，则古辞无法句读，题旨难晓。攀龙拟作，纯系猜测附会，毫无意义。他对自己的乐府之作，有一个评价："不佞七言律成篇而已。乐府落落，似合似离。"④ "合"，指如同胡宽之营新丰，毕肖古题；"离"，指如同伯乐之相马，意欲取其神似。王世贞对攀龙乐府，亦有类似之评论。

无论是"合"还是"离"，仅就题旨言。由于不合乐，体制是否与古题

---

① 朱承爵：《存余堂诗话》，《全明诗话》，第 1213 页。

② 郭茂倩：《乐府诗集》卷八四，中华书局，1979，第 1181 页。

③ 《沧溟先生集》卷一，第 4 页。

④ 《报朱用晦》，《沧溟先生集》卷二八，第 656 页。

合，也就难以判断。前后七子也都讲声调之抑扬吟唱，但那并非合乐，无关乎体制。攀龙乐府题旨与古题“合”的一百五十八首，当然是说了等于没说，“于辞咸为累赘”。与古题“离”的三十首，有的论其意，尚具价值，如《东光》：“胡儿平，倭奴何不平？倭奴利水战，海船为城。诸军彀骑士，驰射难纵横。”① 就其思想言，虽尚具价值，但写法只是议论，并无感人之力量。《紫骝马歌》古辞十分动人，言征人归来，村落已经荒芜，家园已成荒冢，亲人已经丧尽，“出门东向看，泪落沾我衣”②。杜甫《无家别》受其深刻影响。攀龙同题写侠少年，“拔剑出门去，报仇燕市里”③。旨虽异，而所写为乐府诗常有之陈词滥调。要之，攀龙乐府之致命弱点，就是缺乏想象，缺乏感情，因之给人平庸之感。后代文人拟古乐府，因其侧重点已不在合乐，受体制与原题旨约束较少，成就大者多在创意，在真情，如李白、李贺的诸多作品。

攀龙另一处重要诗论，在《沧溟先生集》卷一五《选唐诗序》：

> 唐无五言古诗，而有其古诗。陈子昂以其古诗为古诗，弗取也。七言古诗，唯杜子美不失初唐气格，而纵横有之。太白纵横，往往强弩之末，间杂长语，英雄欺人耳。④

攀龙的话总是夹缠着说。这段论述因之引发众多解读。其实他是要说：唐代的五言古诗与汉魏五言古诗不一样。陈子昂以为自己写的五言古诗像汉魏五言古诗，不是的。写古诗不能像陈子昂那样写法。本来很明白的一个意思，把它说得玄而又玄。这正是攀龙文章的特点。说唐代的五言古诗不同于汉魏五言古诗，这话说了等于没说，唐代的五言古诗当然不同于汉魏五言古诗。时代因素决定了这一点。历代那么多人和陶、学陶，没有一个学得像，就是这个道理。问题是攀龙要以汉魏五言古诗为标准，提倡写五言古诗应该写得像汉魏五言古诗一样。他的这一主张当然是不可能做到的。因此有人说，按照攀龙的观点，也可以这样说：明无五言古诗而有其古诗，攀龙以其古诗为古诗，弗取也。

这就涉及对第二次文学复古思潮的评价问题。有研究者认为，明代的文学复古思潮是为了恢复古代的审美理想。又有人说，是为了反对其时之台阁

---

① 《沧溟先生集》卷一，第 11 页。
② 《乐府诗集》卷二五，第 365 页。
③ 《沧溟先生集》卷二，第 27 ~ 28 页。
④ 《沧溟先生集》卷一五，第 377 ~ 378 页。

体。从不同的视角不同的层面对复古思潮作出评价，当然各有其道理。但是，也都存在一些需要进一步解释的问题。自动机言，复古者之追求，确实是汉魏、盛唐的审美理想。但自其创作实践言，则并非如此。攀龙的文章写得实在不像《左》、《史》，已如前述。他的诗，也并没有汉魏、盛唐气象。审美理想受制于时代与个人遭际、个人气质与素养。这也就是苏轼的和陶诗为什么怎么写也不像陶诗的根本原因。攀龙的五古写得实在不敢恭维。他的七古还好些，如送靳学曾："华阳馆前桑叶飞，荆轲台上送将归。为言击筑悲歌者，当时酒人今是非。……"①《岁杪放歌》："终年著书一字无，中岁学道仍狂夫。劝君高枕且自爱，劝君浊醪且自沽。何人不说宦游乐，如君弃官复不恶。何处不说有炎凉，如君杜门复不妨。纵然疏拙非时调，便是悠悠亦所长。"② 但这也不是由于学习了古代的审美理想，而是由于其真情的表述，发涉牢骚，气势流贯，充分表现了他的个性。至于说复古是为了反对台阁体，则是一种误会，景泰之后文学思想已转变，台阁体已衰落；把李东阳的诗归之于台阁体，也并不准确。何况，攀龙们面对的是杨慎的多元文学观念，王慎中、唐顺之、归有光的宗宋文风，和以文征明为首的江南文人活动于文坛的时代，台阁体何在？这些问题解决了，才有可能对攀龙们的文学复古主张作出合理的判断。

攀龙看重的是古体诗。他论诗也主要论古体。其实他写得较好的是新体诗。有的诗也写得较为真情，如《忆弟》："新醪杨柳色，不醉欲何如！蓟北三春雁，山东二弟书。宦情闲遂浅，人事病全疏。未拟酬恩去，空令忆旧庐。"③《登黄榆马陵，诸山是太行绝处》四首写景也较好。五言排律《得殿卿书，兼寄张简秀才》自叙心事兼议世态时势，也写出真情与深思："久客疏归计，吾徒足醉眠。风尘犹逆旅，服食岂神仙。老母须微禄，郎官亦冗员。时名非我意，诗句众人传。……窃笑吹竽滥，深惭抱瓮贤。青云浮世外，白眼贵游前。流俗终违性，佯狂始入玄。……直觊亡胡虏，殷忧切御筵。逐臣收佩玦，大将与兵权。报主谋安出，和戎议已偏。……帷幄今何事，京师未晏然。乾坤多垒后，仕宦畏途边。海岱生瑶草，朋从拾紫烟。伊余方物役，回首蓟门天。"④ 首言自己之所以为官，因为需要微禄奉养老母。嘉靖三十年正月，攀龙升刑部山西司郎中，"郎官亦冗员"指此，意谓虽升官，其实并无

① 《送靳颍州子鲁》，《沧溟先生集》卷五，第103页。
② 《沧溟先生集》卷五，第120页。
③ 《沧溟先生集》卷六，第128页。
④ 《沧溟先生集》卷一一，第277~278页。

实在的意义。世态炎凉，而自己的性格与流俗不合，“流俗终违性，佯狂始入玄”指此，对自己的狂傲作出解释。次言朝廷之隐忧。也是在攀龙为郎中的这个月，锦衣卫经历沈炼上书弹劾严嵩，被廷杖并发配口外为民，“逐臣收佩玦”指此，表达了他对忠于朝廷的谏臣的同情。上一年八月，奄答兵临北京城下。仇鸾为大将军，节制诸路兵马备敌，“大将与兵权”指此。京城危急，皇帝集廷臣议对策，徐阶与毛起均主议和，而赵贞吉力主抗敌。“报主谋安出，和戎议已偏”指此，表达了他对于国家边患的关心。到他写这首诗的时候，“京师未晏然”，他仍然心存忧虑。这首诗较为真实地反映了他仕宦的心态，与他对于国家命运的忧虑。叙事夹议论，这是他学杜诗的写法较为成功的一首诗。但是像这样的诗并不多。

他有些七律也还可读，如在陕西按察副使任上的有些诗，或者因西北景色之壮阔而触动诗思。《杪秋登太华山绝顶》四首之一、二：“华顶岧峣四望开，正逢萧瑟气悲哉！黄河忽堕三峰下，秋色遥从万里来。北极风尘还郡国，中原日月自楼台。君王倘问仙人掌，愿上芙蓉露一杯。”“缥缈真探白帝宫，三峰此日为谁雄？苍龙半挂秦川雨，石马长嘶汉苑风。地敞中原秋色尽，天开万里夕阳空。平生突兀看人意，容尔深知造化功。”① 这或者就是时人常说的他的诗雄俊、格调豪迈吧！他有一些绝句写得也还好，如《东村同殿卿送子坤赴选》：

> 短褐怜君又远游，如今白璧好谁酬？座中楚客曾三献，才说连城泪已流。②

座中许邦才就是曾经京试不酬、浮沉场屋者，于此一种之场合，生怀才不遇之感。这首诗也写得真挚动人。他也有一些绝句，写得清新，如《答张秀才简病中见寄》：“一瓢春酒一渔矶，羡尔江湖老布衣。此日故人谁问疾，柴门深闭雪霏霏。”③ 不过这首诗的风格已经有点像晚唐了。细究起来，攀龙写得好的诗，多是因其有了真实的感受，有了真感情的表达，与他“诗必汉魏、盛唐”的复古主张似乎并没有必然的联系。

攀龙写得还好的诗主要是有真感情的那一类。他与王世贞他们，都是强调情的。他说：“诗可以怨，一有嗟叹，即有永歌，言危则性情峻洁，语深则

---

① 《沧溟先生集》卷八，第214页。

② 《东村同殿卿送子坤赴选》三首之二，《沧溟先生集》卷一三，第318页。

③ 《沧溟先生集》卷一四，第343页。

意气激烈，能使人有孤臣孽子摈弃而不容之感，遁世绝俗之悲，泥而不滓，蝉蜕滋垢之外者，诗也。”① 从诗主言情这一点说，攀龙们也并无新的发现。明初以来，言情说不断。② 攀龙的言情说受到他的拟古思想的束缚，未能得到很好的发挥。他的好诗并不多。

同是后七子之一的谢榛，诗写得就比他好。稍后于他的屠隆、徐渭的诗，那就比他要好得多多了。读《沧溟先生集》，我常常想起一个问题：我们究竟应该如何看待明代的文学复古思潮？我们应该用什么样的衡量标准？明代文学思潮发展的实际情形究竟是怎么样的？从文学发展的历史看，他们的创作究竟有着怎么样的成就？这些似乎都尚有可议处。

攀龙还有《古今诗删》和与之相关的《唐诗选》，涉及的问题多多，非此小文所能包容。

（原载《文学遗产》2010 年第 3 期）

① 《送宗子相序》，《沧溟先生集》卷一六，第 403 页。

② 明初王行、凌云瀚、赵谦，成化、弘治初李东阳等，都有这方面的论述。前七子中李梦阳《鸣春集序》、《题东村诗后》、《论学上篇》，康海《太微山人张孟独诗集序》，徐祯卿《谈艺录》，杨慎《李前集诗引》、《云诗解》，吴中的诗人们，也都有论诗重情的言说。

“诗能穷人”与“诗能达人”

——中国古代对于诗人的集体认同

· 吴承学 ·

在古代文论的原始语境中，理论的“生态”往往是平衡的，每种理论常常是和它的对立面相反相成地存在的。但是，经过人们的阐释与接受之后，“平衡”就被打破了。某些理论凸显了，某些理论隐没了。考察相关理论从“平衡”到“失衡”的历史与原因，不但是有趣的，也是必要的。这往往也是中国文学批评史研究的一个薄弱环节。司马迁所谓“好学深思，心知其意”① 是治史之道，亦是治学之道。我们需要从中国文学批评的内在理路与文献史料出发，也需要能越超文字之表和惯性思维的悟性与洞察力。本文试图在还原古代文论原始语境的基础上，从中国古代对于“诗能穷人”与“诗能达人”的选择中，考察出中国古人的一种文学观念，即对“诗”与“诗人”的集体认同。② “诗人薄命”、“穷而后工”在古代诗学观念中既不是唯一的，也不是理所当然的经典意识。它的形成是不断被选择的过程，而主导这个过程的就是中国古代基于深层价值观念的集体认同。了解这一点，再反观“诗人薄命”、“穷而后工”，我们就会感受到更多的言外之意与味外之味。

---

① 《史记》卷1，中华书局，1959，第1册，第46页。

② 在中国古代，包括“诗人”在内的“文人”，是一个有共性的群体。但是由于诗歌更为直接、更为强烈地反映出诗人的个性与情感，“诗骚”传统与诗人的形象更为鲜明突出。诗人既是文人群体的一部分，又是其中最具代表性和典型意义的一部分。文学批评上既有“诗人薄命”之论，也有“文人命蹇”之说，两种说法本质是相通的，也是不可分的。不过，“诗人薄命”之论要比“文人命蹇”之说更为普遍，更为流行，“诗人薄命”之论无疑更集中地反映出中国古人的文学观念。鉴于文人群体的共性和诗人在文人群体中的代表性，本文的研究范围和文献资料将以诗人为中心和重点，部分也涉及文人群体，在理论上则以讨论“诗人薄命”之论为中心，同时涉及“文人命蹇”之说。

一 从“伐能”到“薄命”

在中国古代，“诗人”这个概念，有广、狭之义。狭义特指《诗经》作者，所以往往与“辞人”相对。如《文心雕龙·情采》谓：“昔诗人什篇，为情而造文；辞人赋颂，为文而造情。”① 广义泛指写诗之人，当然也包括“辞人”在内了。自从司马迁《史记》著《屈原贾生列传》以后，屈、贾并称。两人虽时代不同，然而平生都忧谗畏讥，遭遇相似，又皆长于辞令，故屈、贾逐渐成为古人心目中某类诗人、文人的代表人物。正如陶渊明《读史述九章·屈贾》诗说：“嗟乎二贤，逢世多疑。候詹写志，感献辞。”② 这类诗人的特点就是才华出众而与世多违。汉代以后，人们开始注意到诗人与文人的不幸命运。不过，早期人们比较多地把诗人、文人的不幸与他们才性上的缺陷——张扬自我而忽于操持——联系起来。班固《离骚序》批评屈原“露才扬己”。宋袁淑《吊古文》曰：“贾谊发愤于湘江，长卿愁悉于园邑。彦真因文以悲出，伯喈衔史而求入。文举疏诞以殃速，德祖精密而祸及。夫然，不患思之贫，无若识之浅，士以伐能见斥，女以骄色贻遣。以往古为镜鉴，以未来为针艾，书余言于子绅，亦何劳乎蓍蔡。”③ 在中国古人的观念中，诗人与美人之间，具有某些共性。这里，将“士”之“伐能”与“女”之“骄色”相提并论，认为他们过于表露自己的才华或容貌而遭受贬抑，其遭遇多少是自身的缺陷所造成的。

颜之推《颜氏家训·文章》也谓“自古文人，多陷轻薄”，并历数屈原以来许多诗人文人的轻薄与厄运。他谈到其原因时说：“每尝思之，原其所积，文章之体，标举兴会，发引性灵，使人矜伐，故忽于持操，果于进取。”④ 颜之推是从“文章之体”的特点入手来讨论这个问题的。推衍其意旨，文章的特点与本质就是使人“标举兴会，发引性灵”的，所以文章之士难免喜欢自我表现而忽略自我操守。粗看起来，颜之推所言与前人批评文人伐能之说相同，但其实是有所不同的。颜之推认为，文章之士的厄运固然是由于其自身的道德缺陷所造成的，但是更深层的原因，则是由文章之体所决定的。实际上，颜之推已涉及一个深刻的问题，即“文章之体”引发形成文

① 刘勰著、詹锳义证《文心雕龙义证》，上海古籍出版社，1989，第1156页。

② 逯钦立校注《陶渊明集》卷6，中华书局，1979，第183页。

③ 欧阳询著、汪绍楹校《艺文类聚》卷40“吊”，上海古籍出版社，1965，第730页。

④ 颜之推著、王利器集解《颜氏家训集解》，上海古籍出版社，1982，第221～222页。

章之士的性格特点，从而又决定了文章之士的某种命运。

“诗人薄命”的命题在唐代被明确提出来，此后又不断被重复与强化，积累而成一种长久流行的文学观念。这种观念的产生有其深刻的思想文化原因。从文学内部来看，在唐代以前，“诗人薄命”的观念已隐约存在。汉代司马迁已经强调作者的生活遭遇与创作之关系，而诗歌以悲怨为美的观念在古代也有深远的传统。唐代以来，儒学对诗学的影响更为显著，人们对于诗人社会责任感的要求也更高了。从文学价值观的角度对心目中的好诗与好诗人进行历史考察，自然会涉及诗人的命运问题。从社会政治制度的层面来看，唐代以诗取士，诗艺之工拙关乎仕途之通塞，这就更直接引发人们进一步思考诗人的悲剧性命运问题。杜甫《天末怀李白》已感叹说：“文章憎命达。”白居易接过这个话题，又大加发挥，明确提出“诗人薄命”之说。“采石江边李白坟，绕田无限草连云。可怜荒垄穷泉骨，曾有惊天动地文。但是诗人多薄命，就中沦落不过君。”“辞人命薄多无位，战将功高少有文。”“翰林江左日，员外剑南时。不得高官职，仍逢苦乱离。暮年逋客恨，浮世谪仙悲。吟咏流千古，声名动四夷。文场供秀句，乐府待新词。天意君须会，人间要好诗。”白居易又以李白、杜甫为例，说明他们在世时历经乱离磨难，但诗名却传之久远。言外之意谓此是一种“天意”：人间需要好诗，所以诗人要经过乱离才行。白居易《读邓鲂诗》也列举数位本朝诗人薄命之例云：“诗人多蹇厄，近日诚有之。京兆杜子美，犹得一拾遗。襄阳孟浩然，亦闻鬓成丝。嗟君两不如，三十在布衣。擢第禄不及，新婚妻未归。少年无疾患，溘死于路岐。天不与爵寿，唯与好文词。此理勿复道，巧历不能推。”他觉得诗人蹇厄是一种人们无法理解与推测的神秘天数。白居易《自解》诗又云：“我亦定中观宿命，多生债负是歌诗。”白居易这里提出了诗人的“宿命”。白居易的“宿命”是佛教的概念，指前世的生命。佛教认为人之往世皆有生命，辗转轮回，故称宿命。“多生”，也是佛教术语。佛教以众生造善恶之业，受轮回之苦，生死相续，谓之“多生”。白居易意谓自己之往世今生，皆为诗人，亦受其轮回之苦。白居易把中国本土的命运之说与佛教传入的宿命之论结合起来，谈论诗人的命运问题。

宋代以后，这种说法更为流行，苏轼诗云：“诗人例穷蹇，秀句出寒饿。”“诗人”与“穷愁”似乎结下了不解之缘。而诗人的穷苦，又是上天的意思，是一种不可解脱的宿命，好的诗人与好的诗都要经过穷苦的磨炼。东坡又云：“诗人例穷苦，天意遣奔逃。”诗人穷苦乃为“天意”，此亦为“宿命”。苏轼所言与白居易意思相同，而用词却有所差异。白居易谓“多薄命”，而苏轼则说“例穷苦”，穷苦成为诗人的通例与规律。不穷苦的诗人，反而是极少数的例外。虽然“诗人例穷苦”之说是诗人之语，不能过分执著地去理解，不过当其他诗人也持相同说法的时候，我们就不能把它当成某位诗人一时兴之语。如宋人徐钧诗云：“自古诗人例怨穷，不知穷正坐诗工。”诗人不但自己薄命，还连累了身边的事物。“阴霏非是妒春华，薄命诗人带累花。”因为阴雨霏霏，而想到是因为“薄命诗人”连累了梅花。这也是很有趣的联想。

对文章之士命运的关注，是古已有之的。不过，对其不幸遭遇原因的阐释则有所变化。从汉代的“文人伐能”之说，到唐宋的“诗人薄命”之说，是一种转折。它意味着人们从关注诗人自身的品德缺陷变成关注诗人悲剧性的宿命，对诗人的态度也从批评转为理解与欣赏了。

古人已注意到在唐代以前，是不以穷达论诗的，以穷达论诗始于中唐。元代黄溍云：“古之为诗者，未始以辞之工拙验夫人之穷达。以穷达言诗，自昌黎韩子、庐陵欧阳子始。昌黎盖曰：‘穷苦之言易好’，庐陵亦曰：‘非诗能穷人，殆穷而后工耳’。自夫为是言也，好事者或又矫之，以诗能达人之说，此岂近于理也哉?《匪风》、《下泉》诚穷矣，《凫鹥》、《既醉》，未或有不工者。窃意昌黎、庐陵特指夫秦汉以来，幽人狷士悲呼愤慨之辞以为言，而未暇深论乎古之为诗也。”为什么在以诗取士的唐代反而会出现“诗人薄命”之说？正如上面所论，这种观念的产生有其悠久的历史传统，有其深刻、复杂的思想文化以及文学内部原因。而在唐代，这种观念从原先的隐约和个别，变成明晰与系统，则更直接地与政治制度相关。

在未实施科举制度之前，诗人的前途命运与文学才华并没有必然的关系，所以人们很少去考虑诗人的穷达问题。正是到了唐代实施以诗取士的科举制度后，能诗者普遍可平步青云，取得上流社会的入场券。而一旦其中有能诗却穷苦不达的诗人，则与人们原有的期望值形成巨大的反差。虽然是少数，但给人以更为强烈的印象。与贵族政治时代由血缘出身决定人的等级差异不同，科举制度强调的是对于人才的平等精神。在这样“平等”的时代，如果杰出的人才还遭遇穷困，其原因大概只能归之天命了。自唐代以后，诗歌功能出现两极化：诗歌既是吟咏情性的工具，也是平步青云的阶梯，这就引起人们对不同类别诗歌的审美价值、不同际遇诗人的历史地位的思考。因此，以诗取士的制度与其他思想文化以及文学内部因素共同构成“诗人薄命”说产生的社会背景。

二 "诗能穷人"与"诗能达人"

在研究文学批评史时，我们会把司马迁的"发愤著书"、韩愈的"不平则鸣"以及欧阳修的"穷而后工"等说法作为文学批评史的一条理论线索。[①]这其实只是古人说法的一个方面。在古代文论的原始语境中，每种理论往往是和它的对立面相反相成地存在着。宋代以后，"诗能达人"之说正是针对唐代以来"诗人薄命"与"诗能穷人"而提出来的。客观地看，"诗能穷人"与"诗能达人"是中国文学史史实与理论中不可分割的两个方面。古人既有认为诗能穷人的，也有认为诗能达人的。这原本是两个自有道理、各有例证的话题。把"诗能穷人"与"诗能达人"两个话题放到一起考察，相互印证，对中国诗学的理解才比较全面、真实和圆融，也比较深刻。

在"诗人例愁苦"说流行之时，就有人对此表示怀疑。宋人许棐直截了当地表示，"不信诗人一例穷"。[②] 在宋代，一方面诗人薄命之说极为普遍，另一方面也出现完全相反的说法，那就是"诗能达人"。可是，这种说法并不流行，甚至差不多被后人遗忘。这种遗忘当然有它的道理，但是从学术研究的角度看，如果完全漠视这种说法，可能会显得片面和肤浅。

《孟子·尽心上》："穷则独善其身，达则兼善天下。""达"有显贵？显达之意，"穷"特指不得志。作为诗学命题的"诗能穷人"与"诗能达人"在对举时，其"穷"、"达"之义大致与此相仿。但在具体语境中，意义却比较复杂。"穷"有生活困顿、穷愁潦倒这种物质层面的"穷"，也有理想与现实强烈矛盾的精神层面的"穷"。"达"可指社会地位的显达，也可指诗名远扬的显达。我们要注意到在不同语境中的意义差异。

在文学批评史上，最早提出"诗能达人"的是宋人陈师道。他在《王平甫文集后序》云："欧阳永叔谓梅圣俞曰，世谓诗能穷人，非诗之穷，穷则工也……方平甫之时，其志抑而不伸，其才积而不发，其号位势力不足动人，而人闻其声，家有其书，旁行于一时，而下达于千世，虽其怨敌不敢议也，则诗能达人矣，未见其穷也。夫士之行世，穷达不足论，论其所传而已。"[③]陈师道以王平甫为例，说明"诗能达人，未见其穷"。不过，他所理解的

① 钱钟书：《诗可以怨》，《文学评论》1981 年第 1 期，又见《七缀集》。

② 许棐：《挽沈晏如》，《梅屋集》卷 1，《文渊阁四库全书》，第 1183 册，第 197 页。

③ 陈师道：《王平甫文集后序》，《后山居士文集》卷 16，上海古籍出版社，1984，第 718 ~ 719 页。

“达”，不是现世的“显达”，而是诗歌在当下与后世的影响与流传。元代李继本也说：“余意诗能达人，则有之，未见其穷也。不有达于今，当有达于后。从古以来，富贵磨灭，与草木同朽腐者，不可胜纪，而诗人若孟郊、贾岛之流，往往有传于后，岂非所谓达人者耶?”① 他所谓的“达”，与陈师道同意。这种“诗能达人”之说在理论上与“穷而后工”并没有本质差别。

宋代的陈与义就是当时人们认为“诗能达人”的典型。葛胜仲《陈去非诗集序》：“世言诗能穷人……予谓诗不惟不能穷人，且能达人。”② 为何以陈与义为“诗能达人”的典型呢？宋人胡仔说：“简斋《墨梅》皋字韵一绝，徽庙召对称赏，自此知名，仕宦亦浸显。陈无已所以谓之‘诗能达人矣，未见其穷也’。葛鲁卿序《简斋集》，亦用此语，盖为是也。”③ 这里的“达人”，与陈师道所言内涵不同，是指现世的显贵。这种“诗能达人”的含义更为普遍和流行。在下文中，我们谈到“诗能达人”时，便是特指这种含义。

类书是中国古人体系化的“常识”。在宋代的类书中，就有“诗能穷人”与“诗能达人”两种完全相反的词条，反映出当时的文学观念。南宋祝穆《事文类聚》别集卷 9“文章部”有“因诗致穷”类，又有“诗能达人”类。除了类书之外，古代大量的诗话对此也有所记载。如《诗话总龟》中的“知遇”、“称赏”、“投献”等门类，也记载了大量“诗能达人”的故事。

历来对“诗能达人”之说论述最为全面的是南宋的胡次焱，他在《赠从弟东宇东行序》一文中说：

> 诗能穷人，亦能达人。世率谓诗人多穷，一偏之论也。陈后山序《王平甫集》，虽言穷中有达，止就平甫一身言之。予请推广而论。世第见郊寒岛瘦，卒困厄以死，指为诗人多穷之证。夫以诗穷者固多矣，以诗达者亦不少也。④

胡次焱还举出许多例子，说明有“以诗擢科第者”、“以诗转官职者”、“以诗蒙宠赉者”，而且“诗可完眷属”、“诗可以蠲忿”、“诗可以行患难”。胡次焱以实证的方式用大量的历史事实（其中不乏小说家言）来证明“世谓‘诗能穷人’，岂公论哉?”从胡次焱所举例证来看，诗不仅能使人在现实社

---

① 李继本：《冰雪先生哀辞》，《一山文集》卷 7，《文渊阁四库全书》，第 1217 册，第 772 ~ 773 页。

② 葛胜仲：《丹阳集》卷 8，《文渊阁四库全书》，第 1127 册，第 488 页。

③ 蔡正孙：《诗林广记》后集卷 8 引，中华书局，1982，第 371 页。

④ 胡次焱：《梅岩文集》卷 3，《文渊阁四库全书》，第 1188 册，第 549 页。

会中尊贵与显达，而且还具有消灾解困之功用，所以胡次焱"诗能达人"之说带有世俗社会强烈的功用色彩。

宋代以后，理论家们开始追溯历史，以事实证明诗人不必皆穷，亦有达者。姚鼐云："夫诗之源必溯于风雅，方周盛时，诗人皆朝廷卿相大臣也，岂愁苦而穷者哉？"① 徐世昌《读梅宛陵诗集书后》："人谓诗以穷而工，我谓工诗而后穷。自古诗人多富贵，《雅》《颂》作者何雍容。"② 他们都指出早期中国诗史，《雅》、《颂》的作者多为达者。此外，也有人指出，唐代以来的诗人，也多有命运不薄、福寿双全者。清程晋芳《申拂珊副宪七十寿序》："人咸言诗人少达而多穷，又或谓呕心肝，擢胃肾，非益算延年术也，是特就一二人言之耳，乌足概其全哉？由唐以来，诗大家香山、放翁，官未尝不达，而年近耇耆，庐陵、临川，皆至宰辅。近人朱竹垞、查他山辈，官虽不高，寿皆至七八十岁。盖天欲厚其传，非使之长年则撰著不富。"③ 他们指出，无论是历史还是现实，诗人穷苦，只是极个别现象而已。他们所说的"达"，又是指福、禄、寿齐全式的世俗社会幸福生活。

清代严首升针对"穷而后工"之说，引诸史实，特别指出"达"更有利于创作：

> 自古诗人，若陈拾遗、孟襄阳等辈，皆相望于穷，或遂以为诗能穷人，或以为穷而后工，皆不然之论也。王文穆、杨徽之皆以一字、数联立致要路，诗何尝不能达人？摩诘佳处什九在开元以后，苏明允既游京师，落笔敏于山中时，又安在不达而后工哉？夫抱心者身也，身实有苦乐，而心安得不有艰易？先民有言，惟福生慧，穷尚工矣，何况达乎？予因以是细数古今词赋之事，自人主为之，鲜不加于民间数等，其次则诸王宗室与幕府宾客，倡和园林，亦必有群中鹤立之美，往往然也。陈隋之主无道已，文皇、明皇独步三唐。若乃淮南、陈思、昭明、谪仙、长吉诸君子，一时作者，咸逊为弗如，此曷故哉？大约本支百世，氤氲已久，且其色声香味，既与人殊，宜其心之所思，亦莫得同也。④

---

① 姚鼐：《陈东浦方伯七十寿序》，《惜抱轩诗文集》文集卷8，上海古籍出版社，1992，第118页。

② 徐世昌：《晚晴簃诗汇》卷125，《续修四库全书》，第1631册，第692页。

③ 程晋芳：《勉行堂文集》卷2，《续修四库全书》，第1433册，第317页。

④ 严首升：《种玉堂集序》，《濑园文集》文集卷2，《四库禁毁书丛刊》，北京出版社，1997，集部第147册，第156～157页。

严首升说的“达”则不仅指有高贵的社会地位，还指具有能为艺术审美活动提供充分条件的物质生活基础。他既认为“诗何尝不能达人”，又进一步明确提出诗人“达而后工”之说，似乎有故作翻案，谲诡怪诞之嫌。古人认为，“居移气，养移体”（《孟子·尽心上》）。社会地位高者，可以广泛交流，转益多师，视野开阔，居高临下，故“达”者亦可“工”也，正如“穷”而未必皆“工”。社会地位高贵的“达”者也是可以有忧患的，也可能产生理想与现实矛盾的苦闷，“达”者亦有“穷”时。事实上，有些好诗确是“达”者才能写出来的，像刘邦《大风歌》：“大风起兮云飞扬，威加海内兮归故乡，安得猛士兮守四方！”① 像曹操《短歌行》：“山不厌高，海不厌深。周公吐哺，天下归心。”② 退一步讲，这种诗就算“穷”者能写出来，也是矫情而不实的。“穷而后工”之“穷”应该是特指那些具有突出的艺术才华，有理想，有抱负而遭遇挫折者。许多处于社会底层的“穷”者却可能是平庸的，或“穷”不思变的。就诗人而言，古代有大量三家村之诗人，困于生计，限于交际，独学无友，孤陋寡闻，虽穷之甚，而诗多不工。严首升所论，或有偏颇。然而，他认为诗人由于“穷”，受到物质条件与主观条件的限制，其交际和阅历、眼界和胸襟都可能受到影响。此说从创作心理的角度，强调诗人的社会地位、物质基础与创作的关系，强调诗人良好的环境与心境对于创作的正面影响，力破传统“诗穷而后工”之说的某种思维定式，不为无见。

明清时期，出现与“诗能穷人”、“诗能达人”密切相关又有所引申的另一对命题，即“文章九命”与“更定文章九命”。“文章九命”是明代王世贞提出来的。“薄命”的内涵颇为含混，古人泛指穷愁不达之类的生活际遇。王世贞则把“薄命”的内涵明确细化，并以“文章九命”进行分门别类。

古人云：“诗能穷人。”究其质情，诚有合者。今夫贫老愁病，流窜滞留，人所不谓佳者也，然而入诗则佳。富贵荣显，人所谓佳者也，然而入诗则不佳。是一合也。泄造化之秘，则真宰默雠；擅人群之誉，则众心未厌。故呻占椎琢，几于伐性之斧，豪吟纵挥，自傅爰书之竹。矛刃起于兔锋，罗网布于雁池。是二合也。循览往匠，良少完终，为之怆然以慨，肃然以恐。曩与同人戏为文章九命，一曰贫困，二曰嫌忌，三曰玷缺，四曰偃蹇，五曰流窜，六曰刑辱，七曰夭折，八曰无终，九曰

① 逯钦立辑校《先秦汉魏晋南北朝诗》上册，中华书局，1983，第 87 页。

② 逯钦立辑校《先秦汉魏晋南北朝诗》上册，第 349 页。

无后……吾于丙寅岁，以疮疡在床褥者逾半岁，几殆。殷都秀才过而戏曰：“当加十命矣。”盖谓恶疾也。[①]

王世贞“九命”一词，或为一时兴到之言，或为换骨脱胎之语。周代的官爵分为九个等级，称“九命”。王世贞可能仿古代官制而“戏为”调侃之词，亦谐亦庄。所谓文章“九命”，是指文章给人带来的各种厄运。这里的“文章”，所指甚广，但也包括了诗歌。王世贞分析“诗能穷人”的两大原因：一是从审美来看，诗中表现穷苦之言比表现富贵之言更有价值；二是从诗的社会效应来看，诗歌揭露了造化的秘密，引发上天的暗恨；诗人的声誉又挑起众人的妒忌。王世贞力图从文学与社会学的角度，从内部与外部揭示“诗能穷人”之秘密，虽略有夸张，然颇有道理。

王世贞“文章九命”之说一出，即成为当时文人热议的话题。胡震亨《唐音癸签》：“王弇州尝为‘文章九命’之说，备载古今文人穷者，今摘唐诗人，稍加订定录后。”[②] 他又列举唐诗人为例，加以补充。胡应麟《诗薮》云：“若陶婴、紫玉、班婕妤、曹大家、王明君、蔡文姬、苏若兰、刘令娴、上宫昭容、薛涛、李冶、花蕊夫人、易安居士，古今女子能文，无出此十数辈，率皆寥落不偶，或夭折当年，或沉沦晚岁，或伉俪参商，或名检玷阙，信造物于才，无所不忌也。王长公作《文章九命》，每读《卮言》，辄为掩卷太息，于戏！宁独丈夫然哉?”[③] 胡应麟从历代女诗人之厄运的角度补充“文章九命”之说：不独男子如此，女子也是如此，可见此说具有普遍性。明沈长卿云：“王元美戏为《文章九命》，伤才士数奇也……予谓‘十命’当分‘天刑’、‘人祸’两则。绮语诬诳者，遭阴殛之报，天刑之；愤世怨怼者，罗阳网之报，人祸之。然平坦之肠，必无警句。光尘之品，宁有奇文？即欲抑其才以自韬而不能，此数奇之由也。若曰：享名太过，销折其福，依然忌者之口也。更有说焉，文入于妙，不必更作他业，即此已为世所深恨。犹入宫之女，岂尝詈诸嫔嫱，而反唇侧目者趾相接也。”[④] 此则是对王世贞“文章九命”之补充，以之分为“天刑”、“人祸”两种，谓文人之“数奇”，不可避免。

---

① 王世贞：《艺苑卮言》卷 8，丁福保辑《历代诗话续编》，中华书局，1983，第 1080～1087 页。

② 胡震亨：《唐音癸签》卷 28，上海古籍出版社，1981，第 295 页。

③ 胡应麟：《诗薮》外编，上海古籍出版社，1958，第 133 页。

④ 沈长卿：《沈氏日旦》卷 2，《续修四库全书》，第 1131 册，第 346 页。

自明代以来，王世贞《文章九命》影响甚大，甚至成为文人诗文创作中的独特话语。比如诗中有云：“尘劫三生终杳渺，文章九命独蹉跎。”① “五字长城七子才，文章九命古今推。”② 文中有云：“呜呼！自古才人，造物所忌。文章九命，真堪流涕！人生缺陷，万事难遂。”③ 总之，在诗文中“文章九命”已成为文人命蹇、才士数奇的代语。

到了清代，有人力反其说，重新编制具有正面意义的“文章九命”。清王晫《更定文章九命》：“昔王弇州先生创为《文章九命》……天下后世尽泥此言，岂不群视文章为不祥之莫大者，谁复更有力学好问者哉？予因反其意为《更定九命》，条列如左，庶令览者有所欣羡，而读书种子或不至于绝云。”④《更定九命》具体的内容为：一曰通显、二曰荐引、三曰纯全、四曰宠遇、五曰安乐、六曰荣名、七曰寿考、八曰神仙、九曰昌后，各引古人往事以实之。王晫的“九命”是有意与王世贞的“九命”一一对应而相反的。

王晫《更定文章九命》引导读书人乐观地看待文章与命运的关系，清代施闰章《王丹麓松溪诗集序》说：“王元美‘文章九命’之说，足使文人失志，悉反其说，取古文人之通显、寿考、声实荣畅者，辑为《更定文章九命》一编，读之阳气且满大宅，若春日之暖寒谷也。”⑤ 不过，为其写序，可视为世故的客气话，不太具有实际的批评内涵。而事实却是：王世贞的《文章九命》非常知名，非常流行，而《更定文章九命》在文学批评史上，不但没有流行，而且很少有人注意到。这种现象，耐人寻味。

三 “诗人薄命”：一种集体认同

中国古代既有“诗能穷人”之说，又有“诗能达人”之说；既有“穷而后工”之说，也有“达而后工”之说；既有《文章九命》，又有《更定文章

① 王昶：《闻李贡生宪吉旦华之讣兼讯其尊人绎刍同年集》，《春融堂集》卷 9，《续修四库全书》，第 1437 册，第 431 页。

② 吴骞：《题徐兰圃楚畹近稿二首》，《拜经楼诗集》卷 12，《续修四库全书》，第 1454 册，第 119 页。

③ 尤侗：《公祭陈其年检讨文》，《西堂文集》杂组三集卷 8，《续修四库全书》，第 1406 册，第 485 页。

④ 王晫：《更定文章九命》，王水照主编《历代文话》，复旦大学出版社，2007，第 4 册，第 3852 页。

⑤ 施闰章：《王丹麓松溪诗集序》，《学余堂文集》卷 7，《文渊阁四库全书》，第 1313 册，第 83 页。

九命》。但是前者成为流行的说法，而后者则少为人所接受。这是中国文学批评史上一个奇特的现象，我把它称之为“诗人薄命化”倾向。

那么，“诗人薄命化”倾向是如何形成的？难道是因为它揭示了中国文学史的普遍规律吗？不是。总体来说，重视诗赋等文学创作是中国古代的社会风尚，“雅好文章”和提拔文章之士是君主的雅趣。《汉书》中记载西汉枚乘、司马相如都因善赋而见用。《后汉书》也记载东汉班固因《两都赋》名闻天下，“及肃宗雅好文章，固愈得幸”。[①] 马融“上《东巡颂》，帝奇其文，召拜郎中”。[②] 六朝以还，此风尤盛。隋代李谔上书隋高祖，以批评的口吻谈到江左齐梁“爱尚”诗歌的风气：“世俗以此相高，朝廷据兹擢士。禄利之路既开，爱尚之情愈笃。于是闾里童昏，贵游总丱，未窥六甲，先制五言。”[③] 明确指出，诗歌已经成为“朝廷据兹擢士”的“禄利之路”。但是在齐梁时代，“朝廷据兹擢士”应指对于善诗者可特别加以升迁，[④] 尚未成为面向一切社会阶层以诗取士的制度，尽管它对后来的科举以诗文取士有重要影响。自从唐代实施科举制度，尤其是设立注重文词的“进士科”，诗歌便成为下层士子改变命运的途径，真正成为对所有读书人开放的“禄利之路”。诗歌为许多士子带来的恰恰是幸运，而不是厄运。不仅如此，在中国古代，诗歌是当时社会交往的一种重要工具。无论在上流社会还是民间社会，能诗是一种荣誉，也具有很高的才华显示度。文章之士通过考试能获得担任官员的资格，在当时世界范围内，中国文人也是少有的“幸运”者。故可以说，“诗能达人”在中国古代也具有某种程度的真实性。古代诗人遭受厄运的毕竟是少数，而为诗所“穷”，纯粹由于写诗的原因而遭受厄运的诗人，更是少之又少——多数是出于“政治”的原因。所以如果从数字统计的角度来看，诗歌和“薄命”是没有必然关系的，诗人薄命并不是普遍的事实，而仅仅是片面的真实：“诗能达人”与“诗能穷人”同时构成事实的整体。

正因为“自古诗人多薄命”不是普遍的历史真实，它的理论内涵、理论

---

① 《后汉书》卷40，中华书局，1965，第5册，第1373页。

② 《后汉书》卷60，第7册，第1971页。

③ 《隋书》卷66，中华书局，1973，第5册，第1544页。

④ 比如《梁书》卷41《王规传》：“六年，高祖于文德殿饯广州刺史元景隆，诏群臣赋诗，同用五十韵，规援笔立奏，其文又美。高祖嘉焉，即日诏为侍中。”（姚思廉：《梁书》，中华书局，1983，第582页）《梁书》卷41《褚翔传》：“中大通五年，高祖宴群臣乐游苑，别诏翔与王训为二十韵，限三刻成。翔于坐立奏，高祖异焉，即日转宣城王文学，俄迁为友。时宣城友、文学加它王二等，故以翔超为之，时论美焉。”（姚思廉：《梁书》，第586页）

价值和意义才更为凸现出来：它不是对事实的客观总结，而是一种带有强烈集体性主观色彩的想象与含混的印象，① 也是出于对理想的诗歌和诗人的深切期待。“诗人薄命”不是真实的命题，而是理想的命题。从这个角度看，“诗人薄命”反映出中国古人超越现实的创造性的诗学理想，其内涵的深刻性和丰富性还有待探讨。

如果我们超越表面现象，便可看出，中国古代文论中关于“诗人薄命”之说其实是一种有选择性的集体认同：在“诗能穷人”与“诗能达人”两者中，选择了“诗能穷人”；在“穷而后工”与“达而后工”两者中，选择了“穷而后工”；在《文章九命》与《更定文章九命》两者中，选择了《文章九命》。选择就是一种批评。孤立地看，“诗能达人”之说是可成立的，但当它与“诗能穷人”或“穷而后工”之说相提并论时，两者的差异与深浅便显现出来。虽然，“诗能达人”也具有某种真实性与合理性，但这种理论大多仅是对世俗社会现象的总结，没有更深邃、更崇高的传统诗学理想与价值观来支撑，有时还流露出某种世俗功利色彩。② 而“诗能穷人”或“穷而后工”之说虽然是“片面”的，却显深刻。它反映的是一种超越世俗、追慕崇高的诗学理想。

历史之所以做出这种选择，固然与司马迁、韩愈、白居易、欧阳修、苏轼等文坛领袖的强势话语有关，固然与中国古代经典诗歌多为“穷苦之言”有关，但从某种意义而言，这些是“果”而不是“因”，更深层的原因是潜藏的中国古代诗学价值观念的影响。中国诗学始终强调和重视诗人的社会责任，而当“事业”与“文章”，“常患于难兼”时，“失志”诗人不得已就把用世之志寄寓于诗文。诗歌对于他们不仅是一种语言形式，而是生命价值的现实体现与历史延续的最佳载体。他们对于社会、人生、生命的体验特别深切、特别丰富，他们对于诗歌的追求分外投入、分外执著。因此，他们的诗歌也就具有特别的审美价值。历史之所以做出这种选择，从更根本来看，它所体现的是深厚的中国传统文化心理。中国诗学精神主体的根基是以孔孟为

---

① 比如说，“贫困”、“嫌忌”、“玷缺”、“偃蹇”、“流窜”、“刑辱”、“夭折”、“无终”、“无后”这些所谓典型的“薄命”现象，难道是诗人文人所特有的而其他阶层或群体所没有或少有的？事实上，任何阶层和群体都可能有此遭遇，甚至还可能更为严重：如“贫困”之于农夫，“嫌忌”、“流窜”、“刑辱”之于官宦。又比如说，诗人在何种程度上便是“薄命”？古人所言，时而指终身困苦，时而指人生过程中遭遇某些穷厄。所以“诗人薄命”这一命题是无法用统计和量化的方法来论证的。

② 这里所论，不包括上述陈师道等人所说的“诗能达人”，因为他说的“达”，是指其诗歌可“下达于千世”，与一般的“诗能达人”的含义不同。

代表的儒家思想。以“诗言志”为开山纲领的中国传统诗学，特别强调风雅比兴与怨刺精神，强调发愤抒情。诗人在对人生悲剧、忧患愁苦的体认、接受和抒发之中，更多地体现了对道的坚守和追求，因而其心灵深处充满了以道自任、任重道远的使命感与悲剧性的崇高感。所以真正诗人之“穷”就不仅只关乎诗人本身的一己之困顿，而是与生命本质和人类的命运息息相关的。所以，诗人表达的生老病死与穷愁哀伤可以超越个人的际遇，而与人类的普遍情感相通，从而能超越时代引起人们的普遍共鸣。“穷而后工”的“工”，绝不仅是技术层面上的成就，更因为它是具有深刻人文主义情怀与理想的艺术精品。

文学的集体认同，既不是统计学上的平均值，也不是一种实证，而是一种对于事实的选择性接受和传播，主导着这种集体认同的则是中国古代潜藏不露的深层文学观念。我们的一切接受都是在“前理解”之中进行的。这种前理解，可以使人“有所见”，也可以使人“有所蔽”。可以使人“明察秋毫”，也可以使人“不见舆薪”。文学的理解当然也不例外。[①]“诗人多薄命”暗含了丰富的内涵，它并不是对于所有诗人命运的准确总结，而是一种想必如此、理应如此的期待与想象之词。事实并不是“诗人例愁苦”，但是按照读者的理解却应该这样。而对大量“诗能达人”的现象却视而不见，或者熟视无睹。所谓“诗人多薄命”的“宿命”，不是上天所注定的“宿命”，而是读者所理解、所向往的必然选择。“天意”不是别的，正是中国古人自诗骚雅怨以来世代积淀而成的基于深层价值观念的集体认同。

在中国古代文学批评上存在一些“集体认同”，它不是代表某个理论家、某部理论著作，而是多数人的共识，它甚至可以超越阶层与身份，超越地域与时间。它不一定有系统完整的理论阐释，更多的是想象与印象的集合体。集体认同具有某种强大的力量，它不但会使人们在大量的现象中选择符合自己理想的事实，甚至也会改造事实，扭转事实的指向。在文学批评上，这种集体认同会引导读者对历史事实进行选择性考察，在这种“滤光镜”的作用下，“诗人薄命”的现象也就非常明晰地凸现出来了，而不符合集体认同的大量事实则被遮蔽了。

集体认同的过程，已经包含了对历史事实进行虚构和改造。比如司马迁《史记·太史公自序》中提出“发愤著书”之说，认为历史上许多名著——包括后来学术分类上的经（《周易》、《春秋》、《诗经》）史（《国语》）子

---

① 《文学评论》2009 年第 6 期。

（《吕氏春秋》）集（《离骚》）——都是作者遭受不幸的产物，但司马迁所举例证却多与《史记》所载不符。如《太史公自序》中说："孔子厄陈蔡，作《春秋》。"① 据《史记》卷47《孔子世家》，孔子作《春秋》是在"西狩见麟"之后，远在"厄陈蔡"之后。②"不韦迁蜀，世传《吕览》。"而《史记》卷85《吕不韦列传》则记载："吕不韦乃使其客人人著所闻，集论以为《八览》、《六论》、《十二纪》，二十余万言，以为备天地万物古今之事，号曰《吕氏春秋》。"③ 则《吕氏春秋》明显是在"不韦迁蜀"之前，是得志时所作。"韩非囚秦，《说难》《孤愤》。"《史记》卷63《老庄申韩列传》："非见韩之削弱，数以书谏韩王，韩王不能用……故作《孤愤》、《五蠹》、《内外储》、《说林》、《说难》十余万言……人或传其书至秦，秦王见《孤愤》、《五蠹》之书曰：'嗟乎！寡人得见此人，与之游，死不恨矣！'"④ 则《说难》、《孤愤》明显是入秦之前所作，与"囚秦"毫无关系。"《三百篇》，大抵贤圣发愤之所为作也。"基本上也是想象之词，至少有以偏概全之嫌。司马迁以上诸语，都有与《史记》相矛盾之处。作为历史文体的《史记》，所载是更为真实的历史；而《太史公自序》文体上属于子论，要表达的是作者的思想观念，虚构和改造正是子论文体常用的修辞手法。司马迁处于"遭李陵之祸，幽于缧绁"的语境，为了强调作者的遭遇（"厄"、"迁"、"囚"）与写作的关系，从而把著述的时间、地点和原因都做了改动，从而成为"此人皆意有所郁结，不得通其道也，故述往事，思来者"思想观念之有力证据。⑤ 而这些被改造过的史实后来又成为集体认同的基础，乃至成为后人的"前理解"。

集体认同也引导读者对批评理论进行选择性理解。这里以古人对韩愈的经典理论"不平则鸣"与"穷言易好"的理解为例。

韩愈《送孟东野序》开宗明义说："大凡物不得其平则鸣。"⑥ 在文学批评研究中，人们也往往以"不平则鸣"来阐释诗人作家的不幸遭遇和痛苦生活对于创作的积极作用，并且把它与"发愤著书"、"穷而后工"作为同一理

① 《史记》卷130，第10册，第3300页。下引《太史公自序》皆同。
② 《史记》卷47，第6册，第1943页。
③ 《史记》卷85，第8册，第2510页。
④ 《史记》卷63，第7册，第2154页。
⑤ 郭绍虞主编《中国历代文论选》，第1册，上海古籍出版社，1979，第81页。
⑥ 韩愈：《送孟东野序》，马其昶校注、马茂元整理《韩昌黎文集校注》卷4，上海古籍出版社，1986，第233页。

论源流。假如把“不平则鸣”单纯解释为对于不公平事情的愤慨，则《送孟东野序》中出现了大量难以解释甚至矛盾之处。宋代学者洪迈在《容斋随笔》中认为，韩愈既说“物不得其平则鸣”，而文中却以唐虞时代的皋陶、大禹、殷代的伊尹、周代的周公等等为“善鸣者”，这些人都是成功的政治家，似乎难和“不平”扯到一起；而且文中还说“天将和其声而使鸣国家之盛”等等，这就更谈不上“不平则鸣”了。洪迈认为韩愈所举之例与“不平则鸣”的说法不相符。[①] 钱钟书在《诗可以怨》一文中说：“韩愈的‘不平’和‘牢骚不平’并不相等，它不但指愤郁，也包括欢乐在内。”[②] 钱先生这个解释是很有见地的，它纠正了以往一些对“不平”的狭隘理解。不过韩愈所说的“不平”并不限于人的感情问题，“平”是指平常、平静、平衡、平凡等；“不平”则是指异乎寻常的状态，既可指事物受到压抑或推动，也可指事物处于发展变化，或充满矛盾的状况。总之“不平”所指甚广，并不仅指逆境。“不平则鸣”应是指自然、社会与人生若处于不寻常的状况之中，一定会有所表现。韩愈认为孟郊是一个“善鸣”的诗人，但不知道老天爷是让他“鸣国家之盛”呢，还是“使自鸣其不幸”，不过不管哪种情况都不会影响孟郊的“善鸣”，所以劝他不必为处境顺逆而“喜”“悲”。在这里韩愈并不单纯强调“不幸”对于诗人的作用。为什么后来的读者理解“不平则鸣”往往偏重于不幸、愤懑这一方面的含义呢？这既因为孟郊本来就是一个穷苦的诗人，让人偏向于把“不得其平”理解为像孟郊一样由于生活的穷苦而悲愤。但更重要的是，这是人们的“前理解”所致。

如果说，《送孟东野序》是为孟郊写序，而孟郊的生活际遇容易让人把“不得其平”理解为穷厄逆境，那么，韩愈《荆潭唱和诗序》[③] 是为达官贵人的诗集写序，但是人们仍偏向认为韩愈倡导诗歌要表现“愁思之声”和“穷苦之言”，这也是选择性理解的结果。按照古代“书序”的文体惯例，序文大体会对所序优秀作者与作品有所褒扬。本文也不例外。从语境来讲，作为一篇诗集之序，“和平之音”“欢愉之辞”其实是为了下文“荆潭唱和诗”张目的，而且所指就是荆潭唱和诗，这是一种巧妙的修辞方式。在具体文本中，“欢愉之辞难工，而穷苦之言易好也。”“难”与“易”两个字是关键字。在该序中，作者强调的是“和平之音”与“愁思之声”、“欢愉之辞”与“穷苦

---

① 洪迈：《容斋随笔》卷4，上海古籍出版社，1978，第52页。

② 钱钟书：《七缀集》，第107页。

③ 韩愈：《荆潭唱和诗序》，马其昶校注、马茂元整理《韩昌黎文集校注》卷4，第262～263页。

之言”两者在所产生的艺术效果与艺术创作上的难易，而不是两者本身艺术价值的高下。序言的主旨恰恰是说：裴均与杨凭两人是达官，不但喜欢诗歌，而且诗歌居然写得“铿锵发金石，幽眇感鬼神”，所以更为难得，作者的目的是称赞他们两人“才全而能巨”，这样理解才“得体”（文体之要）。所以林云铭认为，本文所说的道理，“与欧阳公所谓‘诗能穷人’等语了不相涉”。[①] 但是历来解读《荆潭唱和诗序》大都偏向于认为，韩愈倡导诗歌应该写“愁思之声”和“穷苦之言”。这可以说也是一种有意义的误读，因为不管有意无意，它是有选择性的。在“不平”的种种状态之中选择“牢骚不平”，在“和平之音”与“愁思之声”、“欢愉之辞”与“穷苦之言”的对举中，选择“愁思之声”和“穷苦之言”，这种对韩愈的解读，实际上是集体认同在起作用。

四 从“薄命”到“无穷”

对于“诗人薄命”、“诗能穷人”、“穷而后工”之说的选择反映出中国古人基于诗学观念与价值判断之上的集体认同。至于诗人何以薄命的原因，古人的理解似乎出现明显的分歧，不过，最终价值指向还是统一到集体认同之上。

有一种说法认为，这是上天对诗人的惩罚。清代计东云：“夫富于文章，富于学问，与富于金钱等耳。夫多获者，必有少取者矣。多少相耀，多者必见妒于少者，人之情也。岂特人也，天亦然。汝不见‘文章九命’乎?”[②] 诗人因为“富于文章”而引起造物者的妒忌，叶梦得诗云：“天公可是怜风月，判遣诗人一例穷。”[③] 诗人怀疑老天爷是不是因为爱惜美景而惩罚诗人，让他们遭受穷苦？刘克庄诗云：“菊涧说花翁，飘蓬向浙中。无书上皇帝，有句恼天公。世事年年异，诗人个个穷。”[④] “有句恼天公”而导致“诗人个个穷”。宋赵蕃《秋怀十首》“吁嗟古诗人，达少穷则多。定逢造物嗔，故此成折磨。”[⑤] 诗人受折磨是因为造物者嗔怒，同时也因为受到造物者所“妒”。诗

① 林云铭：《韩文起》卷 5，转引自阎琦校注《韩昌黎文集注释》，三秦出版社，2004，第 400 页。

② 计东：《与李屺瞻书》，《改亭文集》卷 10，《四库全书存目丛书》，齐鲁书社，1997，集部第 228 册，第 663 页。

③ 叶梦得：《戏方仁声四绝句》，《建康集》卷 2，《文渊阁四库全书》，第 1129 册，第 603 页。

④ 刘克庄：《赠高九万并寄孙季蕃》之二，《后村先生大全集》卷 8，四部丛刊初编本，第 1 册，第 72 页。

⑤ 赵蕃：《秋怀十首》，《章泉稿》卷 1，《文渊阁四库全书》，第 1155 册，第 342 页。

人把自然神秘之处都表现出来，造物者感到受嘲弄，即受到诗人挑战，而惩罚诗人。这种观念本身没有什么理论深度，甚至似乎有点荒唐。但是，如果我们本着“了解之同情”的话，就可以看出，古人这种观念的前提是认为，诗歌具有一种神秘的力量，“天地入胸臆，吁嗟生风雷。文章得其微，物象由我裁。”[①] 天公创造自然，诗人也在创造自然。诗人揭示了人生、自然与社会的奥妙之处，产生了一种“动天地、感鬼神”[②] 的伟大力量，“笔落惊风雨，诗成泣鬼神”[③]，甚至引起造物者的嗔怒和妒忌。古人这种虚构的夸张可谓“无理而妙”，因为它从另一个角度，说明在中国古人心目中诗歌与诗人之伟大。相类似的另一种是诗人不得兼美之说。如陈师道在《王平甫文集后序》中说：“天之命物，用而不全。实者不华，渊者不陆。物之不全，物之理也。尽天下之美，则于贵富不得兼而有也。诗之穷人又可信矣。”[④] 因为诗人的才华已“尽天下之美”，为了公平起见，上天就不让诗人兼得富贵。

关于“诗人薄命”的另一种说法：是因为天公厚爱诗人。正如孟子所说：“故天将降大任于斯人也，必先苦其心志，劳其筋骨，饿其体肤，空乏其身，行拂乱其所为，所以动心忍性，曾益其所不能。”（《孟子·告子下》）古人也以同样的思路来理解“诗人薄命”。宋代姜特立《诗人》：“自古诗人多坎壈，早达唯有苏长公。流离岭外七年谪，受尽人间半世穷。我方六十遇明主，前此独卧空山中。岂唯食粥动经月，门外往往罗蒿蓬。呜呼诗人天爱惜，不与富贵唯穷空。彼苍于我亦厚矣，但畀明月和清风。”[⑤] 因为“天爱惜”诗人，所以故意不让他“富贵”而让他“穷空”。明人艾穆云：“今人士不得志于时，辄仰天诧曰：‘造物忌才！’……嗟嗟，岂知造物忌才，乃所以为玉才哉？”[⑥] 许宗彦云：“呜呼！欢音难好，作者皆然。穷者后工，斯言尤信。凡才人之薄命，原造物之玉成。”[⑦] 清尤侗《西堂杂组》一集卷8：“佳人薄命，才子亦薄命。虽然，不薄命何以为才子佳人哉……天之报之甚矣厚矣，谁谓

① 孟郊：《赠郑夫子鲂》，《孟东野诗集》卷6，人民文学出版社，1959，第110页。
② 《毛诗序》，阮元校刻《十三经注疏》，中华书局，1980，第270页。
③ 杜甫：《寄李十二白二十韵》，杜甫著、仇兆鳌注《杜诗详注》卷8，第2册，第661页。
④ 陈师道：《王平甫文集后序》，《后山居士文集》卷16，第718～719页。
⑤ 姜特立：《梅山续稿》卷16，《文渊阁四库全书》，第1170册，第108页。
⑥ 艾穆：《玉才篇送陈洞衡之光山》，《艾熙亭先生文集》卷3，《四库未收书辑刊》，北京出版社，1997，第5辑第21册，第720页。
⑦ 许宗彦：《孙碧梧女史诗序》，《鉴止水斋集》卷20，《续修四库全书》，第1492册，第500页。

才子佳人为薄命哉。”[①] 此皆所谓艰难困苦，玉汝于成之意。宋代余靖云：“世谓诗人必经穷愁，乃能抉造化之幽蕴，写凄辛之景象。盖以其孤愤郁结，触怀成感，其言必精，于理必诣也。”[②] 这是很有理论价值的阐释，因为它深层地解释了诗人的穷与创作之工的关系：诗人因为“穷”，经过磨炼和体验，对人生与自然的理解才更为透彻，其表现更为精当。

以上两种说法看似相反，实是相承，两者的前提即对于诗人的理解是一致的。无论是上天厚爱也好，上天妒忌也好，在中国古人的观念中，诗人便是天生具有悲剧命运的人，这是诗人的“宿命”，这是一种集体认同。古人诗云：“酒能作祟可忘酒，诗不穷人未是诗！”[③] “不穷人”的诗便失去诗的资格，若按此推理，不穷的诗人也难为合格之诗人。杨万里诗云：“窗间雨打泪新斑，破处风来叫得酸。若是诗人都富贵，遣谁忍饿遣谁寒?”[④] 如果诗人不承受饥寒，那么谁来承受饥寒呢？此语令人惊心动魄，其背后潜藏的深层文学观念——承受人间苦难是诗人分内之事！王国维说：“尼采谓‘一切文学，余爱以血书者’。后主之词，真所谓以血书者也。宋道君皇帝《燕山亭》词亦略似之。然道君不过自道身世之戚，后主则俨然有释迦、基督担荷人类罪恶之意，其大小固不同矣。”[⑤] 这里对宋徽宗与李煜词的评价未必准确，但其意可取。真正的诗人，他的作品是用血泪所写成的，虽然表达的是个人的悲伤，却不仅是一己之私情，而是与全人类的悲剧之情相通。

中国古代对于诗人形象的想象也存在集体认同。诗人既是孤独的，也是清高的。“举世皆浊我独清，众人皆醉我独醒，是以见放。”[⑥] “前不见古人，后不见来者，念天地之悠悠，独怆然而涕下。”[⑦] 虽然孤独，但是诗人具有一种遗世而独立的超凡脱俗。屈原是中国古代第一位伟大的诗人，他代表了中国诗歌这种独立不阿、超越世俗的崇高追求。《楚辞·渔父》：“屈原既放，游于江潭，行吟泽畔，颜色憔悴，形容枯槁。”[⑧] 虽是忧郁寂苦，但决不变心从俗，神态傲岸，气宇轩昂，飘然远行。屈子这种形象在中国古人观念中，

---

① 尤侗：《西堂文集》，《续修四库全书》，第1406册，第275页。

② 余靖：《孙工部诗集序》，《武溪集》卷3，《文渊阁四库全书》，第1089册，第25页。

③ 方岳：《梅边》，《秋崖集》卷7，《文渊阁四库全书》，第1182册，第209页。

④ 杨万里：《过望亭》，辛更儒笺校《杨万里集笺校》卷28，中华书局，2007，第2册，第1438页。

⑤ 王国维：《人间词话》，人民文学出版社，1960，第198页。

⑥ 屈原：《渔父》，洪兴祖：《楚辞补注》，中华书局，1983，第179页。

⑦ 陈子昂：《登幽州台歌》，《陈子昂集》，中华书局上海编辑所，1960，第232页。

⑧ 洪兴祖：《楚辞补注》，第179页。

是比较典型的诗人形象。[①] 唐宋以后，“诗人蹇驴”也是一个对诗人形象有特殊意味的想象。陆游《剑门道中遇微雨》：“衣上征尘杂酒痕，远游无处不消魂。此身合是诗人未？细雨骑驴入剑门。”[②] 钱钟书解释说：“李白在华阴县骑驴，杜甫《上韦左丞丈》自说‘骑驴三十载’，唐以后流传他们两人的骑驴图（王琦《李太白全集注》卷三十六，《苕溪渔隐丛话》后集卷八，施国祁《遗山诗集笺注》卷十二）；此外像贾岛骑驴赋诗的故事、郑綮的‘诗思在驴子上’的名言等等（《唐诗纪事》卷四十、卷六十五），也仿佛使驴子变为诗人特有的坐骑。”[③] 张伯伟曾撰文说，驴是中国古代诗人喜爱的坐骑，是诗人清高心志的象征。诗人骑驴是与高官骑马相对的，表现了在野与在朝、隐与仕的对峙。[④] 杨万里《跋陆务观剑南诗稿》二首之二：“可怜霜鬓何人问，焉用诗名绝世无。雕得心肝百杂碎，依前涂辙九盘纡。少陵生在穷如虱，千载诗人拜蹇驴。”[⑤]“千载诗人拜蹇驴”一语，可以说是对唐宋以来诗人意象的一个概括，它之所以有意味，是因为它是一种文化积淀，与“诗人薄命”的集体认同若合一契。

虽然“诗人薄命”，但是他们却可能因此获得“不朽”与“无穷”。这种希望正是激励中国诗人忍受薄命与苦难的目标。在诗人的世界里，诗歌具有至高无上的价值。“浮世荣枯总不知，且忧花阵被风欺。侬家自有麒麟阁，第一功名只赏诗。”[⑥] 中国古人认为，诗人与文人的价值不在当下，而在未来。中国古人强调三不朽，其价值次序的排列是立德、立功、立言。但是在一些人心目中，文章的价值并不逊色于建功立业。“盖文章，经国之大业，不朽之盛事。年寿有时而尽，荣乐止乎其身，二者必至之常期，未若文章之无穷。是以古之作者，寄身于翰墨，见意于篇籍，不假良史之辞，不托飞驰之势，而声名自传于后。”[⑦] 无论是镌刻在石头上，还是记载在历史上的声名，都不

---

① 这种对诗人形象的想象，最典型表现在明代陈洪绶《屈子行吟图》之上。

② 陆游：《剑门道中遇微雨》，《剑南诗稿》卷3，《陆游集》，中华书局，1976，第1册，第84页。

③ 钱钟书：《宋诗选注》，人民文学出版社，1988，第199页。

④ 张伯伟：《再论骑驴与骑牛——汉文化圈中文人观念比较一例》，《清华大学学报》2007年第1期。

⑤ 杨万里：《跋陆务观剑南诗稿》，辛更儒笺校《杨万里集笺校》卷20，第2册，第1021页。

⑥ 司空图：《力疾山下吴村看杏花十九首》，赵宦光等编《万首唐人绝句》卷34，书目文献出版社，1983，第832页。

⑦ 曹丕：《典论·论文》，萧统编、李善注《文选》卷52，中华书局，1977，第720页。

如文章那样留在人心之永恒。[①] 在中国古代，文人大都有追求功名的理想，但只有诗歌，能让他们摆脱世俗的观念，卑视功名，追求永恒。如上所述，在理论的原生态中，每种理论通常是和它的对立面相反相成地存在的。无可讳言，中国古代诗人在现实面前，也常常会怀疑诗歌的价值，如李白就曾感叹："吟诗作赋北窗里，万言不直一杯水！"[②] 但是在一次次的自我怀疑之后，诗人还是坚守自己的信念。所以李白诗又云："屈平词赋悬日月，楚王台榭空山丘。兴酣落笔摇五岳，诗成笑傲凌沧洲。功名富贵若长在，汉水亦应西北流。"[③] 这典型地体现了中国诗人对于诗歌价值的想象。这种想象也是激励诗人忍受"薄命"的动因。杜荀鹤《苦吟》云："世间何事好，最好莫过诗。一句我自得，四方人已知。生应无辍日，死是不吟时。"[④] 诗人生命的尽头才是诗歌创作终点，却不是诗人声名的终结。宋代陈人杰《沁园春》，是一首奇特有趣的词作：

诗不穷人，人道得诗，胜如得官。有山川草木，纵横纸上，虫鱼鸟兽，飞动毫端。水到渠成，风来帆速，廿四中书考不难。惟诗也，是乾坤清气，造物须悭。　金张许史浑闲。未必有功名久后看。算南朝将相，到今几姓？西湖名胜，只说孤山。象笏堆床，蝉冠满座，无此新诗传世间。杜陵老，向年时也自，井冻衣寒。[⑤]

陈人杰是在"诗能穷人"这个传统语境中，形象地表达了诗人自己的价值观：诗歌是永恒的，而功名是短暂的，所以在这个意义上，"诗不穷人"。要特别指出的是，无论是"诗能穷人"之说还是"诗不穷人"之说，它们所

---

① 当然我们注意到另一种声音。明代宋濂《白牛生传》自谓："生好著文，或以'文人'称之，则又艴然怒曰，'吾文人乎哉？天地之理欲穷之而未尽也，圣贤之道欲凝之而未成也，吾文人乎哉？"（《文宪集》卷 11，《文渊阁四库全书》，第 1223 册，第 563 页）。这里的"文人"特指单纯舞文弄墨，不识义理胸无大志者。又如顾炎武说："宋刘挚之训子孙，每曰'士当以器识为先，一号为文人，无足观矣'。然则以文人名于世，焉足重哉！"这种说法可谓别有怀抱的有寄托之言，也是为了批评唐宋以来那些"不识经术，不通古今，而自命为文人者。"（《日知录》卷 19"文人之多"，顾炎武著、黄汝成集释《日知录集释》，上海古籍出版社，2006，第 1089 页）并不是泛泛地否定文章之士。

② 李白：《答王十二寒夜独酌有怀》，《分类补注李太白诗》卷 19，四部丛刊初编本，第 142 册，第 276 页。

③ 李白：《江上吟》，《分类补注李太白诗》卷 7，四部丛刊初编本，第 141 册，第 135 页。

④ 杜荀鹤：《杜荀鹤文集》卷 3，《宋蜀刻本唐人集丛刊》，上海古籍出版社，1994，第 25 册，第 93 页。

⑤ 唐圭璋编纂：《全宋词》，中华书局，1965，第 5 册，第 3079 页。

指向的诗学价值观念是完全一致的。

中国文化既有世俗化、功利性的一面，又有高贵与超越性的一面。可以说，中国诗人是中国文化高贵传统的代表，他们对于诗歌有一种执著的追求与愿为之牺牲的信仰。晋朝张季鹰曾说“使我有身后名，不如即时一杯酒”,[①] 这确是旷达而沉痛的真话。杜甫诗云“千秋万岁名，寂寞身后事”。[②] 尽管如此，中国诗人梦想中的“光荣”，既不是“来生”，也不在“彼岸”，而是与本人全不相干的“身后”之名。中国诗人对于“身后名”的梦想与追求，实在是一种非功利的、悲剧性的崇高信仰。

总括言之，“诗人薄命”并非是一种对历史事实的全面真实的总结，而是古人的一种集体认同。表面看来，这种集体认同比较消极，似乎是出于无奈的悲慨哀伤；然从深层考察，却有相当丰富而积极的意义，它表现出古人对诗歌的价值判断以及对于诗人的想象与期待：诗不仅是一种爱好与技艺，更是高尚的精神寄托，是承载苦难、超越功利的神圣信仰。“诗人”在古代中国是一个被赋予悲剧色彩的崇高名称。诗人必须面对苦难和命运的挑战，承受生活与心灵的双重痛苦，必须有所担当，有所牺牲。“诗人薄命”，却可能赢得“文章之无穷”与“千秋万岁名”。这种诗人的“宿命”，正是中国古代对于诗人的集体认同，其本质也是人们对于文学使命的一种期待。

（原载《中国社会科学》2010年第4期）

① 刘义庆著、杨勇校笺《世说新语校笺》，中华书局，2006，第665页。

② 杜甫：《梦李白二首》之二，杜甫著、仇兆鳌注《杜诗详注》卷7，第2册，第558页。

本书由首都师范大学文学院211项目资助出版

首都师范大学文艺学与美学中心
《文艺争鸣》编辑部

中文文艺论文年度文摘

ZhongWen WenYi LunWen NianDu WenZhai

2010年度（中）

陶东风　张未民 / **主编**
孙士聪 / **编辑部主任**

社会科学文献出版社
SOCIAL SCIENCES ACADEMIC PRESS (CHINA)

中国戏剧研究的三种路向

·陈平原·

从学术史角度，反省20世纪中国的“戏剧研究”，最近20年取得了不俗的成绩。[①] 学者们不仅埋头拉车，而且抬头看路，通过评说诸多前辈的足迹、或继承、或质疑、或反叛，不乏开拓与创新。作为“戏剧研究”的圈外人，我之介入此话题，最初是基于“中国文学研究百年”的思路，[②] 将“戏剧”与“小说”、“诗歌”、“散文”等并列，作为一种文学样式来讨论。这就决定了，在兼及案头与剧场这方面，我与戏剧史专家接近；但在注重学术体制与学科建构方面，我又与戏剧史专家分离。如此兼及内外的论述策略，有所得，也有所失。

谈到中国戏剧研究，论者必定大力表彰王国维的划时代贡献。对于这一中外学界的共识，我大致认同，但希望略有补正。戏剧不同于诗文小说，其兼及文学与艺术的特性，使得研究者必须有更为开阔的视野。王国维所开启的以治经治子治史的方法“治曲”，对于20世纪的中国学界来说，既是巨大的福音，

---

① 关于20世纪中国戏剧史研究的基本状况，参见周华斌《20世纪的中国戏剧史研究》（胡忌主编《戏史辨》，中国戏剧出版社，1999，第284~308页）；解玉峰：《20世纪元曲研究刍议》（胡忌主编《戏史辨》，第309~325页）；刘祯：《20世纪中国戏剧史学与民间戏剧研究》（胡忌主编《戏史辨》第2辑，中国戏剧出版社，2001，第238~258页）；康保成：《五十年的追问：什么是戏剧？什么是中国戏剧史？》（《文艺研究》2009年第5期），以及吴国钦等编《元杂剧研究》（湖北教育出版社，2003）；徐朔方等编《南戏与传奇研究》（湖北教育出版社，2004）；解玉峰：《20世纪中国戏剧学史研究》（中华书局，2006）；张大新：《二十世纪元代杂剧研究》（人民文学出版社，2007）等。

② 笔者曾在北京大学（1996年秋、2000年春）及台湾大学（2002年秋）为研究生开设专题课“中国文学研究百年”，其中包括“二十世纪中国的戏剧研究”；此讲还先后在台北艺术大学（2002年12月6日）、华东师范大学（2004年6月18日）、浙江大学（2004年6月22日）演述。后经过一番调整与充实，改题《中国戏剧研究的三种路向》，又在中山大学八十周年校庆论坛“文明的对话”上作过专题演讲（2004年11月11日）；之所以刻意选择在中大谈“戏剧研究”，主要是为了向王季思、董每戡两位先生致敬。读书时修过王先生的课，毕业后曾多次拜访，虽不做戏曲史研究，同样从他那里学到很多东西。1979年5月，董先生因“落实政策”重返中大校园，可惜未来得及重登讲台，半年后即去世了。不敢谬称弟子，但看过他那“百衲衣般”的文稿，印象极深。

也留下了不小的遗憾。因为，从此以后，戏剧的“文学性”研究一枝独秀。至于谈论中国戏曲的音乐性或舞台性，不是没有名家，只是相对来说落寞多了。这个问题，很早就有人意识到，比如，半个多世纪前，浦江清谈及“静安先生在历史考证方面，开戏曲史研究之先路。但在戏曲本身之研究，还当推瞿安先生独步”；而董每戡则称：“在剧史家，与其重视其文学性，不如重视其演剧性，这是戏剧家的本分，也就是剧史家与词曲家不相同的一点。”①

“横看成岭侧成峰，远近高低各不同”，作为一种文学/艺术形式，戏剧研究确实可以、而且必须有多种路向。问题在于，为何王国维的道路成为主流，而且对其他选择造成巨大的压抑？今日中国学界的自我反省，到底能走多远？这才是本文所要努力探讨的。在这里，学者的个人选择、学科的发展前景、研究的内在动力、大学的评价机制以及读者（受众）的欣赏趣味等，诸多因素互相纠结，错综复杂，远非一句“拨乱反正”所能涵盖。

一　文字之美与考证之功

——王国维的披荆斩棘及其学术转向

谈论王国维（1877～1927）的《宋元戏曲考》及其戏剧研究的思路、方法与业绩，首先必须明白：第一，王国维不是戏迷，也没有任何舞台经验；第二，王国维治学的入手处，是哲学而非文学；第三，与诸多专门家之锲而不舍专攻一业不同，王国维的学术道路充满变数，转向时极为果敢、决绝；第四，戏剧研究只是王国维波澜壮阔的学术生涯的一站，开创新局面后，即迅速撤离。理解这么一位不世出的大学者，与其将目光集中在某具体著述，还不如关注其从哲学到文学到考古学及上古史，再到边疆史地研究的连续急转弯，到底蕴含何种学术理念、是什么缘故导致其对戏曲研究采取“始乱终弃”的策略、这一转向是慢慢酝酿还是突然变卦、何者为决定命运的“关键时刻”？

王国维 30 年的求学及著述，借用陈寅恪《王静安先生遗书序》的精彩总结，② 大致可分为兼及学术内容、治学方法与生命历程的三个阶段：第一阶段（1898～1912），在上海及北京汲取新学，“取外来之观念，与固有之材料互相参证”；第二阶段（1912～1923），在京都及上海从事考古学及上古史研究，“取地

---

① 浦江清：《悼吴瞿安先生》，初刊《戏曲》第 1 卷第 3 辑，1942 年 3 月，载王卫民编《吴梅和他的世界》，河北教育出版社，2002，第 61～63 页。

② 董每戡：《中国戏剧简史·前言》，《中国戏剧简史》，商务印书馆，1949 年。

下之实物与纸上之遗文互相释证”；第三阶段（1923～1927），在北京研究辽金元史及边疆地理，“取异族之故书与吾国之旧籍互相补正”。说到“取外来之观念”，陈寅恪称：“凡属于文艺批评及小说戏曲之作，如《红楼梦评论》及《宋元戏曲考》、《唐大曲考》等是也。”① 其实，同样属于文艺研究，《红楼梦评论》（1904）、《人间词话》（1908～1910）与《宋元戏曲考》（1913）三者，在研究方法上大异其趣。除了小说、词学、戏曲等文类差别，还有对西方理论的依赖程度以及是否以“考证之眼”阅读小说戏曲，② 都大相径庭。

《宋元戏曲考·自序》开篇就是：“凡一代有一代之文学：楚之骚、汉之赋、六代之骈语、唐之诗、宋之词、元之曲，皆所谓一代之文学，而后世莫能继焉者也。”③ 这话留给读者的印象实在太深了，以至后世论者多从“元剧之文章”角度思考问题。除了《自序》所称：“往者读元人杂剧而善之；以为能道人情，状物态，词采俊拔，而出乎自然，盖古所未有，而后人所不能仿佛也。”④ 还有第12章“元剧之文章”的论断：“元曲之佳处何在？一言以蔽之，曰：自然而已矣。古今之大文学，无不以自然胜，而莫著于元曲”；“然元剧最佳之处，不在其思想结构，而在其文章。其文章之妙，亦一言以蔽之，曰，有意境而已矣。”⑤ 这里的“意境”说，上连诗词，下挂元曲，明显得益于此前的《人间词话》。⑥ 而所谓“明以后，传奇无非喜剧，而元则有悲剧在其中”，以及称颂关汉卿《窦娥冤》和纪君祥《赵氏孤儿》“即列之于世界大悲剧中，亦无愧色也”，此类论述，在文学观念上，乃《红楼梦评论》的回响。⑦

---

① 陈寅恪：《王静安先生遗书序》，《金明馆丛稿二编》，上海古籍出版社，1980，第219～220页。

② 《红楼梦评论》批评“自我朝考证之学盛行，而读小说者，亦以考证之眼读之”（见《静庵文集·红楼梦评论》第58页上，《王国维遗书》第5卷，上海古籍书店，1983）；而《宋元戏曲考》的成功，恰好正是以“考证之眼”读戏曲。

③ 王国维：《宋元戏曲考·自序》，《宋元戏曲考》，《王国维遗书》第15卷。

④ 王国维：《宋元戏曲考·自序》，《宋元戏曲考》。

⑤ 王国维：《宋元戏曲考》第12章“元剧之文章”，见《宋元戏曲考》，《王国维遗书》第15卷，第73页下、74页上。

⑥ 王国维：“词以境界为最上。有境界则自成高格，自有名句。五代、北宋之词所以独绝者在此。”见《人间词话》，《王国维遗书》第15卷，第1页上；“何以谓之有意境？曰：写情则沁人心脾，写景则在人耳目，述事则如其口出是也。古诗词之佳者无不如是，元曲亦然。”见《宋元戏曲考》，《王国维遗书》第15卷，第74页上。

⑦ 王国维：《宋元戏曲考》第12章“元剧之文章”，见《宋元戏曲考》，《王国维遗书》第15卷，第73页下、74页上；另，《红楼梦评论》谈及“《红楼梦》之美学上之价值”时称：“故曰《红楼梦》一书，彻头彻尾的悲剧也。由叔本华之说，悲剧之中又有三种之别。……若《红楼梦》，则正第三种之悲剧也。……由此观之，《红楼梦》者，可谓悲剧中之悲剧也。”见《静庵文集》，《王国维遗书》第5卷，第50页下～51页下。

换句话说，从“意境”和“悲剧”角度谈论宋元戏曲，虽也有大贡献，却基本上承袭《红楼梦评论》和《人间词话》的思路；更要紧的是，此类精彩论述，多集中在第 12 章“元剧之文章”。也就是说，作者是从“文章”而非“戏剧”的立场，来鉴赏、评判宋元戏曲的。[①] 而实际上，此书的最大贡献，不在“重写文学史”，而在一举奠定了中国戏剧史研究的基本格局。若第 7 章“古剧之结构”的结尾，那才是大家手笔：

> 综上所述者观之，则唐代仅有歌舞剧及滑稽剧，至宋金二代而始有纯粹演故事之剧。故虽谓真正之戏剧起于宋代，无不可也。然宋金演剧之结构，虽略如上，而其本则无一存。故当日已有代言体之戏曲否，已不可知。而论真正之戏曲，不能不从元杂剧始也。[②]

日后无数称誉与争议，不在具体枝节，而在此史家的大判断。

按作者自序，如此大书，撰写时间只有三个月，这实在不可思议。原因很简单，此前作者已有诸多著述，如《宋元戏曲考·自序》提及的《曲录》（1908）、《戏曲考原》（1909）、《唐宋大曲考》（1909）、《优语录》（1909）、《古剧脚色考》（1911）、《曲调源流表》（未刊，已散佚）等；此外，还有《录曲余谈》（1910）和《录鬼簿校注》（1909）。如此长期积累，方才有 1913 年《宋元戏曲史》之一锤定音。[③] 戏曲史专家曾永义曾以《宋元戏曲史》各章比附其他九书内容，[④] 印证王国维“自序”所说的“从事既久，续有所得，颇觉昔人之说，与自己之书，罅漏日多，而手所疏记，与心所领会

---

① 徐中舒：《王静安先生传》（《东方杂志》第 24 卷第 13 号，1927 年 7 月）称，王国维 31 至 36 岁（即 1908 ~ 1912 年）“专治词曲，标自然、意境二义，其说极透彻精辟。在我国文学史认识通俗文学之价值，当自先生始。”如此立说，无意中暴露其短处——即以“文学”为中心展开其戏剧研究。

② 王国维：《宋元戏曲考》第 7 章“古剧之结构”，《宋元戏曲考》，《王国维遗书》第 15 卷，第 49 页下。

③ 王著初刊时题为《宋元戏曲史》（商务印书馆，1915 年），后改《宋元戏曲考》。王国维 1912 年 12 月 26 日致信铃木虎雄，称“近因起草《宋元戏曲史》”而需借书若干；1913 年 1 月 5 日致信缪荃孙，讲述此书的来龙去脉：“近为商务印书馆作《宋元戏曲史》，将近脱稿，共分十六章。润笔每千字三元，共五万余字，不过得二百元。但四五年中研究所得，手所疏记心所储藏者，借此得编成一书，否则荏苒不能刻期告成。惟其中材料皆一手蒐集，说解亦皆自己所发明。将来仍拟改易书名，编定卷数，另行自刻也。”参见吴泽主编《王国维全集·书信》，中华书局，1984，第 33 ~ 34 页。

④ 参见曾永义《静安先生曲学述评》，王国维著、曾永义导读《宋元戏曲史》，台北：台湾古籍出版有限公司，2003，第 20 ~ 22 页。

者，亦日有增益”。对于王国维来说，该书既是总结性著作，也是“告别演出”。此前，王国维多以“序言”或“小引”，表达自己的学术志向，如“国维雅好声诗，粗谙流别，痛往籍之日丧，惧来者之无征，是用博稽故简，撰为总目。……非徒为考镜之资，亦欲作搜讨之助。补三朝之志，所不敢言，成一家之书，请俟异日”；“是录之辑，岂徒足以考古，亦以存唐宋之戏曲也。若其囿于闻见，不偏不赅，则俟他日补之”；“今就唐宋迄今剧中之角色，考其渊源变化，并附以私见，但资他日之研究，不敢视为定论也”①。自1913年春写定《宋元戏曲考》后，王国维基本上不再碰戏曲问题，只是偶尔作点版本校订工作。②

告别曾朝夕相处的某种学问，学者们一般都会余波荡漾，不绝如缕，王国维为何如此决绝？这就涉及王国维的性格——做事特别执著与专注，拿得起，放得下，当初全力以赴，一旦离开，再不回头。早年沉湎西洋哲学的王国维，在京都与狩野直喜聊天时，“偶尔提到西洋哲学，王君苦笑说他不懂，总是逃避这个话题”。③ 1922年，北京大学研究所国学门请王国维指导研究生，王提出四个研究题目：“《诗》、《书》中成语之研究”、“古字母之研究”、“古文学中联绵字之研究”、“共和以前年代之研究”，并对此四题的范围及思路作详细说明。④ 日后出任清华学校研究院国学门导师，同样闭口不谈文学。⑤ 1913年以后的王国维，绝口不谈叔本华，不谈《红楼梦》，也不谈宋元戏曲。对于后者，日本学者青木正儿的解释广被接纳。

1925年，当青木正儿以后学身份拜谒王国维，表示愿承其余绪专攻明清

---

① 参见《王国维遗书》第16卷之《曲录序》（见《曲录》）、《优语录》第1页上、《古剧角色考》第1页下。

② 如1915年10月撰《元刊杂剧三十种序录》，称：“此本虽出坊间，多讹别之字，而元剧之真面目，独赖是以见，诚可谓惊人秘笈矣。原书本无次第及作者姓氏，曩曾为之厘定时代，考订撰人，录目如左，世之君子以览观焉。”《观堂别集》卷3，《王国维遗书》第4卷，第19页下。

③ 狩野直喜：《回忆王静安君》，见陈平原、王风编《追忆王国维》（增订本），三联书店，2009，第294页。

④ 参见王国维1922年12月8日《致沈兼士》及附录的《研究发题》，载吴泽主编《王国维全集·书信》，第332～336页。

⑤ 1925年9月11日《清华周刊》“教职员介绍栏”：“王国维，静庵先生，浙江海宁人，初学哲学，通俗文学，于《宋元戏曲史》见其大凡矣。先生今年来清华，以经史、小学、考古教研究院。”同年9月8日，清华研究院举行第一次教务会议，会上公布各教授所开课程及指导研究范围，王国维任经史小学导师，讲授“古史新证”、《尚书》、《说文》练习；指导学生研究范围有：《尚书》本经之比较研究、诗中状词之研究、古礼器之研究、说文部首之研究、卜辞及金文中地名或制度之研究、诸史中外国传之研究、元史中蒙古色目人名之划一研究、慧琳《一切经音义》之反切与切韵反切之比较研究。

戏曲时，王的回答是：“明以后无足取，元曲为活文学，明清之曲，死文学也。”青木则辩解：“况今歌场中，元曲既灭，明清之曲尚行，则元曲为死剧，而明清为活剧也。”[①] 研究者一般都以青木的追忆为据，论定王国维之所以中断戏剧研究。可这仅仅是青木的一面之词，难成定谳。王国维不谈明清戏曲是真，但“死文学”云云，则有点可疑。不是说“必合言语、动作、歌唱以演一故事，而后戏剧之意义始全”吗？[②] 怎么能将戏剧仅仅局限在“文学”之死活？即便因个人趣味，对剧场始终隔膜，以“文学家之眼光”看明清戏剧，汤显祖的“临川四梦”以及孔尚任的《桃花扇》、洪昇的《长生殿》，难道全都不值一提？《宋元戏曲考》第 16 章“余论”中，确实提及“汤氏才思，诚一时之隽；然较之元人，显有人工与自然之别”，[③] 可《红楼梦评论》在谈及中国人缺乏悲剧精神时，称“故吾国之文学中，其具厌世解脱之精神者，仅有《桃花扇》与《红楼梦》耳”，[④] 评价不可谓不高。

其实，即便在全神贯注撰写《宋元戏曲考》时，王国维注重的，依旧是“史学”而非“艺术”。青木正儿曾追忆与王国维初次会面：“我问起中国戏剧，他的意思似乎是他一向不喜欢观看。”谈到音乐，他说自己不懂；邀请他看日本的戏剧演出，他也不感兴趣。对于“王先生只顾学问，没有艺术美感”，[⑤] 年少气盛的青木不太以为然。类似的印象，“京都支那学”的开创者狩野直喜也有，不过，却从另外的角度解读：“我觉得来京都以后，王君的学问有一些变化。也就是说，他好像重新转向研究中国的经学，要树立新的见地。”因此，撰写日后成为一代名著的《宋元戏曲史》，对他来说，“完全属于消遣”。[⑥] 寓居京都时期，作为学问家的王国维，在学术对象及研究方法上有翻天覆地的变化，这一点，王国维自己也承认。[⑦] 问题在于，如此突变，有何因缘？“寓居京都”是否决定性因素？

---

① 青木正儿著、王古鲁译《中国近世戏曲史》，《中国近世戏曲史》，作家出版社，1958，序。

② 王国维：《宋元戏曲考》第 4 章“宋之乐曲”，《宋元戏曲考》，《王国维遗书》第 15 卷，第 26 页上。

③ 王国维：《宋元戏曲考》第 16 章“余论”，《宋元戏曲考》，《王国维遗书》第 15 卷，第 96 页下。

④ 王国维：《红楼梦评论》，见《静庵文集》，《王国维遗书》第 5 卷，第 49 页下。

⑤ 青木正儿：《追忆与王静庵先生的初次会面》，见陈平原、王风编《追忆王国维》（增订本），第 323 页。

⑥ 狩野直喜：《回忆王静安君》，见陈平原、王风编《追忆王国维》（增订本），第 294 页。

⑦ 1916 年 2 月王国维《丙辰日记》：“自辛亥十月寓京都，至是已五度岁，实计在京都已四岁余。此四年中生活，在一生中最为简单，惟学问则变化滋甚。”转引自袁英光、刘寅生《王国维年谱长编》，天津人民出版社，1996，第 140 页。

清华国学院及门弟子吴其昌，称宣统元年在王国维治学生涯中有特殊的意义："因为先生治学的兴趣，在这一年完全改变了。"① 为什么定在1909年，而不是东渡之后？就因为这一年，罗振玉北上任学部参事，王国维随行，在撰写《戏曲考源》等的同时，因罗振玉而拜会法国学者伯希和，得见敦煌石室唐人写本；翻译斯坦因《中亚细亚探险记》；结识专治《元史》的柯劭忞以及精金石及目录学的缪荃孙。② 所有这些，都是极为重要的学问种子，虽然其发芽乃至开花结果，是到了京都以及重回上海以后。王国维刚刚去世时，清华国学院同学刊行的《国学月报》上，载有殷南：《我所知道的王静安先生》一文，谈及王国维之所以由哲学、文学而转向考古学，"是完全因为材料见得多，引起他研究的兴味"；而这中间，起决定性影响的是罗振玉。因为，那时的中国，博物馆及公共图书馆还处在萌芽阶段，资料极少，远不及私人收藏家。而罗振玉不仅"收藏古器物碑版及各种书籍拓本非常之多"，更重要的是，那几种考古学资料的大发现，都与他相关，王国维因而得以参与整理和研究，"于是这垦荒的事业就引起他特别的兴趣，到后来竟有很大的收获了"。③ 如此论述，知根知柢，难怪学界断言，此自称跟王国维相识三十年的"殷南"即北大教授马衡。

毫无疑问，罗振玉对于王国维的学术转向起很大作用。这一点，罗振玉本人有详细的叙述：如何为王国维讲述有清一代学术源流，如何劝王国维专研国学，如何先于小学、训诂植其基，然后"尽出大云书库藏书五十万卷、古器物铭识拓本数千通、古彝器及他古器物千余品，恣公搜讨"，而王国维则"居海东，既尽弃所学，乃寝馈于往岁予所赠诸家之书"，"每著一书，必就予商体例、衡得失"。④ 这些我都相信，唯一不以为然的是，罗振玉此文撰于王国维身后，刻意渲染自家之谆谆教诲，并讥讽王早年"从藤田博士治欧文及西洋哲学、文学、美术"。其实，王国维早年之研习泰西哲学，了解世界学术潮流及文化发展大势，对其日后转治传统中国学问大有裨益。弟子徐中舒的《王静安先生传》也称，移居京都以后，王国维学术上进展神速，"故虽由西洋学说以返求于我国经典，而卒能不为经典所束缚"。⑤ 正因为有此前研

---

① 吴其昌：《王国维先生生平及其学说》，见陈平原、王风编《追忆王国维》（增订本），第216页。

② 参见袁英光、刘寅生《王国维年谱长编》，第53～62页。

③ 参阅殷南《我所知道的王静安先生》，见陈平原、王风编《追忆王国维》（增订本），第104～106页。

④ 罗振玉：《海宁王忠悫公传》，陈平原、王风编《追忆王国维》（增订本），第7页。

⑤ 徐中舒：《王静安先生传》，陈平原、王风编《追忆王国维》（增订本），第167页。

习“西洋学说”垫底，才有日后的“不为经典所束缚”。恰如狩野直喜说的：“他对西洋科学研究法理解很深，并把它利用来研究中国的学问，这是作为学者的王君的卓越之处。”①

作为学者，王国维的志向十分远大。这一点，看他如何谈古论今，便不难明白。刊于1914 年的《二牖轩随录》中，有一则“古今最大著述”：

> 余尝数古今最大著述，不过五六种。汉则司马迁之《史记》，许慎之《说文解字》，六朝则郦道元之《水经注》，唐则杜佑之《通典》，宋则沈括之《梦溪笔谈》，皆一空倚傍，自创新体。后人著书，不过赓续之，摹拟之，注释之，改正之而已。②

这段话，与前几则杂记相关，重点在表彰沈括，称《梦溪笔谈》“其精到之处，乃万劫不可磨灭，后人每无能继之者，可谓豪杰之士矣”。如此立论，可见其学术标准之高。而对于王国维的学问，遗民学术圈的极力称许自不必说，③ 就连新文化人，也都赞叹不已。鲁迅 1922 年 11 月 6 日在《晨报副刊》上发表《不懂的音译》：“中国有一部《流沙坠简》，印了将有十年了。要谈国学，那才可以算一种研究国学的书。开首有一篇长序，是王国维先生做的，要谈国学，他才可以算一个研究国学的人物。”④ 同年 8 月 28 日，胡适在日记中写道：“现今的中国学术界真凋敝零落极了。旧式学者只剩王国维、罗振玉、叶德辉、章炳麟四人；其次则半新半旧的过渡学者，也只有梁启超和我们几个人。内中章炳麟是在学术上已半僵了，罗与叶没有条理系统，只有王国维最有希望。”⑤ 对于政治立场迥异的王国维，新文化人鲁迅、胡适竟给予如此高的评价，实在不容易。志向远大与视野开阔，二者往往相辅相成。1919 年王国维撰《沈乙庵先生七十寿序》，称：“我朝三百年间，学术三变：国初一变也，乾嘉一变也，道咸以降一变也”；“国初之学大，乾嘉之学精，道咸以降之学新”⑥。具体到对于沈曾植学问境界及研究业绩的

---

① 狩野直喜：《回忆王静安君》，见陈平原、王风编《追忆王国维》（增订本），第 295 页。

② 王国维：《二牖轩随录》卷 1“古今最大著述”则，见赵利栋辑校《王国维学术随笔》，社会科学文献出版社，2000，第 128 页。

③ 参见王风《〈追忆王国维〉后记》，载陈平原、王风编《追忆王国维》（增订本），第 485 ~ 503 页。

④ 鲁迅：《热风 · 不懂的音译》，《鲁迅全集》第 1 卷，人民文学出版社，1981，第 398 页。

⑤ 《胡适的日记》下册，中华书局，1985，第 440 页。

⑥ 王国维：《沈乙庵先生七十寿序》，《观堂集林》卷 23，《王国维遗书》第 4 卷，第 25 页下、26 页上。

表彰，[①] 怎么看都好像是在为自己树立学问的标杆，或者说是一种自我期许。而对于清学三变的表述，此前几年已经出现。1913 年 7 月至 1914 年 5 月连载于《盛京日报》的《东山杂记》，其卷 2 有“国朝学术”则：

> 大抵国初诸老，根柢本深，规模亦大，而粗疏在所不免；乾嘉诸儒，亦有根柢，有规模，而加之以专，行之以密，故所得独多；嘉道以后，经则主今文，史则主辽金元，地理则攻西北，此数者亦学者所当有事，诸儒所攻，究不为无功，然于根柢规模，逊于前人远矣。[②]

在我看来，明确的学术史意识，正是王国维学术转型的关键。

就在与青木正儿谈明清戏曲的 1925 年，任教清华研究院的王国维，暑假中应学生会邀请，作题为《最近二三十年中中国新发见之学问》的专题演讲（初刊《学衡》第 45 期，1925 年 9 月）。讲演开门见山，断言“古来新学问起，大都由于新发见”。接下来便是：

> 自汉以来，中国学问上之最大发现有三：一为孔子壁中书，二为汲冢书，三则今之殷虚甲骨文字、敦煌塞上及西域各处之汉晋木简、敦煌千佛洞之六朝及唐人写本书卷、内阁大库之元明以来书籍档册，此四者之一，已足当孔壁汲冢所出，而各地零星发见之金石书籍，于学术有大关系者尚不与焉。故今日之时代，可谓之发见时代，自来未有能比者也。[③]

这则讲演，不说是学者王国维的“夫子自道”，起码也让我们对其学术转向有了十分清晰的理解。因为，19 世纪末到 20 世纪初中国学术界在资料上的四项“最大发现”，都与罗振玉有直接或间接的联系。而“近水楼台先得月”的王国维，很早就意识到其学术价值。

王国维 1913 年 7 月至 1914 年 5 月连载于《盛京日报》的《东山杂记》，卷 1 中的“内阁大库书之发见”、“斯坦因所得长城故址汉简”、“斯坦因三访

---

① 《沈乙庵先生七十寿序》：“先生少年固已尽通国初及乾嘉诸家之说；中年治辽金元史、治四裔地理，又为道咸以降诸家之学。然一秉先正成法，无或逾越。其于人心世道之污隆、政事之利病，必穷其源委，似国初诸老。其视经史为独立之学，而益探其奥窔，拓其区宇，不让乾嘉诸先生。至于综揽百家，旁及二氏，一以治经史之法治之，则又为自来学者所未及。”

② 王国维：《东山杂记》卷 2“国朝学术”则，见赵利栋辑校《王国维学术随笔》，第 103 页。

③ 《最近二三十年中中国新发见之学问》，《静庵文集续编》，《王国维遗书》第 5 卷，第 65 页上 ~65 页下。

古”、“敦煌石室古写本书”、“简牍出土之事” 等，① 都让你感觉到作者压抑不住的兴奋。尤其是屡次提及晋太康中汲冢所出书，远比不上今日敦煌的发现：“数百年来争重宋元刊本，今日得见六朝唐人写本书，又得读种种佚书，不可谓非艺林一大快事也”②；“今则简牍西去，印本东来，其可读可释，可久可传，怠无异于原物。此今日艺术之进步，而为古人所不可遇者也”③；“汉人墨迹，自六朝之末至于唐宋久已无存，《淳化阁帖》所刻张芝等书，实为几经传摹之本。吾侪生千载后，反得见汉人手迹，不可谓非奇遇也”。④ 值得注意的是，“斯坦因三访古” 则在赞扬斯坦因三次新疆访古，“益于世界学术者必非浅鲜” 的同时，称 “我国学者亦可以兴起矣”。⑤ 此后不久，王国维与罗振玉合作完成《流沙坠简》，很是得意，于1914年7月17日致信缪荃孙：“考释虽草草具稿，自谓于地理上裨益最多，其余关于制度名物者亦颇有创获，使竹汀先生辈操觚，恐亦不过如是。” 接下来称 “比年以来拟专治三代之学”，因 “此事自宋迄近数十年无甚进步”，直到罗振玉得益于甲骨文的启发，方才有大突破。自信《流沙坠简》一书除小学上的发见，“此外有裨于国邑、姓氏、制度、文物之学者，不胜枚举；其有益于释经，固不下木简之有益于史也”。⑥

王国维的挚友陈寅恪，曾在《陈垣敦煌劫余录序》中，谈论学者之 “预流” 与 “未入流”，关键就在于对 “新材料与新问题” 有无足够的敏感：

> 一时代之学术，必有其新材料与新问题。取用此材料，以研求问题，则为此时代学术之新潮流。治学之士，得预于此潮流者，谓之预流（借用佛教初果之名）。其未得预者，谓之未入流。此古今学术史之通义，非彼闭门造车之徒，所能同喻者也。⑦

20世纪上半叶中国文史学界的四大发现，甲骨文、敦煌遗书、居延竹简、大内档案，让对学术发展方向极为敏感的王国维 “目不暇接”，经过一番

---

① 参见赵利栋辑校《王国维学术随笔》，第40～46页。

② 王国维：《东山杂记》卷1 “敦煌石室古写本书” 则，赵利栋辑校《王国维学术随笔》，第45页。

③ 王国维：《东山杂记》卷1 “简牍出土之事” 则，赵利栋辑校《王国维学术随笔》，第46页。

④ 王国维：《东山杂记》卷1 “简中书体” 则，赵利栋辑校《王国维学术随笔》，第47页。

⑤ 王国维：《东山杂记》卷1 “斯坦因三访古” 则，赵利栋辑校《王国维学术随笔》，第43页。

⑥ 吴泽主编《王国维全集·书信》，第40～41页。

⑦ 陈寅恪：《陈垣敦煌劫余录序》，《金明馆丛稿二编》，第236页。

艰难的选择，深感“时不我待”，只好将已渐入佳境的戏剧研究尽早结束。接下来的几年，王国维学术上大有创获，如1917年撰成《殷卜辞中所见先公先王考》、《殷卜辞中所见先公先王续考》、《殷周制度论》等宏文，开辟了以甲骨文考证上古史的新天地。[①] 设想若非及时转向，焉能有如此成绩！这中间，除了对甲骨文认识逐步深入，还有就是学术取舍上的当机立断。

在撰于1905年的《自序二》中，王国维自称其嗜好“渐由哲学而移于文学，而欲于其中求直接之慰藉者也”；同时又称“因词之成功，而有志于戏曲，此亦近日之奢愿也”。前一转向很快实现，后一转向则不无波折——所谓“有志于戏曲者”，原本设想的是继承元杂剧及明清传奇的事业，其工作目标是创作可与“西洋之名剧”比肩的中国戏剧。“此余所以自忘其不敏，而独有志乎是也。”[②] 可在实际操作中，竟一转而成了戏剧史研究。严格说来，《宋元戏曲考》属于“史学”而非“文学”，转型已经发生。在这个意义上，1913年之放弃“戏曲”而转治“古史”，研究的对象变了，学问的方法及趣味却依旧。

在“诗”与“史”的碰撞中，王国维最终选择了后者，这与其精神气质有很大关系。古今文人之“为赋新诗强说愁”，本当不得真；可王国维不一样，日后的投湖自尽，从早年的诗句可看出端倪。吟成于“甲辰”（1904）的《病中即事》有曰：“因病废书增寂寞，强颜入世苦支离。”[③] “体素羸弱，性复忧郁，人生之问题，日往复于吾前”的王国维，[④] 其精神气质使得“读叔本华之书而大好之”，格外欣赏“其观察之精锐与议论之犀利”。[⑤] 在我看来，王国维之从“哲学”逃向“文学”，又从“文学”逃向“史学”，一步步地，都是在与其忧郁气质与悲观情怀抗争。以尽可能冷峻、客观、平和的心态，从事艰深的学术研究，对于格外敏感的王国维来说，更容易“安身立命”。否则，整日沉湎在悲观主义的哲学或文学里，自杀悲剧很可能提早发生。

王国维1913年后尽弃旧业，不再从事戏剧史研究，此举与其理解为蔑视明清传奇，不如从“学术转向”立论——其中有生命体验，有学术史意识，最重要的还是千载难逢的资料大发现。郭沫若曾对比王国维和鲁迅：“王国维的《宋

① 1903年因罗振玉助刘鹗校印《铁云藏龟》，王国维得以初见甲骨文字，但最初并未将其作为主攻方向。《最近二三十年中中国新发见之学问》中有曰：“光绪壬寅，刘氏选千余片影印传世，所谓《铁云藏龟》是也。”见《静庵文集续编》，第66页上。

② 王国维：《自序二》，《静庵文集续编》，《王国维遗书》第5卷，第21页上~22页上。

③ 王国维：《病中即事》，《静庵文集·静庵诗稿附》，《王国维遗书》第5卷，第114页下。

④ 王国维：《自序》，《静庵文集续编》，《王国维遗书》第5卷，第20页上。

⑤ 王国维：《静庵文集·自序》，《静庵文集》，《王国维遗书》第5卷。

元戏曲史》和鲁迅的《中国小说史略》，毫无疑问，是中国文艺史研究上的双璧；不仅是拓荒的工作，前无古人，而且是权威的成就，一直领导着百代的后学。"[①] 有趣的是，王国维治戏曲史六年（1908～1913），鲁迅治小说史五年（1920～1924），二者都是扎硬寨打死仗，取得后人难以企及的业绩；然后又都突然撒手，从此不再重理旧业。后人或许感叹唏嘘，但对于当事人来说，大局已定，日后只是补苴罅漏，没有多大的意思，及时撤退，实乃明智之举。

鲁迅对于自家著作颇为自得，《中国小说史略》的《序言》劈头就是："中国之小说自来无史"；后人恰如其分地添上一句："有史自鲁迅始"。鲁迅自称治小说史，每一部分"我都有我独立的准备"。[②] 将《古小说钩沉》、《唐宋传奇集》、《小说旧闻钞》三书，与《中国小说史略》相对照，不难发现鲁迅著述之严谨。[③] 至于王国维，《宋元戏曲考》自序有云："凡诸材料，皆余所搜集；其所说明，亦大抵余之所创获也。世之为此学者自余始，其所贡于此学者亦以此书为多，非吾辈才力过于古人，实以古人未尝为此学故也。"[④] 既然如此，开天辟地的工作已经完成，发凡起例也早就做好，志向远大的学者，当然有理由打点行装，重新出发。

二　声韵之美与体味之深

——吴梅对于戏曲研究的贡献

谈论20世纪的中国戏剧史研究，吴梅（1884～1939）往往与王国维并列，合称两大奠基者。前者提出"以歌舞演故事"的戏剧概念，擅长历史文献的考证以及文学意境的品鉴，其著作形式是从"曲录"到"考原"再到"专史"；后者乃全才的曲学家：收藏、考订、制作、歌唱无所不精，文辞、音律、家数、掌故无所不能，著作形式是从"曲话"、"序跋"起步，专注于"作法"及"通论"。一句话，前者重"史"，后者重"艺"。就曲学而言，王国维之"博雅"与吴梅之"专精"，可谓相映成趣。

吴梅《中国戏曲概论》卷上之"金元总论"有曰："余尝谓天下文字，

---

① 郭沫若：《鲁迅和王国维》，初刊1946年10月《文艺复兴》第3卷第2期，引文见《郭沫若全集》文学编第20卷，人民文学出版社，1992，第306页。

② 鲁迅：《中国小说史略·序言》，《鲁迅全集》第9卷，第4页；《华盖集续编·不是信》，《鲁迅全集》第3卷，第229页。

③ 参见陈平原《作为文学史家的鲁迅》，《学人》第4辑，江苏文艺出版社，1993。

④ 王国维：《宋元戏曲考·自序》，《宋元戏曲考》，《王国维遗书》第15卷。

惟曲最真，以无利禄之见，存于胸臆也。"[①] 这与王国维赞赏"元剧之文章"颇为相似，[②] 可此书卷中及卷下对明清两代的杂剧、传奇与散曲，同样多有表彰，可见吴梅并不独尊"元剧"。更重要的是，王国维从文学史的角度，即所谓"一代有一代之文学"，为"元人之曲"打抱不平；吴梅的兴趣则是读曲、唱曲、制曲。1917～1922 年，作为国立北京大学中国文学系教授的吴梅，在最高学府讲授原本不登大雅之堂的"曲学"，曾引起很大争议。立场迥异的论者，着眼的多为"文章"或"道德"，而吴梅本人更看重的却是"音律"。按照学校的规定，讲授"戏曲"及"戏曲史"等课程的吴梅，曾给修课学生发放《词余讲义》，此讲义 1932 年改题《曲学通论》，由商务印书馆刊行。在该书的"自叙"中，作者阐明工作目标：

> 丁巳之秋，余承乏国学，与诸生讲习斯艺，深惜元明时作者辈出，而明示条例，成一家之言，为学子导先路者，卒不多见。又自逊清咸同以来，歌者不知律，文人不知音，作家不知谱，正始日远，牙旷难期，亟欲荟萃众说，别写一书。[③]

如此"自叙"，可见作者的兴趣始终在剧曲之制作，且重在声律，而非日后学界通行的"戏剧史"。单看章节，从"调名"、"平仄"、"阴阳"、"论韵"，到"正讹"、"务头"、"十知"、"家数"，全都属于广义的"作法"，而非史学研究。

这与吴梅的学术经历有直接的关系。在就任北大教授之前，吴梅并未受过正规的学术训练，走的是传统文人科考、游幕、诗酒酬唱的道路，虽曾短期任教于东吴大学堂（1905）、南京第四师范（1912）、上海民立中学（1913）等，但主要还是因《风洞山》传奇（1904）以及《奢摩他室曲话》（1907）、《顾曲麈谈》（1914）等刊行，而被刚刚上任的北大校长蔡元培看中。在《顾曲麈谈》第 1 章"原曲"的卷首，有一段自述学曲经历的文字，值得征引：

> 余十八九岁时，始喜读曲，苦无良师以为教导，心辄怏怏。继思欲

① 吴梅：《中国戏曲概论》卷上"一、金元总论"，《吴梅戏曲论文集》，中国戏剧出版社，1983，第 117 页。

② "盖元剧之作者，其人均非有名位学问也；其作剧也，非有藏之名山传之其人之意也。彼以意兴之所至为之，以自娱娱人。"见王国维《宋元戏曲考》，《王国维遗书》第 15 卷，第 73 页下。

③ 吴梅：《曲学通论·自叙》，《吴梅戏曲论文集》，第 259 页。

> 明曲理，须先唱曲，《隋书》所谓“弹曲多则能造曲”是也。乃从里老之善此技者，详细问业，往往瞠目不能答一语。……余愤甚，遂取古今杂剧传奇，博览而详核之，……余乃独行其是，置流俗毁誉于不顾，以迄今日，虽有一知半解，亦扣槃扪烛之谈也。用贡诸世，以饷同嗜者。①

有此发愤学曲的经历，日后吴梅在南北各大学教书，均以讲授制作技巧而非史学研究见长。只是因大学课程的设计，才勉为其难地讲讲“戏曲史”。

学界虽表彰吴梅所涉曲学门类广博，但大都着重在其独步一时的曲律研究。若浦江清称：“海内固不乏专家，但求如吴先生之于制曲、谱曲、度曲、校订曲本、审定曲律均臻绝顶之一位大师，则难有其人，此天下之公论也。”② 王卫民撰《吴梅评传》，其第 3 章开篇就是：“在戏曲理论方面，吴梅既研究曲律，也研究曲史，还写了不少剧本评论。其中以曲律研究的成就最为突出。时人之所以称他为曲学大师、曲学祭酒，主要原因也在于此。”③ 江巨荣为上海古籍出版社新刊《顾曲麈谈·中国戏曲概论》撰写“导读”，表面上平分秋色，实则轻重有别：“吴梅曲学研究的重点分两个方面：一是以考述曲的特性、构成、演唱为中心的戏曲本体论，二是描述宋金元直至明清时期，包括散曲、戏曲在内的‘曲’的发展史。”④ 从 1942 年 3 月浦江清在《戏曲》上撰文，借凭吊先辈之机，专门评述吴梅的曲学贡献，一直到今天，半个多世纪的中国学界，大都注重这位“曲学全才”在制作、歌唱、吹奏、搬演方面的“真本事”，而相对忽略其戏剧史研究能力。

1916 年商务印书馆初刊的《顾曲麈谈》，话题比较全面，兼及创作论与戏剧史；日后的著述，逐渐分道扬镳。若注重“曲律”的《曲学通论》、《南北词简谱》以及倾向于“剧史”的《中国戏曲概论》、《元杂剧研究》，二者趣味迥异。至于在北京大学讲授“中国文学史”课程，以及编写《中国文学史》讲义，因作者并不看重，暂时忽略不计。⑤ 专讲曲律的著作，固然多谈各种“作法”，即便撰写“戏剧史”或“文学史”，吴梅仍主要以是否“合律”作为评价标准。

从“曲律”角度读曲、说曲乃至构建“曲史”，必须面对一个挑战：文

① 吴梅：《顾曲麈谈》第 1 章“原曲”，《吴梅戏曲论文集》，第 3 页。

② 浦江清：《悼吴瞿安先生》，王卫民编《吴梅和他的世界》，第 63 页。

③ 王卫民：《吴梅评传》，河北教育出版社，2002，第 101 页。

④ 江巨荣：《〈顾曲麈谈〉〈中国戏曲概论〉导读》，吴梅：《顾曲麈谈·中国戏曲概论》，上海古籍出版社，2000，第 3 页。

⑤ 参见陈平原《不该被遗忘的“文学史”——关于法兰西学院汉学研究所藏吴梅〈中国文学史〉》，《北京大学学报》2005 年第 1 期。

人学者擅长或喜欢“作曲”的时代已经过去了，这个时候，曲律还有用吗？对此，西南联大中文系教授浦江清的辩解恰逢其时：

> 或谓曲律者为作曲而设，作曲之时代如过去，则曲律之书，殆将覆瓿。不知戏曲在文学之美以外，尚有声律，吾人即仅有志于读曲，欲衡量古人之剧本，而知其得失，曲律研究终不可废也。①

话是这么说，可王国维谈“元剧之文章”广为传颂，而吴梅之“论南北曲作法”则应者寥寥。原因是，后者不仅技术性强，学习难度大，而且不太符合“时代潮流”。在《评王著〈元词斠律〉》中，浦江清专门就此作了论述：

> 今日治国文学者，对于戏曲文学莫不感浓厚的兴味，但或者偏在文学欣赏上，历史考证上，版本目录上，对于曲律研究感到兴味的人不多，一则畏其难，二则疑其无用。一般的新文学家，既否定今日词曲创作的价值，同时也不能同情于推敲词律曲律的人了。②

曲者本皆乐歌，必须合于工尺谱，故不得不有律，不得不有许多牌子，“即使单以戏曲当文学作品读，对于律的常识仍须具有，犹之读西洋诗，不能不知道西洋诗律”。在这个意义上，曲律乃治文学者必备的常识。对于南北曲律，古来并没有很好的整理与研究，“直到吴瞿安先生的《南北词简谱》方始用科学方法研究曲律”。③ 这本来很重要，可实际上，晚清以降西洋的“文学”概念引进，读者的欣赏趣味及评价尺度发生很大变化，学者们不太考虑诗词曲赋小说戏剧等不同体裁的特点，一律着眼于“文字之美”。如此一来，谈论宋元杂剧及明清传奇时，自觉不自觉地，对“音律”与“剧场”多有贬抑（关于“剧场”，先按下不表）。这就能解释为何王、吴合称，但后者的学术影响力，根本无法与前者相提并论。

当然，不是所有学人都这么看，也有认定吴梅的学术贡献在王国维之上的，比如钱基博。在《现代中国文学史》中，钱从“古文学”的角度论述晚清的文、诗、词、曲的成就，在这个论述框架中，吴梅的地位明显高于王国维：

> 特是曲学之兴，国维治之三年，未若吴梅之劬以毕生；国维限于元曲，

---

① 浦江清：《悼吴瞿安先生》，王卫民编《吴梅和他的世界》，第62页。

② 浦江清：《评王著〈元词斠律〉》，《浦江清文录》，人民文学出版社，1989，第171页。

③ 浦江清：《评王著〈元词斠律〉》，《浦江清文录》，人民文学出版社，1989，第172页。

未若吴梅之集其大成；国维详其历史，未若吴梅之发其条例；国维赏其文学，未若吴梅之析其声律。而论曲学者，并世要推吴梅为大师云。①

从业时间长短、研究范围大小，这都可以忽略；甚至连“文学”与“声律”的辨析，也都不是关键；最最要紧的还是，一个“详其历史”，另一个“发其条例”。换句话说，王国维的研究属于“学问”，而吴梅则直接对文人的“创作”有贡献。

现代中国的“曲学”，到底偏于“文艺”，还是从属“史学”，这一认知的差异，决定了学界对于吴梅工作的不同评价。浦江清在谈及吴梅的贡献时称：

虽然，处明清之际，一般文人才子皆能言曲，处三百年后，欲振拾坠绪，钩稽玄微，不但尽古人之所长，且有以胜之者，则非大学者不办，此所以先生之地位尤高也。②

这一褒扬背后，等于承认吴梅的业绩在“承前”而不是“启后”。吴梅的入室弟子唐圭璋，1950 年代撰《回忆吴瞿安先生》，刻意强调吴梅“集三百年来研究曲学的大成”：

在清末曲学极衰微的时期，先生以毕生精力从文学、音乐、戏剧各方面研究曲学，集三百年来研究曲学的大成，开近代研究曲学的风气，先生的功绩是永不磨灭的。③

这里的“集大成”，更多体现传统文人的雅趣，即兼及曲学的方方面面，尤其关注曲辞和声律。从这一角度考量，王国维确实不及吴梅。可也正是这种“振拾坠绪”的努力，使得吴梅的工作“继承”多于“发展”，整体上看缺乏时代感和创新意识，更像是在延续传统曲学，而不是在西学大潮冲击这一大背景下展开的“戏剧研究”。④

与王国维之注重史料、擅长考证相反，吴梅的著述“不屑屑于考据”，立论时以我为主，任意驰驱。谈及汤显祖的“临川四梦”时，吴梅以鬼、侠、

---

① 钱基博：《现代中国文学史》，岳麓书社，1986，第 313 页。

② 浦江清：《悼吴瞿安先生》，王卫民编《吴梅和他的世界》，第 62 页。

③ 唐圭璋：《回忆吴瞿安先生》，王卫民编《吴梅和他的世界》，第 88 页。

④ 康保成称：“王国维的同辈吴梅是固守曲本位的最后一位大家。他对传统曲学的总结和梳理无疑是有意义的，然而，从戏剧学的角度看，过分地强调曲辞和声律，则与已被理论界认同和接收的新的戏剧观念背道而驰。”见《傩戏艺术源流》，广东高等教育出版社，1999，第 2 页。

仙、佛相比附，称“《还魂》，鬼也；《紫钗》，侠也；《邯郸》，仙也；《南柯》，佛也”，这明显是借用明人王思任《〈批点玉茗堂牡丹亭〉叙》的说法，[①] 好在吴梅还有“盖前四人为场中之傀儡，而后四人则提掇线索者也”等进一步的发挥。[②] 而《顾曲麈谈》第4章“谈曲”，论及汤显祖、沈璟之争，有曰：“余谓二公譬如狂狷，天壤间应有两项人物，倘能守词隐先生之矩矱，而运以清远道人之才情，岂非合之两美乎？”[③] 这话很精彩，可惜来自晚明戏曲理论家吕天成的《曲品》，[④] 只不过中间略为删节。

吴梅著述中常有这种情况，将前人的话捏合成文，还“余谓”云云，明显与现代学术规范不合。若抄得好，也还说得过去（因那时“学术规范”刚刚建立，老一辈学者不太适应），最怕的是以讹传讹。在《王实甫〈西厢记〉》中，吴梅称：“元人科白，俱有定则，而皆不甚注意，不过应接场面，以便驱使曲文而已。”[⑤] 这个说法，同样渊源有自，明人臧晋叔《元曲选序》已着先鞭。[⑥] 日后的戏剧史家，多对此说表示怀疑：20世纪30年代，周贻白撰《中国剧场史》，便称：“且戏剧之为戏剧，全仗曲、白相互为用，宾白在戏剧里所占的地位，其重要并不亚于曲子。”[⑦] 而董每戡论《西厢记》时，也涉及此话题。分析“赖婚”一折时，作者甚至只引宾白而不录曲词：

> 《西厢五剧》的“曲词”和“宾白”血脉相通，一气呵成，甚之，像我在前面所引的，也前后贯串，人物内心和外表所应有的戏都可以在这些“白口”中找得到，几乎没有一句话不是作者依据“规定情境”和客观存在的人物性格而推敲琢磨出来的，决非演员可以随便地临时凑成的。这既可证明曲论家们的臆说之不可靠，也可以证明曲论家们只钻研“曲子”而忽视“宾白”的不合理，更可说明论一个剧本非从舞台演出角度来论不

---

① 谑庵居士（王思任）《〈批点玉茗堂牡丹亭〉叙》云：“《邯郸》仙也，《南柯》佛也，《紫钗》侠也，《牡丹亭》情也。若士以为情不可以论理，死不足以尽情，百千情事，一死而止，则情莫有深于阿丽者矣。”见蔡毅编《中国古典戏曲序跋汇编》第2册，齐鲁书社，1989，第1228页。

② 吴梅：《中国戏曲概论》卷中，《吴梅戏曲论文集》，第159页。

③ 吴梅：《顾曲麈谈》第4章“谈曲”，《吴梅戏曲论文集》，第105页。

④ 参阅吕天成《曲品》卷上，见《中国古典戏曲论著集成》第6册，中国戏剧出版社，1959，第213页。

⑤ 吴梅：《王实甫〈西厢记〉》，《吴梅戏曲论文集》，第495页。

⑥ 臧懋循：《〈元曲选〉自序一》云：“或又谓主司所定题目外，止曲名及韵耳，其宾白则演剧时伶人自为之，故多鄙俚蹈袭之语。”见蔡毅编《中国古典戏曲序跋汇编》第1册，第438页。

⑦ 周贻白：《中国剧场史》，商务印书馆，1936，第102～103页。

可。“戏曲”压根儿不只是“曲”，而是“戏”，综合艺术的戏。[①]

重“曲词”而轻“宾白”，这是吴梅作为曲学家的趣味使然；但论述时多袭旧说，直接化用明清两代曲论家的结论，使得其著述不无瑕疵。

20 世纪 40 年代，正当学界忙于缅怀去世不久的吴梅先生时，叶德均（1911～1956）在《风雨谈》发表《跋〈霜崖曲跋〉》，对吴梅“治学方法的随意和考证的疏忽”以及论述“多半以曲文合谱合律为主”提出严厉的批评：

> 从上面许多违失、错误诸点看来，不仅态度失宜，治学方法苟简；即所谓“不屑屑于考据”，也还不至于有这么多的错误，有时简直丝毫不加考察就随便下断语。其原因当为吴氏写跋文时，亦与往日传统文人作序跋相同，是漫不经心随意一挥而就的。自然专门学者的著述，并不是毫无错失，然而总不会像吴氏这样信笔而写。如果不细细比勘，谁也不会相信这些论曲的跋文，竟如此令人失望！[②]

最后一句，“如此令人失望”的，原本是“一代曲学大师论曲的跋文”；入集时改为“这些论曲的跋文”，口气已经缓和多了。叶德均长于书籍版本及人物事迹的辨析，其批评本身可以成立；可仅仅针对吴梅去世后弟子们辑录的《霜崖曲跋》做文章，有失公道。

谈及吴梅著作中“涉及戏曲史和考证”的部分“显然的错误、遗失之处也颇不少”，叶德均称“赵景深先生在《读曲随笔》中已列举其误”。作为戏曲史家的赵景深，撰有《沈璟》、《谈昆剧》、《中国古典戏曲理论》等长文，[③] 但总的来说，多关注作家逸闻，也稽查戏曲文献，但缺乏总体论述框架，著述比较琐碎。这与其涉猎甚广，除戏曲外，兼及童话研究、民间文学整理、欧洲文学介绍等，且主要在报纸而非专业杂志上发文章，有直接的关系。[④] 赵景深

---

① 董每戡：《五大名剧论·〈西厢记〉论》，《董每戡文集》中卷，广东高等教育出版社，1999，第 160～161 页。

② 叶德均：《跋〈霜崖曲跋〉》，原刊《风雨谈》第 9 期，1944 年 2 月；引文见《戏曲小说丛考》，中华书局，1979，第 494 页。

③ 赵景深：《沈璟》，载《读曲随笔》，北新书局，1936，第 135～156 页；《谈昆剧》，载《戏曲笔谈》，上海古籍出版社，1980，第 173～207 页；《中国古典戏曲理论》，载《曲论新探》，上海文艺出版社，1980。

④ 论者表彰其博学，称“赵先生对于所有的文艺样式几乎都涉猎过，许多方面都有专著”（参见雷群明《赵景深与戏曲研究》，见赵景深：《中国戏曲丛谈》，齐鲁书社，1986，第 343～361 页）；殊不知，这正是赵书所论多粗浅的缘故。

1940年撰《吴梅纪念》，格外表彰吴梅传奇里的民族思想，而对其学术论著则持保留态度："此处不预备评价他的曲学论著，因为新材料的发现很多，因此他的论著可增补的地方也就不少"；"学院式的探讨姑俟他日，现在所要说的，只是他的作品与时代的关系。"① 赵景深的《读吴梅曲论》撰于1934年，指出《词余讲义》、《元剧研究ABC》和《中国戏曲概论》的三处小疵，虽有道理，但无关大局。②

叶德均的《跋〈霜崖曲跋〉》本是一则旧文，影响甚微；1979年中华书局刊行《戏曲小说丛考》，将此文收录其中，这才激起辑录《霜崖曲跋》的任讷（任中敏）的强烈反弹。在《回忆瞿庵夫子》一文中，任中敏除了极力表彰师尊，更专门批驳"妄人无知"的叶德均，还加了个注："叶德均于1957年自杀，赵景深代编《戏曲小说丛考》一书，不知何故，对外隐瞒其自杀。"接下来引周恩来总理如何表扬昆剧，可见昆剧绝非"残骸"；然后反唇相讥，你不是"残骸"，为何还自杀。③ "残骸"云云，是针对叶文中的一段话："现代人自有现代的歌曲戏剧可供歌唱、制谱、表演乃至创作，不必再去迷恋昆曲的残骸。"叶氏认定凭借个人努力（如编《南北词简谱》）以达成一个"曲学昌明"的时代，已经不可能了，故"吴氏殆为最后一位结束南北曲的制作、歌唱的学者"。④ 如此立说，不太谨严；但任中敏的反批评，含沙射影其有政治问题，也实在不厚道。⑤

不仅仅着眼学术功力，更兼及艺术修养，这样来谈吴梅，方有通达的见解。比较王、吴学问，称一注重历史考证，一擅长戏曲艺术，这么说，大家都能接受。作为再传弟子，邓乔彬显然觉得有义务为师祖争一口气，其《吴梅研究》第3章专论"吴梅的戏曲史观与戏曲批评"，明里暗里都是吴王比较，如批评后者不擅长曲律且全盘否定明人杂剧传奇、强调"这一时期戏曲批评的成就主要是吴梅所作出的"、"在戏曲史观上，吴梅却有不少高于王国维之处"等。⑥ 反而是邓的指导教师万云骏（1910～1994）说话比较有分寸："由于吴先生兼有学人与才人之长，集作曲、论曲于一身，且精通曲律，长于文词，所论、所

---

① 赵景深：《吴梅纪念》，《中国戏曲丛谈》，第240～241页。

② 参见赵景深《读吴梅曲论》，《中国戏曲初探》，中州书画社，1983，第23～25页。

③ 任中敏：《回忆瞿庵夫子》，王卫民编《吴梅和他的世界》，第102～105页。

④ 叶德均：《跋〈霜崖曲跋〉》，《戏曲小说丛考》，第484～485页。

⑤ 1956年7月6日，叶德均在云南大学教授任上，因遭诽谤而自杀；任文称其自杀于1957年，对当代中国史略有了解者，会马上联想到反右运动。

⑥ 邓乔彬：《吴梅研究》，华东师范大学出版社，1990，第68～109页。

作自不同于他人，对曲学的个中三昧自有独得之秘。”① 世人多从“学人”的角度来评说吴梅，忽略其“才人”的一面，明显有偏差。当年吴梅刚去世，弟子万云骏即撰写《悼瞿安师》，其中有一段话，我以为深得乃师神韵：

> 他当了二十多年的教授，从他学词曲的大学生也不在少数，但是他们大多重理论而轻实际，好考据而少写作。瞿安师在醉后常常说：“一个人文学的理论无论谈得如何天花乱坠，我不会相信，他如能当场写一篇出来，我便佩服了。”②

显然，在吴梅心目中，“创作”高于“研究”。这一点，从去世前几个月给弟子卢前（1905～1951）写信，作身后之托，可以看得很清楚：

> 计生平撰述，约告吾弟，身后之托，如是而已。《霜崖文录》二卷未誊清，《霜崖诗录》四卷已成清本，《霜崖词录》一卷已成清本，《霜崖曲录》二卷已刻，《霜崖三剧》三种附谱已刻。此外如《顾曲麈谈》、《中国戏曲史》、《辽金元文学史》，则皆坊间出版，听其自生自灭可也。惟《南北词简谱》十卷，已成清本，为治曲者必需之书，此则必待付刻，与前五种同此行世。③

回首平生，清点著述时，吴梅耿耿于怀的是自家创作的“文录”、“诗录”、“词录”、“曲录”以及“霜崖三剧”，至于那些已刊史著，“听其自生自灭可也”。为何专门提及《南北词简谱》？那也是因其有利于创作。可见，吴梅骨子里是“文人”，而非“学者”。

有感于“歌者不知律，文人不知音，作家不知谱”，吴梅长期投身于戏曲的教学与研究，除了从一开始就以音律为中心，再就是格外看重研究者的创作才能。著名报人张友鸾在《卢冀野怀念师尊》中，曾比较吴梅的两个弟子：

> 吴瞿安（梅）授元曲南高师时，有两个得意弟子，一是卢冀野（前），一是任二北（中敏）。大体说来，卢较有才情，任却肯下苦工。在写作方面，任不如卢；在研究方面，卢却逊任一筹。④

---

① 万云骏：《〈吴梅研究〉序》，载邓乔彬《吴梅研究》。

② 万云骏：《悼瞿安师》，初刊 1939 年 5 月 8 日《大美报》，见王卫民编《吴梅和他的世界》，第 50 页。

③ 吴梅：《与卢前书》，《吴梅全集·理论卷》，河北教育出版社，2002，第 1135 页。

④ 张友鸾：《卢冀野怀念师尊》，《卢前曲学四种》，中华书局，2006，第 265 页。

那位深得吴梅欣赏、作身后之托的弟子卢前，曾“兹放【仿】前人论诗、论词之例，成论曲绝句四十首”,[①] 以马致远开篇，以自家殿后。如此逞才使气，当然很可爱，但与现代学术相去甚远。卢前也曾提及从小爱读王国维的《宋元戏曲史》，“欲踵斯作，拾其遗阙”，最终编成总共7章的《明清戏曲史》。要说“使学者知元后未尝无曲”,[②] 这目的是达到了，因该书开列不少剧目曲目；但论述过于粗糙，比起“自序”中提及的“东友青木正儿”，差距实在太大了。论个人才华或精神气质，卢前明显更得师长神韵；但在学术史上的贡献，卢远不及“肯下苦工”的任中敏。这一对得意门生的差异，正好凸显了吴梅“曲学”的缝隙——在“文”与“学”的巨大张力中，到底该如何立足？

三　剧场之美与实践之力

——齐如山、周贻白、董每戡的戏剧史建构

王国维注重史实考证，吴梅强调戏曲唱腔，还有剧场艺术呢？在这方面，作出较大贡献的是齐如山（1875 ~1962）、周贻白（1900 ~1977）以及董每戡（1907 ~1980）。这三位戏剧研究者的共同特点是，强调戏剧应该活在舞台上，而不应以书斋自限；而且，三人都有投身戏剧创作或演出的经历，其戏剧史建构因而别具慧心，呈现出迥异于王、吴的新面目。

戏曲理论家齐如山，河北高阳人，早年就读京师大学堂，1912年起给梅兰芳出谋划策，甚至直接为其编剧。“我自民国四年起，到十七年止，连编新的，带改旧的，共有四十多出，这不但是我编戏最勤的时候，而且别人也没有在这样短时间，编成过这么多戏。”原因是梅兰芳常到上海演出，每回都得有新戏；再就是齐如山从欧洲归国，碰上世界大战，无法回去，干脆专心编戏。“因为我编戏，把大家的兴趣也提起来”，一时间竟形成了文人参与编戏的热潮。[③]

几乎从一开始参加京剧活动，齐如山就是兼及编戏与研究。除了初试锋芒的《说戏》（京华书局，1912年），1920 ~ 1930年代，齐如山还以北平国剧学会的名义刊行了“齐如山剧学丛书”，包括《中国剧之组织》、《京剧之变迁》、《脚色名词考》、《国剧身段谱》、《上下场》、《戏中之建筑物》、《脸

① 卢前：《论曲杂句》，《卢前曲学四种》，第242页。

② 卢前：《明清戏曲史·自序》，《卢前曲学四种》，第5页。

③ 齐如山：《五十年来的国剧》，台北：正中书局，1980，第85 ~ 87页。

谱》、《戏班》、《行头盔头》、《简要图案》等。与学院派之考辨精细不同，齐著的好处是活色生香，且多有自家见解。1931 年，齐如山与梅兰芳、余叔岩等组成北平国剧学会，建立国剧传习所，编辑出版《戏剧丛刊》、《国剧画报》等。1950 年代，年事已高的齐如山生活在台北，晚年所撰《齐如山回忆录》及《国剧艺术汇考》，乃总结性的著述。

原国民党宣传部长张道藩为齐如山《国剧概论》作序，称："齐先生积一生研究国剧的心得，运用于剧本创作上；复累积一生创作的经验，完成他国剧理论的建立。"[①] 此说在理。在我看来，齐如山在戏剧史及戏剧理论方面的贡献，远超过其戏剧创作——但前者之所以成绩斐然，又与后者的千锤百炼有关。

齐如山谈京剧，最大特点是充满自信。京师同文馆出身的齐如山，其回忆录第 6 章开头就是"我到欧洲去了几次，在德法英奥比等国很看过些戏"；另外，在"往欧洲"、"看戏的由来"等节，也谈及其"西洋看戏的故事"。[②] 如此执著的戏迷，投身到京剧改革热潮中，通过帮助梅兰芳走向世界，[③] 让"中国剧"的魅力广为人知。作为"齐如山剧学丛书之一"的《中国剧之组织》，书名由梅兰芳题签，《凡例》云："此编初意备译为西文，俾外宾知中剧之途径，皆简单言之，其详容俟异日"；"此编所云中国剧，大致以北京现风行皮黄为本位"。[④] 全书共 8 章，分别介绍唱白、动作、衣服、盔帽靴鞋、胡须、脸谱、砌末物件、音乐。着眼于外宾的阅读与欣赏，希望全方位地介绍中国剧，故绕开具体的剧本（那反而比较好办，只要提供译文或剧情梗概即可），形成了新的研究格局。此书最大特点，在于对京剧的现状及未来充满信心，不断强调这是"中国剧特别的组织"，作为外国观众，你必须努力理解，而不是怀疑乃至批评。如介绍过"背供"，接下来的评点是：

> 按背供一事，亦为中国剧之特点，东西洋各国戏剧皆无之，亦为研究西洋剧者所不满。惟鄙人则以为当年研究发明出此种办法来，实为中国剧特优之点。何也？因戏剧一有背供，则省却无数笔墨，省却无数烘托，而添出许多情趣。再者，西洋剧，亦有一人在场上，自言一二语之时，而真人亦恒有自言自语之时。其背供之来源，大致即由于此。况西

---

① 张道藩：《〈国剧概论〉序》，齐如山：《国剧概论》，台北：文艺创作出版社，1953。

② 参见《齐如山回忆录》，宝文堂书店，1989，第 101 页、第 73 页、第 86 页。

③ 《齐如山回忆录》第 7 章结尾（第 155 页）："他的名气，固然我帮助的力量不小，但我的名乃是由他带起来。他的名气到什么地方，我的名也就被彼处的人知道了。几十年来，知道梅的人，往往就提到我，由这种地方看，岂非他帮助了我呢？"

④ 齐如山：《中国剧之组织·凡例》，《中国剧之组织》，北华印刷局，1928。

> 洋歌剧，往往一人在台上自歌自唱，试问此系对何人说话？亦不过背供之义耳。[①]

“背供”如此，“歌舞”更是“不能与西剧之说白相提并论也”：“又按中国剧，乃由古时歌舞嬗变而来，故可以歌舞二字概之。出场后一切举动，皆为舞，一切开口发声音，皆为歌。”[②] 这一论述，日后概括为四句话，即齐氏的“国剧原理”：有声必歌，无动不舞，不许真物器上台，不许写实。[③] 至于“背供”的妙处，日后在《国剧艺术汇考》中也有进一步的阐发。[④] 与同时代诸多以西学为标杆的论述迥异，齐如山的《中国剧之组织》等，出现中西戏剧比较时，总说国剧如何如何好。学德文出身，对西方戏剧多有了解，正因此学术背景，齐如山不怕人家嘲笑他“闭塞”。

早年在北平创办国剧学会，齐如山发明“国剧”这个词，指的是“中国戏剧”：“说皮簧是国剧，当然不能算错，但它不过是国剧的一种，若以为国剧就是皮簧，那是不对的，可是皮簧剧界中人，或能唱皮簧的票界诸君，往往有这种思想。”[⑤] 直至今天，齐如山的此番苦心，还是不太被接受，提奖“国剧”者，大都有唯我独尊的意思。说京剧是中国戏剧的主要代表，这没问题；你硬要说粤剧、潮剧也是“国剧”，一般不被接纳。

作为一种戏剧史研究，齐如山的特殊贡献在于其类似田野调查的研究方法。现代中国学术史上，王国维注重史实考证，吴梅强调戏曲唱腔，齐如山则关注戏剧舞台。《齐如山回忆录》中，有两个互相矛盾的陈述：一是“胡君适之，一生治学，最讲多找证据，我极佩服”；二是“吾国大学问家著书，向来只引证经史，不管社会中实在的情形”。[⑥] 敬佩胡适的治学严谨，而鄙视只会“引证经史”的学问家，殊不知胡适的“拿证据来”，基本上局限于传世文献。《国剧艺术汇考》之《自序》及《凡例》，有两段话说得很痛快：

> 这本书虽然是我写的，可是所有的规矩名词等等，都是问询得来，没有一点是我创造的。固然其中的名词，也有我代为斟酌者，但也都经过许多老脚同意，方算规定。

---

① 齐如山：《中国剧之组织》，第 12 ~ 13 页。
② 齐如山：《中国剧之组织》，第 19 页。
③ 齐如山：《国剧艺术汇考》，辽宁教育出版社，1998，第 3 页。
④ 参见齐如山《国剧艺术汇考》，第 77 ~ 79 页。
⑤ 参见齐如山《国剧艺术汇考》，第 94 页。
⑥ 参见《齐如山回忆录》第 5、11 章，引文见第 98 页、第 259 页。

> 研究国剧，以往没有一本书，可以作为参考的，全靠访问老脚，方才得到一些线索门径，此层在书中已详言之。然吾国著书的习惯，总要参考旧籍方能算是凭证，故此书虽说是全靠访问得来，但旧籍中，果有可供参考者亦极力搜罗，多方引证，所引用之书虽不多，而亦有几百种。①

可见此书的最大长处在调查访问，至于引证旧籍，那只是为了适应“吾国著书的习惯”。台静农在《读〈国剧艺术汇考〉的感想》中，曾一语道破此书特色：“如山先生所用的方法，全靠访问老脚，然后归纳整理，得一结论。有如科学家，亲身采辑，然后分析实验，才能得到结果一样。”②

另外，齐如山的戏剧研究，基本上不讲剧本，讲的是“作为一种表演”的戏剧。不讲剧本，转而讲动作，讲歌唱，讲行头，讲脸谱，讲戏台，讲上下场等，这点日后颇有追随者（如周贻白著《中国剧场史》），但很难超越。齐如山关于京剧的研究，注重舞台实践，强调有系统的记录，所论多可在舞台上得到印证，有时甚至兼及艺术指导。当然，这么一来，必定考证不够精确，所论偏于琐碎，与王国维等专精著述大相径庭。③ 注重记录与整理，而不是稽考与阐释，单就研究方法而言，接近于文化人类学。举个例子，谈及“行头”时，齐书有“行头单子”、“关于图画的”、“关于记载的”、“关于行头单子”、“关于实有的行头”、“关于管箱人所谈”、“整份戏箱”等节④，单看题目，确实很像调查报告。

《国剧艺术汇考·凡例》曾解释为何“此书只谈舞台艺术，不谈剧本”，原因是“数百年来谈者已多，故暂从略”。第 1 章“前言”更提及有人研究剧本之来源，有人探讨曲子之优劣，还有人争论曲子是否可唱，但研究的范围多局限于以往的杂剧传奇，跟现今舞台上的演出关系不大。即便偶尔涉及昆曲、京剧或各地方戏曲，“大半是专靠书籍记载，缺少实地调查的工作，所以说的话有许多不十分可靠，也可以说错处极多”。⑤ 有感于书上记载“国

---

① 齐如山：《国剧艺术汇考·自序》及《国剧艺术汇考·凡例》，见《国剧艺术汇考》。

② 台静农：《读〈国剧艺术汇考〉的感想》，《龙坡杂文》，台北：洪范书店，1988，第 150 页。

③ 清华大学中文系教授兼系主任朱自清在 1934 年 3 月 16 日的日记中称：“齐如山来讲演，首论衣服、道具、胡子，次论咳嗽、指、台步、亮相，语甚精而有趣，唯其人只能分类而说明，理论不足，又于昆曲多外行话也。”见《朱自清全集》第 9 卷，江苏教育出版社，1997，第 285 页。

④ 参见齐如山《国剧艺术汇考》，第 124 ~ 134 页。

⑤ 参见齐如山《国剧艺术汇考》，第 1 ~ 2 页。

剧”不多，尤其是“对于台上戏剧之组织，绝对没有人谈及”，齐如山就从这个薄弱环节入手：

> 好在我认识的戏界人多，逢人便问，每到戏馆子后台，见好脚就问，后来又知道，光问好脚还不够，于是连跑龙套，甚至管行头，管水锅等人，也都要问，后来又到各脚家中，问了一年有余，才感觉是越老的脚，知道的越多，他虽不能详知，更不能具体的告知，但谈的多了，往往就找出些道理来。问了回来，就写在本子上，前后问了二三十年，写了有五六十本，后来才由这里头找材料，把他们所说的话，都各归了类，再由这里头，找理论找原理之所在，找到原理之后，还不敢自信，再去请问各位老名脚，他们都同意之后，才算规定。全部大体上归纳的都有了眉目，才入手编纂，想着把它写成一部有系统的记录，写了有二十几种，统名曰《齐如山剧学丛书》。①

接下来，齐简要介绍自家所著《中国剧之组织》、《京剧之变迁》等十书。而《国剧艺术汇考》的性质，恰好就是“集大成”——在旧作基础上加以整理，且有不少修正与发挥。

举个例子，《国剧艺术汇考》第 6 章“行头”最为精彩，将后台的戏箱娓娓道来，说得那么精致，实在难得。如宋元明清舞衣的变化，各种戏剧服装的功能，老脚为何强调“宁穿破不穿错”，尤其是解说为何“戏箱中第一件行头为富贵衣，次才为蟒”，这涉及中国戏曲的虚拟性及审美观：

> 富贵衣乃落魄文人之衣服，当然是很污秽褴褛的，但穿的太破烂喽，则不但不美观，且于舞态大有妨害，所以特创了这样一种，在青褶子上缀上十几块各色绸子，以便表现破烂，且于舞态动作无妨，这种情形，不但在外国没有，就是在中国，在别的场合中，也没有与此类似的规定。②

类似的说法，在《中国剧之组织》中已出现，如第 3 章“衣服”总论开篇：“中国剧脚色所穿之衣服，名曰行头。其样式制法，乃斟酌唐宋元明，数朝衣服之样式，特别规定而成者。故剧中无论何等人，穿何种衣服，均有特定规矩。不分朝代，不分地带，不分时季，均照此穿法。”③ 第一“蟒”、第

---

① 齐如山：《国剧艺术汇考》，第 3 ~ 4 页。

② 齐如山：《国剧艺术汇考》，第 132 页。

③ 齐如山：《中国剧之组织》，第 43 页。

二“官衣”、第三“帔”、第四“褶子”、第五“太监衣”、第六“玉带”、第七“裙”……。在“褶子”部分，齐如山方才提及黑褶子上缀若干杂色绸子的“富贵衣”。① 那时对于“富贵衣”的理解，显然还不太深入，没像日后将其提到“戏箱中第一件行头”的地位。

可以说，王国维让我们关注元杂剧，吴梅及青木正儿让我们了解明清传奇，而齐如山则让我们洞悉活跃在当代舞台上的京剧（平剧）。单是这一点，就值得我们再三赞叹。

只有初中文化程度的周贻白，艺人出身，曾浪迹江湖，写过小说、诗词、曲艺、京剧、话剧、电影和各种考证文章，日后成为现代中国屈指可数的戏剧史专家。② 不同于大学教授吴梅之书斋读曲，也不同于游历欧洲归来的齐如山之指点艺人，周贻白起步很低，可进展神速，从 1930 年代至 1960 年代，40 年间，七次撰写中国戏剧史，先后出版了《中国戏剧史略》（商务印书馆，1936 年）、《中国剧场史》（商务印书馆，1936 年）、《中国戏剧小史》（永祥书局，1940 年代）、《中国戏剧史》（中华书局，1953 年）、《中国戏剧史讲座》（中国戏剧出版社，1958 年）、《中国戏剧史长编》（人民文学出版社，1960 年）、《中国戏剧发展史纲要》（上海古籍出版社，1979 年）等七部戏剧史专著。全史在胸，注重学科建设，强调综合性与演出性，加上持之以恒的探索，此乃戏剧史家周贻白的最大长处。20 世纪 50 年代后，周贻白出任中国戏剧学院（而不是综合大学中文系）教授，成为该专业的权威学者，如此重任，使得其不断“重写戏剧史”——其学术上的得失，俱缘于此。

1936 年，周贻白在商务印书馆同时推出《中国剧场史》和《中国戏剧史略》二书，此举可见其学术气魄；更值得注意的是，书中表达了兼及声律、才情与剧场的学术理想。沈璟与汤显祖之争，实在太有名了，写戏剧史的都绕不开。周贻白引述晚明戏曲理论家吕天成《曲品》“合之双美”的说法，而后称：“不过守矩矱可以尽力做到；而才情属之秉赋，却不能勉强得来。”此说明显偏向于汤显祖；至于努力的方向，则另有目标：“在明代末年，便出了一位冯梦龙。他便是实行着‘守矩矱，发才情’的主张，似乎还曾兼顾到

---

① “因剧中穿此衣之人，虽一时穷困，然尽系有志之正人，将来结局，一定富贵，所以名曰‘富贵衣’。”见齐如山《中国剧之组织》，第 46 页。

② 参阅周华斌《周贻白传略》，载周贻白《中国戏剧史长编》，上海书店出版社，2004，第 642 ~ 662 页。

排场或关目。"[①] 实际上，冯梦龙并没有达到如此境界，不过，此表述透露了周贻白的戏剧理想：守矩矱，发才情，重剧场。

周著《中国剧场史》也引王国维、吴梅、欧阳予倩等人论述，但最主要的参考书，当属齐如山的《中国剧之组织》。请看此书结构：第 1 章"戏剧的形式"（含"剧场"、"舞台"、"上下场门"、"后台"四节），第 2 章"剧团的组织"（含"剧团"、"脚色"、"装扮"、"砌末"、"音乐"五节），第 3 章"戏剧的出演"（含"唱词"、"说白"、"表情"、"武技"、"开场与散场"五节），对照齐如山此前的著述，可见其整体思路上的影响，而不仅仅是若干直接引述。[②]

从 1957 年中国戏剧家协会举办"中国戏剧史"讲座（讲稿第二年公开刊行），到 1959 年春天为中央戏剧学院的编导班授课，再到 1960 年秋季上海戏剧学院系列演讲，再到 1961 年承接高教部编写高等艺术院校教材任务，如此逐步修订成书，决定了周著《中国戏曲发展史纲要》深受时代思潮影响，如努力学习马列主义和毛泽东理论，刻意凸显民间和宫廷两条道路的斗争等。但大致说来，此书的学术质量还是不错。如《中国戏剧史讲座》第 10 讲"京剧及各地方剧种"中，提及近代汪笑侬的"改良新剧"，虽篇幅很小，但颇有新意。[③] 1979 年作为遗著刊行的《中国戏曲发展史纲要》，除了"花雅两部的分野"（第 23 章）、"四大徽班与皮黄"（第 24 章）、"京剧与各地方剧种"（第 25 章）等章很有特色，最精彩的还属第 26 章"辛亥革命前后的各地方戏曲"[④]。这一部分论述，属于作者首创，格外值得关注。

体现周贻白戏剧史著之包罗万象，除了《中国戏曲发展史纲要》关注近代地方戏剧，还有《中国戏剧史长编》之谈论宋元南戏。作者感慨"在中国戏剧历史上极有地位的南戏（即戏文），为了元代杂剧过分兴盛的缘故，反致湮没无闻"，[⑤] 因而设专章论述，这点明显超越王国维。当然，周贻白之所以能这么做，那是因为有此前诸多学者的艰苦搜集与专深探索，如钱南扬《宋元南戏百一录》（哈佛燕京学社，1934 年）、赵景深《宋元戏文本事》（北新书局，1934 年）、陆侃如与冯沅君《南戏拾遗》（哈佛燕京学社，1936 年）、钱南扬《宋元

---

① 周贻白：《中国戏剧史略》，商务印书馆，1936，第 82～84 页。

② 周著谈"中国戏剧的行头，虽号称古装，实无朝代可分"，以及关于"砌末"的讨论，均大段引述《中国剧之组织》。见周贻白《中国剧场史》，商务印书馆，1936，第 62 页、第 86 页。

③ 参见周贻白《中国戏剧史讲座》，中国戏剧出版社，1958，第 261～262 页。

④ 参见周贻白《中国戏曲发展史纲要》，上海古籍出版社，1979，第 434～563 页。

⑤ 参见周贻白《中国戏曲发展史纲要》，上海古籍出版社，1979，第 176～181 页。

戏文辑佚》（古典文学出版社，1956 年）、赵景深《元明南戏考略》（作家出版社，1958 年）等。虽非自出机杼，但能及时将学界成果吸纳，不断更新知识，完善自家学术体系，[①] 也是难得的本事。至于精细的文本分析，似乎并非周贻白的长项。如《中国戏剧史讲座》谈及王实甫《西厢记》如何革新、完善了董解元《西厢记诸宫调》，立意甚好，可惜论述不够精细[②]；到了《中国戏曲发展史纲要》，虽增加了若干引文，还是没能进一步深入开掘。[③]

这是因为，周贻白的最大长处不在案头读戏，而是一再强调戏剧本为演出而设，必须将其还原到剧场。也就是《中国戏剧史·凡例》所表述的：

> 中国戏曲史之作，不一其书，但皆注重剧本之编撰，或臧否文辞，或陈述梗概。本书则于文辞声律之外，兼及各代戏剧扮演情形。盖戏剧本为登场而设，若徒纪其剧本，则为案头之剧，而非场上之剧矣。[④]

作为“文学”的戏剧与作为“舞台”的戏剧，二者之间有很大区隔。周贻白特别强调后者，有其合理性。在现代的学科分类中，戏剧本就兼有文学与艺术双重功能，如只谈“文字”或“音律”，戏剧的独特魅力及完整性必定大受影响。1953 年，上海中华书局推出周著《中国戏剧史》上中下三册，此书“计自属稿至今，共凡十年。中经敌伪搜查，几被抄没”，能公开出版，周贻白自是十分兴奋，其撰于 1950 年 11 月 10 日的《自序》称：

> 盖戏剧本为上演而设，非奏之场上不为功，不比其他文体，仅供案头欣赏而已足。是则场上重于案头，不言可喻。设徒根据剧本以辨源流，终属偏颇。往者，予曾以不多篇幅，著为《中国戏剧史略》一书。因感于场上情形，所叙过简，复另撰《中国剧场史》一种，藉资补救。两书虽能并行，然已离案头与场上为二。昧厥初心，不无耿耿。当时即萌改编之念，而苦无余晷。抗战军兴，潜居多暇，乃以年余之力，从事撰作。初稿既成，较前两书扩充不止十倍。[⑤]

---

① 周贻白：《中国戏剧史长编》，第 119～163 页。

② “在全剧中写得最成功的人物，便是红娘”；至于惠明和尚“人物性格写得这样好的，实不多见”。这两个人物都是王实甫的创造，“是董氏‘诸宫调’所涉想不到的”。参见周贻白《中国戏剧史讲座》，第 98～100 页。

③ 参见周贻白《中国戏剧史讲座》，中国戏剧出版社，1958，第 261～262 页。

④ 周贻白：《中国戏剧史·凡例》，《中国戏剧史》上册，中华书局，1953。

⑤ 周贻白：《中国戏剧史·自序》，《中国戏剧史》上册。

从分别撰写“戏剧史”与“剧场史”，到合“案头”与“场上”为一，再到兼及近代各地方戏曲，周贻白的戏剧史著述规模宏大，而其立足点，就像冯其庸说的，“他是联系舞台演出来讲戏曲发展的”。①

周贻白出身贫寒，但进入大学教书后，著述尽可能规范化。其征引古书及近人著述，大都注明出处，这点与吴梅、齐如山不同。或许是性格倔犟，周贻白喜欢与人争辩，如与王国维论元剧和科举之关系，与齐如山谈行头，与孙楷第争傀儡戏，② 与任中敏辩唐代戏剧。③ 有些论辩关系大局，很精彩；但也有一些不太必要。如《中国戏剧史长编》谈及元代杂剧的思想性与文词结构时，引入王国维的《宋元戏曲考》。王称元杂剧之所以兴盛，与元初废科举有直接的关系；周辨正：“王氏此说，虽不为无见，但元剧之兴，主要原因当与元代的社会背景和当时一般人民的遭遇具有密切关系。”④ 什么“密切关系”？也就是元蒙压迫，人民痛苦，需要用杂剧来借题发挥或意存希望。这样的论述，说了等于没说。该书第 30 节“剧场的沿革与扮演”，大都采用旧作《中国剧场史》，只是略加修订；论及服饰、衣箱及各色须髯，明明引用齐如山文字和绘图，也非要批评几句。⑤ 至于收入 1960 年中国戏剧出版社版《中国戏曲论集》的长文《唐代的乐舞与杂戏》，正文中添加副题“关于《唐戏弄》一书的正谬”。此文开篇，即称此书弊病很多：“如‘论多于述’，则因先有论点，然后以所述资料作为印证。……由是证明以往治中国戏曲史的人都错了，而他才是百分之百的正确。”⑥ 周文对任书的批评不无偏见，只能说是体现了作者的学术观念：即“论从史出”，学者须尊重史料，且对前贤著作保持温情与敬意。有一点周贻白大概没想到，稳坐高位的“权威学者”，与身处边缘的“挑战者”，其学术立场、著述体例以及文章风格，都可能有很大的差异。

原中山大学中文系教授董每戡的戏剧研究，同样集中在书斋与剧场的对话。1951 年，北京群众书店刊行董著《戏剧的欣赏和创作》，劈头就问“怎

---

① 冯其庸在《〈中国戏曲发展史纲要〉序》表彰周贻白治戏曲史的鲜明特点：“从唐宋以来的各种戏剧演出形式（包括音乐、表演、服装、化装），都有所探讨和论述。”见周贻白《中国戏曲发展史纲要》“卷首”。

② 参见《中国戏剧与傀儡戏影戏——对孙楷第先生〈傀儡戏考原〉一书之商榷》，见周贻白《中国戏曲论集》，中国戏剧出版社，1960，第 49 ~ 94 页。

③ 参阅《唐代的乐舞与杂戏——关于〈唐戏弄〉一书的正谬》，见周贻白《中国戏曲论集》，第 433 ~ 465 页。

④ 周贻白：《中国戏剧史长编》，第 182 页。

⑤ 周贻白：《中国戏剧史长编》，第 587 ~ 590 页。

⑥ 参见周贻白《中国戏曲论集》，第 433 页。

样读剧”。除了引用美国学者韩德（T. W. Hunt）的话，称“理想的戏剧是同时可以表演，也能符合最好文学的模范的”，① 董每戡强调，对于剧作家来说，舞台知识与文学修养两者兼备，方能垂之久远。剧作家如此，研究者何尝例外：“一个读剧本的人，首先须懂得这个基本的道理，那么读起剧本来才不会偏嗜，评判起所读的剧本的价值来也不致欠公正。”②

长期从事戏剧活动的董每戡，1949 年在商务印书馆同时推出《中国戏剧简史》和《西洋戏剧简史》。如此左右开弓的“亮相”，很像十三年前的周贻白。不同的是，周强调案头与场上合一，董则突出中西戏剧对话。这本《西洋戏剧简史》，总共才 179 页，从古希腊戏剧一直说到 20 世纪美国剧作家奥尼尔，你不能期待它有什么了不起的阐述；但如此写作姿态，凸显作者早年的趣味和修养——不是“国剧”，而是戏剧；不仅研究，而且创作。当然，相对而言，《中国戏剧简史》更能显示作者学术上的锐气。此书的“前言”引入王国维《宋元戏曲考》和青木正儿《中国近世戏曲史》这两部名著，称后来的戏剧史大都“不免作文抄公”，这是他所不屑为的。既然前人“对于元明两代作家的时地，剧曲的文章、故事、版本等都详述过了，用不着我再来噜苏，于是也就换个方向，说些和演剧有关的事”。至于如此立说的依据，来自美国学者韩德：

> 所谓戏剧的（文学性）和演剧的（演剧性）这两个名称之间，确有一种正当的差别，前者指诗歌的内在品性，后者指是否适于上演。③

最好当然是鱼与熊掌兼得，万一做不到，非有所割舍不可，怎么办？作为有长期舞台经验的教授，董每戡的态度很明确：

> 戏剧本来就具备着两重性，它既具有文学性（Dramatic），更具有演剧性（Theatrical），不能独夸这一面而抹煞那一面的，评价戏剧应两面兼

① 《中国戏剧简史》（1949）也引这句话，以及下面提到的“所谓戏剧的和演剧的这两个名称之间”云云，但都没有注明出处。这两段话出自美国学者 T. W. Hunt 所著 Literature：It s ptinciples and problems。虽然董每戡在同年所撰《〈说“傀儡”〉补说》（见董著《说剧》）中引了许多英文书，且提及十多年前如何在东京帝国图书馆阅读英文著作，但我认为作者这回读的是傅东华译本《文学概论》（商务印书馆，1935 年）。此译本第 2 编第 9 章“文学上的未决问题一”之“戏剧和舞台的关系”中，有这两段话（见傅译本第 427 页、第 428 页），只是标点符号略有变动。

② 董每戡：《戏剧的欣赏和创作》，《董每戡文集》上卷，第 4 页、第 6 页。

③ 董每戡：《中国戏剧简史·前言》，《中国戏剧简史》。

重，万一不可能，不能不舍弃一方时，在剧史家，与其重视其文学性，不如重视其演剧性，这是戏剧家的本分，也就是剧史家与词曲家不相同的一点。①

以“剧史家”自命的董每戡，其《中国戏剧简史》篇幅不大，但贯通古今，自成格局。全书共7章（考原、巫舞、百戏、杂剧、剧曲、花部、话剧），分别论述从史前时期到民国年间的演剧活动。“考原”部分引入格罗塞《艺术的起源》等国外学者的著述，此乃当年时尚，也可见作者的趣味；最具特色的，还是第6章“花部（满清时期）”。此章提及田际云的“旧戏革新”以及王钟声的新剧编演，至于结束语，更见其学术立场：“民国以来，诸腔又走进了没落期，艺术价值日低，在内容上说，封建意识太浓，不合时代的需要，为时代所扬弃。现在是在挣扎之中，究其前途如何？未可卜知。”② 如此立论，接近五四新文化人的立场，难怪其意犹未尽，甚至专设第7章“话剧（民国时期）”，从春柳社一直讲到抗战中的戏剧运动。如此看重西洋传入的话剧，在专研传统戏曲的学者中，持此文化立场的极少。这当然与其长期从事戏剧活动——起步是剧作家，而后是导演，最后才走到戏剧研究——密不可分。因此，谈论董每戡的学术著作，不能不从其早年的戏剧创作说起。

上海戏剧文化出版社，1932年出版的《C夫人肖像》，1933年再版时，董每戡撰有“再版自序”：“事先，我并没有计划写这样的一个三幕剧，美专剧团的同志们逼促我写，才于三个晚上被压榨出这一个脚本。”③ 1938年，董又撰《我怎样写〈敌〉》：“‘一致剧社’要我在穷忙中抽片刻闲暇为他们写一个三幕剧。我答应了，而且花不了二十个小时就把它写成，总算没有误了他们的公演。”④ 1941年，由成都空军出版社刊行的“三幕一景防空剧”《天罗地网》，其《自序》中有云：“总是以极短促的时间，在极忙乱的环境中创作被人规定了主题的作品，所以从没有产生一个优秀的东西，这自是意中之事。”⑤ 一

① 董每戡：《中国戏剧简史·前言》，《中国戏剧简史》。

② 参阅《中国戏剧简史》第6章，见《董每戡文集》上卷，第252页。另，在《中国戏剧简史·后语》中，作者称：“旧戏为时代所扬弃，但它的生命还有一丝延续的希望。我个人的看法，认为这希望虽可由改良其剧本内容及演出方法达到，不过所达到的恐仍止于延续其已趋没落的生命而已，倘企图使它回复到隆盛期那样压倒一切是不大可能的。”见《董每戡文集》上卷，第265~266页。

③ 董每戡：《C夫人肖像·再版自序》，《董每戡文集》下卷，第75页。

④ 董每戡：《我怎样写〈敌〉》，《董每戡文集》下卷，第112页。

⑤ 董每戡：《天罗地网·自序》，《董每戡文集》下卷，第207页。

开始作者或许很得意，创作多幕话剧时，往往“一挥而就”；后来逐渐清醒，反省时人以及自己因应时势的“急就章”，“在目前的刊物上及舞台上所看到的脚本似乎公式化了，如此，要其作品伟大，决不是有望的”；“归根结底地说还是我们自己的作剧技术和演剧技术不好，并不是有了抗战意义就行了”。[①] 综观董每戡整个创作历程，确实多为服务抗战而作。没能留下经典剧目，这当然很遗憾；但由此锻炼了作者的写作及舞台经验，对日后的研究亦有助益。1947年初，董每戡撰《漫谈戏剧批评》，提及：“写一般的批评文章难，写戏剧批评的文章更不易”，因为戏剧是综合艺术，故戏剧批评家除一般的客观、科学等原则外，还“至少须兼有理解文学和演剧的两方面的才能”。[②] 这段话，或许正是作者由剧作家转为研究者的关键。

拥有如此丰富的剧场经验，日后转入戏剧史研究，自然对“表演”及“剧场”有特殊的感受。在《五大名剧论·自序》中，董每戡称：

> 我过去认为、现在还认为“戏曲”主要是“戏”，不只是“曲”。“声律”、“词藻”和“思想”都必要予以考究，尤其重要的是人物形象和情节结构所体现的思想性和艺术性，它是必须由演员扮演于舞台之上、观众之前的东西。[③]

在董每戡看来，文史家和曲论家或拘泥于法、或计较于词，极少从舞台艺术的演出角度，“依然以案头读物对待”，这将使研究走入死胡同。同样的意思，在《说剧》中表达得更为真切：“构成戏剧的东西，‘舞’是主要的，‘歌’是次要的”；过去的曲论家，“不知道‘戏曲’是‘戏’，只知道它是‘曲’，尽在词曲的声律和辞藻上面兜圈子，兜来兜去，结果取消了‘戏’”，殊为可惜。[④] 这一批评，不管有心无心，都是直接针对吴梅的。在董每戡进入学界的那个时代，各大学中文系教“戏曲”或“中国戏剧史”的，多为吴梅的弟子。可董不一样，1926年毕业于左派人士占主导地位的上海大学，而后曾短暂东渡日本，在日本大学文学院攻读戏剧；不久就以编剧的身份投身戏剧运动，直到1943年秋应邀出任内迁到四川三台的东北大学教授，方才由

---

① 参见董每戡《起来，剧作家们!》，《董每戡文集》下卷，第583页；《现在为什么演剧》，《董每戡文集》下卷，第594页。

② 参见《漫谈戏剧批评》，初刊1947年2月2日《温州日报·戏剧》，见《董每戡文集》下卷，第628页。

③ 董每戡：《五大名剧论·自序》，见《董每戡文集》中卷，第97页。

④ 董每戡：《说“歌”“舞”“剧”》，《说剧》，人民文学出版社，1983，第11页。

“作家”转为“学者”。[①] 这一经历，使得董每戡的“说剧”没有直接的师承，可以放言无忌；加上日后受政治迫害，长期远离学界，思想上特立独行，不太受时代思潮的牵制。

1965 年冬，董每戡曾引江湖艺人的话：“光说不练嘴把戏，光练不说傻把戏，说着练着真把戏。”怎么练呢？反右运动后被迫离开中山大学回长沙居住的董每戡，从 1959 年秋起，立志撰写《中国戏剧发展史》、《笠翁曲话论释》、《五大名剧论》等。作者设想，这三书有点有面，互相配合，足可打一场大仗。对此，作者信心满满：“咬文嚼字不为功，空谈概说欠具体，就戏论戏才成，我就这样练起来了。”[②] 很可惜，三书中，真正完成且正式出版的，仅有评说《西厢记》、《琵琶记》、《还魂记》、《长生殿》、《桃花扇》的《五大名剧论》。

《五大名剧论》的特点很明显，极少版本稽考，不做宏观论述，而是侧重精细的文本分析：“像是老导演在红氍毹上给演出者一出一出地说戏，让人们‘看’到舞台上角色的来往冲突，感觉到生、旦、净、末如在目前。”[③] 你可以说，这种类似导演“说戏”的论述方式，是因为僻居长沙，缺乏图书资料；但我认为更重要的，还是作者希望最大限度地发挥自家熟悉剧场这一特长。作者自称：

> 之外，每论一剧的情节结构时，常对剧中某些场子认为应删或可并的意见，甚而有对某一角色的性格应怎样体会怎样掌握和表现之类的话，不消说是我个人粗浅且未必正确的看法，原只想供今后的改编者、导演和演员作参考，假使它同样给欣赏古典舞台剧的诸君有少许帮助，那便是我意外的收获。[④]

技痒难熬，论述中不时跳出来给古人挑刺，甚至为其改文章，这明显不是史家立场。但正因为放开手脚，不受学院规矩束缚，时有惊人之论。在论及《西厢记》时，董每戡曾称：“明袁中郎说：‘《西厢》开锦绣，《水浒》藏雷电。’我则以为《西厢五剧》被锦绣而内藏雷电，才令人屡读不厌，累演不衰。”[⑤] 其实，读董每戡的《五大名剧论》，也时常有“被锦绣而内藏雷电”的感觉。

---

① 参见黄天骥《〈董每戡文集〉前记》第 1、2 节，载《董每戡文集》上卷。

② 董每戡：《五大名剧论·自序》，见《董每戡文集》中卷，第 95～97 页。

③ 参见黄天骥《董每戡先生的古代戏曲研究》，载《黄天骥自选集》，广东高等教育出版社，2003，第 395 页。

④ 董每戡：《五大名剧论·自序》，见《董每戡文集》中卷，第 98 页。

⑤ 董每戡：《五大名剧论·〈西厢记〉论》，见《董每戡文集》中卷，第 142 页。

从 1929 年创作剧本并积极参加左翼戏剧运动，到 1943 年转向学术研究，中间有 14 年的舞台生涯；这样的知识结构，本是可以大展宏图的。① 可惜好景不长，1957 年被打成右派后，董每戡的命运极为坎坷。1978 年终获“摘帽”，1979 年 5 月落实政策并被接回广州中山大学，可还没来得及重登讲台，便于 1980 年 2 月 13 日病逝。真应了杜甫的诗句：“出师未捷身先死，常使英雄泪满襟。”人民文学出版社，1983 年版《说剧》的《编后记》，引录了董每戡之子的来信，讲述董先生 1957 年被打成右派后，如何到长沙自谋生路，1965 年后又如何被取消生活费，最为惨痛的，莫过于“文革”中两度被抄家：

> 父亲最痛心的是被抄走了《中国戏剧发展史》、《明清传奇选论》、《三国演义试论》等手稿和十箱书籍、资料。《五大名剧论》由于藏在地板底下（已被老鼠咬掉一半），《说剧》因寄给洛阳的三叔审阅，所以幸免遭劫。从六六年起一直到七九年四月，他面壁斗室，一面修改、补充这两部手稿，一面继续写能回忆起来的稿子。当时手头资料全无，只好托人借书参阅。

对董先生窘迫的生存处境，《编后记》作了如下补充：“董每戡当时穷得买不起稿纸，甚至连亲友来信中的信纸空白部分都要裁下来，粘在一起当稿纸用。”②

即便如此，身处“话戏小舍”的董每戡，③ 依旧借修订《说剧》，不断与当代学界对话。④ 董著《说剧》，1950 年上海文光书店初刊，收文五篇；1983 年人民文学出版社推出增订版，收文三十篇。此书论及各种戏剧形态，如傀儡、角抵、武戏、影戏、滑稽戏，还有脸谱、行头、布景等。在“文革”疯狂的日子里，作者依旧笔耕不辍，如《说“傀儡”》一文，1944 年初稿于四川，1968 年添注，1976 年整补于长沙，文中引用 1971 年《安阳后岗发掘简报》以及 1973 年第 2 期《文物》文章；而《说“戏文”》则引 1973 年《文物》杂志上赵景深的《明成化本南戏〈白兔记〉的新发现》。⑤ 如了解作者的

① 董每戡：《五大名剧论·〈西厢记〉论》，见《董每戡文集》中卷，第 142 页。

② 董每戡《说剧·序》称：“抗日战争期中——一九四三年，我结束了戏剧编导工作，恢复教学，想下工夫摸索一下，然自知固陋、必徒劳无功，因而，先用‘各个击破’的办法，一点一滴地作些专题研究试试看。”

③ 参见人民文学出版社编辑部《〈说剧〉编后记》，载董每戡《说剧》，第 412～415 页。

④ 《说剧·序》的落款格外引人注目：“1976 年冬于长沙赐闲湖畔话戏小舍，1979 年夏整补于中山大学之三余斋。”

⑤ 如与钱南扬、周贻白商榷宋元南戏，与路工、黄紫冈、周贻白辨析昆山腔，或与冯沅君、孙楷第讨论“戏衣”等，参见《说剧》，第 202～210 页、第 266～271 页、第 354 页、第 369 页。

生存境地，不能不佩服其治学的坚韧不拔。1959 年国庆前夕，作者完成了《中国戏剧发展史》初稿，1964 年此书定稿，得六十万言，于是吟诗志喜：

戏考宋元止两章，来龙去脉未能详；
不才试为通今古，谬妄尚期硕学商。
（发展史起上古迄于民初，故云）
王氏开山数十年，多人继武缺犹然；
尊今也得先知古，待续新华铺绣篇。①

可正是这部凝聚作者毕生心血的《中国戏剧发展史》，日后竟被抄家没收，从此杳无音信。后人面对此《定稿志喜》，不能不感慨万千。

谈及戏剧史，董每戡几乎是独尊王国维，而对孙楷第、周贻白、王季思等当世学者，则不太客气。② 著书立说时，也会引经据典，③ 但更多的时候，作者凭借的是丰富的舞台经验。如《〈西厢记〉论》中辨析张生那句“我吃甚么来！”正如作者说的，这种“道地的性格语言，绝好的戏剧语言”，“曲论家们都不会重视它，而懂得戏剧之为艺术的人都会欣赏它”。正是有感于明清曲论家过分关注“词采”而轻视“说白”，作者坚称：

戏，就是这样的，不是文章，往往一个字，一句话，胜过千言万语，因为真正的“戏剧语言”不是文章，而正是王实甫所写在台本上的这种“动作的语言”，是动的而不是僵化干瘪、无生命的语言；一个字，一句话，都蕴藏着无限丰富的内心动作、无数句的“潜台词”，都是人物的灵魂在说无声的话语。④

这样的“神来之笔”，在《五大名剧论》中常能碰到。

除了基于舞台经验的文本分析极为精彩，董每戡的戏剧论著，最让人惊

① 参见董每戡《说“傀儡”》和《说“戏文”》二文，见《说剧》，第 19 ~ 41、193 ~ 213 页。董每戡：《定稿志喜》，《董每戡文集》下卷，第 733 页。

② 以《五大名剧论·〈西厢记〉论》及《海沫集》为例，作者多次正面引述王国维，偶有补正，也不忘表彰其“独具只眼”（参见《董每戡文集》中册，第 105 页、第 989 页、第 992 页、第 1019 ~ 1020 页）；提及同时代诸戏剧史专家，则多为辩驳，如 103 页和 128 ~ 129 页驳王季思，119 ~ 121 页和 1039 ~ 1041 页讥孙楷第，960 页、970 ~ 971 页及 1078 ~ 1079 页则专门批评周贻白的《中国戏剧史讲座》。

③ 如《海沫集》中论李笠翁二文，引述亚里士多德、狄德罗、黑格尔、别林斯基，还有马克思、列宁、高尔基等，见《董每戡文集》中册，第 940 ~ 985 页。

④ 《五大名剧论·〈西厢记〉论》，《董每戡文集》中册，第 166 ~ 167 页，第 310 ~ 311 页。

讶的是不太受政治潮流的影响。戏剧史研究技术性较强，无论齐如山还是周贻白，比起同时代的哲学史或文学史家来，受意识形态污染较轻，这是事实。[①] 而远在江湖的董每戡，更是不受此等束缚，其论文风格，不太像是产生于“阶级斗争的弦”绷得越来越紧的年代。如《〈西厢记〉论》写于1965年，别人都在说阶级斗争如何不可调和，董先生则要我们“暂时放弃自己的思想方式，设身处地去体味”，不仅“这个‘团圆’结局是合往日观众脾胃的”，连老夫人三次赖婚，也都因唐人“恃其族望耻与他姓为婚”这一时代痼疾而变得可以谅解。[②]“文革”中评法批儒，曹操被谥为法家，身处逆境的董每戡，修订《〈三国演义〉试论》时，拒绝为曹操翻案。[③] 1975年夏，董撰《〈琵琶记〉论》，专门批驳1975年4月30日《文汇报》上奚闻的《围绕〈琵琶记〉展开的一场儒法斗争》。奚文称高则诚乃“反动统治阶级的爪牙”，曾参与镇压农民起义，“双手沾满了革命人民的鲜血”；董据理力争，说你证据不可靠，如此“含血喷人”，“会令人心寒齿冷”的。[④] 时过境迁，后人不明就里，或许觉得这些说法很平常；殊不知在那个特殊年代，如此坚持自己的学术立场，实需要有很大的勇气。

四　“文学性”与“演剧性”之张力

作为专业领域的戏曲研究，最值得关注的，是“文学性”与“演剧性”之间的巨大张力。讨论这个问题，最好能引入学院体制。同样是中国戏曲史研究的奠基者，王国维与吴梅命运迥异，后者的学术影响力远不及前者。你可以抱怨，说这不太合理，但其实有必然性——那就是，戏剧史研究中，“文学性”始终占据主流；而“演剧性”则受到很多客观条件上的限制，难以充分展开。表面上看，吴梅弟子多，而王国维的嫡传弟子主要集中在古史或古

① 齐如山《论宜传宜利用国剧》称，“在我国千百年以来，人民的思想是完全被戏剧控制着”，故“要想教育十分普及，那最好是戏剧，而小说次之，教科书更次之”（见《国剧概论》，台北：文艺创作出版社，1953，第2页）。说完国剧的娱乐、筹款、思想教育等功能，很快转入国剧动作起源，以及国剧如何舞蹈化、美术化、科学化、如意化、通俗化、经济化等。

② 齐如山几十年间撰述，多围绕京剧剧场展开，没有多少意识形态偏见，这在海峡两岸严重敌对的年代，很不容易。

③ 参阅董每戡《〈三国演义〉试论》（增改本）第三部分“通过主要人物形象看三国”第一节“曹操”，及朱树人《整理后记》，见《〈三国演义〉试论》（增改本），岳麓书社，1994，第64～92页、第236～240页。

④《五大名剧论·〈琵琶记〉论》，《董每戡文集》中卷，第364页。

文字研究方面；可实际上，戏剧史的主流是王国维开启的实证研究。

吴梅长期在大学教书，而且教的就是曲学，受业弟子自然不少。郑振铎《记吴瞿安先生》即称许："他教了二十五年的书，把一生的精力全都用在教书上面。他所教的东西乃是前人所不曾注意到的。他专心一志的教词，教曲，而于曲，尤为前无古人，后鲜来者。他的门生弟子满天下。现在在各大学教词曲的人，有许多都是受过他的熏陶的。"① 1950 年代，唐圭璋撰《回忆吴瞿安先生》，除强调吴梅的学术著述，更着重表彰其培养了一批戏曲研究人才，如许之衡、任中敏、卢冀野等都得到其悉心指教，"此外，如钱南扬之辑南戏，王季思之注《西厢》都是循着先生的指示而努力进行的"。② 而王季思本人，1980 年代曾这样谈论师长："不仅在昆曲唱腔上辅导过著名艺人韩世昌、白云生以及'传'字辈青年演员，还在大学讲台上，建立了词曲方面的学科，培养了不少研究词曲的人才。他善于发现人才，乐于接待后学，勤于批改作业的良好作风，在先生离开我们近半个世纪的今天，我们一些老同学偶然谈起，还感到十分亲切。"③

问题在于，这么多吴梅弟子，为何日后走的多是王国维的路，纷纷转向"剧史"而不是"戏曲"研究。在《唐戏弄》中处处挑战王国维的任中敏，④其研究路数也最像王国维。之所以真正继承吴梅学术衣钵的不多，"读曲难"是一个原因；但不全是。并非吴梅教学不好，老师带进门，修行看个人，弟子们日后怎么发展，要看各人的天分及机遇。青木正儿在《中国近世戏曲史》的序言中，明白无误地表明其步武王国维《宋元戏曲史》的志向，之所以放弃《明清戏曲史》原题，纯粹是为了便于读者理解。此书基本格局及研究思路深受王国维影响，不同之处在于文学趣味。即便后世学者将目光从文本转为歌场，不再以剧本为中心，但在文献方面穷搜冥索、精雕细刻，仍是必不可少的基本功。在这方面，王国维无疑树立了极好的榜样。1960 年代初，周

① 郑振铎：《记吴瞿安先生》，《国文月刊》1942 年第 42 期，见《吴梅和他的世界》，第 67～68 页。

② 唐圭璋：《回忆吴瞿安先生》，《吴梅和他的世界》，第 86 页。此外，王卫民在《吴梅评传》第 8 章"一代师表，桃李满天下"中，刻意表彰"他第一个把戏曲搬上大学讲堂并勤勤恳恳、任劳任怨地教授了二十余年，为我国培养了一大批国内外知名的词曲专家"。还专门介绍了吴梅的及门弟子王玉章、任中敏、钱南扬、唐圭璋、卢冀野、王季思、万云骏、汪经昌等，参见王卫民《吴梅评传》，第 225～237 页。

③ 王季思：《吴瞿安先生〈诗词戏曲集〉读后记》，《玉轮轩曲论三编》，中国戏剧出版社，1988，第 194 页。

④ 参见任半塘《唐戏弄·弁言》及第 1 章第 2 节"去蔽"，见《唐戏弄》，上海古籍出版社，1984，第 25～100 页。

贻白撰写自我批评，其中有句话值得深思："我虽然在剧本联系舞台这一方面，力矫王国维之失，而我的治学方法，却不免受有王氏的影响。"①

按理说，作为戏剧史家的王国维，其"软肋"十分明显，那就是对于剧场的漠视。日后的挑战，确实多从此角度入手。如主编《戏史辨》的胡忌，在"代前言"的《我编〈戏史辨〉的一些想法》中，批评王国维《宋元戏曲史》"基本上也是以文体和文学为研究对象"，而"我们的着眼点必需放在场上（并不局限于舞台）的演出"，故"现在'戏史辨'的主旨可概括地说，是把'文体'和'文学'改成'戏剧体'和'戏剧学'"。② 道理上是对的，可为何难以超越王国维？除了个人才华等，更重要的是学术体制问题。构成戏剧史/戏曲史研究主体的，是中文系教授，而不是戏剧学院或艺术研究院的学者。相对而言，中央戏剧学院的周贻白或中国艺术研究院的张庚（1911～2003），确实比吴梅的弟子、原扬州师院教授任中敏（1897～1991）、南京大学教授钱南扬（1899～1987）、南京师大教授唐圭璋（1901～1990）、中山大学教授王季思（1906～1996）等，更能体会"剧场艺术"。而其中一个重要原因是，后四位均任教于大学中文系。对于中文系教授来说，即便没有任何舞台经验，甚至连"戏迷"都算不上，也并不妨碍其成为出色的"戏曲学者"。如果再加上冯沅君（1900～1974）、谭正璧（1901～1991）、严敦易（1905～1962）、傅惜华（1907～1970）、戴不凡（1922～1980）等，很容易发现，绝大多数戏剧研究者，其实"私淑"的是王国维，即以治经治子治史之法"治曲"。

戏剧学院数量少，在中国学界的影响，远不及大学中文系；这一结构性特点，使得王国维的历史考证与文学批评，更容易获得知音。吴梅的课堂唱曲，偶尔还有遥远的回声；但绝大部分讲授元杂剧或明清传奇的教授，都是只说不唱。复旦大学教授赵景深（1902～1985）和南京大学教授陈中凡（1888～1982）的"逸事"之所以广为传诵，就因为"难得"。配合戏剧史讲授而登台唱曲，确实能更好地引领学生深入剧场，体味各剧种的声韵之美与舞台之美。吴中杰提及："赵先生主讲古典戏曲，能唱很多曲种。他喜欢唱，

① 周贻白：《编写〈中国戏剧史〉的管见》，《周贻白戏剧论文选》，湖南人民出版社，1982，第5页。

② 胡忌：《我编〈戏史辨〉的一些想法》，《戏史辨》。著有《宋金杂剧考》、《昆剧演出史稿》的戏剧史家胡忌（1931～2005），1999年起与洛地、陈多、王兆乾等自称"非主流派"学者共同发起创办民间学术刊物《戏史辨》（共4辑，刊行于1999～2004年），其主要意旨在对当下戏曲研究的主要思路、主流观念提出质疑。

不但晚会上唱，上课时教到什么曲种时也会来上一段。有一次他还带领家属在登辉堂粉墨登场，演出《长生殿》中的折子戏——赵先生自己演唐明皇，赵师母演杨贵妃，两个侄女演宫女。”[①] 董健则称：“陈老讲课十分认真，讲到得意处，手舞足蹈。听老班同学讲，他有一次讲《西厢记》，唱起‘佳期’一折的‘彩云开，月明如水浸楼台’一段，运腔吐字用力过大，以致把一口假牙全喷出，但他从满是粉笔灰的讲台上拾起假牙，用手帕轻轻一擦，装进嘴里继续唱，引起哄堂大笑。”[②] 毫无疑问，这样的课堂讲授，学生记忆特别深刻，几十年后还念念不忘。可“个人体味”如何有效地转化为“学术著述”，是个难题。就以陈中凡为例：“他认识到戏曲是综合艺术，只有懂得它的音律声腔，掌握剧种的特点，才能深入研究。”此一以贯之的教学主张，使得他 1920 年代到东南大学担任中文系主任时，请吴梅来主讲戏曲；1930 年代任暨南大学文学院长时，请俞振飞讲授昆曲；1950 年代更是请老曲师来南大开设昆曲课。至于自家研究及指导研究生，更是“熔王国维之考证与吴梅的声律于一炉，并大有创新”。可回过头看，陈先生撰写《中国戏曲史》、探究中外戏剧理论以及考释戏曲俗语的宏愿，一样也没有落实，世人只能以“文学批评史家”来谈论其学术贡献。[③]

如此尴尬局面，与百余年来中国大学的文学教育，逐渐形成重“科研”而轻“教学”、重“考证”而轻“欣赏”、重“功力”而轻“才情”的传统，有密切的关联。“提倡‘拿证据来’的科学方法，虽然只是胡适个人的表述，但 1920 年代的中国学界，对考据的推崇乃至迷信，直接导致了知识类型的转化，那就是诗学的衰落与史学的兴起。毫无疑问，任何学问都需要‘高远的想象力’，但‘整理国故’作为一种思潮，对新史学的崛起，是个很好的契机；而对于正在转型中的‘文学教育’，则造成不小的冲击。”[④] 现代大学的定型、学科等级的划分、课程体系的完善以及学问标准的确立，使得人们怀念吴梅之兼及创作与研究，也传诵赵景深、陈中凡等风趣的课堂，但不再讲究“沉潜把玩”，而是追求“著作等身”。这一知识类型之转化，使得整个中

---

① 吴中杰：《应世尚需演戏才——记赵景深先生》，见李平、胡忌编《赵景深印象》，学林出版社，2002，第 109 页。

② 董健：《陈中凡先生逸事》，见吴新雷编《学林清晖——文学史家陈中凡》，南京大学出版社，2003，第 73 页。

③ 参阅吴新雷《陈中凡先生学行记盛》（见吴新雷编《学林清晖——文学史家陈中凡》，第 36 页），以及吴新雷《悼念戏曲史导师陈中凡教授》，《剧影月报》1982 年第 11 期。

④ 参见陈平原《知识、技能与情怀——新文化运动时期北大国文系的文学教育》（上），《北京大学学报》2009 年第 6 期。

国戏剧史研究，大都趋向于实证。在这个意义上，“王国维道路”成为主流，是很正常的。

晚清以降，伴随着现代中国大学的逐渐成型，中文系的课程设计，“文学史”乃重中之重；作为强势学科，其理论预设及研究方法具有“溢出效应”，影响其他相关学科。结果便是，“文学史”作为一种知识体系，有效地“引导”乃至“规训”了学者们的“戏剧研究”。在各大学中文系，“中国文学史”是必修课，且占据很大的份额；而“戏曲研究”或“戏剧史”则不是每所大学都开，即便开设，也多属于选修课。必修与选修、经常开设与偶尔开设，这一选择，直接涉及教师数量、资源配置等。在大学里，占主导地位的课程，必定获得更多资源，吸引更多优秀学生，其学术影响力也更大。其他学科的课程及著述，若想引起学界关注，自觉不自觉地，都会向其靠拢。这里仅以吴梅入室弟子、中山大学教授王季思，以及近乎“再传弟子”的杭州大学教授徐朔方（1923～2007）为例，[①] 说明现代大学的学术体制如何制约着中国戏曲研究的发展方向。

王季思曾“夫子自道”，谈及其如何研究《西厢记》。“第一阶段，是对方言俗语的考证，用前人治经的方法来考证戏曲小说。我采用这种方法决不是偶然的。首先是受清末著名学者孙诒让的影响。”“第二阶段，是对故事源流的探索，可以说是用前人治史的方法来研究戏曲小说。这方面直接指导我的是东南大学教戏曲的吴梅先生，同时还受王国维先生《宋元戏曲史》等著作的影响。”第三阶段，注重思想评价，从推崇自由恋爱逐渐转向学习马列主义。第一点带有偶然性，因同为温州人，且有亲戚关系，王季思曾住孙家并得以阅读其部分手稿，故“后来我对元人杂剧的校勘和考证，如果说态度还比较认真的话，就是受这位前辈学者影响的结果”。但即便如此，不治经学或史学，转而研究戏曲，就像王先生说的，“这又与‘五四’时期提倡平民文学有关”。[②]

王季思晚年主编《中国十大古典悲剧集》和《中国十大古典喜剧集》（上海文艺出版社，1982年），虽说市场及社会效应都很好，但那不是他的拿手好戏。以“注经”的态度和方法来“注曲”，成名作《西厢五剧注》方才是他的特长。注曲的难处，不在文人熟悉的典故或制度，而在元代的方言俗

---

① 徐朔方：《晚明曲家年谱·自序》（《徐朔方集》第2卷，浙江古籍出版社，1993，第20页）称：“王季思先生在通信中对我的谆谆善诱可说是我英国语言文学系毕业后补修的中国戏曲史选课。”另外，此书由王季思题写书名及题词。

② 王季思：《我怎样研究〈西厢记〉》，《玉轮轩曲论三编》，第111～114页。

语，还有舞台提示语等。在《如何打通古典戏曲语言这一关》中，王先生提及宋元杂剧、戏文产生与流传的大致经过：民间艺人的底本、书会才人的加工、书坊刻印时的删改、后人的整理润色四阶段，而语言文字的异变，使得后人阅读倍感困难，研究者就该从此入手："闻一多先生研究《诗经》、《楚辞》，从古文字学入手；任半塘先生研究敦煌文学，从曲辞的校订入手；钱南扬先生为了研究南戏，对温州方言作了调查。他们取得的成绩不是偶然的。"反过来，对于当代著名思想史家侯外庐所撰《论汤显祖剧作四种》（1963），王季思十分不以为然，"认为这是学风的问题，因此写文章与他争论"。原因在于，在王看来，侯对汤的诗文及剧作还没读通，就开始乱说，故"未免主观臆断"。[①] 认定只有从字义训诂、名物制度的考释着手，读通古书，而后才谈得上理解"圣人之道"，这确实是清儒的思路。

除了"用前人治经的方法来考证戏曲"，王季思的戏剧史论著，最有创意的是1950年代的《从〈莺莺传〉到〈西厢记〉》，以及1980年代的《从〈昭君怨〉到〈汉宫秋〉》和《从〈凤求凰〉到〈西厢记〉》,[②] 具体论述有变化，但研究思路一致，那就是借鉴"主题学"方法，凭借其对文献资料的熟悉，追根溯源，描述同一题材的作品在不同时代的变异，从中勾勒时代、社会及艺术的嬗变。《从〈莺莺传〉到〈西厢记〉》第6章"小结"，专门批判胡适"过分夸大各种外来的影响"。[③] 其实，"从元微之的《莺莺传》到王实甫的《西厢记》杂剧，这五百年的长时间内，是我国反映市民阶层思想意识的平民文学从萌芽到成熟的时期"，这么一种研究框架，不正是借鉴胡适的"历史演进法"?[④] "王实甫之于《西厢记》杂剧，正如施耐庵之于《水浒传》，他是许多作者里最重要的一个，而不是唯一的一个"，这么一种理论假设，以及努力钩稽《西厢记》杂剧产生之前流传的各种有关崔、张故事的诗文、唱本与剧本等,[⑤] 确实很像胡适的"中国章回小说考证"。

徐朔方的代表作《晚明曲家年谱》涉及曲家三十有九，包含各家的引论及年谱，此书乃1958年版《汤显祖年谱》的扩大，既是研究汤显祖必须掌握

---

① 王季思：《如何打通古典戏曲语言这一关》，《玉轮轩曲论三编》，第139页、第135页。

② 第一篇有单行本；后二文见《玉轮轩曲论新编》，中国戏剧出版社，1983，第1～15页、第16～37页。

③ 王季思：《从〈莺莺传〉到〈西厢记〉》，古典文学出版社，1955，第69页。

④ 参见陈平原《假设与求证——胡适的文学史研究》，《学人》第5辑，江苏文艺出版社，1994。

⑤ 王季思：《从〈莺莺传〉到〈西厢记〉》，古典文学出版社，1955，第66页、第40页。

的背景资料，又可看做为一个时代的文化群像。具体论述中，时有精彩的论断，如称“汤沈之争并不如人们所想象的那样是文采派和格律派（或本色派）之争，同他们政见的进步和保守也没有太大关系，争论在于唱腔和格律的差异”；“汤沈之争的焦点在于汤显祖坚持南戏曲律的民间传统，而沈璟则在于将民间南戏的一个分支昆腔加以进一步规范化，以期有助于昆腔的兴旺发达”。[①] 但更重要的是，为那些没有功名的曲家作年谱，难度很大。其“自序”称，选择这一论述策略，是受英国莎士比亚专家谦勃士（E. K. Chambers）《伊利莎白时代的英国戏剧》的影响[②]。

谈论中国戏曲，徐朔方是少数几位有理论兴趣、不满足于资料考辨的学者之一。对比王国维与孙楷第的著述，徐颇为感慨：“平心而论，《元曲家考略》所下的功夫绝不下于《宋元戏曲考》，而成就大非昔比，这是值得令人深思的。”[③] 正是有感于此，徐朔方孜孜以求，努力更新中国戏曲的阐释系统。在徐看来，胡适以历史演进法研究中国章回小说，很有成就；而戏曲史上，也有世代累积型的集体创作，只不过不像《三国演义》、《水浒传》等章回小说那么醒目而已。[④] 徐朔方关于金元杂剧在总体上乃世代累积型集体创作的论述思路，最早见于 1950 年代的《金元杂剧读后》，20 年后，在《臧懋循和他的〈元曲选〉》以及《莎士比亚和中国戏曲》中，有进一步的发展，最后“正式地系统地作出论证”，则是撰写于 1990 年的《金元杂剧的再认识》。[⑤] 后者称：“近十年来，一个想法终于在我的学术思想中由朦胧而变得明朗。”这个想法就是，中国小说戏曲史上许多作品是“在书会才人、说唱艺人和民间无名作家在世代流传以后才加以编著写定”，故研究不能把它们作为个人创作看待。小说如此，戏曲也不例外。“南戏之所以成为南戏，首先因为它是世代累积型集体创作的戏曲。……南戏和金元杂剧都是同一类型的世代累积型集体创作，虽然杂剧的完工程度大大超过除《琵琶记》之外的所有南戏。正因为如此，试图采取研究诗文（个人创作）的传统手法来研究它们，

---

① 徐朔方：《晚明曲家年谱 · 自序》，《徐朔方集》第 2 卷，第 4 ~ 5 页。

② 谦勃士之所以论述伊利莎白时代的英国戏剧，“这是他为莎士比亚研究所作的横向延伸，而他的英国中世纪戏剧著作则是他的纵深探索”。参见徐朔方《晚明曲家年谱 · 自序》，《徐朔方集》第 2 卷，第 21 页。

③ 徐朔方：《金元杂剧的再认识》，《徐朔方集》第 1 卷，第 109 页。

④ 徐朔方：《徐朔方集 · 自序》，《徐朔方集》第 1 卷，第 2 ~ 7 页。

⑤ 徐朔方：《金元杂剧读后》、《臧懋循和他的〈元曲选〉》、《莎士比亚和中国戏曲》、《金元杂剧的再认识》，《徐朔方集》第 1 卷，第 173 ~ 197 页、第 3 ~ 64 页、第 65 ~ 89 页、第 90 ~ 129 页。

如果不是南辕北辙，至少也是隔靴搔痒。”① 徐氏此说很有创意，在学界引起极大争议，至今仍余波荡漾。我关注的是，无论王季思还是徐朔方，当他们撇开具体考证，进行“宏大叙事”时，往往借鉴文学史家的思路。

在“案头”与“剧场”的对立中，当代中国的戏剧研究，经历一番颇为壮观的左冲右突，终于逐渐走出“剧本中心”。今日学界，论及中国戏剧史，更为关注的是“演剧性”。这一“华丽转身”，借用康保成的描述：“除了以往的作家作品研究、戏曲文献研究之外，宋元之前的古剧研究、近代以来的地方剧种研究、戏曲声腔和音乐研究、少数民族戏剧研究、戏曲文物与剧场史研究、戏曲民俗研究、古典戏剧美学与戏剧理论研究、古代表演研究、优伶与戏班史研究、戏剧观众学研究、戏剧脸谱与化妆服饰研究、傩戏、目连戏、皮影戏、傀儡戏研究……都被纳入到中国戏剧史的研究范围之中，不但弥补了《宋元戏曲史》的欠缺，也大大拓展了任中敏所描述的中国戏剧史的外延。”②

不过，回到韩德的追问，既然“理想的戏剧是同时可以表演，也能符合最好文学的模范的”，那么，关注戏剧的“文学性”，其实也是题中应有之义。③ “案头阅读”不受时空限制，字斟句酌，体味更为真切，视野更为开阔，也自有其好处。尤其是专业以外的读者，很可能更喜欢王国维的《宋元戏曲考》或董每戡的《〈西厢记〉论》，因其牵涉文本阅读与审美批评，而不是专业性很强的唱腔设计与表演程式。倘若戏剧史研究只讲“剧场及其周边”，满足于堆砌文献史料及调查报告，而完全不管剧本好坏，这又走到了另一个极端。文学性的阐释，关乎个人的心境、悟性与才情，或许不够严谨，但仍有其独特魅力。当然，我所说的“文学取向”的阅读，不局限在“词采”与“声律”，而是兼及文学研究的一整套技术及思路。从文本细读到文化研究，当下流行的各种文学批评策略，都可作为戏剧研究的借鉴。

五四新文化运动时期，戏曲开始进入大学课堂。在这一过程中，同时存

① 徐朔方：《金元杂剧的再认识》，《徐朔方集》第1卷，第108～109页。

② 康保成：《五十年的追问：什么是戏剧？什么是中国戏剧史？》，《文艺研究》2009年第5期。

③ 不能想象谈论“中国古代文学史”，而完全撇开戏曲。反过来，撰写“中国现代文学史”，话剧占很大篇幅，戏曲则很难入围。学者们论及齐如山、欧阳予倩或西安易俗社时，多从演剧史或文化史角度着眼，就因其剧本相对缺乏“文学性”。不满足于一时一地舞台上的成功，而追求像莎士比亚剧作那样，经得起超越时空的阅读与品鉴，这才有可能创造出新时代的《牡丹亭》与《桃花扇》。没有好剧本，中国戏曲将成为“古董”，无法介入当代人的精神生活。单靠“青春版”或“厅堂版”《牡丹亭》，票房再好，当代中国戏曲也是危机重重。在我看来，剧本好坏仍是成败的关键；过分强调剧场效果，很容易一如当代中国电影，为寻求独立而刻意摆脱文学性，最后走向玩弄镜头和特技。

在两种推力：一是提倡“平民文学”，以俗为雅，将“戏曲”纳入新兴的文学史论述框架；二是引进外国话剧，以西例中，改造中国人的欣赏趣味。具体到“中国戏剧史”写作，有两种策略：一是只讲到晚清，不涉及话剧兴起后的中国剧场；二是贯通古今，兼及20世纪的中国剧场。若是后者，如何评论当代中国戏曲与话剧之间的对峙与争锋？“话剧为另一系统，近年虽颇呈兴盛，但于中国戏剧，无所渊源。本书不以列入，庶免另出线索，自乱其例。”① 周贻白以“另一系统”为由，采取回避策略。徐慕云（1900～1974）则希望直接面对，其初刊于1938年的《中国戏剧史》注重舞台实践，基本上不谈剧本；在卷2“各地各类剧曲史”中带进了话剧问题，可惜没协调好。此书资料多但考证少，著述体例有点杂乱，但提出了很多有趣的新问题，如国家戏院、故都名伶、戏曲学校等。②

撰写“中国戏剧史”，到底要不要涉及话剧，取决于论述的时段，并无一定之规。若是专论“20世纪中国戏剧”，则必须兼及话剧与戏曲；而且，不是平分秋色，而是直面其冲突与对话、竞争与互补。如胡星亮谈论戏剧创作如何汲取戏曲的精华，全书的立足点在话剧。③ 而谢柏梁则旗帜鲜明地捍卫戏曲，“认为正是在20世纪中以戏曲为主体的中国戏剧达到了其有史以来的最好时期”。④ 很可惜，胡、谢二书各有侧重，未能将戏曲史与话剧史真正熔为一炉，在双峰对峙中展开深入的思考。其实，即便个案研究，如早期文明戏与时事新剧之关系、西安易俗社之兴衰、欧阳予倩或梅兰芳研究，也都牵涉戏曲与话剧之对话与竞争。

所谓“戏曲”与“话剧”之争，背后是怎样理解“现代性”以及如何阐释整个中国现代化进程。从陈独秀1904年以“三爱”为笔名在《安徽俗话报》第11期上发表《论戏曲》，到《新青年》上关于中国戏剧的论争，到左翼戏剧家联盟，再到“革命样板戏”的荣耀，不管持何种立场，你都必须承认，将其封闭在剧场的有限空间是说不清楚的。因为，无论“文革”前的

---

① 周贻白：《中国戏剧史·凡例》，《中国戏剧史》上册。

② 徐慕云：《中国戏剧史》（上海古籍出版社，2001）卷1“古今优伶剧曲史”，从周秦一直讲到当下；卷2“各地各类剧曲史”，兼及秦腔、昆曲、高弋、汉剧、粤剧、川剧、越剧、山西梆子、河南梆子、皮黄剧和话剧，共11种。卷3“戏剧之组合”，卷4“脸谱服装在剧中之特殊作业”，卷5“戏剧之评价与其艺术之研究”，一直讲到国家戏院之创建、故都名伶概述、还有北平戏曲学校史略等。

③ 胡星亮《中国话剧与中国戏曲》（学林出版社，2000）上篇“理论探索与戏剧思潮”、下篇“戏剧创作于舞台实践”。

④ 参见谢柏梁《中国当代戏曲文学史》，高等教育出版社，2006，第416～418页。

《十五贯》、《谢瑶环》、《海瑞罢官》，还是“文革”中的《红灯记》、《沙家浜》、《智取威虎山》，都或主动或被动地介入了当代中国政治。谈论“现代京剧”或“革命样板戏”，作为艺术与作为政治，如何区别看待，其中的分寸感很重要。如何有效地激活戏曲的创造力，而又不沦为政治斗争的工具，这不是一个简单的对错问题。

中国戏曲如何兴衰、怎样转型，不仅仅是由舞台决定的。舞台小世界，折射出整个中国社会转型，也受制于一时代的思想潮流，单是欣赏创作技巧，无法深入理解并阐述诸如晚清的“曲界革命”或“文革”中的“革命样板戏”这样的重大问题。其实，大众传媒的推波助澜，明星制的崛起，政治家的染指，新技术（如广播电视）的勃兴、社会需求的变更等，都直接影响乃至决定了中国戏曲的命运。

文字之美、声韵之美、剧场之美，各有各的独得之秘，能兼得当然最好；万一做不到，不妨“花开两朵，各表一枝”。而一旦将戏剧从书斋解放出来，牵涉历史场景、社会生活、文化传统、传播途径、宗教精神等，单是“文学性”与“演剧性”的纠葛还不够，还必须添上政治史、思想史及社会史的视野，方才使得作为学术领域的“中国戏剧研究”，充满各种变数，孕育着无限生机。

［原载《中山大学学报》（社会科学版）2010 年第 3 期］

明清通俗小说凡例研究

·程国赋·

凡例是揭示著作内容、创作主旨、编纂体例的一种特定文体，又称发凡、叙例、叙略、例言、补例等等。凡例起源很早，西晋杜预《春秋左氏传序》指出："其发凡以言例，皆经国之常制，周公之垂法，史书之旧章，仲尼从而修之，以成一经之通体。"① 由此可知，早在孔子之前的史书修撰中已采用凡例的形式，孔子沿而用之。

最早系统介绍凡例渊源及历代凡例得失的是唐代史学家刘知几，他在《史通》卷四《序例》中指出："夫史之有例，犹国之有法。国无法，则上下靡定；史无例，则是非莫准。昔孔子修经，始发凡例；左氏立传，显其区域。科条一辨，彪炳可观。降及战国，迄乎有晋，年逾五百，史不乏才，虽其体屡变，而斯文终绝。唯令升（按：干宝字）先觉，远述丘明，重立凡例，勒成《晋纪》。邓（粲）、孙（盛）已下，遂蹑其踪，史例中兴，于斯为盛。若沈《宋》（按：指沈约《宋书》）之志序、萧《齐》（按：指萧子显《齐书》）之序录，虽皆以序为名，其实例也。"② 刘氏对凡例予以高度重视，他把史书之凡例比作"国之有法"，同时，他认为，凡例的应用始于孔子，源于经史著述；作为一种特定文体，凡例经历兴衰曲折的演变历程，自左氏之后中绝，晋朝之后复兴；早期的凡例多与序文相合，如沈约《宋书》、萧子显《齐书》等，虽名为序，实则序例结合，后来凡例逐渐从序文中分离，成为独立的文体。

---

① （晋）杜预：《春秋左氏传序》，文津阁：《四库全书》经部春秋类《左传注疏》卷首，商务印书馆，2005，第49册，第6页。

② （唐）刘知几：《史通》卷四《序例第十》，（清）浦起龙：《史通通释》本，上海古籍出版社，1978，第88页。

一　明清通俗小说凡例的统计及其特点

小说凡例一般位于小说卷首，在序言和目录、插图之间，其中保存着丰富的小说史料，对于研究小说编撰者的创作主旨、刊刻者的出版意图、小说创作理论、小说创作与读者、市场的关系均具有重要的价值和意义。从学术界目前的研究状况来看，小说凡例研究尚未受到应有的重视。迄今为止，学术界关注的焦点主要是甲戌本《红楼梦》的凡例，至少有 9 篇论文，[①] 然而从整体的角度对小说凡例进行专门研究的论文只有 1 篇，即沈梅丽刊发于《哈尔滨学院学报》2007 年第 3 期的《明清小说中的凡例研究》。此文对明清小说凡例作了一定的阐述，不过，在文献勾勒方面尚不全面，在论述的深度上亦有进一步探讨之必要。

经笔者搜集、统计，明清通俗小说凡例共有 42 篇，参见附录所列《明清通俗小说凡例一览表》。[②] 综而论之，明清通俗小说凡例体现三个方面的特点。其一，凡例这一文体与明清时期的书坊及书坊主之间联系紧密。从目前

---

① 关于甲戌本《红楼梦》凡例研究的论文主要是：冯其庸《论〈脂砚斋重评石头记〉甲戌本“凡例”》，载《红楼梦学刊》1980 年第 4 期；王本仁：《〈红楼梦〉脂残本〈凡例〉试谈》，载《青海师范大学学报》1980 年第 3 期；周策纵《〈红楼梦〉“凡例”补佚与释疑》，载《红楼梦学刊》1981 年第 1 期；邓遂夫：《论甲戌本“凡例”与〈红楼梦〉书名》，载《红楼梦学刊》1986 年第 3 期；尚友萍：《证甲戌本〈凡例〉的作者是脂砚斋》，载《红楼梦学刊》1992 年第 2 期；鲁歌：《〈红楼梦〉甲戌本〈凡例〉的作者是曹頫》，载《许昌师专学报》1998 年第 4 期；胡淑莉、张振昌：《论〈红楼梦〉甲戌本“凡例”》，载《社会科学战线》1999 年第 6 期；张杰：《浅谈〈红楼梦〉甲戌本的“凡例”》，载《陕西广播电视大学学报》1999 年第 1 期；马瑞芳：《论甲戌本〈凡例〉为曹雪芹所作》，载《红楼梦学刊》2003 年第 4 期。

② 这里需要指出 3 个问题。第一，本文所界定的通俗小说主要指故事性强、适合于普通读者阅读水平和阅读需要的小说；语言通俗，以白话小说为主，包括少量以浅近文言写成的小说。按照这一界定标准，明清时期有些小说虽有凡例或例言，但不作为本文论述对象，如：印月轩万历刊《广艳异编》、万历四十三年沈应魁刊《广谐史》、康熙年间刊《虞初新志》、《世说新语补》均有凡例、《今世说》、传奇小说集《太仙漫稿》、乾隆五十八年刊陈世熙（号莲塘居士）所编《唐人说荟》均有例言，清人陈球用四六体骈文写成的《燕山外史》有“旧例”、《聊斋志异》刊本的几篇例言，如乾隆三十一年（1766）青柯亭赵起杲刊本有例言十则，道光四年（1824）黎阳段氏刊《聊斋志异遗稿》有例言六则，光绪年间石印本《聊斋志异》有题“铁城广百宋斋主人”所作例言九则，俱未列入下表；1912 年，梦笔生将《续金瓶梅》改题《金屋梦》，于 1915 年在《莺花杂志》创刊号连载，系民国时期作品，虽有凡例，亦不属本文研究范围，故未列入，特作说明。第二，本表主要按附有凡例的小说刊刻或抄写的时间先后次序排列，而非按照小说成书的时间先后排列。第三，下文涉及小说篇目，凡未注明出处者，皆以本表所注版本为准。

文献来看，现存最早附有凡例的通俗小说应为明代建阳书坊主熊大木所编、嘉靖三十一年建阳书坊清江堂杨涌泉所刊《大宋中兴通俗演义》。沈梅丽《明清小说中的凡例研究》认为："通俗小说中较早采用凡例的是《三教开迷归正演义》（约刊刻于明万历三十五年）评点本。"误。《大宋中兴通俗演义》的编撰者、刊刻者皆为书坊主；此外，吴县袁无涯、杭州夏履先、陆云龙、四雪草堂主人等书坊主还亲自撰写小说凡例。由此可知，在通俗小说凡例这一文体演进历程中，明清时期的书坊主功不可没。其二，凡例主要分布于历史小说和写情小说（含世情小说、才子佳人小说、儿女英雄小说等）之中，如《红楼梦》及其续书共有5部小说附有凡例。其三，小说凡例的数量虽不及序跋，不过，从出现凡例的小说创作或刊刻时间上看，分布范围较广，在通俗小说逐步兴起的明代嘉靖时期，就出现小说凡例这一文体形式。嘉靖三十一年建阳清江堂杨涌泉刊《大宋中兴通俗演义》，卷首有凡例七则，此后万历、泰昌、天启、崇祯、顺治、康熙、乾隆、嘉庆、道光、同治、光绪年间编刊的小说均有凡例；晚清小说《海上花列传》、《万国演义》、《洪秀全演义》、《新七侠五义》皆有例言或凡例。其四，明清通俗小说凡例的形式、内容丰富多样。一般分则，也有不分则的，如泰昌、天启间所刊《李卓吾先生批评西游记》、光绪三十四年石印本《洪秀全演义》等都不分则。建阳余象斗三台馆万历三十四年重刊《列国志传》，卷首有"列国并吞凡例"十一则，不分段。其凡例简要叙述战国诸侯相并以至秦并六国的经过，分别叙及楚灭陈、越灭吴、田和代齐、晋分为韩赵魏三国以及秦灭周、韩、赵、燕、魏、楚、齐之事，点明小说创作的背景和主要内容，与明清时期其他通俗小说凡例相比，比较特别。

明清通俗小说凡例不仅具有很好的史料价值，同时也是我们研究明清小说创作、小说理论、出版市场、读者阶层等问题的特定视角。以往学术界一般结合序跋、笔记、评点、书信、官、私目录等对明清时期通俗小说创作与批评理论加以阐述，很少涉及小说凡例，实际上，通过小说凡例这一独特视角有助于我们加深对明清通俗小说理论的全面认识与理解。

二　通俗小说凡例的史料价值

作为明清通俗小说文本的一部分，小说凡例具有很高的史料价值，在小说作品的著作权归属、作家生平事迹、小说名称的演变、小说生成的社会文化环境诸方面，均提供重要的文献材料，值得我们予以重视。

小说凡例往往透露出比较重要的有关作者、小说人物原型以及评点者诸方面的信息。以《岳武穆尽忠报国传》为例，此书一般认为是于华玉所作，其凡例结尾所言“金沙辉山于华玉识于孝乌之卧治轩”印证了这一说法，与此同时，凡例结尾又题“门人信安古云余邦缙删次”，可见其门生余邦缙亦参与编写，此书是他们共同编写而成，凡例记载对传统说法有所补充；另外，甲戌本《石头记》凡例自题七律诗称：“字字看来皆是血，十年辛苦不寻常。”这首七律诗，其他版本皆无，这为考证《石头记》作者及创作情况提供第一手材料。同治十三年（1874）齐省堂增订本《儒林外史》例言第五则云：“原书不著作者姓名，近阅上元金君和跋语，谓系全椒吴敏轩征君敬梓所著，杜少卿即征君自况，散财，移居，辞荐，建祠，皆实事也。慎卿乃其从兄青然先生檠，虞博士乃江宁府教授吴蒙泉，庄尚志乃上元程绵庄，马二先生乃全椒冯粹中，迟衡山乃句容樊南仲，武书乃上元程文。……或象形谐声，或廋词隐语，若以雍乾间诸家文集绎而参稽之，则十得八九矣。”这则凡例不仅通过金君和跋语确定《儒林外史》一书的作者为吴敬梓，而且揭示出小说中杜少卿、杜慎卿、虞博士、庄尚志、马二先生、迟衡山等人物的原型，成为我们研究《儒林外史》不可多得的重要史料。有些凡例提供了关于小说评点者的信息，例如，《禅真逸史》凡例云：“爽阁主人素嗜奇，稍涉牙后辄弃去，清溪道人以此见示，读之如啖哀梨，自不能释，遂相与编次评定付梓。”由此可知，“爽阁主人”即书坊主夏履先正是小说的评点者之一。

凡例保存着有关小说作品的重要信息。甲戌本《石头记》凡例交代书名情况：“是书题名极多，《红楼梦》是总其全部之名也，又名《风月宝鉴》，是戒妄动风月之情；又名《石头记》，是自譬石头所记之事也，此三名皆书中曾已点睛矣。……此书又名曰《金陵十二钗》，审其名则必系金陵十二女子也”，交代《红楼梦》一书的名称及其由来。人瑞堂刊《隋炀帝艳史》凡例第五则云：“炀帝为千古风流天子，其一举一动，无非娱耳悦目、为人艳羡之事，故名其篇曰《艳史》。”《鬼谷四友志》第一则云：“《西游》乃纂发至理，皆是寓言，借人身之意马心猿为旨，故言《西游真诠》。”第五则云：“四友志者，孙（膑）、庞（涓）、苏（秦）、张（仪）四人之事也。”《野叟曝言》凡例第一则云：“题名曰《野叟曝言》，亦自谓野老无事曝日清谈耳。”以上几则凡例交代本书或他书命名的原由及其寓意。有的凡例还透露出为治小说史者所遗漏或已散佚的作品信息，如清四雪草堂《重编隋唐演义发凡》云：“书名《隋唐演义》，似宜全载两朝始末，但是编以两帝两妃再世会合事为一部之关目，故止详隋炀帝而终于唐明皇、肃宗之后，尚有十四传，其间新奇可喜之事，另为《晚唐志传》以问世，此不赘及。”《晚唐志传》一书，古今小说目录均未记载，此书凡例为我们提供了很好的线索。

通过凡例，我们可以不同程度地了解明清时期通俗小说创作、刊刻的特定时代气息。明末友益斋所刊《岳武穆尽忠报国传》凡例第六则云，刊印此书乃借“以一身百战，虏破寇平，尤冠绝于从来诸将之上”的岳飞抗金之事，作为“今日时事之龟鉴也，有志于御外靖内者，尚有意于斯编”。明末时局动荡，满汉冲突日趋激烈，在这种形势下，岳飞抗金故事受到广泛欢迎，天启七年宝旭斋所刊邹元标《岳武穆精忠传》、友益斋崇祯末所刊于华玉《岳武穆尽忠报国传》、明末蔚文堂所刊《新编全像岳武穆精忠传》等说岳小说层出不穷即为明证，《岳武穆尽忠报国传》凡例之言在一定程度上成为当时民族冲突、动乱时局之缩影。

部分清刊小说的凡例也或多或少地体现有清一代的文字高压政策。成书于雍正年间、清正气堂活字本《廿一史通俗衍义》凡例第十则云：“是书欲广其传，不禁翻板，第扰数载苦心，原非为利。如有易名及去名翻板，又或翻板而将本朝之事迹得之传闻，妄意增添者，虽千里必究。”编刊者不禁商业性翻板，但禁乱改作品，尤其是对于“将本朝之事迹得之传闻，妄意增添者”者，“虽千里必究”，为什么会如此严格呢？凡例作者乃是经历雍正初年查嗣庭案之后，对文字狱产生畏惧心理，我们从凡例第二则、第十则也可以看出，这两则凡例共有五处提及“本朝”，皆顶格刻写，以示敬畏。甲戌本《石头记》凡例第二则云：“书中凡写长安在文人笔墨之间，则从古之称；凡愚夫妇儿女家常口角，则曰中京，是不欲着迹于方向也。盖天子之邦亦当以中为尊，特避其东南西北四字样也，此书只是着意于闺中，故叙闺中之事切，略涉于外事者，则简不得谓其不均也。”第三则云：“此书不敢干涉朝廷，凡有不得不用朝政者，只略用一笔带出，盖实不敢以写见女之笔墨唐突朝廷之上也，又不得谓其不备。”这就表明《红楼梦》写作避忌很多，受到当时文化高压政策的影响，这种影响体现于小说题材者，即为多记闺中之事，详叙儿女情长，很少涉及时事、朝政；影响于小说叙事结构者，即为故意模糊小说的时空背景，或托古喻今，或“不欲着迹于方向也”。同样的，《红楼复梦》凡例第二则云：“书中无违碍忌讳字句。”第三则云：“此书虽系小说，以忠孝节义为本。”《续金瓶梅》凡例第六则云：“坊间禁刻淫书，近作仍多滥秽。”第八则云：“兹刻首列感应篇，并刻万岁龙碑者，因奉旨颁行劝善等书，借以敷演。他日流传，官禁不为妄作。”从这些凡例不难看出，清代有关小说戏曲的禁毁政策对小说创作、传播产生较大影响。

三　凡例与通俗小说创作方法

明清时期小说出版业相当发达，进入商业时代的通俗小说在创作方法上出现了与以往不同的特点，世代累积型的通俗小说创作模式逐渐被文人独立创作的方式所取代，这在明末清初的时事小说创作领域得以集中体现。下面，笔者立足于小说凡例，从三个层面就明清不同时期、不同流派的通俗小说创作方法进行择要论述。

首先，明清通俗小说创作多有旧本可依，这一点，我们从熊大木《大宋中兴通俗演义》的创作经历不难看出。《大宋中兴通俗演义》凡例第一则云："演义武穆王本传，参诸小说，难以年月前后为限，惟于不断续处录之，惧失旨也。"这里所提到的"参诸小说"是指武穆王《精忠录》，对此，熊大木《序武穆王演义》说得很清楚："武穆王《精忠录》，原有小说，未及于全文。今得浙之刊本，著述王之事实，甚得其悉。然而意寓文墨，纲由大纪，士大夫以下，遽尔未明乎理者，或有之矣。"熊大木《大宋中兴通俗演义》正是在旧本《精忠录》的基础上，"演义武穆王本传"，创作成篇的。清代许时庚《三国志演义补例》第二则亦云："今悉遵古本更正。"除历史小说以外，其他流派的通俗小说创作往往也有旧本可依，例如，侠义小说《忠义水浒全书发凡》第六则云："郭武定本，即旧本。"《禅真逸史》凡例第二则云："旧本意晦词古，不入里耳。"才子佳人小说《白圭志》凡例第六则云："此书表章诗词，原著多缺略。"儿女英雄小说《野叟曝言》凡例第五则云："特觅旧本。"第六则云："缺处仍依原本。"皆提及旧本、古本、原著、原本。在明清通俗小说领域，"旧本"的概念与出版文化、传播途径等关系密切，其内涵至少包括以下几个层面：从出版时间来看，已经出版并被后来者进行修改、加工、再版的小说称之"旧本"；从传播途径来看，民间说书、词话等"旧本"被文人改造成为案头文学；从传播方式来看，作为小说刊刻稿件来源的抄本亦称之"旧本"。依据旧本进行加工，这是明清通俗小说进入出版印刷时代以后所呈现的不同于明前传统小说创作、传播的显著特色之一，我们透过其凡例可以窥其一斑。

其次，真幻相参。从附录《明清通俗小说凡例一览表》统计可知，附有凡例的主要是历史小说和写情小说（含世情小说、才子佳人小说、儿女英雄小说等），这两类题材的通俗小说同样注重虚实结合、真幻相参，不过在"真"的具体内涵上有所不同，下面分而论之。

在具体创作过程中，历史小说作家多将正史与野史、传闻相互结合，体现较强的史学意识与“实录”原则，保留着宋元说话“讲史”一家的特色，例如，大来堂天启刊《于少保萃忠传》凡例二十二则，分别记载主要采撷的二十二种书籍，包括史书、笔记等多种文献材料来源，其中，“《皇明实录》载于公事，俱摘大关系于国家者，兹采为骨。”以正史《皇明实录》作为全书之“骨”，构成小说主干，与此同时，“载于公事，俱摘故老传闻，脍炙人口”的《列卿传》、“系于公在天有灵、士人祈祷必应异闻”的《梦占类考》之类书籍亦成为《于少保萃忠传》一书的创作素材来源，[①] 正史与传闻相结合，虚实相间，由此可见《于少保萃忠传》的创作方法，这在明清历史小说的创作过程中具有一定的代表性，《北史演义》凡例第一则亦云：“是书起自魏季，终于隋初，凡正史所载，无不备录，间采稗史事迹，补缀其阙，以广见闻所及，皆有根据，非随意撰造者可比。”在历史小说所依据的史书之中，司马光的《资治通鉴》、朱熹的《通鉴纲目》以及《通鉴》类史书无疑受到最多的关注，《大宋中兴通俗演义》凡例就明确揭示此书按鉴演义的创作方法，其凡例第四则云：“大节题目俱依《通鉴纲目》牵过，内诸人文辞理渊难明者，愚则互以野说连之，庶便俗庸易识。”《廿一史通俗衍义》凡例第一则云：“是书悉遵《纲鉴》，半是《纲鉴》旧文。”第四则云：“是书有《纲鉴》所无，间以他传补入，其见于小说内者，并不敢取，即取亦必以或曰别之，以见其说虽不足信，或可参考云尔。”第六则云：“是集中如盘古开天、共工氏头触不周山、女娲氏炼石补天、夏禹王治水、用天兵天将、后羿射日、嫦娥奔月之类，《纲鉴》虽载有其事，并不详其说，盖事属荒唐，置之不议不论之列可也。今虽从他书采补增入，犹孟子所云：于传有之，其事之或有或无，传记之足信与否？俱未暇深辨也。”不仅在题材内容、思想倾向、章法结构、叙事模式诸方面借鉴《纲鉴》，而且强调以小说补《纲鉴》记载之阙。概而言之，明清历史题材小说所阐发的“真”的内涵主要体现为历史真实，是否符合史实成为衡量小说优劣的重要标准，正如崇祯人瑞堂刊《隋炀帝艳史》凡例第一则所云：“今《艳史》一书，虽云小说，然引用故实，悉遵正史，并不巧借一事，妄设一语，以滋世人之惑。故有源有委，可徵可据，不独脍炙一时，允足传信千古。”在尊重史实的基础上允许少量、合理的虚构，

---

① 以上所引分别参见大来堂天启刊《于少保萃忠传》凡例第一则、第八则、第二十二则，《古本小说集成》据浙江图书馆藏本影印《于少保萃忠传》卷首。

以丰富小说的知识性、趣味性，并达到“羽翼正史”、弥补正史之不足的作用。①

相比之下，写情小说所言之“真”主要着眼于现实，着眼于人情世态。《快心编》凡例第一则即云：“是编皆从世情上写来，件件逼真，间有一二点缀处，亦不过借为金针之度耳。”第三则云：“是编悲欢离合变幻处实实有之，非若嵌空捏凑、脱节岐枝者比。”第四则云：“编中点染世态人情如澄水鉴形丝毫无遁，不平者见之色怒，自愧者见之汗颜，岂独解颐起舞已哉。”《醒世姻缘传》凡例第一则云：“本传晁源、狄宗、童姬、薛媪，皆非本姓，不欲以其实迹暴于人也。”第二则云：“本传凡懿行淑举，皆用本名，至于荡简败德之夫，名姓皆从捏造，昭戒而隐恶，存事而晦人。”第五则云：“本传其事有据，其人可徵。”这种立足于现实的创作方法在明代崇祯时尚友堂所刊话本小说《拍案惊奇》第四则亦有体现：“事类多近人情日用，不甚及鬼怪虚诞，正以画犬马难，画鬼魅易，不欲为其易而不足徵耳，亦有一二涉于神鬼幽冥，要是切近可信，与一味驾空说谎、必无是事者不同。”写情小说乃至话本小说作者强调“从世情上写来，件件逼真”，“事类多近人情日用，不甚及鬼怪虚诞”、“要是切近可信”，强调贴近现实，贴近市民百姓日常生活，在此基础上，“间有一二点缀处”。与历史小说崇尚史实、注重“实录”的笔法相比，写情小说、话本小说着眼于现实，这在一定程度上分别是对于宋元讲史平话以及小说话本创作方法的继承与发展。

最后，取材于邸报等。明末清初的时事小说脱胎于历史演义，然而，两者在题材选择、编创方式、创作倾向诸方面存在明显的区别。历史演义以历史人物、事件作为描写重点，按鉴演义，发掘历史传统中蕴藏的故事、经验、教训，并适当表现以古为鉴、劝诫后世的创作主旨；时事小说则以展示当代的重大事件为主，依据邸报、塘报等加以创作，具有强烈的现实色彩。在中国文学史上，注重通过文学作品反映时事的传统相当悠久，以唐代为例，白居易《与元九书》即明确提出“文章合为时而著，歌诗合为事而作”的主张，虽然他将“时”与“事”分而述之，但在强调摹写现实这一点上与后来的时事小说具有内在相通之处。就明末清初时事小说而言，它在继承并发展历史演义创作传统的基础上，直接延续了《金瓶梅》诸书批评现实的精神，成为历史小说与世情小说的合流。时事小说与历史演义的分野在创作方法上

① 分别参见友益斋崇祯末刊《岳武穆尽忠报国传》凡例第四则、第五则，《古本小说集成》据北京图书馆藏本影印《岳武穆尽忠报国传》卷首。

主要体现为：时事小说常常采自邸报而创作，在此基础上融合正史、笔记，以峥霄馆刊《魏忠贤小说斥奸书》为例，其凡例第三则云："是书自春徂秋，历三时而始成，阅过邸报，自万历四十八年至崇祯元年，不下丈许，且朝野之史如正、续《清朝圣政》两集、《太平洪业》、《三朝要典》、钦颁爰书、《玉镜新谈》，凡数十种，一本之见闻，非敢妄意点缀，以坠于绮语之戒。"特定的创作方法与取材方式，在一定程度上决定了小说的风格特点，正因为《魏忠贤小说斥奸书》创作多采自邸报及正史、笔记，所以"是书动关政务，半系章疏，故不学《水浒》之组织世态，不效《西游》之布置幻景，不习《金瓶梅》之闺情，不祖《三国》诸志之机诈"。[①] 时事小说的创作方法使这类小说具备政治性（"动关政务"）、新闻性、时效性等特征，从而在明清通俗小说创作中独具一格。

四 凡例与通俗小说回目

回目是小说体制的重要构成部分，透过小说凡例，我们可以窥见通俗小说回目的演变轨迹。明崇祯年间尚友堂刊《拍案惊奇》凡例第一则云："每回有题，旧小说造句皆妙，故元人即以之为剧，今《太和正音谱》所载剧名，半犹小说句也。近来必欲取两回之不侔者，比而偶之，遂不免窜削旧题，亦是点金成铁，今每回用二句自相成偶，仿《水浒》、《西游》旧例。"从小说回目角度而言，这则凡例值得我们予以足够的重视，它点明小说回目的渊源，包括宋元讲史平话、文言小说在内的小说传统对元杂剧的剧名带来启示，同时又与元杂剧剧名一起，影响着后世的白话小说回目；与此同时，这则凡例还揭示出明末话本小说回目编刊方面的偶化趋势。考察尚友堂刊《拍案惊奇》四十卷的回目，皆为双句形式，其中六言双句 2 则、七言双句 18 则，八言双句 20 则，相当整齐，在仿照《水浒传》、《西游记》旧例的情况下，"每回用二句自相成偶"，正文回目之对偶与其凡例所言可谓相互呼应。

通俗小说回目的偶化趋势在清代小说创作、传播过程中得以继续发展，这在小说凡例中亦有体现，刊于康熙年间的《春柳莺》凡例云："每回以两句为题贯首，虽前人亦有之，此实史者（按：作者南北冠史者自称）限于坊请，盖以一十回并作十回（按：此句语意不明，原文如此），非史者故新一

---

① 峥霄馆崇祯元年刊《魏忠贤小说斥奸书》凡例第四则，《古本小说集成》据北京大学图书馆藏本影印《魏忠贤小说斥奸书》卷首。

格，正史者别是一格也。”《春柳莺》共十回，除第四、第七回为八言双句外，其余皆为七言双句回目，延续了通俗小说回目偶化的发展趋势。嘉庆所刊《白圭志》凡例第四则云：“此书每回之首，对语二句，书之纲领也。”《白圭志》共四卷十六回，其中，七言双句和八言双句各为八回。凡例将回目称为“书之纲领”，可见对其重视程度。光绪年间所刊《万国演义》凡例第四则云：“卷目用对偶标题，仍类举要典，别为细目，系于标题之下，庶一览而得其要领焉。”从凡例来看，偶化回目成为明清通俗小说发展的主流。

值得我们注意的是，《春柳莺》凡例提到，双句回目的使用是作者南北冠史者“限于坊请”的缘故，书坊及书坊主在小说回目偶化方面所起的作用不容忽视。在小说编辑、刊刻过程中，明清时期的书坊主或书坊周围的下层文人对旧本回目加以改造，杭州书坊主夏履先明末刊方汝浩《禅真逸史》八卷四十回，夏氏在《禅真逸史》凡例第二则强调对旧本回目的改造之功：“旧本意晦词古，不入里耳。兹演为四十回，回分八卷，卷胪八卦，刊落陈诠，独标新异。”在对旧本回目进行改造之际，注重语言通俗易懂、注重新奇独创、摈除陈词滥调，是书坊及书坊主编辑小说回目的出发点之一。

在明清通俗小说回目的改造、演进过程中，中上层文人也是功不可没。崇祯时友益斋刊《岳武穆尽忠报国传》，其凡例乃作者——崇祯十三年进士、曾任信安、义乌知县的于华玉所作，此书删改旧本即熊大木所编《大宋中兴通俗演义》，亦对旧本回目加以改造，凡例云：

> 旧传卷分八帙，帙有十目，大是赘琐。至末卷，摭入风僧冥报，鄙野齐东，尤君子之所不道，兹尽删焉，而定为七卷，更于目之冗杂无义者，裁去其六，每卷概以四目，庶称雅驯。
>
> 旧传每目数事缀连，累牍难竟……兹一事自为一起讫，以评语间之，事别绪承，最宜寻绎。

我们把嘉靖三十一年清江堂所刊熊大木《大宋中兴通俗演义》与崇祯时友益斋所刊于华玉《岳武穆尽忠报国传》两书回目进行比较，可以发现：熊著共有八卷，每卷十目，于著嫌之“赘琐”，尤其是对熊著卷八诸如《阴司中岳飞显灵》、《秦桧遇风魔行者》、《冥司中报应秦桧》等回目，斥之为“鄙野齐东”，一律删除，定为七卷，每卷四目。友益斋改造旧本《大宋中兴通俗演义》的回目，重在摈除赘琐之目，使回目简洁、雅驯，同时，尽可能使回目与正文相互照应，避免出现一回之中“数事缀连”的状况，而以“一事自为一起讫”。相比之下，作为明代通俗小说起步时期的小说创作，熊大木《大宋中兴通俗演义》对史书保持着较高的依赖性，体现于回目之上，“大节题目俱依《通鉴纲目》牵过”。[①]《通鉴纲目》不同于《资治通鉴》“虽有目录，亦难检寻”，[②] 而是“纲”、“目”并举，这对明清通俗小说回目的发展带来一定的影响，尤其是对《大宋中兴通俗演义》等早期的通俗小说影响较为明显。编刊于明末的于华玉《岳武穆尽忠报国传》则本着“雅驯”、“表奇”的目的，[③] 对旧本回目进行改造，显示出较强的小说文体独立意识，逐渐摆脱正史束缚，使通俗小说朝着文人化、案头化的方向进一步发展。

五　凡例与通俗小说读者

关于明清通俗小说读者阶层的文献材料不仅数量少，而且较为分散，迄今为止，学术界有关读者阶层与明清时期通俗小说创作、传播关系的研究尚嫌薄弱，小说凡例是我们对此进行考察的一个重要视角。

通俗小说的编刊是为了满足不同阶层读者的需要，《鬼谷四友志》凡例第六则云：“是集文虽不古奥，然有一等但喜浅陋诞妄为真、有所谓中人以上可以语，上中人以下不可语，上如稍近中质，先取演义阅过，再读是书，详较实际可通世用，可警世悖。取其所长，去其所短，其与荒唐鬼神缠绵男女等事俱无。稚幼读之，与其进业；已仕读之，坚其忠贞；庶人读可去狡诈；隐居读可操其志，事无几许，义举多方。”不同社会地位、不同层次的读者阅读小说可以获得不一样的感受，产生不同的阅读效果。大约从明代中后期开始，由于商品经济发达，市民阶层不断壮大；同时，随着印刷技术提高，刻书成本降低，书价下降，大量的下层读者加入到小说阅读队伍之中，下层读者的阅读需要和欣赏习惯成为明清通俗小说发展的强大动力。嘉靖三十一年清江堂所刊《大宋中兴通俗演义》凡例第四则云：“庶便俗庸易识。”第七则云：“句法粗俗，言辞俚野，本以便愚庸观览，非敢望于贤君子也耶。”由此可见，《大宋中兴通俗演义》的创作动机在于“庶便俗庸易识”、“本以便愚庸观览，非敢望于贤君子也耶。”以“士大夫以下”的下层读者——“俗

---

① 嘉靖三十一年清江堂刊熊大木《大宋中兴通俗演义》凡例第四则，《古本小说集成》据以影印。

② （南宋）朱熹：《辞免江东提刑奏状三》，收入《晦庵先生朱文公文集》，卷二二，上海古籍出版社、安徽教育出版社，2002 年版《朱子全书》本，第 21 册，第 1002～1003 页。

③ 分别参见友益斋崇祯末刊《岳武穆尽忠报国传》凡例第四则、第五则，《古本小说集成》据北京图书馆藏本影印《岳武穆尽忠报国传》卷首。

庸”、“愚庸”作为小说创作时考虑的主要读者对象，这一点正是明清时期商品经济发展以及社会阶层发生变化的现实在小说中的具体体现，说明当时市民群体逐步取代明代中期以前的士人、商人群体，成为小说读者阶层的主体构成部分。

下层读者文化水平较低，他们的阅读水平和阅读习惯加速了小说通俗化的进程，对此，我们从明清时期通俗小说的凡例也可窥见一斑。从凡例记载来看，明清小说通俗化的趋势至少体现于5个方面：

其一，为满足下层读者阅读需要，采取作注的形式，使小说通俗易懂。叶敬池崇祯刊《新列国志》凡例第七则云：“古今地名不同，今悉依《一统志》，查明分注，以便观览。”在明清通俗小说正文之中大量穿插人名注、地名注、官职名称注、风俗典故注、音注、词语注，等等，以便读者“观览”。

其二，运用通俗易懂的语言甚至采用俚俗语言、方言以适应乃至于取悦下层读者，是很多通俗小说常见的做法。清初刊《快心编》凡例第一则云：“字义庸浅，期于雅俗同喻，不敢以深文自饰，得罪大雅诸君子也。”《红楼复梦》凡例第六则云：“书中不用生僻字样，便于涉览。”清初刊《醒世姻缘传》凡例第七则云：“田夫闺媛、懵懂面墙□（原字模糊不清）者无争笑其打油之语。”第八则云：“本传造句涉俚，用字多鄙，惟用东方土音。”嘉庆四年抱瓮轩刊《续红楼梦》凡例第三则云：“书内诸人一切语言口吻悉本前书，概用习俗之方言，如昨儿晚上、今儿早起、明儿晌午，不得换昨夜、今晨、明午也，又如适才之为刚才儿、究竟之为归根儿、一日两日之为一天两天，此时彼时之为这会儿、那会儿，皆是也。以一概百，可以类推。盖士君子散处四方，虽习俗口头之方言，亦有各省之不同者，故例此则以便观览，非敢饶舌也。”《岭南逸史》凡例第三则云：“是编期于通俗，《圣山志》多用土语，如谓小曰仔……诸如此类，其易晓者，悉仍之，其不易晓者，悉用汉音译出，以便观览。”第四则云：“是编期以通俗语言，鼓吹经史，入情笑骂，接引愚顽。”光绪二十九年作新社排印本《万国演义》凡例第一则云：“是编专述泰东西古近事实，以供教科书之用，特为浅显之文，使人易晓，故命曰《万国演义》。”上述凡例均表明，运用通俗浅显的语言乃至方言土语，其目的在于适应下层读者的阅读习惯与特点。

其三，采用浅显通俗的诗词穿插于小说正文。金陵万卷楼万历刊《三教开迷归正演义》凡例第四则云：“本传通俗诗词吟咏，欲人了明，而俗中藏妙，浇处和淳，自未可以工拙论。”康熙年间刊《春柳莺》凡例第六则云：“每回贯首诗不作正经诗法，只是明白浅述，一便俗之意。”嘉庆四年刊《红楼复梦》凡例第二十一则云："前书词曲过于隐僻，不但使读者闷而难解，抑且无味，不若此书叙事叙人赏心快月。"在诗词的运用上，照顾到小说读者尤其是下层读者的阅读水平和感受，"欲人了明"、"便俗"成为通俗小说穿插诗词的主要目的。

其四，普遍运用评点的形式。万历中期前后在世的陈邦俊《广谐史·凡例》就指出："时尚批点，以便初学观览，非大方体。"① 所谓"初学"，主要是指具备一些文化知识但水平不高的下层读者，这里将"初学"与"大方"相对，表明包括小说评点在内的各种文体的评点悄然出现变化，由早期满足士子阅读需要而转向于注重下层读者的阅读需求。在明清通俗小说中较早通过凡例的形式对小说圈点作出说明的是金陵万卷楼万历刊、九华山士潘镜若撰《三教开迷归正演义》，其凡例第六则云："本传圈点非为饰观者目，乃警拔真切处，则加以圈，而其次用点，至如月旦者，落笔更趣，且发作传者未逮。"这表明圈与点各有不同侧重，其地位、用法不尽相同，不能一概而论。小说评点是为读者服务的，袁无涯《忠义水浒全书发凡》云："书尚评点，以能通作者之意，开览者之心也。得则如着毛点睛，毕露神采；失则如批颊涂面，污辱本来，非可苟而已也。今于一部之旨趣，一回之警策，一句一字之精神，无不拈出，使人知此为稗家史笔，有关于世道，有益于文章，与向来坊刻，乎不同。如按曲谱而中节，针铜人而中穴，笔头有舌有眼，使人可见可闻，斯评点所最贵者耳。"小说评点成为沟通作者与读者之间的桥梁。《百炼真》凡例第四则云："关目紧要处，必细加圈点，逐一批出。"《白圭志》凡例第四则云："此书每回之首……评语数行，书之条目也。在观书者或先观评语，然后看正文；或看了正文，再观评语，加以己意参之，方是晴川（按：即评点者何晴川自称）知言。"评点紧扣小说内容、情节，小说的创作主旨、章法结构等等，正是通过评点使读者能够更好地理解并接受。

其五，插图的设置往往也是照顾到下层读者的阅读需要，《绣屏缘》凡例第一则云："小说前每装绣像数叶，以取悦时目。盖因内中情事，未必尽佳，故先以此动人耳。"《红楼复梦》凡例第四则云："此书照依前书绘图以快心目。"为了便于观览，《后红楼梦》的编刊者改动了绣像与赞语的位置，《后红楼梦》凡例第五则云："凡说部书绣像皆赞在阳页，像在阴页，不便观览，此书皆像在阳页，赞在阴页，先赞后像，两页对开，以便观览。"插图可以弥

---

① （明）陈邦俊：《广谐史·凡例》，《四库全书存目丛书》子部据清华大学图书馆藏明万历四十三年沈应魁刊本影印。

补小说文字之不足，正如《禅真逸史》凡例第五则所言："图像似作儿态。然《史》（按：指《禅真逸史》）中炎凉好丑，辞绘之，辞所不到，图绘之。"正因为如此，所以明清书坊尤其是明代书坊相当重视小说插图的运用，甚至邀请"名笔妙手"绘制插图，明末人瑞堂所刊《隋炀帝艳史》凡例第八则指出："坊间绣像，不过略似人形，止供儿童把玩。兹编特恳名笔妙手，传神阿堵，曲尽其妙。一展卷，而奇情艳态勃勃如生，不啻顾虎头、吴道子之对面，岂非词家韵事、案头珍赏哉！"第九则云："绣像每幅皆选集古人佳句，与事符合者，以为题咏证左，妙在个中，趣在言外，诚海内诸书所未有也。"第十则云："诗句皆制锦为栏，如薛涛乌丝等式，以见精工郑重之意。"将诗词与插图相配，增加插图的诗情画意，从而增加读者阅读的愉悦。

读者阅读需要与小说章法结构之间关系密切，以乾隆刊《北史演义》为例，其凡例详细交代此书的写作章法，多与读者阅读有关，如第四则云："兵家胜败有由，是书每写一战，必先叙所以胜败之故，或兵强而败形已兆，或兵弱而胜势已成，结构各殊，皆曲曲传出，俾当日情事，阅者了然心目。"第八则云："是书头绪虽多，皆一线贯穿，事事条分缕析，以醒阅者之目。"第十一则云："书中紧要人皆用重笔提清，令阅者着眼。"描写战争，预先交代"所以胜败之故"，为战争结局作以铺垫，使读者了然于胸，不会觉得突兀；小说情节结构的设置、人物形象的塑造，也考虑到读者的因素。

小说续书亦因读者阅读需要而对原著及其续作进行修改、加工，以嘉庆四年（1799）抱瓮轩刊秦子忱《续红楼梦》为例，其书凡例第二则云："前《红楼梦》书中如史湘云之婿及张金哥之夫均无纪出姓名，诚为缺典，兹本若不拟以姓名，仍令阅者茫然，今不得已妄拟二名，虽涉穿凿，君子谅之。"增加次要人物姓名，意在补前书情节结构之不足；另外，《后红楼梦》将原书大略放在续书之首，秦子忱表示不同看法，主张删除，其《续红楼梦》凡例第六则云："《后红楼梦》书中因前书卷帙浩繁，恐海内君子或有未购及已购而难于携带，故又叙出前书事略一段，列于卷首，以便参考。鄙意不敢效颦，盖阅过前书者再阅续本，方能一目了然，若前书目所未睹，即参考事略，岂能尽知其详？续本纵有可观，依旧味同嚼蜡，不如不叙事略之为省笔也。"对于原书大略的处理，其实不论是《后红楼梦》还是《续红楼梦》，皆站在读者立场上考虑。《后红楼梦》担心读者"难于携带"原著而增加原书大略，《续红楼梦》从读者阅读习惯出发，只有先观原书才能再阅续作，因此"不如不叙事，略之为省笔也"。

综上所述，笔者从以上几个方面对明清通俗小说凡例加以整理与研究。

小说凡例具备较高的史料价值，对于我们研究小说作者、评点者、小说作品、创作及传播的时代环境等可以提供有益的材料与线索，与此同时，凡例也是我们研究小说创作方法、小说回目、小说读者等问题的特定视角，通过这一视角，有助于我们探寻明清通俗小说产生、发展的真实轨迹及其演变规律。

附录：明清通俗小说凡例一览表

书　名	作　者	成书时间	抄写、刊刻者及其时间	备　注
《大宋中兴通俗演义》八卷七十四则	熊大木	嘉靖三十一年（1552）	嘉靖三十一年（1552）建阳清江堂杨涌泉刊	卷首有凡例七则
《列国志传评林》八卷二百三十四则	余邵鱼	未详	建阳余象斗三台馆万历三十四年（1606）重刊	卷首有“列国并吞凡例”十一则，不分段
《李卓吾批评忠义水浒全传》一百二十回	施耐庵	元末明初	吴县袁无涯书种堂万历四十二年（1614）刊	卷首有袁无涯“忠义水浒全书发凡”十则
《三教开迷归正演义》二十卷一百回	潘镜若	约为万历年间	金陵万卷楼万历刊	卷首题凡例“八款”，实为六则
《李卓吾先生批评西游记》一百回	吴承恩	未详	约泰昌、天启间	卷首有凡例不分则
《于少保萃忠传》十卷七十回	孙高亮	万历初	浙江嘉兴沈国元大来堂天启刊	卷首有凡例二十二则
《拍案惊奇》四十卷四十篇	凌濛初	崇祯戊辰即元年（1628）	金间安少云尚友堂崇祯元年刊	卷首有凡例五则
《魏忠贤小说斥奸书》八卷四十回	吴越草莽臣	崇祯元年（1628）	钱塘县陆云龙峥霄馆崇祯元年刊	卷首有凡例五则
《隋炀帝艳史》八卷四十回	齐东野人	明末	盘陵人瑞堂崇祯四年刊	卷首有凡例十三则
《禅真逸史》八卷四十回	清溪道人	明末	明末杭州夏履先刊	卷首有凡例八则
《新列国志》一百〇八回	冯梦龙	明末	吴县叶敬池崇祯年间刊	卷首有凡例七则

续表

书 名	作 者	成书时间	抄写、刊刻者及其时间	备 注
《岳武穆尽忠报国传》七卷	于华玉	崇祯末	友益斋崇祯末刊	卷首有凡例六则
《快心编》十六卷三十二回	天花才子	清初	清初课花书屋大字本	卷首有凡例五则
《续金瓶梅》六十四回	丁耀亢	顺治十七年（1660）	顺治十七年原刊	卷首有“续金瓶梅后集凡例”八则
《醒世姻缘传》一百回	西周生	顺治年间	清同德堂刊	卷首有凡例八则
《春柳莺》十回	南北冠史者	康熙元年（1662）	康熙年间刊	卷首有凡例八则，题“史者自识”
《绣屏缘》二十回	苏庵主人	顺治年间或康熙初	康熙庚戌即九年（1670）抄写	卷首有凡例七则，题“苏庵漫识”
《百炼真》十二回	墨浪仙主人	康熙年间	康熙年间本衙藏板	卷首有凡例七则
《隋唐演义》一百回	褚人获	康熙甲子即二十三年	清四雪草堂刊	卷首有发凡四则
《金瓶梅》一百回	兰陵笑笑生	嘉靖、万历间	康熙乙亥即三十四年（1695）刊	卷首有张竹坡“批评第一奇书金瓶梅凡例”四则
《廿一史通俗衍义》二十六卷四十四回	吕抚	雍正年间	清正气堂活字本	卷首有凡例十则
《女才子书》十二卷	烟水散人	约成书于顺治十六年	乾隆十五年（1750）大德堂刊	卷首有凡例四则
《脂砚斋重评石头记》（甲戌本，存十六回）	曹雪芹	乾隆年间	脂砚斋甲戌（即乾隆十九年）抄阅重评	卷首有凡例四则，末附自题七律诗一首
《三国志演义》一百二十回	罗贯中	元末明初	乾隆三十四年（1769）新镌世德堂本	毛宗岗评《三国志演义》卷首有凡例十则
《北史演义》六十四卷	杜纲	乾隆癸丑即五十八年	乾隆五十八年原刊	卷首有凡例二十则
《南史演义》三十二卷	杜纲	乾隆六十年	乾隆六十年原刊	卷首有凡例十则

续表

书名	作者	成书时间	抄写、刊刻者及其时间	备注
《岭南逸史》二十八回	花溪逸士（黄岩）	乾隆、嘉庆年间	清文道堂藏板。清嘉庆六年（1801）李梦松序本为现存最早刊本	卷首有凡例五则
《后红楼梦》三十回	逍遥子	嘉庆元年（1796）以前	乾、嘉间白纸写刻本	卷首有凡例五则。《红楼梦》最早续书
《续红楼梦》三十卷	秦子忱	嘉庆二年或三年初	嘉庆四年（1799）抱瓮轩原刊	卷首有凡例六则
《红楼复梦》一百回	红香阁小和山樵南阳氏	嘉庆四年（1799）	嘉庆四年蓉竹山房原刊，有斋刊本等	卷首有凡例二十六则
《鬼谷四友志》三卷六回	杨景	乾隆六十年（1795）	嘉庆八年（1803）博雅堂刊	卷首有凡例六则
《白圭志》四集十六回	崔象川	嘉庆三年（1798）以前	嘉庆十二年（1807）永安堂刊	卷首有凡例六则
《红楼梦补》四十八回	归锄子	约成书于嘉庆二十四年	清道光十三年（1833）藤花榭重刊	卷首有叙略七则
《三分梦全传》十六回（又名《醒梦录》）	张士登	约成书于嘉庆二十三、二十四年	道光二十八年（1848）刊	卷首残存凡例九则
《儒林外史》五十六回	吴敬梓	约乾隆年间	同治十三年（1874）齐省堂增订本	卷首有例言五则
《野叟曝言》二十卷一百五十二回	夏敬渠	乾隆年间	光绪七年（1881）毗陵汇珍楼新刊活字本	卷首有凡例六则
《三国志演义》一百二十回	罗贯中	元末明初	光绪十六年（1890）广百宋斋校印	《绘图增像第一才子书》卷首有许时庚撰《三国志演义补例》
《海上花列传》六十四回	花也怜侬（即韩邦庆）	清末	初刊于光绪十八年《海上奇书》杂志，光绪二十年出版单行本	卷首有例言十则

续表

书名	作者	成书时间	抄写、刊刻者及其时间	备注
《万国演义》六十卷四百六十则	沈惟贤辑著	光绪年间	光绪二十九年（1903）作新社排印本	卷首有凡例六则
《水浒传》一百二十回	施耐庵	元末明初	光绪三十四年（1908）刊《新评水浒传》	卷首有清末燕南尚生所撰凡例十一则
《洪秀全演义》五十四回	黄小配	1905 年连载于香港《有所谓》报附页	光绪三十四年（1908）石印本	卷首有例言，不分则
《新七侠五义》二十四回	治逸	晚清	宣统元年（1909）小说改良社铅印本	卷首有凡例七则

（原载《文学评论》2010 年第 6 期）

重论中国现代文学中现实主义的起源及其特征

——从近、现代社会与文化的转型出发

·栾梅健·

一

长期以来，人们对中国现代文学中现实主义的论说可谓是连篇累牍、汗牛充栋，构成了中国现当代文艺批评史上的一大奇观。然而，当我们今天重新来审视这些论点时，却不无遗憾地发现：许多观点都不可避免地带有了历史的局限，或者由于观察视角的缺陷，尽管洋洋洒洒，但论述起来却不得要领。

在20世纪五六十年代，被公认为具有“相当的代表性”的观点，是冯雪峰在《中国文学从古典现实主义到无产阶级现实主义的发展的一个轮廓》中的论述：

> ……“五四”新文学吸收了中国文学中古典现实主义的基本精神和优点，并加以发扬，加以现代化，这是“五四”新文学中现实主义的本国的来源；“五四”新文学又吸收了外国进步文学中现实主义的经验与方法，而加以应用和民族化，这是“五四”新文学中现实主义的世界的来源。“五四”新文学，就是在这两种来源的基础之上，在从“五四”以来的人民革命的时代中，体现着我们民族的创造力，独立地创造出了以鲁迅为代表的辉煌的革命现实主义。……“五四”时的新文学虽然还不是社会主义现实主义的文学，但其中有社会主义的因素，于是在革命发展的现实基础上，在苏联社会主义现实主义的影响下，从鲁迅所奠定的“五四”的现实主义而发展到社会主义现实主义。①

① 《雪峰文集》(二)，人民文学出版社，1983，第435～441页。

在冯雪峰的心目中，现实主义主要分为四个阶段：古典现实主义、资产阶级现实主义、革命现实主义和无产阶级现实主义。“五四”文学正处于革命现实主义的阶段。在这里，所有的文学创作方法都被理解为现实主义，唯一不同的只是阶级思想的性质；也就是说，从古到今只存在一种创作方法，即现实主义。应该说，这不是把创作方法理解为处理文学创作与现实关系上所持的态度和遵循的原则，而是从反映论的角度对文学与生活关系做出的解释。正如陈思和先生所言：“尽管文学是人们审美把握来表现对客观世界的各种认识，它离不开创作者的主体意识，但归根结底，客观世界总是作为人的认识对象，或成为文学现象的生存依据，文学总是现实的精神投射。从这个意义上说，自有文学以来，凡优秀的作品都离不开现实，或现实主义。”① 冯雪峰的观点，正是把现实主义作为一种反映论来理解。从这里出发，冯雪峰把正视与揭露现实的文学创作以及在作品中所渗透出来的这种“精神”，都一概理解为现实主义的内容。把现实主义界定在反映论的层面上，冯雪峰的这种观点自然能自圆其说，但是，作为一种对具体的创作方法的研究，却显得过于空疏与宽泛。无论是对于文学理论的研究，还是对于文学创作的指导，这种观点都缺乏切实的理论价值与指导意义。

进入20世纪80年代以后，众多研究者迅速将现实主义从反映论的层面上分离出来，而真正从创作论的角度对现实主义加以具体、细致的研究。这些研究的集大成者和重要代表作，当推温儒敏先生的博士论文《新文学现实主义的流变》② 一书。温著对现实主义在中国产生的条件、特点、演变与得失进行了系统的考察与分析，不乏真知灼见。

他这样论述现实主义文学思潮在“五四”时期出现的原因：

> 作为一般的现实主义创作精神或方法，在传统文学中就已经存在，而现实主义文学思潮则完全是现代的产物，在我国，是“五四”新文化运动之后才出现的现代文化意识的一部分。它主要并非由古代文学的传统延伸发展而来，尽管不难寻出其间的某些历史联系，它基本上是在对外国文学横向吸收和改造中所形成的新的文学思潮，可以说是世界性现实主义思潮传入的结果。在20年代，新文学现实主义主要接受了19世纪欧洲现实主义包括俄国现实主义的影响，三四十年代，又逐渐融会了

① 陈思和：《中国新文学整体观》，上海文艺出版社，1987，第71页。

② 该书由北京大学出版社1988年出版。

社会主义现实主义的成分。[①]

在这里，温儒敏先生将现实主义文学思潮在“五四”时期出现的原因，归结为基本上是“对外国文学横向吸收和改造”的产物，是一种“传入的结果”。

从影响研究的角度来观察，一国文学对另一国文学产生作用与影响，其前提是受影响国已经具备了接受作用与影响的条件，如此影响才能有效。人们通常所说的外因必须通过内因起作用，说的也正是这个道理。因此，如果仅仅将“五四”新文学现实主义的产生归之为对外国文学的横向吸收与所受影响，那么就可能接触不到问题的核心。

不过，温儒敏先生事实上在提出了上述结论之后也并没有停止思考，而是继续深入下去，认为下述三个方面构成了我国“五四”文学横向吸收西方现实主义的“土壤”。这三个方面是：“首先，新文化运动是前所未有的反封建思想革命运动，它对中国封建传统文化的整体性批判，是与对外国文化的整体性认同同时进行。”“其次，‘五四’时期左右文坛空气的主要读者层，也已经从近代的一般市民转变为受科学民主思想熏陶的小资产阶级知识分子，他们有更开放更健全的审美要求，迫切希望摆脱‘瞒与骗’的封建传统文学，寻求真实反映现实人生的文学。”“第三，‘五四’时期（特别是五四运动前后几年）是新旧交替的时期，也是动荡的时期，思想文化界相对来说还比较自由。加上西方各种新思潮涌进，中西文化发生空前的碰撞交融，更是形成我国历史上难得有过的思想解放时代。”[②]

毋庸置疑，这三个方面都说出了“五四”时期现实主义产生的部分理由，确实是探讨现实主义产生时不可忽视的因素。不过，由于论题的限制，他这三个方面原因的归纳也稍稍有些宽泛。

先说第一点“对外国文化的整体性认同”。这确是“五四”时期带有鲜明印记的时代潮流，好的绝对的好，坏的绝对的坏，盲目崇尚与模仿西方文化。问题则是：西方文学思潮比比皆是，诸如写实主义、浪漫主义、印象主义、象征主义、未来主义等等，为什么这时偏偏钟情于现实主义呢？用整体性认同来解释显然不通。再说第二点，新式读者需要“更开放更健全的审美要求”。在“五四”时期，沈雁冰、周作人等人都明确地意识到现实主义在

---

① 温儒敏：《新文学现实主义的流变》，北京大学出版社，1988，第2~3页。

② 温儒敏：《新文学现实主义的流变》，北京大学出版社，1988，第2~3页。

西方已成“衰歇”之态。如沈雁冰认为“写实主义不过是文学进化过程中的一段路程，决不是文学的极则”,[①] 认为“新浪漫主义”才是更高级的创作方法。对于要求“更开放更健全的审美要求”的新式读者来说，主动放弃更高级的新浪漫主义而去俯就已见衰歇之象的写实主义，于情于理都是说不通的。至于第三点，“五四”是“难得有过的思想解放时代”，其实只是一种较为宏观的时代背景，对于各种新思潮、新观念都同样适宜，用以说明现实主义产生的原因自然过于笼统。

当然，这些并不有损温著重要的学术价值；相反，它为我们的进一步思考留下了有益的启示。

二

在深入研究之后，我们可以清楚地发现：现实主义创作方法是工业文明的产物。

现实主义作为一种创作方法，它是与特定时期的人们对待人与自然、人与社会的态度密切相关的。人们对自然、社会的认识程度以及所遵奉的原则，从根本上决定了人们的思维层次与观察视角。表现到文学创作上，也就从根本上决定了作家对社会生活采取什么样的观照方式与表现方式。任何创作方法产生的原因，都概莫能外。

在古代，由于人们征服、改造自然的能力还停留在一个较低的水平，因而他们对自然现象、宇宙本质乃至人自身，都缺乏一种清醒的科学的认识。他们既不能对变幻莫测的自然现象做出合理的解释，又不能充分地发现与肯定自身的价值，在这种背景下，宗教文化、神灵文化便有了滋生的土壤。对于这种情况，“五四”新文化工作者也已有较为清晰的感悟。陈独秀认为我国古典文学有三大弊端：“曰，贵族文学，藻饰依他，失独立自尊之气象也。古典文学，铺张堆砌，失抒情写实之旨也。山林文学，深晦艰涩，自以为名山著述，于其群之大多数无所裨益也。其形体则陈陈相因，有肉无骨，有形无神，乃装饰品而非实用品。其内容则目光不越帝王权贵，神仙鬼怪，及其个人之穷通利达。”尽管陈独秀对贵族文学、古典文学、山林文学的表述仍嫌不够明晰，但他却发现了我国古典文学整体性的错误。对于这种错误的原因，陈独秀进一步认为：“所谓宇宙，所谓人生，所谓社会，举非其构思所及，此

---

① 沈雁冰：《近代文学体系的研究》，见《中国文学变迁史》，新文化书社，1921。

三种文学共同之缺点也。”① 这种从宇宙、人生、社会皆非古代作家“构思所及”的角度来认识古典文学的弊端，我们认为正说中了问题的要害。

也正是出于古代作家在对待人生、自然、社会等方面愚昧、落后的认识，“五四”新文学工作者认识到我国古典文学非写实的一面。周作人在《人的文学》中惊世骇俗地将《西游记》、《水浒》、《聊斋志异》等众多文学名著归于非人的文学，认为它们是妨碍人性的生长、应该加以排斥的东西。鲁迅认为《三国演义》中对诸葛亮的刻画采取了过于神化的态度，致使诸葛亮“近妖”而失去现实的成分。胡适则大胆宣称：“从没有说过一句从文学观点赞美《红楼梦》的话。”因为，他认为《红楼梦》中所写“主角是赤霞宫神瑛侍者投胎的，是含玉而生的”，② 以及不少如太虚境、警幻曲等神怪描写，都足以使《红楼梦》丧失在文学观念上的重要价值……尽管周作人、鲁迅、胡适等人对《红楼梦》、《三国演义》、《水浒》等我国最重要的文学名著采取了过于简单与片面的否定评价，然而，他们的否定也昭示了这样一个事实：从文学进化的角度来看，上述名著都还不是严格写实主义意义上的佳作。

这一论断是可以成立的。尽管人们可以从《红楼梦》等作品中发现深广的现实内容，以及丰富的现实主义精神与倾向，但是从创作方法的角度将它们认定为现实主义的作品，却也不符合这些作品的实际。它们都还不是真正创作方法意义上的现实主义作品。

那么，什么是创作方法意义上的现实主义作品呢？它们又是怎么产生的呢？

从人类历史的发展进程来看，工业革命的产生是将人类从中世纪的黑暗中解放出来的根本原因。随着生产力的提高，人们对自然、社会的认识达到了前所未有的高度。人类第一次欣喜地发现，神秘莫测的自然现象是可以被人们所认识、所改造的；机器生产也使得人们相信科学技术才是推动社会进步、提高社会生产力的重要手段。在这种背景下，神学与宗教文化土崩瓦解了，人们相信的是科学，相信的是理性原则。美国当代著名社会学家贝尔这样表述：

> 19 世纪的中心意识是把社会看成一面大网（文学里的生动幻象是一张蜘蛛网）。用较抽象的哲学术语表达，如黑格尔所述，每一种文化，每

① 陈独秀：《文学革命论》，载《新青年》第 2 卷第 6 号。

② 《1960 年 11 月 24 日致高阳信》，见《胡适论古典文学》，上海古籍出版社。

> 一历史“时期”，以及与它们相应的那个社会，都是一个结构严密的整体，由某种内部原则来扎成型。这种内部原则，对黑格尔来说是内在精神（Geist），对马克思来说是决定所有社会关系的生产方式。①

当整个社会被人们认为是有序的，是可以加以认识与改造的时候，与之相适应的，人们便自然围绕着对空间和时间的理性思考而组织建立起某种正式的艺术原则，力图把一种具有深度的空间和具有顺序时间的理性宇宙结构学转化成艺术。人们可以肯定，这正是现实主义创作方法产生的最根本原因。

既然社会是一张大网，而各个网络之间又存在着内在的联系，作家们便自然对社会采取一种理性观察与描写的态度。他们通过对社会生活的客观描写，好奇地注视着各个阶级是如何生活的，人物的性格与命运又是如何变迁的。而在这里，检验文学作品是否成功的试金石便是经验的介入。当文学作品中的描写反映或印证了社会真相时，人们便会惊叹它的成功；反之，则会被认为是不成功的作品。西方从 15 世纪到 19 世纪一度成为西欧文学主潮的现实主义文学，正是在这个大背景下产生，并受这个大背景制约的。

现实主义创作大师巴尔扎克认为：“……我搜罗了许多事实，又以热情作为元素，将这些事实如实地摹写出来。”② 这是巴尔扎克对现实主义创作方法的理解。法国现实主义绘画的开创者库尔则宣称：“像我所见到的那样如实地表现出我那个时代的风俗、思想和它的面貌，一句话，创造活的艺术，这就是我的目的。”③ 人们自然还可以联想到福楼拜、狄更斯、龚古尔兄弟、左拉、莫泊桑、托尔斯泰、易卜生等一大批现实主义作家对现实主义创作方法的精彩表述，需要指出的是这些精彩表述只有放在将社会理解为一张有着蛛网式内在联系的大背景下，才会具有时代意义与主流特征。

回到我们所论述的“五四”新文学中来。科学和民主思想，理性原则和近代人文精神，既有着我国自鸦片战争以后逐渐发展起来的工业化进程的脆弱基础，又有着从西方进步思潮中引进的强大外力作用。它们作为一种合力，使得科学与民主思潮成为当时无可争议的主流意识。在这种背景下，表现到文学中，如陈独秀所言愚昧落后的贵族文学、古典文学、山林文学注定要退出历史的舞台。现实主义创作方法的出现其实已是水到渠成、别无选择。

---

① 〔美〕丹尼尔·贝尔：《资本主义文化矛盾》，赵一凡等译，三联书店，1989，第 54 页

② 〔法〕巴尔扎克：《人间喜剧·前言》，见《外国作家谈创作经验》（上），山东人民出版社，1980，第 242 页。

③ 伍蠡甫：《西方文论选》（下），上海译文出版社，1979，第 220 页。

沈雁冰在《文学与人生》一文中如此说道：

> 近代西洋的文学是写实的，就因为近代的时代精神是科学的。科学的精神重在求真，故文艺亦以求真为唯一目的。科学家的态度重客观的观察，故文学也重客观的描写。因为求真，因为重客观的描写，故眼睛里看见的是怎样一个样子，就怎样写。又因为尊重个性，所以大家觉得东西尽是特别，或不好，不可因怕人不理会，就不说。心里怎样想，口里就怎样说。老老实实，不可欺人。这是近世时代精神见于文艺上的例子。①

这一段话，是对新文学现实主义产生原因的最好诠释，也是对我们上述观点的最好证明。

不过，有人或许会问：为什么“五四”作家不接受“最先进的浪漫主义”，② 而屈就于提倡现实主义呢？沈雁冰认为：“我主张先要大力地介绍写实主义和自然主义，但又坚决地反对提倡他们。……我认为中国的新文学要提倡新浪漫主义。”③ 可见新浪漫主义是比写实主义更进一层的文学主张。对于这一问题的解答，我们认为仍然应该回到时代背景上来。西方工业化进程历经数百年的发展，至19世纪末已经出现了根本性的变化。正如我们习惯于将西方工业化进程区分为前工业与后工业那样，到19世纪末，西方工业文明已进入了它的成熟期，并逐渐显示出它对人性的异化影响。经济主宰着人们的生活，高科技成为当代人类的图腾，丰富多样的人类生活变成单薄无情的分工角色，正如《发达资本主义时代的抒情诗人》中译本序言所说：“机械以它轰然的节奏打破了个性生活的整体，一如它侵损了自然的整体。在机械面前，人要么通过接受机械训练而变得合乎规范，要么毫无防备地陷入震惊。在此，经验与体验、意识与无意识明确地分离开来，这种分离无疑是现代主义的专利。”④ 在这里，对于社会存在着蛛网式内在联系的想法已大大削弱，非理性的念头又在更高的层次回归到人们的脑海中。世界已变得如此陌生，如此深不可测。正是这样的时代背景，立体主义、未来主义、印象主义、达

① 原载《松江第一次暑期学术演讲录》1922年第1期。

② 当时沈雁冰等人所指的新浪漫主义，其实是指19世纪末西方开始出现的现代主义文艺思潮。

③ 沈雁冰：《商务印书馆编译所生活之二》，载《新文学史料》第二辑，第53～54页。

④ 见本雅明《发达资本主义时代的抒情诗人》之中译本（张旭东等译）序，三联书店，1989。

达主义等所谓现代主义文艺思潮，在19世纪末开始在西方社会萌生，并逐渐扩散开来。而这种情形，对于刚刚接受工业文明洗礼的中国20世纪二三十年代的作家来说，还显得为时过早。他们喜欢接受的仍然是基于“前工业文明”形态的现实主义。当时重要的文艺理论家沈雁冰认为：“写实主义的文学，最近已见衰歇之象，就世界观之立点言之，似已不应多为介绍；然就国内文学界情形言之，写实主义之真精神与写实主义之真杰作未尝有其一二，故同人以为写实主义在今日尚有切实介绍之必要，而同时非写实的文学亦应充其量输入，以为进一层之预备。”[①] 开设过“小说新潮栏”专门介绍西方最新文学动态的沈雁冰，对世界文学的大势是相当了解的，他舍新求旧推崇写实主义，我们认为从深层的角度观察正是我国当时“前工业文明”的特点使然。

也只有从这个角度观察，我们才能发现鲁迅先生对中国传统文学瞒与骗的批判，以及对现实主义创作方法的提倡是那样的底气充足：“世界日日改变，我们的作家取下假面，真诚地，深入地，大胆地看取人生并且写出他的血和肉来的时候早到了！”[②] 现实主义在这时候出现，正是恰逢其时。

三

尽管我们可以指出作为创作方法的现实主义在我国20世纪二三十年代出现的深层原因，然而一个同样值得我们重视的问题是：我国20世纪二三十年代的现实主义与19世纪西方经典现实主义相比仍然有着明显的差异，这其中的原因又是什么呢？它会动摇我们立论的基础吗？

从我国现实主义产生的土壤分析，我们认为起码在三个方面与西方现实主义产生的土壤有较大的差别。

第一，20世纪初我国薄弱的近、现代工业经济基础。自鸦片战争开始的我国现代工业化进程，至20世纪二三十年代尚不足一百年的时间，加之我国社会当时还处于一种半殖民地半封建的状态，这就使得我国现代工业化的发展很不平衡，与真正意义上的工业化国家尚有相当遥远的距离。而西方工业化国家，发展到19世纪已经形成了相当完备与周密的工业体系，工业革命的成果已深入人心。因此，我们尽管可以指出工业化进程是我国现实主义产生的根本原因，一种使外因发生作用的事物内部方面的因素，但是同时，我们

---

① 沈雁冰：《改革宣言》，载《小说月报》1921年第1期。

② 鲁迅：《坟·论睁了眼看》，《鲁迅全集》第1卷，人民文学出版社，1981，第237页。

也清醒地意识到，作为我国现实主义出现的表现形式，往往体现为少数先知先觉者对西方文艺思潮的借鉴、引用与移植。表现到现实主义中，西方19世纪现实主义文艺思潮呈现出一种瓜熟蒂落、顺理成章的运行形式。而在我国，由于缺乏工业经济基础方面强有力的推动作用，因此在引进过程中，中国化特色便不可避免。

第二，中国传统文学观念的影响。尽管“五四”新文学工作者往往以一种全面否定传统文学的姿态出现，但是也正如我们指出的，薄弱的近、现代工业经济基础使这些新的观点、新的思潮失去有效的支撑点，好像是一片无根的浮萍。因此，长达数千年的传统文学观念不仅不可能得到彻底的清算，而且还极有可能寄寓于新形式中得以“借尸还魂”。当西方现实主义文艺思潮引入中国时，人们便自然想到我国古已有之的现实主义文学精神与倾向，与创作方法的现实主义混为一谈，当现代现实主义强调在客观描写的同时还应表现一定的主观情感时，人们也就自然地联想到我国传统文学中“经世致用”、“文以载道”的文学主张。凡此种种，都使得现实主义在新文学中的出现受到传统文学的牵引，有时甚至会使新文学工作者自身迷失方向。

第三，当时特定的现实环境因素。20世纪二三十年代，我国正处于战乱频繁、民不聊生的动荡时期，现实主义的产生并不是出现在工业化进程平稳发展之际，当时如火如荼的反帝反封建斗争，成为人们最为关注的焦点。对于现实主义的介绍与引进，在很大程度上并不是因为对这种创作方法的特殊喜爱，而往往表现为对现实生活的功利需求。当时瞿秋白就这样宣称：“我们决不愿意空标一个写实主义或象征主义、新理想主义来提倡外国文学，只有中国社会所要求，我们的文学才介绍。”① 这种观点几乎可以代表当时众多作家的共同想法。因此，现实斗争的需要，与现实生活保持密切联系的共同愿望，促使了现实主义创作方法在中国的引进不可能完全照搬西方的模式，这确是当时特定的现实环境所决定的。

正是由于我国现实主义土壤在上述三个方面的特殊性，因此，我国现实主义文艺思潮的面貌便具有了中国化的特点。

作为一种创作理论，现实主义在19世纪西方的产生是以其科学精神为理论依据的；与之相适应，它也形成了一套相对稳定的艺术观与表现手法。按生活的本来面目反映生活是这一创作方法的首要原则。你看，巴尔扎克这样

① 《俄罗斯名家短篇小说·序》，《瞿秋白文集》第2册，人民文学出版社，1986，第249页。

认为："只要严格摹写现实，一个作家可以成为或多或少忠实的、或多或少成功的、耐心的或勇敢的描绘人类典型的画家、讲述私生活戏剧的人、社会设备的考古学家、职业名册的编纂者、善恶的登记员。"① 一句话，"从来小说家就是自己同时代人们的秘书"。② 正因为巴尔扎克如此严格地摹写现实，故而他在作品中违背了他的政治偏见，写出了他心爱的贵族阶级必然灭亡的命运，被恩格斯誉为现实主义的伟大胜利。然而，在我国20世纪二三十年代的现实主义文艺运动中，从"为人生"的艺术到社会主义现实主义的提倡，充盈着作者强烈的思想情感与明确的主观意图。福楼拜认为，"伟大的艺术应该是科学的、客观的"，"艺术家不应该在他的作品里露面，就像上帝不应该在自然里露面一样"。③ 而我国该时期的作家却偏偏喜欢露面，而且往往是那么急不可待。

茅盾的例子可能是最为典型的。

在"五四"新文学运动初期，这位提倡自然主义④的健将认为："描写不求忠实，乃中国文人之通病"，也是"中国文学不能发展的原因"。⑤ 于是他转向自然主义，认为西方经受过近代科学精神洗礼的自然主义，正是反对传统文学"主观的向壁虚造"的消毒剂，"对于浸在旧文学观念里而不能自拔的读者，也是绝妙的兴奋剂"。⑥ 他在《自然主义与中国小说》一文中，对将客观写实方法的优点发展到"极致"的自然主义作了较为系统与全面的阐释，并构成了他提倡现实主义创作方法的重要起点。在这里，我们发现这与他所推崇的法国自然主义大师左拉的理论是一脉相承的。

然而到了20世纪30年代，那种"以具体的代替抽象的，以严格的分析代替单凭经验所得的公式"⑦ 的自然主义创作主张，已经遭到了茅盾的唾弃。

---

① 〔法〕巴尔扎克：《人间喜剧·前言》，见《外国作家谈创作经验》（上），山东人民出版社，1980，第236页。

② 〔法〕巴尔扎克：《〈古物陈列室〉、〈钢巴拉〉初版序言》，《外国作家谈创作经验》（上），山东人民出版社，1980，第227页。

③ 参见腓力克思·达文《巴尔扎克十九世纪风俗研究·序言》，见《古典文艺理论译丛》，第3辑。

④ 现今国外许多文学史家都笼统地把现实主义与自然主义看做是文学发展中的同一个大阶段，两者只有描写上客观化程度之分，而没有本质的不同。

⑤ 参见沈雁冰《致周赞襄》，载《小说月报》第13卷第2号。

⑥ 参见沈雁冰《自然主义与中国现代小说》，载《小说月报》1922年第13卷第7号。

⑦ 〔法〕左拉：《戏剧上的自然主义》，见《西方文论选》（下），上海译文出版社，1979，第246页。

他大胆地宣称自己“在构思过程中老是先从一个社会科学的命题开始”。[①] 这种从主题到生活的创作路数，与他原先提倡的“如实描写方法”，其距离该是何等的遥远！他在《子夜》中对中国各阶级状况的刻意分析，在《春蚕》等作品中先入为主的创作模式，都使他远离了他当年提倡的自然主义创作方针。

这是一个巨大历史时代的开端，其间必然会有挫折与反复、进步与倒退。但是，从一种总的趋势与背景上观察，工业文明的成果毕竟已经在中国这块古老的农业大国中占有了一席之地，并且作为一种代表进步与先进的观念，已成为人们判断是非、衡量作品的一个重要参照。在现实主义文艺思潮的发展中，尽管有伪现实主义、假现实主义，但是人们对现实主义却有了一个不变的原则。这是在“五四”以前的古代文学中所不能想象的。这一重要参照系的确定，得益于科学、民主思想，得利于工业文明已经在中国拥有了尽管还算不上肥沃的土壤。

你看叶圣陶，这位人生派的写实作家默默地在创作中坚持着他的主张：“从原料讲，要是真实的，深厚的，不说那些浮游无着、不可征验的话；从态度讲，要是诚恳的，严肃的，不取那些油滑轻薄十分卑鄙的样子。”[②] 他的作品，从《饭》、《潘先生在难中》到《倪焕之》，也正散发着现实主义的持久魅力。

老舍、曹禺这些在当时并不算怎么激进的作家，没有什么宏阔的主张，也没有什么高深的理想，只是平实地从事着他们的创作，《老张的哲学》、《离婚》、《雷雨》、《日出》等作品的现实主义成就，却将长久地在中国现代文学史上熠熠闪光。

毕竟，我们已经拥有了一个重要的参照系。在这样一个“前工业文明”的国度中，我们诸多的现代文学作家已经确立起了他们认识世界与表现世界的基本立场与观察视角。

（原载《南京社会科学》2010 年第 1 期）

---

① 茅盾：《我怎样写〈春蚕〉》，载《青年知识》1945 年 10 月第 1 卷第 3 期。

② 叶圣陶：《诚实的自己的话》，载《小说月报》1924 年 1 月 10 日第 15 卷第 1 号。

新小说时期趣味文学传统的形成

·周乐诗·

20世纪初的新小说，是中国文学从传统向现代转型过程中的重要阶段，也是中国文人从传统士人向现代知识分子身份转换过程中的重要环节。新小说是这一时期已被边缘化的文人和文学力图重新中心化的一种努力。

而文学的现代转型和知识分子的身份转换并没有通过新小说完成和确定。新小说过于显豁的政治功利主张，反而限制了它在文学上的成就。而文学近代化过程中产生的游戏观念和商业化倾向发展出的另一种文学现代化的向度，在新小说经历了短暂的以政治功能为主要追求的阶段后，逐渐占据上风，并使新小说转向非政治化的通俗言情小说，最终以鸳鸯蝴蝶派文学作为收束，在20世纪初的文学中成为一时大观。

而新小说中期开始的非政治化转向，呈现为一种女性化的文学特征。它不但是对文学中性别资源的调动，而且发展出了文学现代化的另一种走向，形成了现代文学的一个非主流传统。对新小说始于政治，终于言情；始于男性化的阳刚，终于女性化的阴柔的过程和缘由的探讨，有助于我们认识这一传统的发生和形成。

一　双性气质成就了新小说的繁荣

始于1902年的新小说时期通常被注意到的是它在政治小说方面的表现，这和梁启超对新小说的主张以及梁启超本人的新小说实践相关。但这一时期小说创作的主流，也是成就最高的是谴责小说。实际上，这些创作构成了小说界革命的主要实践。谴责小说的主要作者是像李伯元和吴趼人那样的新式士人，他们选择办报作为自己的志业，退出对政治的参与，是传统士人向现代知识分子转型的非常典型的例子。他们实际上已经被近代社会边缘化，失去了参政的权利。“谴责小说”中那些常含诙谐而刻毒的描写，传达了他们无奈而又感伤的情绪，也反映了他们在政治身份失落时，以边缘挑战中心的愿望。新派士人从自身边缘地位出发，对新小说主张提升小说这样一个边缘的文体，赋予它“文学之最上乘”[①] 的“国民之魂”，[②] 让它上升为救国救民的灵丹妙药，具有一种声气同求的感应，暗合了他们对士以天下为己任的精神的传承，满足了他们重振文学声望和提升自我的意愿，因此，梁启超的新小说主张一经提出，可谓一呼百应，得到了文学界几乎所有人的支持和热烈回应。

女性在传统社会的地位，颇相似于小说，都面临从无足轻重的边缘位置，向社会和文化中心移动的机遇。而对小说的革新和小说地位的重估，与对女性的教化和女性地位的提高，形成了当时一种对文化要求上的同构性。当时的文人在分析中国社会现状时，既把一切社会弊端的根源归之于小说；又把一切社会变革的希望寄于小说。这和他们对女性现状的分析思路完全一样。试看金一在《女子世界》发刊词上的表达——“欲新中国，必新女子；欲强中国，必强女子；欲文明中国，必先文明我女子，必先普救我女子，无可疑也”。[③] 这和梁启超倡导新小说的纲领性论著《论小说与群治之关系》中的表达“今日欲改良群治，必自小说界革命始；欲新民，必自新小说始”[④] 何其相似乃尔。而金一对女性作用的提升：谓 20 世纪中国之世界，女子之世界，亦何不可?[⑤] 以及当时这种风气下，对女性寄予的极高期待，如“中国的灭亡，挽救于女子，亦未可知”，[⑥] 与梁启超将国家兴亡寄予新小说如出一辙。也因此，近代思想和文化总是将女性与国家民族联系在一起进行提升。

不管是小说还是女性，都具有以边缘身份挑战中心，以提升自身地位的内在动力。他们以这样一种姿态，去趋近以文学建构现代民族国家主体和现代个人主体的理想，达到他们当时所信仰的社会和个人的进化。它们的文化表征，都是一种从边缘的女性话语向男性话语转换的努力。虽然新小说中的政治小说有着强硬的男性话语意味，但谴责小说的讽喻性和其他类型如写情

① 饮冰：《论小说与群治之关系》，载陈平原、夏晓虹编《二十世纪中国小说理论资料》（1897 年 ~ 1916 年），北京大学出版社，1989。

② 任公：《译印政治小说序》，载陈平原、夏晓虹编《二十世纪中国小说理论资料》（1897 年 ~ 1916 年），北京大学出版社，1989。

③ 金一：《女子世界》发刊词，载丁初我等编《女子世界》，大同印书局，1904。

④ 饮冰：《论小说与群治之关系》，载陈平原、夏晓虹编《二十世纪中国小说理论资料》（1897 年 ~ 1916 年），北京大学出版社，1989。

⑤ 金一：《女子世界》发刊词，载丁初我等编《女子世界》，大同印书局，1904。

⑥ 夜郎：《劝女子入学堂说》，《女子世界》1904 年第 2 期。

小说的感性，都有两性气质的互相渗透。

许多学者都注意到了20世纪初中国小说突然繁荣的现象。“到了20世纪初，中国小说突然一下子出现了空前的繁荣局面。短短几年时间内，出版的小说总数‘至少在两千种以上’。目前已知的（包括存目）也有千余种。”①对此，阿英在《晚清小说史》中有一种全新的解释，常常为人引用：

> 第一，当然是由于印刷事业的发达，没有此前那样刻书的困难；由于新闻事业的发达，在运用上需要多量生产。第二，是当时知识阶层受了西洋文化影响，从社会意义上，认识了小说的重要性。第三，就是清室屡挫于外敌，政治又极窳败，大家知道不足与有为，遂写小说，以事抨击，并提倡维新与革命。②

阿英提到的第一个原因非常重要，它是近代文学得以迅速发展的基本条件和物质保证。近代印刷工业的进步，直接推动了报刊和书籍业的迅猛发展，为文化传播提供了必要的社会经济土壤。而近代稿费版税制度的逐渐建立，使文人经济和思想的独立，有了可能。经济收益不仅养成了书商，也养成了以写作谋生的新式文人。阿英指出20世纪初小说繁荣的另一个重要原因，是维新和革命对小说的促进。显然，新小说的倡导是一个最为直接的原因。“新小说”主张明显刺激了小说数量的急剧增长，形成了小说在20世纪初的一个小高潮。阿英的说法只能解释1902至1905年短短几年中以张扬政治见解为主的小说高潮，而无法解释1906年之后小说转向更为多元的发展，形成的新的高潮。这种转向带有对前一时期政治小说过于阳刚的抵触倾向，以一种阴柔的特征向后一时期“鸳蝴小说”的风格滑动。而最终使以言情为最显著特征的通俗小说，以高过新小说一浪的势头把民初小说的繁荣推向一个新的高潮。

周蕾教授认为：“在现代中国那段时期中，不仅以革新的气象著称，而且往往更是亟欲斩断与过往的关系，这段期间中，‘女性的细节之处’变得十分格外突出。……中国现代主义也包括了对于‘新’领域的殷切创造与发挥，关于女性更是如此。不论在心智方面或是身体方面，社会研究方面或是虚构方面，对于女性的热切探索产生一种新的窥看主义，成为严肃爱国主义的另一面。如此的窥看主义所产生的细节之处，与现代国族建构的严肃性相违逆，

---

① 袁进：《中国小说的近代变革》，中国社会科学出版社，1992。

② 阿英：《晚清小说史》，作家出版社，1955。

即使是这样的细节往往匿迹于传统形而上学、人性或革命的语言之中”①。1906 年之后的文学，更多地呈现了一种个人化的、趣味化的、通俗化的文学品质，周蕾教授把它看做是一种女性化的文学，这种女性化的文学，和基于国族想象的宏大叙事形成了一种冲撞。借用周蕾教授的这一说法，新小说阶段的文学具有双性化的特征，它既有强烈的具有阳刚气的政治诉求，又有阴柔的更具渗透力的个性化趣味，两者构成了一种巨大的张力，彼此冲突激荡，成就了这一时期的文学繁荣。

二 借新小说激发的文学娱乐功能

传统小说的娱乐性，一直为正统文学所诟病。小说界革命首先要革的，就是它迎合底层市民消遣心理的诲淫诲盗的一面。但政治小说并不能垄断新小说的创作，小说的娱乐功能非但没有被新文学革掉，反而因为小说地位的提升，而成为新文学的重要特征，或者还可以说，成为文学近代化的重要特征。这一特征，首先是在对自身传统的发现和发掘中产生的。

我们可以回溯一下近代文学娱乐功能渐趋发达的历程。

19 世纪末戊戌变法的失败，让政治层面的改革无法推进，中国知识分子对现代化道路的多方寻找屡遭碰壁。此时的文学，虽然被急功近利的改革暂时边缘化，但这个时代到处弥漫的沮丧情绪，难免让 19 世纪后半期的文学，染上萎顿不振的气息。文学变得前所未有的放任不羁，从而使得文学传统中一直受到压抑的非功利的个性化的文学趣味有机会露头并有所发展。文学的商业化不但让大众读者取代了原先狭窄的士阶层的读者，也使文学的娱乐功能迅速发达。

当时成一时风气的文学趣味，是非政治化的游戏说。这在和小说发展最密切相关的报刊上，表现尤为明显。清末的文学，特别是小说，可说是报刊的副产品。李伯元是最早用“游戏”注册刊名的。1897 年 6 月，《游戏报》在上海创办，据阿英《晚清文艺报刊述略》，它是中国第一份小报。它在当时影响巨大，被誉为“晚清文艺小报之巨擘”。紧接着有《笑报》创刊，同样以闾巷风情，奇闻趣谈，妓院花讯作为关注点。之后，以游戏和趣味为号召的报刊，在清末民初纷纷出笼。光看这些报名，就能见其重趣味，讲游戏的用心所在。如：《奇闻报》（1897 年创刊）、《趣报》（1898 年创刊）、《笑林

---

① 〔美〕周蕾：《妇女与中国现代性》，上海三联书店，2008。

报》（1901 年创刊）、《春江花月报》（1901 年创刊）、《花天日报》（1902 年创刊）。这些小报是完全为市民提供消闲娱乐服务的报纸，它们紧贴市民生活，内容涵盖市民生活的方方面面，如刊登食谱、诗钟、文虎、常识、梨园、北里、俳优、新闻、小说、词曲等，以满足市民休闲娱乐需求为宗旨。当时，几乎每个小说杂志都刊笑话，还开设有“谐谈”、“异闻”、“琐言”、“剩墨”各种名目的笑话专栏。像《月月小说》、《小说林》、《小说月报》等几个大牌杂志，不但登载“中笑林”，而且登载“西笑林”。这种趣味化的倾向还影响到当时的小说创作，吴趼人、李伯元等作家，不但在报刊上写作笑话，还把“笑话”带入了小说。吴趼人说：“窃谓文字一道，其所以入人者，壮词不如谐语，故笑话小说尚焉。”① 有的小说还直接以笑话命名作为吸引读者的手段，如老林的《学堂笑话》、傀儡山人的《官场笑话》等。而受到 19 世纪中期开始发展的狭邪小说的影响，报刊对风花雪月的趣味渐浓。小报纷纷以花、伶两界逸闻为自己的主要内容，开娱乐新闻之先河。而李伯元主持的《游戏报》等，常常以开花榜作为对读者的一种重要的号召力。

这种新的文学趣味虽然有传统渊源，如最近可以追溯到晚明公安三袁的“性灵说”，但也受到了近代开始传播的西学的影响。《游戏报》第六三号“论《游戏报》之本义”开头就说：“《游戏报》之命名仿自泰西。……”② 王国维在将“游戏说”上升到文学理论高度时，也声明是从康德和叔本华那里获得灵感。它在晚清的盛行，发展了中国文学中的一种新的文学传统，它以对文学自身的审美功能和对人性的探求为关注点。但它仍然带有传统文学的惯性，在标榜游戏的同时，还是要声明它不忘文学的社会责任。比如《游戏报》就宣称它的“游戏”目的，“或托诸寓言，或设诸讽咏，无非欲唤醒痴愚，破除烦恼”，就连“狭邪小说”也会为自己披一件“醒世俗之庸愚，开社会之智识”③ 的外衣，虽然这种说词或许纯属敷衍伪饰。因为文人的正统观念告诉他们，这并不是一个文学的理想状态。虽然游戏报刊畅销，通俗小说热闹，其中包括很多传统的文人。据当时西人观察：“这个国家充满废纸般的小说，文人们虽然经常看这些小说，但当然，表面上还得绝口不提。”④ 它们仍被视为文学的末流。即使以报刊为业为生的报人，也并不是那么自信。

---

① 吴趼人：《新笑林广记·自序》，《新小说》1904 年 10 号。

② 魏绍昌主编《中国近代文学大系》第 12 集，第 30 卷史料索引集二，上海书店，1996。

③ 灵岩山樵：《九尾狐》序，陈平原、夏晓虹编《二十世纪中国小说理论资料》（1897 年～1916 年），北京大学出版社，1989。

④〔美〕韩南：《中国近代小说的兴起》，徐侠译，上海教育出版社，2004。

吴趼人后来就对自己曾经在办报上浪费了很多时光表示后悔。他写《吴趼人哭》，对国家危难而小人兀自横行义愤填膺，而作为文人，他自己只能捉笔作壁上观，这是心底一痛。

新小说本意在于建立一种严肃小说，以区别于旧小说的娱乐性，但它既算不上纯文学，更缺少打动人心的力量，很难让普通读者接受。新小说主张提出后，之前报刊业表现活跃的消闲娱乐倾向未有大的改变，仍有自己的生存空间，并继续扩大地盘。创刊于 1903 年的《花世界》主要刊载各类趣事轶闻、名妓优伶动态。1905 年 8 月创刊的《娱闲日报》，标榜“娱闲于美人颜色，名士文章”。[①] 1905 年创刊的《天趣报》不耻于“专谈花事，为粤省花界小说之嚆矢”。[②] 1909 年发刊的《趣报》虽号称“维持风雅，提倡花月”，“昌明国学”，“催促宪政”，[③] 但基本上是一个风花雪月型的大型小报。这些娱乐型的报刊，多以欢场歌台为生发趣味之所在，延续了晚清非政治的阅读趣味，特别发展了狭邪小说一类对性别关系的丰富想象，开始建构非常具有现代色彩的大众文化空间。据统计，清末至少有 12 种滑稽小报与杂志进入市场，到民国初年品种更多。晚清四大小说期刊所登载的许多作品纯为引人一笑。如《月月小说》特别青睐喜剧作品。

实际上，新小说初期响应新小说主张最积极，最富有成果，也最受欢迎的创作，是这一时期的社会小说，即鲁迅所说的谴责小说，而谴责小说中充满了趣味性的追求，甚至是恶趣味。而其拖沓啰唆、不讲究结构剪裁的行文风格，也透露出非常个人化的过于随意无序的女性叙事感觉。新小说无心插柳，却激发了晚清文学已然形成的趣味化娱乐化倾向，推动了晚清小说已经开始的各种实验，激活了“新”在多向度的发展。陈平原说：“‘旧小说’的‘思想’不外忠孝节义，说来说去就那么几句话；而‘新小说’的‘思想’则五花八门。”[④] 同时，新小说在文体上也有许多实验，虽然很粗糙，只是些“体现作家矛盾心态的半成品”，或“体现作家朦胧的艺术追求的半途而废的创新。正是这点点滴滴的自觉不自觉的创新，促成了中国小说叙事模式的转变”。[⑤]

在文学界，在新小说的大题目下，通俗小说和严肃小说成为小说发展的

---

① 魏绍昌主编《中国近代文学大系》第 12 集，第 30 卷史料索引集二，上海书店，1996。

② 魏绍昌主编《中国近代文学大系》第 12 集，第 30 卷史料索引集二，上海书店，1996。

③ 魏绍昌主编《中国近代文学大系》第 12 集，第 30 卷史料索引集二，上海书店，1996。

④ 陈平原：《20 世纪中国小说史》（1897～1916），北京大学出版社，1985。

⑤ 陈平原：《中国小说叙事模式的转变》，北京大学出版社，2003。

两个最主要的力量。它们既有共同的对文学现代性的追求，又有道不同不与相谋的冲突，两者构成了这一时期小说内部的两个主要的极端。它激活了对新小说“新”的创造能力的多元化，强化了晚清新小说的实验性，造就了空前活跃的文学局面，或许我们可以把它看做新小说更重要的贡献。

三 以女性化为特征的趣味文学传统的发生

在清朝之前，对文学的政治功能直接挑战，是很难成气候的。在新小说时期，严肃小说和通俗小说之间的冲突，力量一直是不平衡的。在1902年至1905年间，严肃小说占了上风，而在1906年之后，在严肃小说实践有年，却没有产生真正有影响力作品的情况下，通俗小说开始卷土重来，报刊界对游戏趣味的主张也更加理直气壮，遮遮掩掩，奢谈道德训诫不再是必需的。

《扬子江小说报》发刊辞（1909）曾对以政治小说为卖点的刊物盛况不再作过描述：“是以《新小说报》倡始于横滨，《绣像小说》发生于沪渎，创为杂志，聊作机关，追踪曼倩淳于，媲美嚣俄、笠顿，每值一编披露，即邀四海欢迎，吐此荣光，应无憾事。畴料才华遭忌，遂令先后销声，难寿名山，莫偿宏愿。况复《新新小说》发行未满全年，《小说月报》出版终仅贰号，《新世界小说报》为词穷而匿影，《小说世界日报》因易主而停刊，《七日小说》，久息蝉鸣，《小说世界》徒留鸿印，率似秋风落叶，浑如西峡残阳，盛举难恢，元音绝响，文风不竞，吾道堪悲；虽《月月小说》重张旗鼓于前秋，《小说林报》独写牢骚于此日，而势力究莫能澎涨，愚顽难遍下针贬。是知欲奋雄图，务必旁求臂助。”① 而它自身提出的解决办法是，增加了有“大好消闲”之作用的“文苑”，增加了“只谈风月，偶咏莺花，争传韵事”的“花鸟录”等。通过开发期刊的娱乐性功能，使其获得商业成功。

1906年9月，“失业秀才”寅半生主编的月刊《游戏世界》在杭州创刊，创刊号上有“全堂天虚我生”的文章《游戏世界叙》，更抬举游戏为自由第一要义：“世界人众，竟谈自由，而吾谓以上世界未必有其自由之权力也。世界之独可以自由者，惟吾性情，性情之可以发大自由者，惟吾笔墨。笔墨之可以挥洒自由者，惟游戏文章”。《游戏世界》所推崇的文学品格，是一种超越功利，注重文学自身的主张。从《游戏世界》的表述可以看出，这种游戏

---

① 报癖：《扬子江小说报发刊辞》，载陈平原、夏晓虹编《二十世纪中国小说理论资料》（1897年~1916年），北京大学出版社，1989。

观念的形成受到西方文学观念很大的影响。《游戏世界》自第 4 期起甚至规定："凡属时文，虽有佳构，概不栏入"。寅半生在发刊辞中还称："西人有三大自由，曰，思想自由，言论自由，出版自由。吾则请增为四，曰，游戏自由。"很显然，这些说法对新小说的政治主张都带有挑战意义。它从一个侧面，质疑了小说究竟应该对政治负多少责任。

其时，林纾对新小说的政治取向也不以为然。他说："盖政教两事，与文章无属，政教既美，宜泽以文章，文章徒美，无益于政教。西人唯政教是务，瞻国利兵，外侮不乘，始以余闲用文章家娱悦其心目，虽哈氏、莎氏，思想之旧，神怪之托，而闻名之士，坦然不以为病也。"① 以翻译西方小说为重点的《小说林》对于当时新小说言必进化改良的风气也不予认同，认为"昔之视小说也太轻，今之视小说又太重也"。②

政治小说最大的问题或许在于，它把小说政治化的同时也让政治小说非小说化了。小说本应该让人"捧玩不能释手" 袁宏道在《〈东西汉通俗演义〉序》中说，这是政治小说无法继续生存和发展的原因。由于政治小说实绩的缺位，使得严肃小说和通俗小说两种新小说的较力最终向非政治化的游戏化方向倾斜。当时对游戏说能够从哲学高度予以认识的唯有王国维。他提出文学的起源在于游戏："文学者，游戏的事业也。人之势力用于生存竞争而有余，于是发而为游戏"。③ 他进而阐发了文学功能在于人们由此获得人生的慰藉，求得解脱。而他的"美之行至，一言以蔽之曰：可爱玩而不可利用者是已。"④ 在新小说时期的语境中，显然也是有所针对的。

由于政治小说的贫弱，小说转向对性别资源征用的传统，新小说中的性别想象显得格外活跃。1906 年，吴趼人出版小说《恨海》，倡导不以政治和革命为写作诉求的"写情小说"。他在小说第一回中这样解释他所谓的"情"："忠孝大节无不是从情字生出来的。至于那儿女之情，只可叫做痴。更有那不必用情，不应用情，他却浪用其情的，那个只可叫做魔"。⑤ 他通过偷换情的概念，明修忠孝大节的栈道，暗渡男女之情的陈仓，从而与之前的

---

① 林纾：《吟边燕语序》，载〔英〕兰姆：《吟边燕语》，商务印书馆，1981。

② 摩西（黄人）：《小说林》发刊词，载陈平原、夏晓虹编《二十世纪中国小说理论资料》（1897 年～1916 年），北京大学出版社，1989。

③ 王国维：《文学小言》，载王国维《文学美学论著集》，北岳文艺出版社，1987。

④ 王国维：《古雅之在美学上之位置》，载王国维《文学美学论著集》，北岳文艺出版社，1987。

⑤ 吴趼人：《恨海》，中州古籍出版社，1985。

社会小说写作脱离。

晚清文学界对小说最粗略的划分可以分为社会小说和言情小说。在《恨海》之后，出现了一系列和狭邪小说不同的言情小说，如《禽海石》、《劫余灰》、《泪珠缘》、《新茶花》、《双花记》、《鸳鸯碑》等。这是和女性形象向闺秀派转移的走向有关的。从表面来看，它接近才子佳人的旧小说，但又有新女性的爱情自由观念，是新旧混合、兼娱乐兼说教的产物。从主张上说，它们仍然打着新小说的招牌。

虽然吴趼人不肯直说言情，但这种所谓的“写情小说”在民初的迅猛发展，导向的结果是鸳鸯蝴蝶派小说的盛行一时。据茅盾在 1912 年发表的《评四五六月的创作》中的统计，“竟可说描写恋爱的小说占了全数百分之九十八”。[①] 而在周蕾教授看来：在鸳蝶派文学的例子中，“女性”让普遍认知下“文学”与历史是时间的关系形成了根本上的差异。鸳蝶派文学创造出阅读领域本身的社会斗争，无论情愿与否，这场斗争让此类型文学与其作者（皆为男性）归类于“女性”位置之下，与大中国传统相对立。[②]

鸳鸯蝴蝶派小说确实是非常女性化的小说。即以最畅销的鸳蝴小说《玉梨魂》而言，不但“开卷有香无语不艳”（徐枕亚主编的《小说丛报》3 卷 8 期上徐著《花月尺牍》的广告语），而且，用书信体写小说，是一种非常女性化的、私人化的写作形式。徐枕玉后来又将《玉梨魂》改写为日记体的《雪鸿泪史》，日记体和书信体一样，一直都被认为是一种女性叙事体裁。陈平原曾总结晚清小说的叙事结构，归之为珠花式和集锦式。珠花式的小说结构是一种时时游离中心的写作方式，而集锦式的写作更是脚踩西瓜皮，写到哪里是哪里，具有更大的随意性和自由性。这种偏离中心的、零碎化的写作方式，是一种具有女性倾向的写作方式。而 1916 年前后，在鸳蝴小说盛行的同时，短暂兴起的黑幕小说，以揭发隐私为趣味，同样有私人写作的意味。周蕾把这种个人化的、趣味化的、通俗化的文学品质，看做是一种女性化的文学，而她认为，到了五四又是男性的文学了，即一种基于国族想象的宏大叙事。

到了民初的鸳蝴小说时期，在女性形象的塑造方面较晚清反而保守，旧小说中的才子佳人气更重。鸳蝴代表作家周瘦鹃就主张，“揄扬中外古今贞孝

---

① 郎损：《评四五六月的创作》，《小说月报》12 卷 8 号。

② 〔美〕周蕾：《妇女与中国现代性》，上海三联书店，2008。

节烈敏慧义侠之女子，用作女界楷模”。[①] 另一位鸳蝴作家陈蝶仙也提倡“贤妻良母主义”，他的小说《他之小史》写一位新婚妇发现丈夫在外纳妾，不仅不气不恼，反而说服婆婆，把妾接回家中，和她以姐妹相处。在女性意识方面，鸳蝴小说不见得比晚清更进步，但鸳蝴小说或许有一个方面的发展是值得言说的，它将晚清文学的游戏说和趣味观推向了高潮。

在清末民初，中国文学非常短暂地获得了一种极为少见和难得的文学品质，它和传统的文学极不协调，形成了一种新的文学传统。1930 年代林语堂办的《论语》，就深得《礼拜六》的真传。从畅销程度来说，并不亚于当时的革命文学。而且当时的风气也是好玩好读更受欢迎，于是乎，如鲁迅在《一思而行》中所言：“然而轰的一声，天下无不幽默和小品……”[②] 但这一传统除了在晚清民初的短暂时刻，在文学界获得了一种接近主流的地位，之前和之后几乎一直受到排斥和压抑，只是作为一条支流或潜流在发展。即使在 20 世纪 30 年代，幽默小品的市场大于革命文学，但它仍然被中国文学史看做不值一提。当张爱玲在 20 世纪 40 年代重新到晚清寻找小说传统时，她想要重拾的恐怕就是这种更大众、更个人、更女性化的文学传统。

新小说最终以鸳蝴小说作为收束，似乎走向了自己的反面。但鸳鸯蝴蝶小说并不全然是旧小说，它的趣味主义、个人主义的观念，它的大众传播方式，都是现代的产物。而它延续了晚清的一种颓废的气息，也是现代社会特有的状态。袁进说：民初言情小说描写爱情的猥琐状态，实际上显示了当时中国市民的猥琐状态。[③] 这种猥琐状态实际上始于晚清。王德威则用了“颓废”这个词。[④] 他从晚清的趣味主义中，看出了戏谑、笑闹、色情的现代大众文化。

新小说以提倡政治始，以淡化政治终，一路向阴柔的方向发展。而“五四”新文学所期待的则是一种踔厉雄强之美。因为具有踔厉雄强的品格，是振兴民族国家所必备的。鲁迅在《坟 · 文化偏执论》就明确地表达了这样的思想，“人既发扬踔厉矣，则邦国亦以兴起”，“人国既建，乃始雄厉无前，屹然独见于天下，更何有于肤浅凡庸之事物哉?”[⑤] 我们或许不妨把五四文

---

① 周瘦鹃：《怀兰室丛话》，《女子世界》第 2 期。

② 鲁迅：《花边文学一思而行》，《鲁迅全集》第 5 卷，人民文学出版社，2005。

③ 袁进：《中国文学观念的近代变革》，上海社会科学院出版社，1996。

④ 〔美〕王德威：《被压抑的现代性——晚清小说新论》，宋伟杰译，北京大学出版社，2005。

⑤ 鲁迅：《坟 · 文化偏执论》，《鲁迅全集》第 5 卷，人民文学出版社，2005。

学，看成新小说发展的最终成果。在五四文学阶段，社会政治矛盾的又一次激化，使文学重新接续了梁启超新小说的主张，并将政治方向始终作为最重要的方向坚持。而新小说时期的政治化和去政治化的过程，却包容了更加多重的想象，并以消解宏大和崇高的趋向终结，凸现了一种女性气质，也显露了这一时期性别想象的重心所在，落实了晚清对一种新的具有现代意义的文学品格的期待。“五四”以后的文化象征系统，基本上是排斥和压抑女性本文的表述的，但那些个人性的趣味性的非主流文学，如同被压抑的女性，始终在那里存在。对新小说中后期转向的关注，可以提示我们现代文学中另一种传统的发生和发展。

［原载《社会科学》（沪）2010 年第 2 期］

论文观点摘要

1. 尧、舜、禹之称的部族文化基因和文学效应

李炳海《民族文学研究》2010年第1期

尧、舜、禹是先民为死者所加的称号，与后代的谥号有不同的性质。尧的本义指高远，舜指花卉，禹则指带足的水族动物。这三个称号的生成，与三大部族先民的变形转生观念密不可分。这三个称号对于后代相关人物的文学表现产生多种效应，但有强弱之别。禹字的效应最明显，尧次之，舜字的文学效应则不是很大。它们在产生文学效应的过程中，尧、舜这两个系列相关文献的部族文化因素或是隐去，或是变得很淡薄；和大禹相关的传说，依然带有明显的夏文化特征。禹字成为代表夏文化的重要符号，没有脱离和水族精灵的关联。

2.《月令》模式与中国文学的四时抒情结构

傅道彬《学术交流》2010年第7期

以《月令》为代表的上古岁时文献，深刻影响到中国文化的思想与艺术的各个层面。以农业为基础的华夏民族，保持了对岁时变化的特殊敏感，月令模式是一种思想结构，也是一种艺术结构。与西方文学的四时叙事结构相同，中国文学也存在着春夏秋冬的四时抒情结构，四时转换形成了中国文学的四时抒情模式和审美意象。远古的四时祭祀是中国文化四时结构的心理基础。

3. 中国文学制度论

饶龙隼《文学评论》2010年第4期

中国固有的制度用语，更能涵容文学活动诸层面。兹所谓制度，就是事

物自身的规定性。其义遗存于古老的《周易·节》中。而文学制度，就是文学活动的节，出自中国文学制度的观念，文学活动实质上就是节文，亦即节以制度而修饰以文。援据这个节文之思理，文学制度有三大论题：（1）文学节止论、（2）文学节度论、（3）文学节制论，分别讲述节文的原则、节文的内涵、节文之操持，即为什么节文、什么是节文、如何来节文；有五重特性；有特定构成。本文标举中国文学制度的观念，并非漠视文学的艺术哲学和审美心理内涵，而是企图将此类微危因素落实到制度层面。这样，或可救正近世以来浸淫的科学实用主义之积弊，并戒除流行的形上偏枯与唯美诡随的研究风习。

4. 南宋文学的时代特点与历史定位

王水照《文学遗产》2010 年第 1 期

南宋 152 年的文学历史，是在文学现象、文学形态、文学性质上具有鲜明时代特色与重要历史地位的一部断代文学史。现存南宋文学的作家、作品，不仅数量巨大，超过北宋，而且在内蕴特质、艺术表现上也有自己的特点，不是北宋文学的“附庸”。南宋中后期，士人群体依违于科举体制而发生了阶层分化，江湖诗人群登上了文学舞台，造成文化的下移趋势。南宋时期又完成了两个重心的转移：由北而南和由雅而俗。

5. 文人五言诗起源新论

归青《学术月刊》2010 年第 7 期

文人五言诗起源于东汉的说法有问题，起源时间至少应提前到西汉。讨论五言诗的产生时代，首先要质疑两个观念，即一元单线的诗体发展观和五言难于四言的看法。诗体的起源应是多元的，发展也应该是多元并进的，五言诗不见得就比四言诗难写。产品能够少量直接材料来看，西汉的确存在着文人五言诗；从间接材料看，西汉存在着产生文人五言诗的条件和可能。

6. 论李白《古风》五十九首的整体性

钱志熙《文学遗产》2010 年第 1 期

李白的《古风》五十九首以三代以来的世道之治乱为基本主题，题作

《古风》，意为效古风人之体，含有视自己这一组诗为希圣的删述事业之意。它反映出李白在诗学上并不简单附和当时推崇建安的流行风气，而是努力上溯风骚、尊复风雅，深化了初盛唐以来的复古诗学。其第一首为总纲，而与其他各首在主题、立意、风格及诗学渊源上都表现出整体性的特征，是李白在较为集中的时期内专力创作的组诗，而非不同时期作品的集合。

7. 美感与性感

——唐前文学中对女性美的表现及其流变

蒋寅《安徽大学学报》（哲学社会科学版）2010年第1期

中国古代的女性形象，纯然是按照男性的意志模塑出来的，体现了男性世界的伦理和审美要求。从《诗经》到曹植的作品，古典文学描写女性美的技巧大体已完成，女性形象虽不失美丽和高贵，但终究少了点生动、性感和个性化的魅力。梁陈间宫体诗人专门描写女性的作品，在传统的表现手法之上发展了对心理和表情的刻画，由此获得对女性性感特征的细腻表现。他们对女性美观赏和表现的平常化，本质上意味着男性世界能保持中性和超越的目光，具有一定的心态史意义。

8. 饮食题材的诗意提升：从陶渊明到苏轼

莫砺锋《文学遗产》2010年第2期

中国诗歌史上的饮食类题材是在陶渊明笔下初露曙光，到宋代则如日中天，而苏轼在这方面作出的巨大贡献尤其值得重视。虽然苏轼之后善于吟咏饮食主题的诗人代不乏人，但就题材开拓的广度和诗境提升的高度而言，苏诗取得的成就是后人难以逾越的。当我们探索古代诗歌在题材走向上的发展脉络时，当我们评价苏轼对古典诗学的独特贡献时，饮食类的主题是一个独特的重要视角。

9. 苏、黄的书法与诗法

张毅《文学遗产》2010年第2期

苏轼、黄庭坚倡导的“尚意”书法，追求“出新意”和“生新奇”，其笔意的纵横曲折与“以文为诗”而重气格的宋诗章法相通。他们的书体，或端庄杂流丽、刚健含婀娜，或雄健奇崛、丰筋多骨，一如其诗体而风格独特，具有“一笔书”的气韵，讲究“字中有笔”和“句中有眼”，这些与他们诗歌的句法和字法也都有关系。苏、黄的书法和诗学，往往由技艺间事转入治心养气的品格修养，不仅求妙于笔，更求妙于心。才高者“心法”无轨，信手自然而超逸绝尘；学深者技进于道，抖擞俗气而痛快沉着，达到“至法无法”的境界。

10. 中国古典词学政教之论的承传

邱美琼、胡建次《南京社会科学》2010 年第 7 期

我国古典词学政教之论的承传，主要体现在两条线索中：一是政教思想旨向之论在古典词学中的承传，二是政教审美原则之论在古典词学中的承传。上述两条线索，从不同维面上展开了古典词学政教批评的理论内涵、批评要求及论说特征，呈现出了我国古典词学政教之论的主体空间。

11. 论唐宋词的手写传播及其价值

钱锡生《渤海大学学报》（社会科学版）2010 年第 1 期

手写传播是最古老最普遍的文学传播方式，即使进入印刷时代后，人们和书籍的关系发生了根本的变化，手写传播还是与印刷传播一起并行不废，每一部手写稿都具有独特性，特别是名人的手写，更具有文物和收藏价值。唐宋词在漫长的传播过程中，手写传播一直是其最重要的传播方式。这些手写作品具有保存原作、校勘异同、辑佚补遗和观赏书艺等多方面的传播价值。

12. 《张生跳墙》的再认识

——《王西厢》创作艺术探索之一

黄天骥《文学遗产》2010 年第 1 期

古代爱情作品出现“跳墙”的举动，具有符号性的作用，它往往是人物敢于逾越道德藩篱的标志。《王西厢》写张生跳墙，是由于他解错了诗。这是

剧作者出于刻画人物性格和强调作品喜剧性的需要所作的艺术创造；是剧作者改动了《会真记》、《董西厢》中的规定情景，使张生跳墙呈现全新的意趣。

13. 明清小说作者的民俗观与江苏民间制度文化

韩希明《南京社会科学》2010 年第 5 期

明清小说的作者凭借对于民俗的敏感度关注、认可并记录和描述江苏民间制度文化，其民俗心理、民俗意识乃至民俗观，是他们在作品中描述民间制度文化内容的必要前提。作品也描述了江苏民间制度有许多先天不足。作品对于民间制度的态度完全根据反映作者创作倾向的需要而定，民俗观与民间制度文化内容褒贬的价值取向相一致。中国历来重视道德规劝和教化，同时还十分重视自律性约束，在这一点上，民间制度与国家制度保持一致，而同时在某种程度上为国家制度拾遗补缺。

14. 明末清初尚朴的文学思潮

章建文《文学评论》2010 年第 4 期

“淡”作为文学审美范畴确立于晚唐，到宋时尚“淡”发展成为主流的文学思潮。明代唐宋派、公安派、竟陵派尚“朴”思潮延续了宋代以来尚“淡”思潮，但受心学影响，重视“真”而忽视“用”，受人诟病。明末清初皖江作家受时代与地域等因素的影响，不仅在创作上以“朴”为美，而且在理论上，汲取了儒道之“朴”的精华，扬弃了宋代的“淡”论，改造了唐宋派以来的“朴”论思想，走出了心学之“朴”的泥淖，构建了“朴”的理论框架，形成了以学问为基础、以质真为内核、以感兴为契机、以锤炼为功夫、以言志为旨归、以淡远为理想的实学之“朴”，完成了“朴”在新的时代环境下的转型。

15. 汉宋之争与曾国藩对桐城派古文理论的重建

武道房《文学遗产》2010 年第 2 期

清中叶的汉宋之争是曾国藩古文理论形成的一个深刻背景。乾嘉以降，桐城派古文广受汉学家批评。汉学家责难程朱理学为孔门异端，推崇骈文为古文正统，嘲讥桐城文人空疏不学。这些批评无异于对桐城“义法”进行全面否定。汉学派挟其显学之势使嘉道时期的桐城派陷入困境。曾国藩古文从桐城派入手，但他在继承桐城堂庑的基础上，又广泛吸取汉学家的批评意见，从而对桐城文论进行了一番较大创新和改造。具体做法是：对姚鼐“义理”、“考据”、“辞章”三要素进行内容修正，同时添加“经济”之学。在义理上，曾氏坚守宋学信仰，同时吸纳汉学，调和汉宋；在考据上，曾氏重视研究历史兴衰治乱之源、制度因革之要，归旨于经世；在辞章上，推崇骈散兼行，追求雄直之气。曾国藩的古文理论兼采并扬弃汉宋，是汉宋学派由长期的对立冲突走向调和兼容的必然结果；它不仅使咸同时期的桐城派得以复兴，同时促成了湘乡文派的崛起，在晚清文学史上具有承先启后的重要意义。

16. 读清末蒋玉真编《醒心宝卷》

——兼谈“宣讲”（圣谕、善书）与“宣卷”（宝卷）

车锡伦《文学遗产》2010 年第 2 期

清末蒋玉真编《醒心宝卷》是“劝世文”类民间宝卷，它讲唱多位古人的传说故事，劝诫人们忍耐、行善。卷首开卷偈前有讲唱“圣谕十六条”一段，以假借标榜“宣讲圣谕”。清代官方组织的宣讲圣谕在清初已经出现，清代后期出现有民间艺人加入而形成为民间说唱艺术的“宣讲”。宣讲与宣卷在内容和形式上有相似之处，但它们有不同的历史发展源流，演唱形态和文本形式有明显的差别。

17. 晚清民初小说情理的把握方式与观念变迁

贺根民《东南大学学报》（哲学社会科学版）2010 年第 1 期

情、理这对文化情结浸染着浓郁的时代文化特质，从情理的基点切入生命本体，透视社会的大千人生，传统文化精神的人生向度替国人提供内心自省的机遇。传统的家国之思和儿女之情的对立流变，突破了中和之美的观念格局，呈现出以情显理、根情扬礼的近代审美取向。文化转型的阵痛因为感性的超越与理性的强化，形成晚清民初小说的情理统一趋势，生命本位价值的失落，加速了悲剧观念的本土化进程。

18. 义和团事件：晚清“小说界革命”的触发点

姜荣刚《文学遗产》2010年第4期

晚清一些人士普遍注意到，在义和团事件中团民的行为方式与小说有着密切的关系，这一观察致使事后反思中，小说被认为是导致庚子惨祸的主要根源；这种认识也成为引爆晚清“小说界革命”的触发点。

19. 南社作家吕碧成的文学创作及其诗学观

——纪念南社成立一百周年

郭延礼《文学遗产》2010年第3期

吕碧成是近代著名的女作家，南社社员，文学创作丰富多彩，有诗、词、散文，以词和散文的成就为高。她的词能“融新入旧，妙造自然”，钱仲联称碧成“近代女词人第一”。散文以游记和政论辉映文坛，她为文长于描写异国风光和新鲜事物，并以欧西文思入文，感情充沛，滔滔雄辩，可称“女界新文体”。此外，她站在女性主义的立场，批判传统诗学观，提出“性情真切”，“写其本色”，“推陈出新，不袭窠臼”，即为佳作；不须以“言语必系苍生，思想不离廊庙”等教条来束缚女性书写。旗帜鲜明，见解深刻，发人猛醒，启人深思。

20. 文学和仪式的关系——以先秦文学和敦煌文学为中心

伏俊琏《中国文化研究》2010年冬之卷

中国古典文学与礼俗仪式往往有着紧密联系，这在先秦文学和敦煌文学中表现尤为明显。先秦文学与敦煌文学共同的特点是：以口耳相传为其主要传播方式，以集体移时创作为其创作特征，以仪式讲诵为其主要生存形态，而敦煌文学写本中在我们看来随意性很大的“杂选”也比较集中地体现着这种仪式文学的意义。在某种意义上，仪式是文化的贮存器，是文化和文学产生的模式，也是文化和文学存在的模式。从文学角度看，仪式的一次展演过程就是一个“文学事件”。

主要论文索引

1. 刘勇：《论文学活动中作家主体的审美心理：以贬谪文学为例》，《赣南师范学院学报》2010 年第 1 期。
2. 周艳：《诗文小说的托物言志和性别斗争》，《艺术评论》2010 年第 3 期。
3. 张可礼：《试论古代文学史料学的对象和任务》，《文学遗产》2010 年第 1 期。
4. 江君：《试论中国传统农业文化对古代文学的影响》，《名作欣赏》2010 年第 2 期。
5. 王三毛：《古代文学中的竹林》，《阅江学刊》2010 年第 1 期。
6. 赵静宇：《爱情僵局：中国古代文学作品中的离魂现象解读》，《东岳论丛》2010 年第 2 期。
7. 朱崇才：《词体章法形式及其审美特质》，《文学遗产》2010 年第 1 期。
8. 吴晟：《中国古代诗歌中的物理认知》，《学术研究》2010 年第 1 期。
9. 杨嫣：《论词的注释思路和创新》，《名作欣赏》2010 年第 2 期。
10. 郭艳：《论中国古典小说的趣味审美追求》，《中州学刊》2010 年第 1 期。
11. 张蕾：《章回体小说的现代际遇》，《云南大学学报》（社会科学版）2010 年第 1 期。
12. 朱松苗：《浅谈孔子的仁学美学思想》，《名作欣赏》2010 年第 2 期。
13. 王渭清：《美在精神——中国上古神话中的女性之美》，《名作欣赏》2010 年第 3 期。
14. 杨义：《〈韩非子〉还原》，《文学评论》2010 年第 1 期。
15. 周远斌：《关于〈春秋〉叙事的几个问题》，《东岳论丛》2010 年第 1 期。
16. 朱明勋：《论孔子的隐逸思想》，《名作欣赏》2010 年第 3 期。
17. 王子墨：《曹丕的“文士气”与“儒士气”》，《江淮论坛》2010 年第 1 期。
18. 李轶婷：《近三十年北朝乐府研究综述》，《晋中学院学报》（社会科学版）2010 年第 1 期。
19. 王婉婉：《论魏晋诗歌时间意识及其影响》，《名作欣赏》2010 年第 3 期。
20. 崔晓黎：《魏晋南北朝女性诗歌解读》，《郑州大学学报》（哲学社会科学版）2010 年第 1 期。
21. 周奕希、杨贤美：《论阮籍哲学文本中的象思维》，《怀化学院学报》2010 年第 1 期。

22. 武国权：《作为史家的陆机》，《古典文学知识》2010 年第 2 期。
23. 杨毅：《论唐宋道教青词演变》，《中国文化研究》2010 年第 1 期。
24. 崔际银：《论唐人小说接受诗歌之方式》，《南开学报》（哲学版）2010 年第 1 期。
25. 尚继武：《唐宋时期小说虚实观论析》，《广西社会科学》2010 年第 2 期。
26. 李贞：《唐代精怪小说的趣味性研究》，《理论界》2010 年第 2 期。
27. 刘丽红：《王维山水诗中的生态美学意蕴》，《名作欣赏》2010 年第 2 期。
28. 常法亮：《开元天宝间王维行迹考》，《中州学刊》2010 年第 1 期。
29. 王铁良：《论柳宗元山水诗的冷峭孤寂情怀》，《名作欣赏》2010 年第 2 期。
30. 董乃斌：《李商隐诗的叙事分析》，《文学遗产》2010 年第 1 期。
31. 万德敬：《借问白云何处去？重读张若虚〈春江花月夜〉》，《名作欣赏》2010 年第 2 期。
32. 王太阁：《论寒山诗的俗与雅》，《中州学刊》2010 年第 1 期。
33. 王兆鹏：《宋代的“互联网”：从题壁诗词看宋代题壁传播的特点》，《文学遗产》2010 年第 1 期。
34. 邓新华、程炉威：《宋代诗话中的读者接受理论》，《东岳论坛》2010 年第 1 期。
35. 陈未鹏：《地域文化视野下的两宋怀古词：以金陵怀古词为中心》，《南都学坛：南阳师范学院人文社会科学学报》2010 年第 1 期。
36. 朱智萍：《论秦观词的花意象及其生命意识》，《怀化学院学报》2010 年第 1 期。
37. 龙起风：《论竹山词的声音描写艺术》，《名作欣赏》2010 年第 2 期。
38. 苑淑梅：《寒梅之姿，漱玉之韵：试论李清照的梅花词》，《现代语文》2010 上. 1 期。
39. 李娟：《论范成大使金纪行诗的田园内涵》，《江淮论坛》2010 年第 1 期。
40. 张红花、张小丽：《论刘克庄的咏史组诗》，《广西社会科学》2010 年第 2 期。
41. 陈文新：《明清章回小说的表达方式与文言叙事传统》，《上海师范大学学报》（哲学社会科学版）2010 年第 1 期。
42. 赵红梅、程志兵：《明清小说中的一种“农民”》，《贵州文史丛刊》2010 年第 1 期。
43. 金蕾蕾：《马致远杂剧中的虚实相生之美》，《前沿》2010 年第 2 期。
44. 付琼：《明代举业教育中的苏文选本》，《学术论坛》2010 年第 1 期。
45. 高雅芳：《牡丹亭对才子佳人小说的影响》，《运城学院学报》2010 年第 1 期。
46. 王勇：《邓原岳的诗歌创作及其成就》，《名作欣赏》2010 年第 3 期。
47. 陈水云：《清初关于词的盛衰之辩》，《中国文化研究》2010 年第 1 期。
48. 叶君远：《吴梅村：清代诗坛第一家》，《阅江学刊》2010 年第 1 期。
49. 邵路燕：《黛玉与婴宁的苦笑人生》，《德州学院学报》2010 年第 1 期。
50. 居鲲：《贾宝玉性别角色扮演再探》，《社会科学论坛：学术评论卷》2010 年第 1 期。

51. 张惠：《美国红学研究述评》，《红楼梦学刊》2010 年第 1 期。
52. 熊飞宇：《李辰冬〈红楼梦研究〉管窥》，《红楼梦学刊》2010 年第 1 期。
53. 梁旭艳、张丽君：《透视红楼梦隔窗矛盾》，《德州学院学报》2010 年第 1 期。
54. 谢俊梅：《浅谈儒林外史中的女性形象》，《青年作家》2010 年第 1 期。
55. 赵海霞：《李渔的尚奇意识：以小说创作为中心的考察》，《甘肃社会科学》2010 年第 1 期。
56. 赵秀红：《〈瑶华集〉“遗民思想”有无之辨析》，《名作欣赏》2010 年第 5 期。
57. 张思齐：《顾炎武人生的诗意栖居》，《西华大学学报》（哲学社会科学版）2010 年第 1 期。
58. 刘红娟：《论家学传承对归庄散文创作的影响》，《名作欣赏》2010 年第 3 期。
59. 管凌燕：《郑梁文学思想初探》，《中共宁波市委党校学报》2010 年第 1 期。
60. 陈向春：《“诗类”与中国古典诗歌主题研究》，《社会科学战线》2010 年第 9 期。
61. 王立、胡瑜：《聊斋志异吝啬鬼故事及其佛教文学渊源》，《黑龙江社会科学》2010 年第 1 期。
62. 吴守斌：《上古情怀的演绎：对杜丽娘情感世界探微》，《兰州学刊》2010 年第 2 期。
63. 罗志田：《方法成了学名：清代考据何以成学》，《文艺研究》2010 年第 2 期。
64. 师海军、郝润华：《李梦阳早年二三事考辨》，《理论界》2010 年第 2 期。
65. 吕斌：《明代博学思潮与文论：以杨慎为例的考察》，《文学评论》2010 年第 1 期。
66. 陈友冰、刘良政：《阮大铖创作论》，《江淮论坛》2010 年第 1 期。
67. 李静、刘蔓：《从名媛诗话看清代女性文人的贞节观》，《辽东学院学报》（社会科学版）2010 年第 1 期。
68. 赵臻：《余赵论争读解：百年红楼研究的一个范例剖析》，《内江师范学院学报》2010 年第 1 期。
69. 陈伟娜：《论〈红楼梦〉戏剧对小说〈红楼梦〉的重写》，《红楼梦学刊》2010 年第 1 期。
70. 陈慧玲：《〈红楼梦〉香菱改名的批判功能》，《名作欣赏》2010 年第 2 期。
71. 邱江宁：《消费文化、文人趣味和文体选择：以〈海上花列传〉为例分析》，《学术月刊》2010 年第 2 期。
72. 孙之梅：《柳亚子：南社文献有赖以存》，《德州学院学报》2010 年第 1 期。
73. 刘春芳：《用虚幻的生活拯救自己：〈老残游记〉〈二集〉逸云形象论析》，《名作欣赏》2010 年第 2 期。
74. 温朝霞：《丘逢甲台湾竹枝词的艺术价值初探》，《黑龙江社会科学》2010 年第 1 期。
75. 杨经华：《独立风雪中之清教徒：潘乃光与晚清“诗界革命”》，《广西民族人民大学学报》（哲学社会科学版）2010 年第 1 期。

76. 王明丽：《生态女性主义批评视野中的〈黄绣球〉》，《西北师大学报》（社会科学版）2010 年第 1 期。
77. 张云：《“老少年”的“少年中国”想象，以吴趼人〈新石头记〉为中心》，《红楼梦学刊》2010 年第 1 期。
78. 黄霖：《“中国也有今天么!”：世博会前重读〈新石头记〉》，《天津社会科学》2010 年第 1 期。
79. 张永芳：《近代小说〈慨生游志〉系〈老残游记〉的仿作》，《沈阳师范大学学报》（社会科学版）2010 年第 1 期。
80. 宁俊红、王丽萍：《梁启超“新文体”散文的近代转型意义：兼及“新文体”散文的传统渊源》，《甘肃社会科学》2010 年第 1 期。
81. 张振国：《晚清民国志怪传奇研究述论》，《古典文学知识》2010 年第 2 期。
82. 付建舟：《中国历史小说的近现代转型》，《东南大学学报》（哲学社会科学版）2010 年第 1 期。
83. 李建梅：《从新民小说到人的文学：清末到五四域外小说输入研究》，《河北学刊》2010 年第 2 期。
84. 郑丽丽、郭继宁：《清末新小说兴起论略》，《南昌大学学报》（人文社会科学版）2010 年第 1 期。
85. 邓伟：《试论清末民初小说翻译的欧化倾向》，《山西师大学报》（社会科学版）2010 年第 1 期。
86. 宋师亮：《论晚清政治小说中的历史叙事》，《内江师范学院学报》2010 年第 1 期。
87. 周晋华：《同光体诗人的荒寒之路》，《邢台学院学报》2010 年第 1 期。
88. 姜荣刚：《梁启超对小说支配人道的佛学阐释》，《华南理工大学学报》（社会科学版）2010 年第 1 期。
89. 彭玉平：《〈静庵藏书目〉与王国维早期学术》，《复旦学报》2010 年第 4 期。
90. 尚永亮：《清朝中期白诗接受的阶段性变化及其要因》，《复旦学报》2010 年第 5 期。
91. 方国武：《世俗化的批判性叙事——晚清谴责小说的政治叙事形态分析》，《安徽师范大学学报》（社会科学版）2010 年第 2 期。
92. 林玫仪：《王鹏运词集考述》，《中国韵文学刊》2010 年第 3 期。
93. 侯运华：《近代传媒的发展与晚清狭邪小说的转变》，《中州学刊》2010 年第 4 期。
94. 霍俊国：《论儒家仁学思想对王国维文学观的影响》，《东方丛刊》2010 年第 2 期。
95. 沈文凡、张德恒：《王国维〈人间词话〉百年研究史综论》，《中外文化与文论》2010 年第 19 辑。
96. 李小兰：《强合则两贤相阨　利导则两美相得：兼论〈人间词话〉的批评文体价

值》，《理论界》2010 年第 2 期。

97. 王志清：《〈次北固山下〉的公信度研究》，《北京理工大学学报》（社会科学版）2010 年第 1 期。

98. 曾文峰、杨仲坚：《论清代“性灵派”文学创作的俗化倾向》，《重庆广播电视大学学报》2010 年第 1 期。

99. 夏正亮：《论清初学者对陶渊明诗风的接受：以王夫人、王士禛为例》，《阜阳师范学院学报》（社会科学版）2010 年第 1 期。

100. 潘承玉：《篡窃的文学经典：〈画网巾先生传〉并非戴名世原创》，《文学遗产》2010 年第 1 期。

文 学 史 论 文

（现代、当代）

编 选 咨 询 专 家

程光炜：中国人民大学文学院教授

王光明：首都师范大学文学院教授

中国现代文学起点在何时?

·严家炎·

中国现代文学史，其主体是由白话文写成的具有现代性特征并与“世界的文学”（歌德、马克思语）相沟通的最近100多年中国文学的历史。换句话说，中国现代文学之所以有别于古代文学，是由于内含着这三种特质：一是其主体由白话文所构成，而非由文言所主宰；二是具有鲜明的现代性，并且这种现代性是与深厚的民族性相交融的；三是大背景上与“世界的文学”相互交流、相互参照。理解这些根本特点，或许有助于我们比较准确地把握中国现代文学与古代文学的分界线之所在。

本文选择了教材研究的许多问题之一作为论文题目：中国现代文学的起点在何时?

中国现代文学的开辟和建立，是经历了一个过程的。它的最初的起点，根据我们掌握的史料，是在19世纪80年代末、90年代初，也就是甲午的前夕。

根据何在？我想在这里提出三个方面的史实来进行讨论。

首先，“五四”倡导白话文学所依据的“言文合一”（书面语与口头语相一致）说，早在黄遵宪（1848～1905）1887年定稿的《日本国志》中就已提出，它比胡适的《文学改良刍议》、《建设的文学革命论》等同类论述，足足早了30年。“言文合一”这一思想，导源于文艺复兴时期的西欧各国，他们在建立现代民族国家的过程中，改变古拉丁文所造成的言文分离状态，以各自的方言土语为基础，实现了书面语与口头语的统一。黄遵宪作为参赞自1877年派驻日本，后来又当过驻美国旧金山领事等职务，可能由多种途径得知这一思想，并用来观察、分析日本和中国的言文状况。我们如果打开《日本国志》卷三十三的《学术志二》文学条，就可读到作者记述日本文学的发展演变之后，用“外史氏曰”口吻所发的这样一段相当长的议论：

外史氏曰：文字者，语言之所出也。虽然，语言有随地而异者焉，有随时而异者焉；而文字不能因时而增益，划地而施行，言有万变而文止一种，则语言与文字离矣。居今之日，读古人书，徒以父兄师长，递相授受，章而晋焉，不知其艰。苟迹其异同之故，其与异国之人进象胥舌人而后通其言辞者，相去能几何哉……

余观天下万国，文字言语之不相合者莫如日本。……

余闻罗马古时仅用腊丁语，各国以语言殊异，病其难用。自法国易以法音，英国易以英音，而英法诸国文学始盛。耶稣教之盛，亦在举旧约、新约就各国文辞普译其书，故行之弥广。盖语言与文字离，则通文者少；语言与文字合，则通文者多，其势然也。然则日本之假名有裨于东方文教者多矣，庸可废乎！泰西论者谓五部洲中以中国文字为最古，学中国文字为最难，亦谓语言文字之不相合也。然中国自虫鱼云鸟①屡变其体而后为隶书为草书，余乌知乎他日者不又变一字体为愈趋于简、愈趋于便者乎！自凡将《训纂》逮夫《广韵》《集韵》增益之字，积世愈多则文字出于后人创造者多矣，余又乌知乎他日者不有孳生之字为古所未见，今所未闻者乎！周秦以下文体屡变，逮夫近世章疏移檄、告谕批判，明白晓畅，务期达意，其文体绝为古人所无。若小说家言，更有直用方言以笔之于书者，则语言文字几乎复合矣。余又乌知夫他日者不更变一文体为适用于今，通行于俗者乎！嗟乎，欲令天下之农工商贾妇女幼稚皆能通文字之用，其不得不于此求一简易之法哉！（标点符号为引者所加）

胡适在写《五十年来中国之文学》时，大概只读过黄遵宪的诗而没有读过《日本国志》中这段文字，如果读了，他一定会大加引述，佩服得五体投地的。这段文字所包含的见解确实很了不起。首先黄遵宪找到了问题的根子：“语言与文字离，则通文者少；语言与文字合，则通文者多”，这可能是西欧各国文艺复兴后社会进步很快，国势趋于强盛的一个重要原因。胡适在20世纪30年代谈到白话文学运动时曾说：“我们若在满清时代主张打倒古文，采用白话文，只需一位御史的弹本就可以封报馆捉拿人了。”② 可黄遵宪恰恰就在“满清时代”主张撇开古文而采用白话文，这难道不需要一点勇气么？胡

① 此处“虫”“鱼”“云”“鸟”四字，当指最初的象形字。

② 胡适：《中国新文学大系·建设理论集·导言》，良友图书公司，1935。

适说："白话文的局面，若没有'胡适之陈独秀一班人'，至少也得迟出现二三十年。"① 可是黄遵宪恰恰就在胡适、陈独秀之前30年，早早预言了口语若成为书面语就会让"农工商贾妇女幼稚皆能通文字之用"的局面，这难道就不需要一点胆识么？黄遵宪得出的逻辑结论是：书面语不能死守古人定下的"文言"这种规矩，应该从今人的实际出发进行变革，让它"明白晓畅"，与口头语接近乃至合一。事实上，黄遵宪所关心的日本"文字语言之不相合"问题，也已在1885～1887年间由坪内逍遥、二叶亭四迷发动的文学革命②倡导以口语写文学作品，真正实行"言文一致"所解决；只是黄遵宪写定《日本国志》时，早已离开了日本，因而可能不知道罢了。应该说，黄遵宪所谓"更变一文体为适用于今，通行于俗者"，这种文体其实就是白话文。不过，由于黄遵宪毕竟由科举考试中举进入仕途，而且是位诗人，他似乎缺少将小说、戏曲亦视为文学正宗的意识，自己又未能通晓一两种欧洲语言（只是通晓日语），这些局限终于使黄遵宪未能明确提出"白话文学运动"的主张。虽然如此，黄遵宪在《日本国志》中所鼓吹的"言文一致"的思想依然产生了很大的影响，尤其当清廷甲午战败，人们纷纷思考对手何以由一个小国突然变强，都希望从《日本国志》中寻找答案的时候，"言文合一"、"办白话报"等措施也就成了变法维新的组成部分，声势猛然增大。只要考察不同版本就可知道：该书自1890年起就交羊城（广州）富文斋刊刻（版首有光绪十六年刻板字样），却由于请人作序或报送相关衙门等原因，直到甲午战争那年才正式印成。驻英法大使薛福成在1894年写的《序》中，已称《日本国志》为"数百年来少有"之"奇作"。到战败后第二年的改刻本印出（1897），又增补了梁启超在1896年写的《后序》。梁序对此书评价极高，称赞黄遵宪之考察深入精细："上自道术，中及国政，下逮文辞，冥冥乎入于渊微"，令读者"知所戒备，因以为治"。可见，包括黄遵宪"言文一致"的文学主张在内，都曾引起梁启超的深思。梁启超后来在《小说丛话》中能够说出："文学之进化有一大关键，即由古语之文学变为俗语之文学是也。各国文学史之开展，靡不循此轨道。"其中就有黄遵宪最初的启发和影响。至于裘廷梁在

① 胡适：《中国新文学大系·建设理论集·导言》，良友图书公司，1935。

② 坪内逍遥从研究欧洲近代文学中得到启发，1885年发表《小说神髓》，提倡写实主义，反对江户时代一味"劝善惩恶"的主观倾向；二叶亭四迷则于1887年听取坪内逍遥的意见，用口语写出了小说《浮云》，体现了"言文一致"的成功。这是日本近代文学史上一场很大的变革。请参阅山田敬三著《中日文化交流史大系·文学卷》第六章，浙江人民出版社，1996。

《无锡白话报》上刊发《论白话为维新之本》，倡导“崇白话而废文言”，更是直接受了黄遵宪《日本国志·学术志》的启迪，这从他提出的某些论据和论证方法亦可看出。到戊戌变法那年，《日本国志》除广州最早的富文斋刻本外，竟还有杭州浙江书局的刻印本、上海图文集成印书局的铅印本共三种版本争相印刷，真可谓风行一时了。黄遵宪本人晚年的诗作，较之早年“我手写我口”突出“我”字的主张，也更有新的发展，他大量吸收俗语与民歌的成分，明白晓畅，活泼自然，又有韵味，力求朝“言文合一”的方向努力。总之，黄遵宪在中国应该变法维新方面始终是坚定的，一直到百日维新失败、被放归乡里的1899年，他还对其同乡、原驻日大使何如璋说：“中国必变从西法。其变法也，或如日本之自强，或如埃及之被逼，或如印度之受辖，或如波兰之瓜分，则吾不敢知，要之必变。”并预言说：“三十年后，其言必验。”① 虽然他自己在1905年就因病去世，早已看不到了。

黄遵宪的局限，却由同时代的另一位外交家兼文学家来突破了，此人就是陈季同。下面我们的讨论也就逐渐转向第二个方面。

陈季同（1852～1907）和黄遵宪不一样，他不是走科举考试的道路进入仕途的。他读的是福州船政学堂，进的是造船专业，老师是从法国聘请来的，许多教材也是法文的。他必须先读多年法语，还要学高等数学、物理、机械学、透视绘图学等理工科的课程。而为了学好法国语文，老师要求学生陆续读一些法国小说以及其他法国文学作品。出身书香门第的陈季同16岁进船政学堂之前，已经受过良好的中国文化和文学方面的传统教育，根基相当厚实。据《福建通志》列传卷34记载：“时举人王葆辰为所中文案。一日，论《汉书》某事，忘其文，季同曰：出某传，能背诵之。”② 可见他的聪明好学、博闻强记和求知欲的旺盛。西学、国学两方面条件的很好结合，就使他成为相当了不起的奇才。他先后在法国16年，虽然身份是驻法大使馆的武官，人们称他为陈季同将军，但他又从事大量文学写作和文化研究活动，是个地道的“法国通”。他在巴黎曾不止一次地操流利的法语作学术演讲，倾倒了许多法国听众。罗曼·罗兰在1889年2月18日的日记中写道：

> 在索邦大学的阶梯教室里，在阿里昂斯法语学校的课堂上，一位中国将军——陈季同在讲演。他身着紫袍，高雅地端坐椅上，年轻饱满的

① 见黄遵宪为《己亥杂诗·滔滔海水日趋东》诗作的自注。

② 转引自李华川《晚清一个外交官的文化历程》，北京大学出版社，2004，第11页。

> 面庞充溢着幸福。他声音洪亮，低沉而清晰。他的演讲妙趣横生，非常之法国化，却更具中国味，这是一个高等人和高级种族在讲演。透过那些微笑和恭维话，我感受到的却是一颗轻蔑之心：他自觉高于我们，将法国公众视作孩童……他说，他所做的一切，都是在努力缩小地球两端的差距，缩小世上两个最文明的民族间的差距……着迷的听众，被他的花言巧语所蛊惑，报之以疯狂的掌声。①

可见陈季同法语讲演之成功。他还用法文写了八本书，有中篇小说创作、剧本创作、学术著作、小品随笔、《聊斋》故事译文，主要传播中国文学和文化。这些书在法国销路相当好，有的还被译成意大利文、英文、德文等出版。值得注意的是，八本书中竟有四本都与小说和戏剧有关，占了半数以上，可见陈季同早已突破中国传统的陈腐观念，在他的心目中小说戏剧早已是文学的正宗了。尤应重视的，陈季同用西式叙事风格，创作了篇幅达 300 多页的中篇小说《黄衫客传奇》，成为由中国作家写的第一部现代意义上的小说作品（1890）。他更早出版的学术著作《中国人的戏剧》（1886），则在中西两类戏剧的比较中准确阐述了中国戏剧的特点。“作者认为中国戏剧是大众化的平民艺术，不是西方那种达官显贵附庸风雅的艺术。在表现方式上，中国戏剧是‘虚化’的，能给观众以极大的幻想空间，西方戏剧则较为写实。在布景上，中国戏剧非常简单，甚至没有固定的剧场，西方戏剧布景则尽力追求真实，舞台相当豪华，剧院规模很大。作者的分析触及中西戏剧中一些较本质的问题，议论切中肯綮，相当精当。”② 后来，陈季同回到国内还采用不同于传统戏曲而完全用西方话剧的方式，创作了剧本《英勇的爱》，虽然它也由法文写成，却无疑是出自中国作家笔下的最早一部话剧作品，把中国的话剧史向前推进了好几年。陈季同所有这些写作实践活动，不但在法国和欧洲产生了影响，而且都足以改写中国的现代文学史。

问题还远不止于此。陈季同的更大贡献，在于当历史的时针仅仅指在 19 世纪 80 年代、90 年代，他就已经形成或接受了“世界的文学”这样的观念。他真是超前，真是有眼光啊！下面请看他的学生曾朴（《孽海花》的作者，1897 年就认识陈季同）所记下的他老师的一段谈话：

---

① 转引自《罗曼·罗兰高师日记》中译文，孟华译，见孟华为李华川著《晚清一个外交官的文化历程》一书所写的《前言》，北京大学出版社，2004。

② 李华川：《晚清一个外交官的文化历程》，北京大学出版社，2004，第 57 页。

我们在这个时代，不但科学，非奋力前进，不能竞存，就是文学，也不可妄自尊大，自命为独一无二的文学之邦；殊不知人家的进步，和别的学问一样的一日千里，论到文学的统系来，就没有拿我们算在数内，比日本都不如哩。我在法国最久，法国人也接触得最多，往往听到他们对中国的论调，活活把你气死。除外几个特别的：如阿培尔·娄密沙（Abel Rémusat），是专门研究中国文字的学者，他做的《支那语言及文学论》，态度还公平；瞿亚姆·波底爱（M. Guillaume Pauthier）是崇拜中国哲学的，翻译了《四子书》（Confucius etMenfucius），和诗经（Ch'iking）、《老子》（Lao Tseu），他认孔孟是政治道德的哲学家，《老子》是最高理性的书。又瞿约·大西（Guillardd'Arcy），是译中国神话的（Contes chinois）；司塔尼斯拉·许连（Stanislus Julien）译了《两女才子》（Les Deux Jeune Filles Lettrée），《玉娇李》（LesDeuxCousines）；唐德雷·古尔（P. d'Entre—Colles）译了《扇坟》（Histoire de La Dame a L'éventailblanc），都是翻译中国小说的，议论是半赞赏半玩笑。其余大部分，不是轻蔑，便是厌恶。就是和中国最表同情的服尔德（Voltaire），他在十四世纪哈尔达编的《支那悲剧集》（La Tragédie Chinoise，Par le Pére duHalde）里，采取元纪君祥的《赵氏孤儿》，创造了《支那孤儿》五折悲剧（L'orphelin de lachine），他在卷头献给李希骝公爵的书翰中，赞叹我们发明诗剧艺术的早，差不多在三千年前（此语有误，怕是误把剧中故事的年代，当做作剧的年代），却怪诧我们进步的迟，至今还守着三千年前的态度。至于现代文豪佛朗士就老实不客气的谩骂了。他批评我们的小说，说：不论散文还是韵文，总归是满面礼文满腹凶恶一种可恶民族的思想；批评神话，又道：大半叫人读了不喜欢，笨重而不像真，描写悲惨，使我们觉到是一种扮鬼脸，总而言之，支那的文学是不堪的。这种话都是在报纸上公表的。我想弄成这种现状，实出于两种原因：一是我们太不注意宣传，文学的作品，译出去的很少，译的又未必是好的，好的或译得不好，因此生出重重隔膜；二是我们文学注重的范围，和他们不同，我们只守定诗古文词几种体格，做发抒思想情绪的正鹄，领域很狭，而他们重视的如小说戏曲，我们又鄙夷不屑，所以彼此易生误会。我们现在要勉力的，第一不要局于一国的文学，嚣然自足，该推扩而参加世界的文学。既要参加世界的文学，入手方法，先要去隔膜，免误会。要去隔膜，非提倡大规模的翻译不可，不但他们的名作要多译进来，我们的重要作品，也须全译出去。要免误会，非把我们文学上相传的习惯改革不可，不但成见要破除，连方式都要变换，以求一致。然要实现这两种主意的总关键，却全在乎多读他们的书。[①]（着重号为引者所加）

这是陈季同长期在法国所感受到的痛彻肺腑的体会。作为中国的文学家和外交家，他付出了许多痛苦的代价，才得到这样一些极宝贵的看法。他发现，首先该责怪的是中国的“妄自尊大，自命为独一无二的文学之邦”，不求进步，老是对小说戏曲这些很有生命力的文学品种“鄙夷不屑”。其次，陈季同也谴责西方一些文学家的不公平，他们没有读过几本好的中国文学作品甚至连中文都不太懂，就对中国文学说三道四，轻率粗暴地否定，真要“活活把你气死”，这同样是一种傲慢、偏见加无知。陈季同在这里进行了双重的反抗：既反抗西方某些人那种看不起中国文学、认为中国除了诗就没有文学的偏见，也反抗中国士大夫历来鄙视小说戏曲、认为它们“不登大雅之堂”的陈腐观念。他提醒中国同行们一定要看到大时代在一日千里地飞速发展，一定要追踪“世界的文学”，参加到“世界的文学”中去，要“提倡大规模的翻译”，而且是双向的翻译：“不但他们的名作要多译进来，我们的重要作品，也须全译出去”，这样才能真正去除隔膜和避免误会，才能取得进步。正是在陈季同的传授和指点下，曾朴在后来的二三十年中才先后译出了50多部法国文学作品，成为郁达夫在《记曾孟朴先生》一文中所说的“中国新旧文学交替时代的这一道大桥梁”。事实上，当《红楼梦》经过著名翻译家李治华和他的法国夫人雅歌再加上法国汉学家安德烈·铎尔孟三个人合作翻译了整整27年（1954～1981）终于译成法文，我们才真正体会到陈季同这篇谈话意义的深刻和正确。可以说，陈季同作为先驱者，正是在参与文学上的维新运动，并为“五四”新文学的发展预先扫清道路。他远远高于当时国内的文学同行，真正站到了时代的巅峰上指明着方向。

这里再说第三个方面，就是当时有无标志性的文学作品可供人们指认。答案是肯定的：陈季同1890年在法国出版第一部现代意义上的中篇小说《黄衫客传奇》，就是重要的一部。之后，1892年，韩邦庆（1856～1894）的《海上花列传》也开始在上海《申报》附出的刊物《海上奇书》上连载。《海上花列传》可以说是首部有规模地反映上海这样现代都市生活的作品。如果说《黄衫客传奇》借助新颖的小说结构、成功的心理分析、亲切的风俗描绘

---

① 曾朴：《曾朴答胡适书》，《论翻译》附录，《胡适全集》第3卷，安徽教育出版社，2003，第807～809页。

与神秘的梦幻氛围，构织了一出感人的浪漫主义爱情悲剧，控诉了专制包办婚姻的残忍，[①] 那么《海上花列传》则以逼真鲜明的城市人物、“穿插藏闪”的多头叙事与灵动传神的吴语对白，突现了“平淡而自然”（鲁迅语）的写实主义特色。它们各自显示了现代意义上的成就，同属晚清小说中的上乘作品。虽然甲午前后小说阅读的风气未开，人们对韩邦庆这位“不屑傍人门户”[②]、有独到见地的作家未必理解，因而《海上花列传》当时的市场反应只是销路平平。[③] 但不久情况就有改变。尤其到“五四”文学革命兴起之后，那时的倡导者鲁迅、刘半农、胡适，各自用自己的慧眼发现了《海上花列传》的重要价值。胡适在《〈海上花〉序》中甚至称韩邦庆这部小说为一场“文学革命”。近几年上海几位学者如栾梅健、范伯群、袁进等更纷纷撰文探讨这部小说的里程碑意义，为学界所瞩目，我个人也很赞同。所有这些，都从各方面证明：《黄衫客传奇》与《海上花列传》的意义确实属于现代。

以上我们分别从理论主张、国际交流、创作成就三种角度，考察了中国现代文学起点时的状况。可以归结起来说，甲午前夕的文学已经形成了这样三座标志性的界碑：一是文学理论上提出了以白话（俗语）取代文言的重要主张；二是伴随着小说戏剧由边缘向中心移位，创作上出现了一些比较优秀的真正具有现代意义的作品；三是开始了与“世界文学”的双向交流，既将外国的好作品翻译介绍进来，也将中国的好作品向西方推介出去。这就意味着，当时的倡导人本身已经开始具有世界性的眼光。这些事例都发生在 19 世纪 80 年代末、90 年代初，看起来似乎只是文学海洋上零星地浮现出的若干新的岛屿，但却预兆了文学地壳不久将要发生的重大变动。它们不但与稍后的“诗界”、“文界”、“小说界”的“革命”相传承，而且与二三十年后的“五四”新文学革命相呼应，为这场大变革作着准备。尽管道路有曲折：戊戌变法被扼杀，甚至付出血的代价，国家也几乎到了被瓜分、宰割的边缘，但随着科举制度的彻底废止，留学运动的大规模兴起，清朝政府的完全被推翻，文学革命的条件也终于逐渐走向成熟。

19 世纪 80 年代末以来的许多文学史实证明：“五四”文学革命实际上是经过了 30 年的酝酿，两三代人的共同参与，创建出不少标志性的业绩，最后在诸多条件比较成熟的情况下，才取得圆满成功的。“五四”文学思潮的获得

---

① 严家炎：《一部真正具有现代意义的晚清小说》，2010 年 3 月 17 日《中华读书报》。

② 海上漱石生（孙玉声）：《退醒庐笔记》，台北：文海出版社有限公司，1972。

③ 颠公：《懒窝随笔》，清华书局，1922。

胜利，绝不是偶然的。

【附记】

六七年前，我在香港《明报月刊》（2003 年 4 月号）上曾发表《全球化时代的中国文学研究》一文，主张将陈季同、林语堂的外文作品也写进中国文学史。但此次本文第二部分之能够写成，却在很大程度上有赖于李华川博士的著作《晚清一个外交官的文化历程》以及他和同人所中译的陈季同《中国人的戏剧》（李华川、凌敏译）、《吾国》（李华川译）、《巴黎印象记》（段映红译）诸书。谨此说明，并向李华川博士及其导师孟华教授表示深切的感谢与敬意。

（原载《社会科学辑刊》2010 年第 4 期）

中国现代文学与东亚人文地理

·杨　义·

近年来，中国社会科学院文学研究所除了研究西域文明之外，又有一批中青年学者倡导研究东域学，东域学的范围包括中国大陆和台湾，以及日本、韩国、朝鲜，有时还包括蒙古。西域学主要研究印度的佛学、中亚的伊斯兰文明，如何通过中国新疆地区的沙漠绿洲文明与中原汉族文明相融汇。东域学主要研究如何通过海路和陆路，使汉字典籍文化、儒学、佛学在东亚土地上流通、吸收和另创。近代以来又由于西方文明的强势侵入，造成新一轮的文明冲突与融通。

中、日、韩、朝这东亚四国，地缘相近，山水相依，二千多年来在一衣带水之间海陆兼进，频繁地进行文化、经济、政治上的往来，长期使用汉字和汉文传播的思想、宗教、文学资源，形成所谓“汉字文化圈”。近百年以来，欧美列强的远程介入，造成这里文化地图的割裂，以及刀枪相见的灾难。从20世纪中期以后，这块土地上又先后出现日本、韩国和中国的经济起飞的奇迹。地缘经济交流的成就非常显著，但如何建构“东亚意识”，虽付出巨大努力，依然艰难重重。这些都在考验着东亚诸国的文化立场、胸怀、智慧和意志，有一条很长的曲折的道路要走。今天要着重关注的，就是百余年这条艰难曲折的路，并且以本人曾经从事的中国现代文学学科为中心点来展开思考。下面分三个时段的关键点进行考察。

一　甲午战争到民国初年（1894～1916）

1868年日本学习西方开始“明治维新”，政治体制全面更新，国力迅速崛起。1894年甲午战争中日本摧毁清朝政府的北洋水师，并根据《马关条约》，占领中国的台湾省。日本又于1905年强迫朝鲜李氏王朝签订亡国的《乙巳条约》，吞并朝鲜半岛。在这种不平等、不安宁的国际形势中，东亚各国是采取不同的身份、不同的应对策略、不同的借鉴途径和在不同的方向、层面上，输入西学，开始自己的近代化进程的。

中国1898年的“戊戌变法”是在民族危机震动朝野，康有为联合各省1300余名学子“公车上书”而发动的。当时想学西方改革政、教、工、商，但更为邻近和痛切的示范是日本的“明治维新”。通过日本的途径，还有2000余年中形成的“汉字文化圈”所提供的便利条件，由于中日文化、文字相近，学习日文较学习西方语言便捷易成，张之洞在19世纪末就发现：

> 学西文者，效迟而用博，为少年未仕者计也；译西书者，功近而效速，为中年已仕者计也。若学东洋文，译东洋书，则速而又速者也。是故从洋师不如通洋文，译西书不如译东书。①

到过日本并有翻译实践的梁启超对此提供了更多的依据：

> 学日本语者一年可成，作日本文者半年可成，学日本文者数日小成，数月大成。余之所言者，学日本文以读日本书也。日本文汉字居十之七八，其专用假名，不用汉字者，惟脉络词及语助词等耳。其文法常以实字在句首，虚字在名末，通其例而颠倒读之。将其脉络词语助词之通行者，标而出之，习视之而熟记之，则已可读书而无窒阂矣。余辑有《和文汉读法》一书，学者读之，直不费俄顷之脑力，而所得已无量矣。此非欺人之言，吾国人多有经验之者。然此为已通汉文之人言之耳。②

出自这种原因，1862年成立的京师同文馆，于甲午战争以后增设“东文馆”，梁启超在上海创立大同译书局，翻译方针为“以东文为主，而辅以西文”（《大同译书局叙例》）。自1896年唐宝锷等13人首批赴日留学开始，由于距日本较近、学习费用较低等因素，中国人赴日留学者日渐增多，至1906年达到高峰，是年留日学生达到8600人。至“五四”前，中国留日学生人数估计不少于15000人。留日学生大量出现，为从日文转译西书提供了重要的条件，因而从日文转译西方著作在19、20世纪之交形成热潮。此前中国已翻

① 张之洞：《劝学篇》外篇《广译第五》，《张之洞全集》第12册，河北人民出版社，1998，第9745页。

② 梁启超：《论学日本文之益》，《饮冰室合集》文集第2册，上海中华书局，1941，第81页。

译过日本人的著作《琉球地理志》（1883）、《欧美各国政教日记》（1889）和《东洋史要》（1899）。曾任驻日使节的维新派人士黄遵宪，以对日本十几年的考察和研究，写成长达50万言的《日本国志》，于1895年出版，被“海内奉为瑰宝”，叹为“此奇作也，数百年鲜有为之者”。于是大规模翻译日文书籍在20世纪初形成气候，波涛滚滚，数量一路攀升。据香港谭汝谦《中国译日本书综合目录》的统计和后人的补充，1896年至1911年中国所译日本书在1000种之上，大大超过了同期所译西方诸国书籍的总和。[①] 又据顾燮光《译书经眼录》的统计：1901年至1904年共出版译书533种，其中译日本书321种，占60%；而译西方诸国的书籍依次为英国55种，占10%；美国32种，占6%；德国25种，占4.7%；法国15种，占3%；其他81种，占15%。[②] 从更长远的观点看，留日学生的领先发展，不仅影响了中国近代文学，而且为“五四”新文学运动和30年代左翼文学运动提供了一批骨干。一百年来，中国翻译的日本文学译本达到两千多种。

政治危机深重的情境中的文学翻译，不可避免地带有浓重的政治功利色彩。中国翻译日本文学，是从翻译“政治小说”开始的。政治小说本是1870年代日本民间争取民权和国权的浪潮中，由留学英国的学生翻译政治家的小说，并因政界人物受法国作家雨果的告诫“应该让你们的国民多读政治小说”，而1880年代在日本本土掀起写作政治小说的热潮。1898年中国“戊戌变法”失败，梁启超坐日本大岛兵舰逃亡，借阅舰长用来消遣的《佳人奇遇》，随阅随译，并于该年底开始连载于《清议报》上。并在《清议报》创刊号上发表《译印政治小说序》加以鼓吹：“在昔欧洲各国变更之始，其魁儒硕学，仕人志士，往往以其身之经历，及胸中所怀，政治之议论，一寄于小说。……往往每一书出，而全国之议论为之一变。彼英、美、德、法、奥、意、日本各国政界之日进，则政治小说为功最高焉。”[③] 对于日本政治小说的功能，他又作了进一步的介绍：“于日本维新运动有大功者，小说亦其一端也。明治十五六年间，民权自由之声遍满国中。于是西洋小说中，言法国、罗马革命之事者，陆续译出。……自是译泰西小说者日新月盛……翻译既盛，政治小说之著述亦渐起。如柴东海之《佳人奇遇》，末广铁肠之《花间莺》、《雪中梅》，藤田鸣鹤之《文明东渐史》，矢野龙溪之《经国美谈》等。著书

① 谭汝谦主编《中国译日本书综合目录》，香港中文大学出版社，1980。

② 顾燮光：《译书经眼录》，收入张静庐著《中国近代出版史料二编》，中华书局，1957。

③ 《清议报》第1册，1898年12月23日。

之人，皆一时之大政治家。寄托书中之人物，以写自己之政见，故不得专以小说目之。而其浸润于国民脑质，最有效力者，则《经国美谈》、《佳人奇遇》两书为最云。"①

《佳人奇遇》写西班牙将军之女幽兰、爱尔兰独立运动的女志士红莲、中国反清复明的志士鼎泰琏和日本留学生东海散士足迹遍于欧、美、亚、非二十余国，大谈民族危亡、振兴国家的政治问题，向往美国独立建国的精神。梁启超的这次翻译，足以作为他写作政治小说《新中国未来记》的动因，他也是使书中的青年志士游历中国数省市和欧美各国，开口就演讲和辩论立宪政治的。其后周宏业用章回体翻译矢野龙溪的《经国美谈》，叙述古希腊一个叫"齐武"的小国（底比斯）的兴亡史，宣扬改良政治，争取国权民权的政治理想。这些政治小说的陆续推出，宣泄着晚清维新派极大的政治热情，梁启超在《清议报一百册祝词并论报馆之责任及本报之经历》一文中，热情洋溢地说："有政治小说《佳人奇遇》、《经国美谈》等，以稗官之异才，写政界之大势，美人芳草，别有会心，铁血舌坛，几多健者，一读击节，每移我情，千金国门，谁无同好？"② 政治小说传播的政治理想和豪侠气概，给当时的文化界以强烈的震撼。

由日文翻译和转译的文学作品，除了政治小说之外，还有科学小说、冒险小说、侦探小说等门类。加上林纾翻译的欧美小说一百几十种，足以打破国人认为"欧美小说不及中土"的狭隘眼界，在晚清到民国初年那个时代，确实令人感受到"若谓梁任公文章有大电力，当谓林琴南译笔有真灵感"。小说的门类变得丰富多彩，这也是当时翻译日文小说和西洋小说的一个重要的收获。当时人们对此颇有感触，如认为"我国小说，虽列专家，然其门类太形狭隘"③；或认为"西洋小说分类甚细，中国则不然，仅可约举为英雄、儿女、鬼神三大派"。④ 然而，以政治、科学、冒险、侦探来区分小说类型，触及的仅限于小说的题材和社会功能，至于深入到小说内在的"人的发现"和审美神髓，就有待于"五四"新文学运动了。

中国文学从日本政治小说中吸取政治维新的冲动和思想，同时从朝鲜亡国的惨重教训中敲响了救亡图存的警钟。20 世纪最初的十几年，中国长篇小

---

① 梁启超：《自由书・传播文明三利器》，《饮冰室合集》专集第 2 册，上海中华书局，1941，第 41～42 页。

② 梁启超：《饮冰室合集》文集第 3 册，上海中华书局，1941，第 55 页。

③ 《觚庵随笔》，《小说林》，1907 年第 7 期。

④ 《小说丛话》，《新小说》1905 年第 13 号。

说对朝鲜半岛的叙事主要有三个关注的焦点：（1）继续关注清朝中国与日本的战争，有《中东大战演义》（1900）、《中东和战本末纪略》（1902～1903）、《消闲演义》（1921）等；（2）关注朝鲜亡国的灾难处境和历史教训，有《朝鲜亡国演义》（1915）、《朝鲜痛史》（1915）、《日本灭高丽惨史》（1915～1916）、《绘图朝鲜亡国演义》（1920）等；（3）歌颂韩国志士安重根刺杀伊藤博文以及其他韩国义士的壮举，有《醒世奇文英雄泪》（1910）、《爱国鸳鸯记》（1915）、《韩儿舍身记》（1915）、《亡国英雄之遗书》（1918）、《安重根外传》（1919）等。总体而言，这些作品对朝鲜的亡国处境和反抗壮举是采取同情、尊重和理解的态度。

朝鲜王朝的亡国和日军帝国咄咄逼人的扩张，使最先觉醒的中国知识界深感民族危机迫在眉睫，留学德国的陈寅恪“惊闻千载箕子地，十年两度遭屠剖。……兴亡今古郁孤怀，一放悲歌仰天吼”，[①] 痛惜朝鲜的亡国，愤怒日本的鲸吞，抒发抑郁难遣的忧国情怀。流亡日本的梁启超也当即发表了《朝鲜亡国史略》，大声疾呼：“有感于近两个月来日本在朝鲜之举动，欲详记之，以为吾国龟鉴。”[②] 龟可卜吉凶，鉴（镜）能别美恶，其旨趣是要警醒中国人救亡图存的意识。反映朝鲜亡国的作品在 1915 年出现高潮，折射着这一年的 5 月 7 日，已经掠取山东半岛权益的日本帝国向袁世凯政府发出签署“二十一条”的最后通牒，想把用条约吞并朝鲜的强盗逻辑在中国重演。《朝鲜亡国演义》等作品强烈地抨击朝鲜总理大臣李完用秘密签署日韩合并条约的为虎作伥的行为，是因为它觉察到一国覆亡的严重原因在于内部出现“蛀虫”，“总之朝鲜亡国，统那前后事实看来，一句包括，全送在卖国贼的手里，这个为了权利，捣乱一起，那个依了外势，捣乱一起，社鼠城狐，结党构祸”，“有了这榜样，后来人大可作个前车之鉴了”，它以李完用断送国家的行为作为镜子，照出来的是袁世凯签署“二十一条”的卖国者的嘴脸。

二 “五四”新文学运动时期（1917～1927）

1919 年中国“五四”运动的导火索是巴黎和会。中国在 1917 年对德国宣战，成为同盟国方面的参战国。但是在第一次世界大战结束后的巴黎和会

---

① 陈寅恪：《庚戌柏林重九作——时闻日本合并朝鲜》，陈美延、陈流求编《陈寅恪诗集》，清华大学出版社，1993，第 1 页。

② 梁启超：《朝鲜亡国史略》，《新民丛报》第 53、54 号，1904 年 9 月 24 日、10 月 9 日。

上，中国以战胜国地位要求取消列强在中国的特权，归还山东的权利，英、法、美诸国却与日本妥协，拒绝中国的正义要求，决定把德国在山东的权益转让给日本。消息传来，北京各大学群情激愤，三千多学生于5月4日在天安门聚会，游行示威，呼吁“拒绝和约签字”，“外争国权，内惩国贼”，并把运动推向上海诸地，影响全国——史称“五四运动”。此前3月1日，朝鲜“民族自决”浪潮高涨，学生和各界人士走上街头，高呼“独立万岁”口号，惨遭日本操纵的宪兵警察的镇压，史称“三一独立运动”。朝鲜和中国先后爆发的爱国民众运动，在同声相应、同气相求中，也推动了东亚的思想文化的现代化进程。

五四运动充满爱国的激情，也充满文化的理性，二者是互为表里的。激情以示民族尊严的不可侮，理性以示思想启蒙的不容缓。曾有留学日本经历的辛亥革命党人陈独秀创办的《新青年》杂志，倡导新思潮，邀请留美学生胡适发动文学革命，又集合留日学生鲁迅、周作人、钱玄同等人推进思想革命，倡导“人的文学”。1918年周作人在北京大学讲演《日本近三十年小说之发达》，系统地梳理了日本明治维新以后的文学进程，其文学眼光已非专注于政治小说的梁启超所能比拟。此文发表在1918年7月《新青年》第5卷第1号，使知识界看到了“写实主义”提倡者坪内逍遥及其《小说神髓》，“人生的艺术派”二叶亭四迷及其《浮云》，“艺术的艺术派”尾崎红叶、幸田露伴的砚友社，主情的理想的文学北村透谷，自然主义文学国木田独步，“有余裕的文学”夏目漱石与“遣兴文学”森鸥外，“享乐主义文学”永井荷风、谷崎润一郎，以及白桦派的理想主义文学。在周作人眼中已经有了文学流派，这是“五四”文学观念的一大进步。

文学的因缘有时带点戏剧性。1918年5月《新青年》第4卷第5号发表鲁迅的《狂人日记》，“小说”栏接下来的文章则是周作人的《读武者小路君〈一个青年的梦〉》，其实是介绍日本的一个多幕剧，编者不明底细就排在这里了，这不能不引起鲁迅的兴趣。五四时期翻译日本文学，以白桦派最早，鲁迅、周作人兄弟合译《现代日本小说集》收入了武者小路实笃、有岛武郎、志贺直哉等的白桦派作家为主的15家30篇小说。鲁迅读完武者小路实笃《一个青年的梦》，自称“很受些感动：觉得思想很透彻，信心很强固，声音也很真”。这部八万余字的四幕剧写一个青年梦中听战死者亡灵的哭诉和反战演讲，又观看象征列强的“俄大”、“英大”、“法大”、“德大”、“奥大”、“日大”登台鼓吹战争，“和平女神”又发表和平反战的演讲。从艺术上看，剧本是直露、天真而幼稚的。但鲁迅译完后反而得出“这剧本也很可以医许多中国旧思想的痼疾”的深刻见解，将之引向“国民性解剖”：“全剧的宗旨，自序已经表明，是在反对战争，不必译者再说了。但我虑到几位读者，或以为日本是好战的国度，那国民才该熟读这书，中国又何须有此呢？我的私见，却很不然：中国人自己诚然不善于战争，却并没有诅咒战争；自己诚然不愿出战，却并未同情于不愿出战的他人；虽然想到自己，却并没有想到他人的自己。譬如现在论及日本并吞朝鲜的事，每每有‘朝鲜本我藩属’这一类话，只要听这口气，也足够教人害怕了。”① 鲁迅批判的是在国内战争与邻国关系上国民心理的卑怯、麻木和虚妄自大的积弊。

值得注意的是，从“五四”到 1930 年代，日本文学理论和翻译出现热潮，所译 270 余种日文作品中，文论方面占 110 余种。其中影响最大的当是鲁迅对 1923 年关东大地震中遇难的日本文论家厨川白村遗稿《苦闷的象征》的翻译。鲁迅如此介绍此书：“至于主旨，也极分明，用作者自己的话来说，就是‘生命力受了压抑而生的苦闷懊恼乃是文艺的根柢，而其表现法乃是广义的象征主义’。但是‘所谓象征主义者，决非单是前世纪末法兰西诗坛的一派所曾经标榜的主义，凡有一切文艺，古往今来，是无不在这样的意义上，用着象征主义的表现法的’。……作者据伯格森一流的哲学，以进行不息的生命力为人类生活的根本，又从弗罗特一流的科学，寻出生命力的根柢来，即用以解释文艺——尤其是文学。然与旧说又小有不同，伯格森以未来为不可测，作者则以诗人为先知，弗罗特归生命力的根柢于性欲，作者则云即其力的突进和跳跃。这在目下同类的群书中，殆可以说，既异于科学家似的专断和哲学家似的玄虚，而且也并无一般文学论者的繁碎。作者自己就很有独创力的，于是此书也就成为一种创作，而对于文艺，即多有独到的见地和深切的会心。”②

促成广泛影响的，不仅在于鲁迅 1924 年将此书译文连载于《晨报副镌》，1925 年又作为“未名丛刊”之一出版，而且在于鲁迅把它作为在北京大学、北平女子师范大学讲授文艺学的教材，推动了 1920 年代中后期的“厨川热”，使其主要著作如《近代文学十讲》、《出了象牙之塔》、《欧洲文学评论》、《文艺思潮论》、《欧洲文艺思想史》等，几乎全被译为中文。回忆鲁迅当年的讲课情况，许钦文说：“鲁迅先生在北京大学讲完了《中国小说史略》，就拿

① 鲁迅：《一个青年的梦·译者序》及《译者序二》，《鲁迅全集》第 10 卷，人民文学出版社，1981，第 192～196 页。

② 鲁迅：《苦闷的象征·引言》，《鲁迅全集》第 10 卷，人民文学出版社，1981，第 232 页。

《苦闷的象征》来作讲义；一面翻译，一面讲授，选修的人很多，旁听的人更多……长长的大讲堂，经常挤得满满的，这在当时固然是难得的关于文学理论的功课，而且鲁迅先生，同讲《中国小说史略》一样，并非只是呆板解释文本，多方的带便说明写作的方法，也随时流露出些作小说的经验谈。”① 荆有麟又说：“曾记有一次，在北大讲《苦闷的象征》时，书中讲了一个阿那托尔法郎所作的《泰绮思》的例，先生便将《泰绮思》的故事人物先叙出来，然后再给以公正的批判，而后再回到讲义上举例的原因，时间虽然长……而听的人，却像入了魔一般。”《鲁迅回忆》追踪着这些回忆，重现鲁迅当年讲课的风采，我们不妨看一看鲁迅晚年是怎样谈论《泰绮思》的：

> 文豪，究竟是有真实本领的，法郎士（Anatole France，1844～1924）做过一本《泰绮思》，中国已有两种译本了，其中就透露着这样的消息。他说有一个高僧在沙漠中修行，忽然想到亚历山大府的名妓泰绮思，是一个贻害世道人心的人物，他要感化她出家，救她本身，救被惑的青年们，也给自己积无量功德。事情还算顺手，泰绮思竟出家了，他恨恨地毁坏了她在俗时候的衣饰。但是，奇怪得很，这位高僧回到自己的独房里继续修行时，却再也静不下来了，见妖怪，见裸体的女人，他急遁，远行，然而仍然没有效。他自己是知道因为其实爱上了泰绮思，所以神魂颠倒了的，但一群愚民，却还是硬要当他圣僧，到处跟着他祈求，礼拜，拜得他“哑子吃黄连”——有苦说不出。他终于决计自白，跑回泰绮思那里去，叫道“我爱你！”然而泰绮思这时已经离死期不远，自说看见了天国，不久就断气了。②

据鲁迅的分析，《泰绮思》的构思运用了弗洛伊德（S. Freud）精神分析的学说，正是弗洛伊德学说为厨川白村的“苦闷的象征”的文学本质论，提供了深层心理学的理想基础。把“苦闷的象征”视同文学的本质，是1920年代一股重要的学术流脉，尤其在那些留日学生和听过鲁迅讲课的青年学人身上。早在此书译为中文之前，郭沫若就在1922年《时事新报·学灯》上宣布：“我郭沫若信奉的文学定义是‘文学是苦闷的象征’”。1923年他又在《创造周报》上撰文表示：“文艺本是苦闷的象征。无论是反射的或创造的，

① 许钦文：《学习鲁迅先生》，上海文艺出版社，1959，第68页。

② 鲁迅：《“京派”与“海派”》，《鲁迅全集》第6卷，人民文学出版社，1981，第304页。

都是血与泪的文学……个人的苦闷，社会的苦闷，全人类的苦闷，都是血泪的源泉。"① 1926 年他又对有自传色彩的爱情诗集《瓶》作告白："《瓶》可以用'苦闷的象征'来解释。"② 郁达夫《文学概论》认为："象征是表现的材料，不纯粹便得不到纯粹的表现。这一种象征选择的苦闷，就是艺术家的苦闷。我们平常听说的艺术家的特性，大约也不外乎此了。"③ 更应提到的是，这种思想渗透到 20 世纪 20～30 年代的大学教育，当时编写的多种《文学概论》之类的书，在谈到文学的本质或起源时，都与"苦闷的象征"相联系。比如曾留学日本的田汉，或鲁迅的学生许钦文所写的《文学概论》，都在传播厨川白村的这个思想。

"五四"毕竟不同于晚清，这代文学者已经超越了晚清维新派关于民族与文学的思路。由于东亚各国的民族生存处境不同，"五四"文学者采取了双方的思路，一方面在思想上通过日本吸收西方现代理论的成果；另一方面通过真实的或想象的"朝鲜故事"从半岛的三千里江山中吸取民族血性的真诚。一些充满激情的作家的作品，如郭沫若的《牧羊哀话》、蒋光慈的《鸭绿江上》，莫不如此。郭沫若写于 1919 年二三月之间的小说《牧羊哀话》，描写朝鲜亡国之后，贵族子爵闵崇华不愿附逆，带领全家隐居金刚山麓，女儿闵佩荑与佣人之子尹子英因青梅竹马而相爱，子英的父亲和闵崇华后妻勾结日本人，企图杀害闵崇华邀功报赏，子英为救闵崇华，被自己的父亲所误杀。家破人亡的少女闵佩荑从此牧羊于群山之间，挥着鞭儿唱着忧伤的望郎归恋歌。这篇作品的背景据郭沫若的外孙女、日本学者藤田梨那的考证，是 1918 年底至 1919 年初，朝鲜李太王的三子、英亲王李垠，被日本天皇敕许与日本皇族梨木宫方子结婚。按照当时朝鲜习俗，被订婚的女子如被解除婚约，一生不能结婚，而且兄弟姐妹也都被闭婚（不允许结婚），从而造成李垠少小无猜的订婚情侣闵甲完家破人亡，父亲和祖母痛急而死，她则流亡上海。在背景与虚构故事之间，英亲王李垠变成尹子英，闵甲完变成闵佩荑，也就是说真实人物在小说中，男方留其封爵（"英"），女方留其姓氏（"闵"），主人公的命运是男被日本或亲日势力夺去生命，女则悲苦流浪，或牧羊荒山，呈现了把人间爱情悲剧与国家沦亡进行连接的文学认知思路。郭沫若在《创造

① 郭沫若：《暗无天日之世界》，《创造周报》第 7 号（1923 年 6 月）。

② 郁达夫：《〈瓶〉附记》，《郁达夫文集》第 5 卷，花城出版社、三联书店香港分店，1982，第 237 页。

③ 郁达夫：《文学概论》，《郁达夫文集》第 5 卷，花城出版社、三联书店香港分店，1982，第 67 页。

十年》中明确提及他的创作意图："转瞬便是一九一九年了。绵延了五年的世界大战告了终结，从正月起，巴黎正开着分赃的和平会议。因而'山东问题'又闹得尘嚣甚起起来。我的第二篇创作《牧羊哀话》便是在这个时候产生的。……我只利用了我在一九一四年的除夕由北京乘京奉铁路渡日本时，途中经过朝鲜的一段经验，便借朝鲜为舞台，把排日的感情移到了朝鲜人的心里"。[①] 借他人之杯酒，浇自己之块垒，《牧羊哀话》与其说是在为亡国的朝鲜而哀，毋宁说是为被帝国主义瓜分而面临亡国危险的祖国而哀，"牧羊姑娘"成为郭沫若民族忧患意识的意象表达，"借离合之情，写兴亡之感"。有意思的是，"牧羊"意象的选择也非朝鲜风物，传统朝鲜农牧生活并不养羊，由此可见心有块垒欲借物象以抒之意图所向。

三　从革命文学到左翼文学时期（1928～1937）

文学以1928年作为分期的界线，实在有着足够的理由，因为自此以后中国各种政治文化力量已在重新组合。由国共合作的大革命破裂，国民党以"清党"名义大量清洗和杀戮左派人士，一批左派文学家从前线撤出，到上海提倡革命文学。创造社在郭沫若、成仿吾等元老的带动下转换方向，主张"无产阶级文学"，又有李初梨、冯乃超、朱镜我、彭康等留学日本的少壮派，携带着他们在异国学到的马克思主义知识，想通过批判"五四"以来打开新的文化局面。从苏联归来的革命诗人蒋光慈和从战场退下来的钱杏邨、孟超、洪灵菲、戴平万等人成立太阳社，提出文学"表现无产阶级的意识"的诉求。1929年前后，蒋光慈、楼适夷、冯宪章、任钧等人游历或留学日本，组织太阳社东京支部。由于国共合作破裂后中苏断交，以及上面所述人员流动的地理因缘，1928年中国革命文学的思想资源直接来自日本，连苏联的文学政策和文学信息也往往是由日本中转过来的，诚如后期创造社的一位成员所说："中国的普罗艺术运动，与日本实有不可分离的关系。"[②]

研究这段文学史不难发现，那种生搬硬套的理论是难以催生成熟的文学作品。过分追求新理论，可能导致观念与写作的分裂。本来在五四时期，鲁

---

① 郭沫若：《创造十年》，《沫若文集》第7卷，人民文学出版社，1958，第54页。

② 沈起予：《日本的普罗列塔利亚艺术怎么经过它的运动过程》，《日出旬刊》1928年第3～5期。

迅写小说除了得益于他对中国古典小说的深刻研究之外，虽然也借鉴过俄国的果戈理、安特莱夫的作品，但对日本近代文学的熟知也是一个潜在的因素。比如著名的《阿 Q 正传》虽是鲁迅的独创，但它那种迂回曲折、好发议论的诙谐笔法，不能说与他喜欢的夏目漱石轻快洒脱、富于机智的“低徊趣味”或“有余裕的文学”情调没有相通之处。1921 年鲁迅翻译了芥川龙之介的两篇小说：《鼻子》写古代一位和尚鼻子长得畸形，总受嘲笑，得到中国秘方搓揉缩短后，反被人看不惯，嘲笑更甚，终至治疗恢复长鼻子，才算如释重负；《罗生门》写一个被解雇的仆人在罗生门避雨，看见一位老妇在城墙上拔死尸头发，做假发出售，不听他的制止，反说“不这么干，就要饿死”。那仆人就抢劫老妇衣物，当起强盗来了。鲁迅评点这两篇小说，认为前者“内道场供奉禅智和尚的长鼻子，是日本的旧传说，作者只是给他换上了新装。篇中的谐味，虽不免有才气太露的地方，但和中国的所谓滑稽小说比较起来，也就十分雅淡了”。[①] 对于后者则认为，“这一篇历史的小说（并不是历史小说），也算他的佳作，取古代的事实，注进新的生命去，便与现代人生出干系来”。[②] 这是鲁迅对“芥川龙之介意义”的独特发现，估计芥川本人说不出，别人也说不出。这种独特发现的意义，在于它启动了鲁迅从 1922 年开始写《故事新编》系列小说的心理契机。《故事新编》序言说：“其中也还是速写居多，不足称为‘文学概论’之所谓小说。叙事有时也有一点旧书上的根据，有时却不过信口开河。而且因为自己的对于古人，不及对于今人的诚敬，所以仍不免时有油滑之处……不过并没有将古人写得更死，却也许暂时还有存在的余地的罢。”[③] 这里所谓“油滑”难道不可以看做是鲁迅古今杂糅的辛辣处，掺入一点芥川不同于滑稽小说的谐味；所谓“并没有把古人写得更死”，难道不可以联想到芥川“取古代的事实，注进新的生命去，便与现代人生出干系来”吗？

之所以在谈 1928 年热气腾腾的文学转向之时，重提鲁迅在五四时期的创作和日本文学翻译，就是因为那些以为只有他们才算“抓住时代”的左倾批评家，操着一种半生不熟的理论武器冲锋陷阵，其勇气固然可嘉，但不察中国国情和文学自身规律，在讨伐鲁迅等一批五四资深作家的时候，迫不及待地宣布“阿 Q 时代早已死去”，连同“《阿 Q 正传》的技巧也已死去”了。

---

① 鲁迅：《〈鼻子〉译者附记》，《鲁迅全集》第 10 卷，人民文学出版社，1981，第 226 页。

② 鲁迅：《〈罗生门〉译者附记》，《鲁迅全集》第 10 卷，人民文学出版社，1981，第 227 页。

③ 鲁迅：《故事新编·序言》，《鲁迅全集》第 2 卷，人民文学出版社，1981，第 342 页。

这种只有死去才能新生，而排斥并存融合创造式的新生的文化批判，使深知文学奥秘的鲁迅在小说创作上，发出了“写新的不能，写旧的又不愿”的长叹，这是值得我们深刻反思的。自此以后，鲁迅开始从日文译本中转译苏俄文艺理论、政策和文学作品，如卢那察尔斯基的《艺术论》，是从昇曙梦的日译本转译；普列汉诺夫的《艺术论》，是从外村史郎的日译本转译；法捷耶夫的长篇小说《毁灭》是由藏原惟人的日译本转译；连果戈理的长篇小说《死魂灵》，也是参考日译本。尤其是文艺理论的翻译涉及鲁迅思想的演变，他说：“我有一件事要感谢创造社的，是他们‘挤’我看了几种科学底文艺论，明白了先前的文学史家们说了一大堆，还是纠缠不清的疑问。并且因此译了一本蒲力汗诺夫的《艺术论》，以救正我——还因我而及于别人——的只信进化论的偏颇。”[①] 鲁迅不是说进化论不能信，而只是说“只信”进化论为偏颇，进而他又增加了科学的文艺论的新维度。同时他把翻译苏联的《文艺政策》（据外村史郎和藏原惟人辑译的日文本转译）等书，比喻为希腊神话中普罗米修斯（Prometheus）窃火给人间，“但我从别国里窃得火来，本意却在煮自己的肉”。[②] 这种尽可能地接近理论原著，又敢于和自己原本思想质对的作风，是鲁迅以译除弊的重要特点。

然而，当时的革命文学家更多取法的是经过日本左翼理论家演绎的“无产阶级文艺理论”。苏联演绎马克思，日本演绎苏联，是否能够准确地尽其精髓，或者又在哪些地方变形走样，当时都来不及认真辨析，也缺乏深入辨析的能力。比如曾经留学日本的创造社成员方光焘翻译平林初之辅的《文学之社会学的研究》，传播的就是文学运动是阶级斗争的一个组成部分，无产阶级文学应该是无产阶级斗争的武器和工具。这种武器和工具论，对后来的中国革命文艺理论就产生过非常深刻的影响。青野季吉曾写过《自然成长和目的意识》的文章，把无产阶级文学区分为“自然成长”和强调“目的意识”的两个发展阶段。李初梨也以类似的题目，写了《自然生长性与目的意识性》的论文，强调“目的意识性”是辨别无产阶级文学与非无产阶级文学的标准。甚至与辛克莱（Upton Sinclair）的观点结合起来加以引申，认为“一切的文学，都是宣传。普遍地，而且不可逃避地宣传；有时无意识地，然而常时故意地是宣传”。[③] 在日本无产阶级文学理论家中，最为中国革命文学者熟知的

---

① 鲁迅：《三闲集·序言》，《鲁迅全集》第4卷，人民文学出版社，1981，第6页。

② 鲁迅：《“硬译”与“文学的阶级性”》，《鲁迅全集》第4卷，人民文学出版社，1981，第209页。

③ 李初梨：《怎样地建设革命文学》，《文化批判》1928年第2号。

莫过于藏原惟人，鲁迅称“藏原惟人是从俄文直接译过许多文艺理论和小说的，于我个人就极有裨益”，既谈论蒋光慈与藏原惟人交谈翻译[①]（《二心集·“硬译”与“文学的阶级性”》），又嘲讽“钱杏邨近来又只在《拓荒者》上，搀着藏原惟人，一段一段的，在和茅盾扭结”（《二心集·我们要批评家》）。这指的是钱杏邨在1930年《拓荒者》第1期上发表的论文《中国新兴文学中的几个具体问题》，反复引用藏原惟人的《再论普罗列塔利亚写实主义》、《普罗列塔利亚艺术的内容与形式》等文，用以批评茅盾的《从牯岭到东京》和他的小说创作。但是，这种生吞活剥地使用外来理论的做法，把藏原惟人的“无产阶级现实主义”、“唯物辩证法的创作方法”这类似是而非的文学观念也搬进来了。

在此期间日本侵略军于1931年在沈阳策划“九一八事变”，扶植清废帝溥仪建立伪“满洲国”，支配数以百计的朝鲜移民进入中国东北三省。1932年4月韩国义士尹奉吉奉韩人爱国团团长金九的命令，在上海“虹口公园炸案”中炸死日军司令官白川义则大将。中国文学中的不少作品是把来自朝鲜半岛的义士和民众当做命运与共的战友的。这类作品以东北作家群的萧军的长篇小说《八月的乡村》和舒群的短篇小说《没有祖国的孩子》，最为驰名。无名氏（原名卜乃夫）是写韩人题材小说最多的一人，留下三部长篇和八部短篇。无名氏的作品散发着唯美而神秘的传奇风味，给韩人题材的作品增添了一道奇异闪烁得令人目眩的色彩。比如《北极风情画》（1943），一开头就渲染着一个长发披脸、面容惨厉的怪客，在华山顶峰遥望北方，豺狼般哀吟着惨不忍闻的歌声。对酒夜谈中才知道，此人是1932年随中国抗日名将马占山的部队撤退到西伯利亚托木斯克城的韩国上校林参谋。他在那荒寒的城镇中与波兰将军的遗女奥蕾利亚一见钟情，以狂热的赌徒的方式享受着炽热的爱情，倾诉着“在世界大战以前，世界上有两个最富有悲剧性的民族：一个是东方的韩国，一个是西方的波兰”。惺惺相惜的亡国之痛，使这一对异国情侣的炽热恋情融进了酸苦而深刻的家国悲情。部队撤离，不许偕带家眷，无法忍受离别的奥蕾利亚殉情自杀，遗书要他十年后登上高峰，北向高唱他们告别时的《别离曲》。华山顶峰的那一幕，就是他十年践约之举。无名氏为收集创作资料，曾访问过寓居重庆的大韩民国临时政府的首脑人物金九，为其参谋长李范奭代笔撰写《韩国的愤怒——青山里喋血实记》，并结为忘年之交。这部小说的基本内容就取材于李范奭跟随马占山部撤至苏联托木斯克留住时，与波兰少女杜妮亚的恋爱故事。它以华山雪峰作证，舒展着唯美而神秘的浓墨重彩，倾泻着对两个弱小民族的飘零子民尽管有着如烈火、如狂潮的情感，到底逃不脱无国可归、血泪情缘终成泡影的悲剧。这种悲剧具有两重性，在生离死别的爱情悲剧的深处，蕴藏着一个国破导致家亡的民族悲剧，它在狂怪的着墨中强化了对韩国流亡者的文学认知的情感力度。

（原载《中国社会科学院研究生院学报》2010 年第 2 期）

关于“五四文学”的“国家”话语问题

·秦　弓·

无论把新文学的源头上溯到哪一年，也无论对新文学发生的动因做出怎样的发掘，都无法否认“五四”爱国运动的重要作用。正是在这一背景下，已经萌芽的新文学才得以迅速成长，并由此获得“五四文学”的命名。但是，“五四”爱国运动在文学史上留下了怎样的投影，“五四”时期多种形态的文学之中，国家话语是如何言说的，在诸多文学史著述中却少有涉及。考察这一问题，不仅有助于全面认识“五四文学”乃至五四运动，而且也使得我们能够从整体上把握近代以来中国文学国家话语的演进脉络。

一　国家话语的传统渊源

中国文学的爱国主义传统源远流长，随着国家形态的嬗变而传承演进。

夏、商、周，属于原始国家。虽然自夏开始即有“九州”的行政区划，设“九牧”以行管辖之职，有刑律、军队与赋税制度，但“万邦之君”的统治比较松散。到了周朝，尤其是春秋战国时期，天子形同虚设，诸侯国敢于分庭抗礼。“《春秋》内其国而外诸夏，内诸夏而外夷狄”,[1] 其时，虽然文学中也有维系天下一统的希冀，但是，爱国文学的主题主要表现为述祖、颂君和对于诸侯国的忧患意识。

秦朝开启了中国历史上君主帝国的时代，由秦至清，虽然政权屡经更迭，国家版图有所变化，但分久必合是一个总的趋势，多民族国家的形态没有根本性的改变。在两千余年的君主帝国时代，爱国主义文学主要表现为报国志

---

① 《春秋公羊传》成公十五年。

向与对山河破碎的忧患意识。[1] 君主帝国时代后期，在未曾见识过的“远夷”的巨大压力之下，中国的天下意识逐渐让位于主权意识。1689 年签订的中俄《尼布楚议界条约》中，“中国”作为一个主权国家的术语见之于拉丁文、满文、俄文等三种文本。1842 年签订的中英《南京条约》中，主权国家意义上的“中国”有了明确的中文表述。自鸦片战争以后，列强咄咄逼人，民族危机日益严重，国权意识愈加自觉。伴随着民族危机的加剧，每次重大的国难国耻都会激起社会舆论和文学创作中“国家”话语的活跃，诗词、歌谣、传说、戏曲、说唱、战记、演义、笔记、小品、英雄传记、烈士墓志铭等，呈现出鸦片战争、中法战争、甲午战争、庚子事变等带给中华古国的巨大创痛。陈玉树《乙未夏拟李义山重有感》作于《马关条约》签订之时，其第六首为台湾的割让与北国门户洞开而深感忧虑：“鸡笼浪峤图谁献，鸭绿松花户不扃。漆室更怜忧国本，后宫久未曜前星。”诗人所忧之“国本”，已非古代之君权，而是指国家的主权；诗中的“前星”也已超出了古典的“太子”之义，而是代指国家主权的传承。郑文焯《谒金门》第一首表达出“昨日主人今日客，青山非故国”的无限感慨。丘逢甲的《九龙有感》也传达出同样的意绪：“忽忆去年春色里，九龙还是汉家山。”李伯元长篇小说《文明小史》中，一位候补道愤愤地说：“各式事情，一齐惟顾问官之言是听，恐怕大权旁落，大帅自己一点主权没有，亦非国家之福。”惧外的安徽黄抚台无奈地感叹道：“我们中国如今还有什么主权好讲？现在哪个地方不是他们外国人的。”[2] 作品借此反映出当时中国主权惨遭侵夺的现状。“鸡林冷血生”的《英雄泪》、《国事悲》，分别借韩国被日本吞并、波兰遭俄国吞灭之事，表达忧国之心，以启发民众。

清末流行的“时调”，也洋溢着爱国主义精神，如“痛国遗民”编《最新醒世歌谣》（光绪三十年群益书局初版），所收三十一种时调中，有的从标题上即可看出国家情思，如：爱国乡歌、爱国歌、警世歌、叹中华、破国谣、国民歌等；有的从题目上虽然看不出来，但内容仍然有浓郁的国家意味，如《童子调》：

> 正月瑞香花儿开，想起中国眼泪来。埃及印度并越南，个个做奴才。嗳兄弟吓，前船榜样后船看。

---

① 《中华爱国文学史·导言》中有“报国之志”与“忧患意识”的归纳，参见徐培均主编《中华爱国文学史》，上海社会科学院出版社，2006，第 8～10 页。

② 李伯元：《文明小史》，通俗文艺出版社，1955，第 287 页。

二月杏花映日红，外人手段是真凶。灭国灭教又灭种，说说要心痛。嗳兄弟吓，大家都在劫数中。

三月桃花笑压担，我们百姓实可怜。大唐国号数千年，今日命难延。嗳兄弟吓，瓜分只怕在眼前。

接下来按月吟唱的歌谣，斥责满朝文武要把“中国地皮送干净”，哀感“俄人占我东三省”，慨叹赔款之屈辱与山海关之危急。《近体水调》先叹俄人“铁路功成”，“占了满洲”，我“奉天失守将军囚，甚来由？丧国权，实在出丑”。日俄战争在中国进行，“苦了百姓”，法德英意，都来瓜分。第五月里，提出了“夺还地皮”的号召。《近体紫竹调》拿亡了的七个国家做殷鉴，来警示国人。《近体四季相思》最为激越沉雄：

春季里相思困人天，江山呀已被势力圈，警烽烟。我民呀，国事日已非。人人皆婢膝，个个尽奴颜。可怜吾独立国旗何日建？莫不是奴隶根性已天然？忘却当初呀，我祖羲与轩，吾的民呀，你是中国的人，怎么把心肠变。你是中国的人，怎么把丑态献？

夏季里相思草阁凉，欧洲呀势力盖东洋，日膨胀。我国呀，总是没收场。什么袁与盛，什么吕与张。可怜吾一般男子尽姑娘。莫不是红羊浩劫由天降？报还了当年呀，专制狠心肠？吾的国呀，你是个好文明，怎做成这般样？你是个好江山，怎做成这般样？

秋季里相思天气清，西洋呀来了大兵轮，要瓜分。我天呀，酣睡几时醒？今朝割旅顺，明日送台澎。可怜吾房捐酒捐，莫不是支那种教都该尽？一任他列强呀虎噬与鲸吞？吾的天呀，你是个当国人，怎好冤了百姓。你是个当国人，怎好害了百姓？

冬季里相思雨雪飞，二十呀世纪风会移，尽披靡。我友呀，大局共支持，出洋到日本，留学往太西，可怜吾千钧一发相维系。吾不见少年做成意大利，到如今，五洲呀，处处扬国旗？吾的友呀，你是黄帝的孙，还须争点黄帝气，你是中国的人，还须做点中国的事。①

作品中，国民性反省与国家主权意识交织在一起，彰显出在列强逼迫下救亡图存意识得到强化的现代特征。

辛亥革命推翻了清朝统治，结束了延续两千余年的封建帝制，中华民国

---

① 参见《阿英全集》附卷，安徽教育出版社，2006，第 133～136 页。

的建立，标志着君主帝国转变为现代民族国家，政体虽易，但中国作为多民族统一的国家形态则没有改变，反而得到更为坚定的确认。中华民国最初的国旗设定为五色旗，即象征着汉、满、蒙、回、藏等多民族的统一共和。从辛亥到“五四”，也发生了一系列涉及国权的重要事件。诸如：1911 年 12 月 16 日外蒙古在沙俄的策划与支持下宣告独立，经过艰苦谈判，虽然 1915 年 6 月 7 日签订的《中俄蒙协约》保留了中国的宗主权，中俄承认外蒙古自治，为中国领土之一部分，但中国丧失了实际控制。① 1913 年 3 月，中央政府所有驻藏官员及其军队被英国支持下的西藏分裂势力逐出西藏，藏军先后攻陷里塘、河口、盐井等地，包围巴塘、昌都，袁世凯命令四川都督兼川边镇守使尹昌衡率川军出打箭炉（康定）平乱，云南都督蔡锷派滇军入川助剿，川滇两军打败藏兵，收复失地，解昌都、巴塘之围。② 英国横加干涉，企图以“内藏”与“外藏”之分来分裂中国。日本也一再蠢蠢欲动，企图与俄国联手侵夺我满蒙地区。

在这种情势下，近代文学的国家话语得到继承与发展。新兴的学堂乐歌中出现了一批表达国家意识的作品，如 1907 年前后即已流行的歌曲《从军新乐府》，辛亥革命之后改为《从军乐》，国家意念更为明确。其第一首为：“汉旗五色飘飘扬，十万横磨剑吐光，齐唱从军新乐府，战云开处震学堂。”第十首为：“军乐悠扬列鹳鹅，天风齐荡感情多，男儿概晓从军乐，好唱中华爱国歌。”再如《中华国体》：“中华民国震亚东，创造共和气象雄，永远民主一统国，追踪欧美表雄风。”《中华国土》：“大地混如球，劈分五大洲，中华民国震亚洲。满蒙处北垂，回藏介西隅，东西环海形势优。南北七千里，东西八千余，物产饶富人烟稠。哪怕欧非美，哪怕海洋洲，中华国土冠全球。”③

诗词、笔记、小说等体裁中亦多见国家话语，如叶小凤小说《蒙边鸣筑记》（1915 年，浅近文言），描写江南生与侠女李朝阳在“胡子”首领铁鹞王的帮助下擒获日本奸细，挫败敌国觊觎满蒙的阴谋，作品洞察到日本急欲攫夺中华国土的野心，为当时乃至后来敲响了警钟。李劼人的文言小说《“夹坝”》活画出一个英国人挑在鼻子尖上的骄傲与藏在内心深处的怯懦。英人巴白兰骑马在西藏雪山行进时，目空一切，扬言“以吾英人皮鞭之利，任何

① 1946 年 1 月，民国政府承认外蒙古独立。

② 参见张宪文等著《中华民国史》第 1 卷，南京大学出版社，2005，第 251 页。

③ 华航琛编《新教育唱歌集》，上海教育实进会，1914。

狡人，亦可使其驯服若狗，初不仅藏奴为然也”。连身下的坐骑也不放过，斥之为遍游各地所未见之“劣马”。他自吹自擂旅行西班牙、埃及、印度等地时，遇盗如何处乱不惊，且“殊有法诏之，勿俾其再为盗”。然而，就是这个声称对弱者稚者“诏以鞭”、对强而悍者“诏以枪”的巴白兰，真正遇盗时却现出了胆小如鼠的原形，本来身无分毫之损，却哭诉被“夹坝”（强盗）砍中胸部，心房破裂。其“勇名”的面具揭去之后，先前被他痛斥的“劣马”转而得到“甚佳”的称许。作品的结尾写道：“此马遂食‘夹坝’之赐，心感无际。”以马的感受来反讽巴白兰，作者的俏皮可见一斑。这篇小说没有直接表现英国对西藏问题的干涉，但以嘲讽宣泄了一种民族情绪。

二　“五四文学”的国家话语表现

“五四”时期，是20世纪上半叶中国文学个性高涨、人性解放的黄金季节。此前，专制与礼教禁锢着生命的活力，此后，形形色色的社会潮流汹涌澎湃，很难充分放开个性的清纯歌喉。“五四”新文化运动带来了个性的觉醒、人性的解放与新文学的勃兴。“人的文学”仿佛青春萌动的少男少女，惊异于自己身体和心境的奇妙变化，敏感地捕捉那些让自己陶醉的生命信息，强烈地反抗社会文化对个性和人性的压抑，大胆地抒发切身的生命感受与个性追求。但“五四文学”之所以成为现代文学交响曲的辉煌第一章，成为一个永远言说不尽的话题，正是因为它并非“人的文学”的独奏，而是由多重旋律交织而成的雄浑乐章。20世纪30年代变得突出起来的社会话语和国家话语，此时都有或隐或显的表现。以国家话语而论，大致可以看到如下四种形态。

第一种形态：直接描写历史事件。

郭沫若到日本留学第一年，适逢第一次世界大战爆发。日本以对德国宣战为名，出兵占领德国在山东的租借地，1915年1月18日，日本提出了妄图独占中国的“二十一条”，5月7日，发出限期48小时答复的最后通牒。日本的蛮横无理，激起了海内外华人的强烈反对。郭沫若也参加了抗议活动，一度愤而归国，并写有七律表达爱国之心：“哀的美顿书已西，冲冠有怒与天齐。问谁牧马侵长塞，我欲屠蛟上大堤。此日九天成醉梦，当头一棒破痴迷。男儿投笔寻常事，归作沙场一片泥。”1919年10月，他在《黑潮》月刊第1卷第2期上以夏社名义发表《抵制日货之究竟》，痛感“日人蹂躏我国权”，而“我国兵力只足以自残同胞，无抵御外侮之胆量”。文中认为，“以抵制日货为抵制日人唯一无二之武器，且于无形中消灭国人奢侈苟且之习惯，实亦救国之要图。”在提出抵制日货的具体办法之后呼吁道：“读者诸君！谁为中华民国之主人翁？乃各放弃其责任，一任少数人之专制压迫，颠倒是非，动摇我国本，侮辱我群众。我学界同胞，既奔走呼号于前，我工商同志，速协力赞助于后。楚歌四面，家国飘摇。诸君！谁无人心，速起奋斗！日将暮！途尚遥！此抵制日货，不过千端万绪中之一节。同胞！同胞！勿再彷徨中路，苟且须臾也。”文末赋诗：“少年忧患深苍海，血浪排胸泪欲流。万事请从隗始耳，神州是我我神州！”自我与国家融为一体，国家获得青年学子的高度认同。

对国权问题敏感的不止于年轻人。曾经以描写青楼生活的《九尾龟》而成名的张春帆，在晚清时也写过表现官场龌龊的《宦海》与揭露社会黑暗的《黑狱》（又名《黑暗世界》），进入民国以后，新作的社会意识更见浓烈。1923 年 12 月至 1924 年在《半月》杂志上连载的通俗小说《政海》，虽然在反映直皖战争，借以揭露军阀嘴脸上面用了大量笔墨，但也真切地表现了巴黎和会引发五四爱国运动的历史事实。作品里描述到，掌控实权的覃志安及其福民俱乐部（影射段祺瑞及安福系）要巴黎和会上的中国代表屈服日本的压力，在放弃中国对青岛主权的条约上签字，爱国学生闻讯异常激愤，组织救国会到统领府请愿，“在新华门外等了一天一夜，无故的给警察厅逮捕了几个人去，又打伤了好几个学生。这一下子的风潮可闹得大了。始而是京城里各学堂罢课，各苦力罢工，渐渐的这罢课罢工的风潮，推广到南方来”。中国代表“陆威林在巴黎，因为自己的外交政策完全失败，却又完全是本国政府弄糟的，正在一万分的不高兴，怎禁得全国学生同团体的电报，就如雪片的一般，来得络绎不绝，都是叫他不要签字的。这个当儿，政府的电报也同雪片一般的飞来，叫他签字。陆代表着实踌躇了一回，又和胡代表密密的商量了一天，竟毅然决然地拒绝签字，立时回国。只把个覃督办同一班福民俱乐部的人都气得目瞪口呆，做声不得”。按新文学阵营激进一翼的观点，律诗与绝句已成僵死的文体，张春帆属于鸳鸯蝴蝶派作家，其《政海》亦为旧体通俗小说，但如上所见，在表现国家话语的功能上，传统文体并不比新文学逊色，甚至更为直截、切近。这一方面说明，所谓旧文体无法表现新时代的说法多有可以商榷的余地；另一方面，也反映出国人对国权问题的关注是多么急切，近代以来国家话语传统的底蕴是何等丰厚。

第二种形态：国家问题的背景化。

比较而言，刚刚崛起的新文学，由于最初把主要目光投射到个性解放与人性解放上面，一时间较少直接表现国家问题，而是以其作为创作背景，予以侧面表现。郭沫若等留日学生，搜集日本报刊上的侵华言论，“译成中文刻印出来，向国内的学校和报刊投寄，以期激起国人的反帝爱国热情”。[①] 1919年二三月间，因“巴黎正开着分赃的和平会议”，“‘山东问题’也闹得甚嚣尘上”，郭沫若有感而作小说《牧羊哀话》，[②] 以韩国爱国志士闽崇华反对日本吞并韩国的侧写，曲折地表达对祖国命运的关注。郁达夫的《沉沦》里，主人公作为弱国子民，在近代崛起的强国日本的社会文化氛围中，处处备感压抑，他在蹈海自杀前悲愤地疾呼：“祖国呀，祖国！我的死是你害我的！你快富起来，强起来吧！你还有许多儿女在那里受苦呢！”这种天鹅之死一般的绝唱，分明缘自对国家命运的感应。冰心《斯人独憔悴》里的学生兄弟颖铭、颖石，因在南京参加爱国运动，被身为社会要人的父亲强行留在家里。作品反映了学生爱国运动蓬蓬勃勃的声势，但只是以此为背景，主旨在于表现家庭专制对年轻一代个性的压抑问题。这里，“国家”话语被巧妙地转化成个性话语。这种转换的动力，显然来自新文化启蒙运动。

第三种形态：对中国历史文化与现代国体的认同。

这方面最有代表性的莫过于1922年赴美留学的闻一多。如果说《太阳吟》、《忆菊》还只是海外游子爱国情怀的抒发的话，那么，《醒呀！》则已形象地表现出对五族共和国体的准确认识。闻一多在《现代评论》第2卷第29期（1925年6月27日）发表此诗时，加上了一段说明：

> 这些是历年旅外因受尽帝国主义的闲气而喊出的不平的呼声；本已交给留美同人所办一种鼓吹国家主义的杂志名叫《大江》的了。但目下正值帝国主义在沪汉演成这种惨剧，而《大江》出版又还有些日子，我把这些诗找一条捷径发表了，是希望他们可以在同胞中激起一些敌忾，把激昂的民气变得更加激昂。我想《大江》的编辑必能谅解这番苦衷。

近代以来，列强的步步进逼激发了中国人的现代国家意识。第一次世界大战结束之后，中国作为战胜国之一的权益非但没有得到应有的保障，反而面临列强重新瓜分的厄运，这无疑为国人增强国家意识提供了催化剂。身在海外备受歧视的留学生，其民族自尊心、国家命运危机感与国家主权意识尤其强烈。闻一多、罗隆基等清华留美学生，对在19世纪以来欧洲民族解放运动中起到积极作用的国家主义产生了浓郁的兴趣，于1923年春形成通信小组，同年9月组织大江学会，1924年9月，成立大江会。大江会成员在五色

① 孙党伯：《郭沫若评传》，人民文学出版社，1987，第82页。

② 郭沫若：《牧羊哀话》，《新中国》1919年11月15日。

旗下共同宣誓，提倡国家主义，对外捍卫国家主权，对内主张自由民主。[①] 正是在这种背景下，闻一多创作了一批国家意识与爱国情愫水乳交融的作品。在《现代评论》第2卷第30期（1925年7月4日）上，他又发表了《七子之歌》。《七子之歌》“小序”言：“邶有七子之母不安其室。七子自怨自艾，冀以回其母心。诗人作《凯风》以愍之。吾国自尼布楚条约迄旅大之租让，先后丧失之土地，失养于祖国，受虐于异类，臆其悲哀之情，盖有甚于《凯风》之七子。因择其与中华关系最亲近者七地，为作歌各一章，以抒其孤苦亡告，眷怀祖国之哀忱，亦以励国人之奋兴云尔。国疆崩丧，积日既久，国人视之漠然。不见夫法兰西之 Alsace - Lorraine 耶？‘精诚所至，金石能开。’诚如斯，中华‘七子’之归来其在旦夕乎！”组诗分别以“七地”为题，以母子来喻指七个被割让给列强的地区与祖国的血脉关系。澳门、香港、台湾、威海卫、广州湾、九龙、旅顺与大连托于七子，诉说离开母亲的痛苦与“母亲！我要回来，母亲！”的执著信念和“天天数着归宁的吉日”的迫切心情。诗歌充分表现出“七子”与祖国母体血脉一统、文化一脉相传的历史真实和灵魂相依、亲情眷恋的同胞心态，诗人的国家意识与爱国情怀萦绕其中。

五卅惨案前后，闻一多诗歌达到了其个人创作，也是整个现代文学的国家意识的第一个高峰。[②] 他在追溯中国历史时，既为中华悠久的历史与光荣的传统而自豪、自信，又为国民性的种种弊端而痛心疾首；既勇于直面中国历史上的民族矛盾与冲突，又能够超越晚清以来的种族革命观念，清晰地分辨出中国古代的民族矛盾与近代以来中国同列强矛盾的根本性差异。如1925年7月15日刊载于《大江季刊》第1卷第1期的《长城下之哀歌》：

唉！何须追忆得昨日的辛酸！
昨日的辛酸怎比今朝的劫数？
昨日的敌人是可汗，是单于，
都幸而闯入了我们的门庭，
洗尽腥羶攀上了文明底坛府，——
昨日的敌人还是我们的同族。
但是今日的敌人，今日的敌人，

① 参见闻黎明《闻一多与“大江会”——试析20年代留美学生的“国家主义观”》，《近代史研究》，1996年第4期。

② 现代文学史上国家意识的第二个高峰在“九一八”事变与“一二·八”事变前后，第三个高峰在全面抗战期间。

是天灾？是人祸？是魔术？是妖氛？
哦，铜筋铁骨，嚼火漱雾的怪物，
运输着罪孽，散播着战争，……
哦，怕不要扑熄了我们的日月，
怕不要捣毁了我们的乾坤！

诗歌形象地写出了昔日民族之间的侵扰与今日国家危机的区别：往昔，即便是黄帝的子孙“披发左衽”，也还是兄弟相残的“酸辛”，到头来统一于中华文明；而当历史从帝国时代逐渐进入民族国家时代以后，中华面临的却是“今日的敌人”要“扑熄了我们的日月”、“捣毁了我们的乾坤”的“劫数”。现代文学第一代作家中，有些人曾经投身于带有种族革命色彩的反清革命，进入民国以后，尽管种族革命意识逐渐被现代国家意识所取代，但是，他们的言论里，还不时流露出种族革命观念的余绪，鲁迅便有这种情形。第二代作家，接受现代民族国家观念则要直接顺畅一些，就国家意识而言，更富现代色彩，闻一多即具典型意义。

有的学者认为闻一多的爱国主义是“文化爱国主义”，即热爱中国文化传统，而否定中国的现实政治。其实，闻一多固然热爱中国文化传统——否定了中国悠久的历史及其承载的伟大传统，就意味着对中国的否定；但是，与此同时，他也热爱中国这个现实的国家，对政治污浊与社会黑暗的否定，正是为了使国家摆脱污浊与黑暗，走向清澄与光明。闻一多的爱国主义，是文化与政治、精神与物质融为一体的爱国，他的心中始终珍藏着作为国家实体的中国。同时发表在《大江季刊》第1卷第1期的《爱国的心》，①就以五色的心旌再次鲜明地表明了诗人的心迹：

我心头有一幅旌旆
没有风时自然摇摆；
我这幅抖颤的心旌
上面有五样的色彩。
这心腹里海棠叶形
是中华版图底缩本；
谁能偷去伊的版图？
谁能偷得去我的心？

---

① 此诗又载《现代评论》第2卷第31期，1925年7月11日。

第四种形态：同阶级话语、社会话语的交织。

十月革命加速了马克思主义在中国的传播，“五四”前后传入并影响中国的，有创始期马克思主义，也有列宁思想。列宁曾经有过革命成功之后国家即告解体的设想，十月革命成功之后，列宁对于国家的体认偏重于政权的阶级属性。对于五四新文化阵营热衷于社会革命的激进者来说，阶级斗争理论与列宁的国家观念较之剩余价值理论与辩证唯物主义，更容易理解与接受。陈独秀早年曾经办报启迪民众的爱国心，抵抗列强瓜分中国的魔掌，也参加过反清革命的暗杀团，组织旨在从事军事异变行动的“岳王会”，辛亥革命后，担任安徽都督府秘书、秘书长，后因参加反袁“二次革命”失败而逃亡。当时，陈独秀一度情绪低迷，在给好友章士钊的信中竟说：“自国会解散以来，百政俱废，失业者盈天下。又复繁刑苛税，惠及农商。此时，全国人民，除官吏兵匪侦探之外，无不重足而立。生机断绝，不独党人为然也。国人惟一之希望：外人之分割耳。”① 这显然是愤激之语，但除了陈独秀性格的偏激一面之外，也透露出其思想上的矛盾：当国家政治问题严重之时，如何处理国家救亡与政治革命的关系？这种困惑在五四时期乃至后来仍不时表现出来。

“五四”爱国运动高涨之际，陈独秀撰文说：

> 要问我们应当不应当爱国，先要问国家是什么。原来国家不过是人民集合对外抵抗别人压迫的组织，对内调和人民纷争的机关。善人利用他可以抵抗异族压迫，调和国内纷争。恶人利用他可以外而压迫异族，内而压迫人民。
>
> ……
>
> 我们爱的是人民拿出爱国心抵抗被人压迫的国家，不是政府利用人民爱国心压迫别人的国家。
>
> 我们爱的是国家为人谋幸福的国家，不是人民为国家做牺牲的国家。②

本来，20 世纪初，陈独秀从事爱国启蒙时，分得清国家与朝廷的差异，③可是到了“五四”时期，革命思想进步了，国家观念却变得模糊起来。在

---

① 转引自胡明《正误交织陈独秀》，人民文学出版社，2004，第 72 页。

② 陈独秀：《我们究竟应当不应当爱国?》，《每周评论》1919 年第 25 号。

③ 陈独秀 1903 年 5 月 17 日在安庆拒俄大会上发表演说，以《安徽爱国会演说》为题刊于同年 5 月 26 日《苏报》。1904 年，在《安徽俗话报》上发表《瓜分中国》、《说国家》、《亡国篇》等文。参见《陈独秀著作选》第 1 卷，上海人民出版社，1993。

1927 年 2 月 7 日《向导》周报第 187 期“寸铁”专栏发表的一组杂文中，他强调的仍然是国家的阶级属性，正因为如此，他才斥责国家主义者“赞成军阀政府侵略蒙古民族”。显然，在陈独秀这里，政权的阶级属性比国家的主权性更为重要。这种情形并非陈独秀所独有，在全面抗战爆发之前，左翼阵营多数创作有意无意地回避国家话语，对大力表现国家话语的民族主义文艺运动则施以猛烈的抨击。

辛亥革命虽然以民国取代了清朝，也结束了两千余年的封建帝制，但是，胜利成果一度被袁世凯窃取，袁死后，各派政治力量逐鹿中原，北京政府的权柄像走马灯一样在各派军阀手里轮换，而南方革命政权在北伐战争之前影响有限。“五四”前后，中国处于错综复杂的民族危机、政治危机与文化危机之中，同时，危机也酝酿着凤凰涅槃的生机，新文化运动便是这种生机的重要表征。新文化运动高潮期，阶级话语尚未见出足够的力度，个性话语则异常活跃，常常与国家话语交织在一起，甚至有时冲淡国家话语。而五卅惨案与三一八惨案的发生，在一定程度上壮大了文坛上国家话语的声势，但其中显而易见地汇入了社会话语。譬如，“三一八”惨案本来是由北京市民反对日本干涉中国内政、侵犯中国主权引发，但鲁迅先后发表的《无花的蔷薇之二》、《“死地”》、《可惨与可笑》、《记念刘和珍君》等杂文，矛头所向主要是虐杀爱国青年的执政府当局，其次是“以为学生们本不应当自蹈死地，前去送死的”“几个论客”。[①] 在这里，国家话语被激愤的社会话语所淹没。

然而，也有不少作家表现出对国家话语与社会话语的双重关注。闻一多在 1926 年 4 月 1 日出刊的《晨报》副刊《诗镌》第 1 号发表《文艺与爱国——纪念三月十八》，文中说：“铁狮子胡同大流血之后《诗刊》就诞生了，本是碰巧的事，但是谁能说《诗刊》与流血——文艺与爱国运动之间没有密切的关系？”“我们的爱国运动和新文学运动何尝不是同时发轫的？他们原来是一种精神的两种表现。在表现上两种运动一向是分道扬镳的。我们也可以说正因为他们没有携手，所以爱国运动的收效既不大，新文学运动的成绩也就有限了”。“《诗刊》的诞生刚刚在铁狮子胡同大流血之后，本是碰巧的；我却希望大家要当他不是碰巧的。我希望爱自由，爱正义，爱理想的热血要流在天安门，流在铁狮子胡同，但是也要流在笔尖，流在纸上”。“同是一种热烈的情怀，犀利的感觉，见了一片红叶掉下地来，便要百感交集，‘泪浪滔滔’，见了十三龄童的赤血在地上踩成泥浆子，反而漠然无动于衷。这是

① 鲁迅：《“死地”》，初刊《国民新报副刊》，1926 年 3 月 30 日。

不是不通人情？我并不要诗人替人道主义同一切的什么主义捧场。因为讲到主义便是成见了。理性铸成的成见是艺术的致命伤；诗人应该能超脱这一点。诗人应该是一张留声机的片子，钢针一碰着他就响。他自己不能决定什么时候响，什么时候不响。他完全是被动的。他是不能自主，不能自救的。诗人做到了这个地步，便包罗万有，与宇宙契合了。换句话说，这就是所谓伟大的同情心——艺术的真源”。“并且同情心发达到极点，刺激来得强，反动也来得强，也许有时仅仅一点文字上的表现还不够，那便非现身说法不可了。所以陆游一个七十衰翁要‘泪洒龙床请北征’，拜伦要战死在疆场上了。所以拜伦最完美，最伟大的一首诗也便是这一死。所以我们觉得诸志士们三月十八日的死难不仅是爱国，而且是最伟大的诗。我们若得着死难者的热情的一部分，便可以在文艺上大成功；若得着死难者的热情的全部，便可以追他们的踪迹，杀身成仁了。因此我们就将《诗刊》开幕的一日最虔诚的献给这次死难的志士们了！”《诗镌》第1号上，除了徐志摩的《诗刊弁言》之外，刊有十篇作品，直接或间接表现“三一八”惨案的有八篇之多。如闻一多的《欺负着了》以一位母亲的口吻述说自己的愤懑与困惑：“老大为他们死给外国人，/老二帮他们和洋人拼命——/帮他们又给他们活杀死，/这到底到底是怎么回事！”“三儿还帮不帮你们闹了？——/我总算给你们欺负着了！”又如刘梦苇的《写给玛丽雅》：“中华底政府前血翻红浪，/成了爱国志士底屠戮场——”，“如我们对祖国犹存希望，/试想把它放在谁人身上？”于赓虞的《不要闪开你明媚的双眼》，则在反语里交织着对中华的挚爱与对杀戮者的义愤：“静静的睡去罢，不要，不要在此阴暗的黄昏/再向，再向你心爱的中华闪开明媚的双眼。”

综上所述，现代文学的国家话语并非起源于1931年的九一八事变，而是上承近代文学的国家话语乃至古代文学的爱国主义传统，在五四时期就呈现出丰富多彩的形态。“五四文学”的国家话语，并没有因为个性高张而中止，而是随着“五四”爱国运动以及五卅惨案、“三一八”惨案等事件的发生有了新的发展。“五四文学”不是个性解放话语的一枝独秀，而是个性话语、国家话语与社会话语等多重线索交织并进、交相辉映的姹紫嫣红。

（原载《天津社会科学》2010年第4期）

再从“头”谈起

——缘起鲁迅的国民性随想

·李欧梵（董诗顶译）·

一

这张照片（见图1）出自最近出版的何伯英的《影像中国——早期西方摄影与明信片》。[①] 它首先引起了我的注意，是因为它曾经在2003年出版的何伟亚的《英国的课业：19世纪中国的帝国主义教程》中被翻拍应用过（见图2）。[②] 它使我想起其他的影像资料，特别是鲁迅在《呐喊·自序》里描述的著名的日俄战争中的新闻幻灯片。鲁迅对这些新闻幻灯片的描述，是现代文学的典范场景，被包括我在内的无数学者和学生反复阅读和阐释。

为什么我特意选择这张照片来开始讨论呢？这大概因为我现居香港，而何伯英《影像中国》中照片标题恰恰为“1891年5月11日，南澳亚（Namoa）海盗在香港被处决，西方观众围观”。[③] 在同一页，何伯英又利用这张照片翻拍重做了一张缩小尺寸的明信片，只是手工加上了颜色。何伟亚《英国的课业》中的这上下两张照片则是翻拍自纽约出版的《莱斯利图画周报》

① 译者注（凡不注明作者原注的皆为译者注，下同）：〔英〕何伯英（Grace Lau）：《影像中国——早期西方摄影与明信片》，三联书店（香港）有限公司，2008。大陆版题为《旧日影像——西方早期摄影与明信片上的中国》，张关林译，东方出版中心，2008，第81页。

② 何伟亚（James Hevia）：*English Lessons*：*The Pedagogy of Imperialism in Nineteenth - Century China*（Durham and London：Duke Univ. Press，2003），此书中译本为《英国的课业：19世纪中国的帝国主义教程》，刘天路、邓红风译，社会科学文献出版社，2007，第208页。

③ 南澳亚（Namoa），通称南武，是广州的旧称。南武号被劫案：南武号是一艘来往汕头、香港之间的得忌利士公司轮船。1890年（光绪十六年）12月10日，载220多名旅客由港启程，一伙扮作旅客的海盗持械劫物。香港当局请求清朝政府协助缉盗。1891年九龙城清朝政府通知港府已将19名劫匪俘获，着其派官员监斩。香港当局派出警务处长、船政司、华民司等5人前往。此案轰动一时。

的一个版面，取名为“嗜血的中国佬”。① 上部的那张也是砍头照片，大概拍摄于 1870 年；下部的照片是何伯英前书中的翻拍照片。当我仔细比照何伟亚书中的这两张照片时，万千思绪涌入脑海，逼迫我言之而后快：上部的那张清晰地显示了处决的场景，里面的看客全是中国人；而下部的照片中看客则全是西方人，大概是香港的英国殖民者。两张照片的比照立即产生出一个问题：谁才是真正的嗜血者？另外的主要差异是：上部的照片显示的是单独的一个犯人将被一个刽子手砍下脑袋，而下部的则不是。

以人工涂上彩色出售给西方游客。

西方摄影师也拍摄了悬挂在杆子上示众的义和团头颅。这些头颅是警告中国人，但对享受治外法权——即外国国民受国外法律保护，不受中国法律管辖——的外国人却不是警告。治外法权是第一次鸦片战争产生的特权，记在 1842 年的《南京条约》。它使住在中国的西方人（有时还包括他们的中国助手和仆人）免受中国法律的处罚，因为西方人认为中国法律太残暴。

为了证明这种特权的合理性，西方历史书用中国罪犯戴着枷锁（套在脖子上的方形木枷锁）的照片来解释夹

1891年5月31日，[illegible]（Namoa）海盗在香港被处决，西方观众围观，[illegible]

同一处决场面的翻拍照片，经过着色加工。

81

图 1

① 《莱斯利图画周报》（Leslie's Weekly Illustrated）：19 世纪中期，美国的图画周报（weekly illustrated newspapers）迅速流行，例如格利森、莱斯利和哈珀等办的图画周报在当时都十分畅销。及至 1873 年发明了照相凸版，这又极大地促进了这些图画周报的发展，使得这些图示报纸变得更为廉价，更为普及。当时，美国许多城市出现大批新抵达的外国移民，这些图示报纸在这些不使用英语的读者中极受欢迎，敏感的出版商们迅速地意识到，一张图画顶得上成千上万的文字，这样，美国各种报纸很快都变得十分形象化。

LESLIE'S WEEKLY

图 2

经过进一步的研究，我发现何伯英的香港照片取自于 1890 年时任香港警察司的田尼①向香港总督呈送的报告，报告的内容就是南武号轮船被劫案。报告显示：被捕的 5 名海盗嫌疑人是居住于香港岛东边筲箕湾②的客家人。而对同一事件，清政府方面的消息则提供得更详细：海盗中至少有 5 名疑犯是筲箕湾的居民，由于缺少证据而被释放。但驻扎在九龙城的清朝统帅介入，命令把所有的嫌犯全部斩首。行刑在九龙城外的海滩上进行，特地从福建请来一个刽子手执行。从维多利亚湾到九龙的许多香港岛的居民赶来观看，包括照片中出现的这些欧洲人。

在这张广为流传的照片中，海滩上横躺的是刚被砍下头颅的 8 具尸体，张大的眼睛茫然地朝向天空，尸体的后面站着同样数目的 8 个围观者。由于照片拍摄在行刑后，那个福建的刽子手已经离开，或者是故意地避开。我一

① 田尼（Walter Meredith Deane）1867 ~ 1892 年任香港警察司（Captain Superintendent of Police）。

② 筲箕湾（Shaukeiwan），位于香港岛的中心北岸之东，是香港最早被开发的地区之一。

直对那些英国围观者懒洋洋的姿态感觉不舒服：脚下是像被猎杀的动物般的身首异处的8具血淋淋的尸体，而他们看起来就像在进行星期天的郊游。我很想知道，在大英帝国统治下的香港和同时期的其他地区，到底有多少殖民地居民被砍头的照片？是因为砍头[①]的酷刑在英国已被取消，而在殖民地还可以大行其道吗？当这些照片被翻拍复制在杂志和明信片上，印刷传播给英语国家的大量读者，吸引他们以安全舒服的距离来观看血腥的暴力杀戮，我不禁要探询：血淋淋的砍头现实和复制的杂志、明信片之间，说明了什么问题？

历史背景知识回答了这个问题，在米歇尔·福柯看来，19世纪中期，欧洲就已经废止了砍头的处决方式，他说：“1830～1840年间，用酷刑作为前奏的公开处决几乎完全销声匿迹”，[②] 有趣的是，这个时期几乎非常巧合于照相的发明。自从砍头的习俗逐渐消失，在西方，再也不可能依靠照相来记录砍头的真实场景，但这并没有阻止利用照相来记录另外形式的暴力和痛苦。因此几乎可以肯定，西方人是在诸如中国和殖民前哨香港等这些西方文明的范围之外拍摄这些砍头照片，再把对异种斩首的照片制成上述的明信片在西方流传。因此，当西方人瞪大眼睛观看那些野蛮的异教徒时，砍头的场景就有了更大的意义。

福柯利用西方规训与惩罚的形式来分析知识和权力的方式可以扩展到前沿殖民地，虽然会有些扭曲。但他对行刑者和受刑者关系的论述很是契合于我的关注，因为这种论述突出了身体接触的意义——“这就是刽子手对受刑者的肉体的直接行动”。[③] 在福柯看来，在19世纪前的法国，公开处决也包括

---

① 在欧洲，斩首是为贵族设置的专用刑，它是由古希腊和古罗马创建的，后来由“征服者威廉”引入英国。英国著名作家狄更斯在罗马目睹了一次行刑过程后，对人们的麻木感到震惊，他向《时代》杂志投稿，倾诉了他的厌恶之情：“根本没人在乎这件事，或是受到丝毫影响。那儿从没有表示过丝毫的厌恶、同情、愤慨，或是悲痛的示威游行运动”。狄更斯憎恨这种残暴的刑罚，认为“这种野蛮的欢乐抑或残忍的麻木，让人难以形容，以致这些人有理由去为他们的行为感到羞愧”。启蒙思想家们提出自由、平等、博爱、人权等口号，冲破了封建专制主义的藩篱，对促进人的思想解放起了振聋发聩的巨大作用，它为法制文明的进一步升华作了奠基。在此基础上，贝卡利亚提出废除死刑的主张。

② 米歇尔·福柯：《规训与惩罚》（*Surveiller et punir*：*naissance de la prison*），刘北成、杨远婴译，三联书店，1999，第15页。福柯在书中论述了现代化前的公开的、残酷的统治（比如通过死刑或酷刑）渐渐转变为隐藏的、心理的统治。他提到，自从监狱被发明以来，它被看做是唯一的对犯罪行径的解决方式。

③ 米歇尔·福柯：《规训与惩罚》（*Surveiller et punir*：*naissance de la prison*），刘北成、杨远婴译，三联书店，1999，第55页。

了战斗竞技的元素："如果他能一刀砍断犯人的头颅，他就会'拿着头颅向人们展示，将其放在场地中，然后向鼓掌称赞他的技术的人们挥手致意'。反之，如果他失败了，如果他没有按照要求成功地杀死受刑者，他就要受到惩罚。……那么犯人就可得到赦免。"① 同样的仪式也发生在古代的中国。

大英帝国的皇冠殖民地香港（实际上是九龙半岛），在这幅照片中呈现出东方学家所谓的异国胜景。从明信片里可以看到，作为背景的山峦被人为地修饰上颜色，更增加了一层静谧的美丽。死去的海盗的衣服也被润上了不同的颜色，意图使人体看起来更加真实和迷人，一面带有标志的旗帜飘扬在明信片的右上部。这样的取景使明信片具有图画般的美感，显然是为了冲淡砍头的恐怖气氛。当时，英国殖民者还把九龙当做殖民前线，主要作为兵营，所以欧洲人很少。维多利亚湾作为延伸的缓冲区把九龙和香港岛分开。在香港岛的顶峰和半山腰，西方人修建了房屋，占据了风景最佳的位置。远远的，整个九龙半岛一直向北，都掩映在一派原始景象中：满山的树木、起伏的山峦和栖息其中的动物。

如果上文所说的清政府的记载可靠的话，这次处决是由清政府当局命令执行的，和居住在彼岸的"文明"的英国殖民者没有任何关系，而他们却跨海而来观看砍头。换句话说，砍头处决是中国的刑罚习惯，先进的西方国家已经废止，所以西方人一定不能苟同这一酷刑。因此，殖民看客们一定不会让鲜血玷污了他们的手——他们一直在向世人表示要取消这种可恶的处决方式。这让我们想起福柯对法国后启蒙时代的论述："惩罚权力不应比它所想施加的刑罚的罪恶更大的罪恶玷污自己的双手。它应当不因它所施加的刑罚而蒙受恶名。"② 另外，躺在他们脚下的受刑者全都是海盗，并不是英国殖民统治下的中国人，也就是说，他们不是英国殖民者的属民。从殖民者的角度来看，这次砍头处决完全是中国人对其同胞的残暴杀戮。

我自己曾经是一名鲁迅研究者，看到这幅照片，一个念头闪入脑海：鲁迅看到这幅照片会有什么反应？他会一如既往地出离愤怒、重复他对中国国民性的判断吗？如果南武海盗中不全是中国人，鲁迅的想法又会如何？这些问题驱使我对鲁迅的"幻灯片事件"的含义进行再思考。

当日本士兵将要对被称为"俄国间谍"的中国农民行刑时，鲁迅没有提

---

① 米歇尔·福柯：《规训与惩罚》（*Surveiller et punir*：*naissance de la prison*），刘北成、杨远婴译，三联书店，1999，第 56 页。

② 米歇尔·福柯：《规训与惩罚》（*Surveiller et punir*：*naissance de la prison*），刘北成、杨远婴译，三联书店，1999，第 62 页。

到任何一个日本看客。① 按照真实的战争形势，日俄战争发生在中国，日本士兵强迫中国人来观看杀鸡儆猴的砍头，他们应该在中国看客的外围警戒。换句话说，这是一次征服者的“示众”——在被征服者面前炫耀胜利的举动（日本人理所当然地应该出现在幻灯片中），但鲁迅有意识地在叙述中忽略了这些日本士兵的存在，或根本没有打算描写他们，这样做的目的就是为了突出中国人的国民劣根性——“强壮的体格，而显出麻木的神情”。我不禁疑问：当鲁迅说他是现场“万岁”喝彩的日本人群中唯一的一个中国人时，他为什么没有对那个孤独无名的将被戮首的中国人进行细致真实的描写呢？

鲁迅也没有描写那个日本行刑者。在许多学者的论述和推断中，大都没有涉及幻灯片中个体和群体的问题，这大概因为受刑者和看客都是中国农民，他们之间的个体和群体的差别没有描写的意义。显然，鲁迅本人也这样看，所以他没有描写受刑者的面部表情。出于同样的原因，也没有对行刑者进行描写。按照鲁迅的描写，我们只能这样推断：那个被当成间谍戮首的中国人和他的农民同胞看客一样，都是满脸“麻木的神情”，以及麻木的精神。在对晚清到“五四”时期的中国国民性的论述中，大家普遍认为：当个体（自我、小我）和群体（国家、民族）发生冲突的时候，往往以牺牲前者而告终。事实也是这样，作为一位有创造力的作家，鲁迅在描写阿 Q“造反”的心路历程时，也极力地运用了夸张和想象，把阿 Q 塑造成中国国民性的典型。同样的描写也出现在阿 Q 被游街示众、处决的最后时刻。这使我相信：幻灯片中的所谓“俄国间谍”是阿 Q 的原型，至少他们属于同一类型。那个农民“间谍”在被砍头前也会像阿 Q 那样愚蠢地得意洋洋吗？（“过了二十年又是一个……”），或者他什么也没想？这种看似无关的思考一定程度上切中肯綮。因为在下文中，我们可以看到已有当代艺术家特别关注受害者作为个体所遭受的身体和精神的痛苦。

鲁迅在对幻灯片的描写中，没有提及事件发生的具体地点（东北何处？）。虽然他没有细致地描写行刑者和受刑者，但却通过把行刑放在场景描写的正中心，放在行刑现场和包括鲁迅自己在内的观众的众目睽睽下，成功地创造出高度震撼的精神痛苦。后来，研究者发现了另一张近似的图片，图片中，有至少 6 个日本士兵站在中国看客前，这样中日看客混杂的场景才更真实。

---

① 鲁迅《呐喊·自序》原文：“有一回，我竟在画片上忽然会见我久违的许多中国人了，一个绑在中间，许多站在左右，一样是强壮的体格，而显出麻木的神情。据解说，绑着的是替俄国做了军事上的侦探，正要被日军砍下头颅来示众，而围着的便是来赏鉴这示众的盛举的人们。”《鲁迅全集》第 1 卷，人民文学出版社，1981。

图片中的中国农民看客好像战俘，也许过一会，他们中间的另一个也会被拉出砍头。我发现日本士兵的表情不同于中国人，至少有两个面带欢欣的微笑，而行刑者的脸恰好被他自己举刀的左臂遮挡。这张图片和鲁迅看到的、或者他描述的接近吗？如果接近，鲁迅就会看到中国受刑者的眼睛是闭上的，和行刑者没有视觉的交流，从象征的意义上说，他们两人就没有“灵魂”上的交流，事实上他们也确实行同陌路。在中国人的眼里，日本人和英国殖民者一样都是“洋鬼子”，前者比后者更凶恶，在《呐喊·自序》里，鲁迅没有作这样的比较。当日本著名学者和鲁迅研究专家竹内好把鲁迅吹捧为“亚洲的灵魂”、视鲁迅为日本知识分子的一面镜子时，我们不应该被他对鲁迅的利用所迷惑。正是竹内好，“转向”[①] 了法西斯，从而支持当时日本的“亚洲是亚洲人的亚洲”的理念（后来发展成臭名昭著的“大东亚共荣”）。

鲁迅是否看过拍摄于 19 世纪和 20 世纪之交处决犯人的照片，我们不得而知。但正如何伟亚所展示的，1900 年，包括日本在内的八国联军镇压义和团运动，确实有士兵和随军记者拍摄下砍头的照片。除了拍摄义和团团民，这些业余的摄影师也试图用相机记录下许多中国的风景和人物。

再来看何伯英的《影像中国》记录的以下场景：“日本军人将义和团斩首后擦拭刀上的血，而中国士兵和其他解除北京之围的联军在看着相机，1900。”（见图 3）。[②] 在这张照片上，地上是被斩首的 4 具义和团团民的尸体，后面是 9 个士兵。其中，有 5 名中国人，3 名日本人（包括那名行刑者）和 1 名印度人（？）。拍摄所取的日本军官擦拭血迹的近景给整个照片增加了一层凶险的气氛，而被杀义和团团民的眼睛是闭着的，这比 10 年前在香港拍摄的照片少了一点残暴和阴森。再看看客们的表情，我发现 3 名日本士兵都瞪视着相机，他们一定意识到被拍摄。5 名中国士兵则不同：一个正关注于他的步枪，另一个直挺挺地站立，左臂交叉，后面的 3 个则显得懒洋洋的，很难看出他们的面部表情，和日本人比起来，他们很是消极和不庄重。

如果和在 1894 年第一次中日战争（甲午战争）中拍摄的一张照片相比，何伯英的这张在恐怖和凶残程度上就要相形见绌。1894 年的照片表现的是日

---

① “转向”（Tenko）：是竹内好从鲁迅那里借来的一个重要词汇。对这个词的阐释可以参见《何谓近代》一书第二章《何谓近代——以日本和中国为例》，该章已由赵京华翻译并收入《近代的超克》（孙歌编选，李冬木、赵京华、孙歌译，三联书店，2005）。其中对“转向”一词的论述在第 211 ~ 213 页。

② 何伯英（Grace Lau）：《旧日影像——西方早期摄影与明信片上的中国》，张关林译，东方出版中心，2008，第 80 页。

图 3

本军队在旅顺口对中国人的大屠杀：被屠杀的血淋淋中国人的尸体堆积在一起，残肢断臂中，近处一个日本刽子手的体态突出表现了侵略者的贪婪和凶残——右脚踏在尸体上，用刀指着刚被他杀死的中国人的尸体，面对镜头，一副傲慢冷血的表情。后面其他几个日本士兵也正进行着同样的屠杀。整个画面就像一幅屠杀狂欢的分镜头，和何伯英的那张香港照片比起来，紧张和恐怖远远地掩盖了那一丝平静和沉着。看着这些照片，我突然记起康拉德《黑暗的心》中的名言“恐怖啊，恐怖!”借用《莱斯利图画周报》标题，只需改动一个词，就可以为这张照片取名为“嗜血的日本佬”！进而言之，照片中所有的看客全是日本人——事实上，这些日本人全都参与了屠杀，而没有一个是中国人，除了他们支离破碎无法辨认的尸体。鲁迅看过这张照片吗？半个世纪后，同样嗜血的惨况又在南京大屠杀中重演，但到那时，鲁迅已成故人。

为什么鲁迅没有把爱国主义的怒火朝向日本帝国主义者（我在这里用“日本帝国主义者”以和“日本人”区别）？他是否是为了使中国知识分子进行文化意义上的反省，有意识地忽略了什么呢？在鲁迅观看幻灯片的时候，西方帝国主义已经发展到了历史的高峰，中国就像照片中断裂的头颅一样被列强“瓜分”。鲁迅，至少到那时为止，还没有明显意识到“瓜分”这个比喻的含义，这反映在他当时所写的《摩罗诗力说》和《文化偏至论》两篇文章中，这两篇文章充满了对西方文学、文艺和文化英雄的仰慕。否则，他就会对“瓜分”有切身的感受。众所周知，鲁迅写作的一贯主题是揭示中国人的国民性——麻木不仁的看客心理（亚瑟·亨·史密斯的《中国人的性格》与之呼应），[①] 这个主题在他的许多作品中得到不断深入的展现。如在小说《示众》和其他几篇杂文中，就探讨了中国人对砍头的迷恋。王德威已经在他的名著《历史与怪兽：二十世纪中国的历史、暴力与叙事》倾力写出了精彩的第一章，[②] 又对贯穿整个中国现代文学的砍头的比喻作了精彩的论述（标题就叫《从“头”谈起》，所以我的这篇文章只好是王文的同名续篇或补遗），王德威在鲁迅的《呐喊·自序》里发现了砍头的深层意义：

> 鲁迅的忧愤，莫可言喻……身首异处使人不再是人；但更可怖的是躯体的肢解断失，只是整个“中国”象征锁链散落的一小部分。中国领土四分五裂，中国的政治群龙无“首”，中国的语言“古为今用”，难达新义。连传统那圆融有机的礼教机构，也证明只是一席人吃人的盛宴，一场神魔不分的梦魇……他对砍头与断头意象所显示的焦虑，无非更凸出其对整合的生命道统及符号体系之憧憬……鲁迅越是渴求一统的、贯串的意义体现，便越趋于夸张笔下人间的缺憾与断裂；他越向往完整真实的叙述，便越感到意符与意旨，语言与世界的罅隙。砍头一景因而直指鲁迅对生命本体意义失落的恐惧，以及一种难归始原的乡愁式渴望。[③]

王德威的论述很具有洞察力，但也非常抽象。我再试图用具体的意见来补充：王德威恰当而巧妙地从鲁迅看重的看客的视角，转移到看重砍头上来，正是砍头这个中国野蛮文化的象征，导致了国民精神非人化的断裂。为了达到更加抽象概括的目的，王德威的论述牺牲了语义，但同时也为我从文化地理学的角度作出补充和完善留下了阐释的空间。我所谓的文化地理学的角度，当然指向这两幅照片的拍摄地点。它们都位于中国的边疆地区，都在殖民统治下：东北是满族的发祥地，长期受俄国和日本的影响；香港1840年后就是英国殖民地。因为满人高度同化，所以鲁迅在《呐喊·自序》无意去勾勒这

---

① 亚瑟·亨·史密斯：《中国人的性格》，周宁译，学苑出版社，1998。

② 王德威：《历史的妖魔：二十世纪中国的历史、暴力和小说》（The Monster That Is History: History, Violence, Fictional Writing in Twentieth Century China），加州大学出版社，2004。

③ 王德威：《从“头”谈起——鲁迅、沈从文与砍头》，《想象中国的方法——历史·小说·叙事》，三联书店，1998。本段是摘引，原文见原书第135~146页。

个地区的地理政治意义。被砍头的海盗虽然是中国人，但从王德威分析中的鲁迅的角度看，一定程度上，这些边疆的中国人并不足以代表那个正在崩溃的中国文化制度的主体。再想象一下，从靠近九龙城和香港的居民的角度看，他们对海盗的被戮，本能的反应是：身首异处，已然不孝；犯科当罚，罪有应得。

在鲁迅创作“砍头情结”的框架内，他创作的“指涉律令”占据了突出的位置，[①] 所以他应该在看到这些殖民地照片时，思考种族和地域的殖民和后殖民的问题。但实际情况却是，在鲁迅看来，海盗的头颅可能不足以论述中国的国民性，也就没有足够分量的代表性（指涉、表现、表征力量）。鲁迅后来访问过香港，但从来没有喜欢过这个地方。如果他看到这张照片，他一定会严厉地谴责殖民看客。但这并不能说他一定会把发生在九龙的这次事件写进《呐喊·自序》，或者写成小说。反过来说，如果英国殖民者出现在北京或其他内地城市，会加深鲁迅的“砍头情结”吗？

在我看来，如果我没有看到那张香港照片的说明文字，我也不知道那些海盗的来历。单从照片的场景上看，也可能是在香港以外的其他英国殖民地拍摄的。细看才能看出那些砍下的头长着东方人的黑发，所以，单从视觉或单从艺术表现上都不足以确定中国人的身份。就鲁迅而言，确定中国人的身份只是语义上的一个大框架，只是一个有象征意义的平台，他的目的只是为了在这个草草搭起的平台上分析论述国民性。我们应该清楚：视觉影像有时需要更多的文字描述的支撑。我们更应该记住这个事实：《呐喊·自序》发表于1922年，在此之前，鲁迅的小说创作就表明了他的“砍头情结”。特别是《狂人日记》，集中表现了狂人那颗充满正常知觉和错乱意识的完全主观个人的脑袋；[②] 讽刺巨作《阿Q正传》也描写了阿Q那颗有似于无的脑袋——没有眼睛和灵魂的拖着小辫的脑袋。[③] 狂人和阿Q都是死人，一个没了肉体，一个没了精神。

---

① “指涉律令”（representational order）：按王德威的看法，representational是“指涉”，order是“律令”（见王德威《魂兮归来——历史迷魅与小说记忆》，中国人民大学书报资料中心，2002年第4期，原文出处：《现代中国》2001年第1期第95~114页），也即“鲁迅对整合的生命道统及符号体系之憧憬”，即鲁迅的创作理念——揭示中国的国民性和劣根性，抒发哀、怒的情怀。

② 原文用“talking head”，似应为《铸剑》中的宴之敖。

③ 原文用Mock-Epic：嘲弄地模仿英雄风格的（作品，诗歌，写作手法等）。如蒲柏（Pope Alexander，1688~1744）的《夺发记》（The Rape of the Lock，1712）及《群愚史诗》（The Dunciad，1728）。

为了向下文过渡的方便，我再对这些沉默的受害者的被戮首多说几句。日本人的照片里，虽然受害者支离破碎的尸体看起来卑贱，但他们洞开的眼神里的“原始的茫然”，并没有要求谁为他们的“茫然”引申含义，而又有谁为被当做海盗杀害的筲箕湾的文盲渔民张目明冤呢？报告是英国殖民官员写的，不是那些当地的文盲百姓。正是这些殖民者，放弃了他们的道义责任，任凭驻扎在九龙城的清朝官府发泄淫威，这份报告正是体现了殖民者权力的“真正价值”。后来的民族志学者和人类学家们，没有谁去研究这个“小事件”，也极少直接提及这份报告，我在香港当地的传说中也没有发现任何蛛丝马迹。吊诡的是，如果没有这张照片，这些可怜的断首者将要被永远忘却。

让我描绘一下这些中国“海盗”的来龙去脉：筲箕湾的居民是早期从广东移民过来的客家人，大多居住在现在的新界。这些客家渔民以航海捕鱼为业，保存了自己独特的区域文化（岭南文化的一个分支）。他们没有被赋予国民身份，只有地域意识和模糊的汉民族意识。18～19 世纪，或者更晚，这些移民在海上打拼，完全没有国家疆界的概念。总之，鲁迅所孜孜探讨的国民性对他们没有任何影响和作用，书面文字的东西对于他们徒劳无益，当然，面对这些文盲同胞，鲁迅清醒地认识到这一点。所以，很显然，鲁迅怀旧意味的《呐喊·自序》是写给新时代的“离经叛道者”，即“五四”一代知识分子的，而没有把幻灯片中沉默的看客或其他人群作为受众。《呐喊·自序》中改造国民性的说服力来自他的自我反省，而这种书面文字写作式的自省很偶然地通过“幻灯片事件”的介入得到了加强。周蕾女士认为鲁迅并不看重视觉材料的作用，这无疑是正确的，但我以为，她的论述有些后设视角的嫌疑。①

二

作为一种视觉工具或媒介，照相术在鲁迅那个时代还是一项新发明，其表现的潜力还没有充分发挥。上述的照相还都是在三角架上完成的，灵活的手握照相机还没有使用。另外，就像理论家本杰明、巴思所指出的那样，传媒从来就不是真实反映现实的客观真实的镜子，照片形象包含着不同视角的

---

① 作者原注：我以前的学生，香港中文大学的张历君先生已经就此发表了两篇中文论文，透彻地分析了幻灯片事件，也反驳了周蕾女士的部分观点。他的研究对我有帮助，在此感谢。同时，感谢柯文教授提醒我关注何伟亚和甄爱廖的著作。

各种潜在意义。试想，把相机固定在三脚架上，被拍摄者看着相机后的摄影者，他们相互审视（被拍摄者可以按摄影者的要求摆出各种姿态，拍摄出来的照片就具有很强的目的性），拍摄的范围和摆设的重要性不言而喻。换言之，被拍摄者在摄影者的要求下可以表现出各种形态：可以是惊奇，可以是漫不经心，也可以是茫然。

麻木或茫然是精神错乱的一种病症，媒介本身就可以造成这种群发性的麻木。本雅明在他论述机械复制时代的艺术作品的文章中就认为，精神错乱会引起茫然和谵语（患者在神智不清的情况下胡言乱语的症状）两种结果。这么说并不意味着贬低鲁迅《呐喊·自序》的话语力量，而是和另一个历史史实联系起来，即19世纪末照相机进入中国，经常遇到部分中国人的公开抵制，就像第一次看见火车和机车一样。特别是在外来压迫的情况下，这种群体性的心理会发展成茫然或是恐惧。总之，就如张历君所言，作为“媒体暴力”之一的相机，会引起麻木和自我异化，我们不应该排除这种可能性。

不管精神错乱的根本原因是什么，《呐喊·自序》的描写远不如鲁迅后来的一篇杂文描写的那些像过节一样的看客那样错乱得离奇：在湖南长沙，倾城出动、人山人海去看几个女共党被砍头，类似于“性爱狂喜”。[①] 王德威说：“从文学和象征意义上说，现代中国就是一个无头的国家，充满着精神被斩首的人群，只有在看砍头和等待被砍头时，他们的生活才有所变动”，这是对《呐喊·自序》中“毫无意义的示众的材料和看客”的进一步阐述。人们不禁疑问：照片中的看客们是怎样的表情？

像鲁迅一样，法国批评家乔治·巴塔耶也对酷刑和死亡有所迷恋，[②] 不过是以一种隐蔽的方式。他把《情欲的泪水》一书的最后部分命名为“中国酷刑”，展示了一张他拥有的照片，这幅照片对他的生活产生了决定性影响：一种中国酷刑中最残酷、最可怕的形式——凌迟，即用刀一片片割下犯人的肉，以延缓其死亡、增加其痛苦的死刑方式。照片中的受刑者似乎一脸的麻木和茫然（可能预先吃了鸦片），巴塔耶说他处于一种宗教的迷幻（狂喜）

---

① 原文：“全城男女往观者，终日人山人海，拥挤不通——教育会前列着三具不连头的女尸。而且至少是赤膊的——但这也许我猜得不对，是我自己太黑暗之故。而许多‘民众’，一批是由北往南，一批是由南往北，挤着，嚷着……。再添一点蛇足，是脸上都表现着或者正在神往，或者已经满足的神情。”《鲁迅全集》第4卷，《三闲集·铲共大观》：人民文学出版社，1981。

② 乔治·巴塔耶（Georges Bataille，1897～1962），法国评论家、思想家、小说家。作品《情欲的泪水》展示了一种中国的死刑“凌迟”。这些摄于20世纪初的图片中的一张曾经激发巴塔耶创造了《情欲的泪水》中的一系列形象。

中。砍头相对凌迟来说，少了些可怕阴森，但毕竟也是死亡——中国所有的死刑处决都是发生在大庭广众之下，呆在自己隐蔽的家里看砍头照片，或者是到行刑现场亲眼目睹，这两种方式哪一种更有诱惑？

著名的文化学者苏珊·桑塔格已经在她的两本著作里具体地论述了摄影，最近出版了《关于他人的痛苦》。① 在这本书里，她从自己的切身体会出发，阐述了通过视觉媒体远距离地观看他人痛苦受刑的现实含义。她说："自1839年发明照相机以来，照片就一直和死亡为伍"，② "在传达大规模制造的死亡的恐怖时，这种直接性和权威性远胜于文字记述"。③ "捕捉一次实际发生的死亡并为它做永久的防腐，是只有照相机才能做到的，而摄影师在战场上拍摄的死亡那一瞬间（或就在那一瞬间之前）的照片，往往跻身最著名的和最常被复制的战争摄影之列"。④ 这样看来，鲁迅所看到的幻灯片就具有战争照片鲜明的传统特点，只不过，鲁迅进行了戏剧化的叙述，以表明他弃医从文的正当性。吊诡的是，如果鲁迅继续从医，他会更有权利去审视暴行和死亡的形象，因为正如桑塔格所言："也许，唯一有权力看这种极端痛苦的影像的人，是那些有能力去为减轻这痛苦做点事情的人——譬如上述照片的拍摄地点军队医院的外科医生——或可以从中吸取教训的人。我们其他人都是偷窥狂，不管我们自己是否想偷窥。"⑤ 很显然，鲁迅选择做有权利中的后者——从痛苦中汲取心灵精神的升华和国家民族的理想。

一个世纪过去了，"幻灯片事件" 和鲁迅对它的论述都已经成为历史。作为今天的观者和读者，我们从中有什么心得呢？还要继续做偷窥者？在历史车轮辚辚的前行声里，面对新的毁灭和痛苦，中国人和西方人一样，不又都

---

① 苏珊·桑塔格：《关于他人的痛苦》（《苏珊·桑塔格文集》之一），黄灿然译，上海译文出版社，2006。这是桑塔格生前最后一部著作，聚焦于战争摄影，探讨影像反映出的人的痛苦与观者之间的关系。惨不忍睹的影像尽管能唤起观者的悲悯之心，但人们的无能为力感更让这些在生活中无孔不入，又格格不入的影像显得多余而荒诞。若不经思考而直接相信影像之内容，我们的道德判断力只会愈来愈弱。桑塔格以纯文字书写影像，为观者提供思考空间以正视"他人的痛苦"。

② 苏珊·桑塔格：《关于他人的痛苦》（《苏珊·桑塔格文集》之一），黄灿然译，上海译文出版社，2006，第 20 页。

③ 苏珊·桑塔格：《关于他人的痛苦》（《苏珊·桑塔格文集》之一），黄灿然译，上海译文出版社，2006，第 21 页。

④ 苏珊·桑塔格：《关于他人的痛苦》（《苏珊·桑塔格文集》之一），黄灿然译，上海译文出版社，2006，第 54 页。

⑤ 苏珊·桑塔格：《关于他人的痛苦》（《苏珊·桑塔格文集》之一），黄灿然译，上海译文出版社，2006，第 38 页。

做起了麻木沉默的看客来了吗？我们中间的大多数人，远距离地从胶片和新闻片中欣赏着骇人听闻的“911”恐怖袭击和“512”四川汶川大地震（就是一个例证）。媒介不仅传递信息，而且在传递人类残酷暴行的信息时，又涂抹上一层有意义或无意义的（自己的）颜色，我们就被不断地误导和蒙蔽。桑塔格在她的著作中研究了许多过去和现在的视觉材料，得出的结论更加虚无：呼吁清白、表达同情是幼稚可笑、杯水车薪的；站在最佳位置、远距离地观看残酷暴行，不再能保证我们的心理安全。当今世界充满了形形色色的暴力画面，甚至媒体和观众的对话和交流也变成了洋洋自得的陈词滥调。不管是在家里电视前或者是在战争现场，不管是殖民者还是被殖民者，我们都是观众，都是看客。桑塔格最后启示道：我们唯一的责任是尽到我们的义务——明确这样一个事实，即“我们真无法想象那是什么样子。我们无法想象战争可怕、可怖到何种程度，以及战争变成常态已到了何种程度。无法明白，无法想象”。[①] 桑塔格一反她以前的道德保守主义，展示了激烈的犬儒主义新立场。她这样的转变若不是出于绝望，肯定是出于无奈的退避。

台湾艺术家陈界仁利用电脑技术重新复活了这些戮首的历史照片，并且加进了自己的创意。[②] 在他的作品中（或再版作品中），他用自己的头像替换照片中的死者。有台湾的学者和批评家已经对他的创造作出了评论。坦率地说，我没有兴趣观看这些照片，但我却想去揣测作者的创作意图，这种揣测围绕着陈界仁是否是位受虐狂者来进行。在我看来，陈界仁是以鲁迅为榜样，也是对他的母国作出自己的评价、吸取更深的经验和教训，和鲁迅不同的是，陈界仁直接把自己等同于那些死者（他甚至把巴塔耶的凌迟照片中死者的头像劈开成两个，变成双头人）！台湾学者刘纪蕙认为，陈界仁作为后“二二八”一代人，力图设想台湾白色恐怖的生活经历，他用一连串的想象的暴力噩梦、被阉割、自残和疯狂来完成自己的艺术创作。在我看来，他也是在挑战人类集体偷窥的忍耐极限，以便观察我们最后能否经受住考验，而不被这些图像折磨得麻木恍惚。

如果鲁迅看到陈界仁的作品。他是高兴还是会愤怒？至少，台湾鲁迅学

---

① 苏珊·桑塔格：《关于他人的痛苦》（《苏珊·桑塔格文集》之一），黄灿然译，上海译文出版社，2006，第115页。

② 陈界仁生于台湾桃园。1996年起，陈界仁开始利用计算机与影像绘图软件创作，所创造出来的虚拟影像，是十分骇人、令人不忍卒睹的影像。如此令人印象深刻的不寻常影像挑战着观者的视觉记忆与习惯，透露着复杂的讯息以及陈氏称作“恍惚”或“疯癫”的不确定性。代表作《凌迟考：一张历史照片的回音》（2003）。

者杨泽他们属于同一谱系，他认为鲁迅是这个世界上“最敏感、最紧张、最内紧”的作家（另一位是陀思妥耶夫斯基）：“他不断地回到出发点，回到幻灯片那个残酷的原始场景”，借此获得一种巴塔耶怀旧式的施虐的快感。杨泽认为，包括中国在内的东亚国家的现代化，本质上是来源于“他者”，在鲁迅踏上否定与自我否定的道路上时，他能采取的战略就是“抵制被边缘化”。

通观这些再阐释，看来鲁迅对自己和看客的定位是完全正确的，虽然是消极的。但是，我想，他没有想到现在的我辈都已经处于“地球看客”的困境。如果按照桑塔格最后关于他者痛苦的判断，我们实际上和 19 世纪末那些英国殖民者看客是一路货色。

（原载《现代中文学刊》2010 年第 1 期）

历史整体性的消失与重构*

——中西方文学史的编撰与现当代中国文学

·张英进·

我们面临着文学史学在中文学界和英文学界分道扬镳的一个奇特现象：研究“现当代中国文学”的中文学界拥有众多的文学史著作，而北美学界的这个领域却几乎无人问津大型的文学史著述，而更关注特定的作家、群体、时期和主题的研究。① 我以为，北美学界自20世纪80年代以来文学范式的变迁强化了一种对整体性消失的共识，这种共识激励了以异质性和片断化为标志的解构主义和后现代主义文学研究的发展，并且让人们逐渐倾向于寻求他者性和非连续性。另一方面，中文学界在经历过几十年社会主义思维模式的统一性和同质性以后，开始重整自信，认为自身有能力进行一系列重建工作：重写文学史，重新想象同时联系中国文学传统和西方现代性的一种新的整体性。

本文除了追溯中国向心的学术趋势和北美离心的学术倾向的不同，也想介绍近20年来欧美文学史编撰的几种实验性方法及其对重建中国文学史的启示。我希望通过把中国和欧美不同的学术走向放在一起进行比较，以探求文学史的另类视野与实践（譬如跨国族的、跨区域的、跨地方的），即那些由于过度强调整体性消失及其再度想像时可能遭到忽略的视野和实践。文学史作者的主体性意识对重新审视文学史学的问题起着至关重要的作用：我们必须重新评价在文化、意识形态和学术生产等不同领域中得到承认或得以继续、抑或遭到否认或遗弃的主体位置。

---

* 本文由雷俊翻译自英文，作者自校。

① 按北美学界的惯例，“现当代中国文学”（modern Chinese literature）作为一个英文词，既包括“现代文学”（modern literature），又包括“当代文学”（contemporary literature），有时还包括“近代文学”（即19世纪末到20世纪初的晚清文学）。

文学史编撰：外部与内部之间

裴特森（Lee Patterson）纵观过去三百多年文学史作为一门学科在西方的发展，指出文学史经过了由外部研究（强调作为一系列作品的文学与作为一系列事件的历史二者之间的关系）到内部研究（视文学为一个整体或者某种特定的模式、体裁和形式）再回到外部研究的循环运动。[①] 裴特森指出，19 世纪文学研究的“历史主义”（historicism）有两个明显的不足：其一，它依靠一种机械的因果解释模式，并深信自身“实证方法的”（positivist）客观性和可靠性；其二，它将“时代精神”（Zeitgeist）固化为高于一切的概念，认为这一概念可以用同质性的甚至统一性的用语来解释文学想象中爱国的民族主义和文化认同的出现。[②]

文学史被纳入大学教育体系，以便加强国家建设，因此在各学科中位置显赫。国族文学研究几乎无一例外地同地理、种族/民族认同和历史阶段等外在因素相联系。[③] 1863 年丹纳（Hippolyte Taine）就宣称：“我们的研究涵盖了所有起作用的因素。当我们考虑到种族、环境和历史阶段等因素的时候，我们不仅穷尽了全部事实上的原因，而且穷尽了全部可能存在的动机。”[④]

从 20 世纪 10 年代中期到 20 年代末，诸如雅克布森（Roman Jocobson）在内的形式主义理论家将文学重塑为一种根据内在的结构原则形成的自我指涉、自给自足的艺术作品，以此来挑战以往的外部研究。为了创造一种“文学的科学”，俄罗斯的形式主义者将文学定义为“一种既跟世界无关又不与读者交流，而只同写作本身的传统、即其形式相关的一种写作。”[⑤] 美国的新批评派在四五十年代发展了类似的文学观，关注意义和阐释产生过程中文本的机制，而非历史和社会的机制。这种内部方法所固有的“非历史性”

---

① 见 Lee Patterson，“*Literary History*，” in Frank Lentricchia and Thomas McLaughlin，eds，*Critical Terms for Literary Study*（Chicago：University of Chicago Press，1989），pp. 250 – 262。

② 关于对 19 世纪的历史主义和文学史的进一步讨论，见 John Paul Russo，“*Historical Theory and Criticism*，” in Michael Groden and Martin Kreiswirth，eds，*The Johns Hopkins Guide to Literary Theory and Criticism*（Baltimore：Johns Hopkins University Press，1994），pp. 382 – 386。

③ 有关欧洲民族主义兴起与文学史地位提升的历史关联，见 LindaHutcheon，“*Rethinking the National Model*，” in Linda Hutcheon and Mario J. Valdés，eds，*Rethinking Literary History*：*A Dialogue on Theory*（New York：Oxford University Press，2002），pp. 14 – 24。

④ Hippolyte Taine，“*History of English Literature*：*Introduction*，” in Hazard Adams，ed.，*Critical Theory Since* Plato（Fort Worth：Harcourt Brace Jovanovich，1992），p. 610.

⑤ Patterson，*LiteraryHistory*，第 258 页。

(ahistoricity) 在诸如"文学形式的变迁"等形式主义的说法中表现得很明显，并且在一系列讨论文学形式、分类、模式、类型、意象、象征性、风格和神话等等的文学史中也有所体现。

20 世纪 60 年代结构主义的兴起，及其 70 年代以来向后结构主义的转化，从根本上改变了文学的本体论地位。索绪尔（Ferdinandde Saussure）提出的"语言转向"让人们重新注意到文学的文字实践，文学现在可以用来同诸如历史学（参见怀特［Hayden White］）、哲学（参见德里达［Jacques Derrida］）、物理学（参见库恩［Thomas Kuhn］）等其他写作形式进行类比。威廉斯（Raymond Williams）等马克思主义者和自 70 年代以来的女性主义批评提出一系列问题，揭示了文学一直以来所具有的许多隐藏的意识形态功能，从而开启了文学史学界"文化转向"的序幕。例如，在为某种写作正名并保持其审美价值的同时，"'文学'的概念被用来贬损诸如女性、黑人、同性恋、第三世界等文化边缘人及政治弱势群体的写作"，[①] 或者用来消除诸如电影研究、性别研究、文化研究等新的学术领域的意义。具有讽刺意味的是，正是这些新的研究领域自 80 年代以来发展最快，从而改变了文学/文化研究界的整体面貌。

可以毫不夸张地说：在当今的北美，曾经作为一种特权学科的文学在人文学科中已被剥夺桂冠，曾被认为是伟大心灵或天才的"作家"已被巴特（Roland Barthes）和福柯（Michel Foucault）等理论家宣告"死亡"，在后结构主义兴起以前对文学史的理解和叙述已经从根本上分崩离析了。不可否认，新的、带有一定修正性质、甚至是"干涉主义"（interventionist）的文学史，譬如女性文学、黑人文学、其他少数民族文学（像亚裔美国文学、拉丁裔美国文学、印第安裔美国文学）和同性恋文学史近 20 年来已经大量出现。[②] 也不可否认，如裴特森所述，新历史主义和人类学方法在文学史中的应用在过去十多年来取得了不少成果。但是，至少在理论上，文学史在 20 世纪 90 年

① Patterson "，LiteraryHistory，" 253，第 258 页。

② 有关文学史上对这一发展的早期描述，参见 LaVonne Brown Ruoff and Jerry Ward，Jr.，eds.，*Redefining American Literary History*（New York：Modern Language Association，1990）。Linda Hutcheon 在《重新思考国族模式》一文中为"干涉主义"——从某种程度上说，也是为后殖民主义史学——的合法性进行辩护，这种史学为了推行自己的议程，挪用过时的国族文学的历史模式，但是格林布拉特在《种族记忆与文学史》一文中质问其对这种机会主义的文学史建构；见 Linda Hutcheon and MarioJ. Valdés，eds.，Rethinking Literary History，3 – 49，50 – 62。类似格林布拉特，珀金斯也不太喜欢干涉主义的文学史，称其为"意识形态批评"（Ideologiekritik），认为"这种学问不管研究的题材是否为过去的文本，都将其与当前的政治斗争相联系"；见 David Perkins，ed.，*Theoretical Issues in Literary History*（Cambridge，Mass.：Harvard University Press，1991），p. 4。

代比以往任何时候都更像是一种“不可能实现的”（impossible）学术冒险。

《文学史还可能吗?》是珀金斯（David Perkins）1992年著作的醒目标题。他在书中提出了这样一个悖论：我们对于撰写文学史缺乏坚定的信念，但是我们却必须阅读文学史。① 自称为信仰“怀疑论的”一位“相对主义的历史学家”，珀金斯很难掩饰他的精英态度和复杂感情：一方面他不希望看到叙述性文学史的解体，另一方面却又不大情愿接受最新的修正性文学史，因为他认为，这些文学史除了能“通过强调与某一群体成员过去境遇的连续性来激发该群体内部的认同感和团结意识”以外，收效甚微。② 显然，造成珀金斯上述悖论的原因并不在于文学史本身，而在于他对这种学术实践特殊的定义和怀有的期望：“文学史不能放弃其作为过去的客观知识这一理想。尽管该理想不能实现，我们还得去追寻它，因为如果没有理想，过去这个‘他者’就会完全消失在意识形态对它无止休的任意重新挪用之中。”③ 珀金斯把文学史描述成一种必须追寻却又不可企及的理想，文学史学的意识形态功能被提高到显要的位置。

其实，珀金斯并非是提出这类看法的第一人。同裴特森一样，珀金斯也觉察到从历史语境论到文本批评再回到语境阐释这一文学史的循环发展。除了俄罗斯的形式主义者和美国的新批评派以外，珀金斯还提及其他19世纪历史主义的批评家，特别是克罗奇（Benedetto Croce）和理查斯（I. A. Richards）。珀金斯注意到欧美学术界历时已久的一个传统，即每隔一段时间就会肯定自身的危机感，引用杰珀（Uwe Japp）的话说就是：“历史学和文学史中出现的危机，是为了从危机中再次显示文学史更新的必要性。”④ 例如，早在1949年，韦列克（Rene Wellek）就提出一个严肃的问题：撰写文学史或者说撰写既是文学又是历史的东西，这有可能吗?⑤ 韦列克自己当时对

① David Perkins, *Is Literary History Possible*? （Baltimore：Johns Hopkins University Press，1992），17。珀金斯在讨论这一悖论时参阅了两个文献：一是Ackbar Abbas，‘*Turn Away NoMore*’：*Metaphor and History*，" in Tak - Wai Wong and Ackbar Abbas，eds.，*Rewriting Literary History*（Hong Kong：Hong Kong UniversityPress，1984），160 - 97，二是Siegfried J. Schmidt "，*On Writing Histories of Literature*：*Some Remarks from a Constructive Point of View*，" Poetics 14，nos. 3 - 4 （1985）：195 - 198。珀金斯著有*History of Modern Poetry*：*From the 1890s to the High Modernist Mode*（Cambridge，Mass.：Harvard University Press，1976）。

② Perkins，*Is Literary History Possible*?，11，137，176，第185页。

③ Perkins，*Is Literary History Possible*?，11，137，176，第185页。

④ Perkins，ed.，*Theoretical Issues in Literary History*，pp. 3 - 7；Perkins，Is Literary History Possible?，p. 18.

⑤ René Wellek，" *Literary History*，" *in RenéWellekand Austin Warren*，eds.，*Theory of Literature*（New York：Harcourt，1949），p. 263.

该问题的回答是否定的，因为他深知“文学史”这一说法的内在矛盾，认为当时所谓的“文学史”，无非是“混合了传记、书目、选本、同主题与韵律相关的信息和出处、特征描述和价值判断等等的大杂烩，再嵌入一些说明政治、社会和思想史背景的章节，”对此实践，韦列克深表不满。①

在20世纪的后半部，北美文学史沿着自己的轨迹而“衰落”（韦列克的说法），直到多次被公认为过时或不可能的地步。两篇题名为“文学史过时了吗?”的出版物于1965年和1972年相继问世，而德曼（Paulde Man）的解构主义名篇《文学史和文学的现代性》也于1970年发表。② 到了1980年代，许多学者致力于文学史学问题的辩论和新型文学史的塑造。③ 这种辩论持续到1990年代，涉猎诸如文学史形式和文学史运用的问题。④ 到了1992年，当约翰斯通（Robert Johnstone）在描述70和80年代文学史的衰落后，承认综合文学史是一个“不可能的体裁”，这已经不算是令人惊讶的说法了。⑤

消失的整体性：新史学语境中的碎片重构

对文学史的挑战也体现在最近欧美学界的理论化过程，其中，文学史和文化史的整体性经常被当做一种不可能、因而不受欢迎的研究对象。巩布莱希（Hans Ulrich Gumbrecht）在德文发表的文章中质问两种对历史整体性的表

---

① 《文学史的衰落》是韦列克所编的论文集中一篇文章的标题；见 René Wellek, *The Attack on Literature and Other Essays*（Chapel Hill: University Press of North Carolina, 1982), pp. 64 – 77。

② 参见“*Is Literary History Obsolete?*”, in Robert E. Spiller, *The Third Dimension: Studies in Literary History*（New York: Macmillan, 1965), pp. 3 – 14；期刊专辑“Is Literary History Obsolete?”, in New Literary History 2, No. 1 (1970): 1 – 193。也可参见 Paul de Man, “*Literary History and Literary Modernity*,” Daedalus 99 (1970): 384 – 404。

③ 见 Northrop Frye, “*Literary History*,” New Literary History 12, No. 2 (1981): 219 – 225; Sacvan Bercovitch, ed., *Reconstructing American Literary History*（Cambridge, Mass.: Harvard University Press, 1986); Sacvan Bercovitch and Myra Jehlen, eds., *Ideology and Classic American Literature*（New York: Cambridge University Press, 1986); Emory Elliott, “*The Politics of Literary History*,” American Literature 59, no. 2 (1987): 268 – 276; Stephen Greenblatt, “*Towards a Poetics of Culture*,” in H. Aram Veeser, ed., *The New Historicism*（London: Routledge, 1989), 1 – 14; Herbert Lindenberger, *The History in Literature: On Value, Genre, Institutions*（New York: Columbia University Press, 1990), pp. 189 – 210。

④ 见 Wendell V. Harris, “*What IsLiterary ‘ History’?*”, College English 56, no. 4 (1994): 434 – 451; Marshall Brown, ed., *TheUses of Literary History*（Durham, N. C.: Duke University Press, 1995)。

⑤ Robert Johnstone, “*The Impossible Genre: Reading Comprehensive Literary History*,” PMLA 107, No. 1 (1992): 26 – 37。

述：首先是德国浪漫主义的观点："只有在天才作家的作品中，人们才有希望透过其'整体性'一次性地获得促使民族历史成形的国民性"；其次是卢卡奇（Georg Lukacs）的马克思主义的观点："只有符合'伟大'和'现实主义'原则的艺术作品，才能让人们'客观认识某种历史情形的整体性及其内在的历史规律'"。① 随着后结构主义思潮的发展，文化或文学的"历史规律"被证实是站不住脚的，而文学不再是对国族历史和国民性"客观"认识的不可置疑的寄存处，因此文学史再次沦落为"整体性消失后的碎片"。② 夏蒂埃（Roger Chartier）在其法文书中，运用福柯对"话语的不连续性和特殊性"的洞见，提倡"不再追寻全球性的历史，而潜心研究受到限定的、彼此没有联系的材料。"③ 夏蒂埃承认，"不错，文化史失去了其囊括一切的企图，可是却赢得了对文本前所未有的关注。"④

詹明信（Fredric Jameson）在 1984 年指出："当代史学最主要的贡献，就是坚信历史是一系列的断裂，而非一个连续的整体。"⑤ 非连续性和碎片化（fragmentation）指向一种新的整体性消失的视野，其影响表现在 1980 年代后期出现的两部创新的文学史作品。从结构上看，艾列特（Emory Elliott）主编的《哥伦比亚美国文学史》（1988）和霍利尔（Denis Hollier）主编的《新法国文学史》（1989）看起来更像百科全书，因为二者都尽力不去建构一种线性、因果式的文学发展史，而是去辨识历史中——并不只局限于文学领域——表现作为各种症候的碎片，诸如历史事件、历史时刻、历史断裂等，这些碎片虽然本身具有价值，但只有放置在文学之外更大的语境中，才能显示出它们在历时性或共时性的结构中更深刻的意义。

事实上，艾列特已经预料到百科全书式历史的特色之一，既是"适当的后现代性：承认多样性、复杂性和矛盾性，并把它们变成文学史的结构原则，既不赞成阐述的定论，也不寻求意见的统一"。⑥《哥伦比亚美国文学史》的

---

① Hans Ulrich Gumbrecht, "*History of Literature - Fragment of a Vanished Totality?*", trans. Peter Heath, New Literary History 16, No. 3 (1985): 470 页，第 478 页。

② Hans Ulrich Gumbrecht, "*History of Literature - Fragment of a Vanished Totality?*", trans. Peter Heath, New Literary History 16, No. 3 (1985): 470 页，第 478 页。

③ Roger Chartier, *Cultural History: Between Practices and Representations*, trans. Lydia G. Cochrane (Cambridge: PolityPress, 1988), 10 - 11, 第 11 页。

④ Roger Chartier, *Cultural History: Between Practices and Representations*, trans. Lydia G. Cochrane (Cambridge: PolityPress, 1988), 10 - 11, 第 11 页。

⑤ Fredric Jameson, "*An Overview*," in Wong and Abbas, *Rewriting Literary History*, p. 347.

⑥ Emory Elliott, ed., *Columbia Literature History of the United States* (New York: Columbia University Press, 1988), xiii, xiii.

撰稿人达 74 人之多，无疑增加了文学主题和评论观点的多样性。全书分成五个部分，每个部分都包括许多作者撰写的不同章节，并由一个副主编负责协调。同“现代性”的建筑强调简约的一致性和实用主义的功能性相反，艾列特以另外一个不同的建筑比喻来描述百科全书式的历史：“新的文学史设计一个供读者探索的图书馆或画廊，由诸多可以从不同入口进入的走廊构成，旨在让读者产生一种同时看见协调和不协调的矛盾体验。”① 除了跟诸如霍桑、马克·吐温和福克纳这些主要作家相关的传统章节以外，百科全书的形式使该书得以囊括 1865 ~ 1890 年间反映文学多样性的章节（涵盖新移民和新女性），以及 1910 ~ 1945 年间跟比较文学、文化有关的章节（涵盖美国黑人文学、墨西哥裔美国文学、亚裔美国文学，以及两次世界大战之间的妇女文学）。

与此类似，霍利尔的《新法国文学史》勾勒一幅“文学在音乐、绘画、政治、私人或公共纪念碑等文化语境中的全景图。”② 霍利尔的书忠实于这种用跨学科的视角来观察文学史的全景景观。比如，书中收录了一篇跟电影相关的文章，不过这篇文章并不是对法国民族电影的总览，而是对一个特定月份的描写。在《1954 年 1 月：论法国电影中的某些趋向》这篇文章中，安德鲁（Dudley Andrew）不厌其详地描述了一个似乎无关紧要的事件：《电影手册》杂志发表了特吕弗（Francois Truffaut）对法国电影进行尖酸嘲讽的宣言。安德鲁认为，特吕弗反叛了战后法国的“高质量电影”传统，而“高质量电影”是靠“高质量”改编著名的法国小说才得以兴盛的。安德鲁进一步讨论了特吕弗的反叛“趋向”在哪些方面促进了后来以法国新浪潮电影著称的“导演主创政策”和“特定的电影写作”的兴起。③

应该承认，跨学科性只是霍利尔书中诸多创新的特点之一。全书收录了 199 篇文章，每篇都有不同的作者，并以单一年份为标题，每个年份涉及一个具体事件。“将这些事件并置是为了制造一种异质性的效果，并质疑多数文学史传统的有序性。”④ 具体来说，根据作家、时代和类型叙述的研究传统被

---

① Emory Elliott, ed., *Columbia Literature History of the United States* (New York: Columbia University Press, 1988), xiii, xiii.

② Denis Hollier, ed., *A New History of French Literature* (Cambridge, Mass.: Harvard University Press, 1989)，封面，第 993 ~ 1000 页，第 xix 页，第 xx 页，封底。

③ Denis Hollier, ed., *A New History of French Literature* (Cambridge, Mass.: Harvard University Press, 1989)，封面，第 993 ~ 1000 页，第 xix 页，第 xx 页，封底。

④ Denis Hollier, ed., *A New History of French Literature* (Cambridge, Mass.: Harvard University Press, 1989)，封面，第 993 ~ 1000 页，第 xix 页，第 xx 页，封底。

“片断化”，而该书“强调枢纽点、巧合、回复等”。[①] 跟艾列特的书比起来，霍利尔的更凸现了文学和文化领域的这些碎片，以求让读者从新的角度来欣赏文学，并重新认识作为一种过程而不是结果的文学史。正因为如此，伯韦（Malcolm Bowie）赞美霍利尔的书是“一部如今有了自知之明的、非连续性的、对自身的方法保持怀疑的历史”。[②] 同样，阿拉克（Jonathan Arac）认为该书“有自觉意识的后现代主义的结构”，因此布朗（Marshal Brown）夸其为“非强制性、非干涉性的、具有语言学敏感度的文学史最新最好的范例。”[③] 换言之，霍利尔的书在不同程度上抓住了文化史中“同时发生事件的不同时展现”（nonsimultaneity of thesimultaneous）。[④]

新的文学史把片段化和断裂性变成文学史编写的结构原则，这无疑反映了北美学界 20 世纪八九十年代解构主义和后现代主义的倾向。由于艾列特和霍利尔有意避免连续性和连贯性，珀金斯把他们的书划归“百科全书”式的文学史，并冠以“后现代”之名。[⑤] 与艾列特和阿拉克不同，珀金斯所用的“后现代”一词含有贬斥之意：“百科全书的形式有思想缺陷……这种形式对自己处理的题材无法拥有整体的视野，急于反映过去的多样性和异质性，因而对过去不加组织，从这种意义上来看，它并不是历史。”[⑥] 珀金斯的评论基于传统派对片段性和非线性历史的不屑，但如今却显得不合时宜，因为百科全书式的历史用一种在思想上富有挑战性——而非思想上有缺陷的方式——重新对过去进行了组织，从而断然否定了对总体性一向的迷信态度。

具有讽刺意味的是，类似珀金斯对百科全书式历史的批评早在 1976 年就出现了，玛斯特（Gerald Mast）认为，“一个真正的百科全书式的电影史根本

---

① Denis Hollier, ed., *A New History of French Literature* (Cambridge, Mass.: Harvard University Press, 1989)，封面，第 993 ~ 1000 页，第 xix 页，第 xx 页，封底。

② Denis Hollier, ed., *A New History of French Literature* (Cambridge, Mass.: Harvard University Press, 1989)，封面，第 993 ~ 1000 页，第 xix 页，第 xx 页，封底。

③ Jonathan Arac, "*What Is the History of Literature?*", in Brown, ed., *The Uses of Literary History*, 24; Marshall Brown, "*Contemplating the Theory of Literary History*," PMLA 107, no. 1 (1992): 23。霍利尔这本《新法国文学史》成为典型范例，直接影响了哈佛大学 15 年后出版的体例完全相同的《新德国文学史》；参见 David E. Wellbery, ed., *A New History of German Literature* (Cambridge, Mass.: Harvard University Press, 2004)。

④ 参见 Gumbrecht, "*History of Literature*," 479。

⑤ Perkins, *Is Literary History Possible?*, 53 - 60，第 60 页。

⑥ Perkins, *Is Literary History Possible?*, 53 - 60，第 60 页。

不是历史而是百科全书。”① 我说玛斯特的话颇具讽刺性，因为珀金斯批评百科全书式的历史是基于他坚信线性叙述的必要性，而玛斯特的批评却源于对历史整体性这一概念的怀疑。在电影研究领域，这种整体性体现在米特里（Jean Mitry）所设想的“恰当的”（proper）电影史之中，而所谓恰当的电影史，用艾伯（Richard Abel）的话来说，就是“一种由经济、心理和文化秩序的合力联系在一起的，同时包含其产业、技术、表达体系（更确切地说，表意体系）和审美结构的历史。”② 玛斯特不纠结于电影史学中不可企及的整体性，宁愿退而求其次：“大的电影史是永远都无法完成的，我们只满足于小的的电影史就够了。”③

玛斯特不甚情愿地放弃了电影史学的整体性，而艾列特和霍利尔的著作却代表了对文学史传统的战略性的挑战，他们的成果表现出后现代学术的特征。他们对分裂、断续和异质的偏好正符合塔棱斯（Jenaro Talens）和尊尊圭（Santos Zunzunegui）所指出的当代史学总的发展趋向：即从总体的历史到部分的或片段的历史，从纪念碑式的历史到图标式的历史，从历史主义的历史到结构的历史，从档案的历史到推测的历史。正如“单方面的因果式思维”在后现代史学里消失了一样，“单一整体性的概念也似乎被遗弃，代之而起的是多元化、局部化，以及中心的缺席。”④

另类视野：北美的中国现代文学研究

中国现代文学研究在北美还是一个相对新的研究领域，先后受到新批评、后现代和文化研究等学术思潮的影响。⑤ 因此，自 20 世纪 50 年代以来，该领

---

① Gerald Mast, “*Film History and Film Histories*,” Quarterly Review of Film Studies 1, no. 3 (1976): 297。有关电影史和文学史在北美迥异的发展轨迹，参见张英进：《审视中国：从学科史的角度观察中国电影与文学的研究》，南京大学出版社，2006，第 161 ~ 172 页。

② Richard Abel, “*Don't Know Much About History*; or the (In) Vested Interests of Doing Cinema History,” Film History 6, no. 1 (1994): 110 – 15.

③ Mast “*Film History and Film Histories*” 298。然而，类似珀金斯的看法，玛斯特更倾向于作者论的方法，并且追求一种与标准文学史保持一致的电影史。他说，“正如小说史从某种程度上可以看成重要小说的目录，戏剧史可以看成重要戏剧的目录，电影史可以看成一种囊括重要电影的艺术。”见 Gerald Mast, *A Short History of the Movies*, 2nd edition (Indianapolis: Bobbs – Merrill, 1976), p. 2。

④ Jenaro Talens and Santos Zunzunegui, “*Toward a True History of Cinema*: *Film History as Narration*,” Boundary 2 24, No. 1 (1997): 28 – 29.

⑤ 我在这部分所举的例子多为北美的英文著作，不过偶尔也提及澳洲和欧洲的英文书籍。

域形成了跟中国大陆学界完全不同的视野。北美和中国大陆最大的不同就在于文学史的编撰：在中国大陆，从 1951 年到 2007 年出版了 119 部中国现代文学史著作，而英文的中国现代文学史却只有夏志清编写的一部，而且这部著作仅限于讨论 1961 年以前的现代小说。[①] 回头来看，北美学界放弃学科初创时的努力，至今不参与中国现代文学通史的编写，更不用说现代戏剧史和诗歌史的编写工作了，这种情况颇具讽刺性。[②] 在我看来，到 1990 年代初，北美界内人士似乎一致默认了整体性的消失，从根本上动摇了影响夏志清（1960 年代）及其后继者（1970、1980 年代）的信念。在冷战最盛时期，夏志清毫不含糊地表达了跟中国大陆不同的视野："我的主要目的不是为了确认、而是为了反对中国共产党对中国现代小说的看法"，不过，他采用 50 年代在耶鲁大学攻读博士时所受新批评的训练来达到这一目的。[③] 在还击他所认为马克思主义批评所具有的典型的"意图谬误"（intentional fallacy）时，夏志清强调，"不应该用意图，而应该用实际表现来评价文学作品：例如作品的理解力和学识，以及敏感度和风格"。[④]

很显然，夏志清对文学史的编写很有信心，他试图用新批评的审美阅读来对抗马克思主义的意识形态批评方法，通过"权威地详述自己的洞见和偏好"来"重铸"当代中国现代小说的"经典"（canon）。[⑤] 王德威认为夏志清

---

① 见张泉《现有中国文学史的评估问题：从"1600 余部中国文学史"谈起》，载《文艺争鸣》，2008 年第 3 期，第 54 页。也可参见 C. T. Hsia，*A History of Modern Chinese Fiction*，1stedition（New Haven：Yale University Press，1961）；耶鲁大学 1971 年出版了该书的第二版。

② 有一本参考书可能是唯一的例外，书中既有三个时期（1900～1937，1938～1965，1966～1989）的概论章节，又有包括作家和作品条目的文类章节（诗歌、小说、戏剧）。见 Bonnie Mc Dougalland Louie Kam，*The Literature of China in the Twentieth Century*（New York：Columbia University Press，1997）。需要指出，这本书的合著者杜博妮（McDougall）当时在英国任教，卡姆（Kam）在澳大利亚任教，二者现在都在香港。有趣的是，这种在大陆经常使用的以文类为中心的方法，同样出现于以下众多作者参与编写的中国文学史，Victor Mair，ed.，*The Columbia History of Chinese Literature*（New York：Columbia University Press，2001），该书主编邀请不同的学者分别撰文介绍现代文学中的诗歌、散文、小说、戏剧和翻译。

③ Hsia，*AHistoryofModernChineseFiction*，498。夏志清在书中致谢他在耶鲁大学的导师布鲁克斯（Cleanth Brooks）；第 viii 页，第 506 页。

④ Hsia，*AHistoryofModernChineseFiction*，498。夏志清在书中致谢他在耶鲁大学的导师布鲁克斯（Cleanth Brooks）；第 viii 页，第 506 页。

⑤ 引自 David Der－wei Wang，"*Introduction*，" in C. T. Hsia，*A History of Modern Chinese Fiction*，3rd edition（Bloomington：Indiana University Press，1999），ix，xxi，viii，xv，xxxii－xxxiii。

的文学史“有开拓性”，是“里程碑式的”（monumental）“经典之作”。他在夏志清的书中发现了一种“范式的转变”，并指出，“后来所有的中国文学理论只有在吸收了夏的范式并变成自己的东西后才能有所作为。”[①] 然而，非常讽刺的是，影响夏志清自己学术研究的范式——从北美的新批评到英国的利维斯（F. R. Leavis）的“伟大传统”和阿诺德（Matthew Arnold）的“非功利性”（disinterestedness）——到了 1980 年代初，基本都被欧美学者抛弃了。举个极端的例子，伊格尔顿（Terry Eagleton）1983 年轻蔑地问道：“现在还有多少文学专业的学生还在读这些人的作品?”[②]

鉴于新批评在北美早已被结构主义和后结构主义的范式所取代这一史实，我们或许不必像王德威那样，坚持认为所有中国文学研究非吸收并转化夏志清的“范式”不可。一则夏志清自己也由于后来的范式转换而变得与北美学界越来越格格不入，很少发表英文学术作品：直到 2004 年，即其讨论中国古典小说的第二部英文专著发表 36 年后，他的第三部英文书（收集多年相继发表过的论文）才迟迟问世。[③] 二则北美后来并没有学者仿效夏志清，撰写文学通史，他所信仰的以普遍人性概念为基础的文学“品格”（integrity），如今在崇尚多样化和异质性的学术环境中遭到遗弃。

若把范式的问题放在一边不谈，夏志清的现代小说史中着重提到的多数作家，的确后来都成为北美学者重点研究的对象。从这种意义上来讲，夏志清的这部小说史对作家研究的意义远比对文学史研究更为重大。全书共 19 章，其中 10 章都是谈具体的作家（鲁迅、茅盾、老舍、沈从文、张天翼、巴金、吴祖缃、张爱玲、钱钟书和师陀），其他的章节把重点放在不同时代的作家群（叶绍均、冰心、林淑华、落花生、郁达夫、蒋光慈、丁玲、肖军、赵树理）。笔者曾将夏志清的著作描述为“以作者为中心的文学史”，认为它激

---

① 引自 David Der – wei Wang, “*Introduction*,” in C. T. Hsia, *A History of Modern Chinese Fiction*, 3rd edition（Bloomington: Indiana University Press, 1999）, ix, xxi, viii, xv, xxxii – xxxiii。

② Terry Eagleton, *Literary Theory*: *An Introduction*（Oxford: Basil Blackwell, 1983）, 199。另参见 Matthew Arnold, “*The Function of Criticism at the Present Time*,” in W. J. Bate, ed., Criticism: The Major Texts, enlarged edition（New York: Harcourt BraceJovanovich, 1970）, 452 – 466。

③ 见 C. T. Hsia, *The Classic Chinese Novel*: *A Critical Introduction*（New York: Columbia University Press, 1968）; C. T. Hsia, C. T. *Hsia on Chinese Literature*（New York: Columbia University Press, 2004）。

发了很多后继者的灵感。[①] 李欧梵 1973 年以一本关于中国“浪漫”一代的作家（如郁达夫、徐志摩、郭沫若）开始了他的学术生涯，并于 1987 年以一本研究鲁迅的专著巩固了自己的声誉。[②] 1980 年，耿德华（Edward Gunn）用“不受欢迎的缪斯”指代他所发现的一批身居北京和上海的作家（如苏青、李健吾、于伶、周作人、杨绛、钱钟书），据称他们在中国大陆长期受到官方文学史排挤。[③] 1992 年，王德威讨论从鲁迅到茅盾、老舍和沈从文等作家，以及他们现实主义小说中的矛盾性和复杂性。[④] 在此前的 1980 年代，其他学者也陆续发表了专著，论述诸如丁玲、茅盾、钱钟书、沈从文等具体作家。[⑤]

当然，除了具体作家研究以外，北美的学者还很重视文学流派和作家群的研究。林培瑞（Perry Link）采用社会学研究的方法，考察清末民初中国印刷文化和鸳鸯蝴蝶派都市小说的兴起。[⑥] 安敏成（Marston Anderson）深入探讨争执不休的现实/写实主义概念，把五四的文学革命时期进一步问题化。[⑦] 贺麦晓（Michel Hockx）研究了在文化生产领域中跟现代中国文学社团和期刊有关的文体风格问题。[⑧] 史书美综合全球和地方双重角度对待现代性，重新评判“京派”作家（如废名、林徽因、林淑华）和“海派”作家（如刘纳

---

① Yingjin Zhang, “*Modern Chinese Literatureas Institution*: *Canon and Literary History*,” in Joshua Mostow, ed., *The Columbia Companion to Modern East Asian Literature* (New York: Columbia University Press, 2003), 329.

② Leo Ou - fan Lee, *The Romantic Generation of Modern Chinese Writers* (Cambridge, Mass.: Harvard University Press, 1973); Leo Ou - Fan Lee, *Voices from the Iron House*: *A Study of Lu Xun* (Bloomington: Indiana University Press, 1987).

③ Edward M. Gunn, *Unwelcome Muse*: *Chinese Literature in Shanghai and Peking* (New York: Columbia University Press, 1980).

④ David Der - Wei Wang, *Fictional Realism in Twentieth Century China*: *Mao Dun*, *Lao She*, *Shen Congwen* (New York: Columbia University Press, 1992).

⑤ Yi - tsi Mei Feuerwerker（梅懿慈）, *Ding Ling's Fiction*: *Ideology and Narrative in Modern Chinese Literature* (Cambridge, Mass.: Harvard University Press, 1982); Yu - Shih Chen（陈幼石）, *Realism and Allegory in the Early Fiction of Mao Tun* (Bloomington: Indiana University Press, 1986); Theodore Huters（胡志德）, Qian Zhongshu (Boston: Twayne Publishers, 1982); Jeffrey C. Kinkley（金介甫）, The Odyssey of Shen Congwen (Stanford, Calif.: Stanford University Press, 1987).

⑥ Perry Link, *Mandar in Ducksand Butterflies*: *Popular Fiction in Early Twentieth - Century Chinese Cities* (Berkeley: University of California Press, 1981).

⑦ Marston Anderson, *The Limits of Realism*: *Chinese Fiction in the Revolutionary Period* (Berkeley: University of California Press, 1990).

⑧ Michel Hockx, *Questions of Style*: *Literary Societies and Literary Journals in Modern China*, 1911 - 1937 (Leiden: Brill, 2003)。参见 Kirk A. Denton and Michel Hockx, eds., *Literary Societies of Republican China* (Lanham, Md: Lexington Books, 2008).

欧、穆时英、施蛰存)。[①] 丹敦(Kirk Denton)研究与1940年代胡风及其周围作家群有关主体性问题的争论。[②] 对时代和时期的研究是较为接近文学史的另一种组织形式。王德威突出了在文学领域遭到五四话语压制的现代性的萌芽,从而把中国现代文学的开端往前推到晚清;同样,胡志德(Theodore-Huters)将清末、民初阶段放在中国传统和西方现代性的双重背景下进行研究。[③] 另外,王瑾和张旭东分别考察了1980年代,一个在后毛泽东时代各种对立的现代主义思潮中暴发的文化热现象。[④]

尽管过去20年有关中国文学的英文专著大部分都算不上文学史,它们却从各个方面重塑了中国文学史的景观。一些跟女性或女性文学有关的著作恢复了女性对中国现代文学的贡献;在性别、性话语、情爱等方面所做的新的研究,也极大地丰富了文化生产的领域。[⑤] 事实上,许多学者常常选择一个历史框架来研究具体的主题和题材,譬如跨语际实践(刘禾)、城市的构形(张英进)、审美和政治的重叠(王斑)、中国现代性的表达(唐小兵)、历史

---

① Shu - mei Shih, *The Lure of the Modern: Writing Modernism in Semicolonial China*, 1917 - 1937 (Berkeley: University of California Press, 2001).

② Kirk Denton, *The Problematic of Self in Modern Chinese Literature: Hu Feng and Lu Ling* (Stanford, Calif.: Stanford University Press, 1998)。在1950年代初期,"胡风集团"成为政治迫害的对象。

③ David Der - wei Wang, *Fin - de - siècle Splendor: Repressed Modernities of Late Qing Fiction*, 1849 - 1911 (Stanford, Calif.: Stanford University Press, 1997); Theodore Huters, *Bringing the World Home: Appropriating the West in Late Qing and Early Republican China* (Honolulu: University of Hawaii Press, 2005).

④ Jing Wang, *High Culture Fever: Politics, Aesthetics, and Ideology in Deng's China* (Berkeley: University of California Press, 1996); Xudong Zhang, *Chinese Modernism in the Era of Reforms: Cultural Fever, Avant - garde Fiction, and the New Chinese Cinema* (Durham, N. C.: Duke University Press, 1997).

⑤ 参见 Rey Chow(周蕾), *Woman and Chinese Modernity: The Politics of Reading Between West and East* (Minneapolis: University of Minnesota Press, 1991; Wendy Larson(蓝温蒂), *Womenand Writing in Modern China* (Stanford, Calif.: Stanford University Press, 1998); Ying Hu(胡缨), *Tales of Translation: Composing the New Woman in China*, 1899 - 1918 (Stanford, Calif.: Stanford University Press, 2000); Lingzhen Wang(王玲珍), *Personal Matters: Women's Autobiographical Practice in Twentieth - Century China* (Stanford, Calif.: Stanford University Press, 2004); and Nicole Huang(黄新春), Women, War, *Domesticity: Shanghai Literature and Popular Culture of the 1940s* (Leiden: Brill, 2005)。参见 Jianmei Liu(刘剑梅), *Revolution Plus Love: Literary History, Women's Bodies, and Thematic Repetition in Twentieth - Century Chinese Fiction* (Honolulu: University of Hawaii Press, 2003); Haiyan Lee(李海燕), *Revolution of the Heart: A Genealogy of Love in China*, 1900 - 1950 (Stanford, Calif.: Stanford University Press, 2007)。

和记忆的复杂性（白佑明）、创伤和痛苦的呈现（白睿文）。[①] 基本上来说，现在他们的文本常常包括电影和视觉艺术，有时还包括香港和台湾的作品。

简言之，一方面，我们可以将最近北美的专著当成摧毁一致性和同质性后的各种“碎片”，这些碎片揭露出文学和历史的断裂，因此需要将它们在更大的叙事框架中重新整合，重新写入文学史。[②] 可是另一方面，缺乏一部用英文写成的详尽的中国现代文学史这一现象过于明显，也很让人不解。虽然对整体性消失的共识造成的学术环境应该对这一现象负责任，可是在同样不受欢迎的环境中，北美学界却有各种欧美民族文学史的著作问世。正如斯匹勒（Robert E. Spiller）1948 年所说：“每一代人至少要写一部美国文学史，因为各代人都必须用自己的观点来定义过去。”[③] 用英文写作的中国文学学者放弃叙述性的文学史，以为自己的研究很深入，可是他们当中有多少人能确保不需要反复查阅用中文写成的文学史呢？这种因语言不同而学术各异的情形，不禁让我们想起珀金斯指出的悖论，稍作改动后不妨表述如下：我们不能坚信用英文撰写中国文学史的可能性，可是我们去必须阅读用中文写成的中国文学史。[④]

---

① Lydia H. Liu, *Translingual Practice*: *Literature*, *National Culture*, *and Translated Modernity – China*, 1900 – 1937（Stanford, Calif.: Stanford University Press, 1995）; Yingjin Zhang, *The City in Modern Chinese Literature and Film*: *Configurations of Space*, *Time*, *and Gender*（Stanford, Calif.: Stanford University Press, 1996）; Ban Wang, *The Sublime Figure of History*: *Aesthetics and Politics in Twentieth – Century China*（Stanford, Calif.: Stanford University Press, 1997）; Xiaobing Tang, *Chinese Modern*: *The Heroic and The Quotidian*（Durham, N. C.: Duke University Press, 2000）; Yomi Braester, *Witness against History*: *Literature*, *Film*, *and Public Discourse in Twentieth – Century China*（Stanford, Calif.: Stanford University Press, 2003）; Michael Berry, *A History of Pain*: *Trauma in Modern Chinese Literature and Film*（New York: Columbia University Press, 2008）.

② 丹敦（Kirk Denton）在某种程度上达到了这一要求，他在介绍东亚文学的一部参考书中负责编辑长达 329 页的中国现代文学部分，包括开头的四篇专题长文，及随后 42 篇分述作家、作品、学派的文章；见 Joshua Mostow, ed., *The Columbia Companion to Modern East Asian Literature*, 287 – 616。然而这本书定名为“指南”，竟不敢称文学史。

③ 引自 Elliott, *Columbia Literary History of the United States*, xi。

④ 我怀疑，北美的作品中存在着精英主义的思维方式，原因是学者们所受的“学科惩训”（disciplined）让他们重视“理论”，而轻视诸如文学通史和百科全书等“经验主义”的作品，因而能有效地——尽管或许并非有意识地——复制出全球性的劳工分配，将非西方放在做原始资料研究的“低微”位置，随时需要追赶西方的“高深”理论。但是，英文学界并非不需要综合文学史，最新的例证可见英文翻译版，Hong Zicheng, *A History of Contemporary Chinese Literature*, trans. Michael M. Day（Leiden, The Netherlands: Brill, 2007）；中文版见洪子诚：《中国当代文学史》，修订版，北京大学出版社，2007。

重新想象的整体性：中国大陆的文学史学

与北美注重理论的同行们不一样，中国大陆的现当代文学学者常常务实地坚信历史的整体性及其可表现性。当然，中国大陆现代文学的学科制度化轨迹跟北美的截然不同，大陆传统上以1919年的五四运动和1949年中华人民共和国的成立为分水岭，将该领域分成近代、现代和当代，这一做法突现出文学史的断代，还依赖于强力政治性的时代划分。早在1951年，作为新中国第一批的大学文科教材，王瑶编写的《中国新文学史稿》就把文学史和政治史紧密结合在一起，中国现代文学史因此成为一个逐步朝向毛泽东在1942年延安文艺座谈会上指出的既定的方向或“目的”（telos）发展的运动：“中国新文学的历史，就是在无产阶级思想的领导、党的领导的方向下成长和发展起来的。”[①] 1955年，丁易的《中国现代文学史略》进一步强化意识形态的标准，订正王瑶所著文学史中的“资产阶级”或“小资产阶级”的立场，改用一套更为狭隘的政治标签，把作家分别定为革命的、进步的或资产阶级的；与此同时，中国现代文学已被定义为在无产阶级和统一战线的领导下，为人民大众服务的、反帝反封建、反官僚资本主义的文学。[②] 在文学史学中，这种政治标准所强加的历史“整体性”，意味着学者们必须毫不留情（并非“客观”）地排除作品达不到共产党标准、或不按党的指示路线写作的作家们，所以越来越多的作家在1960年代从现代文学史中销声匿迹。直到1979年，唐弢主编的《中国现代文学史》还继续遵循政治标准，仍然将中国现代文学定义为“无产阶级领导下的人民革命事业的一个组成部分”，强调“文艺斗争是从属于政治斗争的”。[③]

从1980年代后期的“重写文学史”的第一波浪潮开始，年轻一代的学者才对历史中的文学整体性重新考察，开始勾勒不同的现代文学图景，再次引

---

① 王瑶：《中国新文学史稿》上册，上海文艺出版社，1982，第19页。有关讨论参阅 Yingjin Zhang “*The Institutionalization of Modern Literary History in China*, 1922 - 1980,” Modern China 20, No. 3 (1994): 359。

② 丁易：《中国现代文学史略》，作家出版社，1955，第4页。该书应该是最早翻译成英文的中国现代文学史，初版于1959年，比夏志清的小说史要早两年；见 Ting Yi, *A Short History of Modern Chinese Literature* (Port Washington, N. Y.: Kennikat Press, 1970)。

③ 唐弢：《中国现代文学史》第1卷，人民文学出版社，1979，第9、13页。该书第三卷由唐弢与严家炎合编。

进以前遭到官方历史排挤或删除的作家和作品。① 1988年的《二十世纪中国文学三人谈》提出打通"近代文学"、"现代文学"和"当代文学"的传统研究格局的倡议，一方面将"二十世纪中国文学作为一个不可分割的有机整体"，另一方面描述"一个中国文学走向并汇入'世界文学'总体格局的进程"。② 毫无疑问，重写文学史并不动摇对整体性的坚信。从某种程度上说，接踵而来的现代文学经典的修正过程，让人回想起夏志清在1961年在书中为另设文学经典所做的努力；而此时，夏志清的著作在初版28年后于1979年翻译成中文在香港出版，逐渐引起中文学界的关注。③ 当然，中国大陆重写文学史的工程在深度和广度上都远远超过了北美，它恢复了历史整体感的自信（找到了长期遗失的拼图方块），也受到自封的拨乱反正的历史使命感（推翻或重评不公正的政治裁决）的驱动。

重新想象的整体性迅速推进了文学史学的发展，而陈思和的学术生涯正是这一领域扩大的表征。1987年陈思和出版《新文学整体观》，着重阐释了五四启蒙话语及其演变，所以该书自然把通俗文学和占领区文学在历史上边缘化。1993年陈思和讨论传统民间文化与政治领域和思想文化领域的双重脱离。此后，陈思和继续完善一个中国现当代文学的整体观，在国内追述文学跟民间文化传统的相互渗透，在国际上追踪中国文学和世界文学的整合。④ 重新想象的整体性使得陈思和自1999年起开始挖掘社会主义时期的"潜在写作"，即写作时无人知晓、但数年后因政治环境的改变而重见天日的作品。⑤ 自2000年以来，陈思和质疑了比较文学中单向影响的模式，提议一种新的视野，也就是平等看待中国20世纪文学和其他各国文学对世界文学所做的贡献。⑥ 此外，在其主编的深受欢迎的《中国当代中国文学史教程》中，陈思和阐述了自己的文学史理论假设：中国文化经历过"共名"阶段，在这些阶段中，知识分子受到鼓动，追随某种思潮（诸如五四时代的"民主

---

① "重写文学史"这一口号是由《上海文学》杂志于1988年发起的，陈思和与王晓明主持了这一长达一年半的专栏。海外中文杂志《今天》在1990年代沿用同一标题继续进行讨论，由刘禾与黄子平主持。

② 黄子平、钱理群、陈平原：《二十世纪中国文学三人谈》，人民文学出版社，1988年，第1页。

③ 夏志清：《中国现代小说史》，刘绍铭等译，友联出版社，1979。

④ 见陈思和《中国新文学整体观》，上海文艺出版社，1987；陈思和：《民间的浮沉：对抗战到"文革"文学史的一个尝试性解释》，《上海文学》1994年第1期。

⑤ 陈思和：《试论当代文学史的（1949－1976）的"潜在写作"》，《文学评论》1999年第6期，第104～113页。

⑥ 陈思和：《漫谈文学史理论的探索和创新》，《文艺争鸣》2007年第9期，第54～61页。

与科学”，战争年代的“救亡”及社会主义时期的“阶级斗争”等）；从1990年代起，中国文化已进入了一个“无名”阶段，这一阶段各种不同的名称竞相出炉（如“新状态”、“后现代”），无法再为这一阶段找到共识的命名。①

陈思和的文学史是从1960年到2008年10月在中国大陆出版的72部当代史的著作之一。② 从陈思和的例子可以看出，1980年代以来文学史的激增跟大学教学相关，由于高等院校的急速扩招和持续教育的兴盛，需要适合各种不同层次学生的教材，从而给教科书带来了巨大的商机。③ 与北美中国研究领域个人独立研究的著述模式相反，在中国大陆，集体研究才是文学史编撰的常态。政府出资赞助时间长、参与院校多的大型项目，而且高校也竞相资助自己的文学史版本。21世纪以来稳定增长的研究经费进一步促进了这一领域的繁荣，因而对整体性的基本信念毫无改变。这表现在杨义最近提出的“重绘中国文学地图”的雄伟目标上，他试图涵盖少数民族和其他地区的文学：“从整体性上考察中华民族文学的总体特征和它几千年间的生命过程，强化和深化对中华民族共同体意识的认识”。④ 杨义的整体目标让人想起丹纳和卢卡奇的观点，即将文学史看做一个可靠的——事实上被理想化的——探寻和重建民族性和历史意识的手段，也是一种创造话语连续性、给予国族文化合法性的手段。

值得注意的事，最近一些学者开始在理论、研究方法、甚至教育学层面上挑战近来关于重新想象的整体性的共识。郜元宝认为“大而全”的历史学混淆了宏大历史和文学史的界限，并使后者濒临瘫痪，或只能作为前者的一面被动的镜子。⑤ 他突出文学和社会发展之间显而易见的分离性和不相容性，预见一种自下而上、而非自上而下的方法，用于研究偏好细节的、全异的、

---

① 陈思和：《中国当代文学史教程》（第二版），复旦大学出版社，2005年。截至2008年12月，这本教程18次再版，发行量高达17万5千册。其实，我以为，描述1990年代以来的文学，“无名”不如“多名”更为确切。

② 见许子东：《写作时间与文学史现场?》，北京大学中文系编《“五四”与中国现当代文学国际学术研讨会论文》，2009年4月，第135页。

③ 有人估计，从1880到1994年，共有1600多部中国文学史出版；另一估计，到2000年左右，共有2885本跟中国文学史有关的书籍问世。见张泉《现有中国文学史的评估问题》，第54~55页。据报道，到2006年，中国有两千万在校大学生；见陈思和《漫谈文学理论的探索和创新》，第52页。

④ 转引自张泉《现有中国文学史的评估问题》，第56页。

⑤ 郜元宝不无感慨地意识到自己也参与过巨型的综合文学史的合编工作，即程光炜、吴晓东、孔庆东、郜元宝：《中国现代文学史》，人民文学出版社，2007年第2版。

常常纠结各种“文学故事”的文学史。① 程光炜也对大一统的文学史表示不满，呼吁用“陌生化”来进行干预。对绝大部分学者来说，经过许多年的中学和大学教育，中国现代文学史的历史叙述已经耳熟能详，他们“受训”太久，对所学的作家和作品过于同情，而不能成功地“重新思考”文学史。② 当然，程光炜承认他还在继续寻找实现陌生化的方法。

与此同时，陈平原重温中外文学造诣甚高的大学者钱钟书对理论的质疑。在钱钟书看来，“那些冠冕堂皇、体系严密的理论大厦，迟早会坍塌，变成无人光顾的遍地瓦砾”；从钱钟书细研“文明的碎片”这一嗜好出发，陈平原提出一个“重建”而非“重写”文学史的计划。③ 具体而言，陈平原主张“撬开大门，从缝隙中窥探文学史建构中的若干问题，反省、质疑、重构世人所熟悉的文学史图像。”④ 用这样一种激进的——虽然还是猜测性的——方式，陈平原问道：假如没有“文学史”，我们将如何思考、教学、著述？他列举出的直接效果包括“不成体统”的“破碎知识”、“片断化”的学术知识、“不寻常规”的“越界操作”、和“罔顾学界共识”的“固执己见”。⑤ 陈平原猜测的有趣之处，就在于他已经充分认识到，在传统的中国学界和后现代的西方学界中同时存在着质疑统一性和整体性的学术传统，虽然他也知道在中国大陆，由于文学史在高等教育中的意识形态功能以及出版文学史教材丰厚的商业利润，文学史的垄断地位很难改变。尽管如此，我认为陈平原这种猜测式提问方法，跟郜元宝的“文学故事”和程光炜的“陌生化”等提议，都有助于大陆学界对采用新方法重新阐释文学史的呼声。

重返主体性：比较文学史的理论与实践

再回到北美，我认为文学史学的另外一种视野在最近发展的比较文学史的理论和实践中得到体现。有趣的是，尽管过去的 30 年间北美后结构主义和后现代研究盛行，文学史学却并没有消失。早在 1984 年，利普金（Lawrence

---

① 郜元宝：《没有文学故事的文学史：怎样讲述中国现代文学史》，《南方文坛》2008 年第 4 期。

② 程光炜：《文学史研究的“陌生化”》，《文艺争鸣》2008 年第 3 期。

③ 陈平原：《重建文学史》，《现代中国》2009 年 4 月第 12 期。参见陈平原：《文学史的形成与建构》，广西教育出版社，1999。

④ 陈平原：《假如没有“文学史”》，《读书》2009 年第 1 期。

⑤ 陈平原：《假如没有“文学史”》，《读书》2009 年第 1 期。

Lipking）就几乎放弃文学史，将其描述成“一种靠不住的、不得体的、迷惑人的作品，不可能达到完美。”[①] 然而，到了1995年，虽然他还是对急促变幻的学术时尚大失所望，可是却很高兴看到“好的文学史依然在跌跌撞撞地前行”，而且“撰写文学史的不可能性并未阻止学者们的尝试和成功。”[②]

显然，对历史整体性消失的共识并没有阻挡学者们探求其他再思考文学史的方式。对瓦德斯（Mairo J. Valdes）和哈琴（Linda Hutcheon）来说，文学史的“‘再思考’并不是多一次思考；而是重新思考。”[③] 他们受到布罗代尔（Fernand Braudel）所采用的、备受尊崇的法国年鉴学派的历史研究方法的启发，试图建构一种新的“比较文学史”，“即突出过去和现在相互阐释的辩证运动，又将文学研究推广到美学的和形式的语境以外，并兼顾相关的政治学、人类学、经济学、地理学、历史学、人口学和社会学的研究，以充分阐明某一文学的各种语境。”[④] 就其雄心勃勃的规模来看，比较文学史让人想起上文提到的米特里的“恰当的”电影史。具体而言，比较文学史的定义是：“在特定的社会和文化语境下对文学的生产和接受进行一种协作式、跨学科的研究”；而且，瓦德斯补充道，“不再需要把民族国家作为范本。”[⑤]

这种大型的协作式研究被命名为“文学史工程”，1993年原本由世界比较文学协会（ICLA）发起资助的包括诸多作者的多卷本历史，1996年到2001年由加拿大国家社科人文基金会资助，由多伦多大学执管。最初，该工程由三大不同的比较文学史组成，分别是拉美文学、非洲离散文学以及中欧东欧文学。[⑥]

---

① 引自 Linda Hutcheon，Djelal Kadir，and Mario J. Valdés，“*Collaborative Historiography*：*A Comparative Literary History of Latin America*”（American Council of Learned Societies Occasional Paper，No. 35，1996），12。

② Lawrence Kipling，“*A Trout in the Milk*，” in Brown，ed.，*The Uses of Literary History*，12.

③ Mario J. Valdés and Linda Hutcheon，“*Rethinking Literary History – Comparatively*”（American Council of Learned Societies Occasional Paper，No. 27，1994），1，第2~3页。

④ Mario J. Valdés and Linda Hutcheon，“*Rethinking Literary History – Comparatively*”（American Council of Learned Societies Occasional Paper，No. 27，1994），1，第2~3页。

⑤ Mario J. *Valdés and Djelal Kadir*，eds.，*Literary Cultures of Latin America*：*A Comparative History*（New York：Oxford University Press，2004），Vol. 1：xix.

⑥ Valdés and Linda Hutcheon，“*Rethinking Literary History*，” 7 – 10。最初由杰依弗（Biodun Jeyifo）和盖茨（Henry Louis Gates，Jr.）负责编写的非洲离散文学的项目显然最后没有落实。关于世界比较文学学会的赞助，参见 Marcel Cornis – Pope and John Neubauer，eds.，*History of the Literary Cultures of East – Central Europe*：*Junctures and Disjunctures in the 19th and 20th Centuries*（Amsterdam：John Benjamins，2004 – 2007）的前三卷；该书的第四卷原定于2009年6月出版。关于为期十年的三卷本拉美文学项目的合作与赞助，参见 Valdés and Kadir，*Literary Cultures of Latin America*，Vol. 1：vi。

拉美文学部分有来自三大洲22个国家的242人参与写作，瓦德斯将这一项目的目标定义为："多样性，而不是统一性；不同视角的观察，而不是太空高处的总览。"① 他拒绝"一种并不少见的简单化的幻觉……即文学'经典'都是天才们超越时间和与普通生活经历的作品"。② 就像霍尼尔的法国文学史一样，瓦德斯的三卷本著作力图"建构一种开放式的历史，一种可以从多个点进入，从多个相关的、有见地的、集中的叙述线条展开的历史"。③ 最终，该项目意欲"创造一个协作性的研究方法，以不断开启新的探寻之路，一个不止步于官方历史的研究方法"。④

库西纳（Eva Kushner）也同意这种比较文学史的看法，她不再把文学史想象成一个"纪念碑的故事"，而是彼此具有潜在交流关系的多个项目。她还鼓励大家欢迎"文学史领域事实上存在的开放性和多样性"，并且"不仅仅将其当成一种必要，而且当做一种契机"来接受。⑤ 据哈琴的判断，比较文学史所提供的契机在于："不再把研究文学生产的重点放在民族国家，即通常以单一种族和单一语言为基础的民族历史模式上"；简而言之，她拒绝"19世纪以来文学史的目的论（线性的、因果式的、连续的）"。⑥ 她指出比较的、跨国家视野的文学史的特征是"灵活的、非整体化的（或者说不可能被整体化的），并且有足够的空间去应对由电子科技和大众文化所带来的对历史感受的异质化影响"。⑦ 当然，促成这种异质化影响的还有当今全球化时代大规模的移民和离散生活。对哈琴来说，一种真正的比较项目的成功之处，在于抓住了最近几十年的文化批评对巴赫金（Mikhail Bakhtin）"对话论"（dialogic）阐述所累积形成的多种概念："混杂性、灵活性，以及愿意面对争议却不试图找到解决办法的态度，以及这三者之间的联系；对封闭性的抵制、对单一反

---

① Hutcheon, Kadir, and Valdés, " *Collaborative Historiography*," 2，第4页，第5页，第8页。

② Hutcheon, Kadir, and Valdés, " *Collaborative Historiography*," 2，第4页，第5页，第8页。

③ Hutcheon, Kadir, and Valdés, " *Collaborative Historiography*," 2，第4页，第5页，第8页。

④ Hutcheon, Kadir, and Valdés, " *Collaborative Historiography*," 2，第4页，第5页，第8页。

⑤ Eva Kushner, " *Comparative Literary History in the Era of Difference*," in Associa o Brasileira de Literatura Comparada (ABRALIC), ed., Canones&Contextos: 5 Congresso Abralic - Anais (Riode Janeiro, Brazil: ABRALIC, 1997), Vol. 1: 49.

⑥ Linda Hutcheon, "*Rethinking the National Model*," 8，30，第26页，第30页。

⑦ Linda Hutcheon, "*Rethinking the National Model*," 8，30，第26页，第30页。

应的怀疑，以及对过去作为‘他者性’的极度敏感，因为那个过去与现在直接相关。”①

从理论上来说，巴赫金的对话不同于普通意义上的对话。既然“普通对话的前提是另一方的回应”，瓦德斯认为“阅读历史从来就不是一种对话”，因为在历史中发言的声音已经消失，所以历史学家和“读者”只能相互进行对谈：谈论过去，更确切地说，谈论“怎么通过不同的方法重建过去，以及有多少重新恢复过去声音的可能性。”② 这一对话论的概念拒绝实证主义的客观性，把主体性还给史学家和读者。通过“主体间的”（inter subjective）对话关系，过去和现在进行互动对谈，总体和碎片形成一种辩证的关系：“文学史从人类经验到的主体间的整体中发现的现象，是通过对文献、作者所处的环境和过去的阅读和描述才得以建构的。”③ 主体间对话关系的重视，让人想起艾列特这一激进的表述：“过去是历史学家根据一些凭自己的感受和兴趣所筛选出来的文献得出的推论，除此之外，没有过去。”④

在撰写实践上，瓦德斯和他的《中欧、东欧文学文化史》的合作者们，尤其是主编珀普（Marcel Cornis Pope）和纽堡尔（John Newbauer），研究出了一套比较文学的枢纽点系统。一方面，他们拒绝“有机体论”（organicism）对国族文学发展的线性叙述：从想象中的起源（花种）到成长（花蕊）、成熟（花开），然后要么注定走向衰弱（花落），要么达成末世论的圆满功德；另一方面，他们又避免霍利尔文学史的后现代百科全书的形式（事实上，后者的法文增订版中已经把“史”这个字删掉了）。⑤ 珀普和纽堡尔认为，民族国家的历史对中东欧这个世界上文化最为多样化的跨民族区域至关重要，不同的文化应该在比较的框架下进行对话。在方法论上，这种对话启用“枢纽点”（node）——既是“通向未来发展的起点”，又是“网络中多条发展线索交接的一点”——这一概念。⑥ 由此，枢纽点的作用就像一个网络中枢，多个枢纽点之间呈动态过程：对外离心式地输送本地区的文化资源，对内向心

① Linda Hutcheon, “*Rethinking the National Model*,” 8, 30, 第26页，第30页。

② 见 Cornis – Pope and Neubauer, *History of the Literary Cultures of East – Central Europe*, Vol. 1: xv, 第 xvi 页。

③ 见 Cornis – Pope and Neubauer, *History of the Literary Cultures of East – Central Europe*, Vol. 1: xv, 第 xvi 页。

④ Elliott, *Columbia Literary History of the United States*, xvii.

⑤ Denis Hollier, ed., *De la littérature francaise* (Paris: Bordas, 1993).

⑥ Cornis – Pope and Neubauer, *History of the Literary Cultures of East – Central Europe*, Vol. 1: xiv.

式地吸引创意人员及机构。

珀普和纽堡尔的四卷本《中欧、东欧文学文化史》符合他们所倡导的多样性，先后五次重复描绘200 年间该区域的文学生产，每次都从一个枢纽点出发。首先，它突出了时间枢纽点，并且选择了八个在政治史上重大的日期和年份（时间点和时间群）。其次，它重温了传统文学史的一些概念，诸如文类、运动、时期等，将其视为文学枢纽点，把他们作为一种变化的而非跨历史的范畴，并且分析它们同歌剧、电影等多种媒体的联系。第三，它描述了地形枢纽点（例如城市，边疆等），及其在多元文化和杂合身份形成中的作用。第四，它考察了诸如出版社、审查机构、剧院、学院等机构枢纽点，并且评价它们在本国和国际上的影响。最后，它研究想象中的或是历史素材中的形象枢纽点，将其看做通过写作、阅读、经典化和压制而构成的题材。所有这些枢纽点并不孤立存在，它们彼此间形成互动的辩证关系。①

珀普和纽堡尔的比较文学史围绕着枢纽点组织材料，“由很多微型文学史——也就是 些地方化的、从某一角度出发的、有具体场景的故事——所构成，而这些故事是不能当做总揽全局的有机系统的象征或比喻的”。② 最具新意的是，这种非有机、非总体化的模式有时候用反年代顺序的方式呈现时间枢纽点：从最近世界史上很关键的 1989 年（柏林墙的摧毁）开始，跳跃式地回到 1956/1968、1948、1945、1918、1867/1878/1881、1848 直至 1776/1789。反向排列的历史枢纽点加强了这一文学史项目的副标题所强调的历史的“断裂性”（disjuncture），从而即便没有打消，也至少减了任何赋予历史必然规律的企图。它通过强调“现时主义”（presentist）的立场，进一步突出史学家变动的主体性，将对历史偶然性的认识变成文学史的结构原则：“着力于不同枢纽点使得所有的枢纽点都变成相关的。”③ 结果，各种不同的历史，宏观的也好，微观的也好，既彼此竞争，又相互补充，在同一叙述中多声音、多地点地共存推翻了单线进化史的神话，同时也颠覆了向读者灌输这一历史观的上帝般全知叙述者的权威。

比较文学史反单一性的做法将我们带回瓦德斯赋予史学家和读者的主体

---

① 关于进一步详述，见 MarioValdés，“*Rethinking the History of Literary History*，” in Hutcheon and Valdés，eds.，*Rethinking Literary History*，103 – 105。

② Cornis – Pope and Neubauer，*History of the Literary Cultures of East – Central Europe*，Vol. 1：18，第 34 页，第 xvi 页。

③ Cornis – Pope and Neubauer，*History of the Literary Cultures of East – Central Europe*，Vol. 1：18，第 34 页，第 xvi 页。

性，更确切地说，是史学家作为读者的主体性："谁能像一个探险者一样去阅读历史，谁就能把握历史的统一性。"[①] 他企望史学家作为一个乐于探险的读者，能够质疑现有对文学史的整体性的共识看法，并且能够先发制人，着手发掘在历史结合点和分裂处的间隙（interstitial）中、在二者的互动下存在的各种文本的印迹，从而达到对文学和历史的新的认识。同样，在伯克维奇（Sacvan Bercovitch）为其主编的八卷本《剑桥美国文学史》（1994～1996）所绘的路线图中，我们可以看到两条途径："一条指向对差异性的发现，即文学史得以展开的间断和不连续性。另一条指向对连续性的认同：共同的焦虑、兴趣和灵感，支撑着我们感知这些冲突，并且因此把某种凝聚力（职业上的、思想上的，以及辈分上的）强加在差异性之上。"[②] 类似瓦德斯的做法，伯克维奇在突出主体性的时候，既重视对差异性的发现，又不忽略对连续性的认识。他主张采用"一种多音叙述的策略"，其巨型美国文学史项目由此"通过大规模叙述的复调来展开"。[③]

结语：中国现当代文学史中的间隙与互动

伯克维奇的用词"多音"（multivocal）和"复调"（polyphony），表示音乐的概念与当今文学史的再思考有直接的相关性。的确，布朗便试图"将文学史音乐化"，他敦促我们"将文学作为交响乐进行再思考，就像把过去的各种不同声音和话语按时间顺序会合在一起，以引起我们的注意"。[④] 像伯克维奇和瓦德斯一样，布朗也赞同留心各种历史声音的史学家的主体性。他预测说："在微不足道的奇闻逸事（尽管不是所有的逸事都微不足道）和整体性的体系（尽管并非所有的体系都属于霸权）两难之间选择，对偏离和细节敏感的历史……无论好坏，都能在表达凝结成设定好的时代标志之前，恢复它

① Cornis - Pope and Neubauer, *History of the Literary Cultures of East - Central Europe*, Vol. 1: 18，第 34 页，第 xvi 页。

② Sacvan Bercovitch, ed., *The Cambridge History of American Literature*, Volume 1, 1590 - 1820 (New York: Cambridge University Press, 1994), 4，第 4 - 5 页。

③ Sacvan Bercovitch, ed., *The Cambridge History of American Literature*, Volume 1, 1590 - 1820 (New York: Cambridge University Press, 1994), 4，第 4 - 5 页。

④ Marshall Brown, "*Rethinking the Scale of Literary History*," in Hutcheon and Valdés, eds., Rethinking Literary History, 140, 143。

们原来的印迹。"[①] 布朗的想象代表了后现代学术的特点，其研究重点在于过去与现在、主体与客体、文学和历史的间隙和过渡状态，与此同时，却并不完全否定表意系统的可能性。

事实上，"系统"这一概念应该列位于比较文学史议事日程的首页。瓦德斯对比较文学史的定义是，"它把文学作为在一种语言区域内或多种语言区域间进行的文化交流过程来研究，同时并不试图减少文化的多样性"。[②] 把文学文化当作"交流系统"这一观念将瓦德斯的模式同另外两种相互对立的方法区别开来：一方面，"纪念碑式的"（monumental）文学史提供了一种"天才和杰作的游行表演，它所提出的思想、写作风格和创造性脱离社会现实，从而使文学脱离语境"；另一方面，"古董收集式的"（antiquarian）文学史"认为所搜集的所有过去的东西都有价值，放弃了当今的批判意识"。[③] 同上述两种静态的文学历史观相反，瓦德斯的模式提出了一种在不同层次相互辩证作用的动态系统，他说：

> 文学史不能只用来解构过去的权威，或重构当前的意识形态范式。文学史的阐释学基础既跟所收集的过去的事件相互作用，又与现在发生互动。事实上，我们所提议的文学史包含双层辩证关系：第一层是构成过去的事件和历史学家对这一事件的重建；第二层是历史学家同其他历史学家，与过去、现在和将来的辩证互动关系。[④]

概述而言，比较文学史的第一个特点是，它认为应该超越后现代的做法，即不仅仅解构纪念碑式文学史所坚信的"整体性"和古董收集式的文学史不加分辨的搜罗旧材料的习惯。第二个特点是，它认为在一个涉及文学作品的生产、规范、传播和接受的动态交流系统中存在着不同枢纽点之间的间隙和互动，并把适宜在这种环境中生长的文学文化进一步理论化。第三个特点是，它提倡学习自然科学和社会科学领域所采用的协作的研究方法。这样看来，比较文学史对北美和中国大陆的现当代中国文学史学都颇有启示。对北美学者来说，一个重大的亟待填平的研究空缺，就是英文版的中国现代文学通史的缺失。整体性的消失不足以成为解释这一缺失的借口，一部权威的通史在

---

① Marshall Brown, "*Rethinking the Scale of Literary History*," in Hutcheon and Valdés, eds., Rethinking Literary History, 140, 143。

② Mario Valdés, "*Rethinking the History of Literary History*," 75，第 74 页，第 93 页。

③ Mario Valdés, "*Rethinking the History of Literary History*," 75，第 74 页，第 93 页。

④ Mario Valdés, "*Rethinking the History of Literary History*," 75，第 74 页，第 93 页。

读者看来是某一领域成熟的重大标志，况且用符合当今概念的话语阐释过去，这乃是新一代学者义不容辞的责任。对国内的学者来说，比较文学史的形式引人深思。正因为大多数现存文学史教材要么是纪念碑式的（大学教材），要么就是古董收集式的（研究资料），若想探究重新展望中国文学史的其他样式，可谓是一个严峻的挑战。首先，从理论上来说，单一的宏大历史依托于一种有机的、进化论的，甚至是目的论的模式，这种模式的叙述方式注重因果关系和有序性，是单向线性的叙述，因此我们应当对这一宏大历史的合法性进行再思考。通过把当前的共识“陌生化”（程光炜的提议），我们能够在一大批不时打断中国现当代文学史进程的间隙和断裂之中发现差别，甚至异议。格林布拉特（Stephen Greenblatt）所提出的“断裂的必要性”（need for rupture）也适用于中国的情形：

> 撰写文化史的时候，我们需要具有对偶然判断的敏锐意识，而不是有机的理论；需要对误入的方向加以说明，而不是对逐渐出现的现象进行叙述；需要记载肉欲的、血腥的、非自然的行为，而不是讲述有源可循必然发生的故事；我们需要了解殖民、放逐、移民、游荡、玷污和出乎意料的结局，也需要了解贪婪、渴望和焦躁的强烈悸动，因为形成历史和促使语言传播的正是这些破坏性的力量，而不是对正统文化固定不变的意识。语言是所有的人类创造中最不可靠的。就像语言的使用者，语言本身对边界毫无敬意；正如想象，语言最终是不可预测，无法控制的。①

现当代中国文学遭受各种破坏性力量的摧残，这些力量大多是不可预知的，并最终被认为不合乎历史和文学规律。从被禁的表达和失去的声音的间隙中寻回历史（例如陈思和的“潜在写作”）会大大削弱同质性和单一性的神话，并丰富中国现代文学的音符——既包括杂音，也包括谐音。

其次，从方法论来说，类似于格林布拉特的提醒，我认为既然语言不重边界，比较文学史就应该鼓励跨边界的研究——多地方、跨区域、跨国界、跨学科。中国现当代文学史中这类例子不胜枚举，譬如最初文言文向白话文这一语言上的跨越，以及许多作家在城市与乡村、南方与北方、沿海和内地、中国和日本、欧美及其他地区穿梭往返。重新审视现当代中国文学众多性质

① Stephen Greenblatt, " *Racial Memory and Literary History*," in Hutcheon and Valdés, eds., Rethinking Literary History, p. 61.

相近或各异的时间枢纽点、文学枢纽点、地形枢纽点、机构枢纽点和形象枢纽点之间的辩证关系，我们会发现一个富有多样性、杂合性和偶然性的历史，一个不仅局限于反映某种一成不变的民族性或某种既定命运的历史。

再次，从叙述上来说，比较文学史培育了一种多层面的模式，让史学家、文本和读者之间能够进行灵活的、多声音的、有效的交流。瓦德斯将“有效的文学史”（包括比较的文学史）当做“一个质疑多种封闭的系统，并将其重新语境化为开放式的系统。”[①] 为了让这种新的对话论系统保持开放，它一方面必须抵制那种利用文学来证明过去的历史意识和当今的思想范式的宏大叙事，另一方面寻求地方文化的、有情境的、常常被传统的文学史排挤的“微观历史”（microhistories）。从某种意义上说，这些微观历史所起的作用类似于郜元宝的“文学故事”，因为两者都试图追踪多样的、偏离的、交叉的道路和枢纽点，同时并不隐藏他们之间的冲突和抗争。

瓦德斯提醒我们重视法国年鉴学派提供的两条重要启示：第一，就像大地上迂回的河流一样，文学史是一个充满了巨型裂变、不断回流的、时走时停的不连续的过程；第二，只有语境化之后，史实才能成为事件。[②] 关于第一条启示，我们不妨以黄河为喻：汹涌横穿中原、势不可挡的黄河在历史上曾经多次改道，有多少废弃，甚至干涸的河道被置之身后？而对此废弃现象文学和历史又有多少描述？换言之，历史应该同时关注顺流（发展）、迂回（倒转）、干枯（停滞）等状态。关于第二个启示，我们可以参照格林布拉特的研究，挖掘以往不入史册的“逸事”（anecdote），从而重建了不同以往的英国“文艺复兴”的新历史。新历史主义给予这些逸事和微观历史第二次生命，它们可以通过重新语境化、重新建立预想不到的联系，来发掘被遗忘的记忆和失去的声音的遗迹；它们可以打开通向文学史的一条新的入口，让读者重新思考、体验他们所熟悉的历史。这种方式因此跟宏大的“黑格尔式”史学的统一性绝然不同。[③]

从比较文学史的角度反思现当代中国文学史的研究，我觉得我们应该注

---

① Mario Valdés，“ *Rethinking the History of Literary History*，” p. 69.

② 见 Cornis – Pope and Neubauer，*History of the Literary Cultures of East – Central Europe*，Vol. 1：xiii。

③ 见 Joel Fineman，“ *The History of the Anecdote*：*Fiction and Fiction*，” in H. Aram Veeser，ed.，*The New Historicism*（London：Routledge，1989），pp. 49 – 76；Catherine Gallagher，“ *Counterhistory and the Anecdote*，” in Catherine Gallagher and Stephen Greenblatt，eds.，*Practicing New Historicism*（Chicago：University of Chicago Press，2000），pp. 49 – 74。

意三个方面。第一是陌生化知识：破除对“历史规律”的迷信，考察文学史的间隙、断裂，挖掘失去的声音，重建多声部——包括噪音与谐音共存——的对话性交响。第二是跨边界研究：建构跨地点、跨区域、跨国界、跨学科的视野，重整不同枢纽点的特点，对其对话性的互动和传播进行比较研究。第三是多元系统观：比较文学史是一个开放的传播系统，即放弃既定的整体性，又强调史学家的主体性，倾听微观历史和“文学故事”，开放以往封闭的系统，以求各个系统间的互动。

［原载《文艺争鸣》2010 年 1 月号（上半月）］

世界性、浪漫主义与中国小说的道路

·陈晓明·

中国文学发展至今，它是更加具有世界性，还是更执著地走中国的道路？这样的提问，似乎可以用“越是民族的，就越是世界的”这种命题回答。实际上，且不说这种回答还是“民族的”自我论断，重要的是，它还是没有具体回答“民族的”将是“世界的”什么？世界的一部分吗？还是世界的核心价值的体现？此一追问，则是揭示“世界性”问题隐藏的奥秘。“世界性”提问的要点及难点，正在于“世界性”是被作为一种具有普适性的而又是最高的艺术价值体现来理解的。此种理解的前提在于，西方价值一直是被当做现代规范性的价值来表述的，是其他文化进入现代应该学习和追求的范本。对于中国来说，历经了一百多年的学习，在文化上，中国与西方可以说是接近与重合的方面愈来愈多；但总有那些文化最为根深蒂固的方面，始终难以达成完全的契合。例如，文学方面，进入21世纪，随着中国更深地卷入全球化过程，中国的城市生活与西方发达国家也相当地接近，但文学上却是另一番景象。尤其是走向成熟的作家，近些年的写作，却是在乡土叙事方面有长足的进步——这几乎与全球化的现实背道而驰。实际的情形是，近些年在乡土叙事方面的作品，已经显露出中国小说气象万千的格局。更加成熟的乡土叙事向着作家个人风格和小说艺术之炉火纯青的境界行进。在“全球化”的这个华丽布景参照下，中国当代文学呈现出完全不同的“土得掉渣”的样子，然而却又因此真正有了自己的形状、气质和格调。这就要让我们去思考，是什么原因，导致中国当代文学难以（甚至不愿）进入“世界性”的经验。在世界经济一体化的时代，中国文学并不理会这种世界性，它将要以何种方式重构自身的全球化/世界性经验？

它是在世界之外吗？这一追问显得过于极端；但我们还是不得不思考这样一个问题：即中国文学似乎总是与世界现代文学有区分，它似乎区隔于世界文学的另一侧面，以它的方式默默走着自己的路。这样的道路既受着西方文学的深刻影响，却又并不如出一辙；相反，渐行渐远，它会殊途同归吗？也许在它们相距最远的那一刹，我们才能感受到/想象到它们在精神上的相通（民族性与世界性的重合）。但这样的时刻显然还没有到来，我们还要去理解它们的差异，这样的差异值得去探讨的问题在于："世界性"的文学进入现代以来，是否有共同的或不同的文化根基？例如，本文关注到"浪漫主义"文化在现代的兴起这一问题，在把浪漫主义看成现代文学艺术的文化基础这一理论视野中，我们看到西方现代以来文学与中国现代以来的文学所走的不同的道路。如果有不同的文化根基，是否意味着世界性的普适性很长时期不可能建构起来，那么秉持普适性的世界性美学标准是否公正？那么，如何去达成具有未来面向的文学世界性美学标准呢？当然，我们这里严格限定于美学价值，因为，在人类普遍关怀的价值方面，我们无疑会找到更多的认同。在文学与审美经验方面，我们却又不得不去思考，可能随着社会化的世界性经验的积累，美学方面的建构会显得更加复杂微妙，其基本规则很可能是通过体现民族本位的充分性，才拓展世界性的边界，因而这才有真实的抵达。本文试图去揭示世界性不同的文化根基，认识不同文化中的文学形成差异的历史依据；从而在差异和区分中，看清他们当下的道路和未来共同建构世界性的方向。

一　文学的世界性意义是否可能？

这样的追问是去清理中国当代文学的现代发生源流，不从根本上去清理，我们并不能真正理清中国文学的世界性问题。

当然，我们首先会发问，何谓世界性？何谓文学的世界性？是否有一种世界性？为什么最后一问才问"有"或"没有"？因为有或没有并不能首先发问，它只能是在给予的条件下提问去寻求，有或没有，并不是一个本体论的、实存的存在，而是取决于怎么样的"世界性"。世界性如果存在，那也只是这样的世界性存在；那样的世界性不存在，那也只是那样的世界性的不存在。

我们只能讨论这样的世界性，仅仅是这样的"世界性"。这就是在后现代的时代，我们还要讨论"世界性"，还可能讨论世界性的前提。"这样的"的世界性是怎么样的世界性呢？我们首先面临哲学上的一般认识论的问题，即它是普适性的，还是多样性的包容？即只有一种标准化的世界性，还是以民族特性为本位的多样化的世界性？前者当然也不是一个封闭的、单一的、僵化的世界性，它也具有在哲学的、美学的意义与价值的不同层面可延展的多样化，如果在这一层面，当然不难理解，因为诸如对人性的复杂性和多样性的揭示，可以抵达这种世界性，世界性实际上是一种更高级、更复杂、更深邃或更深远的一种意义而已。通过阐释和比较，这种意义无所谓其所表现的生活和人物。例如，完全可以论证鲁迅、茅盾、巴金的作品具有世界性的主题和思想意义。但难题显然是在一种艺术水准——也就是艺术表现方式所达到艺术高度是否具有世界性。世界性与其说是一种意义问题，不如说是一种高度问题。这一直就是讨论中被混淆而且始终无法厘清的问题。

关于中国文学的“世界性”的问题，比较文学界曾经有过热烈的讨论，这主要是从影响的语境来阐明中国现代文学中的世界性因素。中国比较文学界要在世界文学的框架中来讨论中外文学的关系，势必要关注到中国文学以何种方式、在何种程度上与世界文学发生关系。2000 年，由北京大学比较文学研究所发起关于中国文学的世界性因素研讨会，北京大学比较文学研究所还因此出版了研究专号。其中最有影响的文章当推陈思和先生的长文《20 世纪中外文学关系研究中的“世界性因素”的几点思考》，这篇文章可以看成是当代中国对中国文学的“世界性因素”论述最为全面透彻的文章。在这一篇文章中，陈思和解释“世界性因素”说：

> “世界性因素”是我针对 20 世纪中外文学关系研究提出的理论设想之一。这个语词也包括了两种研究的视角：一是因为中国在 20 世纪被纳入世界格局，它的发展不能不受到世界性思潮的影响，在文学领域，世界文学思潮也同样成为中国的外部世界而不断刺激、影响中国文学的发展进程，形成了“世界/中国”（也即“影响者/接受者”）的二元对立的文化结构；二是既然中国文学的发展已经被纳人世界格局，那它与世界的关系就不可能完全是被动接受，它已经成为世界体系的一个单元。在其自身的运动（其中也包含了世界的影响）中形成某些特有的审美意识，不管与外来文化的影响是否有直接关系，都是以自身的独特面貌加入世界文学行列，并丰富了世界文学的内容。在后一种研究视角里，世界/中国的二元对立结构不再重要，中国与其他国家的文学在对等的地位上共同建构起“世界”文学的复杂模式。本文所偏重讨论的，即是后一种研究视角下的“世界性因素”。①

陈思和这篇文章重在从比较文学角度来审视中外文学关系中的世界性因

---

① 参见《中国比较文学》2001 年第 1 期。

素，他强调说："何谓'世界性因素'，我觉得在考察20世纪中国文学现象时很难区别什么具有'世界性'，什么不具有'世界性'，因此本课题研究的'世界性'不反映对象的品质，只反映讨论方法的视野。"① 陈思和这篇文章提出了关注中国文学世界性的重要性，但他重在讨论发现这种"世界性因素"的研究方法。后来在《中国现当代文学十五讲》中，陈思和又以"探索世界性因素的典范之作：《十四行诗》"为专章，论述冯至的十四行诗中的世界性因素。他在这里定义了文学中的"世界性因素"：

> 它是指20世纪以来中国与世界交往与沟通的过程中，中国作家与世界各国的作家共同面对了世界上的一切问题与现象，他们站在各自不同的立场上对相似的世界现象表达自己的看法，由此构成一系列的世界性的平等对话。世界性因素的主题可能来自西方的影响，也可能是各个国家的知识分子在完全没有交流的状况下面对同一类型现象所进行的思想和写作，但关键在于它并非是指一般的接受外来影响，而是指作家如何在一种世界性的生存环境下思考和表达，并且如何构成与世界的对话。一部中国现代汉语诗歌运动的历史，可以说是在一系列世界性因素的主题关照下发展起来的，而冯至的诗歌创作尤其是突出例子。②

陈思和致力于通过一个诗人的具体创作来把握"世界性因素"，这是值得肯定的思考方向。他揭示出一种可能产生世界性因素的情境，这是由影响、对话、各自的思考与写作以及对世界性因素的主题关照等构成。很显然，陈思和并未从文学作品本身的美学品质来论述世界性因素，世界性因素这里主要还是由一种世界空间里的不同民族、不同语言的文学交流与影响的语境。陈思和转向具体讨论冯至的诗歌创作时，主要是发掘冯至在受到里尔克的影响后诗歌创作发生的变化。这确实可以呈现出中国现代诗歌创作与世界诗歌交流的语境，但冯至的诗就此具有了世界性因素，还是一个有待分析的论域。陈思和分析说，冯至成功地把里尔克的创作经验置至中国抗战的背景之下，把十四行诗的形式与里尔克式的沉思真正地中国化了。"显现了中国诗人在国际化的语境里与世界级大师对话的自觉。"

理论上来说，诗人或作家在创作中受到"世界级大师"的影响，甚至写作本身就是与世界性大师对话，他的作品理应是具有世界性的内涵品质。但

---

① 参见《中国比较文学》2001年第1期。

② 陈思和：《中国现当代文学十五讲》，北京大学出版社，2004，第196～197页。

文学创作实际上又深受诗人作家个人性格心理及经验的影响，同时还有时代的民族的迫切要求的影响，那些与世界级大师对话的写作，转化为完成具体作品，能保留多少世界性的因素，则还是一个疑问。问题的关键及难点，并不在于承认中国作家诗人的创作受到西方世界性大师的影响，而是在于，中国的文学作品表现出来的思想内涵和审美价值是否具有世界性。简言之，这是一个关于伟大作品的世界性问题。很显然，陈思和“研究的‘世界性’不反映对象的品质，只反映讨论方法的视野”。还是遗留下了最困难的问题，现在人们聚焦的问题还是在于，中国文学到底有什么世界性的文学品质？中国文学得不到世界/西方的承认，关键也在于“文学品质”，什么样的文学品质才是世界性的？比如，托尔斯泰、陀思妥耶夫斯基是世界性的，茨维塔耶娃、帕斯捷尔纳克是世界性的，卡夫卡、海明威是世界性，鲁迅是世界性的，甚至巴金、曹禺可能也是世界性的，冯至就要与里尔克建立内在联系，才可能是世界性的，那么王蒙、莫言、贾平凹、铁凝、刘震云、阎连科呢？就不好说了，我们说出的底气就完全不足了。是因为他们作品所表达的主题、所揭示的历史命运、还是因为作品的艺术品质？我们其实很含混。

显然，这样给出的命题本身是有些不公正，甚至荒谬。难道中国的大师不是世界性的？“世界性”难道不是由各民族的经验的多元性特征构成？离开了各民族的异质性的经验，仅仅表达普适性的世界性经验，就真的是世界性吗？

我的提问本身是对“世界性”这一概念的质疑，也是对其颠覆。按照我的这一提问，普适性的世界性并没有优先权，甚至，它也只是凭借某种话语权力而建构起来的一种优先价值。显然，“这样的世界性”，是在西方现代性的影响和支配下建构起来的。因为只有现代性可以创建“普适性”价值，讨论世界性，显然也是在现代性的语境中来讨论问题。与“世界性”及其普适性相对的，也就是民族性与特殊性。问题的难点，显然在于它们之间的差异如何构成同一？固然我们说同中有异，异中有同都容易，但“异”如何达成“同”，在何种关系中转化为“同”，可以成为“同”的有机的部分，则是难以肯定的。①

---

① 关于东西方文明的异同的讨论，是自“五四”以来就有的话题，杜亚泉、陈独秀、胡适、张君劢、冯友兰等都早有论述。钱穆晚年在《晚学盲言》里再论东西方文明及哲学之差异。在 1980 年代的文化反思中，也是一个重要的论题。本文并不是要做文明比较论，只是限定在现代文学之起源的文化依据的差异，由此在文学上表现出的审美品性的差异，来看普适的世界性的困难。但这并不意味着我是普适的世界性的反对者，恰恰相反，正是认识到此一问题的重要性和复杂性，故而只有更切合历史实际的探讨，才能为未来的世界性面向找到更加真实的道路。

如前所述，我们总是说，越是民族的，就越是世界的；这句话也被反着说：越是世界性，就越是民族的。但这种论述是依靠辩证法给出的论断，其前提在于，世界性是一种包容性的框架，它可容纳任何民族的异质性。在所有的民族性之上，有一种普适性的世界性。但实际上，我们讨论世界性时，通常所列出的那种合符人类普遍理想的人类性价值观，也依然是在西方的现代性影响下的普适性。在民族性被论述成世界性时，其实是消解了民族特性，我们获取的乃是民族性中适宜世界性的那种价值。是否民族性只是在其具有整全性时才能充分给予自身的特性？或者，民族性只有在其最突出的特性的表达中才能抵达世界性？前者的民族性是封闭的，不可改变的；后者则是在异质性的充分表现中来抵达世界性。显然，越是民族的就越是世界性，是在后者的逻辑中建构起来的叙述。在价值观表述方面如此，在审美经验的表述上也同样如此。

承认中国现代以来的文学就在世界之中，这没有问题；强调每一民族的特性都构成世界性的一部分，同样也没有问题。但这依然不能解决那个关键性的、难度最大的问题：世界性并不是民族性的多元相加，而是代表了某种普适的、更高、更完美的艺术品质（价值）。文学艺术作品不只是有差异，更重要的是有高下，这就是伟大作品与普通作品的区别，就是在本民族范围内也存在高下区别。在世界性范围内，品质的高下区别显得更为突出。

很显然，从根本上来说，这并不是一个理论难题，作为一个理论难题，已经在后现代、后殖民理论以及当代文化差异的政治的叙述中解决了。从多元文化论或文化差异的政治角度来看，如果谁还认为西方的审美标准是普适性的、是高一等级的、其他非西方民族都必须遵守臣服的标准，那就是逆历史潮流而动。理论上虽然可以这么说，但实际上，在审美经验的层面上，人们实际还是很难解决“伟大作品”的标准问题，这些标准当然要参照前人的、本民族的历史地形成的经典，尤其是西方的经验等等。1994 年，哈罗德·布鲁姆应伯克利出版集团重金相约出版《西方正典》，对多元主义观念下的文化差异造就的美学局面进行了全面抨击，那些从文化和政治上来审视文学的学派观点，都被他斥之为“憎恨学派”。他奉莎士比亚为典律，再谈他早年的影响焦虑的理论，西方后世的著名作家，几乎都奉莎士比亚为父亲，无不是与这个伟大父亲对话，才有自己的创造。

世界文学史上历数的伟大作家无不是西方作家，现代世界史的历史，在文化上就是西方的历史，西方的伟大作家当然成为世界文学史的圭臬，与伟大作家对话，实际上也就是奉西方伟大作家为圭臬。对于处于另一种文化中的作家来说，奉其为圭臬是一回事，能不能完全实现或者再造这种圭臬是另一回事。文学创作最终的中介是个体经验，而个体经验实际上依靠三方面的资源，即：文化传统、现实要求、艺术追求的审美理想。就算第三者来自西方伟大作家的影响，那么前二项实际上所起到的作用依然十分强大。如果其中任何一项的要求以强大的权力律令起作用，那么平衡即被打破。实际上，中国现代以来的新文学运动，现实的要求始终起着决定的作用。如果说新文学运动最初起阶段，深受西方现代文学的影响，那么运动形成之后，现实的要求则成为其最重要的决定因素。当然，在这种过程中，也有一部分作家始终保持着艺术上的自觉，例如，冯至等人，与里尔克那样的世界性大师对话；鲁迅与果戈理等苏俄大师对话；巴金在思想上与巴枯宁、克鲁泡特金对话；曹禺与奥尼尔对话……，但我们依然可以看到，中国作家本身的文化传统，中国社会的现实要求依然决定了其表达的主题及艺术形式风格。

在某种意义上，诗的艺术形式比较单纯，现代新诗也可以说就是无形式，其主题和形式要转向世界性，或者说转向更为纯粹的西方要容易得多；而叙事类文学如小说，它是一个民族生存历史与现实的表现，它受制于民族生活史则要强大得多，因此，其主题与叙事形式的世界性特征就会小于民族性特征。

这一境况让我们去思考：文学作品的伟大性，是体现普适性的唯一的世界性？还是多元的差异的世界性？前者的世界性实际上是被“唯价值主义”所笼罩，也就是说，世界性实际上是一个价值取向的概念，在价值意义上适用于所有的民族的世界性，在审美品质上也被认为是高一等级的艺术水准。这使世界性的“多元论”观念很难真正在美学上取得令人信服的支持。

问题的难点在于，即使承认多元的差异的以民族特性为单位的世界性；那么，这样的“差异性”在何种情况下，在何种程度上可以保证为不是更差的低劣的品质，而是同样高品质的差异性？谁来评判这种差异性？根据什么来识别这种差异性？从而让生长于另一种文化和审美经验中的人们心悦诚服地接受，甚至热爱这种“差异性”？这里面包含着，不如说是缠绕着如此多的难点和疑点，如果不做深入分析，当不能真正厘清其中问题。

我以为这样几个问题是有必要去思考的：其一，这样的差异性是在起源性的意义上就发生的；其二，它是历史地形成的；其三，这种差异性的内涵品质相当丰富，它是在与西方的“世界性”对话的语境中不断深化自身而生成的。

二　现代性的源起与转向：浪漫主义文化?

文学的世界性问题当然是一个现代性的问题，自从歌德提出“世界文学”的概念，实际上表达了文学在现代性的历史中，在世界的范围内交流的状况，更重要的是，现代社会的作家艺术家具有世界性的胸怀，渴望对其他民族的文学有所了解，也意识到其他民族的文学具有不可低估的独特价值。现代性背景上形成的世界文学当然是多样化的，但这样的多样化实际上一直是在现代性的主导价值引导下形成“现代美学价值取向”，我们也不得不承认，这一取向主要是西方的现代性的价值取向。按照华伦斯坦的观点，现代性是一个由中心向周边区域扩散的一个过程，中心就是西方最早经历现代启蒙运动的那些民族—国家①。如果这一观点可以成立的话，那么现代性由中心向周边扩散至少有三种境况可能出现：其一是中心价值的普适化推行与实现；其二是周边地区对中心化价值的吸纳与抵御；其三是那些文化传统深厚及社会政体强大的周边地区，对中心化价值吸纳与修正后形成的现代性社会。

如此理论前提导致我们去思考，现代性在世界范围内并不是平衡的，也不可能形成整齐划一的现代性步骤及文化形态，现代性并不可能完全改变周边区域的文化形成。

我们总是乐于承认，民族国家的文学扎根在其历史与文化土壤。我们如果寻求一个文化概念来描述现代性的话，我们的讨论将会更加紧凑与明晰。在这一论域下，以赛亚·柏林关于“浪漫主义”的论述，可以构成我们讨论的重要基础。

这一问题的逻辑行程至此，可以归结如下：

其一，文学的世界性问题是一个现代性问题；其二，现代性包含着中心化与周边的紧张关系；其三，这说明现代性并不能建立整齐划一的世界性价值体系及文化形态；其四，西方现代性在文化上的表述可以归结为浪漫主义；其五，中西方的浪漫主义不同的表现则可以作为理解它们各自体现的世界性

---

① 参见伊曼纽尔·沃勒斯坦《现代世界体系》，中译本（三卷），高等教授出版社，1998年。在中译本的简短的序言中，沃勒斯坦简洁明了地批判了资本主义，显然他对这种中心与周边的现代世界体系的形成的历史过程也是持批判态度的。尽管态度可贵，但其鸿篇巨制揭示的历史实情，也不得不让人信服现代性由中心向周边扩展的历史过程。但至于周边的现代性的自发的可能性，则是另一个庞大的历史问题。

之同异的基础。

这样，我们就可以触及核心问题。但我们的论述还需要深入的论证。

我们如果把此问题的讨论，归结为中西现代性之浪漫主义文化基础之不同，可能对它们在文学方面的不同表现会有更明晰的认识。

西方的现代小说扎根于浪漫主义文化传统中。这里所理解的浪漫主义文化传统，即是指自启蒙时代以来的西方文化转向现代的那种趋势。

以赛亚·柏林在《浪漫主义的根源》一书中说："浪漫主义的重要性在于它是近代史上规模最大的一场运动，改变了西方世界的生活和思想……它是发生在西方意识领域里最伟大的一次转折。发生在十九、二十世纪历史进程中的其他转折都不及浪漫主义重要，而且它们都受到浪漫主义深刻的影响"。[①] 在《现实感》里他划分西方历史为三个转折阶段：第一次转折以亚里士多德去世与斯多葛学派兴起为标志；第二次转折以马基雅维里为标志；第三次转折——在他看来是最重大的，因为此后再没有发生过如此有革命性的事情——他认为发生在十八世纪末叶，主要是在德国，而且它虽然因"浪漫主义"的称呼而广为人知，"它的全部重要意义和重要性即使在今天也没有得到应有的认识"。他指出：

> 十八世纪见证了伦理和政治学中关于真理和有效性观念的破灭，不仅仅是客观真理或绝对真理，也包括主观真理和相对真理——有效性也是这样的——同时也见证了因此出现的大量的、实际上是无法估量的后果。我们称为浪漫主义的运动使现代伦理学和政治学发生的转型，远比我们意识到的要深刻得多。[②]

从这一观点可以进一步去理解，浪漫主义运动使文学艺术发生的转型，可能更为深远。现代主义或后现代主义，乃是在浪漫主义的基础上发展出来的反叛性/批判性的思潮，浪漫主义是一种更为基础的、更为深远的西方的现代性的思想文化运动。这是我们理解中西方现代小说叙事的大的哲学背景，或者说思想文化背景。

西方的现代小说是在浪漫主义文化中生长起来的艺术样式。而中国的现

---

① 以赛亚·柏林：《浪漫主义的根源》，译林出版社，2008，第 10 页。显然，这样的浪漫主义概念与中国文学上经常使用的浪漫主义有些不同。例如，德国古典主义哲学在柏林和哈贝马斯那里，都被理解为主导的浪漫主义传统。

② 以赛亚·柏林：《现实感》，潘荣荣等译，译林出版社，2004，第 191 页；于尔根·哈贝马斯：《现代性的哲学话语》，曹卫东译，译林出版社，2004，第 98～99 页。

代小说则是在西方现代文学直接影响下，但又依然免不了要从传统脱胎而来；遭遇激进变革的现实挑战，迅速转向了为人生、为现实的艺术。最终启蒙与救亡形成一种紧张关系。当然，救亡也是一种启蒙。今天拟在这样的文化背景下来探讨中西小说叙事不同的艺术特征，目的是在探讨：在进入现代以来，汉语文学是紧跟西方，还是在走自己的道路？尽管一直是在西方的现代性引领下，但中国自身的现实条件，导致它改变了西方现代性的方向，而不得不走上中国的路径。

当然，本文不可能全面而深入地去论述西方的现代性在文化上的表征可以理解为浪漫主义，也不可能论述西方现代小说就是扎根于西方浪漫主义文化传统中。这一论断，只是据权威性论述而做出的推论。如果说以赛亚·柏林的论述还不足为据的话，那么哈贝马斯对现代性的论述中，也可抽绎出近似的论点。

哈贝马斯对现代性有一个非常著名的论断，那就是以尼采《悲剧的诞生》为标志，由此显示了现代性的终结和后现代的开启。

哈贝马斯在他那本影响卓著的《现代性的哲学话语》中，把尼采作为转折性的标志，认为现代思想史从尼采这里步入后现代。这是一个大胆惊人的观点。哈贝马斯指出："随着尼采进入现代性的话语，整个讨论局面发生了翻天覆地的变化。以往，理性先被当做息事宁人的自我认识，接着又被认为是积极的习得，最终还被看做是补偿性的回忆，这样一来，理性就成了宗教一体化力量的替代物，并且可以依靠自身的动力克服现代性的分裂。然而，努力按照启蒙辩证法纲领设计理性概念，三次均以失败告终。面对这样一种局面，尼采只有两种选择：要么对以主体为中心的理性再做一次内在批判，要么彻底放弃启蒙辩证法纲领。"① 哈贝马斯认为，尼采选择了后者，他放弃对理性概念再做修正，彻底告别了启蒙辩证法。

现代思想的转折从尼采这里开始，这是大多数现代以来思想家都认同的说法，但转向何处，何以转折则说法不同。只有哈贝马斯一下子把尼采推到一个最为广阔的历史视野中，那是从现代转向后现代的历史大转折，是告别西方已经根深蒂固的现代理性主义传统的断然绝情的做法。尼采要抛弃历史理性，去寻求理性的他者。在哈贝马斯看来，尼采1870年写下的《悲剧的诞生》一书具有划时代的意义，"这部思古的现代性的'迟暮之作'变成了后

① 于尔根·哈贝马斯：《现代性的哲学话语》，第100页、第113页。

现代性的‘开山之作’”。[①] 其意义就在于尼采转向了酒神狄奥尼索斯精神。尼采明确地要用审美来替代哲学，世界只能被证明为审美现象。尽管德国的浪漫派，从黑格尔、谢林、费希特到施莱格尔也都尊崇艺术，都寻求把艺术审美作为哲学的最高境界，甚至在谢林那里，艺术还不只是哲学工具，而是哲学的目的，但是，浪漫派试图尽最大努力去调和迷狂的酒神和救世主基督，浪漫派的弥赛亚主义的目的是要更新西方，而非告别西方。尼采当然也一度信奉这种浪漫派的理想，从他迷恋瓦格纳的音乐就可以看出这一点。瓦格纳一直怀着浪漫派的理想，把酒神精神与基督精神调和起来，尼采后来厌弃瓦格纳正在于此。尼采要寻求的是彻底离开西方，不再试图从西方理性主义内部找到自我更新的依据。哈贝马斯认为：正是从尼采开始，现代性批判第一次不再坚持其解放内涵，以主体为中心的理性直接面对理性的他者。这个理性的他者就是以酒神狄奥尼索斯精神所展现的富有创造性激情的艺术审美世界。哈贝马斯写道：

> 尼采对现代性的批判在两条路线上被发扬光大。怀疑主义科学家试图用人类学、心理学和历史学等方法来揭示权力意志的反常化、反动力量的抵抗、以主体为中心的理性的兴起等等，就此而言，巴塔耶、拉康、福柯堪称是尼采的追随者；比较内行的形而上学批判者则采用一种特殊的知识，把主体哲学的形成一直追溯到前苏格拉底，就此而言，海德格尔和德里达可谓步了尼采的后尘。[②]

哈贝马斯这段话，堪称是迄今为止最为深刻明晰地揭示了现代向后现代转折的历史路线图，而且他也非常清晰地在巴塔耶、拉康、福柯与海德格尔、德里达之间做出了辨析区分。

意识到尼采与德国浪漫派的根本区别，以及把尼采确定为后现代的转折标志，这种观点只有哈贝马斯才能提出。因为，哈贝马斯是德国浪漫派的嫡系传人，他想完成的正是德国浪漫派未竟的事业，这一事业因为尼采和海德格尔而中断。

哈贝马斯显然不会走尼采和海德格尔的路径，他要重新接通现代理性主义的命脉，也就是更深地回到浪漫主义文化传统中，因而把现代性看成是一项“未竟的事业”。当然，这样理解浪漫主义文化及哲学，与中国在马克思主

---

① 于尔根·哈贝马斯：《现代性的哲学话语》，第 100 页、第 113 页。

② 于尔根·哈贝马斯：《现代性的哲学话语》，第 100 页、第 113 页。

义的哲学框架内的理解颇不相同，我们习惯把康德、黑格尔为代表的德国哲学传统称之为古典哲学；另一方面，我们对浪漫主义的理解，也只是看做18～19世纪在欧洲流行的一种文艺思潮；现在以赛亚·柏林把它看成欧洲十八世纪以来的影响深远的文化运动，哈贝马斯则把它看成是走向现代的欧洲的哲学运动。从某种意义上来说，它也几乎就是世俗的现代性文化的全部，或者说，欧洲的世俗的现代性文化在根本特性上是一场浪漫主义文化运动。尼采既反基督教，也反对浪漫主义文化，他追求的酒神狄俄尼索斯精神，固然是打着反浪漫主义的名义，但却是比浪漫主义更为狂放不羁的现代或后现代精神。但它根本上依然可以看成是浪漫主义的极限发展，是浪漫得不再浪漫而已。海德格尔、福科、德里达、巴塔耶、巴特……，也都可以在这一延长线上加以解释。

如此看来，西方在浪漫主义之后，不管有现实主义、现代主义或是后现代主义，其骨子里都是浪漫主义的延伸，其根子没有脱离浪漫主义文化。因此，也就可以说，西方现代小说一直就是扎根在浪漫主义基础上，就小说这一艺术形式而言，浪漫主义文化根基决定了西方现代小说的艺术表现方式，由此也决定了它的内容、情感、人物性格及其关系，由此也决定了它的美学品性。

如果这种观点可以站得住脚的话，那么，我们有必要反过来思考中国的现代小说。它是否也有一个浪漫主义文化根基？如果有，它又是怎么样的一种浪漫主义文化？如果没有，它又是怎么样的一种文化根基？由此，我们才可以真正触及问题根本：在“世界性”这一美学标准下，中国现代小说如果有自己的道路，那么，它就只能以自身的异质性品质参与世界性。以西方现代形成的普适性的“世界性”标准，中国小说的美学品质就难以被识别，也难以做出恰当而准确的评断。

三　浪漫主义文化根基上的西方小说叙事

当然，这种理论上的推论要回到艺术史中去阐释，从小说文本的分析中去审视中西小说在艺术上的区别——不只是显著的，更重要的是那种根本的区别。

我们理清了浪漫主义作为西方现代性一场深远的文化运动的理论前提之后，我们依然要回到作为艺术史意义上的浪漫主义概念。显然，艺术史上的浪漫主义流派或思潮，是文化运动最突出而集中的表现，是它最典型的或最经典时期的表现。越过这样的时期，这场文化运动也就发生了内在的分裂甚至变异。例如，现实主义、现代主义以及后现代主义，就是它的分裂与变异的产物。

就柏林本身来说，也未对自 18 世纪以来的浪漫主义运动下一个明确的定义。我以为如果把浪漫主义看成是现代性的源起的文化形态，则可以理解为：以观念化的方式认识世界和表现世界；并且寄望于观念化超越现实。

因而，情感的激越、想象的瑰丽、自我中心、传奇的叙事、自主性的语言……都构成其认识世界和表现世界的方式。

柏林几乎是不证自明地把 18 世纪以来的西方思想文化运动定义为浪漫主义的文化运动。除了强调“观念性”特征他并未做其他更具体明确的定义。

但他试图定义文学艺术上的浪漫主义。在试图对浪漫主义特征进行概括时，柏林也遇到困难，以至于他在《浪漫主义的根源》一书中说，他甚至想打退堂鼓，认为自己选择浪漫主义这个题目很不明智。他对浪漫主义特征做了令人眼花缭乱的概括，因为承认他所搜集的例子繁杂不一，但他无法舍弃。我以为他概括的特征基本可以分为两类，一类是狂怪病态的；另一类是偏向亲切美好的。关于后者，他写道：

> 它又是令人亲切的，是对自己的独特传统一种熟悉的感觉，是对日常生活中愉快事物的欢悦，是习以为常的视景，是知足的、单纯的、乡村民歌的声景——是面带玫瑰红晕的田野之子的健康快乐的智慧。它是远古的、历史的、是哥特大教堂，是暮霭中的古迹，是摸不到，估不出的事物。它又是求新变异，是革命性的变化，是对短暂性的关注，是对活在当下的渴望，它拒绝知识，无视过去和将来，它是快乐而天真的乡村牧歌，是对瞬间的喜悦，是对永恒的意识。它是怀旧，是幻想，是迷醉的梦，是甜美的忧郁和苦涩的忧郁，是孤独，是放逐的苦痛，是被隔绝的感觉，是漫游于遥远的地方，特别是东方，漫游于遥远的时代，特别是中世纪。但他也是愉快的合作，一起投身于共同的创造之中……简言之，浪漫主义是统一性和多样性。它是对独特细节的逼真再现，比如那些逼真的自然绘画；也是神秘模糊、令人悸动的勾勒。它是美，也是丑；它是为艺术而艺术，也是拯救社会的工具；它是有力的，也是软弱的；它是个人的，也是集体的；它是纯洁也是堕落，是革命也是反动，是和平也是战争，是对生命的爱也是对死亡的爱。①

① 《浪漫主义的根源》，第 24 ~ 25 页。

柏林这里的概括主要是针对18～19世纪以诗歌为代表的浪漫主义，如果转化到小说方面来看，即使是典型的浪漫主义小说也不可能如诗歌这般激越。叙事类作品，因为情节故事与人物性格及关系的刻画，都要有相应的逻辑性，虽然是虚构，但其具体故事过程与细节也与生活逻辑不悖。但被称之为浪漫主义小说，就可见其故事情节有离奇之处，人物性格执拗或乖戾，心理描写与情感表现都相当用力。典型的浪漫主义小说，如安·拉德克利夫（1764～1823）的《奥多芙的神秘》（1794），讲述一个孤女艾米丽受到监护人的虐待的故事，主人公被监禁于城堡中的心理焦虑与绝望，描写得如歌如诉，而恐怖之阴森与诗意之瑰丽又可平分秋色，故被司各特称为“第一位写虚构浪漫主义小说的女诗人”。浪漫主义的小说情节离奇古怪，心理描写相当活跃，人物性格也富有内在张力，矛盾解决经常以悲剧告终。霍桑（1804～1864）的《红字》（1850）也看成是浪漫主义小说的经典之作，其心理描写方面的出色，被看成是现代心理小说的开创者。《红字》描写的压抑与内心涌动的情感，堪称小说的极致。

当然，最杰出的浪漫主义小说家当推维克多·雨果（Victor Hugo，1802～1885），其代表作《巴黎圣母院》（1931）、《悲惨世界》（1862）也是浪漫主义小说的扛鼎之作。雨果的小说情节曲折离奇，人物性格鲜明突出，善与恶、美与丑的对立犀利尖锐，语言绮丽奔放富有感染力。现代小说发展到雨果的浪漫主义这里，已经相当成熟。从某种意义上来说，浪漫主义已经奠定了西方现代小说的基础，反过来也可以说，浪漫主义已经决定了西方现代小说的基本美学品性。发展到现实主义这里，不过是把浪漫主义比较离奇的情节和夸张的人物性格更加现实化而已。批判现实主义一直被中国的文艺理论推为可资借鉴的西方小说范本，这当然是受马克思主义经典作家的影响，实际上，批判现实主义只是19世纪资本主义矛盾异常尖锐时期的写照，在西方现代小说史上，它的那种现实批判态度反倒是一个特例。西方现代小说乃是以人物情感为其主导叙事，其根基在浪漫主义小说方面。到了现代主义与后现代主义，以人物心理情感为主导的叙事模式并未改变，只是发展到极端，例如，伍尔芙的“意识流”小说就是如此。

西方自浪漫主义以来的现代小说，固然出现众多的大师级的小说家，每个人都有其艺术的独创性，都有其不同的叙事风格，对人类生活及人性的揭示层面也不尽相同。但其小说叙事最显著的特征就是较少的人物关系，以及以情感纽带为核心构成内在冲突结构。

1809年，60岁的歌德出版一部小说《亲合力》，歌德历来反对用观念性支配文学，他要寻求的是自然真实的情感流露。但这部小说以“亲合力”来命名，还是道出了浪漫主义小说，乃至于是西方小说最根本的特征。歌德这部小说受到瑞典化学家托尔伯恩·贝格曼的科学著作《亲合力》的影响，但歌德此前（1799 年）写给席勒的信就谈到“亲合力”的问题，他认为激情由于亲合力的吸引而结合在一起。[①] 很显然，浪漫主义的小说需要激情，需要内在的亲合力。实际上，西方现代以来的小说，都有一种内在的亲合力，其小说叙事根本上需要亲合力关系的结合和变异来展开。本文并不想分析歌德这部小说，但可以看到小说中人物爱德华与夏绿蒂、奥狄莉以及上尉四人之间构成的多边关系，他们之间的情感往内里深化，终于导致命运发生震颤。西方的小说总是在人物之间的“亲合力”关系上做足工夫，由此来推动小说叙事发展。

西方的小说扎根于浪漫主义文化传统中，这就是它的观念性，以自我为中心，表现情感，表现病态的情感，表现人的精神困境，表现人的内心世界的复杂性和独特性，以至于是病态的和绝望的。其冲突方式是内行的，无止境地向人的内心推进，直至产生一种力道，由此生存处于绝境。亲合力本质上是向死的，正如歌德的小说《亲合力》一样，奥狄莉和爱德华都死了，他们死后并排躺在教堂的墓地里，这一切才又归于平静。

但是，到了现代主义和后现代主义，小说的内在情感当然要比浪漫主义小说狂怪得多，甚至人物只与自己内心斗争，只是回到自己的内心。卡谬的小说《局外人》就把自己与外部世界疏离之后，就只和自己斗争。自己在内心重建了世界的原则，它只要走向自己内心深处就可。1959 年，纳博科夫出版《洛丽塔》，被看成是后现代小说开启序幕的时刻，那是一个继父与少女“乱伦”的故事，仅就这一故事内核，就足以看出“亲合力”在一开始就错位地纠结在一起，就相互拉扯，无法获得平衡，它必然要往死结里纠结，终至于拉断命运的绳索。

现代主义和后现代主义依然与浪漫主义传统发生关联，反叛也是关联的一种方式，也在其基础上。我们当然无须去分析那些经典的现代主义或后现代主义的小说，只要看看一篇典型的西方当代小说，就可以看到浪漫主义的美学传统是如何贯穿至今。

这里试图简要分析一下帕特里克·罗特（Patrick Roth）《泄密的心》[②] 这

---

① 参见歌德《亲合力》，洪天富、肖声译，译林出版社，1998，第 398 ~ 399 页。

② 《红桃 J》上海译文出版社，2007 年。

篇小说当然不能代表西方小说的全部，但在某种意义上，它是一篇极为典型的西方现代小说。

小说讲述一个15岁的德国男孩与25岁的英国女家庭教师的故事。他们一起阅读爱伦·坡的小说《泄密的心》，小说把这两个故事联系在一起——坡的故事是一个疯子谋杀一个邻居老人的；罗特的故事则是一个小男孩爱上这个英国女教师。表面写一个不谙世事的15岁的少年一见钟情爱上一个大他十岁的女英语教师，深层写当今时代的青年男女的社会问题。小说从少年的视角展开的微妙的叙述，里面却隐藏着爱伦·坡的同名的恐怖小说《泄密的心》（女教师带这个少年读坡的小说学习英语），恐怖的谋杀故事在少年学习英语的过程中展开，一个少年面前的世界，其实危机四伏。与坡的小说建立起反向的关系，美好与凶恶在暗中较量，甚至是两个文本的较量。小说通过修辞暗示了一系列的隐秘，但最重要的隐藏的秘密/真相则是这个女教师是个吸毒者。读了这篇小说会让我们在文学的艺术性上思考：这些隐藏的事实是如何相互发生关联的？坡的"泄密的心"、疯子的"跳动的心"、我跳动的心，最终小说最后一句话，当叙述人"我"（15岁的少年）目击了那个血淋淋的针头时，"我的心静止了"。这篇小说利用互文本关系展开叙述，利用其他文本叙述异常紧张，心理的细致投射到叙述节奏上。

小说几乎可以说是微言大义，以少年的朦胧爱欲，去展示对社会的深刻思考。在青春、爱、家庭、婚姻背后，隐藏着一代青年道路的真相。这就是指"68代"的青年。小说开头一句话："这应该是1968年秋的事……"阅读者不会注意这句话，通常都会认为是回忆性叙事中的时间导语。但小说结束之后，再回过头来，却会发现这句话如此重要，一篇讲述少年第一次心理创痛的作品，实则是揭示了历史至今的问题。回忆性的视点转向对"68代"的关注。法国的"五月风暴"刚过去不久，一代青年的革命梦想的破灭，左派激进主义运动完结。就这一句话，把个人的心理投射到历史中去。确实，一部短篇小说写得如此精致，却又包含了如此丰富的问题，如此深远，一个少年的故事，却是"68代"的故事，一种历史的选项，"68代"人可以领导现代欧洲走向未来吗？这样的问题跃然纸上。小说的艺术确实令人惊叹！

约翰·韦恩（John Wain）的《每况愈下》（*Hurry on Down*）（1953），查尔斯到处晃荡，要逃脱中产阶级家庭的束缚。干劳动人民的活，例如，他乐于去擦窗户，而不是当中产阶级的律师或经纪人或大学教授。他与另一对同居的男女（当年的男女同学）住在一起。一个叫蓓蒂，也是反叛家庭的邋遢的女人，另一个是不劳而获的声称能写出伟大作品的弗劳利希，他们的生存选择，荒谬可笑，自欺欺人，但却源自自我真实的态度——他们不可能越过自我的坎，于是就有如此荒谬的逃离中产阶级世界的反叛青年的神话。

1958年，约翰·巴思（John Bath）《路的尽头》（*The end of the road*），雅各布·霍纳经历的感情困境，他奇怪地卷入了虚伪的乔·摩根与伦尼的家庭生活，三个人演出了一场后现代的三角恋爱，结果以悲剧告终。他们的所有悲剧，都源自莫名其妙的心理怪癖。摩根鼓励妻子教霍纳骑马，霍纳并不想骑马，仅仅为了让伦尼高兴，他就这样做。伦尼也不知道为何要教霍纳骑马，如此这般，他们的关系就密切起来了。人物的情感都不是有目的合乎理性的举动。更令人不可思议的是，摩根要让霍纳周末到家里陪伴他的妻子伦尼，自己却跑去出差。结果这二人发生了性关系。不幸的是，伦尼还因此怀孕，最后死于人工流产。这三人的关系，就这样建构起“亲合力”，小说只有把他们往绝路上推，一直推到“路的尽头”。

即使到今日，西方的小说也是在人物内心和人物之间的内在关系上下工夫，由此才有故事迸发出来。英国作家拉塞尔·塞林·琼斯的小说《太阳来的十秒钟》（Ten minutes from sun），主人公马克/雷，与他的同父异母的妹妹塞莱斯泰茵有一种奇怪的“亲合力”的关系，马克/雷在少年时代听从这个妹妹的怂恿，烧死了他的10岁的亲妹妹，为此坐了十多年的牢，劳教释放后，他想重新做人，娶了妻子，有一双儿女，他在泰晤士河上驾船，生活走上正轨。结果，他的那个同父异母的妹妹不期而至，不断讹诈雷，雷不得不动了杀机。在要杀掉这个妹妹的过程中，我们感到雷对这个妹妹充满了爱，甚至是不伦之爱。雷这个曾经杀掉亲妹妹的人，现在又要动手杀掉另一个妹妹，但他却并不是十恶不赦的人，他想过正常生活，想成为好人，对事物有清醒正确的判断。他知道正义的方位在哪里，但是现实世界没有给他更多的选择。这个重新冒出来的同父异母的妹妹，代表着过去的历史，以感情、伦理、人性之善恶的纠葛，要把他逼向生存绝境。小说仅仅凭着一个人要杀掉他同父异母的妹妹这个行为，就牵扯出泰晤士河畔底层生活的历史，反映出当代英国生活的另一侧面，写出人性的复杂性与不可超越的绝境经验。

库切的《耻》通常把它解释成是关于南非种族冲突问题的小说，但这部小说最基本的故事写的是一个中年男人卢里的心理情感危机，离异鳏居的卢里在大学讲授浪漫主义文学为生，每周五下午招妓解决生理问题，一次偶然在超市门口碰到那位妓女索拉娅，发现她是两个孩子的母亲，他们只好中止来往，这样的最低的生理欲求也不能实现。他与女学生梅拉妮发生肉体关系，结果被学校当局开除。他选择去与富有叛逆精神的在农场劳动的女儿露茜住在一起，女儿露茜被黑人强奸，结果却打算嫁给以前的雇工佩特鲁斯做小老婆。在这部小说中，那些更为庞大的种族的问题，人的尊严问题，都是由自我危机引申出来的，这是典型的浪漫主义的情感，其小说叙述总是从个人的心理情感困境出发。所有的叙事要从个人情感最内在的困境中展开，总是伴随着自我与自我，自我与他人的内在“亲合力”关系，尤其是男人与女人之间的内在化的“亲合力”的情感经验。不管随后的发展向哪个方向变化——现代主义或后现代主义，但基本的叙事格局和方式依然是浪漫主义的。

如此的文学经验，都是从个人的内心向外发散的文学。一切来自内心的冲突，自我成为写作的中心，始终是一个起源性的中心，本质上还是浪漫主义文化。

我们当然不是说西方现代小说的经验与历史无关，而是说，内在的人物之间的或人物与自我的“亲合力”，构成了小说叙事推动的根本机制。从浪漫主义中的自我文化抽绎出来的那种从内在自我迸发出来的经验，由这种经验再投射到历史中去。很显然，过去我们总是把西方的小说经验看成是世界性的普适性的经验，在现代性的文化传播中，都要遵循此一范本来建构小说艺术，能与之相同，且能达到相当水准的，就是好作品，就有可能被视为“伟大作品”，否则就不可能。在浪漫主义文化根基上发展的西方现代小说，自有其历史文化的依据，处于不同历史文化根基的文学，是否有可能抵达那样的境界，建构那样的形式，则是令人怀疑的。特别是像中国，历史文化如此深厚的民族，其现实要求如此紧急迫切，其文学是否有自己道路？这是值得我们认真思考的问题。不立足于这一问题进行思考，我们并不能认清中国小说的道路，也不能对中国的小说做出正确的评价。

四 中国的现实主义传统与被压抑的浪漫主义

如果说西方的现代小说扎根在浪漫主义文化基础上，那么，也有必要去审视中国进入现代以来的文化，到底与浪漫主义构成一种什么样的关系？中国现代小说又是与浪漫主义文化构成什么样的关系？前者是对中国现代文化的性质的评断，后者是对中国现代小说所依据的文化背景的理解。

中国现代以来的小说奉现实主义为圭臬，这是不争的事实。何以会如此？在建构这一规范的进程中，中国现代以来的小说又是如何生成、选择、排斥、压抑与变异的？

中国现代的浪漫主义运动既晚到，又早衰。按以赛亚·柏林的看法，西方的浪漫主义运动发生于18 世纪下叶，那么，按照我们经典的现代文学史叙述，也可以认为中国的浪漫主义运动发生于19 世纪下叶至20 世纪初叶的白话文学革命时期。如果认同王德威的观点，即“没有晚清，何来五四?”，那么，晚清现代性体现的那种文化状态，是否也可视为浪漫主义运动的滥觞呢?甚至，我们如何去理解明代王阳明的心学所表达的主观唯心主义哲学呢？这与康德的主体性所表达的德国浪漫主义哲学是否亦有相通之处呢？如此看来，中国文化之现代浪漫主义起源则要复杂得多。晚明社会的文学艺术所表现的感性肉欲，又该做何理解呢？它是否也是认知主体向外部世界的感性扩张?也表达了主体投射的内在激情呢？“世风日下”一词的道德批判还有言外之意，那就是感性与激情的泛滥。如果去除道德怀旧标准，那或许标示着主体的解放。在这一意义上，或许预示着浪漫主义文化在世俗社会涌动的历史浪潮了。

此一问题，因为牵涉到历史之深远与思想之复杂性，我们无法在有限的篇幅里加以讨论。但我们可以重新审视“五四”以来的现代文学中的浪漫主义传统，这一视角是把现代中国文学放在世界文学的框架中来理解。也就是在深受西方现代文化思潮影响的五四新文化运动，进一步理解为根本上是对西方现代以来的浪漫主义思潮的反应，由此也可以理解五四启蒙运动本质上是一场中国的浪漫主义运动。要论证此一观点，当然也绝非易事，但现有的论述，还是可以找到必要的切入点。

深受白璧德影响的梁实秋，也继承了乃师反感浪漫主义的态度，1926 年写有《现代中国文学之浪漫之趋势》，以浪漫主义来理解新文学的显著特征，并颇有微词。1960 年代，李欧梵关注现代文学之浪漫传统，引述了梁实秋的论述，并且赞成梁氏把浪漫主义视为五四新文学的重要特征。李欧梵进而认为:“蒋光慈的‘飘泊’与郁达夫的‘零余’，可说是‘五四’文人的两大历史特征，表现在文学里，就是梁实秋先生所不满的‘浪漫的趋势’。”① 就蒋光慈的创作来说，可以看出左翼文学早期也是渗透了浪漫主义精神的。②

正如李泽厚的分析模式“启蒙与救亡”的双重变奏一样，即使我们可以把救亡解释成另一种启蒙，一种更伟大的现代激进革命的启蒙，但浪漫主义

---

① 李欧梵:《五四运动与浪漫主义》，原载香港《明报月刊》1969 年 5 月号。本文引自《中国新文学大系 1949－1976·文学理论卷》第一卷，冯牧主编，1997，第 549 页。

② 有关左翼文学的浪漫主义问题，可参见陈国恩《浪漫主义与 20 世纪中国文学》，安徽教育出版社，2000，第 149～164 页。

的夭折则是无法重新阐释的问题。当然，我们还可以有其他的方案，例如，对中国现代文学的浪漫主义和现实主义重新定义，与其如此，不如承认浪漫主义的夭折来得更具有历史的明晰性。在现代文学的现代性经验中，浪漫主义只是作为一种支流，或者说一种素质潜伏下来，它一直受到压抑。以至于我们后来遇到浪漫主义也不敢承认，也只能在现实主义的规范底下来阐释它的意义。

这使我们今天重看文学史，就可能会有另一些阐释面向可展开。例如，对有些文学现象则是可以重新审视的，例如，把鲁迅、沈从文、废名这些乡土文学界定为现实主义则是可以再做商议的。至少，如何阐释他们作品中的浪漫主义因素也有可能重新开启他们的另一种面向。

例如，茅盾、巴金是现实主义的，只有在现实主义意义上，他们才能获得意义。但他们的作品有另一些素质，不能被关闭。

普实克却是看到了另外的侧面，他从茅盾的《子夜》中，雷参谋与吴荪甫的太太林佩瑶的偷情，送她的那本《少年维特之烦恼》中夹的一朵小白花，称之为向欧洲浪漫主义致敬的细节。普实克写道：这一段落“反映了欧洲浪漫主义的伟大作品是怎样在中国的革命青年中找到同类的精神和情调的。它证明了，中国的情调在很多方面会让人联想到欧洲浪漫主义情调及其夸大的个人主义、悲剧色彩和悲观厌世的感受。”①

在主流的现代文学史叙述中，一直未能深入讨论巴金与浪漫主义的关系，既然现实主义才是现代文学的正宗，只有把巴金叙述为现实主义才是确立巴金的崇高地位。巴金写于1944年的《憩园》无疑是一篇奇特的作品，以现实主义来理解显然是远远不够的，当然并不是抹上浪漫主义的色彩，就能解释更多的问题。但从浪漫主义的角度，可以理解这篇小说更多的侧面。例如，人物的病态心理，叙述人的旁观视角，叙述人犹豫不决的叙述与对自我的反思，小说叙述中文本中藏着文本……，所有这些都表明，这篇小说不只是巴金最奇特的一部作品，也是中国现代文学最值得玩味的一篇小说。

在如此语境中来看现代中国的现代文学，推论已经很清晰了。那就是现代的内在转折，革命叙事逐渐建构起了中国自己的现代范式，其意义之深远自不待言。我们今天来看，中国的革命文学叙事其本质也是另一场浪漫主义运动，革命的、红色的、暴力的、激进的浪漫主义运动。革命的浪漫主义当

---

① 参见雅罗斯拉夫·普实克（Jaroslav Prusék，1906～1980）《普实克中国现代文学论文集》，李燕乔等译，湖南文艺出版社，1987年，第5页。

然有着极为丰富的内涵，但有一点则是我在这里感兴趣，那就是革命去除了现代启蒙的浪漫主义的小资产阶级感情、城市里的狂怪之恋与“乡愁”（怀乡病）——那个浪漫主义经常回归的牧歌家园。革命自己给予了理想的终极目标，革命的目标就是从起始到终结的自我回归，这就如同尼采式的永劫回归。

“去自我”与“去乡愁”，其实也就是去除现代资产阶级的浪漫主义运动的残余，而中国的革命文学只能建构在乡村叙事上，革命赋予了乡村叙事以现代的激进形式，那就是阶级斗争的历史意识。

“自我”被彻底清除了。但我们当然不能说革命完全清除了“乡愁”，《红旗谱》、《三里湾》、《山乡巨变》以及《创业史》和《艳阳天》都不难体验到一些“乡愁”。但那也确实是一些“乡愁”而已，它再难充当乡村叙事的主导性的情绪和精神价值。乡土不是远方的、异地、别处的怀旧中的他者，而是斗争和冲突的此在，是革命的自我在场。

正因为如此，革命文学对待浪漫主义始终存在矛盾，一方面，革命文学本质上是一场浪漫主义运动，他从主观理念和概念出发——这就如同中国革命一样，它是马克思主义理论和中国历史实践结合的产物，而苏联的列宁主义也是其革命理论来源，革命在很大程度上依靠革命的理论。正如毛泽东所说：没有一个革命的理论，便没有革命政党，没有革命政党，就不会有中国的革命；另一方面，中国的革命文学也如同中国革命一样，它又声称它是中国现实的需要，中国革命来自中国身处三座大山压迫的处境，民族救亡的危机，它又有其现实性。在革命的合法性论说中，现实性是其根本的也是唯一的依据。而革命文学也同样如此，它不再声称与革命理念有何关系，总是在现实性上来声称其必要性和必然性。一场本质上是浪漫主义的运动，被改换成现实主义的运动。革命文学最终要解决革命浪漫主义的问题，然而，此一矛盾无法解决，因为缺乏整体性的浪漫主义哲学基础，革命文学的观念化及浪漫主义想象的推进只能依靠一个接着一个的政治运动。

现实主义恰恰是消减革命理念的观念性色彩的一项艺术策略。整个革命文学，其实是观念化占据绝对的支配地位，试想要从革命发展的高度，从历史的本质规律的可能性来展开文学实践，这就是在观念性引导下的实践，它必然是一场浪漫主义的运动。又因为其观念性太强，故所有的文学理论批评，都在大谈现实主义，都在谈现实的本质规律和典型化原则。生活的逻辑当然要服从革命的理念，这就是在现实的名义所发生的革命的“浪漫主义”。如此活跃的浪漫主义，却又要受到压抑，只要与革命理念结合，浪漫主义就变身为现实主义。而源自生命存在激情的浪漫主义则要被彻底压抑，直至清除。中国没有经历一个与个体生命经验结合在一起的漫长的浪漫主义阶段，这看起来是中国的现代性最致命的软肋。浪漫主义的观念性，先是被革命附身，随后是被现实主义换名，于是中国现代文学就获得了现实主义的名声/身。

其实这也怪不得革命夺取了浪漫主义的现代精神，因为中国自现代以来，一直未能发展出以个体生命为本位的价值观念，家族/家国的价值认同占据了绝对支配地位。家族转化为家国只有一步之遥，故而中国人认同家国，并且家国毫不留“情”地占据着个体生命意识，这还是深厚的文化传统在起作用。因此，在现实主义名下，中国的小说展开了轰轰烈烈的历史叙事，通过历史暴力来表现历史之动荡与变革，在历史叙事中来表现人物的命运，以追求强大的悲剧性来建构其美学效果。

总而言之，中国现代性的展开也一直涌动着浪漫主义文化，但是，因为个体生命价值未能最终占据主导地位，而家族/家国的意识更为强大，浪漫主义文化就被现实主义所替换，而且被驱逐和贬抑。中国现代实际上以革命之名，发展出现实主义的一套美学策略，实则其内里也流动着浪漫主义的激情。但其表现世界的方法则是大相径庭。很显然，中国的现代性文学走了另外的路径，那是一种把握外部世界的文学，历史、民族国家的事业、改变现实的强大愿望……所有这些，都与西方现代性文学明显区别开来。西方现代文学发展出向内行/自我的经验；而中国的现代以来的文学则发展出外行/现实的经验。

五　新的开启：浪漫主义在当代的涌动

历经了1980年代的现实主义的“恢复”，“85新潮”之后，当代中国文学（主要是指小说）开始了向内转的深刻转变。马原、莫言、残雪等，开始偏离现实的社会问题展开文学叙事，文学不再是以对现实热点问题的回应而引起轰动效应，而是以文学本体——叙述、语言、艺术感觉、文化心性等引人注目。1987年以后，苏童、余华、格非、孙甘露、北村等，以更加鲜明的强调叙述方法和语言风格的叙事在文坛开启另一片天地。在那样的历史语境中，继中国当代文学追逐西方现代主义思潮的倾向而言，先锋派文学在艺术变革的时代意义上的定位，必然要定位在“后现代主义”上。就一场以后现代主义为挑战性的文学变革而言，如果从更深远的文化变革和美学意义来看，时过境迁，我们可以更加全面和深入审视其意义，回到以赛亚·柏林所说的浪漫主义运动的纲领底下来讨论。这样，中西文化及美学的大的世界性背景就更加清晰，其中的差异与同一性也可以在一个共同的平台上来讨论。很多难以解释以及难以评价的问题，都可以迎刃而解。

另一方面，在现实主义名下的有些个人风格相当鲜明的作品，例如，贾平凹，他的那些讲究性情、性灵的作品，看上去淡漠平易，却又诡异神奇，可能是一种乡土浪漫主义。再如铁凝，也总是被划归在现实主义名下，但她的一系列的小说，最早的《灶火的故事》，《哦，香雪》，到后来的《秀色》、《永远有多远》，以及长篇小说《笨花》等等，都可以看出一种超出常规的人物性格和叙事中发生变异的情节。她的人物总是要在反常性中来另辟一条生命的蹊径，总是不甘于平常化，总是要对现实逻辑要一点小诡计。

铁凝深受孙犁的影响，这样的判断并非只是就其发表过感恩性的言说和阅读的经历而言，更重要的在于她的文本内在的活力，甚至最具活力的那些因素，与孙犁的小说结下的血脉。铁凝笔下的那些女性形象因为享有了时代的相对自由的空间，可以说进一步开掘了孙犁在那个时代所不能展开的精神内涵，并且复活和重建了文学中的浪漫主义传统。

很显然，把孙犁、铁凝和贾平凹如此浓重的乡土叙事描述为浪漫主义，可能会遭致相当多的人的怀疑。但我以为他们作品中的那种诗意叙述、他们对女性形象的独特表现、他们超出现实逻辑束缚的能力，这些都表现出他们的乡土叙事与沈从文、废名等人一脉相传的那种风格。浪漫主义在他们的作品里即使不是一种主导性的因素，至少也是起到重要的审美活力作用的因素。这仿佛是从乡土中国的泥土里滋生出的浪漫主义，它们虽无热烈的气概，但有一种独特的气质，它潜伏于暗处，随时涌溢出来，有时决定了人物的性格发展和叙事的走向，在文本中熠熠闪光。

当然，在现实主义庞大的命名之下，当代小说中的浪漫主义只是一种潜伏于其中的要素。因为在当代小说美学中，这些要素被长期压抑，因此才显示其可贵。也正因为此，从 1980 年代后期至今，中国当代文学伴随着现代主义及后现代主义思潮，也涌动着浪漫主义的潜流，之所以说是潜流，是因为它不再可能是大规模的，从哲学到艺术的全方位的运动，因为作为浪漫主义的激进化的现代主义和后现代主义已经使浪漫主义的原初精神发生了变异，浪漫主义只有幽灵化，它只是从根子上加以追溯才能看到其形迹。而中国的情形之特殊在于，它也有一股潜流在涌动，它不只是如幽灵一样在当代文学中时常显灵，也有条长长的颇成阵势的潮流在涌动。如近十多年来被描述为小资文化的那种情调，几乎成为当代中国消费文化主流，它就是浪漫主义夹杂着后现代主义的那种文化。在当代西方，可能是以后现代为主，夹杂着一些浪漫主义的残余；而在当今中国则是以浪漫主义时尚为主导，夹杂着后现代的前卫的因素，这些构成了当今消费文化的主流。这也就是为什么，中国"80 后"的作家，普遍是在浪漫主义与后现代主义的夹缝中生长。

但是，值得我们重视的是，一批中年成熟的作家，他们的作品也越来越"放得开"——这是否也是浪漫主义幽灵在作祟呢？去除了现实主义的客观化的唯物论，叙述人的自我及其主观性具有更大的自由。这种精神实质如果不理解为浪漫主义就很难找到其他更为恰切的解释了。不妨说，浪漫主义的冲动，构成了相当多成熟老道的作家在叙事中依凭的情感动力机制，在很大程度上，是脱离现实逻辑而转向情感逻辑的内在渴望。在这一意义上，莫言的作品可谓是极其突出。

不用说他的现代三部曲《檀香刑》、《丰乳肥臀》、《生死疲劳》，书写出中国现代历经的艰难历程，也写出中国人生长于这样的历史中的抗争与命运。那其中流宕的浪漫主义情愫不只是他挥洒语言机智的动力，也是他给予历史以无限宽广背景的想象依据。莫言即使在叙述历史时，也不能遏止尼采式的酒神狄俄尼索斯式的激情，甚至有些恶作剧式的迷狂。他新近的长篇小说《蛙》则试图在多种文本的表演中来写出当代中国人惨痛的命运。但莫言有意用文本变异的表演性来制造喜剧效果，莫言不能忍受在现实逻辑中来展开他的文学的叙事，在那些极其真切的事实性之外，他一直要有一种摆脱出去的冲动。他依靠书信来表明他真切的心迹，他声称他是一个蹩脚的、老实的现实记录者，这一切都不能令他满意，他要写作戏剧，要把戏剧化的时代、悲剧性的事件戏剧化。莫言的小说始终遏止不住这种冲动，这就是浪漫主义精神在作祟。

在刘震云的诸多作品中，他对历史的戏谑化，本质上也是根源于他的浪漫主义冲动，从《故乡天下黄花》、《故乡相处流传》，到荒诞极致的《故乡面和花朵》，刘震云骨子里如果没有一种浪漫化的冲动，他不会有勇气对历史作如此戏剧性而又荒诞化的表现。2009 年，刘震云出版《一句顶一万句》，这部小说开辟出一种汉语小说新型的经验，它转向汉语小说过去所没有触及的经验：说话的愿望、底层农民的友爱、乡土风俗中的喊丧，以及对一个人的幸存历史的书写。这里不再依赖惯常的现代历史暴力的时间脉络，在"去历史化"的叙事中，乡土中国自在地呈现了它的存在方式。这种文学经验与汉语的叙述表明：有一种乡土中国的现代性经验，那是刘震云笔下的农民居然想找个人说知心话，在这部作品中，几乎所有的农民都在寻求朋友，卖豆腐的老杨和赶车的老马，剃头的老裴和杀猪的老曾，不用说上面提到的其他的人。这部小说一直在讲底层贱民说话的故事，这是他们说话说出的故事，心里有话，要找人聊聊。这部小说不再是叙述人的心理描写，而是人物自己的说话，并且总是有对象的说话。乡土贱民以他们的方式去寻求交流，并且以“说到一块去”作为生存意义的价值判断。刘震云显然在这里建构一种新的关于乡土中国的认知谱系，一种自发的贱民的自我意识。他们也有内心生活，也有发现自我的愿望和能力。尽管这些贱民们的谈话和见识只限于小农经济的生活琐事，限于家乡方圆百里，但是对他人的认识，对世界的认识的可能性在大大增强。在这一意义上，刘震云的这种书写，却不得不说有一种乡土中国的浪漫主义精神在里面，这显然是与西方现代浪漫主义完全不同的浪漫精神。或者说，这是基于一种浪漫主义式的对乡土中国的重新解释，只有在这一意义上，刘震云的写作才能有其合理性的逻辑。这部作品表明，汉语小说既有自身的异质性，又能开启超出现实主义的新的叙事法则，它甚至有自身的浪漫气质。

当然，说到当代小说的浪漫主义精神，张炜无疑是最为全面的一个，说他全面，是因为他的浪漫主义几乎是彻头彻尾的。张炜早年写作《古船》，我们固然可以说那是 1980 年代现实主义占据主导地位时代的作品，到了 1990 年代之后，张炜的作品明显偏向于浪漫主义。《九月寓言》、《柏慧》、《能不忆蜀葵》等等，都以强烈的抒情笔调展开小说叙事，其中总是贯穿着叙述人“我”的反思和发问。至于其中表现的观点立场，那种极端反对现代都市文明的态度，与 19 世纪欧洲恢复的浪漫主义传统如出一辙。

他最近出版的《你在高原》，以十卷本，四百多万字，而令文坛惊诧不已。人们或许会认为十卷本的长篇小说，不能想象一个人有多大力量可以驾驭如此庞大的篇幅。但如果认真读一下张炜的小说，可能是超出我们的经验，不得不赞叹这是汉语小说的奇书。这部小说有着非常宏阔的历史视野，贯穿于始终的对父辈历史的审视、寻父的痛楚以及对“橡树路”的批判，那就是宏大的历史叙事。但张炜却能从中疏离出“我”的叙述，他始终要保持“我”的叙述语感，我的存在的此在性才构成所有叙述的动力机制。我们可以感受到“我”的叙述穿越历史，叙述人在所有关于历史与现实的叙事中穿行，这是令人惊叹的叙述方式和语感。张炜的叙述人“我”携带着他强大的信仰进入历史，并且始终有一个当下的出发点。这使与历史对话的语境，显得相当开阔。张炜以他的思想、信仰和激情穿越历史，因此而能给出一个肯定，是一个难能可贵的肯定性的叙述。在这种肯定性中，我们重新看到个体生命意义展现出的浪漫主义激情贯穿庞大复杂的历史叙事，并使之激情四溢。

当然，在这里我并不能全面去分析这部宏大作品的叙事美学，但可以看到“我”的视点穿过历史深处，同时具有多元转换的自由性表现出来。第一卷《家族》是给全书铺叙，一开始讲的是一个过去的家族故事，是外祖父曲予的故事。在家族的起源性的叙事中，却有非常精细的场景出现。那个女佣闵葵（后来就是外婆），在花园里遇到了外祖父曲予，曲予向她表白爱情，闵葵手中的花撒了一地。曲予把花一枝一枝拾起，插进清水瓶，他坐在屋子里，一天到晚盯着那束花。随后就是曲予带着闵葵私奔。然后小说到这里突然中断了，时间一转就是现在——研究所的故事。这里的故事，从填履历表开始。那个青春可人的女子苏圆拿着表格让“我”（叙述人宁歆）填，当然，这就是要追究“我”的历史。而“我”的历史，隐没于秘密、悬疑、困扰之中。家族开始的叙述突然中断，突然间叙述在这里断点，但是在那个开始的时间——地上拾起几枝花，放在屋里的清水瓶中——这是非常有象征性的。这仿佛勾通了《子夜》中王佩瑶手中的《少年维特之烦恼》中夹着的那朵小白花——如前所述，普实克认为，这朵小白花，意味着茅盾在向欧洲浪漫主义致敬。这一花的谱系，在张炜叙述一个深远的历史暴力以及大家族败落的故事中，在开头出现，也是耐人寻味的。张炜这部长篇巨制开篇的这束白花，可以看成是对中国现代中断的浪漫主义精神的重新提起。如此深重的历史之开头，花撒了一地，突然在这里断裂了，这种叙述非常具有诗意。

张炜算是中国当代少数浪漫主义特征比较鲜明的作家。在张炜的叙说中自我的经验非常强大，他具有非常强大的信仰，以及思辨色彩，他的叙述情感亦很丰富和饱满。但是张炜的叙述同时有非常细致的情感和微妙的感受。那些细节，贯穿在他对历史的叙述中总是有非常微妙的细节出现，在叙述与朋友的交往时，他对友情的思考，总是和对朋友的注视相关。例如，《忆阿雅》临近结尾第 23 章，就是写“回转的背影”。他想看清“50 代”这代人，而林蘘或许就是“50 代”最奇特的代表，代表了那种可变性与隐晦曲折，甚至包藏着太多的秘密。但却显得那么有理想，甚至独往独来。小说在反思“50 代”人时，实际上也是自我反思，自我的经验总是在那些细节中停留，咀嚼和感怀。

确实，有如此多的重要作家骨子里的浪漫主义情愫开始释放出来，从而书写出 21 世纪初最重要的一系列汉语作品，这无论如何是一个重要的文学时期，是一个要我们重新寻求理论阐释的文学事件。

结语：汉语小说的当下道路与未来面向

本文试图从浪漫主义文化如何作为文学的世界性建构的基础，来看中西方文学在文化根基上的差异，由此去理解世界性的内在差异。因其现代文化根基及其在历史发展中的另一种选择，中国文学体现出来的“世界性”不得不打上民族特性的异质性。这种异质性的展开与世界性构成了复杂的运动，这才是理解中国文学的“世界性”保持的必要的理论视野。

其一，现代小说只有放在现代文化背景中去阐释，而放在这样的背景，我们就要看到西方进入现代以来，在文化上有一场深远的浪漫主义运动，这样的浪漫主义当然不是我们原来文学艺术理论所规定的与现实主义并举的浪漫主义，而是一场从思想观念到思想方法，以及审美的感觉方式都进入现代的一场运动。因此，理解西方现代小说，就是放置在浪漫主义的根基上才能解释。这也就是为什么，西方现代以来的小说，以个人自我的情感为中心，来展开小说叙事，其根本目标也在于探究个人心理情感之复杂性、丰富性和微妙性。

其二，进入现代以来，中国深受西方现代性的影响，但中国的现代性还是有其自身发展走向，根本差异在于，中国的浪漫主义运动并未充分发展起来，为其现实条件制约，它被更具有激进性的现实主义所替代。也正因此，只有从中国现代性的独特经验才能更全面理解中国文学的特性，也才能清楚地看到中西现代以来的文学差异，以及这种差异的根本所在。这并不是要去拒绝西方现代性的经验，而是看清我们既有的历史条件，我们只能在这种历史条件下创造自身的历史。

其三，即使如此，我们也要看到，中国现代以来的浪漫主义运动也并未停息，也就是说，以现实主义之名进行的现代思想文化运动，本质上——实则还是——也只能是一场浪漫主义运动，只是它借用了现实主义之名，它借用了现实主义的外形，导致其浪漫主义精神向着另一方向发展，那是极度的观念性与极度的现实性相结合的革命文学。随后中国文学有恢复、反拨、拓路，我们可以看到始终在暗中涌动的浪漫主义潜流。

其四，中国文学在现实主义纲领下走了历史叙事一路，这一路无可否认，中国文学创造了其现代性的文学的独特面向，如果从西方浪漫主义文化背景形成的美学标准来看，中国的小说很不“浪漫”，它无法抵达那种以个人心理情感为中心的美学极致，而是去书写历史进程中的人的命运。历史确实包裹个人。如果说西方现代小说是在自我/个体经验为核心的浪漫主义基础上确立其美学标准，再把它作为世界性的普适性标准，可能像中国这样在不同的现代性文化基础上生长起来的现代小说，就难以符合其美学特征。

其五，因为深远的浪漫主义的运动的缘故，“世界性”不会是一个静态的、永恒的、固定的特质，它恰恰是包含着西方的中心化价值与其他不同的多元文化始终互动的结果。而那些自身的历史文化传统和现实要求推动的文化，也会不断地在西方中心化价值挑战下，吸纳和改造自身。其结果是普适性的共同性增强了，同时自身的异质性的经验可能得到增强。普适性与异质性并不是此消彼长的二元结构，而是多边形的互动结构。例如，中国受西方影响越强，并不表明它就与西方更加趋同，而是有可能回到自身的道路，在把西方的价值转化成为其内在化的经验之后，它也创造性的拓展自身的异质性。

其六，正是如此，在当今中国文化的大背景下，出现的文化主流实质上是一场浪漫主义的恢复运动，其根本意义在于，当代文化在迈向后现代文化的途中，它要补上现代早期被压抑的浪漫主义文化。正是这样的一种补充，当代文学在情感与想象两方面，获得了更广泛的解放。由此就可以理解，进入21世纪的10年来，中国当代小说在感情和想象力的表现方面，显得更加自由和充分。在原有的现实主义的体制内，涌动着更多的新的元素，普通表现为：作家的主体意识加强；自我感觉经常成为叙事的出发点；客观历史主义不再是小说叙事必然要依照的编年史线索；作家即使是叙述历史时，文本的自由与开放也表现相当活跃。诸如这些现象，都表明汉语文学有一种更为自觉的意识。

也就是说，中国当代文学既在世界性的普遍意义之内，又在它之外。在其内，即是说，它始终在西方现代性经验影响下走向现代；但因为它自身的如此相异的历史与现实，它必然走着自己现代性之路，在现代文化和文学方面，它呼应着世界性的现代潮流，又开创自己的经验。它的现代经验，是对“世界性”的展开，也是对其补充和再创造。它在浪漫主义文化方面走过的历史曲折，正表明它与世界构成的内在关系。

所有这些，我们乐于去展望汉语文学正在酝酿的一种新的可能性，这就是：它既有自身的历史条件限制下所形成的自己的道路，但它也是在始终与西方对话，接近西方的挑战而做出兼收并蓄的融合。我们聚焦到文学上来看，那就是在中国过度发达的现实主义文学规范底下的历史叙事，开始融合进更多的浪漫主义因素，它必然要循着世界的现代构成方式去建构自身，但又有着另案处理不得不面对的错位、褶皱、重复与补充。当然不是简单的浪漫主义的补课，或者是浪漫主义的回归，而是使当代文化与文学具有了更加厚实的精神根基，一种现实主义、浪漫主义、后现代主义混合的文学经验，给当代中国文学提示了一条更加广阔而坚实的道路。

［原载《文艺争鸣》2010年12月号（上半月）］

土改中的小说与小说中的土改

——六十年文学话土改

·陈思和·

一 问题的提出：为什么当代文学史上没有表现土改题材的杰作?

首先我要简单介绍一下，为什么要讨论这个话题？2007 年香港浸会大学将其主办的“红楼梦长篇小说大奖”授予莫言的长篇小说《生死疲劳》。我是该奖的决审团评委，读了小说后，有一个问题一直绕不过去。这本小说是从土改写起的，一开篇就写地主西门闹被枪毙，可是他不甘心，认为自己是好地主，没有血债，没有罪恶，却被枪毙了，因而冤魂不散，大闹地府，阎王为惩罚他，让他变成一头驴，后来又变成了牛、猪、狗、猴等，最后，经过六道轮回这个冤魂才弄清楚自己的问题，轮回做人时，他的怨气已经平息。其实这部小说不是专门描写土改的，而且反思土改的小说也不止这一部。从1980 年代开始，至少有张炜的《古船》、刘震云的《天下故乡黄花》、尤凤伟的系列小说等，但评论界对这个创作题材从未认真探讨过。现在我说绕不过去的问题是：在描写土改的文学作品中，这样被冤枉而死的地主形象有没有典型性？因为过去文学作品里地主的形象都是反面的，也未有文件或官方说法指出过，土改时对地主的暴力行为有重新评价的必要，所以才想回到当时的历史环境下，用文史互现的方法，探讨这个问题。

土改这场作为旨在结束封建土地所有制，改变农民自身命运的政治运动，在中国现代史上的意义是毋庸置疑的。尤其是在中国共产党领导下的大陆地区，它成了新民主主义革命的最后一幕，并且为接下来的社会主义改造运动奠定了基础。但是，当我回顾 60 年来当代文学的发展，感到奇怪的是，一向与政治运动配合紧密的文学恰恰在这个领域是空白的。我们知道，在 1949 年前后几年中，曾有大批作家被安排到农村参加土改，但在 1949 年为起点的当代文学史上，几乎没有人为此写出过激动人心的文学作品，也就是说，60 年的当代文学史几乎没有产生过土改题材的杰作。人们所有关于土改小说的记忆，都停留在1949年以前产生的解放区文学作品，即获得过斯大林文学奖的《太阳照在桑干河上》（丁玲著）和《暴风骤雨》（周立波著），此外还有一部评论者经常提到的《邪不压正》（赵树理著），对照1949年以后的当代文学史上数不胜数的农村合作化题材创作，土改题材的乏善可陈是令人讶异的。

二　作家的难题：如何表现土改运动中的中农政策、民间暴力和干部中的坏人

究竟是什么原因使得作家在土改题材上望而却步？我们似乎可以从大的社会趋势中去寻找原因。中国社会发展变化太快，1950年代初，土改以后的农民还没有充分享受获得土地的欢乐，农村就开始了合作化运动，一场新的旨在建立社会主义公有制的政治运动就轰轰烈烈地开展起来，以至于继续躺在土改胜利果实上的思想行为转而成为落后，可能成为社会主义革命的绊脚石。我们可以看到，许多合作化运动题材的小说里，党内主要的反对派往往是土改时期既得利益者，如《创业史》里的郭振山，《金光大道》里的张金发，这些人都是土改时期的积极分子，是一些带有流氓无产者习气的敢作敢为的滚刀肉之流，他们能够声震屋宇，恶斗地主，利用土改获得了好地好牲口，由此开始了权势与财产结合的个人发家之路。而对于广大农民来说，土地刚刚获得，梦想刚刚开始，却要将土地重新交出归集体所有，祖祖辈辈的发家梦想又被无情中断，这无疑是一个过于沉重的打击。在这个时刻，文艺创作如再渲染土改后农民获得土地的欢乐，显然是不合时宜的。

这样的信息，并不见于当时的各类文件，却被一个身处边缘的作家敏感地捕捉到了，那就是张爱玲。几年以后，她在香港创作长篇小说《秧歌》时，插入了一位下乡的作家和一个乡干部之间的对话：

> 王同志问顾冈他的剧本写得怎样了。王同志这话已经说过好几回了，这次又说，“你土改的时候要是在这儿就好了，那真是感动人！真是好材料！”
>
> 顾冈最恨人家老去揭他的痛疮，说他没有去参加土改。……
>
> “真是感动人——这些农民分到了农具的时候，你没有看见他们那喜欢的神气。”王同志说。“可是翻身农民的欢乐已经过了时了，”顾冈有点气愤地说，“上个月的文艺报有一篇文章专门讨论这一点。它说文艺工

作者不应当再拿土改后农民的欢乐作题材。那应当是一个暂时的阶段，不能老逗留在那个阶段上，该再往前迈一步了。”王同志谨慎地听着，对于全国性的权威刊物表示适当的尊敬。“嗳，那是对的，”他点着头说。“该做的工作还很多。”“文艺报严厉地批评了现在农村里的思想情况。它说翻身农民只想着大吃大喝，还梦想着生产发家。在北边，他们还编了歌，‘三十亩地一头牛，老婆娃娃热炕头。’那就是他们的全部理想。”①

这个细节，在《秧歌》的叙事结构里并非必要，但显然是有依据的。②这说明张爱玲滞留大陆期间，私下里十分关注政治动态和形势变化，其政治敏感和记忆都是超凡的。

关于土改的题材虽然不合时宜，但似乎也没有什么官方的文件明令禁止过，在大陆一贯厉行的文艺批评中，没有一部土改题材的重要创作受到点名批判。所以考察土改题材为什么出现空缺的现象，我们还是要从土改题材本身的难度来探讨。

我们从张爱玲的例子继续讨论下去。她在《秧歌》后记中说：“这些片断的故事，都是使我无法忘记的，放在心里带东带西，已经有好几年了。现在算写了出来，或者可以让许多人来分担这沉重的心情。”③ 她用了“沉重的心情”、“带东带西”等词，都已是很重的分量，说明土改以及相关传闻让她闻之震动，“吊半边猪”、“辗地磙子”这样的酷刑，大约光凭想象她也是想不出来的。

那么，作家究竟写了什么样的真实呢？以土改部分为例，一、写了错把富裕中农唐占魁当做土改斗争对象，逼得唐家家破人亡；二、写了强逼地主浮财的酷刑，令人发指；三、写了混入农村干部队伍的二流子在农村为非作歹。其实这三条是否“真实”，根本不用讨论，在中共中央关于土改的一系列不断补充、纠错的文件里，都已经说得明明白白，条条都是真实的。④ 从现有的土改文件中看，这三个问题正是土改过程中暴露出来的严重的左倾现象，

---

① 张爱玲：《秧歌》，香港皇冠出版社，1968，第 95 页。

② 张爱玲在小说里借顾冈之口所提到的《文艺报》的文章，似应是《文艺报》第 4 卷第 9 期（1951 年 8 月 25 日）署名“志”的随谈《关于“新事物”》。

③ 张爱玲：《秧歌》，后记，第 191 页。

④ 参见杨奎松《1946－1948 年中共中央土改政策变动的历史考察——有关中共土改史的一个争论问题》，杨奎松：《开卷有疑》，江西人民出版社，2007，第 290～356 页。我在研究的过程中参照了该书许多资料和论点，特此表示感谢。

它直接干扰了领导土改的最高当局的主观意图和客观后果，所以，这三种倾向是中央文件中一再纠正、加以限制、反复强调的问题。但是，这些倾向在解放区的土改小说创作中，有没有得到准确的表现呢？对照历史真相与文学创作，比较清楚的是第一条，把富农，甚至中农都列入土改对象扫地出门，分其财产，正是中国农业社会长期以来形成的民间劫富济贫、平均主义的观念的延伸，也是土改过程中始终获得上层关注，并一再要予以纠正的左倾现象。而后两种现象，即使有关文件中一再被提出来警告，并要求纠正，但在实际操作中，可能在一定程度得到遏制，但没有被完全、彻底纠正过。正因为第一种左倾倾向曾经获得纠正，所以我们可以看到，在解放区出现的三部土改小说中，有两部突出了中农政策。首先是《太阳照在桑干河上》，小说的叙事结构是从暖水屯的富裕中农顾涌从亲家（富农）胡泰那里拉回一辆大车起始的，顾涌此行为的是帮助亲家躲避土改而转移财产。小说一开始就写顾涌驾车遇到泥坑，车轮陷在泥水里不能自拔，暗示了富裕中农的艰难处境。但是直到最后，顾涌虽然几经风险，暖水屯的土改还是没有没收他的财产，他便去主动“献地”。[①] 而顾涌的亲家胡泰也放下了思想包袱。其次在《邪不压正》里，中农王聚财先是被迫同意女儿与地主儿子订婚，土改后又被当做斗争对象分了土地，后来纠错了，又补还给他土地，女儿也实行了自主婚姻，这是故事的主要线索。丁玲虽然写了农会斗争恶霸地主钱文贵，但还是将很多篇幅都放在了顾涌这个人物身上；赵树理也没有正面写斗地主。这似乎可以看到，作家们亲历土改，最触动他们良知的，是土改运动对中农（也包括富农）的不公正的迫害行为。在政策允许的范围内，他们隐隐约约地写出了自己同情的一面，[②] 尽管他们不敢把当时对中农的掠夺和迫害直接写入小说，只是通过对中农政策的纠错，希望对解放区的土改执行者起到警示和提醒的作用。[③]

---

① 在土改前期，让富农主动“献地”也是带有强迫性的（参见丁玲《生活、思想与人物》，《丁玲全集》第7卷，河北人民出版社，2001，第436页）。

② 参见严家炎《〈太阳照在桑干河上〉与丁玲的创作个性》，严家炎：《史余漫笔》，三联书店，2009，第73～74页。

③ 据杨义的《中国现代小说史》介绍，《暴风骤雨》与《太阳照在桑干河上》“成为许多土改干部的行囊必备”（杨义：《中国现代小说史》第3卷，人民文学出版社，2005，第595页）。在当时基层干部水平低、文化程度普遍差的情况下，以小说代文件是可能的。但是，文件总是在总结了大量现实中的问题以后才产生的，与现实中执行文件的情况并不一致，从文件出发编造故事既含有树立正面典型指导现实的作用，也必然会遮蔽许多现实生活中的事实。

关于第二种左倾现象，即对地主的残酷斗争，解放区的三部小说都没有描写暴力土改残酷迫害地主的现象。暴力土改中的“暴力”描写，在《暴风骤雨》里是完全被遮蔽住的。周立波自己也说过，“北满的土改，好多地方曾经发生过偏向，但是这点不适宜在艺术上表现。……没有发生大的偏向的地区也还是有的。我就省略了前者，选择了后者，作为表现的模型。”① 当时东北土改的残酷性被周立波有意识地遮蔽了，即使“小”的偏向也没有涉及。但作家没有完全回避对地主的暴力斗争，他将消灭地主阶级的斗争放在残酷的武装冲突的环境下，用夸张的戏剧性的传奇手法描写地主如何勾结土匪武装袭击，先是他们杀害了我们的土改干部，在这样的铺垫下，即使描写了对地主阶级的歼灭也变得合情合理。《太阳照在桑干河上》比《暴风骤雨》更贴近现实一些，似乎无法完全回避清算地主时必然出现的暴力现象，作家既要描写这一场戏，又要显示暴力的合理性和适度性，颇费了一番心思。小说第五十章“决战之三”正面描写清算恶霸地主钱文贵，也写了群众动手殴打地主，但是很快就把笔调转向喜剧化，本来是悲剧性的冲突结果却以戏谑的形式结束。下面是钱文贵被罚写保状前后的具体描写：

> 钱文贵又爬起来了，跪在地上给大家磕头，右眼被打肿了，眼显得更小，嘴唇破了，血又沾上许多泥，两撇胡子稀脏地下垂着，简直不像个样子。他向大家道谢，声音也不再响亮了，结结巴巴地道：“好爷儿们！咱给爷儿们磕头啦，咱过去都错啦，谢谢爷儿们的恩典！”……一群孩子都悄悄地学着他的声调：“好爷儿们！……”
>
> 钱文贵跪在台的中央，挂着撕破了的绸夹衫，鞋也没有，不敢向任何人看一眼。他念道：“咱过去在村上为非作歹，欺压良民……”“不行。光写咱不行，要写恶霸钱文贵。”“对，要写恶霸钱文贵。”“从头再念！”钱文贵便重新念道：“恶霸钱文贵过去在村上为非作歹，欺压良民，本该万死，蒙诸亲好友恩典……”“放你娘的屁，谁是你诸亲好友？”有一个老头冲上去唾了他一口。“念下去呀！就是全村老百姓！”“不对，咱是他的啥个老百姓！”“说大爷也成。”“说穷大爷，咱们不敢做财主大爷啊！大爷是有钱人才做的。”钱文贵只好又念道：“蒙全村穷大爷恩典……”“不行，不能叫穷大爷，今天是咱们穷人翻身的时候，叫翻身大

---

① 周立波：《现在想到的几点》，李华盛、胡光凡编《周立波研究资料》，湖南人民出版社，1983，第287页。

爷没错。”“对，叫翻身大爷。”“哈……咱们今天是翻身大爷，哈……”“蒙翻身大爷恩典，留此残生……”①

这一章是小说的高潮。请注意，作家没有把钱文贵塑造成一个典型的“大地主”，他家里的地还没有富裕中农顾涌多，而且有一个儿子还参加了八路军。明显是属于“五四指示”规定保护的对象。但他又是恶霸，有民愤，同时他还被写成暖水屯土改的主要敌人，《太阳照在桑干河上》的斗争线索全是围绕着农会与钱文贵的冲突一步步展开的，称之为“决战”，理应是你死我活的斗争。可是我们看这一场最激烈的斗争场面的描写，作家把笔墨悄悄转移到土改斗争如何改变了农村的阶级关系，农民在心理上自我确认的信心得到了满足，但在表现形式上，却如同孩子的把戏，地主成了丑角，农民也像丑角。前一段描写小孩子学舌嬉闹与后一段成年人做文字游戏，可以对照起来读。看上去很激烈，其实是用故作轻松的手法淡化了暴力土改的严重性。当我们对比这两部土改小说时都会发现，作家采用的写法虽然不同，但是在正面描写暴力土改时，都轻轻地绕过或者改写了土改的真实历史。

第三种左倾现象是关于干部队伍里的坏人问题。这也是见诸中共土改文件的。但实际上呈现出来的情况远要复杂得多。土地会议以后，解放区土改与整党是同时进行的，有些地方甚至鼓励贫农来“篡政”，而许多出身地主富农家庭的干部都受到审查和批斗。也就是说，像文采、钱义那样的干部很可能就被整肃了。这是一个很复杂的问题，需要仔细辨析。

干部队伍中的坏人问题，农民出身的赵树理有一个非常简单的说法：“据我的经验，土改中最不易防范的是流氓钻空子：因为流氓是穷人，其身份很容易和贫农相混……可惜那地方在初期土改中没有认清这一点，致使流氓混入干部和积极分子群中，仍在群众头上抖威风。其次是在群众未充分发动起来的时候少数当权的干部容易变坏……我以为这两件事是土改中最应该注意的两个重点。”② 赵树理对农村基层干部队伍不纯的现象看得很严重，他的小说里一再描写这两类干部，一是混进革命队伍的流氓，二是坏干部。这是一个普遍的现象，许多作家都有涉及，张爱玲笔下的李向前之流固然如此，即使如丁玲笔下的主要的正面人物，暖水屯的党支部书记张裕民，在许多习性

---

① 丁玲：《太阳照在桑干河上》，《丁玲全集》第 2 卷，第 272 ~ 274 页。

② 赵树理：《关于〈邪不压正〉》，黄修己编《赵树理研究资料》，北岳文艺出版社，1986 年，第 100 ~ 101 页。

和语言上也仍带着流氓气。这是丁玲的现实主义创作的重要特点，尽管在歌颂一个农村基层干部，但也不回避人物身上早已存在的传统烙印。周立波在《暴风骤雨》第一部没有写到这样的角色，但仿佛为了弥补，第二部一开始就写了元茂屯的坏干部农会主任张富英。

那么，从当时的土改文件来看，中共高级干部所理解的坏干部是何种人呢？最早警惕农村干部中出了坏人的是刘少奇。李新的回忆录里记载了刘少奇在土地会议上严厉批评干部的话：“他批评晋察冀抗战胜利后骄傲自满……没有认真执行‘五四指示’，土改很不彻底，无论军队还是地方，都有地主出身的干部出来阻挠土地改革，这些人是抗日干部，很难过土改这一关，是半截革命者。他越批评越生气，说他到这里（晋察冀）看到土改不彻底，批评了右倾倾向后，这里的干部不服气，于是来个处处点火，户户冒烟，到处打人吊人，乱斗一起，这是对批评的对抗嘛……”① 看得出，土地会议之前，刘少奇对坏干部的理解还仅仅是执行政策不力，故意与其批评对抗而搞“左”倾暴力的基层干部，但他同时也敏锐地注意到，暴力土改中发生的打人吊人等现象，有时是干部强迫群众去做的。但接下来，刘少奇在土地会议上细心考察了解放区的各级干部，这一考察，考察出了党内和干部队伍的“严重的不纯状态”：“党政民县以上干部地主富农家庭出身者占很大百分比，区村干部及党支部中农是主要成分”，“军队干部多数是本地地主富农出身，老干部亦大多数娶地主女儿作老婆”，还有，“区村干部多年未改造，大多是完全不对群众负责，不受群众监督，在工作中强迫命令，其中私自贪污及多占果实者甚多。以前是贫雇农者，由于当干部现在大多成为中农或富裕中农与富农……少数最坏者则为新恶霸，各种罪都犯。脱离群众最甚者，常为村中五大领袖，即支书、村长、武委会主任、治安员、农会主任。”② 刘少奇对干部队伍中存在坏人问题的严重性的估计，远远超过了站在农民立场上的赵树理，毫无疑问，这些现象事实上都是普遍存在的。但问题是，作为中共中央的主要领导人之一，对于自己领导下的土改工作的基层、中层甚至高层中的党政军干部做出如此消极的估计，也是令人讶异的。由于这样的估计，他进一步提出了“唯一有效的办法”，就是“只有经过上述贫农团和农会，放手发动群众发扬民主，以彻底完成土地改革，改造党政民组织和干部”。这就是

① 转引自冯锡刚《李新笔下的刘少奇》，《随笔》2009 年第 4 期。

② 转引自杨奎松《1946－1948 年中共中央土改政策变动的历史考察——有关中共土改史的一个争论问题》，杨奎松《开卷有疑》，第 322 页。

刘少奇所说的，将有数十万党员及干部被群众抛弃、批斗甚至审判的背景，①群众运动甚至闹到军队，连陈赓这样的高级将领都受到了冲击。② 把党组织和现任干部靠边，由群众自发组织权力自主管理，这样的做法，不但不可能纠正干部队伍的坏人问题，反而进一步推动了极左路线和暴力土改，并且导致了混乱。在三本土改小说里，都写了土改中的整党，写得最具体的是赵树理，《邪不压正》中出现了贫农团，坏分子小旦混不进去了；《暴风骤雨》也写到清除张富英等基层政权的不纯分子时把真正的积极分子赶出基层组织等等；但都是轻描淡写一笔带过，掩盖了其中真正的严重性和混乱后果。作家们不可能写出刘少奇对党内现象的低调估计，也不可能写出因为整党而造成的对干部队伍的摧残。

可以推断，现实的土改中，在左倾狂澜的暴力中，顾涌也好，胡泰也好，王聚财也好，命运很可能都像唐占魁一样，躲不过家破人亡的迫害；钱文贵既然被划定为恶霸地主，也极可能会落得像韩廷榜那样的下场。钱文贵的儿子钱义参加了八路军，女婿张正典是村治安委员、村干部，因为钱文贵被镇压，肯定会受到牵连，作家在小说里已经有所暗示。钱义和张正典正是刘少奇批评的两类人：钱义属于“本地地主富农出身”的军人，张正典则属于“五大领袖”之一，在这场极左路线一时占了上风的暴力运动中，命运肯定都是悲惨的。所以我觉得讨论干部队伍中的坏人问题要分两面来看，一方面农村社会确实存在着赵树理估计的流氓分子掌权和坏干部的腐化变质，这些人没有接受过中共的马克思主义理论教育，只是想利用革命运动和混乱局面为自己抢得一点利益，一旦左倾思潮泛滥，他们就会推波助澜，在混乱中发展自己；但另一方面，土改中也确有另一种干部，他们出身于知识分子家庭或者地主富农家庭，对于左倾暴力和痞子运动本能地有反感，他们希望按照政策文件，理性地来解决农民的土地问题，也不要过分地迫害地主富农分子。他们是和平土改的潜在的支持者和拥护者。但是这批人在当时可能都被作为右倾分子整肃了，在 1940 年代的文学创作里，后一种人是被作为嘲笑的对象（如文采）来丑化地描写的，至今也没有得到公正的评价。

---

① 李新回忆录记载了刘少奇当时的讲话：“刘少奇说：为什么有些地方的土改搞得不彻底呢？因为这些地方的党组织严重不纯。以后搞土改，必须同时进行整党。……他认为现在问题很严重，要解决这一问题必须经过异常激烈的斗争。他估计在全国各解放区实行土改和整党，将有数十万党员和干部被群众抛弃，或被批判斗争，甚至被审判。”（转引自冯锡刚《李新笔下的刘少奇》，《随笔》2009 年第 4 期）

② 参见戴其萼、彭一坤《陈赓大将在解放战争中》，解放军出版社，1985，第 158 ~ 162 页。

土地改革毕竟是一场旨在彻底消灭地主阶级的暴风骤雨式的革命，没有任何前人的经验可以提供给中国共产党作为参考。他们直接的经验就是第一，二次国内战争中“打土豪分田地”的暴力行为；间接的经验是斯大林政权在1930年代初进行的消灭富农阶级、土地集体化的运动（肖洛霍夫的《被开垦的处女地》艺术地描写了这一运动），苏联也是利用国家权力采取强暴行径完成的，中国共产党唯一可以仿效的就是这个可疑的外来经验。尽管如此，中国共产党的领导者在最初仍然讨论和设计了用赎买政策来进行和平土改①的方案，暴力土改并不是一开始就设计好的，而是在实践过程中逐步发生的问题，这里既有主要领导人在决策上的错误，也有党内长期阶级斗争理论主导的影响，更有运动实践中广大农民群众中的平均主义、痞子运动的幽灵作怪。事实上，土改文件从来没有一个稳定的成熟的方法指导群众，而是在实践中一面犯错误一面摸索着发现错误和纠正错误，② 所以文学创作也只能在多变的政策文件、首长讲话中摸索着表现作家自己的看法。比如，中农政策问题后来得到比较彻底的纠正，作家在创作中就能够比较大胆地予以表现（尽管也只是从正面来表现）；整党和清理阶级队伍以及贫雇农路线后来似乎并没有得到彻底纠正和清算，文学作品里也只能是比较模糊地给以暗示性的表现，而土改中最突出的暴力现象，则被作家们小心翼翼地遮蔽了。

由此，我们对照历史来看，在1948年前的解放区土改中，赵树理、丁玲和周立波都参与了土改运动的实践，尽管他们可能并不了解党内高层领导对于这场运动的指导方针、政策路线一再变化左右不定的真实内幕，但他们通过实践的体会感受到土改中的中农政策、暴力土改、基层干部不纯以及贫雇农路线等问题，可事实上他们不可能用文艺形式来表现这一切，这是延安文艺座谈会以后所确定的党的文艺原则所决定的。但是他们可以按照自己对土改政策的理解，选择如何来表达自己的态度，如丁玲对顾涌的描写表达了对中农政策的理解，赵树理对小旦、小昌的描写表达了对基层干部有坏人的理解。关于土改中的暴力现象，他们都有意无意地回避了暴力的真相。可以说，在现实主义的创作原则和党的文艺原则之间，他们基本上是按照后者来进行创作，所以创作可以不忠实现实的本来面貌，只按照文件内容来编造故事情

---

① 关于中共可能采取和平土改的讨论，可参阅杨奎松《关于战后中共和平土改的尝试与可能问题》（《南京大学学报》，2007年第5期）。

② 参见杨奎松《1946－1948年中共中央土改政策变动的历史考察——有关中共土改史的一个争论问题》，杨奎松《开卷有疑》，第326页。

节和人物命运，但是，对于文件中不同取向的内容的选择，还是表现了作家的态度和立场。

三　作家的困惑例证：土改中的暴力现象与土改小说中的暴力描写

厘清了土改历史真相与文学创作的基本关系以后，我们似乎可以来探讨1949年以后土改小说式微的真正原因。张爱玲利用《文艺报》上的短论而引申出土改题材过时论当然是一种推测，也未必是唯一的原因。我以为作家在这个题材上遇到的最大困境，就是创作中如何来描写暴力的美学问题。因为在公开的土改文件上始终是强调非暴力的，要制止群众中乱打乱杀的行径；但在土改的过程中，如要完全回避则不可能。这与战争题材不一样，战争暴力在美学理论上是有所突破的，如战争可以分正义战争与非正义战争，在正义战争的范围内，暴力往往与英雄主义、爱国主义联系在一起。即使在战争本来就是暴力竞技场的古代社会，人们在欣赏文学作品里英雄献技的描写时，对暴力也会产生一种美学上的快感。由暴力描写产生的美学效果不能脱离两个先决条件，一是在特定环境下（如战争中）发生的暴力；二是这种暴力行为被意识形态渲染为具有正义性的。这两个条件是建构古典英雄主义美学的必要条件，如果脱离了这两个条件中的任何一个，暴力美学的积极意义就荡然无存。一旦离开了战争环境和正义性的认可，暴力就变成了强者对弱者的暴行。再联系到土改的现实，这是一场在共产党政权之下，面对手无寸铁、俯首投降的地主阶级的个体，使用暴行来消灭或者伤残其肉体的群众运动，显然不属于战争的范围。清算其以前或者其祖辈的罪恶，可以用法律来解决，而不能用非法的暴力行为，这是任何合法政权都应该懂得的常识。虽然土改解决了千百万贫穷农民的土地欲望问题，但采用暴力行为强取豪夺，本身是不可取的。[①] 这一点，连领导土改运动的最高当局也明白，所以有关土改的正式文件里很少有鼓励或者支持暴力行径的政策。但是，面对千百万群众在土改中发生的暴力行为，最高当局也不可能予以完全的制止和反对，因为几千

---

① 刘少奇后来承认：1947年暴力土改中，“被消灭的地主、富农、还有一部分中农，约有25万人。”“这个数字并不包含死于土改整党过程中的相当一批党员干部，也不包括那些因为遭受暴力致伤、致残的人员，更不必说因为这一大规模暴力浪潮所造成的大量财产以及生产方面的损失了。”（《刘少奇与苏联大使罗申的谈话》1950年8月26日，转引自杨奎松《开卷有疑》，第343页）

年遭受压迫与苦难的贫民无意识中蕴藏着的巨大的仇恨和报复性本身含有部分正义，而且其暴力的背后还有作为正统意识形态的阶级斗争观念作为理论上的支撑，所以暴力或多或少又是在领导土改的最高当局鼓励、理解和默许下形成的。根据文件精神来写作的作家们是无法解决这一矛盾的，他们既无法回避土改中的暴力现象，也无法像战争题材那样公然描写暴力美学，他们厌恶暴力，但又无法彻底给予揭露和批判，首鼠两端，形成了写作上的巨大困境。

我们看 1940 年代的三部土改小说，出现了三种不同的处理暴力的方法。一种是《暴风骤雨》式的，也是苏联文学中肖洛霍夫式的，[①] 他们把土改中的消灭地主富农阶级的斗争与战争环境联系在一起，是地主恶霸与土匪武装勾结杀人在先，激发了贫农阶级消灭地主阶级的仇恨，暴力土改在战争背景下有了合法性和正义性。第二种是《太阳照在桑干河上》式的，如前所分析，丁玲努力把土改中暴力行为喜剧化、把地主阶级丑角化，从而淡化了暴力的残酷性。第三种就是《邪不压正》式的，完全不涉及暴力土改。与赵树理相似的还有另一个解放区作家孙犁，孙犁写过一些与土改有关的短篇小说，也是完全不提暴力。

但是，回避暴力绝不说明赵树理对土改中的暴力行径视而不见，善良的赵树理对于农民无意识中蕴藏着仇恨的正义性与可怕性这一点，有着深刻的理解，远远超过了知识分子出身的周立波和丁玲，只不过他不愿意把这种正义与残酷混杂在一起的仇恨放在敏感的土改题材上予以表现在另外一部描写抗日民主根据地反奸反霸斗争的中篇小说《李家庄的变迁》中，他在描写农民对有血债的汉奸地主李如珍的肉体暴力时，毫无顾忌地显示出了可怕的一面：

> ……审完以后，全村人要求马上枪毙，可是县长不想那么办。县长是老根据地作政权工作的。老根据地对付坏人是只要能改过就不杀。他按这个道理向大家道："按他们的罪行，早够枪毙的资格了……" 群众中有人喊道："够了就毙，再没有别的话说！……" 县长道："不过只要他能悔过……" 群众乱喊起来："可不要再说那个！他悔过也不止一次了！""再不毙他我就不活了！""马上毙！""立刻毙！" 县长道："那也

① 肖洛霍夫的长篇小说《被开垦的处女地》的第一章就描写了白匪自卫军与富农勾结，阴谋武装推翻苏维埃，他们杀人在先，于是苏维埃暴力消灭富农阶级就有了正义性。周立波在 1930 年代就翻译了这部小说。

不能那样急呀？马上就连个枪也没有！”又有人喊：“就用县长腰里那支手枪！”县长说没有子弹，又有人喊：“只要说他该死不该死，该死没有枪还弄不死他？”县长道：“该死吧是早该着了……”还没有等县长往下说，又有人喊：“该死拖下来打不死他？”大家喊：“拖下来！”说着一轰上去把李如珍拖下当院里来。县长和堂上的人见了这情况都离了座到拜亭前面来看，只见已把李如珍拖倒，人挤成一团，也看不清怎么处理，听有的说：“拉住那条腿”，有的说：“脚蹬住胸口”。县长、铁锁、冷元，都说“这样不好这样不好”，说着挤到当院里拦住众人，看了看地上已经把李如珍一条胳膊连衣服袖子撕下来，把脸扭得朝了脊背后，腿虽然没有撕掉，裤裆子已经撕破了。

……有人进龙王殿去找，小毛见藏不住，跟殿里跑出来抱住县长的腿死不放。他说：“县长县长！你叫我上吊好不好？”青年人们说不行，有个愣小伙子故意把李如珍那条胳膊拿过来伸到小毛脸上道：“你看这是什么？”小毛看了一眼，浑身哆嗦，连连磕头道：“县长！我我我上吊！我跳崖！”①

我们说赵树理是当代中国最具有现实主义精神的作家一点也不夸张，唯有赵树理能够如此清醒、真实地写出农民暴力的可怕。在现代文学史上，第一个敢于描写农民痞子运动的作家是茅盾，他在《蚀》三部曲的《动摇》里生动地描写了大革命中农民运动的混乱与暴力，但他是把这些负面因素归咎于坏人混入农民队伍所做的破坏，而不是农民本身的问题；赵树理超越了茅盾，他直截了当地描写了农民积压在无意识中的仇恨一旦爆发出来的可怕性。在这里，我们通过赵树理所描写的细节，可以看到中国的现实主义作家还是留下了一个有关农民暴力的真实场景，不管它是以什么样的名义和背景被保存下来的。

当然，即使在土改运动中也有类似的真实情况，也是不允许被表现的。土改与严惩汉奸不同，后者在民族主义的正义性与狂热性交织的情况下，就如我们读岳飞的《满江红》中“饥餐胡虏肉”、“渴饮匈奴血”等暴力词句不会反感一样，民族主义所激起的狂热和非理性是最容易被理解为具有正当理由的，因为它是在最大层面上覆盖了群众的集体无意识。而土改运动所出现的阶级报复显然不能与民族主义报复相提并论。第一，在抗日战争中，地主

① 《赵树理全集》第1卷，第360～361页。

阶级作为民族血缘中的一个成员，大多数都拥护民族救亡活动，有些地主家庭成员也直接参与了抗战活动；第二，由于抗日民主根据地实行三三制，许多地主绅士还直接参与了当地政府的领导工作，被称作开明地主；第三，经过减租减息等运动，地主阶级虽然不会赞同土改，但在政府的正当理由与法令（实行耕者有其田政策）以及群众强大的威力下，也不是不可能被迫交出土地，也不排除少数地主会自愿献地[①]；第四，中共边区政府起初也确实准备实行赎买政策进行和平土改，[②] 而和平土改对于巩固解放区后方的稳定局面未必是坏事。在和平土改有可能实行的前提下，鼓励和煽动农民暴力土改，导致事实上已经放下反抗武器，甚至是没有反抗能力的20多万地主富农（甚至包括中农和干部）的生命在屈辱中被消灭，实在令人匪夷所思。所以，如果把赵树理所描写的农民暴力放到土改的背景下，来烘托暴力土改的正当性，是无论如何也不会产生美感的。

这就可以解释，为什么1950年代以后很少出现成功的土改题材的创作。从1949年到1952年，随着中共新政权的建立，整个大陆农村继续在进行土改，解放区曾经出现的暴力错误尽管在文件里得到了纠正，但是在阶级斗争理论和农民集体无意识的痞子作风下不可能完全被制止，暴力还是在延续，张爱玲在《赤地之恋》里描写的场景未必就是虚构的。但是，新政权的文艺政策与作家的艺术自觉都不允许在文艺创作中描写暴力土改的真实性，这一点与后来的伤痕文学暴露“文革”暴行不一样。“文革”是中央明确否定的，文艺创作能不能描写或者所能描写的限度，只是某种应时的策略，揭露“文革”罪恶本身并无违反中央文件的根本决策；而土改中的暴力，虽然部分得到当局遏制，但也没有公开对此进行反省与清算。土改的历史意义与进步宗旨本来无可置疑，但如果真实描写暴力，哪怕是渲染其正当理由，美学效果也会适得其反；如果完全回避了暴力，也就取消了土改的真实性。这是一个无法解决的矛盾，于是作家望而却步，遑论成功的创作。

在当代文学史上，前十七年中不是完全没有人尝试过土改题材的创作，但都未得到应有的反馈，我以为，关键的原因就在这里。可以举一个例子，秦兆阳在1940年代末创作过一篇短篇小说《改造》，采取了赵树理写《邪不压正》的方法，完全回避土改中的暴力行为，把农村基层组织（村农会）对

---

① 如陕甘宁边区的参议会副会长李鼎铭先生，因为提出精兵简政，受到毛泽东的重视，当选为边区政府副主席，他宣布将自己的家产全部裸捐给政府（参见朱鸿召《三三制的来龙去脉》，《随笔》2009年第1期）。

② 参见杨奎松《关于战后和平土改的尝试和可能问题》，《南京大学学报》2007年第5期。

地主王有德的改造写成是和风细雨、苦口婆心的劝说，甚至王有德冒险破坏庄稼被当场捉住以后，也没有采取法律制裁，而是用饥饿来强迫他，用离婚来威胁他，用鼓励来诱惑他，终于把地主分子一步步引向体力劳动，改造成为一个自食其力的劳动者。这是一个非常有意思的文本，作家显然不满意土改中的暴力，他与赵树理一样，希望土改中出现的消灭地主阶级的方式由暴风骤雨改变为和风细雨，对于如何把地主从剥削阶级改造成自食其力的劳动者，他设想了一套与人为善的方案，体现了知识分子参加革命后对于革命实践的独特理解和善良愿望。由于这篇小说是在 1950 年初发表，也就是土改运动即将从解放区的特殊经验推广为全国农村的普遍经验的时刻，我们不能排除作家希望它对以后的土改有一定的指导和规劝作用。但事实上，这样写出来的土改显然是脱离实际的乌托邦。

还可以举一个例子，即王西彦创作的《春回地暖》。这部小说出版于 1963 年，是 1950 年代以来难得的一部土改题材的长篇小说。在 1962 年中共党内重提阶级斗争长期性以后，暴力土改又有了新的意义，地主阶级凶残性特征加强了，出现了一批与地主阶级作斗争的小说和影剧作品。[①] 这部小说在叙事结构上明显受了肖洛霍夫《被开垦的处女地》的影响，作家为了强化阶级斗争的尖锐性，把故事背景放在湘东革命老区，将土地革命时期的农民与地主还乡团之间的血腥斗争与当前的阶级斗争联系起来，一开始就描写地主阶级主动进行地下串联，有计划地向农民和土改干部进行恫吓和报复，甚至多次杀人行凶。但是从另一面看，湘东地区土改是在 1950 年代初发生的，共产党的全国政权已经建立，正如小说所描写，地主阶级的基本队伍是老弱病残、孤儿寡妇，让这伙不堪一击的乌合之众主动进攻强大的新生政权，似乎很可笑。作家一再强调了地主的暴力与仇恨，写得非常夸张，可是在农民和土改干部的一方却始终生动不起来。我觉得问题还是在作家没有找到正面表达农民暴力的方式，结果是故事发展变得越来越阴暗，小说里的一个有亮色的青年女干部最后也被杀害了。1960 年代是个什么样的时代？阶级斗争理论甚嚣尘上，农民的形象也开始朝“高大全”的英雄标准发展，而王西彦所继承的，仍然是鲁迅开创的现实主义的启蒙视角，这样塑造出来的农民形象肯定不合时宜。所以，《春回地暖》似乎陷入了两头不着的困境：一方面，作家按照传统的启蒙视角写人物，结果导致了对农民形象的消极描写；另一方

---

① 当时出现的一批表现农村阶级斗争题材的创作，都重新强调了与隐藏的地主阶级的继续斗争，如戏剧《夺印》、《箭杆河边》、长篇小说《艳阳天》等。

面，为了强调土改暴力的合理性，不得不强化地主阶级的残忍报复，结果把正面的力量表现得很软弱，土改暴力的严重和激烈难以表现。当代文学史几乎不提这部长达900多页的鸿篇巨制，似乎不太公正，但也是自有其原因的。

王西彦的《春回地暖》和秦兆阳的《改造》虽然内容完全不同，但是在回避土改暴力这一点上是相通的。秦兆阳把土改写成一场和风细雨的改造人灵魂的工作，而王西彦则以强调土改中地主阶级的疯狂进攻，为还未出场的土改暴力寻找正当理由。他们宁可违反生活真实，也要小心翼翼地避开对暴力的描写。从表面上看，这可能是出于作家内心深处对暴力的厌恶和羞耻，而更深的原因可能是他们没有能力来解释，为什么土改非要走如此残酷的暴力途径不可，也没有能力来解释，为什么在土改中会发生如此暴力的行为。在当时的历史环境下，要解释这些问题显然超出了他们个人的能力，他们不能不回避这一噩梦般的血腥事实。

四 “文革”后文学对于民间暴力与痞子因素的反思

对土改暴力认真、深刻的反省始于“文革”以后的文学创作。中国经历了一场史无前例的人为浩劫，全国上下都深受其害，才有了反省苦难、残酷的心理准备。“文革”中阶级斗争理论夸张到了极致，无数受害者在红卫兵运动中经受抄家、批斗、毒打、扫地出门、非法审讯、牵连子女，直到家破人亡，所有这一切都是在“文革”这个革命的代名词下为所欲为地完成的。当时的各级政府都陷于瘫痪，党的组织也都靠了边，“革命群众”、“造反组织”自行当家做主，社会进入了疯狂的群众运动，暴力土改的历史仿佛又一次轮回。所以，凡经历过“文革”灾难的人再回顾土改的暴力行为就不会感到陌生，而且，反思文学一旦超越1957年反右运动界线，就不可遏止地直逼人性的拷问和暴力的追索，那就不能不把暴力土改作为反思历史发展的一个环节加以考察了。

文学通过形象思维总是走在其他学科的前头，当现代历史学者还纠缠在一个个具体的冤案能否平反昭雪的时候，优秀作家的思考已经超越了历史层面，进入对人性的残酷拷问。文学的任务，不是要解答土改是否合理的问题，而是要解答土改为什么要使用暴力，有什么必要使用暴力，这个暴力与以后的“文革”中的暴力究竟有什么关系，暴力究竟是来自人性自身倾向，还是来自社会的建构需要等等。问题是由追究“文革”暴力开始的，探索的眼光自然会落到土改的暴力。两者之间的相似性实在是太明显了。① 因此，“文革”后文学虽再也没有什么土改题材，但是以暴力为对象的文学追究，必然绕不过土改的问题。

最先反省这个问题的是山东作家张炜的长篇小说《古船》，即使在今天看来，这部小说仍然有经典的意义。山东是革命老区，土改进行得最为惨烈。作家以山东地区洼狸镇为背景，描写了从 1940 年代末的土改开始到“文革”结束后改革开放近 40 年的历史变迁。主人公隋抱朴出身地主家庭，亲眼目睹了几十年来暴力不断的惨烈事件。他苦苦思索人性与暴力的关系，始终警惕在历史的轮回中暴力会以各种新的名义死灰复燃。他苦读《天问》与《共产党宣言》，《天问》所问的是宇宙最根本的问题，而这一问题的答案则是在《共产党宣言》里找到的，那就是人类私有制度和贫富的不均与分化，最终会让人们在争夺利益过程中变得冷酷无情，暴力是人性异化的必然产物。在这样一个宏大的理论背景下，张炜成为当代文学史上第一个把土改中的暴力作为一种病例个案，放在人性的聚光灯下加以解剖和考察的作家。在其思维力度所能够达到的范围内，他把暴力视为人性异化的结果，超越了政党与政治的斗争。在小说的第 16 章到第 18 章，整个叙述一气呵成，叙述人既是主人公隋抱朴，又是作家本人，两条不同线索夹叙夹议，交织在一起，几乎时空不分地讲述了人间暴力的轮回交替：有农民对地主阶级的仇恨与报复，也有地主还乡团反攻倒算的血腥暴力，这是对赵树理书写农民无意识的复仇暴力的一次大突破，作家非常清醒地把好了一个关：是仇恨激化了人性深处的暴力，每个地主的家族和血统，在长期的贫富不均的社会制度下都犯有罪恶，而苦大仇深的农民在复仇中也情不由己地以恶报恶，于是，就出现了这样的场面：

……有一个老汉手持镰刀，走到杆子下边，猛然砍断绳子。“面脸”（一个地主）倏然落下，跌得七窍出血。一伙人围上去就踢，老汉挥手挡开，伸着镰刀问台上的干部：“我儿子给‘面脸’扛了五年活，伤了腰，卧炕不起。我要剜‘面脸’一块肉煮汤给儿子治腰！这个要求过分不?”

---

① 刘少奇在领导土改工作时，要求各下属翻印毛泽东的《湖南农民运动考察报告》作为工作指导（参见杨奎松《1946－1948 年中共中央土改政策变动的历史考察》）。而“文革”一开始，红卫兵运动的主要理论依据也是这部著作。毛泽东的著名语录：“革命不是请客吃饭，不是做文章，不是绘画绣花，不能那样雅致，那样从容不迫，文质彬彬，那样温良恭俭让，革命是暴动，是一个阶级推翻另一个阶级的暴力的行动。”正是来自那部著作，这些语录直接支持了群众的暴力行为。刘少奇自己也成了群众暴力的对象和冤死者。

> 干部还未表态，人群就嚷："快割快割！"老汉低下头去，在一阵惨叫声里剜下了巴掌大的一块肉，高举过顶，对台上喊一声："我们的账结了！"说着跑走了……①

小说里还有许多可怕的描述，但这个细节是最震撼人心的。首先，作家张炜把鲁迅在《狂人日记》里的狼子村佃户吃了一个恶人的故事重复了一遍，② 把吃人的民族历史从古代延续到了现代。其次，这个细节表达了土改中的暴力不仅仅是因为混进农会的流氓坏人作祟（尽管小说里也塑造了一个十恶不赦的流氓赵多多），真正的阶级报复是来自被奴役者集体无意识的创伤记忆。小说里描写的批斗会上，除了一个有姓名的坏人赵多多以外，所有施行暴力的全是没有姓名的"老汉"、"老婆婆"、"民兵"等，他们个个苦大仇深，共产党既然给了诉苦申冤的机会，他们内心深处的火山一旦爆发出来，谁也挡不住人性深处的恶魔性因素决堤而泻，弥塞了他们整个心智。但是，人性的拷问还没有结束，紧接着作家又以同样煽情的笔调描述了地主还乡团对劳苦群众和土改干部的疯狂报复，照样是血流成河的屠杀和骇人听闻的酷刑。

> ……在一个阳光明媚的上午，栾大胡子在多人的注视下，被绳索套住，缚上了五头黑牛。栾大胡子大骂不止。有人喊着号子，另外五人各自鞭打黑牛。黑牛扬脖长啸，止步不前。又是鞭打，又是长啸。这样折腾了半天，五个牛才低下头去，缓缓地往前拉。栾大胡子骂着，最后一声猛地收住。接着噼噼啪啪的碎裂声。血水溅得很远；五条牛身上同时沾了血，于是同时止步。当夜，还乡团又从碎肉中分离出肝来，炒菜喝酒。……③

如果说，前面所描写的老汉剜了地主的肉给儿子补身体的细节，对应了《药》里华老栓用烈士夏瑜的血来做治疗肺痨的药，④ 对应了狼子村佃户集体吃了一个恶人的故事，那么，对还乡团的兽性大发的描写，让我们又一次会

---

① 张炜：《古船》，人民文学出版社，1987，第264～265页。

② 参见鲁迅《狂人日记》中的描写："前几天，狼子村的佃户来告荒，对我大哥说，他们村里的一个大恶人，给大家打死了；几个人边挖出他的心肝来，用油煎炒了吃，可以壮壮胆子。"（《鲁迅全集》第1卷，人民文学出版社，2005，第446页）

③ 张炜：《古船》，第263页。

④ 参见鲁迅《药》，《鲁迅全集》，第1卷，第463～472页。

想到鲁迅笔下出现的徐锡麟被杀后清兵的兽性报复。[①] 张炜非常尖锐地指出，暴力不仅是农民大众的本性，也不仅是地主阶级的本性，而是几千年私有制度形成了贫富不均的制度，形成了阶级剥削和压迫，积累了难以消解的仇恨，一代一代以暴易暴的斗争彼此交替，终于促使了人性向兽性的倒退。在反省了私有制是仇恨总根源的基础上，张炜把暴力与人的攻击本能和侵犯性联系在一起，从检讨人性的角度给以展示与考察。

《古船》对暴力的反省达到了文学史上最高水平。作家张炜不是一般地揭示人性与暴力倾向的内在关系，而是把人性中的暴力视为阶级斗争的一个必然后果，是人性在阶级社会中异化的产物，这样，就与一般地从抽象人性角度来探讨暴力划清了界限；同时，他也没有把土改中的暴力行为仅仅归结为少数流氓痞子的本性使然，而是把暴力视为一定阶级关系下必然性的表现：既是农民的，也是地主的。换句话说，所有的人在特定的历史环境下都可能产生暴力行为。我觉得张炜对暴力的考察达到了很高的境界。我在几年前曾探讨过张炜和阎连科作品里表现出来的恶魔性因素，这种因素其实是人的生命的原始冲动力，它一旦爆发出来就会对世界构成巨大的破坏性。而暴力正是恶魔性因素的一个突出表现。弗洛伊德把这种因素界定为人的攻击性和侵犯性本能，如果从进化论的角度看，暴力应该是人类从动物由低级向高级进化过程中残留的动物本性。在弱肉强食、适者生存的过程中，暴力是动物捕食、生存不可或缺的能力，它是以强力破坏另一个生命为主要表现特征。即使现在，人类对动物仍然在使用各种暴力攫取它们的生命。但随着人类文明的进化与发展，人类自身对暴力有了限制，尤其是建立了国家这一阶级统治的工具以后，人类个体生命的暴力倾向被法律禁止，但同时又被升华到国家机器的功能，通过国家化的形式，转移了人类个体生命的暴力倾向。现代社会由国家暴力来转移个体生命的暴力，一方面是人的攻击本能和侵犯本能受到了国家机器（法律、军队、警察、监狱等）以及社会制度、社会风俗、道德宗教等意识形态的约束；但另一方面，国家以更大的利益驱动利用了暴力，如发动对外侵略战争，对反抗者实行武装镇压，法西斯的集中营，灭绝种族的焚尸炉，监狱制度下的“躲猫猫”，以及关于英雄主义暴力的渲染和意识形

---

① 参见鲁迅《狂人日记》中描写：“从易牙的儿子，一直吃到徐锡林。”（《鲁迅全集》第1卷，第452页）相关注释9：“徐锡林，隐指徐锡麟（1873～1907），字伯荪，浙江绍兴人。……7月6日，他以安徽巡警处会办兼巡警学堂监督身份为掩护，乘学堂举行毕业典礼之机刺死安徽巡抚恩铭，率领学生攻占军械局，弹尽被捕，当日惨遭杀害，心肝被恩铭的卫队挖出炒食。”（第456页）。

态的教育等等，都使暴力变得合法。这样，人类进化中的原始的暴力性，在现代社会中可能转化为两种形态，一种是民众的暴力，它是在国家法律制度的约束一旦松弛的情况下，由民众的集体无意识决定了它的暴发；另外一种是国家暴力，即通过国家机器在现代文明制度下履行使命的暴力，它的前提是维护国家统治者的根本利益，并且以统治者的利益为核心，分出多个社会阶层，当有一部分人被宣布为国家政权的敌人，不再受到国家法律的保护，那么，这部分人就理所当然地成为国家暴力的对象。

张炜的深刻性还表现为对这两种暴力的关系进行了充分的描绘。同所有土改题材的创作一样，《古船》对于解放区土改的全过程有准确的把握，小说具备了所有的土改细节：首先是暴力与土改的最初宗旨的冲突，小说里的工作队王书记被塑造成一个严格执行土改政策、反对群众暴力的人，他甚至说了这样一句："发动的是群众的阶级觉悟，不是发动一部分人的兽性!"① 但问题是，一旦群众真的发动起来，连王书记也控制不了局面。接着是土改复查中王书记和洼狸镇的土改工作被批评为"右倾"，于是左的暴力狂潮开始泛滥，乱打乱杀从此开始，三天里在非法酷刑下死了十多人，其中最多五个人是有死罪的。王书记带来了"巡回人民法庭"，宣布这是违反政策的，但有人当场在下面呼喊打倒富农路线。再紧接着，地主还乡团回来疯狂报复，更残酷地杀害了土改干部和无辜农民，人们又开始后悔，后悔当初没有把那些家伙更多宰一些，大家恨不能重新开一次杀戒才好。当这种仇恨被带到了战争，也就成了大批农民参军投入解放战争的驱动力。

《古船》所描写的场景完全符合后来历史学家关于土改的研究成果。土改暴力，以前常常被学界认定是事先由土改当局设计好的、为紧接而来的战争服务的举措，但是现代历史学家的研究表明，土改最初是因为抗战胜利后农民对土地的进一步的要求，这是重新分配国家资源的一个民间自发的举措。抗战胜利以后，国共两党都考虑过用土改来满足农民渴望土地、重建家园的愿望，尤其是在广袤的敌后抗日根据地。而中共抢在前面实现土改，是由它一贯地站在民众立场的宗旨所决定的。当局起先并未启动暴力的动员，而是采取了一系列措施，试图实现和平土改和赎买政策；但是随着土改的深入和出现的新情况，尤其是当局的长期指导思想是阶级斗争理论，认为不通过残酷斗争，地主阶级是不会轻易放弃田地的，他们的经验是大革命时期的农民

---

① 张炜：《古船》，第 295 页。

运动，所以本能地站到了民众暴力的一边。[1] 结果造成的是国家（政权）暴力非但没有升华、转移和替代民众的个体暴力，反而由民众暴力取代了国家（政权）的意志，国家（政权）鼓励了民众的暴力，最后发展到无法无天不可收拾的惨局。这样的惨局，在“文革”中又重演了一遍。由党的领袖的名义来鼓励和号召民众暴力，一旦民众的集体无意识占领了上风，暴力就变得不可驯服和难以收拾，反过来取代了本来应该由国家暴力来完成的工作。

张炜不是为清算土改暴力而写土改小说，他是通过土改暴力的思考，提出了私有制为暴力根源这一假设，通过隋抱朴与弟弟隋见素的辩论，强调了如果对人类本身的暴力倾向何来何去的缘由没有搞清楚的话，不管是谁掌握了洼狸镇的政权，苦难、残酷、暴行仍然可能重新出现，也就是说，在人类社会理想的图景里，至今还没有办法完全消除暴力。《古船》是从改革开放以后，隋、赵两家重新争夺洼狸镇的经济命脉——粉丝厂的领导权开始写起，逐渐深入到对土改暴力的思考和反省，土改不仅仅作为一种题材，而是作为一个历史参照系来对当下的社会问题进行思考，即在新一轮的国家资源再分配的关键时候，我们有没有充分吸取历史教训，做好了足够的精神准备。这是张炜创作的起点，从以后中国改革开放的历程来看，他不但具有超前意识，而且具有先知的意味。理解了这一特点，我们就能理解张炜后来创作的一系列重要小说，如《外省书》、《能不忆蜀葵》、《浪漫与丑行》以及《刺猬歌》等作品，为什么要对改革开放以后资本主义原始积累式的贪婪和邪恶进行深恶痛绝的批判。

《古船》以后，关于土改暴力的反省还在继续中。尤凤伟也是山东籍作家，他的小说多次涉及土改背景，但他更多的是在人性本来的意义上探讨暴力的来源。在尤凤伟看来，暴力是被一种遮蔽人性的仇恨观念所唤起的，他在小说《诺言》里描写土改前的李家庄本来有着千年不变的文化传统，然而，土改使一切都被颠倒过来。“与数千年漫长岁月相比，这一切几乎是变化于一夜之间，惊喜而迷茫的人们甚至来不及对发生的一切进行思索，只好运用便当的翻转逻辑来衡量客观是非：‘大肚子’都是坏蛋，穷兄弟都是好人；有钱是罪恶，赤贫最光荣；革命就是造反，造反不讲仁义……”[2] 这些观念，是一夜之间由土改带来的根本性的变化。正因为是观念带来了暴力，所以，尤凤伟也天真地相信，只有人性的善良和道德重新被发现，才可能避免人类的

---

① 关于土改的最初动机是当局出于战争需要，还是民众先行？在杨奎松的论文《关于战后中共和平土改的尝试与可能问题》中有详细的论证，证明后者的可能性比较大。

② 《尤凤伟文集》第1卷，山东文艺出版社，1997，第20页。

暴力行为。在一篇叫《小灯》的作品里，他写出了一个土改运动中“人性之光在瞬间微弱的一闪”的故事。因为一个穷苦农民同情和怜悯地主，私自放走了那些受难者，结果牺牲了自己的生命。但是，据说在还乡团复仇的时候，那些受过那个牺牲者帮助逃命的人阻止了血洗村庄的行为，而且这个村庄从此就没有发生过“非正常死亡”事件。在长篇小说《衣钵》里，作家又写了一个老实农民出于同情，帮助一群学生逃出解放区，自己终于被迫害死去的故事。从人性善良的角度来纠正、战胜土改暴力的还有严歌苓的《第九个寡妇》，作家把人性之美写到了极致，以至于在更为广宽的人性的背景上，暴力也已经变得微不足道了。

在另一个向度上，刘震云与张炜一样，也是从现代社会历史的发展中来考察暴力与政权、人性的关系。但是刘震云更多地把注意力放在描写中国的地方政权与民间的痞子运动如何结合在一起，从而构成了一个暴力的民间社会。《天下故乡黄花》从民国初年孙、李两家为富不仁争夺村长位置写起，他们同样是利用了民间的土匪流氓力量来争权夺利，故事一直延伸到“文革”中的两派武斗，比《古船》更进一步地揭示了民间的痞子运动是如何与政治斗争遥相呼应的。这又深入到另一个与土改暴力相关的问题，即群众运动中的痞子因素。“文革”后的农村土改小说中对于痞子的揭露仍然继承了赵树理的尖锐性，如《古船》里的赵多多，《天下故乡黄花》里的赵刺猬和赖和尚等等，这是中国农村特有的一种人群，需要作进一步的分析。

我在这里还想指出导致暴力土改的另外一个学者们似乎都没有注意到的因素，那就是蕴藏于中国农民社会中的自发的破坏性因素，也就是所谓的痞子作风。这种破坏性是中国民族传统中特有的。在有几千年历史的传统农业社会中，在长期的贫富不均和土地兼并中，必然会出现大量丧失土地的农民，沦落为农村流浪汉，他们的背后有一个江湖的社会关系来支撑其道德空间。毛泽东在《中国社会各阶级的分析》里称其为游民无产者。在1926年中国共产党革命刚开展不久，毛泽东就注意到这群人与革命的关系：“处置这一批人，是中国的困难的问题之一。这一批人很能勇敢奋斗，但有破坏性，如引导得法，可以变成一种革命力量。”① 我们要注意，毛泽东在这里用了“处置”和“引导”一对动词，既表明了革命与这群人的距离，又抱有热情的期望。按照毛泽东的解说，似乎游民无产者可以归入流氓组织的范围，其实，

① 毛泽东：《中国社会各阶级的分析》，《毛泽东选集》（一卷本），人民出版社，1966，第9页。

是否参加民间秘密组织并非是游民无产者的主要特征，而无固定职业和收入，无固定居住的社会环境，无固定的社会道德和法律观念，才是这类社会群体的普遍特征。他们可以是流氓、土匪、青红帮，也可以是一般的雇农和工人，而后者的社会身份更加具有影响力，在他们身上，体现出对既成秩序的强烈的仇恨和破坏欲望。这群人在传统社会里就是江湖上的流浪者，如《水浒传》里的赤发鬼刘唐、黑旋风李逵、九纹龙史进、白日鼠白胜等等，均属此类。往好里说是江湖好汉，往坏里说就是泼皮流氓、亡命之徒，他们挤入了官场就是董超、薛霸，蔡福、蔡庆，占领了山寨就是吃人心肝的燕顺、王英，混入黑社会就是恶霸老大如混江龙李俊之流。他们身上并没有反抗阶级压迫和社会秩序的自觉，因为他们作为个体在社会上是弱者，不可能产生成熟的反抗愿望，但是他们具有破坏性，一旦个体会合成疯狂的群体，他们马上就成为最活跃也是最有力量的人物。

现代文学里，鲁迅天才地创造了阿 Q 这个人物，虽然他是从挖掘国民劣根性的角度来塑造阿 Q 的典型性格，强调了他身上的软弱的一面，但是在本质上，阿 Q 仍然是属于游民无产者的族类。阿 Q 没有一身武艺，没有足够的胆量，但是他在没有固定职业、固定居所以及固定道德方面，具有鲜明的特点。他看上去软弱可欺，那是因为在宗法制度比较严厉、社会秩序比较稳定的状况下，这类人被压制在社会底层都被折了锐气；一旦王纲解纽，秩序混乱，这类人马上就觉得有机可乘，出来浑水摸鱼了。鲁迅写阿 Q 处在辛亥革命高潮时期，照样兴高采烈地看杀革命党人的头，梦想抢劫赵老太爷家的财物和女人，向往白盔白甲等等，这是阿 Q 对革命的流氓式的理解。如果以后一旦当上了农会干部领导土改，他就可能把痞子精神发扬到极点。

《天下故乡黄花》里写土改后的头一个大年三十，村干部赵刺猬和赖和尚守着村公所百无聊赖，决定提审两个年轻的地主家媳妇，起先他们很害怕，很紧张，但渐渐地放大胆子，终于怀着大苦深仇强暴了两个妇女。他们以前娶不起媳妇，赵刺猬的母亲因为与地主私通事发而自尽，赖和尚偷听别人的房事而自取其辱，现在到了他们舒畅地享用地主女性的时候了。用赵刺猬的话说：“亲娘，舒畅死我了，当初俺娘就是这么叫你大爷舒坦的吧!”用赖和尚的话说：“过去的地主是会享福，那娘儿们，一身子白细的嫩肉。我的娘，可舒坦死我了!”①

---

① 刘震云:《天下故乡黄花》，中国青年出版社，1991，第 235 页。类似的细节在贾平凹的《秦腔》里也写到过，村干部夏天义看到地主老婆的红色内裤而激动不已。这与阿 Q 看见地主家的宁式大床产生的性的联想何等相似。

这些话，如果对照鲁迅笔下的阿Q，恨恨地想着赵家、钱家的女人们的情景，我们会感到几乎如出一辙。我们现在常常把鲁迅创造的阿Q当作一个喜剧性的人物，当作是落后愚昧老实可欺的农民典型，其实是不对的。中国农村中的游民无产者是一种非常可怕的负面的社会力量。他们混迹于底层阶级的队伍之中，在乌合之众中起到了中流砥柱的作用。他们兴风作浪，很快成为核心人物。痞子因素在他们身上表现得特别突出，然后会在混乱中慢慢传染到一般人的身上，成为一种运动中的暴力现象。

群众是一个复杂含混的概念，来自游民阶层的痞子因素，与一般劳动人民由于受剥削和压迫，由于苦大仇深而爆发出来的复仇因素，不完全是一回事，但是在过激、狂热、冲动的群众暴力过程中，两者往往是分不清楚的。这里又涉及另一个问题，即群众运动问题。诚如法国社会学家古斯塔夫·勒庞所描绘的："在某些既定的条件下，并且只有在这些条件下，一群人会表现出一些新的特点，它非常不同于组成这一群体的个人所具有的特点。聚集成群的人，他们的感情与思想全部采取同一个方向，他们自觉的个性消失了，形成了一种集体心理。"勒庞不认为只有社会底层和游民无产者才可能产生乌合之众，有教养的人之间也会形成这样的群体："单单是他变成一个有机群体的成员这个事实，就能使他在文明的阶梯上倒退好几步。孤立的他可能是个有教养的个体，但在群体中他却变成了野蛮人——一个行为受本能支配的动物。他表现得身不由己，残暴而狂热，也表现出原始人的热情和英雄主义。"① 我们把这个假设放置到土改的狂热环境下，一般劳动人民（主要是农民）、知识分子、干部等社会群体在特殊的气氛下一旦形成了一个群体的激昂氛围时，几乎所有的人都会陷入到类似疯狂的非理性的群众心理陷阱，不能自控地跟着集体无意识去实行暴力。于是，我们大致可以描绘出土改暴力的几个层次：占据核心地位的是游民阶层的痞子因素，进而利用了混乱的群众心理传染给一般的成员，再进而就构成群体的暴力行为。问题在于，领导土改的最高当局出于对群众运动的信任，把群众运动中出现的革命热情、狂欢现象与群众中出现的痞子因素混为一谈，把群众运动中出现的过激行为、违法行为和暴力行为，都视为群众情绪的正常发泄，甚至有意无意地利用群众的过激行为去搅乱和摧毁政治上的敌人阵营。在支持群众运动的口号下，遮蔽了游民阶层痞子因素的危害性和严重后果。

---

① 古斯塔夫·勒庞：《乌合之众——大众心理研究》，冯克利译，桂林：广西师大出版社，2007，第45、51页。

如果仅仅是信仰与实践阶级斗争理论，还不至必然导致暴力土改，因为和平土改同样可以消灭地主阶级，实现耕者有其田。只有在坚持阶级斗争理论的同时纵容了民间自发的痞子因素，挑动了游民无产者阶层的阶级仇恨和阶级报复，激发了人性深处的恶魔性因素，才能够为民间暴力提供理论和场所。本来国家机器作为一种阶级压迫与镇压的工具，可以通过国家的合法形式来完成的暴力，现在却转让给民间自发的暴力形式来完成，其结果是，民间暴力可以不负任何责任，它是以乌合之众的群体形象出现的。民间暴力留不下任何可靠的文字记录、法律档案以及历史真相。对于一个受过法律判刑的受难者，他的命运是能够在文字档案中呈现的，但是在群众暴力下命丧黄泉的人，却没有任何可靠的正规的档案记录。这种奇特的施行暴力的形式及其严重后果，由于不能见诸任何同时代的合法的历史文件，所以只有文学才能来承担这一份历史书记官的责任，只能靠作家用虚构的形式、想象的方法以及审美的特点，来保留一份真实的社会历史的档案。这就是我们今天研究表现土改暴力的小说的价值所在。

五　结语

讲到这里，差不多已把60年来中国当代文学创作中的土改题材做了一个简单的回顾。我在这里所尝试的将历史研究最新成果与文学创作进行对照比较的研究方法，其实是一个冒险的尝试。因为我们知道，艺术的真实并不在于艺术作品能否接受历史真实的检验，而我做这项研究的真正目的也不在于此。我希望通过历史史料来窥探构成艺术本体的真实性的来源，比如构成张爱玲创作土改题材的三大因素：中农政策、民间暴力、流氓掌权，恰恰是土改运动中的三个比较突出的问题。所以，当我们评价其土改小说的时候，作家事先预设的目的反而不重要，艺术的真实形式是通过其内在逻辑的自然发展而形成的，张爱玲身在海外可以没有障碍地将这种内在逻辑完整表达出来，而在解放区的丁玲创作富裕中农顾涌、富农胡泰等形象时，显然采取了与内在情节的逻辑发展不一致的方法，所以她只能点到辄止，无法再按照她自己的愿望写下去。文学史发展的结果表明了，张爱玲的土改表达与几十年后的张炜、刘震云、尤凤伟、严歌苓、莫言等作家笔下的土改表达构成了一致性。

对于在土改过程中出现的、权当土改文件参考读物的几部小说，我们在今天也应该有一个实事求是的评价。我注意到有青年研究者吸取了历史学家的成果，把土改叙事分为两种，一种为官方立场的“表达性建构”，另一种为相应于实际情况的“客观性现实”。[①] 这是指历史学的描述而言，就艺术创作而言，本来无所谓哪种创作方法更“真实”一点。所谓生活真实，是指生活中曾经发生的事件经过，它不承担对事件本身的评说和主观分析，更不是通过讨论来介入事件性质的界定，除非是关于这些评说、分析、讨论本身的陈述。现实生活中，某甲被某乙打死了，是怎么打而致死的，当事人和旁观者是怎么叙述这件事的，有关事实经过的陈述，属于生活真实。至于这究竟是什么性质的事件，谁善谁恶的问题等等，已经超出了生活真实的范畴；我们过去常常把作家对于生活真实的理解以及相关的意识形态的阐述，都列入生活真实的范畴，那就使生活真实渗透了主观因素，变得模糊不清了。所谓艺术真实，是指作家在某些生活真实因素的刺激下产生的联想、虚构、描述以及艺术表达的能力。面对历史事件的“真实”，艺术真实只是表达一种如何“看”的立场、态度和描述能力。随着时间的推移，历史事件的真实性并不影响艺术真实的本身建构。然而，艺术真实所真正关心的是这些文学自身的表达有没有充分的合理性（艺术的内在逻辑），其标准之一，就是看艺术所呈现的事件是否合乎人性标准。这就是雨果《九三年》中在描写郭文沉思时的一个著名论断：在绝对正确的革命之上，还有一个绝对正确的人道主义。[②] 可以举一个例子：在古代文学作品里，作家为了表达被压迫者的仇恨而描写农民起义军用酷刑对待地主官僚，如《水浒传》里屡次出现吃人心肝等酷刑的描写，在元代游牧民族统治下的社会环境可能不那么尖锐，但是在现代法治国家的社会环境下就会令人反感。所以，鲁迅要在五四新文学运动之初反复描写各类“吃人”事件，要将古代封建文化和游牧文化的环境下可能是习以为常的人性陋习惊心动魄地揭示出来，警告现代文明的进化将不允许野蛮俗习继续发生。而在“五四”现代审美规范熏陶下的作家丁玲、周立波等人，即使赞美农民的复仇，也不会赞同民间自发的暴力行为。他们在创作里故意淡化、回避暴力现象的描写是很正常的，除了党的文艺性质以外，还是有现代审美的习惯在起作用，他们的良知不允许去赞美暴力。我们从作家们小心翼翼地处理生活中真实细节的过程中，可以看到他们的良知仍然在悄悄起作用。

当“文革”后的文学再度涉及土改题材时，作家们经历了“文革”的浩

---

① 参见黄勇《“真实”的抒写——张爱玲土改小说论》，《二十一世纪》网络版第 24 期，2004 年 3 月 31 日，http：//www. cuhk. edu. hk/ics/21c/；《历史的介入与还原——论尤凤伟的土改小说写作》，《中国文学研究》2006 年第 2 期。

② 参见维克多·雨果《九三年》，郑永慧译，人民文学出版社，1978，第 397 页。

劫以后，眼光早已经超越了对土改事件本身的关心。作家们思考的是人类暴力的起源与人性问题，总结的是整个20世纪中国革命历史的经验和教训，他们沿着鲁迅的批判国民性的思路继续挖掘民族传统中的缺失，终于找到了游民阶层的痞子因素与革命运动的复杂关系，从大革命时期的农民运动，到1940年代的土改运动，再到“文革”中的暴力和灾难，他们找到了一脉相承的因素，这种因素不仅伤害了国家的现代化进程和民族素质的更新，而且对于企图利用和引导它的革命政党自身也带来了无可讳言的损失。

“文革”后出现的土改书写，文学与历史的意义已经截然分开。历史学者把一系列数据举证出来，推断土改运动的是非功过，而文学领域的创作则已经超越了历史学的研究成果，他们直逼人性，将无法在历史领域保留下来的种种民间暴行的材料艺术地再现出来，将来在官方文件里无法找到的关于人类暴行的历史文献纪录，可能在同时代的优秀文学创作里被保存了下来。这就是艺术真实比历史真实更加长久的道理。

[原载《南京大学学报》（哲学·人文科学·社会科学）2010年第4期]

身体、历史与想象的政治

——作为文学事件的“50年代妓女改造”

· 董丽敏 ·

作为新中国的重要表征之一，“50年代的妓女改造”运动不仅作为“妇女解放”的标志性实践而在社会生活内产生了广泛的影响，而且也因被不同时代的书写者反复改写而成为一种历久而弥新的文学/文化事件。在现实与想象的博弈之间，在不断迁徙的叙事过程中，不同时代的体验、情感、价值层层叠加/交织在“50年代妓女改造”事件之上，从而使得该事件日趋丰富而暧昧，成为一种因模糊了时空边界而具有某种开放性的特定场域。

为何“50年代妓女改造”运动会引起不同时代的文学书写者的普遍关注？我们又该如何来对待、处理被多重关注所堆积/涂改的“50年代妓女改造”运动？贺萧（Gail B. Hershatter）曾经指出：

> 娼妓业不仅是妇女在其中讨生活的、不断变迁的场所，它也是一个隐喻，是表达思想感情的媒介。①

如果注意到“妓女”、“娼妓业”不仅仅是一种实体性的存在，而且还具备作为隐喻的种种复杂意蕴的话；那么，我们大概能够体会，新中国在50年代对于“妓女”、“娼妓业”的轰轰烈烈的改造，就不仅仅是一种简单的职业或行业调整，同时它也应该包含着对隐喻的重新构造：意识形态的介入，情感伦理的嬗变，新的社会结构对于人的重新想象与塑造，等等。

在这样的前提下，不同时期的文学文本对于“50年代妓女改造”的关注，显然就不只是涉及对具体的历史事件的记忆与再现，而且还指向了对氤氲于这一历史事件周围的各种“隐喻”的认识、评价和重构。某种程度上，

---

① 贺萧著《危险的愉悦：20世纪上海的娼妓问题和现代性》，韩敏中、盛宁译，江苏人民出版社，2003，第4页。

甚至可以说，对隐藏在“50 年代妓女改造”运动背后的新中国的不同想象和定位，可能才是不同时期的文学书写者真正的兴趣所在。

如果从这样的角度进入文学文本，那么，我们对于《小巷深处》（陆文夫，1955 年）、《红尘》（霍达，1985 年）、《红粉》（苏童，1993 年）等一系列描写“50 年代妓女改造”的文学文本的解读，显然就需要放置在文化政治的层面上来展开。以不同的文学文本为切入口去体验不同时代的叙事者的立场/心情，去清理具体的历史运动与文学/文化事件之间的复杂关系，进而尝试将被不同的文本强化/忽略/掩盖的历史碎片重新放置到特定情境中去呈现其意义，从而重建现实/历史之间的有效关联，而发挥其应有的影响力，在后现代主义式的质疑弥散的当下，由此就成为我们重读“50 年代妓女改造”系列文本一种不无希冀的企图所在。

一

作为妓女题材的文本最引人关注也是运用得最为广泛的符码之一，“身体”以及建立在身体基础上的“性”，因为指向了妓女谋生的特殊手段，因而覆盖上了欲望、道德、罪恶、爱情、病症等多种因素，既是作者想象力最为膨胀的地方，也往往成为读者最感兴趣的关注点所在。

在《三言二拍》以降的传统妓女题材文本中，可以发现，无论是道德劝诫还是别寄情怀，妓女如何风情万种、蛊惑人心，通常都是作为妓女身体故事而被文本大肆宣扬的。然而，“50 年代妓女改造”文本对于改造前的妓女“身体”的呈现却相当耐人寻味——三篇小说都不约而同地以回忆视角展开对女主人公妓女生涯的叙述，妓女原本最吸引人的身体故事由此变得隐隐约约，支离破碎：《小巷深处》以徐文霞的回忆快速地闪过了其雏妓时代，其间给人深刻印象的，只有众妓女拉客未果的记忆碎片；《红尘》以德子媳妇的诉苦带出了其皮肉生涯，但重心是在言说自己被卖八次的苦难，而妓女经历只是一笔带过；至于《红粉》，也只是在秋仪与小萼、小萼与劳动营女干部等的对话中透露出以往的妓女生活点滴，其妓女生活的特定内容也没有得到充分的展开。在这样的叙事格局中，传统的妓女题材文本特别强调的与“身体”有关的细节，包括风情、欢爱、交易等，其实都被淡化甚至剔除掉了。

由此可以看到，在处理妓女“身体”上，“50 年代妓女改造”文本很大程度上避开了通常的妓女题材文学的处理模式，妓女身体的诱惑，已经不再是这类小说关注的重点。如果说，着眼于妓女身体、专注于男欢女爱的主题是性匮乏、性压抑的“前现代”时期，妓女题材故事常见的一种讲述方式；那么“50 年代妓女改造”文本对于那些与妓女“身体”有关的细节，包括风情、欢爱、交易等的淡化甚至剔除的处理，至少表明，这些文本显然已经不想再通过对妓女身体故事的讲述，继续重复对性压抑时代的控诉与反抗。那么，从这样的叙事起点出发，这些文本到底想讲述怎样新的“身体”故事呢？

（一）《小巷深处》：屈辱——幸福的身体

作为与“50 年代妓女改造”同步的典型文本之一，《小巷深处》以“屈辱”的身体取代“诱惑”的身体作为故事讲述的起点，从而开始了改写妓女身体叙事的尝试：

> 是秋雨湿漉的黄昏，是寒风凛冽的冬夜吧，阊门外那些旅馆旁的马路上、屋角边、弄堂口，游荡着一些妖艳的妇女。她们有的像幽灵似的移动，有的象喝醉酒似的依在电线木杆上，两手交叉在胸前，故意把乳房隆起。①

在叙事者/主人公的视野中，旧时代妓女尽管身体妖娆，举止放纵，但是在具有象征色彩的“凄风苦雨”的映衬下，给人的感觉却如幽灵一般诡异，让人敬而远之：一方面，“放纵”的身体因为过于突出女性生理特征而使妓女有别于常态的女性，让人产生一种非人的危险感、畏惧感；另一方面，妓女们显然对自己“放纵”的身体产生的不良效应缺少必要的反省——如果说对身体的知觉正是现代意义上的“人”的标志的话，那么这种无知无觉无疑就是“鬼”的标签。这样，“放纵”的身体显然就并不指向现代性意义上的身体解放，而是洋溢着反常态世界的鬼魅性。

为了强化这一点，小说甚至还特别赋予其中的雏妓“阿四妹”一张“瘦削而敷满白粉的脸”，强调“映着灯光更显得惨白惨白”。② 应该说，“阿四妹”“敷满白粉的脸”实际上是将上述幽灵似的妓女群落进行了符号化的处理，它通过突出令人惊悚的一面而具有了朱迪·巴特勒（Judith Butler）所说的“面具”效应。③ 这样恐怖的“面具”，既反馈了叙事者严厉的道德审判意

---

① 陆文夫：《小巷深处》，上海文艺出版社，1979，第 35 页。

② 陆文夫：《小巷深处》，上海文艺出版社，1979，第 35 页。

③ 〔美〕朱迪·巴特勒：《禁忌、精神分析和异性恋范式》，载罗岗、顾铮编《视觉文化读本》，广西师范大学出版社，2003。

味——一种通过将其妖魔化而将其从正常世界中驱逐出去的努力；同时却也指向了妓女借由特殊的职业“化妆”而造成的身体的虚假——一个甚至连自己也难以辨认当然也更难以认同的身体。由此“屈辱”的身体感觉其内涵就相当复杂，既有传统的道德训诫的要求，又包含着现代女性主体性建构的需要。

建立在这样“屈辱”的身体感觉上，《小巷深处》所书写的“50年代妓女改造”故事，很大程度上，就落在了如何将“屈辱”感驱逐出妓女的身体，即如何通过将妓女身体去魅从而生产出“新”的身体的故事上。在小说中，作为改造的结果，这个“新”的身体首先体现在徐文霞身体的娴雅朴素上，这一身体状态与其在下班后闭门不出、谢绝与异性搭讪的行为联系在一起，其实就是强调了徐文霞向传统的贤妻良母的回归。可以说，在压抑性征、回归正统这一点上，《小巷深处》所书写的“50年代妓女改造”与传统的“妓女从良”故事是有着某种内在相通性的。

但新的身体并不仅仅停留于此。对徐文霞来说，从放纵的身体到压抑的身体之所以可以被称为“解放”而不是倒退到传统的“从良”，更为重要的是因为引进了新的“幸福”观念，从而使得身体的意义、身体的感知内容、身体的内在功能等发生了根本变化：

> 她记不清母亲是什么样子，也不知道母爱的滋味，人间的幸福就莫过如此吧，最大的幸福就是在阳光下抬着头做个正直的人！

“在阳光下抬着头做个正直的人”成为徐文霞“幸福感”的主要内容，包含着一系列的信息：首先，这一幸福感建立在妓女群落与常态世界之间隔阂的打破基础上，当“阳光”可以普照在曾经的妓女头上的时候，意味着改造后的妓女终于走出了使她沉沦于幽灵世界的黑夜，成功地重返常态世界；其次，这一幸福感还在于，改造后的妓女重返常态世界并不是低眉俯首的，而是昂首挺胸的。之所以如此，我们可以在小说中看到，是基于一份可以自食其力的工作，是建立在包括单位领导、同事、丈夫等在内的社会方方面面对重新站立起来的“姐姐妹妹”[①] 的基于阶级认同基础上的平等接纳上的。因此，“抬着头”这一姿态明显是将改造后的妓女与传统的从良妓女区分了开来，是对“中国人民从此站起来了”的一种经典体现，从中我们可以看到

① 《姐姐妹妹站起来》，文华影业公司1951年摄制的黑白故事片，主要讲述新中国如何改造妓女的故事。

一个有尊严的“人”的形象。

从“屈辱”到“尊严”，《小巷深处》以身体为载体，通过对妓女改造前后身体的不同感知内容的呈现，论证了作为社会最底层的妓女群落在新中国觉悟、反省乃至重新建构主体性的过程，从而归纳出了“1950 年代妓女改造”运动其成功缘由所在。

（二）《红尘》：苦难——从良的身体

与《小巷深处》不同，1980 年代“反思”文学潮流中的《红尘》发掘出了“苦难”作为主人公德子媳妇妓女史的基本内涵。

德子媳妇之所以沦落为妓女，在叙事者的视野中，主要被归结为“比黄连还苦十分”的命运：“家乡遭了大灾，先是旱，后是涝，庄稼一粒都没收上来”，“地主还堵着门催租讨债”，① 父亲迫于无奈只能将她卖给人贩子，从此她不停地辗转于各种有钱人的家庭，直至最后被卖入妓院。在德子媳妇的记忆中，妓院仿佛“魔窟”，是个人经受的“苦难”的集大成之所：

> 一张张狰狞的脸，一双双色迷迷的眼睛，一只只罪恶的手……在她眼前团团转，吆五喝六的猜拳行令，放荡的笑声，污秽不堪的言语，姐妹们的呻吟和啜泣，在她耳边嗡嗡响。苦井！②

当妓女生涯被处理为“苦难”而这“苦难”被单纯地视为一种阶级压迫的结果的时候，“妓女”本身就被当做无恶化的存在，“苦难”意味则被政治化、合法化了。由此妓女的解放就必然会依赖国家行为：国家对妓院的取缔，国家对改造后妓女的妥善安置……在《红尘》中，德子媳妇的确也是因为新中国的禁娼运动而告别了臭窑姐的生涯，过上了正常的生活。

值得注意的是，《红尘》的叙述时间是从 1965 年开始的，因此改造后的德子媳妇是否经由“解放”真正摆脱了“苦难”的身体，才是《红尘》叙述者关注的真正焦点所在。尽管主流话语赋予了妓女改造以“解放”的意味，但在德子媳妇的个人话语表述中，却有意无意地将“解放”误读为了“从良”。③ 这种误读不仅仅体现在观念上，更落实在现实中：

---

① 霍达：《红尘》，花城出版社，1988，第 44 页。

② 霍达：《红尘》，花城出版社，1988，第 52 页。

③ “‘解放了，自由了！’‘是不是就算……从良了？’她问。穿军装的女干部笑盈盈地露出一口整齐的牙齿，看着她说：‘从良？对，从今天起，你们大家都从良了，全中国再也没有这一行了！’”见霍达《红尘》，第 52 页，花城出版社，1988 年 1 月。

> 衣裳给他洗得干干净净，熨得板板正正。他出车回来，饭菜早就预备好了，变着法儿地给他调剂口味……夏天，德子吃完晚饭往凉席上一躺，媳妇坐在旁边，手里拿把芭蕉扇，给他轰蚊子。冬天，一只热水袋早把被窝捂热了。①

以男性/家庭为本位的价值设计，收缩回婚姻/家庭的生存空间设计，低眉俯首的感恩/赎罪心态。可以说，经过改造，德子媳妇的身体主要是落实了传统伦理道德对于女性的基本规范要求而更接近于像杜十娘这样的传统妓女所设想的“从良”道路。而由于更多被动地倚重国家的力量才实现了这样的“从良”，在“妇女解放”的意义上，甚至可以说，德子媳妇是比以个人力量争取从良的杜十娘更倒退。在这个层面上，《红尘》无疑是在批评“50年代的妓女改造”并没有诞生出“解放”的身体，而可能只是生产出了传统的女性身体。

然而，即使是这样的身体也依然未能获得现世安稳。由于在60年代的“忆苦”运动中不慎袒露了自己的妓女前史，德子媳妇后半生似乎就只能钉在历史的耻辱架上——胡同中的芸芸众生对于曾经的妓女身体经久未衰的窥视、议论、兴趣，使得德子媳妇曾经以为被改造掉了的妓女身份，重新被指认，被坐实；而且也因此使她成为历次政治运动冲击的对象，甚至只能在一切拨乱反正的新时期自杀身亡。在这里，德子媳妇显然经历了身份与身体永远无法弥合的悲剧——经过了“50年代的妓女改造”，她似乎获得了一个正常女人的身份，包括家庭的、社会的，但从“身体”的角度说，主流意识形态曾经承诺给她的“解放”，无论是从个人还是从环境来说，都没有得以实现。因此，在实际情形中，“身体”依然是遭人鄙视的妓女的身体，其蒙受的“苦难”就并没有在新中国被荡涤干净，而是得到了延续甚至加强。

由此，当“苦难”以其无所不在的威力覆盖了“从良”的可能性之后，《红尘》借此质疑了“50年代妓女改造”运动的有效性：由于“苦难”话语无法生成新的主体，而且也无法取代传统伦理道德而转化为实际的生存逻辑，因此“50年代妓女改造”运动并没有实现自己的承诺而使妓女获得真正的解放。

（三）《红粉》：“女性”——消费的身体

作为1990年代“新历史”小说谱系中的重要作品，《红粉》将“50年代

① 霍达：《红尘》，第4~5页，花城出版社，1988。

妓女改造”的书写推向一个截然不同的维度。

《红粉》对改造前后妓女身体的描绘主要体现在小萼身上。小萼柔弱、胆怯、琐细、日常，连被押送去改造的时候都牵挂着极其私人性的“水绿色的内裤”苏童：《红粉》，《苏童文集·婚姻即景》第 58 页，江苏人民出版社，1993 年 9 月版。依赖性极强，在任何环境下都会自觉地寻找依靠，连体检也要拉秋仪作主心骨。表面上小萼有点不谙世事，但行为举止间又透露着世故，很清楚知道自己想得到什么，也很明白可以通过哪些手段达到目的，即“规规矩矩地接客挣钱”,① 正是小萼领悟到的女性可以不受苦养活自己的秘密所在。我们在小萼身上可以发现，妓女之为妓女，是建立在依赖性的身体与自我对身体的有效利用这两方面的相互推动上。依赖性的身体人见犹怜，可以说比良家妇女更有世人所认可的典型的“女性气质”，很大程度上可以满足男性群体对于“女性”的想象与塑造，满足他们征服处在第二性位置的身体的欲求。但另一方面，对身体的主动利用又使得“女性气质”某种意义上带有一种自我伪装、自我表演的意味。“女性气质”在这里由此仿佛具有了双刃剑的意味，它既是身体社会化的结果，同时也暗示了身体回归主体的可能路径，因而似乎印证了朱迪·巴特勒“‘我’服从于社会性别又因社会性别获得主体地位”② 的女性主体性建构的悖论性说法，而具有了某种正当性。

将这样的妓女身体纳入到“50 年代妓女改造运动”中去，所收获的改造后的身体也就具有别样意味了：离开劳动营的小萼尽管衣饰打扮与街上别的女性无异，然而还是拥有“走路姿势和左顾右盼的眼神”③ 这样以前妓女身份的印痕；而更难改造的显然是胃——小萼心驰神往的食物包括“猪排”、“牛排”、“罐闷鸡”、“水晶包”等，当然还包括对奢侈品的追求：德国咖啡、留声机、全套的黄金饰物等。从内到外，小萼的身体都在无声地倾诉着对以往妓女生活的怀念和留恋。这种留恋并不仅仅停留在情感的依赖阶段，也不仅仅是一种物质的迷恋，而是相当明显地建立在特定的内容之上，那就是妓女生涯曾经给予小萼的那份精致的富足的生活方式。

在这样的留恋中，尽管小萼已经完成了改造，但其身体感觉以及建立在这身体感觉基础上的对于妓女生涯的认可却并没有因此而发生改变，因而虽然改造后的小萼选择了类似于良家妇女的结婚道路，其实质只是以往的妓女

---

① 苏童：《红粉》，《苏童文集·婚姻即景》，江苏人民出版社，1993，第 70 页。

② 转引自〔英〕玛丽亚姆·弗雷泽（Mariam Fraser）著《波伏娃与双性气质》，崔树义译，中华书局，2004，第 38 页。

③ 苏童：《红粉》，《苏童文集·婚姻即景》江苏人民出版社，1993，第 79 页。

生涯的一种延续、变形，只是形态略有改变而已——由以前的“人尽可夫”改为依附于某一位具有供养能力的特定男子，老浦、张先生或收玻璃瓶的北方男子，具体是谁并不重要，重要的是他们应该有一定的经济能力。

应该注意的是，在《红粉》中，这种较之于改造前显得更为强悍、更为迫切的以身体攫取/交换优越的生活方式的努力，因为有着明显的历史针对性——50 年代新中国日常生活的贫乏和枯燥，包括歌舞厅的取缔、以资本家为代表的私人财产的冻结、个人微薄的工资以及衣食住行资料的匮乏等——而被赋予了某种正当性。特别是当小萼后撤到“天生怕吃苦”的“贱货”①层次上的时候，书写者实际上已经退守到了所谓基本人性的层面上，这使得小萼通过身体复制往昔生活的行为其合法性已经毋庸置疑。

这样，通过将在新中国语境中保留甚至放大小萼那种与消费主义息息相关的“女性气质”，《红粉》建立了自己反思乃至抵抗“50 年代妓女改造”的立足点，换句话说，通过对妓女、身体与消费之间逻辑关系的强调，表明了书写者对“改造”以及改造背后的那段历史的全面不认同。

二

无论是屈辱—尊严的身体、苦难—从良的身体还是“女性”—消费的身体，当我们拥有如此多彼此分歧的文学意象来表征“50 年代妓女改造”历程的时候，事实上，不同文本叙事经验彼此之间的缠绕/对峙/消解已经严重干扰了我们的评判视线，使得“50 年代妓女改造”运动成为一个似乎可以被无限书写而难以定性的历史事件。由此引发的一个疑问就是，我们该如何来评判这些富有歧义的“身体”意象，进而又如何来评判各个历史阶段的文学作品对“50 年代的妓女改造”这一社会历史实践呈现的得失呢？

黄金麟对近代以来中国的“身体”进行系统研究后发现，“身体的生成不单涉及一个生物性的存在”，“各式各样的政治、经济、军事、思想、教育和公共卫生的力量，正试图透过它们所能掌握的细微管道，在肉体已然存在的前提下，主宰或影响身体的建构过程”。② 如果将“身体”视为各种力量交互介入的产物，那么，“50 年代妓女改造”文本所提供的各种妓女“身体”

① 苏童：《红粉》，《苏童文集·婚姻即景》，江苏人民出版社，1993，第 70 页。

② 黄金麟：《历史身体国家——近代中国的身体形成》（1895～1937）新星出版社，2006，第 5 页。

形象，就不仅仅与书写者的立场、观念和叙事有关，更与建构这“身体”并赋予这“身体”以特定意义的文化政治的运作机制息息相关。意识到这一点，那么，仅仅凭借文学文本显然已经难以厘清妓女身体的建构史。

新中国对于妓女的改造并不是一时的心血来潮，而是与晚清以来中国的大规模禁娼运动联系在一起的。20世纪中国曾经开展了至少三次大规模的禁娼运动，分别由1920～1924年的上海公共租界当局、1928年的国民党南京当局与1945～1948年的国民党上海市政当局组织。各种禁娼运动所体现出的对于妓女身体的看法，相当深刻地影响了“50年代妓女改造”运动。

作为从事性服务的特殊行业成员，妓女很容易染上梅毒等令人谈虎色变却又讳莫如深的疾病，因而作为禁娼的前提，妓女“身体”所蕴涵的病理学意义总是受到特别的强调。然而正如罗芙芸（Ruth Rogaski）所指出的，“疾病”在后现代性的殖民国家语境中，往往并不仅仅以其本来面目出现，“卫生和疾病在帝国主义的情境之下，既呈现为中国积弱积贫的集中体现，又成为通过特定的任务‘唤醒’中华民族、种族以及身体，实现身体的现代性的中心议题”。[①] 置身于后现代性的殖民国家语境中，妓女“病体”很容易被意识形态化，因而也就不可避免地要与“改造”、“禁绝”等国家行为联系在一起。

对于20世纪20年代的上海公共租界政府而言，身染梅毒等传染性疾病的华人妓女的身体，无疑是让人进退两难的——它既满足了宗主国子民的身体需要，却又极大地危害他们的身体健康，由此“‘商业化卖淫’和‘殖民地’不洁这两者之间的一个交会点”[②] 就成为殖民当局禁娼的主要出发点。建立道德促进委员会，对妓女开展进行定期卫生检查以及设立救援妓女的慈善机构，由此成为他们全部的改造措施所在。[③] 这些现代法律意味十足的措施显然更多是落实在对生理、道德层面上的妓女的“病体”的改良上，更多体现了殖民宗主国对殖民地“身体”的需要和想象，一种“清洁”的“健

① 罗芙芸著《卫生的现代性——中国通商口岸卫生与疾病的含义》，向磊译，江苏人民出版社，2007，第3页。

② 贺萧著《危险的愉悦：20世纪上海的娼妓问题和现代性》，韩敏中、盛宁译，江苏人民出版社，2003，第300页。

③ 参见贺萧著《危险的愉悦：20世纪上海的娼妓问题和现代性》，韩敏中、盛宁译，江苏人民出版社，2003，第273～300页；安克强著《上海妓女——19—20世纪中国的卖淫与性》，袁燮铭、夏俊霞译，上海古籍出版社，2004，第323～340页。

康”的符合法律秩序的“现代”身体，显然是他们寻求实现的目标，因而，如何用卫生管理的方式来处理妓女的身体，是他们努力的方向，但这显然治标不治本，这场运动最后注定要以失败而告终。

对于1945年之后的国民党上海市政当局来说，对妓女的“病体”改造则不仅仅有上述意味，而更包含着荡涤之前的日伪政府“毒化腐化政策”、摆脱近代以来殖民桎梏的反现代性的现代性追求的意识形态化。安克强（Christian Henriot）在总结国民政府禁娼原因时指出：

> 中国号称“东亚病夫”，但“病”并不是指身体之“病”，而是指思想精神之“病”。基于这样的观点，他们认为娼妓是影响中国尊严的一个污点。这个污点不仅有损于中国在世界上的形象，更有损于他们正在努力建设中的一个现代化的、稳固的政权形象。[①]

在殖民国家将“强大与尊严”当作自己的奋斗目标的时候，妓女的身体就需要被搁置在与国家利益相对立的格局中，而接受来自权力机构的严厉管制了。然而，在实际情形中，“化私为公”、“化繁为简”和“化零为整”等一系列所谓禁娼措施的颁布，[②] 却表明政府其实仍然是将妓女理解为一个常态社会的令人难堪却又有利可图的痼疾，将妓女问题当作一个可以通过市场规范化管理来进行处理的经济问题。在这样的改造方案中，妓女问题所附着的意识形态内容与其征用的资源之间，明显是断裂的，这种断裂必然会使得妓女改造的初衷与效果之间，存在巨大的落差，直接导致了禁娼运动最后的不了了之。

新中国成立伊始，如何对待数量空前庞大[③]、性病蔓延严重[④]的妓女群落，事实上也成为当务之急。在将妓女视为一种病症特别是社会病症上，“50年代妓女改造”与20世纪中国的禁娼传统一脉相通；巨大的差异在于，新中国将妓女“全部改造成了自食其力的新人”，而成为“全世界没有先例”的

---

① 安克强著《上海妓女——19—20世纪中国的卖淫与性》，袁燮铭、夏俊霞译，上海古籍出版社，2004，第363页。

② 贺萧著《危险的愉悦：20世纪上海的娼妓问题和现代性》，韩敏中、盛宁译，江苏人民出版社，2003，第303～304页。

③ 据统计，新中国成立之前，全国的妓院约有近万家，由于另有数目巨大而因流动难以统计的私娼存在，因此估计在一些大城市妓女人数与当地人口比例在1∶150～200。见马慧芳、高延春《新中国初期废除娼妓制度的措施及现实启示》，《党史文苑》2008年第2期。

④ 参见杨洁曾、贺宛男编著《上海娼妓改造史话》，上海三联书店，1988，第73页。

“值得大书特书的历史事件”。①

贺萧认为“50年代妓女改造”取得前所未有的成功的原因首先在于，中华人民共和国是一个“稳定的实体”，② 可以“成功地把它的国家管辖能力伸向以往市政当局失败的领域”，这些领域包括“劳动力市场、法律、警察、报刊、妓院甚至婚姻家庭”等，③ 而这些恰恰是以往各自为政的租界当局和软弱的国民党政府所不具备的。这一点也得到了安克强的认可。④

但是，这并不是说存在数千年的妓女现象的根绝就是强大国家的高压强力统治下的结果。在曹漫之看来，由于“在妓女身上，集中表现了最值得世人同情又最为世人厌恶的双重品质，她们既是灾难深重的弱女，又是堕落成性的游民”，⑤ 因此改造妓女更可取的原则是，“革命人道主义”的贯彻，即“在指导思想上明确妓女是需要极大同情的对象，在改造方法上却要借助强制执行的某些特殊手段”，⑥ 而这种“革命人道主义”，在贺萧那里，则被转述为“在国家权威之下城市各个阶层被动员起来所形成的一种力量”。⑦ 也就是说，两位论者都意识到，新中国可以根绝妓女现象的另一个成功经验在于，当妓女作为特殊的被压迫阶层被纳入到阶级斗争的理论体系中之后，国家主动介入的“改造”，落实到妓女身上，就并不是消灭，而是一种“革命”与“人道主义”的有机结合的“救助”；这种“救助”既体现为使妓女摆脱生存困境，过上自食其力的生活，更重要的是以主体性的唤醒与重构为依归，重塑其精神世界，诞生出既与新中国的社会主义建设相适应又具有主人翁感觉的新人。由此“50年代妓女改造”才能取得前所未有的成功，并得到作为亲历者的高度认可。⑧

---

① 曹漫之：《上海妓女改造史话·序》，参见杨洁曾、贺宛男编著《上海娼妓改造史话》，上海三联书店，1988，第1页。

② 贺萧著《危险的愉悦：20世纪上海的娼妓问题和现代性》，韩敏中、盛宁译，江苏人民出版社，2003，第271页。

③ 贺萧著《危险的愉悦：20世纪上海的娼妓问题和现代性》，韩敏中、盛宁译，江苏人民出版社，2003，第304～305页。

④ 参见安克强著《上海妓女——19—20世纪中国的卖淫与性》，袁燮铭、夏俊霞译，第四部分“管理娼妓的失败”，上海古籍出版社，2004。

⑤ 曹漫之：《上海妓女改造史话·序》，参见杨洁曾、贺宛男编著《上海娼妓改造史话》，上海三联书店，1988，第2页。

⑥ 曹漫之：《上海妓女改造史话·序》，参见杨洁曾、贺宛男编著《上海娼妓改造史话》，上海三联书店，1988，第3页。

⑦ 贺萧著《危险的愉悦：20世纪上海的娼妓问题和现代性》，韩敏中、盛宁译，江苏人民出版社，2003，第329页。

⑧ 可参见张辛欣《北京人·旧雨新知》，上海文艺出版社，1986。

以上述20世纪中国的禁娼历史为参照系，不同时代的文学文本借由各具特点的身体故事对于“50年代妓女改造”的书写，显示出需要进一步探究的复杂性。尽管从史料来看，妓女群体中蔓延的性病往往是包括新中国在内的各个时期的统治当局禁娼的直接导火索，但在这些文学文本中，无论是徐文霞、德子媳妇还是小萼、秋仪，这些妓女身份的主人公都被预先设定为生理上毫无病症的。以这样无生理疾病却又不张扬风情的妓女身体作为贯穿改造故事始终的基本符码，这些文本所讲述的妓女改造逻辑，和具体的历史实践之间到底形成了怎样的关系呢?

当《小巷深处》以“屈辱—尊严”的妓女身体故事来讲述“50年代妓女改造”的时候，可以说，小说其实隐含了一个轻肉身重精神的具有内在倾斜度的叙事结构。对于叙事者来说，选用“屈辱—尊严”的叙事结构其实是表明，“50年代妓女改造”的关键并不在于妓女的肉身，而在于其精神上的“屈辱”这一病症是否能够被治愈；因而肉身是否健康并不是他关心的重点，相反使用健康的肉身，某种程度上，还可以在强调的意义上使得妓女精神上病症得以更加深刻地呈现出来，一如以鲁迅为代表的启蒙文学家在五四时期惯常采用的叙事模式一样。

进一步讨论“屈辱—尊严”的叙事结构就会发现，“50年代妓女改造”在《小巷深处》的描述中，并不是像新中国之前的禁娼运动那样是一个外在于妓女的社会事件，而是一种与妓女的内心渴望致密结合从而可以触动妓女进行反省、调整并重构生活方式的内在动力机制。因此，小说尽管提到了“妇女教养院”这样的国家强制性妓女收容机构在妓女改造中的巨大作用，但只给了“妇女教养院”仅仅不到五十字的篇幅：

> 1952年，人民政府把所有的妓女都收进了妇女教养院，治病、诉苦，学习生产技能。徐文霞在那里度过终身难忘的一年。①

这样简单的描写，显然不足以说明阿四妹/徐文霞何以走向新生。小说因此将大部分的笔墨用在描绘阿四妹/徐文霞如何内化“妇女教养院”所产生的影响，通过反省、挣扎和发现，打破旧有的妓女生存法则，获得新的以“尊严”为核心的女性主体性上面。在这样详略分明的叙述中，《小巷深处》试图告诉我们，“50年代妓女改造”之所以取得前所未有的成功，并不在于新中国采取了多么严厉而有效的妓女管制措施，而在于它一开始就将妓女这

① 陆文夫：《小巷深处》，上海文艺出版社，1979，第35页。

一特殊的受压迫群落看做是具有反省和行动能力的潜在主体，是能够与“幸福”、“尊严”、“人”等话语有机结合在一起，成为能将这些理念付诸行动的新的主体的——徐文霞最后能够理直气壮地同旧社会遗留的嫖客进行斗争，甚至勇敢地向自己的恋人坦承自己曾为妓女的历史，无疑证明了这一点。

这样，从“屈辱”到“尊严”，《小巷深处》所呈现的“50 年代妓女改造”逻辑，就与曹漫之、贺萧等人所总结的“50 年代妓女改造”历史经验，形成了明显的呼应性。它在个案的层面上，通过对“改造”所激发出来的女性主体性的重新建构过程的呈现，揭示出了“50 年代妓女改造”的确完全不同于以往任何一种“妓女改良”运动，而是一场身体的全新革命，一种具有典型意义的底层解放。

较之于《小巷深处》，当《红尘》和《红粉》使用无生理疾病的妓女身体来描绘“50 年代妓女改造”的时候，其与历史实践之间，就存在着程度不同的游移、裂隙与改写了。对“苦难”的一味强调，使得《红尘》自始至终拒绝将任何病症赋予德子媳妇，既包括身体，也包括精神。对于书写者来说，妓女的身体只是社会罪恶的一种载体，它本身是无过错的，如果说它是有瑕疵的，有病症的，那么，其根源也要归结到迫使这个身体有“病”的外部世界去。立足于这样的逻辑前提，叙事者所考察的“50 年代妓女改造”的重点，当然就要落在外部世界的“改造”上；而与这样的宏大改造事业相比显得渺小的小人物德子媳妇，就更多只能是无力的被动的接受外部世界的“改造”的结果，因而“从良”而不是“解放”就成了德子媳妇改造的最终归宿。在这样的逻辑架构中，可以注意到，首先，德子媳妇是以其过于善良纯洁的身体形象外在于 20 世纪已然形成的禁娼传统对于妓女角色的认定，与其说这一形象是历史生成的，还不如说这是作者主观想象的产物，是作者刻意制造的用以反思和批判新中国历史的人工价值支点；其次，当“50 年代妓女改造”只能改造世界却因为妓女的无过错而不能对其加以改造的时候，“50 年代妓女改造”就必然只是一个徘徊于主体生成之外的运动，而不能真正发挥其效应。由此可以说，《红尘》用与无生理性疾病的身体相匹配的无过错的妓女精神世界，一相情愿地疏离了“50 年代妓女改造”的历史实践，这样貌似理想化的叙事很大程度上陷入了反历史主义的泥淖。

而对于《红粉》来说，“女性—消费”的叙事框架的设计，在将“50 年代妓女改造”历史实践虚无化上，显然比《红尘》走得更远。与《红尘》将作为改造对象的道德拔高不同，《红粉》更多是通过强化妓女身上的“女性气质”而在“世俗化”的基点上进入对“改造”的书写。当小萼等人理直气壮地将建立在肉身感官满足基础上的物质消费生活的完满作为人生的追求目标的时候，显然就与“改造”这一更多指向“新人”主体性塑造的运动在价值指向上背道而驰。在消费逻辑中，强调的是对所谓人的物质本能的肯定和认可；而在“改造”的逻辑中，凸显的却是人精神世界的强大，主体摆脱外部物质世界桎梏的可贵性。当小萼将个人肉身感官的满足作为行动出发点，来全面否定“50 年代妓女改造”的时候，其实是将两种不同的人生逻辑错误地放置在了一起进行嫁接，从而强化了物质消费作为似乎可以横亘所有历史阶段的人性基本追求的不容置疑性，间接地肯定了妓女以身体交换物质的生存法则的合理性，而贬斥甚至忽略 1950 年代的中国企图穿越这种生存法则、打破物质至上桎梏的具体历史实践应有的意义。因此，书写者选择没有生理疾病的妓女来表征这种肉身感官的逻辑，也是一种带有鲜明的意识形态性的隐喻处理，只是当这种处理要以将包括“50 年代妓女改造”在内的整个 20 世纪中国禁娼历史实践虚无化作为代价时，这种完全在历史之外的处理就不再是对历史的一种有益的重新建构而更多只能是一种软弱无力的遮蔽/消解，因而只能被看做是一种非历史主义的叙事。

三

将“50 年代妓女改造”的这一系列文学文本搁置在历史实践的脉络中来加以考量，可以发现，在书写历史经验方面，这些文本传达出了当代文学一种耐人寻味的倾向：那就是，越接近于当下的文本，其对于“50 年代妓女改造”的态度就越是隔膜，在此基础上形成的对于历史经验的回应/处理能力就越差。文学书写——主要是 1980 年代以后的文本与 1950 年代的历史事件之间，存在着明显的断裂。在文学普遍无力回应现实/历史而饱受诟病的今天，这样的断裂无疑是发人深省的。

程光炜在论及当代文学学科“历史化”问题的时候，认为最大的问题“是如何面对和理解它漫长历史中的‘社会主义经验’问题”。[①] 之所以如此，按照蔡翔说法，是因为对于当代人而言，“社会主义叙述的记忆”和“社会主义实践的记忆”“复杂地缠绕在一起，甚至痛苦地相互冲突。……所谓方法

① 程光炜；《当代文学学科的“历史化”》，《文艺研究》2008 年第 4 期。

论上的挑战，恰恰也就体现在这里”。① 那么，对于“50年代妓女改造”文本来说，80年代以后的文学书写与历史事件之间的巨大断裂，是否正印证了“叙述的记忆”与“实践的记忆”之间的巨大交缠/冲突而形成的“社会主义经验”表达的困境呢？为何在“社会主义经验”表达上，“叙述”和“实践”更多是冲突/断裂的而不是一致的呢？

《小巷深处》为何会在文学叙事与历史实践之间形成内在的呼应性，由此就值得进一步探究。也许可以说，正是由于“叙述”和“实践”的同步性，使得《小巷深处》对于“50年代妓女改造”的呈现，似乎就可以越过时间流逝所造成的记忆的障碍，而具有某种“历史真实”性。然而，仍然需要注意的是，作为“叙述”和“实践”得以转换的中枢，叙事者对于具体历史事件的立场、看法所转化成的叙事观念，某种程度上，要比叙事者/作者是否在第一“时间”存在于历史现场，更有资格成为其前提。由此，要讨论文学叙事与历史实践之间何以会产生呼应/断裂，书写者的叙事观念显然就成为其中需要仔细清理的关键所在。

对于《小巷深处》的作者陆文夫来说，尽管在1957年之后历尽坎坷，然而即便到了1990年代，他所秉承的小说叙事观念，却依然保留着20世纪50年代的印记：

> 我们常说历史是人民群众创造的，可当我们翻开各种各样的历史书籍时，所看到只是帝王将相，英雄美人，再加上点风流才子，游侠名妓等等，所谓的人民只是一个虚词而已。大人物被历史记载下来了，小人物又在哪里？……小说“载人”的这一缺点，却又正好转化成它的优点，使它能补正史之不足，使得历史上见不到的张三、李四不至于灰飞烟灭，证明历史是人民群众创造的。②

以文学文本去“记载”被淹没在历史中的小人物，特别是要强调这些小人物的历史创造主体地位；以“补正史之不足”作为小说家的自觉使命，突出小说家对于历史漩涡之外的普通人应赋予的人文关怀，在这样的表述中，不难看出，以“人民创造历史”为核心的马克思主义史观，正是陆文夫小说叙事观念的出发点所在。当然可以辨析出，这种叙事观念与“50年代”社会主义实践的宏大国家话语之间存在着明显的对应性，但如果将徐文霞这样的

---

① 蔡翔：《两个“三十年”》，《天涯》2006年第2期。

② 陆文夫：《文以载人》，《当代作家评论》1996年第2期。

底层女性借助人民史观、再塑主体的过程也纳入思考的范围，将口述史中的亲历改造的妓女的感受也作为参照的话①，那么，这种叙事观念就不会被视为是主流意识形态的简单复制品，更为重要的是，在其中我们可以窥见书写者与底层女性在“50 年代”的语境中所共同分享的社会主义实践体验，以及据此重新处理文学与时代关系的努力。

在这个层面上，我们大致可以归纳出，《小巷深处》之所以会在文学叙事与历史实践之间形成内在的呼应性，正是建立在书写者的叙事观念、作为历史实践指导的主流话语以及民众依据这一话语进行的历史实践三者错综复杂的绞合基础上的。正是因为这样的绞合，书写者的叙事观念较为充分地汲取了时代精神，从而使得《小巷深处》可以再现出“50 年代妓女改造”运动所蕴藏的社会主义经验。但仍然需要指出的是，也因为这样的绞合，书写者的叙事观念并没有超出伊恩 · P. 瓦特（Lan Watt）所谓的“先前的文学形式”的意味，即主要在“传统实践与主要的真理检验标准相一致”② 层面上来讲述妓女改造的故事，这使得无论是叙述者还是小说主人公，其实更多只能呈现和代言宏大历史实践与主流话语中较为主流的历史经验，而无法在更为复杂的层面上展开对“社会主义经验”的思考。比如说，既然徐文霞在 1950 年代就完美地实现了从“屈辱”到“幸福”的主体性的再塑过程，那么为何到了 1980 年代之后，妓女群落会重返中国大地？上述三位一体的叙事观念构成在总结了“社会主义经验”的同时，是否还有力量指向对“社会主义教训”的反思？

对于诞生于 1980 年代以后的《红尘》、《红粉》来说，文学书写与历史事件之间的巨大断裂，可以说在另外的意义上呈现出了“社会主义经验”表达的艰难。同样考察书写者的叙事观念，就会发现，对待同样的“50 年代妓女改造”，与陆文夫相比，后来的书写者的立场已经发生了巨大的变化。霍达这样来解释自己对于《红尘》女主人公的塑造：

> 《红尘》……取材于现实生活，写了一个曾经在旧社会沦为妓女的

① 张辛欣在口述史《北京人 · 旧雨新知》中对此有真实的记录：“我女儿直到念中学才知道我的旧事。她和一个邻居吵嘴，那妇女骂她：‘你妈是……’她回来大哭大吵了一场。我告诉她：‘妈妈是让旧社会逼的，新社会把我从火坑救出来了。我也给新中国建设出了力，比她强！她一辈子跑小菜场，什么也不会干！’然后我跑出去和那妇女打了一架——我不亏心，她亏心！”，从中可以看到经历过改造的妓女作为新中国建设一员的主体自觉性。上海文艺出版社，1986。

② 伊恩 · P. 瓦特著《小说的兴起》，高原、董红钧译，三联书店，1996，第 6 页。

不幸女人。新中国成立之后，政府取缔了色情行业，使她获得了新生。……但当她后来说了真话，说出了自己过去的身世时，她便立即被人们所鄙弃，成了人人不齿的“臭窑姐儿”。在“文革”中受尽了种种屈辱，最后终于选择了死这一条真正属于她的路。欺骗使她侥幸成功，真诚却使她不幸失败，人生竟是这么复杂，这么反覆无常，这么不可思议！①

由此写作《红尘》的意图被定位成：

我当然不是仅仅在为这个弱女子铺叙一个催人泪下的故事，而是要着力写出愚昧而狡诈，瞒和骗扼杀真善美的社会氛围，引起读者对人生、对历史、对民族命运和前途的思索。我们的民族，背负着太重的负担！②

可以看到，在霍达的视野中，1950 年代以降的社会主义实践历程已经被先验地判定为是“愚昧而狡诈，瞒和骗扼杀真善美”的历史，生活在其中的德子媳妇的人生悲剧因此被理解为是“为社会所抛弃、所逼杀”的结果。在这样的表述中，可以看到，1970 年代后期因“文革”而产生的“社会主义危机”意识，构成了书写者重述历史的冲动所在；从“五四”挪用而来的建立在“人生”、“历史”、“民族”反思基础上的“启蒙”理论，成为书写者进入 50 年代以降的社会主义历史的主要资源；1980 年代正在成形的“个人”意识，使得书写者可以用德子媳妇这一个案的特殊遭际，来理直气壮地控诉历史的非人性。由此，借助于策略性地与更遥远的“五四”发生关联，③ 书写者就形成了以“个人”为核心的“启蒙”叙事观念，以此为出发点来处理的“50 年代”的新中国历史，就形成了一种相当分明的批判和断裂关系。

在“一切历史都是当代史”的意义上，我们当然能够理解，书写者之所以要重述历史其实更多是为了获得阐释现实的能力，而来自当代生活感受的问题意识也正是重新建构历史的基本动力。问题在于，当代生活的感受到底如何与历史素材进行结合才是有效的，是否两者之间进行简单的叠加就可以完成一次重述？当《红尘》的书写者挪用“五四”启蒙资源作为书写起点的时候，很大程度上规避了对 1950 年代以降的社会主义实践从其内部做更为细

① 霍达：《咀嚼悲剧》，《民族文学》1991 年第 8 期。

② 霍达：《咀嚼悲剧》，《民族文学》1991 年第 8 期。

③ 可参见贺桂梅《80 年代、“五四”传统与“现代化范式”的耦合》，《文艺争鸣》2009 年第 6 期。

致的梳理；当《红尘》将德子媳妇预设为无错的个人来反思历史的时候，其实已经封闭了在个人与国家更复杂的关系格局中来讨论其为何无法获得“解放”的可能性。由此，《红尘》用1980年代的以“个人”为核心的“启蒙”叙事观念来处理“50年代妓女改造”，无疑是在宣告，这一代的书写者更关注的是其作为历史后来者的感受，更强调的是建构1980年代“后社会主义”的合法性；而有意无意地将社会主义历史实践凝固化、单一化同时也是妖魔化了。

就《红粉》而言，文学书写为何会与历史事件之间形成巨大断裂，其间的缘由似乎更复杂一些。对于《红粉》的诞生，苏童有这样的解释：

> 从1989年开始，我尝试了以老式的方法叙述一些老式的故事，《妻妾成群》和《红粉》最为典型，也是相对比较满意的篇什。我抛弃了一些语言习惯和形式圈套，拾起传统的旧衣裳，将其披在人物身上，或者说是试图让一个传统的故事一个似曾相识的人物获得再生。[①]

按照上述说法，苏童似乎是在原汁原味的层面上书写历史故事，但事实上，“历史”和“故事”在他心目中是有着明确的分野的：

> 什么是过去和历史？它对于我是一堆纸质的碎片，因为碎了我可以按我的方式拾起它，缝补叠合，重建我的世界。[②]

在苏童的视野中，“碎片”意义上的历史只是供小说家驱遣的材料，因此历史小说的创作是以“故事”的方式重新建构“历史”；而如何进入修复历史，则完全可以听命于小说家自己“‘白纸上好画画’的信心和描绘旧时代的古怪的激情”。[③] 由此，“写作的乐趣就是在纸上搭建一个帝国，……写作对很多人而言是倾诉是表达，对我而言，文学是唯一自我扩张的方式。我的权力欲在写作开始的那一天就消失了，写作满足了我的权力欲”[④]。

在这样的叙事观念中，可以看到，历史书写的欲望和动力被进一步缩小，蜕变成了书写者一己的写作乐趣，甚至萎缩为书写者“自我扩张”的权力欲。

---

① 苏童：《怎么回事．红粉·代跋》，长江文艺出版社，1992，第306~307页。

② 苏童：《写作，写作者的使命》，《蔚蓝色天空的黄金》中国对外翻译出版公司，1995，第370页。

③ 苏童：《红粉》，《苏童文集·自序》，江苏人民出版社，1993，第1页。

④ 刘敬文：《苏童：写作满足了我的权利欲》，2009年3月9日《新商报》。

在这样的叙事观念下产生出来的历史书写，就必然会演变为个人文字游戏。对这种文字游戏进一步清理就会发现，它并不是表象上的极端个人主义这么简单，在其背后，横亘着回避现实和历史禁忌的 1990 年代的“新意识形态”。正如有论者所指出的，主要诞生于 1989 年之后的“新历史主义”小说“与近现代史强烈的现实后效有密切关联，通过假语村言的曲折表达，作者们避免了与历史悬案和现实禁忌的短兵相接”，这种历史书写方式“并不意味着历史意识的普遍觉醒”，而是“走向衰弱的历史意识的回光返照”。[①] 将这样隐含着回避现实/历史禁忌意味的叙事与小葶“女性—消费”的身体联系在一起，我们就可以看到，《红粉》表现出的文学书写与历史事件之间形成的巨大断裂，其并没有超出《红尘》的水准，在直面现实和历史这一点上，甚至比它还要倒退——它以对“50 年代妓女改造”所蕴藏的“社会主义”经验的故意置若罔闻，而将自己本应具备的历史承担轻轻地卸掉了；通过对似乎永恒不变的“女性—消费”的身体大张旗鼓地宣扬，不仅将 1990 年代建立在消费主义基础上的“新意识形态”技巧地嫁接到了“50 年代”的历史事件，而且还使书写者与消费主义时代相呼应的去历史化、去崇高化的文学观以一种合法的姿态被塑造出来。

当文学作品以个案的方式进入“50 年代妓女改造”的描述，特别是从改造前后妓女的“身体”感觉来呈现改造的得失的时候，从一般的意义来说，是可以弥补贺萧一直批评的妓女本身在娼妓史的研究中无声缺席的状况的。[②] 因为这种对妓女个人体验的正面书写，不仅具有海登·怀特所强调的“历史再现的暂时性和偶然性”[③] 的发现的意义，可以从各种侧面强化、补充甚至修正正史的连贯书写，而且也似乎可以在斯皮瓦克的“下属群体”或查特吉的“底层政治”的层面上来加以褒奖。然而，通过对《小巷深处》、《红尘》和《红粉》这一系列作品的细致考察，我们却发现，分歧也正是在这里。当书写者都信以为然地从自身所处历史语境的感受出发来确定自己的叙事起点，来蛰伏/改写或消解历史的时候，这样的书写是否可以说真的接近了“历史”，

---

① 黄发有：《准个体时代的写作》，上海三联书店，2002，第 129 页。

② 贺萧指出，妓女作为“下属群体”和“他者”，其故事在 20 世纪中国的各种文字材料中都是被讲述的，“妓女以‘嵌入’的方式被带进历史记载；她们嵌入了塑造她们的故事的人的历史，嵌入了他们的权力争斗之中”。《危险的愉悦：20 世纪上海的娼妓问题和现代性》江苏人民出版社，2003，第 12 页。

③ 〔美〕海登·怀特著《后现代历史叙事学》，陈永国、张万娟译，中国社会科学出版社，2003，第 170 页。

是历史的见证；抑或只是被钳制在历史迷局中的“个人”（无论是作为当事人的妓女还是作为后来者的叙事人），或者更准确地说，“个人”观念简单繁殖后的一种话语的游戏？当书写者以妓女的“身体”作为符号来展开“50年代妓女改造”的书写的时候，“身体”感觉的丰富性和复杂性是遮蔽了还是拓展了对“50年代妓女改造”的总体性思考，显然书写者也没有充分加以讨论。无论如何，当书写者——特别是1980年代后的书写者——以没有超出自己时代给定的主流意识形态的立场去把握“50年代妓女改造”，就必然只能以变形的“现实主义”呈现出“叙述”与“实践”的断裂，而与其间蕴藏的“社会主义”经验/教训擦肩而过。因而这些文本的意义恐怕只在于告诉我们，文学与现实/历史之间回应能力的丧失是如何造成的，却并没有暗示出两者之间重建彼此回应关系的路径何在。

（原载《文学评论》2010年第1期）

新时期文学的“起源性”问题

·程光炜·

由于涉及对“新时期文学”的规划和潜在解释权，各种论文和教材对它的概说已经很多，继续重复已没有意义。我这篇文章是试图谈论对新时期文学的“起源性”的历史理解问题，我觉得这个问题恰恰被人们忽略了。而这一忽略可能会直接影响到对新时期文学以来许多文学观念、主张、流派、创作和现象的再认识。我希望这只是诸多问题中的一个“点”的探讨，虽然它在不少人看来也许意义并不是很大。

一　问题的由来

近年来的“八十年代”文学研究虽然取得一定进展，但在将该时期文学历史化的过程中，也出现了值得注意的密集知识化、观念化的现象。所以，我首先想强调一下研究问题时的历史感和历史语境。我以为研究什么问题，都不能笼统化，避免出现新的本质化判断，而应该考虑问题所产生的具体历史语境。我们知道，就今天的中国现当代文学研究来说，它们都有一个“八十年代”这样的历史立足点，或者叫历史起点，它包含着我将要分析的“起源性”的东西。中国搞了几十年不得人心的“极左”政治，到“文革”收场，接着宣布了改革开放的新国策。1980 年代以来人文社会科学包括现当代文学研究的深刻巨变，事实上都得益于这一国策的实施和调整。可以说这是 30 年来中国社会最大的历史语境，也是支持我们讨论新时期文学起源性问题的历史语境。这种语境建立起了一个“反思文革”和“走向世界”的历史叙述框架，它某种意义上也构成了我们将问题充分打开的基本视野。

在这样一个视野里想问题，我认为还要对它有一点点限定，这个所谓历史起点——也即“八十年代”与“十七年”两个历史范畴究竟应该建立怎样一种关系才最为合适的问题。在我看来，“十七年”是对建构社会主义文化想象的一种尝试。毛泽东在1940年发表的文章《新民主主义论》中对此有过清楚的论断："这种新民主主义的文化是大众的，因而即是民主的。它应为全民族中百分之九十以上的工农劳苦民众服务，并逐渐成为他们的文化。要把教育革命干部的知识和教育革命大众的知识在程度上互相区别又互相联结起来，把提高和普及互相区别又互相联结起来。革命文化，对于人民大众，是革命的有力武器。革命文化，在革命前，是革命的思想准备，在革命中，是革命总战线中的一条必要和重要的战线。"① 这种以劳苦工农为中心的文化建构和服务模式，是我们非常熟悉的贯穿"十七年"、"文革"始终的一种文化想象方式和政策。它尽管具有历史虚妄性，却不像新时期的很多人所表述的都那样不好。但又因为它夹杂着某种违背人性、否定现代知识的农民的文化蒙昧性和残酷性，才在"文革"后破灭，成为喜剧性的历史遗产。这就是历史的复杂性。当一种以"社会公平"为前提的文化想象形态被推向极端，被某种目的所利用，它必然会失败；然而它的失败不一定就必然表明其中没有关注普通民众命运的某种人间关怀的因素。所以，我们不能把历史的结果等同于历史的过程，以历史结果为评价尺度来把历史过程再次简缩化，如果那样，我们的学术研究就无所谓真正的历史感。如果将历史语境人为地剔除出历史研究之外，那么它最终将会导致历史语境的重新抽象化和虚无化。当然，"历史破灭"牵连的东西太多，不是我这篇论文讨论的对象。到"八十年代"，这种文化想象方式完全变了。由于"文革灾难"和"思想解放"等知识的强力介入，它某些极端的价值观和历史叙述被人们无情抛弃。这就造成历史断裂的印象，但实际并非如此。比如，以前我们都认为"八十年代"是对"十七年"的"断裂"，事实上它只是与"文革"断裂。"八十年代"不过是对社会主义文化想象的另一种建构方式，它在利用"十七年"的社会主义资源的基础上，与"走向世界"的策略谨慎地并轨，在不损害社会主义根本价值系统的前提下，试图找到重新激活社会主义文化想象的历史活力和可能性。那时候，很多伤痕、反思、改革小说和诗歌都在帮助做这件事，我们没有必要为这段历史隐讳。

最近，蔡翔、罗岗和倪文尖等有一篇《当代文学六十年三人谈》的文章很受注意。他们认为，"整个的'三十年'，一些重要的叙事主题已经包含在

---

① 这是毛泽东1940年1月9日在陕甘宁边区文化协会第一次代表大会上的讲演，原题为《新民主主义的政治与新民主主义的文化》，载于1940年2月15日延安出版的《中国文化》创刊号。当年2月20日在延安出版的《解放》第九十八、九十九期合刊刊登时，题目被改为《新民主主义论》。

‘前三年’之中”。而“前三年”的核心，就是如何看待和建立“八十年代”与“十七年”历史联系的问题。他们说，“讲‘拨乱反正’，拨的是‘文革’的‘乱’，返回到‘十七年’的‘正’，但‘前三年’毕竟不可能回到‘十七年’，因为一个‘整全性’的社会正在被一个‘分化’的社会所取代”。也就是说，整个“社会主义体系”出现了危机。但是，怎么解决让“八十年代”重回“十七年”，同时通过“十七年”再回到“八十年代”，并进而证明社会主义的永久合理性呢？这就需要一个“历史叙述”，这个叙述就是从1980年代延续至今仍然对中国社会具有强烈价值主导性的“现代化叙述”。他们说，“对于一九八〇年代还是有一个共识的，这个共识或许就是所谓的现代”。“‘现代’的故事究竟应该怎样讲述，什么样的讲述才是现代的。所有的分歧、矛盾和冲突可能都在这里。”它要建立的正是新的解释历史的方法，即中国/世界、历史/今天、社会主义/现代化，等等。于是他们进一步论述道：“也就是说，一九八〇年代要回应的，实际上是‘前三年’提出来的叙事主题和叙事方式。而一九九〇年代实际回应的，又是一九八〇年代的叙事主题和叙事方式，每一个时代，如果有‘时代’的话，都在于如何回应前一个时代。所以我想所谓起源性的问题，关键在于我们能不能对它进行一种动态的描述。”①

20多年来，各种时髦的西学和国学竞相登场，热闹非凡。但同时，这热闹话语反倒把一些值得关注的历史线索掐断了，其中就包括新时期文学的“起源性”的问题。贺照田认为，那种在知识界普遍存在的拿西方的“现代化理论”来解释中国的“历史问题”从而导致1980年代的学术问题比较浮泛化的根本原因在于，20世纪六七十年代的中国意识主要为意识形态逻辑和对其他国家有选择的宣传乃至虚假性宣传所定型。“八十年代以来，随着这套意识形态丧失信誉，人们更多地通过和其他国家、民族比较，与自己先前经历比较，来确定对现在状况的评估。”但这种评估却没有顾及中国的后发展国家现实与西方发达国家理论的历史差异性。所以他反省说，当时“很多人在处理原本内在于我们历史和现实的真问题时，习惯上把其只在某一观念架构中或某一理论、知识脉络中定位，结果，很快这一真问题就被封闭于一理论和知识氛围中，被脱历史脉络和脱现实情境了。这样原本鲜活的问题，就变得

① 蔡翔、罗岗、倪文尖：《当代文学六十年三人谈》，《21世纪经济报道》2009年2月16日。

抽象和封闭，不再具备向历史和现实直接开放的能力了”①。而我这里所说新时期文学的“起源性”问题，指的就是，“八十年代”的“现代化想象”与“十七年”的“当代史”之间由于某些“根源性”矛盾和冲突所引起的一系列问题。这些“根源性”矛盾的意义是，1980 年代很多思想斗争、文化运动和文艺论争都因它而兴起。从 1990 年代到今天，它又在社会结构、社会伦理中继续隐藏和积蓄，如腐败、贫富悬殊和社会分配不公，等等。它隐蔽于各种时髦话语深处，一直制约着我们对新时期文学三十年的思考。更重要的是，因为它的被遮蔽，新时期文学乃至当代文学六十年的许多现象实际上都没有被充分地“问题化”。很多问题的讨论，事实上一直缺乏真正的历史支撑点。我们的历史分析还没有真正地开始。

二　八十年代文学的“现代化想象”

我想接着他们的讨论来论述我的问题。新时期文学的“起源性”问题中有一个很重要的支撑点，这个支撑点就叫“现代化想象”。当时，邓小平对中国如何搞“现代化”有一个完整的展望和规划，这就是既要坚持“改革开放”又要坚持“四项基本原则”、“一个中心、两个基本点”的著名理论。②在这一历史场域里，老作家徐迟从新时期文学角度敏锐注意到了“四个现代化”与“现代派文艺作品”之间所包含的必然矛盾，他认为在“现代化”和”现代派”的“原发地”的西方国家，这两样东西具有同一性；然而在新时期的中国却出现了“二分法”的理解，这就是把四个现代化与从事现代派文学创作对立起来。他对这种二分法虽然不满，但他对“文学现代化”的设想又不自觉返回到“十七年”文学的轨道上：“前两年里，现代化的呼声较高，我们的现代派也露出了一点儿抽象画、朦胧诗和意识流小说的锋芒。随着责难声和经济调整的八字方针提出来，眼看它已到了尾声了。革命的现实主义的文艺又将是我们文艺的主要方法，但不久将来我国必然要出现社会主义的现代化建设，最终仍将给我们带来建立在革命的现实主义和革命的浪漫主义的两结合基础上的现代派文艺。”③ 正是在这种提倡现代派与两结合理论

---

① 贺照田：《制约中国大陆学术思想界的几个问题》，《当代中国的知识感觉与观念感觉》，广西师大出版社，2006，第 13、9 页。

② 这是邓小平从改革开放之初到他去世一直坚持的理论主张，在《邓小平文选》第三卷中有集中表述，这些表述和历史实践，对 30 年来的中国社会发展产生了极其深远的影响。

③ 徐迟：《现代化与现代派》，《外国文学研究》1982 年第 1 期。

重新合作的历史氛围和奇怪知识脉络里，当时频繁发生针对“朦胧诗”、“人道主义”、“现代派文学”、“主体论”的所谓“清除资产阶级精神思想污染”、“反对资产阶级自由化”的激烈论争和批判运动，也是基于这种捆绑销售式的“现代化想象”的逻辑架构，1980 年代以后的许多文学作品，如《回答》、《致橡树》、《班主任》、《人生》、《乔厂长上任记》、《无主题变奏》、《在同一地平线上》、《男人的一半是女人》、《五·一九长镜头》、《棋王》、《爸爸爸》、《红高粱》、《虚构》、《现实一种》、《方舟》、《离婚启示录》、《顽主》等等，才可能莫名其妙地既在“八十年代”的文学轨道上，同时也在“十七年”文学的轨道上一起混装上历史列车，被整体打包地推给当时的读者，并介绍给今天的文学史叙述。需要注意的是，这些在价值观念、主题、题材和艺术风格上都差异很大的文学作品突然拥挤在一个文学期，正是因为当年人们对“现代化”差异甚巨的理解所造成的。因为理解的角度和方式不同，才产生了不同的关于现代化的想象。没有八十年代全民族的“现代化想象”，这些文艺论争和文学创作的历史情境是很难有深刻的理解的。

但新时期文学“现代化想象”的历史结果，却造成了“人”与“历史”的严重脱节。当时很多作家和文学作品，都不想按照徐迟一相情愿的文学路线发展，这就造成了一个时期里“人”与自己“历史”的“脱轨”，即“脱历史化”。这种“脱历史化”的倾向在当时文学作品中非常普遍，虽然它所反映的层次和表现有所不同。我想举路遥小说《人生》的例子来说明这个问题。我想很多人都会记忆犹新，1980 年代初，小说主人公高加林之所以让很多人激动，同时也饱受争议，关键正是他首先启动了那个年代整整一代中国农村青年“脱历史”的历史进程，把中国走向“现代化”将必然面对的“历史困境”严峻地摆在了人们面前。高家庄民办教师高加林之所以背叛农村女朋友巧珍的痴情，而选择与县城姑娘黄亚萍结合，是因为他要离开乡村到县城寻找新的人生归宿。“县城”就是高加林对 1980 年代“现代化”的最美好的想象。这就在高加林面前出现了一个新的历史关系，“农村”是他的“历史”，而“县城”则是他的“未来”，他必须在两者之间做出选择。小说中的高加林就这样站在了历史的十字路口。“他是农民的儿子，知道在这贫瘠的山区当个农民意味着什么。”他并非厌弃巧珍这个具体的人，而是她身后贫困的农村，和她来县城探访他时一起携带来的他所不愿面对的“历史”：

一进加林的办公室，巧珍就向他怀里扑来。加林赶紧把她推开，说：“这不是在庄稼地里！我的领导就住在隔壁……你先坐在椅子上，我给你倒一杯水。”他说着就去取水杯。

巧珍没有坐，一直亲热地看着他亲爱的人，委屈地说：“你走了，再也不回来……我已经到城里找了你几回，人家都说你下乡去了……”

“我确实忙！”加林一边说，一边把水杯放在办公桌上，让巧珍喝。

巧珍没喝，过去在他床铺上摸了摸，又揣揣被子，捏捏褥子，嘴里唠叨着：“被子太薄了，罢了地给你絮一点新棉花；褥子下面光毡也不行，我把我们家那张狗皮褥子给你拿来……”

“哎呀，”加林说，“狗皮褥子掂到这县委机关，毛烘烘的，人家笑话哩！”

“狗皮暖和……”

“我不冷！你千万不要拿来！”加林有点严厉地说。

……

他又很心疼她了，站起来对她说：“快吃下午饭了，你在办公室先等着，让我到食堂里给咱打饭去，咱俩一块吃。”

巧珍赶忙说：“我一点也不饿！我得赶快回去。我为了赶三星的车，锄还在地里搁着，也没给其他人安咐……”

她从床边站起来，从怀里贴身的地方掏出一卷钱，走到加林面前说：“加林哥，你在城里花销大，工资又不高，这五十块钱给你，灶上吃不饱，你就到街上食堂里买得吃去。再给你买一双运动鞋，听三星说你常打球，费鞋……前半年红利已经快分了，我分了九十二块钱……”

高加林忍不住鼻根一酸，泪花子在眼里旋转开了。他抓住巧珍递钱的手说：“巧珍！我现在有钱，也能吃得饱，根本不缺钱……这钱你给你买几件时兴衣裳……”

“你一定要拿上！”巧珍硬给他手里塞。

他只好说：“你如果再这样，我就恼了！”

在20世纪中国小说史上，这恐怕是最让人难过和难言的一幕罢。因为刚刚挣脱农村的高加林虽然在理智上抛弃了巧珍，但是面对活生生的人，他的感情和歉疚却还在揪扯着他。更有意味的是，此后不久高加林因人揭发被退回农村。在这人生劫难面前，他第一个想到的仍然是巧珍，但这时她已经嫁人离开了高家庄。在中国刚刚开启现代化进程的时候，高加林这个野心勃勃的农村青年的“现代化之梦”就被粗暴地掐断。他试图以“脱历史”的方式进城，还付出伤害心爱的巧珍的高昂代价，但“历史”最终仍将他“收回”。

这大概是对高加林“脱历史”行为的最严厉的惩罚。这一幕实际预示了中国人的历史命运。它以寓言化的方式，既深刻影响着中国新时期文学的开篇，也将深刻地制约新时期文学的每一步发展。

不难看到的是，邓小平、徐迟等人所强调的“现代化”，事实上是一种在国家控制范围内的“现代化”，这是由于中国的历史语境——“社会主义”、“十七年经验”等“当代传统”所决定的。然而，新时期的很多作家所理解的“现代化”，却意味着对这语境的偏离和超越，是对乡土中国环境的大胆叛逃，所以，“走向县城”成为当时文学书写中最为热门的“现代化题材”之一。这种“现代化想象”在中国作家那里有相当的普遍性，如贾平凹《浮躁》等许多小说都是这样理解历史发展的。这是因为，“现代化”的本义就是鼓励传统社会的人们以“脱历史”的方式来建立一种新的世界观、人生观，从而建立一种新的生活方式。对于 1980 年代中国的小说而言，强烈地表现人物与地缘、血缘关系的告别，表现人物与单位、熟人的告别，则是它重新组织中国文学叙述和组织新型文学市场的必要前提，我们发现很多作家都是在这一知识谱系上出名和赢得自己的读者群的。“现代化”的要义还在通过社会的分化和撕裂，来达到对传统社会关系的重组。这就使“断裂”成为社会转型期的一种新的政治伦理和文化伦理，使得“八十年代文学”迅速脱离“十七年文学”的控制和影响，而成为所谓“新时期文学”的历史秘诀。我们注意到，高加林正是不顾上述论者关于外来思潮与本土经验“两结合”的警告，才酿成他个人的人生悲剧的。然而，又是作家路遥和高加林把县城建构成“现代化”的符号象征，把巧珍理解成“传统”的这种非常奇怪的“八十年代现代化想象”，才促使我们重新去思考高加林这个人物形象的价值，并进而深入到这一文化想象的内部，重新启动了对这一问题的思索和讨论的。“高加林一代”也许并没有真正意识到，他试图告别熟人社会和乡村伦理（对巧珍的爱情承诺），成为城里人（现代化的主要指标是所谓“城市化进程”）的行为背后，实际是一场刚刚开始的“八十年代现代化”与“十七年经验”之间的历史博弈。“十七年”社会体制以“开后门”为借口葬送了这位乡村青年“进城”的历史创举，但是它代表的“当代史”同时也悬空了高加林在乡村社会的位置，这就是安排巧珍另嫁别人，以断其后路。而“八十年代现代化”还没有准备好为这位雄心勃勃的乡村青年提供更理想的人生出路，直到十年后，这一出路才由获得制度环境支持并大力提倡的“进城务工”，而被历史正式命名。作家路遥这时也许已经意识到，高加林们已经走到了人生的绝路，他在那时不可能有更好的历史的选择。高加林先一代乡村青年的“进城”行动最终以失败而告终，他没有幸运地赶上应该更属于他的“九十年代”，这就是这个人物形象的全部意义。

正是这一历史线索帮助我们有机会面对一个值得关注的问题，即如何理解“八十年代”“寻根”和“先锋”文学之“发生”的原因。我们可以讨论的是，高加林们命运的终结，或许正是“先锋文学”（那时还叫“现代派文学”）的起点，配置了高加林这个历史人物的“社会主义现实主义文学”的终结，才迎来了新时期“先锋文学”这个新历史的兴起。高加林这个历史人物之短命和终结说明了什么呢？说明“新时期文学”如果要与“八十年代现代化想象”捆绑在一起，必然会宣布在告别“十七年文学”、“文革文学”、“社会主义经验”也即“中国当代史”的前提下，在“现代化方案”中重新安排“新时期文学”的历史出海口。因此，它必然会出现1985年以后新时期文学的“去政治化”、“去历史化”的文学史结果。它必然会以“形式意识形态”来终结“文学意识形态”，在这道历史门槛上促使人们把1985年以后的新时期文学理解成所谓的“形式革命”、“纯文学”、“文学自主性”、“主体论”等等。于是人们发现，影响整整一代人的“八十年代现代化想象”使人们相信，越是远离“中国当代史”的文学才是新时期文学的正途。正是在这个意义上，高加林的话题帮助我们理解了为什么1985年以后的新时期文学会越来越形式化，越来越不愿意面对“中国经验”也即“社会主义经验”，因为所谓新时期文学就是要抽去“当代史记忆”。正是由于文学史内部这一死结并没有被清理，所以直到今天，我们还没有办法在一种更有效的意义上去理解“八十年代”与“九十年代”，尤其是它与“十七年”的内在关联。

三　被遗忘的“十七年文学”资源

与“起源性”问题具有内在关联性的另一个问题，是我接着想谈的被新时期文学遗忘的“十七年文学”资源。因为不这样去看问题，就无法真正去理解“八十年代文学”之发生，更无法理解“九十年代文学”为何会以那种方式进一步地展开。如果不像家庭的影碟机那样用“倒放”按钮重新观看和思考，“十七年”的文学资源这个被历史埋葬着的“风景”也许就不会被注意到。

对“十七年文学”资源的故意性遗忘，也许最大程度地表现在刘再复的著名长文《论文学的主体性》中，而它对新时期文学一代的影响在于，通过对“十七年文学”资源的遮蔽或跳过，让人们发现了一个叫做“新时期文学”也即“八十年代文学”和“九十年代文学”的新大陆。刘再复是这样整理“十七年文学”资源的：“我国在一个相当的时期内，艺术接受者的审美主体性之所以失落，是因为主体本身的审美心理结构受到严重破坏，变得畸形化、简单化和粗糙化。就像谢惠敏式的人物，她本能地对某些带有性爱内容的小说感到恐惧，以致认为《牛虻》是‘黄色小说’。”所以，“如果我们充分地注意接受主体性，并把注意力集中在艺术接受者身上构筑一个现代的、健康的、强大的审美心理结构，我们就将找到社会主义精神文明建设的关键点”。“一个人，具备了这种文明的内在审美机制，自然就会有吸收人类文化中一切优秀的遗产的要求，在真善美与假恶丑面前，就会有正确的价值选择，也自然就会有美好的品格，美好的行为，美好的语言”。“而这种自觉的手段，就是审美的手段，就是人自身的完善的审美心理结构。”① 这样的历史整理使人想到，刘再复之所以能够顺利跳过“十七年”的文学资源，就在于他把后者定位在“非主体”、“畸形化”、“简单化”、“粗糙化”和“非审美”的文学状态中，他跳过“十七年”是要为“新时期文学”的最终出山铺平历史道路。

如果说刘再复是用文学与政治二元对立的历史叙述请出“新时期文学”的话，那么鲁枢元则把这一叙述落实到具体创作实践上：“‘向内转’是对长期以来束缚作家手脚的机械的创作理论的反拨。在特殊历史时期形成的那种急功近利的文艺创作心理定势的制约下，文学反映社会生活被理解为一种‘镜映式’的反映；而‘现实生活’又只被理解为生产斗争、阶级斗争之类的人的外指向的实际活动，甚至只被理解为当前的政治中心工作。于是，文学的视野长期被局限在一个狭窄、机械的天地里，失去了内在精神创造的灵动性和自由性，大量平板、粗直、空洞、枯燥的作品，倒尽了读者的胃口。”因此，“逆反心理即是一种心理意义上的求新求异趋向。文艺欣赏和文艺创作中的那种明显的逆反心理，促动了一大批中青年诗人、作家充当了艺术叛逆者的角色”。② 这种借助“二十世纪西方现代派”资源来替换“十七年”历史写实主义资源的做法，是要发掘出一个与“十七年历史”相对峙的“自我”，继而将“向内转”的文学意识形态隆重地推到新时期文学前台。这就为先锋文学回避历史叙述的纯文学实验进行了理论辩护和支援。这种理论更对“十七年”文学做了整体化的概括，于是“十七年”的丰富性就被做了压缩性处

---

① 刘再复：《论文学的主体性》，《文学评论》1985 年第 6 期、1986 年第 1 期。

② 鲁枢元：《论新时期文学的“向内转”》，1986 年 10 月 18 日《文艺报》。

理，它被判定为“镜映式的反映”、“人的外指向的实际活动”和“平板、粗直、空洞、枯燥”的产物。在这种“现代化想象”的观照下，“十七年”与“八十年代”被人为地置于一种非常紧张的历史关系之中。

张伟栋在以刘心武小说《班主任》为参照而对《五·一九长镜头》所做的解析中，发现了一个“‘文革’的共同经历塑造了一个非常庞大的读者群”的历史秘密。① 这个秘密中显然包括了“十七年”资源被遗忘和如何被遗忘的问题。如果我们把这一思考推向深入，会进一步觉察中国当代文学史从“十七年”到“八十年代”的转型所依据的主要历史动力是“政策改变”而非来自对“当代史经验”的深刻反思。刘再复、鲁枢元等“八十年代”批评家们的知识结构中实际储藏着大量的“十七年”的文学资源，当他们要让“新时期文学”与“现代化想象”接轨的时候，他们采取的是对前者记忆的故意遗忘式的理论表述方式；而当他们要为自己的文学作品和理论著述作“历史命名”时，又从储藏库中取回了“十七年”的文学资源。如果我们不把这些原就具有的东西从这些批评家的批评文本中释放出来，将它们做分门别类的整理，那么就会影响到我们对什么是“八十年代”的历史认识。举例来说，刘心武在1980年写的题为《泪珠为何在睫毛上闪光——回忆我的少先队生活》的文章中，似乎已经说得非常明白：“我的第一个正式的创作冲动，是我十四岁即将离开少先队的时候，偷偷写出来的一篇小说，它就是表现这个篝火晚会的。那虽然是一件废品，而且早已不知失落到了何处，但是，难道在我成长后写出的《班主任》等小说中，没有潜移默化地体现着这样一种境界吗？少先队员时代啊，你在我记忆中留下的金线，将永远编织在我今后的作品之中……”② 这正像刘再复在前面所表述的，他力倡文学主体性的价值目标，仍然强调要把“注意力集中在艺术接受者身上构筑一个现代的、健康的、强大的审美心理结构”，这样“我们就将找到社会主义精神文明建设的关键点”。像张伟栋发现的那个历史秘密一样，我们所发现的秘密是“八十年代”的批评家实际都在巧妙地利用“十七年”的文学资源来为自己所建构的“新时期文学”鸣锣开道。因为我们如果不这样去观察，我们就无法解释“八十年代文学”为什么会以“这种方式”而发生。不将“十七年”设定为“历史对立物”，那么“八十年代文学”的历史合法性又能建立在哪里呢？但

---

① 张伟栋：《足球赛与新的国家想象——刘心武纪实小说〈5·19长镜头〉解析》，《当代作家评论》2010年第1期。

② 刘心武：《泪珠为何在睫毛上闪光——回忆我的少先队生活》，《辅导员》1980年第5期。

是，如果不把“十七年”暗中建构为自己的“精神原乡”和文学出发地，那么与西方“人道主义”和“二十世纪现代派文学”联姻的“八十年代文学”就会被人误认为纯粹的“西方文学故事”而非“八十年代中国的文学故事”了。失去“当代史”支撑的“八十年代文学”，也不可能如前面张伟栋所说“‘文革’的共同经历塑造了一个非常庞大的读者群”，那样“新时期文学”就等于失去了自己的“新时期读者群”，它就等于失去了自己的“精神原乡”。

“十七年”的文学资源正如柄谷行人所说是一个“倒过来”才能看得见的“风景”。[①]“十七年”某种意义上是任何中国作家和批评家都无法绕过去的“中国当代史”（社会主义历史经验），“十七年”变成他们批判、反思和叙述的对象，但与此同时“十七年”的精神生活和文学规范又在暗中支配并影响着他们对自己所创制的“八十年代”和“九十年代”文学的理解。在这个意义上，如果没有具有中国当代史思想特色的“十七年文学”资源，就不可能有真正的“八十年代”和“九十年代”。当然，如果没有“八十年代现代化想象”的关照和介入，“十七年文学”资源可能永远都会是沉睡着的，它不可能被“八十年代”作家和批评家们拿出来，重新去建立另一个与“十七年”有着错综复杂历史关系的“八十年代”和“九十年代”的文学。这个“倒过来”发现的“风景”，或者叫做通向“过去”历史的一段被废弃的旧铁路轨道，正是在我们经历了“八十年代”、“九十年代”后才能看得到的。这个“倒过来看”的“风景”，也只有在我们重审“八十年代”、“九十年代”文学意义的时候，才能生成出有用的认识论的价值。

四　“八十年代”与“十七年”的关系

通过上面的简要分析，我们会发现与“起源性”相关并更重要的问题，是“八十年代”和“十七年”都不是可以“单方面”地存在的。对此，黑格尔曾有非常精彩的论析，因此我想以他的论点代替我的认识：“我们要求，对于全体的性质和目的有一个概括的观念，庶几我们可以知道，我们所期待的是什么。犹如我们首先要对于一个地方的风景加以概观，如果我们只流连于

---

① 这是借用柄谷行人的观点。他在著名的讨论日本文学史的随笔性著作《日本现代文学的起源》中，关于“风景”的理论，和对这一关键性文学史概念的多层化和复杂的探讨，成为这本著作的重要根据和价值所在。该书为赵京华译，2003 年 1 月由三联书店出版。

这风景的个别地方，我们就会看不到它的全景。事实上个别部分之所以有其优良的价值，即由于它们对全体的关系。”正因为过去我们都是埋着头看历史全貌，或只相信所谓“断裂论”而忽视了“关系论”，黑格尔才会给我们这种理论忠告：“在这种关系里，个别的事实取得它们对于一个目的或目标的特殊地位和关系，并因而获得它们的意义。因为历史里面有意义的成分，就是对‘普遍’的关系或联系。看见了这个‘普遍’，也就是认识了它的意义。”①

前面说过，之所以提出要深切关注新时期文学的“起源性”问题，是由于“八十年代”是作为一种“现代表述”，“十七年”是作为一种“社会主义历史经验”而存在的，在这个意义上，它们的关系可以说是一种历史复调的关系。我们来看新时期初期影响很大的两篇小说，就可以明白这两个时期原来是纠结在一起的，只有通过“这一个”才能看清楚“那一个”。王蒙的《布礼》，写的是一个叫钟亦诚的人，在“反右”运动中蒙受冤屈，被开除公职强迫劳动。这种人生境遇本来是很容易对社会产生怨恨的，但他没有这样，而是一遍遍地通过对当年参加革命的回忆来激励自己。一个被社会抛弃的那么可怜的人，为什么不怨恨抛弃他的社会群体和体制，而要痴心不改地坚守对过去年代的信仰和忠诚呢？这正因为钟亦诚那代人的生活虽然非常不幸，但同时他们的生活又是有历史逻辑和理想根据的，是一种用理想来支撑着的生活。而与这一切最直接和最深刻的关联，就是对社会生活的忠诚的问题。再看张洁的《爱，是不能忘记的》，小说写的是母女两代动人心弦的爱情故事，但那是一种没有理由或结果的爱情，是绝望的爱情。母亲钟雨与老干部一生接触的时间不足二十四小时，“连手也没有握过一次”，她却甘愿与他二十多年精神相守，“就像一对恩爱的夫妻”。但母亲这种柏拉图式的精神恋爱，老干部居然完全不知道。然而母亲就在对方完全不知道的情况下，一次次组织自己爱情的“高潮”：老干部去世，母亲为他戴黑纱；母亲临终，又要求女儿把老干部无意中送她的《契诃夫小说选集》、一本笔记本同她一道火葬。这段“没有未来”也“没有结果”刻骨铭心的爱情居然支撑了母亲的一生。这种绝望的爱情，正是通过对绝望年代的无望的反抗，来表达着对于爱的理解的。刚开始，女儿对母亲这种苦行僧般充满宗教意味的爱情无法理解，最后她终于明白：“只有当我从头到尾把它们读了一遍的时候，渐渐地，那些只言片语与我那支离破碎的回忆交织成了一个形状模糊的东西。经过久久的思索，我终于明白，我手里捧着的，并不是没有生命、没有血肉的文字，而是一颗

① 黑格尔：《哲学史讲演录》第1卷，贺麟、王太庆译，商务印书馆，1996，第11页。

灼人的、充满了爱情和痛苦的心，我还看见那颗心怎样在爱情和痛苦里挣扎、熬煎。二十多年啦，那个人占着她全部的情感，可是她却得不到他，她只有把这些笔记当做他的替身，在这上面和他倾心交谈。每时，每天，每月，每年。”这是一篇在“文革”之后最早也最大胆地重新解释爱的圣洁意义的小说。这两篇小说中显然都有一个叫做复调的东西，即故事发生在“十七年”，而讲述者则站在“八十年代”来讲述它。或者说它们是用“八十年代”的现代化眼光发掘出了一个发生在“十七年”的“革命者的故事”。在新时期文学的最初几年，这种复调的文学叙述受到人们的高度重视。但到八十年代，“现代化想象”将这种叙述彻底转移到自我、个人的叙述上来，并将这种认识变成文学界一种新的历史共识时，自我这个“部分的风景”就完全压倒并封锁了忠诚和爱这个“全部的风景”。就这样，“八十年代”与“十七年”割裂了，“八十年代”成为一种没有任何“历史联系”的历史叙述。

我们正是在这里来讨论“部分风景”与“全部风景”之间的历史关系的。我对这两种风景关系的理解是，为什么《布礼》和《爱，是不能忘记的》这两篇小说在新时期最初几年被人们普遍肯定，而到寻根、先锋文学兴起后又被人们忽视了呢？是因为这两个阶段文学背后都有一个支撑性的哲学，即“文革”和“八十年代现代化想象”。在“文革”/“十七年”、“八十年代”/“十七年”这种“部分风景”中，历史的取舍是根据暂时性文学需要来决定的。所谓“没有‘文革’，何来新时期”、“没有‘十七年’，哪有‘八十年代’”的历史想象逻辑，就是在“部分风景”中采取断裂式的方式来思考文学问题的，也是在这部分风景中产生的一种新想法。某种意义上，这种“部分风景”的思维格局，决定了《布礼》和《爱，是不能忘记的》这些小说的文学史命运；而正是这种文学史命运的存在，又决定了我们必须像黑格尔所说的需要打开文学史的“全部风景”，并把“部分风景”重新装进去，才能对新时期文学的“起源性”问题产生真正的思考。具体点说，恰恰是“八十年代”与“十七年”的历史复调关系提醒我们要注意，钟亦诚的忠诚和母亲钟雨柏拉图式的爱可能不只是“十七年”所能包容的，也可能不只是由于“八十年代”才被激活的一个问题；它也许已经超越了它们，也许自从文学诞生之日起，它就是作为一个“元问题”而存在了；或者自从人类诞生之日起，这个问题就存在了。只是我们站在“文学史内部”来看问题时，是看不到这个“全部风景”的，当我们偶尔站到“文学史外部”来看问题时，这个“全部风景”就在那里了，通过它，也就能够看到“全部风景”与“部分风景”之间的历史关系了。

那么这样，我们就可以在“八十年代”与“十七年”的历史关系中重新讨论新时期文学的“起源性”问题。在我看来，“八十年代”要对“十七年”（尤其是“文革”）进行拨乱反正，实际是要指出，“十七年”尽管也是“社会主义历史经验”，但是这种历史经验在不断清除所谓“资产阶级”的“人与爱”这些东西时，会不自觉地把这些属于人类“普适价值”的东西也吸纳到“社会主义历史经验”之中来。否则就不能理解钟亦诚、钟雨这些革命者，为什么会遵循资产阶级这些“普适价值”，而对革命原义中的“人与爱”那么痴心不改、忠贞不渝了。《布礼》第二节的描写，作为一种历史参照可能更有利于我们对历史复杂情况的分析。在这里，作者向读者描述了对生活在日常状态中的钟亦诚来说非常有力度而且新奇的人与人之间的崭新“称谓”，一种精神的提升：“布礼”。“有一次，在去鼓楼的路上，凌雪忽然向他喊道：‘致以布礼！’‘什么？布礼？这就是说，布尔什维克的敬礼，康姆尼斯特——共产党人的敬礼！’他感到，当一个‘现实生活’中的人第一次听到它，这真是烈火狂飙一样的名词，神圣而又令人满怀喜悦的问候。不过他听说，在解放区，党的组织和机关之间来往的公文，早已使用这一‘称呼了……”之所以在这里引用这段描写，是因为我们在讨论复杂的文学史问题时，一定不要对已经存在的历史忽略不计，用“跳过”的研究方式把已经存在的“历史”故意矮化和人为删除掉。在这个意义上，我觉得通过对钟亦诚这些革命者忠诚概念进行一层层剥离式的分析，认清哪些是革命原义的、哪些是“普适价值”的、哪些又经过替代性的变迁而具备了“十七年”复杂和丰富的“社会主义经验”的内涵的，仍然显得必要。

之所以通过两篇小说将“八十年代”与“十七年”的历史关系单独拿出来讨论，是因为我意识到，单独在这种关系中实在是看不清楚新时期文学的“起源性”问题，这种关系用一叶障目的方式影响了我们对整个新时期文学的理解。新时期文学被剪裁成一段又一段的“文学史现象”，这就陷入到黑格尔在上面批评的“如果我们只流连于这风景的个别地方，我们就会看不到它的全景。事实上个别部分之所以有其优良的价值，即由于它们对全体的关系”这一对历史全部复杂而丰富状况的盲视当中。因此在我看来，重新考察“八十年代”与“十七年”的关系并不是我们的目的，我们的目的是把它作为一种方法来进一步逼近对新时期文学的“起源性”问题的理解。因为只有通过在“问题”的周边，建立一个个临时性的“历史参照物”，通过比较的方法，最后的问题才有可能真正浮现出来。

五 再回到对“八十年代现代化想象”的检讨之中

由于中国社会的现代化方案直到 1984 年后才逐步落实，例如“城市改革”、“双轨制价格”、“计件工资”、“鼓励第二职业”、“个体户”等等，使社会体制大幅度向着资本主义的管理方式转型，1985 年后，中国社会明显表现出了内部的紧张与断裂。这就是，“八十年代”在加速与“十七年”的断裂，“现代化想象”与“社会主义经验”开始在这里分手。寻根、先锋的兴起，于是被人宣布是“工农兵文学”的终结，1985 年成为“当代文学”的起点。①

但是今天看来，这种转型在简单宣布了“工农兵文学”的历史退场之后，也把自己的“脱历史化”问题暴露在文学史面前，“现代化想象”在拉开自己新的一幕的同时，也同时关闭了人们对新时期文学“起源性”的思考。“我国的文学，在本世纪末将达到世界文学先进水平。这种预测以近年中国文学现状为根据，我也许悲观了，总觉得有些根据不足。我的悲观根据是中国文学尚没有建立在一个广泛深厚的文化开掘之中。没有一个强大的、独特的文化限制，大约是不好达到文学先进水平这种自由的，同样也是与世界文化对不起话的。”② 这种装着文化遗老面孔的言论，是要强行超越“十七年”的历史，而与西方“现代化”的历史进程实行接轨。这种以“出国热”、“文化人类学热”和“藏之于文化典籍与穷乡僻壤的文学书写”为标志的寻根及后来的先锋文学，正在以故意遗忘现代化想象所造成的社会动荡、危机加剧、工农阶层沦落等历史的痛苦为前提，而把新近发现的另一个“当代文学”变成一列高速前进的火车。这列火车把“工农兵文学”、“十七年”、“社会主义经验”、“反右”、“大跃进”、“文革”统统抛在车后，它是要在记忆遗忘中驶向“世界文学”的新历史车站。

我之所以要对以现代化想象为思想根基的寻根、先锋文学做历史性检讨，是因为我们不能只在“文学内部”看文学问题，这种考察视野还要同时建立在“文学外部”。就在寻根作家宣布“去政治化”和鼓吹“重建中国文化”的同时，社会学家唐钧的调查报告却让我们再次回到严峻的文学史实践之中，

---

① 此为李陀和李劼的观点，这种观点所针对的正是 1949 到 1984 年之间“工农兵文艺”统治“当代文学”长达 35 年的历史。不过，如果这样去看，宣布“终结”的理由恰恰是我们需要去讨论的。

② 阿城：《文化制约着人类》，1985 年 7 月 6 日《文艺报》。

进一步看清了文学/社会关系的真面目：“中国的城市贫困群体规模究竟有多大？在中国政府和学界，存在着两种不同的看法。中国社科院社会学所唐钧是这样估计中国城市贫困人口的：约一百五十万没能领到失业保险津贴的失业者，约三百一十万没能领到下岗职工生活补贴的下岗无业者，加上一百九十万停发、减发退休金的离退休人员，共计六百五十万人。假设上述人员因收入减少或中断对两个被赡养的家庭成员产生影响的话，再加上民政部门传统的救济对象不到一百万人，一九九七年，中国城镇贫困人口大约是一千五百万人左右。中华全国总工会的调查数字可以支持上述观点。一九九九年，按照各地颁布的最低生活保障标准，中华全国总工会对家庭人均收入水平低于当地标准的企业职工（含退休职工）进行调查统计，得到的数据是四百二十万户，一千五百万人。按中国社科院社会学所朱庆芳的估算，中国的城市贫困人口有三千一百多万。其根据是，一九九八年，下岗职工八百七十七万人，登记失业人员五百七十一万人，被拖欠退休金的退休人员约六十多万人，加起来就是一千五百万人。加上其赡养的家庭人口，按两个人计算，就是三千万人。还有民政部门供养的城镇孤老残幼，大概一百万人，共计三千一百多万人。”①

我这样引用社会学家的历史资料，用意不是简单否定寻根、先锋文学的历史功绩，事实上，它们的文化视野和强调文本自足性，确实激发了“当代文学”的深刻变革，促使文学的主题、题材和创作方法进一步走进改革开放的怀抱。但是必须注意的是，虽然闭关锁国被证明是逆世界历史潮流而动的错误政策，改革开放推动了社会发展，但“十七年”历史的结构性问题和矛盾并没有得到根本解决。一直被革命词汇修饰性掩盖和隐藏的社会就业危机（七十年代用知识青年“上山下乡”的方式暂时转移），在现代化的进程中终于全面地爆发。因此我的问题是，1985 年的中国文学界为什么没把这一“严重的历史”装进自己的历史视野，反而发明了另一种“脱历史”的寻根、“先锋文学”？如果全面搜索一下 1985～1988 年的寻根、先锋小说，我们会惊讶地发现上述材料提到的在中国社会大震荡中的城市贫民、失地农民等历史小人物基本在文学作品中缺席，这些小说也没有正面描写当时中国社会已经非常复杂和艰难的社会改革。所谓的“当代文学”，实际没有关于“当代”社会历史痛苦和社会矛盾的任何记录，它根本不关心普通人的生死病痛，这难道不是一种文学史的遗憾？我们的文学史，偏重对脱离社会和历史情况的

① 唐钧：《中国的城市贫困问题与社会救助制度》，《民主与科学》2001 年第 6 期。

文学观念的强调，然而它却为后代读者留下了许多不应该留下的历史空白，这难道不值得我们今天去做一点认真的反省？1985～1988 年的寻根、先锋小说，事实上没有为我们提供一个活在那个年代，同时又能对未来时代产生丰富的启示性的“历史主人公”，这难道不应该在清理当代文学史的时候稍微予以注意？

这就是说，1985 年后，当中国经济高速发展，大批工人下岗，破产农民进城，社会问题和族群关系严重撕裂且日益加剧，现代化想象正在把“当代史”所积蓄的大量阶级冲突和矛盾推向高潮的时候，当代文学却在自己设定的现代主义道路上越走越远，它以“脱历史”的文学口号为掩护，对中国社会的急剧动荡视而不见。在“八十年代”中国现代化轨道的交叉口上，“文学”与“社会”在这里分道扬镳。“文学”以告别工农兵文学和追求纯文学为名义，正在远离中国社会的中心。今年六月在北京中国青年政治学院召开的“乡土中国现代化转型与乡土文学创作”研讨会上，该校中文系一位青年教师在分析当前小说失去大量读者的原因时，曾尖锐批评当前小说中“没有青年”。这种批评确实犀利，而且富有深度。我在这里换一种说法，是当前小说中“没有社会”，社会生活的每一次敏感脉动，都在作家这里得不到反映。我这样说，不是要回到“反映生活”的简单理解中，而是意在提醒人们，应该去注意 1980 年代以来中国社会无比丰富、激烈而深刻的现代化实践，为什么当代文学远离历史的漩涡，成为一种孤芳自赏的存在，成为文学圈子中的文化产品，这里面深层次的原因到底是什么？这些问题显然是不容回避的。

六 重回“十七年”的一些问题

我在前面的论述中，反复提到本论文的一个关键词：“脱历史”。我的意思是，笼统而缺乏针对性地引用西方意义上的现代化理论，是无法解释和理解 1980 年代以来改革开放充满激烈矛盾和问题的历史生活的。因此，正像马克思他们所言，对历史的解释只能从历史出发。我们只能从“我们的历史”中来解释它，正视它，而不能再像“八十年代”那种以脱历史的方式去重建一个根本不存在的所谓“历史”。我们的历史今天看来就是“十七年”。这正如我在本文开头就提到的：在我看来，“十七年”是对建构社会主义文化想象的一种尝试。毛泽东在 1940 年发表的文章《新民主主义论》中对此有过清楚的论断：“这种新民主主义的文化是大众的，因而即是民主的。它应为全民族中百分之九十以上的工农劳苦民众服务，并逐渐成为他们的文化。要把教育革命干部的知识和教育革命大众的知识在程度上互相区别又互相联结起来，把提高和普及互相区别又互相联结起来。革命文化，对于人民大众，是革命的有力武器。革命文化，在革命前，是革命的思想准备，在革命中，是革命总战线中的一条必要和重要的战线。”尽管毛泽东的理论因为历史的巨大代价出现了负面评论，它本身固然也存在极端民粹主义和农民意识的严重缺陷，但它确是因几十年战争生活和贫富悬殊引起的“社会不公”而针锋相对地提出的在当时富有活力的思想方案。

无可否认的是，经过三十年不乏残酷的“原始积累”，1990 年代后，尤其是最近几年，一种呼吁“社会公平”、“社会正义”的潮流已在中国社会各个阶层中蓬勃涌动。而这种呼吁最根本的历史参照（至少在中国当代史中能够找到的资源），就是被“八十年代现代化”所抛弃，而如今又摆在人们面前的“十七年”主张给“百分之九十以上的工农”以平等的社会资源分配权的浪漫化的社会实践。“正义是社会制度的首要价值，正像真理是思想体系的首要价值”，“因此，正义否认了一些人分享更大利益而剥夺另一些人的自由是正当的，不承认许多人享受的较大利益能绰绰有余地补偿强加于少数人的牺牲。所以，在一个正义的社会里，平等的公民自由是确定不移的，由正义所保障的权利绝不受制于政治的交易或社会利益的权衡。”[①] 那么，怎么解决这一矛盾呢？论者提出了“社会转让”和“第二次分配”的假设，“即给那些出身和天赋较低的人以某种补偿，缩小以至拉平他们与出身和天赋较高的人们在出发点方面的差距”。因此，“他反对时间的偏爱，即反对为了未来而牺牲现在，或者只顾现在而不管未来”；他强调代际之间的公平，“反对功利主义可能要求的过高的积累率”，“强调不能以后代的更大福利为借口而损害现在这一代的公平份额”。[②] 我认为这种直接能进入“十七年”社会内部，既能对之加以批判性反省，同时又能对之产生历史的理解与同情的理论，因为它具有现实针对性，反而被看做是一种从中国当代史实际出发的理论，它的“历史化”恰恰是从我们重回“十七年”的过程中获得的。

由此我觉得应该重新认识周扬 1949 年在全国第一次文代会上的报告《新的人民的文艺》的意义，对它进行再次“历史化”的思考。周扬说：“民族的、阶级的斗争与劳动生产成为作品中压倒一切的主题，工农兵群众在作品

---

① 罗尔斯：《正义论》，何怀宏、何包钢、廖申白译，中国社会科学出版社，1988，第 1 页、第 2 页。

② 罗尔斯：《正义论·译者前言》，何怀宏、何包钢、廖申白译，中国社会科学出版社，第 2 页。

中如在社会中一样取得了真正主人公的地位。知识分子一般地是作为整个人民解放事业中各方面的工作干部、作为与体力劳动者相结合的脑力劳动者被描写着。知识分子离开了人民的斗争、沉溺于自己小圈子内的生活及个人情感的世界，这样的主题就显得渺小与没有意义了。"① 我们必须知道，“八十年代”对这篇文章及其他所代表的文艺思潮的“重评”，是基于“批判文革”，或者直接说是基于“八十年代现代化”提高了知识分子的社会地位而工农社会地位因为现代化分工而明显降低的国策需要而作出的一种历史判断；但是，这种判断不能因为“八十年代”的现代化需要而对“十七年”为建立新中国因此把工农变成历史的主体这样的事实视而不见。我们还应该注意的是，如果认为 1980 年代以后出现的当代文学的知识分子文学取代“十七年”的工农兵文学一定是“历史的必然”，“工农兵文学”的终结，才是“纯文学”（实际是知识分子文学）的幸事，这样的判断是否值得。如果我们不再把“十七年”文学放在“八十年代”文学的对立面上，同时放入“当代文学六十年”的整个历史框架中，那么我们是否也可以说，《新的人民的文艺》所表达的不也是一种“社会公平”的历史诉求？尽管它带有人们不喜欢的政治强制性，和过分霸道的话语的力量，但是，我们重新把它放在对 1990 年代后中国社会呼吁“社会正义”、“社会公平”的历史视野里，这种过激的理论也不是完全没有道理的。

然而，重回“十七年”确实有一些问题不能不予以注意。首先，1985 年后中国新时期文学的总体“脱历史化”，使其在对中国历史国情的认识上主动把自己放在“边缘化”的历史位置上。在“一部分人先富起来”的主张下，1980 年后期的社会资源开始集中在“少数人”手里，文学由为“大多数人”服务而变成为“少数人”服务，文学由此远离千百万普通人的历史命运，它同时也失去了对牵涉到千百万人历史命运的重大转变及其复杂性的深刻把握的敏感度，由此新时期文学出现了一个不容置疑的历史认识的盲点。但要求文学掌握重大历史命运并不等于重回“重大题材”和“反映论”的模式之中，重新强化文学的“工具化”功能。其次，应该意识到，1980 年代开始的现代化进程，最终目的并不仅仅是使“一部分人先富起来”，而是全民族走“共同富裕”的道路。在这个意义上，周扬的文学理论并非没有一点历史合理性。然而，对这些理论的重回，必须以剔除其中极端民粹和浓厚农民落

---

① 周扬：《新的人民的文艺》，《中华全国文学艺术工作者代表大会纪念文集》，新华书店，1950。

后意识的成分，剔除简单大平等的成分为前提，同时吸收其关注民生疾苦和普通人命运的合理因素。由此可见，高晓声《李顺大造屋》、张弦《被爱情遗忘的角落》、铁凝《哦，香雪》等被现代化所遗忘的社会群体的思考，也许还需要作更深广的展开。再次，不应该把重回“十七年”理解成再次把“普通人”与“知识者”放在相对立的位置上，以“普通人”来压“知识者”，重走极端民粹主义和农民意识至上的老路。而应该理解为，在现代化的大背景中，知识者（在这里可以扩大和泛化为充分享受社会各种保障的“城里人”）只是普通人（这里可专指千百万离井背乡的进城务工者）中的“一部分人”，普通人也有权利享受现代化进程带来的各种资源和利益，而不应成为“被历史遗忘的人”。在这里，“十七年”对普通人命运的思考和表现，正是新时期文学不应回避的重要历史参照。最后，重回“十七年”必须以“八十年代”现代化想象为参照才具有有效性，才有历史深度。在这个意义上，“十七年”不只是作为一种历史资源，同时也是作为一种重新研究新时期文学的“起源性”问题的方法而存在着的。但是，我们这种重回的“十七年”并不是“十七年”本身，而是对一种“十七年”重新想象的方式的展开，具体地说，是因为“十七年”本身已经携带了反思“八十年代”现代化想象的批判性力量和动力，也就是说，只是因为“八十年代”的现代化出现了一大堆它本身解决不了的问题时，“十七年”的历史资源才变得有意义的。或者进一步说，正是由于“十七年”所代表的“中国当代史”与“八十年代”的“现代化想象”必然发生的严重冲突、摩擦和矛盾，才促使了我们对新时期文学的“起源性”问题的深刻追问和思考。

七　怎么来理解新时期文学的“起源性”问题

1980 年代以来的现代化进程，使得受到各种教育的“知识者”成为最大的获益者。这是毋容规避的历史事实。而该阶层之外千百万的“普通人”尽管也得到了一定实惠，但他们也付出了巨大的牺牲和损失。这种历史事实同样不能坐视不闻。

我们正是在这样的“历史语境”中来理解什么是新时期文学的“起源性”问题的。我在文章开头已经明确指出，所谓文学史研究，一定得要有历史感和历史语境。这种历史感和语境中就包含着我们要讨论的“起源性”的问题。从晚清以来两百年的中国历史中，我们这个民族最想实现的目标是什么？我觉得就是“中国式的现代化”，并由此把中华民族推向世界强国之林。

孙文革命和毛式革命，尽管内容不同，但追求的都是这个目标。相比之下，毛式革命对中国当代史和我们思想构成的影响最大。所以，我们对“中国式现代化”的思考和想象，必须从他这里开始。我前面已经说过，毛的理想是要通过建立现代民族国家去实现百分之九十以上的人的生活的平等，他追求的是大多数人的现代化，而不是少数人的现代化。当然，他最后却把中国引上了另一条不符合中国国情和民心的道路上去。而 1980 年代以来中国的现代化最大的失误在什么地方？我认为就是实现了“少数人”的现代化，而没有实现“多数人”的现代化。由于过分鼓励“少数人”，把它变成主导性的社会意识形态、一种价值导向和评价系统，这就孕育出了新时期文学被无限膨胀和扭曲的“自我”、“个人”与“欲望”；虽然“自我”这些东西极大地推动了文学的发展，可它们却使我们的文学最终“脱历史化”。新时期文学，一直没有把这三十年最为深刻、复杂、矛盾和激动人心的社会内容与变迁规划为自己的内容。由于对“自我”、“个人”的文学意识形态不加限制和反省，这种文学观正在严重阻碍着我们对中国当代史和新时期文学的更为清醒深刻的认识，这种狭隘的历史认识，实际也没有真正把中国的现状放在“世界现代化史”的框架之中。我认为中国的当代史和新时期文学，应该是那种与西方发达国家的当代史和文学史处在不同状态中的当代史和新时期文学。八十年代以来开始的中国现代化并没有解决好那些越来越尖锐、激烈和深层次的社会矛盾与问题，所以我们今天只能在“中国国情”与“中国现状”的历史镜框中才能看得到。正因为如此，我才认为应该重审“八十年代的‘现代化想象’”、“被遗忘的‘十七年’资源”、“‘八十年代’与‘十七年’”的关系，对“八十年代的现代化想象”作再检讨，并对“重回‘十七年’”所面临的诸多难题进行理性的界定和分析。

在这个意义上，我把新时期文学的“起源性”问题，理解成人与自己历史的关系问题。在新时期文学的前几年，“伤痕文学”、“反思文学”曾对这一问题进行过大规模和相当深入的思考。例如张弦的《记忆》写一位年轻的女电影放映员因为把领袖的像倒过来放映出去，结果导致了她后来一系列的人生悲剧。他的《挣不断的红丝线》写女大学生被老干部追求，但她为爱情嫁给了男同学，后来男同学被打成右派，她也跟着经历了许多年人生的挫折。最后，她还是改嫁给了老干部。她绕了一个弯，最终仍然回到了年轻时的起点上。这就提出了一个事关人与中国当代史的“关系”的问题。即在那个年代，处在“革命”（权力）/“爱情”（自由）之间，一个女人的选择空间实际是很小的，但怎样选择却对她的一生都有重大影响，因为人生不可能岁月倒流，推到一切重来。我在前面谈到过高晓声的《李顺大造屋》、张弦的《被爱情遗忘的角落》和铁凝的《哦，香雪》，非常感慨这种对农民与现代化的“关系”的思考为什么都这么短促，还没有获得充分发展的空间就夭折了。这是我这些年一直非常重视对路遥的《人生》的讨论的一个原因。高加林真正的痛苦，也许就是他与他原来那个“乡村史”的关系变了。他心里还是爱巧珍的，所以一直怀着深刻的负疚的心情；但他又不能真正融入即将开始却并不真正属于他隶属的农民群体的“八十年代现代化”之中。当他重新“回家”要再找回他的巧珍的时候，巧珍已经嫁人，他也已经回不到他“过去”的“历史”中了。但是，这么一个涉及整个新时期文学，也将一直关乎到未来中国庞大的青年农民群体历史道路的重要问题，很可惜地只存在于这么一部短篇小说里，而没有发展成一个“历史问题”。还有我曾讨论的王蒙的《布礼》、张洁的《爱，是不能忘记的》对忠诚和爱的思考，也因为新时期文学向“先锋文学”的“转型”，而没有发展成一个非常重要的文学史问题，如此等等。由于新时期文学的“理想目标”被理解成“表现自我和个人”的“纯文学”，上述小说对人与自己历史关系的最关键的设定，就这么被轻易地放弃了。

我之所以把人与自己历史的关系，理解成新时期文学的“起源性”问题，还来源于我对1985年兴起的先锋文学思潮的重新观察和检讨。我们知道，后起于伤痕、反思文学的现代派、寻根、先锋和新写实文学思潮，没有出现一篇能够揭示这三十年深刻复杂历史面貌、可以称得上大气的文学作品。我认为这与它们对人与自己历史关系的理解出现了偏差有极大的关系。在这些思潮中，我们发现很多主人公都没有“自己的历史”。现代派小说的历史是刚刚崛起的城市，寻根小说的历史是虚幻的穷乡僻壤和原始边地，先锋小说的历史是作家潜意识中的某个地方，新写实的历史是日常生活；这些“历史”即使有所指涉，但都不关涉活在历史中的人们最深刻难耐的痛苦。也就是说，新时期文学发展到这里已经将主人公与当代史的血缘纽带人为地剪断。他们把这种历史整理理解成“走向世界”的“文学的现代化”。而且作家们为什么故意降低文学与历史的必然联系，这是因为新时期文学向先锋转型之后，受“翻译文学”影响、为“海外汉学家写作”，已经成为不少人的功利选择。而当他们终于醒悟过来，再想回到他们当年思考的起点上时，文学史已经形成新的“成规”，所以他们只有依靠“探亲还乡”、“童年记忆”和“上海档案材料”进行小说的制作。在这个意义上，对新时期文学1985年转型“是否值得”的重新检讨，可能给了我们某种重新理解新时期文学的“起源性”问题的一个机会。我们由“起源性”的问题看到了“先锋文学思潮”存在的许多问题。与此同时，返回到“先锋文学思潮”的诸多问题之中，我们也意识到深入思考“起源性”的问题是十分必要和重要的。

另外，新时期文学的“起源性”问题一个最大的聚焦点是“八十年代”与“十七年”的关系应该怎样理解，或者建立怎样的理解方式才能使这个问题更具有效性和普遍性的问题。我已经指出，所谓新时期文学的“起源性”问题，指的就是，八十年代的“现代化想象”与“十七年”的“当代史”之间由于某些“根源性”矛盾和冲突所引起的一系列的问题。这需要在两个层面上来讨论。从社会模式层面看，“十七年”的社会主义是要重新分配社会资源，把少数人掌握的社会资源通过激烈革命和粗暴剥夺的方式转移到大多数人手里。这种社会改造由于将整个国家的发展人为阻隔于全世界的“现代化”潮流之外，又采取各种防范措施压制人民对物质的渴望，所以这种“闭关锁国式”的“社会主义实验”失败了。八十年代实行改革开放，目的是借助西方现代化的历史经验、管理方式与技术，来激活社会主义，以充分调动广大人民群众的历史创造力。这就使长达十年的“八十年代”中，中国/世界、历史/今天、社会主义/现代化、少数人/大多数人两种不同的意识形态一直处在激烈的较量、妥协、争执和协商之中。它给人的深刻启示是，“八十年代”开始的现代化想象必须在取得“十七年”也即中国大多数人同意的情况下，在有机地协调少数人/大多数人的利益的基础上，才可能比较平稳较快地发展，最终达到一个相对理想与合适的历史状态。但 1990 年代市场经济兴起后，社会绝大多数资源明显被少数人垄断和占用，社会各阶层的利益冲突日益公开和剧烈，“八十年代”全社会的暂时“平衡”被打破。所以，又不得不重回“十七年”。最近几年“重回十七年”的思潮，实际就是在重新探讨建立一种社会各个集团“相对平衡”的可能性。从文学层面上看，1985 年后激进的先锋文学思潮极大地推动了新时期文学的进步，但它的“非历史化”，却使文学离开了它非常重要的一个原点，即如何面对中国现代化带来的最大矛盾与问题。依我的理解，最为重要的文学家，都应该去处理“历史题材”，如对我们今天生活仍然影响巨大的“建国”、“土改”、“反右”、“大跃进”、“文革”、“改革开放”等等。文学只有抓住这些根本的问题，才能叫做是一种历史分析，没有历史分析的文学注定不是真正反映社会生活的文学。但这一点，至今仍然没有被更多的作家、批评家意识到。

在这个意义上，“八十年代”与“十七年”的关系正是我所要说的新时期文学的“起源性”问题。只有弄清楚了什么是“八十年代文学”，我们才能够更为深刻地理解“十七年”文学；只有弄清楚了“八十年代文学”与“十七年文学”的根本矛盾在哪里，我们才能够去理解为什么会有“这样”的“九十年代文学”。因为“八十年代文学”与“十七年文学”的基本矛盾即是如何在坚持一种“社会公平”和“社会正义”的基础上来重建新的文学生态、文学秩序和文学成规，而这种“社会公平”和“社会正义”既不是知识者专有的，也不是社会大众专有的，而应该是为全体国民所拥有并认真遵守的。今天看来，《人生》中高加林的痛苦，新时期初期文学的痛苦，1985年转折后文学的无方向感和紧接着出现的相对主义文学思潮，都是与旧的社会伦理和文化信仰（一种没有植入普适价值有益成分的那种狭义的“社会主义经验”，即纯粹的“革命经验”）在逐渐失效后，另一种更适应今天社会思潮和现代生活方式的新的社会伦理和文化信仰并没有真正建立起来，是直接相关的。它们构成了新时期文学三十年的某种“起源性”的东西，它们在某种意义上还成为我们今天言说历史和文学的“元话语”，任何企图超越或规避的行动都会因为自己的不负责任而暴露出某种历史轻浮感。它们还可以称得上是一道被时尚性的历史认识所封闭的“全部的风景”，我们只有把许多已经过去并成为结论的文学现象再次“问题化”，这“全部的风景”最后才会真正地呈现出来。而从我们自身存在的“问题”中去寻找和整理“问题”，这就是我整篇要说的“建立怎样的理解方式”的观点。

（原载《当代作家评论》2010年第3期）

改革开放30年作家身份的社会学透视

·张永清·

改革开放三十年，“作家”这一称谓前常常被冠以各种各样的修饰语，令人眼花缭乱。细究这些修饰语，不难发现绝大多数称谓的理据，我们择其要者简括如下：按国别称谓，如中国作家、英国作家等；按区域、地域称谓，如亚洲作家、拉美作家以及北京作家、陕西作家等；按种族、民族称谓，如白人作家、黑人作家以及汉族作家、藏族作家等；按阶级、政治立场与价值取向称谓，如无产阶级作家与资产阶级作家、革命作家与反革命作家、进步作家与落后作家以及人民作家、“右派”作家等；按性别称谓，如男作家、女作家以及美女作家等；按年代称谓，如“60年代”、“70年代”、“80后”作家等；按职业称谓，如干部作家、工人作家、农民作家以及军人作家等；按职业隶属关系称谓，如体制内与体制外作家、专业作家与业余作家、“包养”作家以及自由作家等；按文学体裁称谓，如小说作家、散文作家、戏剧作家等；按新技术、新媒介称谓，如网络作家、网络写手等等，在此就不一一列举。但是，也有一些称谓的根据着实令人费解。① 这表明，何谓作家并非一个不言自明而是众说纷纭的社会文化现象。问题的关键在于，作家称谓之前修饰语的变化是否意味着其身份的某种改变，答案如果是肯定的，作家的身份究竟是如何变化的及其所蕴涵的文学观念等种种变革，都需要文学研究者作出审慎的回答。本文无意就这些称谓变化自身作现象式的罗列与描述，而将思考与探究的重心放在这一表层结构背后潜隐的深层逻辑，进而作出相应的理论解释。

一般而言，作家是对从事某种文学活动的某一个体的称谓。称谓即命名，

---

① 身份认同理论是文化研究的主题之一，主要有启蒙身份认同、社会身份认同（包括阶级身份，生产关系，自我与他者、个体与社会的复杂关系）、后现代去中心身份认同以及后殖民身份认同等身份理论。此外，比如，《财经时报》自2006年以来每年发布的《中国作家富豪排行榜》将一些不是作家的少数人列在作家排行上。

命名即赋予某种意义以及授予某种身份。作家这一身份的获得有赖于两个主要因素：首先，它有赖于社会机构、权威组织、群众团体等的“授予”和“命名”，具有社会性、体制性、权威性、组织性等鲜明特征；其次，尽管此种身份不是某一个体的自我命名、自我授予，但需要自我的认可与认同。① 换言之，某一个体被授予的作家身份具有社会性、符号性、文化性、语境性等多种意涵，诸如国家、民族、阶级、集体以及自我等多种身份。就文学活动而言，个体拥有作家身份就意味着他自然获得了在制度化的文学领域中进行某种写作、言说的权力并担当某种责任，意味着他自然拥有了从事文学活动的合法性地位乃至对文学话语权力的某种垄断，意味着他自然享有此种身份所具有的诸如政治、经济、文化等诸多方面的社会地位及各种荣耀。反之，作家身份的危机乃至丧失则意味着对其身份合法性的质疑及现有各种社会地位及荣耀的褫夺，因而作家身份对其拥有者必然也是某种约束、规训及禁忌，它规定着文学活动的限度与边界。简言之，各种各样的作家称谓以及围绕作家身份展开的诸多争论，其实质是对文学合法性的争夺乃至文学话语权利的垄断：“包括说谁被允许自称‘作家’等，甚或说谁是作家和谁有权利说谁是作家……无论如何，没有作家的普遍定义，分析只会遇到与为作家的合法定义而进行的斗争状况而相符的定义。”②

我们尽可以从多种意义上理解身份，诸如身份即权力、身份即责任等等，但是，作家身份首先是一种文化身份，它是社会的主要文化符号之一。那么，作家身份在改革开放30年间究竟发生了哪些变化，我们对此又如何理解与认识、如何把握与概括作家身份发生的诸多变化？概言之，作家身份主要存在四种类型，我们将其分别概括为：事业型、职业型、产业型以及混合型。本文拟围绕以下几个问题分别作简要论述。

一

第一种类型为事业型作家。这一类型作家始终把文学的“党性原则”作为自身从事文学活动的出发点与基石，“政治人”则构成其文化人的首要意涵。事业在本文是一个特指概念，是在无产阶级革命事业这个意义上来使用的。对事业型作家而言，他所从事的文学活动属于社会主义与党的文化、文

① 20世纪80年代以来，某些被命名为作家的写作者拒绝这个称谓，如王朔、韩寒等。

② 〔法〕皮埃尔·布迪厄：《艺术的法则》，中央编译出版社，2001，第271～272页。

学事业，因而他首先必须具有明确的身份意识。身份是什么？身份即立场。具体而言，事业型作家必须从党与社会主义文化事业的高度来理解与把握自己的文学活动，必须具有明确而坚定的党性立场与党性意识，这是他从事文学活动的根基与基础，诚如威廉斯所言："我们关于写作者同社会的关系这种激烈而持久的争论，常常又表现为对于各种所谓的'立场'（alignment）或'党性'（commitment）的争论。"① 经典作家对此有着极为深刻的论述，比如，列宁在《党的组织和党的出版物》中指出："对于社会主义无产阶级，写作事业不能是个人或集团的赚钱工具，而且根本不能是与无产阶级总的事业无关的个人事业。无党性的写作者滚开！超人的写作者滚开！写作事业应当成为整个无产阶级事业的一部分。"② 再比如，毛泽东《在延安文艺座谈会上的讲话》指出："无产阶级的文学艺术是无产阶级整个革命事业的一部分，如同列宁所说，是整个革命机器中的'齿轮和螺丝钉'。"③ 那么，何谓文学的党性？"党性，严格地说，是一种自觉的立场，或对立场的自觉改变。……社会现实能够对任何意图性实践作出修改、置换或使之变形，在这些意图性实践中，'党性'至多不过起一种意识形态的作用（有时是悲剧性的，有时则引发犬儒主义或刻意玩世不恭的态度）。自觉的'意识形态'与'倾向'——这二者互为支柱——因此必然常常被视作具体社会关系的征兆以及社会关系缺失的表现。"④ 文学的党性原则特别强调作家要以繁荣社会主义的文学事业为其崇高使命与神圣职责，要牢牢掌握无产阶级的文化领导权；特别强调作家要勇于承担自己的社会责任、政治责任与伦理责任，要作坚定可靠的无产阶级文化战士与建设者；特别强调作家要在改造、提升自身世界观的同时，通过文学方式积极教育、引导广大读者。为了便于说明问题，我们从以下几个方面作简要论述。

第一，"党性原则"是事业型作家文学活动自觉恪守的基本准则。为了确保文学的党性原则的坚守与秉承，它需要行之有效的制度性、体制性、组织性的文学管理机构及其相应的运作机构来保障。比如，不仅有作协这样的组织机构来实现对作家群体的有效管理，而且从作家作品的构思、创作、发表、出版、传播等各个环节都有其相对明确的规定与要求。再比如，还可通过提

---

① ［英］雷蒙德·威廉斯：《马克思主义与文学》，河南大学出版社，2008，第 209 页。

② 《列宁全集》第十二卷（第一版），人民出版社，1984，第 93 页。

③ 《在延安文艺座谈会上的讲话》，《毛泽东选集》第三卷下，人民出版社，1991，第 854 ~ 869 页。

④ ［英］雷蒙德·威廉斯：《马克思主义与文学》，河南大学出版社，2008，第 215 ~ 216 页。

高政治地位、经济待遇、社会地位等方法，以及评奖、宣传、批评乃至批判等诸多方式对作家进行激励与规训。在这样高度一体化的制度环境中，文学的党性原则就成为作家们的必然选择："跌倒了站起来，打散了聚拢来，受伤的不顾疼痛，死了灵魂不散，生生死死，都要为人民做点事，这就是作家们的信念。"[①] 这是一种典型的使命崇高、责任重大的体制性文学活动，是"无我"的写作；为革命而写，为人民而写，为社会主义而写是作家们的坚定政治信念与文学理想，作品描写与讴歌的是民族、国家、集体等"大我"形象。相比较而言，"自我"、"个人"等"小我"形象在事业型作家的作品中十分少见，这与职业型作家的作品形成鲜明的对比。

第二，作家成为"创作者"，"创作"成为事业型作家的关键词。不难发现，不仅理论界与批评界而且作家自身也以"创作"来命名自己的文学活动。[②]"事业、创作、作品"构成了一组具有内在逻辑关联性的关键词。"事业"从原则上确定了作家所从事的文学活动的根本性质，"创作"则是对这一神圣活动的命名，作品则是这一文学活动的结晶。从文学创作实践看，事业型作家的文学活动主要集中体现在诸如伤痕文学、反思文学、改革文学，以及部分寻根文学、现实主义冲击波等为代表的传统现实主义文学潮流中。[③]现实与历史在文学的笔端喷涌，其作品激荡着时代的脉搏，抒写着时代的强音，成为思想解放运动的先行者。人情、人性、人道主义、重铸民魂等成为文学着力描写的主题。

第三，它是一种典型的政治文化。由于作家身份与文学体制等密切相关，自新中国成立以来的文学一体化进程直接导致了"体制之外无作家"的现实格局。换言之，作家身份被体制化、意识形态化，"中共党员"、"国家干部"、"文艺官员"、"文艺战士"等称号与作家头衔不可分割地交织在一起，"革命作家"、"人民作家"则是他们的主要文化符号与身份。政治文化着力凸显的是文学与政治之间的关系，在文学政治化与政治文学化的双重变奏中，文学的政治化色彩无疑更为直接与鲜明，诸如，如何看待文学创作中作家的

---

① 高晓声：《生活·思考·创作》，上海文艺出版社，1986，第236页。

② "关于创作的通讯"、"创作谈"无一例外地成为这一类型作家的共同语汇。比如，以晓立、王蒙的《关于创作的通信》（《文学评论》1980年第6期），李子云、王蒙的《关于创作的通信》（《读书》1982年第12期）。

③ 我们将30年文学潮流大体划分为七大创作思潮：传统现实主义（伤痕、反思、改革、寻根文学、现实主义冲击波）、现代主义（现代派与先锋小说）、新写实主义、大众文化、新历史主义、女性主义文学、网络文学思潮。详见张永清主编《新时期文学思潮》，中国人民大学出版社，2003，第7～10页。

世界观问题，如何看待文学作品的人民性、阶级性与倾向性问题，以及特别突出文学的认识功能、教育功能等等都是这一主题的具体表征。简言之，政治文化的文学诉求就是牢牢确立其对文学、文化的绝对领导权，将文学纳入政治话语的激励与规约之中，文学因而就具有高度的意识形态性，集中体现的是国家意志、政治意志、民族意志、集体意志等等。

前面我们已指出：自建国到1985年这一历史阶段可谓“体制之外无作家”，这就意味着无论作家是自觉认同还是别无选择，只要你拥有作家身份，就表明你只属于唯一合法存在的“事业型”作家。我们从以下两个方面作扼要说明。第一，作家身份类型由唯一性到多样性的这种变革不是一蹴而就，而是经历了一个逐渐演变的过程。新时期以来，随着清明政治的实施，随着整个社会改革的全面推进，随着文艺、文学政策的相关调整，高度一体化的文学管理方式与运作机制也发生了相应的变化，这些都为孕育新的作家身份类型创造了宽松的外部环境与良好氛围。我们在这里仅举三个例子：首先，事业型作家在这一时期的体制空间内已开始自觉追寻一种具有独特创作个性的声音，“我们要出于自己的创作个性，出于自己的灵魂，抒发作家的真情实感。”[①] 尽管王蒙等所追寻的创作个性还主要体现在文学的技巧层面，尽管这种个性还从属于文学的党性原则这一根本前提，但它毕竟打开了一个新的文学空间。其次，国家有关部门在1983年底下文规定，除个别文学刊物外，绝大多数刊物都应“自负盈亏”。毫无疑问，这些举措从政策与体制层面为作家文学活动的自主性、自由性提供了更大的选择空间。再次，自由作家在这一时期悄然出现，打破了“体制之外无作家”的原有格局。回望这一时期的诸多文学事件，从作家身份类型这一角度看，王朔具有先锋性意义。这是因为，王朔于1983年辞职专门从事文学写作活动，成为“文学个体户”、“码字的”，成为以写作为生的体制外作家。

第二，1985年对这30年文学所具有的其他多重革命性意义，已为学界共识，本文在此不再赘述。我们在此只关注1985年对作家身份类型的多样化所具有的标志性意义。众所周知，作家身份类型的某些重大变化必须通过其作品来体现，否则一切都只能是理论上的可能。当徐星的《无主题变奏》、刘索拉的《你别无选择》、王朔的《浮出海面》等作品在这一年陆续问世，就具有十分特别的意义。此外，文化体制改革的序幕也在这一年拉开，作家管理体制改革在湖北迈出了重要一步，“合同制作家”这一新生事物应运而生，它

① 王蒙：《我们的责任》，《文艺报》，1979年第11、12合刊号。

们也为作家身份的多样化起到了某种催化剂的作用。至此之后，作家身份类型的版图就不断被修改，职业型作家类型在20世纪80年代中后期至90年代初期居于主导地位。

二

第二种类型为职业型作家。这一类型作家不再把文学的“党性原则”，而是将“审美原则”作为其从事文学活动的出发点与基石。在他们看来，作家不再是一种事业，作家不过是一种职业。与此相应，构成其文化人的首要意涵也不再是“政治人”而是“审美人”。如果“事业、创作、作品”这一组关键词是对事业型作家类型的某种概括，那么，“职业、写作、文本”这一组关键词则是对职业型作家的某种把握。在进入正题之前，我们在这里有必要对职业作简要解释。职业是与事业相对而言的一个特指概念。首先，以职业来命名新的作家身份类型，在具体的文化语境中就意味着它有弱化甚至去意识形态化的潜在考量，有意与前一类型的文学话语范式拉开距离。其次，即使某些作家将其从职业提升到事业的高度，但其所指还是具有本质性的区别：他更多的是出于个人的文学天赋或文学兴趣，其文学选择具有内在性与个人性，而非出于某种使命与某种感召。基于此，职业型作家选择了两个新的关键词，用“职业”代替“事业”，用“写作”代替“创作”。因而，这一时期相当一部分作家的文学活动生发出这样一种价值取向：文学仅仅是作为现实社会个体的一种职业①生涯活动，一种谋生方式，这种文学书写活动即写作，其结晶即“文本”。与事业型作家相比，职业型作家又呈现出哪些变化呢？我们从以下几方面作简要论述。

第一，“审美原则”是职业型作家坚守的文学信念与文学追求。“审美原则”又可大体分为两种：一种信奉艺术至上、审美至上的文学观念，文学即语言、文学即形式、形式即目的，将语言、形式、叙述作为文学本体，有意疏远文学与生活、文学与现实的距离，力图确立文学的自主性、自足性与自律性，这一倾向在先锋文学中的表现十分明显。另一种在对现实与历史的抒写过程中，强调文学的审美性、文学性，强调写作的自我性、个人性乃至私人性，这一倾向在新写实主义、新历史主义、女性主义文学中有着生动的体

---

① 本文所指的职业（career），是指雷蒙德·威廉斯在《关键词——文化与社会的词汇》一书对“职业”一词的现代解释，三联书店，2005，第37~39页。

现。当然，这种文学立场与文学理想并非是想象真空中的自由翱翔，而是在权力与商业双重话语之现实夹缝中的艰难跋涉。

第二，作家成为“写作者”，“写作”成为一种个人生活。① 一般而言，在两个层次上使用写作：首先，在写作学意义上，文学、哲学、科学、法律等所有的书写活动都构成写作活动，如应用写作、文学写作、哲学写作、历史写作等等，它具有表达的中立性与客观性。其次，在包括文学理论、文学批评、文学创作等文学活动领域来使用，它是对某一类型作家文学活动的认知与表述，体现了某种明确的文学立场，具有某种价值判断。因而，“写作”替代“创作”，这不是一个简单的术语转换，而是一种新的文学观念的具体表征。简言之，写作成为文学研究领域与职业型作家的话语范式，它弱化了文学的意识形态性，强化了文学的个人性、文学性、审美性。这一趋向在文学实践领域具体体现在先锋文学（马原、苏童、孙甘露、格非、余华等）、新写实主义文学（池莉、方方、刘震云等）、新历史主义文学（莫言、陈忠实等）、女性主义文学（陈染、林白、卫慧、棉棉等）的文学活动中。需要在此指出的是，职业型作家主要由部分专业作家与自由作家构成，前者属于体制内的一部分，后者属于自由职业者。不可否认的是，也有相当一部分作家没有“跟风”转型，还坚持在“创作”，比如路遥等。

第三，它是一种典型的审美文化。与事业型作家相比，职业型作家的文学活动是一种典型的个性化、审美化的写作，格外注重写作的自我选择与个性表达。无论是对文学本体的追求，还是对现实生活的平面化书写，以及对历史的虚构与想象，职业型作家所崇尚的是一种“自我”主导而非“他者”主导的文学行为，其写作的动机与动力主要出于个人的审美情趣，追求的是精神的独立与自由，坚持用“自我”的眼睛观看世界，“自我”的心灵感知世界，“自我”的语言抒写世界。此外，与事业型作家注重文学的认识与教育功能相异，职业型作家注重文学的审美功能，注重对理想人格的自我塑造，高尚情操的自我陶冶，以审美的形式达到自我心灵的平和与宁静。

与前两者相比，产业型作家这个问题更为复杂。这种复杂性主要表现在：

---

① 如（1）王蒙的《你为什么写作》（《文学自由谈》1992 年第 4 期）、《写作这一行》（《文学自由谈》1996 年第 4 期）、《极限写作与无边的现实主义》（《读书》2002 年第 6 期），就与 1980 年代的《关于创作的通讯》形成鲜明的对照。（2）格非的《写作的恩惠》（《当代作家评论》1994 年第 3 期）。（3）池莉的《写作的意义》（《文学评论》1994 年第 3 期）。此外，陈染、林白等使用“写作”这个关键词。

一方面，理论与批评界的问题域具有十分显著的阶段性特征。比如，1980年代中期前将聚焦点集中在对文艺政策、基本理论问题以及经典作家的相关论述等问题上，诸如文学与政治的关系、文学的人民性、阶级性、人性、人道主义、现实主义等等；20世纪80年代中期至90年代初期，理论与批评界主要关注的是文学的主体性、文学的自律性、文学的审美性等问题。另一方面，这些问题域之间是一种犬牙交错、盘根错节的交织而非线性的排列。从文学观念层面看，新中国成立后很长一段时期，文学艺术与商业、市场是绝缘的，更遑论其经济性。到了1980年代初期，经典作家关于物质生产、精神生产以及艺术生产的论述诚然是理论与批评界的热点问题之一，但绝大多数都集中在其文学艺术的意识形态性方面，即使对文学的商品性问题偶尔有所论及也多持否定性的论断，因而这一时期所讨论的文学艺术的生产性，主要指的是其精神性，其精神性的维度又着力在意识形态性方面。从文学艺术实践层面看，随着音乐、电影、文学领域初步出现的娱乐性、商业性现象，引发了理论与批评界关于“文艺是否是商品，文艺是否具有商品性”等的激烈争论。在这一过程中，有两个年度具有重要意义：1984年第一次从制度层面明确提出“以公有制为基础的有计划的商品经济”；1992年提出全面建设社会主义市场经济体制的改革目标。改革开放三十年间，我们历经计划经济、有计划的商品经济、社会主义市场经济的历史性跨越，现实社会的巨变在对理论与批评界原来持有的文学观念形成强力冲击的同时，也在重塑文学创作的现实版图。诸如生产、商品、市场、消费、效益、消费社会、文化资本、文化经济等等术语成为文学领域的关键词；诸如王朔现象、张艺谋现象等引发的“人文精神大讨论”成为这一时期观念碰撞与冲突的生动写照。简言之，自1990年代中后期尤其是进入新世纪以来，文学的产业化、文化的经济化趋势越来越明显，产业型作家在文学版图中逐渐取得了应有的甚至是主导的地位。

三

第三种类型是产业型作家。产业型作家服膺的既不是文学的“党性原则”，也不是文学的“审美原则”，而是文学的“经济原则”；构成其文化人的首要意涵既不是政治人，也不是审美人，而是经济人。对他们而言，事业、职业皆产业，一言以蔽之，文学即产业，一种文化产业。“产业、生产、产品”这一组关键词则是对产业型作家文学活动的概括与把握。产业型作家的出现与社会的整体转型密切相关。与事业型、职业型作家相比，产业型作家又呈现出哪些新变呢？我们主要从以下几方面作简要论述。

第一，“经济原则”是产业型作家自觉或非自觉遵从的文学法则。与前两者相比，产业型作家主要以经济利益与商业动机从事文学活动，他们所遵循的是生产逻辑与商业法则，他们将自己的文学天赋、文学才能作为资本——文化资本——转化为商业资本。与此相应的是，文学的商业化、产业化取向日益明显，比如，自2006年以来，《财经时报》连续三年发布的《中国作家富豪排行榜》引发的热议，可以看做是公众从经济角度体味作为“成功人士”的“作家”这一文化符号在现代社会所拥有的魅力。

第二，作家成为“生产者”，“生产”成为产业型作家文学活动的关键词。从生产的角度来考察文学艺术肇始于马克思，他在《1844年经济学哲学手稿》中指出，宗教、国家、法律、道德、科学、艺术等等都是生产的一些特殊的方式，并且受生产的普遍规律支配，正如英国学者柏拉威尔所言，“马克思把主要用于经济学的术语也用在文学和其他艺术的历史上，如生产等。他把诗人也叫‘生产者’，把艺术作品叫做‘产品’，虽然是一种独特的、有别于其他种类的‘产品’。马克思通过使用这样的术语叫我们不要忘记把艺术放在其他社会关系的框子里来观察，特别是应该放在物质生产关系和生产手段的框子里。”① 由此看来，文学是一种生产，一种特殊的生产，它既受生产的普遍规律的支配，同时又有其自身的特殊性，是普遍与特殊的有机统一。总体而言，我们在一段时期内固然也讲文学是一种生产，也讲其特殊性，但主要侧重于从上层建筑与意识形态方面探究，既没有从经济学、商品学的普遍规律来理解文学，也没有从文学作为一种产品，作为一种特殊的产品——商品——这一特殊性来把握它。本文的“生产”主要侧重其物质性、经济性、商业性，而非意识形态性、审美性、精神性。从文学实践看，作为生产者的产业型作家主要活跃在大众文化领域。从文学功能看，它注重文学这一特殊的精神产品所具有的经济效应，注重其娱乐、消遣、休闲功能，而非教化、宣传、导引以及审美等功能，“让作品中少一点这种责任感，多一点文学的愉悦和娱乐功能。”②

第三，它是一种典型的经济文化。当代社会的大众文化本质上是一种经济文化。在生产的普遍逻辑支配下，作为生产者的作家在“接受了大众文化产业体制的雇佣后……终端产品是许多人通力合作的结果，只能在极少的情

① 〔英〕柏拉威尔：《马克思和世界文学》，三联书店，1980，第383页。
② 张钧：《小说的立场——新生代作家访谈录》，广西师大出版社，2002，第404页。

况下留下单一个性的印记。而且，大众文化产业，正因为它是一种产业这个明显的事实，最关心的是销路。大众文化产品的生产者私下里也许和其他人一样十分关心美学价值与人类现实，但是，作为生产者的角色，他们必须首先考虑商业利润”。[①] 在产业体制中，作为生产者的作家“对自己的工作缺乏控制以及他被一个作者不明的生产过程所同化，在这个过程中他也丧失了他的自主性”。[②] 而经济文化“最大的敌人就是作者自己的个性，除非这种个性恰巧正为大众所需要”。[③]

对作家来说，当其在特定历史时期被纳入某种文学体制后，一方面享受到了这种体制带来的种种利益，同时也要承担体制本身内在所具有的种种潜在的风险。对产业型作家也同样如此，当意识形态话语、审美话语作为意义要素被整合在文化经济这一产业链时，自我、个性、独创性如何得以彰显，就成为一个不得不认真面对的现实问题。

第四种类型是混合型作家。如前所述，作为文化人的作家，这三十年间具有事业型、职业型、产业型这三种类型。但是，这只是为了叙述方便所作的一种理论勾勒与概括，在现实的文学活动中，实际情况要更为复杂，正如萨特所说：“人们不是因为选择说出某些事情，而是因为选择用某种方式说出这些事情才成为作家的。”[④] 从这30年看，有一部分作家自始至终保持一种身份，这主要体现在一部分事业型作家与产业型作家中；绝大部分作家兼有两种乃至三种身份类型。混合型作家类型在呈现文学活动本身的丰富性同时，也表征着文学活动的复杂性。为了便于说明问题，本文仅以《财经时报》发布的《中国作家富豪排行榜》为例作出粗略分析。兼具三种身份类型的有：王蒙、贾平凹、铁凝等；兼具两种身份类型的有：刘心武、莫言、陈忠实、余华、、池莉、苏童等；基本保持一种身份的有：张平、二月河、安妮宝贝、韩寒、郭敬明、张悦然等。换言之，改革开放30年来，在政治文化、审美文化、经济文化三大主要文化形态中，有些作家活跃在一种文化形态中，有些作家活跃在两种乃至三种文化形态中。

---

① 〔美〕刘易斯·科塞：《理念人：一项社会学的考察》，中央编译出版社，2001，第355页、第364页。

② 〔美〕刘易斯·科塞：《理念人：一项社会学的考察》，中央编译出版社，2001，第355页、第364页。

③ 王朔：《无知者无畏》，春风文艺出版社，2000，第8~9页。

④ 〔法〕萨特：《萨特文学论文集》，安徽文艺出版社，1998，第83页。

四

总体看来，改革开放三十年来，作家身份的变换主要体现为三个方面的特征。

第一，作家身份呈现出从唯一性到多样化的发展态势。新中国成立后至1985 年，只存在事业型一种作家身份；1985 年之后出现了职业型作家、产业型作家。作家除了是官员、干部、战士外，还可以是学者、学生、商人、车手、自由职业者等等。1980 年代中期前，作家的称号具有某种神圣性。此后尤其是 1990 年代中后期以来，一方面作家这一文化符号的神圣性被消解，比如，有的宣称被称为作家是对其的侮辱；另一方面这一符号被泛化。在此，有两点需要特别指出。首先，多样化的作家类型的存在并不意味着主导与核心的“缺失”。恰恰相反，每一时期都有一种主导类型。具体而言，20 世纪70 年代末至 80 年代中期，事业型居于主导地位，80 年代中后期至 90 年代初期，职业型居于主导地位，90 年代中后期至今，产业型居于主导地位。其次，相当一部分具有单一性身份的作家以及混合型作家的主要文化身份在不同阶段都进行了某种角色转换与身份位移。

第二，为了更好应对作家身份多样化这一现实，作协对作家的管理方式也呈现出多样化。比如，北京、湖北、广东等地根据“以事养人”的基本原则，将作家分为驻会专业作家、驻会签约作家、兼职合同制作家以及项目合同制作家等，同时采取具有市场化特征的管理方式，努力建立保障、评价、交流、激励四大机制。

第三，事业型、职业型、产业型等作家的文学活动创造出了与其身份相适应的文化形态，即政治文化、审美文化、经济文化。尽管文学与这三种文化之间并非简单等同的关系，但无疑是其主要载体与表征形式。政治文化主要体现为文学的思想性与艺术性之间的张力，其突出特质是文学与政治、主流话语的双向互动，一方面是文学的政治化，即无所不在的意识形态规约，体现为文化领导权的具体实践与表征，另一方面是政治的文学化，它以一种柔性的、感性的方式呈现出其坚定的意志与权利。审美文化主要体现为文学的自律与他律、无功利与功利性之间的张力，其突出特质是文学与现实的疏离，审美、文学性、个性、独特性、自足性等成为其文学活动的诉求与目的。经济文化主要体现为文学的商业性与艺术性之间的张力，其突出特质是文学的商业化，如詹姆逊所言：“今天，文化已大部分成为商业，这个事实导致的结果是，过去被认为是经济和商业的大多数事物，现在也变成了文化，对所谓形象社会或消费主义的各种判断都应该包容在这个特点之下。”①

总之，政治文化强调导向性，即文学的意识形态价值导向，审美文化强调文学性，即文学的艺术导向，经济文化强调其产业性，即文学的商业导向；政治文化注重文学的社会效应，审美文化注重文学的审美效应，经济文化注重文学的经济效应；作为文化人的作家在政治文化、审美文化、经济文化三种文化形态中分别具体化为政治人、审美人、经济人，并在此基础上形成了政治人格、审美人格、经济人格。

值得注意的是，在经济全球化、文化多样化的社会现实中，绝大多数作家都是以一种混合型身份来从事文学活动的，在多种身份兼具这一前提下，其中的一种文化身份居于核心位置，其他身份则成为一种文化姿态、一种文学策略。因此，以下问题还需要我们今后作进一步的思考与探究。

第一，要辩证地理解与把握事业、职业、产业三种类型之间的关系。三者之间并非截然对立、“泾渭分明”，而是既相互区别又彼此关联，在一定的社会历史条件与文化语境中，还可以实现类型转换。比如，职业与产业的区别十分明确，“在今天，所谓的产业和职业之间的区别非常清楚，非常明白。前者的本质在于，它的唯一标准是它为股东提供的金融回报。至于后者，虽然人们也是为了谋生才进入这些职业，但是衡量他们成功的尺度则是他们履行的服务，而不是他们积累的财富。”② 再比如，无论是事业型作家还是产业型作家，要实现其社会效应与经济效应，都必须通过审美、文学性这一中介来完成。

第二，应该充分认识到作家在选择身份过程中的复杂性与困难性。作家是为生存而写还是为理想而写，是为名利而写还是为主义而写，这个问题很复杂，很难用“是”或“否”作出简单回答。不可否认，作家在选择文化身份过程中，有时是主动选择、自觉认同，有时则是被动选择、无奈附和。即使是一种自由选择，其选择也有单纯与复杂之别。不可否认，作家在选择某种文化身份过程中，选择的复杂性与动机的复杂性是紧密相关的，两者有时一致，有时则“南辕北辙”，其内在动机与文学目标会呈现出一种张力关系。比如，能否成为一个事业型作家，除了自身的积极争取与努力外，还需要组

① 王逢振主编《詹姆逊文集——新马克思主义》第1卷，中国人民大学出版社，2004，第313页。

② 转引自〔英〕R·H. 托尼：《宗教与资本主义的兴起》，上海译文出版社，2006，第2页。

织与体制的认可。再比如，自由作家在某种程度上体现的恰恰是不自由性，他受制于出版社、杂志社、报社以及受众等。同样不能否认的是，作家面对身份危机与角色焦虑，有的在文学活动过程中能够不断“升华”，有的则日趋沉沦。

此外，在兼具多种身份情况下，究竟哪种身份占据主导性，究竟哪种身份是作家最心仪的等等，这些都需要作出具体分析与判断。在我们看来，作家选择了某种写作立场就意味着选择了某种文化符号，就意味着选择了某种生活方式，不论作何种选择，都是对自我存在的意义与价值的生动诠释与形象写照。

（原载《文学评论》2010年第1期）

论文观点摘要

1. 新媒体与现代爱情观念的建构

张莉、旷新年《南开学报》(哲学社会科学版) 2010 年第 4 期

爱情不是自然的本能的冲动，而是被现代话语建构起来的，它深受现代社会文化的深刻影响。从根本上来说，爱情是政治、经济与文化权力博弈、较量和配置的结果。现代情爱观念的到来对中国社会是至关重要的。舶自西方的现代爱情至上观念不仅仅使青年人开始挣脱父母包办婚姻的束缚重新认识婚姻，也成为青年人以新抗旧、颠覆封建制度的强有力手段，具有先锋姿态的媒体对爱情的翻译、介绍、讨论、阅读、想象；媒体对于社会上各种名流爱情故事的描述渲染；新文学作品中的爱情叙事等等，共同演绎了现代国人最初的爱情感受。爱情最终成为现代社会的新的意识形态。

2. 重识郑振铎早期文学观中的情感论

——对文齐斯德《文学批评原理》的译介与误读

杨晓帆《河北学刊》2010 年第 5 期

郑振铎的文学观通常被概括为“为人生的现实主义”，本文聚焦于郑振铎 1920 年代初对文齐斯德《文学批评原理》一书的译介和阐发，分析其早期文学思想中的表现论色彩：以“诉诸情感之力”定义新文学之现代内涵与革命潜能；在对文齐斯德“道德情感”概念的洞见与误读中，强调情感的普遍性，形成“为人生的同情说”；在具体的创作实践经验中提倡“血与泪的文学”，以现实主义的写作原则落实情感动力学。只有重识郑振铎早期文学思想中强调以情感为中介实现文学社会功利性价值的观点，才能更

好地理解他在参与促进新文学现实主义主潮生成中的独特思考与启示价值。

3. 80 年代的博弈

李洁非《渤海大学学报》（哲学社会科学版）2010 年第 4 期

“80 年代文学”很明显由两条线索组成，两条线索平行而相对独立。一方面，体制文学毫无疑问依然占据主导地位，它对于文学生产的组织尽管已不如 20 世纪五六十年代，但较诸 90 年代以后，却仍旧称得上是有力的；另一方面，又明显存在大量位于其组织之外的创作和其他文学活动，这是以往从未有过的新情况。它们呈现了不同的演进。组织框架内的文学，依自身关系向前运动，“自发文学”也自有其取向、延展和转承。不过，相对独立并非彼此隔绝，两条线索在某些点上也形成交叉和互相影响。总的来说，“80 年代文学”表现得像一场博弈。文学体制意志和“自发文学”意愿之间，从始至终你进我退、此消彼长。还有一点值得注意，在一贯整一严密的文学体制内部，对文学走向乃至对文学本身的认识，亦不复统一，因而在制订何种政策以及如何领导文艺上出现深刻裂缝，并在掣肘之间寻求进展。

4. “20 世纪中国文学”论与现代文学学科体制

贺桂梅《现代中文学刊》2010 年第 3 期

本文试图通过“20 世纪中国文学”论这一历史文本，来讨论 1980 年代中期现代文学学科重建过程中形成的观念形态与学科制度；并把这种考察与当下现代文学学科现状的关联性，作为问题意识的起点。“20 世纪中国文学”论在 1985 年提出，被视为现代文学研究的新阶段，也是当时人文知识界关注的事件，并关联着一代新学人的登场。本文从文学史叙事、知识范式、制度性建构这三个层面，来展开对这一文本的分析。这一探讨方式，试图完成的是特定文本与知识生产体制关联的不同侧面，即一个文学史文本与一个学科、一个学科的主流表述与其时的知识范式、一种观念形态与其得以成型的制度空间，从而力图整体地勾勒出现代文学学科体制的大致轮廓。

5. "新人"想象与"民族风格"建构

——结合《林海雪原》的部分手稿所展开的思考

姚丹《文学评论》2010 年第 4 期

本文依据《林海雪原》的部分手稿及小说初版本，采取个案研究的方式，考察 20 世纪 50 年代工农兵作者的写作。论文将小说作者的写作活动放置于提倡建设民族共同语的大背景中来考察，揭示小说作者试图以自己掌握的有限的现代汉语参与到新人想象建构中的诸种努力。论文认为，《林海雪原》这一类型的革命历史小说，其文本世界具多质性，工农兵作者用现代汉语笨拙地构筑起来的新的生活世界，包含着作者对于现代的诸种想象，如人的解放、科学崇拜等，亦包含着作者对现代语言的追求。但这些方面，却首先遭到作为知识分子的编辑的删改，使《林海雪原》文本中的现代的质素未得到充分重视，而民族风格特点则得到凸显。本文尽可能全面地呈现工农兵作者与知识分子编辑交锋互动的复杂状况，为探讨工农兵作者的写作提供一份具有典型性与丰富性的个案材料。

6. 鲁迅与芥川龙之介:《呐喊》小说的叙述模式以及故事结构的成立

〔日〕藤井省三《扬子江评论》2010 年第 2 期

鲁迅与芥川龙之介之间的关系非常有意思，他们虽然没有见过，但是都相互非常关心。二者的关系还体现在文学的影响关系上。本文以《孔乙己》和《毛利先生》为例分析了鲁迅对芥川小说的借鉴。《毛利先生》与《孔乙己》之间，既有基本相同的地方又有个别不同的地方。可以说，鲁迅在第一人称的回忆这种叙事方式，以及对中年男子转向产生共鸣的少年心理变化这种故事的基本结构上模仿了《毛利先生》，在此基础上他塑造了与大正时期东京的毛利先生在时空上有很大差别的中国清末时期小镇上的孔乙己。

7. 从“新启蒙”到“后革命”

——重思“90年代”的中国现代文学研究

张春田《现代中文学刊》2010年第3期

中国现代文学研究，近年来变得日渐黯淡，逐步丧失了它在批判性知识生产中的特殊地位。造成这种转变的原因，要在“90年代”以来整个中国结构性变化的宏观视野中来看待。现代文学研究的转变，不过是中国结构转型的一个局部表征罢了，虽然它同时以自己的方式对于这样的变化做出了非常复杂的响应。在“90年代”“后革命”的时代语境中，中国现代文学研究的合法性遭遇了巨大的挑战。而一些重建研究的“公共性”可能的努力，也正是由后革命的经验与反思所催生的。

8. 世界知识、地方知识与当代中国文学研究

李怡《天津社会科学》2010年第2期

当代中国文学研究的发展演变与整个知识系统的转化演进有着密切的联系，这种联系不仅勾画了迄今为止文学研究的学术走向，而且也将为未来的学术研究提供新的思路。当代中国文学研究，存在一个“世界知识”与“地方知识”交互作用的过程。考察分析“知识”系统的这些变动，特别是我们对“知识”系统的认识和依赖方式，将折射出学术发展过程中一些值得注意的重要问题，促使我们做出新的自我反省。

9. 从“劳动”到“奋斗”

——“励志型”读法、改革文学与《平凡的世界》

黄平《文艺争鸣》2010年3月号（上半月）

通过近年来最受争议的作家之一路遥的长篇小说《平凡的世界》的重读，可以反思20世纪80年代“改革文学”在新的历史语境中所遭遇的困境，这就是“劳动者”向劳动力身份转型所带来的一系列问题。主人公孙少平显然不是一个人，而是千百个普通“劳动者”命运的缩影。从“劳动者”到

“劳动力”的转移，可以视为“80年代”到“90年代”的转移。由此，“劳动”丧失了对于“世界”的能动性，改造世界的面向越来越弱，“改造个人”的面向越来越强，“劳动者”的“劳动”被深深嵌入到不断固化的政治经济关系之中，变成不及物的生存手段。

10. 蒋光慈现象

夏济安《现代中文学刊》2010年第1期

蒋光慈一方面是诗国的梦幻者，一方面是扭扭捏捏的反叛者，这是他那时代的一个现象，但绝对不是独特的现象。如果我们今天对他感觉怜悯，那是因为尽管他勤于著述，身后无论在自己逃避现实或献身革命两方面都没有留下一座“纪念碑”。蒋的失败之处在于一方面热切地坚持自己的理想和展现自己的个性；另一方面却志大才疏，在文学上表现得粗糙、失败。本文对造成这一文学史“现象”的政治、文化背景进行了深入的探讨。

11. “他人的自我”与“自我”

——木山英雄对鲁迅、周作人研究的启示

孙郁《解放军艺术学院学报》2010年第2期

日本学者在研究中国文学时，有一个共同的特征是围绕中国现代性的变迁，寻找日本知识界的自我意识。中国作家提供的精神图景，作为一种对照，被内化为一些学人批判日本社会的精神因子。对于鲁迅和周作人的研究，木山英雄的写作独树一帜，不仅突破了日本学界的惯性思维，更在于找到了别于中国智慧的表达式，即从悖论的人生经验中考察日中文学的内在紧张度。而他颇富有玄学之力的内省，无论在日本还是在中国都是少见的。

12. 论战后初期“五四”在台湾的实践

——许寿裳与魏建功的角色

黄英哲《新文学史料》2010年第2期

战后初期，台湾国民党当局面临的一个最大的问题在于怎样将重新纳入

“中华民国”的日本化的台湾人“国民化”，为此，国民政府在台湾推行了一系列彻底“去日本化，再中国化”的文化政策。在这一文化重建过程中，许寿裳与魏建功等人发挥了重要作用，前者通过对鲁迅思想的开掘与宣传，将鲁迅思想与台湾文化重建结合起来；后者则通过在台湾的“国语”推广运动，将五四新文化运动的“言文一致”理想落实下来。

13. 国语运动与现代民族国家的想象

刘进才《人文杂志》2010 年第 4 期

19 世纪末逐渐开始的国语运动既是以普及教育、动员民众、挽救危亡、富强国家为目的，又蕴涵着完善民族文化符号系统、促进民族文化革新与发展的现代性旨归。国语运动涵盖言文一致和国语统一两个方面，言文一致在于使知识能够普及一般民众，通过现代新型国民的塑造以建立现代民族国家；而国语统一则试图通过造就一种全民通用的国语并以达到团结国人之目的，借助语言共同体的形成以强化民族共同体的语言认同，从而进一步巩固民族国家的统一。

14. 诗歌翻译与白话诗人的主体建构

王芬、王光明《中国文学研究》2010 年第 1 期

用文言还是用白话译诗，不是一个单纯的孰优孰劣的语言形态问题，而是从根本上关涉到现代框架中自我的遭遇。选择白话译诗，对于新一代的知识分子来说，不仅是平民社会运动和语言通俗化思潮力量下的一种合乎历史趋势的文化形态上的抉择行为，而且是用新词句、新语法、新体式承载新的诗学理想、文化观念的必经之路。胡适、周作人等人不约而同地感叹译诗的困难时，却又依托翻译建立了某种新诗的言说范式。译诗所使用的白话语言策略直接影响了诗体的开放空间，推进了诗歌在语言形态上的转型，诗歌从救亡图存的政治性译介工具变成了白话文运动的语言工具。

15. 文学的方向与倾向

——左联时期鲁迅与“自由人”、“第三种人”的论争

胡梅仙《文史哲》2010 年第 1 期

对“第三种人”的定义以及所包含的范围目前学术界还没有清晰的界

定。准确地说，“第三种人”定义的范围应是：（1）在无产阶级与资产阶级之间；（2）在知识阶级的自由人和政党的领导之间。鲁迅与左翼坚定地立足于文学的政治、阶级立场不同，他和“自由人”、“第三种人”更倾向于认同政治、阶级是文学的一部分，而不是文学必与政治、阶级相关联。在必须选择文学的倾向和方向的年代，左联时期的鲁迅仍坚持把文学中的阶级等因素看作是一种带倾向性的因素，而不是政治、阶级立场问题。“自由人”、“第三种人”文艺观点的内在矛盾即在于其政治立场和文学立场的不一致产生的内在冲突，鲁迅同样也面临着此种矛盾。他们的文艺观的理论窘境不是马克思主义文艺观和自由主义文艺观的对立、冲突，而是革命的优先性和文学本身的独立性之间的矛盾。政治与文学分开的历史现实使中国现代很多知识分子不得不面临着思想的分裂，在这种分裂中，更加深了我们对于中国现代历史、文学自由的理解。

16. 现代文学史“革命化”叙述的开端

——论瞿秋白的“五四”文学史观

傅修海《郑州大学学报》（哲学社会科学版）2010 年第 4 期

在瞿秋白诞辰 110 周年的今天，重新讨论他对“五四”文学的评述和他试图构建的“五四”文学史观，有着相当的思想研究价值和历史纪念意义。瞿秋白反对欧化文艺和片面的民族主义文艺，因此有他关于“五四”文学史观的相关思考。瞿秋白“五四”文学史观的本质，就是文学史的革命重写——追求对革命的文学史叙述和对文学发展史的革命重构，为新文学史的发展寻找光荣革命传统，让革命事业在文学发展领域具备历史合理性，为革命事业的发展取得稳固的文化革命战线上的领导权。

17. 1949～1966 年美英解读中国“十七年文学”的思想逻辑

方长安、纪海龙《河北学刊》2010 年第 3 期

1949～1966 年，美英论者站在西里尔·白之所谓我们的立场上，将新中国“十七年文学”视为一种异质的他者进行观察和言说。这种特有的看与被看的对立关系，构成了冷战语境中的美英解读中国“十七年文学”的基本框架与展开言说的思想逻辑。美英所谓的我们，有时是冷战意识形态维度上的，

有时是西方文化中心主义层面上的，有时则是文学审美观念上的，不同的我们所解读出的他们有所不同，但在更多的时候是借以阐发其政治意识与文化理念，是一种自我想象性的话语表达。

18. 当代文学中的“二流子”改造

孙晓忠《文学评论》2010 年第 4 期

二流子的出现是一个现代性事件，赢利型经纪的出现，使得传统乡村社会解体。本文通过分析当代文学中的二流子改造的叙事，考察社会主义革命过程中乡村社会改造的经验，以及在改造过程中产生的新劳动形式和劳动观念的变化。本文还以赵树理为个案，分析赵树理在治理者的位置中，在国家与地方之间的复杂关系中，试图调解现实与政治的冲突，并解析赵树理方向的危机。

19. 文化转型初期的一种中国想象

——论《中国人自画像》、《中国人的精神》、《吾国吾民》的中国形象塑造

朱水涌、严昕《浙江大学学报》(人文社会科学版) 2010 年第 6 期

在古代中国向现代中国转型的关键期，陈季同描述的家庭中国、辜鸿铭塑造的道德中国以及林语堂想象的审美化的人文中国，向西方展示了一种价值中国的形象，这是对文化转型时中西文化冲突的一种积极回应。这一回应的特殊之处体现在两个层面：一方面，这些中国形象都隐含着对西方现代性理念的认同，是通过中国人建构中国形象而参与到西方中国想象的话语谱系之中；另一方面，它是以中国自身的形象建构表现出对西方中国想象的反拨与重建，明显地带有对西方问题的思考和想象，由此形成了中国形象与西方中国想象以及与西方自身想象的一种对话关系，这不仅可以改变西方原本存在的中国想象，也能够让西方世界从对话的场域中重新发现自己。

20. 诗意的追寻

——林庚文学史论述与“抒情传统”说

陈国球《北京大学学报》(哲学社会科学版) 2010 年第 4 期

中国文学抒情传统论是一个非常值得关注的课题。相关论述以陈世骧之说最有影响，而其说又与北京大学的学统关系极大，与林庚先生的中国文学史观亦属同一脉络。20 世纪 30 年代清华大学的林庚与北京大学的陈世骧同时于北平文坛活动。从林、陈之关系及师友渊源，可知二人论述同调，并非无因。陈世骧提出，整体而言中国文学传统就是一个抒情传统。林庚也认为中国文学史在宋以前的重心离不开诗歌；宋元以后虽然小说戏剧当道，但其中还是存有许多的诗意；因此中国文学史事实上是一个以诗歌为中心的文学史，中国文学的贡献是以十五国风代表的抒情传统。由此观之，林庚的文学史论述，可说是陈世骧等人的中国文学抒情传统论的先声。

主要论文索引

1. 王为生：《论现当代文学的一个奇异主题叙事》，《小说评论》2010 年第 2 期。
2. 杨霞：《20 世纪中国文学建构中的新传统因素》，《南京师大学报》（社会科学版）2010 年第 3 期。
3. 陈奇佳：《中国当代文学中的基督教文化影响》，《江苏社会科学》2010 年第 3 期。
4. 张晓风：《追忆绿原叔叔》，《新文学史料》2010 年第 2 期。
5. 李祖德：《1950 年代的阿 Q：十七年文学“农民”话语一例个案的分析》，《文学评论》2010 年第 3 期。
6. 张永辉：《鲁迅作品中的两性关系》，《鲁迅研究月刊》2010 年第 2 期。
7. 王巨川：《五四时期翻译活动与反殖民意识》，《文学评论》2010 年第 2 期。
8. 王桂妹：《“五四女作家群”的历史建构曲线》，《文学评论》2010 年第 6 期。
9. 赵顺宏：《论鲁迅创作中的献祭意识》，《文学评论》2010 年第 6 期。
10. 赵学勇：《非抒情时代的抒情文学——30 年代抒情小说论》，《文学评论》2010 年第 1 期。
11. 冒建华：《中国现代主流文学家的文化人格与文学书写》，《文学评论》2010 年第 2 期。
12. 李乐平、姚皓华：《试论闻一多生命与诗文之合一》，《文学评论》2010 年第 2 期。
13. 朱寿桐：《论中国现代文学的古典主义影迹》，《文学评论》2010 年第 3 期。
14. 薛家宝：《郁达夫自叙传小说的唯美主义特质》，《文学评论》2010 年第 4 期。
15. 高玉：《五四新文学与古典传统及其评价》，《文学评论》2010 年第 5 期。
16. 张志平：《实际和理念对擂——胡风事件的方法论根源》，《文学评论》2010 年第 3 期。
17. 曾一果：《关于上海“现代性”想象》，《文学评论》2010 年第 2 期。
18. 赵亚宏：《论〈新青年〉广告的媒介价值》，《文学评论》2010 年第 4 期。
19. 江腊生：《〈骆驼祥子〉的还原性阐释》，《文学评论》2010 年第 4 期。
20. 李丽：《论中国现代短篇小说中的“还乡”》，《文艺争鸣》2010 年 11 月号（上半月）。

21. 雷勤风:《钱锺书的早期创作》,《文艺争鸣》2010 年 11 月号(上半月)。
22. 程光炜:《80 年代文学批评的"分层化"问题》,《文艺争鸣》2010 年 3 月号(上半月)。
23. 詹玲:《20 世纪中国文学国民性改造问题再审思》,《文艺争鸣》2010 年 3 月号(上半月)。
24. 徐兆寿:《巴金的理想和知识分子立场》,《文艺争鸣》2010 年 3 月号(上半月)。
25. 贺绍俊:《新政治小说及其当代作家的政治情怀——周梅森论》《文艺争鸣》2010 年 4 月号(上半月)。
26. 冯鸽:《关于中国通俗文学的"泛化"与"分期"问题——与郭延礼教授商榷》,《文艺争鸣》2010 年 5 月号(上半月)。
27. 栾梅健:《重论中国现代浪漫主义文艺思潮的起源及其流变——从近、现代社会形态的转型出发》,《文艺争鸣》2010 年 5 月号(上半月)。
28. 张莉:《论冰心文学形象的建构(1919 - 1949)》,《文艺争鸣》2010 年 5 月号(上半月)。
29. 《华文文学与诺贝尔文学奖》,黄维梁,《文艺争鸣》2010 年 6 月号(上半月)。
30. 胡景敏:《"文革"叙述与"随想作家群"的兴起》,《文艺争鸣》2010 年 6 月号(上半月)。
31. 俞兆平:《古典主义思潮的排斥与中国现代文学史的欠缺》,《文艺争鸣》2010 年 7 月号(上半月)。
32. 陈晨:《家园之恋与存在之思——论师陀乡土小说的诗性内涵》,《文艺争鸣》2010 年 7 月号(上半月)。
33. 王建光:《"十七年"农村题材创作中的家园问题》,《文艺争鸣》2010 年 8 月号(上半月)。
34. 曹林红:《革命、战争与 1920 年代后"国民性"批判主题的退隐》,《文艺争鸣》2010 年 9 月号(上半月)。
35. 吕约:《北京的"声音"——80 年代以来北京作家的新叙事话语》,《文艺争鸣》2010 年 9 月号(上半月)。
36. 吕进:《论新时期诗歌与"新来者"》,《文艺研究》2010 年第 3 期。
37. 吴思敬:《新诗:呼唤自由的精神——对废名"新诗应该是自由诗"的几点思考》,《文艺研究》2010 年第 3 期。
38. 洪子诚:《"作为方法"的"八十年代"》,《文艺研究》2010 年第 2 期。
39. 杨庆祥:《在"大历史"中建构"文学史"——关于"重返八十年代文学"》,《文艺研究》2010 年第 2 期。
40. 周保欣:《道德革命与"革命"的道德——新历史小说革命书写的思想检视与审美反思》,《文艺研究》2010 年第 4 期。

41. 刘树元：《现代化进程中的中国当代农村小说叙事》，《小说评论》2010 年第 11 期。
42. 房伟：《作家身份结构与新时期文学》，《小说评论》2010 年第 11 期。
43. 罗晓静、周晓明：《沈从文与张爱玲之比较》，《小说评论》2010 年第 1 期。
44. 胡传吉：《小说群治理想之荣衰》，《小说评论》2010 年第 1 期。
45. 吴舜华：《曾朴与晚清小说的现代性萌芽》，《小说评论》2010 年第 5 期。
46. 张闳：《“文革”后新文学的曙光——从食指到白洋淀诗群的诗歌写作》，《南方文坛》2010 年第 3 期。
47. 霍俊明：《尚未抵达思想前沿的“征用”写作——就“底层”和“新农村”谈新世纪文学思想性问题》，《南方文坛》2010 年第 3 期。
48. 李兆忠：《雌性乌托邦——严歌苓之谜》，《南方文坛》2010 年第 3 期。
49. 张德明：《新世纪诗歌中的田园乡愁》，《南方文坛》2010 年第 5 期。
50. 李有亮：《“从”与“领”：1980 年代中后期女性写作中的颠覆策略再读解》，《当代文坛》2010 年第 6 期。
51. 陈吉荣：《论中国现当代文学的历史真实性理论：澳大利亚的视角》，《当代文坛》2010 年第 6 期。
52. 颜敏：《“第三种空间”的美学建构——试论张翎小说的叙事策略及其定位 》，《当代文坛》2010 年第 2 期。
53. 韩明港：《哀、怒与虚无——鲁迅的启蒙困境与生命困境》，《当代文坛》2010 年第 3 期。
54. 贺绍俊：《追寻“另一个世界”的“新市井小说”》，《当代文坛》2010 年第 3 期。
55. 刘俐俐：《大历史观与历史文化散文的价值》，《当代作家评》2010 年第 2 期。
56. 刘再复：《媚俗的改写》，《当代作家评》2010 年第 2 期。
57. 东西：《真正的经典都曾九死一生》，《当代作家评》2010 年第 4 期。
58. 丁帆：《中国现当代文学史断代谈片》，《当代作家评》2010 年第 3 期。
59. 谢有顺：《终归是无处还乡》，《当代作家评》2010 年第 4 期。
60. 欧阳江河：《诗歌写作，如何接近心灵和现实》，《当代作家评》2010 年第 4 期。
61. 马俊江：《30 年代北平小报与革命文艺青年》，《中国现代文学研究丛刊》2010 年第 1 期。
62. 李跃力：《论“革命话语”对情爱伦理的重构及其本质》，《中国现代文学研究丛刊》2010 年第 2 期。
63. 汤哲声：《论现代北派市民小说的文学史价值》，《中国现代文学研究丛刊》2010 年第 4 期。
64. 何锡章、董华：《论“五四”新文学的自由品格》，《中国现代文学研究丛刊》2010 年第 5 期。
65. 万安伦：《20 世纪三四十年代中国文学奖励考察》，《中国现代文学研究丛刊》2010

年第 5 期。

66. 黄晓华：《前期创造社疾病书写与现代人的建构》，《中国现代文学研究丛刊》2010 年第 3 期。
67. 袁一丹：《知堂表彰禹稷臆说》，《中国现代文学研究丛刊》2010 年第 1 期。
68. 赵卫东：《一九四〇年代延安“文艺政策”演化考论》，《中国现代文学研究丛刊》2010 年第 2 期。
69. 张文娟：《女子问题与五四新文学的现代转型》，《中国现代文学研究丛刊》2010 年第 3 期。
70. 熊辉：《以译代作：早期中国新诗创作的特殊方式》，《中国现代文学研究丛刊》2010 年第 4 期。
71. 孙玉石：《论吕德申小说创作及其与一种文化精神之联系》，《北京大学学报》（哲学社会科学版）2010 年第 1 期。
72. 陈平原：《知识、技能与情怀（下）——新文化运动时期北大国文系的文学教育》，《北京大学学报》（哲学社会科学版）2010 年第 1 期。
73. 彭春凌：《“另一个中国”的敞开——大众媒体的西部行记》（1935—1937），《北京大学学报》（哲学社会科学版）2010 年第 1 期。
74. 孙玉石：《他的诗“更新，而且更是中国的了”——林庚诗学探寻与中国古典诗歌艺术之联系》，《北京大学学报》（哲学社会科学版）2010 年第 4 期。
75. 陈思和：《关于巴金〈春梦〉残稿的整理与读解》，《复旦学报》（社会科学版）2010 年第 6 期。
76. 周东华：《民俗视角与中国现代通俗小说的类型及模式》，《社会科学辑刊》2010 年第 3 期。
77. 何恬：《“半殖民主义”与中国现代主义文学》，《中国图书评论》2010 年第 5 期。
78. 温华：《战争叙事中民族/女性话语关系个案透视》，《解放军艺术学院学报》2010 年第 1 期。
79. 胡明贵：《自由主义与中国文学的现代性转型》，《当代作家评论》2010 年第 2 期。
80. 姚国建：《中国新诗发展的三大问题及其解决路径》，《学术月刊》2010 年第 4 期。
81. 郑国友：《“新时期文学”的“去政治化”趋势与“新世纪文学”的“再政治化”》，《湖南科技学院学报》2010 年第 3 期。
82. 陈晓明：《中国当代文学的评价与创新的可能性》，《上海文化》2010 年第 2 期。
83. 杨利景：《改造与成长：“十七年”知识分子题材小说的书写规约》，《南京师大学报》（社会科学版）2010 年第 2 期。
84. 卢桢：《荒原上的诗意追求》，《渤海大学学报》（哲学社会科学版）2010 年第 3 期。
85. 王兴：《试论新写实小说的悲剧意识》，《郑州轻工业学院学报》（社会科学版）2010 年第 1 期。

86. 章晓琴：《近三十年中国作家的知识分子立场》，《西北师大学报》（社会科学版）2010 年第 2 期。

87. 唐铁惠、赵坤：《城市美学视野下香港城市中的“他者”》，《湖南文理学院学报》（社会科学版）2010 年第 1 期。

88. 李正忠：《当今的中国文坛为何产生不了“巨匠”》，《文艺理论与批评》2010 年第 2 期。

89. 朱沛生：《“文革记忆”研究初探》，《福建师范大学学报》（哲学社会科学版）2010 年第 3 期。

90. 秦林芳：《论陕北前期丁玲的政治化写作》，《小说评论》2010 年第 3 期。

91. 任诗桐：《论迟子建的温情叙事》，《名作欣赏》2010 年第 5 期。

92. 刘杰：《日本文化与中国五四文坛关系初探》，《学理论》2010 年第 1 期。

93. 董洪川：《胡适与比较文学》，《中国比较文学》2010 年第 1 期。

94. 张直心、王平：《春风化雨——浙一师时期的朱自清与叶圣陶叙论》，《杭州师范大学学报》（社会科学版）2010 年第 1 期。

95. 吴矛：《闻一多新诗“诗质论”和“诗形论”的矛盾性》，《江汉大学学报》（人文科学版）2010 年第 1 期。

96. 杨迎平：《施蛰存小说翻译对其小说创作的影响》，《中国比较文学》2010 年第 2 期。

97. 郑家建、舒畅：《论〈故事新编〉》，《鲁迅研究月刊》2010 年第 1 期。

98. 王风：《周氏兄弟早期著译与汉语现代书写预言》，《鲁迅研究月刊》2010 年第 2 期。

99. 裴毅然：《延安文化人的生活》，《新文学史料》2010 年第 1 期。

100. 葛涛：《塑造鲁迅银幕形象背后的权力政治——以〈鲁迅传〉座谈会记录为中心》，《鲁迅研究月刊》2010 年第 1 期。

本书由首都师范大学文学院211项目资助出版

首都师范大学文艺学与美学中心
《文艺争鸣》编辑部

中文文艺论文年度文摘

ZhongWen WenYi LunWen NianDu WenZhai

2010年度（下）

陶东风 张未民 / **主编**

孙士聪 / **编辑部主任**

社会科学文献出版社
SOCIAL SCIENCES ACADEMIC PRESS (CHINA)

文 学 批 评 论 文

编　　选　　咨　　询　　专　　家

贺绍俊：沈阳师范大学中国文化与文学研究所教授

张志忠：首都师范大学文学院教授

当代诗歌中的地方美学与地域意识形态

——从文化地理视角的观察

·张清华·

20 世纪 90 年代以前，当代诗歌与当代文学的基本格局是“现代”与“传统”的对立、“变革”与“保守”之间的冲突，这一逻辑在更早的时候表现为“革命”与“守旧”之间的对立。尽管性质不同，但关于文学和诗歌的基本评价都是以时间逻辑为标尺的，谁在“新”的序列中占据了前沿，谁就占据了价值的制高点。而近十几年来，这种“时间的神话”① ——文学的流动性特征——越来越不明显了，日益明显的则是空间丰富性和差异性的展开。表现在研究话题中的一个趋势便是，人们的兴趣越来越偏离对“趋势”的谈论，而越来越专注于对“格局”的观察和认识了。

预言当代文学和诗歌中“时间神话的终结”无疑是一个高瞻远瞩的判断。但是在十几年来的当代诗歌研究中，关于可以替代它的“空间性”的分析，却与当代诗歌日益复杂的状况与丰富的特质不相匹配。本文当然也无力整体地解决这一问题，只是提出来以期引起更多关注与讨论。

一　为何从文化地理的角度看当代诗歌

文化地理与诗歌中的地方文化与地域美学并不是一个新问题，有史以来一切文学无不自然地带上了地域文化色彩，同时人们对于一切文学与文化现象的研究，也很自然地借助其产生的环境来予以观察。黑格尔说：“爱奥尼亚的明媚天空固然大大地有助于荷马诗歌的优美，但是这个明媚的天空绝不能单独产生荷马。而且事实上，它也并没有继续产生其他的荷马。”为什么注定要出现更多荷马的地方没有出现呢？因为“在土耳其的统治之下，就没有出

① 参见唐晓渡《时间神话的终结》，载《文艺争鸣》1995 年第 1 期。

过诗人了”。[①] 孔子在褒奖《关雎》“乐而不淫”的同时，又认为“郑声淫”，“恶郑声之乱雅乐”。显然，他们都意识到文学和诗歌的某种地域性特质，意识到地理环境对于文学和诗歌的先天影响作用。然而这些认识和谈论角度在文学和诗歌研究中通常被人们忽视了，原因是在很多年里，价值判断中的历史和时间维度占据了绝对主导。

这一逻辑的始作俑者当然也可以归于黑格尔，他曾宣称：“世界的新与旧，新世界这个名称之所以发生，是因为美洲和澳洲都是在晚近才给我们知道的。”[②] 也就是说，“现代”概念的产生，是因为一些“落后”的地理文明的发现，才证明了所谓文明的“先进”与“落后”的性质之分；但是他所创造的体现“历史理性”的必然论和进步论逻辑，却成为主导世界的价值观将近两百年的主要思想方式，“新世界”和“时代精神”这些概念正是在他那里才成为一种新神话。在福柯那里，上述观念遭到了强有力的反思和批判，他说：“这是起始于柏格森还是更早的时候？空间在以往被当作是僵死的、刻板的、非辩证和静止的东西；相反时间却是丰富的、多产的、有生命的、辩证的。”总之，“19 世纪沉湎于历史”。[③] 一位当代历史理论家爱德华·W. 苏贾也随之指出：“在 1980 年代，学者们一致呼吁对（历史的）批判想象需要进行广泛的空间化……因此，一种具有明显特色的后现代和批判的人文地理学正在形成。”它“重新将历史的建构与社会空间的生产紧密地结合在一起，也将历史的创造和人文的构筑和构形结合在一起。从这种富有创造性的结合中正生出各种新的可能性”。[④]

上述理论观念足以成为一个理由，让我们来讨论“中国当代的诗歌地理”这一诗歌和文化命题。在过去的 100 年里，我们一直是在时间的范畴中来讨论新文学和现代诗歌的，时间使现代文学和诗歌的历史具有了某种价值和方向，从陈独秀所说的“文学艺术，亦莫不有革命，莫不因革命而新兴进化”，“今欲革新政治，势不得不革新盘踞于运用此政治者精神界之文学”。[⑤] 到 80 年代初期徐敬亚所宣称的“新的，就是新的”，[⑥] 所使用的都是这样一

---

① 黑格尔：《历史哲学》，王造时译，上海世纪出版集团、上海书店出版社，2001，第 82 页，第 83 页。

② 黑格尔：《历史哲学》，第 82 页，第 83 页。

③ 福柯：《地理学中的问题》，转引自爱德华·W. 苏贾《后现代地理学》，王文斌译，商务印书馆，2004，第 15 页。

④ 爱德华·W. 苏贾：《后现代地理学》，第 17 页。

⑤ 陈独秀：《文学革命论》，载《新青年》，1917 年 2 月 1 日。

⑥ 徐敬亚：《崛起的诗群》，载《当代文艺思潮》1983 年第 1 期。

种逻辑。直到眼下的所谓“现代性”和“全球化”讨论，也仍是如此。人们谈论文学包括诗歌的基本观念仍习惯于使用时间维度所派生的价值标准。然而正如英国人彼得·奥斯本所一针见血指出的，“‘现代性’和‘后现代性’、‘现代主义’和‘后现代主义’以及‘先锋’都是历史的范畴，它们是在理解历史整体的水平上建构而成的，”或者说，它们是一种将“历史总体化”的结果，是一种“与这些时间化相关联的……历史认识论”，因而也是一种“特定的时间的政治”。“现代主义和后现代主义——与保守主义、传统主义和反动一样——侵入了时间的政治的领域”①，奥斯本尖锐地揭示了“现代性”作为一种“价值虚构”所体现的西方社会的霸权与统治力量。

有意思的是，对于文化地理的发现，恰恰使中国人认同了时间的价值逻辑，走上了“现代化”的进程，中国人是在西方工业文明的侵凌与催逼之下才“睁了眼睛看”，具有了启蒙和现代意识。一切都是从魏源留下的那本《海国图志》开始的，有了作为“文化地理”的《海国图志》，才有了严复翻译的《天演论》和他自己写的《原强》，中国近代意义上的“进化论”历史观才得以萌生和确立。而对于西方来说，文化地理的发现则同时催生了他们的浪漫主义情怀——转而怀念古代、中世纪、东方的原始森林与陌生的异域情调。斯达尔夫人正是从欧洲南方与北方的地理差异中，解释文艺复兴、古典主义与19世纪初欧洲文学的动力，并且提出在地理的差异（欧洲北方和南方）中包含了时代和价值的对立（古代和中世纪、骑士精神和希腊罗马制度的对立）② 的一般规律。这一规律到了中国人这里反过来了，在古今之争中，包含了陈旧与现代、进步与落后、革命与反革命之间的对立。因此，关于中国现代历史包括文学与诗歌的历史的叙述，显然也充满这样的虚构与规则："改良"、"革命"、"变革"、"进步"、"先锋"、"新潮"、"后"、"新新"、"后后"……这样一些概念，构成了一个个关于文学进步的观念神话。不止五四时期，二三十年代革命文学运动时期、延安文学时期、新中国成立后到"文革"、"文革"后的"新诗潮"运动、超越"朦胧诗"一代的"新生代诗歌"等等，无不遵从这样的逻辑。在这样一个历史轨迹中我们不难发现，诗歌确实是一直在变，但却未必总是在"进步"。

因此，对这样一种评价角度与思维逻辑予以修正，在如今的文学格局下

① 彼得·奥斯本：《时间的政治——现代性与先锋》，王志宏译，商务印书馆，2004，第3～4页。

② 斯达尔夫人：《论文学》，伍蠡甫主编《西方文论选》下卷，上海译文出版社，1979，第141页。

便显得非常有必要。因为在“变革”出现了某种“停滞”之后，诗歌反而呈现了一种空前丰富，原来“代际的对立”更多地变成了“地域的分野”，所谓“民间”与“知识分子”的分立，“外省”与“京城”之间的对峙，在当代诗歌历史上都是前所未有的状况。这表明，地缘文化关系、文化地理差异对诗人和诗歌的影响越来越大，而不同地域的诗人群落则日益清晰地意识到这种差异的合理性，并且有效地加以利用。如广东地区诗歌所集中体现的底层生活场景，以及那里无比热闹的诗歌景观；再如北京地区诗歌所显露出的国际化、其政治波普性、前卫文化属性与中产阶级属性等等；而大西南地区的诗歌则更加自觉地呈现出其原始和荒蛮的气质。这些都为我们考察其格局的变化和地域差异提供了鲜活的对象和材料。

二　中国当代诗歌地域文化特性的演变

但是，“空间”维度的考察，也仍然需要从“时间”流变的角度加以回顾和审视。

中国当代诗歌的地域性，在早期的革命洪流与意识形态力量的统合作用下，曾显得十分模糊，在20世纪五六十年代很难找到合适的例子。虽然新中国成立之初许多诗人就相应号召奔赴各地，在一线生活中寻找创作灵感与资源，但写出的作品却鲜有风格的区别。唯一可以显示一点地域特色的例证似乎是闻捷，他在1955年出版的《天山牧歌》，因为带有相对浓郁的边地风光与异域情调而受到欢迎。其中对哈萨克青年男女的恋爱场景的描写尤为吸引人，这也应了欧洲传统中主流的说法，所谓浪漫主义其实就是指“异域情调”，如勃兰兑斯所说，即是“文学中的地方色彩”，“所谓地方色彩就是他乡异国、远古时代、生疏风土的一切特征”①。闻捷诗歌中浪漫意味的获得，除非借助于这种边地少数民族的特殊身份与生活情境，否则连基本的合法性都不具备，写姑娘和小伙子之间缠绵的爱情，大胆直露地倾吐表达，都几乎与革命意识形态的“健康美学”相冲突。因此，连作者也对此感到难于处理，只好在结尾处加上概念化的“升华”：“要我嫁给你吗？你的胸前少了一枚奖章”，要问我们的婚期在什么时候吗？“等我成了共青团员，等你成了青年队长”。从这个意义上说，新中国成立之初的诗歌中既无真正的浪漫主义，也很

---

① 勃兰兑斯：《十九世纪文学主流·法国的浪漫派》，李宗杰译，人民文学出版社，1982，第19页。

难谈得上有真正的文化地理。

上述状况一直持续到20世纪70年代后期。这是就公开出版物或主流文艺生产而言。而在60年代后期到70年代中期的北京，特殊的环境，如权力的交叉与纠结状态所生成的特殊庇护（许多青年是因为出身高干家庭而享有某些特权，并有机会了解到更多权力秘密），如特殊阶层思想的活跃与信息暗道的畅通（在北京青年中私下流行的"黄皮书"和"灰皮书"的启示，使他们有条件接受到长期禁绝的外国文学和哲学，特别是现代派哲学与文学的影响）等，这些都催生了一种特殊的文化样态，即杨健在《文化大革命中的地下文学》一书中所记载的"地下沙龙"，这些遍布北京的思想群落中孕育了后来的"白洋淀诗歌群落"和《今天》中的大多数诗人，[①] 这样的特殊形式除非是在北京，在别的任何一个城市都无法想象其存在。地下沙龙是当代中国最早的自由思想群落，也是具有鲜明的北京地域特点的诗歌群体，这中间的重要人物如赵一凡、食指、根子和多多等，都深刻影响了之后的现代主义诗歌运动。

1978年10月贵州诗人群创办的《启蒙》和1978年底北岛等人在北京创办的《今天》，可以看做是"民间"的具有"文化地理"意义的诗歌现象出现的标志。这两份民刊，一份出现在偏僻遥远的贵州，一份出现在京畿要地，实在是非常值得思考玩味，要么是文化稀薄天高皇帝远的边地，要么是在思想活跃炙手可热的政治中心，在其他地方则很难想象。但是，远在贵州的《启蒙》，诗人们并没有丝毫注意到那里的地方文化、民俗风物，相反它们的共同特点是传达了社会变革与思想启蒙信息的急切先声，而且是更为激进地采用了"诗歌大字报"的方式，奔波数千里到北京予以张贴；而身居北京的诗人北岛则在给贵州诗人哑默的信中说，"我们打算办一个'纯'文学刊物，所谓纯，就是不直接涉及政治……应该扎扎实实多做些提高人民鉴赏力……的工作"。[②] 这表明，两个群体中更加洞悉政治时局的北京诗人反而更重视作品的文学性和专业性，而不主张政治色彩过于浓厚。

上述比较也许意义过于简单了。我要强调的是，中国当代诗歌的文化地理特性是在"体制外"的民间诗歌群落中发育和体现的。原因很简单，主流的写作已经高度"一体化"了，只有在民间诗歌场域中才能体现出真正的差异性。1980年代中期，这种差异终于借着"第三代"的崛起显现出来。1984

---

① 参见杨健《文化大革命中的地下文学》，朝华出版社，1993，第二章、第三章、第四章。

② 北岛在1978年底给伍立宪（哑默）的信，未刊。

年，韩东在南京组织了“他们”，标立出一种平民化的诗学姿态，提出了反对诗人作为“政治动物、文化动物和历史动物”的角色，而还原为世俗身份的口号，并转而去寻找“民间和原始的东西”。① 同年2月，李亚伟、万夏等人则在同样的世俗化社会思潮的催动下创立了“莽汉主义”诗歌群体，主张对传统和现存的一切予以大胆冲撞；稍后，受到“宇宙全息论”和文化人类学思想的启示，四川的部分诗人石光华、杨远宏、宋渠、宋炜等人又组织了“整体主义”群落，强调以“现代史诗”的方式对民族文化进行“整体状态的描述或呈现”。这三个诗人群体成为当代中国民间诗歌美学爆炸的导引和先声。1986年，在徐敬亚等人的策划下，“中国现代主义诗歌大展”一举推出了数十个诗歌团体与流派，一时泥沙俱下、旗帜纷呈，当代诗歌的格局也陡然为之一变，自此生机蓬勃、群雄争逐。

可以说，中国当代先锋诗歌运动的发育是从南方城市和偏远的山区兴起的，当以北京的部分青年诗人为主体的“朦胧诗”获得了新权威地位的时候，南方和大西南地区更年轻的一批写作者向他们发出了有力的挑战。这当然不只是因为那里的写作者们由于携带了更多自然的气息而更富有诗意，而且还因为他们携带了更符合当代中国现实经验的、更加平民化的文化观念，因而才更富有生长性。在第三代诗歌运动中，占到最大比重、起到最显著作用的，当属四川的诗歌群落，在由发星整理的《四川民间诗歌运动简史》一文中记录了最早的一批民间诗歌群体：李亚伟、胡钰、万夏等人创立的“莽汉诗歌流派”，欧阳江河、周伦佑、石光华、万夏、杨黎等人创办的“四川青年诗人协会”，石光华、欧阳江河、宋渠、宋炜、杨远宏、刘太亨等人创办的“整体主义”，以及由于尚仲敏、燕晓冬编辑的《大学生诗报》而形成“大学生诗派”，等等。② 这块自古被称作天府之国的富庶而封闭的古盆地，成为当代中国诗歌一块鲜明的精神地标、当代诗歌变革运动的策源地以及大量优秀诗人的输出地。无论如何，这与它壮丽的自然山水以及自古以来的诗歌传统——由司马相如、陈子昂、李白、苏轼乃至现代的郭沫若所留下的深厚的诗歌气脉——不无关系。封闭的地理反而赋予了它格外巨大的突破力量，富庶的物产则给予了诗歌与诗人得以滋育生长的条件。欧阳江河在回答为什么四川成为“第三代诗歌运动的策源地”时是这样说的：“这很正常，这里天高皇帝远，人们喜欢泡茶馆、吃火锅、闲聊、饮酒、读书，养出了闲适的文人心态，

① 韩东：《关于诗的两段信》，《青年诗人谈诗》，1985年印行，第124~125页。

② 参见“诗家园网站”（http：//sjycn. 2008red. com/sjycn/article_ 269_ 5742_ 1. shtml）。

同时，这里又有一种很非非和莽汉的东西。这两极的结合造成了书卷气、江湖气、市井气的并存，口语和书面语的交汇，使四川诗歌写作呈现出引人瞩目的现代诗语言奇景。”“四川人很好强，个性很张扬，但又包容，不排外。这些都是四川成为第三代诗歌重镇的原因”。①

这是1980年代的状况和代表性景观。1990年代之后，尚存的原始自然与地域文化在中国日益加入全球化进程之后，基本上也陷于瓦解，诗歌中的地理和地理中的诗歌，也变得越来越丰富复杂和难于把握。难怪像“寻根文学”运动会发生在1980年代，而1990年代“先锋文学”的场域则实现了从原始乡村到现代城市的转换。消费的与娱乐的、欲望的与身体的写作代替了文化的忧思与精神的挽歌，代替了对存在意义及其形式的勘探与追索。但从另一个方面看，1990年代也是民间诗歌群落与流派秘密发育并逐渐活跃的一个时期，这与其特有的“文化缝隙”的扩展——市场与大众文化的发育使民间文化形态有了更多藏身之地——有密切的关系。仅据荷兰莱顿大学教授柯雷的统计，这时期出现的诗歌民刊就达到了49家，② 这份名单当然不全，实际数量要多得多。在这个近乎无限大的群体中，“政治地理”意义上的对于官办诗歌与权力诗坛的僭越，“文化地理”意义上的地域风尚的倡扬，还有“文学地理”意义上的对于诗歌界某些时尚趣味与精英规则的挑战与解构，都得到了充分的体现。在这个民间群体的作用下，传统的诗坛权力结构及其价值系统终于土崩瓦解，几乎所有被广泛认可和经典化的诗人，都是从民间诗歌刊物上成长起来，而不再是由原有的发表体制所制造出来的。这意味着，从1950年代以来由意识形态架构起来的诗歌生产体制，所谓“当代诗坛”的文化权力结构，被彻底修改了。

在1990年代末还发生了另一场重大的诗歌事件，就是“盘峰诗会”中出现的“民间写作”与“知识分子写作”的分立。其实在今天看来，其中的观念之争也许并不是最重要的，无论是“民间”还是“知识分子”，其最初身份都是对照于“权力诗坛”而存在的，他们在1990年代的写作都具有“知识分子性”，而存在的方式也都曾是“民间”的。换句话说，他们原本就是一体的，只是美学趣味和文体风格上有微妙的差异。但随着权力诗坛的趋于弱化，他们两者之间又产生了新的“权利之争”。很显然，身居京城的“知识

① 欧阳江河：《没有了诗歌，就没有了下一个奥斯维辛了吗——答安琪问》，2006年6月12日《经济观察报》。

② Maghiel van Crevel, *A Research Note and an Annotated Bibliography*, MCLC Resource Center Publication, Leiden University, 2007.

分子诗人”是1990年代诗歌参与国际化进程的最大获益者，在政治与文化紧张关系逐渐缓和之后，原有的异端身份随之淡化乃至消失了，而海外汉学对中国当代诗歌的研究与翻译的兴盛，则使许多身处文化便利与开放前沿之地北京的诗人，一变而成为声名远播的“国际诗人”。这样，身居外省、几乎与身处京畿的诗人同时成名的那些，便成了相对“被遗忘”的一群。这种巨大的不平衡使他们不得不通过刻意放大与前者的差异，夸大同“本土”、“传统”、“民间”、“现实”等场域的关系来扩展其合法意义，进而实现对知识分子写作的身份矛盾——即所谓“国内流亡诗人”的说法，以及写作的“不及物性”——的批评，以争取在经典化和国际化过程中的自身利益。

确实，“民间写作”的这一诉求部分地得到了实现，在“盘峰论争”及其余波中，民间一派成为获益者，并且因为对于精英诗坛新的权利格局的打破，而为“中间代”、“70后”、“80后”以及“网络写作”一代的粉墨登场创造了条件。借着网络新传媒的蔓延，还有千禧年新世纪的节日狂欢氛围，中国的诗坛终于出现了前所未有的多元局面。

三 当代诗歌中的“地域性意识形态”特质

以上这番“当代中国民间诗歌地理”的描述，仍然使用了一个“时间叙事”，这也是不得已的，不可能在完全取消时间因素的条件下完成一个历史叙述。我们所需要做的，一是尽可能地展开历史过程中的空间因素及其丰富性；二是在建构历史的逻辑与整体性时，尽量避免使用时间意义上的简单价值判断。很显然，当代中国诗歌的历史确有这样一个趋向，即它的民间特性、地理文化差异性处在一个“渐趋丰富”的过程中，而这一点也十分符合“进步论”的历史逻辑，这也是客观事实。但这一过程中的空间丰富性，我们确未能充分展开，因此，下面我要对于近些年诗歌的地理属性做一些简要的分析。

首先是“地域性意识形态”的差异。如同苏贾在《后现代地理学》中所阐述的，城市所构成的权力中心支配着一个时代的文化，而另一些居于边缘地带的区域则要努力冲破这种权威。1990年代后期以来，“外省”与“民间”这类词语的日益显豁即与此有关。“外省”一词本无本土含义，是翻译文学中关于“巴黎”的对应物的一个特殊符号，它几乎是“乡村”或“郊区”的同义语。但随着2000年一份民刊《外省》（河南诗人简单创办）的出现，这一词语在当代诗歌中渐渐被确立了其与“京城”相对的意义。“盘峰诗会”之后的数年间，看起来是“民间写作”与“知识分子写作”两种观念之间的对立，其实就是在这一旗号下“外省诗人”与“京城诗人”之间的分野。因此，“民间”立场及其表达方式——“说人话”的“口语”，还有“本土”的经验内容，便成为与“不说人话”的“雅语”，还有非本土的外来经验，以及现实的不及物状态的内容之间构成了对立的一种形式，并因此具有了另一种“道德优势”。这其实是生成了一种新的意识形态力量，它不期然地结合了中国久远的革命民粹主义传统，与日益发育的大众意识形态，并且适应了网络传媒的环境，确立了自己在新语境中的身份与角色，以及价值与位置。

相比之下，“京城”原来由权力层级结构与主流意识形态，还有来自国际汉学的跨国影响，甚至“全球化”的总体文化逻辑所赋予的混合优势，在世纪之交似乎突然丧失了合法性。在延迁多日的论争中，“知识分子诗人”群体似乎显得有些无心恋战，其声言“献给无限的少数人”的诗歌理想也显得略带悲情。然而这个群体在事实上仍然具有“国际化”的优势，以西川、王家新、欧阳江河、翟永明（她穿行、居住于北京、四川两地）等为例，他们在21世纪之后仍是经典化程度最高的诗人，并且日益享有国际性的声誉，每年有大量时间是在欧美与世界各地巡游和访问，这仍然是“外省”诗人们徒有艳羡而无力相比的。如今，两个事实上边界已日益含混的阵营，是以这样一种奇怪的交错与胶着的方式存在着。其中“民间”一派的领军人物于坚、韩东和伊沙等，也都有机会被译介和频繁出访，某种程度上他们也已经“国际化”，但是两相比较，“待遇”还是不同：北京的“知识分子诗人”仍然拥有另一种不可动摇的“等级优势”——即全球性的诗歌知识以及文化背景赋予了他们的作品以“更高级”的阐释空间与可能，所谓庞德、史蒂文斯之于西川，里尔克、纳博科夫之于欧阳江河，米沃什、帕斯捷尔纳克和布罗茨基之于王家新，普拉斯之于翟永明①……人们似乎习惯于在一个世界性、国际化的诗歌谱系中诠释他们，赋予他们一种类比的优势；而“外省”诗人便大约只能依据“本土”、“现实”等“地方性知识”来阐释其意义了。

另一个值得注意的问题是地域内部的景观。仍以北京为例，在它的大街小巷中活跃着形形色色的诗人群体，他们寄生于各种体制：民间的、官方的、学院的、亦官亦商的、资本与企业主的；身份则上至官员，下至打工者，有小企业主、记者、书商、制片人、IT行业从业者、行为艺术家、冒牌学者、草根画家、行僧或食素者、无业游民，甚至痞子混混，他们构成了一个类似于本雅明在其《发达资本主义时代的抒情诗人》中所描述过的“游荡者阶

① 参见程光炜《不知所终的旅程——序〈岁月的遗照〉》，《山花》1997年第11期。

层”。这个阶层也除非是在今日的北京，在过去或是别的任何一个城市，都很难想象他们会获得基本的生存条件，但在这个城市里他们却能够被养活，并且找到自己的生存快乐与发迹之途。在北京的大大小小的朗诵会与各种各样的“诗歌活动”中，他们称兄道弟，推杯换盏，交错构成无数个小圈子，也很快分化甚至反目成仇。因为这样一个环境，北京成为众多诗歌民刊、诗歌组织的温床。在这里活跃着《诗参考》、《诗江湖》、《第三条道路》、《新诗代》、《新诗界》、《卡丘主义》、《小杂志》、《物》、《红色玩具》等比较固定的民刊，也有很难统计的以公开出版的方式面世的同仁书刊；就经济力量来说，北京也通常有着外省很难匹敌的投资者，以中坤集团为例，其 2006 年开始承诺给北京大学新诗研究所、中国诗歌学会、批评家唐晓渡等主持的帕米尔研究院各投资一千万元，这样的投入堪称迄今为止的中国之最。虽然据说投资并未完全兑现，但至少在帕米尔研究院的名义下，“中坤国际诗歌奖”已经举行了两届，其影响堪称严肃和巨大。这类活动所具有的学术含量也是外省无法匹敌的。即使是在上海那样有经济力量的城市里，也很难想象会有一位企业家把巨额的资金投向诗歌事业。

在另一个经济发达、有“世界工厂”之称的地区广东，也迎来了一个不可思议的诗歌繁盛时期。那里资金雄厚，流动人口非常多，但多数是底层人物或是两极分化的人群。但正是在这里，在世纪之初汇聚了众多的诗歌写作者，仅以 2005 年、2007 年由广东官方召开的第一、二届“广东诗歌节”为例，出席的本地诗人就多达两百余人。有人甚至用“诗歌大省”这样的词语来形容其诗人之多、出产作品数量之巨。在这里仅有影响的诗歌民刊，就有《诗歌与人》、《行吟诗人》、《赶路诗刊》、《思想者》、《今朝》、《诗歌现场》、《女子诗报》、《低诗歌年鉴》、《中西诗歌》、《打工诗人》（报纸）等十多家，还有影响广泛的最早提出“打工文学”概念的各种诗歌选本。这些民刊有的因为获得了或官或商的支持，印装多体面豪华。迄今为止我都很难解释：为什么在这个人们想象中的文化不毛之地竟出现了不可遏止的诗歌热流？资金的雄厚固然是文化滋育的一个基础，但社会生活的丰富奇特似乎才是真正的原因。这块“改革开放的热土”，确乎发生了太多的故事，积聚了太多的社会心理，有太多的血泪和秘密，有太多不吐不快的人心块垒。从郑小琼的诗歌里，我们便可以看见这一缩影：在铁一般冰冷的流水线上，在铁一般贫困而无助的生涯中，有千千万万个命运如同铁钉的、经受着锻造与锈蚀的卑微生命，他（她）们忍受着铁一般的生存法则，经历着机器一样枯燥疲累的人生，但他（她）们的内心也燃烧着铁的痛楚与追问，积聚着铁的悲凉与呐喊，铁的顽强与奋争。正是在这里，在郑小琼的诗歌里，我们看到了工业时代中国底层人群的精神影像与生命创伤，以及以“铁”为经典符号的“时代的新美学”。

显然，是在一块人们想象中最近乎“不可能”的地方，出现了社会伦理与诗歌精神中的呐喊，在那块财富迅速积累，江河严重污染的地方，在那块外国的工厂与资本家榨取了中国底层廉价劳动力的剩余价值并创造了一个时代的 GDP 神话，帮助中国成为世界最大的美元储备国的地方，出现了这个奇特的诗歌景观：众多的打工者和刚刚脱离打工身份的、出于责任的或者仅仅是跟风的、各色身份的写作者，他们共同书写了当代中国未必是艺术质量最高，但却无疑是最具有现实感和最具良知呼唤力的诗歌。这应当是“当代中国民间诗歌地理”这一命题中最富有启示性与传奇色彩的景观。它本身也构成了一种鲜明的“地域美学”——在这块土地上，显然中产阶级的感伤与自恋，花花草草的轻薄与调侃，还有泛意义上的“南方的才情”，北京这样的中心城市的后现代体验，以及“高端”的美学谱系与文化背景等等，都是与之不可同日而语的。

但问题也不能极端化和一概而论，事实上即便在最为遥远的边地，也有着对等级意义上的“高端诗歌思维”的追求。在众多民间诗刊中，比如黑龙江的《剃须刀》、《东北亚》，四川的《非非》、《存在》，福建的《新死亡诗派》，地理不断迁移的《太阳》、《女子诗报》，还有浙江的《北回归线》，广东的《今朝》等等，也都体现着对于普遍的和形而上学意义上的诗歌经验及其美学的诉求。特别是存在历史已长达 20 多年的“非非”诗人群落，他们对诗歌中语言与文化、结构与文本的孜孜以求的追寻与思考，在中国堪称独一无二，他们所构造的“悬空的圣殿”既是社会的，也是文本和词语的、哲学和形而上的，而他们将自己描述为“刀锋上站立的鸟群”① 的角色体认，也在文本之外标立起鲜明的人文主义和知识分子的立场。这种毫不回避的精神担当，在时下的诗人群落中已显得形单影只。

在大西南的民族地区，也活跃着众多的诗歌流脉与群落，最典型的是在四川与贵州存在了多年的《独立·零点》，以发星为核心，它多年来坚持着人文性、地域性与民族性的统一，他们不但在当代民间诗歌历史与地理状况的资料积累与整理上做了很多工作，还格外关注彝人的汉语诗歌写作、西南的地域性诗歌写作，甚至他们的语言与修辞都带着浓厚的地域性与陌生化风格，

① 参见周伦佑主编《悬空的圣殿》、《刀锋上站立的鸟群》，西藏人民出版社，2006。

这些都为丰富中国当代民间诗歌的地域文化与美学内涵作出了实实在在的努力。

四　文化地理中的"地域诗歌美学"

如果刻意观察"北京"和"外省"这样两个相对意义上的地理概念的话，在诗歌写作上就可以看出美学上的差别——这当然有简单化和以偏概全的危险，但宏观上仍可讨论。混迹北京的诗人最注重的往往是对旗帜的标榜，以及各种形式的实验，这是由于知识信息的迅捷与庞杂所决定的，因此"极限性文本"多半出在北京。如果说外省的诗人可能更注重抒情或者写作的道义担当，那么北京的诗人则最注重形式的实验与探求；如果说外省的诗人们有更多"前现代的焦虑"与精神性追求的话，那么北京的诗人则有更多"后现代的智性炫耀"与技术趣味。以 2007 年问世的《卡丘主义创刊号》为例，这可谓一个典型的"后现代"意味的民刊。很显然，这样一本诗歌民刊不大可能出在北京以外的地方——上海的《活塞》在视觉上也给人以强烈的"后现代式"的震撼，但那是由"鬼魂"与"幽灵"的图画构成的一种荒诞感，是物质生存、经济压迫所带来的焦虑的寓言；而"卡丘"则拼贴了大量革命和"文革"时代的影像符号，它用了各个不同时期的历史图画，以强烈的"间离"效果呈现了我们的文化失忆或记忆的碎片感，它更多的是指向政治和文化上的异化性危机。但是显然，它与 1990 年代的大量类似读物已不一样，不再是单纯追求"政治波普"的效果，而是作用于消费时代的一般性文化感受而已。

"卡丘主义"在文化与美学上都具有十足的兼容性与含混性，它在创刊号上一下子推出了三个"宣言"，这些文字很繁复且很有意味，但读完则使人陷入了茫然。这种迷失感使我不得不放弃试图"理解"和诠释它的冲动——

> 卡丘主义者认为，卡丘是一场自觉自愿的文化、艺术、流派的运动，也是"反对"文化、艺术、流派的运动。卡丘相信诗歌和艺术的一切，卡丘包容一切……卡丘是整合一切精神资源的探索狂的代名词。卡丘不是要得到什么，不是要成为什么，卡丘是要"从结果回到资源"的诗歌运动，从诗歌的表现形式回到诗歌的本质的运动，从写作者回到读者的运动，从读诗者回到高兴者、有趣者的诗歌运动，卡丘是从疯狂回到宁

静、再从宁静来到更疯狂的螺旋上升的运动……①

既“包容一切”又在两可之间，几乎可以成为这种“卡丘美学”的简化版本，平静中的游戏，含混中的不同与趋同，诙谐中的严肃意味，这是只有北京才会具备的驳杂和多元。它的存在，无疑是指向了对于北京地界丰富的诗歌主张与美学派系的颠覆与自我区分。

我们再看上海的《活塞》。相比“卡丘主义”的诙谐与游戏观念，它反而表现出十足的叛逆与紧张意味，对抗与势不两立的特性，在美学上也显得更幽暗和陌生。这是它的理论倡扬者、“80后”诗人丁成的一番主张：

“活塞”像一颗铁钉粗暴地扎向当代文学的胸膛！血流如注的文化浊流中，活塞以其特有的、独异的光芒，照耀并医治着人们业已无可救药地绝望。甚至，说它像铁锤一样，砸向固有的时代禁忌，砸向麻木的文学良心，砸向僵化的文化思维……②

《活塞》提供了大量关于现代文明的、都市生活的、文化异化的和精神分裂的诗意想象。这是残酷的想象，波德莱尔混合着布勒东式的超现实主义的想象，也是真实和有着真正现实及物性的想象。它完成了一个恰如其分的诗歌修辞：文字是来自边缘的、年轻的或底层群落的那些叫人触目惊心的生存景观，他们对于时代、社会、文化和文明的尖锐批评，再配以充满死亡隐喻与颓败气息的现代木刻的图画，大量死亡的、骷髅与幽灵式的电脑图画，它们共同构成了富有“文明颓败的寓言”意味的诗歌修辞，创造出了一个关于腐败与不公正的、血泪和强权的、死亡与深渊的、富有巨大想象与涵盖力的现代“叙事”。

这是一个前工业时代和后现代相交合的奇怪的文明情境的产物——“活塞”，这工业世纪力量的象征和来源，如今已不仅意味着惠特曼式的憧憬，未来主义者对暴力和21世纪的狂想和叫嚣，以及超现实主义者变态的精神寓言，同时也有后现代的精神分裂与欲望宣泄，以及戏仿和单调复制的文化隐喻……总之，这是一个关于现实和当代文明的丰富而杂烩式的比喻，也是在这一情境下的当代诗歌精神的丰富拟喻。它符合上海这座有着殖民地历史的、现代工业与商业的、拥挤而又充满财富的、在现代中国业已有着大量类似疾

① 朱鹰、周瑟瑟：《卡丘主义宣言二号》，载《卡丘主义创刊号》（2007年）。
② 丁成：《异端的伦理——汉语诗歌在当代的沦亡和拯救》，2008年自印本。

病与精神分裂、财富与欲望纷争的文学想象的城市的特点，这些在中国其他任何一座城市也是很难具备的。

《活塞》诗人擅长一种奇怪的“大诗”写作——那些悲情澎湃的、规模宏大的、有着密集意象的、长句式的、充满着铺排与延绵力的诗歌，可以称作是“关于人类文明的抒情诗”或者有着“寓言性”、“预言性”的“宏大悲剧叙事”。第一期中徐慢的《人民》、丁成的《上海，上海》、雷炎的《地狱变相图》都属于这类容量和密度巨大的作品，它们以尖锐的疼痛感，书写了这个时代被经济神话所掩盖了的另一面，写出了“人民”作为牺牲者的命运：“……我仅是人民，同志，一个弱小的劳动者/在黄昏时脱下破旧的工装，我渴望一场暴风雨/洗去这令人悲伤的夜晚，洗去这蝙蝠狂舞的时辰/我是人民，命运无常的人民，具有了人民简单的逻辑/一次挫折就让我丧失一生的自我”。“人民”这个词语的当代传奇，在徐慢的笔下被验证了它从“概念的高空”中疾速坠落的现实。还有丁成的《上海，上海》，这城市过去是、现在仍然是中国人关于现代、欲望、财富以及精神沉沦的符号：“颧骨日渐高耸的上海/营养不良，消化不良的上海/掀起裙角的荡妇/正在勾引被物质兑换的人们/淋病、梅毒甚至艾滋/瞧，这些多么时尚、多么现代的词/像魔咒一样如影随形/坐上高速的磁悬浮列车/前进，前进，进……”这是上海、也是所谓“现代”和“全球化”的影像——前现代的罪恶和后现代的喜剧正同时热闹地上演着。

另一种“时代的新美学”是来自广东。与上海相比，它在精神上更简单、直接，并且在这块身处“改革开放的前沿”、“世界工厂”和成千上万底层劳动力的集散地的“热土”上一分为二，变成了在道德上分裂和挣扎着的两极：一个是前面所引的郑小琼那样的诗歌，它们通过苦难的见证和受戕害的劳动者的身体，刻画出时代的典型影像，也唱出悲伤与哭泣的旋律，它们指向人们灵魂与良知的所在，唤醒道义与精神的力量；另一种则是宣称放弃、自戕和对尘埃之低的认同。在由龙俊主编、2007 年问世的三卷厚厚的“低诗歌丛书”——《低诗歌批判》、《低诗歌代表诗人诗选》、《低诗歌年鉴》（中国国际文化出版社，2007 年 11 月）中，我们可以看出“低诗歌”的“盛况”，其中的一篇宣言如是说：

> 低诗歌是中国诗歌的急先锋。低诗歌是中国诗歌的“极端主义”。
>
> 低诗歌原则：无禁区，无原则，无秩序，无终极即“无极”。
>
> 低诗歌姿态：无知。无畏。极端。彻底。决绝！如果一些人非要给它扣上一个帽子，将它视为诗歌文化艺术的“反动派”，它乐于接受，并

> 不作任何辩解。……低诗歌的任务就是破坏。
>
> 低诗歌态度：永远不要被认同，永远不要被接受。不管任何形式的和潜意识的，它的被成人和被接受，将是它最大的耻辱！……①

与人类历史上一切艺术宣言相比，这些“低诗歌”的信条无疑是“最牛”、最彻底的口号了，它甚至反对被认可和接受，不啻最“无极式的精神思想解放运动”了，与前些年在北京等地流行的“用下半身反对上半身”的“下半身诗学”比，更反映了中国当今社会剧烈分化中的一种“底层意识形态”，这是带着悲愤与无望、卑贱与不平的思想情绪的一群，他们用否定性的立场和态度来看待一切，表达着底层、草根阶层的境遇、情感和思想。这和历史上欧洲资本主义情境中出现的“达达主义”、“未来主义”等“左”派思想、与诗歌运动中的一切“现代”主张——包括当年朦胧诗、第三代崛起之时的叛逆主张——还不一样，那些马里内蒂式的宣言中虽然也声称“破坏”、“狂热”、“原始”、“摧毁”② 等行动，但所代表的似乎只是“年轻”二字，因为年轻即是“权力”的对立面，似乎并不代表人群中特定的阶层；而现在，“低诗歌”确乎体现了我们这时代“广义的底层”或草根的美学立场与意识形态。

低诗歌的一个最基本的美学特征，那就是“文本的边缘性”。仅仅用“粗鄙”、“粗俗”甚至“粗野”都只能涵盖其形，而无法传达其神，它词语的粗蛮在多数作品中其实真的充满了痛感、尖锐、合理性甚至震撼人心的力量，但从修辞的层面上它们确实很难在任何“公开出版”的载体上被保留下来。只有少量的作品“接近于可以公开”，如曾德旷的《我没有故乡》、《我把自己同进城挑粪的农民相比》、《我生下来就是为了歌唱》，都能带给人以罕有的震撼和感动。这位曾因为在网络上发表了自己隐私的流浪生活而引起争议的人物，确是一位功底深厚的诗人，他在卑贱的生活场景与心绪中，书写出了令人颤动的悲凉诗意：“我没有故乡/我的故乡/早已迷失在迁徙的路上/我没有避风港/我的避风港/是秋风中候鸟的翅膀/从南方到北方/从人间到天上/秋风，隔开了星星的诗行……”悲情、凄楚、无望、苍凉。确实是好诗。当然，这里并没有征引他的那些更具破坏性修辞和粗鄙风格的诗句，但

---

① 开物、一空：《低诗歌宣言》，龙俊主编《低诗歌批判》，中国国际文化出版社，2007，第3页。

② 马里内蒂：《未来主义宣言》，伍蠡甫主编《现代西方文论选》，上海译文出版社，1983，第64～65页。

不管怎样，在诗歌中可以读出写作者真实的卑微，读出其身份与生活的卑贱，这就是见证的力量，诗歌永远因为见证而高人一等，因为它能够带来阅读的感动。他让我们知道，在这个世界上，真的还有许许多多的人在呼喊和挣扎，在生存的底线上，在诗歌的华丽的表象下。我们当然没有理由无界限地推崇粗鄙的修辞，或以“道德优势”来看待与诠释底层的生存，但也应该明白，诗歌没有权利漠视这真实的情境和悲凉的声音。

考察中国当代诗歌中的文化地理状况是一个巨大和繁杂的工作，本文显然无法完成一个稍显整体的梳理，只能算是提出问题。很显然，这种多元的状况正在深刻地改变着中国当代诗歌的格局，使其文化与美学内涵发生巨大的变异。这无论如何也不是一件坏事。而且须知，诗歌的地域文化与美学特质在中国有着久远的传统，从《诗经》的十五国风各具风格的差异，到《诗经》与《楚辞》之间的大相径庭，到东晋以后中国政治文化中心南迁造成的诗歌的日渐华美富丽，南朝与北朝民歌鲜明的不同，盛唐时期国土疆域的拓展所带来的磅礴气象……这些都是文化与地理条件在诗歌中打上的深刻烙印。现代以来也不例外，从不同的国家留学归来的诗人，其实也给中国新诗带来了完全不同的诗歌传统与美学资源，英美的浪漫主义与法德的象征主义，还有来自日本和苏俄的诗歌影响，共同推动了中国新诗的发育和成长。这些都应是我们观察当代中国诗歌的文化地理与地域美学属性的参照和依据。

（原载《文艺研究》2010年第10期）

这就是我们的文学生活

——2009年中篇小说现场片段

·孟繁华·

在2009年的文学话题中，传统意义上的文学，其处境似乎到了崩溃的边缘，在网络文学和其他因素的冲击下，文学遭遇了真正的危机，拯救文学的呐喊也此起彼伏不绝于耳。但事实并非如此。这夸大的危机论只是危言耸听的一种说法而已，我们的文学生活没有改变，它一如既往地发展。如果说它有变化，也是沿着作家的努力和我们的希望在变化。这一判断，在2009年的中篇小说中同样可以获得证实。

一 传统、现代与文学之桥

自1980年代以来，中国当代文学一直沐浴着欧风美雨在前进。我们对20世纪以来欧美文学的现代主义、后现代主义等前卫文学耳熟能详如数家珍。公允地说，1980年代以来的欧风东渐，极大地提高了中国当代文学创作的整体水准、写作技巧、文学观念的变化等，使当代中国文学的文学性有了空前的提高。时过境迁，在极大地增强了我们文学信心的同时，也调动了我们勃勃的文学野心。但悖论也来源于此：我们用什么去征服强势文学国家的读者，我们真正有效的文学资源究竟在哪里？新的困惑就这样如期而至，新的探索当然也没有终止。

多年来，惜墨如金的晓航虽然每年只发表一两部小说，但他游离于团伙或主流的探索却给我留下了深刻的印象。他的小说几乎每篇都有想法，都与众不同。他长于都市场景，但他是穿透都市红尘书写那些尚未被发现的隐形都市。这些隐秘的角落一经他揭开我们竟目瞪口呆惊诧不已。因此，晓航是真正的现代之子，他的举手投足都是都市现代人的架势。他写都市小说用京剧的行话来说叫做“当行”，而不是“票友”，更不是“反串”。但这出《断桥记》与他以前的作品都大不一样。这是一部发生在城乡连接处的小镇的故事。小镇在中国是一个独特的存在：小桥流水、青石小路、淑女雅士、贞节牌坊……都是中国文化的奇观。既有静谧的传统生活，又与都市一箭之遥，文化深厚又不事张扬。文学中的鲁镇、乌镇、天迴镇，都是如此。《断桥记》中落玉川虽然历史不长，但它的小镇属性与悠久历史的小镇并没有区别。但在这里上演的故事却意味深长让人欷歔不已。

在《断桥记》中，传统就是诗意。不仅落玉川的自然地貌一山一水，被传统文化熏陶出来的人亦如此。落玉川的缔造者龙秋泉和他的女儿龙姗姗被描绘的形象是：

> 龙秋泉……他在世之时，是一个淳淳君子，他谦逊爱人沉稳坚毅，每天都在踱步、思考与古琴声中交替生活。人们记得，他最后一次抚琴是在久病之后，那一天他一袭白衣坐在桥的中央，桥栏之上依旧放了一个香炉，他点燃三炷香，待香将将燃尽，他挥动手指，倾尽全身之力抚了一曲自创的《落玉忘机》。
>
> 龙姗姗本身就是一个遗落在凡间的仙女，她与凡人决然不同，她永远那样年轻貌美，那种美不会在岁月中驳落，会永恒地照耀在落玉川的每一个角落；她永远那样沉默宁静，那种沉静超越历史与时间，完全可以使自然自惭形秽，并停止生长；她永远那么善良而又充满漠然，似乎从不食人间烟火，生活在一个人们不可想象的空间里。

“现代”文明虽然也文质彬彬温文尔雅，但这个文明的背后似乎总与阴谋联系在一起：集团老板“林志峰头发花白，他身材高挑瘦削，外面穿了一件灰色的风衣，里面是笔挺的西装。他正十分认真地盯着鱼缸，丰绮妍走过去，和他一起并排站着，仔细看着鱼缸里唯一一条金鱼。”这条金鱼可不是普通的金鱼，它后来衍生的故事不仅出人意料而且一剑封喉。“现代”对封闭却又具有巨大开发价值的落玉川窥视已久。开发这个项目的负责人丰绮妍——

> 在机场转机停留时，丰绮妍打开了电脑。她准时收到了一个新邮件，邮件是一个与她相熟的公司管理人员发来的，在资料中，他证实，落玉川项目的建立远在十年之前。根据资料记载，林志峰曾经秘密派考察队进入了丝碧川与静碧川下面的大峡谷，那个考察队在谷底整整走了两天，峡谷之中植被茂盛，清泉不断，两天后考察队走出峡谷，发现外面竟然是江南平原。

丰绮妍看到这儿，感到了兴趣，她敏锐地想，未来，如果经过认真开发，以湖区处为入口，丝碧川与静碧川之下完全可以做成一个保有自然生态的大峡谷公园。后面的资料证实了她的判断，林志峰也是这种想法，他甚至还想到，等未来把各种商业设施完善后，待峡谷旅游一搞起来，完全可以把整个风景区包装上市。

于是，现代与传统的争夺在落玉川展开。我更感兴趣的是晓航在这个纯属虚构的故事里，对传统与现代的态度。无论是落玉川还是龙秋泉、龙姗姗，他们是只可欣赏的，那里云雾缭绕的美丽、静若处子的安静、气象万千的琴声等，离我们是如此的遥远，我们只能在想象中与其遭遇。但传统的先天缺陷——比如龙姗姗的黑白色盲限制了她的视野，她不能也没有愿望了解外部世界和现代的五彩缤纷；现代就是无边的欲望。按说林老板和丰绮妍开发落玉川，让更多的人欣赏这个世外桃源也没有错，但现代的精于计算并躲在暗处，总给人一种不那么磊落之嫌。无论是童童大脑中的芯片，还是金鱼色彩对龙姗姗的羞辱，都过于残酷甚至残忍。这就是现代。无论传统多么美好和令人眷恋，它都无可避免地要成为过去，都将被消费，这就是现代的逻辑。

在具体写法上，晓航也别有洞天。这里有现代小说叙述学、有武侠、有悬疑。琴童大赛高潮迭起、古筝曲谱眼花缭乱，细节作为小说的推动力量不动声色，内部结构极其严密。这显然是一部构思久矣的作品。我唯一感到欠缺的是，这应该是一部长篇的结构和内容，因此读来略感纷繁拥挤。但这仍不能淹没晓航个人对小说的理解与期许："我一直以为文学是一个特别私人的爱好，虽然不至于像情人那样隐秘，但它至少不应该在世俗生活中常常被提起，更别说去获取什么可观的现实利益。我参与这种'私人'的'星际旅行'的一个主要愿望，就是通过非凡的努力，到达那种神的光辉可以照耀我的地方。因为理想的存在，我越是在现实中沉浸，就越是反对那种庸俗的现实主义。它使鸡毛蒜皮无限扩大，并以微笑的面容扼杀了文学应有的想象力。在我的观念中，文学的任务应该是这样：它必须创造一个迥异于庸常经验的崭新世界，并努力探索形而上层面的解决之道。"① 而他看到一个意大利设计师的家居创意，"运用了中国的古典元素，但是不像我们的设计师那般还是用在家具或者物品上，其运用还是有形的可见的，而意大利设计师的创作则运用了韵味、亮度、色彩，还有一种对于东方文化的感悟，是无形的，所涉及

① 晓航：《以跨越现实的名义》，《小说选刊》2004年第5期。

的标的也完全不一样。总之，我看了，很欣喜，真的与我心有戚戚焉!”[①] 的感悟，更是价值连城：对这一文学资源发掘的价值和意义巨大无比。也只有这样，一个“卖金属”的人才能够将一张古筝在纸上弹得上下翻飞只因为他在文学中搭建了传统与现代峡谷两岸的文学之桥。

二　道德、伦理与都市布景

2009年11月10日至13日，《广州文艺》在广东从化召开了“都市文学”研讨会。“都市文学”虽然还是一个暧昧不明的概念，但与会者都意识到了当下中国的城市化进程对文学的巨大影响。事实也的确如此。都市文学的数量日益增多，不仅有都市生活经验的作家写都市，而且在其他领域展开故事的作家也参与其间。比如写三晋乡土的葛水平、写小镇“东坝”的鲁敏等，在2009年都将目光和笔触转移到了都市。但今天的都市早已不是欧洲古典的巴黎、维也纳或罗马。我们很难打捞出当代中国的都市文化经验，它像一只变幻莫测的万花筒，光怪陆离难以捉摸。因此，中国当代都市的文化经验，仍然是一个不确定的经验。这种不确定性，我们在不同作家的不同书写中得到了确证。

陈希我的小说一直被争论不休，《冒犯书》、《抓痒》、《遮蔽》等莫不如此。引起争论的问题当然不止文学观的问题，它还密切关联着社会伦理、道德等问题。在这个意义上可以说，陈希我一直是一个不安分的作家，他不鸣则已一鸣惊人。显然，他期待自己有所作为，期待自己能够突破庸常的文学书写，为文学积累新的经验。也因为如此，他的文学路向多少有些迷乱，不那么规矩。我们应该尊重作家的选择和探索：我们焉知他的文学闯荡结不出正果?

但这篇《母亲》似乎略有不同，它讲述的是一个风烛残年的患病母亲，在生命的尽头，是延续她痛苦不堪的生命，还是停止治疗结束她的生命？这不是一个人可以决定的事情：母亲、子女、医生以及道德伦理、生命尊严、法律等，都扭结在一起。问题的全部复杂性使母亲之外的人都处于迷茫、困惑、两难或逃避、推卸的情境中。我惊异的是陈希我对生命最后状态和治疗过程细微末节的描写：“心内注射。护士拿出一根穿刺针，比常见的针长得多。母亲的衣服被解开了。母亲裸露出了她的身体。光亮得扎眼，两颗乳头

---

① 晓航：《关于〈断桥记〉》，中国作家网，2009年10月16日。

赫然在目。这就是我母亲的金贵的身体！我虽然出自这个身体，小时吸过这个乳头，但是对它的模样并没有记忆。我也从来没有想过要去看母亲的身体。对母亲的身体，我只是崇拜，觉得它不可看，不可亵渎，它是我们心中的圣地。”但是，更令人震惊的还在后面，母亲的身体裸露出来了：

> 所以感觉难堪，也许还因为这身体的寒碜。乳房已经软塌，空布袋似的甩在腋下。整个身体白惨惨的，像一堆死猪肉，简直丑陋，我原来对母亲身体的美好想象整个被破坏了。它的主人要是有知，一定拼死把自己掩盖起来。可是她现在一点能力也没有。我们也没有能力。人到了这份上，身体只是一块肉，抢救的目的不过是让这块肉活起来。

然后一边是医生的奋力抢救，一边是母亲奋力的挣扎。当她被捆绑在病床上的时候，“我和二姐分别镇住她的左手和右手。她就蹬脚，把身体转过来，折过去。护士压住她的两腿。母亲的四肢被牢牢摁住，再也动弹不得。我感觉她的手在我的手中颤抖，一如被抓住挨宰的鸡的脚，那与其是反抗，不如是无法反抗之下的忍受”。生命仿佛悬在峡谷的上空，搏斗的双方有不同的诉求，一边是人道主义的救死扶伤和儿女的奋力挽留，一边是为了尊严的尽快结束。这样的场景即便是局外人也无法作出抉择。人最终要死去，但这远不是结束，还有儿女不尽的悲痛和怀念。生死的主题是小说永恒的主题，但陈希我的独特就在于他直面了这个残酷的过程，因此令人惊心动魄。

读过南飞雁的《红酒》大惊，惊讶这是一篇出于一个1980年代出生的青年后生的手笔。他对红酒文化的了解如同晓航对古筝乐曲的了解一样，不仅耳熟能详信手拈来，而且一招一式恰到好处。但那毕竟是洋玩意，贵族不是仅仅靠红酒打造出来的。简方平破碎的生活最终也没有整合起来，在中国的语境中，红酒只是一个象征、一个道具、一个身份的符号。与享用它的人的文化身份没有任何关系。

《红酒》写的是官场生活，处长与厅长的关系，党校学员之间的关系，个人升迁与省委常委偶然相遇的关系等等。但这些官场生活仅仅是《红酒》展开叙事的背景。南飞雁叙述的主人公简方平是一个官场顺畅但生活失意的中年人。他不是“官场小说”中与我们经常相遇的那类腐败堕落的官员，也不是卑微委琐的小职员。他“兵头将尾”的身份使他介于两者之间。作为处级的办公室主任，他要周全地照顾他的上级，接待无数检查或调研者。这种“头等大事”他含糊不得；但在下面具体办事的人面前，他毕竟是“头”，又有普通办事员没有的优越和满足，何况他又是一个有前景的干部。但这并不是小说主要的叙事诉求，小说主要讲述的是简方平的个人生活：一个离了婚的老男人的个人生活境遇和与女性相处的过程与结果。“红酒”给简方平带来了好运：副厅长喜欢红酒，简投其所好因读法国文学对红酒一知半解却深得副厅长青睐。于是一路顺风地提了副处、正处办公室主任。这时简方平的个人生活发生了奇迹，无数人热心地为他介绍各种女性，女性也皆因简方平的红酒知识、派头而芳心意属。但这个热衷红酒的男人在相亲的道路上还是一无所获一事无成。

当然，小说的精彩处还是简方平与多个女性交往的过程，是对各种女性心理、性格、性情的描绘。功利而庸俗的刘晶莉、简单幼稚的教授女儿、同性恋者王雅竺、矜持而有洁癖的女博士等，都栩栩如生挥之难去。但写得最动人的还是与导游沈依娜的恋情。现在的小说已经读不到感动、浪漫和诚恳。男女之间的真情似乎在权力、金钱和利益面前全线崩溃荡然无存。但在简方平和沈依娜的“老少配”这里，我们读到了久违的真情。当然，小说的厉害也在这里。当沈依娜母亲出现的时候，小说才真正到了关节处：沈母不同意他们恋爱结婚，原因很简单，在这个监狱改造科科长看来：

> 娜娜很传统，结了婚就过一辈子的。你呢，今天在这儿给我拍拍胸脯，真露了马脚，你能躲过去不进四监吗？沈母的目光缝纫机似的，针头在他脸上来回轧着。恐怕不敢吧？就拿这红酒说，靠你的工资能买得起？你再看看这大厅里的人，有几个是自己掏钱的，有几个是干干净净的？你们这些春风得意的人，没几个经得起查的。不出事当然好，一旦出事呢？你别怪我说得难听，我是见得太多了，心里害怕。说实话，我真不在乎你年纪多大。父母也好，孩子也好，跟娜娜过一辈子的是你。我不图娜娜荣华富贵，招人眼红，我只图她平平安安的，到老了有个老伴在身边，知冷知热就行。我清楚得很，就算你进了四监，娜娜也不会离开你，她就是再苦也做不出那种事。可我是她妈，我不能让她冒险。

几经周折这对老少配还是不甚了了。读过小说之后，对简方平的处境不仅同情起来，他虽然是个衣食无忧的官员，但也终究是个上有老下有小、心地不坏的老男人。他没有和自己喜欢的女孩子结成连理，原因竟因为他是一个官员，这个曾被各种女人追逐的对象，居然也是一个被抛弃的对象。真是成也萧何败也萧何。小说最后流淌的苍凉韵味，令人百感交集欲说还休。南飞雁在艺术上的少年老成、对世事洞察之深刻，由此可见一斑。

鲁敏成名于“东坝”系列的小镇小说。小镇在当下中国已经成为一个传说，一个只可想象的文化记忆。鲁敏完全可以在这个独辟的领域轻车熟路地行走下去，我相信她还有欲说还休的意犹未尽。但 2009 年鲁敏却改变了方向，她连续发表的《饥饿的怀抱》、《细细红线》和《羽毛》等都是书写都市生活的。这当然是一个新的挑战。这篇《羽毛》讲述的是一个与家庭伦理有关的故事，但它与都市红尘滚滚的外部生活不同，而是在具体的家庭情感生活中展开故事：单身的费老师、16 岁的女儿小茵、美术老师郝音及丈夫穆医生。

表面看这是一个难以构成关系的人物比例设计，但一切就这样发生了。费老师与郝音表面上是共同喜欢译制片的经典对白，实则是费老师在共同欣赏艺术的背后暗恋着郝音。16 岁的女儿小茵两三岁时丧母，她没有关于母亲的记忆。用她的话说，她只有遗憾而无悲情。于是，她开始了一个“成全”父亲的阴谋构想：她要主动接近或亲近穆医生而造成父亲有更多的机会与郝音独处。在她看来，穆医生这个“障碍”是配不上郝音的，他委琐、卑微，根本不像一个男人。这本来是一个孩子自以为是的想象，但她因皮炎在医院接触了穆医生以后，她居然改变了对穆医生的认识，这个改变使一个孩子开始陷入一种不可思议的情绪之中。与其说小说以女儿小茵的视角讲述了她所看到的父亲、郝音和穆医生的情感关系，毋宁说是小茵讲述了个人“疼痛的历史”。她的皮炎不经意地在小说中成为一个隐喻：她需要疗治，但她病症的神经性质，恰恰是一个关于疼痛的呈现与遮蔽的过程。疼痛是被发现的，一个更严重的疼痛可以覆盖和遮蔽原有的疼痛，那不是原有疼痛的消失。当更严重的疼痛消失之后，原有的疼痛还会出现。一个孩子内心的全部隐秘，就与疼痛构成了这样的关系。

吴君不厌其烦地书写着她“亲爱的深圳”。作为一个外来的“他者”，对一个城市做如此深入而持久的耐心剖析，不能说绝无仅有也可以说是凤毛麟角。《复方穿心莲》与“底层写作”不同，也与我们常见的都市小说不同。嫁给深圳本地人是所有外来女性的梦想，这不仅意味着她们结束了居无定所的漂泊生活，有了稳定的日子，而且还意味着她们外来人身份的变化。但是，值得注意的是，女主人公方立秋自嫁到婆家始，就没有过上一天开心的日子。婆家就像一个旧式家族，无论公婆、姑姐甚至保姆，对媳妇这个“外人”都充满仇怨甚至仇视。于是，在深圳的一角，方立秋就这样过着暗无天日的生活。小说更有意味的是阿回这个人物。这个同是外地人的 30 岁女性有自己的生存手段，她是特殊职业从业者，与婆家亦有特殊关系。你不能用好或坏来评价她，深圳这个独特的所在就这样塑造了这个多面人。这个人物的发现是吴君的一个贡献。但无论好与坏，方立秋的处境与她有关。在小说的最后，当方立秋祝贺她新婚并怀孕时，她回答说：

方立秋，其实我也有个事情对不起你。如果不是我多嘴，他们不会知道你在邮局寄了钱回老家，包括那封信也是我说给他们的，也害得你受了不少苦。这两件事，一直压在心里，现在，说出来，我终于可以好受了。

在这里，吴君书写了另一个底层。她们虽然同是外地人，同是女性，但每个人的全部复杂性并不是用“阶层”、“阶级”以及某个群体所能概括的。她们可能有某些共性，但在道德以及人性的差异性方面，她们是非常不同的。

在当下的小说创作中，李铁是一个独特的存在。他对传统产业工人的生存状态和精神状态持久地关注，但他的小说不是“工业题材”。“工业题材”这个概念是个似是而非的概念，文学没有能力处理诸如工业、农业、军事乃至计划生育的问题，这些问题充其量只是文学创作的背景。文学最终还是人学。那些见到工厂就指认“工业题材”、见到村庄就喊“农村题材”的人，不是愚蠢就是无知。李铁创作的背景是工厂，但他从来都在写普通人和他们的日常生活上下工夫。这篇《点灯》写得苍凉甚至凄惨。工人赵永春家境贫寒，谈了六个对象无一成功。最后“入赘”嫁给了“长在一个胡同里的”28岁还没有嫁出去的王晓霞。“嫁到”女方家里，赵永春的日子可想而知。但事情并没有那么糟糕，当科长的岳父非常热情，每天晚饭一定要赵永春陪其喝酒，以至于使本来不会喝酒的赵永春酒量陡长。还算平静的日子被大舅哥因房屋搬迁回到父母家而打破。忍无可忍的赵永春用极端的方法强行入住了不属于他的房子。好景不长的是，妻子王晓霞患了尿毒症，在自己母亲去世不久也撒手人寰。这时岳父每晚请他喝酒的谜底才揭开：岳父知道女儿身体有病，不想他们房事频繁。但患难夫妻在窘迫的日子里却恩爱有加，病危之际赵永春要回家为王晓霞取寿衣，这时：

王晓霞说，你要回家吗？他说是，我去取些东西，一会儿就回来。王晓霞说，天快黑了，楼道里黑，出来时别忘了把门灯点着。赵永春使劲点了点头。王晓霞已经气若游丝，她的声音只有赵永春一个人能够听见。

“点灯”是有故事的。赵永春当初并没有那么爱王晓霞，他不得已“入赘”王家。他有自己对女性的标准，比如白丽丽。但后来他发现自己楼上的张女郎更符合他的女性标准。于是，每当张女郎下班将要进楼的时候，赵永春都为她将灯点亮，为自己的欲望对象他只能做这么多。事实上，他最后也没有越雷池一步。当赵永春回到家里看到昏黄的门灯，他心头又闪过了张女郎，但仅仅是一闪而已。

小说还是写到了苦难，不写苦难还能够写底层什么呢？但李铁的不同就在于，在苦难的另一头，底层人的善良、相互温暖的情谊，仍然动人无比。在情谊日趋淡漠的当下生活中，李铁打捞出的恰恰是人性中弥足珍贵的东西。

葛水平的小说大多书写三晋乡土，2004 年，她闯进文坛就掀起了一股热潮。2008 年，葛水平忽然转向了都市生活的书写，她的《纸鸽子》对网络时代出现的新问题做了敏锐的发掘。2009 年发表的这篇《一时之间如梦》，则是一个我们难以预料的故事。一个如孩子般追寻梦想热爱先锋音乐的青年，毅然离别父亲追寻女友去了南方。他偶然地在出了故障的提款机上提出了不属于他的 20 万元人民币，这个意外的收获使他和另一个女孩子既兴奋又紧张，既想入非非又不知所措。但突如其来的巨大金钱却改变了他们的关系：贺晓变得暴躁、易怒、蛮横，对他钟爱的女朋友马小丽任意伤害，甚至用茶杯砸伤了她的头。用马小丽的话来说：“我们的生活被它打乱了。”

> 贺晓变得更加任性和自我，……多疑，不稳定，甚至到了对我动手的地步。他的身体病了。……那枚爱情的水钻我要小心带着。结果有一天它莫名其妙的丢了，他罚我跪在那堆钱面前，我饱尝了人性脆弱最无力的煎熬。我们在一起过夜，他倾注了过多的精力，他说他要把我的身体撕裂成巨大的伤疤。我们就看着钱，看着高出来的纸币，感觉不到它可以给我们换来一切，真正面对它时，才知道快乐和它的存在是两码事，好像是这样。我们总是在开始酝酿一件想好的事情中，然后，用不到半天时间就开始了否定它。它的直接关系是，我们不能在有阳光的外面生活，放纵的做我们喜爱的事。一切都在屋子里，把不存在的事情想得似明天的希望就要来临一样，接下来，他开始怀疑一切……

金钱没有给贺晓和马小丽带来好运，大墙内外他们天各一方。

小说有先锋文学的遗风流韵，意识流的结构和跳跃的行文，与都市不规则的生活流向和节奏恰如其分。对同一个事件，儿子贺晓和女朋友马小丽有两种不同的叙事。在儿子贺晓的叙事中，是“马小丽，她害了我，报仇”，“她花掉了那些钱，不要放过她，她该死。”“那个女人就是有毒的”；马小丽的叙述是："是他离开了我，那些日子他几近疯狂。""是钱伤害了他。"有了钱的"贺晓对一切都开始了不信任。他说，臭女人马马，滚吧，我玩腻你了。……我要杀了你，二十万足够偿你的命！"

父亲贺红旗是哲学教授，为了弄清楚儿子事件的真相他到了这个城市。理性的父亲终于把儿子送进了监狱。他发现：在一个突发的事件中，会发现自己与周遭世界固有逻辑之间有了距离。钱让他们之间把彼此的性情走向了无节制的裸露，无节制的幻想，没有一个立足之地的平庸安慰！"人总是一往情深地把钱当自己最亲密的朋友，看到它总是在脸上浮着猎人似的微笑，其实，真正的猎人似的微笑是它，它能毁灭一切。"小说虽然也是在道德层面展开故事，但葛水平发现了金钱与现代都市病症的关系，从另一个方面揭示了欲望深渊中的千沟万壑。因此，小说也犹如一盏"机械文明时代的江湖之灯"。

三　现实、历史与"底层"的再发现

黄咏梅长于写普通小人物，并在最寻常的生活中发现不易察觉的隐秘角落和人物心理。《档案》的故事同样令人惊心动魄：即便在档案制度有了很大松动甚至不再左右人的命运的时代，档案对人的威慑仍然没有成为过去。表哥李振声为了销毁不存在的个人不良记录，几乎绞尽脑汁。但当表弟冒着风险为他除掉档案中的"炸弹"时，他在大学时代偷看女生浴室受到的处分并没有记录在档案中。他简单的个人简历平淡如水。有趣的是作为讲述者表弟的心理活动：

> 基于某种心理，我只是对我堂哥说，搞定啦，里边的不良记录已经被我冲到马桶里了，想找都找不回啦，要在记忆里才能找回啦！他高兴得手舞足蹈，连声说，好兄弟，真是帮我大忙啦！当听到他这话的时候，我的心里猛然一松。我相信我的高兴和轻松跟他一样多。我多次听人说过，亲人之间的感情是有感应的，因为他们流着同一个源头的血，基因与基因之间是会相互触碰的。此刻，我完全能体会到我的堂哥那种如释重负。它们与我对隐瞒真相的不安如释重负一样多。我是这样说服自己的，无论我怎么说出这件事情，结果都是解决了。

但故事并没有就此结束，不明就里的表哥并没有如释重负。在他那里，他那不光彩的一页毕竟被表弟看到了，于是他还是逃出了表弟的视野从此消失了。自以为有恩于李振声的表弟不禁深感沮丧：

> 有的时候，我会很懊恼。懊恼的时候我做过很歹毒的设想，我想我应该跟那些黑帮电影学一招，我只要告诉李振声，他那一页不良记录我始终没有销毁，我还捏在手上。我可以让它消失也可以让它出现，就好像我手上捏着他李振声的卵蛋一样，我完全可以把李振声的命运当作人质。

这些心理或细节显示了黄咏梅对档案制度的深刻理解，一个没有权势但可以掌握别人隐秘的人，也可以潜移默化地形成掌控别人的阴暗心理，血缘关系也不能改变，而且也不是因为仇怨或利益冲突。这种异化在长辈兄弟那里形成了鲜明的对比，大伯和父亲性格迥异，对事物的态度也多有不同。但他们生活在松散的乡土，没有受到现代都市管理制度的影响，他们自然亲近的关系像土地一样向天空敞开。于是，《档案》就呈现出了不那么张扬却有力量的批判性。

温亚军的小说大多写“底层”，但他写的“底层”不是流行色的“底层”。他也写苦难，但不是苦海无边式的苦难。“底层写作”实践已近十年，遭到最大的诟病大概莫过于对外部苦难的无尽书写，这种写作没有或不能走进底层人的内心或精神领域。但这只是事情的一个方面。事实上，这一文学现象一直在发生变化，只要我们进入到具体作品，就会发现这个变化的存在。温亚军在一段时间里持续书写着他的桑那镇，这是一个虚构又真实存在的遥远所在。就像许多现代文学作家一样，温亚军进入城市后，都市生活照亮了他的文化记忆。桑那镇是被都市发现的。在这篇《地烟》里，桑那镇有一个生了不治之症的姑娘叫小曼，她漂亮、善良、敦厚而得体。只是这个不治之症使提亲的媒人都退避三舍。一个名曰朱明明的军人出现了。小曼贫病交加的父母喜出望外，小曼在一天的时间里也逐渐接受了朱明明。故事的外壳是一个相亲的故事。但事情又没有这样简单。朱明明克制的夸夸其谈终于使小曼忍无可忍，她内心里拒绝了这个虚荣的家伙。定亲的日子里，朱明明提着彩礼还有一只旱獭，这只旱獭让小曼说出了自己真实的病情。朱明明也说明了自己真实的身份——他入伍五年都是在烧锅炉，根本就不是和首长“出出进进的人”，而且已经转业了。但他彻底地爱上了病中的小曼：

> 自从第一眼看见你，我觉得心开始热了，就怕你看不上我……小曼，我不怕你的病，我有的是力气，可以去挣钱，给你治病！直到把你的病治好。

故事有叙事原型，它是“英雄救美”或“疾病与文学”的桑那镇版或当代变奏。但当我将它纳入“底层写作”的范围内来谈论的时候，我发现了温亚军贡献的新的元素。这就是温亚军式的诗意和抒情性，在这个没有诗意和反抒情的文学时代，他小说中流淌的暖意格外醒目：小曼——

> 把母亲搀进自己的西屋。关灯钻进被窝，如水的月光从窗口淌进来，漫过窗台、床头、被子，还有她们母女的脸，也把何婉云的话洇湿了一般，听上去软软的，柔柔的。

这种多少有些古旧的叙事携带的是温情的力量，所谓的情景交融在这短短的文字中尽得风流。小说的心理描写和夹带的议论同样精彩：

> 小曼还是平静不下来，她怕再次听到布帛撕裂的声音。这个时候，她像屋檐下的冰挂一样脆弱，没有外力还能挂在那里晶莹剔透的美丽着，稍有碰撞，会碎裂一地。而感情这种事，有可能是温暖的太阳，一点一点地融化她，也可能是一阵风，把她从屋檐下直接掼到地下。一个完全陌生的男人，就是她前途未知的命运，她实在无法把握。何况还要隐瞒自己有病这个事实，就像一个腾空而起的肥皂泡，分明是瞬间即逝的绚烂，却要告诉对方那是一只彩色的气球，只要没有锐物，它便可以一直美丽下去。可真的能一直美丽下去吗？她不相信，她也曾在美丽的童话里陶醉和徜徉过，可她知道童话只能是童话。一旦她的病情叫人家知道了，最后的结局不过是再重复一次童话背后的残酷，到那时，受伤最重的肯定是她顾小曼，而不是那个男人。她还能撑得住吗？

底层的窘迫和艰难在《地烟》中一览无余，但底层闪烁的人性的高贵同样没有在苦难中彻底淹没他们在用自己的希望建构可能的生活。《地烟》不仅写得扎实、自然、不着一点人工斧痕，显示了当代中国作家在乡土写作的整体水准和成熟。同时，《地烟》透露出的消息是，“底层写作”这一文学现象仍有无可限量的前景。

北北的小说一直与当下生活有密切的关系，但这篇《风火墙》与她此前作品的风格和题材大变。她离开了当下将笔触延伸至民国年间。文字和气息古朴雅致，一如深山古寺超凡脱俗。表面看它酷似一篇武侠小说，突如其来的婚事，却隐藏着寻剑救人的秘密。那是一把价值连城的剑，然而一波三折寻得的却是一把假剑，几经努力仍没有剑的踪影。但寻剑的过程中福州侠女新青年吴子琛一诺千金智勇过人的形象却跃然纸上。如果读到这里，我们会以为这是一部新武侠或悬疑小说。但事情远没有结束。新文化新生活刚刚勃兴，吴子琛寻剑是为救学潮中因救自己而被捕的老师。

小说在隐秘的叙事中进行。李家大院不明就里，新婚多日李宗林听墙角也没听出动静，新人神色正常毫无破绽。表面越是平静李宗林的内心越是波澜涌起。没有肌肤之亲的百沛与妻子吴子琛却情意深长心心相印。是什么力量使两个青年如此情投意合，李宗林当然不能理解。新文化运动虽然只是背景，但它预示了巨大的感召力量。形成对比的是没有生气、气息奄奄的旧生活即将瓦解。李宗林与太太的关系一生都没有搞清楚究竟是一种怎样的感受。在这个意义上说，《风火墙》也是一部女性解放的小说。但这更是一部关于爱情的小说。有趣的是，北北将情爱叙述设定为一条隐秘的线索，浮在表面的是摇摇欲坠分崩离析的家族关系。父亲李宗林秉承家训，宁卖妻不卖房，但内囊渐尽的光景，使李宗林力不从心勉为其难，他急流勇退将家业交给了儿子百沛料理。一个日薄西山的家族喜从天降，大户人家吴仁海愿将千金吴子琛下嫁给百沛。但这个婚事却另有弦外之音。吴子琛处乱不惊运筹帷幄，虽然将李家搜索得天翻地覆，但芳心仍意属百沛。她心怀叵测但百沛却毫无怨言“由着人家指东打西”。不入李宗林眼的吴子琛在百沛那里却是：

> 我自己没有遗憾，我自己觉得挺庆幸的，挺值得。子琛本来在北平上学，她就是假期时回福州也很难让我碰上面。但一把剑将她引来了。这辈子我不可能再遇到第二个这样的女子，我就要她了，别人就是天仙也入不了我眼。……我可以重申一下的：我这辈子我只跟子琛相依做伴，她是我唯一的妻。

新文化新女性的魅力不着一字却风光无限。我惊异的是北北的叙事耐心，她不急不躁不厌其烦地描述着李家的外部事物，但内在的紧张一直笼罩全篇。没有信誓旦旦的海誓山盟，就是这样的新生活新爱情，连行将就木的李宗林也被感动得“鼻子一酸”，“这一刻，他真的在羡慕百沛”，精心谋划的结构和深藏不露的叙事，是《风火墙》提供的新的小说经验。

徐则臣的《长途》似乎貌不惊人平淡无奇。但读过之后才会发现，这是一篇用心良苦的小说。最值得谈论的是《长途》的人物关系：作为研究生的侄子陈小多和作为船老大的陈子归。这里不是知识分子/民众的关系，因此也不是启蒙/被启蒙的关系。陈小多除了是陈子归的晚辈之外，在这里他只是一个观光客，一个回乡拍摄素材的大学生和故事的倾听者。《长途》中的真正主人是陈子归：他是船老大、他掌控着路途的行程当然也掌控着小说发展的速度和方向、他是故事的讲述者。当然，《长途》并不是只因路途漫长或无聊需要故事打发时间。更重要的是作为讲述者的陈子归有隐秘事件：他是一个逃逸的肇事者：

> 一个哥们的事。其实人挺好，就是关键时候犯了迷糊。那家伙开了多少年车，没出过事，所以出了点事就格外心慌。那事刚开始不大，可能一点都不大。那天他跑夜车，晚饭后才上路。跑了三个小时，经过一个小城，时间大约晚上十点。城边上一到晚上就冷清，路灯一路坏过去，路边又长满白杨树，整个道路都是黑的。我那哥们喜欢跑没人的路面，速度提得很高，接近一百码。他对那条路很熟，当然知道旁边有条小路斜插到大道上来，但那天晚上他忽略了，在靠近小路时摆弄了一下录音机。他在听刘欢的演唱会磁带，B 面结束了，他要翻到 A 面继续听。小路上突然冲出来一辆自行车，等他反应过来时已经听见一声极其短促的尖叫。

这个女孩没有死。陈小多说：“我猜他叫陈子归。”“那女孩可能叫秦来，路边小饭店老板的女儿。”“你听出来了？”叔叔笑了一声，“的确是我。那姑娘，谁知道呢。”“叔叔的故事”好像是随意讲述的，但几个故事有渐进关系，叔叔是一步步逼近自己内心的。讲述是一种释放，是心理要求，但更是伦理要求，道德的压力使叔叔必须讲述出来。如果是这样，叔叔的讲述也隐含了他良心的不安和忏悔。有趣的是秦来这个女孩，她大体知道陈子归的身份，但她就是“一声不吭”，只有一张“冷飕飕的脸”。这当然是一张充满仇恨的脸。但现在“好象变味了，变成什么味只有我叔叔和她本人明白”。“我可以想象的是，在以后漫长的长途岁月里，叔叔一次次地在码头上接她送她，也许，再坚硬的仇恨和报复都会被时间打磨掉寒光，石头失去棱角，终成为暖玉。”最后，这是一篇“劫波渡尽”的故事，是人心未泯、良知犹在的故事。事实上叔叔一直在赎罪。徐则臣对普通人内心的书写不动声色波澜不惊，但却意味深长余音绕梁。

多年来，对阎连科创作的评价，似乎一直毁誉参半褒贬不一。阎连科的尖锐犀利一览无余，他就这样处在被争论的旋涡中。《春醒桃园》依然写得荒诞而惨烈：几个朋友的媳妇没来由地被丈夫们暴打，一个比一个凶狠，都去了医院。豹子甚至将剪刀扎进了媳妇的肚子里。小说开篇就是暴力，只不过这暴力是对着亲人和弱者的。但这又并不是展现暴力的小说。事实上，它通过几个具体的场景和事件：打媳妇、嫖妓、离婚、砍树等事件，再次表现了当代农民的劣根性。打媳妇，一个比一个凶狠，木森没有打却因未遂的嫖妓离了婚；木森离了婚，心理不平衡，自然希望大家都和他一样离婚；打了媳妇遭到媳妇娘家羞辱的豹子，不仅没有悔过之意反倒生了杀妻之心；木森为了让大家和他一起离婚竟出了砍伐桃林的主意。他们不是用斧子而是用电锯：

> 电锯的声音是铁色，碰了那青白色的桃木后，声音轰轰嗡鸣成青绿紫鲜了。四个人都脱了上衣去，豹子光着膀，余皆单穿白褂和布衫，弓着腰，让锯子从桃树最易锯断的半腰割过去，利刃收麦般，一转眼就有一棵桃树的蓬冠吱吱闹着从半空倒下来，开盛的花，立马从那树上纷嚷嚷地落。又有一棵桃树倒下来。又有一片桃花的落。转眼间，桃园就有了一片白亮的树桩直在半空里。有了一片桃树倒在桃园里。有了一片桃花厚在地面上，如了落下着一夜大红的雪。桃树被伐的白色树汁味，桃花艳红的香烈味，还有他们挥汗如雨的盐碱味，立马的，就在桃园汪洋了。平南的日光照了那五色的味，一世界便都亮足了味道和艳红。天下立刻和往日不同了，多了事件与情节。村落、山脉和形势，都显得丰饶丰肥了，连春天也立刻从初春醒来向着仲春了。

这个荒诞的场景没人理解，但它却将“底层的陷落”淋漓尽致地表达出来，荒诞却本质地表达了仍然没有发生革命性变化的民族劣根性。阎连科的尖锐总是一针见血，令人震撼如惊雷滚地。

2009 年的中篇小说仍然是这个时代最有成就的文体。它流光溢彩地开放在重要的文学期刊中。但是，就在一些最有光彩的作品中，我们仍看到其间“同质化”的问题。作为单篇故事它们都很出色，特别是构思，内容奇崛、逻辑严密又出人意料。但这些作家结构小说的基础都是依仗于一个道具，比如一张古筝、一瓶红酒、一片 CD 等，小说就这样准确地镶嵌在这些物体上。这种过于小说化或戏剧化的倾向，从一个方面表达了当下作家与生活的关系。我们很久不再谈论文学与生活的关系了，过去对这个理论的理解和强调有机械唯物论的倾向，它要求小说必须与现时构成同构关系，这种理解和强调不同程度地限制了作家的虚构和想象能力，文学飞升的空间不大，造成了千篇一律的写实倾向。但当这个理论被忘却了以后，也形成了虚构与想象的没有边界，与生活难以构成关系的倾向。我要批评的是：这些小说太像小说了。

（原载《南方文坛》2010 年第 1 期）

当代文学现实主义主潮的五重奏

·巫晓燕　贺绍俊·

20世纪初的启蒙运动，促成了新文学的诞生。而新文学选择了现实主义作为主潮，这是一种历史的必然。现实主义文学不仅是反映现实生活的文学，而且也是最适宜进行启蒙的文学，因为启蒙是面对现实的启蒙，如果文学缺乏现实的内容，启蒙就变成虚空的启蒙，不可能打动现实中的民众。现代文学初期，文学研究会与创造社分别代表着“为人生而艺术”和“为艺术而艺术”的两种主张。文学研究会的“为人生而艺术”直接呼应着五四新文化运动的启蒙思想，采用的是现实主义的创作方法，生活在“人间”，感受着国家、社会和人民的苦难。创造社尽管强调艺术的激情，大举浪漫主义的大旗，但在启蒙和救亡的大的语境下，他们很快就转向了革命文学。创造社的代表性人物成仿吾反省说：“我们自己知道我们是社会的一个分子，我们知道我们在热爱人类——绝不论他们的美恶妍丑。我们以前是不是把人类忘记了。”①创造社的同仁们以现实主义的叙事来表达他们的浪漫和激情，将现代汉语思维的革命性发挥到极致。中国现代文学因为先天性地承载着启蒙的思想任务而将自己托付给了现实主义，现实主义在现当代文学史的发展过程中自然就成为最强音。当代文学作为革命胜利者的文学，也就确立了现实主义文学的正宗地位，现实主义文学成为当代文学史的主潮。因此，描述中国当代文学的历史，现实主义文学是一个至关重要的切入点。

仅仅从现实主义文学的角度去描述当代文学史，是不是过于狭窄了？是不是就会忽略文学的丰富多样性，就无法涉及现实主义文学流派以外的作家和作品？如果我们仅仅把现实主义理解为一种创作方法，一种文学流派，那么的确会影响我们对文学史的全面描述。然而，现实主义文学不仅仅意味着

---

① 成仿吾：《艺术之社会的意义》，见《中国新文学大系·文学论争集》，上海文艺出版社，2009，191页。

一种创作方法，而且也意味着一种世界观。法国新小说派的领袖人物阿兰·罗伯－格里耶曾经很深刻地谈到现实主义与文学的微妙关系，他说："所有的作家都希望成为现实主义者，从来没有一个作家自诩为抽象主义者、幻术师、虚幻主义者、幻想迷、臆造者……"罗伯－格里耶对此的解释是："他们之所以聚集在现实主义这面大旗下，完全不是为了共同战斗，而是为了同室操戈。现实主义是一种意识形态，每个信奉者都利用这种意识形态来对付邻人；它还是一种品质，一种每个人都认为只有自己才拥有的品质。历史上的情况历来如此，每一个新的流派都是打着现实主义的旗号来攻击它以前的流派：现实主义是浪漫派反对古典派的口号，继而又成为自然主义者反对浪漫派的号角，甚至超现实主义者也自称他们只关心现实世界。在作家的阵营里，现实主义就像笛卡儿的'理性'一样天生优越。"① 罗伯－格里耶提示我们，一个作家在创作方法上可能是非现实主义的，但他的世界观中仍然包含着现实主义的要素。也就是说，现实主义文学是以现实主义的世界观为根本原则的。因此从考察作家的现实主义态度入手来描述文学史是有理论依据的，是能够把握到历史的脉搏的。而中国政治赋予现实主义正宗的地位，使现实主义成为一种显在的、主宰的文学意识形态，从而也造成了当代文学基本上以现实主义文学为主潮的事实。因此，描述当代文学在现实主义文学主潮下的千姿百态，剖析这种千姿百态的成因和意义，应该是把握中国当代文学特殊性的适当方式。

大致上说，现实主义在当代文学的60年经历了五个阶段，这五个阶段，有高潮，有低谷；有挫折，有收获。现实主义本身由此也得到了丰富和扩展。我们不妨将当代文学的60年看成是现实主义主潮的五重奏。

一　"十七年"文学语境与"社会主义现实主义"的确立

中国当代文学的开端以中华人民共和国成立为标志。但是，当代文学的精神内涵和发展走向则是在中华人民共和国成立之前就预设好了，这就是1942年毛泽东发表的《在延安文艺座谈会上的讲话》（以下简称《讲话》）。1949年7月2日至19日在北京召开的中华全国文学艺术工作者第一次代表大会，是中国当代文学的第一次集结，就是在这次大会上，周扬所作的主题报

① 阿兰·罗伯－格里耶：《从现实主义到现实》，柳鸣九主编《二十世纪现实主义》，中国社会科学出版社，1992，320页。

告中明确指出："毛主席的《在延安文艺座谈会上的讲话》规定了新中国文艺的方向。"① 新中国成立后"十七年"的文学由于始终处于政治斗争的漩涡中，因而文学带有了鲜明的政治色彩，这主要表现在"社会主义现实主义"创作方法在"十七年"的确立与第二次文代会上，"社会主义现实主义"被正式确认为指导"我们文艺界创作和批评的最高准则"和"根本方法"。周扬明确指出："社会主义现实主义，现在已成为全世界一切进步作家的旗帜。中国人民的文学正是在这个旗帜下前进。"② "社会主义现实主义"对于"旧现实主义"有继承和发展的一面，它是新的时代精神向文学创作方法的贯注。由于这一原因，它推动了许多作家在自己的作品中表现新的精神、新的生活和新的人物，它们以高昂的格调、质朴的感情、单纯的思想和清新的生活构成了新中国文学创作的总体风格；但在另一方面，由于新中国所倡导的"社会主义现实主义"割断和摒弃了同批判现实主义的联系，因此缺乏深厚的现实主义根基。"社会主义现实主义"作为"最高准则"，就不能不对主题和题材的选择、表现形式、个人风格加以限制。由于"社会主义现实主义"强调某种既有的思想、观念等主观因素对于艺术创作的决定作用，要求把关于未来的完满的构想加于严峻的客观现实之上，把政治的、道德的说教加于生活的真实之上，因而它本身就存在着偏离现实主义的倾向。新中国成立初期产生的公式化、概念化的作品，就与"社会主义现实主义"本身的缺陷有关。

作家们力图摆脱"社会主义现实主义"对创作的负面影响，理论家们则力图修正"社会主义现实主义"的理论缺陷，由此引发了50年代关于现实主义的讨论。以何直（秦兆阳）的《现实主义——广阔的道路》、周勃的《论现实主义及其在社会主义时代的发展》、陈涌的《关于社会主义的现实主义》、刘绍棠的《我对当前文艺问题的一些浅见》等为代表的一批文章，结合文艺创作实际，集中阐述了对现实主义问题的重新认识，批评了"社会主义现实主义"定义的缺点，强调在处理文艺和政治的关系上要尊重文艺的特点和规律。其中，秦兆阳的文章以现实主义问题为中心，对于当时存在于文学创作中的公式化、概念化和理论批评中的教条主义表现进行了严肃认真的分析，提出了很多批评。秦兆阳指出"文学的现实主义，不是任何人所定的法律，它是在文学艺术实践中所形成、所遵循的一种法则。它以严格地忠实

① 周扬：《新的人民的文艺》，见《中华全国文学艺术工作者代表大会纪念文集》，新华书店，1950，第45页。

② 周扬：《社会主义现实主义——中国文学前进的道路》，载《人民日报》，1953年1月11日。

于现实，艺术地真实地反映现实，并反转来影响现实为自己的任务”，“这是现实主义的一个基本的大前提”。根据这个大前提，秦兆阳强调说：“现实生活有多么广阔，它所提供的源泉有多么丰富，人们认识现实的能力和艺术描写的能力能够达到什么样的程度，现实主义文学的视野、道路、内容、风格，就可能达到多么广阔，多么丰富。”他还进一步指出，由于现实主义文学具有如上所述的基本前提，它也就必须具有自己的衡量标准，那就是当它在反映客观现实的时候，所能达到的艺术性和真实性的高度，以及在此基础上所表现的思想性的高度。“现实主义文学的思想性和倾向性，是生存在它的真实性和艺术性的血肉之中的”，这种思想性、倾向性和艺术性、真实性的集中体现，就是“典型环境中的典型性格”，这是现实主义的核心。这也就是说，现实主义文学既有它的基本前提，也有它的内在规律。脱离了它的基本前提，便不成其为现实主义，抛开了它的内在规律，必然会违背现实主义。这些，本来是文学的基本常识，但被一些人忽视或忘记了以致在文艺创作中用概念来代替生活，用政策条文代替现实主义，用类型代替典型，用教条主义代替现实主义，从而造成了一定程度的思想混乱。①

尽管理论家们对“社会主义现实主义”进行修正的观点遭到当时政治粗暴的批判，但“社会主义现实主义”对于文学创作实际上失去了指导的功能，它在理论上无法得到进一步的阐发，逐渐成为了一个空洞的政治口号。执政者开始寻求一个更好的理论概念来取代“社会主义现实主义”。1958 年 3 月 22 日，毛泽东在成都举行的中央工作会议上，对我国新诗发展的道路发表了以下意见：“中国诗的出路，第一条民歌，第二条古典，在这个基础上产生出新诗来。形式是民歌，内容是现实主义和浪漫主义的对立统一。太现实了就不能写诗了。”随后，周扬在《新民歌开拓了诗歌的新道路》一文中，明确指出：“毛泽东同志提倡我们的文学应当是革命的现实主义和革命的浪漫主义的结合，这是对全部文学历史的经验的科学概括，是根据当前时代的特点和需要而提出的一项十分正确的主张，应当成为我们全体文艺工作者共同奋斗的方向。”② 1960 年 7 月，“两结合”的创作方法在全国第三次文代会上得到正式确认。这一创作方法被概括为三方面的基本要求：第一，作家要站在无产阶级立场上，运用共产主义的世界观，深入到群众斗争中，观察、体验、研究、分析一切斗争和各个阶级的人物，及其相互间的错综复杂的社会关系，

① 何直（秦兆阳）：《现实主义——广阔的道路》，《人民文学》1956 年第 9 期。

② 周扬：《新民歌开拓了诗歌的新道路》，《红旗》1958 年创刊号。

从而深刻地展现生活的本质和社会发展的规律；第二，要求作家以革命的现实主义为基础，以革命的浪漫主义为主导，两者相辅相成，有机统一；第三，作家要以革命的现实主义为基础，首先是尊重客观规律，用实事求是的态度来观察和分析生活中的矛盾，敢于反映尖锐的斗争，塑造无产阶级的典型形象，反映壮丽的革命变革。周扬说："两结合可以帮助我们的作家、艺术家最真实、最深刻地表现出这个英雄的时代和这个时代的英雄。""两结合"的创作方法试图将文艺创作中现实与理想、主观与客观的关系协调起来，但同时也把政治对"社会主义现实主义"的过度要求挪移到"两结合"的理论之中，同样伤害了现实主义的真实性原则。

对于"两结合"创作方法的局限，以邵荃麟为代表的理论工作者提出了自己的看法。1960 年，《文艺报》等报刊发表了批评柳青的《创业史》（第一部）的文章，这些文章从农村两条道路的斗争这一角度分析这部作品，充分肯定了梁生宝这个新人物的形象。邵荃麟对此持有不同的看法，他在《文艺报》的一次会议上说，《创业史》中的梁三老汉比梁生宝写得好，概括了几千年来个体农民的精神负担，但很少有人去分析梁三老汉这个人物，因此，对这部作品分析不够深，仅仅用两条道路斗争和新人物角度分析描写农村的作品是不够的。1962 年 8 月，中国作协在大连召开农村题材短篇小说创作座谈会，邵荃麟在会上正式提出了"写中间人物"和"现实主义深化"的主张。邵荃麟指出：1959 年以来的文艺创作写革命精神和新的道德观念很充分，但写人民内部矛盾比较少，这一方面是因为当时提倡写革命精神，同时也和简单化的理论批评有关系，写了矛盾就遭到指责。他认为，回避矛盾，粉饰现实，不可能是现实主义，而不是以现实主义为基础，也谈不上浪漫主义。因此，他提出既反对粉饰现实，回避矛盾，也反对为写矛盾而写矛盾；既反对假现实主义，也反对浮夸的浪漫主义，"在革命现实主义基础上有革命浪漫主义"。他还充分肯定了赵树理、柳青、孙犁等作家所取得的现实主义成就，同时也指出一些作品革命性强，现实性不足，要改变这种状况，关键在于表现革命的复杂性、艰苦性，使革命性和现实性更好地结合。而要反映这种艰苦性、复杂性，主要是创造人物的问题。他明确指出，强调写先进人物，英雄人物是应该的，英雄人物是反映我们时代的精神的，但整个说来，反映中间状态的人物比较少，然而中间状态的人物是大多数。正是为了使革命性和现实性更好地结合，邵荃麟才提出了"现实主义深化"的问题："如果说，农业是国民经济的基础，现实主义是我们创作的基础。没有现实主义，就没有浪漫主义。我们的创作应该向现实生活突进一步，扎扎实实地反映现实。"

他认为，只有通过现实主义深化，才能在这个基础上产生强大的革命浪漫主义，从这里去寻求“两结合”的道路。他说：如何表现内部矛盾的复杂性，看出思想意识改造的长期性、艰苦性、复杂性，更深刻地去认识、了解、分析、概括生活中的复杂斗争，更正确地去反映人民内部矛盾，是我们作家的新任务。①

二 现实主义的叛离与“文革”文艺思想

1962 年 9 月，毛泽东在中共中央八届十中全会作出“千万不要忘记阶级斗争”的指示，犹如一声惊雷，霎时整个天穹阴云密布，“左”的思潮迅速蔓延，文艺形势急转直下。

关于阶级斗争的观念导致毛泽东对当代文艺作出了极端的判断，他对 1950 年代以来的文艺状况，特别是文艺界的领导者，发出了严厉的指责。在 1963 年 12 月 12 日的“批示”中，他认为“戏剧、曲艺、音乐、美术、舞蹈、电影、诗和文学”等，“问题不少，人数很多，社会主义改造在许多部门中，至今收效甚微。许多部门至今还是‘死人’统治着”，“许多共产党人热心提倡封建主义和资本主义的艺术，却不热心提倡社会主义的艺术”。在 1964 年 6 月的另一次“批示”中，批评全国文联和所属各协会，以及“他们所掌握的刊物的大多数”，“十五年来，基本上（不是一切人）不执行党的政策，做官当老爷，不去接近工农兵，不去反映社会主义的革命和建设。最近几年，竟然跌到修正主义的边缘。如不认真改造，势必在将来的某一天，要变成像匈牙利裴多菲俱乐部那样的团体”。②

毛泽东将新中国文艺视为政治对立面的同盟军，他从批判文艺入手开始了他对政治对立面的反击。在精心策划下，1965 年 11 月 10 日，上海《文汇报》发表姚文元的《评新编历史剧〈海瑞罢官〉》，使文艺成为这场政治斗争的最早的受害者和牺牲者。1966 年 2 月 2 日到 20 日，江青在上海召开了部队文艺工作座谈会。由这次会议出台了《部队文艺工作座谈会纪要》（以下简称《纪要》），成为“文革”时期文艺思想的总纲。“文革”期间，《纪要》基本上取代了毛泽东《讲话》的地位。《纪要》的核心主旨是全面否定新中

① 邵荃麟：《在大连农村题材短篇小说创作座谈会上的讲话》，见《邵荃麟评论选集》，人民文学出版社，1981。

② 《红旗》1966 年第 9 期重新发表《讲话》所加的按语（《无产阶级文化大革命的指南针》）中，首次在公开出版物披露这两个批示。

国成立以来的文艺思想，重申了毛泽东在“批示”中的判断，认为“文艺界在建国以来……被一条与毛主席思想相对立的反党反社会主义的黑线专了我们的政，这条黑线就是资产阶级的文艺思想、现代修正主义的文艺思想和所谓三十年代文艺的结合”。

“文革”期间推行一套极“左”文艺路线，其核心可以概括为：1.“根本任务论”。认为“塑造工农兵英雄人物是社会主义文艺的根本任务”。它作为一个命题出现在《纪要》中以后，就成为文艺创作的出发点、文艺批评的根本标准和文艺工作的“生命线”。2.“三突出”创作原则。这是从“根本任务论”出发制定的创作模式。这个创作模式是：“在所有的人物中要突出正面人物；在正面人物中要突出英雄人物；在英雄人物中要突出主要英雄人物。”“所有的人物都要从不同角度为主要英雄人物作远、近、正、反的铺垫……决不能让其他人物，特别是中间人物和反面人物的艺术感染力压倒主要英雄人物”等等。3.“主题先行论”。认为文艺创作可以先有主题，然后再到生活中选择人物，寻找故事，以表现既定的主题。

在“文革”的政治制约下，文学运动走向形态畸变，出现了样板化、群众化、帮派化的形态分化。所谓样板化、群众化、帮派化的实质，不过是文学运动彻头彻尾政治化的产物，以路线斗争为主轴渐次出现在文学运动之中。样板化贯穿“文革”的始终，保持着文学运动主流形态的一贯性。因此，无论是呈现多样性的群众化，还是具有阶段性的帮派化，都或多或少地受制于文学运动的样板化，与此同时，也分别表现出从艺术到政治的某种背离，从而作为文学运动的非主流形态，与样板化并存。

在写作方式上，文学批评最流行的方法是组织写作小组，这表示了它的非个人性，也加强其权威地位。虽然有些诗歌、散文、小说的发表仍是个人署名的方式，但是“集体创作”得到鼓励和提倡，尤其是“工农兵”的创作。“集体创作”1958年就作为一项显示“共产主义思想”的事物提倡和实行过，《文艺报》还发表过《集体创作好处多》的专论。[①] 集体创作的方式有多样，其中的一种是“三结合”（“党的领导”、“工农兵群众”和“专业文艺工作者”）创作。这种“三结合”写作小组，在“文革”期间，一般是抽调一些文化水平较高的工人（或农民，或士兵），短期或长期脱离生产，由部门的文化宣传干部组织起来，再加上一些作家（或文艺报刊编辑、大学文学教师）组成。写作步骤，通常会先学习毛泽东著作和有关政治文件，以确定

① 署名华夫，载《文艺报》1958年第22期。

写作的“主题”，然后根据所要表达的“主题”，来设计人物及他们之间的关系（矛盾冲突）。作为“群众”的写作者中，也会有表现出较强的写作能力的，但在大多数情况下，参加写作组的“专家”在最后的定稿上，要起到关键性的作用。当时一部分有影响的作品，就是以“集体写作”方式实现的。如《金训华之歌》（仇学宝、钱家梁、张鸿喜）、《牛田洋》（署名南哨）、《桐柏英雄》（集体创作，前涉执笔）、《虹南作战史》（上海县《虹南作战史》写作组）、《理想之歌》（北京大学中文系72级创作班工农兵学员）等。“三结合”创作，当时被认为是“文艺战线上的一个新生事物”，具有“巨大的生命力和深远的影响”。列举的理由包括“有利于党对文艺工作的领导”、“是造就大批无产阶级文艺战士的好方式”，以及“为破除创作私有等资产阶级思想提供了有利条件”。关于后面这一点，当时的阐述是：“由于工农兵业余作者的参加，他们也把无产阶级的生产方式和先进思想带进了创作集体”，文艺创作“就像他们在生产某一机件时一样，决没有想到这是我个人的产品，因而要求在产品上刻上自己的名字”。①

“文革文学”是社会、文化、政治、历史等多重因素畸变合力作用的产物，有其萌生的时代诱因和文学土壤。可以说，“文革文学”是以生态资源极度贫乏的文艺废墟为舞台，上演着显在的和潜在的文学变奏。如前述，从1966年夏至1971年止，各类文艺刊物相继停刊，文学图书的出版也被迫中断，新中国成立以后“十七年”来创作的绝大部分优秀作品都被罗织了各种罪名而遭到“大批判”，整个民族的文化进入了一个萧索时期。到了1972年，情况略有改变，出现了少量的文艺刊物，但这些公开出版物依然带有浓重的极“左”色彩，所刊载的作品大多数是为了配合当时的政治运动而作，文学创作这一最为强调个性的活动被强行划定成集体的行为。与“遵命文学”相对立的，还有一种文学倾向，那就是“地下文学”，与当时公开出版物所体现的文化专制迥然不同的是，“地下文学”完全是由群众自发进行创作，通过非公开渠道以手抄、油印等手段进行传播的文学，真诚的创作态度、独立的思考、多元的艺术探索，构成了它的主要特征。这些弱小的群体代表了整个“文革”时期的文学精神，最为重要的是他们保持了人的尊严和人格的独立，坚守了人性化的文学立场。

---

① 周天：《文艺战线上的一个新生事物——三结合创作》，载《朝霞》1975年第12期。参见洪子诚《中国当代文学史》，北京大学出版社，1999，第185～187页。

三 现实主义的复归与“80年代”文艺思潮

新时期伊始，“写真实”开启了新时期文学恢复现实主义创作方法的先河。但在恢复什么样的“现实主义”的问题上，理论界却发生了严重的分歧。一种观点认为，新时期文学应该走“十七年”文学的革命现实主义之路，即“社会现实主义”或“革命现实主义与革命浪漫主义相结合”的创作道路。另一种针锋相对的观点认为，必须对“十七年”的“社会主义现实主义”和“两结合”的创作方法，作批判性审视、思考，必须还原现实主义的本来面目。新时期初期的“现实主义”讨论，持续时间长，参与人数多，论争的主题在于现实主义的真实性、生活和形式关系等问题，应该说，这些问题并不是在新时期伊始确立的创作原则，而是在理论与创作的双向掘进中逐步得到明晰的，这充分显示了当时现实主义作为文学主潮的声势与气度。

1985年在“先锋”、“实验”、“新潮”等浪潮中，评论界、创作界乃至媒体不断提出现实主义“过时”的口号，但是仍有不少作家、评论家对“现实主义”做理性的思考和分析。如作家梁晓声说：“我确信，现实主义，至少在今后十年里，仍将继续它的复归实践，而不是在伤痕累累中彻底倒下。……在中国，文学必将补上‘现实主义’这一课，一切脱离‘现实主义’内容的形式上的‘现代主义’，实在是撑不起中国当代文学的巨大骨架。”① 此后，现实主义作家在创作中吸收现代派表现手法为我所用，已经蔚然成风。面对在现代主义影响下现实主义的种种蜕变现象，评论界以“现代现实主义”的提法加以描述。“新写实”小说出现之后，王干提出了“后现实主义”的概念，认为“后现实主义”是“一种既对现实主义进行反动，又对现代主义采取逃避的新的小说方式”。从上述种种关于“现实主义”的提法中，我们已经看到了现实主义的多方位开放。从多种创作方法到“现代主义”，再到“新写实”，从表现手法的吸收，到现代意味的渗透，再到融多种因素于一体的浑然融合，新时期的现实主义文学一步步地拓宽疆界，一步步地丰实自身，终于走向了自己的成熟。

现实主义是一个动态的、开放的体系。新时期初期的现实主义文学以一种前所未有的创造热情和开拓精神，探索前进，深化发展。大大拓展了文学的思维空间和艺术空间，在艺术形式的内在结构——功能特征上，从客观的

---

① 梁晓声：《关于〈浮城〉的补白》，1994年3月2日《光明日报》。

叙述故事向深邃地、立体化地表现人的主观、心灵世界方面伸展。文学创作出现了“内向化”、“主观化”的艺术倾向。这不仅是因为受到外来文艺思潮的影响，而主要是新时期现实主义文学创作自身的要求。现实主义文学，本来就不仅要如实地再现人物的外部行为和客观形态，而且也要真实地刻画人物的内心活动和主观心态，达到主客观的辩证统一。新时期文学“向内转”的倾向，是对过去的创作缺乏人的真实心灵表现的一种自觉纠正。

从社会、思想背景方面看，改革开放使中国社会实现了历史性转折，为西方现代派文学的传播与接受提供了可能的条件与氛围。与此同时，一些外国文学研究工作者开始讨论如何看待和评价“西方现代派文学”问题。1981年，诗歌界在对于“朦胧诗”和“新的美学原则”的讨论中，也涉及当代文学如何借鉴“西方现代派”的问题。在1980年代中国社会特定现实环境中诞生的中国现代派文学，具有鲜明的时代印记和特定的社会生活内容。现代主义对中国文坛的强烈震撼和冲击，改变了长期以来现实主义在文艺园地一花独放的局面。从此以后，尽管新时期文学的主潮仍然是现实主义，但现代主义、文化寻根、乡土文学派、市井风俗派、新写实小说、新历史主义、后现代主义等形形色色的文艺思潮和创作流派纷纷登场亮相，使中国文坛出现了思潮迭起、流派纷呈、百花齐放的多元化格局。

文学本体论受到人们的关注，是从1985年下半年开始的，《文学评论》从1985年第4期开始推出《我的文学观》专栏，鲁枢元、孙绍振、刘心武三人的一组文章，不约而同地谈到或实际涉及了文学本体论问题。自此，有关文学本体论的讨论，很快形成了一个热点。自此，在文学理论批评领域，各种不同的文学本体论，即对于文学本体究竟是什么的看法，都争先恐后提了出来。如关于“本体”，就有“精神本体”、“审美本体”、“哲学本体”、“生命本体”、“语言本体”、“对象本体”、“文学本体”、“艺术本体”、“批评本体”“、形式本体”等等。文学本体论对于恢复现实主义本来面目的作用不可低估。作为一种研究方法，文学本体论促进了文学批评的发展。这种崭新的文学本体论批评有力地冲击了原有僵化的批评模式，大大丰富了我国当代文学批评的总体格局。再次，作为一种文学理论，本体论很好地支持和配合了现实的创作。人类学本体论、生命本体论在文坛的盛行，促使作家、艺术家们的主体意识不断强化，注重描写人的精神世界及揭示个体活动、表现个性的作品随之大量涌现出来。特别是随着对形式主义文学本体论研究的逐层深入，作家、艺术家的“文学”意识进一步得到强化。在创作中，作家们不再仅仅满足于作品表层形态的新颖，而纷纷向作品深层挺进，开始注重包括时空、节奏、意象、原型和情绪等方面在内的深层结构元素的有机统一性。对文学的语言运用、叙事方法和结构方式等的具体探究，又推动着文学创作在创造“有意味的形式”的大趋向下发挥具体文学样式的特性，从而形成了不同作家、作品的个性。总之，本体论研究与本体论批评，很好地起到了启迪创作、阐释创作和维护创作的作用。

四　多元文化共生与“90 年代”现实主义的新变

1992 年，中国提出以市场经济取代计划经济，文学体制的改革也作为一项文化政策被提出来，作家和文学刊物、出版社等原则上不再依靠国家资助，而进入市场。这些事件对于政治与文学一向具有天然联系的中国文坛来说，自然会产生不小的震荡。其中，最鲜明的影响在于，“80 年代”普遍潜在的乐观情绪在知识界也出现了裂痕。知识分子对社会价值的同一性产生怀疑，自由、平等、正义、公正等在“80 年代”普遍认同的概念，在这一时期由于等级差别、世风不古、贫富加剧等现象的出现，文学的启蒙精神、美学价值都被作家重新审视，因而原本普通的集体性的文学理想被迫中断，作家的个体化思索、个性化追求、世俗的存在日益显露它的价值与意义，并最终成为事实。这表现在文学现象中，就是“90 年代”日益明显的文学潮，即所谓的“新历史小说”、“新状态小说”、“新体验小说”等，作家及读者都缺乏“推波助澜”的热情，一个文学的多元化时期到来了。其次，商业利益的驱动也使得文坛的世俗倾向增强，如移民文学、电视文学等相继成为“畅销”的热点，而成功的商业炒作也成为确保作品发行量的重要原因，文学在“大众文化”与“高雅文化”之间的选择显得有些犹豫不决。种种迹象都表明，新时期文学的使命已经完结，一个多样性、复杂性远胜于“80 年代”的文学新纪元开始了。

文学面对特殊而又复杂的文化景观必须做出自己的选择，特别是随着市场经济的日益放开，有中国特色的“市场经济”本身呈现的各种矛盾也相应地暴露出来：精神家园的丧失、文化荒诞感的蔓延，物质利益第一的现状，人们陷入深深的精神困倦，隶属于精神领域的文学将向何处去？人们的困惑催生了 1990 年代初的“人文精神”大讨论。当人们目睹了实用主义、技术主义对现代中国的精神消解，并最终导致文学的游戏化、泡沫化与世俗化时，中国的一些学者及时地提出了关注人们自身的生命意义和存在价值，寻求自身发展前途和精神归宿的吁求——张扬现代人文精神和建立新理性，这一吁求又以论争的形式扩大了其影响。论争的缘起是 1993 年王晓明等人一篇题为《旷野上的废墟——文学和人文精神的危机》的文章，文章主要就当代文学中精神的委靡，作家人格的退化以及文学的市场化等文化现实提出批评，并以“人文精神的危机”来概括当前的文化状况。这篇文章引起了文化界的关注并形成了一场持久而广泛的论争。论争的主题词是“人文精神”，对这个概念的理解却存在明显的歧义，即使同一阵营内部也有不同。由于概念本身的抽象性、包容性，“人文精神”的内涵最终也没能得以确立，对立的双方（呼吁“人文精神”者与反对者）也无法在同一个理论层面上展开学理性的对话。但这场论争提供了一个平台，促使人文知识分子公开了不同的精神指向与价值诉求。

在文学创作中，对“人文精神”的支持主要体现为重建理想主义和文学崇高感。张承志、张炜、史铁生等作家就是通过树起理想主义的旗帜对抗当下物质与欲望极度膨胀的文坛。文学中的理想主义表现在对人生价值与意义的追问，表现为对平庸生活与平庸人生的永无止境的超越以及对生命极限的挑战，这种理想主义主要不是以其道德伦理内涵表现为“善”的特征，而是表现为求“真”、求恒的执著与坚定，是对精神与哲学命题的形而上学思索，其极致状态的美感特征是悲凉与悲壮。这一价值向度表现出更加纯粹的精神至上的乌托邦情结，而对物质性、世俗性的生活常常表现为坚决的否定，因而从某种程度上来说，有关“人文精神”的论争，其核心正是与文学的现实主义精神紧密关联的。

“人文精神”讨论预示着，现实主义进入 1990 年代以后无论是在内涵上，还是在范畴上都发生了一些新变。1995 年 10 月山东的《时代文学》和《作家报》联合推出了一组讨论“90 年代”现实主义文学发展的文章，这场讨论被命名为“现实主义重构论”。重构论者认为当下的新现实主义小说最大的缺陷就是放弃了精神追求，对现实生活中丑恶现象采取某种认同的态度，缺少向善向美之心和人文关怀，不足以支撑起真正的历史理性精神。正如有的研究者说：“作家们感到拨乱反正的宏大叙事难以表现新的现实，现实主义的叙事与意义之间再一次出现紧张的关系。一些作家试图解除现实主义叙事中的意义承载，于是就有了 20 世纪 90 年代初的‘新写实’潮流。‘新写实’强调零度情感，强调原生态，强调还原生活。它带来两个后果，第一个后果是使得现实主义文学更加注重日常生活写作，接近普通人的情感世界，也大大拓宽了小说的思想空间。如《风景》、《烦恼人生》、《新兵连》、《塔铺》、《官场》、《一地鸡毛》、《活着》、《许三观卖血记》所反映的均是人的生存状态，尤其是普通人的世俗生存状态；而像王安忆的《长恨歌》、林白的《一个人的战争》等女性写作，承续了现代文学以张爱玲为代表的日常生活叙事传统，关注人的命运和人生问题。第二个后果则是使现实主义文学有了疏离意义、放逐意义的倾向，一些作品越来越形而下，甚至演变为欲望化写作。总的来说，1990年代初期和中期，现实主义在社会转型的现实面前，其意义承载力受到严峻的考验。现实主义作家们在不断地探索和追求。陈忠实的《白鹿原》力图跳出革命史叙事的樊篱，挖掘出中国现代农村变迁的深厚文化内涵。张承志的《心灵史》、史铁生的《务虚笔记》等作品完全摆脱了宏大叙事的政治功利性，直接进入到人的精神层面，仍然体现出现实主义的思想力度。这段时期可以看做是现实主义文学由放逐意义向重建意义转化的过渡时期。"①

总之，90年代人们看到新状态小说，私人化小说，"下半身"写作等新的创作浪潮，也看到先锋派回归现实主义的轨迹和谈歌、何申、关仁山、刘醒龙、刘庆邦、毕飞宇等许多作家的作品形成强大的现实主义冲击波。文学艺术方法的多样化，并没有阻挡现实主义文学的发展，相反，这时期现实主义在多方借鉴中走向开放，出现了魔幻现实主义、心理现实主义、浪漫现实主义、结构现实主义等多种探索。

五　兼容并蓄的现实主义精神与新世纪文学思潮

《文艺争鸣》在2005年第2期、第3期推出了《关于新世纪文学》专栏，发表从不同角度研讨新世纪文学的文章共计18篇。尽管对于"新世纪文学"这一命名一开始就存在明显的歧义和论争，但肯定一方强调，"'新世纪文学'的概念不仅仅是一个单纯的时间概念，它更多的是从时间出发来阐释文学的变化，而这变化主要是相对'新时期文学'而言的"。"打工文学、亚乡土文学、'80后'写作、网络文学成为其非常重要的构成因素。"② 从本质上讲，"新世纪文学"是随着时光推进、新的世纪到来而自然出现的，并不是学界对当下文学进行了全面审视与思考而得出的经得起检视的学术成果。它是感性的、暂时的，"它暗含着中国文学进入新世纪以后人们的文化想象"。③

---

① 贺绍俊：《从放逐意义到重建意义的现实主义文学主潮——小说创作30年概说》，载2008年12月18日《中国艺术报》。

② 雷达：《论"新世纪文学"》，《文艺争鸣》2007年第2期。

③ 雷达：《论"新世纪文学"》，《文艺争鸣》2007年第2期。

正如有的学者指出的：这种命名只是“感性的事实，而非大家共同承认的研究结果”，故有必要做“早期的学术预警”。①

新世纪之“新”给文学走出20世纪压迫于中国文学的时间的焦虑提供了契机，文学趋向于更加空间化的追求和表现。20世纪中国文学被置于进化的阶梯中，仿佛在一个世界性的普世时间坐标中苦苦寻求位置，急于割断和批判自身传统，而将西方的现实主义、浪漫主义、自然主义、象征主义、现代主义及后现代主义思潮和文学表现匆匆操练一遍，此风一直延续到1990年代的后现代主义风潮及所谓的先锋写作。而今则局面变换，新世纪文学已不再追赶各种“主义”，也不以“先锋”为意，它似乎更加从容和宽容起来，今日文学与古今中外文学正在形成一种理性的对话关系，与现实与社会的“紧跟”关系也由紧绷而趋于缓和。它似乎已淡化了时间的焦虑，而更看重空间的构建。囿于20世纪的文学进化观念，我们总是将伤痕文学、反思文学、寻根文学、先锋写作等赋予一个时间化的演变系列，事实上它们也确有一个时间接续逻辑。但在21世纪，我们会在同一平台上看到具有批判精神的文学、理性反思精神的文学、寻找文化家园精神的文学，以及对语言形式和存在精神之谜探求的文学，这些20世纪后二十年的文学遗产在今天都在寻求新的共时的发展，乃至你中有我，我中有你，综合地构成了主流文坛演化的空间布局。而新兴的“网络文学写作”、打工生存前沿者的“在生存中写作”、“80后”文学的“后现代写作”，则完全不站在一种文学进化的序列中，甚至不屑于与主流文坛有着时间性接续式联系，而是自主式地各有理由，各有位置，各有轨迹，在社会空间中寻求着文学空间的建构与扩容。在时间的理性寻求基础上寻求空间发展，这是新世纪中国文学合乎规律的丰富性和盛大性的前提。从新世纪文学已有的整体发展来看，新世纪文学存在或隐或显的新趋向：文学观念多元化，人文视野全球化，艺术表现自由化，传播路径电子化，接受行为市场化。在这样的背景下，现实主义以兼容并蓄的姿态去应对急剧变化的现实，它带来长篇小说文体的繁荣，以及现实主义手法的开放态势。

“五四”以来，中国现代知识分子对现实主义这种文体形式就具有一种所谓的“想象性认同”，即无意中把现实主义看做是一种文学参与历史建构、启蒙大众进化的审美形式。在这里，那一代作家力图让文学承担审美拯救的使命，并因此自觉地选择了现实主义。现代作家往往把现实主义文体看做是国家内在历史的呈现方式，也正是在这里，他们把“写实主义”看做是一种

① 程光炜：《新世纪文学“建构”所隐含的诸多问题》，《文艺争鸣》2007年第2期。

现代性的标志性建筑。现代知识分子对现实主义的认同，来自他们对中国历史命运的特定想象，也造就了现实主义叙写历史的特定方式。中华人民共和国成立以后，长篇小说更加体现国家主义叙事的种种基本原则。在“革命的浪漫主义与革命的现实主义相结合”的口号下，长篇小说的书写活动中的“个人意识”淹没在整齐划一的历史想象方式之中。正如周扬所解释的，这种方式乃是一种“理想”和“现实”的完美结合，“没有浪漫主义，现实主义就会容易流于鼠目寸光的自然主义……浪漫主义不和现实主义相结合，也会容易变成虚张声势的革命空喊或知识分子的想入非非。”① 按照这样的逻辑，现实主义这种文体形式，表面上以规定“写什么”的方式实现其社会功能，事实上，它却处处对写作者进行着“怎么写”的规定。也就是说，在经历了“十七年”文学长篇小说的第一个写作浪潮之后，长篇小说的写作方式被凝固下来了。在 20 世纪 90 年代的长篇小说中，尽管“私人经验”变得日益重要，但是，用“私人经验”来整合长篇小说，使得长篇小说仍旧是现实人生的透明呈现，这样的企图贯穿在这种私人的透视之中。也就是说，“私人经验”对集体经验的替代，并没有破坏长篇小说与启蒙式现实主义的文体联姻，反而造就了一种所谓“新现实主义”的写作言路。

不妨说，整个 20 世纪的丰富复杂，都可以体现为在文学中构造一种国家现代性的文化工程。现实主义长篇小说文体意识的生成，正是这个工程中重要的组成部分。其具体表现在于，把 20 世纪整体叙述为一个时间性和实践性相互维系的历史时段。无论是启蒙与拯救、反帝反封建、革命与反革命还是人文主义浪潮、私人化写作、商业化写作等等，都无不呈现出一种“国家—现代化”的“进步神话”的召唤，并在这种“进步神话”的召唤中，② 构造了 20 世纪的历史想象方式。由此可见，20 世纪中国长篇小说，正是中国现代性历程的塑造者和想象者，承担着现代性启蒙与实施的重大使命。

自 20 世纪 90 年代末至 21 世纪以来，中国进入以经济建设为中心的时代，这是一个完全不同于过去的时代，对现实主义文学提出了挑战。显然，那种完全形而下的叙事，是不可能真正再现这一现实的。作家们首先需要对时代特征作出新的意义阐释。于是现实主义文学开始了重建意义的探索。这个重建意义是建立在对时代的新的认知基础之上的，它大大开阔了现实主义

---

① 周扬：《新民歌开拓了诗歌的新道路》，《红旗》1958 年创刊号。

② 周志强、肖寒：《中国现代性的历史反思——汪晖访谈录》，载《中国图书评论》2007 年第 3 期。

的叙述空间和叙述能力。

新世纪长篇小说一方面仍旧渗透着这样一种中国式的现实主义的文体意识，从现实感出发，作家追求的是社会意义，以鲜明的批判精神直面现实问题。在追求社会意义的基础上，作家也注重小说精神内涵的扩充。如张洁的《无字》，充分吸收了现代思想成果，对历史和现实的把握更加清醒更加透彻，作者通过一个爱情故事来回顾和总结历史，驾驭自如地涉及政治、文化、经济各个方面，对历史的认知达到了一定的深度和高度，这种深度和高度是建立在工具理性基础上的传统现实主义所无法达到的，这是现代思想烛照的结果，也充分展示了现实主义思想实践的广阔性。范小青的《赤脚医生万泉和》，重新复活了曾被拨乱反正叙事埋没的“赤脚医生”这一重要的历史存在，有意将理性与非理性、现实与超现实、正常与非正常并置在她所述的历史对象“赤脚医生”里，在历史的错缪中去展示人物和人心，在追问历史中重绘历史版图，体现出一种时代高度的历史辩证法。另一方面作家又纷纷疏离了对于“20 世纪历史”的原有的叙事与想象方式。作为完整的统一体的“20 世纪”，在近几年的长篇小说中被碎片化、零散化，甚至重写错装，变得面目全非起来。从这个意义上说，新世纪长篇小说的历史叙事抹掉了附着在这种文体上面的“现实主义—进步神话”的光晕。长篇小说也不再被看做是所谓“生活”的隐喻，具有更宽泛、开放的意义内涵。比如，有的研究者以“诗意的现实主义”来论述刘醒龙的《圣天门口》，认为“与传统现实主义不同，‘诗意的现实主义’并不以‘真实地描写现实’作为创作的唯一标准，也并不强求细节的惟妙惟肖、栩栩如生，而是突出以多元的文学手段来揭示现实生活中人们不同的生命体验，以超越性的叙事态度来建构起一个关乎灵魂与精神的诗意而充满哲思的文学家园”。[①] 有的研究者则以“法自然的现实主义”来论述贾平凹的《秦腔》，以“怪诞的现实主义”来论述余华的《兄弟》。称“法自然的现实主义”是“用现实主义的力量揉碎了现实生活中无数细节，再创造出一个更加完整更加和谐的艺术世界。这样的现实主义，是天地的、自然的现实主义，也是最有力量的现实主义”。[②] 称“怪诞的现实主义”是“把一切高级的、精神性的、理想的和抽象的东西转移到整个不可分割的物质——肉体层面、大地层面和身体层面。其更为清楚的表述是：在精

① 朱向前、傅逸尘：《“诗意的现实主义”与“超越性”的历史叙事——关于刘醒龙长篇小说〈圣天门口〉的对话》，《艺术广角》2008 年第 2 期。

② 陈思和：《论〈秦腔〉的现实主义艺术》，《西部华语文学》2007 年第 3 期。

神与物质、天与地、上半身与下半身等艺术因素之间，怪诞现实主义的艺术形象是取后者的立场”。①

以上对 21 世纪以来长篇小说中现实主义文体的多样态解读，都说明了现实主义文学在 21 世纪初不断走向开放和多元。事实上，现实主义的开放和发展并取得主流的地位，是符合文学创作规律的。毕竟无论采取什么艺术方法，现实生活都是唯一的取之不尽、用之不竭的源泉。从文学史上看，“表现自我”和“再现现实”两种创作倾向都源远流长，而居于创作主流的常常是“再现现实”的现实主义一派，因为，创作的源泉在于现实生活，一切拥有一定现实生活体验的作家，都会产生描写这种生活的激情和愿望。而现实主义作品的美感所具有的深刻的历史认识价值，也往往使读者从中获得丰富的生活认知的愉悦，也获得自我确证的强烈情感共鸣。这种接受者的需求自然也更多地促进现实主义作品的创作。

（原载《南方文坛》2010 年第 2 期）

① 陈思和：《我对〈兄弟〉的解读》，载《文艺争鸣》，2007 年第 2 期。

回首十年："新世纪文学"的意义

·张颐武·

一

我们身处其中的21世纪已经过去十年了，在这十年中，世界的面貌在迅速地变化，而中国的发展正是当今世界的最具意义的变化。我们可以看到的一个最清晰、最明确的走向是，和一切悲观的预言不同，中国的崛起正是当今世界的新格局的最重要的方面。中国已经不再是这个全球化世界的边缘，而是它的一个关键的和不可或缺的组成部分，一个能够在整个世界的格局中体现自身的力量和影响的新的社会。这个社会的活力和冲力都让世界为之震惊。而在其间所产生的新的文化自信和文化自觉都形成了新的可能性。从今天看，十六年前张法、王一川和我曾经在一篇题为《从"现代性"到"中华性"》的论文中所预言和探讨的新世纪的图景从来也没有像今天一样现实和具体。虽然我们面前还有众多的挑战和困难，但"新新中国"早已不是一个想象，而是今天的现实。我想先从2009年所出现的新的发展来回溯这十年来中国的发展所带来的新的变化。

有两件事可以代表当下的中国在世界的形象转变。一是中国商务部牵头的在CNN做的关于"中国制造"的广告，这个以"中国制造"是和世界的合作为主题的广告其实一方面是提升"中国制造"的全球形象；另一方面却是深切地把握了中国今天在全球的现实的影响力。这里所见到的那些产品都是全球性的，但是确实是中国制造。这实实在在地体现了中国和世界今天的现实的关系。从这个广告中可以强烈地感受到中国已经是全球化中的一种重要的力量，之所以需要这个广告，说明了全球消费者已经知道他们确实生活在中国制造之中，尽管需要提升其形象。二是电影《2012》里面的中国形象。这里的中国显然比当年要正面和积极得多。当然对于一部好莱坞电影不应该做过度的引申，但同时也确实要看到其间所展现的中国对于世界的意义显然也呈现了西方世界的一种无意识。这种无意识里所包含的意义当然与过去屈辱和失败的中国人的形象不可同日而语了。

这两件事其实证明了 2009 年是中国的全球影响力扩大的临界点，也是世界对于中国的认知开始有了新的角度和思考的一年。经历了全球性的经济的挑战，中国的影响力还在扩大是当下的现实。在奥运会和 60 周年国庆之间，世界已经经历了从金融危机暴发到经济开始向好的变化，而中国经济的相对平顺的发展，也让世界进一步看到了中国现实的实力和作用。人们开始看到了中国的崛起已经是比现实更现实的现实。现实其实今天已经比想象更有说服力。当年对于中国“崩溃”和“威胁”的想象已经受到了现实最无情的历史的讽刺。中国人一百年来的奋斗和努力所追求的强国的梦想，今天已经有了一个前所未有的具体的呈现。中国人其实在感受到了这种崛起带来的自豪感和历史的成功感。历史已经将我们带到了一个新的全球的平台之上。

当然，2009 年也带我们到了一个内部的新的高度，人们一方面分享中国的荣誉；另一方面则对自己的幸福和发展有了更高的期许和希望，人们的“中国梦”不仅仅在于国家强大了，而更在于社会对于个人的承诺的实现和个人受到社会的呵护的要求，人们开始既要有一个大国公民的国际的成就感，也要有一个大国国民在国内的受到关爱的期望。我们期望自己的努力被社会更好地承认，也期望自己的社会让自己感受更多的生活的保障和自我发展的可能。这些期许其实也包含在 2009 年的大众文化之中。从《潜伏》到《蜗居》其实给我们的是一个新的高度。《潜伏》当然告诉我们，人是需要有点精神的，人应该超越世俗生活的平庸性，应该被赋予一种精神的高度。同时也把一种复杂微妙的人际关系的世俗性展现得异常深切。它可以说是展现了精神世界的高度和世俗世界的平庸的一部独特的惊世之作。而《蜗居》当然呈现了不少可议的问题，但也呈现了一些可以思考的问题。它其实表现了中国的中产阶级的年轻人的现实的物质要求已经和他们的父辈或兄辈完全不同，他们其实已经不再简单地期望生活的简单的改善，一种强烈的物质性的焦虑和对于这种焦虑感的精神上的不安得到了相当有力的呈现。应该说，《潜伏》是以精神力量超越了世俗的物质追求的理想的展现，而《蜗居》则是现实的物质力量压抑了某种精神需要的结果。但它们共同说明了中国的公众对于自己的未来的期许在精神方面和物质方面都具有了新的平台。这个平台正是中国大发展和大崛起的历史所展现的更大的平台所奠定的。我们在外部世界的成功，提高了我们对于自己和自己的社会的期许，这并不像有些人所想象的那样不可调和。他们急于把中国的崛起看成幻象，因为他们害怕这是现实。

他们又急于把公众对于更加美好的社会状况的期望看成现实的爆裂，因为他们似乎忧虑这样的期望成真。但2009年所出现的一切临界状态，正告诉我们，我们既为我们的崛起感到光荣，也为我们的社会的提升而呼唤和努力。我们一面可以在中国的光荣里感受我们自己的光荣；另一方面我们也可以从中国的不足和缺憾中看到我们的改进的可能和希望。中国还有太多太多的问题，中国还有太多太多的困境和挑战，但其实中国今天的困难比起30年前来已经好得多，容易解决得多了。当年我们依靠“中国梦”走到了今天，我们一定能够回应世界和我们自己对于我们自己的期许。我常常看到在30多年来的许多时刻预告我们会失败、我们会迈不过去的人，但他们都失败了，他们没有看到这个国家失败，中国比他们顽强，比他们有力量。因为中国和世界的“大历史”和中国参与全球化的深度决定了这个国家和他的人民有伟大的前途。今天这大历史的“势”会给这个社会更多改进自己空间的可能性。因为今天最希望中国稳定的不仅仅是我们，而且是世界；最希望中国为新的全球格局维持自己的发展的也不仅仅是我们，而是世界。大历史比一厢情愿更有力量。

进行这样的粗疏的对于时代的描述，其实是为了深入到我们的文学想象之中。在这个时刻，回首十年的“中国文学”，我们可以发现中国文学所发生的变化也是前所未有的。这些变化一方面是自身的文学史的延伸、发展和演化；另一方面则是中国“大历史”的变化的一个部分。如果我们简单地把文学视为一种对于时代的想象，我们可以发现，其实中国的现实前所未有地跨出了20世纪以来的中国“新文学”对于它的想象，而文学也为了回应这样剧烈变化的中国与世界而进行着前所未有的变化。世界和中国对于文学想象构成了剧烈的挑战，现在对于文学的挑战在于，当下现实比想象更具有想象力，而当下的大众文化的想象力比现实更加现实。而文学也不得不在自己的位置上回应这些新的、似乎猝不及防、不可思议的新的世界。因此文学正在跨出它的历史边界，走向一个新的甚至我们难以识别的新的形态。因此，对于十年来中国文学的发展的思考，其实也必然是我们对于中国的思考的一部分，也是我们对于中国与世界的新的格局的思考。

最近，讨论21世纪以来的中国文学是否具有重要的价值，成了文学界关注的问题。这个问题其实已经持续了许多年，从当年有关“垃圾”的说法开始，关于近年来中国文学的价值问题，就存在着尖锐的分歧，而且两种意见对于当下文学的评价截然相反。现在我们所纠结的是“好得很”还是“糟得很”，是前所未有的高峰还是前所未有的低谷。

问题在于两个方面。一方面我们对于当下中国文学的认知尚存有多方面的困难，我们对于文学现状的描述和文本的解读尚不可能是充分的，在这样的条件下所提出的判断很难具有文学史方面的意义。现在我们对于当下文学的知识方面的分析还相当简单，进行一种明确而清晰的价值判断当然仅仅是主观性的；另一方面，不同的论者在分析和判断一个时代的文学时所援引的知识和价值标准在今天其实有极大的差异性。很难确定一个具有高度共识的标准和尺度，批评者或学者的知识背景和训练以及他们的思想立场和意识形态都决定了他们的思考具有完全不同的方向，所得出的结论其实没有一种共同的话语方面的对话的可能性。因此，现在所进行的有关文学价值论的讨论，其实凸显了我们在对于21世纪以来的中国或全球华文文学的认知角度方面的巨大的差异和我们在知识方面的差异。这里所看到的并不是一个清晰的文学图景，而是在当下文学所呈现的复杂的形态中进行把握的强烈的欲望和阐释的焦虑。今天的文学现象和众多的文本在逃逸出我们对于它的阐释和分析，它们所呈现的形态也让我们越来越难以明确其"位置"。其实，我们对于当下文学的"阐释焦虑"似乎从来没有像今天这样强烈，同时也没有像今天这样引发了情绪激动和言辞激烈的争端。一方面是世界文学和中国文学的关系现在有了新的状况，中国文学在当下世界的位置暧昧难明，过去的一些判断和分析已经显然被突破了；另一方面我们旧有的"新文学"的机制在当下遇到了更加复杂的状况和格局而难以延续，过去惯用的文学分析和阐释的模式已经不再适用。因此，价值判断的讨论的困难在于我们对21世纪以来中国文学的新的形态的认知尚存在不少困惑和问题。我们会发现价值的讨论，正是应该以认知为基础才可能得以展开。这里的问题还是需要回到知识，回到对于"新世纪文学"的重新认知之中。这就是我们难以回避的宿命。

和争议与讨论所关注的"好得很"还是"糟得很"不同，我们还得心平气和地回到重新认知的问题之中。这种认知包括两个方面，而这两个方面也是争议的焦点所在。一是在共时性上，"中国文学"在全球华语文学和世界文学中的位置究竟如何？二是在历时性上，中国文学在内部经历了何种变化，中国文学的内部的新的结构究竟如何？

这些问题在作用于我们的认知的同时，也会对于我们的文学价值的判断有所帮助。现在我们所需要超越的"阐释焦虑"正来源于两个方向：一是文学在困扰自己和自己的时代之间的关系，文学发现时代已经超越了它的把握，因此文学的形态出现了巨大的变化；二是我们现有的关于文学的知识在面对剧烈变化的文学之时有失掉把握的尴尬。现在正是需要从外部的认知和内部的认知重新为中国的"新世纪文学"定位。

二

这里遇到的第一个大命题是我们现实存在的文学所呈现的中国文学与"世界文学"关系的重新调整。

这个命题可以说是20世纪以来一直困扰中国文学的最为关键的问题。在这个问题上，我们所遇到的新的情势是异常重要的，也是前所未有的。

应该看到，中国"新世纪文学"已经成为了世界文学出版活动的一个有机的部分，并已经成为全球华语文学写作和出版的中心。这其实是一个重大的发展，是对全球文学格局的重要的改变，也是全球华语文学格局的重要的改变。30年来我们的文学所走过的道路其实是有重大的扩展和开拓的。对于中国文学而言，一个新的世界性的文学平台已经形成了。

在"新时期"文学的开端时刻，我们所焦虑的是中国文学如何"走向""世界文学"，如何让原来封闭在内部的"中国文学"获得一个新的开放的空间。这里值得注意的是在"新时期"文学开始之时，我们充满了"走向世界"的强烈的焦虑，认为中国文学长期自外于"世界文学"的发展，和世界之间没有取得对话和沟通的可能。这里值得提及的是1980年代的一部具有代表性的文集《走向世界文学》。这部文集集中了当时的年轻的学者们对于中国文学与世界文学的关系的思考。虽然书中的各个章节是讨论"五四"以来的"新文学"作家受到的西方文学的影响。但其导论则提出了世界文学"一体化"的宏大的主张。认为中国文学在"五四"之后才融入了世界文学之中，但后来中国文学又和世界文学相互隔离，直到新时期才回到"世界文学"之中。[①] 这个"世界"之中的中国文学是在两个向度上展开的。当时这部书在其扉页引用了歌德的名言："世界文学的时代已快要来临了。"也引用了马克思《共产党宣言》关于世界文学的重要段落，来召唤一个"世界文学"的到来。

首先，"世界文学"所指认的"世界"其实还是在西方的"现代性"的框架中的"西方"为中心的世界。中国文学"走向"世界，实际上显示了其时间上的滞后和空间上的特异。正是由于这种时间上的滞后，中国文学被视为通过借用时间上先进的视角观察中国的文学，也被视为用一种空间上的普遍性来透视中国的文学。因此，中国文学乃是一种"世界文学"边缘的存在，

---

① 曾逸主编《走向世界文学》，湖南文艺出版社，1986，第1~72页。

仅仅具有在中国内部的意义，而不具有世界性的意义。在中国内部，文学的功能是进行国民的“启蒙”和国家的“救亡”；因此，外部的读者对于中国文学的兴趣仅仅是由于中国文学具有社会的认知价值和意义而存在的。而在中国文学内部对于“世界文学”的兴趣也是“新时期”以来中国文学发展的重要的动力。如对于诺贝尔文学奖的强烈的兴趣，对于拉丁美洲的“文学爆炸”的兴趣，这对中国的“寻根”文学思潮产生了关键性的影响，而整个现代主义的文学思潮对 1980 年代以来的中国文学的趣味的养成和作家的视野和表现方式的影响都是极为巨大的。“走向”世界一方面是需要让世界了解我们的文学，同时也需要通过对于世界的了解来扩展我们的视野和充实我们的文学。这是中国文学在“新时期”走出封闭的重要的方面。

其次，“世界文学”实际上还包括自“新时期”以来才纳入我们视野，成为一种现实存在的全球华语文学。它包括海外华语文学和港澳台地区的文学。这些文学在新中国文学的前半期几乎完全不为我们所了解，而中国大陆的文学在 1949 年之后也对于全球华语文学缺少了解。这种在海外和大陆完全隔绝的条件下，“世界文学”之中的“华语文学”也处于一个分裂为不同部分独立发展的文学。它们的历史条件、文化背景、传统的传承都有极大的差异。因此，中国文学也和海外及港澳台的华语文学之间有着断裂性。可以说，全球华语文学有“海外”和“大陆”两个独立发展的平行的结构，两者之间并不相关的独立发展，在各自的语境之中延伸成为当代文学史的独特现象。而这部分文学中的相当部分在“新时期”的早期就迅速进入了中国，对于“新时期”文学产生了相当的影响，如白先勇、聂华苓等。

经历了 30 年的高速的经济和社会的发展，中国的社会发生了巨大的变化，全球化和市场化已经深刻地改变了中国的所有方面。文学的发展也出现了根本性的格局的改变。一方面是“新时期”以来对于西方和世界其他地域的文学的广泛的介绍和翻译形成的“世界文学”的涌入；另一方面则是海外及港澳台文学的广泛的介绍和了解，使得以中文为基础的全球华语文学的新的沟通与联系开始出现。经过了这些年的变化，进入“新世纪”之后，中国文学在“世界文学”中的位置已经发生了极为深刻的改变，而它在全球华语文学中的中心位置也已经得到了确认。

这里要看到的是中国文学已经成为“世界文学”的一个结构性的要素，而不再是一个时间滞后和空间特异的“边缘”的存在。它已经不再是巨大的被忽略的写作，而是一个全球性文学的跨语言和跨文化阅读的必要的“构成”，是所谓“世界文学”的一个组成部分。

华语写作的影响力其实已经是相当稳定的存在。这往往并不为中国国内的读者所充分了解。我们所知道的全球"纯文学"的空间实际上是相当小众的，而在这个小众的圈子之中，中国文学已经被视为华语文学的主流。中国现有的"纯文学"的翻译和出版已经成为一个相对稳定的小众化的国际阅读文化的组成部分。像莫言等人的小说其实已经建立了一个虽然"小众"但具有国际影响力的市场，而莫言这样的作家其实已经跻身于国际性的"纯文学"的重要作家的行列，具有相当大的影响力，这种影响力其实已经是海外华语文学和港澳台文学难以具备的。他们的新作出版后很快就会得到不同语言的翻译，也由各个不同语言的"纯文学"的出版机构出版，也已经经过了多年的培育有了一个虽然相对很小，但其实相当稳定的读者群。在英语、法语、日语、德语等语种都形成了相对稳定的出版和阅读机制。虽然这些作品的翻译文本的影响还有限度，但显然已经有了一个固定的文学空间。中国文学的国际性已经变成了一个现实的存在，也已经是"世界文学"的一个构成性的要素。当然，中国文学的"纯文学"和通俗文学的市场也已经是全球性的文学出版业的重要的部分。许多重要国际性作家在中国都有稳定的市场。这种中国文学和世界文学的深入的联系实际上已经很大程度上化解了我们原有的焦虑。

同时，我们可以发现，中国大陆已经成为全球华语写作的最重要、最关键的空间，是全球华语文学的中心。像王蒙、莫言、刘震云、苏童等作家都已经是全球华语文学的最重要的作家，他们在海外华语文学的读者中的影响力也是非常巨大的。从港台作家及海外华语作家的中文出版的作品在大陆市场的行销中看出，中国大陆的虽然从内部看相对较小但极为庞大的"纯文学"市场在开放的环境下其魅力远远超过了其他地域的华语文学空间。因此我们可以看到港台的重要作家如张大春、朱天文等在大陆的文学市场中的影响已经相当大。同时，像虹影、严歌苓等从大陆移民海外，并在海外出版作品获得声誉的华语作家，在21世纪之后纷纷回归大陆，在大陆的文学出版中寻求发展，这其实也显示了中国大陆在文学方面的中心位置。像严歌苓的《小姨多鹤》、虹影的《好儿女花》、张翎的《金山》等作品，都是这些曾经或者当下依然生活在海外的华语作家的"跨区域"、"跨国"的写作和阅读空间。

因此，从"世界文学"和全球华语文学的角度看，中国大陆的文学本身已经是其中的有机的一部分，已经不再是在边缘充满焦虑和困惑的文学。中国文学已经无可争议地处于世界文学和全球华语文学的新的平台之上。它的形象和形态已经发生了独特的变化。这些变化其实说明了我们今天对于它的评价和价值方面的困惑来自这个新的空间的新的要求。可以说，现在中国文学已经是世界文学的一个重要的构成要素，而不是一个孤立发展的独特的形态。正是在这个平台上我们才会感受到新的压力和新的挑战。关于“好得很”的评价正是从我们在这个格局中的新的位置上得到的可能，而“糟得很”的评价也是源于这个新的平台对于我们的新的要求。今天的评价上的差异来自一个新格局和新平台所展现的新的可能性。“五四”以来“新文学”对于世界文学的想象，在今天已经是一个现实的空间。这个空间已经突破了既定的“新文学”的规范和限定。中国文学不仅是全球华语文学的中心，也是新的“世界文学”的新空间。

三

从内部看，中国文学已置身于一个新的平台之上，中国文学的扩张是引人注目的，同时也是激起了最大的困惑和争议的。我们对于文学判断的困扰很大程度上来自这个方面。整个中国文学领域这些年来正经历着一个格局转变的过程：也就是在原来已经形成的文学界之外出现了仍然以传统的纸面出版为中心的“青春文学”和以网络为载体的网络文学，这些新的文学空间经历了这些年的高速的成长已经逐步发展成熟。目前，一方面是纸面出版和“网络文学”双峰并峙，另一方面在纸面出版方面，传统的“纯文学”和“通俗文学”与“青春文学”的共同发展也已经成为新的趋势。从1990年代后期以郭敬明和韩寒等人为代表的“80后”作家出现到现在，“青春文学”在传统纸面出版业的市场已经显示出了自己的重要影响力。目前的情况并不像有些人认为的那样简单，“青春文学”和“网络文学”的崛起并不是以传统的“纯文学”的萎缩和消逝为前提的，其实三者不是一种互相取代的关系。传统的文学写作仍然在延续和发展，我们发现传统文学界仍然相当活跃。这是新的文学市场的出现，也是文学的一个新的空间的发现，它们和传统文学其实是共生共荣的关系，而不是互相取代的关系。它是文学总量的增多，而不是文学的萎缩。它们和传统文学既有重合、相交和兼容的一面，也有完全互不兼容，各自发展的一面。

我们在1980年代所理解的“文学”经过了多年的变化已经变成了今天一个由一些对于文学有相当兴趣和爱好、有所谓“高雅”趣味的中等收入者的“小众”所构成的稳定但相对较小的市场，这个市场其实早已走出了前些年的困境，运作相当成熟和有序，这一部分的文学需求相当固定。这个“小众”

市场就是我们经常说的"纯文学"的市场。这个市场也能够有效地运作，是文学出版的重要的方面。在这个市场中有号召力和市场影响力的作家也不超过十个人。如莫言、贾平凹、刘震云、王蒙等作家都是在这个"小众"市场中具有广泛影响力的作家，其中如莫言在全球华语的文学读者中也有相当广泛的影响。这样的新的内部的格局和外部的格局之间的越来越深入的互动和互相影响其实形成了中国文学的重要的新的形态。我们只能从这里切入对于"新世纪文学"的理解和分析。

同时，在"新时期"还出现了以类型小说为中心的"通俗文学"的写作。在当时是由王朔和海岩为代表的一批作家打开了新的领域。所指是自"新时期"以来所形成的与社会的市场化紧密相关的文学的新的面向市场的新的文学。这也就是我们往往称为"通俗文学"的部分，这部分的作者、出版者和读者主要是在"新时期"以来发展起来的文学阅读市场中发展的。它包括一部分面对市场的作家，也有一部分在市场化中以市场导向运作的国营出版机构和1980年代后期开始崛起的民营出版业，也包括在1970年代后期以来通过诸如金庸、三毛、王朔和海岩的写作所产生的重要影响，这是这个1980年代以来的新的市场中的现象。这一部分的写作和阅读是1980年代从传统的"文学界"中分离出去的。其运作方式是极为市场化的，是作用于一个1980年代以来构成的"大众"的市场的。这种文学在现在也形成了有较为固定的大众读者和稳定的类型，如职场小说、官场小说、商战小说等等。真正从其中分离出来的是"青春文学"。

从1990年代后期以郭敬明和韩寒等人为代表的"80后"作家出现到现在，"青春文学"在传统纸面出版业的市场已经显示出了自己的重要的影响力，"青春文学"已经逐渐成为文学中的重要的力量，也已经成为文化创意产业的一个相当重要的力量。如"第一届The Next文学之新新人选拔赛"就是由在传统的出版业界已经建立了声誉的长江出版集团的北京图书中心和以郭敬明为中心的柯艾公司共同组织的。这种传统的出版机构和郭敬明的团队的深度合作无疑显示了"80后"的市场影响力和已经成为了文学的新的增长点。"80后"作家的青春期都是在中国市场经济高速发展的时代中度过的，他们经历的是中国历史上最富裕和最活跃的时期。社会生活的发展让他们更有条件去表现从个人的日常生活到一种"普遍性"的人类的体验的可能。20世纪中国特有的经验现在逐渐被这些年轻人关注的人生具有普遍性的问题所充实和转换。他们的作品当然还有青少年的稚嫩，但已经有了一种新的世界和人类的意识，也表现出注重个体生命的意义，人和自然和谐等新的主题。这些和我们当年的创作有了相当的不同。这些变化并不是我们所熟悉的，也不成熟和有力，但却是新兴的文化思潮的萌芽，自有其独特的不可替代的意义。

网络写作为中国方兴未艾的“类型”化的文学提供了广阔的园地，网络中诸如玄幻、穿越、盗墓等“架空”类型的小说给了许多青少年读者新的想象力的展现的可能，同时也获得了许多忠实的读者。与此同时，表现年轻读者在人生中所遇到的个人问题和挑战的小说如感情、职场等小说也受到了欢迎。这些小说“类型”在现代中国由于社会的现实问题的紧迫性而一直处于受到压抑的状态，没有发展的机会。而且在传统的文学评价系统中也地位不高，处于边缘。中国文学的现代传统所具有的“感时忧国”的特点对于这些“架空”地想象或者回到个体所遇到的具体的现实问题的表现的类型往往并不注重。而网络的崛起其实正是和中国高速发展的时期同步，这就为这样一些小说类型在传统的纸面出版业尚未意识到其新的趋势的空间中有了重要的作为。网络文学和青少年读者之间的紧密的联系其实是会对于未来文学的发展形态产生重要的影响。网络文学的另外一个重要的特色是其长度完全超出了纸面文学的限度，动辄以几百万字的篇幅出现，故事本身也有相当浩瀚的规模。这当然是网络的无限的容量和读者在网上阅读的状况所决定的。

客观地说，传统文学中的“通俗文学”、网络文学和青春文学实际上仅仅是一个国内市场的现象，而“纯文学”具有的“跨国性”的影响力其实是一个重要的因素。目前看来，所谓中国文学的“世界性”主要体现为“纯文学”。而在中国内部的读者中“通俗文学”依然保持了其本身的影响力，青春文学和网络文学的影响力正在前所未有地扩大。这样，“五四”以来形成的“新文学”的模式已经被超越了，中国文学的传统的现代框架已经被替代了。这种替代有三个方向已经形成了总体性的趋势。

首先，文学已经由塑造“公民”的责任的使命感的要求，转向了在“公民”和“消费者”之间的平衡。

其次，文学已经由一种社会询唤和生活反思的中心，转变为一种具体的文化类型。它不再以文化的中心的位置向社会发言，而是文化的一个独特的、不可替代的部分。

最后，文学在中国的运作形态已经越来越具有和其他发达国家相似的形态。

这样一些变化所带来的新的中国文学的内部结构，其实是一个新的文学空间的再创造。它超越了 20 世纪的“新文学”所框定的结构。

四

实际上，对于新世纪文学的讨论，正是反映了新的文学格局所呈现的新的面貌。我以为，价值的讨论当然有其意义，但首先需要的是对于文学形态和格局的再认知。没有这种认知，我们的评价往往缺少必要的条件。我以为中国文学当下所经历的一切正是和“新世纪”中国的发展息息相关的新的变化，对于这些变化的深入思考应该成为我们新的探究焦点。这些变化一是突破了“五四”以来“新文学”对于文学的世界性的想象，二是突破了“五四”以来“新文学”对于中国文学内部格局的想象。从这个角度看，中国文学的新的经验会对于世界文学和我们自己产生前所未有的新改变。这些改变无论如何评价，它都是前所未有的，也是未来在现实中的新的展开。但我坚信，中国文学今天的新平台和新面貌是我们时代的中国发展的一个重要部分，也是中国在自身的崛起过程中所出现的新形态。它的意义还有待未来的新思考。

［原载《文艺争鸣》2010 年 2 月号（上半月）］

一个文学史难题与三个现状层面

·施战军·

价值认知，历来是一个在哲学领域里的疑难问题。放在文学评价的维度上，尤其是“当代”并“文学”的范畴，则令人不免出言踌躇。物理时间带来的迷惘，使我只能说些没有多少把握的话，也只好把“价值认知”看作历史与情感的混合辨识，把自己多年阅读、教学和研究所得的感受先简略概述，然后再以自己有所经历和体验的阅读，对当代中的目下多啰唆几句。

认知的艰难

近20年来，“二十世纪中国文学”观念的衍化，已经让文学史家把一般历史学意义上的晚清、近代、现代和当代缝合联结为一个大的文学史断代划分，与之相对的是“中国古代文学”。我本人不反对这种文学史学术取向，但是在这种学术情势下，“中国当代文学”的讨论几乎等于转回来拆骨割肉了。从历史的角度看，这个“当代”的文学过程毕竟有其区分于此前的历史状貌，此前的生活和事物在文学化的时候，已经被视之为“历史题材”，依次发生的思潮有遥接古代、近现代的，但无不带有当代人的认知特色，更有当代生活的新经验和当代观念的新认知。

在集体话语与个性表达的思潮流向方面，现代文学与当代文学有着相映成趣的路数。按照学界较为通识性的观点，20世纪四五十年代是现代与当代的节点，而这个节点上，是集体宏大话语的高峰期，集体话语集中于“革命”、“民族”等主题中。从这里追溯现代文学，越是历史时间的深处，越是凸显创作个性；而从这里向当代时间的展开方向上看，越到当前，个性的显露越发芜杂。

比如20世纪二三十年代的“拿来主义”的时兴与“八十年代”的先锋文学理念的骄傲；20世纪二三十年代个性解放的倡导与“九十年代”的个人

化和女性主义的兴盛；20 世纪三四十年代的家园原乡意识、市民生活叙写的勃兴与“八十年代”寻根热、市井与城市文学的风行；20 世纪 20 年代到 40 年代农村破产或者丰收成灾的主题与 90 年代后期至今的“进城”文学的持续升温……这些现象的对照也许对研究当代文学及其文学史关联会提供一种价值认知的路向。

也就是说，“新”可以论，“成就”也不妨罗列，但是轻言“开创”是要冒险的。似乎有人说过，和现代的知识分子（包含作家）相比，当代的知识分子（包含作家）的古文和外语水平未必普遍有所提高。但是区别又是客观存在的。创作主体立于“当代”，毕竟会有不同于以往的身世之感，活的遭际，对作家的影响总是第一位的，所以我们完全有把握判定：如今的文学与现代文学甚至 20 年前的文学相比，是有不同的。据说，能与世界顶级水平相抗衡的诗人也已有不少，世界著名作家（包含中国作家）之间会面论剑的机会并不比鲁迅那时候罕见。因此，在“当代”还在继续的时候，让我们期待着那充分强大地满足我们乐观向上的价值认知的时刻早日到来。

“价值认知”离不开具体的现实语境，可是一旦将之场域化，就必定带有个人认知的局限，因此以下三个层面的分析，主观偏见肯定更多。

关于长篇小说的现代正史叙事

近年来文学艺术领域里对现代正史题材的热衷几乎可以跟新中国成立后“十七年”时期遥相对应。可以说，现代正史叙事的两个高潮期，便是“十七年”和 1990 年代以来这近二十年。

“三红一创、保林青山”这些已成当代文学红色经典的长篇小说，几乎都是这一类题材。其中的大部分作品，继承和发展了中国文学传统的故事讲述模式，“中国式的讲史说书”的魅力得到了充分的发挥，因此获得大众普遍的接受和喜爱。中国人很容易就能够认知的生活记忆与想象，构成小说中英雄和新人形象的情境，典型人物所承载的历史观人生观，也就深深影响了广大读者。

20 世纪 90 年代以来，这类题材创作的突破点主要体现在对英雄传奇模式和单一依附历史观的情况的变化上，向民间走得更深，更具细节化和立体化，文化的元素更凸显，艺术上更考究，人心和民族共通性的含量更丰足。《白鹿原》就是最先体现这样的追求的大作品。这方面，军人小说的贡献就更显得集中和突出，《我在天堂等你》、《英雄无语》、《兵谣》等，上承李存葆、乔良、朱苏进等关于战争与人的思辨，下启英雄与日常生活的关系的探照，给我们留下的是不断刷新的军人小说佳作篇目。21世纪以来的创作，对现代革命的思考更加深远和广博，比如《圣天门口》，百科全书式的追求使之在革命历程的主线之外还有关于民间野性、风俗、伦理、宗教和历史运动的多重结果的探索，反顾中将人的具体处境和身心困境连同革命所必然付出的代价自然地呈现出来，古今相照的设置和天、地、人的大结构效应的生发，让我们不仅真切地获得重新回到了现代革命的现场感，还有一种无限延伸思绪的形而上求索特质；《我是我的神》则在英雄气韵和英雄性格的把握中，将民族、成长、身心之爱与战事、迁转和血脉遗传与性格变异等加以杂糅，有一种前所未见的雄浑的审美力量。还有一种是在小人物的日常生活和大历史背景的关系中展现人心本然的状态的作品，它的主要场景不再是“革命”和“运动”，而是生活际遇和过日子本身，但是在深层有对动荡历史中的人的内心情感和文化性格因素的深深打量。比如《小姨多鹤》，中国传统文化中的“仁恕”精神恰恰是在战争仇恨和历史危情之中被照亮的，可以说这样的作品是对“正史”叙事的有益的丰富。

当然，我们看到还有不少赶任务式的急就章，存在突出的问题。匮乏对艺术的耐心，其实就是缺少对文学和历史的应有尊重。好在我们已经有一些好作品起到了标志性的作用。较为直接地描绘现代革命史的小说，更懂得通过微观描写见证大历史的肌理，比如《地平线》等作品，确凿的史事和鲜活的细节使得大小人物都跃然纸上，充分体现了文学独有的魅力。尤其是抗战题材的长篇小说，比如《亮剑》、《历史的天空》，具有明显的历史还原和英雄人物性格更加人性化的特点，其中对国共两方在抗战中的历史真实的写照、对英雄成长中人化因素的重视，显得更为自然亲切，因此“革命英雄主义”就获得了更大的感染力。

人物更符合人的逻辑，史事更符合历史的逻辑，细节更符合生活的逻辑，创作更符合艺术的逻辑，使现代正史题材创作具有了新时代的文学意义。然而，对于现代正史叙事的暗线和末梢部分，我们现在的文艺创作确乎兴趣浓厚得已经过度，仿佛在谍战、反特等类型的另一战线的英勇聪敏之士比主战场上的英雄要高明且众多。智谋迷恋，已成为如今现代历史题材写作的偏至。在此我们有必要吁请作家们不要忽视对现代史上那些让民族蒙受深深创痛的重大事件的深度关注，比如“南京大屠杀”、“重庆大轰炸”、“731细菌部队”，至今为止，我们还没有足具历史分量和艺术力量的作品出现，这种不可思议的缺席，更是我们长篇小说创作的一个过于醒目的、令人极为遗憾的空白。

关于城市文学现状的断想

单单要拣出城市文学来说，是因为相对于乡村文学的持续兴盛，它本来应有的成就并没有在我们这个时代得以充分显现。

现在的城市文学的不足是对城市和城市人精神把握能力的欠缺。并不是面面俱到地写城市，就是等于拥有整体把握的能力了。整体把握，是指对城市的精神和城市人的精神的探知。

在这方面，新生代小说家，比如张旻、述平、荆歌、罗望子等，曾经做过一些努力，他们使城市成为中国文学正面表达的维度。但是他们也并不是没有问题，他们对城市几乎都是状态式的、情绪式的描摹，这样的描摹呈堆砌之势，压盖了对精神的穿透性认知的意图。正因为此，表现出的是暧昧的、飘忽的、碎片化的城市。作品中也大多是非主流人物，比如游民、无聊者等。缺少一种整体把握能力，从中看不到城市人和城市的整体风貌及其精神结构。另一部分作家作品，比如俞天白笔下的“大上海”，有史诗化全景式展现的努力，但一定程度上又忽略了日常生活感受中的城市人的状态。阮海彪的《死是容易的》内里是生命、生存的悲剧感，形而上的东西想得多，但与城市的互动关系上似乎还是有许多空间没有展开。

为什么一提城市文学就提巴尔扎克？巴尔扎克写得很杂，但他能够把城市人基本生存与精神的状态立体地体现出来。狄更斯是一位出色的城市小说家，跟巴尔扎克相比，他更注重小说艺术。

他们的吸纳吞吐能力实在是强大。而当下的中国作家，襟抱和技艺都还远远没有打开。不仅年轻一代存在这个问题，年长的一代也同样如此。过去我们一直太向着大的语词起劲，因大失小，而现在我们又因小失大。怎么能在大小之中找到一个平衡点，是当务之急。

有两种议论需要回应。某报发给我的问卷中就曾这样设定：一是城市文学写作“人才断档”，一是畅销书与网络文学对城市文学的贡献比常规纯文学突出。从已经成名的中年作家来看，作品断档的现象是存在的，但更多的年轻作家的写作在向城市聚拢。20 世纪 90 年代之后，媒体控制了声音渠道，把纯文学抛开了，大众舆情的关注中，非影像的文学无论在哪个题材上的写作都无法传递真切的信息。媒体关注的不是文学和作家，而是文学事故。比如那时候周洁茹的小说是带有城市文学气质的，卫慧早期写作的中短篇小说，都是比较优秀的，但媒体并不为此造势，这些新起的作家赶上了灰色娱乐资讯时代。而仅从上海来看，潘向黎、南妮这几年的创作在特定的层面，尤其是她们带有闺秀气质的作品已经处在城市小说的前沿。我坚持认为灰色媒体再强势，文学依然要秉持文学的韧度，年轻作家一直都有承续，城市文学一直在生长。比如戴来和朱文颖，一直是出色的城市小说家，魏微、金仁顺后来转向城市人生叙事都很有成就，放在现今的城市文学视野中，他们和艾伟、徐坤、慕容雪村、陈希我、吴玄、徐则臣、王手、叶弥、盛可以、须一瓜、鲁敏、乔叶、黄咏梅、杨怡芬、滕肖澜、薛舒、吴君、王棵、央歌儿、周瑄璞、王传宏、王秀梅、谢宏、方格子等一起，正走在成功的路上。

对畅销书和网络文学中的城市描写，我整体上评价并不高。他们也写城市生活，只不过大多是以职场小说为主的读物写作而已。城市并不是他们真正的描写对象，那种所谓的城市是充分符号化的，而更多的是描写他们在城市里的自得和自我幻象，以及城市里所遭遇的小心情小遭际等等，对城市精神的揭示所作的贡献很小，从深度、广度上远远赶不上纯文学作家。比如李佩甫《城市白皮书》、《城的灯》，范小青的《城市表情》，赵本夫的《无土时代》，这些中国作家在写城乡差别之下的城市与城市人方面，不仅有宏深的景观，更有深刻的对世道人心的把握。网络文学和畅销书与这些作品确实不具备可比性。

网文与畅销书的充塞，其实也只是浮表的商业繁华，与文学关系甚微。当代文学发展史中，乡村文学多年来一直是正统，城市文学的传统积累不是很丰厚，在城市现代性精神的形象化方面我们还没有真正的长篇力作。这其实也正给我们现在这个时代提供了机会，就是说对城市的叙写充满了创造的可能性。现在我们缺少的是城市文学经典，很难找到具有城市文学经典可能性的作品。对城市精神和城市人精神具有穿透力的把握，是目前文学创作的疑难所在，也是目标所在，这难道不正给当今有准备的作家们提供了绝好的创造机缘吗？

关于多媒体格局中的文学命名

“传统文学”，是一种荒谬的提法，很像商家为促销免费赠送的帽子，一向厚道地愿意接受“新词语”和“新事物”的“传统文学”中的些许诸公，面无尴尬之色地戴上，并不去识读帽子上印了什么咒语。在网络写手被网络公司雇佣的前提下，此命名用意可疑，既是商业操盘手的蓄意涂鸦，也是网文自我优越感觉的膨胀物之一。随着网民与网络文字的扩张，已经越来越具有“基于恐吓的论证”特质。为什么我们要对活得好好的东西给一个已死模样的前缀？即便已经出现相对性的局面，呈现了对举式的发展状况，也应该守住实质性的尊严，名与实都不可拱手相让。

网络文学在落到纸面之前，只是多媒体文学的一部分。拇指文学（现在通称手机文学）自2004年千夫长的《城外》发布，也已新兴了五年，3G的兴盛也在大量蚕食侵吞以往的“网络文学”和网络读库的天地。我们还难以想象文学媒体的多样化会发展到怎样的载体阶段，何况我们已经在许多年前就有过不少专门的广播小说、电视文学。它们的兴起因由更多的是现代传播手段与消费社会大众趣味和生存节奏的耦合，而在文学的本质性面前，载体或媒介的新增并不能说明文学真正改变了什么，只是让文学感受力和恒远的精神追望相对稀弱的人找到了适合他们口味的读物。何况，网络公司以字数篇数、点击量作为写手报酬的标准依据、公司以契约关系对写手发表的限制、网页对读者的收费阅读等手段，早已经使网络文学写作的自由神话天空变成了雇佣劳动车间。网络资本持有者最清楚，在生产与消费的链条上，在剩余价值的利益驱动下，在高科技时代，此类托拉斯，乃是原始劳动与大机器生产的混血儿，而劳动生产者过的是怎样黑白颠倒的奇异日子。

即便我们谈论新媒体文学的多样性和可能性，也应该把丰富文学的生态作为前提。而不要先妄自菲薄高蹈的艺术，而盲目跟从商家舆论及灰色娱乐传播的腔调，去崇拜本不构成对手的对手。

以文字为基本媒介、以神思专注的捧读作为人类审美享受和精神骄傲的文学依然体面地存在，并必将生生不息。

（原载《文艺报》2010年8月11日）

封闭在历史洞穴中的想象

——《蛙》与莫言暴力史观的限度

·殷罗毕·

当我们每天清晨都在关于暴力和灾难的讯息中醒来，并被其包围和淹没耳目时，故事尤其是长篇的罗曼司已开始大面积从公众的日常生活中退出。故事被讯息替代，虚构被现实远远抛开，最离奇的想象也追赶不上新闻的残酷血腥。在20世纪初，本雅明便宣告新闻的胜出其实质在于经验的贬值，故事或者说长篇小说的衰败在于我们交流经验的能力的衰减。“经验从未像现在这样惨遭挫折：经济经验为通货膨胀所替代，身体经验沦为机械性的冲突，道德经验被当权者操纵”。（本雅明，《启迪》，第96页）本雅明近一百年之前的判词，即为我们当下的现实所写。但即使在经验急遽贬值的时代，人类对于经验的获得与交流事实上依然有着强烈而内在的需求。这便是莫言近年来的长篇小说，那些关于暴力和灾难的故事依然保持公众对其注意力的原因，因为暴力是我们这个时代的基本经验。

农民世世代代扎根其中的土地被国家连根拔起、收归集体所有（《生死疲劳》），中国人的生殖器被国家计划、管制和结扎起来，即将出生的计划外生命被制度化地捕杀（《蛙》）。莫言近年来所讲述的中国经验不可谓不严重，不可谓不刺激，甚至在感官呈现的层面上有点太过于刺激。但正是在这些刺激的题材中，读者通读全篇长长的小说之后都隐隐地感到了一种不满，一种不可名状的失落的气氛在莫言的读者群对其小说的评论中升起。

这种不满首先是针对其小说过于快速的话语风格的，例如《南方都市报》上对小说《蛙》的评论，便是《太快太多太喧嚣》。该文作者何同彬表示，“我想他实际的创作时间不会太长，因为这种书写与《食草家族》、《天堂蒜薹之歌》、《丰乳肥臀》、《酒国》、《四十一炮》、《生死疲劳》的书写一脉相承”。一言以蔽之，嫌他写得太快。写得快慢与否，当然并不能成为一种文学批评的依据，文学史上疾风暴雨般倾泻而下一气呵成的伟大篇章比比皆是，凯鲁亚克用三个星期在一卷30米长的打字纸上敲出了《在路上》。显然，写作绝不是马克思所说的生产劳动，其价值并非由必要生产时间所决定。因此对于莫言写作过快的指控，在理论上并不成立。但莫言的文本确实给人以一种写作过速的阅读观感，它并不来自文本背后的这个作家在生活中花费了几天几周完成长篇，而来自小说主题的重大性、刺激性与小说文本所提供的形象之含糊、经验之贫乏间的鸿沟。莫言小说中的形象之模糊、经验之贫乏并不表现为其叙述、描写的干瘪、苍白，恰恰相反，莫言在感官层面上极度渲染和铺陈着关于暴力、权力的场景。但经验并不等同于场景渲染，经验在更根本的位置上与完整、独立的伦理判断内在相关。

农民土地集体化，抑或管制每个中国人的生殖器，管制每个中国人生命的繁衍，这些主题之所以让读者充满了预期，因为它们都与中国人在近60年来其生命所遭遇的普遍和内在的创伤性经验有关。这些经验从根本上规定了中国人的生命状况，甚至规定了中国人生命本身。但就在我们在莫言的叙述中期待着一场真刀真枪的暴力和战争在我们面前开演时，我们却发现自己一脚坠落到了一场家长里短的扯皮和婆婆妈妈的唠叨里面。尽管农妇的歇斯底里本身也充满了感官刺激，但这种话语泡沫往往并不是去揭示而是掩盖了关于中国人所身处其中的暴力与权力主宰生命的根本现实。

家庭事务与国家暴力

所谓计划生育，事实上是中国人最隐私的身体部位——生殖器被暴露和控制在国家的手术刀之下。卡夫卡警告我们，某天早晨你在自己的床头醒来，会完全无来由地被两个人从温暖的眠床被中拉出，从此失去自由。这是个人生命被国家权力高度管制的现代世界的真实图景。而计划生育则远远越出了卡夫卡所想象对于床笫的权力，而发展成为一种对于子宫的权力。在个人生命最隐秘也最靠近生命母体之处，一种国家暴力的出现是对母体世界的破坏，这种暴力打击将生命瞬间抛入一个陌生、冰冷、敌意的世界之中。陌生、冰冷和敌意，即为暴力一词所隐含的基本意义。暴力，即意味着生命与母体或世界的亲密无间性之摧毁。暴力首先意味着对个体生命并不善意或者说充满敌意的世界，而个体生命也正是在这一敌意性中获得了自我意识的觉醒，第一次看到自己作为一个有限的个体在世存在的孤独和必死。

因此，暴力反对意义或交流的存在，暴力反对语言。暴力出现之处，语言被迫缄默。在海明威的小说《杀人者》中，那个餐馆服务生在目睹即将被杀手杀死的拳击手之后，觉得自己再也无法像原来那样生活下去，在小说的结尾处，他决定离开这座城市。因为暴力所伤害的绝不仅仅是那个承受暴力的受害者，暴力还摧毁了原本我们可以与之交谈、商量，我们与之存在着内在联系的、愿意接纳我们的人的世界。当这一暴力事件发生时，这个人的世界被打破了，年轻的服务生原本所信赖的生活轨道也从此倾覆。正是在这里，暴力的根本才暴露无遗。在这种无法与之交流和联系的暴力面前，孤立的承受者（无论是直接的受害者抑或是那个服务生一样的目击者）必须做出某种决断，在这个决断之中也就诞生了我们称之为个人的存在。

但是，在莫言那里，伸入“我”身孕六月妻子子宫的计生委铁钳却被说成了一桩家庭事务。因为负责计生到处搜捕超生孕妇的手术医生从小说一开始就被安排成“我姑姑”。自莫言第一部著名的小说《红高粱》开始，我爷爷、我爸爸、我姨妈充斥在这位写作者的长篇文本之中，成为其叙述的基调。这个基调使得对于作为叙述者的“我”而言，这个莽然森然的丛林世界上的强盗、造反者、革命者都成了与“我”亲密无间的亲人。甚至从西方进入中国的异类他者，也与“我”具有了某种血缘关系，比如在《丰乳肥臀》中，那个对于晚清的山东农民而言完全是陌异文化的代表——西洋神父，在叙述者的谱系中却也成了我们家族的一个成员，因为上官金童这个混血儿就来自神父的血脉。而对于日本人，这个中国人自近代甲午战争和南京大屠杀以来受其伤害最为深重的外部暴力形象，早期的莫言确乎保留了他们边界明确的侵入性的他人形象。在《红高粱》中，罗汉大爷被活生生剥皮，便在整个小说中投下了一片暴力生硬、无端的阴影。在与此种无端的、不可理喻的强暴力对峙中，红高粱强悍的生命力也才得到了真正的显现。但日本人——这个不可理喻的他者暴力形象，在莫言后期的作品中也被编写和吸纳到他的亲族谱系之中。在《蛙》中，叙述者“我”与来自日本的文学家成了朋友，在对人类文化和艺术的共同尊崇和敬畏中成了有着共同精神血缘的家族成员，而当年曾经逮捕和关押“我”前辈的日军司令则正是这位当代的日本朋友的父亲。就这样，历史中外部闯入的暴力形象都通过“我”的叙述而成为“我”的亲族，成为“我”的血缘，成为“我”生命的一部分，并由于叙述角度的转移乃至成为“我”。

在《蛙》这部关于国家制度化地杀戮计划外生命的小说中，在子宫口出现的代表着国家权力的暴力却因为这个实施者是“我”姑姑而获得了一种模糊的面目。国家暴力对个人生命和个人自由以及尊严的侵害，被改装成为一种家族内部生命血肉之间的搏斗和生杀。反对生命的暴力，被叙述成为生命内部的纠葛和撕斗。于是乎，莫言貌似在申诉一个暴力故事，其实只是在掩藏有关暴力的事实。

不存在土地的土地叙事

相对于卡夫卡、海明威等现代暴力讲述者面对暴力时的沉重缄默、一种语言上的压力和困难，莫言面对暴力时则滔滔不绝。之所以面对暴力都能滔滔不绝，其秘密乃在于他将施暴者讲述成为一个血亲、一个熟人的叙事口吻，在此叙述中，暴力的展示被转换成为对于原始生命力、对于土地的展示。

这是关于暴力最大的悖论。当暴力被细致而微、纤毫毕现地展现在我们面前时，暴力却成了对于生命力的展示，似乎受刑者的尖叫越是凄厉，其生命之火也就燃烧得越加激越。将死亡与生命力互相缠绕为一体的暴力观，虽然与我们日常个人的经验较为遥远，但确实也并非莫言特有的经验。这种寓生命于暴力与死亡之中，并在暴力、流血与死亡中见生命的视野，显然正是农民在土地中所看到的生命视野。荷尔德林的短篇小说《南瓜地里的绞刑架》中，老农由于生育了过多的儿子，土地上的南瓜不够人口的食用，于是老农在地里架起了绞刑架给儿子们当作玩具。在绞刑架上玩绞刑游戏的儿子一个接着一个被绞死，死在地里的儿子肥沃了土地，长成了更大更多的南瓜，而这最后的儿子，也在一个泥泞的雨天里将自己的双足陷于土地之中不能自拔，最终死于其中。事实上，从荷尔德林到海德格尔，甚至到东亚大陆中心的海子，我们都可以找到这种将个体封闭的生命撕裂，将其插入土地之中，以死亡来进入生命的循环。但此种农业时代的暴力—生命观显然有着一个基本的前提，那就是他们还拥有着土地。那些不畏暴力和死亡的生命倒在土地之中，很快就被侵蚀腐败成为尸首，成为土地里的果实，成为更多的更丰盛的生命。

这是支撑暴力向生命力转化的基础和秘密，但是到了莫言这里，土地，这个生命借以在暴力中死去并再次生出自己的母体早已不复存在，整个大地早已被国家釜底抽薪一般从农民的脚下抽走。正是在这个意义上，诗人海子尚且勉强在他的长诗中以乌托邦的形式来生产自己的土地王国并以崩溃于黑暗告终，作为一种有着更为明确指涉性的文体，小说中的土地则完全沦为了一则虚假的神话。当莫言将土地这块已经被没收充公、被联合贩卖的生产资料假借来摊放在那些被强制流产而死去的女人的身下时，笔者感到的并非来自生命渊源的慰藉，恰恰是对生命的嘲讽。他不是让我们去注视那个死去的人，而是让我们加入作者喧嚣的话语中，将痛苦和死亡化作话语喧嚣的泡沫。因此，在莫言晚近的这些小说中，在《生死疲劳》、在《蛙》中，对于生命的叙事不再是让我们去目击、见证和铭记那些失去的生命，而是要在喧嚷中遗忘生命。

土地叙事的另一个原则，便是一切皆为既定的命运。所有发生的都可理解为无选择的生物性生命过程。在既定命运中，动物般的人物，将暴力—权力当做自然来承受，因为个体的生命本身就处于自然的生死链条之中。在高密东北乡这一土地母体中，所有的生命经验包括暴力遭遇都获得了一种自然的命运感。但在土地所有权完全不归农民个人所有的中国，土地完全被权力征用并转变为资本的现实背景中，土地这一母体本身之不存在则带来土地叙事伦理上的虚假性。这个土地母体事实上已经被置换成了权力母体，原先土地叙事中的叙事主体，则成了依附和臣服。

感官叙事的伦理蜕变

土地叙事当然并非完全一无是处，它曾带来对于肉身感官的发现，感官本身在 1980 年代初曾经是对占主流地位国家话语的挑战。对于当时的意识形态而言，所有的生命都被编码成为符号，只需国家一个号令，这些生命符号就必须整齐划一地行动起来。所有的生命就国家而言都是完全可以清晰描述和规定的。在那个烫发、喇叭裤等稍稍偏离主流身体规范的行为都被作为资产阶级自由化来清理的年代，小说津津乐道于一个少年在田野中初次勃起的体验（《透明的红萝卜》），这种对于身体感官的描述本身便构成了对于主流话语的突破，为个人生命的现实找到了在文学话语中的呈现。

对于身体、感官的直接描述似乎为我们带来了当时占据主流地位的社会主义现实主义文学之外的一个全新现实，这个现实在 1980 年代的先锋写作和评论的浪潮中被当做了一个全新的、属于个人的生活领域——在这个领域内，个人享有着处置自己身体的自由和主权。将身体当做我们生存的根本，将欲望、原始生命力作为个人行为自由和个人价值的来源，是那个年代乃至延续至今的整个文学界和批评界的基本判断。先锋写作、寻根，都在这个基本判断和氛围之中行进。但是，发现身体仅仅是发现了一个事实，而并非发现了人的存在。

人的存在绝不是一个客观的事实，不仅仅是对于一具身体、一种欲望的承认，而是一种完全的自我主权或者对于主权的伸张。用 1980 年代流行的存在主义的说法，那就是“绝对的自由”和“存在先于本质”。去存在即意味不断地去成为、去想象、去否定，乃至于去成为什么都不是。正是在这个意义上，存在取消了人被意识形态、知识、传统乃至权力所赋予的本质——某种规定性，不再是人民群众的一员，不再是父亲的儿子，不再是妻子的丈夫，不再是国家的臣民。正是在这个意义上，人的存在才在最根本的位置上不断地创造着人，使被动的一具身体打破身处其中的自然必然性（例如血缘，例如因为对于食物住宿的需要产生的经济需求）的锁链，而成为一个具有独立自我意志的人类。在这里，我并非准备重申 20 世纪中期法国存在主义的论调，我要重申的是人对人的存在的全面主权。

正是在这里，人的生命才具有了独立的意义，对生命的暴力才显露出了绝对的恶的形象，而不再混杂在土地和脐带之中，混杂在刽子手同时也扮演接生婆的角色之中。将个人存在混同于一具身体，将身体又混同于生命链条中的一环，将生命链条混同于土地，将土地混同于国家，将国家又混同于政府，在这个貌似紧密相衔的锁链中，个人存在的主体被置换成为一种依附和臣服，对于想象性母体（往往最终表现为权力）的依附和臣服。这种依附不单表现在莫言小说版图即限定在一个封闭的空间中（高密东北乡），而且表现在莫言小说中的主人公——始终活动在一个完全由熟人组成的世界之中，此外在一个更为隐蔽的层面上，还表现为一种对于所谓现存事实的最终承认，叙述者的想象最终被封闭在现实发展为现在所是的这个逻辑之中。

作为影子或精灵的孩童——独立意志的缺失

将故事彻底编织在一个熟人世界之中，事实上从另一个方向表现了一种强烈而固执的回避倾向，那就是对陌生人的回避与拒绝。孔子说，君君臣臣父父子子。孟子说，老吾老以及人之老。中国传统的伦理世界向来是一个熟人的伦理世界。它以一个家庭单位为核心，扩展成为整个世界的人际伦理。这个过程并非是世界的亲情化，尽管表面上它呈现为世界的亲情化（皇帝是所有臣民的父亲，而黎民百姓则是这个父亲的孩子——子民），这个过程的实质在于人际关系的非契约化，一切都遵循着血缘辈分和假设为血缘辈分所建立起来的权威。事实上，莫言的“我爷爷”（《红高粱》）、“我爸爸”（《高粱酒》）、“我姑姑”（《蛙》）的亲族叙述中，叙述者始终延续着一种缺乏独立个人意志的儿童声音。这个声音倾向于将整个世界看作自己家族的放大。在这个家族空间中，他的想象力才获得一种直接可消化的对象，仿佛世界就是叙述者自己的躯体，是与其肌肤和呼吸都直接相通相连的一个子宫。因此，在莫言的小说中，世界和这个世界内的人和物也就往往被当作食物来叙述，例如：

> 小福子双唇紫红，像炒熟了的蝎子的颜色。（《罪过》）
>
> 我看到小福子的身体愈来愈薄，好似贴在锅底的一张烙饼。（《罪过》）
>
> 孩子们宛若一大串烤熟的羊肉，撒了一层红红绿绿的调料。（《酒国》）

莫言笔下比比皆是的此类描述中，似乎这些对象并不是与叙述主体相对立的他者，而是一种可以直接进入主体内部的食材。但是，叙述主体的感官化本身却也是一把双刃剑，它在吞噬世界的同时，事实上也承受着被世界所吞噬的危险。这种危险，最直接的表现便是叙述者或小说主人公独立个体地位的丧失。

> 先生，我们那地方，曾有一个古老的风气，生下孩子，好以身体部位和人体器官命名。譬如陈鼻、赵眼、吴大肠、孙肩……大约是那种以为“贱名者长生”的心理使然，抑或是母亲认为孩子是自己身上一块肉的心理演变。（《蛙》第5页）

人被命名为身躯上的器官，将孩子当做是母亲“自己身上”的“一块肉”，所有人都是从孩子长大而来的，于是所有人都成为母亲身上的一部分。这可是典型的中国农民的生育观和生命观了。孩子，成为土地—母亲的延续。但是，这种对生命的观点几乎就是对于生命的贬低，如果生命仅仅在于血肉的生育，那么人的生命与动物也就不存在什么根本性的区别了。对此，莫言倒是并不讳言：

> 记得有一天傍晚，我们家的母牛生小牛，不知道那母牛是以我母亲为榜样还是那小牛以我为榜样，竟然也是先生出一条腿，便卡住了……我母亲说：人畜是一理。（《蛙》第23~24页）

“母亲”似乎掌握着某种真理，她不单给出了“我”的生命，而且因为生命都由她给出，于是她也就完全有权力来给出关于生命的真理。“母亲”有着对于生命的最直接而不可为“我”所窥探获得的关于生命最原初的经验。从这个意义上讲，中国依然延续着母系氏族的部落意识。

但生命或者说孩子，从根本上而言，显然并不是母亲的延伸，甚至恰恰相反，“孩子是要来结束我们现在的生活”（普拉东诺夫《基坑》），因为新的生命就是一个新的 will。当我们在汉语中表达这个新的 will 时，往往强调它作为新的“未来”，如一个自然的时间延续，而忽略了 will 首先是一个全新独立的“意志”。无论在存在主义抑或生命神学的意义上，只有在一个自我设定的、不可猜度的独立意志的基础上，人的出现、生命的出现才是可能的。

这个意志首先从反对其父母开始。如果我们不认为自己依然处于血缘部落之中，如果我们认为生命来自神或宇宙的深处，那么出生只是寄生于母亲这个躯壳的灵魂脱离其暂居处所。一旦诞生，它就开始了其独立的道路，正如当耶稣要孤身前往耶路撒冷时拒绝其母亲玛利亚的劝阻，他说的是：“你与我，又有何干呢?”“来到我这里，并从未恨过其自己的父母、妻子、兄妹、甚或自己的生命的人，不能作我的门徒。”（《路加福音》）

与耶稣或独立的生命相干的，是世界上最远端的那个人。与那个最遥远的、陌生的他人建立一种怎样的联系，决定了人类能在怎样的伦理基础上生存。

事实上，莫言各时期的小说中也有着大量性格怪癖、倔强，令成年人为难和难以理解的孩童角色，例如《红高粱》中的黑孩，例如《牛》中的那个专讨人厌的男孩“我”，例如把生铁当饭吃的铁孩（《铁孩》）。但这些新生命之非正常之处都在其超乎寻常的感官能力，而并非其对于成人世界意志性的否定。当然，那些小生灵的或胡话连篇或沉默不语也表达了对于进入成人世界秩序的恐惧和拒绝，但并无对成人世界秩序的瓦解和颠覆。在孩童感官经验极度放大呈现之后，这些小生灵几乎都需要回到更大的母体，或血缘的祖辈或土地之中隐遁自身。这些孩子可能害怕于一个残酷而陌生的成人世界，但他们往往又津津乐道于其母亲的温柔包容，其父辈祖辈的野性勇猛。

在此，莫言为我们描绘了两个完全不同的成人世界，一个是陌生、充满暴力并被权力所支配的，另一个却是亲切的，为叙述者和孩童所向往的。但问题的实质在于，这两个成人世界原本就是一个。权力的产生并不是从天上或某个神秘的地方开始的，权力首先是作为微观的态势从个人与家庭之间，从儿童与父母之间发生起来的。忽略了这点，权力在家庭母体这个貌似无辜的单位中孵化，并极易自然膨胀扩大为一个整体的国家母体。在故事的最开端，那个黑孩或铁孩所恐惧并抗拒的权力世界其实早已从狼变身做外婆，躺在孩子的身侧，而孩子对此一无所知。

事实上，这些孩童本身也是分外可疑的，尽管他们能飞翔、食铁，但似乎又如同精灵或影子，他们并没有真正的诞生。他们是成人的影子，他们不单是父母生命的延续，而且从精神上所向往的也依然是父亲的生命力和母亲的繁殖力。但一个独立的意志，其诞生则意味着对成人世界秩序的否定和颠覆，他带来的不仅仅是多出一张嘴和两只眼睛的新感官世界，而是一个全新的伦理世界。

空洞的反抗，或封闭的伦理想象

但对于莫言而言，所有对于生命尊严和正当性的辩护都停留在出生这一时刻。“先生，姑姑接生的第二个孩子是我。”（《蛙》第 20 页）因此，姑姑和母亲对于“我”就有了一种生命和行动上的主宰权。而个体对于国家权力的反抗也建立在人类身体这一自然现实的基础上。

> 王脚更来了狗精神。（《蛙》，第 55 页）
>
> 王脚……依然不服，气汹汹地逢人便说：有本事把老子的鸡巴割了去！（《蛙》，第 55 页）
>
> 姑姑气愤地说，这是党的号召，毛主席的指示，国家的政策。毛主席说，人类应该控制自己，做到有计划的增长。
>
> 我母亲摇摇头，说：自古至今，生孩子都是天经地义的事……人一辈子生几个孩子，都是命中注定的……这还用得着你们计划？（《蛙》，第 56 页）

王脚的反抗尽管激烈，但他不是声明国家权力的非法性和自己独立意志的主权，而是要退回到动物的层面（“狗精神”）证明自己，他对自己自由（自由生育）的辩护最后只能落到一根鸡巴上。当然，国家的手术刀还不会割除这一不听指挥的动物器官，但它很快就会遭到结扎。而我母亲的反驳也毫无悬念地落在“命中注定”这样的自然命运上，现在，计划生育就是他们的命运了，这样的反抗无论在逻辑上还是现实中都貌似激越，而实则空虚无力。

事实上，叙述者在文本中所发出的声音也是这种动物般的、感官化的声音。尽管这种声音也有着它反抗和不满现实的一面，但感官作为一种被动及物的人类器官，如果不是在彻底的纵情中抵达其极限而自我毁灭，同时否定世俗世界庸常、实用的经济学和伦理学（例如大岛渚的《感官世界》、王小波的《黄金时代》、巴塔耶的《艾德沃坦夫人》），感官在根本上是对于现实的接纳和顺从。建立在感官话语基础上的叙事如果不突破到解构并重构一个世界秩序的层面，仅仅依靠局部的不满和义愤，那么坠入对世俗世界和权力的承认甚至帮助其自我合理化的轨道之中也是难免的了。因为局部的感官痛感极容易被解释为对于整体和长远人类利益的应有牺牲。

> （姑姑）说自己手上沾着鲜血。（蝌蚪叙述）但那是历史，历史是只看结果而忽略手段的，就像人们只看到中国的万里长城、埃及的金字塔等许多伟大建筑，而看不到这些建筑下面的累累白骨。在过去的二十多年里，中国人用一种极端的方式终于控制了人口暴增的局面……这不仅仅是为了中国自身的发展，也是为全人类作出贡献……从这点来说，西方人对中国计划生育的批评，是有失公允的。（《蛙》）

以上叙述，不单是小说中叙述人蝌蚪的声音，同时也是莫言在整部小说中最终都未曾否定和加以逾越的逻辑界限。事实上，这也是大部分中国人往往掉入其中的一个现实幻象。我称之为现实幻象，因为尽管中国人口问题看似一个既定现实，但对于这个现象的理解，其实只是一个被权力所操控生产出来的一种意识形态。这一意识形态不断告诉我们（包括通过莫言这样揭露计划生育残酷性的文艺家），那就是中国人口的过剩是中国人尤其农民热衷生子传宗接代的心理偏执造成的，因此国家强制性实行计划生育完全是合理合法的理性行为。事实上，对于绝大部分中国人，包括莫言而言，中国人太多不计划不行几乎已经是一个既定事实，是完全不需要讨论的，所需要讨论的只是手段能不能更人道一点之类问题。但就一个国家的历史事实而言，农民对于男性后裔的强烈偏爱，完全是由他们所处的无福利保障以及沉重的土地劳作处境所决定的。而国家资源在城市与农村之间的等级制分配，才是这场人口过剩危机的真正原因。

撇开权力所制造的最大不平等不谈，小说不在人的自我主权的绝对位置上对抗暴力现实，只停留于感官痛苦的渲染，将莫言的想象力封闭在一个对历史现实最终加以合理化描述的洞穴之中。这一小说家在血泪模糊中所承认的最终现实其实只是权力在背后所制造并加以控制的生命资源再分配的程序。

（原载《上海文化》2010 年第 5 期）

从反叛到皈依

——论“80后”写作的成人礼模式

· 季红真 ·

“80后”作家是幸运的一群，他们不必经历残酷政治历史的现实规训；不必在成年之际重返青春的躁动，借助社会政治思潮来完成精神怀疑的表述；也不必寄予于外在的思想革命讲述成熟的过程。他们依照生命周期的时序，记录身体与心灵合乎逻辑的发展过程，不仅显示出青春小说的一般特征，还完整地表现了从反叛到皈依的成长蜕变，呈现出最典型的成人礼写作模式。区别于一般成长的叙事，也区别于成人礼形式衍生的成人故事叙事，直面自我的基本叙事角度，将心灵蜕变过程的感受和外在成长的具体内容，血肉丰满地结合在成长的故事中。虽然这成长的故事千姿百态，但是，都不出求学、恋爱、求职的基本行动元，是青春小说中成人礼写作的典型类型。

一

青春小说是一个新兴的概念，顾名思义是以青春期的生命为主要内容。尽管无论中外，这样的内容自古不绝，但是有意识地作为一个题材则是近代以来的事情。16世纪西班牙小说《小赖子》是一个可以追溯的源头，阿·托尔斯泰整理的俄罗斯民间故事《苦儿流浪记》也是其中之一，但是都以成长的经历为主，对于成长过程中心灵的蜕变则很少涉及。“浪子回头”是中外文学艺术普遍的主题，但是总是以成功的规训为终结。无法无天的孙悟空终成正果，伦勃朗描画了回家的浪子跪在父亲面前的感人一瞬，都是经典的表现。牛虻和保尔·柯察金借助政治历史的巨大裂隙，完成青春期的反叛，顽强的思想坚守最终都不肯妥协。晚清以降的频繁文化震动，使几代人的反叛获得历史不断变革的宽松包容，至当代进入了话语方式的意识形态严格规范，有被改造好的成长叙事，而少自我觉悟的过程。曹雪芹笔下的大观园里，少男少女们的青春故事以残酷的毁灭悲剧结束，贾宝玉的结局无论是哪个版本，都没有皈依的迹象，家族的崩溃也没有给他提供皈依的可能，只有高鹗所续的“狗尾”中有出家的结局。萧红等一批女作家为了追求独立与家庭反目，历尽劫难之后才能够了然亲人的爱，但是历史阻塞了她们皈依的路。张爱玲则临了还要揭穿各种感情的神话，发泄对家人的不满。

“80后”作家的幸运，在于他们生长在一个相对稳定和开放的时代，使本能的反叛得以表达，并且顺乎自然地皈依于自己的感悟，社会也为他们提供了展示的平台，“新概念作文大奖赛”的设立更是他们破土而出的园圃，商业出版的各种渠道也是他们得以自由言说的生机，所以能完整记录这个过程。当然，这是文学的成人礼仪式，空间与时间都是开放的。而且，每一个人都有独特的反叛和皈依的方式，显示出开放时代多元选择的文化优势。处境的差异、性别的差异、文化背景的差异、成长环境的差异、经历的差异、地域的差异，都是他们独一无二的生命轨迹，而心理气质的根本差异，则是个性得以完整凸显的内在条件。韩寒从《三重门》、《一座城池》到《长安乱》，以追求自由创造的人生理想，反抗家庭的强制性文化灌输，反抗学校制度化的单调枯燥生活，反抗虚妄的文化理念，反抗历史叙事的政治价值，最终以对平民百姓的基本生活愿望的理解，完成人生的感悟，思想皈依到对人类整体命运的认同。张悦然早期小说《毁》等一系列反叛故事，基本以生活优裕的女孩与另类男孩的出走开始，到心灵的根本隔膜导致分手结束，情感出行的终结是以回家为直白的皈依方式，而且一再重复。无家可归的人则是以拼凑的家庭为依托，对抗亲情的冷漠和社会的混乱，这也是一种皈依，向质朴情感的皈依，《樱桃之远》是最典型的叙事。对于商业文化的反叛，则是以诅咒它所塑造的恶魔母亲一类自私女性，完成性别角色中质朴善良情感价值的巩固，《鲤鱼已乘水仙去》是淋漓尽致的表现。她几乎是自觉地运用成人礼的写作模式，因为写小说只是激情宣泄的方式：“……我只是在发散，忧伤像是一场感冒。而写作则是高烧的并发症。”[①] 每一次激情燃烧的写作之后，就回复到正常的情感状态，周而复始的过程本身也是一种不断演练的成人礼仪式。颜歌改写各种神话诉说自己不同人生阶段的感受，“……声嘶力竭地，歇斯底里地，终于会达到最后的静默”，[②] 写作也是不断演练的心灵成人礼仪式。她大量改写的神话故事，都是以孤寂开始，驰骋想象力颠覆原有的意义，反叛

① 张悦然：《鲤鱼已乘水仙去·着了迷》，作家出版社，2005，第172页。

② 《桃乐镇的春天·自序》，明天出版社，2007，第3页。

的精神出行最终回归到枯寂的现实中。连1980年代末出生的蒋方舟，也以出走与回家为基本的情节框架，在《骑彩虹者》中，她讲述的就是几个青春期的初中学生，因为受不了学校的制度与家庭的管束，结伴到另一个城市，又无奈地被以各种方式送回家的故事。小饭《我的秃头老师》与之相近，以世界近代史课程为依托，以对一位老师的认识为过程，随着老师的离去与课程的结束，而回归黑暗孤独的现实世界，完成一次成人礼过程的体验。孙睿的《草样年华》及其续篇，从中学的生活开始到求职，全面反抗了教育体制和社会现实，也以身体解放和经济的自立自觉完成了成人礼的过程，到《我是你儿子》则是以父子关系的强化，达到文化认同顽强的自我巩固，他是高度自觉地运用成人礼的模式写作。郭敬明从《幻城》到《梦里花落知多少》，基本走完了对人生由拒绝成长到自信的心灵确立过程，公主王子的梦也转变为对社会文化的犀利批判，在质朴的人生与人性的发现中，完成价值的认同，这也是一种精神的成人礼。春树从《北京娃娃》开始的创作，则是从对教育体制和父辈价值观念的反叛，借助各种20世纪中外的政治与艺术的革命精神，以身体的方式进入社会，以另类的姿态藐视成人世界，最终皈依到时尚生活的潮流中。李傻傻的《红X》是在无奈的抗争与多次的挫折之后，由对现代文明之母的认同，通过更改名字而完成自我的确立，这是以脱离乡村为人生起点的人，进入现代文明特有的成人礼方式。姚摩的《亲爱的阿X小姐》中的黑明的成人礼过程，则是从身体的放纵到心灵的皈依，以对不同异性的性爱行为，来对抗混乱无序的世俗生活和孤独无助的现实生存，也以纯情超越了原始欲望与世俗的利害关系，从混沌的自我升华为自觉的自我。李海洋的《少年查必良伤人事件》，则是借助心仪的另类朋友犯罪入狱的恶性事件，使心灵的反叛终止在爱情的归宿中，这大概是青春期最普遍的成人礼形式。

作为文学写作的成人礼形式，总是会因人物生命周期的发展而不断重复。随着这些1980年代初出生、21世纪崭露头角的文学才俊步入社会，他们的人生阅历与生命周期的变化，都使成人礼的形式发生明显转变。由此出发，几乎是转向了反成人礼的写作。即使灵魂获得皈依，但是人生的苦难依然会粉碎最平易简单的生活。这以姚摩的创作最典型，《走过我的村庄》在两个心仪女性的死亡叙事中，结束了乡村与城市的双重文化镜像。这是成功逃离了衰败的乡村社会、成功进入现代文明的人们，不断重复的人生感叹，从鲁迅开始源源不绝。只有女性的精神，成为无处降落的灵魂飞毯，漂浮在人欲的罪恶与众生的苦难之上。孙睿的文本序列，几乎是叙述了1980年代初出世的一代人，不断为不同形式的成人礼碾压，又不断以自己的方式反叛和皈依的过程。王欢的《爱是大海，浪也白头》，则是一个反成人礼的叙事，由身体的迷失开始结束于死亡的叙事，完成了生命意义的感悟，只是这个故事太残酷了一点，稚嫩的生命一开始就被世俗的权力网络所诱骗束缚挤压，没有反抗的能力，又没有进入的门径，只能以自舍来抗拒社会权力的残酷压迫。而张小琴的《树上的岁月》则揭示了另一种残酷，借助异域的人物故事讲述人类普遍的成长现实，主人公为了躲避迫害与歧视而出逃，在身体恢复成长得强健之后，却不得不回归“齐物的世界”，参与凶残的现实生活。颜歌的《飞鸟怅》等大量作品也属于这样的类型，多数故事没有完美的结局，成人礼的形式终止在心灵的祭祀仪式中。“80 后”的写实作品由成人礼到反成人礼，是以求学生涯的阶段性终结为结点，使青春各个时期的问题都转换在不断反抗与不断皈依的寻找之旅，典型的成人礼模式也容纳了不同生命周期的体验。

青春期的问题是永恒的问题，因为只要地球不毁灭，人类的延续就不会停顿，青春的生命也就连绵不断。青少年在政治学的范畴被视作先锋与桥梁，在社会学的领域被名之为亚社会群体，无论怎样命名与期许，都是成人社会言说的他者，就是关于自己的叙事也有文化镜像的参照、规范与暗示，这就使青春小说很少纯粹青春的叙事，多是成人审视青春的规训故事，更接近教育小说。近代工业革命导致的频繁社会震动，文化失范导致了每一代人，都处于无所皈依的历史常态，这也是文学成人礼的写作模式难以完整的主要原因。而“80 后”的写作正好弥补了这两个方面的空白，对于自身成长的反思能力，精神发展的完整过程，都容纳在基本的成人礼写作模式中。当然，这是一个心灵感悟的过程，而不是借助文化制度的成功规范。

二

“80 后”的作家大致出生在 1980 年代初期，正是一个改革开放时代的思想躁动期。改革由乡村包围城市，首先在生产关系上动摇了革命文化的价值观念，市场经济导致了商业化的潮流，带来生活方式的变化，接近于福柯所谓“日常生活中的革命”。冷战的结束是划时代的历史断裂，传播方式与信息技术的革命，比政治革命更强烈地影响到“后革命”时代的思维，也空前地改变了整个社会的权力结构，各阶层升沉起伏的频繁更迭都使人生的轨迹更加错动，这些就是“80 后”的一代人区别以往所有时代的成长环境。独生子女的既定国策、教育体制的改革与就业方式的变化，都使他们的成长遭遇了前所未有的机遇与困厄。父辈的经验无法指点他们的迷津，面对日常生活中的变故需要挣扎的勇气与力量，青春期的本能抗争没有革命时代政权裂隙的奔逃之地，只能在新的文化空间中寻求思想独立与行动自由的可能。所有青春期可能出现的问题，都在这样的时代环境中呈现出独特的内容。他们是幸运的一代人，特别是能够具备写作能力的人，多数基本没有衣食之虞，有足够的余裕体验自己心灵的感受，观察、思考和表现各种超越于物质生存之上的问题。

和所有时代的青年精英一样，这也是愤怒的一代人。他们的反叛首先基于社会的不公，这一点在乡土青年的叙事中尤其触目惊心。被称为“少年沈从文”的李傻傻，在《红 X》中以第一人称，讲述了一个乡村青年艰难的求学过程。作为贫困生要靠打工筹集各种费用，被绝境逼得试图当“鸭”，却连当“鸭”的起码财力都没有。孙睿的《草样年华》中来自乡村的女生沈丽，为了筹集学费而从事色情业。姚摩的《亲爱的阿 X 小姐》中的黑明，则是靠母亲卖淫维持学费与生计。至于权力导致的腐败更是让人发指，《红 X》中的一个乡村青年，拼尽力气考上学校却被官员的孩子顶替，由此陷入了疯狂。姚摩的《走过我的村庄》中展示了乡村溃败的场景，农民失去住宅、矿难、凶杀，学校领导利用职权强迫青年教师李想嫁给自己残疾的侄子。颜歌的《异兽志·悲伤兽》以夸张的故事，讲述了下岗一族艰难的生存现状。王欢的《爱是大海，浪也白头》，集中地讲述了一个小地方的女孩短暂的人生故事，她怀着美好的梦想被人引诱；进入大都市之后一再被各种权势者玩弄，只有以裸身自杀来报复和抗议成人世界的罪恶。在他们悲惨的人生故事中，暴露出社会制度崩坏的种种细节。郭敬明《梦里花落知多少》中的一个人物，愤怒于学校里的高官子弟“一个比一个能挥霍，真他妈的败类。”并且把社会的基本结构归纳为金钱与权力，“……这个世界上谁都不能彻底的牛 B，总有比你牛 B 的人，有钱的人用钱砸死你，有权的能用权砸死你。”在金钱的腐蚀下，文化殿堂也在溃烂。孙睿《草样年华》中的教师卖考卷，保研要满足老师不断膨胀的物质欲望。郭敬明的《梦里花落知多少》中仪态优雅的小茉莉居然是“鸡”，连权贵家的女儿都充当“精神妞”（高级妓女）陪客，而“小火柴”则干脆由卖淫到当“鸡头”。这一代人的生活，一开始就被金钱腐蚀得锈迹斑斑，被人欲的潮水激荡得飘摇不定。他们的愤怒直指膨胀着的特权，《梦里花落知多少》中四个权贵女儿无一有好的结局，故事几乎就是一个完整的结构，容纳了作者对权贵阶层压抑不住的仇恨和蔑视。

商业化导致的腐败，则是他们愤怒的普遍现实。姚摩在《亲爱的阿 X 小姐》中，无奈地感叹“生活已在商品之中”，[1] 并且宣告：“这世界在糜烂，你们逐渐死去。”[2] 戈娅《贞洁的过去》中的大学美女明洁，以身体为资本获取奢侈的生活资料，由当二奶到卖淫。马拉的《非非之死》中的非非，是由于与具有高雅文化艺术水准的妓女小鸟的情感挫折而跳楼自杀。而商业文化的女性镜像，则带给女性成长以巨大的心理压力。张悦然《瘾爱》中患肥胖症的女生，为了减肥而节食，“我是一个被饿欺负的人，在这个富足的时代”。她穿自以为很美的怪气衣服，“我用这骄傲来维系这种疲惫不堪的生活”，结果被校领导强行禁止。性别的弱势处境，就是在前卫的艺术家圈子里也不能改变，春树、张悦然都写到了女歌手被强奸的恶性事件。而且，漫长的竞争是自我商品化的过程，为了适应商业社会的体制而人非人，“……考研的学生过的是猪的生活，找工作的学生过的是狗的生活，不考研又不找工作的学生过的是猪狗不如的生活。”而求职的经历更是自我丧失的过程：“我有种出卖自己的感觉，我们此时已经沦为商品，而简历已经成为商品的广告，无论广告的真实与虚假，只是为了给那个作品创造一条广阔的销路，使我们成为名牌商品的抢手货。”[3] 张悦然的《这些那些》中的主人公以和另类相恋的姿态，反抗自己嫉恨的“恶俗的世界”：“我永远在他的右手边，和他并排站着批判这个世界。”[4] 物质化的恶俗潮流与全球化价值的整齐划一，使他们的愤怒由一己的处境上升到人类命运的思考。孙睿在《草样年华》中以旅游商品盒中的微缩兵马俑的形象，来寄托对人类命运的忧思：看见四个做工拙劣的小泥人，“我觉得人类正和它们越来越相象，看到它们就像看到我自己被囚禁在盒子里，任意被商人贩卖，被游人玩弄，麻木的脸上毫无表情。”[5] 姚摩在《亲爱的阿 X 小姐》中，像尼采宣称“上帝死了”一样，像福柯宣告“人死了”一样，感叹“灵魂死了！”

他们的愤怒还来自文化制度对于自身生命的压抑。作为独生子女，也作为数码化管理的应试一族，他们在家庭与学校高度一体的严密管束中，生活被严格规定在单调的时间形式中，心理从小处于焦虑与恐慌的状态，是没有童年的孩子。韩寒的《三重门》回顾了从小学到中学的紧张状态，他自己解题：“三幢教学楼的三个楼梯走道，前后相通的，是三重门”。青春被囚禁在

---

① 姚摩：《亲爱的阿 X 小姐》，云南人民出版社，2004，第 301 页。

② 姚摩：《亲爱的阿 X 小姐》，云南人民出版社，2004，第 147 页。

③ 《孙睿作品集》，作家出版社，2006，第 245 页。

④ 张悦然：《葵花走失在 1890 年》，作家出版社，2003，第 85 页。

⑤ 《孙睿作品集》，作家出版社，2006，第 205 页。

这“三重门”中无比漫长，学习生活可以简化为这个无主体的空洞意向，“雨翔觉得自己系那一粒棋，纵有再大抱负，进退都由不得自己。”而且，“每天晚上都是考试，兵荒马乱的。”① 郭敬明形容学校生活就像重复倒带，随时有断裂的危险。《幻城》中的人物年龄比常态基本多十倍，也是对这种单调的时间形式夸张的感觉；姚摩则精练地概括：“生活，反反复复就像老一套的游戏一样。”② 在这样枯燥的生存方式中，年轻人的生命力与创造力都受到严重的打压，王海洋借助人物之口说：“有谁不想在青春岁月轰轰烈烈地爱？”而且，原本活力四射的生命即使循规蹈矩地自我压抑，仍然不能见容于体制：“这么多年来数着自己的脚印走路已成习惯。我小心翼翼地挪动脚步，小心翼翼地活着，可是越是这样，生活却越不给你活下去的机会。”③ 不仅是学校管理方面的僵化，还有教材的乏味。他们质疑教育体制的价值准则，特别是以分数衡量学业的一般规则：“学习成绩能证明什么呢？什么也证明不了，它仅仅是一个与你被现行制度压迫、同化的程度成正比的参数而已。”④ 课程的枯燥更是激发他们怀疑的根源，“生活在齿轮……等这些生硬又毫无感情的文字里面，我感觉不到生活的意义，站在巨大的机器前，我看到人类正在放弃许多权力，把自己渐渐推入一个冰冷的世界。”⑤ 这已经是在质疑科学主义的世界观，愤怒的是全人类的处境。还有教材与方式的问题，《梦里花落知多少》里的女大学生不说成语，而鸡头小火柴却满口成语，“听上去如同小火柴是个大学生而闻婧是小鸡头似的，我真觉得这是对中国教育绝妙的讽刺。”⑥ 至于思想教育的灌输，更是他们无法忍受的压力，体制内的创新与反抗，只能消解在时代造就的“麻木、矫情和浅薄之中”。春树在《北京娃娃》中说：“我从来不是一个有目标的人。……而且被红布蒙住了双眼，我也看不到未来。”她在中学里主办的广播节目“punk rodio”，经过斗争才开播，在无声无息的结局中，只觉得像是“在严酷炮制的制度下一次可笑的小丑表演。”⑦ “我觉得自己好像在那个学校生活了一辈子。我不会毕业的，好像永远都不会毕业。每当想起这些我就觉得好可怕。青春的尽头，青春在前面漫无边际地等在那，

① 郭敬明：《幻城：回忆中的城市——不是后记的后记》，春风文艺出版社，2003。
② 《桃乐镇的春天·自序》，明天出版社，2007，第 134 页。
③ 王海洋：《少年查必良伤人事件》，接力出版社，2005，第 87 页。
④ 《孙睿作品集》，作家出版社，2006，第 162 页。
⑤ 《孙睿作品集》，作家出版社，2006，第 193 页。
⑥ 郭敬明：《梦里花落知多少》，春风文艺出版社，2004，第 93 页。
⑦ 《春树四年集》，中国青年出版社，2006，第 40 页。

而我，就是不知道怎样才能渡过这一段长长的，足以致命的空白。因为只要一秒钟就足以致命。”[①] 李傻傻《红 X》中的一个人物，则劝阻同学不要考大学：“……不要成为四百万无聊者之一。作用就是让不傻的变傻，白痴发达，天才自杀。”[②] 而且升学竞争带来人际关系的恶化，扭曲着纯洁的心灵。孙睿的小说中，一个男孩儿的初恋竟然是中了女孩儿出于竞争的美人计。成绩好的学生“没有一个美丽的表情”，都丑陋极了。“得意的带着落井下石的邪恶，失意的便掺杂着些许的绝望和诅咒。没有一张可爱的脸”。张悦然写了大量游离于这种生活的另类孩子，比如，《霓路》中富于艺术想象力的小野，智者的轻蔑态度与初生婴儿一样永远纯洁的心灵，使他在校园中很孤独，“事实上他已经开始畏惧这个世界。他知道他是一只濒临灭绝的动物，可是没有人会来挽救。”[③] 数码化的管理比封建时代的文化制度，更无情地摧残着个性。他们已经以感性的方式，动摇着现代文明的制度基石。

家庭问题历来是成长环境中的重要问题，社会文化的问题会渗透到每一个细胞，“后革命”时代的独生子女的遭遇则更加空前的严重。父和子的矛盾依然是尖锐的冲突，姚摩《走过我的村庄》中的父亲是不法的个体户、嫖娼者，在家里打妻骂子。他最终死于凶杀，这意味着文化权威的丧失，弑父的情结也转换在社会暴力的场景中。儿子则陷入暴力团伙，而最终入狱。《红 X》中的主人公作为乡村中的外来者，从小受到歧视，被孩子群殴，为了长个儿被迫喝母猪尿，父亲踩烂他自制的木枴……残酷的生存法则使他形成对社会很深的敌意心理。《梦里花落知多少》中堕落的“鸡头”小火柴，由于母亲难产而亡被父亲迁怒，从小承受父亲的暴力，家成了无比残酷的地狱。张悦然《黑猫不睡》中的“我”，遭遇家庭暴力和性别歧视，从家到学校都更像一个“没有资本发展为王妃的灰姑娘”，陷入严重自卑心理，只能以黑猫为伴，慰藉童年的寂寞，连优异的成绩与出色的男友都无法填补内心的悲哀。《幻城》里的月神为被暗杀的姐姐复仇而学习暗杀术，引起父母的不满，“我从小就被人瞧不起，因为我只会暗杀术，尽管我的灵力比同族的孩子高得多，可是我的父母仍然瞧不起我，他们说我是个让家族耻辱的孩子”。父母的歧视导致了无爱的童年，只能默默忍受欺负，母亲不问缘由，“只是一直说我是个让家族伤心的孩子”。最极端的例子是梨明的《西城巷 17 号》中的无意乱伦

---

① 《春树四年集》，中国青年出版社，2006，第 118 页。
② 《红 X》，花城出版社，2004，第 129 页。
③ 张悦然：《葵花走失在 1890 年》，作家出版社，2003，第 74 页。

的故事，主人公因为父母的错误而成为孤儿，并最终死于花季。代沟也依然是他们不可逃避的精神境遇，春树的父亲用碗砸她，父女之间有爱而无法沟通，出现自闭的倾向，“我越来越厌恶说话和自我表现了。更不想和那么多人接触。”就是像张悦然这样从小被宠爱的富有孩子，也面临和母亲的心理距离，渴望长大的她在母亲的眼里始终是一个可爱的布娃娃。亲人的“爱”也是囚禁的牢笼，使渴望自由的心灵感到窒息。她的《葵花走失在 1890 年》，第一人称的主人公说：“我被固定在家园里。像一枚琥珀。烂目地美丽，可是一切固定了，捏合了。我在剔透里窒息。”渴望自由的心灵出走，脱离脚下的泥土和从前居住的城堡。以精神的艺术之恋来超越家园的禁锢，崇拜真正的艺术家梵高：“他们都没有那个男人的那颗心温暖，”因此，“要去他心里居住”。

对于家庭问题引起的各种心里症结，张悦然最为擅长，她的作品可以称为成长的心理小说。《吉诺的木马》中吉诺在拥挤的房间中，和粗汉父亲重复着机械单调的生活，仿佛“一直是一只被囚禁在动物园铁笼里的兽，沉闷得失去了语言”，这是比贫困和暴力还要难以忍受的精神煎熬。偶然出现的陌生男子则是在自己母亲的严密控制中，连自杀的可能都没有，日子就像死去的人的心电图一样是没有波纹的直线。他们都生活在上一代人复杂而阴暗的心里纠葛中，逃离是唯一求生的愿望，但是连续失败的绝望，只有悲惨的死亡是最终的解脱。《昼若夜房间》中的莫夕，一直挣扎在家人充满仇恨的心理冲突中，恶魔父亲禽兽不如，母亲忍气吞声直至病重自杀，自闭冷淡的姐姐以爱的名义实行囚禁，一连串的童年变故都是血亲之间的阴谋，被家人监禁的幽闭使她透不过气来，连渴望自由与爱情的逃离都陷落在姐姐的圈套中。消费文化造就的女性身体镜像，则导致了母女之间的心理冲突。《船》中的母亲看到自己产后肥胖的身躯，愤怒得几乎要把手里的孩子扔出去。在孩子的印象中母亲是缺席的，父亲客气而淡漠。孩子感觉到母亲的外遇，在她的裙子上打洞，来报复这个自私得只在意她自己的疯狂母亲。商业文化造就的恶魔母亲，是她的小说中最触目的形象。《水仙已乘鲤鱼去》中的母亲，是一个自私得无所不用其极的恶妇。女人之间的竞争不仅存在于性格相似的婆媳之间，连母女之间的敌意也起于生命之始，她们在浴室相殴，母亲把她按入浴缸。这个为了名利不择手段的女人，残酷剥脱孩子们的权益，使无爱的童年艰难而凄凉，最终还要掠夺孩子的感情。尽管张悦然透过幸福的窗口，精神优裕地审视人世的重重苦难，还是达到了心理剖析的惊人深度。在她的小说中探究了青春期的各种心理问题，都是成长过程中普遍的问题，《跳舞的人们都已长眠山下》中的次次热爱诗歌，尤其是《荒原》中死亡的诗句，喜欢音乐，喜欢摄影，被目为“古怪的人”。“喜欢自己和自己说话胜于和别人聊天，他喜欢把自己关在房间胜于出去旅游。他对于大家普遍关心的事情反应冷淡，对微不足道不值一提的小玩意儿显现出十足的兴趣。”“没有朋友，连父母都习惯他的孤独幽闭沉默。”自杀便是顺乎情理的结局，因为这个时代的文化没有留给他精神生长的空间。《纵身》也演绎了自杀少女的心理，鱼的意象一再出现，都是以自相残杀、死亡、腐烂为结局。至于女性发育期特殊的心理问题，也是她格外敏感的区域。《桃花救赎》中的女孩，“……想到‘我是一个处女’就会疼，”“我终于明白对性恐惧的是我。”甚至爱也会成为灾难，张悦然在为《幻城》作的序言《如春天经年不遇》中说：“四维看着自己身上那个绳索的印记，他深深地明白有一种捆绑是我们谁都无法逃脱的——爱的捆绑”。“……可是他们无力反抗，……都被爱捆绑和隔离起来，他们这样孤独”。“他们被一些有着爱的脸孔的灾难所吸引，终于走进一个个万劫不复”。这是独生子女一代人，被非理性的爱折磨的心灵独白。

他们的愤怒中，还有对外在的责任等强加义务的不满。郭敬明的《幻城》中的卡索，生来就被固定在王的位置上，酷爱自由的本性无法伸展。弟弟樱空释以阴谋凶杀等方式，阻止哥哥注定孤独的宿命，来实现对他的无限深爱，因为他的哥哥应该是“自由翱翔在天空的苍龙”。他以这样奇幻的故事结构，曲折地表达了对于先于存在的意义的抗拒。对于人生价值的思考中，包含一个永恒的命题：“是活在别人的想象里，还是活在自己的自由中。”韩寒的《长安乱》中的主人公也具有与生俱来的使命，在无法选择的情境中，被裹挟到江湖世界一连串莫名其妙的凶杀事件，只有以携女友隐居在远离人世的树林里来逃避，无疑转述了自己可望孤独的自由理想。春树干脆说：“你用了这句名言（在别人的痛苦面前，你怎么能够回过头去呢?）别人就把他的痛苦当成了你的责任。……不，我不要这样的责任。”① 郭敬明《梦里花落知多少》中“雷厉风行的新女性”，嘲笑母亲的贞操观念，好像世界上的女人只有处女与非处女两种。她们反抗矫情的淑女风范，张扬自己的个性。对于女作家来说，反抗传统的婚姻制度也是重要的方面。张悦然的《黑猫不睡》中的奶奶和母亲都生活在父亲的阴影中，“活得那么隐约”；《竖琴·白骨精》中的女人像“牵线木偶”，被忙于事业的丈夫冷落，只能在梦里做爱。丈夫以她的骨头制造乐器，而送给她的项坠掉到身体里，“它把她的心脏划得满是伤口”。在这个性别文化的寓言中，女性在婚姻中除了得到“宝贝”的一句空言，只

① 《春树四年集》，中国青年出版社，2006，第307页。

有一无所有的处境，还有被无尽榨取的命运，并且是以艺术的名义。颜歌的《异兽志·荣华兽》，也是以寓言的方式，转喻出对传统的高雅女性文化镜像的悲悯与疏离，形容她们的高贵像珍惜植物一样“岁岁枯枯荣荣”。还有对爱情婚姻形式的质疑，韩寒在《长安乱》中说：“互相不离不弃，不是男女间最高的感情。只是它的好多种而已，或者说好多种过程而已。”

所有的这些感觉都以青春期的方式表达出来，他们比任何一代人都更勇敢正视着自己的身心，这就使他们的青春写作具有超于前人的丰富生命容量。以往的青春小说极力掩盖的内容，却在他们的笔下肆无忌惮地以各种方式展现出来。春树在《海边的女人》中，记叙一个 17 岁的女友怀孕流产，并且感叹“不知道一个年轻人，要经多少痛苦，才能健康长大。”她把所有的情感与精神的危机，命名为“青春期迷恋症”，并且引用王朔的话：“我也追求过精神，可总是和肉体相遇。”她无奈地呼喊：“呵，我的漫长的迷茫的青春期何时才能结束？而有时我在想，干脆死在这漫长的青春期里算了。也挺过瘾。”这也是“旷野中的呼喊”，已经是以理性的方式审视自己了。唯其如此，她在《你们都比我坚强》中的自我肯定，“没有什么意义的八十后，和没有什么意义的生命，于是也便有了意义。”这应该说是对“80 后”的青春写作最精辟的概括，他们在自己的成长叙事中，几乎囊括了所有青春期的问题，这就是他们写作的意义所在。在《少年查必良伤人事件》中，王海洋借主人公之口“我希望我的青春快点过去，越快越好。因为有时青春确实是在逼良为娼！”

借助对这些基本的传统观念的反叛，一代人表达了渴望自由、渴望纯粹的情感、渴望独立、渴望崛起、渴望广阔的未知世界的心灵诉求。以春树说得最明确：“我很喜欢这样的话：‘其实朋克精神就是那种很独立的精神’。”①“反正我就是对未知的东西感兴趣，不惜付出自己来感受一切”。② 张悦然在《这些那些》的人物，对于教堂的感受，是“它没有束缚和牵绊。唯有自由才使我们和上帝靠得更近。”弥漫着阴郁心理氛围的《吉诺的木马》，在两个女人（母亲与女友）抢一个男人的古老战争故事中，最明亮抒情的片段，是儿子回忆和死于母亲阴谋的女友早年交往的快乐记忆，“我们在一个他们都找不到的地方，自由得像大森林里的小浣熊”。郭敬明《幻城》中的卡索做着自由之梦，想放弃王位也就是逃避世俗的义务，“其实，我很想走出这座城堡，走出大雪弥漫的王国。”姚摩笔下的黑明离开海军学校的时候，用小刀在

---

① 《春树四年集》，中国青年出版社，2006，第 191 页。

② 《春树四年集》，中国青年出版社，2006，第 209 页。

墙上刻了一串字："再见吧，自由的元素。"这也延续着人类永恒的精神追求，使这一代人的反叛汇入历史长河的奔涌。

三

由于这样鲜明的反叛意识，"80后"的作家比任何时代的青年更忠实于自己的内心感受，更准确地表现了心灵的种种体验，提供了一份成长的心灵备忘录，是鲜活的精神心理资料。这些早熟的作家，以各种方式抒发生命的困顿感受，记录自己心灵非理性的发展轨迹。这也是迷惘的一代，他们的成长在无序的变革时代，求学与求职的经历又使他们不断改变环境，特别是由乡土进入大都市的经历充满了危机。郭敬明在《梦里花落知多少》后记中，引用一个朋友的话，"身为一个乡下小孩，虽然别人对我充满好奇或者觉得不可思议，但始终欠缺一份尊重，初到大城市的我始终找不到可以信赖的人，身边的人兜兜转转，可是我却一直孤单。"结论是"这样的人生没有沉重，顶多有迷茫。"① 他在《幻城：回忆中的城市——不是后记的后记》中，援引爱丽丝的童话故事，美丽的水晶球是所有孩子的梦想，"可是，长大的爱丽丝丢失了钥匙，她是该难过地蹲下来哭泣还是该继续勇敢地往前走。"迷茫也来自人生抉择的艰难，这是所有人共同的体验。孙睿《草样年华》中的杨阳自编自唱的《怎么了》道出了年轻心灵的困惑："为什么努力去做还会错，……甜美中会有一丝苦涩，赤橙黄绿让我混淆了颜色，不知道该去选择什么，谁能告诉我该怎么去做?!"在女作家的笔下，选择的犹疑更多地表现在物质生存与精神生存的两难选择，尽管只是生活方式的差异，但是也带来自我分裂的认同危机。在物质生存方式与精神生存方式的两项对立中何去何从，"我也已快成为一个商人，我投资，就要得到利润。我要汽车，我要洋房，我最终会背叛自己，不要纯洁的心灵"。② 张悦然《霓路》中的女孩儿，不看好莱坞大片，而看日本默片，而服装则由中性化转变为烦琐的淑女装，"开始喜欢繁复的花边和层层叠叠的蕾丝"。简朴的精神与华丽的外形，构成分裂的自我形象。而沉溺于原始欲望的人，灵与肉脱节的迷惘也是自我分裂的原因。姚摩笔下的黑明说："对我而言，性是我迈向迷惘的第一步，但对于我的母亲，性

① 《春树四年集》，中国青年出版社，2006，第242页。

② 《春树四年集》，中国青年出版社，2006，第126页。

是迈向毁灭的第一步”，[①] 在无望的生存中，只有以和阿 X 的爱来维持生的信念。但是，身体解放并没有带来快乐，每次做爱之后则是无尽的空虚，“只有身体的接触，却让我觉得自己是一头欲望的骡子”。而对于更为放纵的人来说，身体已经不受心灵的管束。《梦里花落知多少》中的一个人物说：“谁还记得初恋啊，我只记得初夜了。”

生活的无聊是主要的原因。春树的《北京娃娃》热衷于摇滚乐的原因，是“我可能找到一点惊喜，这可能是我无聊生活的唯一安慰和补偿”。[②] 排遣孤独与寂寞，也是摇滚带来的短暂安慰。“很孤独，这是没有办法的事情”。“……那个缺口任谁也填不满，那是一颗失落的心，名字叫做寂寞”。[③] 郭敬明在《幻城》的后记中写道：“那些沉默的蒿草，你们告诉我，天底下，谁是最寂寞的人？那些无声的芦苇，你们告诉我，天底下，谁是比我寂寞的人。”体制的压抑导致的青春期苦闷，也造成与环境的疏离感。孙睿在讲述大学生活的时候说：“突然间，我对整座校园、整座北京城，还有我的生活产生了陌生感，置身于此，我有些格格不入，压抑的苦闷伴随着我。”[④] 无序的社会景象带来内心的混乱感。姚摩在《亲爱的阿 X 小姐》中，虚构了一个一片混沌的 17 街，“那里迅速成长起来的是游荡者，退伍军人，什么什么老板，妓女，作家（无职业者）蠢汉，学者，性虐待狂，酒鬼，戴绿帽子的家伙，和厚颜无耻者”。“几十万人都躺在那个区域里，对世界一无所知，只是张大了嘴巴，鼾声如雷。在夜间，在逃离了一天暴跳如雷的生活之后，年轻人开始了翻墙、窥视、偷盗、捉奸、疯狂。”[⑤] 置身于这样的生存环境难以自拔，“一切都陷入自己的大混乱中去”。[⑥] 由此带来的内心痛苦是无法消弭的，王海洋《少年查必良伤人事件》的主人公说：“谁的生活都是一团乱麻。仿佛生活在一道边缘，还有难以背负的痛。”[⑦] 这种日常生活的混乱感觉，在他们的作品中得到了淋漓尽致的表现，超过了以往所有作家的作品，而且是和生理与心理的混乱胶着在一起：“朦胧、模棱两可，朋友、爱情、打架，分别构成了心酸的我的初恋。”[⑧] 并且上升到对于生活整体的认识，姚摩在《亲爱的阿 X 小姐》中说：

---

① 姚摩：《亲爱的阿 X 小姐》，云南人民出版社，2004，第 219 页。

② 《春树四年集》，中国青年出版社，2006，第 40 页。

③ 《春树四年集》，中国青年出版社，2006，第 126 页。

④ 《孙睿作品集》，作家出版社，2006，第 197 页。

⑤ 姚摩：《亲爱的阿 X 小姐》，云南人民出版社，2004，第 2 页。

⑥ 姚摩：《亲爱的阿 X 小姐》，云南人民出版社，2004，第 8 页。

⑦ 《孙睿作品集》，作家出版社，2006，第 100 页。

⑧ 《孙睿作品集》，作家出版社，2006，第 161 页。

"我们在这个世界里做梦，并不断醒悟，或许还有一些人能看透这个世界。但对我，它确是一个充满迷茫的、未知的、不可预测的世界。"他们以青春期的迷茫感觉，敏感到一个民族精神的巨大危机，有着张爱玲式"惘惘的威胁"，姚摩说："……历史上最伟大、最深刻的文字在崩溃，文化在崩溃，一切都将在劫难逃。"在这样的思想背景中，最直接的恐惧是成长的恐惧，他引用美国作家莫赛尔的话："我害怕长大。"只能躲进自己虚构的文字掩体中，把支离破碎的生活世界转换为没有情节的小说，"我的目标：写一本完全没有情节的小说。"自觉地将主体感知的混乱生存，物化在了支离破碎的文体中。

置身于陌生人群中的恐惧，则是所有人共同的体验。以韩寒的表述最生动。他在《一座城池》中，形容被超车的感觉："我感到有点害怕，速度慢了下来，瞬间被几十辆自行车超过，思维一片惨白。我只感觉自己是一棵玉米，突然被一群蝗虫掠过，然后只剩下一根芯子。"此外现代化大都市的庞大空间也带来自我渺小的感觉，特别打击男人的自信。韩寒《一座城池》里的建叔感叹："上海太大了，啊，在里面感觉自己如若无物。"自我丧失的感觉，是更深层的恐惧，正如另一个人物王超所言，"男人最怕这种感觉。"人与城的关系简直就像是一个文化的寓言，男人被吸纳进现代文明，被阉割的恐惧反而更加强烈。比这个更普遍的是不安全感，而且上升到哲学人类学的层面。"我"由前女友的不安全感，推及"世界上真是很多人没有安全感，而且，将来人大抵也都是这样的"。所以，多数人把安全感寄托在车和银行存款等身外之物上，这几乎是对人欲横流的现代生存最深入的集体心理分析。除了外部的现实之外，恐惧也来自成长过程中的心理危机。张悦然在回顾自己某个时期作品中的鬼气与宿命感的时候说："这可能是彼时我的心里充满了恐惧，乏味而细腻的生活滋生出丝丝缕缕的恐惧，……现在我知道，这一定是因为那段时间我的心智在迅速成长。只是这成长太快，每天都摄入一片陌生领域的时候，人才会那么恐惧。……对于我，青春就是莫可名状的恐惧，就是青涩和荒唐，激情从来不会流畅地释放，最终蹉跎在追忆与憧憬之间。"① 身心发展的不平衡，显然是恐惧感产生的深层根源，这是这一代作家的青春叙事超过前人的地方，不仅直面人欲，而且直面自己的身心。《二进制》中的女孩失恋之后，鬼魂以骑士的形象出现，功能不是拯救与复仇，而是解开了她的心结，说明了同性恋的心理根源。白天是身躯伟岸的骑士，夜晚则像个"皮影一样寥落"。小饭的《紫色三章》中的故事，都是以暴力的场景表达对于

---

① 《十爱·后记·爱至苍山洱海边》，《昼若夜房间》，明天出版社，2007，第65页。

世界的整体感受。子一代无以拯救的现实处境，使他们的恐惧感中蕴藏了现代人深刻的无奈与悲哀。

意义与现实的脱节带来的荒诞感，也是普遍的心理现实。《北京娃娃》中“后半身写作”的诗人李旗说：“上帝造出生物，我想绝对不是出于什么好意，而让人类有了智慧，那就绝对是一种恶意……一切都是荒诞。如果谁还在追求意义的话，那真的不是一般的有病……上帝真不是一般的坏……”① 姚摩则直述出来，“一切终归于虚无。”抗拒虚无感的极端表达，使这一代生长于和平时代的人，反而更敏感于死亡。尽管免不了强说愁，但是文化的解压释放出人死亡的本能，在生和死的思考中提升了文学的精神。在想象中演练死亡几乎是春树写作的基本动机：“我骨子里是个彻底的悲观主义者。”② 她心仪的一个人物希望有人给他一枪！“他说跳楼太疼，所以就彻底打消了我如果自杀就跳楼的念头。我想知道怎么能又不疼又体面的死。这真是一个艰巨的问题，始终没有好的答案”。③ 在《长达一天的欢乐》中，她说：“……不就是一个死嘛！而且是随时的，主动地追求的，也就是说，可以把这变成一件有意思的事。年轻人，不死还能干什么呢？反正大家都处在没什么理想中（我还算是有点理想），闲着也是闲着。想想死亡就兴奋……是不是特无知？”④ 而在虚构的小说中，死亡几乎是通往自由之门。张悦然《吉诺的木马》，以抒情的笔触顺畅地赞美死亡的诗性：“终于离开了，终于自由了，那一瞬间的感觉，是一种完完全全的解脱，很轻很轻，像是一片洁白的羽毛，美妙极了。”⑤ 吉诺重复了前代女孩子死亡的方式，只是区别于她的被害，是自愿地选择死亡来解脱。面对意义的缺失，使这一代人重复着鲁迅式的彷徨。张悦然借助小说人物之口说：“我的画的线条总是粗而壮硕，它们带着颤抖的病态，毁坏画面的纯净。所以我偏爱水彩画或油画，用厚厚的颜色盖住那心虚而彷徨的线条。……一副不知所云的样子。”⑥ 但是，对于意义的寻找，也是人类心智活动的本能冲动。韩寒借《三重门》雨翔之口追问：“在这个世界上，一定有什么是比真实更重要的东西；在这个世界上，一定有什么比感情更重要的；一定有比金钱更重要的，一定有什么，是比生活更重要的。是

① 《春树四年集》，中国青年出版社，2006，第 23 页。
② 《春树四年集》，中国青年出版社，2006，第 41 页。
③ 《春树四年集》，中国青年出版社，2006，第 25 页。
④ 《春树四年集》，中国青年出版社，2006，第 174 页。
⑤ 《十爱 · 后记 · 爱至苍山洱海边》，《昼若夜房间》，明天出版社，2007，第 65 页。
⑥ 《樱桃之远》，春风文艺出版社，2004，第 54 页，第 162 页。

什么呢?”[1] 在《一座城池》中，韩寒嘲笑一连串的搞笑之后获得的一碗鸡汤，都戏称为“心灵鸡汤”，“一碗鸡汤都能让生活充满意义，这说明生活实在没有意义。”这使他们的荒诞感超越于现实之上。没有结论的追问，正是他们早熟的表现。

四

面对社会的不公、文化的溃败、意义的缺失、现代生存的无聊与生命的压抑，也面对自己青春期的躁动、人生的迷茫和孤独的心理现实，这一代人反抗虚无，有着不同于前人的方式。反文化是基本的立场，韩寒在《三重门》中，以一首诗的谐音，道出自己对于僵死的文化制度的决绝态度：“我没有文化，我只会种田，欲问我是谁，我是大蠢驴。”这些元气充沛的生命，抵抗荒谬现实与冷酷制度的方法各式各样，在《少年查必良的伤人事件》中是打群架。在孙睿的《草样年华》中，是酗酒滋事、盗窃自行车，利用规则合理占有图书馆100册世界名著，理由是反正没有人问津，撕毁图册、偷书，因为老师也是这样占为己有，应对考试，利用电脑偷盗试题；还有旅途中的一夜情，自组摇滚乐队制造属于自己的声音。在韩寒的《一座城池》中，是由于卷入偶然的斗殴事件而逃亡，为了维持电脑维修公司而制造病毒，一连串的失败经历，集中在赛棋平局之后被淘汰的隐喻性情节中，连自首都失败了。在李傻傻的《红X》中，是打架、乱交、窥视、弄虚作假与逃亡之旅。在春树则是逃学、婚外不稳定的性伴侣，混迹先锋艺术家、游走在各地同类的文化场所，并且以写作来维持自我精神的独立与平衡：“……现在看这些小说和文章，真佩服自己的勇气与毅力，能把年少时的激情和梦魇完整地保留下来。”我“可以看作是任何一位妄图与这世界做斗争并在内心与我斗争的年轻人。”[2] 并且以着装的艳俗来抗拒高雅的淑女规范：“我是雅人，所以我一手带四个戒指，染发描眉，画眼线，打粉底，搽口红……或者我更俗，可是我就偏偏喜欢俗——不——可——耐?”[3] 在姚摩的笔下，逃避学校管理的方式是泡在电影院里，是手淫、是黑夜裸奔、是和陌生女人的性事，面对情人，“沿着错误的方面继续下去。欲望折磨着你，茫然若失。似乎有一种焦虑的情

① 《孙睿作品集》，作家出版社，2006，第141页。

② 《春树四年集》，自序。

③ 《春树四年集》，中国青年出版社，2006，第125页。

绪纠缠着，而感觉着一种大祸临头似的空洞。”[①] 用他笔下人物菲儿的话说，“过一种生活，不是平淡，而是折腾的生活。”[②]《走过我的村庄》中的主人公则干脆陷入犯罪团伙“新时代的猎人”，“我们有威，就要活一天就痛快一天，什么理想，什么未来完全没有意义。”这样的另类姿态，显然是出于本能的极端反叛方式。

对于没有行动能力的人来说，更多的是以认同另类人物，寄托自己的反叛情绪。张悦然《领衔的疯子》中的四个艺术的“离轨者”，他们都有不俗气的人生，都是生活的领衔者，是体制内外的隐逸与叛逆。美术老师凌凡以死亡获得不朽，“这一类人大都是被喻为疯子的。”文学老师小蔚进了疯人院，过上了最规律最安静的生活。才情盖不过偏执与傲慢的晨木出国在巴黎画教堂，既不信神也不做仪式，“但在教堂面前总会格外安静。”妙妙穿了七个耳洞，蹬着红色溜冰鞋烂在大街上。当然她不会选择失败而毁灭的人生，只有逃离是可能的现实选择。于是，逃离成为一个行动元，几乎所有的女孩都有逃离的动机，只是有的成功，有的不成功。连郭敬明笔下灵性女子迟墨，在血缘的宿命绞缠中，承受着安提戈涅式的悲剧命运，在先于存在的义务压抑下，都渴望逃离那座“纷扰的宫殿”，“埋葬了我苍翠年华”的幻影之城。李海洋笔下的查必良说：“……你不要看不起这些小混混一样的人。他们重义气，重感情，为朋友两肋插刀。可你看看那些成绩好的孩子们，他们又在做什么？自私自利，瞧不起人，活在一个人的世界里，没意思。”对于情感价值的坚守，使他更认同具有反叛精神的一族。春树说：“谁能特牛地蔑视生命，视生命如粪土，觉得生命没有意义，并且生活得很痛苦，我就会觉得他很无谓，很有勇气，……总之，很脱俗就是了。”[③] 而天生孱弱而又敏感的人，除了和朋友短暂地嘻嘻哈哈克服孤独之外，只有以忧伤的诗情来诉说自己的寂寞。郭敬明在《梦里花落知多少》后记中说：“我曾经觉得童年的春天离我很远，现在我发现，其实从年少开始，我们就在学习悲伤。”“我一直觉得自己是垂垂老去的人，……所有人看到我年轻的容颜看不到我苍凉的心”。这个多情善感的早熟心灵，是在倾诉中完成自己成长的记录，而不需要向前几代人那样以记忆的闪回追溯梦境，并且早早了然：“可这只是个梦。很美好，可是都无法实现。这是梦最残酷的地方。”

---

① 姚摩：《亲爱的阿X小姐》，云南人民出版社，2004，第144页。
② 姚摩：《亲爱的阿X小姐》，云南人民出版社，2004，第137页。
③ 《春树四年集》，中国青年出版社，2006，第41页。

思想的自由空间是这一代人成长中难得的精神条件，他们是天然的个人主义者，普遍具有深刻的怀疑精神，这使他们的反叛充满了理性的智慧与勇气，思维大大超出年龄与阅历。他们对社会的批判深入历史与现实的同构联想，并且推及人类世界的所有地域，跨越了时间与空间的距离。郭敬明的《幻城》其实是一部政治寓言式的作品，以灵性来转喻高科技的国际政治权力，其中的人物星旧说："那个世界也是个弱肉强食的世界，谁的灵性强谁就主宰一切。""……那又是无穷多个世界重叠在一起，所有世界在同一个时间运转，错综复杂"。而水族与火族二百年前持续十年、"所有人记忆中不可触摸的伤痕"、卡索失去三兄二姐的圣战，几乎就是"文化大革命"的隐喻；由于出现了新的领袖人物而即将开始的圣战，历史喻体也是显而易见的。对于政治历史的莫名感觉，是迷宫一样的叙事结构生成的主体思维框架。韩寒在《一座城池》中，对于社会动乱的解释，是"一切都是由于贫困。"在《长安乱》中，主人公说"一切的所谓文明的秩序，都是温饱之后的事情，而似乎难以生存的时候，原来看似不错的世界居然是如此没有人性。……永远都要在自己的世界里看着这世界发生的事情。……我暗自庆幸，自己不是其中的一员。"这里是超越于吃与被吃之上的侥幸，既有鲁迅《狂人日记》中吃与被吃的恐惧，又有余华逃离野蛮杀戮的渴望。在转换的场景中，主人公失去了超脱的条件，陷入可怕的争夺，于是反省："……江湖人的脑子，都是不好使的，……整个的争斗是完全没有意义的。民生的问题，其实就是两种人给闹的，一种就是没吃饱的我，一种吃太饱撑的。"可见，民生的问题是他质疑政治历史的基本角度。他借助于一个小偷之口，对于群体行为做了自己的解读，"这不天下太太平了吗，人人都起帮。"连传统的文化思想都在这个残酷的铁血历史的逻辑中被解构："佛和道的区别就是，佛是你打死了我我就超度了我，道是你打不死我我就超度了你，但事实上没有人愿意被人打死，都想活在痛苦的人间，因为人间比较熟悉。"强大的生之本能使他对于暴力有着颠覆的冲动，并且推及到对于人类处境的忧虑。主人公目睹了饥荒的惨状之后，觉悟到"世间的事情只是人类的一个游戏，而人类只是上天的一个游戏。"这也是一部后革命时代的政治寓言，尽管以调侃的面目出现，却体现着人类永恒的和平愿望。郭敬明《幻城》中的潮涯说："这个世界有太多的厮杀和血腥，无数的亡灵栖息在云朵上，每日每夜不停的歌唱，那些黑色的骊歌总是穿过我的胸膛，让我觉得难过可是无力抵抗。"颜歌的短篇中充斥着大量神秘的死亡叙事，权力导致的疯狂杀戮是对历史最基本的感受，"王的到来，伴随着杀戮，……在无数的死亡之上，王，浴血重生。……那些死人的灵魂推开我的门进入，鲜血淋淋。”[①] 小饭的作品一如残雪的评价，在日常的暴力事件中，“一层一层向我们揭示所谓‘生’的真相到底是什么。”他们对于现实与历史的悲观感受直抵人性，也是他们对政治历史的怀疑精神植根的情感源头，显示了这一代人独特的悲悯情怀。

对于文化逻辑的质疑，这一代人也是透辟的。有意思的是生长于全球化的时代，却首先针对全球化时代的时尚文化，解构的锋芒无比犀利。韩寒在《一座城池》中，嘲笑“连圣诞树和冬青树有什么区别都不知道，却为此乐而不疲。”逻辑的漏洞是圣诞老人是虚假的，不可能光顾这个主要信仰佛教和多数房屋没有烟囱的国家。心灵的逻辑则起于童年的意外发现，在游乐场看见一只脱了一半衣服的米老鼠在墙角撒尿，便对所有套着卡通外衣的人，都强烈地想扒下来看看真实的嘴脸。圣诞节带来的反而是荒诞的感觉，认知的冲动中也有对全球化浪潮本能的反抗。前卫艺术也带给他荒诞的感觉，听艺术家之间的交谈，“感觉正在目睹一场超人和蝙蝠侠之间的对话。”现代文明的荒凉是韩寒一个重要的主题动机，他《像少年啦飞翔》中的人物置身于人群之中，却以鲁宾逊自比，“而鲁宾逊身边没有一个人，……而我，岛边都是人，恨不得让这城市再广岛一次”。而城与人的两项对立，更是他们思考人与文明最基本的角度。韩寒的作品多以建筑物命名，可以追溯到成长时代乡村城市化的历史情境，更多的是对现代商业文明的批判。对待故土的态度，也依托在城市的整体意象中。张悦然的《这些那些》，第一人称的主人公留学离乡之前，审视自己的故乡城市，“我觉得我和他根本没有什么默契。我们像一对走到婚姻尾声的夫妇，彼此忍耐着，终于我要离开了”。“我的北方城市。我都和他决裂了”。“我和他像两块断裂的冰块一样向着不同的方向漂去”。“……我很担心我的城市停止转动。因为他是一个没有什么脾气的城市，很安静，太容易满足。……我很担心这个昏昏欲睡的城市就此沉睡过去”。一连串的比喻，是对城市所负载的文化传统最负面的指认。郭敬明的《幻城》也是以虚幻之城来隐喻历史与文明的空洞，《梦里花落知多少》中的四个女性都活动在北京和上海两个国际化大都市中，可以称之为当代版的双城记，而对于两个城市的差异，他有鲜明的感受。城市的改建带来地理和文化性格的变化，这使他们必须重新审视自己的环境。孙睿与春树都表述了对新北京的陌生感，春树觉得全国任何一个地方都比北京更像北京，农耕文明的传统空间正被高科技的商业文明改造，意义的空间也被改写。张悦然《水仙已乘鲤鱼

① 《桃乐镇的春天·自序》，明天出版社，2007，第 57 页。

去》中有一个人物，“她从小对于童话里的一些事物十分迷恋，诸如城堡，神灯，咒语等等，可是她却忘记了，城堡同时也是恐怖故事发生尤为繁盛的地方……她正走进一个诡异的迷宫。”借助童话中的城堡，她已经在探询着文明自身的悖论。人与城的关系，最直接地容纳了一代人对文明的质疑。

对于文明最根本的质疑，是对语言文字的质疑，它是比城市更柔韧长久的文化纽带。文字、书本都是他们反抗的基本对象，韩寒在《三重门》中，嘲笑上一代人聚书而不读书的狂热，“书就像钞票，老子不花留给儿子花，是老子爱的体现。”姚摩在《亲爱的阿 X 小姐》中写道：“你拖着沉重的思绪在语词中冷冷爬行。你被语言包围进越来越深厚的生活中，语言就如同一团浆糊，根本无主谓宾之分，可一旦摒弃句子，你便陷入泥潭。”[①] 郭敬明《幻城》中的释樱空只是莲姬幻化出来的孩子，对于母爱的虚妄与语言的怀疑冲击着文明的底线。孙睿则以对所有称谓语的排斥，表达对所有文化价值的否定。杨阳和女友周周关于称呼的讨论是经典的情节：“‘老公’这个称呼有碍于我们男子汉形象的树立，总给人一种李莲英的感觉。‘掌柜的’则因为不是小业主，与身份不合。‘爷们儿’很满意。周周觉得太粗俗，没有文化，因为不是虎妞，是淑女。”为了主体的确立，“我们放弃一切与人物身份纠缠不清的叫法。”[②] 只有以语气词“嘿”和英语的第一个字母“A”彼此称呼。这里反抗的不是一种具体的文化，而是语言所象征的所有文明，呈现了一代人无所认同的心理现实。

他们的怀疑精神，还来自对人性的深入探询，起点是情感的体验，这也是超出他们年龄的老道之处。郭敬明《梦里花落知多少》中，主人公林岚在朋友聚会的时候听说旧情人与情敌生孩子，她平静得“好像一个活了几百年岁的人在追忆曾经的年华一样，带着颓败和腐烂的气味，这让我觉得厌恶”。实际上，顾小北是着了姚姗姗的道，“姚”者，妖也！美色与权力的结合，便是阴谋圈套的人性陷阱。情感的体验是通往认知的门径，李海洋在《少年查必良伤人事件》中，第一人称叙述者的两个恋人必失一个，“不管我怎么做，终究我都会成为最悲哀的角色。上帝捉弄人的本领原来如此高强！”张悦然《这些那些》中叙述了与情人由于人生抉择而分手，“分别是深处的审判……爱人将以故人的身份睡在记忆的墓穴里”。“这是一场不需要寻找的丢失。……它以一个细微的线头的样子掉进时间里”。爱情最能激发人对于非理

① 姚摩：《亲爱的阿 X 小姐》，云南人民出版社，2004，第 67 页。

② 《孙睿作品集》，作家出版社，2006，第 169 页

性的认识，她在《樱桃之远》中写道：“……没有法则没有道理，爱情就像园丁疏忽下没能剪去的乱枝一样，疯长疯长的。”质疑人的精神欲望，则使他们发现了在食、性等基本欲望之外，影响社会动乱与历史波折的精神欲望。韩寒在《长安乱》中说：“人人盼着乱世，好当英雄。”“混乱是那些朝思暮想着天下大乱我是英雄的人造成的。……这真是社会的不幸。”在《一座城池》中，他叙述了一起哄抢商店的事件，“我觉得这座城市里的大部分人已经暂时不是人了。……我觉得我周围有很多野兽看着，不过幸运的是，我也是其中的一头，而且奔跑的速度大家都差不多。”对于人性中兽性的认识，是连自己也包括在内的。姚摩的《走过我的村庄》中所有的苦难，几乎都来自人欲的灾祸。张悦然的《红鞋》则以职业凶杀为情节框架，表现了金钱操纵下的种种不义，女孩儿的报仇方式则是以心理的逻辑推演出来。由此出发，她对于所有怪异行为的分析，都上升到个体心灵的枷锁：“每个人都有拘囿自己的桎梏，都有无法释然的纠结……就是小流氓也不例外。”① 郭敬明在《幻城》中，把辽溅为了卡索实施暗杀的行为上升到精神牺牲的高度：“……放弃一个人的尊严有时候比死亡还要痛苦”。他们都关注了人类暴力行为的复杂原因，春树在《中国是我最爱的国家》中说：“……所有的谋杀都是在光天化日之下，凶手杀人全凭兴趣，没有什么意义，就是嘲弄法律和社会。”这样的思维触角动摇着主体论的哲学理念，也反抗了膨胀的人类谵妄，并且动摇着绝对论的知识基础。

他们怀疑文明的同时，也以不同的方式质疑着“科学理性”的有限性，几乎不约而同地反抗着文明的理性基石，特别是西方逻各斯中心主义的思维方式，在鬼神的民间信仰中，寄托对于世界不可知的整体感受，开辟出思想力的一维。韩寒的《一座城池》中，同桌因失恋跳楼自杀，第一人称的叙事者经常觉得，死者仍然在同桌的位置，想起他关于跳高的说法。“我也感到他一直都没有离开那地方，直到一年后他才离开那里。……他一定去了理想的地方。”此岸与彼岸，是以生死阻隔的情感为桥梁，对于死者感念的方式，带有阴阳两界的灵魂信仰。他和建叔在奔逃的过程中，怀疑路边的奇怪女子是鬼，建叔因为听到他的玩笑话：“你带着个人，当然吃力（指路边女子）。”而紧张得落进路沟里。可见民间信仰的集体无意识，在高科技的时代仍然释放出能量，而且空间的迅速突变也是导致主体失落的原因，人生与知识的不确定性，使被理性压抑的民间信仰倏然闪现。《幻城》更是以奇幻的方式放纵

① 《樱桃之远》，春风文艺出版社，2004，第54页，第162页。

自己的想象力，并且达到对精神价值的神性发现："……一个人就是失去了所有，却不会失去生命中的精魂，而正是这种精魂让一个人成为不灭神。"张悦然的作品《宿水村的鬼事》更是借助民间说书的叙事方式，以鬼魂的出场结构故事，都可以看到，对于逻各斯中心主义思维方式自觉的颠覆。而颜歌的创作几乎是以蒙太奇式的剪接，穿越历史的时间隧道，前世今生的佛学理念使所有被改写了的神话人物，都带有还魂的特征，而叙事者则是一个不断附体在虚构历史角色的自由灵魂。这样的知识结构，无疑解放了他们的思维力，是迄今为止想象力最为丰富的一代作家。

作为后革命时代的反叛者，他们的反抗显然是柔性的。韩寒《三重门》中的雨翔："不喜欢教育制度，但思想觉悟还没到推翻现行体制的高度。因为只到这个高度，他马上就会被教育体制推翻。"就是长于行动的人，所有的反抗也都是在文化的空间中，春树经常游走在各个城市前卫艺术家聚集的场所，以寻找同类的方式反抗孤独与虚无，尽管不断地失望，但是从来没有放弃过寻找的努力。孙睿笔下的人物合理地利用规则，在扩招之后的混乱中无奈地随波逐流。李傻傻笔下的人物，则是以随机应变的态度，在文化制度的缝隙中苟且偷生。张悦然在想象中，一再以孩子们的联盟对抗成人世界的凶残。《水仙已乘鲤鱼去》中的几个孩子，为了盗取父亲的遗画留做纪念，非法潜入被恶魔母亲巧取豪夺的住宅，公然藐视法律。郭敬明的愤怒更是假手于权势集团的黑吃黑，多少有点幸灾乐祸的心理。当然，最多的反叛是语言的。以韩寒最典型，他在《三重门》中，嘲笑所谓素质教育的兴趣小组，都是老师安排指点，"学生有着古时结婚的痛苦——明明并不喜欢对方，却要跟对方厮守。"雨翔瞄准三个组织便是"一夫三妻的设想。"当然，最体现柔性反抗的是写作行为本身，他们是一代人宿命的先知，以文字的方式寄托情感，反抗坚硬冷漠的现实。在高度体制化的成长过程中，他们以青春生命的稚嫩与敏感，承担起现代国人生存的种种无奈，借助写作宣泄出来。

他们反叛的资源是各式各样的，但是都不必像前几代人一样借助传统来反传统，也不必在主流思想中寻找可资利用的思想话语，甚至没有群体意识，是天然的个人主义者，几乎所有人都拒绝"80后"的集体命名，和"50后""这一代"的自我指认迥然不同，连复数的人称都极少出现在语用中。除了共同的文化背景中，摇滚和各种自组乐队音乐、先锋电影等艺术思潮，完全是个人化随机性地寻找思想的资源，这和体制化时代独生子女的共同身份不无关系。春树从朋克、萨特和"垮掉的一代"，还有"文革"中的红色经典歌曲中获得精神力量；张悦然是在梵高的画和日本的默片等得到心灵的滋养；

颜歌主要是在现代绘画和西方流行音乐中汲取精神。而多数男性作家几乎无迹可循，只有在语言的风格中看到前人的影响。他们更多的是顺乎心灵的感受，去反叛无法认同的世界。童年的记忆是反叛的心灵根据，而他们的童年多数是在城市化之前的农村与乡土小镇度过，转换在小说人物相近的身世中。对于自然的本能依恋使他们对现代文明的反抗，走上人类永恒的情感回归之路。春树在一篇文章中说："我九岁离开了莱州，来到这个（北京）我已经无法放开的地方。"乡土之恋是延续着所有作家的情感历程，自由的童年，是"记忆中的自己，永远是像风一样呼啸而过。"这也是中国文学一个重要的母题，乡土情感遭遇了现代性，置换在这一代青春生命的体验中。幼时站在家乡春天桃树下拍照，"水怒春"的影像是乡村负载的抒情本性。"……这一点我是无从更改的，因为我出生在农村，童年的生活影响了我，故乡是我心灵中最圣洁的地方。我宁可把自己最珍贵的东西永远埋在心底，也不愿意，就像我现在一样，蜻蜓点水，不愿多提。"而《北京娃娃》中的"我"，历经的两个男友也都是来自乡村的青年，在城市的漂泊感大概是他们情感共鸣的心理基础。其中之一的音乐人赵平，为"我"唱的歌是"人人在创造美丽的童谣，就像我已逝的童年。"渴望回到童年就是渴望回归自然，"没有什么比田野中清新的空气更让我舒服高兴的了。"但是回归的路已经被阻断，在高度工业化环境中可以接触的只是自然的片段，在《长达一天的快乐》中，她说"……我喜欢冬天，喜欢雪，雪是灰色城市纯洁的心灵。"郭敬明《梦里花落知多少》中，人物初恋的纯洁记忆也是通往乡土。姚摩在《走过我的村庄》中，借助第一人称的主人公说"……倘若时空可以轮回，我愿回到无忧且略带屈辱的童年。"就是在都市的生存中，自然的细节也慰藉着孤独心灵，看天、听鸟叫，瞬间出现村庄的如烟往事，支撑着苦涩的人生。乡村是梦的栖息地，"几年中我梦见我曾经无数次地敲开一个梦，梦见我把我的村庄丢了……"这已经有了文化寓言的性质。

没有乡村记忆的人，爱情也无法弥补在人群中的孤独感，便渴望逃离喧嚣的城市，"去一个遥远又苍凉的地方"，孙睿《草样年华》中的陆阳由此出走。姚摩《亲爱的阿 X 小姐》中的菲尔，则是厌倦集体生活，"城市对我来说没有任何意义。诱惑我的只有那种自然的境况和原始般的黑夜。"张悦然《这些那些》中女孩随男友出游，"一起看夏天的湖泊与远山。"她希望"在一个乡村或者什么角落里，让自己所有的欲望都暗淡下去。"这里城市与自然的两相对立中，隐含着人生价值的抉择。在《赤道划破城市的脸》对于现代化大都市的冷漠感觉，则是"太有秩序的城市没有人会在街上流眼泪。"反抗无个性的全球化，是以依傍自然、脱离信息网络的生存环境为依托。郭敬明《幻城》中城与山的两项对立，则还包括了力量、时间的比量，虚幻的城是脆弱、短暂的文明，真正的山是强大永恒的自然。于是，对于童年自然风景的怀恋中，便包含了永生的冲动。而他寄托在和童年一起逝去的故乡风景的忧伤诗情，也是融入现代文明过程中遭遇复杂痛苦，心灵无望的牵挂，空间与时间重叠的影像中，是对岁月不可挽回的叹息。对童年的怀念离不开亲情的记忆，姚摩笔下的黑明是靠母爱和初恋的情人为纽带，维系艰难生存中的精神价值，“只有母爱才是最真实的，它能将你托起来；只有母爱永远充满生机，它散发着纯洁质朴的芬芳”。阿 X 的回信中，“清新的乐观精神给予我出乎意料之外的勇气和力量”。张悦然在精神疏离的故乡城市中，只有美丽善良的母亲和智慧全能的父亲，是她童年记忆中永远的颂歌，是不断闪现的“华彩的梦”。挽住时间的想象，是希望美丽的母亲永远不要老去。郭敬明《幻城》中的卡索，以自由的精神质疑了文明的所有价值，却从不怀疑婆婆的爱。孙睿笔下的父亲是温和而宽容的，无形地支撑着他疲惫的心灵。于是，他们在反叛的姿态中，流露出最基本的寄托，如春树所言：“我的‘内心深处’还是有寄托的。”[①]

五

他们的柔性反抗是随着生命周期的变化，终止于心灵的蜕变，走向精神情感的皈依。和上几代人一样，导致他们皈依最普遍的契机，是对社会现实的认识，对生活由极端的理想的主观情感，转变为理智地部分接受现实，接受包括血缘在内的宿命。《北京娃娃》中的“我”以身体的方式进入社会，又以对曾经心仪的性爱男友的剖析，完成对自己的精神反思：“……这个形似瘪三的流浪画家（李旗）……他租房的钱是家里给的，吃的饭是从哥们那蹭的，‘远方’还有被他的‘理想’之类作幌子诱骗的姑娘在等着他……够可以的了！这个小资产阶级的头脑，这个无产阶级身份，这个没心肝的小流氓，这个光吃饭混天黑什么都不干的无赖，懒惰、自以为是的艺术家，还有脸活着？”对于赵平的描述：“……未老先衰，总是不合适宜和莫名其妙地发怒、写诗、画画和玩音乐。所有艺术家可能有的毛病他都有，保守、实际、纵欲、世故、矛盾、虚荣。有着强烈的功名心，所有的人际关系都支离破碎。”“但

---

① 《春树四年集》，中国青年出版社，2006，第 84 页。

我真的不知道他们的音乐唱出了什么人文情怀，正如我避免看到赵平那悲悯人的目光，因为我讨厌什么‘接近大地和勤劳质朴的人民’什么的，还有什么‘关照和洁净自己的心灵’之类的狗屁”。“我知道他暴戾的原因之一，是痛苦。他是个非常分裂非常矛盾的人……（一切艺术活动）都无法让他作个正常的普通人”。而且“自私又懦弱。”这样的否定也包括了对自己的反省，“原来我一直都是喜欢物质的，只是我自以为我不喜欢而已。……我也会一掷千金买自己喜欢的名牌的包，也会被广告所迷惑，也会虚荣，也会说像‘穿一条漂亮的内裤，也不妨碍我们谈论陀思妥耶夫斯基的思想”。并且回溯心灵的来路，她在《你们都比我坚强》中说，“我们变成这样难道不是上一代年轻人的言传身教的结果吗?”意识到自己追求的所谓自由只是身体和物欲的解放；同时又辩解道，“能做到追求身体和物欲的自由已经不错了。”郭敬明则是以进入社会的历练，完成对于自我的定位“一个任性而不肯长大的孩子。”他在《梦里花落知多少》中，借助一个人物说“每个人都会变得世俗，这没法子改变……”人生的挫折启发了对个体人生普遍处境的发现，谁“还不是一样被蹂躏也不能反抗吗?”而具有反叛意识的前卫青年艺术家：“除了侈谈弗洛伊德，穷得连妓女都看不起。”“终于知道自己不是这个社会上最可怜的人了”。“我突然发现这个世界上永远存在着一些元素，你永远无法改变”。而且“生活就是这样，永远占领着绝对的领导地位”。在《幻城》中，他就借助月神之口，表述了放弃的人生哲学“……其实很多时候一个人都是要放弃很多东西的，因为毕竟有另外一件东西值得我们去放弃一些什么。”韩寒则是在政治历史的洞察中，理解了民众的苦难，在《长安乱》中他写道，“米豆。像喜乐一样，都是愿望”。世俗生活的诱惑也是自我发现的重要机缘，张悦然在《赤道划破城市的脸》中写道，“……在成长过程中溃烂，我因为溃烂而委琐”。这是“青春的腐烂，”“满身都生出触角，想要抚摸昂贵的物质，欲望诱骗我离开音乐与电影的河流，……”这是商业文化的成人礼形式，“我终于知道物质可以使我真正高贵。”青春期的反叛也多少带有自恋的性质，认识到理想的虚妄就势在必然，张悦然在《鲤鱼已乘水仙去》的后记“着了迷”中说：“成长像长久不退的高烧，它让我们变得滚烫，变得晕眩，变得忘了到底要往哪里去。浑浑噩噩地走着，忽然发现，自己的那点英雄主义不见了，表现欲融化了，原来我们伟大的理想不过是个雪人，时辰一到，就化作一滩污水。”另一个普遍的契机，是对于生命周期的感悟。郭敬明在《梦里花落知多少》的后记中写道：“那些曾经熟悉的真切地生活在我们的生活里的人，突然间如同十月的那些最后的阳光，在某一天的清晨，在某一场淡蓝色的天光里，突然就消失不见了。他们曾经生活的轨迹，他们曾经铺展开的难过和欢乐，像是落入枯萎的黄色蒿草里的那些雪，无声无息地融化进黑色的泥土。从此开始与大地一起沉默。一起沉沦。”对于死亡的惊憷是极端的例子，更多的是对于不同阶段生命状态的比较。孙睿《草样年华》中的杨阳终于意识到：“……漫漫人生就像是撒尿，每度过一年的光阴就如同撒出一泡尿，……青年人对待一年时光的态度就像喝过几瓶啤酒后撒一泡尿一样，任意挥霍，而老年人则把一年的时间看得尤为珍贵，也像一泡尿，撒一泡少一泡。”促使他觉悟的是灵肉合一的爱情与文化身份的转换，“在我戴上避孕套的那一瞬间，我感觉到自己此时俨然成为一个真正的男人，也就是说，我的生理的成人礼仪式是在这个时刻开始的”。再一次则是为了求职穿上西服，“西服与避孕套，完成了我的两次意义深远的仪式。”这是彻底告别躁动青春的仪式，是成人的宣言。站在这个生命高度上，回望逝去的岁月，对自己的青春期有了客观而公正的评价：“成长是要付出代价的，为此丧失了青春的四年时光。造次过程中，我学会了愤怒，又学会了忍耐，学会了愤世嫉俗，又学会了麻木。”生命之流的自然流泻，也是激发反省的客观前提。春树在《长达一天的快乐》中写道：“前辈都在变老，我们逐渐变成前辈，体会到变老时的感觉。新一代的摇滚小孩什么也不吝，比起我们当初有过之而无不及，我们中间隔着鸿沟和代沟。”对于时间的哲学意识也是走出青春躁动的精神枢纽，《少年查必良伤人案件》中的主人公悟道：“时间是无往不利的暗器，玩弄着一种叫过去和将来的把戏。”于是厘清了痛苦的心理根源，“我中招了，那一招就叫过去”。李傻傻《红 X》中的主人公，历经曲折磨难之后，平静地陈述对于人生的彻悟：“……因为我在过去的一点挫折和惊慌，并不比任何人的苦难，来的更有意思。因为一些事情终要结束，一些事情终要开始。旧的结束不是毁灭，可新的开始更不是新生。或者说，人生就是从小到大，从蝌蚪，到青蛙的过程。”[①] 面对苦难挣扎这样淡定的态度，应该说达到了很高的精神境界，是心灵成功的革命。拒绝成长的恐惧也因此而转变为不无感伤的告别，也是在《幻城》的后记里，郭敬明写道：“我终于在风里面孤独地长大了，当初那个笑容明媚的孩子却有一副冷漠的面容。想一想我就觉得难过。”这像一个向自己逝去的生命岁月的告别仪式，“站在十九岁，站在青春转弯的地方，站在一段生命与另一段生命的罅隙，我终于泪流满面”。这使这部作品带有悲悼年少时光的祭祀意义，特别是作者在写作的后期，十七岁时

---

① 张悦然：《葵花走失在 1890 年》，作家出版社，2003，第 287 页。

曾经有过三月忧伤，躁抑症带来“惊恐不安的日子”，更使《幻城》的写作具有生命挽歌的性质。

逐渐成熟的理智，使他们都以宿命的态度接受不理想的现实，放弃极端反叛的姿态，对于人生有了各自的“彻悟”，这也是这一代人早熟的表现。孙睿《草样年华》中的杨阳在地上画了一个圈，指着说：“这就是生活，里面什么都没有，又什么都有。”在晚近的《我是你儿子》中，则以最平实的语言在父、母身系的两种文化与水平差异巨大的物质生活方式的灰栏式情境设计中，选择了生活窘困的父亲，这是人生认同的文化寓言，对于世俗责任的自觉担当中，有着面对血缘宿命无怨无悔的文化认同，朴实的亲情近于信仰，是终止在成人礼叙事终点的自我确立，有着仪式的庄严。张悦然在《葵花走失在 1890 年》中写道：“所以我立即明白：所有的一切都没有完满。”春树在《长达一天的快乐》中说：“行动就是选择生活，绝对自由的选择是不存在的，这相对的自由和选择还需我们去斗争去争取才能得到。”姚摩笔下的黑明说：“活着：就是要能够忍受毫无意义的现实。”郭敬明《幻城》中的卡索，无法挣脱血缘赋予的世俗责任，“……终于成为一个安静地被时光覆盖的寂寞的王”。而且，不完全是被迫的，“我生平第一次体会到凡世简单而明亮的欢乐，我发现原来幻术带来的不只是杀戮，死亡，鲜血，它带来的还有希望、正义，以及高昂的精魂”。这是心理的寓言，转喻出作者接受了寂寞、孤独而又富于多重意义的人生基本处境：“一个人总要走陌生的路，看陌生的风景，听陌生的歌，然后在某个不经意的瞬间，你会发现，原本费尽心机要忘记的事情真的就那么忘记了。”遗忘是医治忧伤的良药，“时光的洪流中，我们总会长大”。《梦里花落知多少》中的张浩则说得更直白：“每个人都很辛苦。这个世界不会符合你所有的想象，甚至连一个你的想象也不符合，可是我们还得生存下去。”直面现实的冷峻，是摆脱迷茫、克服忧伤的积极态度。张悦然在为《幻城》写的序言中说：“幻城的城门合上的时候，我们的忧伤和孤独已得到纪念，我们年少时那苍白单薄的一季也在这里交叉埋葬。”不仅如此，关闭了幻想之门之后，在直面生存的现实大地上，《梦里花落知多少》中的权贵女生闻婧嫁给了一个朴实的爷们。这是向最平凡的生命价值的皈依，也是克服躁抑的基本人生认同。姚摩引用《梭罗传》中的话，“没有别的土地，除了这种和类似这种的生活以外，没有别的生活”，来巩固自己别无选择的生活信念。在《走过我的村庄》中，两个具有神性女人的死亡叙事，也因此带有残酷的成人礼特征，功能是说服自己走出梦境，“什么梦也不做了”，“我们很累了”。

在这个整体的认识转变中，爱情、友谊、艺术等永恒的古典话题，都被他们做了独特的阐释，甚至带有哲学与神学的意味。韩寒在《三重门》中引用了一个古老的传说："上帝造人时，第一批出炉的人都有两个头四只脚四条腿，就是吸纳进生物界的雌雄共体，可是上帝觉得他们太聪明了，就把'人'一劈为二，成为现在这样的样子，于是，男人便有了搜寻另一半——女人的本能。"张悦然《鼻子上的珍妮花》中的主人公说，"……我现在终于懂得爱情的真谛是什么。是甘愿……并且觉得幸福"。孙睿对爱情的理解则是身体也参加一份的友谊，《草样年华》中的杨阳说："……我们已经是男女朋友了，身体上熟悉了但精神上还比较陌生。怎么能从肉体过渡到精神是目前我们所要考虑的。"郭敬明借助《幻城》人物潮涯说："…去凡世，寻找一个爱自己的男子，也许他根本不懂得幻术和乐律，可是我只要他有干净明朗的气节和坚实的胸膛，那么我宁肯舍弃我千万年的生命在他肩膀下老去。"姚摩在《走过我的村庄》中理解的爱情，是"平凡而刻骨铭心"。他由爱情而婚姻的体验，妻子是信仰的载体，"你已经皈依她了，如同皈依面包一样，不能离开她了"。妻子死后相遇的另一个心仪女性李想死于毒蛇的袭击，他以诗与画的抒情语言，形容她逐渐凉下去的身体："软软的美丽，铺成一幅柔灿的景色。"简直赋予她殉道者的神圣，近似一个超度的仪式，也是终止在成人礼结尾精神皈依的艺术升华。女性在他的作品里是救赎，是精神栖息的家园，母亲、妻子和情人都具有神学的意味。对于友谊的理解，以郭敬明说得最准确："我们都是如此地孤独，不是吗？我们因为孤独而彼此吸引，然后我们不过是做了彼此的一小段路，最终在时光的修建中变得面目全非。"友谊是一种精神的力量，"朋友是我活下去的勇气，他们给我苟且的能力，让我面对这个世界不会仓皇。"张悦然在为《幻城》写的序言《和春天终年不遇》中说："四维用他的《幻城》找到了许多和他一样忧郁的孩子，他们将围坐取暖，赶走孤独的风，然后自由地出发邂逅他们的春天……所有孤独和忧郁有关的伤口都将在这片春天下面愈合。"性情的吸引与情感的短暂慰藉，超越了空间的牢固联系，支撑冷漠的现实生存。这是新一代人的情感形式。选择艺术的人生也是非理性的宿命，在《谁杀死了五月》中，张悦然写道："这条艺术的道路，永远是令人怀疑和自卑的，它不会给你什么确定的东西，让你抓在手里，再也不会丢失。它是一条滑溜溜的鱼，随时可能跑掉，可是它也有这样的诱惑力，能使你着了魔一样地去追逐它。"郭敬明则接受了忧郁的情感宿命，在《幻城》的后记中写道："……和文学沾上边的孩子，一直一直都不会快乐，他们的幸福，散落在不知名的地方，如同顽皮的孩子游荡到天光，游荡到天光之后，依然都不肯回来。"

接受宿命，在妥协中抵抗现实的终极精神归宿，是多数“80 后”作家成人礼模式写作的共同终结。但是，每一个人的思想落点都不一样。韩寒是在普通人的善意中，建立起对于人性的信念，《一座城池》里开小店的大妈是无意的启示者。亲情则启发了家园的意义，郭敬明的《幻城》在幻术被破灭之后即为空城，在一切的浮光掠影熄灭的地方，亲情便凸显了出来，“……因为相信人性，我真信这个世界上总是有值得我相信的东西，比如婆婆对我的爱，我没有任何理由怀疑。”在新的圣战中兵戎相见的至亲兄弟，在阴阳两隔的世界也会在感念中传递温暖。《梦里花落知多少》中的林岚在人生受挫之后，对一向被她称作纸老虎的妈妈说，“我像爱毛主席一样爱你”。姚摩在《走过我的村庄》中，满怀神圣的感情写道：“我是一个在黑暗中被母亲牵着的孩子。如同众多被母亲牵着的孩子。我走着一段没有断裂的路。”而“……那个曾经被人们一直认为十分水灵的母亲其青春光泽已被我掠夺，盘剥，吞噬”。负罪的感觉中孕育着救赎的希望，这在他以女性为皈依契机的成人礼写作的过程中，母亲尤其带有超越于其他女性之上的神圣意味，是具有原型意味的象征意象。孙睿在《我是你儿子》的灰栏情景中，选择了与父亲相濡以沫的生活，这是对血缘所维系的文化价值的认同，在写实的意义之上，还有一种文化精神的寓意。李傻傻则更明显，被压抑的恋母情结转换到偶遇的中年现代知识妇女扬繁身上，并且在她的帮助下，摆脱生存乃至精神的困境，以更改名字的方法，经由这个代母的中介，建立起对现代文明顽强文化认同。张悦然笔下的悲剧多是无力逃出“冷酷的洞穴”一样家庭囚禁的女孩儿和男孩儿，成功逃离而又失败的归来者，则总会有亲人接纳他，或者是外婆，或者是母亲。没有父母的孤儿则是以怀念的方式，维系艰难困苦中的精神信念。《鲤鱼已乘水仙去》中的两个孤儿，曾分别属于不同血缘的家庭，又在一个家庭中以与生俱来的善良彼此温暖。宽厚的陆逸寒兼有血缘之父与文化精神之父的双重意义，是他们自我巩固的精神力量。“他是父亲，是爱人，是她生命里从不谢幕的大戏，深深为之吸引。”女孩儿的恋父情结更明显地转喻出文化精神的象征。而大量疯狂自恋的艺术女性则是她厌恶而又满怀悲悯的角色，在对所有女性角色的连续质疑中，她借助《谁杀死了五月》中摄影师身边那个没有名分的安详女人，完成女性精神的认同。由此，勇敢而快乐地接受艺术家的宿命，“唯有写作是我永远的情人，我迷恋着移花接木的故事”，就是到穷困衰老的暮年也坦然，“……他们都不能嘲笑我，因为我变成了蝴蝶。谁也抓不住我”。这是早年自由出走的母题，在更高层次上的变奏，自由的人生化作艺术的精灵，这使从反叛到皈依的心灵呈现出立体的螺旋形状。

哲学与宗教也是他们皈依的重要精神家园。心灵走出身体成长期的混乱，自然会寻找新的思想依托。春树是在萨特那里获得思想的资源，来矫正自己的人生方向。有早期无所顾忌的反叛转变为自觉的担当，在《长达一天的快乐》中，主人公春无力自述了这个明显的心灵弯道。“垮掉的一代”前辈“刻意反讽，质疑所有的传统，解构有了收获，它们到了我们这里就成了天经地义理所当然。……我们本身就是叛逆。我们是没有理想，没有责任感，没有传统观念，没有道德的一代。”比“四十后”“更无所顾及，更随心所欲。因为这个世界简直就是我们的，或者这个世界从一开始就他妈是我们的，那我们还追求什么?”晚近则在存在主义的哲学中，找到了信仰的基石，“存在主义强调‘存在’，有一种在场感与责任感。”经过社会人生的历练，身体终于回归精神的家园，修正了早期的完美主义理想，并且自豪地宣称“我是一个存在主义者。”她重新阐释了一向心仪的朋克精神，从最初只是为了排遣寂寞而选择认同的另类姿态，达到对内在精神的再度张扬，“朋克其实就是那种有社会责任感，随时超越自己，永远都做一些令别人出乎意料的事情的人”。在《你们都比我坚强》中，又进一步阐释了前卫的思想，“另类不是选择不同的生活方式，生活方式谁都应差不多，”“我想是不同的精神吧”。她的皈依路程使反叛的精神具有了哲学世界观和人生观的高度。

宗教则是更为敏感的一些作家的朦胧向往。郭敬明在《幻城》中写道：“当卑微的人站在伟大的苍穹面前，一定可以听到巨大的轰鸣，最后死亡来结束一切斑驳的上演。”可见接受世俗权力的前定束缚之后，面对“每个盘丝洞里都住满了妖精”的现实，却有着超越现实的精神可能。他的神是与文明两相对照的永恒苍穹，是伟大的自然神。他以这样的皈依方式完成永生的冲动，并且在写作的宿命中叙述自己的发现和感悟。在《幻城》的后记中，他写道：“……我希望大家看到。生活中所有让人沮丧的东西，同时让我们更珍惜生活中让人欣慰的东西。”韩寒在《一座城池》中，也以文明的脆弱表达了对于自然力近于神圣的敬畏。他在叙述一次工厂安全隐患造成的火灾事故时，诙谐地说：“远方重工业的黑影在火势里指引我们前进。”所有的人为扑救都显得渺小无力，大雨的到来才使之熄灭。主人公在闪电中冥想，“看来人类的力量是渺小，这么严重的火灾烧掉了这么多人类辛苦交配出来的化学物质也只能照亮这天的一小块。”这和他质疑文明的一贯思想倾向是一脉相承的，在文化的衰败中看到了文明根本的脆弱，鬼魂的联想也在这一个叙事段落，联系着自我的渺小感。他的皈依是最终极的皈依，在基本的民生和永恒的自然之间确立自己的位置。张悦然则主要是以基督教的精神建构灵魂的城堡，在每一次的反叛中几乎都有神来守护心灵，教堂是她小说不同的时空体中最显著的标志，而且分布在游走世界的所有区域。张悦然《这些那些》中，她写道："……我喜欢我们现在的信徒生活。……我喜欢我们用信仰来模糊过往，让那些爱和伤像去年吹灭的蜡烛一样，只记得它那簇摇曳的光亮，和它承载的那些幼稚的美好希望。"宗教在这里具有疗治心灵的意义，信仰也带来了安全感，"我们是信仰基督的好孩子，我们不怕任何鬼怪。"这使她迷恋的"不切实际的逃亡"，有了灵魂寻找归皈依的特殊意义。《桃花救赎》中的一个人物说："……我只是希望我的努力上帝可以看到。"《樱桃之远》中人类之爱的主题是借助基督教的精神建立起来的。善良的纪言对凶狠的杜宛宛说："……你可以不信奉神，你至少把它当作一个使心灵安静的地方吧。"终于使她发生巨大的变化，"后来我完全变成了一个被神改装过的人，我再也凶狠不起来"。并且在恩怨情仇的情节纠葛中，发现"我们不论敌对还是相爱都是这样牵牵连连不可分割。它让我相信了上帝，它让我相信了爱情。"这是张悦然反复重复的另一个主题，边界模糊的爱与恨其实起于相同感情的生死需求。连暴力与死亡都是爱所转化的方式，她在《十诫·自序·写给我废寝忘食的爱》中写道："爱和人的关系也就像鞭子和抽起来的陀螺，它令它动了，它却也会让它疼了。……那是鞭和陀螺一起唱歌。"这是她创作的肯綮，如此地迷恋苦难、暴力与死亡的叙事，又如此不懈地张扬人类之爱。正如莫言在《樱桃之远·序言》中的解读："她的思考，总是让我感到超出了她的年龄，涉及了人类生存的许多基本问题，而这些问题，尽管先贤圣哲也不可能给出一个标准答案，但思想的触角，只要是伸展到这个层次，文学，也就贴近了本质。"而"强调人与人之间的爱，人与自然万物的和谐"，……由苦难到平静，由恶到善的桥梁是宗教。虽然宗教不能够阻止人类悲剧的发生，但却可以帮助悲剧的生命平静地生存，不会因过度恐惧而心智迷乱，不会因过度憎恨而施暴于人，在逆境中去寻找幸福。……这是一代新人对困扰人类灵魂的基本问题艰难思索后得出的答案，这里已经基本是那个散尽神学的光环，闪烁着一种人性的光芒，是一种悲悯的人文情怀。由对现实的反叛出发，在对人性的洞察中发现人类基本的困境，而皈依于基督教的博爱精神，这样的心路历程可谓艰苦卓绝。

这是幸运的一代人，可以清晰地记录并艺术地表现自己青春期的所有身心隐秘，并且容纳在完整的成人礼写作模式中。这是"80 后"写作区别于其他青春写作最显著的地方，也是他们进入文学殿堂的独特路径。

[原载《文艺争鸣》2010 年 8 月号（上半月）]

论苏童短篇小说的“中和之美”

·洪治纲·

从1983年处女作《第八个是铜像》开始，苏童迄今已发表短篇小说近一百三十篇。这些短篇虽然取材不同，或借助丰富的历史想象，或依托作家个人的成长记忆，或立足当下的现实生活，但都倾心于微妙人性的精临细摹，着眼于各种灵性意象的铺展，洋溢着浓郁的诗意化审美格调。所以，有不少论者强调，苏童的短篇充满了“唯美”与“暧昧”的南方气质，呈现出“优雅、阴柔而又凄清、冷艳的风格”。[①]

但是，就我的阅读而言，苏童并不是一个单纯的、略带古典气息的唯美主义者。在他的短篇里，作者从来不回避那些尖锐的人性冲突，也不掩饰各种生存的无奈和伤痛，只不过，在处理这些惨烈的人生镜像时，他不像残雪、余华、莫言等作家那样，常常着眼于“人性恶”的极致性表达，而是通过种种叙事策略对其加以缓释，从而让叙事走向一种“刚而不怒，柔而不慑”的平和之境。可以说，苏童的短篇创作，在很大程度上体现了中国传统美学的一个核心思想——中和之美。

一

苏童对短篇创作一直情有独钟。他自己认为，这是一种“来自生理的喜爱”，因为“我写短篇小说能够最充分地享受写作，与写中长篇相比较，短篇给予我精神上的享受最多”。[②] 他甚至觉得自己“患有短篇‘病’”、“它会不

---

① 汪政：《苏童：一个人与几组词》，《海南师范学院学报》（社会科学版）2006年第3期。类似的评论还有张学昕的《“唯美”的叙述——苏童短篇小说论》（《当代作家评论》2004年第3期）；焦雨虹的《苏童小说：唯美主义的当代叙述》（《小说评论》2004年第3期）等。

② 苏童、王宏图：《苏童王宏图对话录》，苏州大学出版社，2003，第185页。

时地跳出来，像一个神灵操纵我的创作神经，使我深陷于类似梦幻的情绪中，红着眼睛营造短篇精品”。① 在这种特殊情感的驱使下，苏童对短篇创作可谓殚精竭虑，费尽匠心。因此，他的很多短篇不仅呈现出异常丰沛的艺术智性，而且也折射了创作主体内心深处的审美趣味——不走极端，不求乖张，亦不显怪戾，而是着力彰显一种“温柔敦厚”的情感基质和价值取向。

这种“温柔敦厚”的情感基质，从某种程度上说，颇为清晰地折射了苏童对中国传统美学——“中和之美”的迎合和继承。尽管这种迎合并没有明确的自觉意识，或许只是作家的个体心性与传统文化伦理自然融会的结果，但它所显示出来的精神趣味和价值倾向，却与“中和之美”的核心内涵十分契合。《中庸》云：“中也者，天下之大本一也，和也者，天下之达道也。致中和，天地位焉，万物育焉。”作为一种哲学思想的“中和”，既包含了多元性的辩证统一，即“和而不同”，又表明了终极境界的“天人合一”，即阴阳平衡，“万物育焉”。在具体的艺术实践中，“中和之美”则主要体现为一种明确的人性关怀和道德关怀，亦即孔子所说的“温柔敦厚”之价值取向。《礼记·经解》中说：“孔子曰：‘入其国，其教可知也。其为人也温柔敦厚，《诗》教也’。”朱自清先生由此出发，围绕《礼记》和《乐记》，层层论证了“温柔敦厚”的儒家诗教，就是古时的“中和之纪”，亦即今天的“中和之美”。所以，他在《诗言志辨》中明确说道：“‘温柔敦厚’是‘和’，是‘亲’，也是‘节’，是‘敬’，也是‘适’，是‘中’。”②

毋须讳言，儒家诗教具有强烈的“载道”意味，但是，如果就艺术创作的主体精神而言，所谓“温柔敦厚”的“中和之美”，就是要求作家必须具有明确的人伦关怀，拥有一种同情、向善、求仁的伦理情操，所谓“子不语‘怪力乱神”，并且在具体创作中有效控制主体情感，从而摒弃那种“著文以舒忿”、“怨不择音”之类的情感姿态，倾力彰显“怨而不怒，哀而不伤”的情感取向。而在苏童的短篇小说中，无论是创作主体的个体心性，还是作品所渗透的精神趣味，都体现了这一美学追求。

纵观苏童的短篇创作，大体可分为两个阶段：第一阶段为 1998 年之前。在这一时期的短篇中，苏童主要以“枫杨树故乡”的历史和“香椿树街”的成长记忆为载体，大量择用童年视角，以童年特有的生命体验，让作家的想象力沿着诗意的情境一路飞奔，极力展示叙事的轻逸之美，意蕴上则稍显玄

① 汪政、何平编《苏童研究资料》，天津人民出版社，2007，第 52 页。

② 朱自清：《诗言志辩》，广西师范大学出版社，2004，第 108 页。

妙和单薄。如《祭奠红马》、《飞越我的枫杨树故乡》、《蝴蝶与棋》、《告诉他们，我乘白鹤去了》以及《桑园留念》、《金鱼之乱》、《乘滑轮车远去》、《伤心的舞蹈》，等等。第二阶段为1998年之后。这一时期，他明显加强了对现实生活的表达，并对创作主体的想象力进行了必要的调控，致力于捕捉那些微妙而又富于人性魅力的生活细节，展示隐秘而复杂的人性状态。即使有些故事仍然立足于某些童年记忆，但作家更注意写实的力量，强调对现实伦理的揭示与反思。如《垂杨柳》、《桥上的疯妈妈》、《白雪猪头》、《西瓜船》、《私宴》、《堂兄弟》、《手》、《茨菰》等。

尽管苏童的短篇创作在前后期有所不同，但它们所彰显出来的美学趣味和情感基质并没有多少变化。他始终追求一种刚柔相济、温婉敦厚、充满诗意的情感特质，感伤但不绝望，幽深却不锐利，渗透着温馨的人道情怀。像早期的《飞越我的枫杨树故乡》里，幺叔虽然像条野狗一样终日穿行于疯女人、河流和野地之间，且“浪荡成性，辱没村规”，但他又是老家唯一愿意“充当送鬼人”，每年的七月半替全村人送鬼。无论幺叔生前如何令人生厌，但是，小说围绕着亲人们对他死后亡灵的关切，透射出浓浓的血缘之情和温暖的人间伦理。《桑园留念》里，处于青春期的肖弟、毛头和丹玉，在生命的无序骚动中，上演了无数冒险和伤害的事件，以致毛头和丹玉双双殉情。这是一个惨烈的故事，但叙事却充满了温情的力量，它仿佛一曲青春的挽歌。一切的不幸都深藏于桑园深处。叙事话语则沿着少年“我”的视角缓缓打开，神秘、天真、刺激，而又不乏浪漫的怀想。《门》里的毛头女人因为长年寡居，又误读了老史有关“门”的谜语，晚上便给老史留门，不料没有等来老史，却让小偷盗走了那盆丈夫酷爱的五针松，结果毛头女人羞恼之下吊死在门后。围绕着她的死，尽管人们无法相信她为了一盆树而自杀，像毛头的姐姐、“我”也知道“门”的秘密，但所有人都痛诟小偷，而不愿让她死后背上道德的恶名。

《祭奠红马》以寓言式的思维，叙述了一个生命崇拜的故事。一匹彪悍的红马、一位力大无比的老人和一个精灵般的男孩，从怒山来到了枫杨树。这让“我爷爷”心花怒放，于是他费尽心机地讨好老人，希望能骑上那匹红马。所有努力落空之后，在老人弥留之际，“我爷爷”干脆伙同他人抢夺红马。可是，当他们拉下马的眼罩之后，红马像一团烈焰，“朝夜色山谷急驰而去”，而男孩也“一去不回”。怒山红马和男孩走了，但他们给枫杨树留下了强悍而又卓越的生命记忆，同时也将道德的追问置于人们的眼前，使“我爷爷”意识到自己的罪孽。此外，像《乘滑轮车远去》里，制作滑轮车的高手猫头死了，却让“我”留下了无边的道德忏悔，因为懵懂无知的“我”曾向人们道出了猫头手淫的秘密。《两个厨子》里的白厨师对“饿痨鬼”一般的黑厨子颇为不满，不停地冷嘲热讽，但当他渐渐洞悉黑厨子只是为了一顿饱饭而来，便心生怜悯，甚至不惜破坏厨师的规矩，让黑厨子带走了那根肉骨头。

在他后期的短篇里，苏童继续坚持向那些幽暗的人性发出追问，倾力展示各种吊诡的世态人情，但在叙事情感上，仍然充满了悲悯而温馨的力量。如《私宴》借助一个老同学间的春节聚会，将彼此成长记忆中的内心隐痛与当下现实中的精神失衡巧妙地糅合在一起，既传达了人与人之间交往的诡秘心理，又展示了在同学友情掩饰下的权力欲望。《桥上的疯妈妈》里，那位仪态万方、视美如命的疯妈妈，虽然勾起了崔文琴等女人的嫉妒，甚至被送入精神病院，但疯妈妈的惊艳之美，仍然深深地烙在香椿树街人们的心中。《手》中的小武汉因为是殡葬工，谁都不敢看一眼他的手，恋爱也每每因此受挫。饱受屈辱之后，他辞职经商，结果沦为毒贩。后来，人们从电视新闻的特写镜头中终于看清了小武汉的手，“白净秀气”，“纤小无力，而且温暖”。面对此景，人们不禁坠入了道德的反省之中。在《伞》中，年幼的锦红因为一把心爱的花伞被风吹走，继而遭到邻居少年春耕的强奸。锦红从此厄运连连，成人后亦无法维持婚姻生活；而春耕劳教出来，只能靠修车为生。多年之后，独身的锦红表示愿意嫁给春耕，不料却遭到春耕的拒绝，但锦红只是转身而去，继续承受命运的安排，并没有恶恶相报。在《西瓜船》里，当福山遭受暴力伤害之后，作者却通过福山母亲寻找西瓜船，巧妙而又迅速地改变了故事的整个走向，使人性恶的对抗转化为温情、怜悯和感伤的诗意呈现。

有趣的是，在一些中长篇小说中，苏童有时会使尽力气，将人性推向某种极致状态。如《刺青时代》里天平、红旗、小拐、朱明等一批少年，终日迷恋暴力，打斗成性。他们不仅成立野猪帮、白狼帮之类，还拜师习武，四处挑衅，动辄就聚众斗殴，结果死的死，残的残。小说所展示的那一代人的成长过程，自始至终都笼罩在暴力和血腥之中。《罂粟之家》里的刘老侠、陈茂和沉草，也是带着罂粟般阴毒的心性，相互残杀，最后均死于非命。《米》中的五龙对人性恶的极度迷恋，更是充满了暴力与血腥，叙事也显得异常尖锐。究其因，这里面可能存在两方面的潜在因素：一是作家童年记忆的影响，一是当时文学环境的影响。童年的苏童体弱多病，尤其羡慕那些在街头冲杀打闹的少年，这在他的《过去随谈》、《六十年代，一张标签》等短文里都多次提及，由此形成了他在后来写作中的一种心理补偿。而在 20 世纪 80 年代末至90年代初，正是先锋文学极力推崇暴力化美学趣味的时期，苏童也不可避免地受到当时文学环境的影响。事实上，他在后来的自我反省时也承认：“《米》的问题在于走了极端，它不是我自己喜欢的文本。”[①] 而这，也恰恰从另一个方面表明，短篇创作更加贴近作家的精神气质，也更能反映他的情感特质。

一方面，苏童对一些卑微或幽暗的人性有着极为敏锐的体察，对生命里那些难以言说的阴郁、冷漠、自私甚至残忍有着异乎寻常的表达热情；但另一方面，他总是能够从中发现一种强大的道德力量，使叙事自然而然地渗透着浓厚的伦理温情和人道情怀，甚至不乏悲悯之心。这正是苏童短篇创作的核心精神之所在。它反映了苏童内心深处某种难以割舍的道德情怀，也体现了创作主体“温柔敦厚”的个体心性。而且，这种个体心性，恰恰体现了中国传统的“中和之美”。因为“中和之美”的实质并非主张调和折中，而是强调“和而不同”，多元并存，即在人的关怀中，展现道德关怀的力量。

二

作为一种独特的美学思想，“中和之美”在强调主体精神“温柔敦厚”的同时，还强调表达形式的辩证与谐和。所谓五音调和即成佳音，五味调和即有美味，其中的“和”，乃是对各种不同因素的调和与统一。“美存在于‘和’之中，也就是存在于对立面的相互渗透和统一之中，而且这种统一是一种处于最佳状态的统一，对立的双方没有任何一方离开对方而片面地突出自己。”[②] 有学者还认为，“从系统论的角度来看，所谓中和之境不过是指一个系统结构内部各要素及功能的优化组合，这种优化组合绝不是各要素的杂乱堆积或随意并列。也有轻重主次之分，这正如辩证法讲两点论也讲重点论一样”。[③]

这种艺术的辩证性与谐和性，在苏童的短篇创作中体现得尤为突出，也使他的短篇充满了丰沛的艺术智性。苏童极力规避那些极致性的叙事法则，特别注重对各种对立性元素在短篇中的协调处理。一方面，鉴于小说张力结

---

① 苏童、王宏图：《苏童王宏图对话录》，苏州大学出版社，2003，第164页。
② 李泽厚、刘纲纪：《中国美学史——先秦两汉编》，安徽文艺出版社，1999，第89页。
③ 孔范今语。见蔡世连《走向中和·序》，新星出版社，2008，第3页。

构和情节推动的需要，也鉴于丰富人性的自然诉求，各种或隐或显的冲突性元素几乎不可避免；但另一方面，他要么通过人物矛盾的巧妙和解，要么借助情节冲突的成功转换，要么通过故事虚实的双向置换，使各种对立性的元素在叙事中相辅相成，从而达成诗性而又谐和的统一状态，凸显了创作主体辩证的艺术思维。譬如，在早期的短篇里，苏童就非常善于利用虚与实的彼此转换，来淡化对现实人性的尖锐表达，凸显诗意的温情。像《青石与河流》，故事以“我”前往马刀峪替母亲复仇为开端，显得杀气重重，但当“我”找到石场唯一的存活者八爷并听完他的讲述之后，“我和八爷仿佛是两块石头，听着历史深处的回声”，复仇事件慢慢地变成了对欢女苦难一生的回忆，也变成了马刀峪石匠的蛮荒故事，“故事也像山中的水流，流着流着就断了”。而青石般男人的刚烈生命与河流般女人的柔韧情怀，却相生相合，巧妙而又辉煌地呈现出来。《逃》叙述了一个浪人永远奔走在路上的故事。叔叔陈三麦就像一只风筝，永远飞翔在寂寥的天空，而婶子就像一根风筝线，总是在特定的时候找到并拽住他。在整个小说中，“逃”与“找”轮番交替，反复上演，从而将叔叔和婶子之间的深厚情感，含蓄而又辩证地展示出来。《狂奔》以少年榆作为视角，道出了常年寡居的母亲隐秘而又辛酸的生活。苏童正是通过虚与实的交替转换，传达了母亲不得不自杀的人伦惨剧和人性的荒凉。

当然，更多的时候，苏童还是通过诗意化的细节铺展，来反衬或消解某些人性的暴烈，使诗意与残忍形成一种紧密而奇特的统一。如《被玷污的草》，叙述的是一个带着明确暴力意味的复仇故事。少年轩一心想找到打瞎自己眼睛的凶手。然而随着他在杏庄的左寻右找，凶手却无迹可查，杏庄之行，于是变成了轩的一次漫游。恰恰是这次看似虚无的漫游，却有效地平复了轩的内心复仇情绪，并使“轩的视网膜疾症有了神奇的好转”。《稻草人》也演绎了一场杀戮事件。在夏日午后的棉花地里，少年兄弟轩和土因为一对齿轮玩具，棒杀了放羊的伙伴荣，但叙事却沉浸在午后棉田一片空寂的世界里：生长茂盛的棉树、静谧的河流、寂寥的稻草人、青翠的草地，共同构成了南方乡村的盛夏图景，安详而又充满诗意，完全远离了暴力和谋杀。《告诉他们，我乘白鹤去了》里，年幼的孙子孙女带着强烈的好奇心，活埋了不希望死后被火葬的爷爷，而作家在叙述这一过程时，却不断强化爷爷对白鹤的想象，也不断拓展孙辈们对死亡的想象，整个叙事在一种空灵而又极富诗意的过程中，完成了一次残忍的虐杀事件。类似的短篇，还有《红桃 Q》、《亲戚们谈论的事情》、《小猫》等。

在后期的短篇里，苏童虽然减少了某些暴力化人性的表达，但他依然没有放弃对复杂而微妙的人性发掘，并通过辩证性的叙事策略，依然让那些对抗性元素相互渗透，凸显出某种温暖的世态人情。像《白雪猪头》里的母亲，为了能够让孩子们能在计划经济的年代吃上肉，先是与肉店张云兰因买肉而发生冲突，继而又替张家缝制衣服，试图修好关系，以便能够买到廉价的猪头。面对共同的贫困和苦难，两个女人在宽容和理解中达到了心灵的和解。也彰显了质朴而深厚的世态人情。《人民的鱼》里，因为丈夫居林生的权力资本，柳月芳的家里鱼肉成“灾”，遂将鱼头不断送给贫困的张慧琴一家。不料世事沧桑，退休之后的柳月芳一家开始门前冷落，而张慧琴因为对鱼头的独到烹制，所开的饮食店生意兴隆。这种祸福相依的命运转换，既折射了作家的某种辩证思考，又展示了两个女主人之间微妙的心态变化，并在最终传达了一种女性特有的感恩情怀和宽容之心。

《遇见司马先生》以韶华已逝的著名女演员林黛与百合花餐厅女服务员倪小姐的惊人相像为契机，通过司马先生对妻子林黛的深挚之爱，缓缓地打开了倪小姐粗鄙而恶俗的内心世界。它围绕着容貌与心灵、苍老与年轻、真爱与亵渎等充满分裂意味的情境，辩证而又巧妙地展示了一种超越时空的美好爱情。《拾婴记》则围绕一个女婴的不断被弃，既写出了处于生存困顿中的人们面对弃婴的畏惧和无奈，又通过幼儿园和政府部门的极力推诿来体现这个小生命所赋予的沉重之责。而李六奶奶、疯女人瑞兰的出现，不仅改变了女婴在“弃”的过程中的故事走向，还隐含了人类某种超越理性的生命之爱。《茨菰》围绕着彩袖的逃婚事件，将巩爱华、姑妈、父亲、母亲、姐姐等一群小市民的复杂心态，勾勒得淋漓尽致。他们一边为彩袖的换婚处境愤愤不平，标榜自己的道德立场，一边又相互推诿，尽力逃避自己的责任。这种相互推诿的心态，既体现了作家对各种矛盾元素的娴熟处理，又传达了人们内心深处无法逃离道德追问的生存情景。此外，《堂兄弟》里的德臣与道林，《垂杨柳》里的卡车司机与小雪，《白杨和白杨》里两个同名同姓的女人，《二重唱》里的司机小唐和醉鬼“棒球帽”，《哭泣的耳朵》中的弟弟和“老特务”，《小偷》里的郁勇和谭峰，也都是围绕着这样或那样的纠葛，或此起彼伏，或峰回路转，但最终都指向了善与恶、情与理的统一。

当然，辩证与谐和作为“中和之美”的一种艺术表现，并不只是意味着作家对各种对立性元素的统一，它还意味这种统一应该是有机的，协调的，并在最终体现出一种平和温婉的精神格调和艺术风格，亦即一种“温柔敦厚”、中正平和的美学质地。苏童的短篇之所以显得绵润轻柔，温婉飘逸，正是由于他在处理生活的轻与重、人性的善与恶、命运的悲与喜时，总是动用各种叙事的智性，以虚击实，化重为轻，避开了那些偏执的审美追求。所以评论家们常常觉得他的短篇阴柔有余而阳刚不足，内敛有余而豪放不足，殊不知“豪旷非中和之则”。

三

必须说明的是，在具体的艺术实践中，“中和之美”追求的是一种“整体的和谐”，而非局部的“偏善”，“局部永远只是整体那活生生的生命之中的有机分子，虽则这分子也自有相对独立的生命”。“文艺作品的一个个局部，正是按照整体和谐要求与局部自身的要求既一致又不一致乃至对立，然终必统一在整体和谐之上这一原则，来摆正自身的位置，调节自身的表现，从而最终构成作品的整体和谐的”。[①] 这种“整体和谐观”，不仅体现在主体的精神格调上，体现在作家的艺术思维以及对各种张力因素的处理过程中，它还同样体现在文本的内在肌理之中，尤其是作家对那种柔和温润、轻逸舒缓的语言质感的运用。

苏童的短篇小说之所以显得精致、唯美而又温和、飘逸，呈现出非常鲜明的“中和之美”，同样也体现在他对语言的独特把握上。首先，苏童的叙述语调带着非常明显的女性化气质，柔软、稠密、注重感性的情绪传达，甚至流露着浓郁的感伤情调。苏童自己也说：“我喜欢以女性形象来结构小说……也许是因为女人更令人关注，也许我觉得女性身上凝聚着更多的小说因素。”[②] 我们从中可以体会到苏童对女性气质的青睐，尤其是对女性直觉化、感性化和细腻性等生命特征的倚重。所以，他的叙述常常带着一种女性般温婉的语调，这也为他的短篇奠定了一种柔和的审美基调。即使是像《青石与河流》、《祭奠红马》等试图彰显阳刚生命之美的小说，其叙述虽也不乏苍劲、坚硬的成分，但整体上仍然浸润在温婉的诗意之中，化刚为柔，且又“柔而不慑”。

这种女性化的语言追求，还使他的叙述重直觉，轻理性；重幻象，轻实景；重长句，轻短句。有人认为，苏童善用“南宋长调一样典雅、绮丽、流转、意象纷呈的语言”，甚至在有些时候，“制造一座精致的虚幻如七宝楼台

---

① 张国庆：《中和之美》，中央编译出版社，2009，第 123 页。

② 苏童：《红粉·序跋》，长江文艺出版社，1992。

的语言成了苏童醉心的工作”。[①] 这种判断无疑是正确的，因为女性化与诗意化，常常会在直觉和幻想上形成一种紧密的共振关系。譬如，“多少次我在梦中飞越遥远的枫杨树故乡。我看见自己每天在迫近一条横贯东西的浊黄色的河流。我涉过河流到左岸去。左岸红波浩荡的罂粟花地卷起龙首大风，挟起我闯入模糊的枫杨树故乡。”（《飞越我的枫杨树故乡》）……这样的叙述，不仅呈现出语言自身的飘逸之美，也在空灵之中，让语言自身的所指与能指之间保持着不稳定的意义关系，带有浓烈的诗意倾向。它拓展了人物内在的极为细密的生命体验，甚至带有某种陌生化的审美效果；而那种长句所特有的抑扬顿挫，又强化了叙述在语调上的悠扬节奏，使我们仿佛在欣赏江南凌空曼舞的水袖，遐思翩翩且又飘忽不定。

如果将苏童与同一个地域、同一时代甚至对女性也有着同样非凡表现能力的毕飞宇进行比较，可以更清楚地看到苏童在语言运用上的特殊才华。像毕飞宇的小说，就非常喜欢用短句，迅捷、果断、冷静，像手枪中射出的子弹，迅速击中目标，即使是白描，也是三言两句，强调传神的效果，充满了刚性和力度感。而苏童则喜欢长句，舒缓、含蓄、抒情，像苏州评弹里的长调，婉转细腻，绮丽妙曼，充满了直觉化的灵性之光。它让人觉得，苏童仿佛长期沉醉于南方潮湿、黏稠、轻灵而又色彩斑斓的生存氛围里，让语言在一个个丰盈华美却又难以捕捉的意象之间穿行。

其次，苏童非常注重语言内在的信息密度，无论是感觉化的长句，还是梦幻式的意象书写，总是能够糅进各种丰沛的内涵，并通过隐喻和暗示，使各种意象具有不确定性和模糊性，具有丰富的怀想空间。毕飞宇就认为：“在中国作家里面，没有一个作家的语言密度能够超过苏童。你注意一下苏童的短篇，篇幅都很短，可是信息量是惊人的，一头就把你摁进去了。所以你反而觉得苏童的短篇读起来比较长。”[②] 这种信息密度极大的语言，主要得益于苏童对意象的迷恋式书写，火红的罂粟、广袤的棉田、污浊的河流、宁静的池塘、缤纷的蝴蝶、机灵的老猫、绵绵的细雨……都是他常用的意象，它们自由地穿梭于叙述之中，又难以捕捉其具体的意义指向，从而使苏童的语言

---

① 汪政：《苏童：一个人与几组词》，《海南师范学院学报》（社会科学版）2006 年第 3 期。类似的评论还有张学昕的《“唯美”的叙述——苏童短篇小说论》（《当代作家评论》2004 年第 3 期）；焦雨虹的《苏童小说：唯美主义的当代叙述》（《小说评论》2004 年第 3 期）等。

② 毕飞宇、汪政：《语言的宿命》，《南方文坛》2002 年第 4 期。

饱含了丰沛的想象空间，以至于有人认为他的创作是一种“意象主义的写作”。[①] 更重要的是，苏童还大量使用各种神秘的意象，致使叙述走向更为幽深的空灵之境，如《被玷污的草》里的那位江湖郎中、一只指南针以及轩从杏庄带回的一株青草；《稻草人》里那张血迹斑斑的报纸、一个女人的被杀故事；《告诉他们，我乘白鹤去了》里，爷爷眼中常常飞起飞落的白鹤；《U 形铁》里，锁锁家里那只巨大的铁砧子；《水鬼》里那朵红色的莲花；《仪式的完成》里的大缸和鬼符；《樱桃》里那个穿白色睡袍的少女；《天使的粮食》里的黑陶坛子……这些玄秘的意象，摆脱了人们惯常的逻辑思维，以冥冥之中似真似幻的神秘，扩张了语言内在的信息。

与此同时，我们也不得不注意到，苏童的短篇在语言上的轻逸之美，还得益于他对少年视角的精致把握，得益于他对一些疯子式人物的语言捕捉。可以使叙述自然地进入想象和飞翔的空间。像《狂奔》、《金鱼之乱》、《蓝白染坊》、《哭泣的耳朵》、《桑园留念》等，都是如此。这种视角既承担了故事的结构功能，同时也巧妙地契合了语言上的诗意特质，可谓“言情体物，穷极工巧”。像“陶第一次穿上那双鞋子是在黄昏，他迈着异常快乐和轻盈的步子在石板路上走，他朝着许的家中走，人像鸟一样有飞行或者漂浮的感觉”（《回力牌球鞋》）。这类语言既是少年特有的生命体验，又具有轻灵的诗意特质。疯子也是如此。苏童的短篇里有不少疯子形象，如《像天使一样美丽》里的吕疯子，《飞越我的枫杨树故乡》里勾引幺叔的疯女人，《桥上的疯妈妈》中的疯妈妈，《拾婴记》里的疯女人瑞兰，《蝴蝶与棋》中的小彩……但他们都没有任何暴力倾向，且对美与善有着特殊的迷恋。也就是说，他们都以超越常人的非理性思维，使叙述语言进入一种幻美之中。

从表面上看，苏童的短篇和中长篇在语言风格上比较一致，但细究之下，仍然存在着某些潜在的差别。譬如，在中长篇小说里，因为故事空间相对比较宽松，苏童会借助语言的缠绕来营构人物的生存氛围，并强化语言的阴郁、惆怅、颓败的气息，使之呈现出一种近似于晚唐格调的淫靡而又哀怨的特质，像《妻妾成群》、《红粉》、《我的帝王生涯》等，都是如此。而在一些着力展现人性恶的作品中，苏童又不惜动用各种粗暴的语汇强化人物行动的力度。有不少评论者认为，苏童的笔下充满了“阴暗、潮湿、糜烂、腥臭”的气息，遍布了人性的堕落与黑暗，其实，这种情形主

---

① 葛红兵：《苏童的意象主义写作》，《社会科学》2003 年第 2 期。

要表现在他的中长篇里。[①] 这也表明，苏童在短篇小说中，更注重对语言纯洁性和轻逸之美的自觉维护。

“中和之美”虽然形成于古代的文化艺术中，但它“本质上却是一种超越历史与具体的普遍艺术精神或艺术法则”，是一种“普遍的艺术和谐观”。[②] 它与“怨不择音”、“愤怒出诗人”之类的“宣泄论”和巴赫金的“狂欢理论”等极致性诗学，构成了两种截然不同的美学形态。事实上，这两种形态在苏童的小说中均有所体现，像他的长篇《米》、《碧奴》、《河岸》等，就更多地表现出某些极致性的美学追求。但就苏童的个体心性而言，他更多地倾心于中和之美，更迷恋于“温柔敦厚”的精神格调，他自己也承认：“我只喜欢自己短篇小说，我的中长篇小说，完全满意的没有。”[③] 这也道出了他内心深处的艺术理想。可以说，无论是自觉还是不自觉，苏童在短篇创作中对“中和之美”的追求，不仅使他拥有独具匠心的个性风貌，也使他成为当代作家中一位难得的短篇高手。

（原载《文学评论》2010 年第 3 期）

① 摩罗、侍春生：《逃遁与陷落——苏童论》，《当代作家评论》1998 年第 2 期。持类似观点的评论还有张清华的《天堂的哀歌——苏童论》（《钟山》2001 年第 1 期）；王德威的《南方的堕落与诱惑》（《读书》1998 年第 4 期）等。

② 张国庆：《中和之美》，中央编译出版社，2009，第 163 页。

③ 苏童、周新民：《打开人性的皱折——苏童访谈录》，《小说评论》2004 年第 2 期。

异乡人

——魏微论

·张　莉·

> 它时而穷，时而富；它跳动不安，充满时代的活力，同时又宁静致远，带有世外桃源的风雅。它山清水秀，偶尔也穷山恶水；它民风淳朴，可是多乡野刁民。她喜欢她的家乡，同时又讨厌她的家乡。有一件事子慧不得不正视了，那就是这些年来，故乡一直在她心里，虽然远隔千里，可是某种程度上，她从未离开过它。
>
> ——魏微《异乡》[①]

1997年4月，文学杂志《小说界》发表了署名魏微的短篇小说《一个年龄的性意识》，这小说令人惊异，它“那么短，那么尖利又那么平实，还那么不像小说”，[②] ——叙述人对身体以及女性的认识和看法未尝不是犀利的，但态度温和端正，认识都建立在诚实探讨问题和对身体写作的真切思索的基础之上，——一位青年作家就此逐渐为人所识。

魏微的作品并不丰富，她用字简洁，写得慢，讲求写作质量，但气质独特。她是“70”后的代表作家，也可能是最早被“经典化”的“70年代”作家，小说《大老郑的女人》获得鲁迅文学奖短篇小说奖，《化妆》获得了第二届中国小说协会短篇小说奖。除此之外，魏微还有另外的小说作品令人印象深刻，不断被阐释：《在明孝陵乘凉》、《父亲来访》、《异乡》、《乡村、穷亲戚和爱情》、《姊妹》、《家道》，以及她的长篇小说《流年》（又名《一个人的微湖闸》）。面对这样年轻而又有特殊文学气质的作

---

① 魏微：《姐姐和弟弟》，山东文艺出版社，2005。除特别注明外，本论文小说都出自此小说集，不另注。

② 张新颖：《知道我是谁——漫谈魏微的小说》，《当代作家评论》2003年1期。

家，诸多批评家[1]都纷纷有话要说：郜元宝认为“魏微可以说是中国新一代青年作家的一个典型：他们终于告别了因为逃逸政治意识形态宏大叙事而痴迷于形式探索与陌生化叙事的‘先锋派’，回到亲人中间，回到中国生活的固有的形式与内容。”[2] 施战军认为魏微小说“叙事格调清朗”[3]；张新颖认为魏微小说“明白人情物理”，呈现了一个“完整的世界”；李丹梦认为“我们已不自觉地把魏微放在了传统的衍生段：不是从西方硬性嫁接过来的，而是从‘本土’生长出来的。当卫慧等人用过度的激情描写割断历史、沉醉于当下时，魏微却在调整自己的历史位置，力图接续上传统的脉搏。”[4]

正如已有研究者指出的，“还乡”之于魏微是重要的，我甚至将之视为魏微写作的核心，她借助于故乡小城书写她之于生活的独特感触和发见。——在不断地找寻故乡的书写中，魏微小说不期然检视和记录了以小城为核心的当代中国社会伦理的急剧变迁。这是魏微小说的独有气质。她无时无刻不怀念她的小城街道，小城里的父母，以及小城的岁月。这或许应该叫做乡愁？但也不仅仅是，至少不是这么简单。小城既是家乡与来处，也是想当然的归处和安息之地。这有点像现代化城市中人总喜欢将山村当作家园一样。可是，小城只不过是想象中的罢了。但魏微并不总会让小城只成为背景的，她的人物总是要在离开后又重新面对，她关于故乡的小说魅力在于“归去来”。一如郜元宝所言，“正是在不同形式的‘回乡’过程中，魏微为我们呈现了她笔底人物的感情秘密，而这些感情秘密确实也只有在城乡之间的撕裂和缝合中，才得以诞生。”[5] ——在外面的大城市，这个来自小城的姑娘是贴着标签的“外地人”，外地对于她是异乡。那么重回小城呢，小城却早已飞速发展变得面目全非了，她依然是陌生人，并不容于家人。

异乡感是魏微的关键词。她有篇非常耐人寻味的短篇小说《异乡》，讲的是一位远离故土的青年女性重回故乡的故事。这令人想到现代文学初期的著名经典作品《故乡》。鲁迅书写了重回故乡后的震惊体验，魏微亦是如此。只是，她的人物是位青年女性，使她感受到巨大震惊的是她的邻里和她的父母看她的目光及对其身体的揣测。无论是否有意，作为现代文学传

---

① 这些评论除以下列举之外，还包括何平：《魏微论》；周景雷、王爽：《打开日常生活的隐秘之门》；徐坤：《魏微：从南方到北方》等。

② 郜元宝：《回乡者·亲情·暧昧年代》，《当代文坛》2007 年 5 期。

③ 施战军：《爱与疼惜——呢喃中的清朗》，《南方文坛》2002 年 5 期。

④ 李丹梦：《文学“返乡”之路——魏微论》，《山花》2008 年 1 期。

⑤ 施战军：《爱与疼惜——呢喃中的清朗》，《南方文坛》2002 年 5 期。

统的一部分，某种程度上，这部沿袭了鲁迅“归去来”模式的作品是对经典作品的一次重写和重构。事实上，和《异乡》中的子慧类似，魏微小说的叙述人总是流动的，夹杂在一个并不安稳的时间和空间里，进而，对故乡/亲情的执迷书写便成为渴望寻找安稳信任以及由此而衍生的亲情、爱情的隐喻。异乡感磨折着每一个人物，也磨折着叙述人，这使魏微的小说远离了那种甜腻的亲情/温暖小说底色，也使我们得以更逼近她小说内在的核心。

异乡感既是个人与故土之间的相互难以融入，也是对身在世界的诸多价值观的不能认同。《化妆》中的嘉丽“化妆”冒险与情人相见，使她永远地成为这个时代的异乡人。——这个时代认可的是多年后重逢的光鲜，为彼此留下美好的念想。但她执拗地希望爱情“富贵不能移，贫贱不能屈”。重新体验贫穷的女人不仅被前情人鄙视，也被她所处的这个时代打击。也许还有另一种异乡感，那是一种永远在别处的异乡感。它困扰每一个有着平凡而千篇一律生活的人们。如《到远方去》的中年男人，《一个人的微湖闸》的杨婶。他们内心都分明有着某种强大而不可扼制的欲望与力量，这样的欲望与力量使她们成为各自生存环境中的异者，孤独者，不合群者，异乡人。在看似安稳的面容之下他们都有颗不安稳的心。魏微书写着这个时代卑微而敏感的不安分者，以及他们内心那无可排遣的异己感、异乡感，她也借由这样的人物，为一个时代的都市里讨生活者画像与立传。

在当代文学的阐释中，许多研究者已经意识到了日常生活的美学正在日益困扰着当代作家的创作。魏微也被视作这种日常生活美学制造者的一部分。魏微的许多创作谈自然证明了她的美学观念的确有所特征，但那种日常生活的“温暖”却不一定全缘于魏微。魏微的温暖只是表象：还没有哪个女作家可以写出魏微对于土地和小城的那种既爱又厌，还没有哪位女性写作者写出魏微对于故乡和异乡的惶恐。一如 1960 年代出生的作家无法忘记他们童年时“文革”的那些记忆一样，成长于 1990 年代的魏微永远纠结于那个断裂的记忆，纠结于计划经济向市场经济的转变的一瞬，——那岂止是一个时间上的转变，还是价值观的崩塌，是人生观的断裂，是爱情观的开始变形，甚至也是亲情扭曲的开始。魏微不断地书写着那个渐变的故乡和被时代摧毁得面目全非的“小城”，她的文字常常令人重回昨日：我们每一个人，不都是这个飞速旋转时代的异乡人？每一个人，内心里不都有个他乡与故乡？

归去来：故乡与异乡

《异乡》讲述了一位在外漂泊的青年女性回到故乡时的震惊体验。从小城来到都市的女青年子慧，和她的女友一起被房东当作可疑的外地人审视，“小黄关上门，朝地上啐一口唾沫说：‘老太婆以为我们是干那个的。’”而这个时代，正是中国人热衷离开的时代。“他们拖家带口，吆三喝四，从故土奔赴异乡，从异乡奔赴另一个异乡。他们怀着理想、热情，无数张脸被烧得通红，变了人形。”身在异地，饱受歧视，四处奔波讨生活，回忆熟悉温暖的小城成为子慧的习惯，受到委屈和不公时，她便突然想回家，回到她的小城去，因为那里“青山绿水，民风淳朴”。她常常向他人讲述着她的故乡，“青石板小路，蜿蜒的石阶，老房子是青砖灰瓦的样式，尖尖的屋顶，白粉墙……一切都是静静的，有水墨画一般的意境”。离开家乡的子慧最终选择回家看看。“现在她不太情愿人家拿她当吉安人。她在外浪迹三年，吃了那么多苦，为的是什么？为的是洗心革面不做吉安人，她要把她身上的吉安气全扫光，从口音、饮食习惯，到走路的姿势、穿着打扮……一切的一切，她要让人搞不懂她是哪里人”。

在故乡，子慧的第一次震惊体验来自他人的目光。“她拐了个弯，改走一条甬道，走了一会，突然感到背后有眼睛，就在不远的地方，无数双的眼睛，一支支地像箭一样落在她的要害部位，屁股、腰肢……到处都是箭，可是子慧不觉得疼，只感到羞耻。……天哪，这是什么世道，现在她连自己都不信任，她离家三年，本本分分，她却总疑神疑鬼，担心别人以为她是在卖淫。”女主角站在故乡的土地，却感觉到比身处他乡更为冷清。而更大的震惊则源自她的家庭，她的父母。她回到家，自己的行李箱已经被打开，内裤胸罩都被检查了。

> “你生活得很不错，”母亲走到子慧面前，探头在她的脸上照了照，声音几同耳语，“你并不像你说的那么惨，你有很多妖艳的衣服，可是一回到家里，你却扮作良家妇女——”母亲伸手在子慧的衣衫上捏了捏。
>
> “我三番五次要去看你，”母亲坐回桌子旁，重新恢复了一个法官的派头，“都被你全力阻挠，这意味着什么？意味着你知道我是去偷袭你。三年来我花了几万块钱的电话费，心里也疑惑着你是个妓女。”

因为在外生活并不窘迫，母亲直接将女儿视作了妓女。——这来自母亲的不信任，给予子慧的震惊远胜于来自大都市陌生人那里的歧视。小说书写了小城对年轻回乡者的深刻怀疑，也书写了一种伦理关系因“不信任”而遭受到的破坏。这种不信任由何而来？或者，因为中国传统文化中对女性身体的看守，但更大的原因则在于大环境中对于“暴富者”的深刻怀疑。——因不法手段暴富者在当代中国甚为普遍，这使得小城对“远方”产生了警惕。《异乡》中子慧所获得的震惊体验，是一个青年女性因身体所遭受到的巨大不公的表现，——她穷，容易被人视作可能会出卖肉体，她不穷，也容易被人视作因靠肉体赚钱，——这样的想象，是城市外来女性生存出路狭窄的现实性投射，也是一个时代对有财富者，暴富者的完全不信任的表征。《异乡》的字里行间，都潜藏有一位青年女性在故乡与异乡所受到的双重创伤，也潜藏了关于中国社会时代和价值伦理的巨大变迁。

《异乡》还有个姊妹篇《回家》。如果说《异乡》中魏微书写的是清白的回乡女性如何被人猜忌和不接纳，那么《回家》则书写的是真的妓女的离去与归来。这两部小说形成了有趣的参照关系。警察送小凤一干人等回家，着意希望这些身体工作者以后清白做人。但家乡和故土并不接纳，母亲也不。

> 母亲说，凤儿，娘只你一个女儿……娘全指望着你了。不管怎样，找个人嫁了是真的，只有嫁了人……你吃的那些辛苦才算有了说法。要不你出去混一遭干吗？……你出去混一遭，为的是嫁人。小凤笑道，依你说，我在乡下就没人要啦？母亲拍打芭蕉扇子站起来，自顾自走到屋里去，在门口收住脚，迟疑一会道，难啦！

“不管怎样”——母亲并没有和小凤挑明了说，她们心照不宣。小说人物自有对小凤等人皮肉职业的鄙视，但同时也可能是一种默许。母亲鼓励女儿再出去受罪，去混，找个人嫁了，表明对贫穷的恐惧远超过了对贞洁的看重。小说最后小凤带着另一个姐妹李霞共同离开则显示了青年女性离开故乡做皮肉生意行为的绵延不绝。对于这些贫穷土地上的女性，也许只有走出去赚钱嫁人才是最好的选择，用什么样的方法赚钱已不足论，钱是否干净也是次要的，人们更看重的是结果。《异乡》中母亲的怀疑和武断，《回家》中母亲的不接纳和鼓励出去，都是对寻找家园的青年女性的打击。因“离去归来”模式，魏微将乡镇中国的社会现状做了一次有效的注解。

应该讨论故乡在魏微这里的含义，也许它只是都市人最普遍意义上的乡愁，但也不仅仅是。一如郜元宝所说：

> 魏微只是文学上的“回乡者”，并非一度时髦的文化怀乡病患者。她的立场既不在乡村，也不在城市，而毋宁寄放在超乎乡村与城市之间的某个更加虚无的所在。乡村固然给了她记忆的蛊惑和温情的慰藉，但恰恰在这其中也包含着乡村所特有的冷漠与伤害；城市令她感到陌生，充满危机陷阱，但隐身城市之中，又使她获得还活在人间的坚硬的真实。这种两头牵扯而又两头落空的遭际，正是魏微反复描写的当下普通中国人的感情困境。①

是的，魏微写出了都市人情感的普遍性：“多少次了，她听到一个声音在召唤，温柔的、缠绵的、伤感的，那时她不知道这声音回家。她不知道，回家的冲动隔一阵子就会袭击她，那间歇性的反应，兴奋、疲倦、烦恼、轻度的神经质、莫名其妙……就像月经。”

从《异乡》很容易想到鲁迅的《故乡》。1921 年，现代文学之父鲁迅发表了他的杰出作品《故乡》。叙事人二十年后回故乡，记忆中的故乡与眼前这个故乡发生了深深的断裂，这使他处于深刻的震惊体验当中。故乡的破败和童年玩伴闰土的凄苦生活使小说家感到痛苦，有着一轮明月的故乡只是“我”想象中的了。这是一幅典型的回乡图景，也是近八十年来中国知识分子回乡的普遍经验，而书写这种震惊体验时，归去来的模式非常重要，这是鲁迅作品中常有的叙事模式

魏微小说中有“想象性的故乡”，民风淳朴，世事清明，生活着爷爷奶奶和亲人们。《回家》、《异乡》以及《乡村、穷亲戚和爱情》等小说也都有类似于鲁迅小说中的“离去—归来”模式。只是，不同在于，魏微书写了作为回故乡者的窘迫，一位回故乡者所受到的审判，以及一位回乡者被亲缘伦理的质疑和抛弃。这多半缘由故事的主体是女性，声音和叙事视角都是女性。魏微写作《异乡》时可能并未曾想到《故乡》，但这部读者耳熟能详的作品无可逃避地成为魏微书写的“前文本”，构成了魏微写作的强大传统。某种意义上，《异乡》和《回家》都是对这一经典性文本进行互文式写作，也是后辈作家对前辈作家的一次隔空致敬。这令人想到同为“70”后的电影导演贾樟柯的电影。在贾的电影中，他的家乡汾阳是他的主角，借此，他书写了一个不断变化时代里一个小城的沦落和变迁。魏微的小城也是如此，只是，魏微重新面对小城的方式没有贾樟柯那样直接，那样斑驳和复杂。无论怎样，

① 施战军：《爱与疼惜——呢喃中的清朗》，《南方文坛》2002 年 5 期。

乡镇中国的灰色现实通过这些邻里如箭的目光获得了放大，外面的世界对这个封闭的小城意味着洪水猛兽了。子慧的异乡感通过父母亲的审问和盘查获得了放大。浪漫意义上的温暖故乡在此刻早已被剥离殆尽。

依我看来，魏微作品故乡系列的意义在于，借由女性的际遇，我们看到“故乡”在我们眼皮底下发生了何等的巨变，经由一个女人的离去与归来，我们得以见证乡镇中国人际、亲情以及伦理冲突之下的崩坏。

乡村、穷亲戚和爱情

除去异乡感，贫穷是魏微小说的另一个关键词，这在《异乡》和《回家》中都有所体现。虽然这两部小说书写的是回家而不得，但事实上，它其实还书写了一个时代的到来。这是一个以鄙视和痛恨贫穷为乐的时代，也是唯金钱为是的时代。魏微对贫穷的认识却卓有不同。她将贫穷视作个人的起点。这在《乡村、穷亲戚和爱情》中可以清晰地认识到。小说也是一次回乡，但这次回乡所获得的体验与反观自身和反观来路有关。“我”的爷爷来自农村，因为闹革命进了城。我也就成了城里人的后代。但节假日时常常会有亲戚们来送土特产，我的成长过程中，常常会遇到穷亲戚们的上门……奶奶的去世使我有机会来到了乡下。“你没有到过乡野，你也不是乡村子弟的孩子，——假如不是你的爷爷奶奶没有葬在这里，你就很难理解这种感情。它几乎是一触即发的，不需要背景和解释，也没有理由。你只需站在这片土地上，看见活泼、古老的世风，看见一代代在这里生长的子民，你就会觉得，有一种死去的东西在你身上复活了。”“我”经由给爷爷奶奶上坟，将“我”与土地和“我”与贫穷的关系做了一次梳理，——我是城里人，但也是乡下人，正是如此，我才有了割舍不断的穷亲戚。

这是值得称道的小说，气质纯正，态度端然，正如谢有顺所言：

> 魏微的《乡村、穷亲戚和爱情》是我在2001年所读到的最好的短篇之一。温婉而柔韧的情感线条，满带感情而朴实的语言，理性而欲言又止的人物关系，隐忍的高尚，以及年轻作家少有的节制……这些，共同构成了这篇小说的忧伤面貌。它是我们这个时代少数能令人感动的小说，尤其是在许多作家都热衷于进行身体和欲望叙事的今天，魏微能凭着一种简单、美好并略带古典意味的情感段落来打动读者，的确是让人吃惊的。①

① 谢有顺：《短篇小说写作的可能性》，《小说评论》2007年第5期。

“我”一瞬间爱上了陈平子——远房的穷亲戚，这是拟想的，更重要的是，建立起与土地血肉不断与贫穷源远流长的关系。“和贫苦人一起生活，忠诚于贫苦。和他们一起生生息息，最终成为他们中的一分子。这都是我的想象，可是这样的想象能让我狂热”。“我看见空旷的原野一片苍茫，这原野曾养育过我的祖父辈，也承载着我死去的亲人。我看见村人们陆陆续续地收工了，他们扛着锄头，走在混沌的天地间；走远了。我微笑着，只有我自己知道，我的心收缩得疼”。魏微对贫穷的态度和这个时代唱了个大反调：谁愿意承认祖上贫穷，谁又愿意和贫穷的人相爱相守？只有成为这个时代的异乡人，只有诚实地面对出身，才可以获得真相。这需要勇气。

《化妆》是魏微一次有勇气的书写。这不是温暖得令人落泪的旅程，而是有关情感、贫穷、困窘的探寻。10 年后拥有了律师所的嘉丽，在重新遇到她初恋情人时，开始了一次冒险的“化妆”。嘉丽在旧商店里选购廉价服装，借用桑塔格在《疾病的隐喻》里的话来说，服装，这个从外面装饰身体之物其实是嘉丽对自我之新态度、新认识。不仅仅换了衣服，同时也换了身份——离异的下岗女工。见面后，科长相信了嘉丽外表所代表的一切，并且还想当然地把她归为了靠出卖身体而生存的女人。睡是睡了，但科长不会给她钱，一是在他眼里她是卑微的；二呢，在他看来，钱在很多年前已经给过了。

小说关乎爱情。女主人公嘉丽以一种昔日重来的方式对曾经的情感进行审视。叙述人则用消解物质的方式，慢慢地剥离“爱情”光环——因为化妆过的身份，昔日情感发生了本质的变化，并且，更为可怕的是这一次化妆把以前似乎曾经有过的情分也全都毁了，科长把当年给她的钱当作了这次肉体交换的报酬。小说还关乎贫困。年轻的嘉丽渴望远离贫困，当她富足时，她又渴望再一次趋近贫困，以期获得最纯粹的情感。这对贫困的趋近，直接导致了嘉丽一切不愉快的、晦暗的经历——商业伙伴对面不相识，逃票受到羞辱，白领们对她不屑一顾，在大酒店里受到大厅保安的无情盘问……当然，还有前情人的最终唾弃。

金钱是巨大的怪兽，我们都被它裹挟。嘉丽与情人见面有多种选择，但她选择了其中最为决绝的方法。嘉丽显然是这个世界上自寻痛苦者，她明明可以活得轻松，拥有金钱和社会地位的她完全可以对许多事一笑而过。嘉丽的痛苦令人想到丁玲《莎菲女士的日记》。在当年，莎菲痛苦于那个有钱的男人是否值得爱，是否真爱她。她衡量他爱她的标准不是金钱和体面，而是他的思想是否浅薄。而今天，嘉丽的痛苦在于不断地、神经质地用将情人礼物进行估价的方式来判断他是否爱她。恋爱时用礼物价值几何来估价爱情但又不希望情人用此等方式来估价她。分手多年她获得了金钱后，她又要剥离一切，寻找以贫贱面目相见的可能，她渴望那个男人爱一个一贫如洗年华不再的她。——物质时代的嘉丽，纠结、疼痛、不安。

这样的"化妆"相见，好比鸡蛋碰石头，一定会碰得头破血流。嘉丽是偏执的，这是勇敢者也是不识相的人，她获得了真相：贫穷的她被情人鄙视，被所有人鄙视。如果联想到现今"宁愿在宝马里哭而不在自行车后面微笑"的择偶宣言就不难发现，《化妆》将爱情与金钱、身体以及岁月之间"目不忍睹"的关系进行了一次重写。

这是独具匠心之作，"《化妆》——贫困、成功、金钱、欲望、爱情，一个短篇竟将所有这些主题浓缩为繁复、尖锐的戏剧，它是如此窄，又是如此宽、如此丰富"。[①] ——"化妆"是动作，是有着连续性行为的动作，它有如电影里的镜头般慢慢地被接近、定格、放大，直到被凝视。在荒谬而又真实的经历中，生活张着血盆大口吞没了嘉丽的一切幻想，钱，金钱，让她在他们面前出丑，也让他们在她面前出丑。如果没有物质的装饰，嘉丽在这个世界获得的这一切，尊严、尊重、爱情，都会全部失去——被物质吞没的生活，变得如此苍白、不堪一击。"化妆"是一个有意味的象征、一个深度揭示。它早已不仅仅是衣饰的化妆，更是身份的错位，它应该被理解为两个名叫嘉丽的女人因身份不同而导致的相反的际遇，她们互为他人，又互为异己。——魏微将这个时代人与人之间最本质最势利的关系通过一个女性的情感际遇表达了出来。

性、女性、性别

《化妆》不只书写性，但关于性与金钱，身体与金钱的关系却无处不在。魏微小说的别有气质之处在于她笔底的性不只是性，身体不只是身体，女性书写也不只是女性书写。当嘉丽以贫穷的衣着叙述着她的经历：下岗、离异时，科长的怜悯中分明开始有了鄙夷，甚至怀疑她以一种最廉价的方式赚取生活下去的资本。科长的猜测和想象击垮了嘉丽，也足以令每一个在困窘中的女性备觉绝望。这样的际遇，在《异乡》中也有。房东担心她是"那种"女人。母亲把她的衣柜打开以寻求可疑的迹象——子慧被误读、想象、猜忌、鄙视。

嘉丽说出下岗女工身份后，为什么科长立刻想到这个女人的生活靠的是廉价的肉体交易呢？为什么子慧到了外地便被人猜疑过另一种生活？不在于

---

① 李敬泽：《向短篇小说致敬》，《为文学申辩》，作家出版社，2009。

现实中这些外地女青年和下岗女工是否真的是这种职业，问题在于她们“可以”被很多人轻蔑这个事实。这样的想象也影响了女性们的自我想象——贫困时期的嘉丽在与科长幽会时多次想到自己可能的商品处境，无意识地把科长给不给钱，给多少钱在内心进行一次比较，她甚至不敢用科长给她的三百块钱，因为在嘉丽眼里，钱一旦被使用，感情就变了味道。“异乡”，是现代人的无家可归感，是现代人面对物欲世界的无可奈何，不也是女性面临着被商品化的想象无处逃遁的心境吗？在这个以财富和地位为评判标准的物质世界里，离异的下岗女工，外地的女青年——那些被主流排斥在外的边缘群体们，不是异乡人又是什么？

“嘉丽扶着栏杆站着，天桥底下已是车来车往，她出神地看着它们，把身子垂下去，只是看着他们。”这是一切都结束之后的嘉丽。化妆的她再一次被路人们的眼神所打败时，风在小说的结尾吹来。那是有关愤怒、悲伤以及绝望的风。子慧在被误解后也有从楼上跳下去的冲动，但她最终是不会跳下去的，内心的挣扎只会在刹那间产生——大部分女人都不是刚烈的、反抗的，她们只是普通的一群，她们除了以敏感、柔软的内心感知到来自外在的威胁与排斥之外，她们还会回复到原来的生活中去。

关于性的书写，魏微有无师自通的本领——她书写性不煞有介事，而是举重若轻。一如《在明孝陵乘凉》，小说写的是一个女孩子的成长，这样的成长当然和男人以及初潮有关。这一切不过是日常的性罢了。但魏微却写得神秘和辽远，她将一种日常的性和作为重大事件的性巧妙地结合在了一起：三个小伙伴的一切都发生在明孝陵里，而那里，躺着的是千百年前的帝王和后妃，以及不为我们所知的性与高潮。帝王当年也有着同样的“第一次”，性以及快感。明孝陵的久远和小芙与百合刹那间的成长就这样巧妙地共同存在于一个空间和文本中，这样对性的认识，显示了魏微在最初开始写作时与众不同的性观念。——相比于传说中的皇帝与后妃，平凡人的性才是她所关注的。这潜在地表明魏微的性是存在于民间的自由立场里的。《大老郑的女人》中非良非娼的女性是令人感兴趣的，她用身体安慰那个男人，这样的性在社会中是不被承认和接纳的，但这样的性却有着强大的生命力，它让人想到沈从文的《丈夫》。凡夫俗子的性，穷苦人的性和快乐——与那种尖叫的女性身体相比，魏微小说人物的性正大自在，具有极强的生命力。

性的压抑是对生命力的压抑，魏微小说中有一群人是为此而困扰的。比如储小宝，比如杨婶。这是一群敏感的人，他们很容易听到内心的声音。尽管魏微讲述的并不只是女性的性，但不得不承认，她关于女性的体察与认识更为锐利。如果将《回家》、《异乡》、《一个人的微湖闸》以及《一个年龄的性意识》归在一起，魏微书写的是女性的身体，以及女性身体的际遇并不过分。魏微没有躲避自己的女性身份，她的大部分小说是从女性以及女童视角出发进而抵达隐秘的书写。

李丹梦在《魏微论》里颇为有力地分析到魏微作品的女性主义意识，尤其提到了魏微小说的“父亲”情结。关于这方面，我与她有某些共识。“父亲”体现在魏微小说《寻父记》和《父亲来访》两篇小说中。比如《父亲来访》，“父亲”的目光、“父亲”的肯定和否定对于人物和叙事人而言都是如此的重要。“父亲”可能还意味着一种传统、一种习惯、一种行为方式和行事风格。“父亲”常常说要来，但终不能成行。原因是如此的多。但每个原因在今天的我们看来是如此的不能理解，但在那个时代却又有着无比的合理性。“父亲”终究不能到来在于“父亲”的惯性，那种生活方式的执迷，这导致他走出家乡的艰难。小说家不断地叙说着“来访”以及与之相伴随的企望和期待，有点儿像《等待戈多》的意味，具有某种显在的象征性。一种难以挣脱的惯性控制住了他，而他从未曾想逃脱。女儿也意味着另一种价值观和判断吧，甚至是另一种行为与生活方式，是自“父亲”身体而来又背离“父亲”的那一种。她对于“父亲”的态度是如此的矛盾、敬畏，但又不能理解。她恼火又向往。“父亲”成了她的阴影，她渴望与“父亲”相遇，又是如此地渴望逃离。有如她惯性地向往着以往的生活，但又惯性地躲避与背离一样。看起来叛逆实则保守，看起来保守，但内心又常常有尖叫声传来。这是尴尬的所在，模糊不清，暧昧不清，魏微小说典型地书写了这样一代人的感受和处境，但恐怕也是许许多多今日中国人的感受吧？

不过，魏微小说的另一种气息不应因“父亲”情结而遮蔽。她书写了姐妹情谊，她将“父亲缺席”之后的生活写得生气勃勃，有力量。《家道》里的母女是边缘人，是家道中落之人，她写了从生活中坠落谷底的母女的世俗和坚忍，以及由她们的视角望去的这世间百态，人世炎凉。《姊妹》也一样，她将一种女性生存状态抽象化和象征化，写了女性与男性关系的另一种可能。尽管这可能是女性主义的，但却不一定归于身体写作，也许她只是在书写一种女性情谊，一种你中有我我中有你，一种既爱又恨相谐相守的关系。而这种关系可能并不是以身体的靠近或疏离为终点，亦并不以之为起点。

魏微的性别意识殊为强烈和敏感，是作为艺术工作者的天赋使然。这不仅仅表现在《一个年龄的性意识》中的痛感把握，也包括她的另一部小说《乔治和一本书》。乔治房间里有很多书，他常常在女人面前拿来英文版的

《生命中不能承受之轻》。"乔治轻轻念上一段。他的英语发音异常准确，鼻音很重，像个地道的英国绅士"。"现在托马斯的情人向托马斯的妻子发现托马斯的命令，两个女人被同一个有魔力的字联系在了一起……服从一个陌生人的指令，这本身就是一种疯狂"。接下来，乔治道："现在该我说了。脱!"他说的是中国话，温和而坚定，甚至带有权威的口气。他从佳妮的眼里看到了特丽莎崇拜的神情。这神情，从他屋里穿过的每个女人都有。——乔治做爱前喜欢朗诵《生命中不能承受之轻》的一段话，这成为他性生活中的重要步骤，是不可或缺的前戏。他纯正的英语和纯正的西方性观念完全掠夺了那个时期的女孩子，她们不假思索地与他上床，仿佛在跟现代化的生活做爱/接轨一样。

这是线条并不复杂但又颇有意蕴的作品。魏微将一个伪西方人来到中国大陆后的艳遇写得别有意味，变成了一种象征，一种时代的症候。魏微的叙事语调依然是娓娓道来，但分明带有某种戏谑的表情。这种表情在魏微小说中并不常见，它很宝贵，因为这种戏谑不轻率，充满智性。乔治最终遇到挫折。——因为没有朗诵英文版《生命中不能承受之轻》做前戏，乔治在征服女人的战役中"异常孱弱"，在性爱中失败了。连同表情、腔调、声音、台词。当所有的外在光环都已褪去，当乔治还原为一个自然属性的男人时，他失去了他的最基本能力。这是一次卓有意味的失去，这是一次卓有意味的失败。当假洋鬼子还原为一个人时，他失去了他的征服能力。他不能再征服他人。他只有带着他的满嘴的洋文和名词，以及由此而产生的一种莫名其妙的虚弱光环才能所向披靡！写这部小说时魏微只是个初出道的写作者，但其中对于那个"以西方为是"的年代内核把握却令人印象深刻。魏微借由一个人的性，书写了一个时代的虚弱。

就普遍性而言，上面提到的《父亲来访》也有。"父亲"来访意味着一种旧有方式的不断地瓦解，而这并不能用市场经济的到来解释一切，还包括交通方式的转变，比如火车的提速会不会改变"父亲"来访的方式呢？如果说"父亲"来访在当时只意味着一种生活方式和价值判断困扰着叙述人的话，今天看来，"父亲"是否来访还意味着一个时代的现代化速度。在一个不断提速的时代里，"父亲"的来访还会那么难么？"父亲"来访固然书写了对一种生活观念的困守，但事实上也书写了一种生活方式以及出行方式客观上对一个人的禁锢。

魏微不是通常意义上的女性写作者，她的写作并不以狭隘的"尖叫"、"女性身体"为写作宗旨。事实上，在最初，她就与拿身体当旗号的女性写作保持了严格意义上的区别。魏微的写作是将一种社会性别意义上的写作有力地推动了一步。她书写了青年女性，那些流动在社会里的青年女性生存的困窘和不安，她书写了贫苦女性注定需要面对的种种尴尬，她关注这个社会上“被窥视的身体”和“被金钱化的身体”，她将社会给予女性的严苛和责难给予了深刻关注和深切书写。尽管她并没有大张旗鼓地标榜什么，但这样的书写远比那些标榜更为有力和痛切。因而，魏微的小说尽管书写的是一个个体女性的回乡际遇，一个个体女性的书写际遇，但这些小说分明具有隐喻的色彩，具有某种普泛意义。

“我喜欢把一切东西与时代挂钩，找个体后面那博大精深的背景和底子。个人是渺小单薄的，时代是气壮山河的，我们得有点依靠。”这是魏微在《一个年龄的性意识》里的一段话。在这段话中，包含了一个书写者对个人与时代的思索。她在当时也许是懵懂的，但她后来的写作表明，她在努力地表达她个人之于时代的思索。——魏微小说以一个青年女性的视角切入了一个时代，切入了这个时代给予贫穷者，异乡人切肤的疼痛和困扰，并以一种细节的放大和描摹方式，使这种疼痛和困扰变成了某种普遍性。

余论：阳台上的观看美学

魏微说话方式独特。不是嘈嘈切切错杂谈，她舒缓、沧桑、不疾不徐。这独有的女性叙述是迷人的，容易让人想到写随笔时的张爱玲。想到《呼兰河传》时的萧红，或者想到写《我的自传》时的沈从文。但也不一样，它清明端静，独属于魏微而非别的什么人。现代白话文的方式成就了她的写作，使她成为经典的致敬者，在“先锋”过后回去寻找到了自己的路。——魏微不是与时俱进的人，她的写作也从不寻找轰动且耸人听闻的方式，所以成为大众作家的可能性并不很大。她和她笔下的人物一样，坚固执迷，忧伤敏感。这个人眷恋亲情，眷恋故土和小城，那么在意亲人的看法，父亲或母亲的一个眼神。这使她注定不可能成为那种“革命”作家，不具有通常意义上的“先锋”，但她孤独的生活理念反而在某种程度上成为“一个人的”视角和景观。

小说家很喜欢在阳台上看世界：

> 我们站在阳台上看风景。我们看见了阳光，以及阳光里的粉尘，邻居的衣衫在风中飘舞。小街的拐角传来卖茶叶蛋的吆喝声……我对女友说，我发觉自己是热爱生活的，它对我们有蛊惑力。我轻轻而羞赧地说着这些，发觉眼泪汪在眼里。
>
> 我每天都站在这阳台上看风景，其实我看见的是人。隔着一层层的

> 空气、灰尘、阳光和风，我看见了人的生活。我和他们一样生活在市井里，感觉到生活的一点点快乐、辛酸和悲哀……然而我只是看着他们。有一天，我突然醒了，大大地吃了一惊。原来多年来我就是这么生活着的，站在阳台上，那么冷静、漠然。我甚至因此而感激南京，它和我一样不很“热烈”，然而具有感知力，常常感到悲哀。

阳台上的观看者，旧日小城故事的忆者，是魏微小说叙事人的典型形象。而在她的小说中，也有着“倚着栏杆，心情很明净”的画面。站在哪里看，是一个小说家进入世界的视角——尽管魏微常常将她的小说人物置于“此在”，但大多数时候她是在彼岸的，或者是时光上的彼岸，或者是地点里的他乡。这形成了一种独有的在阳台上观看的美学。有时候，为了使自己所见更为精微，这个在阳台上的人恐怕还使用了“望远镜”吧？这样视角与叙事方式使《大老郑的女人》、《一个年龄的性意识》、《一个人的微湖闸》具有了一种典雅的美。也使《姊妹》和《家道》独有沧桑之意，要知道，这样的美学视角和叙事手段对魏微是多么的重要，它是魏微的宝藏，她对此驾轻就熟。

这样的美学或许已然变成了束缚。《李生记》有瑕疵——写到生活困顿的李生最后如何走上了楼顶结束生命时，魏微的望远镜似乎不能再精准和明晰，她的调焦出现了问题，尽管我能深切了解她渴望认识和记下这个时代无数李生们的运命。而新近发表的《沿河村纪事》亦是如此。魏微有着不断改变自己的努力并践行着，在这部迥异于她其他作品风格的小说中，她摒弃了原有的叙事和熟悉的书写腔调，给人以陌生，但那个匆匆在村中调查的研究生叙述人显然不足以支撑这部小说——在这部小说中，魏微显然渴望重新书写当下的村庄，以及它们从前和未来的路，但她的“阳台上的观看美学”并没有在这篇小说中发挥出光泽。

说到底，阳台之外的“他们”毕竟并不只是我们的风景，还是血肉相连的姐妹弟兄。“我会走过许多城市，这是真的，我可能会在一些城市生活下来，租上一间有阳台的房子，临街，可以看得见风景（人的生活）。我可能会结交一些市民阶层的朋友……”或许多年前她就意识到要离开自己的阳台，回到土地上，回到人群中来，回到当下与此在。那么，或许也并不是阳台上的美学制约了魏微，而只是，魏微式书写方式重新出发时还没有寻到最佳的与写作内容相谐的结合点？

［原载《文艺争鸣》2010 年 12 月号（上半月）］

历史文学的“盛世情结”及其文化生成

·刘起林·

“盛世”的本义是对中国封建王朝盛衰、治乱过程中一种社会状态的历史学概括，引申为对“国家从大乱走向大治，在较长时间内保持繁荣和稳定的一个时期”① 的价值指认。近年来，“盛世叙事”、“盛世情结”等提法在历史题材影视剧领域甚为流行。实际上，以历史学判断的“盛世”为题材的“盛世叙事”类作品并不多见，当前的历史文学作品所显示的，主要是一种“盛世”、“乱世”、“末世”的审美思维视角和开国治国、开创“盛世”的执政文化价值立场，这种视角和立场才是整个当代历史文学创作中一直存在的现象，并由此构成了一种“盛世情结”。长篇历史小说则是其中的主导者。本文即拟对这种精神文化现象及其历史生成，进行必要的辨析与探讨。

一

“盛世情结”在新中国成立初十七年的历史文学创作中就已经存在。对应于现代中国的阶级斗争思维和人民革命的时代特征，反映王朝“乱世”、“末世”状态的历史文学作品在当时成为创作的主流。电影《宋景诗》、长篇小说《李自成》以歌颂农民起义英雄为己任，电影《林则徐》、《甲午风云》等着重表现内忧外患的末世状态中民族英雄的情操与品格，作品普遍表现出一种批判性的革命文化立场，自然缺乏“盛世情结”的精神意蕴。但与此同时，不少现代文学史上即名满天下的老作家，却应和新中国的开国气象，表现出关注开元治世、呼唤升平“盛世”降临的创作心态。郭沫若的话剧《蔡

① 戴逸：《盛世的沉沦——戴逸谈康雍乾历史》，2002 年 3 月 20 日《中华读书报》。

文姬》和《武则天》，就浓墨重彩地歌颂“了不起的历史人物”[①] 开创新时代的“政治才干”、“文治武功”及其所向无敌、“天下归心”的人格魅力。曹禺的《胆剑篇》注目于弱小国家同心同德、卧薪尝胆、奋发图强，从而战胜强敌、开创伟业的精神。田汉的《文成公主》，则表现了唐蕃团结、民族亲好的盛世期待。在小说领域，陈翔鹤的短篇小说《陶渊明写〈挽歌〉》、《广陵散》和黄秋耘的《杜子美还乡》、《鲁亮侪摘印》等，着意抒发“盛世遗才”的落寞、挑剔、愤激与自矜，而“盛世”思维的审美视野和精神路线，实际上也曲折地隐含其中。

“文革”结束、拨乱反正时期，历史文学作家们的关注焦点仍然是农民起义和农民战争题材，从刘亚洲的《陈胜》、杨书案的《九月菊》、蒋和森的《风萧萧》和《黄梅雨》，到姚雪垠的《李自成》、凌力的《星星草》、顾汶光的《大渡河》、李晴的《天国兴亡录》，等等，一时蔚为壮观。此外还有徐兴业的《金瓯缺》、冯骥才与李定兴合著的《义和拳》和《神灯》、鲍昌的《庚子风云》等抗御外侮题材作品，任光椿的《戊戌喋血记》、周熙的《一百零三天》等戊戌变法题材作品。这批作品主要是表现中国封建王朝“末世”、“乱世”的各种社会抗争及其失败，贯穿其中的是对历史教训的总结，“盛世”向往之情则相对匮乏。但 1980 年代中期以后，整个社会转入以经济为中心的现代化建设轨道，阶级斗争的历史哲学风光不再，农民起义题材的历史文学创作逐渐淡出，凌力的《少年天子》、唐浩明的《曾国藩》、二月河的《康熙大帝》和《雍正皇帝》等力作巨制，逐步将审美重心转移到了对帝王将相和王朝历史盛衰本身的思考上来。这类长篇小说大量涌现，而且大多以篇幅浩繁的多卷本形式出现，力图形成一种史诗的风范与气势，再加上电视剧改编的巨大影响和一些同类题材电影的出现，一种关于中华民族历史发展的“盛世情结”，就以相当成熟的审美形态表现出来，成为长久持续的文学创作热点和社会关注焦点。不过，因为普通百姓和媒介评论更多地关注影视大众文化性质的作品，结果长篇历史小说更为丰富深刻的“盛世情结”表现，则受到了相当程度的遮蔽。

二

具体说来，当代历史文学的“盛世情结”，主要有以下几种表现形态。

（1）以盛世主宰者为叙事核心，全面展开封建王朝的某个辉煌、鼎盛时

① 郭沫若：《蔡文姬·序》，文物出版社，1959。

期，正面描写其改革和兴盛、繁荣与富强的复杂历史过程。这类作品到 1980 年代后期才开始出现，代表作当属二月河“落霞”系列长篇小说和孙皓辉的《大秦帝国》。二月河《康熙大帝》、《雍正皇帝》、《乾隆皇帝》的创作始于 1985 年而延续到 1999 年，在 1990 年代中期后形成了一股“二月河热”。改编为电视连续剧后，更将着眼点由“皇帝”转为“帝国”，体现出更为自觉的“盛世叙事”意识。小说和电视剧相互呼应、推波助澜，使历史文学的“盛世叙事”达到了高潮。孙皓辉皇皇五大卷的《大秦帝国》，则以其辽阔的历史画卷、丰富的人物形象和对中华文化之根的深刻挖掘，在新世纪文坛令人刮目相看、由衷钦佩。

（2）以历史上某位著名的改革、变法人物为主人公，着力描写其开创盛世、中兴王朝的变革过程，探究盛世形成的基础、条件和前因后果。“文革”前十七年的《蔡文姬》、《武则天》、《胆剑篇》、《文成公主》等话剧作品，就属于这一类；新时期以来的代表性作品，则有凌力“百年辉煌”系列的《少年天子》、《晨钟暮鼓》，熊召政的《张居正》和颜廷瑞的《汴京风骚》等。其中新中国成立初十七年的作品着力表现生机勃勃的开国气象，新时期以来的这类作品，则着力发掘中华民族历史上的风云人物和辉煌时期壮观表象背后的隐曲与艰难，着力展示杰出历史人物艰窘的生存状态和坚韧的人生品质，由此揭示民族历史文化的深邃、复杂和盛世开创的艰难、崇高。《暮鼓晨钟》和《少年天子》以历史进程、文明样态契合美好人情人性为盛世形成条件的思想路线，《张居正》对权谋合理性及相关体制所依据的民族文化血缘根基的体认，颜廷瑞的《庄妃》和《汴京风骚》对于专制文化氛围扭曲高尚人格的慨叹，等等,实际上都是在深刻地思考民族腾飞、盛世来临的艰难与复杂。

（3）作品描写封建王朝的乱世或末世，却以挽救危局、力图王朝中兴的历史人物为主人公，并表现出高度认同和赞赏的价值倾向，从中体现出创作主体强烈的对于民族振兴、国家强盛的向往和对于传统“升平盛世”的认同感。代表性作品有唐浩明的《曾国藩》、《杨度》、《张之洞》等。《曾国藩》和《张之洞》描述的都是中国封建社会王朝末世的朝廷重臣，虽然他们费尽心力创建的辉煌功业最后都化为乌有，曾国藩为自己“吏治和自强之梦的破灭”痛苦不已，张之洞临终前慨叹“一生的心血都白费了”，但作者对于历史人物始终不渝地追求王朝振兴、国家强盛的文化人格，显然取赞赏、讴歌的态度，对于他们在变幻莫测的历史洪流中为建功立业真诚、悲苦却迭遭坎坷挫折的生命形态，则表现出深切的体谅与同情，一种深沉的向往和追求民族“盛世”的精神心理和创作立场，也就贯穿于其中。

三

"栽什么树儿结什么果，撒什么种子开什么花"，探究作家的精神建构及其文化生成，可从根本性的层面，发掘出文学作品精神文化内涵的形成原因。对于历史文学"盛世情结"的探讨也是如此。我们不妨从"情结"概念的内涵谈起。作为荣格心理学的一个重要概念，"情结"主要是指由社会的、人为的原因所造成的创伤性体验及其心理积淀，这种体验和积淀往往构成一种"典型情境"，作为经验"由于不断重复而被深深地镂刻在我们的心理结构之中"，[①] 生成种种"原型"，从而成为"联想的凝聚"。"就像磁石一样，这种情绪具有巨大的引力，它从无意识、从那个我们一无所知的黑暗王国吸取内容；它也从外部世界吸取各种印象，当这些印象进入自我并与自我发生联系，它们就成为意识"，[②] 从而形成精神心理的兴奋点和思维的定式；而且，它还构成一种价值预设，一种"观念的天赋可能性。这种可能甚至限制了最大胆的幻想，它把我们的幻想活动保持在一定的范围内"。[③] 一旦进入审美活动，围绕"情结"形成的精神兴奋点和审美思维定式，就自然而然地表现出来。当代历史文学的"盛世情结"，正是这样一种民族记忆及其心理情感的积淀与转化。

经过中华民族历朝历代追求和向往的长久积淀，中国历史上的"盛世"境界，已经成为一种民族心理与情感体验的"原型"和"典型情境"。近现代中国以来，中华民族所遭受的坎坷命运、奋斗历程和一百多年殷切期待而始终难以实现的创伤性体验，则深化和强化了广大民众对民族盛世状态的诉求，以至凝结成了集体无意识心理的"痛点"与"情结"。中华人民共和国成立及其清新明朗的开国气象，使中国作家和广大民众自然萌发出"时间开始了"、升平盛世即将来临的心理预期，社会主义建设"大跃进"的社会氛围，更将这种心理感受推向了一个新的高度。所以，在 1950 年代末的经济困难时期，历史文学"盛世开创""颂歌"的创作倾向反而强势登场，出现了《蔡文姬》、《胆剑篇》之类的作品。但由于指导思想失误等诸多的复杂因素，社会主义建设历经坎坷与挫折，甚至形成了"文革"这样全局性的动乱，以

① 荣格：《荣格心理学入门》，三联书店，1987，第 44 ~ 45 页。

② 荣格：《分析心理学》，上海译文出版社，1992，第 7 页。

③ 荣格：《论分析心理学与诗歌的关系》，《荣格文集》，改革出版社，1997，第 225 页。

至在拨乱反正、痛定思痛时期，民族的盛世境界还难以预期，也来不及被向往和憧憬，历史文学作家们只能忙于抒发愤懑、总结教训，“盛世情结”则被暂时搁置起来。1980 年代中期以后，中国的改革开放、建设发展状态逐渐丰富而充分地展开，中华民族的振兴又显示出切切实实的可能性。民族复兴历史进程的触发，使人们对于“盛世中国”的期盼再度迸发出来，于是，对中华民族盛世历史的眷恋与反顾，对民族“盛世”这种“典型情境”的领悟与传达，就在历史文学创作中构成了“联想的凝聚”、思维的定式和价值的预设，形成了“盛世情结”的集中爆发和全面表现。

1990 年代特别是 21 世纪以来历史文学的“盛世情结”叙事形成热潮，还存在着深刻的现实原因。首先，近 30 年来中国国家文化由革命文化向执政文化的转变，以及国家治理和建设的巨大成就，使得民族复兴、“盛世”来临的美好前景显得可望可期，于是，回顾和讴歌民族历史上的“盛世”来作为时代现实的映衬和参照，就成为各方面均能认同和欢迎的文化行为。但是，当今中国由于社会的深刻转型，又处于一个问题复杂、矛盾尖锐、弊端丛生的历史状态，当公众对各种现实弊端心怀愤懑而又不便言说和缺乏应对之策时，以托古鉴今的方式，借历史类似图景的重构来形成一种替代性的宣泄与满足，也就成为顺理成章的事情，这又使“盛世情结”叙事对于传统“盛世”内在复杂性的揭示，获得了广泛的接受空间。其次，改革开放的全面展开和全球化时代的来临，也加深了民族自我体认的精神需求。中国作为后发达国家，要学习先进国家、全面融入全球化的人类历史文化状态，就必须在新的起点上重新理解和认识民族的自我特征，以此为基础形成自己的文明理念，只有这样，学习、融入和超越才有可能沿着正确、快捷的路径进行。而全球化时代的西方话语霸权，往往会压抑或掩盖后发达国家及其人民的真实处境，偷换乃至取消他们面临的真实问题，中国同样面临着这种情况，中华民族自身历史的盛世，则为加强民族自我认同、增强对话语霸权的有效抵抗，提供了可靠的精神资源。时代心理的深厚基础和有力铺垫，使得历史文学创作的“盛世情结”，达成了由心理积淀向理性自觉的转化。于是，从《少年天子》呼唤体制改革、文明进化以使国家走向强盛开始，到二月河的“落霞系列”作品直接探讨盛世形成的波澜壮阔的历程、《曾国藩》深沉反思国家中兴的复杂与艰难，直到新世纪的《大秦帝国》等作品全面展开中华民族强盛之世的史诗性画卷，历史文学的“盛世情结”叙事就随时势的发展一步步走向高潮，终于蔚为壮观。

总的看来，近现代中国的“盛世情结”堪称一种“因痛苦而追寻而探求而行动而激扬而积极运转”的“积极的痛苦”，这种“积极的痛苦”能够凝聚并表达出来的基础和触发点，则是中国政治情势由革命文化向执政文化、建设文化转换的客观现实。“盛世情结”类历史文学的创作，则是全社会“盛世情结”的审美反映和审美实现。相关作品所表现的民族盛世的辉煌景观、王朝改革图治的历史画卷、盛世的来龙去脉与规律得失，以及由此显示的民族文化的正负面特征、对于建设文化和执政文化的历史反思，既使这种“积极的痛苦”得到了“仅仅从现实生活中不可能全部得到的满足”①，又使时代的认知需求也获得了可雅俗共赏的文化资源，还使现实社会的进程获得了思想文化层面的具体参照。

四

历史文学作家之所以热衷于传达理解和传达近现代中国社会文化心理存在这种“盛世情结”，关键则在于，创作主体普遍存在一种依托民族历史及其主流文化，来感悟和映衬当代中国历史情势的“代言人”意识。

在中华民族文化的基本框架与原则确立之后，中国的文学与文化创造，就一直强调一种“载道”、“代言”的传统，即所谓“代圣贤立言”，做“圣贤”思想的代言人。现代中国的思想文化和文学创作，实际上也存在具体内涵已经发生巨大改变的“代言”与“立言”两种精神立场。“立言”者往往以西方的思想文化理论为基础，挑战和反抗中国的传统文化与主流意识形态，建构和传达其个体的“现代意识”与生命感悟；“代言”则往往以当今时代和民族历史的主流文化作为对客观世界进行认知的价值立场和情感基础。历史文学的“盛世情结”所体现的，显然是后一种精神文化立场。

具体说来，新中国成立初十七年的创作者主要体现的是“当代政治意识形态代言人”的精神姿态。郭沫若的《蔡文姬》、田汉的《关汉卿》、曹禺的《胆剑篇》等作品，都明显地表现出将当代政治文化视野和时代价值取向附着于历史人物与事件、迎合“时代精神”的“代言”性审美倾向。《蔡文姬》对曹操的“翻案”，就与毛泽东类似的历史兴趣和对相关历史问题的观点密不可分，曹操形象也有明显的“理想化”、“现代化”色彩。《胆剑篇》将过多的优点集中于小百姓苦成的身上，力图使他成为人民群众智慧、胆略和力量的化身，目的也在于体现人民群众是创造历史的英雄的观点。《关汉卿》依

---

① 王蒙：《文学三元》，《王蒙学术文化随笔》，中国青年出版社，1996，第192~193页。

据极少的历史资料，驰骋浪漫主义的想象进行创作，本身自然无可厚非，但作品中阶级斗争、民族矛盾框架的情节建构，正面主人公充满战斗激情、与人民同呼吸共命运的形象定位，则显然是当代阶级斗争历史观的艺术化。1990 年代后“盛世情结”叙事的主体精神站位，则体现出从当代主流意识形态立场向中国传统的国家文化立场和主流历史观转换、挪移的倾向。作家们力图摒弃阶级分析思想观念的遮蔽，从历史文化事实出发，客观地、全方位地还原历史真相，相对于当代政治文化当属“立言”姿态；相对于中国传统文化，这类作品虽然也蕴涵着某些超越性、现代性的历史认知与生命体验，但文本依托中国传统官方史学的价值立场与思想架构的特征，却表现得相当明显，其中所体现的，实际上是一种中国“传统主流文化代言者”的精神姿态。

从中国审美文化的角度看，这种“代言人”姿态实际上是对中国文学创作“雅”、“颂”传统的继承。

中国文学的开山之作《诗经》，建构了“风、雅、颂”的审美传统。《毛诗序》云：“以一国之事，系一人之本，谓之风；言天下之事，形四方之风，谓之雅。雅者，正也，言王政之所由废兴也。政有小大，故有小雅焉，有大雅焉。颂者，美盛德之形容，以其成功告于神明者也。”郑玄注释《周礼》则指出：“雅，正也，言今之正者以为后世法。”近人钱穆《读诗经》着重从时代变迁角度来加以阐述：“窃谓诗之正变，若就诗体言，则美者其正而刺者其变，……诗之先起，本为颂美先德，故美者诗之正也。及其后，时移世易，诗之所为作者变，而刺多于颂，故曰诗之变。”① 当代历史文学创作的“盛世情结”，正是“雅、颂”审美原则的精神传承。

这种审美原则是许多历史文学创作者的思想自觉。熊召政谈到《张居正》的创作时也说：“我写作这本书的目的不是跟着市场走，而是出于我的强烈的忧患意识。”② 唐浩明甚至把历史人物的事业和自我的人生追求融为了一体：“我在自己四十岁写曾国藩的时候，有一种强烈的建功立业的抱负和心态，所以写曾国藩写得酣畅淋漓。”③ 甚至连新中国成立初受到严厉批判的电影《武训传》，新中国成立后继续摄制的动因，也在于主人公是劳动人民

① 钱穆：《读诗经》，《中国学术思想史论丛》（一），台湾东大图书有限公司，1976，第 120 页。

② 周百义、熊召政：《关于历史小说〈张居正〉的对话》，《出版科学》2002 年第 2 期。

③ 夏义生、唐浩明：《在历史与现实之间——唐浩明访谈录》，《理论与创作》2003 年第 6 期。

“文化翻身的一面旗帜”[①]、有助于“迎接文化建设的高潮”[②]。诸多表述之中，一种或者“美盛德之形容”，或者“言王政之所由兴废”“以为后世法”的精神姿态表露无遗。

创作实际情况也正是这样。郭沫若的《蔡文姬》和《武则天》大力渲染天下初定、生机蓬勃的氛围，讴歌主人公开创新时代的“文治武功”，和一个时代“天下归心”、歌舞升平的“太平景象”，目的就是要和新中国成立初的时代气象相映衬，从而“美盛德之形容”。二月河的《康熙皇帝》、《雍正皇帝》和《乾隆皇帝》紧紧围绕帝王主人公，表现他们政治活动及其文化、心理基础，叙事策略已接近国家神话的性质，甚至显示出一种代帝王言的叙事效果，实际上就是希望既能“美盛德之形容”，又能“言王政之所由兴废”。唐浩明的《张之洞》择取中国在民族患难中从传统向现代艰难转型历程的枢纽型、代表性人物，表现他们为民族历史进程劳心劳力的所作所为和崇高人格，目的也在于“以为后世法”。一种“颂”或“大雅正声”的审美品格，在他们的作品中都相当鲜明地显示出来。

“盛世情结”叙事以“雅”、“颂”的审美精神，正面表现国家强弱、兴衰的客观情势，着重剖析和赞颂在既定历史条件下执政的帝王将相等杰出人物的丰富性格、复杂命运和价值状态，并努力揭示其中的历史文化内在机缘和演变特征，这就使创作主体文化代言者的精神站位得到了具体的落实。

五

创作主体的“雅、颂”意识与民族集体心理的“盛世”诉求有效地对接，就是历史文学“盛世情结”叙事产生强烈创作激情和巨大社会影响的根本原因。

很多历史文学作家都注重自我创作与时代氛围的对接。新中国成立初期的历史文学创作强调“翻案”、“古为今用”意识，甚至过度强化“今”，导致了《新天河配》、《新牛郎织女》等庸俗化的创作倾向。1990 年代以来的“盛世情结”类叙事也有这种自觉的对接意识。唐浩明就是如此：“我选择的人物都是中国近代史人物，我不想选择那么久远的年代，那样共振共鸣会差一些；我选择的历史背景和我们现在的历史背景也有某些相近——‘洋务运

---

① 董渭川：《由教育观点评〈武训传〉》，1951 年 2 月 28 日《光明日报》。

② 孙瑜：《编导〈武训传〉记》，1951 年 2 月 28 日《光明日报》。

动'本身也是试图使中国与世界接轨，其中心目的是富国富民，与当今的改革开放也有类似之处。"[①] 刘和平谈电视剧《雍正王朝》的改编时表示："把历史题材当现代题材写，把现代题材当历史题材写，这可以说已经成为我的一个创作原则"，他希望"现代人看这部戏能感觉到强烈的现实感，但又谁也不能说它不是历史剧，即是发生在那个历史背景下的人和事。"[②] 胡玫导演《雍正皇帝》和《汉武大帝》时，甚至对于与时代精神需求进行"对接"的细微之处，都把握得相当准确："当年的'雍正'只是对于强者力量的呼唤，对秩序和盛世的企盼，而今天的'汉武大帝'，则直接展现强者的力量和盛世现实。我们以此来呼唤现代中国的崛起和民族的复兴。"[③]

特定的时代形势往往会产生特定的精神状态，进而形成对文学艺术的相应需求；历史对于现实而言，体现为一种被储蓄的文化资本，一旦时代需求有效而成功地对接，就能构成巨大的现实影响和启示力量。从1950年代的历史剧创作到1990年代的"盛世情结"叙事所形成的良好接受效应，根源均在于此。1980年代也出现过长篇小说《唐宫八部》和电视连续剧《唐明皇》等"盛世叙事"文本，却没有产生社会或文化思潮性质的巨大影响，至关重要的客观原因，就在于时代心理基础尚不够充分，因而无法形成适时、有效的对接。

（原载《小说评论》2010年第5期）

① 程文平：《〈曾国藩〉作者唐浩明透露封笔意向》，2001年9月2日《解放日报》。

② 阎玉清：《〈雍正王朝〉编剧刘和平访谈录》，《中国电视》1999年第11期。

③ 马智：《胡玫：我在呼唤一种盛世情怀》，《大众电影》2005年第19期。

论文观点摘要

1. “十七年文学”中的汪曾祺

王彬彬《文学评论》2010 年第 1 期

汪曾祺出版于 1963 年的小说集《羊舍的夜晚》，应该在“十七年文学”中占有一席之地。其中的《羊舍一夕》则可谓是那个时期最优秀的作品之一，即使是与“文革”后的《受戒》、《大淖记事》相比，在美学品质上也并不逊色。在“文体”的意义上，在修辞手法上，汪曾祺其实深受鲁迅影响。

2. “十七年”与“文革”时期文学中上海的城市空间叙述

张鸿声《文学评论》2010 年第 2 期

“十七年”与“文革”时期的城市文学，强调突出国家意义上的“公共性”和工业化意义，以表达社会主义政治经济的现代性诉求。在上海文学的城市空间表现有三种情况：一是将旧上海高大建筑泛化为“现代化”普遍意义；二是以“工人新村”建筑代替里弄式传统社区；三是强调客厅等室内空间的“公共性”意义，弱化居室的私人性。

3. 中国当代文学自主性的建构

何言宏《渤海大学学报》（哲学社会科学版）2010 年第 4 期

1990 年代以来，中国文学的自主性遭到了政治逻辑和市场逻辑两方面的制约，迫切需要重新建构。这样的建构，应该注意三方面的问题：一是在具体的文学实践中，具有较高自主性能力的文学权威必须自觉构建自主性的文学圈子，并在其中捍卫与贯彻文学的自主性；二是具有重要影响力的文学权威和文学圈子必须自主性地积极介入文学出版，同时把非理性的文学大众改造成具有理性意识的“文学公众”；三是文学知识分子必须自主性地介入社会以实现自己的自主性价值。

4. 有待展开的当代文学可能性

张志忠《文学评论》2010 年第 4 期

本文借助于米兰·昆德拉提出的小说的可能性理念，以 20 世纪七八十年代之交的三部小说为例，阐述其思想艺术成就，以及启蒙话语不同的表现方式，其知识底蕴、艺术气质，还有染上时代风尘的女性人物系列，提供了有待展开的文学研究可能性：开放而多重的对话，激情与理性、阅读与人生的谐调，对思想领域的上下求索乃至血肉丰盈的人物形象塑造等。借此，试图打开一种更为广阔的研究思路，也为当下的文学创作提供一些有益借鉴。

5. 仰望天空与俯视大地

——新世纪 10 年中国新诗的一个侧面

吴思敬《文艺争鸣》2010 年 10 月号（上半月）

新世纪 10 年，随着中国的和平崛起，随着人们精神需求的日趋强劲，随着网络传播媒介的迅猛发展与网络诗人的成批涌现，一轮不温不火的诗歌热正在中国大陆悄然兴起。多元共生、众声喧哗是这些年诗坛的基本态势，一方面是消解深度、消解难度的快餐写作、听任欲望宣泄的低速写作、浮泛地宣扬概念化的跟风写作……另一方面是在寂寞中坚守的诗人在本真的、自然的、个性化声音中展现的新的姿态：向上——仰望天空，强调对现实的超越，强调在更深广、更终极意义上对生活的认识；向下——俯视大地，强调对现实的关怀，对世俗人生的贴近，二者的指向虽然不同，但都是基于深刻的人性关怀。

6. 工业题材、工业主义与“社会主义现代性”

——《乘风破浪》再解读

李杨《文学评论》2010 年第 6 期

与农村题材、革命历史题材和知识分子题材相比，“十七年文学”中的工业题材小说成就不高，其原因除了中国现代文学缺乏工业文学的传统，还在于这一时期工业题材、工业主义以及工业政治所面对的文化政治困境。它始终面对“工业化”与“社会主义”这两种现代性之间的冲突与悖反。草明的《乘风破浪》生动地记录了20世纪50年代中国工业化运动的艰难历程，不仅创造了当代文学工业写作的一种传统，影响到“新时期文学”中以“改革文学”为代表的工业题材创作，其表达的主题，在工业主义，现代化已成为全球共识的今天，仍具有不可替代的现实意义。

7. 新中国文学中文化“恋父”心理解析

——以《青春之歌》、《创业史》和《艳阳天》为中心

李遇春《中国政法大学学报》2010年第4期

在新中国前30年的中国革命作家群体的文化人格心理结构中业已生成了一种集体化的“恋父情结”，其本质是革命文化秩序中的父权崇拜。站在这三部长篇小说中女主人公的性别角度，通过审视与她们发生性别互动的各种男性人物形象的文化心理内涵，本文认为《青春之歌》象征性地展示了中国革命作家的“恋父情结”的动态生成过程，而《创业史》和《艳阳天》分别流露了深陷“恋父情结”的中国革命作家的两种不同的精神心理状态：“难以自拔”和“不思自拔”。

8. 论农民工题材小说

——关于底层叙事的差异

周水涛《文学评论》2010年第5期

新时期农民工题材小说创作由草根创作与精英创作两大板块构成，底层叙述与叙述底层是这两大创作板块各自的叙事方式。两种叙事方式的叙事差异主要表现在三个方面。一是叙事姿态差异：两种身份不同的叙事人决定了底层叙述的自诉姿态与叙述底层的代言姿态。二是平民立场与精英立场的对比构成立场差异，这种差异有两种具体表现：侧重物质世界与物质世界、精神世界并重的差异，现世性焦虑与现代性焦虑的差异。三是叙事指涉差异，叙事主体对打工生活的熟稔程度决定两种叙事的题材侧重，把握生活的方式影响决定两种叙事的指涉范围大小及主题分布的集散。叙事差异的互补性提升了农民工题材小说整体创作的价值。

9. 当代文学中的“遗产”和“债务”

许子东《华东师范大学学报》（哲学社会科学版）2010 年第 2 期

迄今为止出版的几十种当代文学史，对所谓“文革文学”和“80 年代”文学的基本价值判断比较接近，对 20 世纪 50 年代和 90 年代以后的文学却有很大分歧。尤其是对 20 世纪 50 年代文学，究竟是当代文学中的“遗产”还是“债务”（洪子诚语），文学史、教科书、社会舆论缺乏共识。本文主要通过解读陈思和、洪子诚、陶东风及顾彬的四部文学史，试图梳理对 20 世纪 50 年代文学“负资产”的不同继承方法、不同书写策略以及文学史生产的不同意识形态背景。

10. 革命伦理与个体伦理的心史复调

——论郭小川 1957 年三首叙事长诗及诗人命运

夏中义《华中师范大学学报》（人文社会科学版）2010 年第 3 期

研读郭小川 1957 年的三首叙事长诗，品味其内心的价值复调，实是“革命组织伦理”与“个体人性伦理”的深邃纠结。这既是诗人的生命体验，也是整整一代左翼知识者的共同心灵历程。“个体人性伦理”延展为“人性根基→自我实现→文学自恋→星空视野”四环；而“革命组织伦理”亦相应分为四环：“政治本位→驯服工具→组织崇拜→洗心革面”。三首诗呈现出“弱复调”特质，与其日记中袒露的两种伦理价值互相抵牾的心迹相互印证。这也先期性预示了郭小川在 1957 年可成为“心灵诗人”，1959 年后只能扮饰“政治抒情诗人”的某些必然性。

11. 以“体验”的方式进入历史

——再读柳青的《创业史》

胡玉伟《文艺理论与批评》2010 年第 2 期

《创业史》所着力反映的农业合作化运动是继土地改革之后的又一次重组乡村秩序、引发中国乡村产生深刻变革的一项重大革命，从这个意义上说，《创业史》的发表，无疑构成了一个特定历史进程中的重要“事件”。革命的目的在于彻底摧毁旧有的秩序空间，从而打破中国历史的循环状态，创造一种崭新的历史。在《创业史》中，合作化运动被描绘成一场创造新历史的史诗性的社会变革。小说描写了渭河平原一个小村庄合作化运动的历程，从而折射出一个时代的历史面貌，揭示出历史运动的本质。《创业史》的历史性首先来自它所书写的农业合作化运动这一革命实践活动的历史性。历史对柳青的创作来说绝非仅仅是外在的制约性因素，而是通过它有效的渗透和折射最终成为影响文学创作内部法则的逻辑力量。历史的元叙事作为一种具有浓厚意识形态色彩的真理性叙事，左右着作家的历史意识，支配着《创业史》的历史叙述和历史阐释。与《太阳照在桑干河上》、《暴风骤雨》等“土改”小说一样，《创业史》并非由纯粹的文学要素构成，历史的叙事结构决定了它的文本结构，文学叙事与历史叙事在宏观意义上的同构是它的一个重要特征，这一点是我们在重读这部作品时必须正视的。

12. “文学是人学”命题之反思

刘为钦《中国社会科学》2010 年第 1 期

钱谷融先生在 20 世纪 50 年代撰文指出，高尔基建议把文学叫做“人学”，于是认为最早提出“文学是人学”命题的是高尔基；进入 21 世纪后，钱先生又说，“文学是人学”的发明权应归属于泰纳。事实上，高尔基未曾提出过“文学是人学”的建议，泰纳也没有作过“文学是人学”的完整表达。不过，尽管如此，钱谷融先生在 20 世纪 50 年代的政治与文学生态中，能提出“文学是人学”的命题，并阐释文学的“人性”品格，这既需要勇气，也需要才情，更具有非凡的意义。因此，在后来半个多世纪的文学创作和研究中，这一提法产生了极大的积极影响和作用。不过，也应看到，“文学是人学”这一命题缺乏自圆其说的学理性依据，尤其站在新的世纪，以更高的标准对这一命题进行审视，其存在的局限性也是较为明显的：人是文学描写的中心，而不是文学描写对象的全部；人是评价文学的一个尺度，并不是评价文学的唯一尺度；文学还应遵循其自身的特殊规律。

13. 新诗史叙事场阈中的“十七年”诗歌

霍俊明《当代文坛》2010 年第 6 期

自 20 世纪 80 年代后期开始“重写”新诗史开始，包括“十七年”诗歌在内的新诗史现象在新诗史叙事中经历了前所未有的变动和重新阐释的过程，而这一错综复杂的变动甚至“祛魅”的过程不仅与相应的新诗史叙事的美学转换和知识型构有关，更与社会转型、政治文化、时代语境等历史场阈有着相当复杂的互动关系。

14. “走出”的批评：关于当代少数民族文学的多样性与“单边叙事”

欧阳可惺《民族文学研究》2010 年第 3 期

当代少数民族文学文本中单边叙事的存在，使民族文学呈现出意识形态话语的张力性姿态，这可能会在文化意义上形成与他者文化有意无意的疏离和与主流文化的自我边缘化。在当代社会文化生活中，文学批评作为一个社会文化的构建力量，要求文学叙事具有社会公共性因素的存在是批评价值最大化的体现。

15. 跨界中的“去”与“留”

——传播学视角中的新移民文学

郭媛媛《世界华文文学论坛》2010 年第 3 期

以传播学的视角对新移民华文文学进行读解，新移民文学传递了三个层面上的文化信息：在人与社会定位的关系层面，它体现出人剥离母国社会时的失重状态下的个体裸露情形；在人与文化关系的层面上，表现出个体于文化背离时的文化牵系；在人与生命关系的层面上，表达了新移民作家对人类社会中生命站位的个体反思。由地理迁徙所牵系起的跨社会、跨文化的经历，是一种在保“留”不变的生命本体感知中的“去”母国社会、“去”母国文化，以至后来“附”他国社会、“附”他国文化的过程。中国文学作为世界文学的一部分，更作为人类社会的文化组成和信息留存，华文文学具有不可替代的文化面貌及信息传递意义。

16. 自我形象的生成与个人经验的建构

——论遇罗锦记忆和讲述“文革”的方式

白亮《现代中文学刊》2010 年第 5 期

本文以遇罗锦的《一个冬天的童话》、《春天的童话》、《求索》为主要研究对象，以“情感主题为中心”对遇罗锦记忆和讲述“文革”的方式进行探讨，分析她如何在与主流叙述和集体经验的博弈中建构自我形象，并对蕴含其中的政治变革与个人经验的建构进行辨析。论文的着眼点在于“变化”，即通过遇罗锦自身遭遇的变化和波折，对作品产生场阈的历史回顾以及由它们引起的诸多争论的分析而探讨作家记忆、身份及其认同的变化，通过对“变化”的研究，深入考察其中所隐藏着的主体、意识形态与当时的历史转型之间共谋与裂隙、冲突与和解的复杂关系。

17. 现代空间重构与文化空间想象

谢纳《文学评论》2010 年第 1 期

空间维度是理解中国文学现代性不可或缺的重要视阈。从空间维度看，中国现代性的发生肇始于古典空间意识的裂变，它迫使中国重新审视自身在世界中的位置，重新定位中国的空间形象。中国现代文学以文化想象的方式成为重构现代性空间的重要组成部分。经由空间裂变与重构的考察，重返现代性发生的历史现场，对于深入认识和理解中国文学现代性的发生发展，具有重要的意义与价值。

18. 突围与归依：礼失而求诸野的精神宿地

——论新世纪长篇小说的边地书写

雷鸣《当代文坛》2010 年第 1 期

“礼失而求诸野”，每当知识分子的理想在现实环境中受挫、精神出现危机的时候，他们往往将目光投向边远地带。面对新世纪的新变，“礼失而求诸野”的中国传统思维方式，又一次惯性地作用于当代作家身上。范稳、马丽华、党益民书写的藏地高原是天性淳朴、圣洁十足的精神绿洲之所在；迟子建与阿来笔下偏远的“额尔古纳河右岸”与“机村”成了作者唤回民族文化根性的依托地；红柯和董立勃则把目光锁定在新疆大野，讲述着西部边地的美满人性。

19. 新时期文学魔幻写作的两大本土化策略

曾利君《文学评论》2010 年第 1 期

拉美“魔幻现实主义”促使中国作家走入“魔幻”实验场，带动中国文学“魔幻写作”现象的繁盛，甚至到21世纪初期，魔幻写作仍然不绝如缕。新时期文学的魔幻写作如何摆脱对拉美魔幻现实主义的潮流化模仿，凸显自己的原创性和独特性？这是至关重要的问题。以贾平凹、莫言、扎西达娃、阎连科等人为代表的中国作家采用本土化的表达方式，按照中国的审美情趣和本民族的文化积淀等来呈现魔幻，主要通过魔幻意象的使用和本土文化观念的演绎两大本土化策略，彰显了中国文学魔幻写作的独特性，实现了对拉美魔幻现实主义的超越和创造性转化，让魔幻现实主义的文学生命在异域中国得到延展。

20. 都市文化在乡村的传播与冲突

——“知青”小说的一种文化解读

周怡《当代文坛》2010年第3期

对“知青”文学进行传播学解读，就会发现一些新的文化景观。史铁生小说里表达乡村人对都市信息的无知与渴求，知青的启蒙意识以及对乡土文化的学术性思考，无不显示出都市文化的优越感；阿城小说更加强调城乡文化之间的分歧、冲突与较量，《棋王》描述的正是这样一种文化对垒。“知青”所坚持的文化独立恰恰确保了都市文化的纯性，由此增强传播效应。戴思杰的长篇小说《巴尔扎克与中国小裁缝》是对20世纪80年代“知青”小说的续写，它揭示了都市文化的传者对受者所进行的全面改造，并形成后者的文化叛逆。

主要论文索引

1. 张丽军：《论老舍的城市底层叙述》，《文学评论》2010 年第 3 期。
2. 杨朴：《爱情情结和阶级意识的纠葛与冲突——〈雷雨〉周朴园与侍萍重逢一场戏的精神分析》，《文学评论》2010 年第 3 期。
3. 胡梅仙：《论沈从文作品的人文精神建构》，《文学评论》2010 年第 3 期。
4. 李祖德：《1950 年代的阿 Q》，《文学评论》2010 年第 3 期。
5. 赵新顺：《从他律到律己》，《文学评论》2010 年第 3 期。
6. 叶立文：《言与象的魅惑》，《文学评论》2010 年第 3 期。
7. 张文联：《〈乔厂长上任记〉与新时期文学的文化政治》，《文学评论》2010 年第 3 期。
8. 王侃：《论女性小说的历史书写——以上世纪九十年代为考察对象》，《文学评论》2010 年第 3 期。
9. 陈小碧：《“生活政治”与“微观权力”的浮现——论日常生活与新写实小说的政治性》，《文学评论》2010 年第 5 期。
10. 刘宁：《黍离麦秀之悲——论贾平凹对民族文化的设想》，《文学评论》2010 年第 5 期。
11. 徐祖明：《从国民性批判到社会性批判——评余华〈兄弟〉中的批判叙事》，《文学评论》2010 年第 5 期。
12. 徐兰君：《“哀伤”的意义：五十年代的梁祝热及越剧的流行》，《文学评论》2010 年第 6 期。
13. 张冀：《论〈长恨歌〉的叙事策略与海派传承》，《文学评论》2010 年第 6 期。
14. 李海霞：《新的科学与人性心跳的诞生——对新时期改革文学的再认识》，《文学评论》2010 年第 6 期。
15. 陈亚丽：《论中外文化之间的老生代散文》，《文学评论》2010 年第 6 期。
16. 王瑞华：《隔海相叙：王统照、姜贵海峡两岸的家族写作》，《文学评论》2010 年第 6 期。
17. 胡德才：《论张翎小说的结构艺术》，《文学评论》2010 年第 6 期。

18. 张未民：《新世纪以来的文学进程》，《文艺争鸣》2010 年 2 月号（上半月）。
19. 雷达：《新世纪十年中国文学的走势》，《文艺争鸣》2010 年 2 月号（上半月）。
20. 张颐武：《回首十年：“新世纪文学”的意义》，《文艺争鸣》2010 年 2 月号（上半月）。
21. 谢有顺：《那些坚固的东西都烟消云散了——新世纪文学、80 后及其话语限度》，《文艺争鸣》2010 年 2 月号（上半月）。
22. 孟繁华：《新世纪文学的当代性》，《文艺争鸣》2010 年 2 月号（上半月）。
23. 於可训：《新世纪文学研究断想》，《文艺争鸣》2010 年 2 月号（上半月）。
24. 张均：《柔弱者的哲学——〈活着〉、〈许三观卖血记〉阅读札记》，《文艺争鸣》2010 年 2 月号（上半月）。
25. 季红真：《归去来——论王安忆小说文体的基本类型》，《文艺争鸣》2010 年 2 月号（上半月）。
26. 洪治纲、张婷婷：《乡村启蒙的赞歌与挽歌——评刘醒龙的长篇新作〈天行者〉》，《文艺争鸣》2010 年 2 月号（上半月）。
27. 张立群：《谢湘南论——诗歌的“空间地理”及其逻辑展开》，《文艺争鸣》2010 年 2 月号（上半月）。
28. 张未民：《想起一些与“生活”有关的短语和诗句》，《文艺争鸣》2010 年 3 月号（上半月）。
29. 赵勇：《“好看”的秘密——〈明朝那些事儿〉的文本分析》，《文艺争鸣》2010 年 3 月号（上半月）。
30. 程光炜：《80 年代文学批评的“分层化”问题》，《文艺争鸣》2010 年 3 月号（上半月）。
31. 南帆：《我们这一代的表述》，《文艺争鸣》2010 年 4 月号（上半月）。
32. 陈思和：《对新世纪十年文学的一点理解》，《文艺争鸣》2010 年 4 月号（上半月）。
33. 王光东：《城乡流动中的新世纪文学》，《文艺争鸣》2010 年 4 月号（上半月）。
34. 严峰：《新媒体与青春写作》，《文艺争鸣》2010 年 4 月号（上半月）。
35. 梁艳：《“归来”与“走出”——试论中国“新世纪文学”与世界》，《文艺争鸣》2010 年 4 月号（上半月）。
36. 贺绍俊：《新政治小说及其当代作家的政治情怀——周梅森论》，《文艺争鸣》2010 年 4 月号（上半月）。
37. 乔焕江：《新世纪文学中的“复数”经验——以陆天明的“反腐小说”为例》，《文艺争鸣》2010 年 4 月号（上半月）。
38. 张丽军：《具有强烈现实精神和社会主义精神的新政治写作——张平论》，《文艺争鸣》2010 年 4 月号（上半月）。
39. 杭零、许均：《〈兄弟〉的不同诠释与接受——余华在法兰西文化语境中的译介》，

《文艺争鸣》2010年4月号（上半月）。

40. 马季：《话语方式转变中的网络写作》，《文艺争鸣》2010年10月号（上半月）。
41. 徐杨、王确：《生活、身体以及文学消费——“新世纪文学”的婚恋叙事》，《文艺争鸣》2010年10月号（上半月）。
42. 晏杰雄：《新世纪长篇小说的本土化路线》，《文艺争鸣》2010年10月号（上半月）。
43. 俞敏华：《论先锋小说的出场》，《文艺争鸣》2010年10月号（上半月）。
44. 张均：《胡适门生的1949～1952》，《文艺争鸣》2010年10月号（上半月）。
45. 翟业军：《那一种黑色的精神——论莫言的〈蛙〉》，《文艺争鸣》2010年10月号（上半月）。
46. 张立群：《林白论——女性先锋、现实的对话与转型》，《文艺争鸣》2010年10月号（上半月）。
47. 王兆胜：《归位·蓄势·创新——论新世纪的中国散文创作》，《文艺争鸣》2010年12月号（上半月）。
48. 刘旭：《在生存中写作：从“底层文学”到“打工文学”》，《文艺争鸣》2010年12月号（上半月）。
49. 张清华：《〈兄弟〉及余华小说中的叙事诗学问题》，《文艺争鸣》2010年12月号（上半月）。
50. 赵山奎：《“文学之外”的拯救：余华与卡夫卡的文学缘》，《文艺争鸣》2010年12月号（上半月）。
51. 郭建玲：《异域的眼光：〈兄弟〉在英语世界的翻译与接受》，《文艺争鸣》2010年12月号（上半月）。
52. 张学昕：《玄览圣灵　涤荡沧桑——论迟子建的长篇小说〈白雪乌鸦〉》，《文艺争鸣》2010年12月号（上半月）。
53. 赵强：《〈河岸〉：为生活立心》，《文艺争鸣》2010年12月号（上半月）。
54. 王一川：《中国晚熟现实主义的三元交融及其意义——读路遥的〈平凡的世界〉》，《文艺争鸣》2010年12月号（上半月）。
55. 张莉：《异乡人——魏微论》，《文艺争鸣》2010年12月号（上半月）。
56. 吕进：《论新时期诗歌与“新来者”》，《文艺研究》2010年第3期。
57. 胡星亮：《从封闭到开放，从写实到后现代——当代台湾话剧与外国戏剧关系之研究》，《文艺研究》2010年第3期。
58. 周保欣：《道德革命与“革命”的道德——新历史小说革命书写的思想检视与审美反思》，《文艺研究》2010年第4期。
59. 黄轶：《论世纪之交乡土小说的“城市化”批判》，《文艺研究》2010年第4期。
60. 陶东风：《“七十年代”的碎片化、审美化与去政治化——评北岛、李陀主编的〈七十年代〉》，《文艺研究》2010年第4期。

61. 程光炜：《我们如何整理历史——十年来“十七年文学”研究潜含的问题》，《文艺研究》2010 年第 10 期。
62. 陈晓明：《“重复虚构”的秘密——马原的〈虚构〉与博尔赫斯的小说谱系》，《文艺研究》2010 年第 10 期。
63. 孟繁华：《历史、现实与多元现代性——2009 年长篇小说阅读》，《小说评论》2010 年第 1 期。
64. 白烨：《命运与时运的交响回旋——2009 年长篇小说概评》，《小说评论》2010 年第 1 期。
65. 何向阳：《已泛平湖思濯锦　更看横翠忆峨眉——2009 年中篇小说印象》，《小说评论》2010 年第 1 期。
66. 洪治纲：《对抗消极的惯性写作——2009 年短篇小说巡礼》，《小说评论》2010 年第 1 期。
67. 林霆：《发现 · 关注 · 表达——2009 年度短篇小说创作一瞥》，《小说评论》2010 年第 1 期。
68. 雷达：《乡土中国的命运感》，《小说评论》2010 年第 1 期。
69. 李遇春：《心理结构的平衡与颠覆——论陈忠实新世纪以来的小说创作》，《小说评论》2010 年第 1 期。
70. 贺绍俊：《“河雾”中成就一种特别的美》，《小说评论》2010 年第 1 期。
71. 何镇邦：《还可以走得更宽更远些》，《小说评论》2010 年第 1 期。
72. 陈晓明：《守望本真的乡土叙事》，《小说评论》2010 年第 1 期。
73. 白烨：《隐痛的背后》，《小说评论》2010 年第 1 期。
74. 贺绍俊、巫晓燕：《中国经验——新世纪长篇小说创作的聚焦点》，《小说评论》2010 年第 5 期。
75. 金理：《面对“思想”与“中国经验”的呼唤——讨论开给新世纪文学的两种“药方”》，《小说评论》2010 年第 5 期。
76. 雷达：《实力派作家的新探索》，《小说评论》2010 年第 5 期。
77. 梁鸿鹰：《魏微小说漫议》，《小说评论》2010 年第 5 期。
78. 王侃：《〈兄弟〉内外》，《当代作家评论》2010 年第 6 期。
79. 黄轶：《新世纪小说“生态”书写视阈的开创及其意义》，《当代作家评论》2010 年第 6 期。
80. 王德威：《归去未见朱雀航——葛亮的〈朱雀〉》，《当代作家评论》2010 年第 6 期。
81. 杨庆祥：《现实主义的“变”与“不变”——读劳马的〈哎嗨呦〉》，《当代作家评论》2010 年第 6 期。
82. 梁鸿：《玩笑与嬉闹背后的中国镜像——读长篇小说〈哎嗨呦〉》，《当代作家评论》2010 年第 6 期。

83. 张闳：《“文革”后新文学的曙光——从食指到白洋淀诗群的诗歌写作》，《南方文坛》2010 年第 2 期。
84. 温存超：《执著的追求与真情的书写——论陆地的小说创作》，《南方文坛》2010 年第 2 期。
85. 张德明：《新世纪诗歌中的田园乡愁》，《南方文坛》2010 年第 3 期。
86. 梁振华：《〈蛙〉：时代吊诡与“混沌”美学》，《南方文坛》2010 年第 3 期。
87. 吴义勤：《原罪与救赎——读莫言长篇小说〈蛙〉》，《南方文坛》2010 年第 3 期。
88. 牛学智：《从“启蒙”到“底层”——对新世纪之交文学批评的一种观察》，《南方文坛》2010 年第 3 期。
89. 欧阳友权：《当传统批评家遭遇网络》，《南方文坛》2010 年第 4 期。
90. 施战军：《论中国式的乡村小说的生成》，《南方文坛》2010 年第 4 期。
91. 张清华：《精神的冰或诗歌的雪——关于 2009 年诗歌的散记》，《当代文坛》2010 年第 2 期。
92. 张学昕：《孤独“机村”的存在维度——阿来〈空山〉论》，《当代文坛》2010 年第 2 期。
93. 颜敏：《“第三种空间”的美学建构——试论张翎小说的叙事策略及其定位》，《当代文坛》2010 年第 2 期。
94. 贺绍俊：《追寻“另一个世界”的“新市井小说”》，《当代文坛》2010 年第 3 期。
95. 余秋雨：《余秋雨的不忏悔与 80 后的不懂“文革”》，《当代文坛》2010 年第 4 期。
96. 霍俊明：《新诗史叙事场阈中的十七年诗歌》，《当代文坛》2010 年第 6 期。
97. 程光炜：《批评对“贾平凹形象”的塑造》，《当代文坛》2010 年第 6 期。
98. 杨怡：《苏青的小说创作与女性主义》，《当代文坛》2010 年第 6 期。
99. 张莉：《在逃脱处落网——论 70 后出生小说家的创作》，《扬子江评论》2010 年第 1 期。
100. 樊星：《三十年来中国作家的政治关怀》，《扬子江评论》2010 年第 2 期。

艺 术 学 论 文

编　选　咨　询　专　家

王一川：北京师范大学艺术学院教授

陈旭光：北京大学艺术学院教授

艺术学的六大讨论焦点

·张　法·

艺术学的年度学科报告是今年回写去年，因此《中国高校哲学社会科学发展报告2010》是写2009年。《报告》中的“艺术学”一章分三个部分：一是对8个二级学科，即二级学科艺术学（相当于艺术史论）、美术学、艺术设计学、电影学、广播电视艺术学、音乐学、戏剧戏曲学、舞蹈学里的焦点进行呈现；二是对艺术学里的相邻学科群，即以艺术史论、美术学、设计艺术学为一组群，影视为一群组，舞台艺术（音乐学、戏剧戏曲学、舞蹈学）为一组群，选重要问题进行讨论；三是选艺术学中这一年度最重要的问题进行较为详尽的透视。这里呈现的是第二部分，即相邻学科群中的重点问题。共有如下六大焦点。

一　艺术学由起源引起的学科问题与术语问题

这是属于美术/设计/艺术史论学科群里的讨论焦点。艺术学的起源与术语主要与艺术史论和美术学这两个学科有关。

艺术学作为学科，是由企图摆脱美学独立而来。从世界学术体系的演化看，这一摆脱并没有取得完全的成功，因为西方学术至今，主流学界仍把美学看成是艺术哲学，只要读一读英国美学学会学刊《美学杂志》和美国美学学会学刊《美术与艺术批评》这两本杂志开头扉页对美学的定义，看一看每次国际美学大会的参与者和论文题目，就可以知道。但在艺术学人的努力下，艺术学却因此成为一门相对独立的艺术学科。同时，艺术学在相对独立的同时，如何建立自己的学科体系，又是一大问题，只要看一看各国大学如何设置自己的艺术学体系，就可以体悟出来。目前中国的艺术学学科体系中，不但从整个国务院学科目录，也从具有交叉性质的两个学科（设计艺术学和广播电视艺术学）中体现出来。这是另外一个大问题了。现在主要集中在艺术学起源的学科问题与术语问题。

自艺术学独立以来，在这一学科里，却一直有三种学术流向。这三个学术流向之间的绞缠，一直存在于艺术学的研究之中。认清这三种流向及其绞缠之点，对于艺术学的研究是重要的。

第一种流向，是作为学术理论的一般艺术学建构史与作为学科体系的一级学科艺术学。在艺术学的缘起里，马克斯·德苏瓦尔（MaxDessoir，1867～1947）、埃米尔·乌提兹（EmilUtitz，1883～1956）和里哈德·哈曼（RichardHamann，1879～1961）等，都是综合心理学、社会学、哲学诸学科的方法来建构着一般艺术学。这一思潮在中国经宗白华、马采等学人的引进、介绍、梳理、总结，在民国时期形成了中国的艺术学观念，这是一种作为学术理论的艺术学，在这些代表人物的言说中，与德国的原本话语一样，是包括文学和建筑在内，却没有电影和当时还未产生的电视的艺术学。到 20 世纪 90 年代经凌继尧教授、李心峰研究员等学人对这一艺术学学科从德国到中国的演进进行的总结，配合张道一教授对艺术学的提倡，最后形成了中国学术体系中的作为一级学科艺术学的结构，即有了电影和电视却把文学和建筑排除在外的作为学科的艺术学。理解这一区别对于理解中国学术体系研究艺术学而来的内在困难和新的特点是必要的。中国艺术学人应该自觉地意识到，中国是怎样的艺术学现实，在这一现实上应当建立怎样的艺术学体系（学科体系和知识体系），如何认识这一学科体系与国外的学科体系之间的差异。

第二种流向，是在艺术学闹独立的同时，产生了艺术学与文化的结合：由多学科走向艺术学或由艺术学走向多学科。可以说，这是以前美学视角的一种继续演化和发展，只是现在，它不仅从美学角度看艺术，更从文化角度看艺术。在德国学界由威廉·狄尔泰（Wilhelm Dilthey，1833～1911）、文德尔班（Windel-band Wilhelm，1848～1915）、李凯尔特（Rickert Hein-rich，1863～1936）、恩斯特·卡西尔（Enst Cassirer，1874～1945）等人的著述发展着这一条跨学科之路，并在西方得到广泛的呼应和推进：这就是列维·斯特劳斯、罗兰·巴尔特、麦茨、杜夫海纳、皮亚杰的研究，这一进程也在苏联得到回应，卡冈、齐斯为其代表，后现代理论家，福柯、鲍德里亚、德里达等，更是把这一跨界研究推进成人文学科的一大潮流。当然这已经溢出艺术学了。这里，如何看待综合各学科组成的艺术与艺术学跨界研究这一艺术学面相，将成为一个问题。由于中国的学科体系是强调“分”，因此，这一路向在中国一直都有部分或片段的出现，但并未形成一个成型的话语。但中国艺术学学科中的广播电视艺术学和设计艺术学这两个二级学科，却正处在一种跨界之中，因此，这两个学科已经并还继续成为对中国艺术学学科体系提问的学科。因此，正视、理解、体悟艺术学的跨界研究这一问题，有利于更进一步理解艺术学的实质。

艺术学在与美学闹独立时，在艺术学名义下，除了一般艺术学话语，还有艺术史话语，这就是李格尔（Alois Riegl，1858～1905）、沃尔夫林（HeinrichWolfflin，1864～1945）、沃林格（Wilhelm Worringer，1881～1965）等德国学人，兴起的艺术史话语。这一艺术史话语，一方面由于与艺术学的紧密关联而帮助了一般艺术学的形成；另一方面由于其言说对象主要是美术史而产生了一个名为艺术史实为美术史的学科。这一学科由于面对大量美术史事实和资料，因而形成了西方学术体系中的一个强势学科，但这一实为美术史学科从其起源时起就一直用的是艺术史（arthistory）之名，这一词义内涵影响了全世界的学者，也包括中国学者，特别是当中国已经建立起了与西方艺术学科体系不同的艺术学科体系的时候，这一艺术史话语依如固我。可以看到，在当前学人的论述里，美术史都大多被冠之以艺术史之名，在 2009 年中国学人的文章里，《艺术学的建构与整合——近百年来的西方艺术学理论与方法及其与中国艺术史研究》、《考古学与艺术史：两个共生的学科》、《中国艺术史学的发展历程及基本特征》、《留学背景与中国艺术史的现代转型》[①] ……里面的艺术一词，内涵都是“美术”。这一术语在西方学科体系里是清楚的，但由于中国重新建立了自己的艺术学学科体系，在中国的艺术学语境里这么用，就造成了学术用语的混乱，这一混乱主要是由艺术学与西方艺术学的演进史的差异和当前中国艺术学学科体系与西方艺术学学科体系的差异造成的。如何让艺术界学术用语规范化，是一个应当引起重视的问题。

二　工艺美术与设计艺术的关系

这一讨论与艺术学的跨界有关，也与设计艺术学本身的复杂性有关。

为纪念《装饰》杂志创刊50周年，2008 年 11 月 1 日下午至 2 日，由中国装饰杂志社主办“从工艺美术到艺术设计”研讨会，全国 40 余家院校参加。[②]

---

① 以上四文的作者及所载刊物依次为：常宁生：《艺术百家》2009 年第 5 期；曹意强：《美术研究》2009 年第 1 期；陈池瑜：《艺术百家》2009 年第 5 期；谢建明、张昕：《东南大学学报》2009 年第 5 期。

② 周志：《装饰·工艺美术·设计——“从工艺美术到艺术设计”研讨会综述》，《装饰》2008 年第 12 期。

自1997年学科目录以“设计艺术学”取代1990年的“工艺美术学”和“工艺美术设计”以来，对学科目录改变而带来的学理争论在这里得到了集中表现，同时也是一次学科的学理梳理。

支持设计艺术的学者认为：第一，从“手工艺”到“工艺美术”到“艺术设计”，体现了不同时代艺术教育的特征，应合了中国从农业经济到工业化、信息化的发展过程（唐克美）；第二，“设计”概念符合大美术和总体美术的发展趋势。从20世纪整个世界艺术史来看，“设计”的地位日益重要，可以说，“设计”在观念形态上的前瞻性使它起到了引领潮流的作用（潘耀昌）。

反对设计艺术代替工艺美术的学者认为：第一，工艺美术承载了传统工艺文化语义，“艺术设计”在概念上人为地切断了与传统造物艺术的联系，按照这种逻辑发展下去，中国的设计也必将演化为西方设计文化的复制品，失去了造物文化的民族身份，更失去了在古代延续了千年及我们经营了半个多世纪的与民族工业和现代艺术教育紧密相关的名称话语权和文化话语权（潘鲁生）。第二，把西方语境下的“Design”译为设计，并将之理解为只有现代大工业因素下才有的设计，不仅割断了与“工艺美术”的联系，而且将设计局限为一门专门的职业，忽视了与当代生活的联系（杭间）。

对两个概念进行历史理解的学者认为：第一，“工艺美术”概念是近百年来，包括日本、中国等国在内的亚洲国家人民为应对西方工业革命之后经济生产与生活方式所发生的变化，在学习欧洲经验的同时根据亚洲自身文化条件而提出的一种策略主张，它在世界现代设计史中自应有其相应的地位（许平）。第二，中国设计近五十年来在自身文化条件下走出一条现实的发展道路，取得的经验与方法，与工艺美术有着多方面的关联，因此，设计艺术与工艺美术是互融互补的（杭间）。

对两个概念，也可以进行调和性思考。认为不同的术语都可以在一些基本层面上互相解读，这个层面就是“设计文化”。只有在这样的跨文化语境中，关于设计的种种术语才有被理解和沟通的可能（胡平）。

这样又涉及设计艺术与上层学科和横向学科的关系。有人提出应建立起一个“设计学”的大学科，以便包括科学技术和社会科学、人文科学相关的分支学科内容，而设计艺术学可作为“设计学”下面的一个分支来建设（余强）。还有学者认为“设计”当属“科学”旗下的一门跨界学科，而不是一门“艺术”，从而在词汇语义、普世认同、学科容量和现实认知多个角度阐述“设计”、建立设计学一级学科，将设计实践中已被业界认可的各设计专业从支离破碎状态中解放出来，归于“设计学”门下（童慧明）。

这些言说，把设计艺术学历年来争论的要点和未来还将争论的走向，进行了一次较好的凸显。这一讨论在2009年继续进行，《装饰》2009年第12期有6篇文章①继续讨论学科的基本概论问题。“工艺美学”、“设计艺术”、“设计”的意义内涵和多重关联被多角度审视。其他刊物对与之相关话语也有涉及。②

三　华语电影与中国的国族认同与文化认同

由北京大学电影与文化研究中心主办的“全球化时代的华语电影与国族叙述”于2009年6月19日至20日在北京召开。海内外20余所大学的数十位学界名家、中青年学者出席，③ 把华语电影问题进一步凸显出来。21世纪以来，华语电影一直是电影学的热点，近年来相关的专著有：郑树森《文化批评与华语电影》（广西师范大学出版社，2003），〔美〕白睿文《光影言语：当代华语片导演访谈录》（广西师范大学出版社，2008），郭越《华语电影的美学革命和文化汇流——大陆、香港、台湾“新电影”研究》（人民出版社，2008），刘宇清《它山之石——海外华语电影研究》（中国传媒大学出版社，2009）……华语电影在从世界电影的宏观图景中选取一个特殊的角度——是世界电影的一种把握。在这一把握中，有一系列的理论问题。首先，应当怎样绘制一幅华语电影的地图④；其次，华语电影是怎样被命名的，何种理论适用于对之进行研究⑤；当有了华语电影这一角度之后，至少有三个方面进入华语电影这一视野之中。第一，怎样从电影史去追溯华语电影的起源。⑥ 这里不但有电影不讲英语而讲华语的问题，还有华语所包含的文化内容必然要与电影影像的各个方面发生一种紧张关系和互动影响，这一互动是怎样进行的，

---

① 童慧明：《要“设计”，弃“设计艺术”》；朱培初：《关于工艺美术与设计艺术的思考》；诸葛铠：《在夹缝中生存的“设计艺术”与“工艺美术”的是与非》；朱孝岳：《关于“工艺美术”一词的几点诠释》；郑巨欣：《从工艺美术到设计艺术之名实说》；杭间：《从“工艺美术”到“设计艺术”》。

② 凌继尧：《工业设计概论的衍变》，《南京艺术学院学报》2009年第4期。

③ 《“全球化时代的华语电影与国族叙述”国际学术研讨会综述》，《电影艺术》2009年第　期。

④ 鲁晓鹏：《绘制华语电影地图》，载《艺术评论》2009年第7期。

⑤ 李凤亮：《华语电影研究：命名、理论、突破点——张英进教授访谈》，载《艺术评论》2009年第7期。

⑥ 刘宇清：《华语电影传统溯源：沪港早期电影交流的启示》，《电影新作》2009年第1期。

构成了重看电影史的新角度，并可以形成一种新的电影叙述话语。第二，如何从华语电影的角度去看待当前的电影[①]。当有了华语电影这一总角度，中国内地电影不仅是从中国内地的社会和文化演进去看，而且是从整个华人生存状态去看，从一种大中国文化的角度去看。在这一意义上，华语电影会提升大陆电影的文化境界，将使目前就大陆电影谈大陆电影的话语提升为一种阔大的文化话语和文化美学。第三，如何看待大陆之外，乃至中国以外的华语电影。[②] 这里主要是从华语电影的角度去看所有华语电影的共性。华语电影给了从文化中国的角度看中国以外的电影。这样华语电影这一概念把中国内地、台湾、香港与其他地区的华语电影结合成了一个新的整体，并从这一整体中去发现一种全球化之中的文化中国和美学中国。

在华语电影话语里，把三个层面的电影（内地电影、港台电影、海外电影）以“华语”这一中心概念联系了起来，[③] 华语不仅是一个语言问题，在语言的下面或里面，有着几千年来的文化内容。因此，华语电影话语，至少具有三个方面的功能：国族认同（中华民族），身份认同（中华一员），文化认同（中华文化）。[④] 华语电影的展开是中国融入世界，与世界互动，让世界认识中国在电影上的体现。华语电影，第一，有助于中华民族的国家统一（国族认同）；第二，有助于中国文化影响世界（文化中国）。

然而，如何推进华语电影话语，呈现华语电影话语与其他电影话语之间的具体而复杂的关系，还没有引起电影学界和艺术学界的足够注意。

四　谍战电视剧定义与惊险美学新变

这是近期影视学科中的又一个讨论焦点。2009 年电视剧《潜伏》在四家卫视同时热播而大红，北京电视台首播收视率达 9.6%。这一成功，不仅使之

---

① 焦雄屏、戴锦华、陆川等：《华语大片时代的新青年电影——第三届华语青年影像论坛言论集》，《电影艺术》2009 年第 1 期。

② 崔军：《当代世界跨族裔导演研究》，载《南京艺术学院学报》2009 年第 4 期；马然：《多元语言与国族人想象——以邱鑫海三部曲为例谈当代新加坡电影》，载《艺术评论》2009 年第 7 期；札克尔·侯赛因·拉朱：《马来西亚华人的电影想象：作为一种跨国华语电影的“马华”电影》，载《艺术评论》2009 年第 8 期。

③ 陈犀禾、刘宇清：《跨区（国）语境中的华语电影现象及其研究》，载《文艺研究》2007 年第 1 期。

④ 徐德林：《华语电影的国族叙述与身份认同》，载《艺术评论》，《中国电视》2009 年第 8 期；陈犀禾、聂伟：《华语电影文化、美学与工业的跨地域理论思考——“华语电影的文化、美学与工业”国际学术研讨会述评》，载《电影艺术》2008 年第 5 期。

全国开花，陆续有近130个频道播出，而且带领这一类型的电视剧播出率高涨，在2009年国庆前夕达到高峰。全国80个地区仅晚间18：00～24：00时段，在8月至10月共播出这一类型剧60多部。① 同时《潜伏》也引出一系列电视剧学和艺术学的问题。②

首先，谍战剧类型界定。由于《潜伏》的火红而被研究，有学人提出③其属于谍战剧，与反特剧不同。谍战剧是冒险模式，反特剧是揭秘模式。前者是我暗敌明，后者是我明敌暗。这两种类型的区别在于“我”与“敌”的设定。用这一视点去看，谍战剧与反特剧各有自己的一个系列。《潜伏》、《五号特工组》、《对手》、《谍战古山塘》、《红色追缉令》、《特殊使命》、《数风流人物》、《英雄虎胆》、《51号兵站》属于谍战剧；而《延安锄奸》、《暗算之〈听风〉、〈看风〉》、《羊城暗哨》、《数风流人物》、《誓言无声》、《誓言永恒》、《秘密图纸》、《黑三角》、《敌特在行动》则属于反特剧。由于敌我力量在总体上的比重不同，引起的美学效果是不一样的。这里谍战与反特在于我（正义）敌（非正义）的总体强弱关系设定上和人物后面所代表的力量的正义与非正义的定义上。这一类型如何与世界电影的类型进行对接呢？还有一些理论问题。

其次，谍战电视剧与谍战电影由于媒介不同，要求是不一样的，谍战电影在突出冒险、悬念、奇观、特技的同时，更从艺术的角度突出人物内涵人性（如《色·戒》、《超级女特工》等），而电视剧在突出冒险、悬念、情节、惊异的同时，更从主旋律的角度坚持人物的政治信念（如《潜伏》、《人间正道是沧桑》等）。这也是除了从电影电视两种艺术门类在观赏方式和受众设定上考虑，也从中国的电影和电视的不同调控上讲。那么，从世界范围的角度看，这一区分成立吗？如果把这些因素考虑进去，对美学类型学造成的影响是本质的吗？如果抽去艺术以外的因素，仅从美学上看，对这一美学类型应该怎样定义呢？

再次，谍战剧与反特剧都属于“惊险美学”。但谍战由于敌“强”我“弱”，在冒险的悬念中更带有悲剧的惊悚，而反特剧由于敌“弱”我“强”，在解密的悬念中带有喜剧的惊畏。不从谍战剧与反特剧的细分，而从惊险美学的总貌，《潜伏》把整个惊险美学带上了一个高峰。中国电视剧中的惊险类

---

① 李红玲：《数说反特/谍战电视剧》2009年第12期。

② 《电视剧〈潜伏〉研讨会纪要》，载《中国电视》2009年第7期。

③ 南华：《从〈潜伏〉看谍战剧的热播与发展》，载《当代电影》2009年第10期。本节的几个论题，主要由该文提出。

型，2003 年《誓言无声》，获得四项飞天大奖，具有里程碑的意义。2006 年的《暗算》，进入到一个高潮。2009 年的《潜伏》，是 21 世纪以来惊险类型达到的最高峰。在这一中国惊险美学的演进中，究竟可以总结出怎样的美学经验和美学模式来呢？

最后，谍战的惊险美学，其模式主要来源于以好莱坞为代表的西方谍战片，在冷战时代，西方美学把个性与信仰的完美结合放置在冷战思维的框架之中，而中国从共和国前期到改革开放初期的谍战片，同样放置在冷战思维的框架之中，只是注重类型和信仰的完美结合。冷战之后，西方的惊险美学开始转型，对主人公的人性方面作了更为丰富而多面的刻化（如《窃听风暴》（德国，2006）、《谍影重重 3》（美国，2007），同时中国的惊险美学也走向内涵的丰富，在《潜伏》等一系列新近谍战剧里，都在信仰的基础上更多了人性丰厚和人文情怀。正是在这里，《潜伏》所代表的中国惊险美学的新变。① 但是，把《潜伏》所代表的中国惊险美学的新变，放在世界的惊险美学之中，其同一与差异究竟在什么地方？也是有很多地方可以进行总结的。

五　小沈阳现象及其所关联的艺术与文化问题

这是舞台艺术学科群中的一个讨论焦点。“小沈阳”现象，在 2009 年成为文化和艺术学的双重热点。它与艺术和文化的多方面问题紧密相关。

首先，小沈阳的走红，与“春晚”这一中国特色的文化和艺术现象有关。2008 年以前，尽管小沈阳已经走红网络，但尚不在学术视野之中。查期刊网，2008 年之前，没有一篇关于小沈阳的文章，2008 年，小沈阳已在地域和网络成势，但学术期刊上仅有 6 篇文章。而 2009 年登上春晚之后，不但成为家喻户晓的明星，而且关于小沈阳的话语，也立即冒蹿，文章一下猛增到 124 篇。“小沈阳”现象让“春晚”的神奇力量又一次受到关注。②“春晚”在中国当代文化中的位置和意义？怎样才能在“春晚”中“成功”？在当今中国，既

---

① 杜晓红：《类型、反类型和类型融合——由〈潜伏〉看新世纪的叙事策略》，载《中国电视》2010 年第 1 期；王岑：《被唤醒的主体与被规训的形象——从〈潜伏〉到谍战电视剧的文化研究》，载《电影评介》2009 年第 22 期；梁霄：《论谍战类电视剧的艺术特征——以电视剧〈潜伏〉为例》，载《消费导刊》2009 年第 8 期。

② 张颐武：《小沈阳为什么走红》，载《档案天地》2009 年第 4 期；王鸳珍：《小沈阳走红荧屏的传播学反思》，载《中国广播电视学刊》2009 年第 12 期；王谦：《中国出了个小沈阳》，载《三月风》2009 年第 3 期。

是一大美学课题，也是一大文化课题。

其次，小沈阳的走红，是赵本山带领的结果，赵本山成为明星，与春晚也紧密相关。1990 年赵本山以《相亲》登上“春晚”一炮而红，此后几乎年年露脸：1991 年《小九老乐》、1992 年《我想有个家》、1993 年《老拜年》、1995 年《牛大叔提干》、1996 年《三鞭子》、1997 年《红高粱模特队》、1998 年《拜年》、1999 年《昨天、今天、明天》、2000 年《钟点工》、2001 年《卖拐》、2002 年《卖车》、2003 年《心病》、2004 年《送水工》、2005 年《功夫》、2006 年《说事》、2007 年《策划》、2008 年《火炬手》，可以说，成了春晚的台柱。赵本山奇迹也是当今中国的一大文化和美学现象。而赵本山在 2009 年的《不差钱》中不但继续亮相，而且把自己的弟子小沈阳推了出来。小沈阳的蹿红，一下子突出了赵本山所代表和所象征的文化现象中的新老交替的话题，并且惹得人们要仔细去打量这一可能的新老更替所呈现的中国流行文化的走向：《从赵本山到小沈阳》、《从乡土中山装到舞台开裆裤——评议从赵本山到小沈阳的变迁》、《从赵本山的裤子到小沈阳的裙子——消费社会流行文化的另类读解》[①] ……而这时，一个重要的现象出现了：如果说，赵本山走红以来，基本上伴随着好评，那么，小沈阳一走红，面临着严厉的批判：《全民媚俗与小沈阳蹿红》、《从小沈阳看艺术的雅俗之辨》、《小沈阳现象的是与非》、《小沈阳为什么会引起如此争议》[②] ……这一现象真的值得玩味。

再次，在对小沈阳的争议中，通过小沈阳来看赵本山，由赵本山所带来的“赵型二人转”也被重新加以审视。这里引出一系列的问题：其一，站在二人转作为国家非物质文化遗产的角度，赵本山对二人转的改变意味着什么？国家非物质文化遗产保护工作专家委员会副主任乌丙安、中国艺术研究院曲艺研究所所长吴文科、清华大学美学教授肖鹰，对“赵型二人转”的以票房和观众的口味对二人转的改变进行了质疑；[③] 其二，从艺术与现实的关系看，二人转在新变中的独特的丑角和独特喜剧方式，与东北在市场经济的去工业

---

① 三文的作者和所载刊物依次为：陈一舟《西部论丛》2009 年第 4 期；陈艳涛《新世纪周刊》2009 年第 6 期；魏利佳《新闻爱好者》2009 年第 20 期；乐毅《奥海风》2009 年第 3 期。

② 四文的作者和所载刊物依次为：陈大柔《人民论坛》2009 年第 6 期；岳莹《剧作家》2009 年第 4 期；若耶《党员干部之友》2009 年第 5 期；肖复兴《幸福〈悦读〉》2009 年第 5 期。

③ 张楠：《二人秀驱逐二人转？——赵本山有可能被取消国家级传承人的资格》，载《音乐生活》2009 年第 8 期。

化和底层化相关，一种地域艺术的类型演进与现实世界复杂变化被联系起来。[①] 从现实与艺术的关系上看，小沈阳现象被提升到了另一维度进行审视：成为中国文化和中国艺术中新兴类型的代表之一，是一种兴起于民间和地域的草根英雄和娱乐大王。赵本山、小沈阳、二人转、草根文化……一系列的问题都因小沈阳蹿红而带了出来，这也是很值得玩味的。

最后，在民间美学、地域趣味、草根文化这一维度里，小沈阳与其他地域文化中的代表人物被并置在一起进行研究：《对新民间曲艺的几许思考——以周立波和小沈阳为例》、《透视郭德纲和小沈阳现象》、《一个时代三个活宝：郭德纲、小沈阳与周立波》、《周立波、小沈阳、郭德纲——排名不分先后》[②] ……在这里，又有一系列关于中国艺术和中国文化的问题会带出来。只要考虑到这方方面面的问题都与小沈阳由春晚而走红相关，因此，小沈阳现象后面，有一系列的问题值得思考，并也将会在以后被不断地讨论。

六　中国文化的两种舞蹈象征——张继刚现象与林怀民现象

这是舞台艺术的另一个讨论焦点。2009年中国舞蹈界有两大盛事，一是张继刚为总导演的大型音乐舞蹈史诗《复兴之路》在中华人民共和国成立60周年之际演出，一是台湾舞蹈家林怀民的《行草》在北京、上海、苏州、杭州、西安、深圳等地巡演。前者是具有政治性的重大国家行为，由中宣部、文化部、国家广电总局、解放军总政治部、北京市主办，中宣部、文化部统筹协调，文化部负责具体组织实施。为此专门成立了包括中宣部、中共中央文献研究室、中共中央党史研究室、文化部、国家广电总局、解放军总政治部、北京市委等单位的领导同志共14人组成的领导小组。中宣部副部长、文化部部长蔡武任领导小组组长，文化部副部长陈晓光任常务副组长兼总指挥。张继钢担任《复兴之路》总导演。设置了文学部、音乐部、舞蹈部、影视部、舞美部、演出部等11个部门，分别由全国最优秀的艺术家，担任各部门的领军人物。参演人员来自全国各地，排演队伍共3200余人。后者是带着文化性

① 徐刚：《后严肃时代文化英雄——对小沈阳现象的文化思考》，载《艺术广角》2009年第6期；黄纪苏、祝东力：《民间草根势力崛起中国———大东北文化及二人转对话》，载《艺术评论》2004年第11期。

② 四文的作者和所载刊物依次为：姜昆：《曲艺》2009年第10期；李建伟：《曲艺》2009年第7期；吴祚来：《中国经济周刊》2009年第29期；季贝尼：《电影评介》2009年第20期。

的民间活动，其组织其人员，仅是一个小小的民间歌舞团。

张继刚的《复兴之路》呈现的是中国现代史，一方面它承接着共和国以来四次标志性的国家形象的舞蹈塑造，《人民胜利万岁》（1949）、《东方红》（1964）、《中国革命之路》（1984），并以全新的方式呈现了关于中国现代性历程的宏大叙事①；另一方面又是其个人一系列舞蹈创作的新高峰：《献给俺爹娘》（1990）、《军魂》（1992）、《我们同行》（1994）、《野斑马》（2000）、《一把酸枣》（2004）、《千手观音》（2005）、《黄土黄》（2008）② ……

林怀民的《行草》展现的是中国五千年的文化精华。林怀民“云门舞集”之“云门”取之于古文献中黄帝的舞蹈名，颇有象征意义。林怀民的《行草》是其在民族艺术创新的新体现，他将历年来的作品《寒食》（1974）、《白蛇传》（1974）、《薪传》（1978）、《廖添丁》（1978）、《红楼梦》（1983）、《梦土》（1985）、《九歌》（1993）、《家族合唱》（1997）、《水月》（1998）、《焚松》（1999）、《竹梦》（2001）、《烟》（2002）构成其背景，又是其对凝结了中国文化精神的一种艺术体悟，一方面，展现了他由王羲之、苏东坡的行书和张旭、怀素的狂草而生的灵感；另一方面又是融以前的作品《行草》（2001）、《行草2》（2003）、《狂草》（2005）为一体而生的新作。③张继刚的《复兴之路》既是一个国家的宏大叙事，又集现代技术之大成，因此，不但将中国现代性的历程凝结在五大篇章之中（第一章“山河祭”，是1840~1921年间中华民族进入现代的苦难、奋斗而曲折历程；第二章“热血赋”，是1921~1949年间革命、抗争而走向解放的历程；第三章“创业图”，是1949~1978年间建设、成就、教训、拐点、沉思、抉择的复杂历程；第四章“大潮曲”，是1978~2009年间改革、开放而走向复兴的历程；第五章“中华颂”，是强国、复兴、和谐的自豪和愿望），而且以“祭”、“赋”、“图”、“曲”、“颂”音乐舞蹈形式来讲叙这种宏大话语，成为一个话语的焦

---

① 于平：《从〈人民胜利万岁〉到中华〈复兴之路〉——新中国舞蹈艺术60年感思》，载《艺术百家》2009年第5期；居其宏：《以恢宏舞台史诗塑造国家形象——大型舞蹈史诗〈复兴之路〉观后》，载《艺术百家》2010年第1期。

② 冯百跃：《经久不衰的张继刚现象解析》，载《新疆艺术学院学报》2009年第9期；佟理：《张继刚舞蹈创作研讨会——中国文联世纪之星工程》，载《舞蹈》1996年第3期；冯双百：《人生滋味——张继刚的舞蹈世界》，载《舞蹈》1995年第6期。

③ 林怀民：《做自己：云门舞集之路》，载《北京舞蹈学院学报》2007年第2期；路漫漫：《舞者林怀民：站在东方看世界》，载《华人时刊》2009年第6期；郭勇健：《论台湾艺术家林怀民舞蹈艺术的美学特色：中国的元素，生命的动与纯粹的存在》，载《厦门大学学报》2009年第5期。

点，而且其宏大话语以如此一种高科技的舞台方式（以多媒体数字投影灯和LED 显示屏支持的音乐、舞蹈、灯光、道具、舞台设计、背景造型）创造了一个不同于此前的艺术形式，也成为一个话语的焦点。①

林怀民的《行草》则是笼罩在既悠远又新近的文化气氛之中。流动着中国古代的元素，当宣纸从“天”而降，缓缓地铺开，墨汁徐徐而下，舞者的身体随着笔画的走势摆动，身体动作的纯存在与书法的纯存在相互辉映，一种东方的神韵，一种文化的情愫，呈现出来。一种中国之“道”闪现出来。林怀民的方式与张继刚的方式，呈现了两个不同象征体系，正在并还将引起人们的思考。

［原载《文艺争鸣》2010 年 12 月号（下半月）］

① 张继刚：《祖国我为您歌唱——大型音乐舞蹈史诗〈复兴之路〉创作随想》，《求是》2009 年第 21 期；蔡体良：《历史的画卷，时代的颂歌——评大型音乐舞蹈史诗〈复兴之路〉的舞台美术创作》，载《福建艺术》2009 年第 6 期；李泽青：《多媒体数字灯、LED 显示屏在〈复兴之路〉中的应用》，《演艺设备与科技》2009 年第 6 期。

文化的物化年代

——新世纪十年中国艺术景观

·王一川·

文化的物化（或实力化）年代，或许暂且可以作为对一种文化意识或文化理念新趋向的描述性术语来使用，指的就是文化的内在精神性功能被弱化而其外在的物化（或实力性）功能被强化的带有一定普遍性的演变状况，也即人们的符号表意系统或象征形式系统的价值取向不是指向内在精神世界而是相反指向外在物质世界。当各种文化产业以其艺术产品争先恐后地满足人们对“物”的追逐、窥视和占有等欲望，通过直接指向现实的“物”而赢得票房、收视率、上座率、销量等时，我们难道不正是置身在文化的物化年代？

一　近十年艺术新景观

当我们试图回顾新世纪艺术十年走过的历程，从艺术媒介开始我们的新景观游历或许是相对合理的，因为新兴媒介不仅表征物，而且似乎更直接地指向物本身；同样，新媒介不仅是艺术意义传输的新渠道，而且更是艺术意义生成的新场所。伴随国内外一系列重大事件的发生，网络媒介和移动媒介在艺术中的地位和角色越发凸显。当国际互联网日益成为一茬茬疯长而茂盛的“草根”文学而争相展示新自我的大舞台时，以手机短信笑话（或幽默短信）为代表的移动网络媒介，正在每日每时痛快地撩拨着人们敏感的神经，唤起他们的日常生活幽默感，从而使这两大新兴媒介一起跻身于影响人们日常生活体验的主导媒介行列。前者使我们想到蔡智恒、安妮宝贝、韩寒的网上小说、博客等，后者使我们想到那些令人捧腹的幽默讽刺短信，其中所讽刺的某些社会现象虽属少数，却依然具备一定的警示意义，足以唤起人们会心的笑。正是由于这两大媒介的及时与双向互动优势，那原本看来正与日常生活之“物”渐行渐远的艺术，又重新拉近了距离，成为人们对日常生活之

“物”的共通体验的直接表达渠道和探寻人生意义的日常平台。

与媒介新景观相应的是新的视觉形式的崛起：在电视、报纸、杂志、街头广告牌等媒介上源源不断出现的汽车、别墅、时装、首饰等商品广告，与张艺谋执导的电影《英雄》中的视觉奇观镜头、大型实景演出“印象”系列等一道，凸显出中式视觉形式感的新形式景观。这种中式视觉形式感当其让“物”、“实物”、“实景”乃至身体等在生活中的作用非同一般地凸显出来时，其鲜明特色就不难把握了。第一，艺术品或艺术展演更直接地凸显“物”的两维乃至三维形貌，让其在生活中的中心地位凸显出来，刺激人们对“物”及其表征意义的消费欲望，而这也与全球文化的“视觉文化转向”或“图像时代”潮流相应。第二，视觉形式与中国地缘文化之间结成了更深的似乎不可分离的相互嵌入关系，造成视觉形式的地缘化奇观。第三，这种被精心打造的艺术视觉形式本身越来越超脱于被再现的艺术意义系统之上而争相展示独立的审美价值，导致所谓“视觉凸现性美学”的出现。这样，艺术形式原本是尽力抽空“物”的实体内容的表征或象征，而今则仿佛充当“物”的实体内容本身了。更为重要的是，这种中式视觉形式感的打造，由于张艺谋等“先锋”的强力拉动作用，已成为争先恐后仿效的潮流，例如接二连三的中式古装大片（《十面埋伏》、《夜宴》、《满城尽带黄金甲》、《无极》等）、一系列的大型实景演出“印象”系列以及各种舞美 LED 设计等。这使人不免会联想到这样的论断：“目前居‘统治’地位的是视觉观念。声音和景象，尤其是后者，组织了美学，统帅了观众。”① 这虽然说的是 20 世纪 70 年代西方文化景观，但用在我国当前也是约略适合的。

在艺术类型和样式方面，电影界的转折因其社会影响力巨大而引人瞩目：1997 年以来凭借贺岁片系列在国内票房上连战连捷但却在国内大奖评选上不断落空的冯小刚，终于通过《集结号》而一举实现转运。《集结号》独创了中式类型互渗模式，就是在一部特定的影片中可以汇集主旋律片、艺术片和商业片的类型元素，相互渗透，相当于开辟出一种新的中式类型片。这部影片让人们在视听觉奇观的享受中沉浸入英雄主义人格想象、个人自由诉求及民间正义呼声等多重价值观的交融一体状态，满足了当前中国社会的多方价值诉求，从而同时赢得政府管理部门、专家和公众的一致口碑，产生“叫座又叫好”的效果（当然也难免引发激烈争议），并为后来的其他影片如《梅兰芳》、《叶问》、《风声》、《十月围城》、《叶问 2》等的成功上映预设和铺平

① 贝尔：《资本主义文化矛盾》，赵一凡等译，三联书店，1989，第 154 页。

了类型化道路。在这个意义上，《集结号》可以视为到目前为止这十年中国大陆电影界最富于标志性意义的最沉厚收获和独具转型意义的标杆。

艺术通过新的媒介、视觉形式、类型模式等，终究是要想象和建构这时代所需要的人生意义或价值系统。《三峡好人》把观众带到正经历拆迁和移民变故的三峡地带，目睹当前风险社会中个人的不同命运转换、选择及其结局。山西挖煤民工韩三明前往寻找已分离 16 年的"前妻"麻幺妹（和女儿）；来自山西的护士沈红对阔别两年的丈夫郭斌的寻找；还有那位喜欢模仿影星周润发式做派的"小马哥"的侠义之举等，呈现出当前新的生存风险中的一群底层"小人物"。这些"好人"无法不面对生活巨变及随之而来的人际鸿沟的加剧，却能处变不惊，体现出一种生存的韧性：生活中的一种含忍不露的承受力、沉稳有度的理智控制力和困境中寻觅生机的求变力。他们既清楚生活中金钱、地位、情感等无情鸿沟的存在现实，但又力图加以跨越；既力图跨越但又清楚这种跨越的艰难。他们正是在这种"两难"困境中坚韧地寻求自己的生活梦，由此不难让人体察到一种新世纪生存风险语境下特有的不同差异的个人及人群之间寻求相互共通感和同情的异趣沟通精神。由此，我们可以感受到近十年来中式艺术创作中出现的新型意义建构：在社会失谐中寻求异趣沟通。而从去年引发巨大争议的国庆献礼片《南京！南京!》上，也可以看出当前公民社会新的伦理诉求及跨文化沟通的努力。

对这种异趣沟通精神的探索，确实已经和正在成为新世纪十年来我国艺术界关注的一个重大题旨。当前政治、经济、文化、社会和生态建设的核心课题在于以人为本和社会和谐，也就是要从以往的国家政治为本转向以人为本，从社会失谐回归社会和谐。以人为本，并非单纯地以 20 世纪 80 年代"人道主义"热时那种以个人精神诉求为本，而首要地表现为以复苏的个人物质欲望和精神欲望为本。这就是要以人的实际利益或功利为本，即是以人的物质利益与精神利益及其协调为本。具体来说，就是要在处理并协调个体与个体、个体与集体、集体与集体等诸种利益关系的基础上，达到社会和谐。因此，当前以人为本原则下的社会和谐诉求，并不追求单纯的个人克制了私欲的集体性精神和睦，而是要寻求在个体利益诉求与集体和睦愿望之间达成一个大致的平衡，并以此为基础去追求个体精神提升。这就是说，对人的"物"的欲望及其协调的尊重和重视，成了今天艺术意义系统建构的一个重心。

如果从更加简略和抽象的角度去观照这种艺术意义建构，那么可见，今天我们艺术品的价值构造中已经出现了一种越来越稳固而又风行的中式二元耦合模式：看来相互对立的双方实际上不存在本质上的对立，而可以相互并存、转化和共生。这种二元耦合模式在《甲方乙方》以来冯小刚贺岁片系列中得到集中展示，体现出当前中式商业片特有的文化品格及其兴味蕴藉。在《天下无贼》中，金钱（或财物）与情义的对峙原来终究可以通过人的率真性情的纯真流露而予以化解。王丽拼命保护傻根的淳朴梦想，迫使王薄为了爱情而违心参与到激烈的保护过程中，直到英勇献身。我们目击了一个金钱至上的人竟然自主地转化为情义无价的守护神。在这种二元耦合中，观众一方面可以纵情投射被压抑的与金钱和财物相连的无意识渴望，另一方面又可以享受到传统情义无价信条所带来的生活智慧启迪，两全其美，何乐而不为？在冯氏贺岁片系列中，还可见出情感与理智、历史与现实、本土与西方等多种二元耦合模式的兴味蕴藉。

处在艺术的凝练而又显豁的风格层面的，是一种粗朴美学与冷智风格的形成。粗朴美学的当然代表，是民间表演艺术明星赵本山的央视春晚小品系列，如《卖拐》、《卖车》、《不差钱》、《捐助》等，它们把金钱或财物在日常生活中的中心角色、粗朴的民间狡智及其作用等，显露得淋漓尽致；还有电视剧《激情燃烧的岁月》、《亮剑》、《狼毒花》、《历史的天空》及今年热播的《大秦帝国》等所纵情展现的粗俗、粗鄙或野性等性格。而与此相连，冷智风格的代表作有韩寒在其博客随笔中展现的刻薄美学，有电影《疯狂的石头》和《疯狂的赛车》造成的反讽风格，还有电视剧《暗算》、《潜伏》和电影《风声》等共同形成的阴冷与智斗氛围。关于冷智风格和刻薄美学，不妨以“80 后”作家韩寒为代表。他的语言风格具有简短而冷硬、机敏而无情的智性特质，总是能凭借其高人一筹的理智或机智而将论敌解剖得体无完肤，从而展现出一种绝无任何妥协或宽容余地的极端刻薄风范。同时，他常常起用一些与身体、长相、生理需要等相关的词汇或比喻，突出“物”欲的迫切性，达到以俗抗雅、消解虚伪道德等效果。他的博文《三个中年男人》对三个时尚圈男人陈逸飞、陈凯歌和余秋雨展开了冷酷乃至刻薄的嘲讽。“有人说，他们是大师。坦率地说，我不喜欢这三个人，他们身上有太多中国中年男人的无趣，不坦诚，精明狡猾和缺乏想象力。”他直言自己“不喜欢他们的长相”：“他们三个长得实在是有异曲同工之妙，三大领域的大人物居然一种脸。好生奇怪。”如此身体的“长相”或许正透露出当前中国文化对艺术家的某种共通的形塑作用？韩寒仿佛自备一把刻薄的手术刀，无须多少语言就能直插对象的致命的心脏。这种刻薄当其用在与白烨的博客争论中更显出致命的作用，以至引起更广泛的关注和争议。

韩寒所表现的这种新的刻薄美学，同作家王蒙曾表现的圆通、包容等可称为“融通”美学的旨趣相比，宛如对立的两极。如果说融通美学是要在新时期初期特有的“继续革命”与“改革”之间的政治对立情境中刻意寻求宽厚与融合的和谐的话，那么，刻薄美学则是要在21世纪多元并置的价值观的相互冲突中刻意寻求彼此鄙薄中的断然决裂。融通美学意在凭借圆通之道而由对立走向和谐，而刻薄美学则意在运用冷酷语言的锋芒在多元价值并置中独秀自我。从王蒙式力求八面圆通的融通美学到韩寒式锋芒四露的刻薄美学，简直恍若隔世，无论我们如何看待它，它确乎已然成为21世纪中国艺术与美学的一道别样景观了。

二 文化的物化

文化当然有一种力量，不过，这是一种我们过去曾长久笃信的与符号的表征意义系统紧密相连的、代表人的心灵或精神维度的特殊的感染力量。文化被视为人类跨越自然的实力或力量王国而奔向自由王国的一种中介，它历来被赋予一种超自然、超物质、超实力的精神特质。原因不难理解：文化更多地被理解为特定时代精神或理智发展的最高境界或水平的标尺。由此，文化总有种超越于具体“物”之上的高雅精神特质。“文化不是仅仅排队，要追求内涵意义。”[①] 文化正是要通过创造符号表意系统，去追寻超越于具体“物”之上的精神内涵或内在意义。阿诺德早就说过：“文化即探讨、追求完美。”他的如下谈论尤其让人难忘：“文化认为人的完美是一种内在的状态，是指区别于我们的动物性的、严格意义上的人性得到了发扬光大。人具有思索和感情的天赋，文化认为人的完美就是这些天赋秉性得以更加有效、更加和谐地发展，如此人性才获得特有的尊严、丰富和愉悦。”[②] 文化就这样被视为一种区别于人的动物性或物质性的内在的精神完美状态。不妨作这样的约略比较：如果说，自然代表人类的外化的、实力的或物化的状态，那么，文化则代表人类的内化的、精神的或心灵的状态。

但是，上面目睹的近十年艺术新景观，却让我感受到文化的某些与此不同的别样风貌：文化似乎正越来越经常地和偏好地指向它原本应当尽力超越的现实的“物”，并且还竭力展示它的影响现实生活的“实力”，而非原本被

① 金克木：《文化之谜：传统文化·外来文化》（1986），据《文化三书》，东方出版社，2008，第22页。

② 阿诺德：《文化与无政府状态》（1869），韩敏中译，三联书店，2002，第9、16、10页。

强化的精神之力。马克思早就揭示商品社会中劳动关系已被商品化或物化了，出现了“商品拜物教”：“商品形式在人们面前把人们本身劳动的社会性质反映成劳动产品本身的物的性质，反映成这些物的天然的社会属性，从而把生产者同总劳动的社会关系反映成存在于生产者之外的物与物之间的社会关系。由于这种转换，劳动产品成了商品，成了可感觉而又超感觉的物或社会的物。”原本属于人与人之间的社会关系的劳动，就这样被转化成“人们之间的物的关系和物之间的社会关系”。① 到 20 世纪 20 年代，卢卡奇发现，资本主义社会已把“商品拜物教”演变成社会关系中的普遍的“物化”（reification）状况了，“物化是生活在资本主义社会中每一个人所面临的必然的、直接的现实性”。② 再过大约半个世纪，鲍德里亚则从“物”的象征意义的需求出发探讨消费社会及消费文化，发现“富裕的人们不再像过去那样受到人的包围，而是受到物的包围。”丰盈的“物”对消费者来说不仅仅是生活的实用物品，而同样是其日常生活中的丰富的想象、欲望、幻想等的投射处，当然也是其现实社会身份和地位的表征。“消费者与物的关系因而出现了变化：他不会再从特别用途上去看这个物，而是从它的全部意义上去看全套的物。”③ 此“物”属于更大的商业之物品链条的一部分，并且对人拥有实用与非实用等“全部意义”。近期学者则进而指出，“在全球文化工业兴起的时代，一度作为表征的文化开始统治经济和日常生活。文化被‘物化’（thingified）”。④ 文化原来主要是作为某种意义的“表征”而存在的，而今却蜕变为直指实际生活中的“物”的中介了。“文化一旦归于物质基础，就显现出一定的物质性。媒介变为物。意象（image）以及其他文化形式从上层建筑崩塌，陷入物质性的经济基础当中。原先属于上层建筑的独立的意象被物化，变为了‘物质图像’。”⑤

由此思路看，我们这里的文化也仿佛正在呈现出一种被物化、实化或实力化的新趋势。手机幽默短信被持续热捧，恰是由于它以集中而凝练的方式及时地传达了人们的日常生活与“物”的紧密关联。赵本山的《卖拐》、《不差钱》、《捐助》等小品系列在春晚走红的原因之一，更在于它们无论是在标

① 马克思：《资本论》，第 1 卷，人民出版社，2002，第 88～89、90 页。

② 卢卡奇：《历史和阶级意识》，张西平译，重庆出版社，1989，第 224 页。

③ 鲍德里亚：《消费社会》（1970），刘成富、全志钢译，南京大学出版社，2000，第 1、3 页。

④ 拉什、卢瑞：《全球文化工业——物的媒介化》，要新乐译，社会科学文献出版社，2010，第 7 页。

⑤ 拉什、卢瑞：《全球文化工业——物的媒介化》，要新乐译，社会科学文献出版社，2010，第 11 页。

题还是内容上都生动而逼真地触及了“金钱”或“财物”等“物”在现实生活中的愈益重要的中心作用。一想到这里，近三年来被热议的“文化软实力”或“国家文化软实力”概念就自动浮现出来。确实如此，自从约瑟夫·奈1990年提出“软实力”（soft power，或译软权力、软力量）概念以来，文化如今已被当成一种不折不扣的国家软实力了。无论是硬实力还是软实力，文化都被赋予了一种与“物”紧密相连的实力内涵了。如此该怎么理解文化呢？由此，我不由不对文化这个词儿产生新的一连串的陌生感和好奇心：文化究竟是雅的还是俗的？虚的还是实的？心的还是物的？

要回答这个问题，简单回溯雷蒙·威廉斯提出的“文化是日常的”命题恐怕远远不够，更需要联系到亨廷顿在1993年提出的有关“文明的冲突”的著名论述。他认为，冷战后世界冲突的基本根源不再是政治或意识形态，而是文化差异。主宰全球的将不再是政治或意识形态的冲突而是“文明的冲突”。他相信，“冷战后时代的世界形势是一个包含了七个或八个文明的世界。文化的共性和差异影响了国家的利益、对抗和联合。世界上最重要的国家绝大多数来自不同的文明。最可能逐步升级为更大规模战争的地区冲突是那些来自不同文明的集团和国家之间的冲突。”① 这种以“文明冲突论”取代原有的“政治冲突论”的观点，已经内在地孕育着一种文化软实力视野：国际间的政治、经济及军事实力的硬性较量，会逐步让位于文化与文明的软性实力较量。这种视野的一个当然的或明或暗的理论前提就是：文化不再只是阿诺德所伸张的那种纯粹精神性品质，而已成为指向具体“物”的世界的实力手段了。随着2001年“911”事件的发生，“文明的冲突”在世界冲突中的先导角色和显赫作用被进一步凸显。

与亨廷顿的“文明的冲突”概念把文化由精神性目的层面下移到物质性手段层面相应，约瑟夫·奈的“软实力”概念则更是从当前国家之间的实力较量出发，把文化由精神性感染的力量实化成了一种像物质性力量那样去征服的实力——文化软实力。2004年，他较为完整地阐述了软实力概念：“软实力是通过吸引而非强迫或收买的手段来达己所愿的能力。它源于一个国家的文化、政治观念和政策的吸引力。如果我国的政策在他人看来是合理的，我们的软实力就自然以增强。”② 与硬实力（经济、军事）通常依靠直接的

---

① 亨廷顿：《文明的冲突与世界秩序的重建》，周琪等译，新华出版社，2002，第8~9页。

② 约瑟夫·奈：《软力量——世界政坛成功之道》，吴晓辉、钱程译，东方出版社，2005，第2页。文中“软力量”一律改译“软实力”。

“施压”、惩罚或收买而迫使他国非自愿地接受不同，软实力则通常依靠间接的“吸引”而得到他国的自愿认同。可见，“软实力”作为国家综合国力的重要组成部分，特指一个国家依靠文化价值的感召力、政治制度的吸引力和政府政策的合理性等释放出来的无形影响力，它会深刻地影响其他国家人们对一个国家、民族或群体的整体看法。如此，文化就似乎正在依赖国家、社会和个人等的合力而被实化、物化或实力化。难道说，我们已生活在一个文化的物化或实力化年代？

文化的物化（或实力化）年代，或许暂且可以作为对一种文化意识或文化理念新趋向的描述性术语来使用，指的就是文化的内在精神性功能被弱化而其外在的物化（或实力性）功能被强化的带有一定普遍性的演变状况，也即人们的符号表意系统或象征形式系统的价值取向不是指向内在精神世界而是相反指向外在物质世界。当各种文化产业以其艺术产品争先恐后地满足人们对“物”的追逐、窥视和占有等欲望，通过直接指向现实的“物”而赢得票房、收视率、上座率、销量等时，我们难道不正是置身在文化的物化年代？只是这里的“物化”（thingfication）与卢卡奇意义上的“物化”（reification）虽然在内涵上相互关联和延续，但所指已有重要变化了。如果说，物化在卢卡奇那里主要是说人与人的关系普遍地被演变成人们之间的物的关系和物之间的社会关系；那么，物化在我们这个年代则是指不仅劳动或社会关系被普遍地物化，就连原本以为可以超越于物化之上的文化也直指事物、实物、财物或东西本身了，也就是说连艺术符号表意系统的象征性或表征性也被实物化了或直指现实中的物或实物。艺术作为文化的主要形态之一，本来是要超越人类的自然或实物层面而提升到精神高度，但现在却反过来把人重新拉回到自然或实物层面。这样，作为市场经济时代的文化产业，艺术凭借商品、技术、身体等手段日益凸显“物”的诱惑力，从而越来越蜕变为与“物”纠缠不清的经济、产业、技术等行为。就西方的认识历程来说，如果说，阿诺德代表着文化的内在化或精神化年代，卢卡奇发现了社会中普遍的“物化”现象，鲍德里亚预见到“物”的消费时代及其向文化的渗透时代的来临，而亨廷顿和约瑟夫·奈则宣告了文化的实力化年代的到来。

文化的物化或实力化的主要的或标志性特征可能在于：第一，从意指系统构成看，文化的符号表意系统的价值取向，往往或明或暗地更多地指向或唤起外在实物世界，而非提升到内在精神世界。这里高涨的是消费主义、物质主义、商品拜物教等关联因素。第二，与此相连，从社会功能看，文化已经更经常地被提升到国家软实力的优质资源高度，从而被实力化或权力化，而非仅仅是过去被看重的个体精神修养的优质资源。第三，从实质看，文化似乎更多地已不仅是人们的个体精神鉴赏对象，而代表一种日常生活行为本身，或者至少具有唤起现实的日常生活行为的力量。这样，文化的物化或实力化就意味着文化的实物化、实力化和行为化。

三　通向文化的心物互渗

与全球日益频繁的“文明的冲突”相伴随的，其实正是文明的展示，即各种文明或文化的独特的图像展示或奇观展示，它们甚至成为种种文化产业的品牌良药，对电影票房、电视收视率、戏剧上座率、图书音像制品销量等起到强劲的刺激或拉动作用。华语片《卧虎藏龙》、好莱坞大片《2012》和《阿凡达》等的获奖或高票房正是如此；另一方面，文明的奇观展示却又是更经常的和令人快适的。文明的冲突可能愈发刺激起文明之间的认知和体验的冲动。观赏异质文明成果，恰恰可以满足公众的无尽好奇心和奇观享受。似乎哪里有文明的冲突，哪里就有文明的奇观展示。文明的冲突与展示就成为一对彼此分离而又如影随形、相互共生的孪生兄弟。这样，全球异质文明之间的冲突与展示，成为21世纪以来全球审美文化与艺术的一道新景观或新语境。

同时，还应当看到，与文化的物化方面被尽力伸张相并行的，其实还应有对文化的内在化、精神化或心灵化的竭力呼唤。把文化用来向他国展示自身的柔性吸引力，自然有充分的必要性和合理性，但如果此时轻视甚至放弃文化在提升个体精神境界方面的传统功能，则必然会受到严重质疑，从而引发一场文化危机。近年来围绕赵本山春晚小品走红而发生的关于艺术缺失“人文精神”、“伦理责任”、“现实主义”和“典型化”等的争论正在于此。而由媒体、产业等多方合力搅动的城乡消费文化及大众文化大潮，一方面满足公众的“物”的消费欲望，成为拉动经济持续高速增长的内需助推器；另一方面又被赋予了抚慰公众心灵、维护社会稳定、促进社会和谐的中介角色。这种以消费促经济与促稳定为特色的消费文化潮，当其可能导向“物”的现实崇拜倾向时，人们提出和强化人的内在精神或心灵维度的持守问题，自然就有充分的理由了。

这样，对上面出现的文明的冲突与展示、文化的物化与精神化或心灵化呼唤现象，就需要做尽可能多的调查与研究工作，这里还只能是提出问题。或许，对我们今天面临的艺术文化状况来说，酌情采用心物互渗的辩证态度去认知和把握，可能会有更大的合理性和必要性。心与物，在这里可以视为有关中国文化价值取向的一对范畴。文化的心的方面，是指文化内在的、虚拟的、精神的或心灵的维度；文化的物的方面，是指文化外在的、实有的、物质的维度。文化其实历来就是心与物交融的产物，只是在过去长时期里人们更多地突出其心的方面而已。

随着全球化时代艺术状况的急剧演变，文化的物的方面被日益凸显，而文化的心的方面正在受到严峻挑战。正是在这样的情境中，有必要认真考虑文化的心物互渗问题。这既是一种现实状况描述，也有一种价值思虑及价值筹划。从现实状况描述看，心物互渗是说文化虚拟的心灵维度和功能与文化实有的物质维度和功能，正处在相互渗透或交融而难以分离的状态。而从价值思虑及筹划角度看，心物互渗是指文化的指向外在实物世界的倾向与指向内在精神世界的倾向之间宜保持一种动态的平衡和协调状态。一种健康的富于活力的发达文化或文明，既不能仅仅满足于物化也不能仅仅停留于心化，而需要尽力达成高度的心物互渗。在今天这个倡导以人为本并寻求社会和谐的年代，当个体利益诉求获得强势复苏、个人化的物质性愿景与非个人化的集体性精神愿景之间形成多种多样的冲突时，艺术或文化就可以作为一种必要的人际调解方式或国民素养濡染途径铺设开来（当然其作用也有限），正如我们在《集结号》、《三峡好人》等影片中看到的那样。当前艺术或文化势必不能满足于像在 20 世纪 80 年代那样主要致力于诉诸人们的精神性审美渴求，而需要面对他们所陷入其中的个人利益与集体利益之间的多重冲突，提供富于感染力的想象的或假定的协调方案。此时的心物互渗，就是要在内在精神性审美与外在物质性审美的对话中，在个人化的物质愿景与非个人化的集体精神愿景之间，达成异趣沟通，形成以心导物、心物平衡的国民素养结构，从而逐步促进健康而富有活力的国民人格的养成。①

（原载《艺术评论》2010 年第 7 期）

① 本文写作中采纳了冯雪峰、金浪的建议，特此致谢。

碎化的变革

——21 世纪中国艺术史

·吕　澎·

从 2008 年开始，中国被深深卷入全球经济危机，到 21 世纪的第 10 个年头，尽管中国的市场地位还没有被国际社会最终承认，但是，中国正在加速度地参与全球化的进程却是一个明显的事实。经济危机让中国艺术家和批评家真正体会到了什么是全球化的时代。的确，按照通常的观点和经验，全球化源自经济的力量。像阿兰·鲁格曼（Alan Rugman）这样的经济学家认为：全球化可以定义为跨国公司跨越国界从事外国直接投资和建立商业网络来创造价值的活动。尽管鲁格曼似乎有点过分强调经济的唯一性，另外的学者则认为全球化应该理解为经济、政治、文化、技术等领域的复杂过程，但是，主要由经济力量导致的政治和文化的综合实力事实上全面影响着人类的其他活动。

在这样的背景下，中国的艺术家们面临两难：一方面，他们明确意识到价值的区域化标准不能构成艺术价值判断的权威与合法性；另一方面，民族文化的建设又受到全球化的挤压而不可能像西方国家那样经历充分的民族国家文化的系统建设，因此，当失去西方的选择机会时，艺术家们会感到失去了价值，而当西方人有所选择时，又难免有"文化殖民"的嫌疑。早在 20 世纪 90 年代中期，批评家黄专将由此产生的矛盾在文化艺术方面的表现表述得十分清楚："文化含义上的第三世界的当代艺术在表述自己的思想和问题时，始终面临着这样的悖论：从处境上看，它在不断反抗西方中心主义的文化压迫，摆脱自己的臣服地位时，又要不断小心警惕避免使这种反抗坠入旧式民族主义意识形态的陷阱；从方式上看，它在不得不使用第一世界的思想资源和表述方式来确立自己独立的文化身份时，又要不断警惕叙述本身有可能给这种身份带来的异化性。"（《第三世界当代艺术的问题与方式》）

20 世纪 90 年代若干艺术问题的讨论以不同的形式延续到 21 世纪，而那些在20世纪八九十年代充当现代主义和当代艺术重要角色的艺术家已经进入了中年以上的人生阶段，艺术的敏感性与问题的差异性正在年轻的一代艺术家身上呈现。

不过，考察年轻艺术家的工作已经不像分析20世纪五六十年代出生的艺术家的艺术那样简单。以2009年为时间点可以看到，大多数1970年代尤其是中期以后出生的艺术家对1978年之前的历史没有直接的体会，他们出生的时候，正是国家开始恢复国民经济并且检讨“文革”的时期。他们直接受惠于知识与思想的开放和相对宽松的言论自由，因此，他们缺乏历史比较的经验。这个年龄范围的人对历史——尤其是从20世纪20年代到70年代期间的历史——并没有因为开放而获得太多的知识。的确，西方思想已经充斥于知识分子的话语和社会各个角落，但是，在教育领域，从小学到大学的学生接受的政治与道德教育仍然主要是传统的。然而，由于1980年代的思想解放给不同形式和性质的个人主义提供了可能性，同时也由于缺乏关于民主与自由的西方思想的系统了解，部分青年经常将个人自由理解为任何人可以为所欲为。他们中间的大多数人不知道相关的历史背景，他们仅仅是享受这些历史事件带来的后果，甚至，他们将今天的自由与个人世界的合法性完全视为理所当然，而不重视产生这个“理所当然”的基本背景及其政治原因，其实，他们几乎不关心1950年代的人所关心的那些政治问题，只有很少的人——例如小说家韩寒——将类似网络中出现大量屏蔽词的制度性原因（妨碍人们自由交流的虚拟墙）视为必须解决的问题。

直到今天，艺术家和批评家都倾向于避开使用“政治”这个词汇。由于意识形态的惯性和现实的原因，艺术家将艺术与政治结合起来的表述难以获得合法性的认可，与此同时，当代艺术家往往将艺术与同政治有关的事物有意或者无意地结合起来，但他们常说那不是政治，而是艺术。由于历史的——尤其是人们对“文革”艺术的记忆——原因，艺术界和批评界仍然弥漫着避开尖锐的政治问题的空气，同时，社会事务的复杂性也导致了政治表现的复杂性——例如生态问题、涉及城市化进程的拆迁问题等。同时，大量反映个人生活与感受的作品以不同的方式表现出来，具有观念与智慧的进化论倾向——许多装置与观念作品被部分艺术家和批评家认为是最具有学术价值的东西——的作品是这样一个背景中的重要现象，它们经常以装置、影像和综合材料的方式呈现出来；当然，社会生活的每一个角落都可能唤起艺术家特殊的认识与想象力，日本卡通艺术的影响也促成了那些从小熟悉游戏机和卡通电视节目的年轻人的图像观念。

就像很多年轻艺术家的作品里宣示的那样，市场经济的高速发展以及物质领域里的“进步”满足了人们——主要是城市里的人们——的基本要求，当“中国制造”也成为全球范围内一段时间里时髦的概念时，很多人——当然包括那些年轻的艺术家——很自然地、似乎也很容易地将今天的世界理解为一个与20世纪五六十年代出生的人所理解的完全不同的世界。在学术界和艺术界，关于“后现代”理论已经从1990年代初泛滥了近20年，大街小巷充斥着在全球范围流通的商品，而互联网所带来的全球链接甚至也让人有消除国家边界的幻觉。在艺术圈子里，艺术家到纽约、巴黎、威尼斯、伦敦以及其他西方国家的众多城市参加展览或出席活动已经成了家常便饭，这也非常容易导致人们对边界——国家、历史、政治、经济、文化、意识形态乃至生活习惯——的模糊。差异当然有，但是，除了谈及自己的艺术，似乎中国的现实与西方国家没有太多的差别，甚至，当艺术家们和他们的朋友住进欧洲城市的某一个酒店，也经常感受到老牌资本主义国家在物质上的“落后”：没有互联网，没有豪华的装修，电视机看上去太陈旧，甚至没有洗漱用具（尽管他们知道这大概是出自环保的理由）。

基于政治对日常生活产生影响的间接性和隐性特征，也基于缺乏新的主导性价值观，可以肯定，随着经济的发展，利益、经验以及个人的知识背景开始影响着人们对事物的判断。2000年的上海双年展之所以给人有消除意识形态空气的感受和全球化色彩，就是由于决策、操作以及参与者不同的艺术观念、趣味倾向、利益诉求，以及政治敏感性消弭了单一的标准。部分当代艺术家和批评家（主要是部分学院教师）与体制有着紧密或松懈的联系，例如他们是学院里的教师或者教授，他们在不同的空间里凭借各自不同熟练程度的技术在体制内外来回游弋。可是，这不意味着体制内与体制外没有了界限，从1990年代初逐渐形成的体制内与体制外的两个平行现实明显地存在着，旧有标准的惯性也仍然存在，而那些必须依赖画廊和市场交易的艺术家却基本不受制于这样的惯性。

2000年之后，没有人充满说服力地指出艺术应该朝着什么方向发展，在不断有资本者占据主流合法身份的时期，艺术的服务对象与发展方向以及艺术的机制问题更加凸显出来，在民间和私营企业开始不断发展的背景下，究竟什么内容能够成为这个时代的文艺要表现的对象？

改革开放30年来，除了1989年“现代艺术展”对中国美术馆的民间借用，官方美术机构从来没有将中国现、当代艺术给予整体性的展出，这表明，还没有新的艺术制度来支撑新艺术和艺术家，艺术制度与标准还没有成为符合改革历史的制度和艺术标准。当国家美术馆究竟应该收藏什么样的作品才是符合改革和这个国家的历史的实际要求时，这个问题就变得非常明显。随着社会收藏日益增多，私人物品向公共品的转换就变得不可避免。在市场机制下，民间美术馆开始出现，可新问题马上就出现了，怎样才能有效保障与支持民间美术馆的健康发展？

21 世纪第一个 10 年中让批评家困惑的一个现象是，在 1993 年之后就开始陆续获得国际影响的“玩世现实主义”和“政治波普”的艺术品在国际艺术市场上赢得了让人惊讶的“天价”。直到 2008 年，有批评家干脆直接对那些在拍卖场上获得“天价”的艺术家及其艺术品发起攻击。与此同时，参与对“天价”艺术家进行批评的也有老一代批评家，例如在美国生活了近 20 年的高名潞，他吃力地附和了其他批评者的观点。至少在对待“玩世现实主义”和“政治波普”这两个艺术现象上，这些批评者的立场与正统的意见构成了事实上的一致性。

2008 年 5 月，艺术家王广义、卢昊、张晓刚、岳敏君因对法国政府在我国西藏问题上采取暧昧态度的不满而先后声明退出在法国马约尔美术馆的展览，人们在支持的同时也引发了艺术领域关于“普世价值”和“民族主义”问题的讨论。很快，金融风暴导致的空气是如此的让人窒息，以至在 10 月举行的秋季拍卖，当代艺术遭遇了更严厉的寒风，到了 2009 年的冬天，当代艺术生存环境出现了以“维权事件”为象征的严重危机。

在当代中国，传统的文化思想还没有整体复苏，西方的普世价值观又遭到不同角度的质疑，这就使中国当代社会失去了统一的精神标杆，为复杂的价值观寻求寄生与发展提供了机会，同时，也为对艺术现象的历史判断增加了困难。在缺少共同价值观的时期，在那些几乎每天发生在北京、上海、南京、成都等大大小小的城市里的展览中，究竟什么样的艺术可以成为这个时期具有象征性甚至代表性的艺术？或者问，我们判断一件艺术品是否具有历史价值的标准究竟是什么？我们将如何来看待今天的艺术问题？针对一种对市场与资本问题缺乏历史分析的观点，我们不妨也可以这样来问：艺术博览会里一件准备销售的作品是否就比一件陈列在美术馆里的作品更不具有学术性？一件在拍卖场上获得高价位的作品是否其艺术价值应该大大地受到质疑？概括地说，我们应该在什么层面上给予什么样的艺术现象以什么样的历史判断？

一旦我们考察了 30 年来的美术历史，就会看到，当讨论到艺术交流的平台，讨论到艺术品的交易环境与艺术家获得交易、交流的成本和资源条件时，那些在国际社会中已经成为重要角色的中国当代艺术家还没有真正成为这个国家当代文化的代表。不过，2009 年 11 月 13 日成立的中国当代艺术院确是一个标志性事件。中国当代艺术院是一个国家的艺术机构，容纳了许多前卫的当代艺术家（例如张晓刚、王广义、方力钧等）。这个事件可以看做是一个象征：当代艺术家获得了合法化的身份，它至少表明，前卫、现代和当代艺术受到了接纳和支持，因此，当代艺术院的成立被认为是 21 世纪第一个 10 年当代艺术十大事件之一。

概括地说，今天的艺术界已经没有了象征时代的观念大厦，这表明 21 世纪第一个 10 年的中国当代艺术进入了一个更加复杂的新阶段。考虑到艺术现象的多样化和价值观的纷乱，批评界的立场、观点与策略的多重性，几乎每一种艺术现象所针对的问题又迥然不同，并且具有改变历史的种种特征，就像互联网里不断衍生的新词对旧词的置换、重组与淹没以保证更加开放的言论和链接自由进而创造一个新世界一样，我们可以将这个新阶段看成是在现代主义和当代艺术基础上的“碎化的变革”。它在社会中的力量仍然是微弱的，但是它获得了来自现实力量支持的顽强生命力；由于它缺乏组织，我们仅仅能够看到分散的个体，但它的成员可以通过网络进行开会、讨论甚至从四面八方集合，众多的个体已经连接成不可逆转的新艺术整体；它也经常是隐形的——就像为穿越网络屏蔽的个人视频和博客文章这样一些网络时代的“地下刊物”那样缺乏稳定而合法化的展示空间，但是它的成员每分钟都在试图将自己的观念演变为人们生活中的符号并承载新的价值；当然，由于社会变迁的迅速与复杂，它的成员看上去没有一致的价值观，但却共同以自由的表达促使人们把公共的自由表达看成是社会的日常习惯。无论如何，新的视觉形象、符号、声音包括气味在不断地改变着人们的观念，覆盖、笼罩和弥漫着新世纪的空间，历史就因为这些无穷细节的改变而正在发生着不可阻挡的变化。

（原载《艺术评论》2010 年第 7 期）

对影视剧文化功能、文化批评的反思及其广阔空间

·陈旭光·

电视剧是电视艺术中的一个子系统，是电视传媒或电视文化的一个非常重要的部分。而中国电视剧更是当代中国堪称“第一”的叙事艺术、绝对的主流文化，它是在中国的文化土壤中，在新兴的电子传播技术催生下产生的新型的、雅俗共赏的大众型文化样式。电视剧所具有的这种很高的文化地位与东方文化传统及当下文化社会现实密切相关，如与东方传统的家庭本位的伦理观念和生活方式，与章回小说、说书话本所培育的线性叙事传统和喜欢“听故事”的传统，与当下文化消费的现状都有一定的关系。可以说，电视剧不仅是普通大众的世俗之“梦”，也是折射时代最大数量的平民大众之心态、理想、愿望、思想道德状况的“镜子”，更是借以窥见社会发展状况、时代文化语境的“窗户”。

一 场域和认同：电视剧的文化定位与文化功能

无疑，当下的中国电视剧承担了极为重要的文化功能。尤其在文学、戏剧、电影等的影响力明显衰微的今天，电视剧承担了原本由文学、戏剧、电影等艺术承担的文化功能，不仅平民文化通过电视剧表达自己的意识形态吁求，知识分子精英文化与主流意识形态文化也借助电视剧的广阔文化空间而栖身，试图保留自己的话语言说权利。就此而言，中国的电视剧是一个极为重要的公共话语空间，是一个众声喧哗的话语“场域”。这个“场域”，正如布尔迪厄所言，是由附着于某种权力形式或资本形式的各种位置之间一系列客观历史关系所构成的。在西方，电视剧功能比较单纯一些，几乎仅仅或主要是一种大众文化形态。但在中国，由于国家主流意识形态始终居于主导地位的现实，由于精英知识分子新文化运动以来的启蒙精神与传统，电视剧还

是一种一定程度上的宣教工具和高雅艺术，甚至在教育体制的学科类别中也有电视剧艺术的合法位置。甚至在我国现行的教育格局中也有了电视剧艺术研究的一席之地，有硕士、博士学位，有博士后流动站。中国电视剧这种复杂多元的文化诉求在我看来正是中国电视剧文化的现实和特点，也使得中国电视剧有可能具备不仅通俗易懂也蕴藉深厚的文化优势。

关于电视剧的文化定位，学术界尚有不同看法。辩证地说，我倾向于中国的电视剧是一种有着多种文化资源，也受多种意识形态和权力资本制约而“共谋”成的中国特色的大众文化性艺术。而由于前现代背景、大众工业化程度和社会主义体制、文化传统、20 世纪的政治斗争和意识形态格局等的独特性，中国电视剧的大众文化性与西方意义上的大众文化不可同日而语。如果偏执于西方意义上的大众文化或文化工业的界定，甚至使得中国电视剧是大众文化或不是大众文化成为一个并不存在的“伪命题”。

从文化定位和文化功能看，中国电视剧首先是一种意义的生产与再生产的文化场域。

作为一种大众文化类型，电视剧所最后折中达成的文化取向可能是最为世故、普适、“共同”的，也可能是最为浅表的（一种作为核心和基础的“核心价值观”），但毕竟是文化交融的结果，且影响广泛而深巨。它体现了文化现代化、多元化的动向，具有文化建设意义。毕竟，文化建设不是少数精英的事，应该有最广大大众的参与。文化建设不应该仅仅是自上而下的，也应该是自下而上的。

在当下中国，至少如下几种意识形态是始终制约着电视剧的文化价值取向的，它们的交汇纠葛形成了如布尔迪厄所说的那种“文化场域”：国家政治主流意识形态、市场经济支配的经济基础现实及其资本形态、大众或平民的文化诉求、20 世纪以来中国知识分子的启蒙精神、理性意识的传统以及“纯艺术”的理念，等等。这几种力量或话语既相互排斥又相互融合、折中，最后在电视剧中相安无事、和谐相处。

其次，中国电视剧具有强大的文化认同功能。所谓“认同”，实际上是人们对自我身份的“确认”，回答和解决“我是谁”以及与此相关的一系列问题，如我曾经是谁？我想成为谁？人们将指认我为谁？美国著名精神分析学家埃里克森认为，正是人的认同决定了他的生存感。“在人类生存的社会丛林中，没有同一感也就没有了生存感”。

电视剧的一个重要作用正在于帮助人们获得自我身份认同，使我们获得诸如“我是一个中国人”，是“中国祖先的后代”、“我们生活在一个怎样的时代”等观念意识。在一个全球化的时代，这种身份认同的作用非常之大，它是人们免于某种精神分裂的重要手段。

在一个全球化的语境中，许多电视剧以弘扬中国传统文化、表达爱国主义精神或民族主义情绪为己任，用中国曾经有过的辉煌历史的再现来寄托国富民强的愿望。有人在论及美国电视剧时认为，“美国电视剧是美国社会的文化、政治和经济的重要表征。透过美国电视剧，我们可以直接地感受到美国社会的情感、想象、价值、身份乃至时代精神的现状和演变。”① 中国的电视剧无疑更是如此。

再次，中国的电视剧还满足了国人强烈的伦理需求和现实指涉与情绪宣泄。

中国文化的特点是“以儒代教”、以人伦关系为社会和谐之本位，所谓“大礼与天地同节”，这形成了人们对电视剧叙述特有的“期待视野”。电视剧常常发挥一种类乎“窗户”或“镜子”的功能，成为观众将心比心，解决人际交往和道德困境、获得伦理道德承诺或升华的重要途径。电视剧家庭观看的接受特点进一步强化了这种伦理需求的发挥。更有人认为，电视剧就像一架天平，使人得以宣泄而达致心理平衡。电视剧由于其世俗性、故事形态本位、叙事的时间长度、折射生活的复杂性程度、生活具象性、传播的广泛性（更易于互相交流）等特点，使得这种宣泄、替代性满足的“天平”功能比之其他艺术门类（如美术、音乐、舞蹈、小说甚至电影等）尤甚。

近年的国内电影界，“主流电影”与“核心价值观”成为上至电影管理者，下到电影理论家和电影生产者的一个热门的焦点话题。② 所谓主流电影，是指认同市场规律的，能为大多数人所接受的，适合主流社会多元化要求的电影。所谓文化核心价值观，是指“在一种文化体系中处于主导地位、起支配作用的基本理念。它是衡量与判断事物的终极文化标准。这其中包括历史（是非观）、道德（善恶）观、社会（正邪）关、伦理（荣辱）观、审美

① 陈犀禾：《美国电视剧的类型、发展及与中国电视剧的比较》，见于曲春景主编《中美电视剧比较研究》，上海三联书店，2005。

② 此间关于这个话题较为重要的文章有：张宏森《电影创作必须建树正面价值》（2007 年 1 月 11 日《文艺报》）；贾磊磊《中国主流电影与文化核心价值观的建构》（2007 年 3 月 16 日《光明日报》）；潘维《论现代社会的核心价值观》（《电影艺术》2007 年第 3 期）；胡克《走向大众化的主流电影》；王一川《主旋律影片的儒学化转向》；贾磊磊《重构中国主流电影的经典模式与价值体系》；丁亚平《历史、国家认同与民族电影表现》；陈国星《主流价值观与深切的个人表达》（上面文章未注明出处的均见于《当代电影》2008 年第 1 期）。

（审丑）观等”。[①]

我认为这代表了电影界形成的一种共识——尊重市场规律、顺应全球化态势和国际化环境，整合各种意识形态，打造全球化公共话语空间，传播并建构社会核心性价值体系。这与我论述的中国电视剧的文化取向是一致的。毫无疑问，中国电视剧在构建核心价值观的文化功能上义不容辞、任重道远，而且事实上早就致力于此种文化功能的发挥。

总而言之，电视剧最大最根本的特性是大众文化性，而且是一种与大众社会文化心理密切相关的文化形态或新型艺术类型。电视剧是一种大众的世俗的娱乐的审美文化形态，更是一种高科技条件下现代大众的审美文化形态。

既然我们对电视剧有一个大致的文化定位，对其独特的文化功能也有一个大致的厘定，必然会涉及电视剧批评方法的观念转向问题。而论及电视剧批评，又应该以远远走在前面的电影批评为参照。

二　电影文化批评：波德维尔的反思及再反思

近年来在电影理论界，对电影文化批评的反思的理论潮流颇引人注目。

美国电影学者大卫·波德维尔尤其旗帜鲜明，一马当先。在《当代电影研究与宏大理论的嬗变》[②] 中，他对电影文化批评的“大理论”趋向进行了深刻的分析、反思、批判。

波德维尔认为，“大理论”是一种抽象的思想体，20 世纪 70 年代，大理论在英美电影研究中大行其道。这种大理论试图把电影研究发展成为对社会、心理和语言的阐释。

他认为大理论主要分为“主体—位置”理论与文化主义两大思潮，其共同特征是——“对电影的研讨被纳入一些追求对社会、历史、语言和心理加以描述或解释的性质宽泛的条条框框之内”。如结构主义符号学、拉康的精神分析、后结构主义、阿尔杜塞马克思主义等，试图“以大理论去解决一切电影现象：电影文本的建构、电影观众的行为、电影的社会与政治功能、电影工业与技术的发展”，“将其结论建立在媒体文本之上，将其活动建立在一种更宽泛的对社会、思想和意义的解释上”。

---

① 贾磊磊：《中国主流电影与文化核心价值观的建构》，2007 年 3 月 16 日《光明日报》。

② 〔美〕大卫·波德维尔、诺埃尔·卡罗尔主编《后理论：重建电影研究》，中国社会科学出版社，2000。

波德维尔提倡“第三种更温和的思潮”，一种“中间层面”的研究：这种研究“致力于更具本色的电影基础问题的研究，并不承担那种包罗万象的理论任务”。“对大理论的一个强大的挑战就是一种中间范围的研讨，这种性质的研讨能够便利地从具体研究转向更具有普遍性的论证和对内蕴的探讨。这种碎片式的重视问题的反思和研究，迥异于宏大理论虚无缥缈的思辨，也迥异于资料的堆砌。”“中间层面的研究所确立的最主要的领域，是对电影制作者、文类和民族电影进行经验主义的研究。这个传统通过男/女同性恋、女性主义、少数民族和后殖民主义的视角而变得丰富多彩。研究者们着手去阐明被正统电影史长期忽略的电影、电影制作者和第三世界电影”。

中间层面的研究还是一种洛埃尔·卡罗尔所说的“碎片式”的理论，这种理论“不是从主体性、意识形态或总体文化的意义上建立理论，而是根据特定的现象建构理论。（这些现象若考究起来总是令人难以理解。）……关于视点、文类和类似现象的专题研究已导致了不同的观点富有成果的交锋。电影叙事学则是另一个欣欣向荣的中间层面的研究领域”。“形形色色的中间层面的研究是由问题而不是由理论所驱动的，因而学者们可以用传统方式把不同的探索领域融为一体”。

在《以实证研究为基础的电影理论》① 一文中，波德维尔强调电影研究的理性研究和实证研究的性质。以不同时期、不同国家影片中角色对话时“眨眼次数”为精读研究的对象。以此探究了电影的某些共性特征。他提出，无论是演员表演还是导演设计，都需要观众读懂他们的意图，并在“眼神”或电影语言的背后读出更多的信息。因而，电影可以把简单的社会行为信息简化或强化，这说到底是为了提高艺术的表现力。为了让观众都看得懂。为了有效地传达导演的意图，电影可以省略、抽象。他进而断言：“电影研究差不多完全属于一门实证性学科。”

波德维尔的反思尖锐深刻，有时也不免偏颇绝对，再加之文风语言逞才使气，汪洋恣肆，可谓“一石激起千层浪”，在电影理论界掀起了轩然大波。我国电影学者王志敏就曾尖锐地批评，“这些几乎等同于该书（指《后理论：重建电影理论》——引者注）基本纲领和宣言的表述，不仅是完全错误的，而且是非常有害的。就像该书严厉地批判‘大理论’一样，是应该严加批判的——该书中所进行的各种研究可能是有价值的，但是该书所反映出来的理

① 波德维尔：《以实证研究为基础的电影理论》，《当代电影理论新走向》，文化艺术出版社，2005，第17页。

论倾向却是十分有害的。不利于电影理论的发展，不利于人们正确认识、理解和把握电影现象。”①

我们有必要平心静气、客观冷静地对以波德维尔为代表的这一反思趋向进行分析研究。波德维尔的理论反思在很大程度上是颇具真知灼见的，但也是值得再反思的。这对于我们定位当下中国电影、电视剧的批评方法无疑是有所裨益的。

首先，波德维尔认为文化研究偏离了影视研究的“本体论”，即离开了影视本身，似乎影视研究只能以影视理论来研究影视。这与文学界认为文化研究使文学研究失去文学性的指责如出一辙。事实上，电影研究从一开始就是借助于其他学科的成果而逐渐“长大成人”的。从经典电影理论开始，电影理论就与哲学、美学、文学、戏剧、艺术学、心理学等关系密切，如巴赞理论与哲学的关系，明斯特堡理论与心理学的关系，巴拉兹“可见的人”、“视觉文化”理论的文化视角，爱因汉姆的视知觉心理研究与心理学、美学、美术（视觉）理论的关系……

由此可见，电影理论一开始就有相当明显的跨学科趋向，这也与电影本身的综合性特征，电影文化的复杂性特征等相适应。简单地画地为牢，设定所谓的“电影本体”，把许多与电影密切相关的东西都排除于这一先验的“本体”之外的做法，也是值得反思的。辩证地看，如果文化批评值得警惕的是“大而无当”的话，我们也应该警惕这种本体论理论的“‘纯’而无当”。正如张英进针对波德维尔对大理论的批评曾指出，“波德维尔的‘文化主义’一词难以说明电影研究的文化转向机制，因为新的电影研究反对将文化视为凝固的‘主义’或体系，而将文化视为流动、开放的空间。从学科史的角度看，正是对文化的新的认识，使电影研究重新与其他人文、社会科学建立跨学科的研究关系。我相信，近年跨学科研究的发展远非波德维尔等人所忧心的‘电影理论衰败’的后果，而是西方电影研究的一个新趋势，是电影学科成熟、自信的一种表现：成熟才能影响相近的文科，自信而愿意进入跨学科领域。”② 就是现在，电影学不也被经济学、管理学、营销学、金融学等学科所渗透或取而代之吗?

其次，波德维尔对“大理论”的批评所立足的自身理论基础是一种注重

---

① 王志敏主编《电影学：基本理论与宏观叙述导言》，中国电影出版社，2002，第12页。

② 张英进：《电影美学本体论与方法论的思考》，《当代电影理论新走向》，文化艺术出版社，2005，第78页。

经验、有着近代实验心理学影子的“认知理论”。但是，文化批评不一定与经验主义水火难容。大理论要落到实处，的确要防止那种从理论到理论，大而无当的过度阐释。真正有效的文化批评应该建立在对电影语言的细致分析的基础之上，是分析一种“形式的意识形态”。

朱影在论析这一注重经验的电影理论趋向时指出：“他们通过‘认知理论’运动的共同兴趣而结成了松散联盟。这些批评家抨击了封闭、夸张、赘述的电影理论话语，特别是精神分析电影理论。认知主义者们试图寻找更精确的方法来解答由符号学和精神分析理论提出来的各种关于电影接受的问题。为了概括电影符号学第一阶段的发展，以弄明白‘电影是如何被理解’的，认知主义者回避了语言学模式，而是去关注和人的知觉规范相对应的电影形式元素。认知主义者并没有完全否认精神分析学的作用，他们认识到在分析电影中的情感和非逻辑方面时精神分析学是有作用的。认知研究方法缩小了理论野心，把精力集中在可掌控的研究问题上。认知理论对科学研究方式的靠拢是对那些令人高不可及的理论推测和毫无事实根据的武断结论，加上银幕理论的不断政治化的必然反映。”①

但客观而言，立足经验与实用的认知理论式的分析方法，也应该在此基础上上升到一种普遍性的高度，而这是一切理论的天然要求。如张英进谈及波德维尔分析胡金铨“一瞥的美学”② 时，极为注重胡金铨电影镜头的“本体的研究”，指出胡金铨刻意通过“不完美的镜头”，表达更丰富的韵味。但仅止于形式分析，却没有上升到一个更高的美学或文化的高度，这不能不是一种缺憾。

在我看来，电影文化批评开阔了批评的视野，客观上顺应了电影由艺术向文化的转向，顺应了电视媒介不断崛起，影视不断合流的趋势。也顺应了冷战结束、狭义的意识形态淡化，多元共同文化不断形成，以及全球化时代文化对话和交流不断加剧的形势。并在客观上使得影视研究成为一门独立的，不依附于源远流长的艺术学理论的研究学科。当然，带来的问题正如波德维尔所反思的，也可能远离了影视的实践和生产。这是需要我们正视与力图克服的。

总的说来，由电影理论和批评由艺术批评转向文化批评或文化研究是一种时代趋势。

---

① 朱影：《西方电影理论和实践的发展与现状》，《当代电影理论新走向》，文化艺术出版社，2005，第991页。

② 张英进：《电影美学本体论与方法论的思考》，《当代电影理论新走向》，文化艺术出版社，2005，第78页。

三 电视剧：文化批评的广阔空间

尽管在电影领域，电影文化批评引发了这样那样的反思或反思的反思等争议探讨，但我认为，相应在中国的电视剧批评领域，文化研究和文化批评的方法仍然有着相当大的开掘空间，这与中国电视剧的诸种文化、艺术特性，以及其在当下中国特殊语境中文化地位、文化功能的日益强大有密切的关系。

虽然当下的影视批评为产业批评、市场研究和政策分析等“显学”占据了主导地位，尽管近年来，影视理论界似乎对文化批评和文化研究有所反思。但我认为任何时候，批评都不应该是一窝蜂似的，单维片面的。中国影视业的问题，也不会是某个方面、某个角度的单一的问题。客观而言，文化批评或文化研究不是一个学派，也不是一个明确的学科，它表征了一种跨门类、跨学科的学术研究课题及相应的开放的、综合的研究方法和开阔的研究视角，体现了 20 世纪以来人文学科和社会学科趋于综合的时代潮流。影视文化研究也是这样一个不可阻挡的潮流。

实际上，理论的发展不是进化式的而是累积与叠加式的。新的理论的出现并不意味着旧有理论的消亡和退出历史舞台。我们现在不应该再有方法论上的标签式的恐惧。一切的方法只是我们的工具。这是一个批评方法融合的多元文化时代。一切都是百花齐放，为我拿来！

电视剧领域文化批评具有广阔空间的理由有如下几个方面。

其一，电视剧是以叙事为本位的艺术。“叙事”，是人类认识和表述世界与自身关系的一种基本途径，“叙”即是叙述，“叙事”事实上是指在时间和因果关系上有着联系的一系列事件的叙述或者符号化再现。

很显然，电视剧不太可能走“景观电影”的路子。在电视剧艺术中，画面的重要性要远弱于叙事、故事、戏剧性，剧作的重要性则高于导演。

实际上，电视剧与电影虽然都是视觉艺术，都是一种银幕或荧屏形象，都是时空艺术，都具有一定程度的综合性特征。但电视剧的情节可以很长，时间更占有优势，屏幕小，接受环境开放；对白可多，听觉相对来说几乎更为重要，因此电视剧主要发挥的是“窗”或镜子的功能，完成一种世俗性认同的文化意义。

电影情节则相对较短而紧凑、完整，屏幕大，接受环境封闭，对白少，视觉造型无疑更为重要，因而更多地发挥“梦”的功能，致力于让观众超验性沉醉。

而电视剧一旦以叙事为艺术本位，则在很大程度上奠定了在叙事学分析基础上进行文化研究的可能性。弗·杰姆逊曾言，“所有第三世界的本文均带有寓言性和特殊性：我们应该把这些本文当作民族寓言来阅读，特别是当对它的形式是从占主导地位的西方表达形式的机制——例如小说——上发展起来的。”① 这里其实言及的是广义的叙事性的文体，电视剧堪称首当其冲。因此，正如论者指出，我们“应对电视剧的叙事特征加以把握，西方叙事学、文学叙事学在此都提供了极为丰富的理论资源与批评工具。戏剧理论当中的戏剧冲突学说也是解剖电视剧的一个有力武器。”②

其二，电视剧是一种以大众文化性为主导的艺术门类，是一种满足观众世俗理想的“世俗神话”。就此而言，艺术形式成为一种“弱指标”。正因为艺术标准成了弱指标，那么，以审美、品位、精致、风格、韵味、整体、意义等为宗旨的形式批评、艺术批评有时就难免于“削足适履”、“南辕北辙”了。而且电视剧还是一种“弱视觉艺术”，就是说，电视剧虽然以画面为主要媒介，但声音元素、外在情节和人物的行为动作，尤其是对话语言等，都在接受交流中占有非常重要的地位（甚至有人认为电视剧与广播剧关系更为密切，是广播剧的视觉化）。

总之，电视剧以现实时空的复现，动作的真实性，时空表现的自由性为其所长，情节富于戏剧性，细节可以非常琐碎，对话可以非常冗长，节奏可以非常慢，它弱于表现心理，更不适合表现诸如个体意识、个人记忆、梦境与幻觉、心灵自传、叙事游戏等“艺术电影”、“作者电影”所擅长表现的内容，它是面向大众，是大众的、通俗化、消费型的艺术。这又使得诸如注重故事母题、主题类型、原型人物、类型人物、叙述模式、民间文化智慧等分析的文化批评大有用武之地。

其三，如前所述，电视剧具有独特的文化功能，是各种意识形态力量的交汇场。而这种隐秘委屈的冲突和交汇必然以形式、风格、叙事等因素的组合、结构、变化等为表征。可以说，在电视剧中，意识形态不仅仅是内容、题材，而且是风格、形式、叙事。也就是说，风格、形式本身就是意识形态之表现。这就是杰姆逊所谓的“形式的意识形态性”。弗·杰姆逊在《政治无意识》中指出，“在某种既定的艺术过程及其一般社会结构中，共存着不同的符号系统，它们所包含的指定信息之间的主导矛盾，就是所谓的‘形式的

① 〔美〕弗·杰姆逊：《处于跨国资本主义时代中的第三世界文学》，见张京媛主编《新历史主义与文学批评》，北京大学出版社，1993，第 235 页。

② 戴清：《电视剧审美文化研究》，中国广播电视出版社，2004，第 112 页。

意识形态'"①。按照这种方法，形式就是内容。形式化、叙事结构、类型之间的转换生成都不仅仅只具有形式风格上的意义，它还是意识形态内容重新编码的结果，是一种"政治无意识"的流露。

总之，电视剧的叙事艺术、再现艺术和时间艺术等的艺术特性以及意识形态属性决定了电视剧总是表现着或折射着复杂而微妙的种种社会关系和社会现实，从而使得叙事文本与现实文本之间构成了一种"寓言性"的关系。

所谓"寓言性"，正如弗·杰姆逊指出的："在传统的观念中，任何一个故事总是和某种思想内容相联系的。所谓寓言性就是说表面的故事总是含有另外一个隐秘的意义，希腊文的 allos（allegory）就意味着'另外'，因此故事并不是它表面所呈现的那样，其真正的意义是需要解释的。寓言的意思就是从思想观念的角度重新讲或再写一个故事。"②

然而，作为一种文化批评的重要理论话语，古老的文类"寓言"却在20世纪以来重获新生。德国新马克思主义理论家本雅明重新激活了古老的"寓言"文体，开创了一种独特的"寓言式批评"。张旭东在谈到本雅明的寓言批评时说："寓言是我们自己在这个时代所拥有的特殊文体，它意味着在这个世界上把握自身的体验并将它成形，意味着把握广阔的真实图景，并持续不断猜解存在的意义之谜，最终在一个虚构的结构里重建人的自我形象，恢复异质、被隔绝的事物之间的联系。"③ 弗·杰姆逊对一种文学艺术的"现代寓言"形式作了不少颇具洞见的论述，他指出："在西方早已丧失名誉的寓言形式曾是华兹华斯和柯尔雷基的浪漫主义反叛的目标，然而当前的文学理论却对寓言的语言结构发生了复苏的兴趣。寓言精神具有极度的断续性，充满了分裂和异质，带有与梦幻一样的解释，而不是对符号的单一的表述。它的形式超过了老牌现代主义的象征主义，甚至超过了现实主义本身，我们对寓言的传统概念认为寓言铺张渲染人物和人格化，拿一对一的相应物作比较。但是这种相应物本身就处于本文的每一个永恒的存在中而不停地演变和蜕变，使得那种对能指过程的一维看法变得复杂起来。"④ 无疑，在他看来，所谓艺

---

① 〔美〕弗·杰姆逊：《政治无意识作为社会符号行为的叙事》，纽约康奈尔大学出版社，第98～99页。

② 〔美〕弗·杰姆逊：《后现代主义与文化理论》，陕西师范大学出版社，1986，第118页。

③ 张旭东：《本雅明的意义》（本雅明《发达资本主义时代的抒情诗人》中译本序），《发达资本主义时代的抒情诗人》，三联书店，1989，第17页。

④ 〔美〕弗·杰姆逊：《处于跨国资本主义时代中的第三世界文学》，见于张京媛主编《新历史主义与文学批评》，北京大学出版社，1993，第239页。

术的寓言性指的正是一种含义蕴藉复杂的现代寓言性。

当然，从根本上说，“寓言批评”并不提供现成的、非此即彼的固定答案，它只是将问题不断地扩展和转移，甚至总是与对象之间呈现不一致，从而导致寓意的多重性和复杂性，它至多只提供阐释之一种。故而这是一种在文本分析的基础上专注于对丰富驳杂之寓言义、象征义、隐喻义、大众主体的欲望投射和想象诉求等进行分析的文化批评，是一种充分尊重接受者的“仁者见仁，智者见智”之阐释权的充满人文精神的批评方法。

循此原则，影视艺术与现实之间所构成的关系是一种寓言式的关系而非镜子或照相机式，也不是情感与容器、能指与所指的简单关系。这是一种现代寓言，题旨与本文并非一一对应的关系，而是一种以一对多，以形式或结构的有限性对寓意的无限性，因而意蕴相对于文本具有相当的超越性的关系。

毫无疑问，电视剧的艺术属性或者说审美属性——具体说来就是一种虚构性——决定了我们不能把电视剧叙事与社会、现实的关系简单地说成镜子或照相机式的机械反映论的关系。但如果我们把电视剧看做社会、人生、历史、经济基础的隐喻、寓言、象征、表象或症候等也许更为适合电视剧的特殊性。就像杰姆逊指出的那样，叙事是一种社会象征行为，是想象性地解决社会矛盾的一种意识形态表现，是以象征的方式既掩盖又解决现实中的重大矛盾。

的确，某一阶段人们喜欢某一类型的电视剧，某一电视剧作品之所以引起社会轰动，广受欢迎或备受关注都必然有深层的个人潜意识和社会的集体无意识的种种原因。也正是在这种意义上，有人不无“片面的深刻”地指出，“不是歌德创造了《浮士德》，而是浮士德创造了歌德”。

所以，通过对作为意识形态表征的电视剧的分析读解，我们可以进一步认识我们所处的当下。说到底，电视剧作为一种特殊的意识形态国家机器，是对社会、人生的矛盾做出的想象性解决，是民族、社会之核心价值观的凝聚，也是最为广泛的共同文化心理的折射与外化，正如托马斯·沙兹谈电影时说：“不论它的商业动机和美学要求是什么，电影的主要魅力和社会文化功能基本上是属于意识形态的，电影实际上在协助公众去界定那迅速演变的社会现实并找到它的意义。”① 很多电影如此，中国电视剧更是如此。

［原载《文艺争鸣》2010 年 1 月号（下半月）］

① 托马斯·沙兹：《旧好莱坞/新好莱坞：仪式、艺术与工业》，中国广播电视出版社，1992，第 353 页。

长河潜流：1978 年以来的中国抽象艺术

· 殷双喜 ·

在 1980 年代以来的中国当代艺术中，抽象艺术一直是一个持续发展的潜流。说其“潜流”是指许多艺术家在这条道路上潜心探索并取得了一定的成就，但同时也是表明抽象艺术一直没有成为显流，在全国性的重要展览中往往是作为“百花齐放”的一个平衡和补充，因为这些展览的组织者并不具有系统的抽象艺术的教育与创作背景。更重要的是，20 世纪中国艺术始终具有“文以载道”的“泛政治化”价值取向而忽略纯粹绘画语言的探索。

如果不讨论 1930 年代以上海、广州画家为主要成员的决澜社、中华独立美术协会等现代艺术团体所进行的前卫艺术活动（主要是后期印象主义、立体主义、超现实主义、野兽主义），中国内地的抽象艺术真正生发，是 20 世纪 80 年代西方现代主义潮流进入中国后的事情。伴随着“80 年代”中国前卫艺术对传统的以写实主义教育为主的学院派艺术的反省与质疑，抽象主义与抽象艺术也以一种艺术革命的形态进入中国现代艺术的行列。由于 20 世纪初期中国的前辈美术家从欧洲引入的写实教育体系已经成为中国学院美术教育的基本框架，使得人们习惯于将绘画理解成以具体的形象和图像表达某种具体观念的方式，从而将表达的内容看作绘画本身，而绘画艺术语言自身的魅力却被遮蔽了。由此，发展一种专注于纯粹绘画语言的艺术——抽象艺术，就为中国绘画的多元化生态提供了另一种新的空间与视觉欣赏的领域。

20 世纪后期中国抽象艺术的发展得益于美术理论的活跃与争鸣，特别是由于 1980 年代吴冠中对于“形式美”与“抽象美”的研究与大力提倡，通过对形式美与抽象艺术理论的身体力行，吴冠中接续了由林风眠开创的 20 世纪中国水墨画的现代性历史，在大陆美术“80 年代”向现代转型的历史进程中成为令人尊敬的先行者，并且呼应了台湾地区的五月画会刘国松等艺术家对于现代抽象艺术的积极探索。

吴冠中强调绘画的形式美和抽象美，实则是让形式服从内心表达的自由，意在具象与抽象之间，趣在写形与抒情之际，形态抽象化而格调东方化。吴冠中同时强调了抽象美与现实生活的密切关系，“尽管西方抽象派派系繁多，无论想表现空间构成或时间速度，不管是半抽象、全抽象或自称是纯理的、绝对的抽象……它们都还是来自客观物象和客观生活的，……即使非常非常之遥远，也还是脱离不了作者的生活经历和生活感受的”。①

1983 年第 1 期的《美术》杂志发表了一组“美术中‘抽象’问题研究”的专题文章，讨论抽象美与抽象艺术，何新、栗宪庭、徐书城、翟墨等人从中国古代绘画和西方现代艺术等方面对现代主义从理论和历史方面进行了探索和争论。如吴冠中所说，“抽象美在我国的传统艺术中，在建筑、雕刻、绘画及工艺等各个造型艺术领域起着普遍的、巨大的和深远的作用。我们要继承和发扬抽象美，抽象美应是造型艺术中科学研究的对象。”“要在客观物象中分析构成其美的因素，将这些形、色、虚实、节奏等等因素抽出来进行科学的分析和研究，这就是抽象美的探索。”这意味着中国美术界开始注意艺术语言自身的变革，并且开始对“文革”后出现的以写实主义为主要手段的伤痕绘画和乡土写实绘画进行反思。但由于讨论的目的是为了在中国争取抽象绘画的生存空间，而非抽象艺术语言本身，所以这场讨论并没有带来中国抽象艺术的具体成果，有学者即认为，中国抽象艺术发展的历史条件并不成熟，“如果一旦条件成熟，历史就会自然而然地产生中国式的纯粹‘抽象派’绘画，谁想禁止也是办不到的，也是唯心主义的蛮横无理。”② 由此，在一些理论家看来，抽象艺术在中国发展的历史条件不成熟，在于中国艺术界对于现实的热切关注以及强烈的批判精神，而抽象艺术被认为是一种非功利的追求纯形式与唯美主义的艺术，缺少对于复杂社会现象的表达功能。

有关“80 年代”中国抽象艺术较为全面的评述，见于 1989 年第 7 期《美术》杂志上发表的论文《超越与荒诞——中国当代抽象艺术述评》，笔者当时作为《美术》杂志的执行编辑，在该期刊发了有关抽象艺术与行为艺术的讨论文章，以及不同画种对于绘画中材料技法的探讨，意在提请艺术家在重视“画什么”的同时，也应注意“用什么画”和“怎么画”的问题。事实上，1986 年，美国表现主义画家布朗就应邀访华，在北京作了现场绘画的示范，在音乐背景下，他在巨幅画面上激情迸射的表现性挥笔行为，给中国艺术家留下了深刻的印象。而在 1988 年上海举办的第 1 届中国油画展上，我们

---

① 吴冠中：《关于抽象美》，《美术》1980 年第 10 期。
② 徐书城：《也谈抽象美》，《美术》1983 年第 1 期。

已经看到了一些比较优秀的抽象主义与表现主义的作品，其中比较突出的有于振立、周长江、葛鹏仁、孟禄丁、马路、丁方、顾黎明、洪凌等，而尚扬、健君、徐虹等艺术家也开始了以不同材料进行试验的抽象性综合艺术的探索。在北京中央美术学院和沈阳鲁迅美术学院，法国画家宾卡斯和伊维尔举办的油画材料研究班，使中国油画家注意到油画材料在语言形成中的重要作用。在杭州，法国著名华裔抽象画家赵无极在浙江美术学院举办的研究班使一批优秀的中国油画家开始了解抽象艺术的真谛。在沈阳，青年画家王易罡以极大的热情，展开了他对于抽象表现主义绘画的探索，并于 1991 年在北京举办了他的第一个抽象艺术个展。在四川，青年画家王毅一直进行着抽象艺术的实践，另一位极富才华而英年早逝的青年雕塑家朱祖德很早就开始了抽象雕塑的研究，并且已经接近了布朗库西雕塑所具有的极少主义的纯粹性。

1989 年的中国现代艺术大展上，出现了一批很有价值的抽象艺术作品，可惜由于这个展览中大量的行为艺术与偶发艺术吸引了媒体与社会公众的视线，使得“80 年代”中国新兴的抽象艺术又一次处于边缘性的地位并且在以后的 10 年间一直处于较为边缘的潜流状态。1989 年以后，随着一批重要的艺术家远走国外寻求发展，在国内的前卫艺术家，再一次以写实性的波普艺术和玩世现实主义，将艺术与现存制度的冲突作为主要的表达内容，这两类艺术受到国外艺术机构、策展人、收藏家的青睐，参加了威尼斯双年展等国际性展览，从而被西方艺术界视为中国现代艺术的主流形态，并且延续至今。这种以波普艺术为范式的中国现代艺术，将艺术与生活的界限进一步模糊，在扩展了艺术内容的同时，也稀释了艺术中的精神内涵，并且迎合了西方艺术界对于中国社会与艺术的后殖民主义想象。相比之下，前述许多中国抽象艺术家继续进行着他们的抽象艺术与表现主义艺术实践，坚定地拓展中国抽象艺术的发展道路，从而与世俗生活保持着有距离的尊严，构成了一个独特的自信、自在、自为而又开放的空间。

值得注意的是，1990 年代以来，中国画的发展，相对于“传统水墨”和“学院写实水墨”，出现了以抽象艺术语言研究为特色的“实验水墨”，出现了一批特色鲜明的实验水墨画家，他们在传统绘画的基础上，发展出具有中国特色的抽象性绘画。确切地说，90 年代的实验水墨艺术是指这样一批画家，他们以平面绘画和抽象性为标准，但是试图在传统水墨的内部寻求新的逻辑发展，而不是以西方艺术的移植和挪用来实现水墨语言的现代性转换。当然，这种抽象性涵括了某些局部的形象碎片、表现性用笔与材料拼贴，而与传统水墨画的最大的视觉差异，则是自觉地强化和呈现画面的结构与空间意识，使之上升为在局部笔墨韵味与社会性主题之上的纯粹性的语言形态，从而获得某种独立性的意义。

1990年代以来的实验水墨艺术，不仅在水墨材料与技术方面拓展了传统，而且在图像结构与符号组织方面有了新的进展。在他们的作品中，有着与传统水墨不同的空间意识和结构方式，笔墨不再作为艺术表现的中心，而是多种艺术表现方式之一，在一个更为复杂多样的语言系统中获得了新的意义。与传统水墨的抒情性、诗意化的和谐不同，实验水墨艺术家更多地采用了挪用、变异、错位、拼贴等非逻辑性的表现方式，以非叙事性的意念表达，将中国画引入一个与当代社会生存状态共存共鸣的文化语境。实验水墨画家在创作中不再营造具体的物象，转而以抽象的图式和多样化的水墨技法来实现水墨语言的现代性转换。

1990年代中期，通过学术界的争论、研究和批评，实验水墨艺术成为当代中国画中十分活跃的艺术潮流，并且进入国内外收藏家的视野，有相当多的民间资金在支持着实验水墨的创作与学术活动。相当一部分有远见的企业家、收藏家参与了中国实验水墨的早期活动与收藏。

进入21世纪，抽象艺术在中国的发展，迎来了一波新的潮流，先是从海外归来的一批艺术家，对于抽象艺术的研究与创作，给中国艺术界带来了充满活力的新气象。早期回国的许江、谭平、马路、周春芽、杨劲松，近年来回国的孟禄丁、尹齐、苏笑柏、刘永刚、张国龙、马树青、朱金石、黄拱烘等，他们对于表现主义和抽象主义绘画进行了卓有成效的积极探索，创造了不同于传统学院写实绘画的新的绘画形态。长期以写实性油画为主要展示内容的中国油画学会，也将“现代性研究”作为中国油画发展的新路径给予充分重视，并且在2008年举办了“中国现代性油画研究展”，其中包括对抽象性油画与表现性油画等现代主义绘画的研究展示。

与此同时，1980年代以来积极推进中国当代艺术的评论家如高名潞、黄专、殷双喜、李旭等都不约而同地积极推进中国当代抽象艺术的发展，并策划了一系列的重要的抽象艺术展览，发现和推出了一大批优秀的中青年抽象艺术家，在画界引起了重要的反响，并引起了欧洲艺术界的关注。近年来，中国的美术院校也引进了抽象艺术的教学，在中央美术学院油画系，建立了材料与表现工作室和实验艺术工作室。在湖北美术学院油画系，将抽象绘画引入教学，连续数次邀请德国慕尼黑美术学院教授 Jerry Zeniuke 及其研究生到校任教，系统讲授抽象绘画。鲁迅美术学院雕塑系自2001年开始，邀请韩国雕塑家到校进行抽象雕塑的教学活动，持续数年。这些活动有助于学生加深对抽象艺术的理解，更加深入地探索“纯粹”艺术语言的结构因素和表达的多种可能方式，唤起视觉经验与情感体验的自觉，认识绘画的多种可能性，进入艺术自为与自治的领域。

抽象艺术可以称为20世纪典型的艺术样式，在一个由抒情到几何倾向组成的抽象领域内，存在着许多的运动和个人观念。在工业文明时代，光学设备、复制品和插图画一直具有一种压倒一切的重要性，它使得真正的抽象艺术只是作为一种高雅的艺术现象而继续存在。尽管抽象艺术的先驱者并没有要表现出将其发展成为新的民俗文化的意向，但它在第二次世界大战后通过建筑与时装才进入了公众的日常生活中。

抽象艺术考虑有关的简化过程，特别关注视觉要素的自律性，它们内在的生殖力、构成的含义以及几何符号，各种关系通过色彩的对比被系统化地展现出来。运动中的符号不断地自我增值，它们在颤动中互相跟随着，在空间中运动，产生了变动不停的形态。现实的分解与提炼过程，成为感觉的浓缩过程，通过观念和结构形式的简化，实现作品的内在平衡。

在这一单纯化的过程中，通过简化，艺术家一方面实现个别特征的单纯化，另一方面将母题或某些真实结构变成符号，与幻觉艺术追随自然形象所受到的局限性相比，这里存在着无限的可能性。蒙德里安通过对苹果树的简化，通过不断的结构变形，使树的基本形态在抽象的结构中消失，从而成为纯粹智能性的定型符号，比例与节奏的关系成为画面的主体。一旦从模仿的桎梏中解放出来，它们便显示出作为自由元素的力量，色彩流淌出音乐的诗，线条渗透出构造的活力，画面显示出明净的广袤与辽阔，现在它们自己变成了独立的主题。抽象艺术成为个体感觉与宇宙的交融的象征。

走向抽象的另一个动机是现代知识分子的创造主权，一种高度的智能意识和纯粹的视觉元素的把握，产生了从未被认识到的构成。不同一般的语汇或新符号被普遍接受是不能在一夜之间实现的，这要经过一个缓慢的熟悉、适当的解释和历史的同化过程。

康定斯基坚信，纯粹的元素特别是色彩能够影响我们的内心体验。色彩是光的使者，是通向更高的精神层面的向导。符号逐渐失去了立体性、重力和物质性，它们变成了平面的和纯粹视觉的东西。为了简化知觉的混乱，抽象艺术家赋予画面秩序的力量，在修拉那里，事物的秩序成为一种有关抽象世界差异性的精确的视觉辨析。

抒情抽象，通过直接、活泼的绘画方式找到生活中的快乐，释放自己的压抑和苦闷。画家必须用色彩创造出一个构成它自己存在的空间，以便他人可以从中看到生命的活生生的延续和成长，就像是一个真实的存在物。这些迅速而果断的绘画动作并不缺乏内在精神的连贯性，它们总是受到一种突如其来的对整个自然的直觉感受和一种自发而本能的情感的激发，画家燃烧着一种抒发自我的强烈愿望。作为画家内在生命运动的痕迹，艺术作品中出现的这些奇妙而不可思议的符号至今仍然是一个谜，它令观众思索回味，以探索艺术的终极本质。

中国抽象艺术家对抽象美与形式语言规律的不懈研究，正是因为他们意识到“艺术形式自身的独立性”，即作为艺术语言的形式有其自身规律。这正是美国现代艺术评论家格林伯格所说的“先锋派艺术家和诗人通过把艺术局限于或提高到表现绝对来努力保持自己高水平的艺术”，“正是在这种绝对的探寻中，先锋派走向了‘抽象的’或‘非客观的’艺术和诗。”①

由此，我们可以将 1978 年以来的中国抽象艺术视为一种具有“美学前卫”的艺术，它在古典艺术与当代大众文化之间，以精英艺术与形式媒介为基础，在反对传统保守趣味与庸俗商业文化的双重斗争中确立起自己的艺术史价值。近年来，中国艺术界对“写意”精神高度重视与提倡，开始从中国传统艺术的角度研究艺术中的抽象和抽象艺术中所具有的东方美学特质。

抽象艺术的意义在于艺术家对于颜料与画布相结合的个性化的表达方式。思想的质量并不等同于绘画的质量，虽然当代艺术越来越注重观念的表述，但绘画的质量还要靠绘画来实现。抽象艺术不是为了画出一个好看的画面，而是为了转变我们对自然的感知方式，更为细腻丰富地表达当代人的内心世界。在这一过程中，中国艺术家有着更为优越的传统艺术资源，可以在写意性的表现中，将气韵生动的东方美学精神渗透到画面的结构与用笔中，超越传统的东方神秘主义，呈现出一种大气磅礴的抽象意境。换言之，在一个功利与效益至上的时代，抽象艺术使我们有可能通过对政治和商业的超越而获得人性的解放和精神的自由，是当代艺术最为珍贵和稀缺的精神状态与创作境界。

只要留心观察一下近 20 年来艺术生活的倾向，就会发现，在我们这个时代，所有的艺术形式都无法抗拒地趋向于抽象。“而今，‘抽象艺术’这一概念已经不再是一个派别，也不再是一个固定的、含义广阔的运动。我们不如把抽象主义说成是一种普遍的自然现象，是一种普遍的语言。”② 所以，我认

---

① 〔美〕克莱门特·格林伯格：《先锋派与庸俗艺术》，载《激进的美学锋芒》，周宪译，中国人民大学出版社，2003，第 191 页。

② 〔法〕米歇尔·瑟福：《抽象派绘画史》，王昭仁译，广西师范大学出版社，2002，第 21 页。

为中国绘画在当代最有发展前景的领域，是在抽象性、表现性艺术方面进行探索，而抽象性、表现性绘画与中国传统绘画最大的相通之处，就在“写意”，这是中国绘画与美学的核心，也在更高的层次上与西方艺术具有共性，可以交流。只有想一想黄宾虹的山水与莫奈晚期的《睡莲》以及德国表现主义、美国抽象表现主义的作品，我们可以看到“书写性”对于人的精神状态的表现的深厚的可能性，而“书写性”在中国文化中的精髓是“写意”、“写意”——写其大意、写其心意、写其意气、写其意象，写意的精神指向是“畅神”。

1990 年代以来，中国抽象艺术的发展力量主要在于北京与上海，这两座城市已经成为公认的中国抽象艺术重镇，而在香港、澳门和台湾，由于相对于大陆更为开放的国际化艺术环境和李仲生、刘国松、王无邪、缪鹏飞等重要抽象艺术家的推动，使得这三个地区的抽象艺术具有更为开放活跃的创作态势与多样化的艺术风格。2010 年 4 月由奥利瓦策划的《伟大的天上的抽象》展在中国美术馆展出，刘刚、谭平等 15 位艺术家参展，引起了国内艺术界的广泛争论，进一步吸引了业界的注意力，以至于有人认为，中国抽象艺术的热潮即将到来。对此，我并不乐观，我希望中国的抽象艺术保持平稳发展的势头，避免过多的外来引导和哄抬而重走泡沫之路。

（原载《艺术评论》2010 年第 11 期）

当下中国电影的市场建设与创作发展

·饶曙光·

在金融危机的大背景下，近年来中国电影的逆势上扬成为一道耀眼的风景线。但是，从人文指标、美学指标而言，中国电影仍然存在着诸多不令人满意的地方。客观地说，中国特色的电影产业化依然处于初级阶段、起始阶段。这是我们研究、分析和评价当前中国电影的一个基本前提。电影创作问题，绝不仅仅涉及创作层面，必须结合电影市场结构和体系才能得到有效分析和阐释。中国电影要“形成多类型、多品种、多样化的电影创作生产格局”，依赖于电影市场结构和体系的建设和完善，依赖于电影文化体系的建设和完善。

客观地说，中国电影近年来取得的进步和发展是巨大的。2009 年全年故事片产量达到456 部，较2008 年增长50 部，另外还生产动画片27 部，纪录片19 部，科教片52 部，电影频道节目中心供电视播映的数字电影110 部。全国城市的电影票房收入达到62.06 亿元，在2008 年票房增幅30%的基础上，2009 年度同比增幅达到42.96%。国产电影的海外销售收入27.7 亿元，全国各电影频道播放电影的收入16.89 亿元，全年电影综合效益106.65 亿元，同比增幅26.47%。2009 年全年主流市场新增影院142 家，新增银幕626 块，平均每天增加1.7 块银幕，全国主流院线银幕总计达到4723 块。与之同步发展的是电影放映数字化程度全面提升。在2009 年新建的电影院中，数字影厅达到500 多个，约占新增影厅的80%，部分影院实现了全部数字化放映。全国共有14 条院线年度票房超过亿元，比2008 年增加了4 条，有5 条院线票房突破5 亿元，其中2 条院线票房突破7 亿元。全年累计有12 部国产影片票房超过1 亿元人民币，包括《叶问》、《赤壁（下）》、《喜羊羊与灰太狼之牛气冲天》、《疯狂的赛车》、《游龙戏凤》、《大内密探灵灵狗》、《非常完美》、《建国大业》、《风声》、《三枪拍案惊奇》和《十月围城》。更重要的是，2009 年，面对《变形金刚2》、《哈利波特与混血王子》、《2012》、《阿凡达》等进口大片的强势冲击，国产电影的市场份额仍达到56.6%，连续七年超过进口影片。毫不夸张地说，这种增长幅度在中外电影史上都是罕见的。[①] 总之，仅就经济指标而言，近年来，中国电影的进步和发展是巨大的、跨越式的。在金融危机的大背景下，中国电影的逆势上扬成为一道耀眼的风景线，不仅令中国电影人振奋不已，而且也令外国电影人羡慕不已。

但是，从人文指标、美学指标而言，中国电影仍然存在着诸多令人不满意的地方，因此引发争论的激烈程度也是空前的。仅从舆论层面看，对于2009年中国电影的评价形成了尖锐对立的两极分化，各说各话，难以达成相对一致的意见。不少舆论认为，面对跨越式发展的国内电影市场，中国电影从业者并没有报之以成熟、负责的创作态度，很多进入主流院线的影片具有“娱乐至死”的倾向和强烈的商业投机色彩，尤其是大量的“山寨电影”也挤进贺岁档，使得不少人质疑中国电影业界的职业道德和价值取向。一个不争的事实是：尽管影片口碑众说纷纭，但影院观众络绎不绝，对国产电影依然充满前所未有的期待。在媒体和公众舆论中，电影成为热点话题及其所引发的巨大的争论，已成为一种独特的文化现象。这种争论，尤其是争论的两极分化所反映出来的种种问题，所显露出来的文化内涵及其意义，已经远远超出了中国电影，在很大程度上凸显了当下中国文化的诸多征兆。

一　主流电影的建构及其他

中国电影的一个基本“国情”是，尽管具有中国特色的电影产业化取得了跨越式、可持续的发展，但中国特色的电影产业化依然处于初级阶段、起始阶段。这是我们研究、分析和评价当前中国电影的一个基本前提；离开了这个基本前提，我们对现阶段中国电影的判断和得出的结论都会是脱离实际和不客观的。

换句话说，中国主流电影还处于不断建构之中，处于动态和变化之中。依据“中国特色”和“电影产业化”两个关键词，笔者曾经把现阶段中国主流电影分为国家主流电影和商业主流电影。[②] 众所周知，由于政府的强势介入和运作，主旋律电影在相当长一段时间里成为中国电影一道独特的风景线。但是，由于人物脸谱化、审美单一化、叙事模式化，广大观众产生了“审美

① 相关数据参见2010年1月14日第2、3版《中国电影报》。

② 参见饶曙光《改革开放三十年与中国主流电影建构》，载《文艺研究》2009年第1期。

疲劳”。更重要的是，多数主旋律电影只是主流意识形态、主流价值观念意义上的主流电影，而很少真正成为电影市场上的主流电影。因此，在市场化、产业化、国际化、专业化的新的语境条件下，如何把传统意义上的主旋律电影变为电影市场上的主流电影，是摆在中国所有电影人面前的一个大课题、大难题。从这个意义上说，主流电影的演变和进步是 2009 年中国电影的一个最突出的亮点。

新中国 60 年华诞，中国电影人以其赤子之心和艺术创造力奉献出了一大批风格各异、不同凡响的献礼影片，如《建国大业》、《惊天动地》、《谁主沉浮》、《沂蒙六姐妹》、《风声》、《万家灯火》、《天安门》、《铁人》、《大河》、《高考 1977》、《邓稼先》、《袁隆平》等。这些影片无论是在对历史的呈现还是人物的塑造上都突破了传统主旋律影片的思维定式和审美模式，从单纯的教化走向大众需求和日常化审美。众多真实动人的细节让观众，包括年轻的观众都产生了“陌生化”的感受，因而激发了他们的观影热情。它们最终不仅成为主流媒体上的热点话题，而且在电影市场上也成为观众追捧的对象，创造了前所未有的社会效益和经济效益的高度统一。据不完全统计，献礼影片的票房成绩累计超过 10 亿元。其中，《建国大业》集中了电影界的优质创作力量和全明星阵容，成为重要的社会文化现象，票房达到 4.2 亿元，创造了国产电影票房的新纪录。这批影片的成功，不仅为新中国 60 年华诞献上了一份厚礼，更为中国特色主流电影的创作提供了新鲜的经验，开拓了广阔道路。主流价值观、核心价值观的建构和表达是国家主流电影的根基所在，民族精神与时代精神的建构和表达是国家主流电影的底蕴和气质所在。同时，国家主流电影也必须在市场化、产业化、国际化、专业化的新的语境下实现现代化转化，按照市场规律进入电影的消费市场，通过优质资源的优化配置实现与大众需求和电影市场的有效接轨，激发观众尤其是年轻观众的观影热情，创造社会效益和经济效益的高度统一。只有这样，国家主流电影才能摆脱传统主旋律电影曾经遭遇过的困境，实现自身的可持续发展。

如何从更加现代化、更加人性化、更加大众化的角度理解民族精神和时代精神，理解主流价值观、核心价值观，也是我们必须深度思考和探索的问题。以《惊天动地》塑造的女县委书记任玥的艺术形象为例，她身上无疑体现了一种人间大爱的精神和情怀。在地震之前，她是一个女儿，甚至带点撒娇地要母亲买好她最爱吃的樱桃等她回家吃。突如其来的大地震发生了，经过短暂的惊愕后，她从废墟中站立起来并在第一时间发出了组织的声音：“我是县委书记任玥，大家听我指挥！”作为一位父母官，她义无反顾地带着大家去废墟里救人，帮助群众、组织群众自救、互救。但当解放军到来的时候，她扑到解放军怀里大哭。在她身上，一位精练能干的女干部和一个女人、女儿的柔情乃至柔弱，完美地集于一身。影片竭力表现并渲染了她为了“大家”不顾“小家”，直至母亲在废墟下面自己断了逃生的希望，也没有顾得上回家看望母亲一眼，哪怕是母亲死去的地方。作为“国家叙事”，她身上体现的精神和情怀无疑是一种超越个人的人间大爱，是可敬的。但是，从“民间叙事”的角度看，她多少显得有些“不食人间烟火”，与普通人的心理体验和道德感情有一定的距离，与“好人应该有好报”的大众愿望有一定的距离。从深层次心理学的角度看，个人的“自转”与社会的“公转”是可以有机地统一的。也就是说，个人对幸福的追求与国家、民族的共同利益也是可以有机地统一的。担当“国家叙事”的主流电影，应当花大力气、运用大智慧有效地缝合与“民间叙事”的距离，在“三贴近”的基础上进一步贴近广大普通观众的心理体验和愿望。只有这样，我们的国家主流电影和“国家叙事”才能更有效地吸引广大普通观众，尤其是年轻观众，才能更有效地找到自己新的增长点，才能更有效地开拓自己的生存空间和发展空间，最终成为市场意义上的主流电影，实现自身的可持续发展。

国家主流电影的观众意识、市场意识及其商业化运作手段和技巧都达到了一个新的高度。作为一部“大事件”电影，《建国大业》无论是艺术创作层面还是商业操作层面都显示出了大手笔。尽管《建国大业》作为一个个案空前绝后，不可复制，但无论是艺术创作层面还是商业操作层面所蕴涵的经验和智慧，依然对中国式大片的创作和运作具有多方面的启发意义。从更宏观的角度看，该片的出现是多年来电影体制改革、电影产业化推进以及中国电影在资金、技术、人才等方面的积累所带来的必然结果。《建国大业》整合了中国以及全球华语电影的资源，170 余位海内外明星不要片酬参演的现象，显示了主流电影的吸引力和感染力，也预示着中国内地正在成为全球华语电影的中心。①

如果说国家主流电影的观众意识、市场意识都在不断强化和深化，商业化运作手段和技巧都达到了一个新的高度的话，那么，主流商业电影则在主流意识形态、主流价值观的建构和表达上更加自觉、更加智慧、更加富有感召力。拥有悬疑的剧情、打着“国内首部谍战片”旗号的《风声》，巧妙地

---

① 关于影片《建国大业》的详尽分析，可参见饶曙光《〈建国大业〉启示录》，载《当代电影》2009 年第 11 期。

把“国家叙事”与商业类型叙事有机地结合起来，开拓了中国电影的类型领域和空间，对于中国电影类型发展的意义也会随时间的流逝而不断显现出来。可以说，《风声》打造了一条有中国特色的“类型化路线”、“商业化路线”。除明星云集外，《风声》在空间单一、缺乏大场面的情况下，靠悬疑的情节和叙事的智慧，营造出了紧张、引人入胜的气氛，并在人物塑造、布景、剪辑等电影本身的构成元素里体现出类型融合。其实，类型融合是包括献礼影片在内的中国电影的一个发展趋势，主要特点是在一部电影中糅进两种或两种以上类型片的叙事元素，以实现戏剧化因素和看点的最大化。同样值得称道的还有《十月围城》。它的最好创意也是最大成功之处在于巧妙地运用社会历史背景和政治背景，选择以孙中山为首的革命党人为了推翻清朝统治，抛头颅洒热血，死拼到底——以这种家国大义为影片的“戏核”，最大层面地迎合了观众的期待心理。虽然影片并没有正面描写以孙中山为首的革命党人的活动，而是将之置于影片的背景、后景，但也明白无误地为影片灌注了主流价值观和意识形态内涵，使得影片充满了一种精神力量，一种对民族、对国家、对未来光明前景的信心和信仰。换句话说，影片巧妙地借鉴和化约了大陆主流电影的“国家叙事”、“革命叙事”，并与香港电影的类型叙事、传奇叙事乃至江湖叙事有机地结合了起来。[①] 无论是《风声》还是《十月围城》都体现了主流商业电影的进步和成熟。这对于中国电影产业的可持续发展具有重要的意义：因为只有主流商业电影成熟了，中国电影市场、中国电影产业才能走向成熟。

二 电影档期及其商业化运作

中国特色的主流电影所取得的进步绝不仅仅在艺术和创作层面，而且也在商业运作层面，尤其是电影档期意识的强化、电影档期的拓展、电影品牌的建构。

当下中国电影市场最重要的电影档期是暑期档和贺岁档。2002 年，黄建新执导的《谁说我不在乎》正式打出“中国第一部暑期档娱乐片”概念，试图借鉴美国的暑期档模式。直至 2007 年，暑期档总票房超过 9 亿，成为除贺岁档之外的最重要的电影档期。2009 年暑期档票房达到 16 亿元人民币，观众人气、档期时间、影片数量和质量，都较 2008 年的暑期档取得了新的拓展。

① 参见饶曙光《中国式大片的新路》，载 2009 年 12 月 29 日《人民日报》。

但是，虽然10余部国产影片几乎占领了整个8月的档期，但却缺乏专门针对暑期档打造的大片。因此，就单片票房成绩而言，与暑期档的进口大片《飞屋环游记》、《冰河世纪3》仍有较大的差距。另外，暑期档的观众以青少年观众群体为主，而我们恰恰缺少针对青少年观众群体打造的动画片、奇幻片、励志片，这一点成为暑期档国产影片的“短板”。在美国，发展最为成熟的电影档期就是暑期档。自1975年影片《大白鲨》奠定了暑期档的基本格局以来，好莱坞历来都把当年的强势大片投放在暑期档，影片类型也丰富多样，这使暑期档票房一直领先于圣诞档，每年为美国电影市场贡献不少于三分之一的票房收入。相形之下，我国暑期档仍有较大的开掘空间和发展空间。

2009年中国电影最令人关注同时也引发了巨大争论的无疑是所谓“电影贺岁化现象”。贺岁片及其贺岁档所创造的高票房吸引了众多的电影商家纷纷创作贺岁电影，并利用各种商业手段来吸引观众的眼球，力图激发观众的观影热潮，可谓是“有条件要上，没有条件创造条件也要上”。2009年11月20日，这个被电影业界公认为黄金档期的贺岁档拉开了序幕，一直将持续到2010年2月20日，成为包括圣诞、元旦、春节在内的超长档期。贺岁档在某种程度上已经变成了贺岁季。进入贺岁档的电影类型也比过去更为丰富，甚至单看片目就令人眼花缭乱：《熊猫大侠》、《花木兰》、《刺陵》、《风云2》、《未来警察》、《三枪拍案惊奇》、《十月围城》、《喜羊羊2》、《花田喜事》、《大兵小将》、《孔子》、《苏乞儿》、《锦衣卫》、《月光宝盒》、《东风·雨》、《财神到》、《全城热恋》……据统计，2009年的贺岁档创造了超过30亿的票房。

但是，炙手可热的票房收入并没有给贺岁片带来良好的口碑，“娱乐化”、“媚俗化”、“同质化”的倾向遭到了观众和评论家的“联合”质疑，有网友甚至讥讽2009年的贺岁片是“烂片集中营”。在经济利益的驱动下，一些贺岁片用反讽、颠覆、恶搞及段子拼接等手段，为搞笑而搞笑，缺乏原创性，缺乏想象力，在快餐式消费文化浪潮的裹挟下，电影失去了其内在的叙事力量和审美价值，失去了现实感和人文内涵，成了一种地地道道的快餐文化。除了商业利益、经济利益驱动之外，也有其文化上的原因。20世纪90年代尤其是21世纪以后，“后现代主义”文化思潮悄然袭来，泛喜剧化的倾向也成为一种文化时尚。如春节晚会的小品文化对贺岁片创作产生了很大的影响。“春晚”节目中影响最大的是小品，尤其是赵本山的小品。尽管赵本山的小品的文化含量和智慧含量越来越低，但在人们的投票中依然是独占鳌头。中国人过年讲究欢乐、喜庆，一家人团聚在一起需要快乐，小品这样做理所当然，但是如果把这种小品文化变成一种常态的主流文化就有问题了，电影创作完全追随“小品化”问题就更大了。现在我国的电影院线主要集中在大城市，主要观众群体在十八岁到三十五岁之间，他们的欣赏口味在很大程度上影响了贺岁电影创作。这些观众群体对网络语言和网络文化非常热衷，这直接刺激了电影创作者的神经，在贺岁电影创作中直接加入了网络语言、网络段子等网络文化元素，以投其所好，致使贺岁片离我们生活的境遇越来越远。当然，“山寨”电影在一定程度上迎合了一部分观众的消费需求，占据了一定的市场份额，颇具商业吸引力。另一方面，由于目前国产影片的主要收入仍然依赖于票房，后续产业链还未形成，一些中小成本的影片为了尽快收回成本，不得不选择“短、平、快”的盈利模式，以规避投资风险。但是，“泛喜剧化”文化背景下为娱乐而娱乐的“山寨”电影，无论在思想文化还是审美趣味上都必定只能形成暂时繁荣的局面，终究不可能有可持续发展的长久生命力。随着中国电影市场的发展完善，电影观众的不断分层和细化，“山寨”电影也将随着市场调整而淡出历史舞台。

中国电影的档期应该说还不够丰富、不够完善，很多电影人都习惯于把自己的影片挤进贺岁档，以为那样就会成功。事实上今年的贺岁档，已经显示出这个双刃剑的作用。很多电影挤进了贺岁档，但是效果并不太好。其实我们对电影档期的认识还存在很多误区。不少片方对贺岁档期过分依赖，总是一窝蜂地将影片贴上贺岁档期的标签，却忽略了对影片有计划的商业运作和推广，致使票房收入并不理想。更重要的是，“内耗”现象十分突出和严重。按照国家广电总局电影局公布的最新数据，截至 2009 年 8 月，全国商业银幕 4408 张，这些银幕若平均分在 1616 家影院，每家影院仅 2.72 张银幕。全国多厅影院大多在 5 ~ 8 厅，据粗略估计，拥有 10 张银幕的影院在全国影院中不到 20% 。这样，数十部新片在 6 ~ 7 个厅中排片，有不少新片会因缺乏银幕空间而被牺牲掉。这也就是贺岁档期两极落差如此之大的原因。贺岁档电影扎堆，其余时间优质电影难觅踪迹，这不是电影市场的常态。与其一味地依靠贺岁档期提升票房，不如着眼于创作优质的作品来“创造档期”。也就是说，选择优质档期上映只是电影营销的一种手段，而非电影票房的保障。不顾自身内在品质而将影片贴上贺岁档、暑期档的标签，忽略了对影片有计划、有步骤、有目标的商业运作和推广，也很难取得高票房收入。优质档期不应再成为上映时间的唯一选择，优质影片也不是只能靠优质档期才能得到观众认同。只要经过准确的市场定位和运作，任何影片在任何时段都可以获得很好的回报，最关键的还是取决于影片的内在品质，并最终形成自己的品牌。仅就市场因素而言，品牌的力量要超过档期的力量，所以建构品牌无论是对于电影创作还是电影营销都是最重要的。电影品牌包含电影制作的技术含量、电影创作的艺术含量、电影发行放映的市场含量以及受众对电影产品的认知程度等。

三　电影市场体系建设及其他

电影创作的同质化现象是中国电影长期存在的一个问题，也是观众对电影不满意度最高的一个问题。对于这个问题，众多理论家和批评家都从创作角度进行了详尽的分析，但却收效甚微。其根本原因在于，在市场化、产业化、国际化、专业化的新的条件下，电影创作的面貌、格局乃至具体过程都与计划经济体制条件下相比发生了根本性的变化。因此，必须结合电影市场结构和体系进行分析和阐释。也就是说，电影创作的同质化现象不仅有创作层面的原因，更有市场层面的原因，而且后者对前者起着直接的制约作用。在推进中国特色的电影产业化的过程中，院线制代替了计划经济体制条件下的市场结构和体系。在院线制的改革和实施过程中，由于两种体制和体系的嬗变和交叉，不可避免地存在着一些盲区乃至误区。换句话说，由于院线制正在建构过程中，很多方面尚需不断完善和细化。这也在很大程度上直接影响了电影创作的格局和走向。

众所周知，院线制的优势在于“统一品牌、统一排片、统一经营”。事实上，只有在“三个统一”的前提下，院线公司才能真正降低运营成本，提高效率，从而实现利益的最大化。当下电影市场一共有三十多条院线，但全国十大院线占了78%的市场份额。其余的20多条院线只能角逐剩余的22%的市场份额，由于规模较小和管理较弱，大多无法维持运行，甚至趋于倒闭。进入全国前十名的院线，基本上处在简单的外延扩张、跑马圈地的阶段，缺乏对市场和观众的细分，也没有形成自身独有的特色和优势，不可避免地呈现出了放映上的同质化。例如，当许多大片公映时，所有院线都同时上映同一部影片，所有院线甚至将其排映时间占到每天场次的70%或80%，几乎形成全国只放映一部影片的怪现象，给人造成整个中国电影市场其实只有一条院线的印象。因此，在一些重要档期，观影者无从选择其他影片，创作者也必然为这种现象所困，被动地去适应。可以说，大量的同质化的影片“扎堆”上映，在很大程度上源于当下电影市场结构和体系存在的问题。与之相反的是，香港安乐公司旗下的三条院线，所上映的影片是保持一定差异性的，有以商业片为主、价格稍便宜的，也有以文艺片、经典影片为主，价格昂贵的。这些院线针对不同消费群体做出院线之间的区分，给消费者以更多的选择权。在美国，不同的院线公司，如同快餐中的肯德基和麦当劳，强调各自不同的品味和对电影的理解，不同类型的电影进入不同的院线，给对类型电影有不同口味的观众以差异化的选择。只有给予消费者更多选择，才能吸引他们进电影院消费；只有当各大院线不断提升核心竞争实力，实现差异化经营，中国电影市场才会得到进一步提升，才能更有利于我国电影产业平衡和长足发展。实际上，真正的“院线制”是一种成熟的电影营销手段，当前出现电影创作的“同质化现象”，原因就在于没有细分观众，也没有细分市场。其中固然有电影创作层面的原因，更有电影市场层面的原因。

同时，银幕数不足、真正意义上的多厅影院不多，也将同质化的负面效应无形中放大。可以说，中国电影院线及其银幕的建设和扩张速度都是空前的，其容量的增长也是空前的。但是，与美国将近 4 万块的银幕数相比，银幕资源仍然严重不足。在美国，每 100 万人有 130 块银幕；在法国，每 100 万人拥有 100 块银幕；在中国，每 100 万人可能只有不到 7 块的银幕。如果以人均银幕占有量（特指城镇居民）来衡量，我国远远落后于美国、法国、英国、日本等世界发达国家。即使与我们的邻居印度的 9000 多家影院、2 万多块银幕相比，其差距无论是绝对值还是人均值都是显而易见的。尽管中国的票房年总量排名已接近世界前十，但人均观影数却低于世界平均水平。根据《中国青年报》社会调查中心通过北京益派咨询有限公司和民意中国网对全国 30 个省、市、区 3008 名观众进行的一项调查显示，2009 年进影院看过 1 ~ 2 部电影的观众占 27.0%，看过 3 ~ 5 部的占 29.9%，看过 5 ~ 10 部占 17.8%，还有 12.2% 的人看过 10 部以上的电影，表示没看过的占 13.20%。与美国平均每人进电影院观看 6 ~ 7 次电影相比，中国观众进电影院观看电影的次数仍然处于很低的水平，其观影习惯仍然有待于培养和开掘，并且有较大的空间。

从地域角度看，中国电影的发展极其不平衡。据统计，北京、上海、深圳、广州四个特大城市的电影票房收入占了全国的三成以上。中国的电影市场，有所谓“三点一线”之说：上海、北京、广州和长江沿线重要城市，占据了票房的大部分市场。众多商业大片的票房收入显示，95% 以上的票房是由北京、上海、深圳、广州四个特大城市以及直辖市、省会城市和深圳、青岛、大连等沿海大城市创造的。目前我国 4000 多块银幕多集中于大城市，还有 350 座人口在 100 万左右的中等城市以及县级城市基本没有影院。我们有

3800 多座城市，但只有 224 座城市有票房记录。据笔者的调查显示，二三线城市的人群对电影，尤其是商业大片具有极大的热情，他们往往利用到大城市出差的机会去多厅影院观看商业大片，以弥补自己不能及时地享受高科技迅猛发展带来的超常的视听享受的遗憾。可以毫不夸张地说，二三线城市电影市场蕴藏的潜力是巨大的，[①] 是超乎我们的想象的。就目前的情形而言，二三线城市电影市场是整个电影市场的“短板”，但却是具有无限生命力的“长尾”[②]；只要进行科学地规划和有效地开发，就会迅速成为主流电影市场的新的增长点。前不久，国务院颁布了《关于促进电影产业繁荣发展的指导意见》，提出了 2015 年前全国城市影院建设的目标任务，并提出了政府推动与市场运作结合的措施。它提出了影院建设的目标：基本实现全国地级市、县级市和有条件县城的数字影院覆盖，2009 年至 2012 年基本完成地市级城市数字影院建设改造任务，完成部分县级城市数字影院建设改造任务；2013 年至 2015 年基本完成县级城市和有条件县城的数字影院建设改造任务。为了实现这一目标，还提出了若干具体措施，其指导思想就是政府推动与市场运作相结合。不管是发展目标还是具体措施，都是与中国特色的电影产业化依然处于初级阶段、起始阶段这样一个“国情”相适应的，因此具有极强的针对性和可操作性。可以预料，如果发展目标得以顺利实现，中国主流院线市场规模翻番就不仅仅是一个目标，而是可预见的“现实”。未来十年，中国电影银幕数量达到 1 万块，票房总收入突破 350 亿元人民币，电影产业的产值达到 1000 亿元，也不仅仅是一个规划和梦想。

中国电影要“形成多类型、多品种、多样化的电影创作生产格局”，在很大程度上依赖于电影市场结构和体系的建设和完善。可以说，中国电影市场体系建设成为当前的主要矛盾，并且已经影响到了创作层面。尽量让每一部影片尽可能收获到应有的票房，尽量使新片按市场需求频率进入市场，减少因缺乏放映空间、影片相互挤压而造成的无端浪费，既需要市场力量本身的调节，也需要政府层面的宏观规划和调控。从一个更宏观的视野看，如何让更多的国产电影有效地进入主流院线市场，有效地实现其应有的市场价值，是中国电影市场体系建设的大难题，而且是一个必须尽快解决的大难题。

中国电影市场体系建设固然重要，中国电影文化建设同样重要。我们绝

---

① 很多人把二三线或者中小城市的电影市场称为二级院线。但在笔者看来，一旦主流院线有效地整合二三线或者中小城市的电影市场，事实上就从二级院线变为了主流院线。

② 关于“长尾”理论与电影的关系，参见饶曙光《打造电影核心竞争力，维护国家文化安全》，载《当代电影》2009 年第 9 期。

对不能同意那种："未来十年，只讲市场，不讲人文，不讲思想，中国电影一定是个比较好的时间段。"① 如果按照张艺谋所说，中国电影"只讲市场，不讲人文，不讲思想"，那将会把中国电影引入另一个歧途。换句话说，中国电影在"大讲市场"的同时，必须"大讲人文，大讲思想"，大力推进电影文化建设。电影不仅仅是一种娱乐，也是一种文化，它反映整个时代的文化状态和人们的生存状态，表达人们的感情和愿望，也必然会影响观众的世界观和人生观。电影创作在贴近实际、贴近生活、贴近群众的同时，还要进一步贴近电影产业化和观众观赏快感的要求，拍出观众认同和喜欢的电影；要在娱乐的外包装下，融入丰富的文化内涵和人文内涵，对观众产生情感和思想的陶冶和净化。电影批评要建立起与中国电影产业化改革和推进实际相适应的批评话语系统，建构不同类型电影的科学评价体系和标准。如果我们不能做到这一点，就不能有效地影响电影创作，影响和说服观众，也就不能有效地发挥电影批评应有的作用。同时，还要培养观众良好的、健康的观影习惯和观影期待。只有这样，中国电影才能最终赢得广大观众，包括外国观众的信任。一方面努力巩固国产电影的市场份额；另一方面积极探索差异化的中国电影"走出去"的有效途径和手段，不断开拓海外市场。

（原载《文艺研究》2010年第6期）

---

① 引自2010年12月10日晚北京电视台"五星夜话"中张艺谋与张伟平的谈话——"三枪就是4.5亿"。

当代“巨型展览”的叙事特征和文化理想

·张苗苗·

“巨型展览”译自英文 Blockbuster Exhibition，也翻译为“热门展览”。在西方，“巨型展览时代”被认为肇始于20世纪60年代中期，“其主要特征一是展览的规模、费用与奢华程度极大膨胀，二是观众数量急剧增加”。近年来，随着中国综合国力的增强，文化、艺术领域也取得了前所未有的发展，这使得中国艺术界出现“巨型展览”频繁亮相的现象，尤其以2009年新中国成立60周年为契机，多个巨型艺术展览的集中展出构成了当前中国艺术界丰富、活跃的气象。

与西方“巨型展览”的特点有相似和不同之处：首先，中国的“巨型展览”同样吸引了大量参与的公众和广泛的社会观照；其次，这些展览植根于中国自身的文化传统，在特定时间和空间维度下生存和生长，反映中国社会发展的现实；最后，中国的巨型展览与中国的艺术发展和艺术史研究状况紧密相关，反映中国艺术传播的学术思考和学术标准，具有特定语境下的叙事特征和文化理想。“巨型展览”除了规模大、高耗资的特征之外，必然意味着更多学术研究力量的投入和较高的组织策划标准。因此，以“巨型展览”为对象审视当代中国艺术展览的状况就具有了实际的意义和实践的价值，也能够从中萃取研究艺术表达与社会现实之间关系所需的第一手资料。

一　国家叙事与历史意识

将“历史意识”注入到国家叙事中，是“巨型展览”反映本土文化的一种策略。历史承载着过去的时间和事件，与“过去的人”发生关系，当历史在特定展览语言中被转化为当下的存在用以呈现国家与民族的文化精神时，历史便与当下的语境和当代的人产生了关联。此时，当观者的记忆遭遇被转化的历史时，彼此之间就容易产生共鸣，进而展览及其作品文化意涵也就实现了由历史存在到人的记忆的流动。

在“巨型展览”中呈现历史意识有多种方式，以线性的时间线索再现某一阶段的艺术发展面貌来叙述有关这段历史的国家故事是最直接的办法。然而，再现不等于还原，再现既包括作品的“历史情境”的构建，也影射当代人的逻辑判断和时间优胜劣汰的痕迹。“向祖国汇报：新中国美术 60 年”是与历史有关的反映国家叙事的典型性展览，该展览展示了 1949 年以来中国艺术发展的历程和成果，展出的作品皆隶属于学界所称的“主流”美术的范畴，其作品选择和组成展览各部分的历史阶段的划分都体现了以国家主流文化为中心的宏大叙事方式。1949 年以来的艺术是 20 世纪中国艺术发展进程中丰富、独特的一段历史，它的特殊性在于不仅与过去紧密相连，而且自身构成了一个相对完整的可延伸至“未来”的体系。“向祖国汇报：新中国美术 60 年”遴选了新中国成立以来每个历史时期的代表性作品，当观者面对董希文的《开国大典》，伍必端、靳尚谊的《毛主席和亚非拉人民在一起》以及李可染、齐白石的那些耳熟能详的名作时，有意识的审美背后隐含的关于历史的记忆和想象被唤醒，进而通过展出的更多的作品建立与展览讲述的有关国家和民族故事相连的通道，从而使国家文化在历史与人之间的转换和漂移才有可能。

当然，在面对国家叙事的巨型展览时，观者被唤起的“记忆”和“想象”差异是由其自身不同的经历来决定的，“记忆”意味着对亲历过往历史所留下的感性经验，而“想象”则是主体由视听获得历史认知而形成的理性认识，这种有关历史的想象在主体的生长中不断地被修正和补充。《向祖国汇报：新中国美术 60 年》的重要意义在于提供了一份认识新中国美术发展史乃至社会发展史的视觉档案，让观者在对历史的想象与视觉图像的相互印证中获得新的历史关怀。该展览对新中国成立以来国画、油画、版画、雕塑、壁画、连环画、漫画、宣传画等多个画种的全面展示，简化了曲折、复杂的历史变迁，提纲挈领地再现了新中国美术发展的历程，从中既可以看到中国画 1950 年代将西方引进的写实主义传统开始与传统文人画路线的结合、1980 年代中国画领域出现的“分离诸型”乃至当代以来的实验水墨的不同面貌，又可以看到油画经历民族化、伤痕美术、乡土写实主义以及“85”新潮美术和当代去英雄主义的个性经验抒写的过程。尽管这种对美术历史的描述和描述方式并不能最大限度地将作品本身与历史现实的关系展开来，也没有针对性深入思考国家政治如何介入艺术发展，在这方面，西方的兴趣和相关研究显然比国内要多，早在 1980 年代，美国学者安雅兰就出版了题为《中华人民共和国的画家与政治》一书，对新中国政体与文艺方针之间的关系进行了剖析。展览的意义在于为了解新中国成立以来美术变迁的轨迹提供了一个“症候性”的文本。

以国家叙事为主的“巨型展览”的主要特征是展示以积极姿态反映现实的作品。至于展览本身对历史的观照除了以时间线索再现历史，通过历史的重构反映当代的文化逻辑也是在国家叙事中体现历史意识的途径。《国家重大历史题材创作工程》展览便是通过重构历史来叙述国家和民族发展历程的案例。该展览的定位是“旨在弘扬中国人民在争取民族解放和社会进步的历史进程中所表现出来的以爱国主义为核心的伟大民族精神和以改革开放为核心的时代精神，用艺术的方式塑造国家和民族的形象，充分发挥艺术在爱国主义、革命传统和改革开放教育中的作用……”，这首先指明了国家叙事的姿态。另外，展出作品的特殊实现方式则表明了一种独特的以历史介入当下的方式。在该展览中，历史成为有目的地被艺术再现的对象，成为当下存在的“被历史”。展览叙事的意义在于“将一些看起来分散孤立的单个事件，用想象力相互连接，使事件，真相作出可被理解的解释。艺术家将想象中的历史画出来，观众根据自己感知的历史进行真伪评价。”例如在许江、孙景刚、崔小冬、邬大勇合作的《1937·12 南京》（油画）中，宏大的构图完全打破了传统写实性的表现方式，除了近处简单交代了主要事件，占据画面更大分量的是中景中黑黝黝的人坑和远景中呈现的那弥漫着恐怖和悲凉的色彩。画家根据自己对历史的理解塑造了存在于我们眼前的历史氛围，也许画面并不“真实”，在这个展览中却具有了真实的当下的历史价值。

在这个展览中，重构的历史和作品文本的并置在某种程度上实现了社会现实、现实历时态和共时态的统一，也影射出新中国成立以来的精神风貌，时代氛围以及占据主流位置的思维、表达方式。

二　地域特征与多元面貌

进入 20 世纪末以来，美术史的研究开始从平面的、纯粹的图像研究向“实物”研究转变，这种转变直接指向对作品本身的回归。但是，这里的“回归”不是绝对地回归作品的内容、主题或意义，而是一种面对艺术品的新的态度，也即是把艺术品产生、展示甚至传播的本原情境纳入研究的视野。在这种学术思潮的影响下，艺术品展出的方式和场所也成为关注的重点。逆向考察这种学术界的变化可以发现，研究方向的转变是由研究对象本身的变化引起的。展览具足鲜明的地域性是当前“巨型展览”的叙事特征之一，其产生的原因固然有着复杂的社会渊源，但更重要的是，“巨型展览”如何将叙事落脚在地域特征上，在不同地域的展览中隐喻着怎样的文化意涵和文化理想。

在中国本土，最具有地域特征的“巨型展览”莫过于近年来各地频繁出现的双年展或三年展，它们是推动当代中国艺术在多样体制下运行的重要力量，也是反映地区文化发展水平的重要表征。以上海双年展为例，尽管从1996 年开始，题为“开放的空间”的第一届展览就已举办，但从 2000 年的第三届上海双年展“海上·上海”开始才能以“巨型展览”被度量，这次展览明确了上海双年展基于上海的城市环境和文化氛围展开叙事的姿态，并表达了通过国际化的“巨型展览”来提升城市文化水平和构筑都市人文景观的意愿。而后的几次展览都以上海与“都市”为关键词，“都市营造”体现都市化进程中的城市环境和社会景观，“影像生存”和“超设计”是以“影像”和“设计”作为切入点，探讨都市文化的新趋向和新形式。而“快成快客”则聚焦于都市中的“人”及其“人”的生存状态和生存方式。以这种视角来审视广州三年展、成都双年展以及各地多种形式的“巨型展览”可以发现，展览面貌的差异性并不单是展览内容、展览主题抑或展示方式的不同，而是“此时此地”的情境引发根本属性不同的文化思考。即便是相同的作品也因为展览情境的改变而扮演着不同的角色，有意味的是，那些相同的作品往往使得各地不同的展览具有了模糊的、不可定义的同一性，这种同一性似乎是无数圆环的部分相交，它存在的意义是将彼此紧密联系在一起，因为相互的存在才具有了完整、丰富的面貌。具有鲜明地域特征的“巨型展览”正是因为它们相互联系又各自独立的状况构成了如今中国艺术生动、多元的面貌。

“巨型展览”的地域性特征对于构筑当代文化生态的理想具有双重意义：其一，以多样的地域性构筑“中国特色”的具有同一性的艺术面貌；其二，以不同的角度和方式引导多元艺术潮流，即“多样性”本身成为特征。

三　日常叙事与审美

日常叙事是当前大多数以“中国当代艺术”为展示重点的巨型展览的主要方式，其叙事的内容可概括为四个方面：都市化奇观、新媒体时代、卡通美学和底层观照。“巨型展览”的叙事或者将多样的现实在广泛的视野中展开进而构成完整的谱系，或者以某一方面为主题作深入的探索，或者通过新的创作成果与西方艺术的比较展示来强化其“中国特色”。“巨型展览”的日常叙事不再是笼统的概括，日常指示了与中国社会环境、文化及人性存在相关的多个方面的现实，这种叙事方式与文学作品的书写具有相似之处，只是视觉展示比文字能够更直观、更深刻传达作品的含义。

都市化进程是中国当代社会发展最显著的特征，它不仅带来了城市景观与现实生活的巨大变化，也引发人们对生活和现实新的关怀。因此，“都市化”成为巨型当代艺术展览在阐释中国现实时必不可少的内容。《都市中——中国当代艺术选展》直接以“都市”为题，作品既包括都市化景观的呈现，也有对都市生存方式的反思以及都市化背景下人的个性经验的描绘。在以都市为主题的展览或“巨型展览”中反映都市变迁的部分，一批围绕都市进行创作的作品，如翁奋的《骑墙》、徐晓燕的《移动的风景》系列、刘庆和的《流星雨》、吕胜中的《山水书房》、展望的《都市山水》以及缪晓春的《虚拟最后的审判》是经常性的组合，它们分别代表了都市环境的变迁、都市化的生存方式、当代文化，这些因素共同构成了新的社会和人文环境下的日常叙事。

如果说都市化的社会变迁是人类进步的必然经历，那么信息和图像的革命则是时代进步的必然产物。信息时代和新图像科技的发展带来了以新媒体技术为创作手段的艺术形式，这使得以新媒体艺术为展示重点的“巨型展览”成为一种新的现实。同时，这又是在消费文化和艺术走向大众化的双重刺激下产生新的艺术表达方式，体现了艺术与社会之间的微妙且敏感的联系。“合成时代——国际新媒体艺术展”及其延续性的展览“延时”确立了新媒体的想象视野作为书写中国当代现实的组成部分，尽管本次展览包含了大部分的国际新媒体艺术作品，但展览的意义更在于其叙事特征如何具有新的意义。这次展览在学术价值和现实意义两个方面都得到了广泛肯定，也提示了新媒体艺术成为展览叙事的重要组成部分。

“信息时代的到来使得中国的文化传播与接受发生了重大的变化，互联网的发达、电子媒介的无所不在使得图像信息广泛地渗透到人们日常生活的每个空间，潜移默化地改变了人们的审美方式，特别是视觉阅读的方式。现代电子媒介空间化传播的结果是取消了经典和文化传统赖以生存的时间性条件，使视觉图像在互动性和大众化的平台上迅速覆盖社会，不断地制造轰动和新潮。”在都市变迁和新媒体的多重因素影响下，以卡通美学为代表的新艺术类型成为又一种具有明显当代特征的现实存在。这些作品以其独有的调侃和游戏现实的属性被纳入当代艺术的巨型展览中。在《讲述·海峡两岸当代艺术展》、《面向现实：中国当代艺术选展》中都包含了以卡通美学为特征的作品。

除了如上诸多活跃的、生动的现实之外，当代“巨型展览”日常叙事的另一个重要变化是“底层书写”的合法化。很长时间以来，关于中国底层现实的论述一直未能在客观、真实的层面上展开，在文学界，从20世纪90年代开始，“底层”被现当代研究者发现并引起高度关注，在美术界，尤其是展览叙事中对底层观照的变化则是最近的事情，这主要表现在“巨型展览”中频繁出现的以农民、矿工以及其他底层人形象为主体的作品，展览中反映“底层现实”的作品通常采用写实技法或Video的形式，目的是再现“底层”的“实体性真实”。2006年中国美术馆举办的题为“农民·农民”的“巨型展览”是首次以“农民”为主题的叙述，也开启了当代中国展览中“底层书写”新局面。现实与艺术之间的生动关系让“巨型展览”的现实叙事总是充满新颖的内容，但是在展览与艺术同样跌入日常写实中时，日常叙事就容易成为“喋喋不休”的“唠叨话语”或者是简单的流水记录。当前中国的“巨型展览”在深入叙事内部挖掘审美属性的努力上仍然不够。艺术传播中的日常叙事要摆脱单向度的直线叙事，“以多样态呈现和立体构思”将日常碎片营造为“瞬间审美”的视觉景观，那是一种与本土文化相关的太虚幻境，而不仅仅是“人生之态，社会之奇”。

国家叙事、地域特征和日常叙事指向了方式与方法，历史意识、多元面貌、日常审美涉及了对未来可能性意义与价值充满期待的文化理想。叙事与理想之间就好像一段宿世的因缘，其因果的轮回跨越时间和空间。“巨型展览”展示的那些片段，不仅是记录艺术线性发展历程的图像资料，更是构成历史想象和文化象征的基石，这是展览叙事可延续性和可持续生存的需要，否则就会成为虚无缥缈的寓言写作。此外，“巨型展览”作为反映社会语境的文本要被纳入研究的视野，如此，文本与文本之间才能形成对话机制，最终形成“巨型展览”表征现实的良性循环。“巨型展览”的叙事丰富多变，以上只是抽取一部分作为样本进行解析，重要的是要从叙事中明确“巨型展览”于当代文化建构的意义，尤其是如何通过其叙事深入文化的内部，使得展览能够成为有“质感”的文化存在，从而具有更深刻的价值。

［原载《文艺争鸣》2010年2月号（下半月）］

“现实”如何重归当代戏剧

·傅　谨·

多年来，我们经常看到和听到媒体、文艺理论界乃至于社会公众的诉求与呼吁，要求文学艺术面向现实、反映现实，关注现实题材，要求当代文学艺术创作与现实之间能够建立更为密切的关联。在戏剧界，尤其是面对那些有悠久历史传统的戏曲剧种，有关创作、演出与现实之间的关系，也往往成为批评家们经常提及的话题。然而，在人们强调艺术必须密切与现实生活的联系的同时，京剧却几乎是一个例外，它是传统戏剧乃至于艺术领域一个有特殊价值的样本，近几十年，京剧与现实生活以及现实题材之间的关系，是最具争议的话题。

艺术是人类精神世界领域中最重要的创造性活动之一，它始终关乎人们身处现实世界的精神向度，从来都与现实的人类生存及生活密切相关。艺术创作关注现实的必要性与合理性，本无须置疑，所以，当艺术和现实的关系一次又一次被提起时，我们首先应该思考的是，它何以会成为一个问题。艺术和现实的关系为什么会成为一个问题？这是我们在严肃认真地讨论艺术与现实的关系时，首先要厘清的背景。可以想象的是，戏剧与现实关系之所以被频频提出，恰恰是因为在戏剧艺术和现实生活的关系上，出现了超越常态的现象，如果我们可以把京剧看成一个有趣的样本，那就可以窥见其实质。

选择京剧为样本，不是由于人们对京剧与现实生活的关系的普遍认同，恰恰相反，至少在中国戏曲界，长期以来存在着一个非常流行的观点，人们谈到戏曲的题材，尤其是谈到像京剧之类历史悠久、表演手段独特、传统剧目丰富的剧种的题材选择时，有一个观点得到非常普遍的认同——人们觉得像戏曲这样的传统艺术，尤其是京剧这类剧种，它们和现实生活题材之间，原本就应该保持一定的距离，似乎这些剧种与现实生活题材之间天然地就应该是相互脱节的。然而就像大多数流行观念一样，这样的流行观念也不像它表现所显示的那样可以经得起学理的追求与逻辑的推敲。其实我们满可以严肃地追问，以京剧为代表的传统戏曲，它们和现实生活之间真的应该有距离吗？这种距离是由这种艺术类型的特殊性所先天地决定的吗？或者说，戏曲，尤其是京剧、昆曲、秦腔、川剧、粤剧、豫剧和晋剧等有较长历史的剧种，它们真的应该或不得不和现实生活、现实题材保持足够的距离吗？其实，如果我们仔细重新检视戏剧发展的历史，结论并非如此简明且毋庸置疑。

许多人误以为中国戏剧自古以来就擅长于表现历史题材，其实完全不是这样。中国戏剧成熟形态的出现距今已近千年，应该看到，中国戏剧一千年左右的历史进程中，戏剧创作与演出和它们所处时代的当下现实生活，关系始终是非常密切的。戏曲始于宋代，有关宋代梁山好汉起义的传说，当时就已经被说书先生们广泛传播，同样，包拯也是宋代一位极具传奇色彩的官员，虽然没有确切的证据说明梁山故事与包拯的形象在宋代就被搬上戏曲舞台，但是完全可以肯定的是，就在宋亡之后不久的元初，梁山与包拯题材的戏曲剧目已经相当多见，而且无论是梁山英雄还是那位本来并没有多少传奇色彩的包拯，都已经被高度传奇化了；如果以其传奇化的程度论，恐怕不是一日之功，因此，要由此推断类似的题材在宋代就已经出现在舞台上，并非没有可能。入元以后更是如此，关汉卿是中国戏剧史上最重要的剧作家，他写的很多剧目取材于他所处时代的日常生活，比如《窦娥冤》。我们无论是读《元曲选》还是读《元刊本三十种》，从中都可以看到不少元代题材的剧目。在明清传奇剧作中，现实题材剧目同样很多，即以有清一代为例，孔尚任的《桃花扇》、李玉的《五人义》都是其中的佼佼者；根据清代历史档案所载，两淮盐政伊龄阿呈给乾隆皇帝的奏章描述当时江南苏、扬一带的戏剧演出，“所演戏出，率由小说鼓词，亦间有扮演南宋、元明事涉本朝，或竟用本朝服色者”，① 如以当朝廉吏于成龙为主角的《红门寺》，就是这里所说的“用本朝服色”的剧目之一，当时的民间戏班多有演出，从秦腔到京剧，传播范围甚广；在清代就已经被改编成多部戏曲作品的《施公案》，就是清代的本朝人物事迹的演绎，足见有清一代的戏剧家们，并不曾拒绝现实题材的剧目。可见，从戏曲发源的宋、元年代起，戏剧家们从来就没有刻意地回避当下的现实题材，而且因此留下了诸多经典。

进一步说，现实题材对中国戏剧整体发展始终是非常重要的，进入民国之后，现实题材的剧目，甚至还成为城市化初期演出市场迅速繁荣的重要

① 原文藏第一历史档案馆，引见朱家溍、丁汝芹《清代内廷演剧始末考》，中国书店，2007，第58页。

动力。

不仅仅是像评剧这类新生的剧种，经常取现实题材以号召观众，以清中叶才发育成熟的京剧为例，京剧发展的整个过程，始终都和当时的现实生活保持着密切联系。京剧发展最迅速、演出市场最兴盛的时代，应该数19世纪后期到20世纪初期为最；这时正处清末，而表现当时的现实题材的所谓"清装戏"，就已经大量出现。如果我们要为京剧的繁荣与现实题材之关系寻找一个最显要的标志，那就是在上海，太平天国战乱还没有完全结束的时候，京剧舞台上就已经出现太平天国题材的"清装戏"。这类太平天国题材剧目一面世就受到广泛的欢迎，比如最近被改编成电影《投名状》的清末四大奇案之一"张文祥刺马"案，在当时就已经是上海很受欢迎的京剧新剧目，而且它还被更多的剧种编演，同样深受欢迎；此外，包括《铁公鸡》、《左公平西》等一批太平天国题材的剧目都在大量的演出，并且成为激发戏剧演出市场繁荣发展的重要因素；反清的革命党人徐锡麟和秋瑾相继就义，歌颂他们事迹的新创剧目，也在上海和周边地区搬演，以秋瑾为主人公的剧目更是层出不穷，它们都是比较有影响的清装戏。在这个意义上说，虽然京剧初兴时，多数剧目都从昆曲、弋腔和徽戏、汉剧等乱弹剧种接纳而来，其中确实以历史题材为主，但至少从清装戏的出现看，京剧从它最初发展的时代，并不排斥当下题材；比太平天国题材更早的，是上海丹桂茶园于光绪十三年（1887年）上演的新戏《火烧第一楼》，它甚至还由于涉及时事，引起事主不满而不得不中途辍演。

进入民国之后，更是如此。在民国期间，上海京剧市场上票房最好的剧目不是那些经典的传统戏，而是一部名为《枪毙阎瑞生》（或名《阎瑞生》）的时装戏。它虽然没有成为京剧界的保留剧目，文本以及具体的情节安排早就已经不再为人们提起，甚至连京剧行内的人士也忘却了它曾经的存在与辉煌，要从文学上去评价它的优劣，也已经没有多少意义。可一个令人无法回避的事实是，它是京剧史上，或许还是现代戏剧史上市场营销最为成功的剧目，是京剧史上观众反响最为强烈的题材。从1920年代直到1950年代初，上海经常有数个剧场同时在上演这一题材的剧目，以它刚刚出现在舞台上的1920年代初为例，在演出经营最好的某个剧场里，这一部戏甚至连演一年多。它的内容平淡无奇，故事说的是1920年上海发生的一桩凶杀案，游手好闲的洋行职员阎瑞生伙同几个社会上的无赖谋杀了一个普通的妓女。案件既不复杂，也谈不上有多耸动，官府迅速侦破了案件，抓获了主凶阎瑞生，然而就在这桩案件还在法庭审判时，就有戏剧家将它搬上了京剧舞台；最后案件审结，阎瑞生被枪毙，上海戏剧界更掀起一阵阎瑞生热。在各剧种竞相上演同一题材的剧目，而最成功的就是京剧版本的《枪毙阎瑞生》。其实不仅当时的上海，几乎所有剧种都上演过这一题材的剧目，包括沪剧、淮剧、扬剧、锡剧、越剧和滑稽戏、文明戏等等，而且在此以后的数十年里，每个剧种上演的阎瑞生题材剧目都非常受欢迎；上海一地在长达数十年的时间段里，经常有不止一个剧院在上演这一题材的剧目，使之成为上海戏剧舞台的一道奇特的景观，同时它也成为全国各地、各城市的剧院普遍欢迎的剧目。民国年间的上海戏剧市场上，每年、每个剧种都陆续出现大量的现实题材新剧目，除阎瑞生案件外，许多社会新闻，像上海滩上身份低微的黄慧如与陆根如的婚姻悲剧等，都是那个时代戏剧舞台上备受欢迎的题材。[①]《阎瑞生》并非这类剧目的首创，远在 1887 年，上海留春园就曾经上演《现世报》（又名《任顺福杀人放火》），根据当时的报纸广告，这出戏的内容就取自“往年上海任顺福杀人放火一案”。[②]

其实不仅是上海的京剧市场上现实题材始终受宠，众所周知，梅兰芳在民国初年的北京就编演过《一缕麻》、《孽海波澜》之类很贴近当时现实的剧目，虽然今天看来这些剧目并不很成功，在艺术上不算很成熟，可是我们仍然可以从中得出结论，那个时代即使是像梅兰芳这样以表演经典剧目享誉的京剧表演艺术家，也不会刻意地排斥当下题材，他们似乎从未像后来的京剧理论家们那样，坚持认为以京剧这种传统的艺术表演样式编演现代题材剧目会有什么问题。从清末到民国，京剧艺术家们不仅根本不认为用京剧的形式表现新的现实题材有什么障碍和困难，而且更有意思的是，现实题材始终被当时的艺术家或剧场经营者们看成可用以赢得观众的非常重要的手段；且这类剧目在当时，确实因其贴近观众的生活内容而有相当的票房号召力。

综上所述，从历史的情况看，现实生活中发生的事件，无论是《阎瑞生》还是《铁公鸡》都不是戏曲表现的禁区，都不是戏剧艺术家们试图回避的题材。可是从什么时候开始，艺术家以及戏剧理论家们觉得现实题材是京剧表现领域的困惑？其实，只有从 1950 年代开始，戏曲尤其是京剧与现实题材的

---

① 确实，如果我们翻检各种有关京剧剧目的工具书，比如收录京剧剧目最全的陶君如编著《京剧剧目初探》（上海文化出版社初版于 1957 年，中国戏剧出版社于 1963 年增订再版，1983 年第 3 次印刷），仅收民国故事戏 11 部，并且特别说明，“民国故事戏，搜集不够多。大多亦据实事改编”，见该书第 396 页。但如果查询当时的报刊如《申报》的广告，就可以看到，实有太多当时题材的京剧新剧目渐次上演。

② 引自林幸慧《由申报戏曲广告看上海京剧发展》，台北，里仁书局，2008，第 438 页。

关系，才被特别提出。我想用一个旁证进一步回答这个疑问。

1950 年底，全国戏曲工作会议召开期间，专门安排了一次连续两天的演出座谈会，在会上著名导演阿甲提出，这次会议要解决京剧等剧种“不能反映现实生活的问题”，他激烈地反驳当时文化部门的一些领导以及艺术家、理论家提出的一个很著名的观点，即后来所称的“分工论”，所谓“分工论”的意思是，虽然政府十分强调现实题材新剧目的创作演出的意义，但是这一功能最好是由评剧、沪剧、越剧等发展时代较短，甚至还不够成熟的剧种去实现，至于像京剧、昆曲等历史悠久、表现手法成熟的剧种，就可以允许它们以演历史题材为主，不同剧种之间，可以有这样的“分工”。“分工论”似乎包含了这样的潜台词——像评剧、沪剧、越剧之类剧种，没有多少积累，在美学上也不够重要，让他们演一些现实题材，对剧种造成的伤害，不会影响到戏曲的整体价值，至于京剧之类，就应该给他们以更多的保护，放它们一马。在会议上，这位后来担任过京剧“样板戏”《红灯记》导演并且因此遭受厄运的阿甲先生，义正词严地批评了这种观点，他直言道，“周扬同志也说过，京戏比起地方戏精致一些，艺术性高一些，因此表现现实生活比较困难。我认为这在理论上说不过去。表现现实性的，就不需要较高的艺术形式了吗？”[①] 他坚持认为京剧没有理由回避编演现实题材，明确反对“分工论”。

复述这段几乎没有被当代戏剧史家所关注过的逸事，只是为了说明，在 1950 年代初，戏曲尤其是京剧能不能反映现实生活，突然成为一个问题，突然有一批艺术家们提出不应该让京剧这类传统戏曲剧种去表现现实生活，他们觉得创作演出现实题材的作品似乎不见得是件好事，所以想方设法要加以躲避。如同阿甲的反对意见所说的那样，“分工论”“在理论上说不过去”，它当然没有什么学理的基础，时至今日，仍可以明确地指出，这个后来普遍流行的观点并没有多少理论与实践上的依据。如前所述，在中国戏剧史上，现实生活题材的创作演出从来没有妨碍过戏曲的表达与发展；但是比这种观点的学理基础更重要的是，既然这一观点一经提出就被普遍接受，我们就需要深刻理解与领会，为什么在 1950 年代初有那么多传统戏剧的表演艺术家不约而同地赞同“分工论”，并且很迅速地就普遍接受了这一明显缺乏史实与理论支撑的观点。

历史很快就告诉我们，“分工论”的倡导者是多么具有先见之明。宋元以来，没有任何一届政府曾经关注过戏剧的题材，然而 1949 年以后，政府文化

---

① 文化部档案，案卷号：戏曲改进局 1950 年（1 号）。

部门却开始有意识地大力推动现代戏的创作演出，推动传统的戏剧样式反映现实生活。这一鲜明的文化政策，其结果是如此立竿见影，以至于我们看到，从 1949 年直到 1980 年代，每个历史时期，只要现代戏的创作演出在戏剧舞台上占据了优势地位，戏剧整个行业的总体票房就呈现出萎缩的趋势，观众就离开戏剧，剧团与艺人的收入就下降。从 1950 年代初，政府就开始推动现代戏创作，《白毛女》、《九件衣》等延安时代创作的新编现实题材剧目在全国各地普遍上演，同时大量的传统剧目则受禁演或限制上演，现代题材剧目演出比例相对较高，剧团经营与艺人生活就陷入困境，直到 1955 ~ 1957 年，政府调整剧目政策，开放传统剧目，允许大量传统戏重归舞台，戏剧市场才重新复苏；可惜经历 1957 年的“反右”，政府文化部门被卷入社会整体的“大跃进”运动，是否提倡与鼓励现代题材剧目创作演出，也被渲染上浓厚的政治色彩，1958 年 6 月至 7 月，文化部专门召开“全国戏曲表现现代生活座谈会”，副部长刘芝明在会议的总结发言中提出了“鼓足干劲，破迷信，苦战三年，争取在大多数的剧种和剧团的上演剧目中，现代剧目的比例分别达到 20% 至 50%”[①] 的口号，于是，中国戏剧市场又陷入低谷。1961 年这一政策中止执行，传统戏又获得重视，戏剧市场得到一段短暂的喘息机会，1964 年的“全国京剧现代戏会演”之后，传统戏受到力度前所未有的全面打压，戏剧市场重现萧条。直到新时期，传统剧目才回到舞台，戏剧市场以一种报复性的姿态复苏，可惜时间太短，对“传统剧目占据舞台”、“老演老戏”的严厉批评再一次响起，于是我们又一次听到戏剧危机的哀鸣。

数十年来，令我们不得不严肃对待的事实是，那些强调戏剧必须关注现实才能获得观众承认的理论，在当代戏剧发展的实际面前，不仅得不到印证，反而尴尬地显得与实际情况完全背道而驰；因此，要求戏剧家们注重现实题材的呼吁与号召之所以屡屡碰壁，那是由于演出市场明摆着的铁的事实，时时在警醒人们，让艺人们不得不为了生存着想而寻找对策。我们不得不佩服 1950 年代初提出“分工论”的京剧艺术家们的直觉，他们当时的判断是如此之准确，仿佛在当时就预见到推动与鼓励现代题材剧目创作演出的政策可能带来的结果；因而，真正需要考虑的，不是“分工论”在理论与实践上如何地不周延，而是基于艺人的立场去探寻这一观念的合理性，在他们看来，“分

① 刘芝明：《为创造社会主义的民族的新戏曲而努力——1958 年 7 月 14 日在戏曲表现现代生活座谈会上的总结发言》，《中国戏曲志 · 北京卷》，中国 ISBN 中心，1999，第 1453 ~ 1454 页。

工论"或许可以让京剧等历史悠久的传统剧种逃脱厄运的借口与托词，所以它一经提出，就迅速获得广泛认同，几乎形成共识。

所以我们就需要探讨，"分工论"除字面上的意思以外，其背后究竟暗含了一些怎样的内容，如果说从艺人的立场看他们是希望通过"分工论"有所回避，那么他们想回避的究竟是什么。既然戏剧与现实的关系在中国戏曲的悠久发展历史上从来都不是一个问题，我们就必须认真地剖析，为什么在1950年代初它成了一个问题；既然将戏曲与现实割裂甚至对立起来的观点与戏剧史的实际并不吻合，与戏剧规律也并不吻合，那么，为什么1950年代初，戏曲艺术家们为什么会本能地要拒斥现实题材，而且看起来这种拒斥一时得到那么多人自发地拥戴。几乎可以认定，一定是因为在那个特定年代，戏剧与现实的关系中出现了另外一些超越其表面意义的更复杂的因素，或者说，京剧艺术家们想要通过"分工论"去回避的，恐怕不仅仅是"现实题材"本身，更是由于政府在推动与强调现实题材剧目创作与演出时，在这个口号下面还附加了、包裹了更多、更复杂的、令艺人们有所忌惮的内涵。

确实如此，回到1950年代初，我们不难看到，当时的政府在推动戏剧创作与演出表现现实题材的剧目，试图在戏剧与现实之间建立更紧密的关系时，这里使用的"现实生活"这一概念，其意绝不单纯，它不是一个纯粹的"题材"概念，其实更重要的是，在题材选择的表象后面，更重要也更被强调的，是要艺人和剧团通过特定题材的剧目创作与演出，宣教特定意识形态内涵，在这里，意识形态的重要性，实际上远远超过了题材本身的重要性；或者更准确地说，在题材选择的强调的背后，真正具有实质性的诉求，更在政治意识形态层面。事实上，从延安时代以来，艺术与现实的关系，就与政治意识形态的宣传功能紧密联系在一起了，反过来说，要求艺术家们用艺术为工具，为特定意识形态作宣传的诉求，经常通过"反映现实生活"这种似乎只涉及艺术之题材选择的、更显隐晦与中性的方式得以间接地表达，在这个意义上说，有关戏剧与现实关系的强调，从来就不单纯是戏剧家们题材选择方面的问题，甚至主要不是题材问题。

因此，当1950年代初的京剧艺术家们试图以"分工论"回避现实题材剧目时，事实上他们想要回避的，未必是现实题材本身，而是被现实题材剧目的创作演出遮掩了的对戏曲的宣传教育功能要求。一定是当时的京剧艺术家们直觉地意识到对现实题材的强调与推动背后浓烈的"工具论"色彩，将令他们的戏曲传统表现手法乃至于他们的生存方式面临着无法把握的巨大的风险。也就是说，用"分工论"拒绝"现实"题材，在1950年代以来的传统艺术家们那里，更像是他们一种反抗的姿态。确实，几十年来，当主流意识形态强调艺术要接近现实、表现现实题材时，事实上其背后真实的语义，是希望艺术用一种特殊的方式为现实服务，为现实政治服务，甚至像“文化大革命”时期我们所看到的那样去为政治家们的权力斗争服务。对“现实”这种非常之狭隘的理解，不仅给当代戏剧带来灾难性的后果，而且还给许多戏剧艺术家个人带来厄运，讽刺却又引人深思的是，那位曾经理直气壮地批评“分工论”的阿甲导演，就是因导演为现实服务的京剧《红灯记》而受迫害，死于非命。正因为所谓“现实题材”被高度意识形态化和政治化了，如何处理这类题材，往往比起是否触及这类题材更为重要，因此现实题材实际上成为比起历史题材更具政治风险的创作与演出内容。从延安时期直到 1970 年代末，因现实题材创作与演出而遭受政治迫害厄运的戏剧艺术家，一点也不比那些创作与表现传统历史题材的艺术家少。而且，让戏剧艺术陷入“工具论”为它所规定的狭隘功能，为这样的目标所创作与演出的作品，当然不一定符合普通民众的欣赏习惯与趣味，而且也不一定符合戏剧艺术的表现特点，对于京剧乃至于戏曲整体上的发展，都不是令人鼓舞的策略。而且，诚然，传统艺术家们是在用“分工论”这种很柔软的方式与之相抵抗，虽然不免消极，可是仍然不失为一种抵抗。这种反抗的姿态之所以迅速得到戏剧艺术家们广泛认同，恰恰是由于它符合戏剧艺术家以及戏曲行业多数从业人员的切身利益。

因此，我们无数次地强调要重新认识现实和文艺的关系，鼓励戏曲表现现实题材，这样的理论与呼吁似乎并无疑义；而且，无论是从艺术的发展本身还是从艺术的功能角度看，戏剧艺术在整体上与现实的疏离状态，都令人遗憾地、深刻地影响着它与社会及普通民众之间本来应该拥有的血肉联系，因而也必然会窒息它的生存与发展。艺术应该跟现实有更密切的联系，也可以有更密切的关系，可是假如我们确实希望重建戏剧以及各门类艺术和现实之间的关系，关键不在于一般地讨论或阐述戏剧艺术和现实之间应该建立怎样的关系，而在于如何从对“现实”的狭隘的理解中走出来，清除有关戏剧艺术“反映现实生活”的要求背后一直有意无意地包含着的那种“工具论”的内涵。

不过这里还需要做一个重要补充，要让戏剧从对“现实”的狭隘理解中走出来，其关键并不在戏剧艺术家，如前所述，数十年来，无数依靠传统戏剧为生的艺术家们一直在用各种形式抵抗与反对这样的“工具论”，甚至宁肯绕开现实题材，也不愿意让“工具论”扼杀与毁灭了传统戏剧本身——当戏剧理论家们不假思索地批评戏剧艺术家不关注现实时，这样的批评多数场合都没有触及戏剧与现实题材关系疏远这种现象背后的真相，忽视了戏剧乃至于所有部门的艺术都不约而同地回避甚至离开现实题材的真正原因。恰如1950年代的京剧艺术家们是为了避免被工具化而提出“分工论”一样，要让戏剧艺术家们重新意识到现实题材创作的可行性与必要性，并且自觉主动地让现实生活题材回到当代戏剧创作与演出之中，关键在于要彻底地抛弃对戏剧艺术“工具论”的理解，因此，重要的是文化主管部门以及主流意识形态要调整自己的姿态，对现实、对文艺的功能、对文艺与现实的关系要有客观、更冷静、更加符合艺术规律的认识与理解，并且将这样的认识与理解转化为文艺政策与文化管理过程中的实际行为。

诚然，这一转变目标遥远，并不容易达成，“工具论”的影响远比我们想象得更为深刻，历史延续的惯性也极为顽强。如果我们没有能力在短时期内改变这一政策环境和意识形态环境，那么重建戏剧与现实题材之间的关系，还是否可能？我的看法是，仍有可能，要重建艺术与现实之间古已有之的密切联系，还有一条捷径，就是市场。我相信只要市场的功能得到充分的发挥，艺术仍然会跟现实之间有更加密切的联系。就像电视剧领域的发展给我们提供的启示一样——同样是鉴于现实题材的风险，电视剧领域一度古装泛滥，然而正是由于这一领域一直受到收视率高度市场化的指标调节，因此无须号召和呼吁，现实生活题材很自然就重新回归——在戏剧领域，演出市场就是让传统剧种重新建立跟现实之间的密切联系的一条曲折小路。戏曲演出市场的复苏，将成为吸引戏剧表演艺术家们重新开始认识与重视现实题材剧目的重要契机，而且，在当下的艺术环境下，它或者是最有可能走通的一条捷径。

[原载《文艺争鸣》2010年3月号（上半月）]

悲剧？或者新古典主义的正剧

——论歌德的《浮士德》与徐晓钟的《浮士德》

·吕效平·

一

上海话剧艺术中心排演《浮士德》，是去年中国剧坛的一件大事。此事之大，不仅由于《浮士德》是德国文学巨匠歌德延续60年创作而成的“巨大的自白”，是与荷马史诗及但丁《神曲》、莎士比亚《哈姆雷特》并称的欧洲文学“四大名著”之一，尤其由于该剧由当代中国戏剧导演艺术的旗帜人物徐晓钟教授执导。20多年前，晓钟教授执导的《培尔·金特》打开了中国话剧及其观众的视野，是那个令人振奋的思想解放年代的令人振奋的标志性戏剧艺术成果；他指导改编并执导的《桑树坪纪事》虽然诞生于“新时期”末，但至今仍然处于当代中国话剧的艺术巅峰——作为一部表现当代中国的悲剧艺术作品，同时作为一部成功融合“斯坦尼”和“布莱希特”这两个中国话剧最重要的剧场艺术理论资源的舞台作品，我不认为在“新时期”终结后能有一部话剧作品堪与比肩。晓钟教授还是“新时期”以来，中国最有成就的戏剧艺术教育家，他的弟子蔚然长成当今中国戏剧导演的主力，其中不乏身处前沿的一流导演，可以说，徐晓钟的剧场艺术思想与方法，就是中国当今话剧舞台艺术的主流思想与方法。因此，80岁高龄的徐晓钟教授再次出山，在中国话剧舞台上执导西方伟大的文学名著，无论其成功与否，都必然地是一个意义重大的文化艺术事件。这一重要的戏剧事件还因当年黄佐临先生邀请晓钟教授“来上海排《浮士德》”并欣然允诺担任艺术指导的约定，罩上了温暖的情感色彩——一代大师黄佐临已然仙逝，但他的艺术梦想始终被他上海话剧艺术中心的弟子和传人们惦念着，被身居北京的当代导演艺术宗师惦念着。伟大的《浮士德》是中国话剧的一个梦！

稍早于上海话剧艺术中心《浮士德》的上演，中国当今著名的实验戏剧家孟京辉推出了他的新作《两条狗的生活意见》。就《浮士德》所追求的神圣感和《两条狗的生活意见》给人的粗俗印象而言，我相信很多人会认为把这两部戏放在一起谈论是不妥当的。在北京市剧协举办的一个论坛上，我就曾遇见对于《两条狗的生活意见》极度反感的戏剧艺术家，我知道他们并不在少数。但是，无论如何，徐晓钟的《浮士德》和孟京辉的《两条狗的生活意见》剧场效果的反差之大，给我留下了难以抹去的印象。这一印象又由于主流媒体和评论对它们的反应与它们在剧场造成的效果截然相反而大大地加强了，使我忍不住持续地在心中问自己：一边是所有在剧场看过《浮士德》的我的朋友和学生，在我问及他们时，都告诉我说："看不进去，剧场反应冷淡"，但是主流媒体和评论，包括上海话剧艺术中心网页论坛版上的发言，却都对这个戏表达了很高的敬意；一边是《两条狗的生活意见》的每一次演出都热烈地点燃了剧场，许多看过它的青年朋友都向我赞不绝口地推荐这个戏，但是与年轻的戏剧观众不同，主流媒体和戏剧界对这个戏的反应却是冷淡的，上海话剧艺术中心网页论坛版上的发言几乎一边倒地反感这个戏，有人因为对这个戏在青年观众中所受到的热捧感到失望，把它称为"一件皇帝的新衣"。在一部其神圣追求赢得了普遍敬重却没有激活剧场的戏剧作品和一部热烈地点燃了剧场却很粗俗的戏剧作品中，有没有一"件"所谓"皇帝的新衣"呢？任何一个真诚的艺术追求，不论最终是否名实相符，都不应当被称作"皇帝的新衣"。重要的是：如果说徐晓钟教授执导《浮士德》是2008年中国剧坛的一个重大事件，那么，我感觉，晓钟教授的神圣追求和孟京辉的索性粗俗在当代中国戏剧评价体系与活生生的剧场里截然不同的命运，则是一个意味深长的重要现象。我希望自己不久能够撰文讨论《两条狗的生活意见》，本文将只讨论晓钟教授的《浮士德》。

彼得·布鲁克在他那本著名的《空的空间》里，把戏剧区分为神圣的（Holy）或粗俗的（Rough）、僵死的（Deadly）或当下的（Immediate）。"神圣"和"粗俗"是戏剧的两个源头，无论从戏剧史上看或是从人的心理机制上看都是这样。神圣的戏剧，源自我们超越形而下感性生活的平庸，追求其背后永恒价值与意义的努力，"是追求无形之物的渴望，追求比最充分的日常生活形式更为深邃的现实的渴望——或则是追求生活中失去的事物的渴望，事实上是庸人反对现实的渴望"。[1] 粗俗的戏剧，则源自我们摆脱生活的严肃意义，追求狂欢的欲望，"如果在神圣的戏剧所创造的世界里，祷告比打嗝要

① 〔英〕彼得·布鲁克：《空的空间》，中国戏剧出版社，1988，第45页。

真实的话，粗俗的戏剧却与之相反。打嗝成了真实，而祷告则会被看成是滑稽可笑的。”[①] 古希腊悲剧主要源自人类对生活之神圣意义的追求，而伊丽莎白时代的戏剧则主要源自逃逸神圣统治的民间狂欢。神圣和粗俗这两个戏剧的出发点，无论作为心灵的还是作为历史的，它们的价值是平等的，无所谓高下。难得的是能够像莎士比亚那样贯穿粗俗与神圣，既粗俗又神圣。然而，如果粗俗把戏剧降低为纯粹的娱乐，戏剧便在这娱乐中死去了——“真正的娱乐性戏剧是不存在的”。[②] 另一方面，神圣的追求也不能保证戏剧的生命力——“任何地方都不像威廉·莎士比亚的作品那样，能够使僵死的戏剧悄悄地找到安稳、舒适的安身之处。他轻而易举地控制了莎士比亚。我们观看优秀的演员演出莎士比亚的戏剧，他们的表演似乎无懈可击，它们生气勃勃，光彩夺目，剧中有音乐伴奏，每个人的穿着打扮都与最佳古典戏剧中所要求的一模一样。但私下里，我们却感到这种演出无聊得出奇，在心里不是埋怨莎士比亚，就是埋怨这样的戏剧，甚至埋怨我们自己。使事情更糟的是，总有一些头脑僵化的观众，出于某种特殊原因，对缺乏强烈感甚至缺乏娱乐性的戏表示欣赏，就像那日复一日埋头于古典作品研究的学者，他之所以抬起头来微笑，是因为在他自己试验并论证的他钟爱的理论时，没有碰到任何干扰，他可以低声吟诵自己喜爱的词句。他从心里真诚地希望有一种高于生活的戏剧，他把一种理性上的满足和他所渴望的真实体验混淆了”。[③] 重要的是在舞台上获得“那个能够将作品和观众连接起来的成分——不可抗拒的现场的生命”，[④] 使整个剧场“活”起来。这就是“当下的”、“直觉的”（Immediate）的戏剧。这种戏剧是稍纵即逝的，它不存在于演出开始之前，随着演出的结束它也即刻消逝了，它仅仅存在于每一次演出进行的每一个瞬间；这种戏剧使整个剧场成为同一个生命的有机整体，演出者和观众共同创造了这一个生命，演出者的使命就是激活观众成为剧场现场生命的另一半。要做到这一点，戏的主题必须能够振动观众的心弦；这个主题必须被鲜明强烈地表现出来；要不断有令人惊奇的舞台手段强化被表现的生活与心情；最后，强大的生命力总是粗俗与神圣的真正贯通——一切生命都具有粗俗的特征，只有思想才可能是纯粹神圣的。

---

① 〔英〕彼得·布鲁克：《空的空间》，中国戏剧出版社，1988，第77页。

② 〔英〕彼得·布鲁克：《空的空间》，中国戏剧出版社，1988，第4页。

③ 〔英〕彼得·布鲁克：《空的空间》，中国戏剧出版社，1988，第4~5页。

④ 〔英〕彼得·布鲁克：《敞开的门》，新星出版社，2007，第17页。

二

徐晓钟教授的导演方法之一，是为每一部作品寻找和确立一个“形象种子”，他说这“是一个演出形象化的思想立意，它是概括思想立意的象征性形象，是生发整个演出的各种具体形象的种子。”① 他为《培尔·金特》确立的“形象种子”是“一只没有罗盘的破帆船”——“在汹涌的浪涛中颠簸，几经旋转，最后船底朝天，终于被冲上了沙滩……”② 他为《桑树坪纪事》确立的“形象种子”是“围猎”——桑树坪愚昧的村民们，每一个人都是围猎者，又是被围猎者。这两部戏的“形象种子”，尤其是《桑树坪纪事》的“围猎”，既准确地揭示了戏剧情节和人物描写的内在主题，又为这个主题确立了鲜明而强烈的艺术形象，在激活表演与观众，创造剧场当下生命的过程中起到了非常重要的积极作用。

这一次，他为浮士德确立的“形象种子”是“漫漫大海的苦行者”——“给我们的人生奋进一些思索！”③ “漫漫大海”是漫长曲折的人生之意，“苦行”是苦苦追求，探寻目标之意。徐晓钟这一“形象种子”所揭示的主题，实际上是当代中国思想界、文学界对歌德《浮士德》的一种流行的、普遍的解读，在这里晓钟教授所做是，只是赋予这个抽象的、观念性的阐释一个具体的、视觉性的舞台形象。在这部鸿篇巨制中，浮士德由于对学问的怀疑与厌倦，走出书斋，先后经历了爱情、宫廷政治、追求艺术和改造山河等一系列事件。漫漫人生，不倦探索的主题，或可蕴藏于这一系列的事件之中，需要这一系列的事件方能充分表现。但这次上海话剧艺术中心的演出，仅演作品第一部，即浮士德厌倦书斋，坠入爱情，直至与爱人生离死别的部分，所有这些在舞台上展开的情节并不足以呈现戏剧主人公在漫漫人生中苦苦探寻的主题。导演所欲表现的这一主题，在演出中，主要是通过浮士德直接抒发对学问的怀疑和对书斋的厌倦之情以及他在爱人死后跋涉于海边，宣告自己已然“苏醒”，懂得了“行动”的意义，要“永远向最高的追求迈进”，如此表白出来的。相反，戏剧的核心情节与高潮，即恋爱和离别，在与作品第二部所描写的种种经历脱离之后，与“漫漫大海的苦行者”形象十分隔膜。观众关注并深有印象的，主要是浮士

---

① 徐晓钟：《戏剧艺术讲座》，第126页。

② 转引自谭霈生《主体意识与内在能力——简谈徐晓钟的导演创造》，《徐晓钟导演艺术研究》，中国戏剧出版社，1991，第35页。

③ 上海话剧艺术中心《浮士德》《导演的话》。

德坠入性爱的激情和这一激情导致的骇人恶果，而不是他在激情幻灭后的宣言。葛蕾卿的爱情悲剧是歌德《浮士德》中最能打动情感和最具戏剧性的部分，如果在海边跋涉与沉思的“形象种子”并不适合于这个激情的悲剧故事，那么，这个未被主题照亮的爱情故事只能是司空见惯的、平庸的，自身尚未被激活的，更不可能获得激活剧场生命力的能量。

作者明白地告诉我们：《浮士德》是一部悲剧。什么是悲剧呢？在古希腊人看来，一是看上去有价值的人物“由顺境转入了逆境”，在大多数情况下，就是毁灭，由此揭示了人生或人性价值的有限性。人作为一种物质存在，与宇宙间的任何物质一样，都是有限的。二是严肃地描写高贵人物的故事。前者是精神层面上的悲剧性，后者是形式层面上的文体规范。虽然有些古希腊悲剧，例如《被缚的普罗米修斯》、《伊翁》，主要是在形式层面上满足了悲剧的文体规范，但是古希腊悲剧的水准却是由《阿迦门农》、《俄狄浦斯》和《美狄亚》等充分表现了人生和人性价值有限性的最杰出的作品标志着的。在满足精神层面的悲剧性上，源自中世纪民间狂欢的莎士比亚戏剧也与古希腊悲剧殊途同归——19 世纪英国学者布拉德雷曾经成功地论证过，莎士比亚悲剧虽然糅杂着严肃与滑稽，在文体风格上与古希腊悲剧存在很大差异，但是却在表现高贵人物的毁灭性上，在表现人生和人性价值的有限性上，与古希腊悲剧保持了精神上的一致。相反，刻意模仿古希腊人的 17 ~ 18 世纪法国新古典主义，仅仅在严肃地描写高贵人物这一文体形式上学到了古希腊人，而与古希腊人和莎士比亚所感觉到和表现出的精神层面的悲剧性相当隔膜。他们把文体意义上的严肃性，当成了高贵人物的严肃性，把宫廷和贵族的严肃意义当成了绝对的、不容怀疑的东西。这样一来，他们的悲剧便蜕化成了宣传他们“永恒”价值观，教化臣民的正剧。新古典主义戏剧的奠基之作和代表作《熙德》最初就被明示为“悲喜剧”（tragi-comédie）。在这里，“悲喜剧”的意思并不是指像莎士比亚戏剧那样严肃风格和滑稽风格的混合，而是指一方面严格保持悲剧文体的严肃风格而另一方面却避免了高贵主人公的毁灭，根据“诗的正义”（poeticjustice）的宫廷信仰，仍然给他们以幸福的结局。路易十四时代法国人精神的委顿①使他们误把当代宫廷的趣味风尚看成

① 当歌德与艾克曼谈到他们时代的时候，歌德说：“我常常情不自禁地想到，在这个世界上精神仿佛已完全消失了。”艾克曼说：“精神并没有消失，我们应该相信，近年来一些大的战事应该是精神振作起来了。”歌德说：“振作起来的与其说是精神，毋宁说是意志；与其说是艺术精神，毋宁说是政治精神。”见艾克曼《歌德谈话录》，译林出版社，2002，第 185 页。

了绝对的、永恒的、不容置疑的东西，他们无法像精神健壮的古希腊人和莎士比亚那样，看穿“人”作为一种物质存在的有限性。迷信宫廷趣味风尚的不朽使得路易王朝及其治下的臣民们幻想自己已经找到了人生事业与人性中的终极真理，从而能够幸运地避免人生和人性的悲剧性与喜剧性，他们用被阉割了的悲剧内容，即后来被黑格尔称为“没有多大的根本的重要性”的“戏剧体诗的第三个剧种”——“正剧”，替换了古希腊人所迷恋的悲剧，一面嘲笑海峡对面的莎士比亚不表现人间和人性的正义却热衷于揭示其无常的“不道德”，一面却用悲剧文体的严肃风格把自己的王朝在舞台上装扮成神圣的样子。

那么，歌德《浮士德》的悲剧是法国新古典主义意义上的悲剧——文体严肃意义上的悲剧呢，还是古希腊和莎士比亚意义上的悲剧，即把人生和人性之有限性看作悲剧性之所在的悲剧？

《浮士德》是作者的精神自传，也是歌德对人类生存状况和人性内容的描写。浮士德在书斋苦读半生，钻研了中世纪哲、医、法、神四大学部，学问越深，越看穿了知识的卑微与有限，感觉自己“到头来还是个可怜的愚人”，心内如焚。于是，他走出书斋，投入世俗的感性生活。在莱比锡城的地下酒店，他看到了寻欢作乐的大学生们行尸走肉般的庸俗生活，非常厌倦。不久，坠入了与少女葛蕾卿的爱情。出于疯狂情欲导致的鲁莽，浮士德害死了爱人的母亲，杀死了她的哥哥。葛蕾卿弄死了与浮士德的私生子，在牢狱中神经错乱，最终被送上了断头台。浮士德在这场轰轰烈烈的性爱冒险中，不仅为爱人所受的精神折磨感到撕心裂肺，而且为看穿自己肉欲的丑陋和意志在肉欲面前的无能为力而自惭形秽。实际上爱情的幻灭，并不是由阴阳两界的隔离造成的，而是由爱情自身的价值缺失造成的：葛蕾卿以她女性的直觉瞬间便察觉到了，当她从疯狂中清醒过来与爱人热吻时，她说：“怎么？你再也不能接吻？”“你的嘴唇冰冷”，“你的爱情/是不是成了泡影？”在察觉到自己性爱行为的种种卑劣，眼见这场情欲造成的如此毁灭之后，浮士德哪里还有心情去爱呢！徐晓钟教授以浮士德的豪言壮语结束了他执导的这部戏：

幕后的声音：
太阳的车轮越滚越近，
是光亮、光明带来了轰然的声音。
宣告新的一天已经来临！
看那厢闪闪的光芒，

莫迟疑，快苏醒，
去实现一个又一个的渴望。
大丈夫懂了就要去行动，
只有行动才能把愿望实现！
浮士德：
我苏醒了！
生命的脉搏在鲜活地跳动，
温柔地面对曙光照耀下的太空。
大地啊，
你已使我有了决心：
永远向最高的追求迈进！

如果我们不看“悲剧第二部”，根据这个结尾，一定以为浮士德在走出个人生活的“小我”，进入社会生活的“大我”以后，必然会赢得与他凄凄惶惶的爱情经历截然不同的辉煌价值。但，这是晓钟教授的一个误导，浮士德在社会生活的“大我”中仍然没有找到人生的积极意义：在宫廷生活的经历中，歌德描写了他所处时代的政治腐败，对此深恶痛绝。在艺术美的追求历程中，象征新世纪浪漫主义艺术的浮士德与海伦的儿子欧福良死了——就在写作《浮士德》第二部的晚年，歌德曾经哀叹：“在我们这个恶劣的时代里，对最优秀的东西的需要到底在哪里呢？接受最优秀的东西的器官在哪里呢？”① 在向大海争地，开辟荒滩的奋斗中，歌德表现了人性（也是资本）的贪得无厌——浮士德在他辽阔的疆土上看到属于一对老夫妇的几棵菩提树和一间茅草屋，感到自己“排山倒海的意志的力量，却在这沙地上受到挫伤”，“内心中如有针刺”，必欲除之而后快。我们从当代中国城市的扩张中早已熟悉了这种对于自然和我们同类的浮士德式的贪婪与残忍，重要的是这种贪婪和残忍主要地并非来自决策人物的道德缺失，而是来自人类集体对当下生活的不满足和对未来生活的向往。

很显然，歌德的《浮士德》是一部伟大的怀疑主义作品，它的伟大正在于它深刻的否定精神，而不在它肯定了我们人类的什么价值。这种对人类的怀疑与否定本质上是“神”的工作，那些拒绝把自己的精神上升到“神”之高度的人们是不能理解更无力承担的；正是这种同样出现于古希腊人和莎士

① 艾克曼：《歌德谈话录》，译林出版社，2002，第188页。

比亚作品中的对于人生和人性的怀疑与否定把作为动物界一员的人类提到了“通神”的高度。靡非斯特的存在使得《浮士德》根本背弃了古希腊悲剧和法国新古典主义悲剧严肃的文体风格，但它仍然是一部真正的悲剧作品，因为歌德像古希腊悲剧作家和莎士比亚一样把人生和人性的价值有限性当做根本的悲剧性来描写。徐晓钟教授所确立的“给人生奋进一些思索”的“漫漫大海的苦行者”的“形象种子”，强调的是人生和人性的正面价值，它并没有敲开歌德原著的悲剧内核，是附会给《浮士德》的正剧解读。对《浮士德》的这种正剧解读，并不是徐晓钟教授的个人行为，实际上，晓钟教授是根据当代“思想惯性”解读了《浮士德》。根据这种当代“思想惯性”的特征，我们不妨把它称为“‘社会主义’古典主义”[①]。就像路易王朝的新古典主义偏爱正剧，看不到古希腊人和莎士比亚作品的悲剧性本质一样，“‘社会主义’古典主义”也看不到歌德《浮士德》怀疑与否定的精神，看不到它的悲剧性本质，宁可放弃精神自由的高度，匍匐于“当代真理”之下，从作品中挖掘正面的、积极的、榜样的、有教育意义的东西。如果我们理解《桑树坪纪事》的“形象种子”——“围猎”中的悲剧性，理解孕育了这个形象的创作主体的亢奋的、桀骜不驯的精神自由状态，就不难理解“漫漫大海的苦行者”这个正剧形象的创作者“心不在焉”的精神状态——他接受了当代“思想惯性”的催眠。

正剧是一个被阉割过的剧种，它在剧场的能量低于悲剧和喜剧；“‘社会主义’古典主义”作为一种“思想惯性”，失去了精神自由的创造性，在剧场只能提供一些令人昏睡的老生常谈；演出主题与剧本原作情节和人物形象的疏离——有此三条，当然便无法获得“那个能够将作品和观众连接起来的成分——不可抗拒的现场的生命”，无法成为彼得·布鲁克所谓“ImmediateTheater”。

三

歌德说过：“莎士比亚并不是一个剧作家，他从未想到过舞台。对他的伟大心灵来说，舞台太狭窄了，对他来说，就连整个可以眼见的世界也太狭窄了。”[②] 实际上莎士比亚的情况比较复杂：他的剧本都是直接卖给剧团的，他

① 这个概念是我的导师董健教授首先使用的。

② 艾克曼：《歌德谈话录》，译林出版社，2002，第165页。

以剧场的票房为生，但他却不是靠剧场艺术的技巧赢得票房，而是靠超越剧场而征服了剧场。歌德的《浮士德》既同于莎士比亚，又不同于莎士比亚：舞台，甚至“整个可以眼见的世界”对于《浮士德》的作者来说，同样“太狭窄”了，而他的《浮士德》真的不是为剧场所作的。歌德于 1788 年担任魏玛剧院监督，于此前此后领导上演了许多戏剧作品，其中包括他本人的剧作。他于 1773 年开始写作《浮士德》初稿，1806 年完成第一部，但是直到 23 年后，该剧才以纪念作者 80 诞辰为由得以在魏玛首演。不难理解：《浮士德》不是写给剧场演出的剧本，作者仅仅采用了人物对话与独白的形式，它是一部供阅读的文学著作。《浮士德》的伟大，除了它同时作为一个伟大心灵的精神自传和人类的写照之外，还在于它极其广阔地描写了社会生活的各个方面和极其广泛地采用了文学艺术的诸多资源，但它唯独没有给剧场艺术带来任何形式或内容的专门启发。它与剧场的关系，仅仅是可供演出采撷的一种文学资源，在这一点上，它并不比一部伟大的叙事诗或者小说与剧场的关系更密切。它对社会生活的广泛描写和对文学艺术资源的广泛运用恰恰是它最远离剧场的特征，这也可以说明它的第二部为什么更少在戏剧舞台上出现。实际上，易卜生的《培尔·金特》也是这样。[①] 那种认为《浮士德》和《培尔·金特》超越了“亚里士多德式”戏剧，自动地给剧场提供了新形式的看法是不正确的。事实是，20 世纪以来出现的现代主义文学艺术潮流的重要特征之一，便是描写的主观化和心灵化，戏剧文学也不例外，剧本写作的这种主观化、心灵化趋势冲破了“亚里士多德式”古典戏剧的“情节整一性”原则，也向剧场要求更多的表现手段，从而导致了西方戏剧剧场艺术的大觉醒、大解放和大发展，俄国人梅耶荷德、法国人安托南·阿尔托、德国人布莱希特都是欧洲剧场艺术大觉醒、大解放和大发展的代表人物。是这个发展起来的西方现代剧场艺术产生了接纳和消化一切文学内容的可能。于是人们发现：原来像《浮士德》和《培尔·金特》这样并非为剧场写作的剧本也是可以表现于舞台的，而且可能恰恰是新发展起来的剧场艺术最具挑战性的，从而也是最适合的表现内容。但是，与《俄狄浦斯》以来的“亚里士多德式”戏剧以情节艺术的技巧征服了剧场的时空，因此也给剧场带来了稳定的形式不同，

---

① 挪威学者比约恩·海默尔认为：“《布朗德》（1866）和《培尔·金特》（1867）固然是鸿篇巨制的戏剧诗篇，但只是并非为舞台而写的阅读剧。”（《易卜生——艺术家之路》，商务印书馆，2007，第 23 页）在中国，易卜生的《培尔·金特》往往被理解成是对他以“社会问题剧”为代表的写实主义戏剧的逃离和反叛，然而实际情况却是，《培尔·金特》是易卜生从一般诗人到戏剧诗人的过渡阶段，在戏剧门槛边的习作。

《浮士德》与《培尔·金特》这类剧作没有给剧场带来任何现成的形式，相反，倒是需要剧场艺术家以更大的主观能动性来积极地消化它们，再造它们。在这里，剧场艺术家创造的空间更大了，他们所面临的挑战也更严峻。

那时候，晓钟教授在《培尔·金特》里给了我们多少惊奇啊！不是用一台戏叙述一个行动，而是表现一个人的长达几十年的一生？这种戏我们也见过，那是《茶馆》，但《茶馆》的地点是凝固的，三个朝代的三个生活场景在时间上分别是连贯的、整一的，而《培尔·金特》的时空竟能如此灵动！虽然我们还不能理解演员一边进入自己扮演的角色，一边却时时以扮演者的身份保持着对角色的评价，但是我们看到了一个了不起的叙述者自始至终的存在，这就是作为导演的晓钟教授：他在戏剧中把歌舞用得那么好！一面“间离”着角色、演员与观众，一面抒发着浓浓的主观诗意。然而，在《浮士德》里，我们看到了对《培尔·金特》的“复制”。演员是最好的，在人物形象饱满、最接近传统戏剧的段落，主要是“谈情”和“别离”诸段里，分寸和节奏处理得如此之好！在这些地方，我们看到了“斯坦尼”。而在时空的处理上、在角色和叙述人的心情得以直接呈现的时候，我们看到了“布莱希特”。一切都是缜密而正确的，但就是没有惊奇。二十几年前让我们尖叫的东西，似乎失去了它的“当下性”，不再“Immedi-ate”，已成明日黄花。

斯坦尼是不老的，布莱希特是不老的。基本的艺术方法不存在过时的问题。“当呈现和诠释没有达到与剧作同样的高度，往往是作品越伟大，演出反而越没有劲”。“对那些一直苦苦挣扎着要想把严肃作品的文化内涵带给满不在乎的观众的艺术家来说，要承认这一点是很难的”。[①] “基本的问题”还是“戏的主题能够成功地触动观众的心弦，满足他们的需要吗？”[②] 然后才是为这些可能“触动观众的心弦”的内容找到令人惊奇的呈现方式。当桑树坪的村民们散开，观众看到被剥光的青女已是一尊汉白玉的裸女雕像时，当传统狮舞被用于叙事舞台，表演“豁子”被村民围猎的悲壮场面时，震撼剧场的，不单是晓钟教授这些舞台意象的出人意料和强大表现力，尤其是这些意象浓缩了和满含激情地揭示的中国农民生存状态的巨大悲剧性。如果我们不能理解《浮士德》里的怀疑主义和否定精神而去强调浮士德探寻真理的正面形象，这个正剧人物就很难从他与葛蕾卿的爱情悲剧里干干净净地脱身，在次日早晨太阳升起的时候若无其事地宣称“我已经苏醒，要去干一份大事了！”

---

① 彼得·布鲁克：《敞开的门》，新星出版社，2007，第17页。

② 彼得·布鲁克：《敞开的门》，新星出版社，2007，第49页。

这样一来，在昨夜的爱情悲剧里除了言情作品司空见惯的男欢女爱生离死别，还剩下什么呢？歌德要说的，不是葛蕾卿这一份偶然的爱情的偶然的不幸，他要说的是全部人类性爱的价值缺失。捷克艺术家扬·史云梅耶（JanSvankmajer）为歌德这个令人惊颤的怀疑与否定的主题找到了一种令人惊颤的视觉意象：他让人当着观众的面，在一只木偶的两腿间钻了一个孔，然后给它穿上衣裙，化好妆。浮士德爱上了这个“女人”，但在激情过后，他察觉了艳服浓妆下的真相。这样的悲剧，是浮士德逃无所逃的！逃到哪里，他都逃不脱人类以及他自身的这个悲剧性命运。

怎样才能像彼得·布鲁克所说的那样一方面达到与伟大剧作的“同样高度”，一方面“成功地触动观众的心弦”呢？其实有一条途径，也是唯一的途径，这就是攀上伟大作家的精神自由的高度，和他们一样看穿我们人生和人性的悲剧性与喜剧性，把这个人生与人性的悲剧性和喜剧性当作剧场千变万化的永恒主题。只有这个主题才能激发有才华的剧场艺术家找到真正令人惊奇的种种舞台呈现方式。

翻译家、德国文学学者李健鸣教授说：“在《浮士德》里，更重要和更出彩的是靡非斯特。”她说得很对！如果连拥有巨大的精神能量把我们人类看得如此可悲又如此可笑，敢于嘲弄和挑战上帝的靡非斯特都像平庸的正剧人物那样缺少令人惊叹的奇思妙想和活力，我们还能指望浮士德吗？

［原载《文艺争鸣》2010 年 7 月号（上半月）］

中国音乐批评需要批判性文化反思精神

·杨民康·

20世纪80年代改革开放以来，中国传统音乐、近现代音乐史乃至西方音乐史等学术领域在音乐批评方面屡现波澜，其中有不少涉及不同族群地域（诸如中西音乐文化关系）以及不同社会阶层（诸如精英文化与草根文化）之间的文化关系问题。鉴于民族音乐学和文化人类学一向对于此类问题关注较多，提倡将该类方法引入各传统的音乐学学科的呼声也此起彼伏。然而，以往在此方面人们显然较多强调的仅只是借鉴人类学注重从文化的角度观照研究对象的功能，而在这样一个其论域范围颇为宽泛的话题来说，什么是我们应该借鉴参考的重点？换言之，我们为何借鉴人类学方法？却众说纷纭，各执一词。对此，笔者的一个思考结论是：中国音乐批评应该注重和借鉴人类学及当今哲学社会科学界所提倡的批判性文化反思精神！在此将围绕传统音乐批评实践来提出这个问题，敬请大家关注并予以进一步讨论。

一　国内音乐批评及研究队伍现状的几点评估

1. 什么是批判性文化反思精神？

按笔者的理解，这是一种由欧美哲学社会科学（尤其是人类学）学者首先发起的，以多元文化世界观为准绳，旨在对于研究者队伍的文化观念、学术行为和研究结果进行自我约束、警醒和批判性反思的行为规范或行动准则。鉴于它是由居于主流和强势社会阶层和族群、掌握了一定文化话语权的学者所发出的群体自律性行为，因而表现出某种意图超越不同学术流派和社会文化群体，既反对文化霸权主义，也对极端民族主义持以异议的学术倾向。笔者认为，在今天不同社会阶层、族群和社群在自身包括话语权在内的种种文化权益上存在着事实上不平衡状态，且短时间内难以消除的情况下，在学术批评者内部提倡这种批判性文化反思精神，有利于批评者和批评对象（包括不同阶层和群体范围）双方的一件好事。而对于批评者自己来说，因无异于为自己头上悬一把旨在自律、自省的“达摩克利斯之剑”，这既需要有文化和学术上的敏锐眼光，也必须具备相应的胆识和勇气。

2. 音乐批评对象的差异及其所享文化权益的不平衡状态

中国音乐批评目前面临的一个难题是，因其批评对象之一——音乐文化的行为主体本身存在着地域、阶层、社群文化上的种种差异，导致了其所享有的包括话语权在内的种种文化权益的事实上的不平衡状况；对此，需要有某种相对合理、公平的音乐批评的评判准绳。

若梳理一下从 20 世纪末到 21 世纪初音乐批评中有关中国传统音乐的内容，以下讨论话题便一一映入我们的眼帘：

（1）涉及族群关系：关于王洛宾歌曲、《乌苏里船歌》、《小河淌水》等声乐作品同民间音乐之间关系的讨论；

（2）涉及阶层关系：关于音乐歌唱比赛中如何鉴别和对待原生态民歌的争论；

（3）涉及族群与阶层关系：关于能否以单纯艺术（或表演艺术）观点看待非物质文化遗产保护和发展问题的讨论。

在学术研究思维和方法论上，20 世纪 80 年代以来，学者们还在国内学术刊物上陆续发起了“民族民间音乐”（民族音乐理论）与“民族音乐学”学科名称之争。该学科领域中的音乐形态（学）研究与音乐作为文化的研究孰轻孰重等讨论话题，皆成为其时大陆音乐学界的热点。此外，当前社会音乐实践中，在诸如音乐类大专院校的招生、出题以及社会对学生就业的选择标准等，都需要相对合理、公平的评判准绳。在上述话题范围内外，到处充斥着让我们学者、教师们感同身受的音乐评价标准问题。

围绕上述话题，民族音乐学的研究主旨究竟是什么？是音乐还是文化，是音乐产品还是音乐生活及表演过程为重点？近几年来成为大家尤其关心和讨论较多的一个问题。笔者认为，上述各种现象的存在和相关问题的产生，同当代音乐文化领域里，诸如居于主流、强势地位的精英音乐文化阶层与非主流、弱势的草根音乐文化阶层之间；规模、范围及影响力上居于主体地位的汉族传统音乐文化与各少数民族音乐文化之间，以及内地、城市文化中心与边疆、乡村边缘地带的音乐文化之间不同程度蕴涵的种种思想观念和体制、行为上的文化矛盾及应对策略上的得失皆有关联。就此意义上看，无论研究者所从事的某项课题是以音乐或以文化为主旨，其中都难以回避如何对传统音乐自身发展及社会维护状况的历史和现状进行批判性文化反思的问题。这是学科发展至今学术上的必然，也是中国传统音乐文化现实问题的必然。

3. 中国音乐文化的“多元分层一体化格局”与研究队伍状况

音乐批评标准的建立，还同传统音乐文化及其主体社群、研究者群体（含音乐批评）的纵横分布等语境条件有关。

以往有关中国音乐文化的分类，是以专业创作音乐、流行音乐和传统民间音乐进行区分。而在中国传统音乐内部，则是以汉族传统音乐与少数民族音乐为界限，划分为两大块。然而，从音乐文化分布的现实状况看却并不是这样，而是在社会文化整体系统中存在着分层化现象的同时，在汉族传统音乐与少数民族音乐之间，也存在着某种“多元分层一体化格局”。就后者而言，汉族与其他少数民族的传统音乐文化作为各自相对完整而独立的文化单元，以横向组合的方式同存共聚，呈现出互渗相融、多元分割的平面分布格局。若分别从具有民族文化分布特点的、横向的平面性角度（横切面）与社会文化的纵向的立体性角度（纵剖面）两种相互交叉的不同侧面来看，此“多元分层一体化格局”中其实蕴涵着“多元性”与“分层化”两种倾向。具体而言，长期以来，不仅在中国领土范围内形成了以汉族为主体的民族，同时有55个少数民族及多个未定族群（克木人、夏尔巴人、僜人、芒人、控格人等）共同参与存在的多民族国家；而且在许多边疆少数民族自治区域，也不同程度存在着以某一主体民族为主，其他民族共同参与的局部性的“主文化/亚文化”结构类型及“多元分层一体化格局”。例如，省区范围的主体民族——西藏的藏族、新疆的维吾尔族、内蒙古的蒙古族以及更小区域范围的主体民族——云南西双版纳地区的傣族、四川凉山地区的彝族等，均与当地人口较少且在历史上对其处于依附地位的其他少数民族之间长期以来结成了上述政治、经济与文化上的统属关系。这亦呈现一种人类学所描述的、较典型的文化圈和文化层叠置的理论范式特征。只是到了最近几个世纪以来，由于现代化和经济全球化的盛行，这种传统的两极分层结构关系才被一一打破，并且在与现代化和全球化不断抗衡与冲突的过程中，进一步形成了地方民族文化及音乐文化中多元性和本土化并存、内部文化关系更为复杂的“多元分层一体化分布格局”。①

由此来看，中国音乐批评的研究队伍状况，目前乃是以国家级和各地音乐院校及科研院所的学者为主，他们较多隶属于精英文化阶层自不用说。而

① 杨民康：《音乐民族志方法导论》，中央音乐学院出版社，2008，第320～321页。

从族群文化身份来看，在中国这样一个以汉族为主体民族的多民族国家里，以往，研究汉族和少数民族音乐的老一辈民族音乐学学者几乎都是汉族学者，绝少有例外。如今这种局面已经大有改观，除了研究汉族传统音乐的学者仍然以汉族学者为主外，研究少数民族音乐的学者中，非汉族学者的比重大大增加。然而，这些少数民族学者中，仍然以两类情况居多：一类是国内人口较多的较大民族（亦是局部的强势族群）的成员；另一类是汉文化程度较高的少数民族的成员。而从教育背景看，几乎毫无例外是接受音乐学院和地方艺术院校教育。由此看，我国音乐文化学者同其他领域一样，有向两个阶层范围聚集的趋向：其一是精英文化阶层；其二是强势文化族群。那么，作为音乐文化学者或文化批评者，一方面存在着多民族文化的多元分层现象；另一方面我们研究队伍的自身文化条件和学术素质与之不相适应和缺少平衡的状况下，我们如何来加强学术批评队伍的自律、自省、自控诸学术环节，以利于在具体的音乐研究实践中去正确地处理和调节不同阶层、族群之间的音乐文化关系？如何有效地对之开展音乐文化批评？这是摆在我们面前的一个难以回避的重要问题。

二　从民族音乐学学科历史看其批判性文化反思精神

尽管人类学是起源于欧洲，但批判性文化反思精神却是在具有多民族混融特征的北美地区的当代人类学中首先形成出现。从其自身发展规律来讲，这里有一个受到客观的人文地理环境条件制约的问题。而对于同样有多民族国家社会文化背景的中国学者来说，它也为我们带来了在充分重视学科的本土化和自主创新之余，应该取合和选择什么地区的民族音乐学方法作为自己优先去学习、借鉴的对象这个颇感棘手的问题。

1. 欧洲与北美民族音乐学学术途径的异同

目前的国内学界，有关民族音乐学学科的本土化和自主创新问题的讨论已成热点。有学者认为：“在开始研究民族音乐学时，西欧人建立了一条轨道，研究非我音乐，也就是非欧洲音乐。而东欧匈牙利人又建立了一条轨道，研究自我音乐，即匈牙利民歌。北美人再建一条轨道，专门研究美洲原住民的原始音乐，以至还有其他轨道均可自由建立。由此可见，国际上开始建立民族音乐研究轨道时，不止一条，中国民族音乐学到底要向哪一条轨道接轨？其实中国也可根据中国的特点和需要建立一条中国轨道，即中国的民族音乐学，与国际多条轨道并列，国际上的各种派别也可互相学习。”① 对于我们有效地区分民族音乐学不同发展阶段的学术性特点来说，以上观点无疑很有启发，然而笔者也想在此提出几点不同的看法。

其一，匈牙利人（巴托克、柯达伊等学者）研究的对象似不能完全定位为“自我音乐”，因为其中既包括异族音乐文化（如少数民族罗马尼亚人），也包括与其“精英”身份不符的其他异阶层音乐文化（如农民音乐）。

其二，仅从20世纪中叶及后来北美民族音乐学的情况看，当时学者们的研究视野似乎并非“专门研究美洲原住民的原始音乐”（即北美印第安人音乐，梅里安姆［Alan P. Merri-am］、涅特尔［Bruno Nettl］等人均有涉猎）；除此之外，其实他们的研究对象至少还兼及了城市黑人音乐（如数量颇多的爵士乐、摇滚乐研究课题）、乡村音乐、亚非音乐（如孔斯特［U Kunst］、胡德［M. Hood］等人对印尼甘美兰音乐的研究）乃至虽是不分人种共有，但以白人为主要欣赏群体的欧洲严肃音乐及北美专业创作音乐等。

如果说早期比较音乐学研究是以对象进行区分，体现了欧洲与非欧文化关系的话，后期以北美为代表的现代民族音乐学（及人类学）则摆脱了对象论，更多强调并体现出某种学科方法论的特点，该派许多学者采纳人类学的观点，极力强调作为文化研究者和批评者，在处理和调节同一地域内部（如北美）不同族群之间以及“主文化、亚文化、交叉文化”（马克·斯洛宾［Mark Slobin］语）之间文化关系时，应该贯彻自我批判和文化反思的精神，以达到不断地自我调节和反省，以适应学术局势的发展变化的目的性要求。可以说，这是世界范围内同类学术研究课题的初次较成功的尝试。同样，以此为学术基础的现代民族音乐学目前在其他国家和地区得到较明显的扩展和普及，应该视为某种局部性“区域文化系统”的多元文化研究学术观念在全球范围内的放大或推广，而不应该简单视为“西方学术精神”向其他地区的蔓延。换言之，可以把它看做是某种后现代主义时期文化思维范式的主流化、全球化的具体体现，而不宜将其简单地归类为一种在现代或前现代主义时期出现的世界性的殖民化思维现象的当代延续。

就此笔者所想到的是：当我们考虑建立自己的中国民族音乐学研究轨道时，在强调与上述其他国家、地区民族音乐学之间的“并列”问题及自身“个性”因素的同时，是否还应该再看一看：我们彼此之间还具有哪些社会文

---

① 张文禄：《为中国民族音乐学的建立与交流不懈奋斗——著名民族音乐学家高厚永教授的学术观与实践观素描》，引自中国民族音乐学网 http：//ethnomusicology. cn，2009 -4 -100。

化和学术思维上的共性因素？[①] 其中又有哪些是值得我们加以吸收、学习的已有的成功经验呢？

2. 从人类学的三个时代看民族音乐学方法观念的异同

关于上述欧洲和北美民族音乐学研究方法观念的异同，还可以参照文化人类学（民族志）的相关历史来相互印证。有学者认为，民族志（也是人类学）的演进可以划分为三个时代：

早期——自发性的、随意性的和业余性的时代；

中期——学科规范支撑起“科学性”的时代；

后期——反思以“科学”自我期许的人类学家的知识生产过程的时代。[②]

应该说，人类学的这三个时代，其实一直是在欧美与“非欧”发生密切文化联系的过程中展开。就此来观照其中的第一个时代，所谓“自发、随意、业余”，指的就是西方人在非欧国家（包括中国）做田野考察，又在欧洲的“统一国家”学术环境里展开研究。

第二个时代，西方学者所依赖的仍然是以往欧洲的“统一国家”社会背景，以致他们总是站在一种纯粹客位的、欧洲人的立场上来看待非欧文化。而在当时的中国，人类学（民族学）和音乐学学者无疑也是以同样的立场观念来看待不同民族（汉族和少数民族）和不同阶层（“精英”和“草根”）文化。那时，看似受到“兄弟”般对待的少数民族及“草根”阶层，在文化上却不得不接受了实质上并不平等的“帮助”和“改造”，这种现象一直延续到“文革”乃至如今。

到了第三个时代，由于战后创造了世界科学格局重组的契机，人类学（含音乐人类学）的重心转移到了北美，鉴于自身多民族融合国家的国情及其与欧洲的“统一民族国家”和相关文化立场之间已经形成的区域政治、文化反差等关系的均势对比，北美的人类学率先祭起了对传统人类学进行“反思”和“批判”的大旗，其学术观念从下面一段话可体现出来：“从理论上讲，人类学是一种富有创造性意义的寄生性研究，它通过亲身的民族志调查

① 中央音乐学院音乐学系于 2007 年 5 月中旬至 6 月初举办了“民族音乐学”讲习班，美国民族音乐学家布鲁诺·涅特尔在讲演中强调了“ethnomusicologis”一词，认为民族音乐学应当是复数的概念，而不仅仅是西方的民族音乐学。按笔者理解，既然是“复数”，似应该承认其中存在着占一定比重的学术思维和方法论的共性因素，同时兼容因研究对象及其文化语境而独具的个性因素。

② 高丙中：《写文化与民族志发展的三个时代》，载〔美〕詹姆斯·克利福德、乔治·E. 马库斯编《写文化——民族志的诗学与政治学》，商务印书馆，2006，第 6～15 页。

获得对异文化的个案认识，并依据这种认识来检验经常具有民族中心主义（ethnocen-trism）色彩的人类理论。”①

笔者认为，上述“异文化”观念，不仅适用于族群文化之间，在不同社会阶层文化之间也同样适用。大约半个世纪以前，在现代文化人类学影响下，民族音乐学学科引入了“主位—客位”“局内—局外”双视角研究方法。通过人类学这面镜子，把该学科中包含的旧有的音乐学内容定位并归入“客位”或“局外观”的学术层面，同时强调民族音乐学的研究必须重视从“主位”或“局内”的角度，以“概念、行为、音声”三重认知方式去考察和认识研究对象。② 至此，民族音乐学不再是一种单一性层面和视角的旧有学科，而演变为善于在“主位—客位”“局内—局外”融入跳出、以双视角进行观照的新的学科，从而开始了该学科囊括了传统的音乐学和现代人类学双重学科属性的新时代。

由此看来，我们主张在音乐批评中接受民族音乐学或人类学方法，并非单纯强调它所注重的文化研究的外在倾向（表征层面），而主要是看重它强调批判性文化反思的实质精神。同样，为什么在不同历史时期于不同洲际地域产生的民族音乐学方法中，我们更注重借鉴使用北美民族音乐学的经验和方法，其原因也在于目前人们所认识到的，这种批判性文化反思精神以往主要是、也只能是在这类多元民族混融国家和地区，而非单一民族的欧洲文化语境中产生。因此，我们的音乐批评者，同样身居于多元民族混融国家和社会，在自身的学术思维和文化观念中无疑也需要注入更多的批判性文化反思精神。

三　批判性反思文化功能对于学术研究的意义所在

这里我们将逼近问题的最后焦点：在音乐文化批评中更需要坚持的是文化标准还是艺术标准？笔者的看法是：作为以音乐学为基点的学科，艺术（或音乐）审美观当然是非常重要的价值标准，但是，当我们在一般音乐史及音乐学论域里，将这种绝对的艺术或审美标准放在为同一社会阶层享有的艺术创作风格层面（如以西方共性化写作风格及相关体裁类型）；或者在民族

① 〔美〕马尔库斯、费彻尔著《作为文化批评的人类学：一个人文学科的实验时代》，王铭铭等译，三联书店，1998，第39页。

② Merriam, Alan P. *The Anthropology of Music.* Evanston, I11.: North Western University Press, 1964.

音乐学论域里，将其放在某一族群文化内部（更确切一点，在同一族群文化内部的某一特定社会阶层）的某一文化类型作内部比较时，往往较易于取得某种相对客观公正的评判结果。倘若超出了这个界限，即使是在同一族群文化内部的不同社会阶层之间，想要持有同一种艺术审美价值标准，也会非常不易。创作音乐、流行音乐与传统音乐之间评判标准的难以统一便是最好的证明。这种时候，一种可供选择和借鉴的有效方法，便是在开展音乐批评活动时，力图从“文化持有者的内部眼界”① （当包括“审美眼界”在内）出发展开自己的研究，以达到“（对别人的）阐释的阐释”（the interpretation of other her's interpretations）② 的学术目的。按笔者的理解，这里面当然包括了对“别人”的美学观或审美观的阐释。

另外，在这种跨文化——地域、民族或阶层范围的文化批评活动中，是否愿意取（多元性的）文化的角度甚或取（一元性的）艺术、审美的角度，直接涉及研究者的文化观念及身份角色和立场问题。一个显而易见的例子是，在民族音乐学研究领域，由于目前中国音乐的研究群体以国内（汉族）学者为主，以致存在一种观点，认为中国学者（主要是指其所具有的中国汉族的民族身份）研究中国的乡土文化（主要指汉族传统文化），乃是“局内人研究本文化”。笔者对此不予完全苟同。因为，中国当代学者凭据“新学”为文化基质有特定的社会阶层和文化群体属性，他们与较纯粹的中国（汉族）传统文化或民间文化及其“内部文化持有者”——民间社会及艺人群体之间，其实不同程度存在着能否在彼此间进行文化沟通、理解和身份认同的问题，此亦即某种事实上“异文化”差别。由此来看，“局内（客位）——局外（主位）”与“异文化”关系并不仅限于指称民族（族群）关系，同时也涉及阶层、社会集团之间的关系，某种民族身份与文化身份和文化立场之间并不能完全画等号。③

在这种情况下，即使你的批评对象是与你具有同一族群族性因素的某一文化内容，若它与你并非属于同一社会阶层，也应该对其基于本阶层群体而固有的文化意识和艺术审美标准予以适当的尊重，并对之予以“客位—主

① 参见克利福德·吉尔兹著《地方性知识：阐释人类学论文集》，王海龙、张家煊译，中央编译出版社，2000，第 70 页。

② 王海龙：《对阐释人类学的阐释》，克利福德·吉尔兹著《地方性知识：阐释人类学论文集》（导论部分），王海龙、张家暄译，中央编译出版社，2000，第 1 ~ 27 页。

③ 从此意义上看，对于前述匈牙利民间音乐的研究进行评述和援引时，也须注意同样的理论问题。

位”“局外—局内”的换位思考和评价。由此看，这里所涉及的，已经不仅只是一个单纯从研究方法上而言的，是否存在对“音乐”或“文化”问题有所偏爱的问题，而已成为一个超出了单纯“艺术”或“音乐”的范围，是必须从“文化”的角度涉入，不得不为之的问题。

总之，作为音乐文化批评家，在面对异文化研究对象时，自觉不自觉地以“客位—主位”“局外—局内”双视角及“换位思考”的观念态度去进行研究工作，是一种必须持有的文化立场。在不同的族群文化和不同社会阶层之间身为“主文化”（汉文化、某一较大族群文化或主流社会阶层）的一员，如果对于“异文化”社会或阶层①的音乐文化事象有过于强烈的“主人翁”或“老大哥”精神，甚至习惯于“越俎代庖”，包办代替，就容易犯“好心办坏事”的错误。对此，我们已经有无数的历史教训可资借鉴。

如今，各种囊括不同族群、阶层音乐文化类型的比赛、评选（例如“申遗”），其基本的话语权都掌握在政府部门和极少数专家学者手中，而其文化批评则又有可能在他们与整个学术界及不同社会阶层、族群之间广泛展开。因此，怎样才能不重犯历史性错误，用好人民给予的手中权利，是摆在相关部门、学术界和音乐评论界面前的一个共同课题。要想真正完成这项课题，充分借鉴人类学的批判性反思精神，重视发挥中国音乐文化批评的“自律”、“自省”等功能作用，应该是一个必不可少的途径。

（原载《人民音乐》2010年第2期）

① 又称“亚文化”，包括各种处于弱势、边缘的民族或文化族群以及同一社会内部的弱势阶层。

论“学院派”舞蹈创作的发展动因

·张　媛·

“学院派”是当今中国舞蹈创作领域一个不可忽视的重要群体。在中国舞蹈领域占有重要地位，并具有一定的导向性。因此，这个群体职业素质和创作水平的高低、审美观念的形成都将会成为影响中国舞蹈事业发展的重要因素。分析“学院派”舞蹈创作的发展动因，旨在为人们提供一个正确认识和了解“学院派”舞蹈创作发展动因及特点的平台，对其优秀的创作特点和审美品质加以发扬和传承，审时度势地调整发展路径，使“学院派”舞蹈创作在可持续发展道路上走得更稳、更快，创作出更多的优秀作品。

一　职业化舞蹈教育与“学院派”舞蹈创作的发展

（一）舞蹈教学发展需要“学院派”舞蹈创作

舞蹈高等教育是“学院派”存在和发展的基础。也就是说，当我们来谈“学院派”舞蹈创作时，是不可能撇开教育教学这个重要环节的。这一点对于中国这个“一边按照前苏联芭蕾舞模式建造自己的训练体系，一边进行创作实践”[①] 的“学院派”来说，更是如此。中国“学院派”舞蹈这种特殊的发展历史，使得中国职业化舞蹈教育的发展牵制着“学院派”舞蹈创作乃至整个中国舞蹈创作的发展，“学院派”舞蹈创作的前进是由舞蹈教育发展本身来推动的，它依附于“学院派”舞蹈的教学体系，长期以来，舞蹈创作落后于教学的状况更加速了“学院派”舞蹈教学对创作的内在需求。

从中国“学院派”舞蹈发展的特殊历史着眼，当今舞蹈教学的发展需要大量优质的“学院派”舞蹈创作。“学院派”舞蹈教育的目的，是要培养具

---

① 明文军教授访谈笔录，时间：2005 年 11 月 28 日，地点：北京舞蹈学院副院长办公室。

有综合艺术表现力的高级舞蹈人才，而当今的舞蹈教育更多的是在课堂中对学生进行基本功、组合、片段的练习，即强调的是技术性训练，让学生接受各类舞蹈作品的实践机会即增强艺术性训练，则相对较少。只靠片段组合的技术训练而没有完整作品的综合性艺术实践的舞蹈教学是不完善的，这样的舞蹈教育是残缺的。因此，这就需要有大量供学生进行艺术实践的舞蹈作品。从这个角度来考虑，“学院派”舞蹈创作的出现和繁荣正是舞蹈教学发展所需要的，它是证明、检验并反馈教学发展状况，进一步完善舞蹈教学的重要环节，是对各种技能进行综合运用并在运用中巩固和提高的重要环节。也正是从这个意义来讲，“学院派”舞蹈创作不同于一般的舞蹈创作，“在‘学院派’的创作中，必须和教学有关系，这也是我们总把学校的创作称作‘教学剧目’的原因”。①

而且“舞蹈创作的着眼点首先在于创作教学实习剧目以完善教学体系”。② 舞蹈课堂训练的最终目的是为了进入舞台，而训练的正确和科学与否，也只有在舞台创作实践中才能得到检验，通过学生表演作品，从而审视教学状况，总结得失，逐步积累，使教学训练体系更为科学和系统。这对于中国“学院派”舞蹈的发展来说，尤为重要。舞蹈教育发展不仅在“量”上需要更多的“学院派”舞蹈创作，更是在“质”上提出了更高的要求。教育的特殊性也对舞蹈创作带来种种限制因素，即一种对它的技术规定性和文化艺术制约性要求。这就要求创作中既能够充分体现训练中的技术含量，又不能完全被技术所淹没，还要体现特定文化和舞种风格的审美要求。也就是说，舞蹈教育需要“学院派”舞蹈创作包含技术和艺术双重价值。例如：《黄河》、《秦踊魂》、《木兰归》、《扇舞丹青》等作品，虽然已经过去多年，但至今仍被作为教学剧目所使用，原因在于这些作品具有较高的训练价值和审美价值，使学生把课堂训练与舞台表演有机地结合起来，融会贯通，这些作品最大限度地满足了舞蹈教学的需要。

“学院派”舞蹈创作的出现，为教学提供了实践的天地，并完善了舞蹈教学，推动了舞蹈教育的发展，在创作中反思教学，在教学中构思创作。由此，中国的“学院派”舞蹈创作对于职业化舞蹈教育发展是须臾不可缺少的。随着中国职业化舞蹈教育的不断发展和完善，也必将需要和推进“学院派”舞蹈创作的不断进步和提升，使其向更高层次迈进。

---

① 赵铁春教授访谈笔录，时间：2005 年 11 月 22 日，地点：北京舞蹈学院中国民族民间舞系。

② 于平选编《舞蹈编导教学参考资料》，北京舞蹈学院内部资料，第 234 页。

（二）舞蹈学科建设拓展“学院派”舞蹈创作

中国舞蹈教育的特殊发展历史，决定了“学院派”舞蹈在中国舞蹈艺术事业发展过程中具有不可替代的导向作用，并占据重要地位，“学院派”舞蹈的任何变化都会对中国舞蹈的发展产生巨大的影响。“学院派”舞种的划分是依托并与舞蹈学科的建设紧密联系的，也就是“学院派”的学科建设实际上等于中国舞蹈的舞种建设，而舞蹈最终所有的创作、比赛、交流都是按照舞种来界定和归属的，这就使“学院派”的学科建设直接关系“学院派”舞蹈创作和整个中国舞蹈创作，关系舞种属性的界定及其发展，这更增加了“学院派”舞蹈学科建设的使命和责任。也就是说，中国“学院派”舞蹈的学科建设直接牵制“学院派”舞蹈创作的发展，舞蹈学科的每一次举措和革新都会给“学院派”舞蹈创作带来影响和契机。

在中国古典舞学科发展的过程中，1960 年《中国古典舞教学法》的出版，是中国古典舞训练教材上零的突破，它“在传统戏曲的基础上，进行分析、提炼、加工、发展，统一规格、进行分类。同时又从教学的需要出发，借鉴了芭蕾的整理方法，加以科学化、系统化、规范化，初步形成了一套由浅入深、循序渐进的中国民族舞蹈教材”。[①] 它不仅为以后的教材建设奠定了基础，也对当时中国的舞蹈训练起到积极的推动作用。它促使 20 世纪五六十年代的中国古典舞开始从戏曲中独立出来，“形成了作为独立艺术手段的中国古典舞的舞蹈语言，为在中国舞蹈的舞台的展现，开辟了新天地，对当时的中国舞蹈的创作，产生了巨大影响”。[②] 由此看出，这部教材在很多方面都留下了不可磨灭的历史功绩，可以说，这是中国古典舞学科建设过程中对舞蹈创作产生的一次巨大推动。20 世纪 80 年代“身韵”的创建和实施，既给中国古典舞教学带来了重大转机，更给古典舞创作带来了持续生机，是中国古典舞学科建设对古典舞创作的又一次实质性突破。“身韵”使中国古典舞创作摆脱了用芭蕾的框架去结构中国舞蹈神采、韵律的方法，运用具有鲜明民族风格、民族神韵的舞蹈语言、表现方法、结构特点，开始按照自身的运动逻辑和美学规范进行建构，使中国古典舞创作抓住了灵魂，为“学院派”舞蹈的舞蹈语言选择提供了更大的发展空间，提出了创新的可能性，开启了中

---

① 李正一、邵大琨、朱清渊：《中国古典舞教学训练体系发展史》，上海音乐出版社，2004，第 42 页。

② 潘志涛主编《中国民族民间舞教材与教法》，上海音乐出版社，2001，第 1 页。

国古典舞创作在自律轨道上的大踏步前进。"身韵"的出现，相继推动了一大批中国古典舞作品的诞生，从20世纪80年代的《黄河》、《江河水》、《梁祝》、《长城》，到20世纪90年代的《醉鼓》，再到21世纪初的《扇舞丹青》、《风吟》、《书韵》、《大唐贵妃》等，这些作品与早期的如《牧笛》、《春江花月夜》等中国古典舞作品相比，从技术到审美都已有了明显的不同，"身韵"就像一道分水岭，把中国古典舞创作已然分为了两个不同的层次和阶段，中国古典舞学科建设的这次巨大飞跃，使中国古典舞创作机制产生了质的变化。

回首中国民族民间舞学科建设的过程，从20世纪50年代初"五部"教材的形成，到80年代初教育系本科教材的确立，再到90年代教学体系的多元探索，它的每一步发展和建构，都给"学院派"民间舞创作带来了巨大发展和无限生机。如80年代以许淑英为代表，陈春禄、李正康等"学院派"舞蹈家引入"元素教学"，从民间的风格、动态中提取素材，使之成为能够遣词造句的语素，"成了整个舞蹈教育中最具冲击力的彪炳之举"。[①]"元素教学"作为一套训练体系的出现，尤其是遵循文化轨迹进行分解、裂变、合成，走向再造，扩大了"学院派"民间舞创作的功能性，更加贴近观众和舞台。随着学科建设的不断深入，"元素"的意义从单纯注重表象发展延伸到注重"合成功能和辐射作用"，进一步深化了"学院派"民间舞创作的典型特征。从教材建设来看，2001年出版的《中国民族民间舞教材与教法》，较之以往"突出了重新架构的学院派民间舞'元素教学'的深化特征。换句话说，这部教材体现了'这一个'民间舞在动律的提取、动作的延伸、组合的归总上形成的一个以元素为核心的训练体系"。[②] 它提供了一种从偶然中求必然、举一反三的科学方法，使民间舞更注重舞蹈本体自身，进而派生出了汉、藏、蒙、维、朝五大民族、八个舞种、十六个细目的"学院派"民间舞教学体系。由这个体系引发的"学院派"舞蹈创作则更加丰富和更具包容性，从而产生了从20世纪90年代初期的《乡舞乡情》、《献给俺爹娘》，到中期的《小白鹭之夜》、《我们一同走过》，再到后期的《泱泱大歌》，直至21世纪的《大地之舞》等晚会以及《一片绿叶》、《孔雀飞来》、《老伴》、《扇骨》等一系列作品。

北京舞蹈学院编导系自1985年成立以来，一直在不断探索、研究符合中

---

① 潘志涛主编《中国民族民间舞教材与教法》，上海音乐出版社，2001，第1页。

② 潘志涛主编《中国民族民间舞教材与教法》，上海音乐出版社，2001，第5页。

国舞蹈创作和审美特征的技法体系。20 世纪 80 年代“交响编舞”就是这一探索的产物，“交响编舞”“不仅是一种新的创作手法，同时也是一种新的创作思维”。[①] 它强化了舞蹈表现力，突出了舞蹈本体，极大地丰富了“学院派”舞蹈创作，“交响编舞”的出现开启了“学院派”舞蹈创作的新时代，把“学院派”舞蹈创作推向了一个更高的发展阶段。由此产生了《无字碑》、《长城》、《梁祝》、《蒙东》等“学院派”舞蹈经典作品。另外，张建民对中国双人舞“撞击法和透视法”、邓一江对三人舞“接触磨合、延续变换、流动穿插”编创技法的研究，以及张羽军通过“动作解构”去追本溯源，开发出更多的舞蹈创编可能性，这都为“学院派”舞蹈提供了新的创作思维和空间，也着实推动了中国舞蹈创作的发展。如果说舞蹈学科自身细密、明确的划分和建设是促进各舞种风格和创作独立形象向深层次的开掘是一种纵向的延伸，那么不同学科之间交叉互渗，跨学科的学术整合，则丰富了“学院派”舞蹈创作的审美多样性，是一种横向的拓展。例如：古典舞《黄河》就是古典舞与编导教学和学科建设共同作用的产物，是“古舞新韵的语言观和舞蹈编导教学‘交响编舞’构成观的作品呈现”。[②] 它是“学院派”舞蹈创作一个时代的标志，是舞蹈不同学科交叉、学术互渗，共同作用的结晶。由此可见，“学院派”舞蹈学科的建设，不管是纵向的独立专业学科的深入研究、探索，还是横向的加强交叉、互动，以及纵横整合，都为“学院派”舞蹈创作提供了新的发展动力，极大地拓展了“学院派”舞蹈创作的发展路径和审美空间。

（三）舞蹈学者参与提升“学院派”舞蹈创作

“学院派”舞蹈创作的主体是作为“传道、授业、解惑”之人的舞蹈教师，并且，“学院派”历来之所以在人类教育史和学术史上都具有相应的思想权威，就在于这些创作主体较高的文化素养和专业水平所树立的学者风范。“中外舞蹈史的发展历史经验告诉我们，‘学者’或‘学人’的参与以及舞蹈者自身的‘学者化’，能极大地提高舞蹈艺术的文化品位和社会地位”。[③]“学院派”舞蹈的立身之地就在于它集结了一批有思想、有学识、有文化，具有较高学术素质和人品操守的舞蹈学者，这类学者的参与为提升“学院派”舞蹈创作的文化品质和学术含量创造了良好的发展机制和生态环境，倘若没有

---

① 于平选编《舞蹈编导教学参考资料》，北京舞蹈学院内部资料，第 167 页。

② 洪霁：《〈黄河〉之后：中国古典舞创作态势分析》，《北京舞蹈学院学报》2000 年第 1 期。

③ 于平：《舞蹈形态学》，北京舞蹈学院内部教材，1998，第 442 页。

了这种环境，“学院派”也就失去了它存在的意义和价值。

从吴晓邦、戴爱莲，到李正一、吕艺生、唐满城、孙颖、许淑英、罗雄岩、潘志涛，再到刘青弋、张建民、张羽军等等，他们大多都经历过实践的前沿，但并没有囿于实践的方寸之地，而是以宽厚的学识和积极的态度，从舞蹈基础理论、舞蹈应用理论、舞蹈教育、舞蹈创作实践等各自不同的专业视角，对舞蹈进行研究、探索、评论、总结，为提升“学院派”舞蹈创作做出了巨大的贡献。吴晓邦先生是一个集表演、创作、教学和理论研究于一身的名副其实的舞蹈学者，舞蹈创作与表演研究他早在1950年出版的《新舞蹈艺术概论》，作为“中国第一本舞蹈理论专著”，[①] 为研究中国舞蹈艺术奠定了系统的理论架构，他在舞蹈教育、舞蹈创作理论、舞蹈美学思想上的建树，对“学院派”舞蹈创作的发展具有重要的长期性指导意义。吕艺生在20世纪80年代提出的“舞蹈本体论”，是站在哲学的高度对舞蹈学科进行“自上而下”研究的重要方法论，它指引舞蹈关注自身的特性和价值，使“学院派”舞蹈创作更加注重舞蹈本体，是对创作实践具有针对性的思考和总结，对“学院派”舞蹈创作的发展具有重要的意义。孙颖严谨地、不骄不躁的舞蹈学者，正是这种学者风范使他对汉唐古典舞的追求，跳出了单纯的舞蹈视角，从更广阔的历史学、考古学等角度切入，对中华传统舞蹈文化进行挖掘、对汉、唐画像砖进行研究，才使得《踏歌》、《楚腰》、《谢公屐》等作品既具有丰厚文化历史内涵又具有时代审美意蕴，成为“学院派”舞蹈创作的典范。此外，罗雄岩通过几十年的探索，提出了研究民间舞蹈文化的“动态切入法”，对于创作实践具有较强的可操作性。刘青弋在中西现代舞方面的多年研究和探索，为现代舞的发展提供了相当的理论基础。被胡尔岩称为“知识型编导”的张建民，作为至今活跃在创作第一线的卓有成效的“学院派”舞蹈编导，不仅重视实践，而且通过多年的实践，再加上自身不断提高的理论修养，铸就了《中国双人舞编导教程》的问世。一代代舞蹈学者的深入实践和刻苦钻研，为“学院派”舞蹈创作营造了学术氛围，打下了坚实、厚重、科学的理论基础。

“学院派”舞蹈创作品质的提升，需要“具有扎实的学术功底、宽广而虚怀的学术视野与严谨的学风、科学的治学方法、较强的思维能力与好学、深思、笃行的品格”[②] 的学者参与进来，共同努力。不仅需要本领域的学者，

---

① 王克芬、隆荫培：《中国近现代当代舞蹈发展史》，人民音乐出版社，1999，第194页。

② 王振复：《提倡“学院派”》，《学术月刊》2003年第12期。

更需要跨领域的学人介入舞蹈，为舞蹈创作开启新的视角和思维。

没有学术研究和学者参与就没有实践的发展和创造，没有舞蹈研究就没有舞蹈教育，至少不会有先进的舞蹈教育。“学院派”舞蹈重视对教育教学的研究，对学科的探讨，对文化的思索，强调学术的眼光、理念和理论远见，加强学者参与的力度和广度，都成为推动“学院派”舞蹈创作发展的重要动因。

二　舞蹈比赛与“学院派”舞蹈创作的发展

（一）“全国舞蹈比赛”与“学院派”舞蹈创作

始于 1980 年的“全国舞蹈比赛”，作为由文化部和中国舞蹈家协会联合主办的、最早的、舞蹈专业领域的最高赛事，它为“学院派”舞蹈创作提供了最早的对外交流和学习的机会，它见证了“学院派”舞蹈创作从形成到发展的整个过程，特别是为形成期的“学院派”舞蹈创作提供了平台。因此，它是研究“学院派”舞蹈创作的一个重要视角。

第一届“全国舞蹈比赛”于 1980 年在大连举办，是中华人民共和国建立以来规模最大的一次舞蹈赛事。在此次 208 个参赛作品中，有 46 个作品获得编导奖，而“学院派”舞蹈创作只有北京舞蹈学院的《小猫咪咪》（编导：孙天路）获得了一个编导三等奖，其余创作奖项均被部队、中央和地方歌舞院团所包揽。从整个获奖作品来看，虽然有个别曾接受过“学院派”训练的编导的参赛作品，并或多或少具有某些“学院派”舞蹈的创作特征，如《瀑布》（编导：张毅）、《海浪》（编导：贾作光）、《节日的金钹》（编导：陈香兰），但总体来看，还是暴露出了初出茅庐的“学院派”舞蹈创作群体实力的弱小和势单力薄。这一比赛结果，着实给形成期的“学院派”舞蹈创作群体打了一剂“强心针”，刺激了他们创作的决心。在 1986 年的第二届“全国舞蹈比赛”中，“学院派”舞蹈创作获奖作品数量明显增多，在一等奖的 7 个获奖作品中“学院派”舞蹈创作就占了 3 个，尽管此时依然有评论说，“看他们的课堂训练比演出更过瘾，他们的演员好，节目不怎么样，创作跟不上，课堂训练与舞台表演实践脱节，……”① 依然没有摆脱“一流演员、三流编导”的状况。但获奖比例的增大无疑表明了“学院派”舞蹈创作群体在

① 吕艺生：《舞论》，中国戏剧出版社，1993，第 206 页。

努力、在进步，整体实力在增强。这些来自外界的“忠言”，虽然“逆耳”，但却“利于行”。通过对前两届舞蹈比赛获编导奖的145个作品进行分析，还可以发现，那些获奖作品固然优秀，但真正能够被舞蹈教育教学所使用的作品却寥寥无几，与“学院派”所追求的创作特征和审美风范也不尽相同，这在一定程度上更加激发了“学院派”舞蹈创作的责任感和使命感。可以看出，前两届“全国舞蹈比赛”作为当时全国唯一设有创作奖的赛事，尤其为形成期的“学院派”舞蹈创作群体看到自己与其他创作群体的差距，及时总结经验、反馈到创作实践当中，努力提高创作水平和实力起到了重要的推动作用。

本文提取了五届“全国舞蹈比赛”获编导奖的作品，并对获奖比例进行了分析。据笔者不完全统计，在这五届舞蹈比赛中，“学院派”舞蹈创作占整个获奖作品的比例分别是：1980年第一届占2.2%；1986年第二届占10.1%；1995年第三届占38.9%；2001年第五届占23.8%。从统计数据来看，我们可以得出两个结论：一是“学院派”舞蹈创作在全国舞蹈创作中的分量在逐渐增大，整体创作呈上升的态势，“学院派”舞蹈创作群体在逐渐形成和壮大；二是数据比例显示在1995年第三届比赛中出现了“学院派”舞蹈创作的第一次高峰，也证明了本文把20世纪80年代末至90年代末划分为“学院派”舞蹈创作的蓬勃发展期是有事实依据的。

可以说，“全国舞蹈比赛”对在形成和发展中的“学院派”舞蹈创作群体有机会较早地站在中国舞蹈的大环境中和其他创作群体进行交流、学习和切磋，以此来审视自身创作起到了积极作用，极大地促进了“学院派”舞蹈创作的发展和繁荣，也推动了中国舞蹈事业的前进。

（二）“荷花奖”舞蹈比赛与“学院派”舞蹈创作

“荷花奖”舞蹈比赛是1998年由中国文学艺术界联合中国舞蹈家协会主办的全国性专业舞蹈评奖活动，虽然它创办较晚，但其影响和规模却是巨大的。

“荷花奖”舞蹈比赛把大型舞剧、舞蹈诗列入比赛当中，为世纪之交这种综合性艺术形式的再度兴起提供了交流平台，也进一步检验了“学院派”舞蹈创作的全面性。据笔者不完全统计，在第一届和第三届“荷花奖”舞蹈比赛小型作品的评比中，“学院派”舞蹈创作分别占获奖总数的30.8%和54.1%。然而，在第二届和第四届舞剧、舞蹈诗的比赛中，“学院派”舞蹈创作均没有获奖，在第五届比赛中，只有舞蹈诗《天地之上》（编导：

张建民，表演：云南艺术学院附属艺术学校）获得一个作品金奖。这样的获奖比例，一方面反映出，“学院派”舞蹈创作在从蓬勃发展期向可持续发展期的过渡中，在小型作品创作上仍在中国舞蹈领域占有重要地位；另一方面，“学院派”在舞剧、舞蹈诗这种综合性艺术形式的创作上表现出明显的欠缺，当然，“学院派”受经济财力和教育教学等方面的限制是造成这种欠缺的部分原因，但也确实反映出“学院派”主观在学科交叉、文化整合等方面的不足，对于舞蹈本体与其他艺术形式的结合、嫁接和探索的不足，“舞蹈艺术本体并不应当将舞蹈外的‘异己混合体’艺术的合作拒之门外，相反吸收它们成为合作伙伴应当成为舞蹈家的本能要求”。① 这对于重视舞蹈本体研究的“学院派”来说，更应该成为本能的要求。因此，大型作品的欠缺应该引起“学院派”的关注与重视。尤其在世纪之交这种综合性艺术形式再度兴起和繁荣的背景下，如何跟上时代的创作潮流，如何运用自身的创作条件和资源，来弥补这个不足，无疑是对“学院派”提出了更高的要求，是“学院派”舞蹈创作在未来发展的一个突破口。第五届“荷花奖”舞蹈比赛第一次把国家级评奖活动与在文化市场取得优异成绩的常年性大型演出结合起来，开辟了中国舞蹈比赛之先河。这一顺应时代发展的重要举措，给当今中国舞蹈艺术在市场化进程中的发展助了“一臂之力”，客观上也给进入可持续发展期的“学院派”舞蹈创作避免在“象牙塔”中的“孤芳自赏”，进一步开拓了创作路径和审美阈限，为“学院派”更加注重社会参与、更好地创作出符合时代审美要求的作品打开了一条更广阔的道路。

（三）“桃李杯”舞蹈比赛与“学院派”舞蹈创作

全国艺术院校“桃李杯”舞蹈比赛，是由中宣部批准，文化部主办的全国十大艺术赛事之一，它于 1985 年由北京舞蹈学院发起，至今已成功举办了八届。因其独具的权威性、公正性和学术性，被誉为中国舞蹈界的“奥斯卡”。它是舞蹈专业和舞蹈理论教学成果展示与交流的盛会，是对我国各艺术院校舞蹈专业教学成果的大检阅，并为舞蹈界提供了较高艺术水平和品位的舞蹈作品。可以说，“桃李杯”舞蹈比赛从创办之日起就是一个具有“学院派”舞蹈性质的比赛，正如赵国政教授说，“‘桃李杯’是最能体现‘学院派’风范的舞蹈比赛”。② 舞蹈创作与表演研究它的发展与“学院派”舞蹈创

---

① 吕艺生：《舞蹈学导论》，上海音乐出版社，2003，第 289 页。

② 赵国政教授访谈笔录，时间：2006 年 6 月 12 日，地点：魏公村避风塘。

作息息相关，既是展示“学院派”舞蹈创作成果的舞台，也是反映“学院派”舞蹈创作问题的一面镜子。

“桃李杯”舞蹈比赛，首先把舞蹈理论建设和学术研究与比赛结合起来，打破了以往比赛只重实践而忽视理论研究的状况。把比赛作为教学成果的展示和交流，把学术研讨作为总结创作、深化教育的升华，使比赛不仅仅停留在舞台技术的展现，而是挖掘、延伸到教学经验、教材编写、教学方法、学科建设等关系舞蹈教育发展的实际理论问题上来，加强了职业化舞蹈教育改革和建设的良性循环发展，使比赛的“学院派”性质更为明显。其次，它开了舞蹈分类比赛的先河，使参赛作品舞种风格更加纯正，更具可比性，促进了职业化舞蹈教育向更加科学化、规范化的方向发展。更为重要的是，“桃李杯”舞蹈比赛大大促进了“教学剧目”的建设，为教学中的艺术实践积累了作品，推动了“学院派”舞蹈创作走向成熟和完善。“桃李杯”舞蹈比赛对于创作的要求是相当严格的，编导既要善于利用舞者的技术技巧，又要深入地开发舞者的艺术表现力，不仅参赛作品是受明确舞种风格限制的，而且还要以舞蹈“教学剧目”的要求作为创作的取向。可见，“桃李杯”舞蹈比赛的种种限定也是实现它创作高品格和含金量的重要保证，是显现它与其他舞蹈比赛创作的最大不同，体现它具有的“学院派”性质。

值得一提的是，2006 年第八届“桃李杯”舞蹈比赛首次把所有参赛群体分 A、B 两个级别，使普通地方院校也参与到“桃李杯”舞蹈比赛中来，进行学习和交流，使这些院校不再充当“分母”（吕艺生语），提高了他们创作的积极性。由于“分子”的扩大，对于提高中国“学院派”舞蹈的整体创作水平起到了重要的推动作用。其实，在第五届“桃李杯”舞蹈比赛时就有了这种创作新气象，如：四川舞蹈学校的《漫漫草地》、《生死情》，广东舞蹈学校的《萋萋长亭》，上海舞蹈学校的《旦角》等作品就已经显示了较高的创作实力，这些地方创作群体实力的增强，预示着整个中国职业化舞蹈教育的不断进步，“学院派”舞蹈整体创作队伍和范围的不断扩大。

20 世纪 80 年代以后，不管是院校之间的“桃李杯”舞蹈比赛，还是具有更广泛参与度的“全国舞蹈比赛”和“荷花杯”舞蹈比赛，中国舞蹈领域的三大赛事和“学院派”舞蹈创作都具有深层的联系，是我们深入分析“学院派”舞蹈创作的突破口。从以上对三大舞蹈比赛的整体分析中，我们至少可以得出两个结论。首先，通过统计数字显示，“学院派”舞蹈创作群体的存在已是一个显见的事实。它首先是基于大量作品的不断出现，并逐渐在全国产生重大影响，它先是呈现出一个实践问题，接着引发出对实践的成果即作品进行研究和分析，后是一个理论问题。由此，“学院派”舞蹈这个称谓的提出，不是凭空而论，而是客观存在，它有着相当深厚的艺术实践和文化积淀。其次，比赛不仅培养了“学院派”舞蹈这个创作群体，积累了一批“学院派”舞蹈作品，而且树立了“学院派”舞蹈创作的审美风范，扩大和增强了它的社会参与和对外交流，是反馈“学院派”舞蹈创作得失，检验“学院派”舞蹈创作水平和质量的一片天地。比赛也因此成为“学院派”舞蹈创作发展、繁盛的动因。

三 结束语

当代开放的文化环境和教育体制，使艺术创作中的包容性思维取代了排他性思维，也给“学院派”提供了大好的发展契机。伴随着中国舞蹈教育的进一步发展和深化，“学院派”必将长期存在下去，“学院派”舞蹈创作的模式和方法也必将继续在中国舞蹈创作领域中起到示范作用。它的每一次抉择不仅关系着自身的发展，更引导着中国舞蹈的前进方向。因此，“学院派”舞蹈创作在未来的发展应当以更加宏观的战略眼光、更加开放的美学基质、更加丰富的创作观念、适时的审美取向，在总结的基础上调整、在继承的基础上创新、在包容的基础上吐纳，无论如何，当代的中国“学院派”舞蹈创作回避不了当下共存的现实语境，兼顾社会的需要，与时代并肩，永远是所有艺术生存的不二法则，也是可持续发展期“学院派”舞蹈探索生存空间的法则。

（原载《北京舞蹈学院学报》2010年第1期）

“设计史”的本质

——从工具理性到“日常生活的审美化”

·杭　间·

20世纪以来，“设计”日显重要，这是一个值得注意的文化现象。而设计史的产生是“设计”在这个时间遭遇现代性和后现代思潮等因素影响的必然结果。法兰克福学派的工具理性的批判，对现代设计发展和设计史的描述构成了自我认识的新阶段，设计史的写作为此有了许多艰难和令人尊敬的回应，但相较其他传统人文学科来说，设计史的诞生仍然时间过短。当在“日常生活审美化”等后现代的语境中，设计作为既得利益者，成为必然、重要的逻辑时，设计史有责任和义务提醒当代设计回归本质。

广义上的“设计史”，指的是18世纪英国工业革命以来，欧美发达国家在面向生活的物质制造方面的“进步”历史，也是在全球化背景下欧洲中心文化的产物。今天，无论在西方还是亚洲，包括改革开放后的中国，我们似乎都在各个领域遭遇“被设计”。“设计”不仅视为一个新兴的专业被屡屡提起，而且作为一个与社会、经济、消费、时尚等产生密切关系的词汇，成为一种强势的文化现象。在中国这样的发展中国家，设计越来越被主流视为“文化创意产业”和“中国制造到创造”的良药，甚至是中华民族复兴的秘方，“设计的历史”正代表为一种已经被西方证明了的、进步的、不容置疑的、必然的逻辑关系，用一位中国著名设计家的话说，“设计师要做上帝没有做过的事情”。

理清20世纪以来的思想史中如何从“设计”的产生到对设计发展进程的肯定过程，是评价“设计至上”论的前提。以英国艺术理论家尼古拉斯·佩夫斯纳（Pevsner Nikolaus）出版于1936年的著作《现代设计的先驱者》（*Pioneers of Modern Design*）作为分水岭，1936年以前几乎没有“设计史”，只有包含在艺术史中的“工艺史”，它的重点是关注装饰艺术，而显然，当时的装饰艺术仅仅被视为是建筑的分支。爱德华·卢西·史密斯著的《世界工艺史》（*The Story of Craft*）中基本的格局是陶器、金银器、家具、玻璃和其他器具的演变史，这其中，主要分析的是装饰纹样的演变和区域文化之间的关系，在如此的线索中，作为造物主体的人的设计行为在装饰艺术历史中几乎被忽略了。随着工业革命的机械生产在生活领域的影响逐渐加深，威廉·莫里斯在英国艺术与手工艺运动中的主张，成为设计主体觉醒的最初声音，“尽管威廉·莫里斯深感以机器为特征和标志的变革力量，将艺术置于危险境地……但他总能迅速恢复信心。他清楚地预见到在一种不可抗拒的新力量面前所形成的大片美术空白，因而全身心地投入到填补这种空白的工作中，他再次将曾经的艺术之美带入我们的生活，从而使即将出现的新艺术不至过于粗制滥造”①。莫里斯以中世纪美学为朴素的标准，并通过家具、陈设等设计实践，为大工业时代开启了主体设计的先河；也因此，佩夫斯纳那本书有一个醒目的副标题“从威廉·莫里斯到格罗皮乌斯”。

佩夫斯纳的《现代设计的先驱者——从威廉·莫里斯到格罗皮乌斯》，将设计提升到前所未有的位置：他认为现代世界的设计具有重大的意义和重要性，设计活动在这个新兴世界里所采用的形式具有社会重要性和本体论重要性。但同时，他又表现出对现代世界出现的大规模设计的憎恶。佩夫斯纳正是从机械生产的历史中找到艺术改变技术的有力思想线索，同时又对设计的未来怀着理性的忧惧，确立了设计史在现代主义初期的地位。20世纪30年代，正处在两次世界大战中间的社会思潮对人类文明所出现的黑暗面和以马克思总结的“异化”为特征的资本主义社会的劳动与人的关系有着普遍共鸣的时刻，因此，“二战”以后的设计虽然没有马上成为社会文化的主流，但却为20世纪60年代后的勃兴奠定了基础。紧接着，消费革命时代的到来显现了设计的作用，设计教育的飞速扩展，设计的制度化建设从英国、德国、美国以及日本开始影响到全世界，并成为文化生产的一种新的体制，值得注意的是在当代艺术流派的发展中，波普艺术第一次走出艺术本身，以“设计”的方式与大众文化产生了前所未有的联系，机械复制时代凭着与社会、消费产生越来越多的形而上的关系，设计的独立本质也受到了后现代思想家的注意。

以英国皇家艺术学院为例，这所因维多利亚时期伦敦博览会的筹办而成立的“设计学校”（最早称为Government School of Design），此时已有了极大

① 兰克·劳埃德·赖特于1901年在芝加哥艺术与手工艺协会的演讲《机器时代的艺术和工艺》，海军译，《设计真言：西方现代设计思想经典文选》，凤凰出版传媒集团、江苏美术出版社，2010，第141页。

的发展，有完整的设计学科建制和适应科技发展的机制和创新的条件，教育过程中对学理问题思考的深入，要求发展出一种不以美术史和建筑史为主要对象的设计史，因为这是职业设计体现设计自觉的有效途径。而随着大工业与生活关系的日益密切，设计组织、技术以及设计与社会、经济的关系，设计与商业、市场以及流行品位的关系等等，成为新的社会舆论重点。曾经在赖特设计事务所工作过，后来成为战后最重要的设计师和设计理论家的维克多·帕帕奈克（Victo Papanek，1927～1998）在1975年发表的《教育图解》（*Edugraphology*）中，曾十分形象地概括说，“20多年前，设计师基本上把他们自己看作是艺术家，能够通过他们对于形式、功能、颜色、质地、和谐和比例的把握，弥合技术与市场之间的裂痕。对于一个工业设计师或建筑师来说，它需要进一步关注的就是花哨、便利和‘趣味’。但不到10年，设计师的交涉就扩大成了一整套成体系的方法，表现出对生产、分配、市场检验和销售的巨大兴趣。这为团队设计打通了门径，尽管团队大都由技术统治者、营销专家和时髦的‘说客’组成”①。

实际上，在整个社会大系统中，在从“制造物品”到“设计物品”的大约250年的历史中，设计确实进展神速。1902年成立的德意志制造联盟（Deutscher Werkbund）是继威廉·莫里斯后的对于技术的进步催生设计发展提出新的主张的设计团体，“标准化”是一个设计理性服务现实最有效的途径，同时也是一种具有“民主”倾向的思想的体现。标准化把设计的功能主义提高到一个新的高度，它不但方便使用和技术与零件的更新，形成更广地域的服务和支持系统，同时也极大降低了成本，使得人人均可平等享受新技术的成果。1919年成立的包豪斯的三任校长中有两任出自“制造联盟”——格罗皮乌斯和密斯·凡德罗，格罗皮乌斯将设计扩大到更大的领域，他在1924年写的《国立包豪斯的观念与发展》中承认，“包豪斯是博取众家之长的产物，其中有自英国工艺美术运动开始的关于工艺和工业化、艺术家和公家之间的全面讨论，还有更具体的如第一次世界大战前众多的小型艺术学校的改革以及德意志制造联盟、彼得·贝伦斯、亨利·范·德·维尔德等机构和个人的思想，他们全都‘苦心探求，并且最先找到了一些方法，重新把劳作的世界与艺术家们的创造结合起来’”②。

---

① 维克多·帕帕奈克：《教育图解》，周勃译，江苏美术出版社，2010，第869页。

② 杭间、靳埭强主编《包豪斯道路——历史、遗泽、世界和中国》，山东美术出版社，2010，第4页。

包豪斯的几个时期分别有不同的主张，但总的思想线索是希望通过艺术与传统技术、现代技术的结合，所产生的“设计”能够改造社会，改变世界。第二任校长瑞士建筑师汉斯·迈耶（Hannes Meyer）则更为极端，这位马克思主义者是一位激进的功能主义和反美学分子，他相信决定文明程度的是构成物质生活的生产方式，因此必须使建筑和设计为绝大多数人提供服务，以无条件考虑需求为前提，强调低廉造价的、最大经济效益和社会效应的实用主义设计原则。而到了密斯·凡德罗任校长的最后三年，把包豪斯扩大到社会意识形态的设计还原为纯粹从技术角度出发的设计风格，至此，包豪斯日后为思想界诟病的“功能主义”的局限性形成一个完整的体系，但是包豪斯的“雄心”在工业与手工、标准化与艺术自由之间注定要遭遇现实困难，这个困难实际上也正是后来法兰克福学派所提出的“工具理性”和“价值理性”之间的矛盾。

“工具理性”是法兰克福学派批判理论中的一个重要概念，其最直接的渊源是德国社会学家马克斯·韦伯（Max Weber）所提出的“合理性”（rationality）概念。韦伯将合理性分为两种，即价值（合）理性和工具（合）理性。工具理性是启蒙精神、科学技术和理性自身演变与发展的结果，但是，从未有人提出，现代主义时期的设计的历史，正是“工具理性”的最外在的表象。随着工具理性的自大和膨胀，在追求效率和实施技术的过程中，设计的本质也在逐渐滋长强势的武断和自以为是的粗暴，正如设计的“标准化”，它同样是一把双刃剑，在统一标准已达到便利的同时，强制的单调和毋庸怀疑的低廉，使得设计的理性由解放的工具退化为统治自然和人的工具，以至于出现了设计（工具理性）的霸权，从而使得工具理性变成了支配、控制人的力量。设计借助科学技术和市场机制，对生产率的提高与经济增长起到巨大的推动作用，同时它又在大众消费和设计管理过程中，与上层建筑、经济基础互为作用成为推动社会发展的最具有显示度的因素。

理论界曾将对“工具理性”的批判作了如下的归纳：第一，正是在反神话的启蒙理性中孕育着工具理性和技术理性霸权的种子；第二，工具理性和技术理性霸权的根源在于数学原则、形式逻辑的盛行，其最基本的特征是把世界理解为工具，理解为手段；第三，工具理性或技术理性本质上是统治的合理性，是组织化的统治原则；第四，工具理性或技术理性的发展导致了主体的客体化、物化，并最终扼杀了文化的创造性、丰富多彩性，使文化成了一种工业文化、单面文化。① 对照这样的批评，我们可以从勒·柯布西耶

① 陈志刚：《法兰克福学派工具理性的批判和困境》，“文化研究网”2004 年 7 月 26 日。

（Le Corbusier）的《光辉的城市》计划中找到契合的分析案例。

关于《光辉的城市》，《读书》杂志2010年7、8月号上连续发表了金秋野的《光辉城市和理想国》一文，作为译者，作者详细评述了作为20世纪最伟大的建筑师和思想家柯布西耶创作《光辉的城市》的来龙去脉和在建筑设计史和文化思想上的评价。1928年，苏联开始推行以工业化为目标的第一个五年计划。为了合理部署城市化方略，以政府的名义，向世界各地学者和专业技术人员发出了一份调查问卷。柯布西耶慎重作答，将自己的城市思考灌注其中，后来以《给莫斯科的回信》为题发表。可他仍不甘心，遂停下手头的工作，全力以赴将心中酝酿已久的理想城市绘制成二十张图纸，这就是"光辉的城市"。①

柯布西耶笔下的"光辉的城市"是为了通过设计解决城市化进程所出现的"丑陋"问题。柯布西耶从三个方面批评人类现有城市化模式：第一，城市的无度扩张造成了大量紊乱无序的类城市化区域，过去建筑师所推崇的卫星城，在现实中沦为生活品质低下的郊区；第二，城市地理空间上的分化造成贫富差异、阶级分层和社会不公；第三，城市腹地也好不到哪儿去，最繁华的地段，往往充斥着贫民窟一般的走廊式街道和内院式街坊，"新的城市在旧城上面叠床架屋，沿着街道两侧，旧日房屋已经壁立如悬崖，新建房屋却在其上累加悬崖的高度……街道生活令人备感厌倦，吵闹、肮脏、危机四伏"。柯布西耶认为："今日之日，人们非但没有享受到自由，所见唯各色奴役而已。奇怪的是，这般奴役，当事人还纷纷表示赞成，且已没有任何限制。"② 柯布西耶认为："城市化的原罪跟资本运行的内在逻辑有着直接的关联，这个逻辑就是：通过不断拉大的城乡差异哄抬城市土地价值，生产'无用的消费品'，以提升人类个体内心的欲望；以信贷机制促进流通和再生产，达到刺激消费的目的；在消费的刺激之下，鼓励浪费，生产更多的'无用的消费品'，再通过广告、促销等手段刺激更多购买欲，如此循环往复，直到将有限的资源消耗殆尽。然而，红尘里的众生在内心驱策或外物胁迫之下，紧随现时代的发展神话，奔向芒福德预言中的大崩溃。"③

---

① 金秋野：《光辉城市和理想国》，载《读书》2010年第7、8期。参见勒·柯布西耶《光辉的城市》，金秋野、王又佳译，中国建筑工业出版社，2010。

② 金秋野：《光辉城市和理想国》，载《读书》2010年第7、8期。参见勒·柯布西耶《光辉的城市》，金秋野、王又佳译，中国建筑工业出版社，2010。

③ 金秋野：《光辉城市和理想国》，载《读书》2010年第7、8期。参见勒·柯布西耶《光辉的城市》，金秋野、王又佳译，中国建筑工业出版社，2010。

将近80年过去了，依然可以体会到柯布西耶惊人的洞察力和对城市化弊病批判的尖锐和深刻，今日中国和其他发展中国家一样，正在重蹈覆辙，由此可见“工具理性”的逻辑是怎样有着跨文化的一致性。但正如工具理性在资本主义生产关系中所遭遇的不可避免的宿命结果一样，柯布西耶的解决方案除却乌托邦一面外，其所显现的现代设计的自以为是的给予、单调的秩序以及以牺牲个人自由为代价的“合理”，同样体现了他无法摆脱时代的局限和对设计至上的宗教般的崇尚。请看柯布西耶对“光辉的城市”的描绘：室内是先进的中央空调系统。房屋的尽头是一面完整的中空玻璃墙，清澈的绿意在窗外徐徐展开。你走出家门，门外是一条长长的走廊，足有一千三百米长，因为你居住在一栋沿着折线展开的多层公寓大楼，每二千四百个居民享有一个共同的出入口和垂直交通核，你的家门离这个交通核的距离绝不会超过一百米。走廊尽端连接着托儿所，而幼儿园和小学则位于大楼外不远的公园里。你可以选择到二层驾车出行，也可以直达一层，步入户外。这座城市里的建筑全部使用底层架空柱，地面层从而变得畅行无阻。整个城市地表空间供居民步行，就像一个无边无际的公园，建筑的屋顶也被设计成屋顶花园。尽管如此，由于采用集中式布局，居住密度反而较纽约、伦敦等大城市为高，达到了每公顷一千人。公园中到处分布着运动场地和游戏设施，也有游泳池和沙滩。透过5米高的架空底层，人们的视野连绵不断，极目四望，你总能看到遥远的地平线。行人才是这座城市的主人，机动车道都被举到半空，私人汽车可以直达每座公寓二层的停车平台，这里是城市车流的“港口”，它们彼此通过快速交通网连接在一起，位于不同水平高度的机动车道和人行道绝无交叉，也没有红绿灯，卡车和有轨电车都在专用道路上行驶，这座城市里没有公共汽车。马路再也不从窗根底下经过，传统的街道生活也就不复存在了。取而代之的是一条位于每座公寓大楼中的“室内街道”，餐馆、商店、理发店一应俱全。每座公寓大楼还设有专门的公共服务中心，采用集体经营模式，统一采买生活必需品，为本社区居民提供无微不至的日常服务。①

在享受了现代科技文明最初的惊喜以后，今天的人即便来自条件窘迫的家庭，也能感受到柯布西耶所描绘的“美好”图景让人不寒而栗，“光辉的城市”与《现代启示录》中那架巨大的机器一样是冰冷的、过于理性的、单调和无趣的，当人口密度增加以后，当我们每天都从同样的路线回家，不再

---

① 金秋野：《光辉城市和理想国》，载《读书》2010年第7、8期。参见勒·柯布西耶《光辉的城市》，金秋野、王又佳译，中国建筑工业出版社，2010。

做饭吃着同样的食物，行人和汽车不再交叉的同时也会使人和人没有了联系，没有人群的拥挤也就没有人的交流，即便有天际线，我们又能有多少时间去极目远望？可是这样批评柯布西耶的"好心"又是不公平的，柯布西耶说："整个世界都病入膏肓。重新调校这部机器势在必行。重新调校？不，那实在是太温柔了。在人类面前，如今出现了一种可能性，去进行一场空前的冒险：去建造一个全新的世界……因为已经没有时间可以浪费。"① "一旦这个目标达成，人就不再是贩夫走卒或被践踏的尼伯龙根；他就化身为造物主之一。此时，他获得特殊的能力，能够对未来的事件做出裁夺。一旦他的计算告一段落，他就会凌驾于俗世之上，受命发出神谕，而他也往往就会发出神谕——'世界正该如此'！"② 此时，在柯布西耶美好的内心，他就是创世纪的"神"，但神圣的动机和启蒙的愿望，在无与伦比"正确"的设计面前，人在其所建立的秩序面前必然成为客体和"物"，并在合理性的名义下最终扼杀了文化的创造性、丰富多彩性。无数历史事实证明，"人类为其权力的膨胀付出了他们在行使权力的过程中不断异化的代价。启蒙对物的作用正如独裁者对人的统治。独裁者只是在操纵人的时候才能了解人，而科学家们只是在制作物的时候才能了解物"，③ 当柯布西耶或另外的其他人被称为"神"后，我们又怎能肯定他不会异化成为"独裁者"？

工具理性和价值理性是相对存在的关系，价值理性的实现，必须以工具理性为前提，虽然工具理性中也包含物质形态的工具与精神形态的工具，这一点在设计中表现得尤其明显，设计从来都不仅仅呈现为单向度的物质功能属性，而通过艺术的处理和想象，使设计呈现超越工具理性的面貌和复杂性。因此，当现代主义设计随着后现代思潮的兴起而逐渐淡出文化主流视野后，设计并没有因此走入困境，而是在经济全球化时代，借助电子和网络技术的快速发展，进入一个全新的时代，正如本文开始所说，设计反而在今天变得前所未有的重要，而原来片段式的设计史也正与当代思潮结合，实现了从传统体系、现代体系向着后现代体系系统描述的转换，它超越了单纯的工具理性的论证和铺陈，而跃向通过对经由艺术为主导的文化（符号）消费的合法性叙事。设计史写作的"繁荣"表明，融会了自造物设计以来有着种种口号

---

① 金秋野：《光辉城市和理想国》，载《读书》2010年第7、8期。参见勒·柯布西耶《光辉的城市》，金秋野、王又佳译，中国建筑工业出版社，2010。

② 金秋野：《光辉城市和理想国》，载《读书》2010年第7、8期。参见勒·柯布西耶《光辉的城市》，金秋野、王又佳译，中国建筑工业出版社，2010。

③ 〔德〕霍克海默《霍克海默集》，上海远东出版社，1997，第49页。

的诸如批量生产、功能至上、高科技设计、生活方式的设计、生态设计、绿色设计和可持续设计的当代设计史，终于登堂入室，完成了学术上的凤凰涅槃，进入后现代思想的范畴。

在我看来，法国学者布西亚（Jean Baudrillard）的《物体系》（*Le système des objets*）正是这样的一部转折性著作，这部著作完全从我们通常熟悉的主体至上离开，而向客体也就是“物”至上的思路展开，是设计在今天与社会、经济、文化形成新的关系的有代表性的阐述。

传统的物质文化的研究中，物从来不是主角，它总是从属于人而出现在世人面前。布西亚说：“我们分析的对象不是只以功能决定的物品，也不是为分析之便而进行分类之物，而是人类究竟透过何种程序和物产生关系，以及由此而来的人的行为及人际关系系统。”① 但布西亚只是引出一个与物有关的话题，他并不是要讨论“物”和人的关系；相反，由于消费社会中物和人产生何种程序的重要性，人沦为物体系中符号的系统化操控下的一种幻觉，而“当物作为一种符号存在时，也就意味着，物品通过相互间的意义指涉关系，构成了一个可以自我容纳和生产自足的符号意义体系，物从中获得了意义的自治，物的存在也就取得了其本身的合法性。因此，在当代社会中‘被消费的东西，永远不是物品，而是关系本身’，所以‘消费’作为一种‘符号的系统化操控活动’，成为了物的意义体系对人的实践、感知、意识进行配置和整合的过程。最终物体系吞咽了人，物从而成为消费社会的主体，我们也步入了一个物体主宰一切的时代”。② 在这里，布西亚心目中的物本身就是主体，可以自我言说，自我生产，自我消费，与当代设计产品在符号消费的层面上的“物”的意义，实际上是同一所指。在当代技术的普及前提下，新设计不再追求实用功能的新发现，而是为更广阔的“消费”制造一种无中生有，但却能刺激购买的“符号”，此时，在设计师和使用者之间不存在契约和服务关系，流通中的设计之物成为“自在之物”，物有了最终的意义体系，因此，布西亚要论证的是作为“自在之物”如何得到解放从而获得其自主。

在《物体系》中，布西亚通过研究“日常生活”得出的结论是：“物的目的性的极度发展，使得物品几乎成为一个全面性程序的主导者，而人在其中不过扮演一个角色，或者只是观众。”③ 但这样一个极端的结论，是设计史

① 〔法〕尚·布西亚：《物体系》“导论”，林志明译，上海世纪出版集团，2001。

② 张原：《物的体系与人的宿命——评布西亚之〈物体系〉》，载《西北民族研究》2006年第2期。

③〔法〕尚·布西亚：《物体系》，林志明译，第55～56页。

无法接受的，因为，"物"的无上的重要性，固然为设计在当代文化中确立了新的身份和位置，但作为设计师作品的"物"即使成为一个消费符号，也不能脱离设计师而存在，否则，设计史的意义就不存在。柯布西耶在《光辉的城市》中说过的那句话"当一种技术产品已经在纸面上设计出来，它就真实存在"，①相信任何时候都会成为设计师的理想。

在后现代思潮中，从对"日常生活"研究所产生的"日常生活审美化"思想，实际上已不属于传统美学范畴，而是指向一种更广阔和更具有包容性的思考问题的方法。什么是"日常生活"？法国社会学家列斐伏尔（Henri Lefebvre）说"'日常生活'是一个现代性概念，它的历史必须与现代社会的经验与发展联系在一起"，"日常生活，从某种意义上说是剩余的，通过分析把所有独特的、高级的、专门化的、结构的活动挑选出来之后所剩下的，就被界定为日常生活。……正是在日常生活中，使人类和每一个人成为一个整体的所有那些关系获得了形式和形状"。②在这样的日常生活的含义下，普通人对现实的最具体实在的生活的重视和提升，有了反抗和回归的意义，因此，在后现代状态中，不少思想家提出了"日常生活的审美化"问题，他们认为现代化运动所及之后的"日常生活"单调、刻板、重复、无趣，工具理性、精英文化以及体制权力对"日常生活"进行了无所不在的控制，使得我们所获得的"日常生活"成为一些支离破碎的"碎片"。在这样的情形下，只有"艺术"能承担"救赎"的使命，弥合生活和艺术之间的界限，列斐伏尔说："让生活变成一件艺术品。"

这真是一个激动人心的口号！也正是设计从18世纪产生之初以来就已有的"真理"，但在"生活"和"艺术品"之间，设计本身却不断受到质疑，从拉斯金、莫里斯、格罗皮乌斯到形形色色的后现代设计大家，无不在生活的多变性和艺术的不确定性面前受到非难，如今，在21世纪的工业形态较之大工业机械生产有了巨变的时候，而设计的人工制造物所面临的处境，因为传播和消费途径的变化也带来巨变的时候，"日常生活审美化"的提出，给了设计界一个无限发挥的空间。由于可视为是一个非经典美学的定义，它使日常中对它的阐释，多了许多自由和民主的色彩，同时，也为设计产品的任何可能的不合法性，留下了充分辨析的空间。并且，在机械复制时代，这种

① 金秋野：《光辉城市和理想国》，载《读书》2010年第7、8期。参见勒·柯布西耶《光辉的城市》，金秋野、王又佳译，中国建筑工业出版社，2010。

② 转引自周宪主编《文化现代性与美学问题》，中国人民大学出版社，2005，第63页。

“审美化”给艺术品的拥有、传播、鉴赏、教育等等，均赋予了全新的意义，可以说，后现代设计的所有果实，都可以装在这个筐子里。设计史因此有了更多形形色色的流派和思潮，但实际上，令人担忧是，设计本质并没有变，再“好”的设计也是设计。

设计的本质没有变化，因为在资源、设计、消费、环境保护、节能等关系之间，人类设计的理性总是暂时的、阶段性的和策略的，这是人利己的本性决定的，这种因商业利益关系而来的设计的“虚伪性”，就像宗教中的“原罪”，不能超越。因此，200 多年来一部快速发展的设计史，最终会因为地球和宇宙关系的重新认识而回到它原来朴素的时候的样子，这就是，只有美的生活，但看不见设计。维克多·帕帕奈克曾经列数过“设计的十个神话”，并逐条进行了点评：1. 设计是一种职业？（设计只有人人参与、人人共享，否则它就不能满足大众）；2. 设计是有品位的？（只有一小部分有，其他大多数受到“功能形式主义”“基本软件”等的影响）；3. 设计是一种商品？（商品的存在是用来消费的，设计越多，就越被消费，直至消耗殆尽）；4. 设计是为了生产？（生产是个“坏名词”，它使几个发达国家消耗大多数国家的资源，并从不考虑环境保护和再生）；5. 设计是为了大众？（设计主要是为了设计师，而设计师希望说服商人接受他们的设计，大众没有与设计师在一起）；6. 设计解决问题？（它只解决那些已经产生的问题）；7. 设计师有特殊技巧？需要六年高级专门教育？（确实需要学习一些东西，但这些都是人类先天就有的潜能，另一方面，“商业窍门”的花招一年就能学会）；8. 设计是创造性的？（教育倾向于创造出有能力和竞争性的消费者而不是具有创造性的和自主的个人）；9. 设计满足需要？（它所满足的需要是发明出来的需要）；10. 设计与时间相关联？（多数设计都关心创造一种人为的产品废弃，但是产品废弃也制造了贬值，导致了孤立，最终是一种存在的焦虑）。① 反过来仔细看，设计的这十个神话，也正是设计史的自我反省和批评视角。

其实，“设计史”的责任，不仅是要为设计从一种实用技术和艺术提升为一种文化想象寻找理由，同时还担负着给设计师观看历史中的设计提供不同的角度，引导公众完整评价广义设计的发展。在整个 20 世纪和 21 世纪上半叶，设计因不同时代的风云际会从次要艺术变为“设计至上”，作为一个重要文化现象的生长，设计历史的描述是一个耐人寻味的过程。工具理性对设计

---

① 维克多·帕帕奈克：《教育图解》，周勃译，《设计真言：西方现代设计思想经典文选》，第 872～874 页。

发展的影响是工业化时代的必然，“设计史”为此有了许多艰难和令人尊敬的回应，但相较其他传统人文学科来说，“设计史”的诞生仍然年轻，在“日常生活审美化”等后现代的语境中，设计作为既得利益者，并成为必然的重要的不容置疑的逻辑力量后，“设计史”有责任和义务提醒当代设计回归本质。

（原载《文艺研究》2010 年第 11 期）

论文观点摘要

1. 创建中国艺术学学科体系，培养有文化修养的艺术人才

彭吉象《艺术教育》2010年第8期

在当今全球化语境下，进一步了解中国的传统文化和中国的传统艺术，特别是了解极富特色的中国传统艺术精神；进一步学习外国先进文化和新的艺术表现方式和艺术手法，不断加强中西文化艺术的交融贯通，尽快创建中国艺术学学科体系，推动中国艺术走向世界，应当是我们每一位艺术工作者和文艺理论工作者的共同追求。也只有这样，中国艺术才能充分发挥自身的优势和特点，真正体现出中华民族艺术的文化价值与美学特色，也只有这样，我们的民族艺术才能在弘扬传统的基础上不断发展创新，真正走向世界舞台，为各国广大观众所喜闻乐见。

2. 当代中国20年文艺本体论研究的若干问题

毛崇杰《艺术百家》2010年第1期

文艺是由多重本质决定的。本体论是一个巨大的底盘，几乎可以囊括人的生存之本质与现象中的一切：自然与社会、肉体与灵魂、认知、情感与意志、日常生活实践与宏大历史叙事……迄于今日任何一种文艺本质论，如认识论、生产论、工具论等等，无不安放在本体论这个底盘之上，并由之得以说明和阐发。正因为如此，这个大而无当的底座，似乎什么都可以说明，但是对于楬橥文艺的多重本质，重要的是理清本体论与其他本质论的关系。本体论与文艺多重本质是层级关系，层级关系在总体上也属于构造式关系，但由于处于构造的最底层，本体论与文艺其他的本质相互勾连榫接支撑关系略有不同，本体论之作为“第一哲学”正表明了这种关系。

3. 新抽象与老哲学

彭锋《艺术评论》2010 年第 11 期

中国当代艺术在摆脱了对西方的模仿之后，开始形成自己的发展轨迹。与此相应，中国当代艺术理论也到了摆脱西方的时候。当我们为中国当代艺术中的新苗头找到解释的时候，我们就会发现中西方某些貌似相似的艺术现象其实非常不同。对这种不同有了自我意识，中国当代艺术就有了自己的基础。本文以抽象绘画为例，探寻其背后的哲学基础。正是哲学基础或者自我理解的不同，让今天的中国抽象绘画成为当代艺术。

4. 敦煌艺术及其再生研究

韩伟《文艺研究》2010 年第 4 期

敦煌洞窟壁画的再生，把古老艺术的灵动之思与现代艺术的观念结合，使它不断地超越。关于敦煌艺术再生的研究，学术界大致有以下的几种情况：一是在西部文化的综合研究中包含对敦煌艺术再生的研究；二是从宏观角度对敦煌艺术再生问题作研究；三是具体的敦煌艺术再生研究。而国外学者对敦煌艺术的关注，大部分局限于本体性研究。随着研究的不断深入、全球化步伐的日臻紧迫，对敦煌艺术资源和现状进行系统的、宏观与微观相结合的考察，对其价值意义及在新形势下的发展进行整体思考，越来越显得重要而迫切。

5. 谍影重重：间谍片的文化初析

戴锦华《电影艺术》2010 年 1 月号（下半月）

20 世纪 50 年代至 70 年代之间，间谍片在全球银幕上异军突现，它不仅成就了诸如詹姆斯·邦德/007 式的、青春永驻的动作片系列，成就了好莱坞黑色电影、B 级片的诸多名作，而且成就了苏联及东欧电影的大众娱乐样式，成就中国大陆电影中颇具工农兵文艺特质的叙事范本。在刀林剑簇、水火不容的冷战分界线两侧，众多电影文本的叠加令间谍题材成了电影叙事的类型、至少是亚/准类型之一。

6. 20 世纪五六十年代山水画改造运动的话语建构

王先岳《文艺研究》2010 年第 8 期

“为谁画”、“画什么”、“怎样画”，或许是 20 世纪五六十年代山水画改造运动中的三大核心话语，因为新中国文艺强调“为工农兵服务”、“反映现实生活”，以及“推陈出新”、“古为今用，洋为中用”等，同样，也是山水画（尽管在当时的美术领域里处于极端的边缘状态）发展、变革的权威向导，因此，山水画必须在价值功能、题材内容、笔墨技法等方面，作出相应的调整、转变，才能顺应时代的潮流、实现合法话语的建构。作者指出，20 世纪五六十年代山水画的改造方向可概述为：（1）从个体自我的逍遥适性到为大众服务；（2）从主要表现自然向表现自然社会并重；（3）从基本依赖传统程式进行创作，向写生与“推陈出新”、“古为今用，洋为中用”转化与演变。

7. 技术和艺术的双向驱动

——以汽车为例

凌继尧《文艺争鸣》2010 年 4 月号（下半月）

汽车的百年发展史表明，现代工业产品在形成和发展的过程中，发生着技术和艺术、功能化和审美化的双向驱动。产品造型是永恒的美学问题，在产品制造中艺术和技术的结合是永无终结的过程。现代工业产品在形成和发展的过程中，发生着技术和艺术、功能化和审美化的双向驱动。文章以汽车百年来发展的实践为例，分析了这种双向驱动是怎样发生的，并探究了一些规律性的因素。作者指出，由于产品技术的同质化现象越来越严重，汽车企业不得不寻求新的设计风格以拓展销量，汽车的审美化受到空前的重视。在汽车造型发展的后现代阶段，电脑辅助设计、材料技术和数字虚拟成形技术的发展，为设计师提供了展示才能的广阔空间。汽车造型是永恒的美学问题，汽车的功能化和审美的双向驱动、技术和艺术的结合是永无终止的。

8. 话语·身份·景观

——从 2009 年谍剧热看类型电视剧的生产、消费和意义生成机制

尹鸿、马向阳《电视研究》2010 年第 1 期

本文拟在历时和共时两个维度上选择一些经典的谍战剧如《潜伏》等进

行文本细读分析，并在此基础上试图回答三个问题：如何解释谍剧热现象；这一现象背后，揭示了观众怎样的消费心理和该类型剧作为一种流行文化的未来发展方向；作为国内一种比较成熟的类型电视剧，谍战剧演变过程中的形态变化对我们研究其他类型电视剧的形态和风格变化会有何种启示和普遍意义？

9. 中国传统音乐的结构特点及其哲学基础

王耀华、《艺术百家》2010 年第 1 期

中国传统音乐结构的特点是：（1）以“腔”为基础的中国传统音乐结构层次；（2）音乐结构层次的规式性和可变性；（3）中国传统音乐结构思维方式、创作方法的“渐变”特点。其哲学基础是：“道生一，一生二，二生三，三生万物”和“中庸之道”，即道为本，一为基，万为形，中为规。

10. 论李渔戏曲美学的突破性贡献

杜书瀛《贵州社会科学》2010 年第 3 期

李渔戏曲美学是我国古典戏曲美学的集大成者，具有突破性贡献。作者相继分析了李渔的突破性在哪里、李渔的世界观、李渔美学是历史发展的必然结果。其突破性，概括说来有两点：一是表现出从抒情中心向叙事中心转变的迹象；二是自觉追求和推进从“案头性”向“舞台性”的转变。《闲情偶寄》作为我国第一部富有民族特点并构成自己完整体系的古典戏曲美学著作，是一座里程碑。李渔的世界观积极的、进步的、合理的因素给他的美学理论带来有益的影响，更应看到，李渔戏曲美学之所以能取得这么大的成就，是历史发展的必然结果，是那个时代的必然产物。到李渔生活的清代初年，建立中国自己的完整的戏曲美学体系的条件已经成熟，万事俱备，只欠一个合适的历史人物来成此大业了。这时候，历史找到了一个比较合适的人选，这就是李渔。

11. 香港电影：跨越边界的新景观

李道新《当代电影》2010 年第 11 期

关于香港电影这个概念，需从时间与空间相互交织的维度上重新思考。首先，香港电影是个历时性的概念，并且随着时间的流逝而在不断地建构之

中；其次，在面对香港电影的时候，有必要把香港当成一个独特的、跟20世纪以来全球殖民与后殖民状况紧密联系在一起的地域；从这两个层面上看，跨越时空边界，便是探讨香港电影及其特性的有效途径。香港的殖民地特征，主要与1945年以后东西方冷战这一独特的历史时间相互关联，也正因为如此，香港电影的出现，更是冷战时代的产物，是在与宗主国英国、中国内地以及中国台湾、东南亚、好莱坞和世界各国电影的复杂关系之中次第展开。除了跨文化特质以外，中国香港电影的独特性还可以表述为对一种殖民地"离散"经验的执著呈现。这种"离散"经验，是中国内地、中国台湾电影，以及其他主权国家电影中不擅表达并较难渗透的一种思想和情绪。

12. 电影，作为文化产业衍生的文化问题

贾磊磊《当代电影》2010 年第 2 期

在市场竞争的机制基本形成之后，制片方为了获得影片必要的经济回报，往往会采取一系列的商业化策略。作者指出，在文化与经济的交叉地带，影片为了保住切身的经济利益，时常会将文化的责任搁置不顾，电影的文化问题片越发凸显出来：其一，由于文化产品的生产方式越来越趋向于标准化、类型化，所以，一种与市场需求相互悖逆的个性艺术、一种与公众时尚相抵触的文化产品，很难进入文化市场的流通渠道，进而也无法实现它的文化传播职能；其二，在人类不同的文化价值体系中，有一种精神信念是共同的，例如人类社会共有的一种普世价值观，但我们也不应把普世价值全都归之于好莱坞电影；其三，文化产业与一般的产业形态的重要区别，是创意高而复制成本低、固定成本高而变动成本低，文化产业要想降低创意成本与投资风险，势必采取类型化、明星制的制片策略，来保证整个产业的持续发展。

13. 当代书法边缘论

陈龙国《文艺争鸣》2010 年 1 月号（下半月）

尽管有书家在创作上煞费苦心、惨淡经营，尽管有作者一如既往痴情于书法，尽管有作品比过去更细腻更精致，尽管书法在沉寂中坚守、在平实中演进，但是，历经争相传诵、街谈巷议、大红大紫的书法，早已不再是万众瞩目的焦点，而是成了职业，成了圈内人自娱自乐的工具。书法正日益淡出普通百姓的视野，逐步走向非中心，走向边缘化。在商业资本渗透的今天，

书法展览不可能有纯粹的学术主题。书法批评也和书家本人的权力身份息息有关，基本上不看重他们作品本身在艺术观念语言图式方面的现代意识。另外，现代印刷文字逐渐替代手写文字成为信息传播的主流，通常精英们急于将自己的手稿变为铅字，似乎只有通过这样的转换能力，才能受到社会的承认和尊重，书法对于一个文人的附加意义——艺术性似乎就逐渐消散了。同时还应当看到，书法只是传统文化的一个小分支，书法仅仅是精神活动中的一隅，把书法当成治国的不朽盛事本身就不合实情。

14. 华语电影：世纪性文化整合及其现代性抉择

黄式宪《电影艺术》2010 年第 5 期

20 世纪八九十年代，中国海峡两岸暨相关三地的新电影，曾以其同种同文、源远流长的中华文化传统作为精神纽带，形成了一次和谐而富于现代性意味的文化会盟，并凝聚成一个底蕴厚重的“华语电影”之共名。本文侧重论述海峡两岸电影 30 余年的发展，它形成了中华民族在现代人文精神向度上多“域”荟萃、和谐共存的新格局。它们在电影文化及其产业发展的历史轨迹上，或分或合，优势互补，携手构建了华语现有的现代民族风骨、神韵及其美学境界，并标示出其产业实力的蓬勃增长。

15. 中国数字艺术发展趋势

米澄质《文艺争鸣》2010 年 7 月号（下半月）

数字时代的数字艺术技术和互联网问世的近 30 年来，在艺术领域相继出现了许许多多的新生职业：动漫设计、网页设计、界面设计、交互设计等等，在数字时代向我们走来的今天，作为文化产品中的新生代——数字艺术产品，已渐渐成为人们在日常生活中审美消费的主流。随着 IT 产业高速发展及数字技术的不断提升，数字艺术也在迅猛的发展和完善，许多艺术家开始用光、声、电、互联网等一系列的新型数字技术进行艺术创作。尽管我国的数字艺术刚刚起步，与欧美日韩等国家相比还相对滞后，但它以每年 33% 的速度在增长，数字艺术在我国的兴起已经带动了经济的复苏，催生出能产生巨大利润的市场经济。尽管，我们无法准确地预测数字艺术的未来，但是数字艺术的很多优势，却是传统艺术难以比拟的。数字艺术是基于互动、面向互动的艺术，科技的进步和时代的发展，终将把数字艺术推至更新的高峰。

16. 广告与女性的视觉呈现

彭丽君、张春田《艺术评论》2010 年第 3 期

女性表征的意义是该文探讨的一个关键领域，但该文没有停留于那些视觉表征的内容和形式，而是着重分析了人们在面对现代性文化时，有着怎样的经验和心理情绪。作者认为，女性的视觉表征，到处可见且容易拥有，而广告商时常利用此，将之转化为宣传新的消费理念的工具。一些广告并不直接指向日常需要，而是指向愉悦和现代身份的建构，"视觉"成为现代性中最主要的人类感觉，也是唤起消费欲望的最有效的方式。我们经常可以看到现代视觉文化被这两个相反的文化经济所铭刻，同时又被它们所撕裂。消费主义的诱惑时常隐藏并混合在中国人受其支配的现代性的威胁里。女性表征成为便利的工具，可以用它镶嵌愉悦兼疏远的矛盾得到和解与统一。

17. 话语转向与价值重构

——略谈中国当代艺术的价值取向

黄宗贤《美术观察》2010 年第 10 期

中国社会的变化使中国当代艺术遭遇到新的境遇，产生了新的格局。随着艺术家身份认同的转换，中国当代艺术的话语模式从 20 世纪 80 年代到 90 年代中期后，亦发生转向。本文探讨了中国当代艺术在转型时期的特点，确立其价值坐标和理论内涵，对中国当代艺术的价值重构提出了独到的思考，为中国艺术价值观建设开拓了一种视野。

18. 在钢琴的颗粒性和歌唱性表达方式中探讨音乐艺术的感性逻辑

——兼论黄金分割在音乐艺术中的"美的意味"

秦川《中央音乐学院学报》2010 年第 3 期

钢琴一键一音的独立布局和宽广音域，为它在颗粒性与歌唱性表达方式上奠定了"乐器之王"的客观基础，而隐藏在音的相互关系中的层次与关系的立体布局，以及与倍增数列间的隐秘联系，则构成了音乐艺术的感性逻辑基础，它显示出有逻辑的理性建构，可以形成一定的"形式美"。在与黄金分

割数列的比较中所凸显的环环相生的发展逻辑，则隐含了音乐艺术在感性表达外衣下的理性逻辑之美，而理性逻辑之美正是感性逻辑研究的核心，也是探讨音乐艺术形式美和美的意味的重要途径。钢琴作为键盘乐器与其他乐器最显著的区别，主要是它一键一音的键盘布局的机械装置，以及演奏者必须通过机械装置才能与发音体（琴弦）相接触的“人—琴”关系。

19. 重新审视中国新美术的现代性

杨冬《美术观察》2010 年第 3 期

一些西方学者在冷战思维的惯性下喜欢将现代性论述与意识形态的合法性评估混为一谈，从而将系中国美术排斥于现代性论题之外。这使得新中国美术的现代性品质始终得不到指认，或者在很大程度上被悬置起来。本文打破了西方现代性的思维定式，从新中国美术群体对个人主体的替换、“民族形式”与“民间形式”、现代性内容等方面，对 20 世纪中国美术的现代性发展进行重新审视，对其进行全面的历史描述和价值重估。

20. 关于当前艺术学学科设置的三个思考

刘道广《艺术百家》2010 年第 3 期

当前艺术学的存在是客观事实，艺术学的现状也是客观存在，几年一次的国家学科专业目录调整，对艺术学来说，似乎是一个十字街头。面对丰富多彩的社会艺术实践，艺术学有必要从以往的“文学门”分离而独立，而日后发展的关键在于独立后的学科体系和研究内容。

主要论文索引

普通艺术学

1. 武洪滨：《“天价艺术品”现象及其分析》，《文艺理论与批评》2010 年第 1 期。
2. 凌继尧：《〈乐记〉中的艺术学思想》，《艺术百家》2010 年第 4 期。
3. 魏鹏举：《艺术集聚区与中国当代文化生态》，《文艺研究》2010 年第 5 期。
4. 张法：《一种新的艺术史写作模式》，《文艺争鸣》2010 年 3 月号（下半月）。
5. 肖鹰：《为什么今天的学生要学艺术史?》，《文艺争鸣》2010 年 3 月号（下半月）。
6. 牛宏宝：《艺术史的形式与智慧》，《文艺争鸣》2010 年 3 月号（下半月）。
7. 郭必恒、韩冠杰：《2010 年艺术学（二级学科）年度报告》，《文艺争鸣》2010 年 4 月号（下半月）。
8. 倪进：《艺术市场及经纪人制度探究》，《文艺争鸣》2010 年 6 月号（下半月）。
9. 姚琳：《数码时代的艺术教育》，《文艺争鸣》2010 年 8 月号（下半月）。
10. 彭吉象：《艺术教育不能只教唱歌跳舞》，《成才之路》2010 年第 27 期。

音乐学

1. 戴嘉枋、张娟：《中国近现代音乐史学科在新时期发展的回顾与展望》，《中央音乐学院学报》2010 年第 1 期。
2. 项筱刚：《20 世纪 20 ~ 40 年代的中国流行音乐》，《中国音乐》2010 年第 1 期。
3. 管建华：《音乐家族相似性与多元文化音乐审美论》，《中国音乐》2010 年第 1 期
4. 郭克俭：《新中国声乐学术热点问题的追溯与反思》，《音乐研究》2010 年第 3 期。
5. 李建林：《音乐选秀娱乐不能“愚乐”》，《人民音乐》2010 年第 4 期。
6. 孙会玲：《音乐作品的视觉形象表现手法》，《文艺研究》2010 年第 8 期。
7. 王玲：《中国音乐产业刍议》，《文艺争鸣》2010 年 5 月号（下半月）。
8. 王小明：《四川山歌的多样性特征》，《文艺争鸣》2010 年 7 月号（下半月）。
9. 邓双林：《意识形态宣传对美感经验的征用——论瓦格纳的一段著名乐曲在电影中的

运用》，《人民音乐》2010 年第 10 期。

10. 庄桂成、孟婧勔：《中国风音乐流行的文学生态原因——从歌词的角度》，《文艺争鸣》2010 年 11 月号（下半月）。

美术学

1. 常宁生、邢莉：《理念与建构——论现代艺术之父塞尚的绘画》，《荣宝斋》2010 年第 2 期。
2. 朱德义：《艺术市场与中国油画的发展》，《文艺研究》2010 年第 2 期。
3. 黄宗贤：《新中国西部民族题材美术创作扫描》，《美术》2010 年第 1 期。
4. 于洋：《衰败想象与革命意志——从陈独秀“美术革命”论看 20 世纪中国画革新思想的起源》，《文艺研究》2010 年第 3 期。
5. 倪进：《浅析当代中国书画鉴定体系》，《文艺理论与批评》2010 年第 4 期。
6. 潘耀昌：《做学问是历史画的重中之重》，《美术观察》2010 年第 6 期。
7. 丁宁：《博物馆的艺术更切合艺术史本意》，《文艺争鸣》2010 年 3 月号（下半月）。
8. 张兴成：《视角转换与本体追问——西方艺术理论阐释下的中国书法》，《文艺研究》2010 年第 6 期。
9. 顾铮：《作为新学科的摄影史：历史、现状与反思》，《文艺研究》2010 年第 8 期。
10. 张宝贵、朱立元：《一百年的智慧与蒙昧——从杜尚谈起》，《文艺争鸣》2010 年 5 月号（上半月）。
11. 谢宏声：《当代绘画的摄影式观看》，《艺术评论》2010 年第 9 期。
12. 谢朝：《中国民族传统“色彩流”辨析》，《文艺争鸣》2010 年 5 月号（下半月）。
13. 郎绍君：《读齐白石手稿——日记篇》，《读书》2010 年第 11 期。
14. 杨志宇：《鲁迅提倡木刻版画的原因探析》，《文艺争鸣》2010 年 8 月号（下半月）。
15. 王琥钧：《徐悲鸿与林风眠对中国画改良之比较》，《文艺争鸣》2010 年 9 月号（下半月）。

设计艺术学

1. 赵华、李德庚：《“在中国设计”中的文字》，《装饰》2010 年第 3 期。
2. 宋雪梅：《书籍设计的“五感”》，《文艺研究》2010 年第 4 期。
3. 陈丽萍、黄伯璋：《〈考工记〉设计理念中的天人思想》，《文艺争鸣》2010 年 3 月号（下半月）。
4. 肖琼琼：《论服装细节的设计视点与设计方法》，《艺术评论》2010 年第 6 期。

5. 吴振全：《当代的摄影与平面设计》，《文艺研究》2010 年第 8 期。
6. 侯明勇、黄芬：《中国传统元素在现代艺术设计中的创新初探》，《艺术评论》2010 年第 10 期。
7. 杭间：《设计“为人民服务”》，《读书》2010 年第 11 期。
8. 熊应军：《工业设计渐入乡村日常生活》，《文艺争鸣》2010 年 8 月号（下半月）。
9. 黄迪：《以太极图形为例浅析标志设计中的“计白当黑”》，《艺术与设计》2010 年第 11 期。
10. 李轶南：《数字化时代设计创新之维》，《文艺争鸣》2010 年 10 月号（下半月）。

戏剧戏曲学

1. 惠雁冰、高阳：《“样板戏”的传播与文化认同》，《当代文坛》2010 年第 1 期。
2. 邹元江：《谁是“梅兰芳”?》，《文艺研究》2010 年第 2 期。
3. 马淑贞：《六十年〈白毛女〉研究述评》，《文艺理论与批评》2010 年第 2 期。
4. 杨慧仪：《剧院与银幕——20 世纪早期京剧两种新的“感触结构”》，《文艺研究》2010 年第 2 期。
5. 张俊卿：《由才子佳人戏看民间与文人创作的互渗与分野》，《戏剧文学》2010 年第 4 期。
6. 郭怀玉：《曹禺话剧的显性音乐掮摭》，《文艺争鸣》2010 年 2 月号（下半月）。
7. 何吉贤：《从三个角度看“抗战演剧”的实践》，《艺术评论》2010 年第 5 期。
8. 穆海亮：《戏剧观论争的理论偏颇及其消极影响》，《文艺争鸣》2010 年 5 月号（下半月）。
9. 王凤霞：《从〈申报〉广告看“文明戏”称谓的变化（1906 ~ 1949）》，《文艺争鸣》2010 年 6 月号（下半月）。
10. 陈丽芬：《历史剧的现代性演变》，《文艺争鸣》2010 年 10 月号（下半月）。

电影学

1. 倪震：《全球化时代和政论史诗〈建国大业〉》，《浙江传媒学院学报》2010 年第 1 期。
2. 陈犀禾、王雁：《论琼瑶电影的中国性与台湾图像》，《上海大学学报》（社会科学版）2010 年第 1 期。
3. 张颐武：《小成本喜剧的前世今生》，《北京电影学院学报》2010 年第 2 期。
4. 肖鹰：《析中国大片的致命缺陷》，《当代文坛》2010 年第 2 期。

5. 丁亚平：《论民营电影公司与当下中国电影的发展趋向》，《上海大学学报》（社会科学版）2010年第3期。
6. 周星：《中国电影实现文化软实力的背景、动因与发展分析》，《艺术百家》2010年第5期。
7. 郝建、邓双林：《主旋律电影创作与阐释的“主流化”趋向》，《文艺研究》2010年第6期。
8. 赵凯、胡光玉：《动漫艺术形象创意中的怀旧意味与悲剧情怀》，《文艺研究》2010年第6期。
9. 路春艳：《电视电影的尊严与诚意——第十七届北京大学生电影节参评电视电影评析》，《当代电影》2010年第7期。
10. 田卉群：《拒绝边缘的女性——2010年女导演创作研究》，《当代电影》2010年第10期。
11. 胡克：《近年香港电影发展、美学特点与市场策略》，《当代电影》2010年第11期。
12. 肖永亮：《以动漫教育推动产业发展》，《求是》2010年第14期。
13. 赵勇：《中国电影，谁是你的主顾?》，《文艺争鸣》2010年第7月号（下半月）。
14. 贾磊磊：《读解文化的符号性死亡》，《大众电影》2010年第14期。
15. 戴锦华：《风声谍起：间谍片流行的初衷》，《文艺争鸣》2010年9月号（下半月）。
16. 李刚、孙丽娟：《动画与古典音乐的联姻》，《文艺争鸣》2010年9月号（下半月）。
17. 贺桂梅：《亲密的敌人——〈生死谍变〉、〈色·戒〉中的性别/国族叙事》，《文艺争鸣》2010年9月号（下半月）。
18. 梁向阳：《影视剧中的“延安”元素——以革命历史题材影视剧为例》，《文艺争鸣》2010年10月号（下半月）。
19. 李雁翎：《数字媒体艺术与教学方式变革》，《文艺争鸣》2010年10月号（下半月）。
20. 陶雯：《中国动画创作中传统文化元素的接受》，《文艺争鸣》2010年10月号（下半月）。

广播电视艺术学

1. 张宗伟：《语境与文本：2009年国产电视剧热点述评》，《艺术评论》2010年第2期。
2. 方菁：《谈电视娱乐节目的现状与出路》，《中国电视》2010年第2期。
3. 徐海龙、莫瓅：《无形与有形——中国动画片的内容来源分类》，《中国电视》2010年第2期。
4. 胡智锋、周建新：《广告主抢夺紧俏资源的战略分析》，《广告人》2010年第3期。
5. 张谦：《浅析电视综艺新闻娱乐化现象》，《中国电视》2010年第3期。

6. 周志强：《从“娱乐”到“傻乐”——论中国大众文化的去政治化》，《天津师范大学学报》（社会科学版）2010 年第 4 期。
7. 张同道：《〈澳门十年〉：以纪实提升审美力量》，《现代传播》2010 年第 4 期。
8. 李朝阳：《形式　内容　内蕴——谈中国动画“民族化”的表达误区》，《文艺理论与批评》2010 年第 5 期。
9. 胡智锋、李继东：《中国影视文化创意产业的三大问题》，《现代传播》2010 年第 6 期。
10. 杨旦修：《e 社会：电视剧传播的危与机》，《文艺争鸣》2010 年 3 月号（下半月）。
11. 丁亚平、董茜：《创新性的思想维度与形态——电视节目〈论道〉及其启示》，《现代传播》2010 年第 7 期。
12. 丁磊：《〈三国〉——并非演义，亦非历史》，《当代电视》2010 年第 8 期。
13. 马振宏：《我们在城市里该怎样生活——从电视〈双面胶〉、〈王贵与安娜〉、〈蜗居〉说开去》，《文艺争鸣》2010 年 4 月号（下半月）。
14. 崔莉萍：《国际品牌广告设计中的中国元素》，《文艺研究》2010 年第 11 期。
15. 吴晓川、蒋忠波：《当代西方女性主义电视批评的四种视角》，《文艺争鸣》2010 年 7 月号（下半月）。

舞蹈学

1. 金秋、莎日娜：《建国六十年舞蹈艺术创作与舞蹈学科建设》，《民族艺术研究》2010 年第 1 期。
2. 欧建平：《点评与反思：第五届 CCTV 舞蹈大赛》，《艺术评论》2010 年第 1 期。
3. 沈阳：《论汉画像舞蹈形象的身体语言特征》，《北京舞蹈学院学报》2010 年第 1 期。
4. 王芳：《从〈贵妃醉酒〉看中国古典舞的“古典美”》，《北京舞蹈学院学报》2010 年第 2 期。
5. 吴海清、张永庆：《革命与中国民间舞蹈的现代性转换》，《北京舞蹈学院学报》2010 年第 2 期。
6. 李丹娜、王蕾：《从“阈限”中的曹植看舞剧〈洛神赋〉的舞台调度》，《北京舞蹈学院学报》2010 年第 3 期。
7. 马盛德：《仪式与舞蹈》，《文艺研究》2010 年第 9 期。
8. 唐凌：《大型音乐舞蹈史诗〈复兴之路〉的史诗风格》，《艺术评论》2010 年第 10 期。
9. 闻慧莲：《舞蹈艺术在实验戏剧中的作用》，《文艺争鸣》2010 年 8 月号（下半月）。
10. 罗敏：《从〈云南映象〉论原生态舞蹈的传承》，《文艺争鸣》2010 年 8 月号（下半月）。

图书在版编目(CIP)数据

中文文艺论文年度文摘. 2010 年度 / 陶东风, 张未民主编.
—北京: 社会科学文献出版社, 2011.11
ISBN 978 - 7 - 5097 - 2741 - 6

Ⅰ. ①中… Ⅱ. ①陶… ②张… Ⅲ. ①文艺评论 - 中国 - 2010 Ⅳ. ①I206.7

中国版本图书馆 CIP 数据核字（2011）第 192078 号

中文文艺论文年度文摘（2010 年度）（上、中、下）

主　　编 / 陶东风　张未民

出 版 人 / 谢寿光
出 版 者 / 社会科学文献出版社
地　　址 / 北京市西城区北三环中路甲 29 号院 3 号楼华龙大厦
邮政编码 / 100029

责任部门 / 人文科学图书事业部（010）59367215
电子信箱 / renwen@ssap.cn
项目统筹 / 宋月华　张晓莉
责任编辑 / 刘　丹　梁艳玲
责任校对 / 李　娇　杨艳敏　宋建勋
责任印制 / 岳　阳
总 经 销 / 社会科学文献出版社发行部（010）59367081　59367089
读者服务 / 读者服务中心（010）59367028

印　　装 / 三河市尚艺印装有限公司
开　　本 / 787mm × 1092mm　1/16
印　　张 / 56.75
版　　次 / 2011 年 11 月第 1 版
字　　数 / 1012 千字
印　　次 / 2011 年 11 月第 1 次印刷
书　　号 / ISBN 978 - 7 - 5097 - 2741 - 6
定　　价 / 178.00 元（上、中、下）